KB248874

# 韓國漢文小說 校合句解

*A Critical Edition of Selected Korean Fiction in Chinese*

**校釋者 박희병**은 경성대학교 한문학과 조교수, 성균관대학교 한문교육과 부교수를 거쳐 현재 서울대학교 인문대학 국문학과 교수로 있으며, 한국고전산문, 한국한문학, 한국고전비평과 사상사 분야를 주로 공부하고 있다. 저서로 『한국 고전인물전 연구』, 『조선후기 傳의 소설적 성향 연구』, 『한국 傳奇小說의 미학』, 『한국의 생태사상』, 『運化와 근대』, 『연암을 읽는다』 등이 있으며, 校注書로 『증보조선소설사』, 『한국한문소설』이 있고, 譯書로 『베트남의 기이한 옛이야기』, 『베트남의 신화와 전설』, 『나의 아버지 박지원』, 『연암 산문 정독-역주(譯注)·고이(考異)·집평(輯評)』 등이 있다.

韓國漢文小說 校合句解

1판 1쇄 발행 2005년 03월 22일
2판 1쇄 발행 2007년 09월 30일

교석자 / 박희병
펴낸이 / 박성모
펴낸곳 / 소명출판
출판고문 / 김호영
등록 / 제13-522호
주소 / 137-878 서울시 서초구 서초동 1621-18 (란빌딩 1층)
대표전화 / (02) 585-7840
팩시밀리 / (02) 585-7848
somyong@korea.com / www.somyong.co.kr



특별보급가 50,000원

ISBN 89-5626-150-4 93810

# 韓國漢文小說 校合句解

*A Critical Edition of Selected Korean Fiction in Chinese*

박희병 標點·校釋

소명출판

## 凡例

1. 이 책은 내가 이전에 낸 책인 『韓國漢文小說』(한샘, 1995)의 성과를 일부 물려받고 있다. 하지만 이 책의 작업방식은 이전 책의 그것과 중요한 차이가 있다. 즉 이전 책은 이 책과 달리 校勘註를 붙이고 있지 않은바, 이 점에서 그 原典批評은 불철저한 것이었다. 한편 이 책과 이전 책은 그 수록작품수에 있어서도 큰 차이가 있으니, 이전 책에 수록된 작품은 총 43편이지만 이 책에 수록된 작품은 총 83편이다.
2. 작품을 크게 三編으로 나누어 수록하였다. 제1편에 실린 것은 新羅末에서 高麗末까지의 작품이고, 제2편은 朝鮮 前期의 작품이며, 제3편은 朝鮮 後期의 작품이다.
3. 작품의 배열은, 그 창작연도를 알 수 있는 경우 창작연도순으로 하고 그렇지 않은 경우 대체로 작자의 生年順으로 하였다. 다만 작자나 창작연대가 미상인 작품은 적당히 배열하였다.
4. 주석은, 校勘註와 訓釋註(특정한 字句의 뜻을 풀이하거나 그 출처를 밝힌 註)를 구분하지 않고 같이 실었다. 이 둘을 분리할 수도 있겠지만, 함께 脚註로 처리하는 것이 편리한 점도 있다고 생각된다.
5. 異本이 존재하는 작품의 경우 일단 이본 중의 하나를 底本으로 삼은 다음 이를 다른 本과 대조·교감하여 定本을 만드는 방식으로 작업을 진행하였다.
6. 校合作業에 있어서는, 文脈과 文理의 순리가 최우선적으로 고려되었으며, 작품이 귀속하는 장르에 대한 고려도 부차적으로 이루어졌다. 가령 작품이 傳奇小說이면 전기소설의 敍事特性이 감안되었으며, 傳系小說이면 전계소설의 서사특성이, 野譚系小說이면 야담계소설의 서사특성이 감안되었다.
7. 本文에 標點을 붙였다. 인명이나 지명 등의 고유명사에는 밑줄을 쳤으며, 書名은 『 』, 篇名이나 作品名은 「 」로 표시하였다.
8. 註釋과 解題에서 작품이나 논문은 「 」, 작품집이나 책은 『 』로 표시하였다.
9. 本文 중에서 대화는 " "로 표시했으며, " " 속에 다시 대화가 나올 경우 ' ' 표시를, ' ' 속에 다시 대화가 나올 경우 ≪ ≫ 표시를, ≪ ≫ 속에 다시 대화가 나올 경우 〈 〉 표시를 하였다.
10. 本文 중에서 인물의 독백은 ' ' 표시를 하였다. 또한, 특별히 강조가 필요한 말에 대해서도 ' ' 표시를 하였다.
11. 本文, 註釋, 解題에 나오는 주요사항을 쉽게 찾아볼 수 있도록 책 뒤에 索引을 첨부하였다.

# 책머리에

나는 최근 몇 년간 한국한문소설 가운데 문학사적 의의가 크다고 판단되는 83편의 작품을 선정해 정본화(定本化) 작업을 해 왔는데, 이 책은 그 결과물이다. 한국한문소설은 원본(原本)을 알 수 없는 경우가 많은바, '정본화(定本化)'란 한 작품에 둘 이상의 이본(異本)이 존재할 때 그 이본들을 면밀히 대조(對照)하고 교감(校勘)하여 원본에 가까운 하나의 본(本)을 구성하는 행위다. 이 책 제목 중에 들어 있는 '교합(校合)'이라는 말은 바로 이 정본화를 뜻하는 말이다. 정본(定本)이란 비록 원본 자체는 아니지만, 합리적 추론에 의한 원본에의 수렴과정이자, 원본에 최대한 근사(近似)하게 다가가려는 기도(企圖)로 이해되어야 한다.

그런데 한국한문소설의 정본화 작업은 무엇 때문에 필요한가? 그간 한국한문소설에 대한 학계의 연구성과는 상당히 많이 축적된 편이다. 그렇기는 하지만 정작 연구의 대상인 한문소설의 텍스트들에 대한 교감(校勘)과 교합(校合) 작업은 지금까지 거의 이루어진 바 없다. 물론 특정한 이본 하나를 잡아 그것을 활자화(活字化)한 경우는 더러 있었지만, 이는 특정 이본의 활자화일지언정 여기서 말하는 정본화는 아니다. 또한 여러 이본 가운데서 선본(善本)이라고 판단되는 본(本)을 하나 택해 활자화한 다음 이 본과 다른 본의 차이를 교감기(校勘記)로 밝히는 방식 역시 정본화는 아니다. 이런 작업은 비교적 수동적인 것이며, 그다지 어려운 일이 아니다. 정본화는 이런 작업방식과는 달리 아주 적극적인 행위로서, 비록 '방법적'으로는 일단 하나의 본을 저본으로 삼아 작업한다 할지라도 단순히 특정한 어느 본을 활자화하는 것이 아니라 여러 본을 교합(校合)해 하나의 본을 구성하는 행위이다. 그러므로 이 작업은 앞에서 말한 작업들과는 전혀 차원을 달리하며, 이 때문에 작업과정상 여러 가지 난점이 제기되는바, 이 난점들을 최대한 신중하게 극복하지 않으면 안 된다. 어떤 의미에서 정본화란 곧 '표준'의 설정이다. 표준이 있어야 여러 이본들의 차이 및 그 차이의 의미, 그리고 특정 이본의 위상과 특정 이본이 갖는 독특한 의의 등이 객관화될 수 있다. 대체로 우리 학계의 연구자들은 바로 이 표준이 없이 저마다 적당히 특정 이본(들)을 텍스트로 택해 연구를 진행해온 셈이다. 이는 엄밀히 말한다면 '이본' 연구이지 '작품' 연구는 아니다. 한문소설에 있어 정본화란 텍스트의 오류를 바로잡는 비평적(批評的) 행위일 뿐 아니라, 텍스트에 가능한 한 정확한 표점(標點)을 부여함으로써 텍스트가 부당하게 오독되는 일이 없도록 하는 행위이기도 하다. 미안한 말이지만, 한문소설에 대한 지금까지의 연구 내지 번역은 이런 정본화 작업을 거치지 않고 수행되어온 관계로 상당 부분 텍스트의 오류와 오독 위에서 이루어진 감이 없지 않다. 이런 점을 고려한다면, 앞으로 한문소설의 작품 연구를 더 섬세한 방향으로 가져가고, 연구를 고도로 이론화하기 위해서는, 정본화 작업이 불가결하다. 하지만 정본화에 대한 강조가 이본의 가치나 이본연구의 의의를 부정하는 것으로 받아들여져서는 안 된다. 거꾸로 정본화 작업은 이본연구의 초석이 되면서 이본의 가치와 의의, 이본간의 편차를 보다 엄정하고 객관적으로 드러낼 수 있게 해 줄 것이다.

정본화 작업은 비단 이런 전문적 연구를 위해서만 필요한 것은 아니다. 정보화와 세계화는 현재 불가피한 추세다. 이 점을 염두에 둘 때 표준본(標準本), 즉 정본(定本)을 확립하는 작업은 대단히 시급한 현실적 과제다. 표준본이 있어야 정당한 한글 번역이 가능하고, 정당한 한글 번역이 있고서야 다른 문화 장르—애니메이션이든 드라마든 영화든—에서의 다양한 활용이 가능해짐으로써다. 뿐만 아니라 표준본, 혹은 표준본에 의거한 한글 번역이 없고서는 한문소설 텍스트의 세계화, 즉 영어나 기타 외국어로의 충실한 번역 또한 기대하기 어렵다.

그런데 이 책 제목 중의 '구해(句解)'라는 말은 무슨 뜻인가? '구해(句解)'란 텍스트의 자구(字句)에 대한 주석(註釋) 행위를 뜻하는 말이다. 널리 쓰이는 말이 아님에도 이 책에서 굳이 이 말을 사용한 데에는 특별한 이유가 있다. 일찍이 조선 명종(明宗) 때 인물인 윤춘년(尹春年)과 임기(林芑)는 중국의 구우(瞿佑)가 창작한 소설집 『전등신화(剪燈新話)』에 주석을 붙여 『전등신화구해(剪燈新話句解)』라는 책을 간행한 바 있는데, 이 『전등신화구해』는 동아시아에서 가장 이른 시기에 나온 본격적인 소설 주석서에 해당한다. 『전등신화구해』는 난해한 자구의 의미를 친절하게 풀이해 놓고 있음은 물론, 인물·지명·연호·고사(故事) 등등에 대해 자세한 주석을 붙여 놓고 있다. 이 점에서 『전등신화구해』의 주석방식은 대단히 모범적인 것일 뿐 아니라 아주 수준 높은 것이라 평가할 만하다. 이후 몇백년간 조선인은 물론이려니와 에도시대의 일본인들 역시 대체로 이 주석본(註釋本)으로 『전등신화』를 읽었다. 본서의 제목에 '구해(句解)'라는 말을 쓴 데에는 바로 이 『전등신화구해』가 보여준 소설 주석의 수준과 방식을 400여 년 뒤에 다시 계승한다는 자각이 담겨 있다.

이처럼 이 책은 한국한문소설의 교합(校合: 정본화)과 구해(句解: 주석)라는 두 가지 과업을 수행하고 있는바, 책이름을 '한국한문소설 교합구해'라 붙인 까닭이 이에 있다.

요즘 세상 돌아가는 것을 보면 '농사'는 이제 완전히 천덕꾸러기가 된 느낌이다. 영리하고 셈이 빠른 사람이 농사를 지으려 들겠는가. 힘만 들고 이익은 별반 남지 않기 때문이다. 하지만 농민이 땅에서 곡식을 생산하지 않는다면 우리의 삶이 어찌 지탱될 것이며, 사회가 온전히 유지되겠는가. 나의 본업은 한국고전문학연구다. 그런데 내가 소업(所業)으로 삼는 이 분야라고 해서 크게 사정이 다른 것 같지는 않으니, 사람들은 소위 농사에 해당하는 일보다는 유통업이나, 서비스업, 인테리어업이라 할 만한 일에 관심이 쏠려 있는 듯하다. 그쪽이 힘들여 땅을 파고 모종을 심는 농사일보다 훨씬 손쉽게 성과를 낼 수 있어서일 것이다. 하지만 그 성과는 과연 어떤 성과인가.

내가 이 일에 착수한 것은 1999년 봄이니 거진 6년 만에 일을 마무리하는 셈이다. 나로서는 농부가 정성스럽게 농사짓는 마음으로, 혹은 한 땀 한 땀 자수를 놓아가는 아낙의 심정으로 작업을 하였다. 특정 소설의 이본들을 책상 여기저기에 벌여 놓고 한 글자 한 글자씩 대조해가며 스스로 시비(是非)를 가리면서(그 어떤 본에도 '是'가 없는 경우도 있었다) 정본(定本)을 만들고 그 결과를 교감주(校勘註)로 작성해내는 작업은 대단히 힘든 일일 뿐더러 좀처럼 진도가 나가지 않는 작업이었다. 뿐만 아니라, 표점(標點) 하나하나에도 그 정확성과 관련해 신경이 몹시 쓰였으며, 특정 전고(典故)의 주석(註釋) 하나를 달기 위해 이 문헌 저 문헌을 뒤지느라 며칠을 보낸 일도 적지 않다. 한문소설은 필사본(筆寫本)이 대부분인지라 판독이 잘 되지 않는 글자들이 있는가 하면 행초(行草)로 씌어진 자료들도 있어 더욱 어려움을 겪었다. 매번 교정지가 나올 때마다 부전지(附箋紙)를 붙여 깨알같은 글씨로 교감주(校勘註)와 훈석주(訓釋註)를 보충해 넣는 일은 팔과 어깨만 아픈 것이 아니라 눈이 아파 계속 안약을 넣어가며 일하지 않으면 안 되었다. 이 때문인지 갈수록 눈이 침침해져 애로가 많았다. 이런 나를 민망히 여긴 나의 처는 중도에 몇 번이나 일을 그만두라고 설득하기도 했었다. 이렇듯 이 일은 내가 지금까지 한 그 어떤 일보다 육체적으로 힘들었으며, 많은 시간이 소요되었다. 하지만 그런 만큼 우리 고전에 대한 애정이 내 '몸'에 더욱 각별하게 체화(體化)된 듯한 느낌이다.

사실 이런 작업은 한문 문리(文理)가 나야 하고 한국고전서사(韓國古典敍事)에 대한 공부의 온축이 있고서야 비로소 가능한 일이다. 둘 가운데 어느 하나라도 부족할 경우 결과는 만족스럽지 않을 터이다. 이 점에 대한 두려움이 없는 것은 아니나, 느리되 확실한 우보(牛步)로써 내가 할 수 있는 최선을 다했다고 감히 스스로 생각한다.

『전등신화구해』의 예에서 확인되듯 한국학에는 면밀하고 자세한 교감(校勘)·주석(註釋)의 전통이 존재한다. 이를테면 정약용(丁若鏞)이 이룩한 새로운 인간학의 바탕에는 『논어고금주(論語古今注)』와 『맹자요의(孟子要義)』가 자리하고 있다. 이들 책은 모두 교감·주석서에 속한다. 교감주석학(校勘註釋學)은 비단 한국학에 그치지 않고 전통적 동아시아 학문의 기초 내지 근간에 해당하는 것이었다. 인간과 자연과 우주를 아우르는 독자적인 웅대한 이론체계를 완성한, 중세 동아시아의 위대한 사상가인 주자(朱子) 역시 교감주석학 위에 자신의 사상을 정초(定礎)하였다.

하지만 한국은 근대 이래 이런 동아시아학 내지 한국학의 전통을 제대로 계승하고 있지 못하다고 판단된다. 이에는 여러 가지 사정이 있을 터이다. 일제강점기에 처해 학자들이 차분히 고전에 대한 교감주석에 전념할 기분이 못되었으리라는 것도 그 한 이유라면, 새롭게 밀려들어온 서양 근대학문의 패러다임에 학자들이 압도당한 데도 그 일단의 이유가 있을 것이다. 하지만 서양 근대학문이라고 해서 이론(理論) 생산만을 능사로 삼고 교감주석학 같은 건 아예 안중에 두지 않는 건 아니다. 정작 우리와 달리 근대 서양에는 고전에 대한 텍스트 비평이나 주석으로 대가의 반열에 오른 학자들이 적지 않다. 한편 우리가 전통학문의 우량한 부분이라 할 교감주석학을 하찮게 본 댓가로 무슨 변변한 독창적인 이론체계나 사상을 만들어내기라도 했던가? 교감주석학의 중요성이 정당하게 인식되지 않는 한, 그리고 교감주석학이 방치되거나 천시되는 우리의 학적(學的)·문화적(文化的) 풍토가 시정되지 않는 한, 우리 고전에 굳건히 뿌리를 둔 제대로 된 심원한 사유나 이론은 나오기 어렵다.

학문이 필히 갖추어야 할 것의 하나는 정밀성(精密性)이다. 학문에 정밀성이 떨어진다면 그 학문은 결코 일류(一流) 학문일 수 없다. 근대 이래의 한국학은 바로 이 정밀성에 문제가 있다고 나는 생각해오고 있다. 한국에서 정밀성의 문제는 비단 학문만의 문제는 아니다. 그것은, 물건만들기, 집짓기, 다리 건설하기, 물건 포장하기, 도로에 줄 긋기 등등 사회 경제적 부문에서도 우리를 이류(二流)로 만드는 요인이 되고 있다. 이 점에서 학문은 별건물(別件物)이 아니요, 사회와 나란히 가는 것이라 할 만하다. 그런데 한국학이 안고 있는 이 정밀성의 부족이라는 약점을 극복하기 위해서는 21세기의 초두인 지금부터 우리의 자세를 가다듬어 교감주석학을 정당하게 복원(復元)시킬 필요가 있다. 그리하여 허다한 우리 고전들을 착실하면서도 정세(精細)하게 교감·주석하고, 그 성과에 의거해 정확하고 유려하게 현대어로 번역해 낼 필요가 있다. 이것은 결국 우리 학문의 굳건한 인프라를 구축하는 일이 되며, 정밀하고 주체적인 사유행위와 이론생산을 가능하게 하는 기초가 되리라 믿는다.

이 책은 '한국한문소설 교합구해'라는 제목을 달고 있기는 하지만, 한국한문소설을 모두 망라하고 있지는 않다. 일단 장편소설은 배제했으며, 단편이나 중편소설 가운데서 비교적 문예적·사상적 가치가 높다고 판단되는 것들만 선정해 수록하였다. 나의 목표는 스스로 이런 작업의 모범을 한번 시현(示現)하려는 데 있을 뿐, 욕심을 부려 일을 벌이는 데 있지 않음으로써다. 그러므로 본서에 실리지 않은 작품들에 대해서는 장차 누군가가 나서서 훌륭한 작업을 해 줄 것을 당부한다. 나는 혹 가능하다면 차후 후학들과 힘을 합해 이 책을 토대로 새로운 버젼(version)의 한문소설 국역(國譯)을 시도했으면 한다. 만일 이 국역이 이루어진다면 이를 저본으로 삼아 외국어로의 번역 또한 생각해볼 수 있을 것이다.

나는 이 작업을 어떤 연구비 지원도 받지 않고 장기간 혼자 진행해 왔기에 기한(期限)에 쫓겨 서두를 이유가 없었고 그래서 다행스럽게도 비교적 많이 고치고 다듬을 수 있었다. 그렇기는 하지만 이런 일의 성격상 오류가 없을 수 없다. 장차 동학들의 지적을 받아 잘못을 바로잡아나갈 수 있기를 고대한다. 아무쪼록 나의 이 작업이 한국학의 정밀성의 수준을 한 단계 끌어올리는 작은 계기가 됨과 동시에, 제대로 된 교감주석 작업의 중요성에 대한 동학 및 후학들의 깊은 관심을 촉구하는 계기가 되기를 바란다.

끝으로, 이 책의 출판을 맡아주신 소명출판 박성모 사장과 몇 차례나 거듭된 나의 원고 수정과 보완에도 불구하고 묵묵히 작업을 해 주신 편집부 여러분들께 충심으로 심심한 감사의 말씀을 드린다.

2005년 1월

박 희 병

## | 제2판 간행에 부쳐 |

눈에 띄는 대로 오류를 바로잡고 미비한 점을 다소 보완해 제2판을 낸다. 정길수 교수와 김수영 동학이 많은 도움을 주었다. 이 자리를 빌어 그 도움에 깊이 감사드린다.

2007년 9월

박 희 병

# 차례

## 道論 韓國漢文小說 槪觀

## 제1편 韓國漢文小說의 成立

## 제2편 韓國漢文小說의 轉變

# 제3편 韓國漢文小說의 다양한 展開

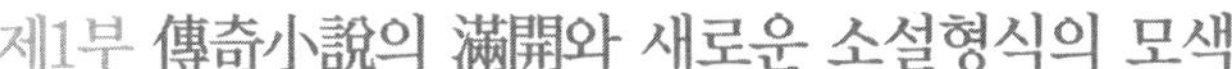

## 제1부 傳奇小說의 滿開와 새로운 소설형식의 모색

## 제2부 傳奇小說, 傳系小說, 野譚系小說의 교섭적 전개

## 제3부 野譚系小說의 滿開와 그 변용

導論

# 韓國漢文小說 概觀

1. 羅末麗初의 한문소설
2. 麗初에서 麗末까지의 한문소설
3. 朝鮮前期의 한문소설
4. 朝鮮後期의 한문소설
5. 맺음말

# 導論 : 韓國漢文小說 槪觀

## 1. 羅末麗初의 한문소설

韓國漢文小說은 新羅末 高麗初에 성립되었다. 이 시기의 한문소설로서 現傳하는 작품으로는 「崔致遠」·「調信傳」·「虎願」(일명 金現感虎)을 들 수 있다. 이외에 『三國史記·列傳』의 「溫達」이나 「薛氏」 같은 작품도 원래 소설로 창작되었지만 후대에 역사 편찬의 자료로 채택된 것으로 보인다. 창작시기는 역시 나말여초가 아닐까 추정된다.

나말여초에 우리나라 한문소설이 성립될 수 있었던 데 대해서는 몇 가지 요인을 생각해 볼 수 있다.

첫째, 이 시기가 歷史的 轉換期였다는 점이다. 역사적 전환기는 상층의 사고방식이나 말이 하층의 사고방식이나 말과 활발히 교류하거나 뒤섞이는 특징을 보여준다. 사회적 안정기에는 이런 현상이 잘 일어나지 않거나, 일어난다 할지라도 그리 현저하지 않다. 소설이라는 장르는 근원적으로 '道聽塗說'에서 발전한 것이므로, 사회적 안정기보다는 상하층의 사고방식과 말이 활발히 뒤섞이거나 교류하는 역사적 전환기에 더욱 적합한 장르가 아닌가 생각된다. 이런 견지에서 나말여초는 소설이 발생하고 발전할 수 있는 하나의 좋은 조건이 된다고 할 만하다.

사실 위에 거론된 작품 가운데 「최치원」이나 「호원」은 원래 『殊異傳』에 수록되었던 작품인데, 잘 알려져 있다시피 『수이전』은 주로 신라 시대의 說話들을 모아놓은 책이다. 이런 책에 설화가 아닌 소설이 더러 끼여 있다는 사실은 무엇을 의미하는가? 두 가지를 생각해 볼 수 있다. 그 하나는 '설화와의 관련' 속에서 새로운 예술장르인 소설이 성립될 수 있었다는 점이요, 다른 하나는 설화가 대체로 상하층의 말과 사고방식의 混淆를 보여준다는 점에서 이 시기 소설 발생을 둘러싸고 있는 전반적인 '언어적 · 문화적' 상황을 반영하고 있다는 점이다.

둘째, 우리나라 漢文學 수준의 발전이다. 당시까지 축적된 우리나라 한문학의 역량은 인간의 삶과 그 삶의 조건을 傳奇小說이라는 새로운 예술양식으로 형상화하는 데 그 기초를 제공해 주었다고 할 수 있다.

셋째, 이 시기 문인(지식인)들의 고민과 갈등이다. 新羅末에 遣唐 留學生들의 수가 늘어났는데, 文才와 지식을 갖춘 이들 가운데 인간의 삶과 그것을 둘러싸고 있는 세계에 대해 진지하게 고민하면서 그 의미를 캐묻는 자들이 나오고 있었다고 보인다. 가령 육두품 지식인인 崔致遠 같은 인물을 대표적으로 떠올려 볼 수 있다. 현재 遺篇으로 전하는 그의 시들은 당시 양심적으로 살고자 했던 지식인이 느껴야 했던 고민과 갈등에 대해 얼마간 알게 해 준다. 그런데 인간의 삶과 그 조건에 대해 물음을 제기하면서 가치 있는 방향을 모색하는 작업은 '詩 · 文'이라는 기존의 문학양식으로는 온전히 감당하기 어려웠다. 이 때문에 나말여초의 문인들은 전기소설이라는, '虛構'에 입각한 새로운 장르를 성립시켰다고 여겨진다. 사실 7세기를 전후해 중국에서 발흥한 전기소설은 이후 中唐과 晩唐을 거치면서 크게 발전했던바, 신라의 문인들 특히 중국에서 공부하고 돌아온 문인들은 그러한 動向을 익히 알고 있었을 터이다.

나말여초에 성립된 전기소설들은 대개 남녀간의 愛情을 다루고 있다. 이 '애정'이라는 제재를 통해 이 시기의 전기소설은 신분갈등 내지 신분적 불평등의 모순을 제기하기도 하고, 인간이 추구해야 할 가치에 대한 진지한 모색을 보여주기도 한다. 또한 현실 속에서 인간이 느끼는 절실한 고독감을 애정과 결부시키기도 한다. 이런 문제제기나 모색은 모두 삶의 원리나 방식, 그리고 그 현실적 조건을 성찰하거나 음미하는 속에서 이루어지고 있다. 이 점에서 이 시기 전기소설이 보여주는 의식은 자못 진지하고 반성적이라 평가할 수 있다.

그렇기는 하지만, 나말여초의 전기소설은 성립기의 소설답게 아직 미숙한 점을 많이 지니고 있음을 간과할 수 없다. 그것은 두 가지 점에서 그러하다. 하나는 現實認識과 관련해서다. 나말여초의 전기소설은 비록 인간의 삶과 그 조건에 대해 진지한 자세로 성찰하고는 있으나, 그것을 충분히 객관적이고 구체적으로 인식하지는 못하고 있다. 즉 삶과 그 조건에 대한 인식이 그리 심중하지는 못하며, 대개 추상적이지 않으면 신비적인 색채를 띠고 있다. 다른 하나는 敍事技法의 수준이라는 점에서다. 나말여초의 전기소설은 서사기법상 후대 전기소설의 '原初'에 해당하는 요소들을 상당 부분 보여주나, 그럼에도 그 자체의 수준은 그리 높은 게 아니다. 이를테면 인물의 형상화, 인물들의 관계에 대한 서술, 정황의 묘사, 디테일의 제시, 플롯이나 구성 등에 있어 퍽 단순하거나 소략함을 면치 못하는 경우가 대부분이다.

성립기의 소설이 갖는 이런 한계는 민족생활의 발전과 함께, 그리고 문학의 내적 발전과 함께 차츰 극복된다. 그리하여 문학사의 진전에 따라 소설은 점점 자신을 발전시키고 확대해 갈 수 있었다.

## 2. 麗初에서 麗末까지의 한문소설

그렇기는 하나 한국한문소설이 반드시 繼起的으로 발전해간 것은 아니다. 나말여초 이후 한문소설의 창작은 왠지 뜸해 보인다. 그리하여 학계에서는 麗初부터 麗末까지를 소설사의 공백으로 간주하여 건너뛰어 버리고, 곧바로 朝鮮初의 『금오신화』를 언급함이 통례로 되어 있다. 혹 고려 후기에 산생된 一群의 假傳을 소설로 간주하는 연구자도 없지 않으나, 가전은 산문 장르의 한 종류일 뿐 소설은 아니다. 따라서 가전으로써 이 시기 소설사의 공백을 메울 수는 없다.

그렇다면 고려 초기 이후 고려 말까지에는 왜 한문소설의 창작이 零星했을까? 이에 대해서는 다음과 같은 견해가 제기되어 있다. 즉 고려사회가 차츰 안정되면서 문인층의 의식도 보수쪽으로 기울어 완전히 詩文 중심의 정통 한문학으로 편중되었기 때문에 신흥 전기양식이 침체되었다는 것이다.

이 견해와 결부시켜 우리는 다음과 같은 생각을 해볼 수도 있다. 즉 앞에서 지적했듯 나말여초는 역사적 전환기였다. 이런 시기의 소설사적 의의는 상층과 하층의 思惟와 言語, 그 각각의 정서와 시각, 문제의식이 활발히 뒤섞이거나 교섭하거나 충돌하는 데 있다고 할 수 있다. 이런 요소들이야말로 소설 장르를 일으키고, 생기 있게 만들고, 발전시키는 가장 근원적인 推動力이다. 나말여초가 그런 시기, 즉 상하층의 생각과 말이 활발히 뒤섞이는 시기였음은 『수이전』이라는 자료가 여실히 입증한다. 『수이전』의 대부분을 차지한 것은 설화였으리라 생각되는데, 설화는 상하층의 말과 사유방식의 뒤섞임을 가장 직접적인 형태로 보여주는 장르이기 때문이다. 설화의 기록이 활발히 이루어진 시기가 대체로 역사적 전환기이거나 이행기라는 사실도 이 점과 관련해 의미심장하다. 나말여초가 이런 시기였던 데 반해, 이후의 고려사회, 특히 몽고 침입 이전의 고려 전기 사회는 비교적 안정기였으며 貴族文人들이 주도하던 사회였다. 이 시기의 귀족문인들은 전시대의 문인들과 달리 설화 같은 데에는 그다지 관심을 기울이지 않았던 듯하며, 중국을 典範으로 삼는 정통 한문학의 수립에 힘을 쏟은 것으로 보인다. 통일신라의 문학이 國風과 華風을 함께 발전시켰다면, 고려시대의 문학은 좀더 華風쪽으로 경도되었음은 흔히 지적되어온 바다. 이러한 분위기 내지 체질은 고려 전기 문학으로 하여금 하층 언어, 혹은 하층의 사고방식과의 연관을 차단하거나 희박하게 만드는 결과를 초래한 것으로 생각된다. 이런 언어·문화적 상황에서 소설이 생장하기는 어렵다.

그러나 여초 이래의 고려시대에 소설사의 맥이 완전히 단절된 것은 아니다. 敍上의 언어·문화적 상황과 관련하여 소설 장르는 위축될 수밖에 없었지만, 그럼에도 나말여초의 餘震을 간간이 발견할 수 있다.

그런 예로는 우선 金陟明이 개작했다는 「圓光法師傳」을 생각해 볼 수 있다. 原作 「圓光法師傳」은 崔致遠의 저술인 古本 『殊異傳』에 실려 있던 작품으로서, 그 원문이 『三國遺事』에 轉載되어 있다. 그런데 一然의 말에 따르면, 김척명이란 자가 그릇되이 "街巷之說"을 보태어 고본 『수이전』의 「원광법사전」을 개작했다는 것이다. 여기서 "街巷之說"이란 雲門開山祖 寶壤의 事迹을 말한다. 일연은 김척명이 보양의 사적을 원광의 행적으로 傅會하여 「원광법사전」을 개작했다고 해서 퍽 못마땅하게 여겼다. 이 때문에 그는 『삼국유사』를 편찬할 때 원광의 행적을 기술한 「圓光西學」이라는 글 바로 다음에 보양의 행적을 기술한 「寶壤梨木」을 특별히 두었던 것이다. 그런데 일연이 지적하고 있듯, 『海東高僧傳』의 「圓光傳」은 김척명에 의해 개작된 「원광법사전」을 수용하고 있다. 그러므로, 비록 김척명이 개작한 「원광법사전」은 현전하지 않지만, 현재 전하고 있는 『해동고승전』 중의 「원광전」을 통해 개작된 「원광법사전」의 면모를 대강 짐작할 수 있다.

김척명이 고의로 보양과 관련된 전설을 원광의 전설로 傅會해 「원광법사전」에 引入한 것은 아니지 않을까 생각된다. 아마도 당시 보양과 관련된 전설은 그 傳承過程에서 원광의 전설과 錯綜이 야기되었고 이에 따라 원광 전설의 새로운 各篇이 형성되었는데, 김척명이 傳聞했던 것은 바로 이 각편이 아니었을까 짐작된다. 그리하여 그는 기존의 「원광법사전」에 없던 이야기를 추가하는 개작을 시도했을 터이다.

그런데 사실 이러한 점은 여기서 하등 중요하지 않다. 우리가 주목해야 할 점은 김척명이라는 文人이 민간의 이야기를 수용하여 『수이전』의 원작을 개작했다는 점, 그리고 그 개작의 방향은 이야기를 좀더 복잡하고 다채롭게 하는 쪽이었다는 점이다. 『수이전』에 실렸던 원래의 「원광법사전」은 志怪的 面貌가 주목되는 작품이다. 개작된 「원광법사전」이라 해서 이 점이 크게 달라진 것은 아니지만, 다만 주목되는 것은 이야기가 부연되고 그 분량이 확대되는 등 뭔가 흥미로운 敍事物을 만들려는 의도가 뚜렷이 드러나고 있다는 사실이다. 김척명의 「원광법사전」 개작이 보여주는 이와 같은 '의도'는 우리나라 小說演變史의 측면에서 주시될 필요가 있다고 생각한다(현재로서는 김척명이 어느 때 인물인지 정확히 알 수 없다. 하지만 10세기 고려 초의 인물은 아닐 듯하며, 적어도 11세기나 그 이후의 인물이 아닐까 추정된다).

麗初 이후 고려시대 한문소설의 전개와 관련하여 김척명 다음으로 주목해야 할 사람은 『三國遺事』의 저자 一然이다. 나말여초에 창작된 傳奇小說로 추정되는 「調信傳」은 『삼국유사』에 수록됨으로써 후세에 전해질 수 있었다. 그런데 『삼국유사』에는 「조신전」 이외에도 소설로 간주할 수 있는 또다른 작품이 발견된다. 「白月山兩聖成道記」가 그것이다. 이 작품은 『삼국유사』 속에 「南白月二聖 努肹夫得 怛怛朴朴」이라는 제목으로 실려 있다. 「백월산양성성도기」 역시 나말여초의 작품이 아닐까 추정된다. 그러나 일연은 「조신전」과는 달리 原作 「백월산양성성도기」에 약간의 수정과 가필을 행하고 있다. 따라서 엄밀하게 말한다면 『삼국유사』의 「백월산양성성도기」는 改作이라 할 수 있을 것이다. 『삼

국유사』 所載 「백월산양성성도기」는 나말여초의 소설이 13세기 후반에 수용되고 개작되는 양상을 보여준다는 점에서 흥미롭다.

고려시대 소설의 전개와 관련하여 주목해야 할 세 번째 인물로는 蘭坡 李居仁을 꼽을 수 있다. 그는 麗末 즉 14세기의 인물인데, 강릉부사로 있을 때 「蓮花夫人」이라는 소설을 창작한 바 있다. 이 작품은 나말여초 전기소설의 전통을 계승한 작품으로 평가할 수 있다.

이상의 논의를 통해 볼 때, 비록 고려시대가 우리나라 小說演變史에서 침체된 시기라고는 하나 그렇다고 해서 종전에 인식되어 온 것처럼 완전히 소설 창작과 수용의 맥이 단절되었던 것은 아니고, 가느다란 흐름이기는 하지만 그 흐름이 여말까지 이어졌던 것을 확인할 수 있다.

## 3. 朝鮮前期의 한문소설

한국한문소설은 鮮初에 이르러 커다란 跳躍을 보여준다. 당시 최고의 비판적 지성이라 할 梅月堂 金時習(1435~1493)의 『金鰲新話』로 이러한 도약이 이루어졌다.

『금오신화』는 明나라 瞿佑에 의해 창작된 傳奇小說集인 『剪燈新話』의 영향을 얼마간 받았다. 『금오신화』에는 「萬福寺樗蒲記」·「李生窺墻傳」·「醉遊浮碧亭記」·「南炎浮洲志」·「龍宮赴宴錄」이라는 5편의 소설이 수록되어 있다.

『금오신화』가 『전등신화』의 영향을 받았다고는 하나, 흔히 말하듯 모방은 아니다. 그 내용이나 주제사상은 기본적으로 김시습의 독창성의 산물이다. 또한 간과해서는 안 될 점은, 『금오신화』 창작의 基底에는 당시 최고의 비판적 지식인이었던 작자의 깊은 고뇌와 현실인식 및 生에 대한

觀點이 자리하고 있다는 사실이다. 바로 이 점이 『금오신화』 諸篇의 예술성과 사상성의 높이를 결정하면서 그 개개 작품에 높은 긴장감을 부여하는 궁극적인 근거가 된다. 이 점은 새삼 강조될 필요가 있다. 『금오신화』에 관해서는 허다한 연구가 쏟아져 나와 있지만, 이 점을 놓치고서는 『금오신화』를 제대로 읽은 것이라 할 수 없겠기 때문이다.

『금오신화』는 이전의 소설과 비교해 어떤 점에서 더 나아갔는가?

우선 쉽게 눈에 띄는 변화는 작품이 훨씬 더 길어졌다는 점이다. 이 점은 인물의 형상화나 정황의 묘사가 이전 소설에 비해 좀더 구체적으로 이루어지고 있다는 사실과 관련된다. 또한 『금오신화』 대부분의 작품에서 주인공은 여러 편의 시를 읊조리고 있음을 볼 수 있다. 이는 작품 전개의 특수한 수단이 되기도 하고, 인물의 내면심리를 表白하는 예술적 장치가 되기도 하며, 정황을 요약하거나 압축하는 효과를 거두기도 한다. 전기소설에서 시가 이런 의의를 가진다는 사실은 나말여초에 창작된 「최치원」을 통해서도 확인된다. 그러나 고려시대까지의 소설 중 작품에 시가 나타나는 것은 「최치원」과 「백월산양성성도기」 단 두 작품밖에 없다. 『금오신화』는 전기소설의 주요한 예술적 특성을 이룬다 할 漢詩의 酬唱을 아주 풍부하게 보여준다.

그러나 이처럼 눈에 쉽게 띄는 변화만 주목할 것은 아니다. 인간의 삶과 그 조건에 대한 좀더 구체적이고 진전된 인식, 그리고 인물들의 관계에 대한 좀더 깊이 있고 구체적인 서술 등에서 소설장르의 轉變을 뚜렷이 확인할 수 있다. 또한 『금오신화』에 이르러 우리나라 소설의 '空間認識'이 대폭 확대되었다는 점에 대해서도 유의할 필요가 있다. 즉 용궁, 염라국, 천상계로까지 소설의 敍事空間이 확대되고 있다.

그러나 『금오신화』가 이룩한 이런 제반 성취는 이전의 소설과 비교할 때 그렇다는 지적이지, 후대의 소설과 비교할 때에는 여러 가지 점에서 부족하거나 미흡한 점이 발견된다는 사실을 인정하지 않을 수 없다.

조선 전기 소설사에서 이룩된 또다른 중요한 성과로는 '夢遊錄'의 성립을 들 수 있다. 몽유록은 우리나라 서사문학, 특히 傳奇小說의 전개과정에서 파생된 하나의 독특한 소설형식으로 간주할 수 있다. 가령 「조신전」·「용궁부연록」·「남염부주지」 등은 몽유록 형식의 淵源을 보여준다. 또한 이 작품들은 몽유록이 傳奇小說과 밀접한 연관을 맺고 있음을 시사하고 있다. 하지만 '몽유록'은 소설사의 어느 단계에 이르러 독자적인 양식으로 자신을 정립시켰다.

조선 전기의 몽유록으로서 주목되는 작품은 「元生夢遊錄」이다. 白湖 林悌(1549~1587)에 의해 창작된 이 작품은 세조의 왕위찬탈을 극렬히 비판하고 있다. 이처럼 몽유록은 理念性을 강하게 띠면서 이를 직접적으로 표출하는 양식으로 출발한바, 이 점이 몽유록의 가장 중요한 장르적 특성을 이루는 것으로 판단된다. 후대의 몽유록들도, 그 표방하는 이념의 구체적 내용이야 작품마다 다르다 할지라도 특정한 이념이나 주의·주장을 '직접적'으로 옹호하거나 내세우기 위해 창작되었다는 점에서는 초기 몽유록과 대체로 그 양상을 같이한다.

몽유록은 꿈에 노니는 형식을 빌려 작자가 지닌 이념이나 주의·주장을 표방하는 데는 유리하나, 敍事의 핵심 요소가 꿈속에 등장하는 인물들—그 인물들은 대개 실존인물인 경우가 많지만—간의 대화라는 제약으로 인해 사건의 역동적 전개를 기대하기는 어렵다. 또한 다양한 구성이나 起伏 있는 플롯을 기대하기도 어렵다. 이처럼 몽유록은 그 양식적 특성과 관련하여 소설로서의 발전에 일정한 한계를 안고 있다고 보인다.

조선 전기의 소설로는 이외에 申光漢(1484~1555)의 『企齋記異』를 거론할 만하다. 『기재기이』는 「安憑夢遊錄」·「書齋夜會錄」·「崔生遇眞記」·「何生奇遇傳」 등 4편의 작품이 수록된 소설집이다. 이 중 「최생우진기」·「하생기우전」은 『금오신화』의 「용궁부연록」·「만복사저포기」와 기맥이 닿는다. 그러나 작자와 작품 사이에 형성되고 있는 긴장, 그리고 그와 관련된 작품의 예술적·사상적 의의는 『금오신화』와 동렬에서 논의하기 어렵다. 『기재기이』의 네 작품 중 그래도 취할 만한 작품은 「하생기우전」이 아닐까 생각되는데, 그러나 이 작품 역시 그 예술적 긴장감은 현저히 떨어진다. 이는 역시 작자의 사상적 높이나 문제의식의 深淺과 연관되지 않을까 생각한다. 이 점은 『금오신화』의 작자와 좋은 대비가 된다. 지금도 마찬가지지만, 높은 정신과 품격을 지닌 작품은 한갓 글재주만 갖고서 써지지 않는 법이다.

## 4. 朝鮮後期의 한문소설

壬辰亂 이후의 조선 후기에 한국한문소설은 아주 다양하게, 그리고 더욱 높은 수준으로 전개되었다. 이 시기에 산생된 작품들은 아주 많아 여기서 일일이 거론하기 어렵다. 따라서 小說演變史의 견지에서 주목되는 몇 가지 중요한 문제를 중심으로 논의를 전개하고자 한다.

첫째, 傳奇小說의 문제다.

나말여초 이후 조선 전기까지의 시기에 산생된 소설은 거의 모두 전기소설이었다. 그리고 이 傳奇樣式은 소설의 한 역사적 장르로서 지속성과 함께 변화와 발전의 면모를 보여왔다. 그렇다면 17세기 이래 이 전기양식의 행방은 어떻게 될까? 이 물음에 대한 답은 조선 후기 소설사를 이해하는 데 아주 긴요하다.

우선 지적해야 할 사실은, 임진란이 발발한 16세기 말부터 17세기 전기까지의 시기에 우리나라 傳奇小說이 그 최고의 발전을 이룩했다는 점이다. 이 시기에 창작된 주요한 작품으로는 權韠의 「周生傳」, 趙緯韓의 「崔陟傳」, 작자 미상의 「雲英傳」 등을 들 수 있다. 이들 작품은 전기소설의 전통 속에서 엄연한 전기소설로 창작되었으되, 저마다 어떤 의미에서 전기소설의 장르적 혁신이라 할 만한 것을 이룩하면서 독자적인 경지를 열어 보이고 있다.

그 점을 간단히 지적해 본다. 「주생전」은 전기소설에 남녀의 삼각관계를 도입함으로써 전기양식이 견지해 오던 기존의 틀을 허물고 있다. 또한 신의보다 자신의 욕망을 추구하는 주인공 주생은 이전의 전기소설에서는 발견되지 않던 새로운 인간 타입이다.

「최척전」에서는 남녀 주인공만이 아니라 그 양가 부모와 자식들, 또 그 며느리까지 관심의 대상으로 등장하며, 저마다 자신의 고유한 목소리와 행위를 보여준다. 이들은 그저 작중에 잠시 나왔다 사라지는 그런 인물이 아니라, 독자적인 존재로서 그려지고 있다. 이외에도 「최척전」에는 '존재의 독자성'을 갖는 媒介的 人物이 여럿 등장한다. 이전의 전기소설은 어디까지나 남녀 주인공에 초점이 맞춰져 이야기가 전개되는 게 일반적이었다. 더러 주인공의 부모나 侍婢, 친구가 등장하기는 하나, 그런 경우라 할지라도 대개 스토리 전개상에 요구되는 하나의 '기능적' 인물로 설정된 데 불과하였다. 이와 달리 「최척전」은 남녀 주인공만이 아니라 그 주변의 여러 인물들이 폭넓게 조명되고 형상화된다. 이처럼 인물 설정의 면에서 「최척전」은 前代 전기소설의 벽을 허물고 새로운 영역과 가능성을 개척했다.

「운영전」은 어떤가? 이 작품은 몽유록의 형식을 취하면서도 夢中의 인물들이 그저 대화나 나누고 시를 주고받는 데 그치지 않고, 夢中의 인물이 다시 나레이터가 되어 과거에 일어난 사건을 이야기하고 자세히 재현함으로써 몽유록의 장르적 한계를 넘어서고 있다. 이런 점에서 「운영전」은 단순히 몽유록이라기보다 몽유록의 형식을 창조적으로 원용한 소설로 이해하는 게 온당하다. 「운영전」에서 또한 주목되는 것은 敵對的인 인물의 부각이다. 남자 주인공의 하인인 '특'이라는 인물이 바로 그에 해당한다. 주인공에 적대적인 이런 인물은 이전의 전기소설에서는 발견되지 않는다. 따라서 「운영전」은 傳奇樣式에 적대적 인물을 설정함으로써 소설적 갈등을 증폭시킨 혁신을 이룩한 셈이다.

이외에도 이 세 작품은 서사적 편폭의 확대, 소재의 확장, 현실 반영의 심화라는 면에서 전대 전기소설에 비해 한층 발전된 면모를 보여준다. 또한 전대의 소설들이 보여주던 환상적 필치가 약화되거나 제거되고, 현실의 인과관계에 따라 사실적으로 生을 그리고 있는 점도 현저한 변화라 할 만하다.

이상의 논의를 통해 확인되듯 17세기 전반기를 전후한 시기에 우리나라 전기소설은 그 최고의 발전을 이룩했다. 그런데 여기서 간과해서는 안 될 사실이 하나 있다. 그것은 이 시기에 산생된 傳奇作品들이 우리나라 전기소설의 최고의 발전이면서 동시에 전기소설에서 離脫하는 조짐들을 보여주고 있다는 사실이다.

이탈의 조짐은 우선 작품 분량의 확대에서 확인할 수 있다. 사실 전기소설은 단편양식으로서 길이가 그리 길지 않다. 이 점은 중국이든 한국이든 마찬가지다. 물론 작품에 따라 다소의 차이는 있겠으나 대체적으로 말해 「만복사저포기」나 「이생규장전」보다 더 길어진다면 破格이라 해야 하지 않을까 생각된다. 그렇다면 위의 세 작품은 전기소설로서는 모두 파격인 셈이다. 특히 「최척전」이나 「운영전」은 아주 길어 중편소설의 境域에 들어서 있다고 할 만하다.

그렇다면 이런 작품 분량의 확대는 어찌하여 초래되었는가? 여러 가지 요인을 생각해 볼 수 있겠는데, 작품 내적 요인으로는 매개적 인물의 확대, 디테일과 정황의 보다 자세한 재현, 이야기의 확장, 복잡한 구성과 多岐한 플롯 등을 그 주요한 요인으로 꼽을 수 있을 것이다. 작품외적 요인으로는 壬亂 이후 17세기 전반기를 전후한 시기의 민족현실의 급속하고 복잡한 변화, 그리고 그것이 초래한 여러 가지 기구한 사연들, 민족적 삶의 조건이 크게 변모되면서 가능해진 삶에 대한 새로운 시각과 심원한 인식 등을 꼽을 수 있을 터이다. 말하자면 우리 소설은 이 시기에 또 한번의 轉換期를 맞이한 셈이다. 이 전환기는 우리나라 소설사에서 羅末麗初나 鮮初에 버금가는, 아니 그때를 훨씬 능가하는 의미를 갖는다.

이러한 전환기적 상황에서 상하층의 말과 사유방식, 상하층의 시각과 문제의식이 활발히 뒤섞이고 충돌하고 교섭해갈 수 있었던바, 『於于野譚』과 국문소설 「홍길동전」이 이 시기에 출현한 사실이 그 점을 단적으로 입증한다. 『어우야담』은 조선 후기에 성행한 '野譚'이라는 새로운 문학의 출현을 예고한 획기적 의의를 갖는 저작이며, 「홍길동전」은 민중적 사유와 언어를 지식인적 문제의식과 깊이 있게 결합시켰고 표기문자 역시 국문이라는 점에서 이후 우리 소설의 방향을 제시한 커다란 의의를 갖는다. 요컨대 17세기 전반기를 전후한 시기의 언어·문화적 상황과 민족적 현실, 그리고 生의 조건은 이전의 짧은 편폭의 소설로는 적당하지 않거나 적극적으로 대처하기 곤란했으며, 이에 따라 '좀더' 길거나 '훨씬 더' 긴 새로운 소설 형식의 모색이 불가피했다고 보인다.

새로운 소설 형식의 모색은 두 가지 방향에서 이루어졌다. 그 하나는 기존의 지배적 소설양식이었던 전기소설을 변개하여 그 가능성을 확장하는 것이고, 다른 하나는 국문으로 된 새로운 소설양식을 개척하는 것이었다. 전자는 전기소설의 테두리 속에서 이루어졌으나 결과적으로는 불가피하게도 다소간 전기소설을 벗어나는 면을 지닐 수밖에 없었고, 후자는 전기소설이 축적해온 서사의 기법이나 역량을 한편으로 수용하면서도 그에 국한되지 않고, 자신이 이용하거나 참조할 수 있는 것이라면 어떤 것이든 가리지 않고 활용하여 전연 새로운 소설의 세계를 구축해 갔다. 그리하여 前代 및 當代의 설화나 제반 서사체는 물론이려니와, 중국의 演義小說이나 才子佳人小說의 수법과 장점도 적극적으로 원용하였다.

17세기 전반기를 전후한 시기에 전기소설의 작품 분량이 크게 확대된 것은 전기소설의 장르적 변모의 결과이지 그 원인은 아니다. 그것은 다른 각도에서 말한다면, 역동적으로 변화하고 있는 현실과 인간의 삶, 그리고 인간 삶의 조건을 더욱 핍진하고 총괄적으로 描出해 내고자 하는 노력의 결과인 것이다. 즉 斷片的으로 혹은 片面的으로 生의 한 과정을 묘출하던 전기소설의 일반적 장르 관행을 넘어서서, 비록 아직 生의 全過程, 혹은 生의 總體性까지는 아니라 할지라도 그것을 문제삼는 쪽으로 나아가는 하나의 道程과 指向을 보여준다고 생각된다. 이런 견지에서 본다면 이 시기 전기소설의 '中篇化 傾向'은 당시의 소설사에 負荷된 최대의 과제라고 판단되는 '총체성 확보'의 문제와 핵심적으로 연관된다고 아니할 수 없다. 즉 장편소설의 성립과정, 장편소설을 탄생시키는 문제와 불가분적으로 연결되어 있는 것이다.

그렇다고 한다면 17세기 전반기 이래 단형 서사양식으로서의 전기소설은 바야흐로 그 의의를 상실하거나 장르로서 소멸되어 갔는가? 이에 대한 답은 아주 조심스럽게 모색될 필요가 있다. 조금만 잘못 말해도 실상과는 거리가 있거나 조야한 답이 되기 쉽기 때문이다.

우선 지적해야 할 점은, 17세기 전반기를 전후한 시기의 소설사적 현안이 생의 총체성을 확보할 수 있는 새로운 소설 형식의 창출에 있었다고는 하더라고 그 사실이 곧 短篇樣式이 무용함을 뜻하는 것은 아니라는 사실이다. 단편양식은 역시 그것대로 쓸모가 있으며, 다른 것이 결코 대신할 수 없는 독자적 의의를 갖는다. 이런 점에서 단형 서사양식으로서의 전기소설은 아직 그 의의를 상실한 것은 아닐 터이다. 가령 18세기 말을 전후한 시기에 李鈺에 의해 창작된 짧은 형식의 전기소설 「沈生傳」은 그 시기의 어떤 다른 소설양식으로도 대신할 수 없는 높은 예술성과 깊은 문제의식을 보여주고 있다. 이런 점을 고려한다면 17세기 후반기에 전기소설의 장르적 時效가 다했다고 말하기는 어렵다.

그렇기는 하지만, 17세기 후반 이래의 전기소설이 이전의 전기소설이 점하던 지배적 소설양식으로서의 지위를 상실한 것만큼은 분명하다. 전기소설은 이 시기에 새롭게 발흥하여 급속도로 발전해간 신흥 소설양식인 장편소설에 이전의 자기 지위를 넘겨주지 않으면 안 되었다. 뿐만 아니라 전기소설은 17세기 후반 이래 단편양식 내에서도 지배적인 위치를 점차 상실해갔다. 이는 17세기 후반 이래 새로운 단편양식인 '野譚系 小

說'이 대두하여 발전하면서 단편소설의 주도권을 잡은 데 기인한다. 거기에 더해 17세기 이래 새롭게 성립된 '傳系小說'(傳이 소설화된 것) 역시 傳奇小說의 지위를 위축시키는 한 요인이 되었다.

조선 후기 小說演變史의 견지에서 주목되는 두 번째 점은 野譚系小說이라는 새로운 단편소설 양식이 이 시기에 성립하여 발전해갔다는 사실이다.

'野譚'이란 주로 市井을 중심으로 한 민간의 이야기가 한문으로 기록된 것을 말하는데, 장르론적으로 볼 때 단일하지 않고 逸話나 傳說, 民譚, 笑話, 短篇小說 등을 포괄하는 장르복합체의 개념에 해당한다. 바로 이 야담 속에 들어 있는 단편소설을 '야담계소설'이라 지칭한다. 야담계소설은 그 수가 아주 많다.

야담계소설은 시정의 이야기가 민간에서 口演되다가 기록자에게 청취되어 소설로 성립된 것이므로, 市井世界의 동향과 기미, 민간적 사유의 발랄함이 躍如하다. 또한 한문을 표기문자로 삼고 있기는 하나 종종 口氣가 느껴지며, 전기소설이 일반적으로 보여주는 수식적이고 세련된 문체와는 사뭇 다르다. 즉 별로 꾸밈이 없는 소박한 문체가 두드러진다. 이러한 문체상의 특성은 그 성립과정에 연유한다.

야담계소설의 이러한 문체적 특성은 그 세계관적 기초와 관련을 맺고 있다. 야담계소설은 주로 市井에서 구연되던 이야기가 청취되어 기록으로 옮겨진 것들이기에 그것이 담고 있는 세계관은 기본적으로 民衆的이다. 그러나 이러한 지적에는 약간의 단서가 필요하다. 민간의 이야기에는 이미 그 자체에 민중의 관섬과 지배층의 관점, 민중의 사유와 지배층의 사유, 민중의 말과 지배층의 말이 함께 섞여 있게 마련이다. 물론 이 양자가 어떤 수준으로 섞여 있는지는 이야기의 종류에 따라, 그리고 이야기 各篇에 따라 다를 수 있으므로 일률적으로 말하기 어렵다. 야담계소설이 담고 있는 세계관이 기본적으로 민중적이라는 지적에는 이러한 점에 대한 고려가 수반될 필요가 있다. 야담계소설에서 종종 지배층의 이념이나 시각이 발견되는 것은 대개의 경우 구연되던 이야기 자체가 지닌 제약에서 연유하는 것으로 판단된다. 그러나 이런 점에도 불구하고 야담계소설의 세계관적 기초는 전체적으로 볼 때 민중적인 게 분명하다. 야담계소설은 구연되던 이야기를 기록한 것이라고는 하나, 기록 과정에서 다소의 潤色이 가해질 수 있고 이때 기록자의 시각이 침투될 수 있다. 야담계소설이 더러 보여주는 士大夫的 視角은 이런 점 때문에 초래된 것일 수도 있다.

야담계소설은 그 소재가 아주 다양하며, 각계각층의 인물이 등장한다. 이처럼 야담계소설은 소설의 제재와 관심을 生의 거의 모든 부면으로 확대하면서 주제를 다변화한 의의를 갖는다. 특히 富의 성취나 획득과 같은 인간의 물질적 생활에 지대한 관심을 보이는데, 이는 조선 후기 일반 민중이 지녔던 慾望과 希求를 표현한 것으로 보인다.

야담계소설의 또다른 특징으로는 '낙관적 태도'를 들 수 있다. 거의 대부분의 작품은 이른바 해피엔딩으로 종결된다. 危機와 艱難은 결국 극복되고 작품은 행복한 결말로 종결되게 마련이다. 야담계소설을 지배하는 이처럼 밝고 낙관적인 태도는 비극적 종결을 맞는 전기소설이 보여주는 저 어둡고 비관적인 태도와는 아주 대조적이다. 야담계소설의 이러한 情調는 설화에서 이월된 것이다.

야담계소설이 보여주는 樂觀主義는 생에 대한 넉넉하고도 유연한 태도, 현실의 고난에도 불구하고 결코 그에 꺾이지 않으려는 민중적 삶의 자세에서 나오는 것이라고 할 수 있다. 그렇기는 하나 야담계소설의 낙관주의는 늘 장점만은 아니고, 단점이 되기도 한다. 인간이 근원적으로 지닌 무력함과 나약함, 그 소심함과 상처받기 쉬움 따위의 면모에 대한 성찰이나 이해를 차단한다는 점이 아마도 가장 큰 단점일 터이다. 적어도 중세의 소설양식 가운데서 인간의 이런 면모에 대해 가장 깊은 관심을 보여준 소설양식은 전기소설일 것이다. 이 점에서 전기소설과 야담계소설은 경쟁적이지만 않고 보완적인 면을 갖는다.

야담계소설은 설화로부터 온 것이기 때문에 그 서술방식이 '이야기투'라는 특징을 보여준다. 특정한 인물이 엮어내는 흥미로운 사건을 줄거리에 따라 순차적으로 기술하는 이러한 서술방식은 별로 무리가 없고 이해하기 쉽다는 장점이 있다. 그러나 대체로 스토리 중심으로 사건 전개의 과정을 외면적으로 그리게 되므로, 인물의 내면에 대한 묘사라든지 디테일과 정황에 대한 세세한 묘사가 결여되거나 불충분하게 되기 쉬운 약점도 안고 있다.

이상의 논의를 통해 알 수 있듯 야담계소설의 특성, 그리고 그 장점과 단점은 야담계소설의 母胎인 설화에 의해 규정되는 바가 적지 않다. 물론 전기소설도 작품에 따라서는 설화에서 성립된 것이 없지 않다. 하지만 그런 경우 전기소설은 설화를 가공하고 그에 많은 예술적 변형을 가하게 마련이다. 이에 비해 야담계소설과 설화의 관계는 좀더 직접적인 것으로 여겨진다.

야담계소설은 대체로 17세기 중반을 전후한 시기에 출현한 것으로 추정된다. 18세기 초에 오면 任堕(1640~1724)에 의해 『天倪錄』이라는 野譚集이 저술되는데, 종전의 『어우야담』이 비록 '야담'이라는 제목을 붙이고 있긴 하나 아직 본격적인 야담으로서의 면모가 미흡한 데 반해 『천예록』은 바야흐로 완숙한 면모를 보여준다. 『천예록』에는 야담계소설이 여러 편 포함되어 있다.

任堕 외에도 18세기의 주목되는 야담 작가로는 辛敦復(1692~1779), 任邁(1711~1779), 盧命欽(1713~1775), 安錫儆(1718~1774)을 들 수 있다. 신돈복은 『鶴山閑言』을, 임매는 『雜記古談』을, 노명흠은 『東稗洛誦』을, 안석경은 『雪橋漫錄』을 저술했는데, 그 속에는 여러 편의 소설이 수록되어 있다.

19세기에 들어와서는 소위 3대 야담집이라 일컬어지는 『靑邱野談』, 『溪西野譚』, 『東野彙輯』이 편찬되었다. 이 중 『청구야담』은 여러 작자들의 야담을 모으는 한편 편찬자 자신이 창작한 작품도 일부 보탰을 것으로 추정되는 책인데, 매 작품마다 일곱 자 내지 여덟 자의 제목을 붙여 놓고 있다. 당시까지 전개되어온 야담문학의 집성이자 결정판이라 할 만한 면모와 수준을 보여주는바, 이 책을 통해 우리는 야담계소설의 특성과 다양한 면모를 잘 살필 수 있다.

가령 『청구야담』에 수록된 「結芳緣二八娘子」(이 작품은 李玄綺가 저술한 야담집인 『綺里叢話』에 실려 있는 「蔡生奇遇」를 轉載한 것임)는 야담계소설이 이룩한 탁월한 성취가 과연 어느 정도인지 여실히 보여준다. 이 작품은 인물의 심리묘사는 물론이려니와, 인물들의 典型化, 세부묘사와 구성 등에서 대단히 높은 예술적 성취를 거두고 있다. 주목되는 것은 이 작품의 이러한 예술성이 종전에 전기소설이 축적한 성과와 역량을 흡수하고 소화한 바탕 위에서 이루어질 수 있었다는 사실이다. 이 점을 고려한다면, 「결방연이팔낭자」처럼 빼어난 야담계소설은 상층과 하층의 서사문학이 서로 만나 결국 양자를 止揚함으로써 새로운 경지를 열어 보인 것으로 해석할 수 있다. 즉 아래에서 올라온 市井의 이야기가 지닌 생기와 역동성이 상층의 문학인 전기소설이 지닌 세련미·섬세함과 결합되면서 고도의 예술성을 확보할 수 있었던 게 아닐까 생각된다. 하지만 모든 야담계소설이 이런 면모를 보여주는 것은 아니다. 야담계소설이 전기소설의 전통을 자신의 영역 속으로 끌어들여 자기화하고자 했음은 『천예록』에 수록된 「掃雪因窺玉簫仙」이나 「簪桂重逢一朶紅」 같은 작품을 통해서도 확인된다.

조선 후기에는 야담계소설 외에도 새로운 단편소설 양식으로서 傳系小說이 성립되어 발전하였다. 우리는 이 점을 이 시기 小說演變史에서 세 번째로 주목한다.

傳系小說이란 무엇인가? 간단히 말해 '傳'이 소설화한 一群의 작품을 일컫는 용어이다. '傳'이란 인물의 褒貶을 위주로 하는 정통 한문학의 한 장르인데, 소설의 시대라 할 수 있으리만큼 소설이 성행하고 발전해 간 조선 후기에 이르러 '傳' 장르는 그 내부에서 활발한 장르운동이 일어났고 그 결과 일부의 傳들이 소설화하였다. 전계소설은 傳의 전통 속에서 창작되었지만 장르운동을 통해 소설로서의 성격을 갖게 되었기에 자연히 그 속에는 傳의 속성이 일정 부분 내포되어 있다. 이런 점에 유의하면서 전계소설의 미적 특성을 간단히 살펴본다.

전계소설의 특성으로는 우선 대상을 간명히 槪括한다는 점을 들 수 있다. 대상을 간명히 개괄함은 傳 특유의 서술법에 해당한다. 전계소설은 傳에 비해 서술의 구체성을 더욱 발전시켰지만, 그럼에도 다른 양식의 단편소설들, 이를테면 전기소설이나 야담계소설과 비교한다면 개괄적 묘사가 두드러진 편이다. 전계소설의 이러한 특성은 장점도 되지만 단점이기도 하다. 개괄적 서술은 사태를 명료하게 드러내는 데에는 유리하지만, 복잡한 현실의 제 계기와 과정을 담는 데에는 불리하기 때문이다. 전계소설이 디테일의 묘사에서 약점을 보이거나 서사의 필치를 좀더 길게 끌고 가지 못하는 아쉬움을 남기곤 하는 것은 이러한 사정과 관련된다.

전계소설의 또다른 특징으로는 객관적·사실적 서술태도를 들 수 있다. 傳은 '據事直書'의 정신을 존중하는 장르다. 즉 사실에 대한 엄정하고 객관적인 서술을 중시한다. 물론 전계소설이 傳의 이러한 정신을 곧이곧대로 답습하고 있지는 않다. 사태의 과장이나 허구의 창조, 흥미 위주의 敷衍을 종종 발견할 수 있다. 그럼에도 불구하고 객관적이고 사실적인 서술태도가 전계소설의 두드러진 특징을 이룬다는 사실은 부정될 수 없다.

이와 함께 전계소설은 주인공의 身元과 이름에 대해 유별난 관심을 보여준다는 점에서도 특징적이다. 傳이 서두의 人定記述을 통해 입전인물의 家系나 신원을 분명히 밝히는 것이 통례임은 잘 알려져 있다. 전계소설은 傳의 이러한 속성을 넘겨받아 주인공의 이름과 신원에 유별난 관심을 보인다. 이는 다른 양식의 소설과 전계소설을 구별짓는 한 중요한 자질이 된다.

작품 말미에 論贊이 붙는다는 점 역시 전계소설의 특성으로 지적될 수 있다. 이 역시 傳에서 물려받은 요소다. 논찬은 전기소설이나 야담계 소설에서도 간간이 발견된다. 그렇기는 하나 전기소설이나 야담계소설에서는 논찬이 필수적이지 않다. 이에 반해 전계소설에서 논찬은 필수적이다. 논찬이 붙지 않은 전계소설은 오히려 예외적인 것에 해당한다. 적어도 전계소설에서 이 논찬부는 단지 군더더기 정도로 간주될 성질의 것이 아니다. 그것은 엄연히 작품의 한 부분으로서 전계소설의 독특한 미적 구성원리를 형성하고 있기 때문이다. 즉 이 부분을 통해 작자는 지금까지의 서술의 의미를 특정한 방향으로 유도하거나 평가하며, 혹은 지금까지의 서술이 모두 사실이라는 점을 강조하면서 그 증거를 댐으로써 작품에 객관성의 外觀을 최종적으로 부여한다. 또한 이 부분에서는 작자가 지금까지 절제해온 자신의 주관적 감정을 표출하는 것이 자연스런 것으로 인정되기 때문에, 작자는 그 앞 부분에서는 오로지 객관적 서술에만 전념할 수 있게 되는바, 전계소설이 갖는 사실적 지향은 이러한 미적 구성원리에 힘입고 있는 면도 없지 않다. 그렇기는 하나 작자가 직접 자신의 모습을 드러낸 채 자신의 생각을 말한다는 점에서 논찬은 중세적 敎述散文의 요소를 탈피하지 못한 면도 있음을 알 수 있다.

한편, 전계소설의 美感은 '悲壯'이나 '嚴肅'이 주조를 이룬다. 비속이나 골계, 신비 등의 미감이 전혀 없는 것은 아니나, 결코 주조라고는 할 수 없다. 이 점에서, 綺麗나 悲惻이 주된 미감이 되고 있는 전기소설이나, 비속과 골계가 두드러진 미감이 되고 있는 야담계소설과 구별된다. 또한 전계소설의 문체는 세 양식의 단편소설 중 가장 간결함을 보여준다. 즉 전기소설이 수식적이거나 宛轉한 문체를, 야담계소설이 '이야기투'로 술술 이어지는 문체를 보여준다면, 전계소설에서는 간단명료한 문체가 두드러진다.

조선 후기 전계소설 가운데 문학성이 돋보이는 작품을 몇 개 들어본다면, 「柳淵傳」·「南宮先生傳」·「金英哲傳」·「劍僧傳」·「兩班傳」·「許生傳」·「柳遇春傳」·「李泓傳」·「蔣生傳」·「茶母傳」·「角觝少

年傳」 등이 있다.

전계소설은 대부분 그 작자가 알려져 있다. 전계소설의 작가로는 특히 許筠・洪世泰・朴趾源・李鈺・金鑢 등이 주목된다. 이들 작가는 17세기 전반기에서 19세기 전반기 사이에 활동했다.

그런데 조선 후기의 주요한 세 단편양식인 전기소설, 야담계소설, 전계소설은 상호 교섭 없이 순전히 독자적으로 발전한 것이 아니라, 서로 간에 비교적 활발한 교섭과 영향을 주고받았다는 사실에 주목할 필요가 있다. 즉 전기소설과 야담계소설, 전기소설과 전계소설, 야담계소설과 전계소설이 서로 짝을 이루며 영향을 주고받았을 뿐 아니라, 셋이 동시에 영향을 주고받았음이 확인되기도 한다. 이런 점 때문에 특정한 작품이 어느 양식에 속하는지 판별이 어려운 경우도 있으며, 또 억지로 판별하는 것 자체가 별로 의미가 없는 경우도 있을 수 있다. 분류를 위한 분류는 무의미하기 때문이다.

가령 위에 거론한 작품들 중 「남궁선생전」이나 「검승전」, 「장생전」 등은 傳奇的 면모도 지니고 있는바, 이런 작품의 경우 굳이 전계소설의 울타리 속에만 가두지 말고 전기소설로 고찰하는 관점도 성립될 수 있다. 요컨대 한 작품의 양식이 복합적 성격을 띨 경우에는 이 양식을 논할 때에도 다루고 저 양식을 논할 때에도 다루는 등 융통성 있게 다각적으로 논의할 필요가 있다고 생각된다.

조선 후기 小說演變史에서 주목해야 할 네 번째 점은 17세기에 이룩된 夢遊錄 양식의 발전이다. 尹繼善(1577~1604)의 「達川夢遊錄」과 작자 미상의 「江都夢遊錄」이 이 시기의 대표적인 작품이다. 전대의 몽유록에 비해 그 분량이 확대되었다는 점이 우선 눈에 띄는 변화다. 「달천몽유록」은 임진란의 역사적 경험을, 「강도몽유록」은 병자호란의 현실을 각각 제재로 삼고 있는바, 민족사의 쓰라린 체험을 그리려 하다 보니 분량이 늘어나고 서사가 확대되는 변모가 초래된 게 아닐까 생각된다. 현재 알려져 있는 조선 후기의 몽유록 가운데에는 이 두 작품이 최고의 수준을 보여주며, 여타의 작품들은 그 수준이 그리 높지 않거나 아예 수준미달이다. 아마도 이 두 작품 이후 몽유록은 새로운 출구를 발견하지 못한 채 양식적으로 매너리즘화하면서 쇠락해 갔던 게 아닌가 여겨진다.

조선 후기가 보여주는 주요한 문화사적 현상의 하나로 우리는 질탕한 '웃음'과 신랄한 '풍자'를 들 수 있다. 이 현상의 대두배경이나 의미에 대하여는 여러 각도에서의 음미가 필요하나, 조선 후기 서민문화와 市井人文化의 성장, 사대부 계급의 분화에 따른 士의 각성, 몰락양반이나 유랑지식인의 자기인식 등이 그러한 현상을 대두시키거나 고조시킨 주요한 요인이 된 것은 분명하다. 가령 판소리나 탈춤의 웃음과 풍자, 연암 박지원에게서 발견되는 신랄한 풍자정신, 김삿갓의 戱作詩 등에서 그 점을 확인할 수 있다. 어떤 점에서 이 '웃음'과 '풍자'야말로, 한계가 있는 대로, 조선 후기 민중언어와 민중문화의 精髓를 보여주는 것으로 이해할 수 있다. 뿐만 아니라 웃음과 풍자는 그 자체가 하층언어와 상층언어, 하층문화와 상층문화의 교섭과 충돌이며, 渾融이라고 할 수 있다. 조선 후기의 문학예술 장르들 가운데 웃음과 풍자를 구현하고 있는 것은 아주 많다. 한문소설 역시 그 한 자리를 차지한다. 조선 후기에 나온 일군의 한문소설은 특히 '諷刺小說'이라는 개념으로 묶을 수 있다. 조선 후기 小說演變史의 견지에서 우리가 주목해야 할 다섯 번째 점은 바로 이 풍자소설의 성립과 발전이다.

조선 후기의 한문 풍자소설로는 「芝峰傳」·「丁香傳」·「烏有蘭傳」·「鍾玉傳」·「鼠大州傳」·「鼠獄記」·「虎叱」 등의 작품을 들 수 있다. 이들은 크게 셋으로 나눌 수 있는데, 「지봉전」·「정향전」·「오유란전」·「종옥전」이 그 하나요, 「서대주전」·「서옥기」가 그 둘이며, 「호질」이 그 셋이다.

이 중 「지봉전」류의 작품은 色莊한 타입의 인간, 특히 女色에 무심한 체하거나 관심이 없는 체하거나 눈길을 안 줄 수 있다고 호언하면서도 실제로는 마음이 그리 견고하지 못해 여색에 빠져 헤어나지 못하는 인간 타

입을 아주 경쾌한 어조로 풍자하고 있다. 양반의 위선과 호색을 풍자하고 있다거나, 인간의 근원적인 모습을 풍자하고 있다는 해석은 牽强이거나 너무 迂遠하여 적절치 못하다. "色厲而內荏"(『論語』)이라는 말도 있지만, 色莊한 타입의 인간, 즉 겉으로는 剛强한 체하나 실제 속은 荏弱한 타입의 인간은 자연스럽거나 유연하지 못하고 대개 굳어 있거나 경직된 모습을 보여주게 마련이다. 「지봉전」류의 작품은 이런 인간이 지닌 부자연스러움과 경직성을 웃음을 통해 풍자하고 교정하려는 의도를 담고 있다(이 점에서는 국문소설 「배비장전」도 얼마간 상통하는 면모를 갖는다). 따라서 그 풍자는 신랄하지 않고, 대단히 가볍고 유쾌한 어조를 띤다. 「지봉전」류가 보여주는 풍자성은 민중적 발상과 사고방식의 표현이다.

이 작품들은 대체로 민간에서 떠돌던 이야기를 바탕으로 성립된 것이라 할 수 있다. 「배비장전」의 경우 민간의 이야기를 판소리나 판소리계 소설로 수렴한 것인 데 반해, 「지봉전」 등은 민간의 이야기를 지배층의 문자인 한문으로 기술한 것이라는 점에서 민중문학이 더욱 상승한 예라 이해할 수도 있을 것이다. 이런 점에서 보면 「지봉전」류의 작품은 야담계소설과 상통하는 면이 없지 않다. 그 중에서도 특히 「지봉전」과 「정향전」은 야담계소설에 근접해 있다.

하지만 「지봉전」류의 작품들 중 「오유란전」이나 「종옥전」은 좀 다르다. 우선 이 작품들은 앞의 두 작품에 비해 양이 한층 많고, 여러 편의 漢詩가 삽입되어 있으며, 문장에 이따금 故事가 구사되고 있다. 한시의 삽입이나 고사의 구사는 傳奇小說의 전통을 수용한 결과다. 이 점은 보는 각도에 따라 이야기가 조금 달라진다. 즉 전기소설이 18세기를 전후한 시기에 자기를 벗어나 풍자소설이라는 전연 새로운 방향을 모색한 것이라 볼 수도 있고, 거꾸로 풍자소설이 전대 전기소설의 전통을 자기 나름대로 활용한 것이라 볼 수도 있다. 그 어느 쪽이든 이들 작품이 전기소설의 성과 위에 있다는 점만큼은 분명하다. 그렇긴 하나 이들 작품을 단지 전기소설하고만 연결지어 생각하는 것은 적절치 못하다. 위에서도 지적했듯 민간에서 이루어진 口傳敍事文學과의 관련이 오히려 선차적으로 중시되어야 할 것으로 여겨지기 때문이다. 더구나 「오유란전」과 같은 작품은 단지 민간에 구연되던 이야기만이 아니라, 판소리 「춘향가」(혹은 판소리계 소설 「춘향전」)나 「강릉매화타령」 및 「배비장전」과의 관련을 보여준다.

「지봉전」류와 달리 「서대주전」·「서옥기」는 訟事를 다룬 작품인데, '쥐'를 비롯하여 여러 동물이 등장하므로 寓話小說로 이해할 수도 있다. 이들 작품은 訟事의 處決過程을 통해 官의 무능함이나 벼슬아치의 부패를 풍자하고 있다. 조선 후기에는 민간의 우화를 바탕으로 상당수의 국문 우화소설들이 형성되었는데, 「서대주전」이나 「서옥기」도 그런 분위기 속에서 성립된 것으로 볼 수 있다.

연암 박지원의 작품인 「虎叱」은 앞의 두 부류와 풍자의 성격이나 의미가 상당히 다르다. 앞의 두 부류가 민중적 발상과 시각에 입각해 있다면, 「호질」은 각성된 士 혹은 높은 식견을 지닌 비판적 지식인의 문제의식에 입각해 있다. 「호질」이 보여주는 풍자의 어조는 신랄하기 그지없으며, 풍자의 의미 또한 단순하지 않고 重層的이다. 「호질」의 풍자가 중층적임은 北郭先生과 그를 꾸짖는 범의 상징의미가 多義的이라는 데서 잘 드러난다.

북곽선생은 작품의 文面에서 드러나듯 일차적으로는 '僞儒'이지만, 꼭 그에만 한정되지 않고 '中華'를 상징하는 존재로서의 含義도 없지 않으며, 또한 禽獸와 달리 文明을 이룩하고 구가하는 존재로서의 '인간'을 대변하는 면도 전혀 없는 것은 아니다. 마찬가지로 범은 일차적으로는 짐승이지만, 그 내면적 의미에 있어서는 禽獸와 다름없는 존재로 간주된 오랑캐가 세운 나라인 '淸'을 상징하는 면이 없지 않다고 여겨진다.

이런 점 때문에 북곽선생에 대한 비판과 풍자는 일차적으로는 당연히 僞儒로서의 면모에 퍼부어지는 것이면서도 오로지 그것에만 국한되지 않고 中華文明 혹은 '인간 그 자체'를 향해 발해지는 면도 동시에 갖는다. 「호질」이 이처럼 多義性을 바탕으로 인간에 대한 새로운 省察, 문명에 대한 반성적 관점을 풍자의 방식을 통해 대담하게 열어 보일 수 있었던 것은 작가 박지원이 지닌 철학사상, 특히 '人物性同論'이라는 인간과 사물을 보는 새로운 철학적 관점 때문에 가능했다. 이 점에서 「호질」은 단순히 풍자소설이지만 않고, 철학소설 내지는 사상소설로서의 면모도 갖고 있다.

조선 후기에는 단편소설이나 중편소설만 발전한 것이 아니고, 장편소설도 크게 발전하였다. 외형적으로 볼 때 조선 후기 소설사의 가장 융성한 면모는 바로 이 장편소설에서 찾을 수 있을 것이다. 특히 국문 장편소설은 그 창작과 유통에서 놀라운 발전을 보여주었다. 국문 장편의 열기 만큼은 아니라 하더라도 이 시기에는 한문 장편소설도 여러 편 창작되어 적지 않은 성과를 거두었다. 또한 애초 국문으로 창작된 것이 이후 한문으로 번역되거나, 이와는 반대로 애초 한문으로 창작된 것이 이후 국문으로 번역되는 등, 국문 장편과 한문 장편은 서로 밀접한 관련을 맺고 있다. 이제 조선 후기 小說演變史의 마지막 주목할 점으로 한문 장편소설의 성립과 발전에 대해 간단히 언급한다.

조선 후기의 한문 장편소설로서 주목할 만한 작품으로는 『玉樓夢』·『三韓拾遺』·『六美堂記』를 꼽을 수 있다. 이 중 가장 돋보이는 작품은 『옥루몽』이다. 여기서는 번거로움을 피해 이 작품 하나만을 대표적으로 살핌으로써 조선 후기 장편소설의 면모와 수준이 어떠한지 그 一斑을 엿보고자 한다.

『옥루몽』은 19세기 중엽을 전후한 시기에 南永魯(1810~1857)라는 문인이 창작한 작품이다. 이 작품의 구상과 전개는 『九雲夢』에서 적지 않은 영향을 받았다. 그렇기는 하나 『옥루몽』은 그 분량이 『구운몽』의 세 배나 되는 데서 잘 드러나듯 서사적 편폭을 浩瀚하게 확대시키면서 大河小說로의 발전을 보여준다. 특히 인물의 개성적 형상화—가령 강남홍의 성격 창조는 아주 탁월하다—와 63회나 되는 章回를 자연스럽게 이끌어가는 구성력이 돋보인다. 뿐만 아니라 楊昌曲과 尹夫人·江南紅·

碧城仙·一枝蓮은 사랑하는 남녀로서만이 아니라 서로 志趣를 같이하는 知己로서 맺어지고, 이 때문에 그들간에는 더욱 두터운 신뢰와 애정이 형성될 수 있었다는 점이 주목된다. 남녀 주인공이 서로를 깊이 이해하는 평생의 知己로 맺어지는 이런 結緣方式은 전기소설에서 연유한다. 『옥루몽』은 바로 이 전기소설의 優良한 전통을 수용하여, 비록 중세적 인간관, 중세적 남녀관의 테두리 내에서이기는 하나, 여성에 대해 얼마간 진취적인 관점을 획득할 수 있었다.

이외에도 『옥루몽』이 전기소설의 전통을 풍부하게 수용했음은 여러 군데에서 확인되는바, 가령 남녀 주인공들이 시나 노래를 수시로 읊조리거나 부르고 있음을 한 예로 들 수 있다. 어떤 면에서 보면 양창곡이 강남홍과 결연하는 과정이나 벽성선과 결연하는 과정은 저마다 한 편의 전기소설과 방불하다. 그렇다고 해서 『옥루몽』을 주로 전기소설과 연관지어 생각해야 한다는 것은 아니다. 다만 『옥루몽』이 전기소설이 이룩한 성과를 적절히 활용하고 발전시킴으로써 더욱 탁월해질 수 있었다는 점을 지적했을 뿐이다. 대장편소설답게 『옥루몽』은 그 속에 온갖 서사양식을 종합하고 있으며, 심지어 한문학의 여러 산문 장르까지 망라하고 있다. 『옥루몽』은 그것이 씌어질 당시까지 중국과 우리나라의 서사문학이 이룩한 제반 성과를 비교적 폭넓게 수용하거나 원용한 것으로 판단된다.

『옥루몽』의 작자인 南永魯(1810~1857)는 科擧에 여러 번 낙방하고 鄕里에서 일생을 마친 불우한 선비인데, 『옥루몽』에는 이러한 처지의 작자가 가짐직한 문제의식과 理想이 짙게 반영되어 있다. 가령 양창곡의 입을 빌어 인재등용의 폐단을 지적한다든가, 국가경영의 전반적인 문제점을 거론한다든가, 因循姑息을 일삼는 朝廷 大臣의 무책임한 태도를 비판하고 있다든가 하는 것은 在野 士人인 작자의 평소 所懷를 드러낸 것으로 볼 수 있다. 또한 시골의 일개 한미한 집안 출신인 양창곡이 그 타고난 재능을 인정받아 눈부신 출세가도를 달려 두 처와 세 첩을 거느리고 부귀공명을 마음껏 누렸다는 줄거리에는 작자의 남성적 理想이 강렬하게 投射되어 있다고 할 만하다.

『옥루몽』에는 봉건국가의 현실과 사대부 귀족의 생활상이 총체적으로 그려지고 있다. 즉 조정에서 이루어지는 정치 활동과 가정 내에서 일어나는 妻妾間의 분란, 중앙권력에 도전하는 邊方의 반란과 이에 대한 진압 등이 흥미진진하게 그려져 있다. 이런 면모는 『구운몽』 이래 조선 후기의 장편소설들에서 거의 예외 없이 발견되는 면모이나, 차이가 있다면 『옥루몽』의 경우 표현과 구성, 묘사가 예사롭지 않다는 점일 것이다. 그래서 아주 긴 소설이면서도 비슷한 분량의 여느 소설들과 비교해 별로 지루하지 않게 읽힌다. 이는 결국 작자의 소설가적 재능과 문학적 소양이 탁월한 데 기인한다 할 것이다. 이 점에서 『옥루몽』은 국한문을 막론하고 조선 후기에 산출된 모든 장편소설 중 최고의 기량과 수준을 보여주는 작품의 하나로 간주될 수 있다.

그렇기는 하지만 『옥루몽』은 19세기 중반 무렵의 우리 장편소설에 기대해 봄직한, 중세를 탈피한(혹은 탈피해가는) '새로운 인간형'의 창출이나 중세적 이념을 벗어난 '새로운 가치관'이나 '패러다임'의 소설적 모색은 보여주고 있지 못한바, 이 점 대단히 아쉽게 느껴진다. 18세기에 창작된 같은 '夢'자 돌림인 중국의 『紅樓夢』과 비교할 때 이러한 아쉬움은 더욱 커진다. 적어도 이런 높은 기준에서 본다면 『옥루몽』과 조선 후기에 창작된 다른 장편소설 간에는 본질적인 차이가 발견되지 않는다. 忠孝의 강조, 一夫多妻制의 재확인, 立身揚名의 추구 등 작품이 표방하는 기본 이념은 대체로 동일하기 때문이다. 『옥루몽』은 그 예술적 성취에 있어 조선 후기 장편소설을 대표하면서 그 頂點에 놓이는 작품이기 때문에 그것이 지니는 한계는 단지 개별 작품 차원의 문제에 국한되지 않고 조선 후기 장편소설 전체의 한계를 보여줌과 동시에 조선 후기 장편소설이 도달한 높이를 객관적으로 가늠케 하는 하나의 유력한 잣대가 된다.

## 5. 맺음말

이상, 한국한문소설의 성립과 轉變, 그 樣式史的 展開를 개략적으로 살펴보았다. 한국한문소설은 한국의 여타 서사문학과 상호 관련성을 가지며 지속적으로 발전해왔다. 국문이 창제되기 이전에 한문소설은 소설로서의 독점적인 지위를 누렸으며, 국문이 창제된 이후에도 그 독점적인 지위는 한동안 바뀌지 않았다. 그러나 17세기 이래 조선 후기에 이르러 국문소설이 광범하게 창작되고 유통되면서 한문소설은 국문소설과 공존하게 되었다. 그러나 이 시기라 해서 한문소설이 퇴보하거나 그 의의가 감소된 것은 아니다. 국문소설과는 별도의 세계와 가치를 모색하거나 국문소설과 서로 교섭하면서 자기대로 다양하게 變轉되어 왔음이 확인된다. 또한 어떤 면에서는 국문소설의 성장에 영향을 끼치면서 그 수준을 끌어올리는 데 기여한 면도 없지 않다.

요컨대 우리나라 중세의 全時期를 통해 한문소설은 다대한 예술적 성과를 남겼다는 의의가 있다. 따라서 이 점에 대한 정당한 평가 위에서만 우리나라 소설사에 대한 적실한 이해가 가능하다 할 것이다.

제1편

# 韓國漢文小說의 成立

1. 白雲際厚 / 未詳
2. 虎願 / 未詳
3. 調信傳 / 未詳
4. 崔致遠 / 未詳
5. 白月山兩聖成道記 / 未詳
6. 薛氏 / 金富軾
7. 溫達 / 金富軾
8. 金遷 / 未詳
9. 蓮花夫人 / 李居仁

# 1. 白雲際厚

未詳

新羅王賜白雲、際厚、金闡等三人爵三級.

初有二達官, 家同里閈, 一時生男女, 男曰白雲, 女曰際厚. 二家約爲婚媾. 白雲年十四爲國仙, 十五而盲. 際厚父母, 欲改聘于茂榛[1)]太守李佼平. 際厚將之茂榛, 密語白雲曰: “妾與子生同一辰, 約爲夫婦久矣. 今父母改舊, 而新是圖, 若違命則爲不孝, 歸茂榛則死生豈不在我乎? 子有信義, 幸尋我於茂榛!” 信誓而別.

際厚旣歸, 謂佼平曰: “婚姻, 人道之始, 不可不涓吉爲禮.” 佼平從其言. 白雲尋至茂榛, 際厚出從之. 遂與俱潛行山谷, 忽遇俠客, 劫白雲竊際厚而走. 雲之徒金闡, 勇力過人, 善

---

1) 茂榛 : 茂珍. 지금의 光州.

騎射, 追俠客殺之, 奪際厚而還. 事聞, 王曰: "三人信義, 可尙." 有是命.

• 작자 : 未詳

• 출전 : 『三國史節要』 권6

• 참고사항

(1) 일찍이 崔南善은 이 글을 신라의 古事逸文으로 간주해, 자신이 編한 『三國遺事』(민중서관, 1946)에 부록으로 수록한 바 있다. 하지만 이 자료는 이후 그리 주목을 받지 못했다. 장르에 대한 이해가 부족했던 최남선은 이 작품을 설화로 봤으며, 제목 없이 소개하였다. 근년 李東歡 교수는 이 작품이 傳奇樣式의 초기 형태를 보여준다는 견지에서 다시 주목한 바 있으며(『한국사』 17, 국사편찬위원회, 1994, 201면), 이 작품에 '白雲際厚'라는 명칭을 부여하였다. 여기서는 이를 따랐다.

(2) 구체적인 단서가 있는 것은 아니지만 「白雲際厚」는 대체로 羅末麗初에 창작된 전기소설이 아닐까 추정된다. 이 작품은 사랑하는 남녀가 거듭되는 婚事障碍에 봉착하여 그것을 극복하는 과정을 그리고 있는데, 나말여초의 전기소설로는 제법 다기한 플롯을 보여주는 작품으로 평가할 수 있다. 가령 한 번의 혼사장애도 아니고 두 번씩이나 혼사장애가 나타나는 작품은 이 시기 소설에서 이 작품이 유일하다. 이처럼 그 플롯이나 스토리 전개를 고려할 때 「白雲際厚」는 웬만한 분량의 작품이 아니었을까 짐작되는데, 『三國史節要』는 '節要'라는 책 제목에 부합되게 그 줄거리만을 '節錄'하여 수록한 것으로 판단된다. 전기소설이 史書에 採入되면서 심하게 축약된 사례는 중국에서도 확인된다. 가령 唐 전기소설인 「吳保安傳」과 「謝小娥傳」이 각각 『新唐書』의 列女傳 및 忠義傳에 節錄되어 수록된

것이 그 예다. 「白雲際厚」 역시 이런 예들과 비슷하게 史書에 채입되는 과정에서 심한 축약이 일어날 수밖에 없었고, 그 결과 形骸에 가까운 줄거리만 남게 된 것이 아닌가 생각된다. 그렇기는 하지만 『삼국사절요』의 이 텍스트를 통해 이 작품의 예술적 특성을 어느 정도 짐작할 수 있다.

(3) 「白雲際厚」 서두에 보이는 "新羅王賜白雲際厚金闡等三人爵三級"이라는 말은 아마도 원작에는 없던 말이며, 편년체 역사서술의 방식을 고려해 史官이 덧붙인 말이 아닐까 생각된다.

(4) 이 작품은 이동환, 「한문학」, 『한국사』 17(국사편찬위원회, 1994); 박희병, 「羅麗時代의 傳奇小說」, 『韓國傳奇小說의 美學』(돌베개, 1997)에서 거론되었다.

# 2. 虎願

未 詳

新羅俗, 每當仲春, 初八至十五日, 都人士女, 競遶興輪寺之殿塔爲福會.

元聖王代, 有郎君金現者, 夜深獨遶不息. 有一處女念佛隨遶, 相感而目送之. 遶畢, 引入屛處通焉. 女將還, 現從之. 女辭拒而强隨之, 行至西山之麓, 入一茅店. 有老嫗問女曰: "附率者何人?" 女陳其情. 嫗曰: "雖好事, 不如無也. 然遂事不可諫也. 且藏於密, 恐汝弟兄之惡也." 把郎而匿之奧.

少[1]選, 有三虎咆哮而至, 作人語曰: "家有腥膻之氣, 療飢何幸?" 嫗與女叱曰: "爾鼻之爽乎! 何言之狂也?" 時有天唱: "爾輩嗜害物命尤多, 宜誅一以徵[2]惡!" 三獸聞之, 皆有憂

1) 少 : 원문에는 '小'로 되어 있음.
2) 徵 : '懲'과 통함.

色. 女謂曰: "三兄若能遠避而自懲, 我能代受其罰." 皆喜俛首妥尾而遁去. 女入謂郎曰: "始吾耻君子之辱臨弊族, 故辭禁爾. 今旣無隱, 敢布腹心. 且賤妾之於郎君, 雖曰非類, 得陪一夕之歡, 義重結褵之好. 三兄之惡, 天旣厭之; 一家之殃, 予欲當之. 與其死於等閑人之手, 曷若伏於郎君刃下, 以報之德乎? 妾以明日入市爲害劇, 則國人無如我何, 大王必募以重爵而捉我矣. 君其無㤼, 追我乎城北林中. 吾將待之." 現曰: "人交人, 彜倫之道. 異類而交, 盖非常也. 旣得從容, 固多天幸, 何可忍賣於伉儷之死, 僥倖一世之爵祿乎?" 女曰: "郎君無有此言! 今妾之壽夭, 盖天命也; 亦吾願也; 郎君之慶也; 予族之福也; 國人之喜也. 一死而五利備, 其可違乎? 但爲妾創寺, 講眞詮,[3] 資勝報, 則郎君之惠莫大焉." 遂相泣而別.

次日, 果有猛虎入城中, 剽甚無敢當. 元聖王聞之, 申令曰: "戡虎者爵二級." 現詣闕奏曰: "小臣能之." 乃先賜爵以激之. 現持短兵, 入林中. 虎變爲娘子, 熙怡而笑曰: "昨夜共郎君繾綣之事, 惟君無忽. 今日被爪傷者, 皆塗興輪寺醬, 聆其寺之螺鉢聲則可治." 乃取現所佩刀, 自頸而仆, 乃虎也.

現出林而託[4]曰: "今茲虎易搏矣." 匿其由不洩, 但依諭而治之, 其瘡皆効. 今俗亦用其方. 現旣登庸, 創寺於西川邊,

---

3) 眞詮 : 佛經.
4) 託 : 칭탁함. 둘러댐.

號虎願寺. 常講『梵網經』,[5] 以導虎之冥遊, 亦報其殺身成己之恩.

現臨卒, 深感前事之異, 乃筆成傳. 俗始[6]聞知, 因名論虎林,[7] 稱于今.[8]

• 작자 : 未詳

• 출전 : 『三國遺事』(中宗壬申刊本) 권5. 原出典은 『殊異傳』.

• 참고사항

(1) 이 작품은 『삼국유사』에 「金現感虎」라는 제목으로 실려 있고, 이 때문에 종래에는 대개 「金現感虎」라 일컬어져 왔다. 한편, 이 작품은 『大東韻府群玉』에 「虎願」이라는 표제로 그 내용이 축약되어 실려 있기도 한데, 출전을 『殊異傳』이라 밝혀 놓았다. 그런데 『삼국유사』의 "盖大聖應物之多方. 感現公之能致精於旋遶, 欲報冥益耳. 宜其當時能受禧佑乎"라는 말에서 알 수 있듯, 一然은 김현의 정성스런 탑돌이에 부처가 감응하여 虎女를 통해 복을 준 것이라는 관점에서 이 작품을 이해했고, 또 그런 이해 위에서 「김현감호」라는 제목을 부여한 것 같다.

5) 梵網經 : 佛經의 하나로, 盧舍那佛이 說한 菩薩心地戒品 第十의 약칭. 鳩摩羅什이 漢譯했음.
6) 始 : 원문에는 '姑'로 되어 있음.
7) 論虎林 : 숲의 이름. 『東京雜記』에 보이는 '論虎藪'와 동일한 숲이다. 지금의 경주시 황성공원 일대의 숲.
8) 于今 : 이 바로 뒤에 『太平廣記』에 수록된 唐代의 傳奇小說 「申屠澄」이 附記되어 있음.

이런 네 자로 된 제목은 『삼국유사』에서 흔히 발견되는 바이다. 이렇게 본다면, 「김현감호」라는 제목은 애초 『수이전』에 있던 제목이 아닐 것 같다. 오히려 『대동운부군옥』의 「호원」이라는 제목이 原題이거나 원제에 가깝지 않나 여겨진다. 뿐만 아니라 「김현감호」보다는 「호원」이라는 제목이 작품의 본질을 더욱 잘 현시하고 있다고 판단된다. 이런 이유에서 본서에서는 작품명을 「호원」이라 하였다.

(2) 이 작품과 유사한 이야기가 『補閑集』 卷下에 보인다. 그러나 『보한집』의 이야기는 설화적 면모가 한층 강하다.

(3) 이 작품의 전기소설적 면모나 위상에 대한 논의로는 임형택, 「羅末麗初의 傳奇文學」, 『한국문학사의 시각』(창작과비평사, 1984); 박희병, 「한국고전소설의 발생 및 발전단계를 둘러싼 몇몇 문제에 대하여」, 『韓國傳奇小說의 美學』(돌베개, 1997); 차용주, 「김현감호의 비교연구」, 『논문집』 7(청주여자사범대학교, 1978) 등이 있다.

# 3. 調信傳

未 詳

昔新羅[1]爲京師時, 有世達[2]寺之莊舍, 在溟州[3]㮈李郡. 本寺遣[4]僧調信爲知莊.[5] 信到莊上, 悅太[6]守金昕[7]公之女, 惑之深. 屢就洛山大悲前, 潛祈得幸. 方數年間, 其女已有配矣. 又往堂前, 怨大悲之不遂己, 哀泣至日暮. 情思倦憊, 俄成假寢, 忽夢金氏娘, 容豫入門, 粲然啓齒而謂曰: "兒早識上人[8]於半面, 心乎愛矣, 未嘗暫忘, 迫於父母之命, 强從

1) 新羅 : 여기서는 서라벌, 즉 경주를 가리킴.
2) 達 : 원문에는 '逵'로 되어 있음. 世達寺는 경기도 開豊郡 白龍山 밑에 있던 절인데, 뒤에 興教寺로 이름이 바뀌었음.
3) 溟州 : 지금의 강릉.
4) 遣 : 원문에는 '遺'로 되어 있음.
5) 知莊 : 莊園의 관리인. '知'는 '맡는다'는 뜻.
6) 太 : 원문에는 缺字로 처리되어 있으나 보충했음.
7) 金昕 : 신라 神文王(재위 681~692) 때 인물.
8) 上人 : 승려를 일컫는 말.

人矣. 今願爲同穴之友, 故來爾."

信乃顚喜, 同歸鄕里. 計活四十餘霜,[9] 有兒息五, 家徒四壁, 藜藿不給. 遂乃落魄扶携, 糊其口於四方. 如是十年, 周流草野. 懸鶉百結, 亦不掩体. 適過溟州 蟹縣嶺,[10] 大兒十五歲者忽餧死, 痛哭收瘞於道. 從率餘四口, 到羽曲縣,[11] 結茅於路傍而舍. 夫婦老且病, 飢不能興. 十歲女兒巡乞, 乃爲里獒所噬, 號痛臥於前. 父母爲之歔欷, 泣下數行. 婦乃噎[12]澁拭涕, 倉卒而語曰: "予之始遇君也, 色美年芳, 衣袴稠鮮. 一味之甘得, 與子分之; 數尺之煖得, 與子共之. 出處五十年, 情鍾莫逆, 恩愛綢繆, 可謂厚緣. 自比年來, 衰病歲益深, 飢寒日益迫. 傍舍壺漿, 人不容乞. 千門之耻, 重似丘山. 兒寒兒飢, 未遑計補, 何暇有愛悅夫婦之心哉? 紅顔巧笑, 草上之露; 約束芝蘭, 柳絮飄風. 君有我而爲累, 我爲君而足憂. 細思昔日之歡, 適爲憂患所階.[13] 君乎予乎, 奚至此極? 與其衆鳥之同餧, 焉如[14]隻鸞之有鏡?[15] 寒棄炎附, 情

---

9) 霜 : 星霜. '霜'字 하나만으로도 뜻이 통함.

10) 蟹縣嶺 : 뒤에는 '蟹峴'으로 되어 있음.

11) 羽曲縣 : 강원도 강릉과 삼척 사이의 땅 이름. 일명 羽溪縣.

12) 噎 : 원문에는 缺字로 처리되어 있으나 보충했음. 李東歡 교수는 『校勘三國遺事』(한국고전총서 1, 민족문화추진회, 1973)에서 '皺'라고 추정했음. '噎澁'이라 하면 '목이 메다'는 뜻이 되고, '皺澁'이라 하면 '찡그리다'는 뜻이 됨.

13) 階 : '由'의 뜻. 말미암다는 뜻.

14) 如 : 원문에는 '知'로 되어 있음.

15) 隻鸞之有鏡 : 鸞鳥는 금슬이 좋다는 새. 짝 잃은 난새가 제 그림자가 거울에 비친 것을 보고 제 짝을 그리워해 슬피 울다 죽었다는 다음의 고사가 『異苑』에 보임. "罽賓王一鸞, 三年不鳴. 夫人曰 : '聞見影則鳴.' 懸鏡照之. 鸞覩影悲鳴,

所不堪. 然而行止非人,[16] 離合有數. 請從此辭."

信聞之大喜. 各分二兒將行, 女曰: "我向桑梓,[17] 君其南矣." 方分手進途而形開.[18] 殘燈翳吐, 夜色將闌. 及旦鬢髮盡白, 惘惘然殊無人世意. 已猒[19]勞生, 如飫百年辛苦, 貪染之心, 洒然氷釋. 於是慚對聖容, 懺滌無已. 歸撥蟹峴[20]所埋兒, 乃石彌勒也. 灌洗奉安于隣寺. 還京師, 免莊任, 傾私財創淨土寺, 懃修白業.[21] 後莫知所終.

• 작자: 未詳

작품의 서두가 "昔新羅爲京師時"라고 시작되고 있음으로 미루어 고려 전기쯤에 창작되지 않았을까 추정한다. 一然은 그의 작업방식대로 오래 전에 창작되어 전해지던 이 작품을 자신의 『삼국유사』에 편입한 것이다.

• 출전: 『三國遺事』(中宗壬申刊本) 권3

---

中宵一奮而絶." 여기서는 가족들이 모두 굶주려 죽느니보다 부부의 이별을 택하는 게 낫다는 의미로 쓰였음.

16) 非人: 사람이 어떻게 할 수 있는 것이 아니다. 人力으로 할 수 있는 일이 아니다.

17) 桑梓: 고향을 가리키는 말.

18) 形開: 꿈에서 깸.

19) 猒: '厭'과 仝字.

20) 蟹峴: 앞에는 '蟹縣嶺'으로 되어 있음.

21) 白業: 善業.

• 참고사항

(1) 이 작품은 「調信」 혹은 「調信夢」으로 불리기도 한다. 「조신」이라는 제목은 『삼국유사』의 「洛山二大聖 觀音 正趣 調信」에서 취한 것이며, 「조신몽」은 작품의 내용을 고려해 붙인 제목이다. 일연은 이 글의 뒤에 '議'를 붙여 놓았는데, 그 첫머리에 "讀此傳, 掩卷而追繹之 ……"라는 말이 보이는바, 이로 미루어 보건대 이 작품의 原題는 「調信傳」이었을 가능성이 크다고 생각된다. 이런 이유에서 본서에서는 이 작품의 제목을 「조신전」이라 했다.

(2) 이 작품은 小說演變史上 후대에 창작된 「구운몽」과 연관지어 생각해 볼 수 있다. 春園 李光洙는 「조신전」에 윤색을 가해 1947년에 「꿈」이라는 소설을 쓴 바 있다. 「꿈」은 배창호 감독에 의해 同名의 영화로도 제작되었다.

(3) 이 작품을 거론한 논저로는 정범진, 「枕中記 연구—특히 삼국유사 조신설화와 관련하여」, 『대동문화연구』 2(성균관대학교 대동문화연구원, 1966); 지준모, 「전기소설의 효시는 신라에 있다—조신전을 해부함」, 『어문학』 32(한국어문학회, 1975); 임형택, 「나말여초의 전기문학」, 『한국문학사의 시각』(창작과비평사, 1984); 박희병, 「한국고전소설의 발생 및 발전단계를 둘러싼 몇몇 문제에 대하여」, 『한국전기소설의 미학』(돌베개, 1997) 등이 있다.

# 4. 崔致遠

未 詳

崔致遠, 字孤雲, 年十二西學於唐. 乾符甲午,[1] 學士裴瓚[2]掌試, 一擧登魁科, 調授溧水[3]縣尉.

嘗遊縣南界招賢館, 館前岡有古塚, 號雙女墳, 古今名賢遊覽之所. 致遠題詩石門曰:

誰家二女此遺墳, 寂寂泉扃幾怨春?
形影空留溪畔月, 姓名難問塚頭塵.
芳情儻許通幽夢, 永夜何妨慰旅人?
孤館若逢雲雨會, 與君繼賦洛川神.[4]

---

1) 乾符甲午 : 874년. 乾符는 唐나라 僖宗의 年號.
2) 裴瓚 : 唐나라 사람. 벼슬이 中書郎에 이름.
3) 溧水 : 중국 江蘇省의 고을 이름.
4) 洛川神 : 洛川은 洛水. 伏羲氏의 딸 宓妃가 洛水에 빠져 죽어 그 神이 되었

題罷到館. 是時, 月白風淸, 杖藜徐步, 忽覩一女, 姿容綽約, 手操紅帒, 就前曰: "八娘子、九娘子, 傳語秀才.[5] 朝來特勞玉趾, 兼賜瓊章, 各有酬答, 謹令奉呈." 公回顧驚惶, 再問何姓娘子. 女曰: "朝間披榛拂石題詩處, 卽二娘所居也." 公乃悟, 見第一帒, 是八娘子奉酬秀才. 其詞曰:

幽魂離恨寄孤墳, 桃臉柳眉猶帶春.
鶴駕難尋三島[6]路, 鳳釵空墮九泉塵.
當時在世長羞客, 今日含嬌未識人.
深愧詩詞知妾意, 一回延首一傷神.

次見第二帒, 是九娘子. 其詞曰:

往來誰顧路傍墳, 鸞鏡[7]鴛衾盡惹塵.
一死一生天上命, 花開花落世間春.
每希秦女[8]能抛俗, 不學任姬[9]愛媚人.

---

다는 故事가 있음. 일찍이 曹植이 「洛神賦」를 지은 적이 있음.

5) 秀才 : 鄕試에 급제한 사람을 일컫는 호칭이며, 혹은 서생에 대한 범칭으로도 사용함.

6) 三島 : 三神山. 즉 蓬萊山, 方丈山, 瀛洲山.

7) 鸞鏡 : 鸞鳥는 금슬이 좋은 새인데, 짝잃은 鸞鳥가 거울에 비친 자기 모습을 보고 슬피 울다 죽었다는 故事가 있음.

8) 秦女 : 春秋時代 秦穆公의 딸 弄玉을 가리킴. 그녀는 퉁소를 잘 분 蕭史와 결혼했는데, 나중에 부부가 함께 神仙이 되어 鶴을 타고 하늘로 올라갔다고 함.

9) 任姬 : 『太平廣記』 권452 「任氏」의 여주인공. 그녀는 본래 여우였는데, 사람으로 둔갑하여 鄭生과 동침했음.

欲薦襄王[10]雲雨夢, 千思萬憶損精神.

又書於後幅曰:

莫怪藏名姓, 孤魂畏俗人.
欲將心事說, 能許暫相親.

公旣見芳詞, 頗有喜色, 乃問其女名字, 曰: "翠襟." 公悅而挑之, 翠襟怒曰: "秀才合[11]與回書, 空欲累人." 致遠乃作詩付翠襟, 曰:

偶把狂詞題古墳, 豈期仙女問風塵.
翠襟猶帶瓊花艶, 紅袖應含玉樹春.
偏隱姓名寄俗客, 巧裁文字惱詩人.
斷腸唯願陪歡笑, 祝禱千靈與萬神.

繼書末幅云:

青鳥無端報事由, 暫時相憶淚雙流.
今宵若不逢仙質, 判却殘生入地求.

---

10) 襄王 : 春秋時代 楚나라의 임금. 일찍이 楚나라의 懷王이 高唐의 陽臺에서 낮잠을 자다가 꿈에 巫山 神女를 만나 즐거움을 누렸다는 고사가 있음. 그 후 襄王이 다시 高唐에 노닐었음.
11) 合 : '마땅히'라는 뜻.

翠襟得詩還, 迅如飇逝. 致遠獨立哀吟, 久無來耗, 乃詠短歌. 向畢, 香氣忽來, 良久二女齊至, 正是一雙明玉, 兩朶瑞蓮. 致遠驚喜如夢, 拜云: "致遠海島微生, 風塵末吏, 豈期仙侶猥顧風流, 輒有戲言, 便垂芳躅?" 二女微笑無言. 致遠作詩曰:

芳宵幸得暫相親, 何事無言對暮春?
將謂得知秦室婦,[12] 不知元是息夫人.[13]

於是紫裙者恚曰: "始欲笑言, 便蒙輕蔑. 息嬀[14]會從二婿, 賤妾未事一夫." 公言: "夫人不言, 言必有中."[15] 二女皆笑. 致遠乃問曰: "娘子居在何方, 族序是誰?" 紫裙者隕淚曰: "兒與小妹, 溧水縣 楚城鄉 張氏之二女也. 先父不爲縣吏, 獨占鄕豪, 富似銅山,[16] 侈同金谷.[17] 及姊年十八, 妹年十六, 父母論嫁, 阿奴[18]則定婚鹽商, 小妹則許嫁茗估. 姊妹每

12) 秦室婦 : 秦羅敷를 가리킴. 樂府詩 「陌上桑」에 등장하는 여인으로서, 지조 있고 사랑스러운 여성을 표상함.

13) 息夫人 : 春秋時代 息侯의 부인. 성이 嬀氏(규씨)였으므로 息嬀라고도 함. 楚나라 文王이 息國을 멸하고 息夫人을 아내로 삼자, 그녀는 두 남편 섬긴 것을 부끄러이 여겨 평생 말을 하지 않았다 함(『左傳』, 莊公 14年條).

14) 息嬀 : 주 13을 참조할 것.

15) 夫人不言, 言必有中 : 『論語』의 「先進」에 나오는 말. 孔子가 그 제자인 閔子騫에 대해 한 말임.

16) 銅山 : 중국 四川省 滎經縣 북쪽에 있는 산. 漢文帝가 鄧通에게 이곳에서 銅錢을 만들게 했음. 여기서는 돈이 많음을 비유한 말임.

17) 金谷 : 중국 河南省 洛陽縣 서북쪽에 있는 땅 이름. 晉나라 富豪 石崇이 이곳에 별장을 지어 호사를 누렸음.

說移天, 未滿于心, 鬱結難伸, 遽至夭亡. 所冀仁賢, 勿萌猜嫌!" 致遠曰: "玉音昭然, 豈有猜慮?" 乃問二女: "寄墳已久, 去館非遙, 如有英雄相遇, 何以示現美談?" 紅袖者曰: "往來者皆是鄙夫. 今幸遇秀才, 氣秀鼇山,[19] 可與話玄玄之理." 致遠將進酒, 謂二女曰: "不知俗中之味可獻物外之人乎." 紫裙者曰: "不飡不飮, 無飢無渴. 然幸接瓌姿, 得逢瓊液, 豈敢辭違?" 於是飮酒各賦詩, 皆是清絶不世之句. 是時, 明月如晝, 淸風似秋. 其姊改令[20]曰: "便將月爲題, 以風爲韻." 於是致遠作起聯曰:

金波滿目泛長空, 千里愁心處處同.

八娘曰:

輪影動無迷舊路, 桂花開不待春風.

九娘曰:

圓輝漸皎三更外, 離思偏傷一望中.

---

18) 阿奴 : 晉代의 俗語로서 弟의 通稱. 여기서는 자기의 謙稱으로 썼음.
19) 鼇山 : 큰 자라의 등에 얹혀 있다고 하는 바닷속의 산으로 그 속에 신선이 산다고 함.
20) 改令 : '令'은 詩令, 곧 사람들이 모인 자리에서 특정한 제목과 韻을 내어 시를 짓게 하는 일. '改令'은 이 詩令을 바꾼다는 말.

致遠曰:

練色舒時分錦帳, 珪模[21]映處透珠櫳.

八娘曰:

人間遠別腸堪斷, 泉下孤眠恨莫窮.

九娘曰:

每羡嫦娥[22]多計校,[23] 能抛香閣到仙宮.

公嘆訝尤甚, 乃曰: "此時無笙歌奏於前, 能事未能畢矣." 於是紅袖乃顧婢翠襟而謂致遠曰: "絲不如竹, 竹不如肉.[24] 此婢善歌." 乃命「訴衷情」詞.[25] 翠襟斂衽一歌, 淸雅絶世. 於是三人半酣. 致遠乃挑二女曰: "嘗聞盧充[26]逐獵, 忽遇良姻; 阮肇[27]尋仙, 得逢嘉配. 芳情若許, 姻好可成." 二女皆諾

21) 珪模 : 玉樹, 模는 周公의 무덤가에 있다는 나무 이름.
22) 嫦娥 : 姮娥. 堯임금 때 활 잘 쏘는 羿가 西王母에게 不死藥을 청했는데, 羿의 아내인 姮娥가 이를 훔쳐 달나라로 달아났다는 고사가 『淮南子』의 「覽冥訓」에 보임.
23) 計校 : 計較.
24) 肉 : 聲樂. 歌唱.
25) 「訴衷情」詞 : 詞의 하나. 원래 唐나라 教坊의 曲名임.
26) 盧充 : 漢나라 范陽人. 崔少府 딸의 무덤가에서 사냥하다가 그녀의 亡靈에게 장가들어 한 아들을 얻었다는 고사가 있음.

曰: "虞帝爲君, 雙雙在御.[28] 周郎[29]作將, 兩兩相隨. 彼昔猶然, 今胡不爾?" 致遠喜出望外, 乃相與排三淨枕, 展一新衾.[30] 三人同衾,[31] 繾綣之情, 不可具談. 致遠戲二女曰: "不向[32]閨中作黃公[33]之子婿, 翻來塚側夾陳氏之女奴,[34] 未測何緣得逢此會." 女兄作詩曰:

聞語知君不是賢, 應緣慣與女奴眠.

弟應聲續尾曰:

無端嫁得風狂漢, 强被輕言辱地仙.

---

27) 阮肇 : 後漢 때 사람. 劉晨과 더불어 약을 캐러 산에 들어갔다가 두 여인을 만나 즐겁게 지내다 집에 돌아오니 그 동안 세월이 흘러 자손이 7대째나 내려갔더라는 고사가 있음.

28) 虞帝~在御 : 虞帝는 舜임금. 御는 곁에서 모시는 것. 舜임금은 堯임금의 두 딸인 娥皇과 女英을 한꺼번에 아내로 맞이했음.

29) 周郎 : 周瑜를 가리킴. 중국 三國時代 吳나라의 周瑜가 孫策을 따라 皖城을 공격하여 喬公의 두 딸을 얻었는데 둘 다 미녀였다. 이에 孫策은 스스로 大喬(큰딸)를 취하고, 周瑜는 小喬(작은딸)를 취한 일이 있음. 원문에는 '郎'이 '良'으로 되어 있음.

30) 衾 : 원문에는 '衿'으로 되어 있음.

31) 衾 : 원문에는 '衿'으로 되어 있음.

32) 向 : '在'의 의미.

33) 黃公 : 春秋時代 齊나라 사람. 그에게 두 딸이 있었는데, 평소 겸손하여 자기의 두 딸이 못났다고 말했으므로 그 말을 믿고 아무도 장가들지 않았으나, 衛나라의 한 홀아비가 장가들어 보니 천하의 절색이었다고 함.

34) 陳氏之女奴 : 『太平廣記』 권375 「陳朗婢」의 여주인공. 그녀는 죽은 후 무덤 속에서 다시 살아났음.

公答爲詩曰:

五百年來始遇賢, 且歡今夜得雙眠.
芳心莫怪親狂客, 會向春風占謫仙.

小頃月落鷄鳴. 二女皆驚, 謂公曰: "樂極悲來, 離長會促,[35] 是人世貴賤同傷, 況乃存沒異途, 升沈殊路, 每慚白晝, 虛擲芳時. 只應拜[36]一夜之歡, 從此作千年之恨, 始喜同衾之有幸, 遽嗟破鏡[37]之無期." 二女各贈詩曰:

星斗初回更漏闌, 欲言離緒淚闌干.[38]
從玆便結千年恨, 無計重尋五夜歡.

又曰:

斜月照窓紅臉冷, 曉風飄袖翠眉攢.
辭君步步偏腸斷, 雨散雲歸入夢難.

---

35) 促 : '短'의 뜻.
36) 拜 : 受. '받다'의 뜻.
37) 破鏡 : '破鏡重圓' 혹은 '破鏡重合'의 준말로 쓰였음. 陳나라 徐德言이 樂昌公主와 결혼했다가 나중에 난리를 만나자 헤어지며 거울을 깨뜨려 각기 그 반씩 간직하면서 再會時에 신표로 삼자고 했는데 과연 이 거울이 계기가 되어 훗날 재회했다는 고사가 있음.
38) 闌干 : 눈물이 쏟아짐.

致遠見詩, 不覺垂淚. 二女謂致遠曰: "倘或他時, 重經此處, 修掃荒塚." 言訖卽滅. 明旦, 致遠歸塚邊, 彷徨嘯咏, 感嘆尤甚, 作長歌自慰曰:

草暗塵昏雙女墳, 古來名迹竟誰聞?
唯傷曠[39]野千秋月, 空鎖巫山[40]兩片雲.
自恨雄才爲遠吏, 偶來孤舘尋幽邃.
戱將詞句向門題, 感得仙姿侵夜至.
紅錦袖紫羅裙, 坐來蘭麝逼人薰.
翠眉丹頰皆超俗, 飮態詩情又出群.
對殘花傾美酒, 雙雙妙舞呈纖手.
狂心已亂不知羞, 芳意試看相許否.
美人顔色久低迷, 半含笑態半含啼.
面熟自然心似火, 臉紅寧假醉如泥.
歌艶詞打懽合, 芳宵良會應前定.
纔聞謝女[41]啓淸談, 又見班姬[42]摛雅詠.
情深意密始求親, 正是艶陽桃李辰.

---

39) 曠 : 원문에는 '廣'으로 되어 있음.
40) 巫山 : 중국 四川省 巫山縣 동남쪽에 있는 산 이름. 楚 懷王의 꿈에 이 산의 神女가 나타나 자기는 아침에는 구름이 되고 저녁에는 비가 된다고 말한 후 잠자리를 함께 했다는 전설이 있는바, '雲雨之夢'이라는 말은 여기서 유래함. 그 후 襄王이 다시 이 산에 노닐었음.
41) 謝女 : 晉나라 謝安의 조카딸 謝道韞을 가리킴. 재주가 빼어나고 말을 잘했는데, 절개를 지켜 과부로 일생을 마쳤음.
42) 班姬 : 前漢 成帝의 후궁인 班倢伃를 말함. 재주가 빼어나고 시를 잘 지었는데, 후에 참소를 당해 失寵함.

明月倍添衾枕恩, 香風偏惹綺羅身.

綺羅身衾枕恩,[43] 幽懽未已離愁至.

數聲餘歌斷孤魂, 一點殘燈照雙淚.

曉天鸞鶴各西東, 獨坐思量疑夢中.

沉思疑夢又非夢, 愁對朝雲[44]歸碧空.

馬長嘶望行路, 狂生猶再尋遺墓.

不逢羅襪步芳塵, 但見花枝泣朝露.

腸欲斷首頻回, 泉戶寂寥誰爲開?

頓轡望時無限淚, 垂鞭吟處有餘哀.

暮春風暮春日, 柳花撩亂迎風疾.

常將旅思怨韶光,[45] 況是離情念芳質.

人間事愁殺[46]人, 始聞達路又迷津.[47]

草沒銅臺[48]千古恨, 花開金谷[49]一朝春.

阮肇、劉晨[50]是凡物, 秦皇、漢帝[51]非仙骨.

當時嘉會杳難追, 後代遺名徒可悲.

悠然來忽然去, 是知風雨無常主.

我來此地逢雙女, 遙似襄王[52]夢雲雨.

---

43) 恩 : 원문에는 '思'로 되어 있음.

44) 朝雲 : 제4구의 "巫山兩片雲"과 연관되는 말임.

45) 韶光 : 봄빛.

46) 愁殺 : 몹시 근심하게 하다. '殺'은 강조를 나타내는 어조사.

47) 迷津 : 길을 잃다.

48) 銅臺 : 銅雀臺. 曹操가 쌓은 누대로서, 이곳에 연회를 베풀어 질탕하게 놀았다고 함.

49) 金谷 : 주 17을 참조할 것.

50) 阮肇劉晨 : 주 27을 참조할 것.

51) 秦皇漢帝 : 秦始皇과 漢 武帝. 이들은 모두 長生不死를 희구했음.

大丈夫大丈夫!

壯氣須除兒女恨, 莫將心事戀妖狐.

後致遠擢第東還, 路上歌詩云:

浮世榮華夢中夢, 白雲深處好安身.

乃退而長往,[53] 尋僧於山林江海, 結小齋, 尋石臺, 耽玩文書, 嘯咏風月, 逍遙偃仰於其間. 南山 清凉寺、[54]合浦縣[55]月影臺、[56]智理山 雙溪寺、[57]石南寺[58]墨泉石臺, 種牧丹, 至今猶存, 皆其遊歷也. 最後隱於伽耶山 海印寺, 與兄大德賢俊、南岳師 定玄, 探賾經論,[59] 遊心沖漠, 以終老焉.

---

52) 襄王 : 주 10과 주 40을 참조할 것.

53) 長往 : 속세를 벗어나 은둔함을 이름.

54) 南山 淸凉寺 : 南山은 南山第一峰이라고도 하고 梅花山이라고도 하는데, 가야산 남쪽에 있는 산으로 홍류동 계곡을 사이에 두고 가야산과 마주보고 있다. 淸凉寺는 이 산 동쪽 기슭에 위치해 있다.

55) 合浦縣 : 지금의 마산 · 창원 일대.

56) 月影臺 : 지금의 마산시 月影洞의 慶南大學 입구에 있었음. 현재 그 자리에 최치원을 추모하는 비석이 세워져 있음.

57) 雙溪寺 : 이 절에 있는 眞鑑國師碑 비문을 최치원이 撰했음.

58) 石南寺 : 울주군 상북면 迦智山 기슭에 있는 절.

59) 經論 : 부처의 말씀을 기록한 것을 '經'이라 하고, 그것을 해석한 것을 '論'이라 함.

해제

• 작자 : 未詳

이 작품의 작자는 新羅末 高麗初의 문인일 것으로 짐작되나, 정확히 누구인지는 알 수 없다. 그러나 좀더 추정해 본다면, 작품의 말미에 "최치원이 심은 모란이 아직도 있다"(種牧丹, 至今猶存)라고 한 것으로 미루어, 최치원의 시대로부터 그리 멀지 않은 때의 인물이 아닐까 한다. 작품의 끝부분에 나오는 長詩는 썩 秀作으로서 상당한 文翰이 없고서는 짓기 불가능한데, 이런 점으로 미루어 麗初까지 생존했던 羅末의 遣唐留學生 출신 文人들 중 누군가가 아닐까 하는 의심이 가나, 추정에 불과할 뿐 증거는 없다. 한편 최근 이동환 교수는 「雙女墳記의 작자와 그 창작 배경」(『민족문화연구』 37, 고려대 민족문화연구원, 2002)이라는 논문에서 「崔致遠」의 작자를 崔匡裕로 추정했으며, 「崔致遠」의 본래 제목이 「雙女墳記」라는 주장을 펼친 바 있다.

• 출전 : 六堂本 『三國遺事』의 부록(『太平通載』 권68에 실린 글을 轉載한 것임). 原出典은 『殊異傳』.

• 참고사항

(1) 이와 비슷한 내용의 이야기가 중국측 문헌에서도 발견된다. 다음이 그것이다.

"雙女墳記曰: '有鷄林人崔致遠者, 唐乾符中補溧水尉. 嘗憩於招賢館前岡, 有塚號曰雙女墳. 詢其事迹, 莫有知者. 因爲詩以吊之. 是夜二女至, 稱謝曰: ≪兒本宣城郡開化縣馬陽鄕張氏二女. 少親筆硯, 長負才情. 不意父母, 匹於鹽商小豎. 以此憤恚而終. 天寶六年, 同葬於此.≫ 宴語, 至曉而別.' 在溧水縣南一百二十里." (『六朝事迹編類』 권13, 墳陵門 雙女墳條)

중국 문헌에 전하는 이야기는 전형적인 설화이다. 하지만 『태평통재』에 실린 「최치원」은 여러 가지 면에서 설화와 질적으로 구별되며, 傳奇小說이라 해야 마땅하다. 『大東韻府群玉』에도 「최치원」이 수록되어 있으나, 워낙 축약된 형태이기 때문에 그 줄거리만을 알 수 있을 뿐이다.

(2) 연구자들 중에는 이 작품을 「崔致遠傳」이라고 부르는 사람도 있으나, 그 收載處인 『太平通載』에 '崔致遠'이라는 題名으로 되어 있음을 존중하여 「崔致

遠」이라 부르는 게 온당하다고 본다.

(3)「최치원」을 전기소설로 검토한 논문으로는 다음과 같은 것이 있다. 조수학, 「최치원전의 소설성」,『영남어문학』 2(영남어문학회, 1975); 임형택,「나말여초의 전기문학」,『한국문학사의 시각』(창작과비평사, 1984); 이헌홍,「최치원전의 전기소설적 구조」,『수련어문논집』 9(부산여자대학교, 1982); 김종철,「서사문학사에서 본 초기소설의 성립문제－전기소설과 관련하여」,『다곡이수봉선생회갑기념논총』(1988); 박희병,「한국고전소설의 발생 및 발전단계를 둘러싼 몇몇 문제에 대하여」,『한국전기소설의 미학』(돌베개, 1997).

# 5. 白月山兩聖成道記

未 詳

白月山在新羅仇史郡[1]之北,[2] 峯巒奇秀, 延袤數百里, 眞巨鎭也. 古老相傳云: "昔唐皇帝嘗鑿一池, 每月望前, 月色滉朗, 中有一山, 嵓石如師[3]子, 隱映花間之影, 現於池中. 上命畫工圖其狀, 遣使搜訪天下. 至海東, 見此山有大師子嵓.[4] 山之西南二步[5]許, 有三山,[6] 其名花山, 與圖相近. 然

1) 仇史郡 : 지금의 경남 昌原郡.
2) 白月山~仇史郡之北 : 『三國遺事』에 실려 있는 다른 글들과 마찬가지로 「백월산양성성도기」에 대해서도 一然은 本文 사이사이에 작은 글씨로 考證을 해 놓고 있는바, 가령 이 대목에다가는 "古之屈自郡, 今義安郡"이라는 細注를 달아 놓았음. 이런 細注는 지명, 인명, 연대, 기타 특정 사실의 同異에 대한 것이 대부분임. 그러나 문학작품으로서 이 글을 읽는 데 이런 細注는 번거롭기만 하므로 여기서는 생략함.
3) 師 : '獅'와 통함.
4) 大師子嵓 : 일월산 동쪽 끝 봉우리에 있는 커다란 바위 모양이 사자가 누워 있는 듯하다고 해서 '사자바위'라고 부른다고 함.

未知眞僞, 以隻履懸於師子嵓之頂. 使還奏聞, 履影亦現池. 帝乃異之, 賜名曰白月山然後, 池中無影."

山之東南三千步許, 有仙川村. 村有二人, 其一曰努肹夫得, 父名月藏, 母味勝. 其一曰怛怛朴朴,[7] 父名修梵, 母名梵摩. 皆風骨不凡, 有域外遐想, 而相與友善. 年皆弱冠, 往依村之東北嶺外法積房, 剃髮爲僧.

未幾, 聞西南稚山村 法宗谷 僧道村有古寺, 可以栖[8]眞, 同往大佛田、小佛田二洞, 各居焉. 夫得寓懷眞庵, 一云壤寺; 朴朴居瑠璃光寺. 皆挈妻子而居, 經營産業, 交相來往, 棲神安養, 方外之志, 未常暫廢. 觀身世無常, 因相謂曰: "腴田美歲, 良利也, 不如衣食之應念而至, 自然得飽煖也; 婦女屋宅, 情好也, 不如蓮池華藏[9]千聖共遊, 鸚鵡孔雀以相娛也. 況學佛當成佛, 修眞必得眞. 今我等旣落彩[10]爲僧, 當脫略纏結, 成無上道, 豈宜汨沒風塵, 與俗輩無異也?"

遂唾謝人間世, 將隱於深谷. 夜夢白毫[11]光自西而至, 光中垂金色臂, 摩二人頂. 及覺說夢, 與之符同, 皆感嘆久之.

---

5) 步 : 1步는 5척.

6) 三山 : 백월산에 있는 세 개의 봉우리, 즉 上峰·中峰·下峰을 가리킴.

7) 努肹夫得·怛怛朴朴 : 一然은 이에 대해 "二士之名, 方言. 二家各以二士心行騰騰苦節二義名之爾"라는 細注를 달아 놓았음.

8) 栖 : 원문에는 '捿'로 되어 있음.

9) 蓮池華藏 : 蓮華藏世界. 毘盧遮那佛이 있는 功德無量·廣大莊嚴의 세계로, 큰 연꽃으로 되어 있으며 一切國·一切物을 간직하고 있다 함.

10) 落彩 : 削髮.

11) 白毫 : 부처의 32相의 하나. 눈썹 사이에 난 터럭으로 光明을 無量世界에 비춘다고 함.

遂入白月山無等谷. 朴朴師占北嶺師子嵓, 作板屋八尺房而居, 故云板房; 夫得師占東嶺磊石下有水處, 亦成方丈而居焉, 故云磊房.[12] 各庵而居, 夫得勤求彌勒, 朴朴禮念彌陁. 未盈三載, 景龍[13]三年己酉四月八日, 聖德王卽位八年[14]也. 日將夕, 有一娘子年幾二十, 姿儀殊妙, 氣襲蘭麝, 俄然到北庵, 請寄宿焉. 因投詞曰:

行逢日落千山暮, 路隔城遙絶四隣.
今日欲投庵下宿, 慈悲和尙莫生嗔.

朴朴曰: "蘭若護淨爲務, 非爾所取近, 行矣無滯此處!" 閉門而入.[15] 娘歸南庵, 又請如前. 夫得曰: "汝從何處, 犯夜而來?" 娘答曰: "湛然與太虛同體, 何有往來? 但聞賢士志願深重, 德行高堅, 將欲助成菩提耳."[16] 因投一偈曰:

日暮千山路, 行行絶四隣.

---

12) 遂入白月山~故云磊房 : 一然은 이 대목에 細注를 달아 내용이 좀 다른 鄕傳을 소개해 놓고 있음. 여기서 '鄕傳'이란 一然 시대의 口傳을 뜻하는 것으로 생각됨. 一然은 이외에도 여러 군데에서 鄕傳과의 同異를 언급해 놓고 있음.

13) 景龍 : 唐나라 中宗의 年號.

14) 聖德王卽位八年 : 西紀 709년.

15) 閉門而入 : 이 뒤에 "記云 : '我百念灰冷, 無以血囊見試!'"라는 細注가 붙어 있는바, "記云 ……"이라고 했을 때의 '記'란 「白月山兩聖成道記」를 가리킬 터임. 이를 통해 『삼국유사』의 글이 부분적으로 원 텍스트에 수정을 가한 것임을 확인할 수 있음.

16) 菩提耳 : 원문에는 '菩提' 뒤에 한 글자가 缺落되어 있으나, '耳'자를 보충했음.

竹松陰轉邃, 溪洞響猶新.

乞宿非迷路, 尊師欲指津.

願惟從我請, 且莫問何人.

師聞之驚駭, 謂曰: “此地非婦女相汚. 然隨順衆生, 亦菩薩行之一也. 況窮谷夜暗, 其可忽視歟.” 乃迎揖庵中而置之. 至夜, 淸心礪操, 微燈半壁, 誦念厭厭. 及夜將艾,[17] 娘呼曰: “予不幸適有產憂, 乞和尙排備苫草.” 夫得悲矜莫逆, 燭火殷勤. 娘旣產, 又請浴. 弩[18]肹慚懼交心. 然哀憫之情, 有加無已. 又備盆槽, 坐娘於中, 薪湯以浴之. 旣而槽中之水, 香氣郁烈, 變成金液. 弩肹大駭. 娘曰: “吾師亦宜浴此.” 肹勉强從之, 忽覺精神爽凉, 肌膚金色. 視其傍, 忽生一蓮臺.[19] 娘勸之坐, 因謂曰: “我是觀音菩薩, 來助大師, 成大菩提矣.” 言訖不現.

朴朴謂肹今夜必染戒, 將歸听之. 旣至, 見肹坐蓮臺, 作彌勒尊像, 放光明, 身彩檀金, 不覺扣頭而禮曰: “何得至於此乎?” 肹具叙其由. 朴朴嘆曰: “我乃障[20]重, 幸逢大聖而反不遇, 大德至仁, 先吾著鞭, 願無忘昔日之契, 事須同攝.” 肹曰: “槽有餘液, 但可浴之.” 朴朴又浴, 亦如前成無量壽.[21]

17) 艾 : ‘久’의 뜻.
18) 弩 : 앞에서는 ‘努’라고 했는데 여기서는 ‘弩’라고 하여 표기가 일치하지 않으나, 音을 取한 것이므로 꼭 일치시킬 필요가 없다고 보아 원문대로 둠.
19) 蓮臺 : 蓮座. 蓮花座. 佛菩薩이 앉는 蓮花의 臺座.
20) 障 : 業障.
21) 無量壽 : 無量壽佛. 阿彌陁佛의 異稱.

二尊相對儼然.

山下村民聞之, 競來瞻仰, 嘆曰: "希有希有!" 二聖爲說法要, 全身躡雲而逝.

天寶十四年乙未,[22] 新羅景德王卽位, 聞斯事, 以丁酉歲遣使創大伽藍, 號白月山 南寺. 廣德二年甲辰[23]七月十五日, 寺成. 更塑彌勒尊像, 安於金堂, 額曰: '現身成道彌勒之殿.' 又塑彌陁像, 安於講堂, 餘液不足, 塗浴未周, 故彌陁像亦有斑駁之痕, 額曰: '現身成道無量壽殿.'

• 작자 : 未詳

• 출전 : 『三國遺事』(中宗壬申刊本) 권3

• 참고사항

(1) 『삼국유사』에 「南白月二聖 努肹夫得·怛怛朴朴」이라는 제목으로 실려 있으나, 『삼국유사』의 該文이 「白月山兩聖成道記」라는 글을 옮겨 놓은 것임을 감안한다면, 「백월산양성성도기」를 이 작품의 제목으로 삼는 게 적절하다고 본다.

(2) 종교의 궁극적 원천은 '연민'이다. 이 작품의 주인공 노힐부득은 연민의 감정을 지녔으며 그것을 구현하고 있다는 점에서 참된 구도자다.

---

22) 天寶十四年乙未 : 西紀 755년. '天寶'는 唐나라 玄宗의 연호.

23) 廣德二年甲辰 : 西紀 764년. '廣德'은 唐나라 代宗의 연호.

(3) 이 작품과 비슷한 이야기가 지금도 설화로 전해지고 있는바 성기옥, 「원왕생가의 생성배경」, 『고전시가론』(새문사, 1984)의 말미에 참고자료로 첨부된 「元曉山說話」가 그것이다. 「원효산설화」와 「백월산양성성도기」는 설화와 소설의 관련 및 차이를 따지는 데 적절한 자료다.

(4) 이 작품의 우리나라 초기소설사에서의 의의는 박희병, 「한국고전소설의 발생 및 발전단계를 둘러싼 몇몇 문제에 대하여」, 『한국전기소설의 미학』(돌베개, 1997)에서 검토되었고, 이 작품의 사상사적 의의에 대해서는 김영태, 「新羅 白月山二聖說話의 연구」, 『조명기박사화갑기념논문집』(동국대학교 출판부, 1969)이 참조된다.

# 6. 薛氏

金富軾

薛氏女, 栗里[1]民家女子也. 雖寒門單族, 而顔色端正, 志行脩整, 見者無不歆艶, 而不敢犯.

眞平王[2]時, 其父年老, 番當防秋[3]於正谷.[4] 女以父衰病, 不忍遠別, 又恨女身不得代[5]行, 徒自愁悶.

沙梁部[6]少年嘉實, 雖貧且窶, 而其養志, 貞男子也. 嘗悅美薛氏, 而不敢言, 聞薛氏憂父老而從軍, 遂請薛氏曰: "僕

---

1) 栗里 : 경주의 땅 이름으로 짐작되나 확실치는 않음.
2) 眞平王 : 신라 제26대 왕. 在位 579~632년.
3) 防秋 : 수자리 사는 것. 본래 중국 서북쪽의 유목 부족들이 주로 가을에 중국을 남침하여 노략질을 했기에 이를 방비한다는 데서 '防秋'라는 말이 생겼음.
4) 正谷 : 경남 산청에 이 지명이 있으나 그곳인지는 미상.
5) 代 : 저본에는 '待'로 되어 있으나 『三國史節要』를 따름.
6) 沙梁部 : 신라 六部의 하나. 신라 초기 六村의 하나인 高墟村이 행정구역의 명칭으로 변한 것임.

雖一儒夫, 而嘗以志氣自許. 願以不肖之身, 代嚴君之役." 薛氏甚喜, 入告於父. 父引見曰: "聞公欲代老人之行, 不勝喜懼, 思所以報之, 若公不以愚陋見棄, 願薦幼女子, 以奉箕箒." 嘉實再拜曰: "非敢望也, 是所願焉."

於是嘉實退而請期. 薛氏曰: "婚姻, 人之大倫, 不可以倉猝. 妾旣以心許, 有死無易. 願君赴防, 交代而歸然後, 卜日成禮, 未晩也." 乃取鏡分半, 各執一片, 云: "此所以爲信, 後日當合之." 嘉實有一馬, 謂薛氏曰: "此天下良馬, 後必有用. 今我徒行, 無人爲養, 請留之以爲用耳." 遂辭而行.

會國有故, 不使人交代, 淹六年未還. 父謂女曰: "始以三年爲期, 今旣踰矣, 可歸于他族矣." 薛氏曰: "向以安親故, 强與嘉實約. 嘉實信之, 故從軍累年, 飢寒辛苦.[7] 況迫[8]賊境, 手不釋兵, 如近虎口, 恒恐見咥, 而棄信食言, 豈人情乎? 終不敢從父之命, 請無復言."

其父老且耄, 以其女壯而無伉儷, 欲强嫁之, 潛約婚於里人. 旣定日引其人, 薛氏固拒, 密圖遁去, 而未果. 至廐, 見嘉實所留馬, 太[9]息流淚. 於是嘉實代來, 形骸枯槁, 衣裳藍縷, 室人不知, 謂爲別人. 嘉實直前, 以破鏡投之, 薛氏得之呼泣, 父及[10]室人失喜. 遂約異日相會, 與之偕老.

---

7) 苦 : 저본에는 '若'으로 되어 있으나 顯宗實錄字本을 따름.
8) 迫 : 가깝다는 뜻.
9) 太 : 저본에는 '大'로 되어 있으나 朝鮮史學會本을 따름.
10) 及 : 저본에는 '反'으로 되어 있으나 朝鮮史學會本을 따름.

해제

• 작자 : 金富軾(1075~1151)

高麗 仁宗・毅宗 때의 문신・학자로, 호는 雷川, 시호는 文烈이다. 仁宗 때 묘청의 난이 일어나자 진압군의 元帥가 되어 난을 평정한 바 있다. 『睿宗實錄』과 『仁宗實錄』의 編修를 주관하였으며, 『三國史記』 50권을 편찬했다.

• 출전 : 中宗壬申刊本 『三國史記』를 底本으로 삼아 여타의 本을 참고하여 校合하였다.

• 참고사항

(1) 이 작품 역시 그 원작은 나말여초의 어느 시기에 어떤 文人에 의해 창작되었으며, 그것이 金富軾의 시대에 이르러 史料로 채택되어 일정한 取捨를 거쳐 『三國史記』 列傳에 수록된 게 아닌가 추정된다. 그러므로 본서에 실린 「薛氏」는 원작 그대로의 모습이라고는 할 수 없으며, 改作이라고 해야 옳을 것이다. 이 점을 고려한다면 본서에 실린 작품의 작자(=개작자)는 『三國史記』의 편찬자인 金富軾으로 보아 무방할 것이다.

(2) 『三國史記』 列傳의 1편인 「薛氏」는 엄격히 말해 그 장르 귀속이 史傳이다. 하지만 「薛氏」는 남녀의 결연과정이 이야기의 중심에 놓이는바, 이는 史傳의 관행에서 볼 때 대단히 파격이며 예외에 속한다. 史傳은 인물의 미덕과 업적을 表彰하는 데 힘을 쏟는 장르라 남녀의 결연담 같은 것에 별로 관심을 기울이지 않음으로써다. 이런 이야기가 史傳에 오르게 된 것은 『三國史記』 編纂時의 사료적 제약과 관련이 있을 터이다.

(3) 『三國史記』 所載 「薛氏」에 대하여는 '列傳'으로서 연구하는 관점만이 아니라 '傳奇小說'로서 연구하는 관점도 성립될 수 있다. 물론 현전하는 텍스트 자체를 두고서 그 장르를 전기소설로 규정하는 것은 문제가 있지만, 적어도 열전으로 작성된 이 텍스트를 통해 원작인 전기소설의 주제나 의미, 築造法 등을 추론해 볼 수는 있겠기 때문이다.

(4) 『三國史記』 所載 「薛氏」에서는 다음과 같은 축약의 '흔적'이 발견된다. 嘉

實은 떠날 때 자신이 기르던 말을 설씨에게 맡기며 "此天下良馬, 後必有用"이라는 말을 하고 있는데, 이는 하나의 伏線으로서 나중의 사건 전개과 어떤 연관이 있을 터이다. 그러나 현전하는 작품에서는, 설씨의 아버지가 설씨를 강제로 다른 남자에게 시집 보내려 하자 설씨가 마구간에 가서 이 말을 보며 "太息流淚"했다는 것 이외의 서술은 발견되지 않는다. 하지만 고작 이 정도 갖고 작품의 앞에서 "此天下良馬, 後必有用" 운운하지는 않았을 터이다. 아마도 말[馬]과 관련된 서술이 가실과 설씨가 만나게 되기까지의 과정 아니면 만난 이후의 과정에 더 있었을 듯한데, 열전 편찬자는 원작의 이 부분을 빼 버린 게 아닌가 싶다. 굳이 그 이유를 추측해 본다면 열전 편찬자가 이 부분이 설씨의 烈行을 드러내고자 한 열전의 편찬의도와 그다지 관련이 없다고 여겼거나 다소 황당무계한 내용이라고 판단했기 때문이 아닐까 한다.

(5) 17세기 중엽 전후에 창작된 것으로 추정되는 「崔灦傳」(『先賢遺音』 所收)은 「설씨」를 패러디한 소설이다. 「최현전」 전반부의 상황 설정이나 破鏡 모티프에서 그 점이 확인된다.

(6) 「설씨」는 조선 후기의 많은 문인들에게 靈感을 제공하였다. 그리하여 이 작품을 제재로 한 樂府詩들이 여럿 창작되었으니, 林昌澤(1682~1723)의 『海東樂府』에 수록된 「嘉郎歌」, 李瀷(1681~1763)의 『樂府』에 수록된 「破鏡詞」, 吳光運(1689~1745)의 『海東樂府』에 수록된 「破鏡合」, 李福休의 『海東樂府』에 수록된 「破鏡詞」, 金圭泰의 『大東樂府』에 수록된 「破鏡合」 등등이 그런 예다. 이것들은 비교적 편폭이 짧은 시지만, 李匡師(1705~1777)의 「破鏡合」이나 李元培(1755~1802)의 「破鏡合」처럼 긴 편폭의 본격 서사시로 창작된 것도 있다.

(7) 「설씨」는 지금까지 「설씨녀」라 불러 왔는데, 「설씨」라고 해야 옳을 듯하다. 「설씨」의 소설사적 위치에 대해서는 박희병, 「羅麗時代의 傳奇小說」, 『韓國傳奇小說의 美學』(돌베개, 1997)에서 논의된 바 있다.

# 7. 溫達

金富軾

溫達, 高句麗 平岡王[1]時人也. 容貌龍鐘[2]可笑, 中心則睟然.[3] 家[4]甚貧, 常乞食以養母. 破衫弊履, 往來於市井間, 時人目之爲'愚溫達'. 平岡王少女兒好啼, 王戲曰: "汝常啼聒我耳, 長必不得爲士大夫妻, 當歸之愚溫達." 王每言之.

及女年二八, 欲下嫁於上部[5]高氏, 公主對曰: "大王常語: '汝必爲溫達之婦', 今何故改前言乎? 匹夫猶不欲食言, 況至尊乎? 故曰: '王者無戲言.'[6] 今大王之命謬矣. 妾不敢祗

---

1) 平岡王 : 고구려 제25대 왕인 平原王(在位 560~590)을 말함.
2) 龍鐘 : '龍鍾'과 같음. 꾀죄죄한 모양. 누추한 모양.
3) 睟然 : 저본에는 '睟眣'으로 되어 있으나, 高麗朝刊 殘本을 따름.
4) 家 : 저본에는 '蒙'으로 되어 있으나 顯宗實錄字本을 따름.
5) 上部 : 고구려는 원래 消奴部·絶奴部·順奴部·灌奴部·桂婁部의 5개 부족이 결합하여 성립되었는데, 이 5部 중 順奴部를 가리킴.
6) 王者無戲言 : 周公이 成王에게 한 말로 『說苑』에 보임.

承." 王怒曰: "汝不從我敎, 則固不得爲吾女也, 安用同居? 宜從汝所適矣!"

於是公主以寶[7]釧數十枚繫肘後, 出宮獨行. 路遇一人, 問溫達之家, 乃行至其家, 見盲老母, 近前拜, 問其子所在. 老母對曰: "吾子貧且[8]陋, 非貴人之所可近. 今聞子之臭, 芬馥異常, 接子之手, 柔滑如綿, 必天下之貴人也. 因誰之佲, 以至於此乎? 惟我息, 不忍饑, 取楡皮於山林." 久而未還, 公主出行, 至山下, 見溫達負楡皮而來. 公主與之言懷, 溫達悖[9]然曰: "此非幼女子所宜行, 必非人也, 狐鬼也. 勿迫我也!" 遂行不顧. 公主獨歸, 宿柴門下. 明朝更入, 與母子備言之. 溫達依違未決. 其母曰: "吾息至陋, 不足爲貴人匹; 吾家至窶, 固不宜貴人居." 公主對曰: "古人言: '一斗粟猶可舂, 一尺布猶可縫', 則苟爲同心, 何必富貴然後, 可共乎?" 乃賣金釧,[10] 買得田宅、奴婢、牛馬、器物, 資用完具.

初買馬, 公主語溫達曰: "愼勿買市人馬, 須擇國馬病瘦而見放者而後換之." 溫達如其言. 公主養飼甚勤, 馬日肥且壯. 高句麗常以春三月三日, 會獵樂浪之丘, 以所獲猪鹿, 祭天及山川神. 至其日, 王出獵, 羣臣及五部[11]兵士皆從.

---

7) 寶 : 저본에는 '實'로 되어 있으나 顯宗實錄字本을 따름.

8) 且 : 저본에는 '具'로 되어 있으나 顯宗實錄字本을 따름.

9) 悖(발) : '勃'과 통함.

10) 釧 : 저본에는 '釼'로 되어 있으나 顯宗實錄字本을 따름.

11) 五部 : 고구려를 형성한 5개 部族인 消奴部·絶奴部·順奴部·灌奴部·桂婁部를 말함. 5부는 후대에 행정구역으로 바뀜.

於是溫達以所養之馬隨行, 其馳騁常在前, 所獲亦多, 他無若者. 王召來, 問姓名, 驚且異之.

時後周[12]武帝,[13] 出師伐遼東, 王領軍逆戰於拜山[14]之野. 溫達爲先鋒, 疾鬪斬數十餘級. 諸軍乘勝奮擊, 大克. 及論功, 無不以溫達爲第[15]一. 王嘉歎之曰: "是吾女壻也." 備禮迎之, 賜爵爲大兄.[16] 由此寵榮尤渥, 威權日盛.

及陽岡王[17]卽位, 溫達奏曰: "惟新羅割我漢北之地爲郡縣, 百姓痛恨, 未嘗忘父母之國. 願大王不以愚不肖, 授之以兵, 一往必還吾地." 王許焉. 臨行誓曰: "鷄立峴、[18]竹嶺已西, 不歸於我, 則不返也." 遂行, 與羅軍戰於阿且城[19]之下, 爲流矢所中, 路而死. 欲葬, 柩不肯動, 公主來撫棺曰: "死生決矣, 於乎歸矣!" 遂擧而窆. 大王聞之悲慟.

---

12) 後周 : 南北朝時代의 北周.

13) 武帝 : 宇文邕(在位 561~578). 당시 국력이 쇠한 北齊를 공략, 중국의 북방을 통일하여 國勢를 크게 떨쳤음.

14) 拜山 : 어딘지 미상. 『三國史節要』에는 '肄山'으로 되어 있음.

15) 第 : 저본에는 '策'으로 되어 있으나 顯宗實錄字本을 따름.

16) 大兄 : 고구려의 벼슬 이름. 9등급의 官階 중 第五品임.

17) 陽岡王 : 고구려 제26대 왕인 嬰陽王(在位 590~618)을 말함.

18) 鷄立峴 : 鳥嶺.

19) 阿且城 : 이 성의 위치에 대해서는 두 가지 說이 제기되어 있다. 그 하나는 지금의 서울시 광진구 광장동 峨嵯山에 있던 山城이라는 說이고, 다른 하나는 충청북도 단양군 영춘면에 있던 山城이라는 說이다. 영춘면의 옛 이름은 '乙阿旦'인데 조선조 때에는 이성계가 왕이 되고 나서 새로 지은 이름인 '旦'을 諱하여 '乙阿朝'로 표기한바, '阿且城'의 '且'는 '旦'의 誤記로서, '阿且城'은 곧 阿旦(=영춘)에 있는 성이라는 것이다. 조선시대 英祖 때 편찬된 책인 『輿地圖書』에 "古老相傳, 愚溫達爲高句麗壻, 請守乙阿朝, 築之云"이라 하여, 이 사실이 언급되어 있고, 『增補文獻備考』에도 이 사실이 언급되어 있다. 지금도 영춘에는 온달 이야기가 전승되고 있다.

• 작자 : 金富軾

「薛氏」 '해제'의 작자條를 참조하기 바람.

• 출전 : 中宗壬申刊本 『三國史記』를 底本으로 삼아 여타의 本을 참고하여 校合하였다.

• 참고사항

(1) 앞의 「설씨」와 마찬가지로 「溫達」도 원래 羅末麗初에 傳奇小說로 창작된 원작이 있었는데 그것이 金富軾의 시대에 이르러 역사편찬의 자료로 채택되어 다소의 수정이 가해져 列傳에 올려진 것이 아닐까 생각된다. 그렇다고 한다면, 이 작품 역시 「설씨」와 마찬가지로 '열전'으로도 연구될 수 있고 '전기소설'로도 연구될 수 있지 않을까 한다.

(2) 「온달」에서는 민중적 사유와 정서가 확인된다. 민간의 이야기가 전기소설로 상승한 결과일 터이다.

# 8. 金遷

未 詳

金遷, 溟州[1]吏, 小字海莊. 高宗[2]末, 蒙古兵來侵, 母與弟德麟被虜. 時遷年十五, 晝夜號泣, 聞被虜者多道死, 服衰終制.

後十四年, 有百戶[3]習成, 自元來, 呼溟州人於市三日. 適旌善人金純應之. 成曰: "有女金氏在東京,[4] 云: '我本溟州人, 有子海莊', 托我以寄書, 汝識海莊否?" 曰: "吾友也." 受書持以與遷. 書云:

1) 溟州 : 강원도 강릉의 옛 이름.
2) 高宗 : 高麗의 왕. 재위 1213~1259.
3) 百戶 : 원나라의 下級武官 관직 이름. 부하 병졸 100명을 거느릴 권한이 있었음.
4) 東京 : 遼陽을 가리킴. 지금의 遼寧省 遼陽縣.

予生到某州某里某家爲婢, 飢不食、寒不衣, 晝鋤夜舂, 備經辛苦, 誰知我死生?

遷見書痛哭, 每臨食, 嗚咽不下. 欲往贖母, 家貧無貲, 貸人白金, 至京[5]請往尋母, 朝議不可, 乃還. 至忠烈王[6]入朝, 又求往, 朝議如初. 遷久留京, 衣敝粮罄, 鬱悒無聊, 道遇鄕僧孝緣, 涕泣求哀. 孝緣曰: "吾兄千戶[7]孝至, 今往東京, 汝可隨去." 卽囑之. 或謂遷曰: "汝得母書, 已六載, 安知母存沒? 且不幸中途遇賊, 徒喪身失寶耳." 遷曰: "寧往不得見, 豈惜軀命?" 遂隨孝至入東京, 與本國譯語別將孔明, 歸北州[8]天老[9]寨, 尋訪之母在, 至軍卒要左家. 有一嫗出拜, 衣懸鶉, 蓬髮垢面. 遷見之, 不知其爲母也. 明曰: "汝是何如人?" 曰: "予本溟州戶長金子陵女, 同産進士金龍聞已登第. 予嫁戶長金宗衍, 生子二, 曰海莊、德麟. 德麟隨我到此已十九年, 今在西隣百戶天老家爲奴. 何圖今日復見本國人?" 遷聞之, 下拜涕泣. 母握遷手, 泣曰: "汝眞吾子耶? 吾謂汝爲死矣." 要左適不在, 遷不得贖, 乃還東京, 依別將守龍家. 居一月, 與守龍復往要左家, 請贖, 要左不聽. 遷哀乞, 以白

5) 京 : 開京, 즉 지금의 개성을 가리킴.
6) 忠烈王 : 高麗의 왕. 재위 1274~1308.
7) 千戶 : 원나라의 하급무관 관직 이름. 부하 병졸 천 명을 거느릴 권한이 있었음.
8) 北州 : 塞北, 혹은 北方地域을 일컫는 말.
9) 天老 : 당시 百戶 벼슬을 하고 있던 사람. 뒤에 다시 나옴.

金五十五兩贖之, 騎以其馬, 徒步而從. 德麟送至東京, 泣曰: "好歸! 好歸! 今雖不得從, 如天之福, 必有相見之期." 母子相掩泣, 不能語. 會中贊[10]金方慶,[11] 回自元至東京, 召見遷母子, 稱嘆不已, 言於摠管府,[12] 給引廚傳[13]以送. 將至溟州, 宗衍聞之, 迎于珍富驛,[14] 夫婦相見而喜. 遷擧酒以進, 退而痛哭, 一座莫不潸然. 子陵年七十九, 見女喜劇倒地.

後六年, 天老之子携德麟來, 遷以白金八十六兩贖之. 未數歲, 盡償前後所貸白金, 與弟德麟, 終身盡孝.

• 작자 : 未詳

• 출전 : 『高麗史』 卷121 列傳34

• 참고사항

(1) 『高麗史』는 金宗瑞 · 鄭麟趾 등이 편찬한 것으로 알려져 있지만 기실 여러 사람의 손을 거쳐 몇 번의 우여곡절 끝에 완성된 책이다. 이 점에서 「金遷」외

10) 中贊 : 고려 때의 관직으로 조선시대의 정승에 해당함.
11) 金方慶 : 생몰년 1212(康宗 1)~1300년(忠烈王 26). 고려의 장군으로 侍中 벼슬에까지 오름.
12) 摠管府 : 元나라의 官署名. 督軍鎭守의 일을 맡아 보았음.
13) 廚傳 : 驛馬.
14) 珍富驛 : 강릉의 珍富라는 곳에 두었던 驛.

작자(=개작자)를 김종서나 정인지라고 하기는 곤란하다.

(2) 「金遷」은 『고려사』 열전 중에 '孝友傳'의 1편으로 실려 있는데, 前後의 다른 효우전과 판이한 면모를 보여준다. 우선 그 분량이 다른 효우전의 두어 배나 되며, 소설적 구성과 필치를 보여준다. 이런 점을 고려한다면, 「김천」은 원래 원작이 따로 있었고 그것이 鮮初에 『고려사』를 편찬할 때 사료로 채택된 게 아닐까 추정된다.

(3) 「김천」은 빠르면 13세기 말, 늦어도 14세기 前半에는 창작되었으리라 본다. 이렇게 추정하는 근거는 이 작품이, 주요한 인물들뿐 아니라 부수적인 인물들까지도 일일이 그 이름을 제시하고 있다는 데서 찾을 수 있다. 이 작품은 충렬왕 재위(1274~1308) 초기인 1270년대에 일어난 일을 소재로 삼고 있는데, 이처럼 사건과 관련된 인물들의 고유명사를 잊어 버리지 않고 일일이 제시하기 위해서는 사건이 있은 얼마 후거나 늦어도 14세기 전반을 넘어서지 않는 어느 시점에 창작되었다고 봄이 타당하다.

(4) 「김천」은, 작품의 문체나 作風을 고려할 때 전기소설이라고 하기는 어려우며, 후대에 문제되는 傳系小說, 특히 事實에 바탕한 전계소설의 선구적 모습을 보여주는 작품이 아닌가 한다. 이 점에서 이 작품은 17세기 후반 洪世泰가 창작한 「金英哲傳」과 비교됨직하다. 전계소설이나 野譚系小說의 先形態(Vorform)는 羅末麗初에 이미 보이는데, 「김천」은 나말여초 이래 潛流해 오던 이런 소설양식의 가능성을 고려 후기에 다시 환기시켰다는 의의를 갖는다. 이 작품은 이런 양식사적 의의만이 아니라, 13세기 후반 몽고의 침략으로 인해 우리 인민이 겪은 고통과 불행에 대한 소설적 대응이라는 점에서도 주목된다.

(5) 「김천」의 국내적 배경은 강원도 溟州(=강릉)이다. 명주라는 공간은 고려말의 소설사에서 각별한 주목을 요한다. 14세기 후반에 李居仁이 창작한 소설 「蓮花夫人」 역시 그 공간적 배경은 명주다. 이거인은 溟州府使로 있으면서 그곳에 전해오는 이야기들을 바탕으로 여러 편의 작품을 창작한 것으로 알려져 있다.

(6) 이 작품은 박희병, 「羅麗時代의 傳奇小說」, 『韓國傳奇小說의 美學』(돌베개, 1997)에서 처음 거론되었다.

# 9. 蓮花夫人

李居仁

新羅時, 溟州[1]爲東原京, 故留後官,[2] 必以王子若[3]宗戚、將相、大臣爲之, 而凡事便宜行, 黜陟所其隷郡縣.

有王弟無月郎[4]者, 幼年來領其任, 留務聽,[5] 佐貳者代理, 而率花郎徒, 游戲於山水間. 一日, 獨登於所謂蓮花峰,[6] 有處子貌甚殊, 浣衣於石池.[7] 郎悅而挑之, 處子曰: "妾士族也, 不可以奔.[8] 郎若未婚, 可行婚約, 而六禮[9]迎之, 未晚矣.

1) 溟州 : 지금의 강릉시와 명주군 일대.
2) 留後官 : 신라 때에 東原京에 둔 벼슬. 고려 때의 留守에 해당함.
3) 若 : 및.
4) 無月郎 : 태종 무열왕의 5대손인 金惟靖.
5) 留務聽 : 留後官의 일. 혹은 留後官의 일을 봄.
6) 蓮花峰 : 강릉 南大川 남쪽에 있던 鼈淵寺의 뒷산 이름.
7) 石池 : 강릉 寒松亭 근처에 있던 못 이름.
8) 奔 : 婚禮를 갖추지 않고 혼인하는 것을 말함.
9) 六禮 : 婚禮. 納采 · 問名 · 納吉 · 納徵 · 請期 · 親迎의 총칭.

妾已許身於郎, 誓不他從也." 郎許之. 自是問遺不絶. 瓜滿, 郎歸鷄林.[10] 半載無耗, 其父將嫁諸北坪家人子, 已卜日矣. 夫人不敢白父母, 而心竊憂, 以死自定.

一日臨池, 想舊誓, 語池中所養金鯉曰: "古有雙鯉傳書之言,[11] 你受吾養多矣, 不可致吾意郎所否?" 忽有尺半金鯉, 跳出池側, 口呀呷似有諾者. 夫人異之, 裂衫袖, 書曰:

> 妾不敢背約, 而父母之命, 將不得違. 郎若不棄盟好, 趂某日至, 則猶可及已. 不然則妾當自盡, 以從郎也.

納之魚口中, 持以投大川.[12] 鯉悠然而逝. 其翌曉, 無月郎送吏於閼川[13]捉魚, 官索膾魚, 有金尺鯉在葦間. 官以似[14]郎, 鯉挑擲振迅, 若有訴者, 俄吐沫涎升許, 中有素書.[15] 異而讀之, 乃夫人手迹. 郎卽携書及鯉, 告于王. 王大異之, 放鯉于宮池, 亟命一員大臣, 具彩帛, 偕郎馳往東京.

郎倍日幷行,[16] 僅及其期. 至則留後以下諸官､州父老, 皆

---

10) 鷄林 : 慶州의 별칭.

11) 古有雙鯉傳書之言 : 중국의 古樂府 「飮馬長城窟行」에 "客從遠方來, 遺我雙鯉魚. 呼童烹鯉魚, 中有尺素書. 長跪讀素書, 書中意何如? 上有加飧飯, 下有長相憶"이라 하여, 雙鯉가 편지를 전한 고사가 보임.

12) 大川 : 南大川을 가리킴. 강릉 오대산에서 발원하여 양양을 거쳐 동해로 흘러 들어감.

13) 閼川 : 경주의 하천 이름.

14) 似 : 갖다 보이다. '示'의 뜻.

15) 素書 : 편지를 일컫는 말. 옛날에 비단에 편지를 쓴 데서 유래하는 말.

16) 倍日幷行 : 걸음을 빨리 걸어 하루에 이틀 갈 길을 가는 것을 말함.

會帟幕, 盤筵甚盛. 守門吏怴郎來, 傳叫曰: "無月郞至矣!" 留後官出迓, 則大臣從焉. 遂具以告.[17] 主人北坪郞已至, 大臣[18]急人止之.

夫人先一日, 稱病不梳洗, 母抑之, 不聽, 譴誨方至, 聞郞之來, 倐起理粧, 改服以出, 克諧秦、晋之好.[19] 一府人, 皆驚以爲神也.

夫人生二男, 長卽周元公,[20] 季卽敬信王[21]也. 方羅王之殂無嗣, 國人皆屬望周元. 其日大雨水, 閼川卒漲, 周元在川北, 不得渡三日. 國相曰: "天也." 遂立敬信. 以周元之當立不立, 封于江陵, 環六邑以奉之, 爲溟原郡王. 夫人就養于周元, 以其家爲招提.[22] 王一年一來省焉. 四代, 國除爲溟州, 而新羅亡焉.

---

17) 具以告 : 저본에는 '告以具'라 되어 있으나, 서울대 奎章閣本『惺所覆瓿稿』를 따름.

18) 臣 : 저본에는 '昌'으로 되어 있음.

19) 秦晋之好 : 중국 춘추시대에 秦·晋의 두 나라 왕실이 대대로 혼인관계를 맺은 데서 유래하는 말. 여기서는 두 집안이 혼인을 맺음을 뜻함.

20) 周元公 : 金周元. 溟州郡王에 봉해졌으며, 강릉 김씨의 始祖임.

21) 敬信王 : 元聖王을 말함. 재위 785~789년. '敬信'은 이름. 『삼국사기』에는 金敬信과 金周元이 叔姪間이며, 金敬信의 母가 繼烏夫人 朴氏로 되어 있음. 『삼국사기』 권10 '元聖王'條 참조.

22) 招提 : 절.

해 제

• **작자** : 李居仁(?~1402)

고려말 조선초의 문신. 호는 蘭坡, 본관은 淸州. 고려말에 溟州府使를 지내면서 溟洲에 전해오던 이야기들을 바탕으로 여러 편의 작품을 창작한 것으로 보이는데, 현존하는 것은 이 작품 하나다.

• **출전** : 국립중앙도서관 소장의 『惺所覆瓿稿』를 底本으로 삼아 다른 本을 참고하여 校合하였다.

• **참고사항**

(1) 이 작품은 許筠의 문집인 『惺所覆瓿稿』 권7에 수록된 「鼊淵寺古迹記」 속에 全文이 인용되어 있다. 허균이 이 작품을 얻어 보게 된 경위는 다음과 같다.

"歲丙申春[1596년], 寒岡鄭先生, 以方伯巡到平昌郡. 郡在東原京, 時屬于府, 故郡人至今有言府之事者. 先生詢問故牒, 得古記於其首吏, 乃示余. 乃知府事李居仁所述文甚多, 其中載蓮花夫人事甚詳, 曰: (……)"

'曰'字 바로 다음에 이거인이 지었다는 연화부인 이야기가 나온다. 원작에 제목이 있었는지, 있었다면 무엇이었는지는 현재 알 수 없다. 「연화부인」이라는 제목은 내가 임의로 붙인 것이다. 「연화부인」에는 혹 허균의 첨삭이 가해졌을 가능성도 배제할 수 없지만, 기본적으로는 이거인의 원작을 옮겨 놓은 것으로 보아야 온당할 듯하다. 한편, 위의 인용문은 이거인이 명주부사로 있으면서 남기고 간 글이 "甚多"한 중에 「연화부인」이 들어 있다고 했는데, "甚多"하다고 한 글 속에 혹 「연화부인」과 같은 소설류가 더 들어 있었을지 알 수 없는 일이다. 「연화부인」과 같은 작품은 소설사의 첫째 단계가 羅末麗初에 시작되어 『삼국유사』가 저작된 시기를 거쳐 麗末까지 완만하나마 지속된다는 사실을 확인해 준다는 점에서 소중하다. 그것은 또한 우리나라 소설 발전에서 새로운 도약을 이룩한 鮮初의 『금오신화』에 이르도록, 우리 소설사가 연면히 이어져 왔음을 입증하는 자료라는 점에서도 소중하다.

(2) 「연화부인」은 우리나라 古詩歌인 「溟州歌」의 배경설화를 소재로 삼고 있

다. 「명주가」의 배경설화는 『고려사』의 「樂志」를 위시하여, 『신증동국여지승람』, 『증보문헌비고』, 『江陵金氏派譜』, 『臨瀛志』 등에 수록되어 전한다. 그러나 이들 문헌의 기록이 모두 설화의 테두리 속에 있음에 반해, 「연화부인」은 설화로부터 소설이 상승하는 과정을 보여준다.

(3) 「연화부인」의 소설사적 위상에 대하여는 박희병, 「한국고전소설의 발생 및 발전단계를 둘러싼 몇몇 문제에 대하여」, 『한국전기소설의 미학』(돌베개, 1997)에서 거론되었다.

제2편

# 韓國漢文小說의 轉變

1. 萬福寺摴蒲記 / 金時習
2. 李生窺墻傳 / 金時習
3. 南炎浮洲志 / 金時習
4. 月團團 / 徐居正
5. 安生傳 / 成俔
6. 元生夢遊錄 / 林悌
7. 愁城誌 / 林悌
8. 何生奇遇傳 / 申光漢
9. 崔孤雲傳 / 未詳
10. 周生傳 / 權韠

# 1. 萬福寺摴蒱記

金時習

南原有梁生者, 早喪[1]父母, 未有妻室, 獨居萬福寺[2]之東,[3] 房外有梨花一株, 方春盛開, 如瓊樹銀堆. 生每月夜, 逡巡朗吟其下. 詩曰:

一樹梨花伴寂寥, 可憐辜負月明宵.
青年獨臥孤窗畔, 何處玉人吹鳳簫?

---

1) 喪 : 『愼獨齋傳奇集』에는 '失'로 되어 있음.
2) 萬福寺 : 고려 文宗 때 창건된 절로, 전라도 南原 麒麟山에 있었음. 丁酉再亂 때 燒失되었는데, 1979~1984년에 그 遺址가 발굴되었음. 이 절은 「崔陟傳」에서도 사건 전개의 중요한 배경이 되고 있음.
3) 東 : 『愼獨齋傳奇集』에는 이 뒤에 '方'이 더 있음. 흔히 이 '東'이 아니라 다음의 '房'에서 구두를 뗌으로써 '東'을 만복사에 있는 동쪽 방으로 해석하나 잘못된 해석임. 만복사의 동편이라는 뜻임.

翡翠孤飛不作雙, 鴛鴦失侶浴晴江.
誰家有約敲碁子,[4] 夜卜燈花[5]愁倚窓?

吟罷, 忽空中有聲, 曰: "君欲得好逑, 何憂[6]不遂?" 生心喜之. 明日卽三月二十四日也. 州俗燃燈於萬福寺祈福, 士女騈集, 各呈其志. 日晩, 梵[7]罷人稀, 生袖摴蒱,[8] 擲於佛前曰: "吾今日與佛欲鬪蒱戲, 若我負則設法筵以賽, 若佛負則得美女以遂我願耳." 祝訖, 遂擲之. 生果勝, 卽跪於佛前曰: "業已定矣, 不可誑也." 遂隱於几下, 以候其約.

俄而有一美姬, 年可十五六, 丫鬟淡飾, 儀容婥妁,[9] 如仙姝[10]天妃,[11] 望之儼然, 手携油瓶, 添燈挿香, 三拜而跪, 噫而歎曰: "人生薄命乃如此邪!" 遂出懷中狀詞, 獻於卓前. 其詞曰:

某州某地居住何氏某, 竊以曩者, 邊方失禦, 倭寇來侵, 干戈滿目, 烽燧連年, 焚蕩室廬, 虜掠生民, 東西奔竄, 左右逋逃, 親戚

4) 敲碁子 : 바둑을 둠.
5) 夜卜燈花 : 燈花는 등불의 심지가 타 꽃 모양으로 된 것을 말하는데, 좋은 일의 前兆로 받아들여졌음. 『漢書』「藝文志」에 "有占燈花術, 則燈花固靈物也"라는 말이 보임.
6) 憂 : 『愼獨齋傳奇集』에는 '爲'로 되어 있음.
7) 梵 : 梵誦. 불경을 誦唱함.
8) 摴蒱 : '樗蒲'라고도 표기함. 윷놀이와 비슷한 놀이의 하나. 주사위 비슷한 것을 나무로 만들어 던져서 그 사위로 승부를 다툼.
9) 婥妁 : '婥約'과 같음.
10) 姝 : 1884년에 간행된 東京板 『金鰲新話』에는 '妹'로 되어 있음.
11) 天妃 : 바다의 여신 이름.

僮僕, 各相亂離. 妾以蒲柳弱質, 不能遠逝, 自入深閨, 終守幽貞, 不爲行露之沾,[12] 以避橫逆之禍. 父母以女子守節不爽, 避地僻處, 僑居草野, 已三年矣. 然而秋月春花, 傷心虛度; 野雲流水, 無聊送日. 幽居在空谷, 歎平生之薄命; 獨宿度良宵, 傷彩鸞之獨舞. 日居月諸, 魂銷魄喪; 夏夕冬宵, 膽裂腸摧. 惟願覺皇,[13] 曲垂憐愍. 生涯前定, 業不可避, 賦命有緣, 早得歡娛. 無任[14]懇禱之至.

女旣投狀, 嗚咽數聲. 生於隙中, 見其姿容, 不能定情, 突出而言曰: "向者投狀爲何事也?" 見女狀辭, 喜溢於面, 謂女子曰: "子何如人也, 獨來于此?" 女曰: "妾亦人也. 夫何疑訝之有? 君但得佳匹, 不必問名姓, 若是其顚倒也?"

時寺已頹落, 居僧住於一隅, 殿前只有廊廡蕭然獨存, 廊盡處有板房甚窄. 生挑女而入, 女不之難, 相與講歡, 一如人間. 將及夜半, 月上東山, 影入窗柯, 忽有跫音. 女曰: "誰耶? 將非侍兒來耶?" 兒曰: "唯. 向日娘子行不過中門, 履不容數步, 昨暮偶然而出, 一何至於此極也?" 女曰: "今日之事, 蓋非偶然. 天之所助, 佛之所佑. 逢一粲者,[15] 以爲偕老也. 不告而娶, 雖明敎之法典,[16] 式[17]燕以遨, 亦平生之奇遇

12) 不爲行露之沾 : 여인이 정절을 지킴을 뜻함. '行露'는 『詩經』 召南 「行露」의 "厭浥行露, 豈不夙夜? 謂行多露"에서 유래하는 말.

13) 覺皇 : 부처.

14) 任 : 저버리다.

15) 粲者 : 아름다운 님. 『詩經』 唐風 「綢繆」(주무)의 "今夕何夕, 見此粲者?"에서 유래하는 말.

也. 可於茅舍取裀席酒果來."

侍兒一如其命而往, 設筵於庭. 時將四更也. 鋪陳几案, 素淡無文, 而醪醴馨香, 定非人間滋味. 生雖疑恠, 談笑清婉, 儀貌舒遲, 意必貴家處子踰墻而出, 亦不之疑也. 觴進, 命侍兒歌以侑之, 謂生曰: "兒定仍舊曲. 請自製一章以侑如何?" 生欣然應之曰: "諾." 乃製「滿江紅」[18]一闋,[19] 命侍兒歌之, 曰:

惻惻春寒,
羅衫薄、幾回腸斷.
金鴨[20]冷、晩[21]山凝黛,
暮雲張繖.
錦帳鴦衾無與伴,
寶釵半倒吹龍管.[22]
可惜許、光陰易跳丸,
中情懣.

燈無焰,

---

16) 雖明教之法典 : '비록 明教의 法典에는 어긋나나'라고 말을 보충해 해석해야 함.
17) 式 : 어조사.
18) 「滿江紅」: 詞의 하나. 前段과 後段의 雙段 형식이며, 모두 16体가 있음. 여기서는 93字体를 따르고 있음.
19) 闋 : 詞를 헤아리는 단위.
20) 金鴨 : 쇠붙이로 만든 오리 모양의 香爐.
21) 晩 : 저본에는 '脕'으로 되어 있음.
22) 龍管 : 피리의 美稱.

銀屛短.

徒抆淚,

誰從款?

喜今宵鄒律,[23)]

一吹回暖.

破我佳城[24)]千古恨,

細歌「金縷」[25)]傾銀椀.

悔昔時、抱恨蹙眉兒,

眠孤館.

歌竟, 女愀然曰: "曩者蓬島失當時之約,[26)] 今日瀟湘有故人之逢,[27)] 得非天幸耶? 郎若不我遐棄, 終奉巾櫛, 如失我願, 永隔雲泥." 生聞此言, 一感一驚曰: "敢不從命?" 然其態度不凡, 生熟視所爲.

---

23) 鄒律 : 戰國時代 齊나라 사람인 鄒衍이 추운 지방에서 피리를 불어 날씨를 따뜻하게 했다는 고사가 있음.

24) 佳城 : 무덤의 異稱.

25) 「金縷」: 金縷曲. 詞의 하나. 一名 '賀新郎'이라고도 함. 「周生傳」에서 여주인공인 仙花가 이 詞를 노래함.

26) 蓬島失當時之約 : 『剪燈新話』의 「翠翠傳」에 "蓬島踐當時之約"이라는 말이 보임. 『剪燈新話句解』에는 다음과 같은 注가 붙어 있음. "楊通幽가 蓬萊山에 있는 楊貴妃를 찾아갔더니 양귀비가 이렇게 말했다. '나는 太上의 시녀로서 上元宮에 속해 있었고, 聖上은 大陽朱宮의 眞人이셨다. 어쩌다 숙연이 깊어 聖上은 인간 세상에 내려가 人主가 되셨고 나는 인간 세상에 귀양가 그 侍衛가 되었다. 이제 12년이 지나면 서로 다시 만나게 될 것이다.'" '蓬島'는 蓬萊山.

27) 瀟湘有故人之逢 : 『전등신화』의 「취취전」에 나오는 말. '瀟湘'은 瀟水와 湘水로서, 중국의 강 이름. 唐나라 柳惲의 시에 "洞庭有歸客, 瀟湘逢故人"이라는 구절이 있음. 이 시구로 인해 후에 「瀟湘逢故人」이라는 詞가 생겼음. 이상의 사실은 『剪燈新話句解』의 注에 보임.

時月掛西峯, 鷄鳴荒村, 寺鍾初擊, 曙色將暝. 女曰: “兒可撤席而歸.” 隨應隨滅, 不知所之. 女曰: “因緣已定, 同携手歸.”[28] 生執女手, 經過閭閻, 犬吠於籬, 人行於路, 而行人不知與女同歸. 但曰: “生早歸何處?” 生荅曰: “適醉臥萬福寺, 投故友之村墟也.” 至詰朝, 女引至草莽間, 零露瀼瀼, 無逕路可遵. 生曰: “何居處之若此也?” 女曰: “孀婦之居, 固如此耳.” 女又謔曰: “厭浥行露, 豈不夙夜? 謂行多露.”[29] 生又謔之曰: “有狐綏綏, 在彼淇梁.[30] 魯道有蕩, 齊子翺翔.”[31] 吟而笑傲. 遂同去開寧洞.[32] 蓬蒿蔽野, 荊棘參天, 有一屋小而極麗. 邀生俱入, 裀褥帳幃極整, 如昨夜所陳. 留三日, 歡若平生. 然其侍兒美而不黠, 器皿潔而不文, 意非人世, 而繾綣意篤, 不復思慮.

已而女謂生曰: “此地三日不下三年, 君當還家以顧生業也.” 遂設離宴以別. 生悵然曰: “何遽別之速也?” 女曰: “當再會以盡平生之願爾. 今日到此弊居, 必有夙緣, 宜見鄰里族親如何?” 生曰: “諾.” 卽命侍兒, 報四鄰以會. 其一曰鄭氏, 其二曰吳氏, 其三曰金氏, 其四曰柳氏, 皆貴家巨族, 而

28) 同携手歸 : 저본에는 ‘可同携手’로 되어 있으나 『신독재전기집』을 따름.
29) 厭浥~多露 : 『詩經』 召南 「行露」의 第一章을 인용한 것임.
30) 有狐綏綏, 在彼淇梁 : 『詩經』 衛風 「有狐」에서의 인용. 朱子는 이 시가 홀아비에게 시집가고 싶어하는 과부의 마음을 노래한 것으로 보았음.
31) 魯道有蕩, 齊子翺翔 : 『詩經』 齊風 「載驅」에서의 인용. 바람난 여인이 情夫를 만나러 가는 것을 읊은 시임.
32) 開寧洞 : ‘居寧縣’을 가리키지 않나 생각됨. 居寧縣은 南原府 동북쪽 50리에 있었음.

與女子同閭閈親戚，而處子者也. 性俱溫和，風韻不常，而又聰明識字，能爲詩賦，皆作七言短篇四首以贐.

鄭氏態度風流，雲鬟掩鬢，乃噫而吟曰:

春宵花月兩嬋娟，長把春愁不記年.
自恨不能如比翼,[33] 雙雙相戱舞青天.

漆燈[34]無焰夜如何? 星斗初橫月半斜.
惆悵幽宮人不到，翠衫撩亂鬢鬖髿.

摽梅[35]情約竟蹉跎，辜負春風事已過.
枕上淚痕幾圓點，滿庭山雨打梨花.

一春心事已無聊，寂寞空山幾度宵.
不見藍橋[36]經過客，何年裴航遇雲翹?[37]

吳氏丫鬟妖弱，不勝情態，繼吟曰:

---

33) 比翼 : 比翼鳥. 상상의 새로서, 암수가 각각 날개가 하나씩밖에 없어 함께 날아야 비로소 날 수 있다고 함. 轉하여 부부간의 좋은 금슬을 상징함.

34) 漆燈 : 무덤 속의 燈.

35) 摽梅 : 『詩經』 召南에 「摽有梅」詩가 있는바, 婚期를 앞둔 처녀의 마음을 읊었음.

36) 藍橋 : 중국 陝西省 藍田縣에 있는 땅 이름. 唐나라 때의 인물인 裴航이 그곳에 있는 神仙窟에서 仙女 雲英을 만났다는 고사가 있음.

37) 裴航・雲翹 : 裴航이 아직 과거에 오르지 못했을 때 雲翹라는 부인을 만난 적이 있는데, 이 부인이 藍橋에 가면 神仙窟이 있다고 일러 주어 裴航이 그곳에 가서 雲英을 만났다는 고사가 있음.

寺裏燒香歸去來, 金錢暗擲[38]竟誰媒?
春花秋月無窮恨, 銷却樽前酒一杯.

溥溥曉露浥桃腮, 幽谷春深蝶不來.
却喜隣家銅鏡合,[39] 更歌新曲酌金罍.

年年燕子舞東風, 腸斷春心事已空.
羡却芙蕖猶並蔕, 夜深同浴一池中.

一層樓在碧山中, 連理枝[40]頭花正紅.
却恨人生不如樹, 青年薄命涙凝瞳.

金氏整其容儀, 儼然染翰, 責其前詩淫佚太甚, 而言曰: "今日之事, 不必多言, 但叙光景, 胡乃陳懷以失其節, 傳鄙懷於人間也?"[41] 遂朗然賦曰:

杜鵑啼了五更風, 寥落星河已轉東.
莫把玉簫重再弄, 風情恐與俗人通.

---

38) 金錢暗擲: 부처에게 저포를 던져 내기한 것을 가리킴.
39) 銅鏡合: 「崔致遠」의 주 37을 참조할 것.
40) 連理枝: 戰國時代 韓馮 부부의 무덤에 났다는 두 그루의 가래나무로서, 뿌리는 서로 닿아 있고 가지는 서로 연이어 있었다 함. 轉하여 금슬이 좋은 부부를 일컫는 말로 씀.
41) 也: 저본에는 없으나 『신독재전기집』에 의거해 보충했음.

滿酌烏程[42)]金叵羅,[43)] 會須取醉莫辭多.
明朝捲地東風惡, 一段春光奈夢何?

綠紗衣袂懶來垂, 絃管聲中酒百巵.
淸興未闌歸未可, 更將新語製新詞.

幾年塵土惹雲鬟, 今日逢人一解顔.
莫把高唐[44)]神境事, 風流話柄落人間.

柳氏淡粧素服, 不甚華麗, 而法度有常, 沈默不言, 微笑而題曰:

確守幽貞經幾年, 香魂玉骨掩重泉.
春宵每與姮娥伴, 叢桂花邊愛獨眠.

却笑東風桃李花, 飄飄萬點落人家.
平生莫把靑蠅點, 誤作崐山[45)]玉上瑕.

脂粉慵拈首似蓬, 塵埋香匣綠生銅.
今朝幸預鄰家宴, 羞看冠花別樣紅.

---

42) 烏程 : 술의 이름. “古烏程能釀酒, 故以名縣. 又指酒爲烏程.”(『太平寰宇記』)
43) 金叵羅(금파라) : 金杯.
44) 高唐 : 楚나라 雲夢澤에 있던 누대 이름. 楚 懷王이 여기서 꿈에 巫山神女와 만나 사랑을 나누었다는 고사가 있음.
45) 崐山 : ‘崐’은 ‘崑’과 仝字. 崐山은 美玉의 산지로 유명한 崑崙山.

娘娘今配白面郎, 天定因緣契闊[46]香.
月老已傳琴瑟線,[47] 從今相待似鴻.光.[48]

女乃感柳氏終篇之語, 出席而告曰: "余亦粗知字畫, 獨無語乎?" 乃製近體七言四韻以賦曰:

開寧洞裏抱春愁, 花落花開感百憂.
楚峽[49]雲中君不見, 湘江竹[50]下泣盈眸.
晴江日暖鴛鴦並, 碧落雲銷翡翠遊.
好是同心雙綰結,[51] 莫將紈扇[52]怨淸秋.

生亦能文者, 見其詩法淸高, 音韻鏗鏘, 啫啫不已. 卽於席前, 走書古風長短篇一章以荅云:

---

46) 契闊 : 만남과 헤어짐. 여기서는 '만남'이라는 뜻.
47) 月老已傳琴瑟線 : 月老는 月下老人의 준말로서, 주머니 속에 赤繩子[붉은 실]를 가지고 다니며 사람들에게 부부의 인연을 맺어 준다는 神人임. 琴瑟線은 赤繩子를 가리킴.
48) 鴻・光 : 梁鴻과 孟光. 梁鴻은 後漢 때의 隱士였으며, 孟光은 그 아내였음. 서로 공경하며 화목한 가정을 이룬 夫婦로 유명함.
49) 楚峽 : 중국의 巫山을 가리킴. 楚나라 懷王이 꿈 속에서 巫山神女와 사랑을 나누었다는 고사가 있음.
50) 湘江竹 : 瀟湘斑竹. 舜임금이 죽자 그 두 아내인 娥皇과 女英이 울다가 湘江에 투신해 죽었는데, 그 흘린 피눈물이 강가의 대나무를 물들여 얼룩지게 했다는 전설이 있음.
51) 同心雙綰結 : 同心結은 부부 사이에 서로 마음을 변치 말자는 뜻으로 실로 매듭을 지은 것을 일컫는 말.
52) 紈扇 : 부채는 여름에만 소용되고 가을에는 쓸모없는 데서, 失戀한 여인이 자신을 비유하는 말로 사용됨.

今夕何夕, 見此仙姝?

花顏何婥妁,[53] 絳唇似櫻珠.

風騷尤巧妙, 易安[54]當含糊.

織女投機下天津, 嫦娥[55]抛杵離淸都.[56]

靚粧照此玳瑁筵, 羽觴交飛淸讌娛.

殢雨尤雲[57]雖未慣, 淺斟低唱相怡愉.

自喜誤入蓬萊島, 對此仙府風流徒.

瑤漿瓊液溢芳樽, 瑞腦[58]霧噴金猊爐.

白玉床前香屑飛, 微風撼彼靑紗[59]廚.

眞人會我合巹巵, 綵雲冉冉相縈紆.

君不見文蕭遇彩鸞,[60] 張碩逢杜蘭?[61]

人生相合定有緣, 會須擧白[62]相闌珊.[63]

娘子何爲出輕言, 道我奄棄秋風紈?

世世生生爲配耦, 花前月下相盤桓.

---

53) 婥妁 : 주 9를 참조할 것.
54) 易安(이안) : 宋나라 때의 여성시인 李淸照의 호.
55) 嫦娥 : 姮娥. 「崔致遠」의 주 22를 참조할 것.
56) 淸都 : 天帝의 궁궐.
57) 殢雨尤雲 : 남녀간의 纏綿한 歡愛를 비유하는 말. 『剪燈新話』의 「翠翠傳」에 "殢雨尤雲渾未慣, 枕邊眉黛羞顰"이라는 구절이 있음.
58) 瑞腦 : 龍腦. 芳香이 있어 향료나 약재로 씀.
59) 紗 : 저본에는 '莎'로 되어 있음.
60) 文蕭・彩鸞 : 文蕭는 晉나라 때의 書生이고, 彩鸞은 仙女 吳彩鸞. 두 사람이 만나 부부가 되었다는 고사가 있음.
61) 張碩・杜蘭 : 張碩은 漢나라 때의 道人이고, 杜蘭은 仙女 杜蘭香. 張碩이 杜蘭香을 만나 부부가 되었다는 고사가 있음.
62) 白 : 술잔.
63) 闌珊 : '將盡'의 뜻. 여기서는 술을 다 마시자는 의미.

酒盡相別, 女出銀椀一具以贈生曰: "明日, 父母飯我于寶蓮寺.[64] 若不遺我, 請遲[65]于路上, 同歸梵宇, 同覲父母如何?" 生曰: "諾."

生如其言, 執椀待于路上, 果見巨室右族薦女子之大祥, 車馬駢闐, 上于寶蓮寺.[66] 見路傍有一書生執椀而立, 從者曰: "娘子殉葬之物, 已爲他人所偸矣." 主曰: "如何?" 從者曰: "此生所執之椀是也."[67] 遂聚馬以問. 生如其前約以對. 父母感訝良久, 曰: "吾止有一女子, 當寇賊傷亂之時,[68] 死於干戈, 不能窀窆, 殯于開寧寺[69]之洞, 因循不葬, 以至于今. 今日大祥已至, 暫設齋筵, 以追冥路. 君如其約, 請竢女子以來, 願勿愕也." 言訖先歸.

生佇立以待. 及期, 果一女子, 從侍婢腰裊而來, 卽其女也. 相喜携手而歸. 女入門禮佛, 投于素帳之內. 親戚寺僧皆不之信, 唯生獨見. 女謂生曰: "可同茶飯." 生以其言告于父母. 父母試驗之, 遂命同飯, 唯聞匙筯聲, 一如人間. 父母於是驚歎, 遂勸生同宿帳側. 中夜言語琅琅, 人欲細聽, 驟止. 其言曰: "妾之犯律, 自知甚明. 少讀『詩』、『書』,[70] 粗知禮

64) 寶蓮寺 : 南原府 서쪽 40리에 위치한 보련산에 있던 절.
65) 遲 : 기다리다.
66) 寺 : 저본에는 없으나 『신독재전기집』에 의거해 보충했음.
67) 是也 : 저본에는 없으나 『신독재전기집』에 의거해 보충했음.
68) 寇賊傷亂之時 : 고려 말 倭寇의 침략을 가리킴.
69) 開寧寺 : 開寧洞에 있던 절. 『신증동국여지승람』에서 南原府에 있다고 한 '開良寺'가 바로 이 절일 듯함.
70) 『詩』、『書』 : 『詩經』과 『書經』.

義, 非不諳「褰裳」[71]之可愧, 「相鼠」[72]之可赧. 然而久處蓬蒿, 抛棄原野, 風情一發, 終不能戒. 曩者, 梵宮祈福, 佛殿燒[73]香, 自嘆一生之薄命, 忽遇三世之因緣. 擬欲荊釵椎髻, 奉高節於百年; 冪酒縫裳, 修婦道於一生. 自恨業不可避, 冥道當然. 歡娛未極, 哀別遽至. 今則步蓮入屛,[74] 阿香輾車;[75] 雲雨霽於陽臺,[76] 烏鵲散於天津. 從此一別, 後會難期, 臨別悽惶, 不知所云."

送魂之時, 哭聲不絶, 至于門外, 但隱隱有聲曰:

> 冥數有限, 慘然將別. 願我良人, 無或疎闊. 哀哀父母, 不我匹兮. 漠漠九原, 心糾結兮.

餘聲漸滅, 嗚咽不分. 父母已知其實, 不復疑問. 生亦知其爲鬼, 尤增傷感, 與父母聚頭而泣. 父母謂生曰: "銀椀任君所用. 但女子有田數頃、蒼赤數人, 君當以此爲信, 勿忘吾女

---

71) 「褰裳」: 『詩經』 鄭風의 詩. 자유분방한 여인의 마음을 읊었음.

72) 「相鼠」: 『詩經』 鄘風의 詩. 예의를 모르는 사람을 풍자한 詩임.

73) 燒 : 저본에는 '燈'으로 되어 있음.

74) 步蓮入屛 : '步蓮'은 원래 美人의 길음걸이를 일컫는 말인데, 여기서는 美人을 가리키는 말로 썼음. '入屛'은 병풍 속으로 들어간다는 뜻인데, 唐나라 때 어떤 선비가 술에 취해 누웠다가 깨어 보니 병풍 속의 부인들이 모두 平床에 내려와 장단을 맞추며 노래를 부르고 있으므로 놀라 꾸짖었더니 부인들이 도로 병풍 속으로 들어갔다는 故事가 『酉陽雜俎』에 전함.

75) 阿香輾車 : '阿香'은 雷神. 雷神인 阿香이 雷車를 밀면 우레가 치고 비가 내린다고 함.

76) 陽臺 : 중국 四川省 巫山縣의 陽臺山. 巫山神女가 여기서 아침에는 구름이 되고 저녁에는 비가 되었다는 고사가 있음.

子.”

翌日, 設牲牢明酒, 以尋前迹, 果一殯葬處也. 生設奠哀慟, 焚楮鏹[77]于前, 遂葬焉. 作文以弔之, 曰:

> 惟靈, 生而溫麗, 長而淸淳. 儀容侔於西施,[78] 詩賦高於淑眞.[79] 不出香閨之內, 常聽鯉庭[80]之箴; 逢亂離而璧完, 遇寇賊而珠沈; 托蓬蒿而獨處, 對花月而傷心. 腸斷春風, 哀杜鵑之啼血; 膽裂秋霜, 歎紈扇之無緣.[81] 嚮者一夜邂逅, 心緖纏綿. 雖識幽明[82]之相隔, 實盡魚水之同歡. 將謂百年以偕老, 豈期一夕而悲酸? 月窟驂鸞之姝,[83] 巫山行雨之娘. 地黯黯而莫歸, 天漠漠而難望. 入不言兮惚恍,[84] 出不逝兮蒼茫. 對靈幃而掩泣, 酌瓊漿而增傷. 感音容之窈窈, 想言語之琅琅. 嗚虖哀哉! 爾性聰慧, 爾氣精詳. 三魂[85]縱散, 一靈何亡? 應降臨而陟庭, 或薰蒿[86]而在傍. 雖死生之有異, 庶有感於些章.[87]

---

77) 楮鏹 : 紙錢.
78) 西施 : 春秋時代 越나라의 美人 이름.
79) 淑眞 : 宋나라 여성시인 朱淑眞.
80) 鯉庭 : 가정교육. 鯉는 孔子의 아들 이름인데, 『論語』에 다음과 같은 말이 있음. “嘗獨立, 鯉趨而過庭.”
81) 無緣 : 좇을 데 없음. 버림받음.
82) 明 : 저본에는 ‘冥’으로 되어 있으나 『신독재전기집』을 따름.
83) 月窟驂鸞之姝 : 姮娥를 이름.
84) 惚恍 : ‘恍惚’과 같음. 東京版에는 ‘恍惚’로 되어 있음.
85) 三魂 : 道敎에서 말하는, 인간에게 있다는 3개의 혼. 즉 台光 · 爽靈 · 幽精.
86) 薰蒿 : 원래 ‘焄蒿’라 표기함. ‘薰’과 ‘焄’은 통용됨. 『禮記』 「祭義」의 “焄蒿悽愴”에서 유래하는 말.
87) 些章 : 애도하는 글.

後極其情哀, 盡賣田舍, 追薦再三. 一[88]夕, 女於空中唱曰: "蒙君薦拔, 已於他國爲男子矣. 雖隔幽明,[89] 寔深感佩. 君當復修淨業,[90] 同脫輪迴."[91]

生後不復婚嫁, 入智異山採藥, 不知所終.

• 작자 : 金時習(1435~1493)

호는 梅月堂 혹은 東峰이며, 生六臣의 한 사람이다. 수양대군의 왕위찬탈에 통분하여 평생 방랑과 悲憤 속에서 살았다. 儒佛仙을 두루 섭렵했으며, 애민적인 사상이 담긴 시문을 많이 남겼다. 저서로는 문집인 『梅月堂集』과 소설책인 『金鰲新話』가 전한다.

• 출전 : 尹春年 編輯本 『金鰲新話』(中國 大連圖書館 所藏)를 底本으로 삼아 異本을 참고하여 校合하였다.

• 참고사항

(1) 현전하는 『금오신화』에는 모두 5편의 작품이 수록되어 있다. 「萬福寺摴蒲記」, 「李生窺墻傳」, 「醉遊浮碧亭記」, 「南炎浮洲志」, 「龍宮赴宴錄」이 그것이다. 본서에는 이 중 「만복사저포기」·「이생규장전」·「남염부주지」 3편을 실었다.

(2) 최근 『金鰲新話』의 朝鮮木版本이 학계에 보고되었다. 지금까지 우리는 日本版本으로 『金鰲新話』를 읽어 왔는데, 美麗한 朝鮮版本의 『金鰲新話』를 눈

88) 一 : 저본에는 없으나 『신독재전기집』에 의거해 보충했음.
89) 明 : 저본에는 '冥'으로 되어 있으나 『신독재전기집』을 따름.
90) 淨業 : 善業.
91) 輪迴 : '輪回'와 같음.

앞에 대하니 그 감회 筆舌로 형용할 수 없다.

朝鮮刊本『금오신화』는 "尹春年 編輯"을 明記하고 있다. 이 점을 기념하여 이 本을 '尹春年 編輯本'이라 命名하기로 한다. 윤춘년 편집본은 김시습 死後 50년쯤 된 16세기 중엽에 上梓된 本으로 추정된다. 윤춘년 편집본은 일본 판본이나 『愼獨齋傳奇集』에 비해 善本이지만, 그렇다고 해서 訛誤나 字脫이 없는 건 아니다. 이런 점을 감안해 본서에서는 윤춘년 편집본을 底本으로 삼아 異本을 참고하여 校勘作業을 했다.

(3) 최용철 編, 『금오신화의 판본』(국학자료원, 2003)에 현재 알려져 있는 『금오신화』의 모든 本들이 收合되어 있다. 『금오신화』에 수록된 작품에 대하여는 많은 연구가 이루어진바, 상세한 정보는 조동일, 『한국문학통사』 2권(제3판, 지식산업사, 1994)의 '7.9.4.소설'에서 얻을 수 있다.

# 2. 李生窺墻傳

金時習

松都有李生者, 居駱駝橋[1]之側, 年十八, 風韻淸邁, 天資英秀. 常詣國學,[2] 讀『詩』[3]路傍. 善竹里[4]有巨室處子崔氏, 年可十五六, 態度艶麗, 工於刺繡, 而長於詩賦. 世稱:

風流李氏子, 窈窕崔家娘. 才色若可餐, 可以療飢腸.

李生嘗挾冊詣學, 常過崔氏之家, 北墻外垂楊裊裊數十株環列. 李生憩於其下. 一日, 窺墻內, 名花盛開, 蜂鳥爭喧, 傍有小樓, 隱映於花叢之間, 珠簾半掩,[5] 羅幃低垂, 有一美人,

---

1) 駱駝橋 : 開城에 있던 다리 이름. 槖駞橋라고도 했음.
2) 國學 : 고려 시대의 成均館. 開城의 炭峴門 안에 있었음.
3) 『詩』 : 『詩經』.
4) 善竹里 : 개성의 善竹橋 부근에 있던 마을.

倦繡停針, 支頤而吟曰:

獨倚紗窓刺繡遲, 百花叢裏囀黃鸝.
無端暗結東風怨, 不語停針有所思.

路上誰家白面郞, 靑衿大帶[6]映垂楊.
何方可化堂中燕, 低掠珠簾斜度墻?

生聞之, 不勝技癢.[7] 然其門戶高峻, 庭闈深邃, 但怏怏而去. 還時以白紙一幅, 作詩三首, 繫瓦礫投之, 曰:

巫山六六[8]霧重回, 半露尖峯紫翠堆.
惱却襄王[9]孤枕夢, 肯爲雲雨下陽臺.[10]

相如[11]欲挑卓文君, 多少情懷已十分.
紅粉墻頭桃李艶, 隨風何處落繽紛?

好因緣邪[12]惡因緣? 空把愁腸日抵年.

---

5) 掩:『신독재전기집』에는 '捲'으로 되어 있음.
6) 靑衿大帶:깃이 푸른 옷과 넓은 띠. 國學 儒生의 옷차림.
7) 技癢:자신의 재주를 발휘해 보고 싶어 안달함.
8) 巫山六六:巫山 12峰. 巫山에 대해서는「崔致遠」의 주 40을 참조할 것.
9) 襄王:「崔致遠」의 주 10을 참조할 것.
10) 陽臺:「萬福寺摴蒲記」의 주 76을 참조할 것.
11) 相如:西漢의 文人인 司馬相如. 그가 젊었을 때 蜀의 臨邛을 지나다가 琴을 타서 부잣집 딸인 과부 卓文君을 꾀어내어 부부가 되었다는 고사가 있음.

二十八字[13]媒已就, 藍橋[14]何日遇神仙?

崔氏命侍婢香兒往見之, 卽李生詩也. 披讀再三, 心自喜之, 以片簡又書八字, 投之, 曰: "將子無疑, 昏以爲期." 生如其言, 乘昏而往, 忽見桃花一枝過墻, 而有搖裊之影. 往視之, 則以鞦韆絨索, 繫竹兜[15]下垂. 生攀緣而踰. 會月上東山, 花影在地, 淸香可愛. 生意謂已入仙境, 心雖竊喜, 而情密事秘, 毛髮盡竪. 回眄左右, 女已在花叢裏, 與香兒折花相戴, 鋪罽僻地, 見生微笑, 口占二句, 先唱曰:

桃李枝間花富貴, 鴛鴦枕上月嬋娟.

生續吟曰:

他時漏洩春消息,[16] 風雨[17]無情亦可憐.

女變色而言曰: "本欲與君終奉箕箒, 永結歡娛, 郞何言之

---

12) 邪 : 耶와 통함.
13) 二十八字 : 七言絶句. 여기서는 詩를 가리킴.
14) 藍橋 : 「萬福寺摴蒱記」의 주 36을 참조할 것.
15) 竹兜 : 竹兜子. 대로 엮은 가마. 『剪燈餘話』의 「洞天花燭記」에 "文信美偶出遊, 至半道, 忽有二使, 布袍葛屨, 聯袂而來. (……) 遂與同行, 果有竹兜子一乘候道左"라는 말이 보임.
16) 春消息 : 남녀의 사랑을 비유하는 말로 쓰였음.
17) 風雨 : 부모의 반대나 노여움을 비유하는 말로 쓰였음.

若是遽也? 妾雖女類, 心意泰然, 丈夫意氣, 肯作此語乎? 他日閨中事洩, 親庭譴[18]責, 妾以身當之. 香兒可於房中賫酒果以進." 兒如命而往, 四座寂寥, 閒[19]無人聲. 生問曰: "此是何處?" 女曰: "此是北園中小樓下也. 父母以我一女, 情鍾甚篤, 別構此樓于芙蓉池畔, 方春時名花盛開, 欲使我從侍兒遨遊耳. 親闈之居, 閨閤[20]深邃, 雖笑語啞咿, 亦不能卒爾相聞也." 女酌綠蟻[21]一巵勸生, 口占古風一篇曰:

曲闌[22]下壓芙蓉池, 池上花叢人共語.
香霧霏霏春融融, 製出新詞歌「白紵」.[23]
月轉花陰入氍毹, 共挽長條落紅雨.
風攪淸香香襲衣, 賈女[24]初踏春陽舞.
羅衫輕拂海棠枝, 驚起花間宿鸚鵡.[25]

生卽和之曰:

---

18) 譴 : 『신독재전기집』에는 '見'으로 되어 있음.
19) 閒 : '闃'의 俗字.
20) 閨閤 : '閨閣'과 같음.
21) 綠蟻 : 美酒의 별칭.
22) 闌 : '欄'과 통함.
23) 「白紵」: 중국의 樂府詩에 「白紵歌」가 있음. 원래 吳의 舞曲 이름이었음.
24) 賈女 : 晉나라 武帝 때 高官을 지낸 賈充의 딸을 가리킴. 그녀는 父 賈充이 武帝로부터 하사받은 외국산 名香을 훔쳐 韓壽에게 주고는 그와 私通했는데, 나중 韓壽의 옷에서 나는 향기 때문에 그 일이 발각됨. 이에 賈充은 딸을 韓壽에게 시집보냈다는 고사가 있음.
25) 鸚鵡 : 李生을 비유하는 말로 쓰였음.

誤入桃源花爛熳, 多少情懷不能語.
翠鬟雙綰金釵低, 楚楚春衫裁綠紵.
東風初拆並蔕花, 莫使繁枝戰風雨.
飄飄仙袂影婆娑, 叢桂陰中素娥[26]舞.
勝事未了愁必隨, 莫製新詞敎鸚鵡.

飮罷, 女謂生曰: “今日之事, 必非少緣. 郎須尾我, 以遂情欸.” 言訖, 女從北窓入, 生隨之. 樓梯在房中, 緣梯而昇, 果其樓也. 文房几案, 極其濟楚,[27] 一壁展「煙江疊嶂圖」、「幽篁古木圖」, 皆名畵也. 題詩其上, 詩不知何人所作也.[28] 其一曰:

何人筆端有餘力, 寫此江心千疊山?
壯哉方壺[29]三萬丈, 半出縹緲烟雲間.
遠勢微茫幾百里, 近見崒嵂青螺鬟.[30]
滄波淼淼浮遠空, 日暮遙望愁鄕關.
對此令人意蕭索, 疑泛湘江風雨灣.

其二曰:

26) 素娥 : 姮娥.
27) 濟楚 : 齊楚. 깨끗하고 고움.
28) 也 : 저본에는 없으나 『신독재전기집』에 의거해 보충했음.
29) 方壺 : 三神山의 하나인 方壺山. 方丈山이라고도 함.
30) 青螺鬟 : 青山. 멀리 보이는 산의 모양이 푸른 소라 모양의 쪽머리 같은 데서 유래하는 말.

幽篁蕭颯如有聲, 古木偃蹇[31]如有情.
狂根盤屈惹莓苔, 老幹夭矯[32]排風雷.
胸中自有造化窟, 妙處豈與傍人說?
韋偃、與可[33]已爲鬼, 漏洩天機知有幾?
晴窓嗒[34]然淡相對, 愛看幻墨神三昧.

一壁貼四時景各四首, 亦不知其何人所作, 其筆則摹松雪[35]眞字,[36] 體極精姸. 其一幅曰:

芙蓉帳暖香如縷, 窓外霏霏紅杏雨.[37]
樓頭殘夢五更鍾, 百舌[38]啼在辛夷[39]塢.

燕子日長閉閤深, 懶來無語停金針.
花底雙雙蛺蝶飛, 爭趂落花庭院陰.

嫩寒輕透綠羅裳, 空對春風暗斷膓.
脉脉此情誰料得? 百花叢裏舞鴛鴦.

---

31) 偃蹇 : 倨傲한 모습.
32) 夭矯 : 夭蟜라고도 씀. 높이 뻗은 모양.
33) 韋偃 · 與可 : 韋偃은 唐나라 때의 화가이고, 與可는 宋나라 때의 화가로서 墨竹을 잘 그렸던 文同의 字.
34) 嗒 : '嗒'과 통용됨.
35) 松雪 : 元나라 때의 서화가 趙孟頫. 松雪은 그 호.
36) 眞字 : 楷書.
37) 紅杏雨 : 살구꽃 필 무렵 내리는 비.
38) 百舌 : 百舌鳥. 때까치. 봄에 우는 새로, 봄이 가면 울음을 멈춤.
39) 辛夷 : 일명 '迎春'이라고도 하는데, '木蓮'을 가리킴.

春色深藏黃四家,[40] 深紅淺綠映窓紗.
一庭芳草春心苦, 輕揭珠簾看落花.

其二幅曰:

小麥初胎乳燕[41]斜, 南園開遍石榴花.
綠窓兒女幷刀[42]響, 擬試紅裙剪紫霞.

黃梅[43]時節雨廉纖, 鶯囀槐陰燕入簾.
又是一年風景老, 楝花[44]零落筍生尖.

手拈春杏打鶯兒, 風過南軒日影遲.
荷葉已香池水滿, 碧波深處浴鸕鷀.[45]

藤床筠簟浪波紋, 屛畵瀟湘一抹雲.
懶慢不堪醒午夢, 半窓斜日欲西曛.

---

40) 黃四家 : 황씨의 넷째 딸 집. 杜甫의 「江畔獨步尋花」 第6首의 起句가 "黃四孃家花滿蹊"임. 나머지 구절은 다음과 같음. "千朶萬朶壓枝低. 留連戱蝶時時舞, 自在嬌鶯恰恰啼."
41) 乳燕 : 흔히 '어린 제비'로 오역되고 있으나, '어미 제비'라는 뜻임.
42) 幷刀 : 칼을 민첩하게 놀리는 것. 원래 중국 幷州에서 생산된 칼이 잘 드는 데서 유래하는 말임.
43) 黃梅 : 노랗게 익은 梅實. 梅實이 익는 초여름에 내리는 비를 黃梅雨라 함.
44) 楝花 : '楝'은 낙엽교목인 멀구슬나무. 4·5월에 淡紫色의 작은 꽃이 피며, 꽃에서 맑은 향기가 남. 이 꽃이 지면 여름이 됨.
45) 鸕鷀 : 가마우지. 물고기를 잡아먹고 사는 새.

其三幅曰:

秋風策策秋露凝, 秋月娟娟[46]秋水碧.
一聲二聲鴻雁歸, 更聽金井[47]梧桐葉.

床下百虫鳴喞喞, 床上佳人珠淚滴.
良人萬里事征戰, 今夜玉門關[48]月白.

新衣欲製剪刀冷, 低喚丫兒呼熨斗.
熨斗火銷全未省, 細撥秦箏[49]又搔首.

小池荷盡芭蕉黃, 鴛鴦瓦上粘新霜.
舊愁新恨不能禁, 況聞蟋蟀鳴洞房.[50]

其四幅曰:

一枝梅影向窓橫, 風緊西廊月色明.
爐火未銷金筯撥, 旋呼丫髻換茶鐺.

46) 娟娟 : '涓涓'과 통함.
47) 金井 : 가을 우물. 혹은 난간에 장식을 해 놓은 우물.
48) 玉門關 : 중국의 서쪽 관문.
49) 秦箏 : 옛날 秦나라의 현악기로 瑟과 비슷하게 생겼는데, 苦聲을 잘 낼 수 있었다고 함.
50) 蟋蟀鳴洞房 : 『詩經』 唐風 「蟋蟀」에 "蟋蟀在堂, 歲聿其逝. 今我不樂, 日月其邁"라는 말이 보임.

林葉頻驚半夜霜, 回風飄雪入長廊.
無端一夜相思夢, 都在冰河[51]古戰場.

滿窓紅日似春溫, 愁鎖眉峯著睡痕.
膽甁[52]小梅腮半吐, 含羞不語綉雙鴛.

剪剪霜風掠北林, 寒烏啼月正關心.
燈前爲有思人淚, 滴在穿絲小挫針.

一傍別有小室一區, 帳褥衾枕, 亦甚整麗. 帳外爇麝臍、燃蘭膏,[53] 熒煌映徹, 恍如白晝. 生與女極其情歡, 遂留數日.

一日, 生謂女曰: "先聖有言: '父母在, 遊必有方.'[54] 而今我定省已過三日, 親必倚閭而望,[55] 非人子之道也." 女惻然而頷之, 踰垣而遣之.

生自是以後, 無夕而不往. 一夕, 李生之父問曰: "汝朝出而暮還者, 將以學先聖仁義之格言, 昏出而曉還, 當爲何事? 必作輕薄子, 踰垣墻, 折樹檀[56]耳. 事如彰露, 人皆譴我敎子

51) 冰河 : 추운 북쪽 사막.
52) 膽甁 : 甁의 일종으로 목이 길고 배가 불룩하게 생겼음.
53) 蘭膏 : 澤蘭[쉽싸리]의 씨를 볶아 짠 기름으로 향기가 있으며, 燈油로 썼음.
54) 父母在, 遊必有方 : 『論語』「里仁」에 나오는 孔子의 말.
55) 倚閭而望 : 멀리 나간 자식을 기다리는 부모의 마음을 일컫는 말.
56) 踰垣墻, 折樹檀 : 남의 집 담을 넘다가 그 집 檀香木을 꺾는다는 말이니, 곧 남의 집 처녀를 엿본다는 뜻. 『詩經』 鄭風 「將仲子」의 "將仲子兮, 無踰我園, 無折我樹檀"에서 나온 말.

之不嚴, 而如其女定是高門右族, 則必以爾之狂狡, 穢彼門戶, 獲戾人家, 其事不小. 速去嶺南, 率奴隷監農, 勿得復還!"

卽於翌日, 謫送蔚州.[57] 女每夕, 於花園待之, 數月不還. 女意其得病, 命香兒密問於李生之鄰. 鄰人曰: "李郞得罪於家君, 去嶺南已數月矣." 女聞之, 臥疾在床, 輾轉不起, 水漿不入於口, 言語支離, 肌膚憔悴. 父母恠之, 問其病狀, 喑喑不言. 搜其箱篋, 得李生前日唱和詩, 擊節驚訝曰: "幾乎失我女子矣!" 問曰: "李生誰耶?" 至是女不復隱, 細語在咽中, 告父母曰: "父親母親, 鞠育恩深, 不能相匿. 竊念男女相感, 人情至重. 是以摽梅迨吉,[58] 咏於召南;[59] 咸腓之凶,[60] 戒於『羲易』.[61] 自將蒲柳之質, 不念桑落之詩;[62] 行露沾衣,[63] 竊被傍人之嗤; 絲蘿托木, 已作娼兒之行; 罪已貫盈, 累及門

57) 蔚州 : 지금의 蔚山.

58) 摽梅迨吉 : 『詩經』 召南 「摽有梅」의 "摽有梅, 其實七兮. 求我庶士, 迨其吉兮"에서 따온 말. 婚期를 앞둔 여인의 짝을 구하는 마음을 읊은 시임. 저본에는 '摽'가 '標'로 되어 있음.

59) 召南 : 저본에는 '周南'으로 되어 있으나 착오임.

60) 咸腓之凶 : 『周易』 咸卦의 "六二, 咸其腓, 凶"에서 나온 말로서, 여자가 정조를 지키지 못하면 흉하다는 뜻임.

61) 『羲易』 : 『周易』의 異稱. '羲'는 伏羲氏. 伏羲氏가 처음 易卦를 만들었기에 한 말.

62) 桑落之詩 : 『詩經』 衛風의 「氓」이라는 詩에 "桑之落矣, 其黃而隕"이라는 구절이 있는바, 여자의 용모가 가을의 뽕잎처럼 시들어 사내에게 버림받음을 노래했음.

63) 行露沾衣 : 『詩經』 召南의 「行露」에 "厭浥行露, 豈不夙夜? 謂行多露"라는 구절이 있음. '行露沾衣'는 여자가 절개를 지키지 못함을 이르는 말.

戶. 然而彼狡童[64]兮, 一偸賈香,[65] 千生喬怨.[66] 以眇眇之弱軀, 忍悄悄之獨處, 情念日深, 沈痾日篤, 濱於死地, 將化窮鬼. 父母如從我願, 終保餘生, 倘違情欵, 斃而有已,[67] 當與李生, 重遊黃壤之下, 誓不登他門也."

於是父母已知其志, 不復問病, 且警且誘, 以寬其心, 復修媒妁之禮, 問于李家. 李氏問崔家門戶優劣曰: "吾家豚犬,[68] 雖年少風狂, 學問精通, 身彩似人. 所冀捷龍頭[69]於異日, 占鳳鳴[70]於他年, 不願速求婚媾也." 媒者以言返告. 崔氏復遣曰: "一時朋伴, 皆稱令嗣才華邁[71]人. 今雖蟠屈, 豈是池中之物?[72] 宜速定嘉會之晨,[73] 以合二姓之好." 媒者又以其言返告. 李生之父曰: "吾亦自少把册窮經, 年老無成. 奴僕逋逃, 親戚寡助, 生涯疎闊, 家計伶俜, 而況巨家大族, 豈以一介寒儒, 留意爲贅郎乎? 是必好事者過譽吾家, 以誣高門

---

64) 狡童 : 고약한 남자라는 뜻. 『詩經』 鄭風의 「狡童」에 "彼狡童兮, 不與我言兮. 維子之故, 使我不能餐兮"라는 구절이 있음.

65) 賈香 : 주 23을 참조할 것.

66) 喬怨 : 喬生에 대한 원망이란 말. 『剪燈新話』에 수록된 「牧丹燈記」의 주인공 喬書生은 부인을 여의고 혼자 살던 중 麗卿이라는 미녀를 만나 인연을 맺었으나, 그녀가 귀신이라는 사실을 알게 되자 그만 관계를 끊었음. 이에 그녀는 喬生을 원망하여, 그를 끌고 관 속으로 들어갔음.

67) 斃而有已 : 죽어야 다함이 있다.

68) 豚犬 : 자식의 謙稱.

69) 捷龍頭 : 과거에 장원 급제한다는 뜻.

70) 占鳳鳴 : 이름을 세상에 드날린다는 뜻.

71) 邁 : '過'의 뜻.

72) 池中之物 : 蛟龍. 용이 되기 전의 이무기를 말하니, 곧 초야에 묻혀 있는 인재를 뜻함.

73) 晨 : '辰'과 통함.

也." 媒又告崔家. 崔家曰: "納采之禮, 裝束[74]之事, 吾盡辦矣. 宜差穀旦,[75] 以定花燭之期." 媒者又返告之. 李家至是稍回其意, 卽遣人召生問之. 生喜不自勝, 乃作詩曰:

破鏡重圓[76]會有時, 天津烏鵲助佳期.
從今月老纆繩[77]去, 莫向東風怨子規.

女聞之, 病亦稍愈. 又作詩曰:

惡因緣是好因緣, 盟語終須到底圓.
共輓鹿車[78]何日是? 倩人扶起理花鈿.

於是擇吉日, 遂定婚禮, 而續其絃焉. 自同牢之後, 夫婦愛而敬之, 相待如賓, 雖鴻・光, 鮑・桓,[79] 不足言其節義也. 生

---

74) 裝束 : 원래 몸차림을 갖추어 꾸미는 일을 가리키나 여기서는 옷을 짓는 일을 뜻함.

75) 穀旦 : 吉日. '穀'은 좋다는 뜻.

76) 破鏡重圓 : 헤어진 부부가 다시 만나는 것을 일컫는 말. 「崔致遠」의 주 37을 참조할 것.

77) 月老纆繩 : 「萬福寺摴蒱記」의 주 47을 참조할 것.

78) 鹿車 : 겨우 사슴 한 마리가 들어갈 정도의 작은 수레. 부부 사이의 좋은 금슬을 뜻하는 말인데, 여기서는 혼인을 가리킴. 漢나라 鮑宣의 아내 桓少君이 결혼시에 집으로부터 받은 혼수를 다 돌려보내고 짤막한 베옷을 입고서 鮑宣과 함께 鹿車를 끌면서 媤家로 갔다는 고사가 있음.

79) 鴻・光, 鮑・桓 : 梁鴻・孟光 부부와 鮑宣・桓少君 부부. 梁鴻은 後漢 때의 가난한 선비였고 鮑宣은 前漢 때의 가난한 선비였는데, 그들의 아내였던 孟光과 桓少君은 부잣집 딸이었으나 검소한 생활로 남편을 잘 받들었다는 고사가 있음.

翌年捷高科, 登顯仕, 聲價聞于朝著.[80]

辛丑年,[81] 紅賊據京城, 王移福州.[82] 賊焚蕩室廬, 臠炙人畜. 夫婦親戚, 不能相保, 東奔西竄, 各自逃生. 生挈家隱匿窮崖. 有一賊, 拔劒而逐. 生奔走得脫, 女爲賊所虜. 欲逼之, 女大罵曰: "虎鬼![83] 殺啗我! 寧死葬於豺狼之腹中, 安能作狗彘之匹乎?" 賊怒殺而剮之.

生竄于荒野, 僅保餘軀. 聞賊已滅, 遂尋父母舊居, 其家已爲兵火所焚. 又至女家, 廊廡荒凉, 鼠喞鳥喧. 悲不自勝, 登于小樓, 抆淚長噓. 奄至日暮, 塊然獨坐, 佇思前遊, 宛如一夢. 將及二更, 月色微吐, 光照屋梁, 漸聞廊下, 有跫然之音, 自遠而近, 至則崔氏也. 生雖知已死, 愛之甚篤, 不復疑訝, 遽問曰: "避於何處, 全其軀命?" 女執生手, 慟哭一聲, 乃叙情曰: "妾本良族, 幼承庭訓, 工刺繡裁縫之事, 學『詩』、『書』仁義之方. 但識閨門之治, 豈解境外之修? 然而一窺紅杏之墻, 自獻碧海之珠. 花前一笑, 恩結平生; 帳裏重邁, 情愈百年. 言至於此, 悲慟曷勝? 將謂偕老而歸居, 豈意橫折而顚溝? 終不委身於豺虎, 自取磔肉於泥沙, 固天性之自然, 匪人情之可忍. 却恨一別於窮崖, 竟作分飛之匹鳥. 家亡親沒,

---

80) 朝著 : 조정. '著'는 조정의 位次.
81) 辛丑年 : 고려 공민왕 10년인 1361년. 이 해에 紅巾賊 10만 명이 압록강을 건너 우리나라를 침략하였음.
82) 福州 : 安東의 옛 이름.
83) 虎鬼 : 倀鬼. 범에게 물려 죽은 사람의 魂으로, 범의 앞잡이가 되어 나쁜 짓을 함.

傷殢魄之無依; 義重命輕, 幸殘軀之免辱. 誰怜[84]寸寸之灰心? 徒結斷斷之腐腸. 骨骸暴野, 肝膽塗地. 細料昔時之歡娛, 適爲當日之愁寃. 今則鄒律[85]已吹於幽谷, 倩女[86]再返於陽間; 蓬萊一紀之約綢繆,[87] 聚窟[88]三生之香芬郁. 重契闊[89]於此時, 期不負乎前盟, 如或不忘, 終以爲好, 李郎其許之乎?" 生喜且感曰: "固所願也." 相與欵曲抒情. 言及家產被寇掠有無, 女曰: "一分不失, 埋於某山某谷也." 又問: "兩家父母骸骨安在?" 女曰: "暴棄某處." 叙情罷同寢, 極歡如昔.

明日, 與生俱往尋瘗處, 果得金銀數錠及財物若干. 又得收拾兩家父母骸骨. 貿金賣財, 各合葬於五冠山[90]之麓, 封樹祭獻, 皆盡其禮.

其後, 生亦不求仕宦, 與崔氏居焉. 幹僕[91]之逃生者, 亦自來赴. 生自是以後懶於人事, 雖親戚賓客賀弔, 杜門不出,

---

84) 怜 : '憐'과 仝字.

85) 鄒律 : 「萬福寺摴蒱記」의 주 23을 참조할 것.

86) 倩女 : 唐나라 淸河 사람 張鎰의 막내딸. 어릴 때 그 아버지가 王宙에게 婚事를 허락했다가 후에 다시 다른 사람에게 시집보내려 하자 倩女는 그만 병이 들어 몸져누웠으며 그 혼령이 王宙를 따라 蜀으로 도망갔음. 그 후 5년 만에 돌아와서 本身과 합해져서 다시 한 몸이 되어 본래의 倩女가 되었다고 함. 陳玄祐가 지은 「離魂記」에 나오는 이야기임.

87) 蓬萊一紀之約綢繆 : 「萬福寺摴蒱記」의 주 26을 참조할 것. '一紀'는 12년을 뜻함.

88) 聚窟 : 신선이 산다는 섬 이름. 『海內十洲記』에 "聚窟洲, 在西海中申未之地, 地方三千里, 北接崑崙, 上多眞仙靈官"이라는 말이 보임.

89) 契闊 : 만나고 헤어짐. 여기서는 '만나다'는 뜻.

90) 五冠山 : 개성 松岳山 동쪽에 있는 산 이름.

91) 幹僕 : 일을 주관하는 하인.

常與崔氏, 或酬或和, 琴瑟偕和, 荏苒數年.

一夕, 女謂生曰: "三遇佳期, 世事蹉跎, 歡娛不厭, 哀別遽至." 遂嗚咽數聲. 生驚問曰: "何故至此?" 女曰: "冥數不可躲也. 天帝以妾與生緣分未斷, 又無罪障, 假以幻體, 與生暫割愁腸, 非久留人世以惑陽人." 命婢兒進酒, 歌「玉樓春」[92] 一闋, 以侑生, 歌曰:

干戈滿目交揮處,
玉碎花飛鴛失侶.
殘骸狼籍[93]竟誰埋?
血汚遊魂無與語.

高唐一下巫山[94]女,
破鏡[95]重分心慘楚.
從玆一別兩茫茫,
天上人間音信阻.

每歌一聲, 飮泣數[96]下, 殆不成腔. 生亦悽惋不已, 曰: "寧與娘子同入九泉, 豈可無聊獨保殘生? 向者傷亂之後, 親戚

92) 「玉樓春」: 詞의 하나. 前段과 後段의 雙段 형식이며, 55字体와 56字体가 있음. 여기서는 56字体를 따르고 있음.
93) 籍(자): '藉'와 같음.
94) 高唐・巫山: 「萬福寺摴蒱記」의 주 44 및 「崔致遠」의 주 40을 참조할 것.
95) 破鏡: 「崔致遠」의 주 37을 참조할 것.
96) 數(삭): 자주.

僮僕各相亂離, 亡親骸骨狼籍原野, 儻非娘子, 誰能奠埋? 古人云: '生事之以禮, 死葬之以禮',[97] 盡在娘子, 天性之純孝, 人情之篤厚也. 感激無已, 自愧可勝? 願娘子淹留人世, 百年之後同作塵土." 女曰: "李郎之壽, 剩有餘紀, 妾已載鬼籙, 不能久視. 若固眷戀人間, 違犯條令, 非唯罪我, 兼亦累及於君. 但妾之遺骸, 散於某處, 倘若垂恩, 勿暴風日." 相視泣下數行, 云: "李郎珍重! 李郎珍重!"[98] 言訖漸滅, 了無踪迹. 生拾骨, 附葬于親墓傍. 既葬, 生亦以追念之故, 得病數月而卒. 聞者莫不傷歎, 而慕其義焉.

• **작자** : 金時習

「萬福寺摴蒱記」 '해제'의 작자條를 참조하기 바람.

• **출전** : 尹春年 編輯本 『金鰲新話』를 底本으로 삼아 異本을 참고하여 校合하였다.

• **참고사항**

(1) 「만복사저포기」와 마찬가지로 이 작품 역시 生에 대한 작가의 인식 태도를 잘 보여준다. 즉 인간의 삶이란 만남과 이별, 기쁨과 슬픔의 교차라는 것, 즐거움이 미처 다하기도 전에 문득 슬픈 이별이 닥쳐오게 마련이며, 그러한 운명 앞에

97) 生事之以禮, 死葬之以禮 : 『論語』 「爲政」에 나오는 孔子의 말.
98) 李郎珍重 : 저본에는 한 번 나오지만 『신독재전기집』에는 두 번 나오는바, 이를 따름.

인간은 무력한 존재일 뿐이라는 인식을 작품의 기저에 깔고 있다. 그런데 生에 대한 이같은 인식론은 愛情傳奇의 주요한 장르 관습을 이룬다. 작가 김시습은 애정전기의 이러한 관습을 잘 이용하여 세계에 대한 자신의 비극적 감정을 투사해 놓고 있다.

(2) 뿐만 아니라 이 작품은 어떻게 살아야 할 것인가 하는 문제, 즉 生에 대한 가치론적 문제를 심각하게 제기하고 있다. 남녀주인공을 통해 작가가 힘주어 말하고자 한 바는, 인간은 모름지기 인간으로서의 지조와 절의를 지켜야 한다는 사실이다. 최랑이 홍건적에 항거하다 죽는 것, 이생이 아내를 그리워하다 곧 뒤따라 죽는 것은 그런 각도에서 이해될 필요가 있다. 작품은 맨 끝에서 이 점을 "聞者莫不傷歎, 而慕其義焉"이라고 요약하고 있다. 生에 대한 이런 가치론적 태도에 작가 김시습의 현실인식과 生의 자세가 배어 있다는 데 대해서는 췌언이 필요치 않다.

# 3. 南炎浮洲[1]志

金時習

成化[2]初, 慶州有朴生者, 以儒業自勉. 常[3]補大學館,[4] 不得登一試, 常怏怏有憾, 而意氣高邁, 見勢不屈, 人以爲驕俠. 然對人接話, 淳愿慤厚, 一鄕稱之.

生嘗疑浮屠、巫覡、鬼神之說, 猶豫未決. 旣而質之『中庸』, 參之「易辭」,[5] 自負不疑, 而以淳厚故, 與浮屠交, 如韓之顚,[6] 柳之巽[7]者, 不過二三人. 浮屠亦以文士交, 如遠之宗、雷,[8] 遁

1) 洲 : 원문에는 '州'로 되어 있음. 그러나 원문의 본문에는 '洲'로 되어 있는바, 이를 따름.
2) 成化 : 중국 明나라 憲宗의 연호. 成化 元年은 조선 世祖 11년(1465)에 해당함.
3) 常 : '嘗'과 통함.
4) 大學館(태학관) : '大'는 '太'와 통함. 成均館.
5) 「易辭」 : 『周易』의 「繫辭傳」을 가리킴.
6) 韓・顚 : 韓愈와 太顚. 韓愈는 당시 황제인 唐 憲宗이 부처의 사리를 궁중으로 들여온 일이 잘못임을 諫하다가 潮州로 쫓겨났는데, 거기서 승려 太顚과 교유했음.

之王、謝,[9] 爲莫逆友.

一日, 因浮屠問[10]天堂地獄之說, 復疑云: "天地一陰陽耳, 那有天地之外更有天地? 必詖辭也." 問之浮屠, 浮屠亦不能決答, 而以罪福響應之說答之, 生亦不能心服也. 常[11]著「一理論」以自警. 蓋不爲他岐所惑. 其略曰:

> 常[12]聞天下之理, 一而已矣. 一者何? 無二致也. 理者何? 性而已矣. 性者何? 天之所命也. 天以陰陽五行化生萬物, 氣以成形, 理亦賦焉. 所謂理者, 於日用事物上, 各有條理. 語父子則極其親, 語君臣則極其義. 以至夫婦長幼, 莫不各有當行之路. 是則所謂道, 而理之具於吾心者也. 循其理則無適而不安, 逆其理而拂性則菑逮. 窮理盡性, 究此者也; 格物致知, 格此者也. 蓋人之生, 莫不有是心, 亦莫不具是性, 而天下之物, 亦莫不有是理. 以心之虛靈, 循性之固然, 卽物而窮理, 因事而推源, 以求至乎其極, 則天下之理, 無不著現明顯, 而理之至極者, 莫不森於方寸[13]之內矣. 以是而推之, 天下、國家, 無不包括, 無不該合, 參諸天地

---

7) 柳・巽 : 柳宗元과 巽上人. 유종원이 永州에 있을 때 그곳의 승려 巽上人과 사귀었음. '上人'은 승려를 가리키는 말.

8) 遠・宗・雷 : 慧遠, 宗炳, 雷次宗. 혜원은 東晋의 高僧이고, 종병과 뇌차종은 그를 따라 노닌 인물들. 종병은 산수화로 유명함. 이들은 廬山의 東林寺에서 白蓮社라는 結社를 맺었음.

9) 遁・王・謝 : 支遁, 王坦之, 謝安. 모두 東晋 때 사람. 지둔은 高僧이고, 왕탄지와 사안은 文士였는데, 서로 친교가 두터웠음.

10) 問 : '聞'과 같음.

11) 常 : '嘗'과 통함.

12) 常 : '嘗'과 통함.

13) 方寸 : 心.

而不悖, 質諸鬼神而不惑,[14] 歷之古今而不墜,[15] 儒者之事止於此而已矣. 天下豈有二理哉? 彼異端之說, 吾不足信也.

一日, 於所居室中, 夜挑燈讀『易』, 支枕假寐, 忽到一國, 乃洋海中一島嶼也. 其地無草木沙礫, 所履非銅則鐵也. 晝則烈焰亘天, 大地融冶, 夜則凄風自西, 砭人肌骨, 吒波[16]不勝. 又有鐵崖如城, 緣于海濱, 只有一鐵門宏壯, 關鍵甚固, 守門者喙牙獰惡, 執戈鎚以防外物. 其中居民, 以鐵爲室, 晝則焦爛, 夜則凍裂, 唯朝暮蠢蠢似有笑語之狀, 而亦不甚苦也.

生驚愕逡巡. 守門者喚之, 生遑遽不能違命, 踧踖而進. 守門者竪戈而問曰: "子何如人也?" 生慄且荅曰: "某國某土某, 一介迂儒, 干冒靈官, 罪當寬宥, 法當矜恕." 拜伏再三, 且謝搪揬. 守門者曰: "爲儒者, 當逢威不屈, 何磬折之如是? 吾儕欲見識理君子久矣. 我王亦欲見如君者, 以一語傳白于東方. 少坐! 吾將告子于王." 言訖, 趨蹌而入, 俄然出語曰: "王欲延子於便殿, 子當以訐言對, 不可以威厲諱, 使我國人民, 得聞大道之要."

有黑衣白衣二童, 手把文卷[17]而出, 一黑質靑字, 一白質

14) 參諸天地而不悖, 質諸鬼神而不惑 : 천지에 세워도 어그러지지 않으며, 귀신에게 質正해도 의혹이 없다. 『中庸』 第29章에 나오는 말. 『中庸』에는 '參'이 '建'으로 되어 있음. '參'은 '세우다'라는 뜻.

15) 歷之古今而不墜 : 고금을 지나도 亡失됨이 없다.

16) 吒波 : 吒婆. 불교에서 말하는 障礙.

朱字, 張于生之左右以示之. 生見朱字, 有名姓, 曰: '現住某國朴某, 今生無罪, 當不爲此國民.' 生問曰: "示不肖以文卷, 何也?" 童曰: "黑質者惡簿也; 白質者善簿也. 在善簿者, 王當以聘士禮迎之, 在惡簿者, 雖不加罪, 以民隷例勑[18]之. 王若見生, 禮當詳悉." 言訖, 持簿而入. 須臾飆輪寶車, 上施蓮座; 嬌童彩女, 執拂[19]擎盖; 武隷邏卒, 揮戈喝道. 生擧首望之, 前有鐵城三重, 宮闕嶔峩, 在金山之下, 火炎漲天, 融融勃勃, 顧視道傍, 人物於火燄中, 履洋[20]銅融鐵, 如蹋濘泥. 生之前路可數十步許, 如砥而無流金烈火. 蓋神力所變爾.

至王城, 四門豁開, 池臺、樓觀, 一如人間. 有二美姝出拜, 扶携而入. 王戴通天之冠,[21] 束文玉之帶,[22] 秉珪,[23] 下階而迎. 生俯伏在地, 不能仰視. 王曰: "土地殊異, 不相統攝, 而識理君子, 豈可以威勢屈其躬也?" 挽袖而登殿上, 別施一床, 卽玉欄金床也. 坐定, 王呼侍者進茶. 生側目視之, 茶則融銅, 果則鐵丸也. 生且驚且懼, 而不能避, 以觀其所爲, 進於前, 則香茗佳果, 馨香芬郁, 薰于一殿. 茶罷, 王語生曰: "士不識此地乎? 所謂炎浮洲[24]也. 宮之北山, 卽沃焦山[25]

17) 卷 : '劵'과 통함.
18) 勑 : '勅'과 같음. 誡飭. 신칙함.
19) 拂 : 拂子.
20) 洋 : '烊'과 통함.
21) 通天之冠 : 通天冠. 임금이 쓰는 관.
22) 文玉之帶 : 문채 나는 옥으로 만든 띠.
23) 珪 : 위가 둥글고 아래가 모난 길쭉한 옥으로 만든 笏. 나라에 큰 일이 있을 때 이것을 손에 잡고 나와 信標로 삼았음.

也. 此洲在天之南, 故曰南炎浮洲. 炎浮者, 炎火赫赫, 常浮大虛,[26] 故稱之云耳. 我名餤摩,[27] 言爲餤所摩也. 爲此土君師, 已萬餘載矣. 壽久而靈, 心之所之, 無不神通; 志之所欲, 無不適意. 蒼頡[28]作字, 送吾民以哭之; 瞿曇[29]成佛, 遣吾徒以護之. 至於三、五、周、孔,[30] 則以道自衛, 吾不能側足於其間也."

生問曰: "周、孔、瞿曇何如人也?" 王曰: "周、孔, 中華文物中之聖也; 瞿曇, 西域姦兇中之聖也. 文物雖明, 人性駁粹, 周、孔率之; 姦兇雖昧, 氣有利鈍, 瞿曇警之. 周、孔之敎, 以正去邪; 瞿曇之法, 設邪去邪. 以正去邪故, 其言正直; 以邪去邪故, 其言荒誕. 正直故君子易從; 荒誕故小人易信. 其極致則

---

24) 炎浮洲 : 須彌山을 둘러싸고 있는 사방의 바다 속에 四大洲가 있는바, 동쪽은 勝身洲, 서쪽은 牛貨洲, 남쪽은 炎浮洲, 북쪽은 俱盧洲라 한다고 함. 炎浮洲는 남쪽에 있기 때문에 '南炎浮洲'라 하기도 함. 또 炎浮洲는 '炎浮提', '瞻浮洲', '閻浮提'로도 표기함. '炎浮'는 원래 印度에서 자라는 나무 이름인데, 이 洲에 이 나무 숲이 무성하므로 洲 이름이 되었다고 하며, 이 남염부주 아래에 閻羅國이 있다고 함.

25) 沃焦山 : 큰 바다 속에 있다고 하는 상상의 산. 바닷물이 증가하지 않는 것은 이 산이 바닷물을 흡수하기 때문이라 함. 沃焦는 바다 밑에 있는, 물을 흡수하는 돌 이름인데 그 아래에 있는 無間地獄의 火氣로 말미암아 늘 뜨겁게 타고 있다고 함.

26) 大虛 : 太虛.

27) 餤摩 : 梵語. Yama의 音譯. 『리그베다』의 Yama神이 불교에 混入된 것임. 餤摩는 '閻魔'나 '閻羅'로도 표기하며, 縛 · 雙世 · 遮止 · 靜息 · 可怖畏 · 平等 등으로 풀이함.

28) 蒼頡 : 黃帝의 신하로서, 한자를 처음 만들었다는 사람.

29) 瞿曇 : 梵語 Gautama의 音譯. 석가 종족의 성인데, 여기서는 석가모니를 가리킴.

30) 三 · 五 · 周 · 孔 : 三皇, 五帝, 周公, 孔子를 이름.

皆使君子小人終歸於正理, 未嘗惑世誣民, 以異道悞之也."

生又問曰: "鬼神之說乃何?" 王曰: "鬼者, 陰之靈; 神者, 陽之靈.[31] 蓋造化之迹,[32] 而二氣之良能也.[33] 生則曰人物, 死則曰鬼神, 而其理則未嘗異也." 生曰: "世有祭祀鬼神之禮, 且祭祀之鬼神, 與造化之鬼神異乎?" 曰: "不異也. 士豈不見乎? 先儒云: '鬼神無形無聲. 然物之終始, 無非陰陽合散之所爲.'[34] 且祭天地, 所以謹陰陽之造化也; 祀山川, 所以報氣化之升降也. 享祖考, 所以報本; 祀六神,[35] 所以免禍. 皆使人致其敬也. 非有形質, 以妄加禍福於人間, 特人焄蒿悽愴,[36] 洋洋如在耳.[37] 孔子所謂'敬鬼神而遠之',[38] 正謂此也." 生曰: "世有厲氣妖魅, 害人惑物, 此亦當言鬼神乎?" 王曰: "鬼者, 屈也; 神者, 伸也. 屈而伸者, 造化之神也; 屈而不伸者, 乃鬱結之妖也. 合造化, 故與陰陽終始而無跡; 滯鬱

---

31) 鬼者~陽之靈 : 朱子의 말. 『中庸章句集註』에 보임.

32) 造化之迹 : 程頤가 "鬼神天地之功用, 而造化之迹也"라 말한 바 있음. 朱子는 程頤의 이 말을 『中庸章句集註』와 『論語集註』에 수용하고 있음.

33) 二氣之良能也 : '二氣'는 陰陽을 가리킴. '良能'은 배우지 않고도 행할 수 있는 능력을 말함. 『孟子』 「盡心」에 "人之所不學而能者, 其良能也"라는 구절이 있음. '二氣之良能'은 張載가 한 말로서, 朱子의 『中庸章句集註』에 인용되어 있음.

34) 鬼神無形無聲~合散之所爲 : 朱子의 말로서 『中庸章句』에 보임.

35) 六神 : 五方을 지킨다는 여섯 신. 곧 青龍은 東, 白虎는 西, 朱雀은 南, 玄武는 북, 句陳·螣蛇는 각각 중앙을 지킴.

36) 焄蒿悽愴 : 『禮記』 「祭義」에 나오는 말. "其氣發揚於上, 爲昭明焄蒿悽愴, 此百物之精也, 神之著也." 신령의 氣가 사람을 엄습함을 말함.

37) 洋洋如在耳 : 『中庸』에 "鬼神之爲德, 其盛矣乎! (……) 使天下之人, 齊明盛服, 以承祭祀, 洋洋乎如在其上, 如在其左右"라는 말이 보임.

38) 敬鬼神而遠之 : 『論語』 「雍也」에 나오는 말.

結, 故混人物寃懟而有形. 山之妖曰魈, 水之怪曰魊, 水石之怪曰龍罔象, 木石之怪曰夔魍魎, 害物曰厲, 惱物曰魔, 依物曰妖, 惑物曰魅, 皆鬼也. 陰陽不測之謂神, 卽神也. 神者, 妙用之謂也; 鬼者, 歸根之謂也. 天人一理, 顯微無間. 歸根曰靜, 復命曰常. 終始造化, 而有不可知其造化之跡, 是卽所謂道也. 故曰: '鬼神之德, 其盛矣乎!'"[39]

生又問曰: "僕嘗聞於爲佛者之徒, 有曰: '天上有天堂快樂處, 地下有地獄苦楚處, 列冥府十王,[40] 鞠十八獄[41]囚', 有諸? 且人死七日之後, 供佛設齋以薦其魂, 祀王燒錢以贖其罪, 姦暴之人, 王可寬宥否?" 王驚愕曰: "是非吾所聞. 古人云: '一陰一陽之謂道, 一闢一闔之謂變, 生生之謂易,[42] 無妄之謂誠.'[43] 夫如是則豈有乾坤之外復有乾坤, 天地之外更有天地乎? 如王者, 萬民所歸之名也. 三代[44]以上, 億兆之主, 皆曰王, 而無稱異名. 如夫子修『春秋』, 立百王不易之大法, 尊周室曰天王, 則王者之名不可加也. 至秦滅六國一四海, 自以爲德兼三皇,[45] 功高五帝,[46] 乃改王號曰皇帝. 當是

39) 鬼神之德, 其盛矣乎 : 『中庸』에 나오는 말.

40) 十王(시왕) : 인간이 세상에 있을 때 저지른 죄의 輕重을 정하는, 冥府에 있다는 10位의 王. 즉 秦廣王・初江王・宋帝王・伍官王・閻羅王・變成王・泰山府君・平等王・都市王・轉輪王.

41) 十八獄 : 冥府에 있다는 18개의 지옥.

42) 一陰一陽之謂道, 一闢一闔之謂變, 生生之謂易 : 『周易』「繫辭傳」(上)의 여기저기에 나오는 말들임.

43) 無妄之謂誠 : 『中庸章句集註』 제20章의 朱子註에 "誠者, 眞實無妄之謂"라는 말이 보임.

44) 三代 : 중국 夏・殷・周의 세 王朝.

時, 僭竊稱王者頗多, 如魏梁、荊楚[47]之君是已. 自是以後, 王者之名分, 紛如也, 文、武、成、康[48]之尊號, 已墜地矣. 且流俗無知, 以人情相濫, 不足道. 至於神道則尙嚴, 安有一域之內, 王者如是其多哉? 士豈不聞天無二日, 國無二王乎? 其語不足信也. 至於設齋薦魂, 祀王燒錢, 吾不覺其所爲也. 士試詳其世俗之矯妄!"

生退席斂衽[49]而陳曰: "世俗當父母死亡七七之日, 若尊若卑, 不顧喪葬之禮, 專以追薦爲務. 富者糜費過度, 炫耀人聽; 貧者至於賣田貿宅, 貸錢賖穀. 鏤紙爲旛, 剪綵爲花, 招衆髡爲福田,[50] 立壞像爲導師, 唱唄[51]諷誦, 鳥鳴鼠喞, 曾無意謂. 爲喪者, 携妻率兒, 援類呼朋, 男女混雜, 矢溺狼籍,[52] 使淨土變爲穢溷, 寂場[53]變爲閙[54]市, 而又招所謂十王者, 備饌以祭之, 燒錢以贖之. 爲十王者, 當不顧禮義, 縱貪而濫受之乎? 當考其法度, 循憲而重罰之乎? 此不肖所以憤悱而不敢忍言也. 請爲不肖辨之." 王曰: "噫哉! 至於此極也. 且人之生也, 天命之以性, 地養之以生, 君治之以法, 師

---

45) 三皇 : 중국 고대의 天子인 伏羲氏·神農氏·黃帝.
46) 五帝 : 少昊·顓頊·帝嚳·堯·舜.
47) 魏梁·荊楚 : 魏梁은 魏나라, 荊楚는 楚나라를 가리킴.
48) 文·武·成·康 : 周나라 文王·武王·成王·康王을 이름.
49) 斂衽 : 옷깃을 여밈.
50) 福田 : 부처에게 공양하여 얻는 복.
51) 唄 : 梵唄. 부처의 공덕을 찬미한 노래.
52) 籍 : '藉'와 통함.
53) 寂場(적장) : 寂滅道場(적멸도량)의 준말. 절을 뜻함.
54) 閙 : '鬧'와 仝字.

教之以道, 親育之以恩. 由是, 五典[55]有序, 三綱不紊, 順之則祥, 逆之則殃, 祥與殃, 在人世受之耳. 至於死, 則精氣已散, 升降還源, 那有復留於幽冥之內哉? 且寃懟之魂, 橫夭之鬼, 不得其死, 莫宣其氣, 嗸嗸於戰場黃沙之域, 啾啾於負命啣寃之家者, 間或有之, 或托巫以致欵,[56] 或依人以辨懟, 雖精神未散於當時, 畢竟當歸於無朕, 豈有假形於冥地以受犴獄乎? 此格物君子所當斟酌也. 至於齋佛祀王之事則尤誕矣. 且齋者, 潔淨之義, 所以齋不齋而致其齋也. 佛者, 淸淨之稱; 王者, 尊嚴之號. 求車求金, 貶於『春秋』;[57] 用金用緡, 始於漢魏. 那有以淸淨之神而享世人供養; 以王者之尊而受罪人賄賂; 以幽冥之鬼而縱世間刑罰乎? 此亦窮理之士所當商略也." 生又問曰: "輪回不已, 死此生彼之義, 可聞否?" 曰: "精靈未散則似有輪回, 然久則散而消耗矣."

生曰: "王何故居此異域而爲王者乎?" 曰: "我在世盡忠於王, 發憤討賊, 乃誓曰: '死當爲厲鬼以殺賊.' 餘願未殄, 而忠誠不滅, 故托此惡鄕爲君長. 今居此地而仰我者, 皆前世弑逆姦兇之徒, 托生於此, 而爲我所制, 將格其非心者也. 然非正直無私, 不能一日爲君長於此地也. 寡人聞子正直

---

55) 五典 : 五倫.
56) 欵 : 자세한 사정. 여기서는 억울한 사연.
57) 求車求金, 貶於春秋 : 『春秋』 桓公 15年條에 "春二月. 天王使家父來求車" 라는 말이 보이며, 文公 9年條에 "春. 毛伯來求金"이라는 말이 보임. '毛伯'은 天王의 大夫임.

抗志, 在世不屈, 眞達人也, 而不得一奮其志於當世, 使荊璞[58]棄於塵野, 明月[59]沈于重淵, 不遇良匠, 誰知至寶? 豈不惜哉! 余亦時運已盡, 將捐弓劍,[60] 子亦命數已窮, 當瘗蓬蒿, 司牧此邦, 非子而誰?"

乃開宴極歡. 問生以三韓[61]興亡之跡, 生一一陳之. 至高麗創業之由, 王歎傷再三曰: "有國者, 不可以暴劫民. 民雖若瞿瞿以從, 內懷悖逆, 積日累[62]月, 則堅冰[63]之禍起矣. 有德者, 不可以力進位. 天雖不諄諄以語, 示以行事,[64] 自始至終, 而上帝之命嚴矣. 蓋國者, 民之國; 命者, 天之命也. 天命已去, 民心已離, 則雖欲保身, 將何爲哉?" 又復叙歷代帝王崇異道致妖祥之事. 王便蹙額曰: "民謳謌而水旱至者, 是天使人主, 重以戒謹也. 民怨咨而祥瑞現者, 是妖媚人主, 益以驕縱也. 且歷代帝王致瑞之日, 民其按[65]堵乎? 呼寃乎?" 曰: "姦臣蠭起, 大亂屢作, 而上之人, 脅威爲善以釣名, 其能

---

58) 荊璞 : 荊山의 옥덩이.

59) 明月 : 明月珠.

60) 捐弓劍 : 군주의 棄世. 黃帝는 죽은 뒤 橋山에 묻혔다고 하는데 훗날 산이 무너져서 보니 관에는 칼과 신발만이 있었다고 함. 또 黃帝가 龍을 타고 上天할 때 활을 떨어뜨렸다는 고사가 『史記』에 보임.

61) 三韓 : 우리나라를 일컫는 말.

62) 累 : 원문에는 "至"로 되어 있으나 바로잡음.

63) 堅冰 : 어떤 일의 징후가 보이면 머지 않아 큰 일이 일어남을 이름. 『周易』 坤卦의 "履霜堅氷至"에서 나온 말.

64) 天雖不諄諄以語, 示以行事 : 『孟子』 「萬章」(上)에 "'天與之者, 諄諄然命之乎?' '曰 : 否, 天不言. 以行與事, 示之而已矣'"라는 말이 보임.

65) 按 : '安'과 같음.

安乎?" 王良久歎曰: "子之言是也."

宴畢, 王欲禪位于生, 乃手制[66]曰:

> 炎洲[67]之域, 實是瘴厲之鄉, 禹跡[68]之所不到, 穆駿[69]之所未窮. 彤雲蔽日, 毒霧障天. 渴飮赫赫之洋銅, 飢餐烘烘之融鐵. 非夜叉、羅刹,[70] 無以措其足, 魑魅魍魎, 莫能肆其氣. 火城千里, 鐵嶽萬重. 民俗强悍, 非正直無以辨其姦; 地勢凹隆, 非神威不可施其化. 咨! 爾東國某, 正直無私, 剛毅有斷; 著含章[71]之質, 有發蒙[72]之才; 顯榮雖蔑於身前, 綱紀實在於身後; 兆民永賴, 非子而誰? 宜導德齊禮, 冀納民於至善; 躬行心得, 庶躋世於雍熙. 體天立極,[73] 法堯禪舜, 予其作賓, 嗚呼欽哉!

生奉詔, 周旋再拜而出. 王復勑臣民致賀, 以儲君禮送之. 又勑生曰: "不久當還. 勞此一行, 所陳之語, 傳播人間, 一掃荒唐." 生又再拜致謝曰: "敢不對揚[74]休命之萬一!"

---

66) 制 : 임금의 명령.
67) 炎洲 : 炎浮洲.
68) 禹跡 : 중국 夏나라 禹王의 발자취. 우왕은 홍수를 다스리기 위해 동분서주했으므로 그의 발자취가 九州에 미치지 않은 곳이 없었다고 함.
69) 穆駿 : 중국 周나라 穆王의 駿馬. 목왕은 八駿馬를 타고 천하를 遊歷했다고 전해짐.
70) 夜叉·羅刹 : 夜叉는 梵語 Yakṣa의 音譯이고, 羅刹은 범어 Rākṣasa의 음역. 둘 다 사람을 해치는 惡鬼임.
71) 含章 : 속에 덕을 쌓음. '章'은 '美'의 뜻. 『周易』 坤卦의 "含章可貞"에서 온 말.
72) 發蒙 : 몽매한 사람을 계발함. 『周易』 蒙卦의 "初六發蒙"에서 온 말.
73) 立極 : 建極. 王位를 정함. 極은 王位.
74) 對揚 : 임금의 命을 받들어 그 뜻을 백성에게 폄. 혹은 임금의 命을 받듦. 『書經』에 "敢對揚天子之休命"이라는 말이 보임.

旣出門, 挽車者蹉跌覆轍, 生仆地, 驚起而覺, 乃一夢也. 開目視之, 書冊抛床, 燈火[75]明滅. 生感訝良久, 自念將死, 日以處置家事爲懷. 數月有疾, 料必不起, 却醫巫而逝. 其將化之夕, 夢神人告於四鄰曰: "汝鄰家某公, 將爲閻羅王者"云.

• 작자 : 金時習

「萬福寺摴蒱記」 '해제'의 작자條를 참조하기 바람.

• 출전 : 『金鰲新話』(尹春年 編輯本)

• 참고사항

(1) 이 작품은 일종의 사상소설로, 작자 김시습의 철학사상을 반영하고 있다. 또한 이 작품에는 世祖 治下의 현실을 우의적으로 비판하고 있는 대목도 있다. 김시습은 專制君主에 반대하고 仁政을 강조한, 愛民的 政治思想을 지닌 당시의 가장 대표적인 지식인이었는데, 그의 이런 면모가 이 작품에 잘 나타나 있다 하겠다. 그러므로 이 작품은 「愛民義」, 「咏山家苦」 등 愛民的 觀點이 표출된 그의 詩文들과 결부시켜 읽을 필요가 있다.

(2) 世祖의 왕위찬탈과 전제정치에 반대하는 「남염부주지」의 현실인식과 문제의식은 동시대에 씌어진 南孝溫의 「六臣傳」과 연결되며, 후대의 「元生夢遊錄」· 「愁城誌」로 계승된다.

(3) 「남염부주지」에서 마련된 사상소설의 전통은 조선 후기의 문호 朴趾源이

75) 火 : 원문에는 '花'로 되어 있음.

창작한 소설 「虎叱」로 이어진다. 이에 대하여는 본서에 수록된 「虎叱」의 '해제'를 참조하기 바란다.

# 4. 月團團

徐居正

有蔡生忘其名, 三韓[1]士族, 容儀醞藉, 器宇卓犖, 才藝老成. 年十九, 中戊午[2]進士; 二十二, 擢辛酉[3]生員. 華聞日播, 人皆以大器目之. 性又豁達, 不拘小節. 嘗語同志曰: "大丈夫生天地間, 自桑弧蓬矢, 已有四方之志,[4] 雖生在海隅, 未能遍覽天下, 安能鬱鬱雌伏, 如井蛙然哉? 吾欲盡訪三韓名勝, 以償吾跌宕之志, 吾慕司馬子長[5]氏者也."

正統己巳[6]春二月甲子, 俶裝啓行. 生登漢江樓,[7] 酒酣慨

---

1) 三韓 : 우리나라를 일컫는 말. 여기서는 朝鮮.
2) 戊午 : 세종 20년인 1438년.
3) 辛酉 : 세종 23년인 1441년.
4) 自桑弧蓬矢, 已有四方之志 : 옛날에 사내 아이를 낳으면 뽕나무 활에 쑥 화살을 천지 사방에 쏘아, 천하에 功名을 이룰 것을 기원했음.
5) 司馬子長 : 司馬遷. '子長'은 그 字.
6) 正統己巳 : 세종 31년인 1449년. 正統은 明나라 英宗의 연호.

然歎曰: "斯樓也, 南臨漢江, 北帶華岳,[8] 東連華陽.樂天[9]之勝, 西控麻浦.喜雨[10]之景, 山川佳麗, 豈下於赤壁,[11] 而吾輩風流, 又豈少於蘇仙[12]者哉?" 憑欄徙倚,[13] 豪唫長嘯, 飄飄有霞[14]擧之志, 滿座傾仰.

己巳到忠州, 牧使安公淹慶, 通判[15]李公興孫, 待遇優厚, 設宴于慶延樓[16]上. 方上巳, 景物暄姸, 音樂盛張, 座上紅妓三行, 亦皆靚粧. 最後一行, 有妓月團團, 年可二八, 淡質濃抹, 不甚鉛飾. 然意態閑雅, 擧止顧眄, 綽有餘態, 雖廣平[17]鐵腸, 不能淡然也. 生注視, 意頗珍重. 團團性慧黠, 迎意目成, 生尤沮喪. 時丁卯[18]乙科[19]安先生者, 以經明[20]選, 授陽城[21]

---

7) 漢江樓 : 한남동과 보광동 사이의 한강가에 있던 누각 이름. '濟川亭'이라고도 했음.

8) 華岳 : 서울의 鎭山인 北漢山. 華山이라고도 함.

9) 華陽・樂天 : 華陽亭과 樂天亭. 서울 동쪽 근교에 있던 정자들.

10) 喜雨 : 喜雨亭. 양화도 근처에 있던 정자. 원래 孝寧大君의 별장이었는데, 세종이 행차하여 이 이름을 하사했다 함. 성종 때 月山大君이 望遠亭으로 이름을 고쳤음.

11) 赤壁 : 중국 湖北省 黃州의 땅 이름. 蘇東坡의 「赤壁賦」로 유명함.

12) 蘇仙 : 소동파의 별칭.

13) 徙倚 : 배회함.

14) 霞 : '遐'와 통함.

15) 通判 : 判官. 각 監營・留守營 및 큰 고을에 둔 종5품 벼슬.

16) 慶延樓 : 『新增東國輿地勝覽』에는 '慶迎樓'로 표기되어 있다. 충주의 客館 동쪽에 있던 누각.

17) 廣平 : 唐나라의 宋璟. '廣平'은 字. 貞操勁質과 鐵腸石心으로 유명했으며, 玄宗 때 재상을 지냈음.

18) 丁卯 : 세종 29년인 1447년.

19) 乙科 : 조선조 때 文科 覆試의 합격자를 禮曹에서 殿試를 보여 성적에 따라 나눈 등급의 둘째. 甲科는 3명, 丙科는 23명이었는 데 반해, 乙科는 7명을 뽑았음.

教授,[22] 卽通判姪子也,[23] 亦在座, 生辛酉同年[24]也. 廉得生意, 酒半語生曰: "良辰不再, 邂逅實難, 當令兄一歡." 屬生起舞. 生鸞鶴長身, 婆娑宛轉, 一座屬目. 安命團團對舞, 團團徐徐下樓, 改粧遞飾, 盡態極姸, 把琵琶入就舞席, 輕裾飄霞, 高歌遏雲, 暎身相照, 翩翩繚繞, 望之非人世人也. 舞罷, 安令團團進賀盞. 團團欲試生意, 陽[25]失手覆盞生衣上. 團團惶遽小退, 俯伏低聲曰: "妾千萬失禮." 生驚曰: "我實觸卿, 非卿過也." 團團洗盞更酌以進, 生隨手健倒. 生性不能酒, 歡喜之餘, 亦已酣醉.

退適寢室, 空舘寥寂, 佳期難必, 心煩思渴, 或臥或起, 無以爲身, 倚柱微吟. 安已請州官, 令團團薦枕, 故試生意, 秘團團於閤外, 入叙寒暄. 生遽前挽安曰:[26] "胡謂遲[27]同年久? 來何晩?" 安曰: "年兄[28]寧有意告弟者乎?" 生曰: "今日喜與兄邂逅, 諧吾事者兄也." 安佯應曰: "所述何事?" 生曰: "當

---

20) 經明 : 經明行修. 經學에 밝고 德行이 있는 것.
21) 陽城 : 경기도 安城郡에 있던 고을 이름. 縣監을 두었음.
22) 敎授 : 지방의 향교에 두어 지방 자제를 가르치게 한 관직.
23) 卽通判姪子也 : 이 구절 뒤에 '通判似是牧使'라는 6자의 夾注가 붙어 있음. 原作에 있었을 리는 만무하고 後人의 注記이겠는데, 「月團團」이 수록되어 있는 日本 天理大本 『太平閑話』가 安鼎福의 舊藏本을 轉寫한 것임을 감안할 때 安鼎福의 注記일 가능성이 높다고 판단됨.
24) 同年 : 同榜 及第한 사람.
25) 陽 : '佯'과 같음. 속이다.
26) 曰 : 원문에는 없으나 보충했음.
27) 遲 : 기다리다.
28) 年兄 : 同年及第者를 일컫는 말.

日宴席上, 對予舞者何姬? 姸姿[29]艶態, 紅列[30]無比. 弟非剛腸, 烏得無情?" 安拊心語曰: "是中原[31]第一妓月團團也. 翰林[32]先生金公, 世號鐵腸, 不眄粉黛,[33] 嘗以曝史[34]到州, 爲團團所惑, 頗失淸節. 今欲選名姬, 非團團, 無可雅意者. 但今日適有槐山太守某, 以公牒到州, 團團已侍巾櫛, 兄事去矣. 勢非至此, 寧不爲兄圖之?" 因三復慨嘆. 生仰天噓唏曰: "好因緣, 惡因緣, 豈非前定乎? 諺云: '好事易蹉跎',[35] 望[36]不成就夫!" 仍詠懷一絶云:

夜深空舘客來稀, 獨坐沈沈有所思.
何處黑雲來捲地, 更敎明月秘光輝?

安和曰:

團團藝色古今稀, 過客紛紛有所思.
天意蒼茫難自料, 黑雲如去月當輝.

---

29) 姿 : 원문에는 '恣'로 되어 있음.
30) 紅列 : 기생의 대열. 기생들이 列坐해 있는 것.
31) 中原 : 忠州의 딴 이름.
32) 翰林 : 藝文館의 檢閱을 이르는 말. 정9품 벼슬.
33) 黛 : 원문에는 '戴'로 되어 있음.
34) 曝史 : 曝曬官. 조선조 때 史庫의 서적을 점검하고 擧風시키는 일을 맡은 벼슬아치. 예문관의 검열이 담당했음. 조선 전기에는 서울의 春秋館 외에 충주·전주·성주에 史庫가 있었음.
35) 好事易蹉跎 : 원문에는 '人事喜蹉跎'로 되어 있으나 李家源 선생이 譯한 『麗韓傳奇』(友一出版社, 1981)에 수록된 「月團團」을 따름.
36) 望 : 원문에는 이 앞에 '事'가 더 있으나 衍字로 판단됨.

生遽執安手, 大笑曰: "能起予者兄也."[37] 坐語移籌二鼓,[38] 團團謁閣外, 狀若他妓, 背燈而坐, 生亦不甚介[39]意. 俄而安辭去, 生引燈照姬, 乃團團也. 驚喜過望,[40] 不勝雀躍, 團團低頭匿面, 擧止羞澁. 生入帳中, 呼團團來, 團團低聲語曰: "妾今日適有月候, 不宜奉衾褥." 低回不進, 狀若苦辭. 生詐起便旋,[41] 捽團團入帳中. 團團微怒曰: "妾雖麤醜, 奉侍貴客, 已閱什百, 或武班豪將, 麤猛凶悍, 不循禮度, 威勢迫脅者有之, 妾輩亦待以武班, 不置牙齒, 至如服儒服､冠儒冠, 從容禮義, 善談論, 能聯句者, 則雖遇僕妾, 一循法度, 妾等奉事彌謹, 惟恐失措. 今貴客亦朝官[42]也, 未審待妾何薄也." 生愧赧, 徐徐袖手, 退倚短屛, 噤不出聲. 有頃, 團團微發一粲, 撤雲鬟, 抽寶簪, 信手解衣, 從容語曰: "人苟有緣, 自然配合. 今者郎君, 何恸也?" 少[43]選, 手滅銀釭, 入帳中, 雲雨方濃. 團團脂膚香膩, 耳語淸圓, 性又警穎, 迎意輒中. 生大惑, 一夕之間, 歡逾十載.

鼓五撾,[44] 安帶侍姬, 直就生寢帳, 問起居. 生與團團, 雲

---

37) 能起予者兄也 : 『論語』 「八佾」의 "起予者商也. 始可與言詩已矣"라는 말을 흉내낸 표현. '起'는 계발하다는 뜻.

38) 移籌二鼓 : 二鼓가 되었다는 말. '二鼓'는 二更, 즉 밤 10시에서 12시 사이. 원문에는 '籌'자 뒤에 '夜'자가 더 있으나 『麗韓傳奇』를 따름.

39) 介 : 원문에는 '价'로 되어 있음.

40) 驚喜過望 : 뜻밖의 일이라 놀라고 기뻐하다. '過望'은 뜻밖의 일.

41) 便旋 : 소변.

42) 官 : 원문에는 '廷'으로 되어 있으나 『麗韓傳奇』를 따름.

43) 少 : 원문에는 '小'로 되어 있음.

44) 鼓五撾 : 북을 다섯 번 치다. 즉 '오경이 되다'라는 뜻.

雨未散, 聞安至, 蒼黃顚倒. 安語生曰: “兄乎! 昔與兄挾冊橋門,[45] 負笈山寺, 螢雪勤勣, 風霜砭骨, 捲口長歎曰: ‘倘得富貴, 風流行樂, 以償素志.’ 今日正與兄償志之時, 宜各呈侍姬, 淺斟低唱, 以罄心歡, 不審雅意如何?” 生曰: “是弟意也, 但不敢請耳.” 於是生與團團同席, 安與侍姬同席, 縱飮極歡.

平明, 兩州守[46]來問寒暄, 仍設小酌. 宴畢, 生與團團復入寢室, 歡意未已, 別離無幾, 相對揮涕, 信誓早早. 時日已亭午, 顧視門外, 驪駒載駕, 僕夫遄邁, 然生遲留眷戀, 不忍分手. 有老奴從容入告曰: “行程敻遠, 山路險阻, 馬僕困乏, 芻粮垂絶, 郎君行色何如?” 生强作意氣, 抆淚振衣而起, 團團輒呼輒下. 團團又泣曰: “子爲大丈夫, 不能爲一女子小留乎? 郎君更不與同好則已矣, 如從誓詞, 不宜輕背若是.” 生忍聲强色[47]曰: “別離可惜, 來往有期, 暫與君辭.”

遂行至鳥嶺, 詠懷一絶云:

雲棧逶迤道路長, 中原回首路茫茫.
傷心惟有團團月, 今夜分明照兩鄕.

---

45) 橋門 : 중국의 옛 제도에 太學의 주위를 물로 에워싸고 四門을 설치한 후 門外에 다리를 놓은 데서 유래하는 말. 여기서는 成均館을 가리킴. ‘挾冊橋門’은 성균관에서 공부하는 것.

46) 兩州守 : ‘州守’란 보통 고을 수령을 말하나 여기서 ‘兩州守’는 牧使 安淹慶과 通判 李興孫을 함께 일컫는 말로 썼음.

47) 忍聲强色 : 울음을 참고 억지로 낯빛을 좋게 함.

生到嶺南, 于尙[48]于善,[49] 于星[50]于慶,[51] 于金[52]于晋[53]于密,[54] 所幸名妓亦多, 然無可意如團團者. 寄團團詩云:

鴛鴦在[55]江渚, 雙行亦雙翔.
朝宿連理枝,[56] 暮宿並蔕芳.[57]
微物尙如此, 人胡不自得?
客子倦行役, 江山重又複.
相思無限心, 空望中原月.

生日憶團團, 心勞夢想, 趣[58]命回轅. 四月旣望庚子, 來宿聞慶縣, 明發命駕, 日纔辰巳,[59] 到安富驛[60]小憩, 更衣換馬, 攬轡控鞭, 得意催促, 日將午, 到忠州城門外. 老奴躡馬足, 言曰: "奴今日見郎君, 心忙馬急, 外揚內惧, 必有心事. 儻有是, 胡不語? 奴雖老, 年齒遲暮, 聞見亦多, 敢不爲郎君一陳

48) 尙 : 尙州.
49) 善 : 善州. 善山의 옛 이름.
50) 星 : 星州.
51) 慶 : 慶州.
52) 金 : 金海.
53) 晋 : 晋州.
54) 密 : 密陽.
55) 在 : 원문에는 '有'로 되어 있음.
56) 連理枝 : 뿌리가 다른 두 나무의 가지가 서로 붙어 하나가 된 것. 금슬이 좋은 부부를 일컫는 말.
57) 並蔕芳 : 가지에 나란히 피어 있는 꽃.
58) 趣(촉) : '促'과 통함.
59) 辰巳 : 東南의 방위.
60) 安富驛 : 충주 인근의 延豐縣에 있던 역참.

奇策?" 生顧曰: "有之. 計將安出?" 奴以手指南山一麓曰: "此間有一伽藍, 有塑像頗神異, 人若至心虔禱, 靈應不差. 距此僅五六里, 郎君盍往一丐?" 生曰: "我業儒, 不佞佛者, 然有大願, 安可徒守儒酸耶?" 躍馬披荊榛, 到寺門外, 棟宇傾圮, 墻垣頹落, 蓬艾滿庭, 鳥[61]雀空喧. 生周回佇立, 閴無人聲. 少[62]頃, 有老僧, 傴僂曳杖, 自□[63]院出曰: "何等俗客來至乎? 此地深僻, 院宇荒廢, 貴人蹄輪不到, 已數十年矣, 未審貴賓, 何故枉臨." 因引詣方丈坐定. 生披繡囊, 出免毫管, 磨龍香墨, 披雪色牋, 作「慈悲大聖前願狀」, 詞氣風飄, 筆勢龍騰. 其詞云:

視不見聽不聞,
惟覺聖兮,[64] 神通莫測.
朝爲雲暮爲雨,[65]
望美人兮, 會合難知.

又云:

生別離難於死別離, 久抱參商[66]之悲.

---

61) 鳥 : 원문에는 '烏'로 되어 있음.
62) 少 : 원문에는 '小'로 되어 있음.
63) □ : 한 글자가 빠졌음.
64) 兮 : 원문에는 빠졌으나 보충했음.
65) 朝爲雲暮爲雨 : 巫山神女의 고사에서 나온 말. 「崔致遠」의 주 40을 참조할 것.

惡因緣翻成好因緣, 願諧鴛鴦之夢.

詞畢, 老僧引詣佛座前, 生拈香祝願狀, 祝曰: "若諧心事, 弟子當改刱大伽藍." 無數頂禮,[67] 仍與老僧別. 至晡時[68]入州, 李通判出迎, 共坐東軒, 開小酌, 紅妓滿行, 團團獨不與焉. 生潛懷怏鬱, 酒醪梗咽. 筵將罷, 吏持妓案, 告通判曰: "團團, 貴賓侍兒, 今又槐山太守先聲[69]已到, 從楚從齊,[70] 計將安出?" 生竊聽, 心顏俱喪. 通判目吏微笑曰: "取捨將不在我[71]乎?" 生又竊聽, 喜惧交至. 退適寢舍, 彷徨徙倚, 念注意殢, 坐臥嘘唏, 夜幾二鼓, 絶無消息. 良久就睡, 團團緩屧逾窓, 批生頰曰: "何處寧馨兒,[72] 假宿空舘乎?" 生聞其聲, 蒼黃扶起. 團團曰: "平生莫作娼兒身. 早聞郎君行色, 渴欲來訪, 適有籧篨[73]耳." 因泣數行下. 生只答曰: "感謝千萬, 珍重[74]千萬." 遂講舊盟. 時孟夏十六日, 月色嬋姸, 花影扶

---

66) 參商 : 參星과 商星. 이 두 별은 동서로 서로 등져 있어 동시에 볼 수 없음. 轉하여 서로 이별하여 만나지 못함을 비유하는 말로 씀.

67) 頂禮 : 佛像 앞에 엎드려 이마를 바닥에 대고 하는 절.

68) 晡時 : 오후 서너 시.

69) 先聲 : 前導.

70) 從楚從齊 : 楚를 좇아야 할지, 齊를 좇아야 할지. 團團으로 하여금 괴산태수와 채생 중 누구를 좇게 해야 할지라는 뜻.

71) 我 : 자기, 곧 團團을 가리킴.

72) 寧馨兒 : 이러한 아이. '寧馨'은 晋宋時代의 속어로 '如此'의 뜻.

73) 籧篨(거저) : 꼽추. 추악한 사람. 『詩經』 邶風 「新臺」에 "燕婉之求, 籧篨不鮮"이라는 말이 보임. 여기서는 '억지로 수청들어야 할 사람' 정도의 뜻으로 쓰였음. 원문에는 '蘧篨'로 되어 있음.

74) 珍重 : 감사하는 말.

踈, 夜幾三鼓. 團團肩生語曰: "郎君郎君! 思量無盡, 如此良夜何?" 携手散步庭除, 四顧無人, 情不自已. 團團齧[75]囓生臂, 幾出血, 指天語曰: "此時此心, 誰復知者?" 生曰: "'七月七日長生殿, 夜半無人私語時. 在天願爲比翼鳥,[76] 在地願爲連理枝.'[77] 此唐明皇[78]與玉眞[79]誓辭也. 今夕正與此同, 所有負者, 有如月在."[80] 相與攢手向月, 團團先拜, 生後拜百拜. 團團屈指算數, 自一至百, 了無怠色. 拜訖, 生語團團曰: "思量無極, 攢手百拜, 殊不知倦也." 仍留信宿.

還京師, 怏鬱成疾. 生有村墅在陰城縣, 距忠[81]纔三十里, 生挈家而歸, 遂與團團往復相從者有日. 生之契友曰李絅, 時爲水站[82]察訪,[83] 邀至生與團團于金灘驛[84]館, 留數旬. 團團善歌舞能絲竹, 生相携不離跬步, 或蠟屐[85]登高, 或泛舟

75) 齧 : 원문에는 빠졌으나 보충했음. '齧臂'는 맹세의 뜻을 표시하는 행위로, 戰國時代의 名將 吳起가 일찍이 고향을 떠날 때 자기 팔을 깨물어 어머니에게 성공할 것을 맹세했다는 데서 유래하는 말임.

76) 比翼鳥 : 눈 하나와 날개 하나만을 갖고 있어 두 마리가 하나가 되어야 비로소 날 수 있다는 전설상의 새. 轉하여 금슬이 좋은 부부를 비유하는 말로 씀.

77) 七月七日長生殿~在地願爲連理枝 : 이 네 구절은 白樂天의 「長恨歌」詩에 나옴.

78) 唐明皇 : 唐나라 玄宗.

79) 玉眞 : 楊貴妃.

80) 所有負者, 有如月在 : 맹세의 말. '저버리지 않을 것을 저 달에 두고 맹세한다'는 뜻.

81) 忠 : 忠州.

82) 水站 : 전라도・경상도・충청도 三道의 稅穀을 서울로 漕運할 때 중간에서 배가 쉬는 곳.

83) 察訪 : 종6품 지방관. 觀察使에 소속되어 道의 驛站 일을 관장했음.

84) 金灘驛 : 金灘에 둔 역참. 金灘(쇠여울)은 충주시 오석리 일대 남한강 유역의 지명.

中流, 無虛日. 生每酒酣, 歌曰:

蘭亭之會,[86] 有觴詠而無絲竹.
東山之遊,[87] 有佳妓而無絲竹.
赤壁[88]之蘇仙,[89] 無酒而謀婦.[90]
剡溪之子猷, 獨行而訪友.[91]
有絲竹, 有佳妓, 携酒與友,
古往今來, 惟小子乎!

聞者歎其軒豁. 將別, 與團團共坐灘邊, 團團雙淚交頤, 點綴石上, 幾成溜.[92] 生和墨題詩, 以贈團團, 曰:

石上情人淚, 和墨爲題詩.

---

85) 蠟屐 : 신에 밀랍을 발라 매끄럽게 함. 이렇게 하면 산을 오르는 데 도움이 된다고 함.
86) 蘭亭之會 : 蘭亭은 중국 浙江省 紹興縣에 있는 정자 이름. 東晋의 名士 41명이 이곳에서 술을 마시며 시를 지어 읊고 그 시들을 詩帖으로 남겼는데, 王羲之가 詩帖의 序文을 썼음.
87) 東山之遊 : 東山은 중국 浙江省 上虞縣에 있는 산. 東晋 때 謝安이 이곳에 隱棲했음.
88) 赤壁 : 주 11을 참조할 것.
89) 蘇仙 : 주 12를 참조할 것.
90) 無酒而謀婦 : 蘇軾이 赤壁에 배를 띄워 놀고자 했으나 술이 없는지라 아내한테 의논했더니, 소식의 아내가 그런 일에 대비해 간직해 둔 말술을 내놓았다는 고사가 있음. 「後赤壁賦」에 나오는 말.
91) 剡溪之子猷, 獨行而訪友 : '子猷'는 東晋 때 사람인 王徽之의 字. 그는 雪後의 月夜에 문득 剡溪의 隱士 戴逵가 보고 싶은 생각이 들자 밤새 배를 저어 새벽녘에 그 門前에 다다랐다는 고사가 있음.
92) 溜 : 시내.

將此贈君去, 見石幸相思.

團團卽投詩香囊, 佩在心胷之間, 丁寧叙別, 相携痛哭而去.

越數月, 生帶家眷, 乘舟還京, 道[93]于忠, 止于金灘, 待船具, 留數日. 登樓俯仰, 慷慨悲傷, 語妻弟柳上舍[94]曰: "氷姑[95]大夫人, 年高無恙, 吾兄弟亦和洽, 如此江山, 不可不一遊賞, 第恨無聲色可娛." 上舍曰: "唯兄命." 平明, 生與上舍, 入謁州守. 守卽選名妓數十隨行, 團團不在選中. 生大失宿望, 掩泣遲廻, 顧謂左右曰: "團娘今安在?" 左右曰: "昨晩有一朝官, 降香[96]嶺南, 團娘已侍寢. 朝官卽內直別監[97]李梅, 而通判表兄弟也." 生怫然曰: "內直亦朝官乎? 我識李, 李易與爾,[98] 風流文彩, 不足以動人, 團娘豈厚李薄我哉?" 徑詣團娘家, 團團適梳鬒髮, 施脂粉, 引鏡自照. 生猝入謦咳, 一家喧噱曰: "郞君復來矣!" 生語團團曰: "業[99]爲卿來, 聞卿他適, 茶[100]毒塡胷, 今者得與卿相見, 此天, 非人也. 盍從吾計?" 團團曰: "死生唯命." 共馱一騎, 向金灘. 是日當午, 主

93) 道 : 경유하다.
94) 上舍 : 진사・생원을 일컫는 말.
95) 氷姑 : 장모.
96) 降香 : 매월 朔望에 관리가 鄕校의 文廟에 焚香叩拜하는 것.
97) 內直別監 : 世子宮 별감.
98) 易與爾 : 상대하기 쉽다. 별것 아니다. '易'의 음은 '이'. '爾'는 어조사.
99) 業 : '이미'라는 뜻.
100) 茶 : 원문에는 '茶'로 되어 있음.

守開筵慰李, 團團已向金灘, 無如之何. 亟命惡吏數十輩拿來. 生與團團, 已到金灘, 狎坐船上, 雖會遇天成, 奇幸無比, 事出攘㑛, 憂惧交并, 相携悲泣. 忽見風塵漲起, 馬足如飛, 直詣船上, 惡吏數十輩, 持白梃捽團團, 反接[101]而去, 雲飛鳥閃, 杳無形迹, 生凝睇竚望而已. 俄而內亂大作, 生曰: "大丈夫安肯與兒女子反目相詰耶?" 拂袖而起, 單童匹馬, 復詣團團家.

及午筵初開, 團團亦至, 兩州守姑隱忍貸團團罪, 爲內直歡娛地. 團團就筵席, 愁眉未展, 淚痕尙餘, 俯伏不敢視, 內直錯認團團臨別愴懷, 內實自多,[102] 酒酣, 抆淚撫團團背曰: "別離, 天地古今之常情也. 兒乎兒乎! 善自愛, 勿以老夫掛懷." 李通判不覺失笑, 噴飯滿案. 晡時, 內直發軔, 團團退適私第.

生亦繼至, 則回徨不敢遽入, 忽聞房中太息聲, 團團曰: "郎君今復何在?" 因三復嘘唏. 生不自意團團繾綣至是, 大叫曰: "我至矣! 我至矣!" 團團倒屣出迎, 相携痛哭, 迎入後房, 相視肺腑, 懇惻切至. 團團語及白梃反接事, 泣數行下, 仍語曰: "所貴乎大丈夫者, 高牙大纛,[103] 前遮後擁, 郡縣望

101) 反接 : 두 손을 몸 뒤로 결박하는 것.

102) 多 : 아름답게 여기다.

103) 高牙大纛 : 장군의 本陣에 세우는 높은 牙旗[상아로 장식한 기]와 큰 纛旗[쇠꼬리로 장식한 기]를 말하는데, 轉하여 一軍을 통솔하는 장군을 뜻하는 말로 씀. 여기서는 觀察使를 지칭함.

風奔走, 俯伏膝行, 梨園教坊,[104] 盡態極姸, 爭相妬寵, 幸而見寵, 榮華富貴, 一生無比, 父母蒙其恩, 宗族被其澤, 諺所謂'不重生男重生女'[105]者也. 君爲丈夫, 不能庇一小妾, 困辱至此, 妾無面目見爺孃親戚也." 生曰: "團娘團娘! 第從我策. 我有甲第一區, 在長安 木覓山[106]下. 又開別室, 名花異草, 奇岩恠石, 環列庭除, 左琴瑟右圖書, 紅婢成行, 佳賓滿座, 日費萬錢, 所缺者石季倫[107]之綠珠,[108] 白樂天之樊素[109]耳. 况丈夫之得志當世者, 姬妾數百, 粉白黛綠,[110] 列屋而閑居, 妬寵而爭姸, 何求不得? 何欲不成? 予雖布衣, 年芳學碩, 釋褐[111]登第, 得志當世, 將不在眼前乎? 汝當患不能享富貴, 毋患不富貴也. 盍與吾偕老乎?" 團團曰: "死且不避, 况生我者乎! 寧不死生以之?" 生喜曰: "疇昔之夢, 雎鳩飛入我懷袖中, 竟爲他人所獲, 豈非汝逑我之徵乎?" 遂與團團共馱, 只有童奴一人, 負行具以從, 踽踽徐行, 行近

104) 梨園教坊 : 원래 기생에게 춤과 노래를 가르치는 기생학교를 뜻하나, 여기서는 '기생들' 정도의 뜻으로 쓰였음.

105) 不重生男重生女 : 白居易의 「長恨歌」에 이 구절이 보임. 이 말은 唐나라 玄宗 연간에 민간에 떠돌던 말이었음.

106) 木覓山 : 南山.

107) 石季倫 : 東晋 때 사람인 石崇. '季倫'은 그 字. 富豪로 유명하며, 자신의 별장인 金谷園에 사람들을 招致해 詩酒를 즐겼음.

108) 綠珠 : 妓女로서, 石崇의 애첩이었음.

109) 樊素 : 妓女로서, 白樂天의 애첩이었음.

110) 粉白黛綠 : 희게 분칠하고 먹으로 눈썹을 그림. 원문에는 '黛'가 '戴'로 되어 있음.

111) 釋褐 : '褐'은 布衣를 뜻하는바, '釋褐'은 布衣를 벗는다는 뜻. 文科에 급제하여 벼슬길에 진출함을 일컫는 말.

獺川,[112] 見水邊士女如雲, 車騎雜遝, 絲管啁啾. 蓋中原土俗, 良辰吉日, 鄉井父老, 率子弟修禊獺川上, 歲以爲常. 是會也, 中原一州大小鄕官[113]咸集, 醉飮方酣. 生與團團, 潛形匿迹而行, 不自意稠人廣會, 歸次猝遇, 然業已就道, 勢不逃躱, 掩面睆視過之, 有一惡少年, 大呼曰: "彼共䭾者, 官妓月團團也!" 諸鄕官曰: "團團以官妓, 不禮於鄕官, 罪不可貸." 命健奴數十輩拿致之. 健奴捽團團與生, 一時墮馬. 鄕官苛罰團團, 生無如之何, 竚立悵望而已. 俄而縛團團, 臥置獺川中. 諸鄕官又議拿生折辱之, 生不得已走馬突過獺川, 團團叫曰: "郞君非夫也? 會不救我一女兒乎!" 生一步十顧, 滿座大笑. 生行過數里, 緩轡徐行, 心自語[114]曰: "疇昔之夢, 雎鳩入我懷袖者, 團團從我之徵也. 竟爲他人所獲, 則今日獺川之禍也. 夢之不虛, 審矣." 猶懷怏鬱, 遂成一聯曰:

怨淚金灘淺, 愁城月岳[115]高.
相思空脉脉, 夜夜夢先勞.

生猶從間道, 從室人於金灘旅舍, 內亂又作, 一家勃磎.[116]

112) 獺川 : '達川'이라고도 표기함. 충주에 있는 강.
113) 鄕官 : 鄕廳의 座首・別監 등을 말함.
114) 語 : 원문에는 이 뒤에 '口'가 더 있으나,『麗韓傳奇』를 따름.
115) 月岳 : 月岳山. 충주 근교에 있는 산.
116) 勃磎(발혜) : 서로 다투는 모양. '磎'는 '谿'나 '豀'로도 씀. 원문에는 '勃'이 '浡'로 되어 있음.

生亦復無聊, 賦「江之水詞」曰:

江之水兮無窮,
來者袞袞兮,
去者悠悠.
曾不能洗予懷之壹[117]鬱兮,
獨惆悵而臨流.

生沿流到驪江,[118] 登清心樓,[119] 喟然嘆曰: "美哉! 山河之勝也. 恨不與團團共之." 涕淚盈睫. 又作「思美人詞」曰:

思美人兮蘂之城,[120]
目渺渺兮愁予肝.
思無盡兮可奈何?
月團團兮生雲端,
月不落兮我不眠.
我心兮搖搖,
我淚兮潺潺.

生歸京師, 日念團團, 消瘦成疾幾殆.

安敎授, 每言及團團事, 口角流沫, 使人不知倦云.

---

117) 壹: 원문에는 '一'로 되어 있음.
118) 驪江: 경기도 驪州에 있는 강.
119) 淸心樓: 여주의 신륵사 앞 강가에 있던 樓亭 이름.
120) 蘂之城: 蘂宮. 仙人이 산다는 궁궐.

## 해제

• 작자 : 徐居正(1420~1488)

世祖・成宗朝 때의 文臣으로, 호는 四佳亭이다. 여러 높은 벼슬을 역임했으며, 外祖父인 權近에 이어 오랜 동안 大提學으로서 文衡을 잡았다. 저서로는 문집인 『四佳集』, 詩話書인 『東人詩話』, 筆記書인 『筆苑雜記』, 笑話集인 『太平閑話滑稽傳』 등이 전한다.

• 출전 : 『太平閑話』(일본 天理大 도서관 소장. 順菴 安鼎福의 舊藏本을 今西龍이 轉寫한 것임)

• 참고사항

(1) 『태평한화』의 이본으로는 白影本(총112화), 一簑本(총146화), 順菴 舊藏本(총187화)을 들 수 있겠는데, 이 가운데 순암 구장본에 실린 이야기 수가 제일 많다. 뿐만 아니라, 「월단단」은 다른 본에는 없고 순암 구장본에서만 발견된다. 천리대학교 도서관에 소장되어 있는 순암 구장본에 의하면, 表題와 內題가 '太平閑話'로 되어 있고, 本文의 첫 행에 "東國滑稽傳 一曰太平閑話 四佳徐居正撰"이라 적혀 있다. 그리고 둘째 행의 첫 칸에 동그라미 표시를 한 다음 바로 이어 「월단단」 이야기가 나온다. 원래의 책에는 작품 제목이 없으며, 「월단단」이라는 제목은 오늘날 붙인 것이다. 이 작품에 「월단단」이라는 제목을 붙여 처음 학계에 소개한 분은 李家源 선생이다. 일찍이 선생은 『麗韓傳奇』(우일출판사, 1981)라는 책에 이 작품을 싣고, 그 작자를 '安鼎福'으로, 출처를 『太平閑話』라 밝힌 바 있다.

(2) 「월단단」의 작자에 대해서는 더 상고해 볼 필요가 있다.

이 작품은 부귀와 풍류에 내해 깊은 관심을 보여준다. 게다가 작품으로서의 긴장감이 떨어지고, 문제의식이 그리 심각하지 못하다. 비록 布衣와 기생의 좌절된 사랑을 다루고 있기는 하나, 다분히 양반풍류담으로 소재에 접근하고 있어 진지함이 느껴지지 않는다. 작품의 결말에 "安教授每言及團團事, 口角流沫, 使人不知倦云"이라고 한 데서는 이 작품의 창작태도가 '笑話'의 그것과 맞닿아 있다는 느낌이 들기도 한다. 이런 점에서 보면, 이 작품이 『태평한화』에 수록된 다른 笑話

들과 비교가 되지 않을 만큼 분량이 확대되어 있음에도 불구하고, 그 취향에 있어서는 상통하는 바가 없지 않음을 알 수 있다. 이런 공통점이 있기는 하나 그렇다고 「월단단」의 장르성격을 소화로 간주할 수는 없다. 「월단단」은 '소화' 혹은 소화적 성격을 갖는 '士大夫逸話'가 '전기소설'로 전환된 사례로 보아야 적절하다고 생각한다. 바로 이 점에서 「월단단」은 여타의 전기소설과 다소 다른 지향을 갖게 되었다고 보인다. 앞에서 「월단단」이 작품으로서의 긴장감이 떨어진다고 했지만, 이 작품은 소설형식에 있어서도 상당히 미숙한 면모를 보여준다. 이같은 소설형식에 있어서의 미숙성은 이 작품이 조선 초기에 창작된 소설이지 않을까 하는 심증을 강하게 갖게 한다. 이런 몇 가지 점들을 두루 고려하면, 「월단단」은 조선전기 훈구파 문인의 생활감각과 취향·의식을 짙게 반영하고 있다는 점이 인정되는바, 조선 후기의 안정복이 작자일 가능성은 아주 희박하다고 여겨진다. 뿐만 아니라 이 작품은, 干支를 퍽 자세히 밝히고 있다는 점(사실 敍事에 꼭 필요한 것이 아님에도), 조선 초기에만 통용된 일부 樓亭 이름이 보이며, 등장인물들의 身元에 대해 실제 그 인물을 알고 있듯 자세히 서술해 놓고 있는 점 등으로 보아 작품이 배경으로 삼고 있는 시대와 거의 동시대에 씌어진 게 아닌가 추정된다.

『태평한화』의 一話로 「월단단」이 수록되어 있으므로, 본서에서는 이 작품을 일단 서거정의 작품으로 比定해 둔다. 그러나 작자 문제에 대해서는 앞으로 좀더 논의가 필요하다.

(3) 「월단단」은 같은 시기에 창작된 『금오신화』와 여러모로 대조가 된다. 두 작품의 작자는 대단히 이질적인 의식과 취향을 보여준다. 그것은 당대에 가장 부귀를 누리며 현달했던 사대부와 가장 고독하고 반체제적인 삶을 영위했던 방외인의 차이를 잘 드러낸다. 작품 수준에 현격한 차이가 있음에도 불구하고 두 작품을 본서에 나란히 실은 의도는 이 차이에 주목해서다. 뿐만 아니라, 『월단단』은 鮮初에 창작된 전기소설임에도 환상적인 요소가 전혀 없이 시종 현실적인 인과관계에 따라 사건이 전개되고 있는바, 이 점 소설사적으로 주목할 만하다.

# 5. 安生傳

成 俔

有安生者, 京華巨族也. 雖名隷學宮,[1] 而乘肥衣輕, 浪遊長安.[2] 嘗喪耦獨居, 聞城東[3]有美女, 其家殷富, 卽當代大相之婢也. 生以豐財納聘, 而不能得. 適生有疾, 媒者以思疾[4]恐動之, 遂成婚. 女年可十七八, 姿色綽約, 歡情兩洽, 繾綣日深. 生年少美風儀, 隣里慕之, 其家亦喜得壻, 晨夕必設厚饌, 家財太半歸於安生.[5]

諸壻妬之, 往訴大相曰: "翁得新壻以來, 傾家破産, 日漸貧窶." 大相怒曰: "不待予旨, 遽納壻,[6] 吾當痛懲以警後

1) 學宮 : 成均館.
2) 長安 : 漢陽을 이름.
3) 城東 : 저본에는 '東城'으로 되어 있으나 성균관대본 『慵齋叢話』를 따름.
4) 思疾 : 상사병.
5) 生 : 저본에는 '氏'로 되어 있음.

人.” 卽倂狂奴數輩, 往挐翁女. 是時, 生與女方對食, 惶劇不知所爲, 相持痛哭, 爪入兩手而已. 一去之後, 閉于深宮, 重門高垣, 內外阻隔. 生無奈何, 惟與女家, 爭出錢布, 厚賂宮中僕隷及守門之卒, 乘夜踰垣相從, 爲買小店於宮側, 以爲往來之所.

一日, 女家送赤鞋一雙, 女探弄不已. 生戲曰: “着此好物, 將樂何[7]人乎?” 女變色曰: “成說之言, 皎在目前, 君何發言如是?” 卽解所佩刀, 割盡一隻. 又一日, 針縫白衫. 生戲亦如之, 女卽掩泣曰: “予非背君, 君實背我.” 以衫投於汚瀆. 生心服其操, 眷戀愈甚. 自此暮去曉還, 如是者累月. 大相聞之大怒, 嫁與伴人[8]之無妻者. 女卽欣然曰: “事已至此, 吾豈守節之人?” 嫁娵[9]之具, 親自爲備, 盡招宮人, 作盛饌饋之. 人人皆意改嫁, 而或疾其反覆無信.

女於是夕, 潛入他房, 自縊而死. 生未之知也. 翌日, 生在本家, 有小艾入云: “娘子來矣.” 生倒屣出門, 艾遽曰: “娘子死於昨夜.” 生笑而未之[10]信, 不問其故. 至其店, 則堂中置床, 表衾覆尸. 生失聲痛哭, 扰股擣膺. 四隣聞之, 無不嗚咽. 是時, 大雨水漲, 人不通于城東家. 生自備喪具殯之, 朝夕

6) 壻 : 저본에는 이 앞에 ‘良’이 더 있음.
7) 何 : 저본에는 ‘他’로 되어 있으나 성균관대본 『慵齋叢話』를 따름.
8) 伴人 : 관청에서 부리던 하인.
9) 娵 : ‘娶’와 仝字.
10) 之 : 저본에는 ‘知’로 되어 있으나 성균관대본 『慵齋叢話』를 따름.

設奠, 夜則目不交睫. 夜久假寐, 女自外而入, 彷彿平生之貌. 生進欲與話, 遽已睡覺, 回望室中, 窓牖寂然, 風褰紙帳, 孤燈明滅而已. 生呼痛, 將絶復蘇.

越三日, 雲散雨霽, 生乘月向本家, 獨行信步, 至壽康宮[11] 東門, 夜已二鼓, 有女靚粧[12]高髻, 或後或先. 生追而視之, 謦[13]欬歎息, 一似前聞. 生大呼而走, 至一溝曲, 女又坐其傍. 生不顧而去. 至其家, 女又坐門外. 生大聲喚僕, 女沒身于砧竇, 寂無所見. 生心神[14]昏懜, 若癡若狂.

月餘以禮葬之. 未幾, 生亦死.

• 작자 : 成俔(1439~1504)

號는 慵齋 혹은 虛白堂이며, 成宗朝 때 대표적 문인의 한 사람으로, 예조판서・대제학 등을 역임했다. 저서로는 문집인 『虛白堂集』과 筆記書인 『慵齋叢話』가 전한다.

• 출전 : 서울대 奎章閣 소장의 『大東野乘』에 수록된 『慵齋叢話』를 底本으로 삼아 다른 本을 참고하여 校合하였다.

---

11) 壽康宮 : 昌慶宮의 別殿.
12) 粧 : 저본에는 '粉'으로 되어 있음.
13) 謦 : 저본에는 '磬'으로 되어 있음.
14) 心神 : 저본에는 '身心'으로 되어 있으나 성균관대본 『慵齋叢話』를 따름.

• 참고사항

(1) 원래 제목이 없는 글인데, 본서에서 임의로 제목을 붙였다. 「안생전」은 종래에는 대개 稗說로 간주했으나, 실은 패설로부터 '소설'로 상승하는 과정을 보여주는 작품이라 해야 온당하다. 동일한 소재를 다루었으되 「안생전」과는 달리 패설에 머물고 만 작품이 李陸(1438~1498)의 『靑坡劇談』과 徐居正(1420~1488)의 『太平閑話』에 각기 수록되어 있어 서로 비교가 된다.

(2) 이 작품에 대한 논의로는 김재수, 「운영전의 소재로서의 안생전」, 『어문논총』 7·8(전남대학교 어문학연구회, 1985); 조동일, 『한국문학통사』 2(제3판, 지식산업사, 1994); 박희병, 「조선전기 인물전의 양상과 문제」, 『한국고전인물전연구』(한길사, 1992); 임완혁, 「조선전기 필기 연구」(성균관대학교 석사논문, 1991) 등이 있다.

# 6. 元生夢遊錄

林 悌

世有元子虛[1]者, 慷慨之士也. 氣宇磊落, 不容於世, 屢抱羅隱[2]之恨, 難堪原憲[3]之貧, 朝出而耕, 夜歸讀古人書, 穿壁[4]囊螢,[5] 無所不爲. 嘗閱史, 至歷代危亡運移勢去處, 則未嘗不掩卷流涕, 若身處其時, 汲汲焉見其垂亡, 而力不能扶者也.

---

1) 元子虛 : 허구적 인물. 林悌 자신을 가탁했음. '子虛'는 司馬相如의 「子虛賦」에서 유래하는 말. 生六臣의 한 사람인 元昊(字는 子虛)를 가리킨다고 보는 설도 있음.

2) 羅隱 : 중국 五代 때 吳越의 사람. 朱全忠이 唐을 簒奪한 후 諫議大夫의 벼슬로써 불렀지만 나아가지 않았음.

3) 原憲 : 공자의 제자. 몹시 가난했던 것으로 알려져 있음.

4) 穿壁 : 穿壁引光의 고사에서 유래하는 말. 漢나라 匡衡이 워낙 가난해 등불이 없었으므로 자기 집 벽을 뚫어 隣家의 불빛을 취하여 글을 읽었던 일이 있음.

5) 囊螢 : 晋나라 車胤이 반딧불을 주머니에 넣어 그 불빛으로 글을 읽었다는 고사에서 유래하는 말.

仲秋之夕, 隨月披覽, 夜闌神疲, 倚榻而睡. 身忽輕擧, 縹緲悠揚, 泠然若御風而登,[6] 飄然若羽化而仙也. 止一江岸, 則長流逶迤, 群山糾紛. 時夜將半, 萬籟俱寂, 月色如晝, 波光若練, 風鳴蘆葉, 露滴楓林. 悄然擧目, 如有千載不平之氣. 乃劃然長嘯, 朗吟一絶曰:

恨入長江咽不流, 荻花楓葉冷颼颼.
分明認是長沙[7]岸, 月白英靈何處遊?

徘徊顧眄之際, 忽聞跫音自遠而近. 有頃, 蘆花深處, 閃出一介好男子, 幅巾野服, 神淸眉秀, 凜凜有首陽[8]之遺風, 來揖於前曰: "子虛來何遲? 吾王奉邀." 子虛疑其爲山精水魅, 愕然無以應. 然其形貌俊邁, 擧止閒雅, 不覺暗暗稱奇. 乃肩隨而行百餘步許, 有亭突兀臨江, 上有一人, 凭欄而坐, 衣冠一如王者. 又有五人侍側, 皆衣大夫之衣, 而各有等秩焉. 都是世間人豪, 形貌堂堂, 神采揚揚, 胷藏叩馬[9]蹈海[10]

6) 泠然若御風而登 : 『莊子』 「逍遙遊」에 "夫列子御風而行, 泠然善也"라는 말이 보임.

7) 長沙 : 중국 湖南省의 지명. 項羽는 義帝를 長沙 郴縣(침현)으로 쫓아낸 뒤 살해했음.

8) 首陽 : 首陽山. 伯夷·叔齊가 節義를 지켜 이 산에서 굶어 죽었음.

9) 叩馬 : 武王이 殷을 치러 나서자, 伯夷·叔齊가 武王이 탄 말을 가로막으며 그 부당함을 諫했다는 고사가 있음.

10) 蹈海 : 바다에 빠져 죽는다는 뜻. 戰國時代 魯仲連의 고사에서 유래하는 말. 魯仲連은 魏王이 客將 新垣衍을 시켜 秦에게 帝號를 바치고자 한다는 말을 듣자 "만약 秦이 帝가 된다면 나는 東海에 빠져 죽겠다"고 하였음.

之義, 腹蘊擎天捧日之忠, 眞所謂'托六尺之孤, 寄百里之命'[11]者也. 見子虛至, 皆出迎. 子虛不與五人爲禮, 入謁王前, 反走而立, 以待坐定, 而跪於席末. 子虛之上則幅巾者[12]也, 其上則五人相次而坐矣. 子虛莫能測, 甚不自安. 王曰: "夙聞蘭香, 深慕薄雲.[13] 良宵邂逅, 無相訝也!" 子虛乃避席而謝. 坐已定, 相與論古今興亡, 亹亹不厭. 幅巾者嘘噫而嘆曰: "堯､舜､湯､武, 萬古之罪人也. 後世之狐媚取禪者, 藉焉; 以臣伐君者, 名焉; 千載滔滔, 卒莫之救, 咄咄四君, 爲賊嚆矢矣." 言未旣, 王乃正色曰: "惡! 是何言也? 有四君之聖, 而處四君之時, 則可; 無四君之聖, 而非四君之時, 則不可. 彼四君者, 豈有罪哉? 顧藉之者､名之者, 賊也." 幅巾者拜手稽首, 謝曰: "中心不平, 不自知言之過於憤也." 王曰: "毋辭. 佳客在座, 不須閒論他事. 月白風淸, 如此良夜何?" 乃解錦袍, 賖酒於江村. 酒數行, 王乃持盃哽咽, 顧謂六人曰: "卿等盍各言其志, 以叙幽寃乎?" 六人曰: "王庸作歌,[14] 臣等賡焉." 王乃愀然正襟, 悲不自勝, 乃歌曰:

---

11) 托六尺之孤, 寄百里之命 : 어린 왕을 맡길 수 있는 충성스런 신하를 일컫는 말. 『論語』「泰伯」에 "可以託六尺之孤, 可以寄百里之命"이라는 말이 보임. '六尺之孤'는 年 15세 이하의 幼少之君을 말하며, '寄百里之命'은 國政을 맡기는 것을 말함.

12) 幅巾者 : '幅巾'은 道服에 갖추어 머리에 쓰던 巾. 여기서 幅巾者는 南孝溫(1454~1492)을 가리킴.

13) 薄雲 : 아름다운 풍모나 문장을 가리키는 말. 여기서는 아름다운 풍모

14) 王庸作歌 : 『書經』「益稷」에 나오는 말.

江波咽咽兮, 流無窮.

我懷長長兮, 與之同.

生爲千乘[15]兮, 死作孤魂.

新[16]是僞王兮, 帝[17]乃陽尊.

故國人民兮, 盡輸楚 籍.[18]

六七臣同兮, 魂庶有托.

今夕何夕兮? 共上江樓.

波光月色兮, 使我心愁.

悲歌一曲兮, 天地悠悠.

歌罷, 五人各詠一絶. 第一座者[19]吟曰:

深恨才非可托孤, 國移君辱更捐軀.

如今俯仰慙天地, 悔不當年早自圖.

第二座者[20]吟曰:

受命先朝荷寵隆, 臨危肯惜殞微躬?

---

15) 千乘: 千乘之國, 곧 제후의 나라를 가리킴. 여기서는 제후, 즉 왕을 뜻하는 말.
16) 新: 漢나라 때의 王莽은 平帝를 죽이고 자기가 천자가 되어 국호를 新이라 했으나 15년 만에 망했음.
17) 帝: 義帝를 가리킴. 項羽는 짐짓 楚 懷王을 義帝라고 높였다가 얼마 안 있어 長沙로 쫓아낸 후 살해하였음.
18) 楚籍: 楚나라의 項羽. '籍'은 그 이름.
19) 第一座者: 死六臣의 한 사람인 朴彭年.
20) 第二座者: 成三問.

可憐死去名猶烈, 取義成仁父子同.[21]

第三座者[22]吟曰:

壯節寧爲爵祿淫? 含章[23]猶抱採薇心.
殘軀一死何須惜? 痛哭當年帝在郴.[24]

第四座者[25]吟曰:

微臣自有膽輪囷, 那忍偸生見喪倫?
將死一詩言也善,[26] 可能慙愧二心人.

第五座者[27]吟曰:

哀哀當日意何如? 死耳寧論身後譽?
最恨千秋難雪恥, 集賢曾草賞功書.[28]

---

21) 取義成仁父子同 : 成三問의 아버지인 成勝도 端宗復位 謀議에 가담했다가 처형되었기에 한 말임.
22) 第三座者 : 河緯地.
23) 含章 : 속에 덕을 갖춤. '章'은 美. 『周易』 坤卦의 卦辭에 "含章可貞"이라는 말이 보임.
24) 郴(침) : 중국 湖南省 長沙의 지명. 項羽가 義帝를 이곳에 옮긴 후 살해했음. 여기서는 端宗이 추방되었다가 목숨을 잃은 곳인 寧越을 暗喩함.
25) 第四座者 : 李塏.
26) 將死一詩言也善 : 이개는 刑場으로 끌려가면서 다음과 같은 시를 읊었음. "禹鼎重時生亦大, 鴻毛輕處死猶榮. 明發不寐出門去, 顯陵松柏夢中靑."
27) 第五座者 : 柳誠源.
28) 最恨千秋難雪恥, 集賢曾草賞功書 : 1453년 수양대군은 金宗瑞·皇甫仁 등

幅巾者乃搔頭而長吟曰:

擧目山河異昔時, 新亭共作楚囚[29)]悲.
心驚興廢肝腸裂, 憤切忠邪涕淚垂.
栗里[30)]淸風元亮[31)]老, 首陽寒月伯夷飢.
一編野史[32)]堪傳後, 千載應爲善惡師.

吟訖, 屬子虛. 子虛元來慷慨人也, 乃抆淚悲吟曰:

往事凭誰問? 荒山土一丘.
恨深精衛[33)]死, 魂斷杜鵑[34)]愁.
故國何時返? 江樓此日遊.
悲凉歌數闋, 殘月荻花秋.

---

을 죽인 후 권력을 장악했는데, 수양대군을 추종하는 무리들은 그를 중국의 周公에 견주며 집현전에 그 功을 褒賞하는 教書를 짓도록 하였음. 당시 집현전 學士들은 모두 달아나 유성원만이 자리에 있었던바, 협박에 못 이겨 글을 草해 준 적이 있었음. 이 시구는 바로 이 일을 지칭한 것임.

29) 楚囚 : 초나라의 囚人. 轉하여 타향에서 방황하며 고향에 돌아가지 못하는 자를 일컫는 말. 『左傳』 成公 九年條의 "晋侯觀于軍府, 見鍾儀問之曰: '南冠而縶者誰?' 有司對曰: '鄭人所獻楚囚也'"에서 유래하는 말.

30) 栗里 : 陶淵明의 고향. 彭澤縣에 있었음.

31) 元亮 : 陶淵明의 字.

32) 一編野史 : 「六臣傳」을 가리킴. 남효온은 만년에 이 작품을 창작했음.

33) 精衛 : 전설상의 새. 炎帝의 딸이 동해에 빠져 죽은 후 이 새로 化하였다고 함. 늘 西山의 木石을 물어다가 동해를 메우려 했으나 뜻을 이루지 못했다 함.

34) 杜鵑 : 蜀나라 望帝가 죽은 후 그 넋이 이 새로 化했다는 전설이 있음. 그 우는 소리는 흡사 '不如歸去'라 말하는 듯하다고 하며, 몹시 구슬픔.

吟斷, 滿座皆悽然泣下. 無何, 突入一個奇男, 熊虎士[35]也. 身長過人,[36] 英勇絶倫, 面如重棗,[37] 目若明星. 文山[38]之義, 仲子[39]之淸, 威風凜然, 令人起敬. 入謁王前, 顧謂五人曰: "唉! 腐儒不足與成大事也." 乃拔劍起舞, 悲歌慷慨, 聲若巨鐘. 其歌曰:

風蕭蕭兮, 木落波寒.
撫劍長嘯兮, 星斗闌干.[40]
生全忠孝,[41] 死作毅魄.[42]
襟懷何似? 一輪明月.
嗟不可與慮始兮, 腐儒誰責?

歌未闋, 月黑雲愁, 雨泣風噫, 疾雷一聲, 皆倏然而散. 子虛亦驚悟, 則乃一夢也.

子虛之友海月居士,[43] 聞而悲之曰: "大抵自古昔以來, 主

35) 熊虎士 : '赳赳虎士'라 되어 있는 本도 있음. 勇武之人을 일컫는 말. 여기서는 사육신의 한 사람인 兪應孚를 말함.
36) 身長過人 : 「六臣傳」에도 이 말이 보이는바, 거기서 따온 듯함.
37) 重棗 : 짙은 대추빛. 불그스레함을 뜻함.
38) 文山 : 忠義로 유명한 宋나라 文天祥의 號.
39) 仲子 : 戰國時代 齊나라 사람인 陳仲子를 가리킴. 一名 於陵子라고도 함. 淸廉함으로 유명했음. 「六臣傳」에 "淸如於陵仲子"라는 말이 보임.
40) 闌干 : 비스듬히 기운 모양.
41) 孝 : 유응부는 어머니를 至孝로 받들었기에, '忠'과 함께 '孝'를 말한 것임. 유응부의 孝에 대해서는 「六臣傳」을 참조할 것.
42) 毅魄 : 『楚辭』 九歌의 「國殤」에 "身旣死兮神以靈, 魂魄毅兮爲鬼雄"이라는 구절이 있음.

暗臣昏, 卒至顚覆者多矣. 今觀其主, 想必賢明之主也. 其臣六人者, 亦皆忠義之臣也. 安有以如此等臣, 輔如此等主, 而若是其慘酷者乎? 嗚呼! 勢使然耶? 時使然耶? 然則不可不歸之於時與勢, 而亦不可不歸之於天也. 歸之於天, 則福善禍淫, 非天道也耶? 不歸之於天, 則冥然寞然, 此理難詳, 宇宙悠悠, 徒增志士之懷也已." 乃續吟一律曰:

萬古悲凉意, 長空一鳥過.
寒烟鎖銅雀,[44] 秋草沒章華.[45]
咄咄唐虞[46]遠, 紛紛湯武多.[47]
月明湘水[48]濶, 愁聽「竹枝歌」.[49]

---

43) 海月居士 : 海月 黃汝一(1556~1622)이라고 보는 견해도 있으나 '元子虛'가 가상인물인 만큼 '海月居士' 역시 가상인물로 봐야 온당할 듯함. '海'자는 이본에 따라 '梅'자로 되어 있기도 하나, '海'와 '梅'의 字樣이 비슷한 데 따른 착오로 보임.

44) 銅雀 : 銅雀臺. 三國時代에 魏의 曹操가 鄴城에 세운 樓臺. 조조는 임종시에 자기가 죽거든 동작대에 祭牀을 베풀고 妓樂을 연주하면서 자신의 무덤인 西陵을 바라보며 제사를 지내라고 유언한 바 있음.

45) 章華 : 章華臺. 楚나라 離宮 이름. 楚 靈王이 이 臺를 건립하여 宴會를 일삼자 楚人이 흩어졌다고 함.

46) 唐虞 : 堯舜時代.

47) 紛紛湯武多 : 殷나라의 창업자인 湯王은 夏의 桀로부터 나라를 빼앗고, 周나라의 창업자인 武王은 殷의 紂로부터 나라를 빼앗았음. 여기서는 湯王·武王처럼 찬탈을 일삼아 王이 된 자들이 많음을 지적한 말.

48) 湘水 : 중국 湖南省에 있는 강 이름. 舜 임금이 죽자 그 두 妃인 娥皇과 女英이 이 강에 투신했음. 또 屈原이 빠져 죽은 멱라수도 이 강의 한 줄기임. 漢나라 때 賈誼는 굴원을 吊하는 賦를 지어 이 강에 던진 일이 있음. 義帝 역시 湘水 근처의 강에서 살해되었음.

49) 「竹枝歌」 : 중국 湖南省의 沅·湘 일대에서 불리던 노래. 屈原이 沅·湘間에 居하면서 이곳에서 불리던 노래를 바탕으로 九歌를 창작했듯, 唐의 劉禹錫

仍又自解曰: "世之欲富貴其身者, 古今何限? 蓋拘於時與勢, 而亦有名義之不可犯者存焉, 是大可懼也. 苟或不計名義之重, 而徒自占其時與勢, 欲以智力相勝, 則其不歸於僭竊者幾希矣. 名義者萬古之常經, 時勢者一時之權行也. 行權而廢經, 則亂賊將接跡而起矣, 豈不益可懼乎!" 子虛曰: "善." 於是乎記.

• 작자 : 林悌(1549~1587)

호는 白湖이며, 武人 집안에서 태어나 北評事 · 西評事 · 禮曹正郎 등을 역임했다. 당시 가장 기개 높고 강개한 선비의 한 사람이었다. 그의 시문은 호방하고 거리낌 없어 읽는 사람의 가슴을 시원하게 한다. 문집 『林白湖集』을 남겼으며, 소설 「元生夢遊錄」과 「愁城誌」가 전한다.

• 출전 : 「원생몽유록」은 여러 本이 있는데, 이본 간에 字句의 同異가 상당히 있는 편이고, 글자의 訛誤도 적지 않다. 『莊陵誌』의 것은 물론이고, 『南秋江集』 · 『觀瀾遺稿』 · 『林白湖集』에 수록된 것 모두가 온전하다고 하기 어렵다. 필사본의 경우도 마찬가지다. 따라서 여기서는 어느 특정한 본을 취하지 않고, 여러 본을 對照하여 校合하였다.

• 참고사항

(1) 「원생몽유록」의 작자를 둘러싸고 종래 임제 설, 김시습 설, 元昊 설 등이 제

도 이 지방에 귀양와 이곳의 노래를 바탕으로 竹枝詞 9수를 창작했음.

기된 바 있으나, 임제가 작자임이 판명되었다. 작자 고증에 대하여는 황패강, 「원생몽유록」, 『한국고전소설작품론』(김진세 편, 집문당, 1990)이, 작품론으로는 정학성, 「원생몽유록연구」, 『한문학논집』 3(단국대학교, 1985)이 참조된다.

(2) 「원생몽유록」은 그 정신의 면에서 김시습의 「남염부주지」, 南孝溫의 「六臣傳」과 서로 연결된다. 특히 「육신전」을 의식하면서 창작된 흔적이 엿보이는바, 두 작품을 서로 비교해 가며 읽을 필요가 있다. 이 점은 박희병, 「조선전기 인물전의 양상과 문제」, 『한국고전인물전연구』(한길사, 1992)에서 거론되었다.

(3) 「원생몽유록」 이후에 창작된 몽유록으로서 중요한 것을 꼽는다면, 「達川夢遊錄」(尹繼善)·「皮生冥夢錄」·「江都夢遊錄」 등이 있다. 이에 대하여는 정학성, 「몽유록의 역사의식과 유형적 특질」, 『관악어문연구』 2(서울대학교 국문학과, 1977); 장효현, 「17세기 몽유록의 역사적 성격」, 『호서대학교 논문집』 10(1991)이 참조된다.

# 7. 愁城誌

林 悌

天君[1]卽位之初, 乃降衷[2]之元年也. 曰仁曰義曰禮曰智, 各充其端,[3] 率職惟勤; 曰喜曰怒曰哀曰樂, 咸揔於中, 發皆中節; 曰視曰聽曰言曰動, 俱統於禮, 制以四勿.[4] 維時天君, 高拱靈臺,[5] 百體從令.[6] 鳶飛之天, 魚躍之淵,[7] 莫非其有; 梧桐

1) 天君 : '心'의 擬人化. 『荀子』「天論」에 "心居中虛, 以治五官. 夫是之謂天君"이라는 말이 보임. 또 宋나라 范浚의 「心箴」에 "君子存誠, 克念克敬, 天君泰然, 百體從令"이라는 말이 보임.

2) 降衷 : 사람이 태어날 때 誠心을 하늘로부터 받는 것. 여기서는 天君의 年號로 썼음. '衷'은 誠心.

3) 端 : 『孟子』「公孫丑」(上)에 "惻隱之心, 仁之端也; 羞惡之心, 義之端也; 辭讓之心, 禮之端也; 是非之心, 智之端也. 人之有是四端也, 猶其有四體也"라는 말이 보임.

4) 四勿 : 『論語』에서 孔子가 제자 顔淵에게 "非禮勿視, 非禮勿聽, 非禮勿言, 非禮勿動"이라 말했는데, 이를 '四勿'이라 함.

5) 靈臺 : 周나라 文王이 臺를 세우자, 백성들이 기뻐하여 이를 '靈臺'라 했다는 고사가 『孟子』「梁惠王」(上)에 나옴. 또 '마음'을 일컫는 말로도 씀. 여기서는

之月，楊柳之風，莫非其勝．不勞舜琴五絃,[8] 何須堯階三尺?[9] 無欲虎而可縛,[10] 無忿山而可摧,[11] 四海之內，孰不曰其君也哉?

越二年，有一翁，神淸貌古，自號主人翁,[12] 乃上疏曰:

竊以危生於安，亂仍於治．故不虞之變，無妄之災,[13] 明君所愼也．『易』曰: "履霜堅氷至."[14] 蓋微不可不防，漸[15]不可不杜．燭於未然者，哲人之大觀也；狃於已然者，庸人之陋見也．夫昧哲人之觀，而守庸人之見，豈不危哉? 今君自謂已治已平矣，而殊不知寸萌之千尋，濫觴[16]之滔天．且根本未固，而遽遊於翰墨之場、文史之域，日夜所親近者，陶泓、毛穎[17]輩四人[18]而已．又慨想今古英

---

이 두 가지 뜻이 중첩되어 있음.

6) 百體從令 : 주 1에 언급한 范浚의 「心箴」을 참조할 것.

7) 鳶飛之天, 魚躍之淵 : 『詩經』에 나오는 구절로, 『中庸』에도 인용되어 있음. 君子의 德化가 上下에 두루 미침을 뜻함.

8) 舜琴五絃 : 『史記』 「樂書」에 "昔者, 舜作五絃之琴"이라는 말이 보이며, 또 『韓詩外傳』에 "舜彈五弦之琴, 以歌南風, 而天下治"라는 말이 보임. 禮樂으로 나라를 다스렸음을 뜻함.

9) 堯階三尺 : 堯의 궁궐은 "土階三尺"이었다는 말이 『史記』에 보임. 지극히 검소한 생활을 했음을 뜻함.

10) 無欲虎而可縛 : 급히 눌러야 할 욕심도 없다. 『魏志』 「張邈傳」에 "布曰: '縛太急, 小緩之.' 太祖曰: '縛虎不得不急也'"라는 말이 보임. '縛虎'는 사납거나 포악한 자를 붙잡는 것을 이르는 말.

11) 無忿山而可摧 : 큰 분노도 없다. '摧山'은 큰 忿氣를 뜻함.

12) 主人翁 : 陸象山은 涵養이 主翁이고 省察이 奴僕이라고 했음.

13) 無妄之災 : 뜻하지 않은 재난.

14) 履霜堅氷至 : 『周易』의 坤卦 初六爻에 나오는 말.

15) 漸 : 前兆.

16) 濫觴 : 큰 江도 그 根源은 작은 잔을 띄울 정도의 小流라는 뜻. 『孔子家語』 「三恕」에 "孔子謂子路曰: '夫江始出岷山, 其源可以濫觴, 及至江津, 不舫楫, 不可以涉'"이라는 말이 보임.

雄, 使其憧憧來往於肺腑之間, 如此等輩, 作亂不難也. 願君上, 勉從丹衷,[19] 御以和平, 則可謂視於無形, 聽於無聲, 而庶免顚倒思余[20]之刺矣. 無任懇惻之至.

天君將疏覽訖, 虛懷容受, 而終不能已意於優游竹帛、[21] 嘯詠今古. 主人翁又來, 諫曰:

臣情踰骨肉, 義同休戚, 坐視危亂, 其可恝然? 夫論今吊古, 無補於存心,[22] 磨鉛揮翰, 何益於養性?[23] 蓋四端之中, 羞惡用事, 是非持論, 外與監察官[24]交通, 越分慷慨, 矯矯亢亢, 甚非所以安靜之道也. 然此固不可無, 而所不可偏者也. 譬若一陰一陽, 曰風曰雨, 無非天地之氣, 乖序則爲變, 失時則爲災. 可使陽舒陰慘, 風調雨若,[25] 正在燮理之如何耳. 願君上, 念參三[26]之大位, 想萬物之備我, 致中和[27]而參天地, 豈不大哉? 豈不美哉? 『書』[28]曰: "無偏無頗, 王道平平."[29] 願念玆在玆, 無怠無荒,[30]

---

17) 陶泓 · 毛穎 : 陶泓은 벼루, 毛穎은 붓.
18) 四人 : 벼루와 붓을 비롯하여 종이 · 먹 등 文房四友를 가리킴.
19) 丹衷 : 誠心.
20) 顚倒思余 : 『詩經』 陳風의 「墓門」이라는 시의 한 구절. 原詩에는 '余'가 '予'로 되어 있음.
21) 竹帛 : 文章.
22) 存心 : 타고난 올바른 마음을 보존함.
23) 養性 : 타고난 선한 본성을 기름.
24) 監察官 : '눈'을 가리킴.
25) 若 : '順'이라는 뜻.
26) 三 : 三才, 즉 天 · 地 · 人.
27) 中和 : 『中庸』에 "中也者, 天下之大本也. 和也者, 天下之達道也. 致中和, 天地位焉, 萬物育焉"이라는 말이 있음.

幸甚幸甚.

天君聽罷, 惻然引主人翁, 坐於半畝塘[31]邊, 下詔曰:

來! 汝春官仁, 夏官禮, 秋官義, 冬官智, 暨五官[32]七正,[33] 咸聽予言. 予受天明命, 不能顧諟,[34] 致令爾等, 久曠厥職, 或有不中規矩, 自以爲是, 激志高遠, 牽情浩蕩, 將有尊俎之越,[35] 豈無佩觿之刺[36]乎? 噫! 予一人有過, 無以汝等, 汝等有過, 在予一人.[37] 天理未泯, 不遠而復,[38] 宜與黽勉更始, 以續初載之治, 無忝予畀負之重.

---

28) 『書』: 『書經』.

29) 無偏無頗, 王道平平: 『書經』 「洪範」에 나오는 말. 『書經』의 원문에는 '頗'가 '陂'로 되어 있음.

30) 念兹在兹, 無怠無荒: 『書經』 「大禹謨」에 나오는 말.

31) 半畝塘: 마음이 있는 곳을 비유적으로 이르는 말. 朱子의 「觀書有感」詩 중 "半畝方塘一鑑開, 天光雲影共徘徊"에서 유래하는 말.

32) 五官: 耳, 目, 口, 鼻, 形을 가리킴.

33) 七正: 七情. 즉 喜, 怒, 哀, 樂(혹은 懼), 愛, 惡, 欲. 저본에는 '正' 뒤에 '音情'이라는 細注가 있음.

34) 顧諟: 『書經』 「太甲」에 "先王顧諟天之明命"이라는 말이 보임.

35) 尊俎之越: 직분에 맞지 않는 일을 하는 것. 『莊子』 「逍遙遊」의 "庖人雖不治庖, 尸祝不越尊俎而代之"라는 말에서 유래함. 尊은 술병, 俎는 희생을 담는 祭器로서, 모두 제사에 소용되는 것들임.

36) 佩觿之刺: 『詩經』 衛風의 「芄蘭」詩에 "芄蘭之支, 童子佩觿"라는 구절이 있음. 이 시는 衛나라 惠公이 거만하고 예의 바르지 못함을 풍자한 것이라 함.

37) 予一人有過~在予一人: 이는 『書經』의 다음 말을 흉내낸 것임. "其爾萬方有罪, 在予一人. 予一人有罪, 無以爾萬方"(「湯誥」); "白姓有過, 在予一人"(「泰誓」).

38) 不遠而復: 『周易』의 復卦 初九爻에 "不遠復"이라는 말이 보임.

僉曰: "兪." 乃遂改元, 曰復初.[39]

元年秋八月, 君與無極翁,[40] 坐主一堂,[41] 參究精微[42]之餘, 忽七正中, 有哀公[43]者來奏, 監察官與採聽官[44]合疏曰:

伏以玉宇[45]寥廓, 金風[46]凄冷, 凉生井梧, 露滴叢篁, 蛩吟而草衰, 鴈叫而雲寒, 葉落而有聲, 扇棄而無恩. 華潘岳[47]之鬢, 撩宋玉[48]之愁, 正是長安片月, 催萬戶之砧聲; 玉關孤夢,[49] 減一圍之裳腰; 潯陽楓葉荻花, 濕盡司馬之靑衫;[50] 巫山叢菊扁舟, 搔短工部之白髮.[51] 況夜雨偏入長門宮[52]孤枕, 霜月只爲燕子樓[53]一

39) 復初 : 처음의 本性으로 돌아감. 『莊子』「繕性」에 "繕性於俗學, 以求復其初"라는 말이 보임.

40) 無極翁 : 천지만물의 本源을 무극 혹은 태극이라 함. 周敦頤의 「太極圖說」에 "無極而太極"이라는 말이 보임.

41) 主一堂 : 『論語』의 朱子註에 "敬者, 主一無適之謂"라는 말이 보임.

42) 精微 : 『書經』「虞書」에 "人心惟危, 道心惟微, 惟精惟一, 允執厥中"이라는 말이 보임.

43) 哀公 : '哀'를 의인화한 것.

44) 採聽官 : '귀'를 가리킴.

45) 玉宇 : 天子의 궁궐, 혹은 하늘. 여기서는 후자의 뜻으로 쓰였음.

46) 金風 : 가을 바람. 가을은 五行으로 볼 때 金에 해당하므로 한 말임.

47) 潘岳 : 西晋의 文人으로 32세 때 귀밑머리에 흰 털이 보이자 「秋興賦」를 지었음. 美男으로 유명함.

48) 宋玉 : 戰國時代 楚의 詩人. 屈原의 제자로 「悲秋賦」 등 哀傷的이고 낭만적인 시를 썼음.

49) 長安片月~玉關孤夢 : 李白의 「子夜吳歌」에 "長安一片月, 萬戶擣衣聲. 秋風吹不盡, 總是玉關情. 何日平胡虜, 良人罷遠征"이라 했음. 玉關은 西域으로 나가는 관문.

50) 潯陽楓葉~司馬之靑衫 : 白樂天이 潯陽에 좌천되어 江州司馬로 있을 때 비파를 타는 한 여자를 만나 그녀를 소재로 「琵琶行」이라는 작품을 썼는데, 이 시 중에 "楓葉荻花秋瑟瑟", "江州司馬靑衫濕"이라는 구절이 있음. 潯陽은 지금의 江西省 九江.

51) 巫山叢菊~工部之白髮 : 工部는 杜甫가 지낸 벼슬 이름. 두보의 「秋興 八首」

人. 楚蘭香盡, 青楓瑟瑟; 湘妃淚乾, 斑竹蕭蕭.[54] 是不知愁因物愁, 物因愁愁. 愁而不知所以愁, 又焉知所以不愁也? 且不知見而愁耶? 聽而愁耶? 實不知其故. 臣等俱忝職司, 不敢隱諱, 謹以煩瀆.

天君覽了, 便悠然[55]不樂. 無極翁, 乃不辭而去.

君命駕意馬,[56] 周流八極,[57] 欲效周 穆王故事,[58] 被主人翁叩馬苦諫,[59] 而駐於半畝塘邊. 有膈縣[60]人, 來報曰: "近日胷海[61]波動, 泰､華山[62]移來海中, 望見山中, 隱隱有人, 無

---

第一首에 "玉露凋傷楓樹林, 巫山巫峽氣蕭森. 江間波浪兼天湧, 塞上風雲接地陰. 叢菊兩開他日淚, 孤舟一繫故園心. 寒衣處處催刀尺, 白帝城高急暮砧"이라 했으며, 또 「春望」詩에 "白頭搔更短, 渾欲不勝簪"이라 하였음.

52) 長門宮 : 武帝의 陳皇后가 失寵하여 거처한 궁궐.

53) 燕子樓 : 누각 이름. 江蘇省 銅山縣에 있었음. 唐나라 尙書 張愔에게 歌舞에 능한 關盼盼이라는 애첩이 있었는데, 그녀는 張愔이 죽은 후에도 절개를 지켜 이 누각에 살았다. 白樂天은 이를 소재로 「燕子樓 三首」를 지은바, 그 第一首에 "滿窓明月滿簾霜, 被冷燈殘拂臥牀. 燕子樓中霜月夜, 秋來只爲一人長"이라 하였음.

54) 湘妃淚乾, 斑竹蕭蕭 : '湘妃'는 舜의 二妃인 娥皇과 女英. 舜임금이 죽자 슬피 울다 湘水에 몸을 던져 水神이 되었으며, 그 후 湘水가에는 눈물자국이 있는 斑竹이 돋아 자랐다는 전설이 있음.

55) 悠然 : 걱정하는 모습.

56) 意馬 : '意'를 사물화한 말. 번뇌나 망상 등으로 마음이 산란하여 안정을 잃은 것을 '心猿意馬'라 함. 『參同契』의 注에 "心猿不定, 意馬四馳, 神氣散亂於外"라는 말이 보임.

57) 八極 : 八方, 즉 온 천하.

58) 周穆王故事 : 周나라 穆王이 여덟 마리 駿馬를 타고 천하를 周遊했다는 고사가 있음.

59) 叩馬苦諫 : 武王이 殷나라를 치러 나갈 때 伯夷·叔齊가 "叩馬而諫"했다는 말이 『史記』「伯夷列傳」에 보임.

60) 膈縣 : 天君, 즉 心이 橫膈膜 위에 있다고 보아 '膈'을 地名에 빗대어 한 말.

61) 胷海 : '胷'을 바다에 빗대어 한 말.

慮千萬. 此等變恠, 甚是非常." 正嗟訝之間, 遙望數人行吟而來, 看看漸近, 只是兩箇人. 那先行的人,[63] 顔色憔悴, 形容枯槁,[64] 冠切雲[65]帶長劍, 芰荷衣[66]椒蘭[67]佩, 眉攢憂國之愁, 眼滿思君之淚, 無乃痛懷王[68]而恨上官[69]者耶? 尾來的人, 神凝秋水, 面如冠玉, 楚衣楚冠, 楚聲楚吟, 莫是一生唯事楚 襄王者[70]耶? 俱來拜於君曰: "聞君高義, 特來相訪. 但天地雖寬, 而吾輩自不能容焉. 今見君, 心地頗寬, 願借磊磈[71]一隅, 築城爰處, 不知君肯容接否." 君乃斂袵愀然曰: "男兒襟袍, 古今一也. 吾何惜尺寸之地,[72] 而不爲之所乎?" 遂下詔曰: "任他來投, 監察官知道;[73] 任他築城, 磊磈公知道." 二人拜謝, 向胷海邊去了. 自是之後, 君思想二人, 不能忘懷, 長使出納官,[74] 高詠『楚辭』, 更不管攝他事.

---

62) 泰・華山 : 泰山과 華山.
63) 那先行的人 : 屈原을 가리킴.
64) 顔色憔悴, 形容枯槁 : 『楚辭』의 「漁父」에 나오는 말.
65) 切雲 : 冠의 이름. 『楚辭』의 九章 「涉江」에 "冠切雲之崔嵬"라는 말이 보임.
66) 芰荷衣 : 연잎을 엮어 만든 옷으로 隱者가 입음. 『楚辭』의 「離騷」에 "製芰荷以爲衣"라는 구절이 보임.
67) 椒蘭 : 椒나 蘭은 모두 香草로서, 덕이 있고 고결한 사람을 비유함.
68) 懷王 : 전국시대 楚나라 왕. 大夫의 벼슬에 있던 屈原이 그를 諫하다가 다른 벼슬아치들의 참소를 입어 조정에서 쫓겨났다.
69) 上官 : 屈原을 참소한 上官大夫를 가리킴.
70) 一生唯事楚襄王者 : 楚나라 襄王을 섬겼던 宋玉을 가리킴. 그는 屈原의 弟子로 알려져 있음.
71) 磊磈 : 원래 돌이 많이 쌓인 모양을 형용하는 말인데, 轉하여 가슴속의 불평을 뜻하기도 함. 여기서는 이 두 가지 뜻이 중첩되어 있음.
72) 尺寸之地 : 마음을 '方寸'이라고 함.
73) 知道 : 알아서 하다. 알아서 조처하다.
74) 出納官 : '입'을 가리킴.

秋九月, 君親臨海上, 觀望築城, 只見萬縷寃氣、千疊愁雲, 前古忠臣義士, 及無辜逢殘之人, 零零落落, 往來於其間. 中有秦太子扶蘇,[75] 曾監築長城, 故與蒙恬[76]役硎谷[77]坑儒四百餘人, 勿亟經始, 不日有成. 其爲城也, 積不煩於土石, 役何勞於轉輸? 以爲大也, 則所寄之窄[78]; 以爲小也, 則所包之多. 若無而有, 不形而形. 北據泰山, 南連滄海, 地脉正自峩眉山[79]來, 碖硱[80]磊落, 愁恨所聚, 故名之曰愁城. 城中有吊古臺, 城有四門, 一曰忠義門, 一曰壯烈門, 一曰無辜門, 一曰別離門.

於是天君, 自丹田[81]渡海,[82] 洞開四門, 御于吊古臺上. 于時悲風颯颯, 苦月凄凄, 各門之人, 含怨抱憤, 一擁而入. 天君慘然而坐, 命管城子,[83] 記其萬一.

---

75) 扶蘇 : 秦始皇의 長子. 秦始皇의 미움을 받아 만리장성을 쌓는 곳으로 보내져 그것을 감독하는 일을 맡아보았는데 秦始皇이 죽은 후 宦官 趙高의 농간으로 賜死되었다.

76) 蒙恬 : 秦始皇 때의 명장으로, 匈奴를 정벌하고 만리장성을 쌓았다. 秦始皇이 죽은 후 趙高 등에 몰려 賜死되었다.

77) 硎谷 : 陝西省 臨潼縣의 驪山에 있는 골짜기 이름. 秦始皇 때 이곳에 坑儒했다고 함.

78) 所寄之窄 : 근심, 즉 愁城이 있는 곳은 마음인데, 마음은 '方寸'밖에 되지 않으므로 한 말임.

79) 峩眉山 : 峨嵋山이라고도 씀. 四川省 峨眉縣에 있음. 여기서는 눈썹인 '蛾眉'를 가리킴.

80) 碖硱 : 돌이 울퉁불퉁한 모양.

81) 丹田 : 인체에 上·中·下 세 개의 丹田이 있는데, 여기서는 심장의 밑부분인 中丹田을 가리킴.

82) 海 : 胸海, 즉 가슴을 가리킴.

83) 管城子 : 붓의 의인화. 唐나라 韓愈의 「毛穎傳」에서 나온 말.

管城子受命而退, 含淚而立, 先見忠義門中, 秋霜凜凜, 烈日下臨, 爲首兩人, 一則殞首於瓊宮之癸,[84] 一則剖心於炮烙[85]之受,[86] 非龍逄、[87]比干[88]而誰? 中有黃屋[89]左纛,[90] 貌類漢高[91]者, 應是紀將軍[92]; 綸巾鶴氅,[93] 手持白羽[94]者, 豈非諸葛武侯?[95] 雍齒[96]封侯, 曹丕[97]稱帝, 義士之憤, 英雄之恨, 當復如何? 鴻門[98]宴罷, 玉斗如雪,[99] 忠憤激烈, 至

84) 癸 : 履癸. 夏나라 마지막 왕인 桀의 이름. 폭군으로 유명함.
85) 炮烙 : 炮烙之刑. 불에 달군 쇠기둥 위를 걷게 하는 형벌. 殷나라 紂王이 사용했음.
86) 受 : 殷나라 紂王의 이름.
87) 龍逄 : 夏나라 桀王의 신하 關龍逄. 桀王의 無道함을 諫하다가 피살됨.
88) 比干 : 殷나라 紂王의 숙부. 紂의 음란함을 諫하다가 피살되었다. 紂는 "聖人의 심장은 구멍이 일곱이라는 말을 들었다"면서 比干을 죽인 다음 그 심장을 꺼내 보았다고 한다.
89) 黃屋 : 천자의 車蓋. 황색의 비단으로 만들었음.
90) 左纛 : 임금의 수레 왼쪽 위에 세운 旗.
91) 漢高 : 漢나라 高祖.
92) 紀將軍 : 漢 高祖의 武將인 紀信을 가리킴. 漢 高祖가 滎陽에서 項羽의 군사들에 포위되어 위급할 때, 漢 高祖와 얼굴이 비슷하게 생긴 紀信이 漢 高祖 대신 黃屋에 타 적에게 거짓 항복하여 高祖를 살렸다. 항우는 속은 것을 알고는 기신을 불에 태워 죽였다.
93) 綸巾鶴氅 : 綸巾은 비단으로 만든 두건으로, 제갈공명이 썼음. 鶴氅은 학의 羽毛로 만든 옷.
94) 白羽 : 白羽扇.
95) 諸葛武侯 : 諸葛亮.
96) 雍齒 : 漢 高祖가 천하를 얻은 다음 張良의 계략을 써서 자기가 가장 미워하는 雍齒를 먼저 제후에 봉하여 다른 여러 장수를 안심시킨 일이 있음.
97) 曹丕 : 曹操의 長子로, 後漢을 滅하고 魏를 세웠음.
98) 鴻門 : 陝西省 臨潼縣의 땅 이름. 漢 高祖 劉邦과 項羽가 여기서 會見한 적이 있음.
99) 玉斗如雪 : 玉斗는 옥으로 만든 술을 뜨는 기구. 鴻門宴에서 項羽의 신하 范亞父는 劉邦을 죽이려는 계교를 꾸몄는데, 劉邦의 신하 張良이 이를 간파하여 劉邦은 화를 면할 수 있었다. 劉邦이 몸을 피한 후 張良이 그를 대신해 항우와

死不二者, 范亞父也; 騎赤免馬,[100] 提青龍刀, 綠袍長髯, 矯矯雄風, 一陷阿蒙之手,[101] 恨不得平呑江東[102]者, 關雲長也. 長嘯越石,[103] 擊楫士稚,[104] 齎志而逝, 天地無情. 其後, 有張巡、許遠、雷萬春、南霽雲,[105] 人人忠壯, 箇箇義烈, 胡塵蔽日, 列郡風靡, 睢陽城中, 一何多男子也? 指血不能動賀蘭,[106] 而箭羽能沒於浮屠, 是何誠貫於石, 而不感於人也? 冤哉痛哉! 人又有頑甚於石者乎? 岳武穆,[107] 精忠旗偃, 空負背字;[108] 宗留守,[109] 過河聲殘, 出師未捷, 天何默

---

범아부에게 白璧一雙과 玉斗一雙을 바쳤는데, 범아부는 계책이 실패로 돌아간 데 대해 성이 나 칼을 뽑아 玉斗를 부숴버린 일이 『史記』「項羽本紀」에 나온다.

100) 赤免馬 : 關羽가 탔다는 駿馬.

101) 一陷阿蒙之手 : 中國 三國時代 孫權의 부하 장수 呂蒙을 孫權이 농담으로 '吳下阿蒙'이라 부른 일이 있음. '阿蒙'은 '아이'라는 뜻. '一陷阿蒙之手'는 關羽, 즉 關雲長이 呂蒙의 꾀에 빠져 죽은 일을 가리킴.

102) 恨不得平呑江東 : 『三國志演義』에 "關上張飛恨不得平呑馬超"라는 말이 보임. 저본에는 '平'이 없으나 이본에 의거해 보충했음.

103) 越石 : 晋나라 劉琨의 字. 胡軍에 포위되었을 때 劉琨이 城樓에 올라 휘파람을 부니 그 소리의 처연함에 胡軍이 포위를 풀고 떠났다는 고사가 『晋書』「劉琨傳」에 나옴.

104) 士稚 : 저본에는 '稚'가 '雅'로 되어 있음. 士稚는 晋나라 祖逖의 字. 祖逖은 劉琨과 친구로서, 일찍이 강을 건너가면서 칼로 삿대를 치며 中原을 평정하고 돌아올 것을 맹세했다는 고사가 『晋書』「祖逖傳」에 나옴.

105) 張巡~南霽雲 : 唐나라 玄宗時 安祿山의 亂 때 河南省의 睢陽城을 지키며 최후까지 싸우다가 城이 함락되자 순절한 장수들 이름.

106) 賀蘭 : 唐나라 御史大夫 賀蘭進明. 睢陽城 싸움 당시 그는 節度使의 직책에 있었다. 張巡의 명에 따라 南霽雲은 성 근처에 大軍을 거느리고 있던 賀蘭에게 구원을 요청했으나 賀蘭은 거절했다. 이에 南霽雲은 자신의 손가락 하나를 끊고 나오면서 石浮屠에 활을 쏘아 보이며, 적을 깨뜨리고 돌아와 꼭 賀蘭을 멸하겠노라고 맹세했는데, 그가 쏜 화살은 그 깃부분까지 돌에 박혔다고 한다. 『新唐書』「張巡傳」 및 韓愈의 『昌黎集』「張中丞傳 後叙」 참조.

107) 岳武穆 : 南宋의 장군 岳飛. 武穆은 그 諡號.

108) 空負背字 : 岳飛는 등에다 "盡忠報國" 4자를 새겼다는 말이 『宋史』「岳飛傳」

默?[110] 衣帶有贊, 從容就死, 可憐文天祥;[111] 背負六尺, 與國偕亡, 哀哉陸秀夫.[112] 最後有衣冠似異於華制者, 或以一身, 任五百年綱常之重,[113] 鸞坡學士、[114]虎頭將軍,[115] 五六爲羣, 昂昂而來. 此外悠悠今古, 忘身殉國, 就義成仁者, 難以悉記.

次見壯烈門中, 疾雷一聲, 陰風慘慘, 當先一人乘白馬橫屬鏤,[116] 怒氣如浙江潮急,[117] 乃是生全忠孝伍子胥也. 更有氣作長虹, 死酬知己, 撫尺八匕首, 吟壯士之歌者, 荊卿[118]

에 보임.

109) 宗留守 : 宋末에 開封 留守였던 宗澤을 지칭함.

110) 過河聲殘~天何默默 : 宋나라의 충신 宗澤이 병으로 죽으면서 諸葛亮을 노래한 杜甫의 시 가운데 "出師未捷身先死, 長使英雄淚滿襟"의 구절을 읊은 다음, "황하를 건너자!"(過河)는 말을 세 번 부르짖고는 숨을 거두었다는 고사가 『宋史』「宗澤傳」에 나옴.

111) 文天祥 : 宋나라의 충신. 燕京에서 죽임을 당할 때 그 衣帶 중에 "孔曰成仁, 孟曰取義, 惟其義盡, 所以仁至. 讀聖賢書, 所學何事? 而今而後, 庶幾無媿"라는 自贊이 씌어 있었다는 사실이 『宋史』「文天祥傳」에 나옴.

112) 陸秀夫 : 宋末의 충신. 厓山이 함락되자 어린 임금 趙昺을 등에 업고 바다로 뛰어들어 죽었다는 사실이 『宋史』「陸秀夫傳」에 나옴.

113) 之重 : 저본에는 없으나 이본에 의거해 보충했음.

114) 鸞坡學士 : 翰林學士의 異稱. 여기서는 성삼문 등 사육신 중 집현전 학사를 지낸 이들을 가리키는 것으로 추정됨.

115) 虎頭將軍 : 유응부를 가리키는 것으로 추정됨.

116) 屬鏤(촉루) : 촉루검. 吳王 夫差가 그 신하 伍子胥에게 자결하라고 준 칼.

117) 怒氣如浙江潮急 : 吳王 夫差는 伍子胥의 시체를 鴟夷子皮에 담아 강에 버렸는데, 훗날 吳人들은 浙江에 怒潮가 들면 鴟夷子皮가 올라오는 것으로 여겼다고 함.

118) 荊卿 : 戰國時代末의 자객 荊軻. 燕나라 太子 丹의 부탁으로 匕首를 품고 진시황을 죽이러 갔는데, 송별의 자리에서 "風蕭蕭兮易水寒, 壯士一去兮不復還"이라는 노래를 불렀다는 고사가 있음. 저본에는 '卿'字가 둘인데 하나는 衍字임. 荊軻는 衛나라에서는 慶卿이라 불리고 燕나라에서는 荊卿이라 불렸는데 '慶'과 '荊'의 음이 비슷한 까닭에 나라에 따라 달라진 것임. '卿은 존칭.

也. 西楚覇王,[119] 以烏騅[120]一騎, 橫行天下, 八年干戈, 夢斷烏江[121]之波; 淮陰男子,[122] 感解衣之恩,[123] 連百萬之衆, 戰勝攻取,[124] 鳥盡弓藏, 竟死兒女之手.[125] 可惜! 孫伯符,[126] 人稱小覇王, 雄據江東, 虎視天下, 而落魄庸人之彀, 遺恨東流;[127] 苻堅[128]以雄師百萬, 銳意投鞭, 而心警八公之草木, 卒遺養虎之患.[129] 嗚呼! 當群雄蜂起之秋, 成則帝王, 敗則盜賊. 若騎牛讀『漢書』者,[130] 亦一時豪傑也. 仙李[131]春暮,

---

119) 西楚覇王 : 項羽.

120) 烏騅 : 烏騅馬. 항우가 타고 다니던 말.

121) 烏江 : 中國 安徽省에 있는 강. 項羽가 劉邦의 군대에 쫓겨 자살한 곳임.

122) 淮陰男子 : 淮陰人인 韓信을 지칭함. 그는 漢 高祖의 대장으로서 천하통일에 큰 공을 세웠으나 훗날 모반죄로 잡혀 죽었다.

123) 感解衣之恩 : 『史記』 「淮陰侯傳」에 "漢王遇我甚厚, (……) 衣我以其衣"라는 말이 보임.

124) 戰勝攻取 : 『史記』 「高祖本紀」에 "連百萬之軍, 戰必勝攻必取, 吾不如韓信"이라는 말이 보임.

125) 鳥盡弓藏~兒女之手 : 『史記』 「淮陰侯傳」에 "狡免死, 良狗烹. 高鳥盡, 良弓藏"이라는 말과 "乃爲兒女子所詐"라는 말이 보임. 한신은 高祖의 妃인 呂后의 꾀에 빠져 붙잡혀 죽임을 당했음.

126) 孫伯符 : 三國時代 吳나라 孫權의 兄인 孫策. 伯符는 그 字.

127) 落魄庸人~遺恨東流 : 孫策이 자기가 죽인 許貢의 客이 쏜 화살에 목숨을 잃은 일이 『三國志』의 吳書 「孫策傳」에 나옴.

128) 苻堅 : 東晋 때 五胡十六國의 하나인 前秦의 군주. 그가 다스리던 前秦은 五胡 중 가장 강성했음. 저본에는 '苻'가 '符'로 되어 있음.

129) 以雄師百萬~養虎之患 : 부견이 100만의 군대를 동원해 晋나라를 공격했는데, 처음에 晋軍이 얼마 안 되는 줄 알고 얕잡아보다가 謝玄이 이끄는 晋의 大軍이 나타나 공세를 펼치자 놀라서 근처 八公山의 초목까지도 전부 晋軍인 줄 알았다는 고사가 있음. 이 싸움에서 패배한 후 慕容垂가 이반하고 姚萇이 반란을 일으켜 부견은 목숨을 잃는다. '養虎之患'은, 부견이 일찍이 慕容暐·慕容垂 등을 중용하매 이를 위태롭게 여긴 苻融이 "臣愚以爲猛獸不可養, 狼子野心"이라 忠諫한 데서 나온 말이다. 『晋書』 참조.

130) 若騎牛讀漢書者 : 隋末 唐初의 李密을 가리킴. 그는 牛角에다 『漢書』를 걸어 소를 타고 가며 읽었다고 한다. 隋末 群雄의 一人이었으며, 唐에 歸附했으

一榻[132]之外, 都是長蛇封豕,[133] 李克用,[134] 以沙陀[135]之種, 心存王室, 志切除殘, 而朱溫[136]御宇,[137] 悒悒而卒. 其餘雄圖未遂, 功業墜虛, 而亦不可以成敗論者, 不可盡錄. 但門外有兩人, 趑趄不敢入, 相對泣下. 一人乃漢別將李陵[138]也. 曾以半萬步卒, 摧四十萬虜騎, 勢窮降虜, 將欲有爲, 而漢滅其族, 陵不得歸; 一人乃荊梁都督桓溫[139]也. 平乘北望之嘆,[140] 似若有英雄之志, 而遺臭之言,[141] 九錫之請,[142] 何其畜不臣之心也? 降將軍、反都督,[143] 何爲於此也? 無乃英

---

나 곧 반란을 일으켜 잡혀 죽었다.

131) 仙李 : 唐나라 천자의 성이 李氏였기에 한 말.

132) 一榻 : 御榻.

133) 長蛇封豕 : '封豕'는 큰 돼지. 唐末에 군웅이 할거한 것을 가리킨 말.

134) 李克用 : 唐末 五代의 인물. 아버지가 돌궐족이었는데 唐에 귀화하여 李姓을 받았다. 黃巢의 亂을 진압하는 데 공을 세워 晋王에 봉해졌으며, 끝까지 唐 왕실에 충성했다. 아들 存勖은 後唐을 세웠다.

135) 沙陀 : 西突厥의 부족 이름.

136) 朱溫 : 朱全忠. '全忠'은 唐 僖宗이 賜한 이름이고, 원래 이름은 '溫'. 唐의 천자를 시해하고, 後梁을 세웠음.

137) 御宇 : 帝位에 등극함.

138) 李陵 : 漢 武帝 때의 장군으로, 오천 명의 군사로써 흉노의 대군과 싸우다가 포로가 되었다. 이릉은 포로가 된 후 흉노의 정세를 탐지하여 조정에 알리고자 했으나, 무제가 자신의 三族을 멸한 것을 알고 單于의 딸을 아내로 맞아 그곳에서 살다가 죽었다.

139) 桓溫 : 晋의 장군으로 北伐을 하여 여러 번 공을 세웠다. 나라를 빼앗으려는 야심이 있었으나 뜻을 이루지 못하고 죽었다.

140) 平乘北望之嘆 : '平乘'은 '平乘樓'. 환온이 北伐 중 平乘樓에 올라 북쪽을 바라보면서, 오늘날 中原이 오랑캐에 점령되어 황폐해진 것은 王衍 등의 책임이라고 탄식한 일이 『晋書』 「桓溫傳」에 보임.

141) 遺臭之言 : 환온은, 流芳百世하지 못하면 遺臭萬載라도 해야 한다는 말을 했음.

142) 九錫之請 : '九錫'은 큰 공을 세운 신하에게 임금이 특별히 내리는 아홉 가지 恩典. 환온이 그것을 청했음.

靈之追悔乎?

次見無辜門中, 雲愁霧慘, 雨冷風凄, 無數冤精, 或貴或賤, 或多或少,[144] 相聚而來, 有四十萬爲屯而至者, 長平 趙卒[145]也; 有三十萬爲屯而銳頭將軍[146]爲首者, 新安 秦卒[147]也. 蓋白起, 元來秦將, 故依舊爲帥. 高陽酒徒,[148] 憑三寸之舌, 下七十之城, 事勢蹉跎, 無罪鼎鑊. 戾園前星,[149] 憤趙虜之奸,[150] 犯當笞之罪,[151] 湖上高臺, 空灑望思之淚而已. 酒後耳熱, 拊缶而歌, 何預於世, 而至於腰斬? 慘哉! 平通侯 楊惲.[152] 況激濁揚

143) 降將軍反都督 : '降將軍'은 李陵을 '反都督'은 桓溫을 가리킴.

144) 少 : 저본에는 '小'로 되어 있음.

145) 長平趙卒 : '長平'은 戰國時代 趙나라의 고을 이름으로, 지금의 山西省 高平縣. 秦의 장군 白起가 이곳에서 趙나라 군사를 깨뜨린 후 그 降卒 40만 명을 생매장시킨 일이 있음.

146) 銳頭將軍 : 白起를 지칭함.

147) 新安秦卒 : 新安은 河南省에 있는 縣名인데, 項羽가 秦의 降卒 20만 명을 이곳에 생매장시킨 일이 있음.

148) 高陽酒徒 : 漢 高祖의 신하 酈食其(역이기)를 가리킴. 그는 원래 高陽 땅의 술꾼이었는데, 漢 高祖를 위하여 齊나라를 달래어 漢나라에 항복하게 만들었다. 그러나 나중 漢의 장수 韓信이 齊를 공격하자 齊나라에서는 역이기를 잡아 솥에 삶아 죽인 일이 있다.

149) 戾園前星 : 戾園은 漢 武帝의 아들인 衛太子의 무덤 이름. 前星은 太子의 별로서, 황태자의 異稱임. 戾園前星은 곧 衛太子를 지칭함.

150) 趙虜之奸 : 趙나라에서 죄를 짓고 漢나라로 도망온 江充을 가리킴. 그는 漢 武帝와 太子의 사이를 이간하고 태자를 모함했는데, 태자는 분을 이기지 못하고 군대를 동원해 강충을 베어 죽였음. 이 일로 태자는 달아나다가 자살했음.

151) 當笞之罪 : 高寢郎인 田千秋가 衛太子의 죽음과 관련해 무제에게 상소하기를, "子弄父兵, 罪當笞. 天子之子過誤殺人, 當何罪哉?"라며 태자의 伸寃을 청하니, 무제가 이에 감동하여 죽은 태자를 애도하는 뜻에서 湖上에 望思臺를 지은 일이 있음.

152) 楊惲 : 前漢 宣帝 때의 인물. 사마천의 외손자임. 말을 함부로 한 죄로 조정에서 쫓겨나 庶人이 되었다. 그 뒤 친구 孫會宗에게 보낸 答書 중에 들어 있던 "酒後耳熱, 仰天拊缶, 而呼烏烏"라는 구절이 문제가 되어 체포된 후 대역무도

淸, 多士濟濟, 何害於時, 而置於廢死? 怨哉! 范孟博諸人.[153) ]且李敬業·駱賓王,[154)] 憤不顧身, 謀復故主,[155)] 通天之義, 貫古之忠, 而事誤捐軀. 神乎鬼乎! 此人何辜? 噫噫悲哉! 士君子, 一身盡職而已, 死何憾焉? 此中最有恨同古今, 憤切幽明, 苦苦哀哀, 不忍言不忍言者, 齊王客於松柏,[156)] 楚帝死於江中.[157)] 移國亦足, 置死那忍? 忠臣之淚不盡, 烈士之恨有旣?[158)] 管城子到此心亂, 不能一一條列.

次見別離門中, 斜陽暮草, 去去來來, 生離死別, 黯然銷魂. 最可恨者, 漢家天子, 禦戎無策, 公主·昭君,[159)] 相繼遠

---

죄로 허리를 베이는 형벌을 당했다.

153) 范孟博諸人 : '孟博'은 范滂의 字. 後漢末 靈帝 때 范孟博 등 淸士들이 서로 어울려 탁한 풍조를 배격하고 훌륭한 사람을 치켜올렸는데, 이를 두고 간신들이 조정을 비방하고 풍속을 어지럽히는 일이라고 임금에게 참소함으로써 수백 명의 黨人이 체포되어 처형되거나 廢禁되었다. 범맹박도 이때 목숨을 잃었다.

154) 李敬業·駱賓王 : 唐나라 則天武后 때의 인물들. 이경업은 名將 李勣의 손자로, 武后가 中宗을 廢한 후 스스로 황제가 되자 武后를 토벌하려다 실패하여 죽었으며, 낙빈왕은 唐初의 대표적 문학가의 1인으로서, 이경업이 군사를 일으켜 무후를 토벌하려 하자 그에 가담하여 檄文을 지었다. 낙빈왕은 亂이 실패한 후 달아났다는 말도 있고, 죽었다는 말도 있다.

155) 故主 : 측천무후가 폐위시킨 中宗을 가리킴.

156) 齊王客於松柏 : 戰國末 齊나라 왕 王建이 秦나라에 매수된 姦臣과 賓客의 말을 듣고 秦나라에 항복하였다가 共縣의 松柏 사이에 옮겨져 굶어 죽은 일이 『戰國策』「齊策」에 나옴.

157) 楚帝死於江中 : 秦 末期에 江東에서 起兵한 楚의 장군 項梁이 민심을 좇아 옛 楚 懷王의 손자 心을 세워 楚 懷王이라 칭하였다가 훗날 義帝라고 높였는데, 項梁의 조카 項羽가 그를 江中에서 죽였음. 金宗直은 「弔義帝文」을 지어 首陽大君이 端宗의 왕위를 찬탈한 일을 寓意한 적이 있음.

158) 有旣 : 다함이 있겠는가. 다함이 없다는 뜻.

159) 公主·昭君 : 漢 高祖가 王建의 딸 細君을 공주라 하여 烏孫王 昆莫에게 시집보낸 이래 흉노와의 화해를 위해 漢나라 왕실에서는 흉노와 혼인 관계를 맺는 일이 많았음. '昭君'은 곧 王昭君인데, 元帝 때의 後宮으로서 대단한 미인

嫁, 漢宮粧、胡地妾, 薄命幾何? 琵琶絃、「鴻鵠歌」,[160] 遺恨到今. 關月[161]留青塚之境,[162] 邊鴻斷故國之信. 子卿[163]看羊海上, 十年持節,[164] 白首言旋,[165] 茂陵秋雨.[166] 令威[167]化鶴雲中, 千載歸家, 物是人非, 塚上苦月, 雖仙凡有殊, 而別意一也. 竹宮[168]煙中, 不言不笑,[169] 腸斷秋風之客;[170] 馬嵬

---

이었지만 흉노에게 시집가야 했음. 왕소군의 일은 과거 중국과 한국의 시인들이 즐겨 시로 읊었음.

160) 琵琶絃·「鴻鵠歌」: '琵琶絃'은 왕소군이 흉노에게 시집가기 위해 胡地로 떠나면서 馬上에서 비파를 타 자신의 恨을 드러낸 것을 말하며, '鴻鵠歌'는 漢나라 공주가 烏孫王 昆莫에게 시집가서 고향을 그리워하며 부른 노래인데, 보통 「烏孫公主歌」라 함.

161) 關月: 關門에 비치는 달. 즉 변방에 뜬 달.

162) 青塚之境: 青塚은 왕소군의 무덤. 胡地에는 白草밖에 없는데 왕소군의 무덤에는 青草가 났다고 하여 青塚이라 불렸다고 함. 저본에는 '境'이 '鏡'으로 되어 있음.

163) 子卿: 漢 武帝 때의 인물인 蘇武. 子卿은 그 字. 그는 무제 때 흉노에 사신으로 갔다가 억류되어 北海 근처에서 양을 치며 목숨을 부지했음.

164) 十年持節 : 소무는 북해에 있을 때 漢나라 사신의 旗를 짚고 양을 쳤으며, 坐臥間에 그것을 놓지 않았다고 함. '節'은 旗.

165) 白首言旋: '言'은 별 뜻이 없는 助字. 소무는 19년 만에 漢나라로 돌아왔는데, 사신 갈 때는 强壯했는데 돌아올 때는 머리가 허옇게 세었다고 함.

166) 茂陵秋雨: 茂陵은 武帝의 陵. 소무가 돌아왔을 때는 이미 武帝가 죽고 昭帝가 즉위해 있었음.

167) 令威: 漢나라 때의 遼東人 丁令威. 靈虛山에서 仙術을 닦아 千年 만에 鶴이 되어 고향 요동으로 돌아와 華表柱 위에 앉자 한 소년이 활로 쏘려 하므로, "有鳥有鳥丁令威, 去家千年今始歸. 城郭如故人民非, 何不學仙冢纍纍?"라고 말하고는 날아갔다는 고사가 『搜神後記』에 보임.

168) 竹宮: 漢 武帝가 甘泉宮에 둔 祠宮의 이름. 대로 만들었기에 붙인 이름임. 무제는 자기가 사랑하던 李夫人이 젊은 나이에 죽자 그 초상을 竹宮에 두고 추모했음.

169) 竹宮煙中, 不言不笑: 무제는 이부인을 잊지 못해 方士로 하여금 그 혼령을 불러오게 하였는데, 당시 이부인의 모습이 장막 너머에 어른거렸다는 고사가 『漢書』의 「外戚傳」에 보임.

170) 秋風之客: 무제를 가리킴. 무제가 「秋風辭」를 지은 적이 있기에 한 말임.

坡[171]下, 玉碎花飛, 傷心遊月之郎.[172] 乃有生長深閨, 嫁與燕兒,[173] 豈料重功名輕離別? 負白羽征青海,[174] 夏之日、冬之夜, 余美亡誰與處?[175] 愁銷玉頰, 恨悴花容. 寒梅雖折, 驛使難逢.[176] 錦字已成,[177] 琴高無便,[178] 青樓捲簾, 打起黃鶯[179]而已. 又有君王寵歇, 久閉長信,[180] 遠別離無奈何, 近別離當若爲? 空階苔長, 玉輦不來, 半窓螢度, 金殿無人,[181] 寧乏買賦之金,[182] 徒羨寒鴉之色[183]而已. 悶悶哉! 香魂夜

171) 馬嵬坡 : 陝西省에 있는 지명. 安祿山의 亂 때 唐 玄宗이 蜀으로 피난가던 도중 군사들의 강요에 못이겨 楊貴妃를 죽게 한 곳.

172) 遊月之郎 : 唐 玄宗을 가리킴. 현종이 양귀비와 함께 달밤에 꽃구경을 하며 풍류를 즐긴 적이 있기에 한 말.

173) 燕兒 : 미상.

174) 青海 : 青海省의 동북부에 있는 큰 호수. 티벳에 가까움.

175) 夏之日~誰與處 : 『시경』 唐風의 「葛生」에 "予美亡此, 誰與獨處", "夏之日、冬之夜, 百歲之後, 歸于其居"라는 구절이 보임.

176) 寒梅雖折~驛使難逢 : 三國時代 吳나라 陸凱가 "折梅逢驛使, 寄與隴頭人. 江南無所有, 聊贈一枝春"이라는 시를 읊었음. 驛使는 驛站의 遞夫로서, 편지나 문서 등을 전달하는 일을 맡았음.

177) 錦字已成 : 前秦의 竇滔가 任地에서 첩과 지내며 妻인 蘇蕙를 돌보지 않자 蘇蕙가 비단에 廻文詩 200여 수를 새겨 보내 그 마음을 감동시켰다는 고사가 있음.

178) 琴高無便 : 琴高는 周代의 趙나라 사람으로 신선술을 배워 잉어를 타고 승천했다는 전설이 있음. '琴高無便'이란 '琴高의 잉어가 없다'는 말이니, 곧 편지를 전할 자가 없다는 뜻임. 옛날에 잉어가 편지를 전한 고사가 있기에 한 말임.

179) 打起黃鶯 : "打起黃鶯兒, 莫教枝上啼. 啼時驚妾夢, 不得到遼西"(『唐詩選』에 실린 無名氏의 「伊州歌」)에서 따온 말.

180) 長信 : 長信宮. 漢나라의 궁궐 이름. 后妃가 거처했음.

181) 半窓螢度, 金殿無人 : 李白의 「長門怨」이라는 시에 "金屋無人螢火流"라는 구절이 있음.

182) 買賦之金 : 漢 武帝가 陳皇后를 멀리하여 長門宮에 거처하게 하매 陳皇后가 司馬相如에게 황금 百斤을 주고 자신의 슬픔을 표현한 賦를 짓게 하여 그 글로써 무제의 마음을 돌이켰다는 고사가 있음.

183) 寒鴉之色 : 王昌齡의 「長信秋詞」라는 시에 "玉顏不及寒鴉色, 猶帶昭陽日影

逐劍光飛, 楚帳之虞姬[184]也; 甘心死別不生離, 金谷[185]之綠珠[186]也. 萋萋芳草, 恨王孫之不歸;[187] 杳杳飛雲, 起孝子之遐思.[188] 朋友義切, 雲樹相思;[189] 鶺鴒[190]情苦, 瓊、雷相望.[191]

管城子淚乾頭禿, 勢難備書. 乃吟'人間足別離'[192]之句, 欲避之於天上, 遇牽牛、織女而返. 城外一人, 執管城子曰: "子何追古而遺今, 點鬼簿而蔑陽人[193]也? 我乃當世之人豪, 有詩一章, 煩君寫之. 乃高聲浪吟曰:

---

來"라는 구절이 있음.

184) 虞姬 : 楚나라 項羽의 寵妃 虞美人. 楚가 패망할 무렵 항우의 칼로 자결했음.

185) 金谷 : 金谷園. 晋의 부호 石崇의 정원. 河南省 洛陽縣에 있었음.

186) 綠珠 : 석숭의 愛妓. 孫秀가 석숭에게 녹주를 달라 했으나 석숭이 응하지 않자 손수는 趙王 倫을 부추겨 석숭을 잡아 죽이고자 했다. 이 사실을 안 녹주는 금곡원의 누각에서 투신하여 스스로 목숨을 끊었다.

187) 萋萋芳草, 恨王孫之不歸 : 『楚辭』「招隱士」에 "王孫遊兮不歸, 春草生兮萋萋"라는 구절이 보임.

188) 杳杳飛雲, 起孝子之遐思 : 唐나라 때 狄仁傑이 太行山에 올라 白雲을 바라보며 河陽의 부모를 생각했다는 고사가 있음. 『唐書』「狄仁傑傳」 참조.

189) 雲樹相思 : 杜甫가 李白을 그리워하며 지은 시 「春日憶李白」 중에 "渭北春天樹, 江東日暮雲. 何時一樽酒, 重與細論文"이라는 구절이 있음. 여기서 渭北의 '樹'와 江東의 '雲'은 서로 떨어져 있는 두보와 이백을 비유하고 있음.

190) 鶺鴒 : 원래 새 이름인데, 통상 '형제'를 비유하는 뜻으로 쓰임. 『시경』 小雅의 「常棣」에 "脊令在原, 兄弟急難"이라는 말이 보임. '脊令'은 곧 鶺鴒.

191) 瓊雷相望 : '瓊'은 瓊州, '雷'는 雷州. 蘇軾은 瓊州(海南島)에, 동생인 蘇轍은 雷州에 각각 귀양가서 서로 그리워한 일이 있음.

192) 人間足別離 : 『全唐詩』 권518에 수록되어 있는 雍陶의 「寒食夜, 池上對月懷友」詩에 "人間多別離, 處處是相思. 海內無煙夜, 天涯有月時. (……)"라는 구절이 보임. 하지만 꼭 이 시를 가리키는지는 단언하기 어려움.

193) 陽人 : 陽界의 사람. 즉 이승의 인간.

若人[194]足稱奇男子, 十五年前通「六韜」.[195]
塵生古匣劒未試, 目極關河秋氣高.
中年好讀孔氏[196]書, 向來所耻非縕袍.[197]
牛歌不入齊王耳,[198] 鬢上光陰昏又朝.

管城子聞這詩, 慨然而寫, 並將[199]四門標榜, 陳於天君前. 君纔一覽, 愁不自勝, 袖手悶默, 鬱鬱終歲.

二年春二月, 主人翁啓曰:

青陽[200]換歲, 萬物咸新, 凡在草木, 尙自忻忻. 今君, 禀最靈之性, 有至大之氣, 而迫於愁城, 久不安處, 豈非可謂流涕者乎? 但愁城, 植根之固, 難以卒拔. 窃聞杏花村[201]邊, 有一將軍, 得聖賢之名,[202] 兼猛烈之氣, 汪汪若千頃波, 未可量也.[203] 其先[204]係,

---

194) 若人 : 此人.
195) 六韜 : 周나라 太公望이 撰했다는 兵法書.
196) 孔氏 : 孔子.
197) 縕袍 : 麻로 만든 옷으로, 粗惡하여 빈천한 자가 입음. 『論語』「子罕」에 "衣敝縕袍, 與衣狐貉者立而不恥者, 其由也與"라는 말이 보임.
198) 牛歌不入齊王耳 : 春秋時代 衛나라 사람 甯戚은 집이 가난하여 수레를 끌며 생활했다. 齊나라에 이르러 수레 밑에서 소에게 꼴을 먹이면서 그 뿔을 두드리며 노래했는데, 근처를 지나가던 齊桓公이 그가 비범한 인물인 줄 알아보고 大夫에 임명했다는 고사가 있다.
199) 將 : 가지다.
200) 靑陽 : 봄.
201) 杏花村 : 杜牧의 「淸明」이라는 시에 "借問酒家何處有, 牧童遙指杏花村"이라는 구절이 보임.
202) 聖賢之名 : 淸酒를 聖人, 濁酒를 賢人이라 일컬음.
203) 汪汪若千頃波, 未可量也 : 『後漢書』「黃憲傳」에서 黃憲의 됨됨이를 평하여 "汪汪若千頃波, 澄之不淸, 淆之不濁, 不可量也"라 했는데, 이 표현을 흉내낸

出穀城.[205] 麴生之子, 名襄,[206] 字太和,[207] 深有乃父風味. 其先曾與屈原有隙,[208] 或有與兩阮､嵇､劉,[209] 爲竹林之遊者, 或有以白衣,[210] 訪元亮[211]於潯陽[212]者. 李白以金龜爲質,[213] 卒與爲死生之交.[214] 其後, 卽以買爵[215]事, 小累淸名, 而亦非其本心也. 今襄, 但尙淸虛, 好浮義,[216] 於淸濁[217]無所失, 多近婦人,[218] 然有折衝尊俎[219]之氣. 伏念取其所長, 明君用人之方. 願君卑辭厚

---

것임.

204) 先 : 저본을 비롯한 대부분의 本에 '漢'으로 되어 있으나 잘못임.

205) 穀城 : 곡식[穀]을 지명에 빗대어 한 말.

206) 襄 : 저본에는 이 뒤에 '音釀'이라는 細注가 있음.

207) 太和 : 음양이 조화된 氣. 술을 일명 太和湯이라 함.

208) 與屈原有隙 : 屈原이 「漁父辭」에서 "擧世皆濁我獨淸, 衆人皆醉我獨醒. 是以見放"이라 했으므로 한 말임.

209) 兩阮､嵇､劉 : '兩阮'은 阮籍과 阮咸을, '嵇'는 嵇康을, '劉'는 劉伶을 가리킴. 이들은 東晋의 竹林七賢에 속한 인물로서 술과 淸談과 예술로 一世를 풍미했다. 특히 劉伶은 「酒德頌」을 지어 술을 예찬한 바 있다.

210) 白衣 : 潯陽의 刺使 王弘이 白衣를 입은 심부름꾼으로 하여금 陶潛에게 술을 보낸 적이 있음.

211) 元亮 : 陶潛의 字.

212) 潯陽 : 중국 江西省의 지명으로, 지금의 九江縣에 해당한다. 이곳 柴桑이라는 데가 도잠의 鄕里였다.

213) 金龜爲質 : 唐의 賀知章이 金龜를 술과 바꾸어 李白과 즐겁게 논 적이 있음. 金龜는 원래 高官이 佩用하던 龜符를 말하지만, 여기서는 단순한 佩用의 玩具를 뜻함.

214) 卒與爲死生之交 : 이백의 「襄陽歌」에 "舒州杓, 力士鐺, 李白與爾同死生"이라는 구절이 있음.

215) 爵 : '벼슬'과 '술잔'의 兩義가 있다.

216) 浮義 : 浮蟻. 술 위에 뜨는 술밥의 밥알. 저본에는 '義' 뒤에 '音蟻'라는 細注가 있음.

217) 淸濁 : '淸'은 淸酒를 '濁'은 濁酒를 가리킴.

218) 婦人 : 酒母[술밑]를 가리킴.

219) 折衝尊俎 : 尊俎는 술을 담는 단지와 안주를 놓는 도마를 뜻하는데, 轉하여 宴會를 가리킴. '절충준조'는 酒席에서 외교상의 담판을 하여 적의 침략을 막는 것을 뜻함.

幣,[220] 致之座上, 尊之[221]爵之, 則平愁城而回淳古, 實不難也. 謹以聞.

書上, 天君答曰: "予雖否德, 只能從諫如流, 麴將軍迎接之事, 悉委主人翁, 勉哉!" 翁曰: "孔方[222]與彼有素, 可以致之." 君乃招孔方曰: "汝往哉, 善爲我辭焉, 以副如渴[223]之望!" 孔方領命, 與其徒百文,[224] 扶杖而往, 遍訪於水村山郭, 都不見了, 但有牧童, 騎牛荷蓑而來. 孔方問曰: "將軍麴襄, 見居何處?" 牧童笑曰: "此去不遠, 只在望中." 卽指綠楊村裡紅杏墻頭. 孔方乃緣芳草溪邊一條細路而去, 行到墻頭, 果然青旗[225]影下, 携當壚美人[226]而坐, 見孔方來, 以白眼[227]待之曰: "勞兄遠訪, 何以相酬?" 孔方責之曰: "欲使金貂來換[228]耶? 欲以西涼相要耶?[229] 何輕視我也? 復初[230]之君, 逼於愁

220) 幣 : '弊'로 되어 있는 本도 있으나 잘못임.

221) 尊之 : '尊'에는 '높이다'라는 뜻 외에 '술단지'라는 뜻이 있음. '尊之'에는 '잘 대접하다'라는 뜻 외에 '술통에 술을 담다'라는 뜻이 내포되어 있음.

222) 孔方 : 돈. 엽전의 중앙에 네모진 구멍이 있기에 붙여진 이름.

223) 如渴 : '求賢如渴'에서 온 말.

224) 文 : 돈의 단위. 엽전 하나를 1文이라 함.

225) 青旗 : 酒店의 旗.

226) 當壚美人 : '壚'는 목로. '당로미인'은 술집의 酒母를 가리킴.

227) 白眼 : 晋나라 阮籍이, 좋은 사람은 青眼으로 맞이하고, 싫은 사람은 白眼으로 맞이했다는 고사에서 유래하는 말.

228) 金貂來換 : '金貂'는 원래 金璫과 貂尾로 장식한 冠인데, 轉하여 높은 벼슬아치를 뜻함. 국장군이 공방을 백안시하므로, 공방이 화가 나, 그렇다면 나 대신 지위가 높은 신하가 오기를 바라느냐고 질책한 말임. 그러나 이는 표면상의 문맥만을 좇아 해석할 때 그렇고, 실제로는 '金貂換酒'의 고사, 즉 晋의 阮孚가 黃門侍郎으로 있을 때 金貂를 술과 바꾼 고사를 염두에 두고 한 말임.

城, 聞將軍之義, 以除世上不平之事爲己任, 朝夕望將軍, 而欲授啓沃[231]之命, 以方與將軍, 世世通家, 故特使相邀, 何無禮若是乎?" 襄乃藏白[232]開青,[233] 遂作蔡遵投壺[234]之戱曰: "有愁無愁, 唯我在." 乃著千金裘, 騎五花馬,[235] 起兵而來, 爰到雷州,[236] 時三月十五日也. 天君乃遣毛穎[237]往勞曰:

> 不遺孤[238]主,[239] 持兵[240]來到, 喜倒之心, 那可斗[241]哉? 如卿大器,[242] 方托喉舌,[243] 姑拜卿爲雍,[244]幷,[245]雷[246]三州大都督驅愁

229) 欲以西涼相要耶 : 西涼을 求하고자 해서냐. 西涼에 酒泉이 있기에 한 말. '西涼'은 5호 16국 중의 하나. 晋 安帝 때 北涼의 李暠를 燉煌의 태수로 임명했는데, 이호는 스스로 涼公으로 칭하며 酒泉에 도읍하여 왕이 되었음.

230) 復初 : 주 39를 참조할 것.

231) 啓沃 : 원래 신하가 임금의 마음을 올바른 길로 인도함을 이르는 말인데, 여기서는 술이 임금의 마음을 편하게 한다는 뜻이 내포되어 있음. 『書經』「說命」(열명)의 "啓乃心, 沃朕心"에서 유래하는 말.

232) 白 : 白眼.

233) 青 : 青眼.

234) 蔡遵投壺 : '投壺'는 옛날 선비들이 병에다 화살을 던져 넣으며 노는 놀이. 蔡遵은 後漢 光武帝 때의 유명한 장수인데, 對酒設樂하고 雅歌投壺하곤 했다 함.

235) 著千金裘, 騎五花馬 : 五花馬는 청색과 백색의 무늬가 있는 말. 李白의 「將進酒」라는 시에 "五花馬千金裘, 呼兒將出換美酒"라는 구절이 있음.

236) 雷州 : '雷'는 곧 '罍'. 음이 같은 까닭에 罍를 雷라고 했음. 罍는 큰 술잔인데, 이를 雷州라는 지명에 결부시켰음.

237) 毛穎 : 주 17을 참조할 것.

238) 孤 : 저본에는 이 뒤에 '音沽'라는 細注가 있음.

239) 主 : 저본에는 이 뒤에 '音酒'라는 細注가 있음.

240) 兵 : 저본에는 이 뒤에 '音瓶'이라는 細注가 있음.

241) 斗 : '헤아리다'는 뜻으로 쓰였지만, '말'이라는 뜻도 겹쳐 있음.

242) 大器 : '국량이 큰 인물'이라는 뜻과 '큰 술잔'이라는 뜻이 중첩되어 있음.

243) 喉舌 : '王命의 出納을 맡은 신하'라는 뜻과 '목구멍 · 혀'라는 뜻이 중첩되어 있음.

244) 雍 : 저본에는 이 뒤에 '音甕'이라는 細注가 있음.

大將軍, 閫以內, 寡人制之, 閫以外, 將軍主之,[247] 進退斟酌,[248] 傾兵而討之. 今遣中書郎[249]毛穎, 一以諭予意, 一以留與將軍, 作掌書記,[250] 知悉.

太和卽使毛穎, 修謝表[251]以上曰:

復初二年三月日, 雍幷雷大都督驅愁大將軍麴襄, 惶恐百拜. 竊以辟穀鍊精,[252] 長保壺中之日月,[253] 治亂待聖,[254] 遂有爵命[255]之沾濡,[256] 撫躬自傷, 量分實濫. 伏念襄, 穀城之種, 曹溪[257]之流, 王、謝[258]相隨, 擅風流於江左,[259] 嵇、劉[260]得趣, 寄閑情於竹林. 半

245) 幷 : 저본에는 이 뒤에 '音甁'이라는 細注가 있음.
246) 雷 : 저본에는 이 뒤에 '音罍'라는 細注가 있음.
247) 閫以外~將軍主之 : 『史記』「馮唐傳」에 "閫以內者, 寡人制之. 閫以外者, 將軍主之"라는 말이 있음. '閫'이란 都城의 경계를 말함.
248) 斟酌 : '헤아리다'라는 뜻과 '술을 따르다'라는 뜻이 중첩되어 있음.
249) 中書郎 : 中書省의 官名. 궁정의 文書·詔勅을 관장했음.
250) 掌書記 : 節度使의 屬官으로, 문서를 관장했음.
251) 謝表 : 임금에게 사례하기 위해 올리는 表.
252) 辟穀鍊精 : 곡식을 먹지 않고 정기를 단련하는 것으로, 神仙術의 하나. 술을 마시면 밥을 먹지 않아도 되므로 이렇게 말했음.
253) 長保壺中之日月 : 길이 신선처럼 지냄. '壺中之日月'은 '壺中天'을 가리키는 바, 壺公의 故事에 따라 別天地·仙境을 뜻함. 여기서는 술이 병 속에 있다고 해서 이 말을 썼음.
254) 治亂待聖 : '聖'은 淸酒. 청주는 막 거르지 않고 술독에 용수를 박아서 떠낸 술.
255) 爵命 : '벼슬을 내리는 명령'이라는 뜻과 '술잔을 주다'라는 뜻이 중첩되어 있음.
256) 沾濡 : '은택'이라는 뜻과 '술잔에 입을 적시다'라는 뜻이 중첩되어 있음.
257) 曹溪 : 중국 廣東省 曲江縣에 있는 시내 이름. 그 물맛이 아주 향기롭다고 함.
258) 王·謝 : 晋나라 때의 王坦之와 謝安. 명문 집안의 사람들로서 술과 풍류, 淸談을 즐겼음.
259) 江左 : 江東. 東晋을 가리킴.
260) 嵇·劉 : 竹林七賢의 一員이었던 嵇康과 劉伶.

世[261]行藏,[262] 唯是琉璃鍾鸚鵡盞;[263] 百歲交契, 只有習家池[264]高陽徒.[265] 只緣禮法之矛盾, 久作江湖之漫浪, 何圖不我遐棄, 迺曰'命爾專征'? 顧此狂生,[266] 何堪大爵? 玆盖伏遇用賢[267]無敵, 攻愁有方, 許臣時一中之, 不疑於用, 謂臣招衆口,[268] 爾獨斷於心, 遂令薄才, 得容海量,[269] 敢不勉增淸烈, 益播芳芬?[270] 杯酒釋兵權, 縱不及趙普[271]之策; 胷中藏萬甲,[272] 庶可效仲淹[273]之威.

---

261) 世 : 저본을 비롯한 대부분의 本에 '歲'로 되어 있으나 잘못임.
262) 行藏 : 처세를 뜻함. 벼슬에 나서는 것을 '行', 벼슬에서 물러나 은둔하는 것을 '藏'이라 함. 『論語』「述而」의 "用之則行, 舍之則藏"에서 유래하는 말.
263) 琉璃鍾·鸚鵡盞 : 모두 술잔의 이름. '琉璃鍾'은 李賀의 「將進酒」라는 시에 보임. '鸚鵡盞'은 그 모양이 앵무새 비슷하기에 붙인 이름. 저본에는 '鍾'이 '鐘'으로 되어 있음.
264) 習家池 : 晋나라 山簡이 사는 곳 근처에 習氏의 園池가 있었는데, 山簡이 늘 그 池上에 가서 술을 마시며, 그 못을 '高陽池'라 했다는 고사가 있음. 『晋書』「山簡傳」 참조.
265) 高陽徒 : 高陽은 중국의 지명. 秦末 漢初의 酈食其가 고양 출신이었는데, 본시 이곳의 술꾼이었으므로 '高陽酒徒'라 불림. 후세에는 술꾼을 '고양주도'라 함.
266) 狂生 : 역이기가 향리 高陽에 있을 때 사람들이 그를 '狂生'이라 부른 고사가 있음.
267) 賢 : '賢人'이라는 뜻과 '淸酒'라는 뜻이 중첩되어 있음.
268) 招衆口 : '뭇 사람의 비난을 부르다'는 뜻과 '뭇 사람이 술을 입에 대다'라는 뜻이 중첩되어 있음.
269) 海量 : '임금의 河海같은 헤아림'이라는 뜻과 '河海같은 酒量'이라는 뜻이 중첩되어 있음.
270) 芳芬 : '술향기'라는 뜻이 내포되어 있음.
271) 趙普 : 宋나라 太祖의 신하. 宋 太祖가 천하를 평정한 다음 그의 옛 부하였던 장수들의 兵權이 너무 重함을 걱정하자, 趙普가 태조에게 계책을 올려, 酒宴을 베풀어 뭇 장수들의 兵權을 놓게 만든 고사가 있음.
272) 萬甲 : 수만의 甲兵. '갑병'은 軍士.
273) 仲淹 : 宋나라 仁宗의 신하인 范仲淹. 元昊가 반란을 일으키자 범중엄이 陝西를 수비했는데, 賊徒는 "범중엄의 胸中에는 數萬의 甲兵이 있다"며 감히 침범하지 못했다고 함.

天君覽表大悅, 卽拜西州力士[274]爲迎敵將軍, 受都督節制使.

是時也, 日暮煙生, 風輕燕語, 羽檄交飛, 鼓笛催興. 將軍遂登糟丘,[275] 命朱虛侯 劉章[276]曰: "軍令至嚴, 爾其掌之, 毋使有擊柱之驕將, 毋使有逃酒之老兵."[277] 於是軍中肅肅, 無敢喧嘩, 進退有序, 攻戰有法. 陣形效六花法,[278] 而此則像葵花. 盖昔李靖[279]伐高麗,[280] 以山峽崎嶇, 不得布八陣,[281] 故代六花陣, 此其制也. 將軍乘玉舟[282]濟酒池,[283] 擊楫而誓[284]曰: "所不如盪愁城而復濟者, 有如此水."[285] 乃泊

---

274) 西州力士 : '西州'는 '舒州'의 착오가 아닐까 생각됨. 李白의 「襄陽歌」에 "舒州杓, 力士鐺, 李白與爾同死生"이라는 구절이 있는바, 여기서 '西州'와 '力士'라는 말을 끌어왔음. '舒州杓'는 舒州産의 구기를 말하며, '力士鐺'은 豫章에서 생산되는 세 발 달린 술 데우는 솥을 말함.

275) 糟丘 : 언덕처럼 쌓인 술지게미. 轉하여 술에 탐닉함을 이름. 『韓非子』「喩老」에 "登糟丘, 臨酒池"라는 말이 보임. 또 『後漢書』「邊讓傳」에도 "徑肉林, 登糟丘"라는 말이 보임.

276) 朱虛侯 劉章 : 漢 高祖의 손자로, 朱虛侯에 봉해졌음. 高祖가 술자리에서 유장을 酒吏로 임명하자, 그는 軍法으로 술자리를 다스리겠다고 하면서 술을 피해 달아나는 呂氏 1인을 칼로 베어 버렸다. 이후 呂氏들이 위축되고 劉氏가 강해졌다. 『漢書』「高五王傳」 참조.

277) 逃酒之老兵 : 東晋의 謝奕이 桓溫에게 자꾸 술을 권하자 桓溫은 아내의 방으로 피했다. 그러자 謝奕은 환온의 집을 경비하던 병사 하나를 데려다가 술을 먹이면서 "한 老兵을 잃고 한 老兵을 얻었다"고 말했다는 고사가 있음.

278) 六花法 : 六花陣法. 唐의 李靖이 諸葛亮의 八陣法에 바탕해 만든 陣法.

279) 李靖 : 唐나라 때의 인물로 兵法에 능하였고, 太宗 때 刑部尙書를 지냈음. 중국의 여러 변방을 공략하여 영토를 넓히는 데 기여했음.

280) 高麗 : 고구려.

281) 八陣 : 八陣法. 諸葛亮이 만든 陣法.

282) 玉舟 : 술잔을 뜻함.

283) 酒池 : 『韓非子』「喩老」에 "紂爲肉圃, 設炮烙, 登糟丘, 臨酒池, 紂遂以亡"이라는 말이 보임. 또 『列女傳』「孼嬖傳」에 "爲酒池, 可以運舟"라는 말이 보임.

於海口, 卽喚掌書記毛穎, 立[286]成檄文曰:

月日, 雍幷雷大都督驅愁大將軍, 移檄[287]于愁城. 夫以逆旅天地之間, 過客光陰之中,[288] 彭殤[289]同夢, 凡楚一轍,[290] 生而愁恨, 尙不及髑髏之樂,[291] 豈不哀哉? 唯爾愁城, 爲患久矣. 偏尋放臣思婦[292]烈士騷人, 易凋鏡中之顔, 先霜鬢邊之髮, 不可使蔓蔓難圖也. 今我受天君之命, 統新豐之兵,[293] 先鋒則西州力士, 佐幕則合利蟹螯.[294] 雖諸葛公陣列[295]風雲,[296] 項羽王[297]勇

284) 擊楫而誓 : 주 104의 祖逖의 고사를 참조할 것.
285) 有如此水 : '이 물에 걸고 맹세한다'는 뜻. 저본에는 '此'가 없으나 다른 본에 의거해 보충했음. 祖逖이 "祖逖不能淸中原而復濟者, 有如大江"(『晋書』「祖逖傳」)이라고 맹세한 적이 있음.
286) 立 : 그 자리에서. 당장.
287) 移檄 : 격문을 보내다.
288) 夫以逆旅~光陰之中 : 李白의 「春夜宴桃李園序」에 "夫天地者萬物之逆旅, 光陰者百代之過客"이라는 말이 보임.
289) 彭殤 : 壽夭. '彭'은 彭祖를 가리킴. 그는 堯임금의 신하로 殷나라 말년까지 800여 년을 살았다 함. '殤'은 20세 이전에 죽는 것.
290) 凡楚一轍 : 있고 없음이 萬物齊同의 입장에서 보면 하나라는 뜻. 『莊子』「田子方」의 "楚王與凡君坐. 少焉, 楚王左右曰: '凡亡者三.' 凡君曰: '凡之亡也, 不足以喪吾存. 夫凡之亡不足以喪吾存, 則楚之存不足以存存. 由是觀之, 則凡未始亡而楚未始存也'"에서 유래하는 말.
291) 髑髏之樂 : 『莊子』「至樂」에 莊子가 空髑髏[해골]와 대화한 내용이 있는데, 그 가운데 '죽음은 王 노릇 하는 것보다 즐겁다'는 말이 나옴.
292) 思婦 : 근심에 잠긴 아낙.
293) 新豐之兵 : 술을 가리킴. 新豐은 술로 유명한 중국 西安의 지명. 王維의 「少年行」이라는 시에 "新豐美酒斗十千, 咸陽游俠多少年"이라는 구절이 있음.
294) 合利·蟹螯 : '合利'는 곧 蛤蜊로, 조개 이름임. 蟹螯는 게. 여기서는 모두 안주를 뜻함.
295) 列 : 저본에는 '烈'로 되어 있음.
296) 風雲 : 風雲陣. 八陣法에 속하는 軍陣의 이름.
297) 項覇王 : 項羽.

冠今古, 如兒戲耳, 安能當乎? 况楚澤獨醒,[298] 寧足介意? 檄文到日, 早竪降旗!

使出納官, 厲聲讀檄, 聞於城中, 滿城之人, 皆有降心, 而獨屈平[299]不屈, 披髮而走, 不知其處. 將軍自海口, 如建瓴而下,[300] 勢若破竹, 不攻而城門自開, 不戰而城中已降. 將軍乃耀武揚威, 或散而圍於外, 或聚而陣於內, 勢如潮生海國, 雨漲江城.

天君登靈臺, 望見雲消霧卷, 惠風遲日, 向之悲者懽, 苦者樂, 怨者忘, 恨者消, 憤者洩, 怒者喜, 悒悒者怡怡, 鬱鬱者忻忻, 呻吟者謳歌, 扼腕者蹈舞. 伯倫[301]頌其德, 嗣宗[302]澆其胷, 淵明葛巾素琴,[303] 眄庭柯而怡顔,[304] 太白接罹錦袍,[305] 飛羽觴而醉月.[306] 玉山將倒,[307] 時已秉燭,[308] 花飛

298) 楚澤獨醒 : 楚나라 屈原을 가리킴. 굴원이 「漁父辭」에서 "擧世皆濁我獨淸, 衆人皆醉我獨醒"이라 했으므로 한 말임.

299) 屈平 : 屈原. '平'은 그 이름.

300) 如建瓴而下 : 세력이 강성함을 뜻함. 『史記』「高祖本紀」에 "猶居高屋之上, 建瓴水也"라는 말이 보임.

301) 伯倫 : 晋나라 劉伶의 字. 그는 「酒德頌」을 지어 술을 찬미한 바 있음.

302) 嗣宗 : 阮籍의 字. 그는 술로 自遨했음.

303) 淵明葛巾素琴 : 도연명은 葛巾으로 술을 걸렀으며, 줄이 없는 거문고[素琴]로 홍취를 냈다고 함.

304) 眄庭柯而怡顔 : 도연명의 「歸去來辭」에 "引壺觴以自酌, 眄庭柯以怡顔"이라는 구절이 있음.

305) 太白接罹錦袍 : '接罹'는 '接䍦' 혹은 '接離'라고도 표기하는데, 흰 두건을 뜻함. 李白의 「襄陽歌」에 "落日欲沒峴山西, 倒著接䍦花下迷"라는 구절이 있음.

306) 飛羽觴而醉月 : 李白의 「春夜宴桃李園序」에 "開瓊筵以坐花, 飛羽觴而醉月"이라는 구절이 있음.

眼前, 月入帳中. 將軍使佳人, 奏「罷陣樂」[309]而班師.[310] 天君大悅, 卽招管城子, 下敎曰:

> 予無恩於卿, 而卿推心置予之腹中,[311] 卿有德於予, 而予將何報卿之功? 一拜[312]一拜復一拜,[313] 徒增赧顔.[314] 今乃築城於愁城舊址, 爲卿湯沐邑.[315] 其都督三州事如故. 又封於懽, 錫以三等之爵, 爲懽伯,[316] 賜以秬鬯一卣,[317] 寵以前後「鼓吹」,[318] 知悉.

---

307) 玉山將倒 : 술에 취해 쓰러지는 모습을 가리킴. 李白의 「襄陽歌」에 "玉山自倒非人推"라는 구절이 있음.

308) 秉燭 : 李白의 「春夜宴桃李園序」에 "古人秉燭夜遊, 良有以也"라는 구절이 있음.

309) 「罷陣樂」 : 勝戰曲.

310) 班師 : 군대를 돌이킴.

311) 置予之腹中 : 내 배 속에 있다. 원래 '내 마음을 훤히 안다'는 뜻이나, 여기서는 '술이 내 배 속에 있다'는 뜻이 중첩되어 있음. 『後漢書』 「光武本紀」 중에 "降者更相語曰: '蕭王推赤心置人腹中, 安得不投死乎'"라는 구절이 있음.

312) 拜 : 저본에는 이 뒤에 '音盃'라는 細注가 있음.

313) 一拜一拜復一拜 : '拜'는 원래 벼슬을 除授한다는 뜻이나, 여기서는 同音인 '盃'의 뜻이 함축되어 있음. 李白의 「山中對酌」이라는 시에 "兩人對酌山花開, 一盃一盃又一盃"라는 구절이 있음.

314) 赧顔 : 원래 '부끄러워 얼굴이 붉어진다'는 뜻이나, 여기서는 '술을 마셔 얼굴이 붉어진다'는 뜻이 함축되어 있음.

315) 湯沐邑 : 원래 중국 周代에 제후가 천자를 뵐 때 묵으며 목욕재계하라는 뜻에서 천자의 縣內에 하사했던 封地.

316) 懽伯 : 歡伯과 같음. 술의 별칭. 『易林』에 "酒爲歡伯, 除憂來樂"이라는 말이 보임.

317) 秬鬯一卣 : '秬鬯'은 울창주. '卣'(유)는 울창주를 담는 술통. 『左傳』의 僖公 28年條에 僖公이 晋文公에게 秬鬯一卣를 하사한 일이 나옴.

318) 「鼓吹」 : 鼓吹曲. 軍樂의 일종.

## 해제

• 작자 : 林悌

「元生夢遊錄」 '해제'의 작자條를 참조하기 바람.

• 출전 : 『林白湖集』에 수록된 「愁城誌」를 底本으로 삼아 여타의 본을 참고하여 校合하였다.

• 참고사항

(1) 「愁城志」라고 표기되어 있는 이본도 있으나, '誌'와 '志'는 서로 통하므로 의미상의 차이는 없다.

(2) 허균(1569~1618)은 『鶴山樵談』에서 이 작품에 대해 "所謂愁城志者, 結繩以來別一文字, 天地間自缺此文字不得"이라 평한 바 있다.

(3) 澤堂 李植(1584~1647)은 『澤堂續集』 권1의 「五評事詠」이라는 連詩 중의 1首인 「白湖林公悌」詩의 細注에서 "公好兵法, 有寶劍駿馬, 日行數百里. 自北評換西評, 故犯御使前導, 見劾, 著「愁城志」, 以自見. 平生奇偉事甚多"라 한 바 있다.

(4) 작품 내용 중 死六臣 및 작자 자신에 대한 언급이 나오고 있음을 눈여겨볼 필요가 있다. 또한 이 작품은 假傳의 전통을 계승해, 수많은 故事와 典籍을 패러디하고 있다. 이 점이 이 작품의 독서를 어렵게 만들고 있다. 그러나 이 작품의 묘미와 규모는 기실 이 점에서 찾을 수 있는바, 이 패러디의 숲을 천천히 玩賞하면서 통과하지 않고서는 작품을 제대로 읽은 것이라 할 수 없다. 즉 줄거리만 대충 아는 것으로는 작품의 거죽만 본 것에 불과하다 할 터이다.

# 8. 何生奇遇傳

申光漢

麗朝有何生者, 居平原,[1] 家世寒微, 早失怙恃, 欲娶無所售, 窮不能自資. 然而風儀瑩秀, 才思穎拔, 鄕曲多稱其賢者. 州宰聞其名, 選補大學.[2] 生將整裝上都, 臨發語婢僕曰: "吾上無父母, 下無妻子, 尙何顧汝輩刺刺?[3] 昔終軍棄繻,[4] 相如題柱,[5] 弱冠皆有大志. 吾雖駑蹇, 頗慕兩子爲人, 他日

1) 平原 : 평안남도 서북부의 고을 이름.
2) 大學(태학) : 成均館의 별칭. '大'는 '太'와 통함.
3) 刺刺(척척) : 말이 많은 것.
4) 終軍棄繻 : 원문에는 '終'이 '從'으로 되어 있음. '終軍'은 漢나라 때 사람. '繻'는 비단으로 만든 통행증. 終軍이 立身하기 위해 서울로 가면서 關門을 지날 때에 관문의 관리가 나중에 다시 통과할 때 제시하라고 통행증을 주었는데, 終軍은 대장부가 서울로 가는 터에 다시 이 관문을 지나는 일은 없을 것이라며 통행증을 버리고 갔다는 고사가 있음. 『漢書』「終軍傳」 참조.
5) 相如題柱 : 漢나라 때 司馬相如가 고향을 떠나면서 昇仙橋 기둥에 쓰기를 "높은 벼슬아치가 타는 좋은 수레를 타지 않고서는 다시 이 다리를 지나지 않겠

衣錦歸, 爲爾輩榮, 幸守舊業無墜!"

旣赴國學, 與諸生較藝, 莫能或之先者. 生以爲龍頭[6]可捷、青雲可步, 鰲然有高世之志. 時朝政旣亂, 選擧亦不以公, 荏苒四五載, 抱屈黌舍, 常悒怏不樂. 一日, 語同舍生曰: "蔡澤[7]所不知者壽, 從唐生[8]決之. 吾聞駱駝橋[9]傍, 有卜師, 言人壽夭禍福, 期以日月. 吾將就卜, 以決狐疑." 遂歸私第, 探篋中, 得寶藏金錢數枚, 懷之而往. 卜師曰: "富貴, 公所固有, 但今日甚不吉, 占得明夷之家人.[10] 明夷者, 明入地中之象; 家人者, 利見幽人之貞. 可出國南門疾走, 不至日暮, 不宜還家, 非但度厄, 且得佳偶."

生不能無惑志, 瞿然起別, 因出國南門. 秋山可愛, 隨意所適, 不覺日已昏黑, 四顧敻絶, 無所托宿, 飢困且至, 傍路徘徊. 時則仲秋十八日, 山月未吐, 望見遠樹間, 孤燈點星. 意有人家, 索途前行, 寒煙蔓草, 零露瀼瀼, 至則月亦明矣. 見一屋, 小而麗, 畫堂高出墻外, 紗窻裏燭影青熒, 外戶半開, 稍無人跡. 生異之, 潛入而窺, 有美人年可二八, 欹倚角枕, 半掩錦被, 愁容麗態, 目難定視. 乃支頤太息, 微吟二絶曰:

---

다"고 한 일이 있음.

6) 龍頭: 장원급제.

7) 蔡澤: 중국 燕나라의 辯士. 채택이 관상 보는 사람을 찾아가서 자신의 수명을 물었다는 고사가 있음.

8) 唐生: 唐擧를 말함. 蔡澤이 찾아갔던 관상쟁이.

9) 駱駝橋: 「李生窺墻傳」의 주 1을 참조할 것.

10) 明夷之家人: 明夷가 家人으로 변하는 占卦. 明夷와 家人은 모두 『周易』의 괘 이름. 하생이 무덤 속의 여인을 만나게 될 것을 암시하고 있음.

寶篆[11]煙消閉洞房, 閑愁[12]無意繡鴛鴦.
鴈書一斷秋空冷, 落月亭亭照屋樑.

塵留粉匣綠生銅, 夢裏逢郎覺是空.
羅幌夜深霜信[13]早, 古槐踈柳月明中.

觀詩意, 則若戍夫之婦, 而容儀居止, 又似貴家處子. 懼有人守之者, 慄然而退, 不覺足音跫然. 美人呼侍兒曰: "金環! 玉環! 窗外跫音者誰也?" 侍兒齊應而至曰: "吾兩人方假睡後廳, 窗外月明, 復何人乎?" 女細語曰: "昨夜有佳夢, 吾固告汝矣, 莫是吉士來歟?" 因相與諧笑. 生怳聞其語, 又思卜師之說, 心內自喜. 遂敲門作謦欬聲. 卽有二侍兒撝門應曰: "山堂夜深, 客何爲者也?" 生曰: "吾非尋春崔護[14]渴酒求漿, 獨行失路, 願托一宿." 侍兒咄曰: "是處小娘子獨寓, 固非客宿之所." 便鎖門而入. 生心迷意短, 芒若有喪, 倚戶彷徨而已. 夜久忽驚門開鏗鈜, 則前之侍兒啓門曰: "娘子知客定非常人, 以爲山多豺虎, 四無隣比, 窮而來投, 拒之不祥, 許

11) 寶篆 : 薰香을 가리킴.
12) 閑愁 : 부질없는 근심.
13) 霜信 : 서리 소식. 기러기의 별칭.
14) 崔護 : 唐나라 때 사람. 최호가 淸明日에 都城 남쪽으로 놀러갔다가 별장을 발견하고는 문을 두드려 마실 것을 청했는데, 한 여인이 나와 후대하였다. 그는 이듬해 청명일에 그 집을 또 찾았으나, 문을 열어주지 않아 시를 써 놓고 돌아왔다. 며칠 뒤 다시 가보니 그 여인은 죽어 있었다. 최호가 곡하자 그 여인이 살아나, 이에 아내로 삼아 돌아왔다는 고사가 전함.

於便房下處矣. 客可入宿." 生拜謝, 就所舍, 淨室翛然, 枕席鮮美. 房內置金縷案, 上有玉硯、綵筆、花牋數幅, 傍則銀缸蘭膏,[15] 寶鴨[16]沈煙, 照耀芬馥. 又供酒食, 皆極香潔.

侍兒尋以主娘之命來問曰: "寡居僻陋, 客緣何至此?" 生度[17]室中無他人, 欲嘗女意, 乃答曰: "鯫生早負才名, 來充國賓.[18] 常歌谷鶯之詩,[19] 每陋陳良[20]之學, 妄意青紫可收拾, 功業可指取, 不識富貴在天, 吉凶由人. 今日過聽卜師之言, 乃至於是." 幷以卜師之言告之. 侍兒聞言而去, 笑而來復曰: "弱質亦信卜師之說, 度厄而來, 斯非偶然. 室雖陋, 請好一宿." 生尤異於其言, 不勝技癢,[21] 卽取案上花牋, 書短篇二章, 付侍兒曰: "借館已多, 慇懃如是, 口難陳謝." 其詩曰:

> 淸淺銀河影半橫, 繡簾重下掩雲屛.
> 不嫌織女機邊過, 還恠君平[22]識客星.

---

15) 蘭膏 : 「李生窺墻傳」의 주 52를 참조할 것.
16) 寶鴨 : 香爐.
17) 度(탁) : 忖度.
18) 國賓 : 太學의 儒生이 된 것을 가리킴.
19) 谷鶯之詩 : 『詩經』 小雅 「伐木」에 "伐木丁丁, 鳥鳴嚶嚶. 出自幽谷, 遷于喬木"이라는 구절이 있음. 이 시는 원래 벗을 구해 宴飮하는 내용이나, 여기서는 遐鄕에서 서울에 와 공부한 것을 말하고 있음.
20) 陳良 : 楚나라 사람으로서, 북쪽으로 中原에 가서 周公·孔子의 道를 배웠음.
21) 技癢 : 안달하는 마음. 「李生窺墻傳」의 주 7을 참조할 것.
22) 君平 : 漢나라 때의 賢人 嚴君平. 그는 초야에 은거하며 사람들의 占을 봐주는 것으로써 생계를 유지하였음.

香塵脉脉雲初散, 玉節[23)]迢迢鳳不媒.
腸斷一宵孤枕夢, 却憐無路到陽臺.[24)]

侍兒將去. 未須臾, 復持花牋, 致之生前, 乃主娘之所酬也. 其詩曰:

昨宵懶倚鴛鴦枕, 夢折繁花挿滿頭.
說與侍兒心內事, 欲看粧鏡却生羞.

待月踈櫺夜不扃, 玉籠鸚鵡睡初成.
經心落葉琅玗響, 却似無情更有情.

生得詩, 雖知女意, 將信將疑. 見女之室, 近且無閡, 侍兒皆就睡. 初若便旋然, 履行遂進, 輕手開窓, 則女方悄然愁坐, 若有所俟. 生就與調笑曰: "豈不聞乎? 『俚諺』[25)]曰: '有客借門宿, 夜深還借堂.'[26)] 主人莫打鴨! 打鴨驚鴛鴦."[27)] 女

---

23) 玉節 : 고상한 節操.
24) 陽臺 : 「萬福寺摴蒱記」의 주 76을 참조할 것.
25) 『俚諺』 : 우리나라 속담을 모아 놓은 책인 듯한데, 자세한 것은 알 수 없음.
26) 有客借門宿, 夜深還借堂 : 봉당을 빌려 주니 안방까지 달란다. 염치 없고 뻔뻔스런 소리를 하는 것을 일컫는 속담.
27) 莫打鴨, 打鴨驚鴛鴦 : 이것을 때리면 저것이 놀람을 비유하는 말. 여기서는 나를 나무라지 말라는 뜻으로 썼음. 宋나라 梅堯臣이 지은 「莫打鴨」詩의 "莫打鴨, 打鴨驚鴛鴦. 鴛鴦新自南池落, 不比孤洲老禿鶬. 禿鶬尙欲遠飛去, 何況鴛鴦羽翼長"에서 유래하는 말. 이에는 다음과 같은 고사가 있음. 지방수령으로 있던 呂士隆이 麗華라는 客娼을 얻어 몹시 총애하였다. 하루는 잘못을 저지른 관아의 기생에게 杖刑을 가하고자 했더니, 그 기생이 울면서 말하기를 "저는 매

低鬟嬌羞, 但曰: "業緣已成, 不可躱也." 時殘燈背屛, 欲明欲滅. 女將就臥, 語生曰: "吾嘗愛韋蘇州[28]詩, 有曰: '幽人將遽眠, 解帶翻成結.'[29] 今夜益知其眞也." 相與讙謔, 極盡繾綣.

夜將曉, 女枕生臂, 嗚咽流涕. 生驚曰: "纔成好會, 遽爾如此奚?" 女曰: "此實非人世. 妾乃侍中某之女也. 死而葬此, 今已三日矣. 吾父久居權要, 以睚眦中傷人甚衆. 初有五子一女, 而五甥[30]皆先父夭折, 妾獨在側, 今又至此. 昨上帝召妾命之曰: '爾父頃鞫大獄, 全活無罪數十人, 可贖前日中傷人之罪. 五子死已久, 不可追也, 當遣爾歸.' 妾拜而退. 期在曉日, 過此則更無其蘇之望. 今者邂逅郎君, 是亦命也. 欲托永好, 終奉巾櫛, 未識許否?" 生亦泣曰: "苟若子言, 當死生以之." 女乃抽枕邊金尺以與曰: "郎君可持此, 置之國都市大寺前下馬石上, 必有記取者, 雖至困辱, 幸勿忘也." 生曰: "諾." 女促生起. 遂握手相別, 口占一絶送生, 曰:

山花初謝鳥關關, 春信無端暗裏還.

---

맞는 걸 피하려 하지 않지만 새로 온 아무개가 놀랄까봐 걱정됩니다"라고 하였다. 이에 呂士隆은 웃으며 형벌을 가하지 않았다고 함. 매요신의 시에서 '鴨'은 관아의 기생을, '鴛鴦'은 새로 온 客娼을 가리킴.

28) 韋蘇州 : 唐나라의 시인 韋應物. 蘇州刺史를 지냈으므로 韋蘇州라고 함.

29) 幽人將遽眠, 解帶翻成結 : 위응물이 지은 「對殘燈」詩에 나오는 구절. 그 앞 구절은 "獨照碧窗久, 欲隨寒燼滅"임.

30) 甥 : 오빠.

一托死生恩義重, 早將金尺出人間.

生亦留一絶以別, 且以固女之意. 詩曰:

花藏繡幕碧雲沈, 肯許遊蜂取次尋.
分明袖裏黃金尺, 欲就人情度淺深.

女掇[31]泣曰: "妾非倡類, 何待之薄? 但得好返, 莫慮相渝." 生出門數步顧視, 則乃一新塚也.

慘然抆淚而歸, 至大寺前, 果有方石存焉. 出金尺置之石, 行者不顧. 日且高, 有女三, 皆素服市過之, 後一女見尺, 繞石三環而去. 有頃, 女率健奴數輩來, 縛[32]生曰: "此少娘子殉葬之物, 爾其墓賊乎!" 生重女之托, 情愛亦篤, 俛首取辱, 不敢開口. 見者皆唾鄙之. 旣至其第, 縛[33]致生階下. 侍中倚烏几, 坐廳事中, 座後垂珠箔. 其下侍婢數十, 相排競看曰: "貌是儒者, 行則賊也." 侍中取金尺認之, 泣曰: "果吾女殉葬之尺也." 簾內有哭聲嗚嗚, 侍婢皆掩泣. 侍中搖手止之, 問生曰: "爾是何人, 得之何處?" 生答曰: "我是大[34]學生, 得之墓中." 侍中曰: "汝以詩禮發塚[35]可乎?" 生笑曰: "請解吾

31) 掇 : '輟'과 통함.
32) 縛 : 원문에는 '縳'으로 되어 있음.
33) 縛 : 원문에는 '縳'으로 되어 있음.
34) 大(태) : '太'와 통함.
35) 詩禮發塚 : 『莊子』「外物」의 "儒以詩禮發塚"에서 유래하는 말로, 원래 儒者

縛,[36] 得近閤前, 欲報吉語. 大人將思報德, 反加怒歟?" 侍中卽命解縛[37]上階. 遂歷言之. 侍中色慚良久, 曰: "寧有是耶?" 婢僕莫不相顧吁歎. 簾中泣且語曰: "事不可測, 驗而罪之未晩. 聞生之說, 則吾女容儀服飾, 一如平生, 必無疑也." 侍中曰: "然. 卽令備畚鍤具兜子![38] 吾其親往." 留數奴守生, 而去.

旣至墓域, 丘原依舊. 乃異而發之, 女顔色如生, 心下微溫, 令乳媼擁而輦還, 不假巫醫, 勿撓而已. 至日暮方蘇, 視父母細哭一聲. 氣且定, 父母問曰: "爾之死去, 有何異也?" 女曰: "吾以爲夢, 是乃死乎? 吾無異焉爾." 忸怩. 父母固問, 女始肯言, 一符生所說. 闔門擊節驚恠. 於是館待生甚厚.

數日女已復常. 侍中張盛宴以慰生, 仍問家世, 又問娶不. 生答以不娶, 父則平原校生, 沒已久矣. 侍中頷之, 入與夫人謀曰: "何生容貌才氣, 實非常人, 妻之何疑? 但家世不敵, 事又夢誕, 因而與之, 恐駭物論, 吾欲厚遺[39]之." 夫人曰: "此在大人度內, 婦子何預?" 一日, 又開宴慰生, 問以所欲, 曾無一語及婚媾事. 生怏怏歸所館, 拊膺腐心, 怨女渝約. 乃成短篇寫小紙, 託女乳媼通于女. 詩曰:

---

의 위선을 뜻하는 말임.

36) 縛 : 원문에는 '縛'으로 되어 있음.

37) 縛 : 원문에는 '縛'으로 되어 있음.

38) 兜子 : 가마.

39) 遺 : 원문에는 '遣'으로 되어 있음.

泥雖點玉應無汚, 鳳已歸巢肯顧鸞?
臂上淚痕紅未滅, 只今還作夢中看.

女見詩驚問, 始識父母有背生之志, 遽稱疾廢飮食. 父母心知女意, 問疾所祟. 女泣曰: "愈踈, 不孝也. 不可磯, 亦不孝也.[40] 非敢爲踈, 恐爲磯也." 父母曰: "欲言則言, 又誰諱也?" 女脫簪珥, 起拜待罪曰:

父兮生我, 母兮鞠我.
慈深季女, 婉孌婭姹.
室家之壼,[41] 酒食是宜.
問寢尸饔,[42] 庶無貽罹.
上帝疾威, 殃此積惡.
罔極之恩, 反貽伊戚.
有子五人, 宛其死滅.
哀我無辜, 墓門成棘.
昊天曰明, 及爾修德.
一善陰騭, 庸錫女士.

40) 愈踈~亦不孝也 : 『孟子』 「告子」(下)에 "親之過大而不怨, 是愈疏也. 親之過小而怨, 是不可磯也. 愈疏, 不孝也. 不可磯, 亦不孝也"라는 말이 보임. '不可磯'는 어버이의 잘못을 지나치게 따지는 것. 원문의 '踈'는 '疏'와 仝字임.

41) 室家之壼 : 『詩經』 大雅 「旣醉」에 "其類維何? 室家之壼"이라는 구절이 있음. '壼'(곤)은 부녀가 거주하는 內室을 뜻함.

42) 尸饔 : 『시경』 小雅 「祈父」의 "祈父, 亶不聰, 胡轉予于恤, 有母之尸饔"에서 유래하는 말로, 음식을 주관함을 이름.

還魂有路, 九原可起.

中宵寤擗,[43] 怨結永夜.

月出皎兮, 逢此粲者.[44]

綢繆一誓, 已成同穴.

穿墉啅屋,[45] 生死肉骨.

黃泉無間, 大隧有空.

融融洩洩, 其樂亦孔.[46]

仲非折檀,[47] 女豈霑露?[48]

宜何報德? 乃敢逹好.

父兮母兮, 自今伊始.

將求多福, 貽燕[49]後嗣.

云胡奪命? 不諒人只.[50]

---

43) 寤擗 : 『시경』 邶風의 「柏舟」에 "寤辟有摽"라는 구절이 있음. '辟'은 '擗'과 통함.

44) 月出皎兮, 逢此粲者 : '粲者'는 미인이나 사랑하는 님을 가리키는 말. 『시경』 陳風 「月山」에 "月出皎兮, 佼人僚兮"라는 구절이 있고, 唐風 「綢繆」에 "今夕何夕? 見此粲者"라는 구절이 있음.

45) 穿墉啅屋 : 『시경』 召南의 「行露」詩에 "誰謂雀無角? 何以穿我屋?", "誰謂鼠無牙? 何以穿我墉?"이라는 구절이 있음.

46) 黃泉無間~其樂亦孔 : 『左氏』 隱公 元年의 기사에 "公入而賦: '大隧之中, 其樂也融融.' 姜出而賦: '大隧之外, 其樂也洩洩'"이라는 구절이 있음. 鄭나라 莊公이 자기가 유폐시켰던 모친 武姜을 굴 속에서 만난 데서 유래하는 말.

47) 仲非折檀 : 여자의 집을 찾아가는 것을 말함. 『시경』 鄭風의 「將仲子」에 "將仲子兮, 無踰我園, 無折我樹檀"이라는 구절이 있음. 원문에는 '檀'이 '擅'으로 되어 있음.

48) 女豈霑露 : 여자가 행실이 있어 밤에 나돌아다니지 않음을 말함. 『시경』 召南의 「行露」에 "厭浥行露, 豈不夙夜? 謂行多露"라는 구절이 있음.

49) 貽燕 : 자손에게 복을 끼침. 『시경』 大雅 「文王有聲」의 "詒厥孫謀, 以燕翼子"에서 유래하는 말.

50) 不諒人只 : 『시경』 鄘風의 「柏舟」에 "母也天只, 不諒人只"라는 구절이 있음.

噰噰鳴鴈, 禮宜旭日.[51]

灼灼夭桃,[52] 戒在迨吉.[53]

重成邂逅, 我願我則.

「柏舟」[54]之詩, 矢以靡慝.

早知如此, 莫若無生.

<u>共姜</u>[55]有鬼, 携手同行.

侍中揮涕噫噫曰: "我之不忠不慈, 使汝至此! 悔將及乎? 紅繩繫足,[56] 自有定命, 當爲汝成之." 母夫人亦慰喩之. 女始起梳粧, 仍乳媼乃酬生, 詩曰:

蝦蟆[57]吐月光初滿, 桃李含春蝶已知.

石上結怨歌洩洩, 玉皇曾定此生期.

---

원래 改嫁를 권하는 어머니를 딸이 원망하는 말인데, 여기서는 하생과의 혼인을 반대하는 부모를 원망하는 말로 쓰였음.

51) 噰噰鳴鴈, 禮宜旭日 : 『시경』 邶風의 「匏有苦葉」에 "雝雝鳴鴈, 旭日始旦"이라는 구절이 있음. 기러기는 혼례를 상징하는 새임. 해가 떠오르는 아침에 기러기 두 마리를 붉은 비단 보에 싸 신랑 집에 보내는데, 이를 納采라 함.

52) 灼灼夭桃 : 婚期에 처한 처녀의 건강하고 아름다운 모습을 말함. 『시경』 周南 「桃夭」에 "桃之夭夭, 灼灼其華"라는 구절이 있음.

53) 戒在迨吉 : 『시경』 召南 「摽有梅」에 "求我庶士, 迨其吉兮"라는 구절이 있음. 나이가 찬 처녀가 혼기를 놓치지나 않을까 걱정하는 심정을 노래한 시임.

54) 「柏舟」 : 『시경』 鄘風의 詩名. 衛世子 共伯이 죽자 그 처 共姜은 수절하고자 했으나 모친이 개가시키고자 하매 共姜이 이 시를 지어 자신의 굳은 마음을 노래했다 함.

55) 共姜 : 주 54를 참조할 것.

56) 紅繩繫足 : 혼인을 맺어주는 神인 月下老人은 붉은 끈[紅繩]을 갖고 다니다가 그것을 남녀의 발에 매어 주어 부부의 인연을 맺게 한다고 함.

57) 蝦蟆 : 두꺼비. 달에 두꺼비가 산다는 전설이 있음.

侍中聞之曰: “此不可緩也.” 卽召生喩以結好之意. 且曰: “禮幣之具, 吾當盡辦.” 遂還生于其邸, 擇日備禮迎之.

生旣與女重遘, 錦帳[58]紅燭相對, 宛然莫辨眞夢. 生曰: “其新孔嘉, 其舊如之何?[59] 吾與子新歡舊意, 自異尋常, 誰無夫婦, 孰如我員?”[60] 女曰: “嘗聞釋氏有三生之說,[61] 是謂去、來、今. 過去已與君爲夫婦, 今生又與君爲夫婦, 第未知方來何如. 三生結緣, 古亦有之乎?”

自是夫婦敬愛, 雖鴻[62]之光,[63] 缺[64]之妻, 未足喩也. 翌年, 生捷巍科,[65] 初仕寶文閣,[66] 後至尙書令.[67] 與女爲夫婦, 凡四十餘年, 生二男, 長曰積善, 次曰餘慶, 皆顯于世.

生定婚之日, 求前之卜師, 則已易其肆云.

---

58) 帳 : 원문에는 ‘悵’으로 되어 있음.

59) 其新孔嘉, 其舊如之何 : 『시경』 豳風 「東山」詩에 나오는 구절. 「東山」詩는 周公이 東征 3년 만에 管蔡의 亂을 討誅하고 개선한 때의 일을 읊은 시임. 이 구절은, 동쪽으로 정벌을 나갔다가 돌아온 군사 가운데 때맞춰 결혼을 하는 자는 그 기쁨이 매우 클 것이고, 이미 결혼했던 자로서 돌아와 아내를 만나는 자는 그 기쁨이 더욱 클 것임을 노래한 것임. 여기서는 재회의 기쁨이 큼을 일컫는 말로 썼음.

60) 員 : ‘圓’과 仝字.

61) 三生之說 : 三生說. 불교에서 前生·現生·來生이 있다고 하는 설.

62) 鴻 : 漢나라의 梁鴻.

63) 光 : 梁鴻의 아내 孟光. 양홍과 맹광은 지극한 부부애로 서로 공경한 것으로 유명함.

64) 缺 : 춘추시대의 郤缺. 극결과 그 아내는 서로 공경하기를 마치 손님을 대하듯이 했다고함. 『左傳』 僖公 33년조에 보임.

65) 巍科 : 甲科. 과거 시험 합격자는 다시 몇 등급으로 나뉘는데, 성적이 가장 우수한 세 사람이 속한 등급을 일컫는 말.

66) 寶文閣 : 고려시대에 經筵과 藏書를 맡아보던 관청.

67) 尙書令 : 고려 때 尙書都省의 장관. 종1품 벼슬.

해 제

• 작자 : 申光漢(1484~1555)

호는 企齋이며, 申叔舟의 손자이다. 시에 능했으며, 이조판서 · 대제학 · 左贊成 등을 역임했다. 저술로는 문집인 『企齋集』과 소설집인 『企齋記異』가 전한다.

• 출전 : 『企齋記異』(고려대 도서관 晩松文庫本)

• 참고사항

(1) 『기재기이』에는 모두 4편의 작품이 수록되어 있으니, 「安憑夢遊錄」 · 「書齋夜會錄」 · 「崔生遇眞記」 · 「何生奇遇傳」이 그것이다. 이 중 「최생우진기」에서는 김시습의 『금오신화』 중 「용궁부연록」의 영향이, 「하생기우전」에서는 「만복사저포기」의 영향이 느껴진다.

(2) 『기재기이』에는 두 가지 本이 있다. 하나는 고려대 도서관 晩松文庫에 收藏된 목판본(1553년 간행)이고, 다른 하나는 日本 天理大 도서관의 今西文庫에 收藏된 필사본이다.

한편 서울대 奎章閣에 소장된 「愁城志」 말미에 「安憑夢遊錄」 · 「書齋夜會錄」 · 「崔生遇眞記」 세 작품이 필사되어 전한다. 「安憑夢遊錄」은 별도의 諺譯本이 존재하기도 한다.

(3) 신광한은 趙光祖(1482~1519)와 함께 中宗朝 때 新進士類의 한 사람이었으며, 기묘사화의 피해자였다. 그는 훗날 을사사화 때 小尹의 일원으로서 大尹의 제거에 공을 세워 공신에 봉해지기도 했다. 「하생기우전」은 16세기 당시의 士禍를 일정하게 반영하고 있는 측면이 있다.

(4) 이 작품에 대한 연구로는 소재영의 『기재기이 연구』(고려대학교 민족문화연구소, 1990)가 참조된다.

# 9. 崔孤雲傳

未 詳

崔致遠, 字孤雲,[1] 新羅人, 文昌令[2]冲之子也.[3] 初羅王召拜冲爲文昌令, 於是冲[4]還家不食而泣. 其妻問其[5]故, 冲曰: "君不聞之耶? 吾聞之, 故[6]文昌令失其[7]妻者, 以十[8]數, 吾亦恐見如此之變, 故泣之." 妻亦憂悶不能食. 居旬日, 冲將

1) 字孤雲 : 저본에는 없으나 白影本(『愼獨齋傳奇集』에 수록된 「崔文獻傳」을 말함)과 영남대본에 의거해 보충했음.

2) 文昌令 : 최치원이 高麗 顯宗 때 '文昌侯'라 贈諡된 데 착안하여 이렇게 설정한 듯함.

3) 冲之子也 : 『三國史記』 列傳 「崔致遠傳」에서는 "史傳泯滅, 不知其世系"라 하였음. 崔致遠이 撰한 「初月山大崇福寺碑銘」에 의하면 崔致遠의 父名은 '肩逸'임.

4) 冲 : 저본에는 없으나 백영본에 의거해 보충했음.

5) 其 : 저본에는 없으나 백영본과 영남대본에 의거해 보충했음.

6) 故 : 저본에는 '古'로 되어 있으나 영남대본을 따름.

7) 其 : 저본에는 없으나 영남대본에 의거해 보충했음.

8) 十 : 저본에는 '千'으로 되어 있으나 백영본과 영남대본을 따름.

家[9]屬, 至文昌, 乃[10]召邑中父老, 問曰: "昔聞此邑有失妻之變, 果有如是之變乎?" 對曰: "有之矣." 冲乃益惧, 令群[11]婢雜守其妻, 而自出於外以治其職. 一日, 黑雲四起,[12] 天地晦暝,[13] 風雷暴作,[14] 電影飜閃, 守者皆驚伏. 俄而起視之, 其妻已失矣. 乃大驚, 出而告冲, 冲驚惧不自勝焉.

先是, 以紅絲係其妻手[15]然後, 出[16]於[17]外以治其職. 及其失妻, 與縣吏李績, 尋紅絲, 至於衙後日岳嶺[18]巖穴下, 但以穴塞不得入. 冲呼妻痛哭, 績跪而慰之曰: "夫人已失矣, 痛哭奈何? 吾聞之古老, 曰: '此巖, 夜則自開.' 公第還于邑, 待夜來此, 見之可也."

冲從其言, 乃還邑,[19] 而夜又來, 巖穴下十五步許而止, 良久嗚咽, 忽巖石間, 見有光如燭, 往視之, 果巖隙自開. 冲乃喜, 從隙而入其中, 地廣且沃, 花樹蔥蘢,[20] 無人但有非常之鳥, 羅滿於花枝矣. 於是冲喟然稱歎, 顧謂李績[21]曰: "世間

---

9) 家 : 저본에는 없으나 백영본과 영남대본에 의거해 보충했음.
10) 乃 : 저본에는 이 앞에 '於是'가 더 있으나 영남대본을 따름.
11) 群 : 저본에는 '郡'으로 되어 있으나 영남대본을 따름.
12) 黑雲四起 : 저본에는 '風雲起'로 되어 있으나 백영본을 따름.
13) 晦暝: 저본에는 '暝暗'으로 되어 있으나 백영본을 따름.
14) 風雷暴作 : 저본에는 없으나 백영본에 의거해 보충했음.
15) 手 : 저본에는 이 뒤에 '及其手'가 더 있으나 백영본과 영남대본을 따름.
16) 出 : 저본에는 이 앞에 '卽'이 더 있음.
17) 於 : 저본에는 '其'로 되어 있으나 백영본과 영남대본을 따름.
18) 日岳嶺 : 저본에는 없으나 백영본과 영남대본에 의거해 보충했음. 고려대본(도서번호 C14-A9)에는 '北岳山'으로 되어 있음.
19) 邑 : 저본에는 '郡'으로 되어 있으나 영남대본을 따름.
20) 蘢 : 저본에는 '籠'으로 되어 있으나 잘못임.

安有如此之地乎? 必神仙之地也."

遂東行幾至五十步許, 有一大家, 甚爲壯麗, 正如天宮矣. 於是[22]冲聞仙樂之聲, 窃入[23]花間, 潛倚窓外, 仍隙窺見之,[24] 有金色黃猪, 枕其妻之膝, 於龍文[25]席而睡. 又有佳女幾十,[26] 羅前擁後矣. 先是, 冲[27]與其妻所約藥囊佩於內帶. 冲遂出囊藥, 令吹於風. 於是冲妻聞其香, 心知夫[28]來, 遂涕泣. 旣而黃猪睡覺, 問曰: "是何有人間之香臭也?" 其妻詒之曰: "風吹蘭花, 故有香臭矣. 人間之香臭, 何以至此乎?"[29] 又問曰: "君何哀而泣也?" 答曰: "吾觀此地, 与人間殊異, 我是人間之人, 恐不可以長享此地, 故[30]泣之." 金猪曰: "此地非人間, 必無死理, 願勿悲焉." 妻仍問曰: "吾在人間時聞之,[31] 仙間之[32]人, 見虎皮而死, 果有如是之理乎?" 猪曰: "吾未之識也. 但以鹿皮, 漬於溫水而[33]附[34]頭後, 則我亦不

---

21) 顧謂李績 : 저본에는 없으나 백영본과 영남대본에 의거해 보충했음.
22) 是 : 저본에는 없으나 영남대본에 의거해 보충했음.
23) 入 : 저본에는 '伏'으로 되어 있으나 백영본과 영남대본을 따름.
24) 之 : 저본에는 없으나 보충했음.
25) 文 : 저본에는 '門'으로 되어 있으나 영남대본을 따름.
26) 十 : 저본에는 '千'으로 되어 있음.
27) 冲 : 저본에는 없으나 백영본에 의거해 보충했음.
28) 夫 : 저본에는 '崔冲之'로 되어 있으나 영남대본을 따름.
29) 乎 : 저본에는 없으나 영남대본에 의거해 보충했음.
30) 故 : 저본에는 이 뒤에 '是以'가 더 있으나 백영본과 영남대본을 따름.
31) 之 : 저본에는 없으나 보충했음.
32) 之 : 저본에는 없으나 백영본과 영남대본에 의거해 보충했음.
33) 而 : 저본에는 없으나 백영본에 의거해 보충했음.
34) 附 : '付'와 같음.

有一言而死矣." 言訖復睡. 妻欲試之, 恨無鹿皮, 忽覗之, 所佩鞘[35]纓, 乃鹿皮也.[36] 潛[37]解其皮, 遂漬於涎, 以付黃猪之頭, 則果不有[38]一言而死矣.

於是冲與其妻偕返, 而故令之失妻十輩,[39] 亦賴崔冲之德, 皆歸於故鄕矣. 冲妻還家未幾而生子, 雖於在家之時, 知其有娠, 而旣被金猪之變, 故冲以其兒, 疑爲金猪之子, 而棄之於海濱, 天恤其兒, 遣天女乳哺養之矣. 於是冲妻聞之, 謂其夫曰: "君始以此兒爲金猪之子, 而棄於海濱,[40] 實[41]非金猪之子, 故天知晻昧之意, 令天女乳養此兒. 願令遣人, 招還率來." 冲深感曰: "吾亦欲率還, 然[42]始以此兒名爲金猪之子而棄之, 今若率還, 則人必笑我矣,[43] 是以難之[44]也." 妻曰: "君若以嗤笑[45]爲難, 願詐稱病, 避寓吏舍, 如從我言, 則雖還此兒, 萬無見人嗤笑矣." 冲從之.

先是, 靈巫適來衙內, 其妻解衣授之, 問其所居. 其巫云: "居於章騎洞[46]李僉知家前耳." 至是, 其妻乃陰使人於巫家

---

35) 鞘 : 저본에는 '鞱'로 되어 있으나 백영본을 따름. 영남대본에는 '鎖'로 되어 있음.
36) 也 : 저본에는 없으나 백영본과 영남대본에 의거해 보충했음.
37) 潛 : 저본에는 '暫'으로 되어 있으나 백영본과 영남대본을 따름.
38) 有 : 저본에는 없으나 보충했음.
39) 十輩 : 백영본에는 '數十女'로 되어 있음.
40) 濱 : 저본에는 '邊'으로 되어 있으나 고려대본(도서번호 C14-A9)을 따름.
41) 實 : 저본에는 이 앞에 '而'가 더 있으나 영남대본을 따름.
42) 然 : 저본에는 '而'로 되어 있으나 백영본과 영남대본을 따름.
43) 矣 : 저본에는 없으나 백영본과 영남대본에 의거해 보충했음.
44) 難之 : 저본에는 '似難'으로 되어 있으나 백영본과 영남대본을 따름.
45) 笑 : 저본에는 없으나 백영본과 영남대본에 의거해 보충했음.

請之, 巫乃至. 其妻賜巫帛數百疋, 仍[47]說[48]曰: "願爲我言諸吏曰: '汝員以其所産之兒, 爲金猪之子, 而棄於海濱, 故天憎汝員, 而以病罪之也. 今若等[49]急歸率來, 則汝員之病瘳矣, 而若等亦不得病矣. 不然則非徒汝員之死, 若等皆死矣.'" 巫乃許諾曰: "吾當如其言矣." 遂起而出, 仍以冲妻言, 具布諸吏. 諸吏乃愕然驚懼, 俱[50]詣崔冲所寓之舍, 乃哭之. 冲令侍婢問其故, 諸吏進而[51]跪, 白曰: "我等問[52]諸靈巫, 曰: '汝員以棄子之故, 獲罪於天. 今若不還此兒, 則汝員之病, 必不瘳矣.' 是以哭之." 冲佯驚曰: "誠以此兒之故, 我若得病於天, 吾當率還矣." 仍命李績等[53]遣之.

於是績等, 求兒不得, 意欲還來矣, 忽聞小兒讀書之聲, 顧瞻海島,[54] 有兒獨坐于高巖之上, 而讀書矣. 遂浮海至巖下, 停船仰呼曰: "公父獲病苦劇, 欲見君, 故我等今爲取公而至於斯也."[55] 其兒曰: "父母始以我疑爲金猪之子, 而已棄于此, 今不小愧, 而欲見耶? 昔者, 陽翟[56]大賈不韋,[57] 納美姬,

---

46) 章騎洞 : '장끼골'을 한문으로 표현한 게 아닐까 여겨지는데, 어딘지는 미상.
47) 仍 : 저본에는 이 앞에 '而'가 더 있으나 백영본과 영남대본을 따름.
48) 說(세) : 꾀다.
49) 等 : 저본에는 없으나 백영본과 영남대본에 의거해 보충했음.
50) 俱 : 저본에는 '具'로 되어 있으나 백영본을 따름.
51) 而 : 저본에는 없으나 백영본에 의거해 보충했음.
52) 問 : '聞'과 같음.
53) 等 : 저본에는 없으나 백영본과 영남대본에 의거해 보충했음.
54) 海島 : 마산시 月影洞 앞바다에 있는 '돝섬'(돼지섬)이 아닐까 생각됨.
55) 至於斯也 : 저본에는 '來'로 되어 있으나 백영본과 영남대본을 따름.
56) 陽翟 : 지금의 中國 河南省 禹縣.
57) 不韋 : 呂不韋를 가리킴. 『史記』 「呂不韋傳」에 "呂不韋者, 陽翟大賈人也"라는

知其有娠而遂獻于秦王, 七月而生, 所娠之兒, 實是[58]呂氏, 而秦王猶不[59]忍棄之, 而況我之慈[60]母, 妊我三箇月至文昌, 未幾爲金猪所失, 逾月[61]得母, 六月而生我. 以此觀之, 則我豈爲金猪之[62]子乎? 我[63]若金猪之[64]子, 則我之耳目口鼻, 豈非如金猪之耳目口鼻[65]乎? 然而家君, 始以兒爲金猪之子, 而乃棄於此, 則其爲殘忍薄行何如焉? 然則今何面目, 往見父母哉? 更欲見我, 我當入海矣." 時年甫三歲. 於是績等乃還, 具以兒言告冲, 冲乃悔之曰: "我之過也!" 將州[66]人數百, 至海口, 爲兒作樓臺於海島上, 招命其兒, 名此樓臺. 其兒名其臺曰'月影',[67] 名其樓曰'望景'. 於是冲自責其過

---

말이 보임. 여불위는 자기 아이를 임신한 美姬를 楚나라에 볼모로 와 있던 秦나라의 王族인 子楚(初名은 異人)에게 바쳤다. 이 미희가 낳은 자식이 바로 秦始皇이다. 그 뒤 子楚는 莊襄王에 즉위했으며, 장양왕이 죽자 진시황이 즉위했다. 진시황은 여불위를 相國으로 삼고 文信侯에 봉했으며, 仲父라 칭하였다.

58) 是 : 저본에는 '雖'로 되어 있으나 영남대본을 따름.

59) 不 : 저본에는 없으나 보충했음.

60) 慈 : 저본에는 '玆'로 되어 있음.

61) 逾月 : 앞부분의 서술을 보면 최충이 하루 만에 그 처를 찾은 것 같은데, 여기서는 한 달 만에 찾았다고 해 놓고 있어 서로 모순된 것처럼 보인다. 그러나 이 작품이 설화적 상상력에 바탕하고 있음을 감안할 때 지하세계와 인간세계의 시간단위를 달리 설정했을 수도 있는바, 그렇다고 한다면 모순이 아닐 수도 있다. 底本인 국립중앙도서관본이나 백영본·영남대본과는 그 계통을 완전히 달리하면서 別本의 성격을 띠고 있는 金起東本은 최충 처가 임신한 지 넉 달 만에 금돼지에게 납치되었고, 곧 귀가하여 여섯 달 만에 최치원을 낳았다고 서술함으로써 디테일의 합리성을 기하고 있다.

62) 之 : 저본에는 없으나 영남대본에 의거해 보충했음.

63) 我 : 저본에는 없으나 영남대본에 의거해 보충했음.

64) 之 : 저본에는 없으나 영남대본에 의거해 보충했음.

65) 耳目口鼻 : 저본에는 '容'으로 되어 있으나 영남대본을 따름.

66) 州 : 저본에는 이 뒤에 '之'가 더 있으나 영남대본을 따름.

曰:[68] "吾慚於汝." 仍以鐵杖與其兒而還矣. 居五日, 天儒數千雲集臺上, 各以所學競教其兒. 由是大悟文理, 遂成文章. 其兒常以鐵杖, 每書『千字』[69]于臺下沙中, 故三尺鐵杖, 幾至半尺矣. 其兒爲人, 音聲淸朗, 吟咏詩賦,[70] 無不中律, 聞其聲者,[71] 莫不贊美.

會夜中原皇帝, 出遊後庭, 遙[72]聞咏詩之聲澄且淡焉, 問其[73]侍臣曰: "何處咏詩之聲, 至於斯也?" 對曰: "新羅儒生咏詩之聲也." 帝曰: "新羅雖褊[74]小之國, 亦有賢士矣! 如此萬里之外咏詩之聲尙如此, 則況其近者乎!" 稱善久之. 於是帝欲遣才士, 與新羅儒士[75]相較才, 乃招群臣, 選諸學士中文才卓然者二人而遣之.

於是學士浮海, 至月影臺下, 問於其兒[76]曰: "汝何爲者

---

67) 月影 : 月影臺는 지금의 마산시 月影洞의 慶南大學 입구에 있었음. 현재 그 자리에 최치원을 추모하는 비석이 세워져 있음.

68) 爲兒作樓臺於海島上~曰 : 저본에는 '則其兒作樓臺於海島上, 而名樓曰望景, 名臺曰月影也. 招之不歸, 冲自責其過, 而躬去臺下, 謂其兒曰'로 되어 있으나 영남대본을 따름. 다만 영남대본의 '名其臺曰月影臺, 名其樓曰望景樓'는 '名其臺曰月影, 名其樓曰望景'으로 바꾸었음. '望景'은 '望影'으로 되어 있는 本도 있는바, '景'은 '영'으로 읽어야 할 것으로 생각됨.

69) 千字 : 『千字文』을 가리킴.

70) 詩賦 : 저본에는 '賦詩'로 되어 있으나 백영본을 따름.

71) 聞其聲者 : 저본에는 '一夜間吹笛之聲, 乃咏李杜之詩, 得聞其聲者'로 되어 있으나 영남대본을 따름.

72) 遙 : 저본에는 '猶'로 되어 있으나 영남대본을 따름.

73) 其 : 저본에는 없으나 백영본과 영남대본에 의거해 보충했음.

74) 褊 : 저본에는 '偏'으로 되어 있음.

75) 羅儒士 : 저본에는 缺落되어 있으나 백영본에 의거해 보충했음. 다만 백영본에 '儒使'로 되어 있는 것은 '儒士'로 바로잡았음.

76) 於其兒 : 저본에는 없으나 백영본과 영남대본에 의거해 보충했음.

也?" 曰: "我新羅丞相羅業[77]蒼頭也." 問曰: "汝年幾何?" 曰: "六歲耳." 學士曰: "汝知書[78]乎?" 兒曰: "人不知書,[79] 可謂人乎?" 學士曰: "然則試相較藝可乎?" 仍作詩曰: "棹穿波底月." 兒卽應口和曰: "船壓水中天." 學士又吟曰: "水鳥浮還沒." 兒又和曰: "山雲斷復連." 學士又戲之曰: "鳥鼠何雀雀?" 其兒卽對曰: "鷄犬亦蒙蒙." 學士曰: "犬之蒙蒙猶之可, 鷄亦蒙蒙乎?" 其兒答曰: "鳥之雀雀猶之可, 鼠亦雀雀乎?" 學士語塞不答,[80] 自[81]知其才不能及, 乃相謂曰: "年未七歲之兒, 其才能尙如此, 況其宿儒文才之過人者乎! 然則我等雖入新羅, 何能敵而較藝[82]哉? 不如還去."

乃還中原, 告曰: "新羅之儒, 文[83]才高遠者, 不可勝數, 而其中又有尤善者, 雖如臣等百數, 不能敵也." 於是皇帝大怒, 欲攻新羅, 乃以綿裹鷄卵, 盛於[84]石函, 又煮黃蠟, 灌於其中, 不令搖動, 更以銅鐵銷灌函外,[85] 不使開見, 而仍以璽書付於持函使者曰:[86] "汝國若不能究函中之物而作詩獻之,

---

77) 羅業 : 허구적인 인물임.
78) 書 : 저본에는 '學'으로 되어 있으나 고려대본(도서번호 치암C14－A74)을 따름.
79) 書 : 저본에는 '學'으로 되어 있음.
80) 學士又戲之曰~語塞不答 : 저본에는 없으나 백영본에 의거해 보충했음. 단 백영본에 '鳥之雀雀猶可'로 되어 있는 것은 '鳥之雀雀猶之可'로 고쳤음.
81) 自 : 저본에는 이 앞에 '學士'가 더 있음.
82) 而較藝 : 저본에는 없으나 백영본에 의거해 보충했음.
83) 文 : 저본에는 없으나 백영본에 의거해 보충했음.
84) 於 : 저본에는 '以'로 되어 있으나 영남대본을 따름.
85) 銷灌函外 : 저본에는 '鑄函於外'로 되어 있으나 영남대본을 따름.
86) 而仍以璽書付於持函使者曰 : 저본에는 '而仍以璽付外, 持函送使於新羅曰'로 되어 있으나 영남대본을 따름. 단 영남대본에는 '付'가 '封'으로 되어 있는

則吾且屠之." 使者奉璽書至鷄林.[87] 羅王見之驚惧,[88] 招[89]會國中名儒於白虎觀,[90] 而仍下令曰: "諸生有能究函中之[91]物而作詩者, 吾且尊官, 與之分土."

及月影臺所遊之兒, 入京師矣.[92] 丞相羅業[93]有一女, 色貌才藝, 獨出一國,[94] 且有節行. 其兒聞之, 改[95]着弊衣, 詐稱繕鏡之賈, 遂詣[96]丞相家前,[97] 呼以繕鏡. 羅女聞之, 乃以陳鏡授其[98]乳母出遣, 而遂從乳母, 出于外[99]門之內, 倚門[100]扉仍隙窺見之際, 其兒忽視羅女之顔色, 心以爲美, 更欲見之, 以所操之鏡, 故墜破之.[101] 乳母大驚, 乃恚撞之, 兒哀乞曰: "鏡已破矣, 撞之何益? 願以身爲奴, 以償此鏡." 乳母入告丞相, 丞相許之. 由是自號爲'破鏡奴'.

丞相[102]乃命破鏡奴養馬. 自是群[103]馬悉肥, 無一瘦瘠者

---

데 백영본에 의거해 '付'로 바로잡았음.

87) 鷄林 : 新羅의 수도인 慶州의 딴이름.

88) 惧 : 저본에는 '恐'으로 되어 있으나 영남대본을 따름.

89) 招 : 저본에는 없으나 백영본과 영남대본에 의거해 보충했음.

90) 白虎觀 : 원래 漢나라의 궁전 이름임.

91) 之 : 저본에는 없으나 백영본과 영남대본에 의거해 보충했음.

92) 矣 : 저본에는 없으나 백영본에 의거해 보충했음.

93) 羅業 : 『嶠南誌』 권40에는 최치원의 장인이 정승 羅千業이라고 杜撰해 놓았음.

94) 獨出一國 : 저본에는 없으나 백영본에 의거해 보충했음.

95) 改 : 저본에는 '乃'로 되어 있으나 백영본과 영남대본을 따름.

96) 詣 : 저본에는 '入'으로 되어 있으나 백영본을 따름.

97) 前 : 저본에는 없으나 백영본에 의거해 보충했음.

98) 其 : 저본에는 '以'로 되어 있으나 백영본을 따름.

99) 外 : 저본에는 '中'으로 되어 있으나 백영본과 영남대본을 따름.

100) 門 : 저본에는 없으나 백영본에 의거해 보충했음.

101) 以所操之鏡, 故墜破之 : 저본에는 '故以所操之鏡, 墜破之'로 되어 있으나 백영본과 영남대본에 의거해 바로잡았음.

矣. 一日, 天上之人雲集山谷[104]間, 競穫馬蒭, 以與破鏡奴. 於是破鏡奴, 縱群馬于野外, 而歸臥林下. 及日暮, 群馬乃集破鏡奴所臥之處, 皆向破鏡奴立, 俛首羅立矣. 見者莫不[105]嗟異焉.[106] 丞[107]相妻聞之, 謂丞相曰: "破鏡狀貌奇異, 亦多可服之事, 意必非常之人也. 願君蠲此厮役, 而任之以不[108]賤之役." 丞相然而[109]從之. 丞相多植雜花於東山,[110] 仍命破鏡奴, 守視花園. 自後東山花卉滋盛, 小無衰落, 而鳳凰飛棲於花枝,[111] 破[112]鏡奴聞鳳鳴, 乃作悲歌矣.[113] 丞相入花園翫花, 而問於破鏡[114]曰: "汝之年幾何?" 對曰: "十有一矣." 又問曰: "汝知書[115]乎?" 佯對曰: "不知也." 丞相曰: "我十一歲時, 尙能知書,[116] 汝何爲不知也?" 對曰: "我早喪父,[117] 雖欲學書,[118] 孰從而學哉?" 丞相戱之曰: "汝實欲學,

---

102) 丞相 : 저본에는 없으나 백영본과 영남대본에 의거해 보충했음.
103) 群 : 저본에는 없으나 백영본에 의거해 보충했음.
104) 谷 : 저본에는 없으나 백영본에 의거해 보충했음.
105) 不 : 저본에는 없으나 백영본에 의거해 보충했음.
106) 異焉 : 저본에는 '美馬'로 되어 있으나 백영본을 따름.
107) 丞 : 저본에는 이 앞에 '於是'가 더 있으나 백영본을 따름.
108) 不 : 저본에는 '非'로 되어 있으나 백영본과 영남대본을 따름.
109) 然而 : 저본에는 없으나 백영본과 영남대본에 의거해 보충했음.
110) 丞相多植雜花於東山 : 저본에는 없으나 백영본에 의거해 보충했음.
111) 枝 : 저본에는 이 뒤에 '矣'가 더 있으나 백영본을 따름.
112) 破 : 저본에는 이 앞에 '於是'가 더 있으나 백영본을 따름.
113) 矣 : 저본에는 없으나 백영본에 의거해 보충했음,
114) 於破鏡 : 저본에는 없으나 영남대본에 의거해 보충했음.
115) 書 : 저본에는 '學'으로 되어 있으나 백영본과 영남대본을 따름.
116) 書 : 저본에는 '學'으로 되어 있으나 백영본을 따름.
117) 父 : 저본에는 '父母'로 되어 있으나 영남대본을 따름.
118) 書 : 저본에는 없으나 백영본과 영남대본에 의거해 보충했음.

則吾當教之." 對曰: "不敢請, 固所願也." 丞相笑曰: "是哉! 是哉!" 乃還. 破鏡亦以爲[119]笑.

居旬日, 破鏡聞羅女欲入東山玩花, 但[120]羞破鏡而未果焉. 破鏡乃欲求見, 而謀[121]請於丞相曰: "我之來此, 今幾年矣. 一不往省老母,[122] 願給省母之暇." 丞相給暇五日. 羅女聞破鏡之受由歸鄕,[123] 入園玩花, 而吟詩[124]曰: "花笑檻前聲未聽." 破鏡隱於[125]花間, 忽和曰: "鳥啼林下淚難看." 羅女赧然羞怍而還.[126]

是年春二月, 諸生上書曰: "函中之物, 不可以窮究[127]作詩矣." 王甚憂, 謂侍臣曰: "賢才何可易得?" 對曰: "賢才固不可易得. 然大王群臣之中,[128] 羅業文學有餘, 或可能究函中之物而作詩也." 王以爲然, 乃召業, 委以石函曰: "寡人群臣中, 卿之文才有餘, 可能作詩也, 故以函委之, 卿須力究而作詩也! 卿若不能作, 吾以卿之夫人爲宮女, 而殺汝矣." 丞相還家, 抱函痛哭. 破鏡聞之, 問於人曰: "哭聲何也?" 人具以言之,[129] 破鏡頗有喜色.

---

119) 以爲 : 저본에는 없으나 백영본에 의거해 보충했음.
120) 但 : 저본에는 이 앞에 '而'가 더 있으나 백영본을 따름.
121) 謀 : 꾀로. 술책으로.
122) 老母 : 저본에는 '父母'로 되어 있으나 백영본과 영남대본을 따름.
123) 歸鄕 : 저본에는 없으나 백영본과 영남대본에 의거해 보충했음.
124) 入園玩花, 而吟詩 : 백영본에는 '入東山玩花, 作詩'로 되어 있음.
125) 於 : 저본에는 '伏'으로 되어 있으나 백영본과 영남대본을 따름.
126) 還 : 저본에는 '走避'로 되어 있으나 영남대본을 따름.
127) 不可以窮究 : 저본에는 '不可窮究而'로 되어 있으나 백영본을 따름.
128) 大王群臣之中 : 저본에는 '群臣中'으로 되어 있으나 백영본과 영남대본을 따름.

於是破鏡折花枝，而往于外廳之內．羅女支頤而坐，悽然泣下，忽見壁上所掛鏡裡有人影，心以爲駭，因窓隙見之,[130] 破鏡奉花枝而立外．羅女怪而問之，破鏡乃跪，窃語曰："聞君欲玩此花，故[131]爲君折來，未枯之時，受[132]而玩之." 羅女乃歔欷太息，破鏡慰之曰："鏡裡影落之人，必使君無患矣．請勿憂而速受此花." 於是羅女受其花[133]而愧甚起入．久之，羅女猶疑破鏡之言，乘間告于丞相曰："破鏡雖童子，才學絶人，且有神仙之氣，吾以爲能究函中之物而作詩也." 丞相曰："汝以此事爲易，而如是發言乎? 若破鏡之所能爲也，則天下名儒一不能作，而竟以此函委於我耶?" 羅女曰："諺語:[134] '鴟雖微,[135] 能生大鷲.'[136] 破鏡雖駑，安知其有大才乎?" 仍以破鏡'無患'之語，告之曰："破鏡若不能作此詩,[137] 則[138]何以出此言也? 願召之,[139] 試命作詩." 丞相意頗然之，乃召破鏡，諭之曰："汝若究此函中之物而作詩，非徒厚賞，當遂汝意." 破鏡不聽曰："雖賜重賞，豈能作詩[140]乎?" 羅女

---

129) 人具以言之 : 저본에는 '其時, 人人具言之'로 되어 있으나 영남대본을 따름.
130) 之 : 저본에는 없으나 백영본에 의거해 보충했음.
131) 故 : 저본에는 없으나 백영본과 영남대본에 의거해 보충했음.
132) 受 : 저본에는 '愛'로 되어 있으나 백영본과 영남대본을 따름.
133) 受其花 : 저본에는 '雖受花'로 되어 있으나 백영본을 따름.
134) 諺語 : 저본에는 없으나 백영본과 영남대본에 의거해 보충했음.
135) 微 : 저본에는 이 뒤에 '雀'이 더 있으나 영남대본을 따름.
136) 鴟雖微, 能生大鷲 : '뱁새가 수리를 낳는다'는 속담에 해당하는 말임. 겉은 미천해 보여도 큰 일을 할 수 있음을 뜻함.
137) 詩 : 저본에는 이 뒤에 '也'가 더 있으나 백영본을 따름.
138) 則 : 저본에는 없으나 백영본에 의거해 보충했음.
139) 之 : 저본에는 '破鏡'으로 되어 있으나 백영본을 따름.

聞破鏡之言, 謂丞相曰: “夫好生惡死, 人之常情. 故昔一人坐事當刑, 有吏問曰: ‘汝若作詩, 吾當赦之’, 其人不曉一字, 而必從其命作詩. 況破鏡文學有餘, 可能作詩也, 而詐爲不能, 今家君脅破鏡以死, 則[141]豈無好生惡死之心而不從也哉?” 丞相以爲然, 乃脅之曰: “汝以吾奴, 不聽我言, 罪當斬.” 仍命他奴將下斬之. 破鏡佯恐許之.[142]

頃之, 破鏡乃持函而出, 坐于中門之內, 私自言[143]曰: “此所謂‘方破敵兵, 欲斬謀臣’者也. 如我者, 雖死不足惜也, 未知如丞相何[144]耳.” 會丞相妻[145]如厠, 聞破鏡之言,[146] 入[147]謂丞相曰: “破鏡無作詩之[148]意.” 仍以其言[149]告之. 丞相[150]令乳母私諭之曰: “汝以文才有餘故, 可能作詩, 而有何所欲,[151] 而至死不爲耶? 如有所欲, 無敢隱我而直言之, 吾當爲汝且圖之.” 破鏡默然良久, 曰: “丞相若以我爲婿, 則吾必爲之作詩矣.” 乳母入報丞相, 丞相厲聲曰: “豈有以蒼頭爲

140) 詩 : 저본에는 없으나 백영본과 영남대본에 의거해 보충했음.
141) 則 : 저본에는 이 뒤에 ‘破鏡’이 더 있으나 백영본과 영남대본을 따름.
142) 佯恐許之 : 저본에는 ‘恐誅斬, 而佯許之’로 되어 있으나 영남대본을 따름.
143) 言 : 저본에는 ‘語’로 되어 있으나 영남대본을 따름.
144) 如丞相何 : 저본에는 ‘丞相如何’로 되어 있으나 백영본을 참조하여 고침.
145) 妻 : 저본에는 없으나 백영본과 영남대본에 의거해 보충했음.
146) 言 : 저본에는 ‘語’로 되어 있으나 영남대본을 따름.
147) 入 : 저본에는 없으나 백영본과 영남대본에 의거해 보충했음.
148) 之 : 저본에는 없으나 백영본과 영남대본에 의거해 보충했음.
149) 言 : 저본에는 ‘語’로 되어 있음.
150) 丞相 : 저본에는 없으나 백영본과 영남대본에 의거해 보충했음.
151) 有何所欲 : 저본에는 ‘汝何有欲’으로 되어 있으나 백영본과 영남대본을 따름.

婿之理乎? 汝言太謬矣!" 然更言曰: "汝能作詩,[152] 則吾乃畫女顏色而示汝然後, 求得如此顏色之女, 必使汝娶矣." 令乳母出而言之. 破鏡含笑曰: "雖畫餠於紙而終日見之, 何飽之有?[153] 必食然後, 可以飽腹也." 仍以足推函而偃臥曰: "吾雖寸斬, 不能作詩[154]也." 乳母入白於丞相, 丞相默然不言.

於是羅女徐謂丞相曰: "今家君, 愛我而不聽破鏡之言, 則後必有悔. 願從破鏡之言, 而父母長享富貴, 不亦榮乎? 自古以來, 所可愛者, 惟獨人生而已, 他尙可愛哉?" 丞相曰: "汝言善哉善哉! 父母之心以爲: '卑惡之人, 爲汝之耦, 則必有怨心矣', 故未之許也, 而今汝不顧此, 徒欲父母之生, 而發如是之言, 眞可謂孝女矣." 於是與其夫人, 約爲婚姻曰: "今若不聽破鏡之言, 恐[155]有後悔." 夫人亦曰: "君言是矣." 丞相乃命侍女, 煖水洗破鏡之身以去其垢, 而更以羅巾拭之然後, 着以錦衣, 遂卜日成禮焉.

翌朝, 丞相乃使人於蘭房,[156] 促令作詩, 婿郎曰: "此詩之作何難哉?[157] 吾將究之." 乃令羅女糊紙於壁, 自取毛公,[158] 挾於足指而宿焉. 於是丞相呼其女曰: "郎作詩乎?" 對曰:

---

152) 詩 : 저본에는 없으나 백영본에 의거해 보충했음.
153) 畫餠於紙而終日見之, 何飽之有 : '그림의 떡'이라는 속담에 해당하는 말임.
154) 詩 : 저본에는 없으나 영남대본에 의거해 보충했음.
155) 恐 : 저본에는 '惧'로 되어 있으나 백영본을 따름.
156) 蘭房 : 閨房. 여기서는 新房을 가리킴.
157) 哉 : 저본에는 없으나 백영본에 의거해 보충했음.
158) 毛公 : 붓.

"詩不作而猶寢矣." 羅女[159]仍憑几假寐, 夢有雙龍從天而下, 相交於函上. 又有五色班[160]衣之童十餘輩,[161] 奉函而立, 或舞或歌, 函忽自開. 俄有五色瑞氣,[162] 出自雙龍之鼻, 貫照函內, 紅衣青帕之人, 羅列左右, 或製詩呼之, 或搦筆書之之際,[163] 適丞相喚人之聲, 羅女[164]驚悟, 乃搖其夫而令寤之, 婿郎睡覺, 卽製其詩, 大書于糊壁之紙,[165] 龍蛇飛動矣. 其[166]詩曰:

團團石中卵, 半玉半黃金.
夜夜知時鳥, 含情未吐音.

乃以詩投細君, 而入遣丞相前.[167] 丞相見之, 猶未信焉. 及聞羅女[168]夢中所覩之事然後, 乃信之. 遂奉詩詣闕, 獻于王. 王見之, 驚曰: "卿何知而作也?" 對曰: "此非臣之所製,

159) 羅女 : 저본에는 '小姐'로 되어 있으나 영남대본을 따름. 이하 저본에 '小姐'로 되어 있는 것은 모두 '羅女'로 고침.
160) 班 : '斑'과 같음.
161) 十餘輩 : 저본에는 없으나 백영본에 의거해 보충했음.
162) 氣 : 저본에는 없으나 백영본과 영남대본에 의거해 보충했음.
163) 之際 : 저본에는 없으나 백영본에 의거해 보충했음. 다만 백영본에는 '之'가 없으나 있어야 할 글자이므로 끼워넣었음.
164) 羅女 : 저본에는 '小姐'로 되어 있음.
165) 適丞相喚人之聲~糊壁之紙 : 저본에는 '於是婿郎睡覺, 乃大書于糊壁之紙'로 되어 있으나 백영본을 따름. 다만 백영본에 '羅女'로 되어 있는 것은 '小姐'로 고침. 또 백영본에는 '搖'가 '疑'로 되어 있으나 바로잡았음.
166) 其 : 저본에는 없으나 백영본과 영남대본을 따름.
167) 丞相前 : 저본에는 없으나 영남대본에 의거해 보충했음.
168) 羅女 : 저본에는 '小姐'로 되어 있음.

乃臣婿之作也. 是以臣莫知其所以[169]知也."

王遂遣使奉詩, 獻于皇帝. 皇帝覽之良久, 曰: "'卵'云者是也, 而'含情未吐音'者非也." 及坼函見其裡, 褁綿之[170]卵有成雛之形然後, 始知'含情未吐音'之句. 帝乃歎曰: "天下奇才也!" 於是招學士, 以詩示之, 學士見之, 咸讚不已,[171] 因[172]上書曰: "大抵[173]在袖中之物能知而製詩者, 尙鮮矣, 而況新羅絶域藩籬之國, 其[174]人能知中原細微之事, 而作如此之詩, 其爲才能何如哉? 且以中夏之大, 如此之才難得, 而以[175]褊[176]小之國, 有如此之人, 意者從此, 小國將有無大國之心乎! 伏願陛下, 須喚此儒, 以詰能知難事之由." 帝深以爲然, 乃詔新羅, 徵作詩之士.

於是羅王招丞相羅業[177]曰: "今皇帝將欲侵我國, 而又徵作詩之人, 卿婿必不得已行. 然卿婿尙幼, 送之似難, 無乃代行乎?"[178] 對曰: "臣亦[179]推之, 大王之言是也." 遂還家, 泣且語其家人曰: "今天子詔我國, 徵作詩之人, 婿郞尙幼, 不

---

169) 以 : 저본에는 없으나 보충했음.
170) 褁綿之 : 저본에는 없으나 백영본에 의거해 보충했음.
171) 不已 : 저본에는 없으나 김기동본에 의거해 보충했음.
172) 因 : 저본에는 없으나 백영본에 의거해 보충했음.
173) 抵 : 저본에는 이 뒤에 '凡'이 더 있으나 영남대본을 따름.
174) 其 : 저본에는 이 앞에 '而'가 더 있으나 영남대본을 따름.
175) 以 : 저본에는 없으나 백영본에 의거해 보충했음.
176) 褊 : 저본에는 '偏'으로 되어 있음.
177) 羅業 : 저본에는 없으나 백영본과 영남대본에 의거해 보충했음.
178) 乎 : 저본에는 '耶'로 되어 있으나 백영본과 영남대본을 따름.
179) 亦 : 저본에는 없으나 백영본과 영남대본에 의거해 보충했음.

可遣之,[180] 我不得已代行矣. 一行則無復生還, 將爲奈何?" 於是羅女[181]退, 謂崔郎曰: "君何以[182]作詩, 而今又有徵作詩人之詔也?" 仍以丞相代行之語告之, 崔郎曰: "丞相代行, 則非惟不能生還, 必有大禍, 我將行之." 羅女[183]曰: "君今棄我作萬里之行, 則其能復還[184]乎?" 仍愴然淚下. 崔郎慰之曰:[185] "君不知耶? 古人有言曰: '天生我才必有用.'[186] 我今入中國, 則天子必用我, 大則封王侯,[187] 小則爲將相矣. 吾乃還于玆, 以示榮[188]於君, 不亦樂乎! 況大丈夫周遊天下, 自古有之矣. 我之此行, 亦丈夫之[189]常道, 豈有不還之理乎? 願君勿慮焉!" 仍陳丞相不可代行之狀, 謂之曰: "請以此白于丞相, 而使我行之可也." 羅女[190]遂悟, 乃入上房, 謂丞相曰: "崔郎之言, 如此如此." 丞相善其言曰: "崔郎發此忠言, 眞賢人矣!"

乃入闕上言曰: "臣欲以婿遣之." 王曰: "卿旣以代行之, 而今更欲遣婿, 何也?" 對曰: "臣婿雖幼, 才學過於臣十[191]倍,

---

180) 之 : 저본에는 없으나 영남대본에 의거해 보충했음.
181) 羅女 : 저본에는 '小姐'로 되어 있음.
182) 以 : 저본에는 '爲'로 되어 있으나 영남대본을 따름.
183) 羅女 : 저본에는 '小姐'로 되어 있음.
184) 還 : 저본에는 없으나 백영본과 영남대본에 의거해 보충했음.
185) 曰 : 저본에는 없으나 백영본과 영남대본에 의거해 보충했음.
186) 天生我才必有用 : 李白의 시 「將進酒」의 한 구절.
187) 侯 : 저본에는 '候'로 되어 있음.
188) 榮 : 저본에는 없으나 백영본에 의거해 보충했음.
189) 丈夫之 : 저본에는 '大丈夫'로 되어 있으나 백영본을 따름.
190) 羅女 : 저본에는 '小姐'로 되어 있음.
191) 十 : 저본에는 '百'으로 되어 있으나 백영본과 영남대본을 따름.

亦究函中之物而作詩. 故今皇帝, 若欲更令[192]作詩而徵作詩之人, 則臣雖代行, 恐不能作詩, 以失我國之體. 是以欲以婿遣之矣." 王以爲然而許[193]之. 翌日, 致遠乃入謁於王, 王問曰: "汝年幾何?" 對曰: "十有二矣." 王曰: "汝之年少若是, 則雖入中原, 將爲何事?" 對曰: "誠以年與体爲事, 則天下之儒年長體壯者, 一不能究函中之物而作詩, 何也?" 王驚愕, 乃試問曰: "汝入中原,[194] 將何以對皇帝乎?" 對曰: "大凡長者之於少者, 長者以長者之道遇少者, 則少者亦以少者之道事長者. 故今大國以長者之道遇小[195]國, 小[196]國豈敢不以少者之道事大國哉? 此之不爲, 而顧欲[197]侵之,[198] 以鷄卵盛於石函, 送于我國, 使之作詩, 其後反疾作詩之人而徵之者, 何也? 大國果如是反覆, 而欲令小國以少者之道事之, 是猶緣木而求魚也. 臣以此欲白于皇帝." 王大奇其語, 下床握手而謂曰: "汝入中原之後, 汝之鸞家,[199] 我當復徭,[200] 且賜衣廩, 以至汝還, 而惟於今[201]行, 將何以餽贐?" 致遠辭曰: "不願他物, 只願五十尺帽耳." 王卽造與之. 於是致遠拜辭而出,

---

192) 令 : 저본에는 '今'으로 되어 있으나 백영본을 따름.
193) 許 : 저본에는 '遣'으로 되어 있으나 백영본과 영남대본을 따름.
194) 中原 : 저본에는 없으나 백영본과 영남대본에 의거해 보충했음.
195) 小 : 저본에는 '少'로 되어 있음.
196) 小 : 저본에는 '少'로 되어 있음.
197) 欲 : 저본에는 없으나 백영본과 영남대본에 의거해 보충했음.
198) 之 : 저본에는 이 뒤에 '焉'이 더 있으나 백영본과 영남대본을 따름.
199) 鸞家 : 남의 집을 높여 부르는 말.
200) 復徭 : 徭役을 면제하다.
201) 今 : 저본에는 없으나 영남대본에 의거해 보충했음.

自稱'新羅文章崔致遠', 將向中原, 至海濱, 姻黨來迓, 設酌以餞行. 於是羅女,[202] 不勝離懷, 乃作詩曰:

白鳥雙雙漂海邊, 孤帆去去接[203]青天.
別酒緩歌無好意, 長年愁疊夜何眠?

致遠亦作詩以慰之曰:

洞房夜夜莫愁苦,[204] 翠黛花顔恐衰耗.[205]
此去功名當自取, 與君富貴喜居郜.[206]

遂浮海至瞻星島[207]下, 船乃回而不流. 致遠問亭長, 對曰: "聞神龍在此島下, 意以爲此龍所作也, 願公祭[208]之." 致遠從其言, 遂下船登島上, 有年少儒生拱手而立. 致遠怪而問之曰: "汝何爲者?" 其儒跪拜[209]而答曰:[210] "我是龍王之[211]

---

202) 女 : 저본에는 '小姐'로 되어 있음.
203) 接 : 저본에는 '倚'로 되어 있으나 영남대본을 따름.
204) 莫愁苦 : 저본에는 '愁莫苦'로 되어 있으나 영남대본을 따름.
205) 衰耗 : 저본에는 '謝耊'로 되어 있으나 백영본과 영남대본을 따름.
206) 郜(고) : 저 앞의 '我今入中國, 則天子必用我, 大則封王侯'와 호응되는 말임. 저본에는 '邸'로 되어 있으나 '耗'와 韻이 맞지 않음. '郜'는 文王의 아들이 封해졌다는 나라 이름으로, 지금의 山東省 城武縣 郜城에 해당함.
207) 瞻星島 : 어딘지 미상. 赤梁鎭의 昌善島와 音이 유사해 혹 그곳이 아닌가 하는 의심을 제기해 둠.
208) 祭 : 저본에는 '禱'로 되어 있으나 백영본과 영남대본을 따름.
209) 跪拜 : 저본에는 '拜跪'로 되어 있음.
210) 曰 : 저본에는 없으나 영남대본에 의거해 보충했음.
211) 之 : 저본에는 없으나 백영본과 영남대본에 의거해 보충했음.

子李牧[212]也." 又問曰: "汝何以至此?" 對曰: "今聞先生以天下文章, 將到于此, 欲從受學, 而至此待之矣." 復言曰: "夫[213]我之地, 與人間之地殊異, 無孔子之學, 故縱欲學書, 無由得學, 是以我常自歎曰: '我何作罪, 誤生此地, 不得聞孔子之道也!' 今者偶逢[214]天下文章, 豈非天欲使我得聞聖人之道耶?"[215] 乃重致敬, 邀入龍宮. 致遠辭以行迫, 儒生强請曰: "願須臾入留." 致遠不得已許諾, 問曰: "汝家安在?" 對曰: "在[216]水底耳." 致遠曰: "然則從何而入耶?"[217] 儒生曰: "願乘我背, 而少頃瞑目, 則可入矣." 致遠從其言. 於是儒生負致遠, 從巖下而入水中. 比[218]至龍宮前, 儒生曰: "已至矣." 遂開目, 則至於門下矣. 乃立階下, 其儒入報龍王,[219] 龍王大驚出拜, 遂邀入宮, 對坐龍床, 乃設酌慰之. 致遠以行迫告別, 龍王曰: "文章[220]幸爲我至弊室, 而未留數日, 卒然作別, 於我心有憾憾焉." 仍曰: "我之仲子李牧, 才捷[221]過人, 願与俱行. 若有大變, 勢能禦之." 致遠曰: "當唯命."

遂与李牧俱行, 還至初相逢之處. 亭長於巖下艤船而泣,

---

212) 李牧 : '이무기'의 音借.
213) 夫 : 저본에는 없으나 백영본과 영남대본에 의거해 보충했음.
214) 逢 : 저본에는 '得'으로 되어 있으나 백영본을 따름.
215) 耶 : 저본에는 '乎'로 되어 있으나 백영본과 영남대본을 따름.
216) 在 : 저본에는 이 앞에 '家'가 더 있으나 백영본을 따름.
217) 耶 : 저본에는 없으나 백영본에 의거해 보충했음.
218) 比 : '及'과 같음. 저본에는 없으나 영남대본에 의거해 보충했음.
219) 龍王 : 저본에는 없으나 백영본과 영남대본에 의거해 보충했음.
220) 文章 : 文章에 뛰어난 사람. 여기서는 최치원을 가리킴.
221) 捷 : 저본에는 '健'으로 되어 있음.

忽見致遠, 乃賀曰: "公從何處而來耶?" 致遠曰: "從水宮[222]而來." 亭長曰: "昨者明公[223]將行祭于島上, 而狂風遽起,[224] 白浪洶湧, 海暝晝晦, 我以爲'必是祭不得效, 致[225]此大變', 而哭之矣.[226] 今偶然得見, 其幸可勝道哉?" 仍問曰: "彼在傍之人, 未知何人耶." 致遠[227]曰: "此乃[228]龍宮水府之賢人也." 亭長曰: "然則何以至[229]此?" 曰: "聞我將行中原, 今爲見我而至此矣. 昨者風動晝晦者, 此人來此故也." 遂泛舟而行, 常有五色雲氣於帆上矣.

至魏耳島,[230] 適旱尤[231]甚, 萬物盡赤.[232] 其島之人聞崔文章至, 爭趨迎哀[233]乞曰: "此島之人, 不勝旱苦, 皆阽危亡, 而[234]其幸不死者亦離散, 此島將空. 今幸遇天下大賢, 窃願明公旋霈澤以延將死之命也. 且吾等聞之, 凡人賢且文章[235]而苟以至誠禱之, 則天必應之, 賴明公而得雨, 則其恩

222) 水宮 : 저본에는 '仙間'으로 되어 있으나 백영본을 따름.
223) 明公 : 관리를 높여 일컫는 말.
224) 遽起 : 저본에는 '起處'로 되어 있으나 영남대본을 따름.
225) 致 : 저본에는 '値'로 되어 있으나 백영본과 영남대본을 따름.
226) 矣 : 저본에는 없으나 백영본과 영남대본에 의거해 보충했음.
227) 致遠 : 저본에는 '公'으로 되어 있으나 백영본과 영남대본을 따름.
228) 此乃 : 저본에는 '在'로 되어 있으나 백영본을 따름.
229) 至 : 저본에는 '到'로 되어 있으나 김기동본을 따름.
230) 魏耳島 : 全羅南道 新安郡에 牛耳島라는 섬이 있는데 혹 이 섬이 아닌가 하는 의심을 제기해 둠.
231) 尤 : 저본에는 없으나 백영본에 의거해 보충했음.
232) 盡赤 : 저본에는 '赤盡'으로 되어 있으나 영남대본을 따름.
233) 哀 : 저본에는 없으나 영남대본에 의거해 보충했음.
234) 而 : 저본에는 없으나 백영본과 영남대본에 의거해 보충했음.
235) 文章 : 문장에 뛰어남.

德, 豈有量哉?" 致遠謂李牧曰: "龍王謂君多能, 願君發勇力洒雨, 以濟此島將死之民." 李牧從其命, 遂入山間. 有頃, 黑雲蔽日, 天地昏暗, 雨下如注, 須臾水漲, 島民大悅. 於是牧出自山間, 坐於致遠之傍. 頃之, 雲氣復合, 雷聲闐闐然, 而雨下如初. 俄有青衣僧, 持赤劍而下, 謂李牧曰: "吾受命於天帝, 將斬汝!" 揮劍而進. 牧大惧, 謂致遠曰: "吾不敢[236]違先生之命, 未受天命, 擅矯[237]洒雨, 故天疾之, 我將受矯制[238]之罪, 爲之奈何?" 致遠曰: "君勿憂而少頃隱身, 則[239]得免矣." 牧從其言, 化爲青蛇, 隱於致遠所坐席底矣.[240] 天僧謂致遠曰: "天帝所以遣我者, 誅李牧以正其[241]罪也. 今足下隱而不出之,[242] 何也?" 致遠曰: "李牧有何罪, 而天帝欲誅之也?" 天僧曰: "此島之人, 不孝父母,[243] 兄弟不睦, 欺其貧賤, 凌轢長上, 風俗甚惡, 故天帝故不洒雨. 今牧不受天命, 擅自[244]洒雨, 故[245]天帝[246]憎之, 命余誅之矣." 致遠曰: "我爲此島之人, 乃命李牧洒雨, 罪在我不在牧也. 若[247]誅

---

236) 敢 : 저본에는 '得'으로 되어 있으나 백영본을 따름.
237) 擅矯 : 君王(여기서는 天帝)의 命을 사칭하여 자기 마음대로 하는 것을 일컫는 말.
238) 矯制 : 矯命, 즉 王命(여기서는 天命)이라고 거짓 꾸며 댐.
239) 則 : 저본에는 이 앞에 '如此'가 더 있으나 영남대본을 따름.
240) 矣 : 저본에는 없으나 백영본에 의거해 보충했음.
241) 其 : 저본에는 없으나 백영본과 영남대본에 의거해 보충했음.
242) 之 : 저본에는 없으나 보충했음.
243) 不孝父母 : 저본에는 '父母不孝'로 되어 있으나 김기동본을 따름.
244) 不受天命, 擅自 : 저본에는 '矯制'로 되어 있으나 영남대본을 따름.
245) 故 : 저본에는 없으나 백영본과 영남대본에 의거해 보충했음.
246) 帝 : 저본에는 '乃'로 되어 있으나 백영본을 따름.

之, 誅余可也." 天僧曰: "天帝命我曰: '崔致遠在天上時, 作微罪而謫下人間耳,[248] 本非人間碌碌之[249]人也. 汝[250]斬李牧時, 若崔致遠懇懇止之,[251] 則愼勿斬之矣!'" 乃辭而還天.

於是牧復化爲人, 問於致遠曰: "先生在天上[252]時, 作何罪而落於人間也?"[253] 致遠曰: "我[254]以月宮未開桂花, 誣以已開告之, 故天帝以此爲罪耳." 仍謂牧曰: "汝雖龍王之子, 我曾[255]未見龍身, 汝爲我試示之." 牧曰: "如欲見之, 非難也, 但恐先生之驚畏也." 致遠曰: "夫以天僧之威, 而我尙不畏, 矧見汝身而畏乎?" 牧曰: "若然則吾當示之." 乃入山中, 化爲金龍而呼致遠. 致遠往視之, 卽失魂仆地, 須臾復甦, 謂李牧曰: "吾欲獨行, 汝速還歸." 牧曰: "家君初使我侍先生者, 以護先生之獨行耳, 今[256]未到中原, 而安忍遽棄而還哉?" 致遠曰: "今我行, 幾近中原, 而亦無可爲之事, 莫如還往." 牧曰: "先生必欲令還, 則不敢違命, 而但吾雖有勇而未曾試之,[257] 今欲試以示先生何如?" 致遠許之. 於是變化其

247) 若 : 저본에는 이 앞에 '汝'가 더 있으나 백영본과 영남대본을 따름.
248) 耳 : 저본에는 없으나 영남대본에 의거해 보충했음.
249) 之 : 저본에는 없으나 백영본과 영남대본에 의거해 보충했음.
250) 汝 : 저본에는 '余'로 되어 있으나 영남대본을 따름.
251) 若崔致遠懇懇止之 : 저본에는 "致遠若懇請"으로 되어 있으나 영남대본을 따름.
252) 上 : 저본에는 없으나 백영본과 영남대본에 의거해 보충했음.
253) 也 : 저본에는 없으나 백영본에 의거해 보충했음.
254) 我 : 저본에는 없으나 영남대본에 의거해 보충했음.
255) 曾 : 저본에는 없으나 백영본과 영남대본에 의거해 보충했음.
256) 今 : 저본에는 '余可'로 되어 있으나 백영본과 영남대본을 따름.
257) 之 : 저본에는 없으나 보충했음.

身, 爲大青龍, 踴躍大吼,[258] 聲震天地而去.

致遠至浙[259]江亭舍止休, 有一老嫗, 携酒來饋, 仍以浸醬綿與之曰: "此物雖微, 必有所用, 愼勿失之!" 致遠曰: "謹受教矣."

乃辭去至陵原, 道傍家有老翁搤腕而坐, 問曰: "幼子將安之?" 致遠曰: "向中原耳." 翁慨然曰: "汝入中原, 必有大[260]患矣. 汝須愼之![261] 若不愼之, 則亦[262]難生還矣." 致遠拜問其故, 翁曰: "汝今限五日而行, 則有大水當道, 而其邊又有佳女,[263] 左手捧鏡､右手奉玉而坐矣. 汝見其女, 致敬拜謁而問之, 其女必詳敎之[264]矣."

行五日, 果[265]大水邊, 有一美女, 奉玉而坐, 乃敬[266]拜謁. 女問曰: "汝何爲者?" 曰: "我新羅人崔致遠也." 又問曰:[267] "將安往乎?" 答曰: "往中原耳." 曰: "將何事而往?" 致遠具告厥由, 女戒之曰: "夫中原大國也, 與小國殊異. 今天子聞君至, 必設九門然後迎入汝矣. 汝入其門, 愼勿放心! 大禍[268]將至矣." 仍探所佩囊中, 出符書與之. 又戒曰: "汝至

258) 吼 : 저본에는 '號'로 되어 있으나 백영본과 영남대본을 따름.
259) 浙 : 저본에는 '絶'로 되어 있으나 백영본과 영남대본을 따름.
260) 大 : 저본에는 없으나 백영본과 영남대본에 의거해 보충했음.
261) 汝須愼之 : 저본에는 없으나 영남대본에 의거해 보충했음.
262) 亦 : 저본에는 '汝'로 되어 있으나 영남대본을 따름.
263) 女 : 저본에는 이 뒤에 '人'이 더 있으나 백영본을 따름.
264) 之 : 저본에는 없으나 백영본과 영남대본에 의거해 보충했음.
265) 果 : 저본에는 이 뒤에 '有'가 더 있으나 영남대본을 따름.
266) 乃敬 : 저본에는 '公乃'로 되어 있으나 백영본과 영남대본을 따름.
267) 曰 : 저본에는 없으나 백영본과 영남대본에 의거해 보충했음.

外[269]門, 以青符投之; 至二門, 以丹符投之;[270] 至三門, 以白符投之; 至四門, 以黃符投之; 至其餘門, 乃以詩答人言. 如此則禍將消矣." 仍忽不見.

至洛陽,[271] 有一[272]學士問於致遠曰: "日月懸於天, 而天者[273]懸於何處耶?"[274] 答曰: "山川[275]載於地, 而地者[276]載於何處耶?[277] 汝言地之載處, 則吾言天之懸處矣." 學士不能答矣.

於是天子聞崔文章至, 欲誑之, 乃於三門內, 鑿坎[278]數丈, 令樂人納於其中, 戒曰: "崔致遠將入來時, 共極奏樂, 以亂其心." 戒畢, 以板覆之, 加土其上. 又於第[279]四門內設錦帷, 令象入其內然後, 乃召致遠. 致遠將入門,[280] 所[281]着帽, 觸於門上, 乃歎曰: "雖於[282]小國之門, 我帽不觸, 況於大國之門, 我帽觸耶?" 立而不入. 帝聞之甚慚, 卽令破其門以入.[283]

268) 禍 : 저본에는 '患'으로 되어 있으나 백영본과 영남대본을 따름.
269) 外 : 저본에는 '五'로 되어 있으나 백영본과 영남대본을 따름.
270) 至二門, 以丹符投之 : 저본에는 없으나 백영본에 의거해 보충했음.
271) 洛陽 : 唐의 수도는 洛陽이 아니라 長安임.
272) 一 : 저본에는 없으나 백영본과 영남대본에 의거해 보충했음.
273) 者 : 저본에는 없으나 백영본과 영남대본에 의거해 보충했음.
274) 耶 : 저본에는 없으나 백영본과 영남대본에 의거해 보충했음.
275) 川 : 저본에는 이 뒤에 '則'이 더 있으나 영남대본을 따름.
276) 者 : 저본에는 없으나 백영본과 영남대본에 의거해 보충했음.
277) 耶 : 저본에는 없으나 영남대본에 의거해 보충했음.
278) 坎 : 저본에는 없으나 백영본과 영남대본에 의거해 보충했음.
279) 第 : 저본에는 없으나 백영본에 의거해 보충했음.
280) 門 : 저본에는 없으나 백영본과 영남대본에 의거해 보충했음.
281) 所 : 저본에는 이 앞에 '大'가 더 있으나 백영본과 영남대본을 따름.
282) 於 : 저본에는 '以'로 되어 있음.

致遠乃入[284]門, 俄聞地下有樂聲, 卽以靑符投之, 其聲卽止. 至二門, 又有樂聲, 而丹符投之, 其聲寂寥.[285] 至三門, 又有樂聲, 以白符投之, 其聲卽寥.[286] 至四門, 見有白象, 隱於帷內, 乃以黃符投之, 其符化爲黃蟒, 繞於象口, 象不敢[287]開口, 以故乃得[288]入. 帝聞致遠於四門無恙[289]得入, 乃驚曰: "固天之所知人也." 至五門內, 有學士羅列[290]左右, 爭相問語. 致遠[291]不以言應之,[292] 惟作詩與之, 頃刻間, 所製之詩, 不可勝記矣, 學士不敢復言.[293]

及[294]至御前, 帝乃下床迎之, 致之上座, 問曰: "卿究[295]函中之物而作詩乎?" 對曰: "然[296]也." 帝曰: "何以知之耶?"[297] 對曰: "臣聞之, 凡賢者, 雖在天上之物, 猶能達知, 臣雖不敏, 豈不知函中之物[298]乎?" 帝深歎之. 又問曰: "卿入三門, 未聞樂

283) 以入 : 저본에는 '然後更招'로 되어 있으나 백영본을 따름.
284) 入 : 저본에는 이 뒤에 '三'이 더 있으나 백영본과 영남대본을 따름.
285) 至二門~其聲寂寥 : 저본에는 없으나 김기동본과 영남대본을 참조하여 보충했음.
286) 至三門~其聲卽寥 : 저본에는 없으나 영남대본에 의거해 보충했음.
287) 敢 : 저본에는 '能'으로 되어 있으나 백영본과 영남대본을 따름.
288) 得 : 저본에는 이 뒤에 '而'가 더 있으나 백영본을 따름.
289) 恙 : 저본에는 '蟮'으로 되어 있음.
290) 列 : 저본에는 '滿'으로 되어 있으나 영남대본을 따름.
291) 致遠 : 저본에는 없으나 백영본과 영남대본에 의거해 보충했음.
292) 之 : 저본에는 없으나 보충했음.
293) 矣, 學士不敢復言 : 저본에는 없으나 영남대본에 의거해 보충했음.
294) 及 : 저본에는 없으나 영남대본에 의거해 보충했음.
295) 究 : 저본에는 '知'로 되어 있으나 백영본과 영남대본을 따름.
296) 然 : 저본에는 이 앞에 '易'가 더 있으나 백영본과 영남대본을 따름.
297) 耶 : 저본에는 없으나 영남대본을 참조해 보충했음.
298) 物 : 저본에는 이 뒤에 '而製詩'가 더 있으나 김기동본을 따름.

聲乎?" 對曰: "未聞也." 帝乃招三門內地中樂人鞫之, 皆曰: "我等共極奏樂[299]之際, 有青、紅、白衣者數天來, 縛我等曰: '大賓來矣,[300] 勿爲奏樂!'[301] 仍以杖擊之, 故不敢耳."[302] 帝大驚, 令人往見坎中, 有大蛇盈滿矣. 帝乃大奇之曰: "致遠非常人也, 不可忽待也." 於是帳御、飮食、從官, 皆如天子居矣.

一日, 帝與致遠相語移日, 其動靜語嘿, 無異常人. 帝以爲: '曩日之事雖異,[303] 然非朕親見, 不足盡信, 朕親試之.' 因食時, 先以毒藥, 納于食中.[304] 及食上, 致遠知而不食. 帝問其故, 對曰: "毒物在於食中, 故不食." 帝曰: "何以知之?" 對曰: "吾占幕上鳥啼之聲而知之矣." 帝前席而言[305]曰: "朕未見卿才, 自以爲過之, 今不及也." 自此以後,[306] 愈益厚遇之.[307] 是年秋, 大會天下儒士, 而設科試, 儒數[308]八萬五千八百人. 致遠亦參焉, 得爲壯元. 帝曰: "崔致遠, 以小國之儒, 卓居其首, 甚可貴[309]也." 乃賞賜至累巨萬. 帝乃會登第儒士於殿前, 而使之製詩, 俄有雙龍自天而下, 含取致遠所

---

299) 樂 : 저본에는 없으나 백영본과 영남대본에 의거해 보충했음.
300) 矣 : 저본에는 없으나 백영본과 영남대본에 의거해 보충했음.
301) 樂 : 저본에는 이 뒤에 '云矣'가 더 있으나 백영본과 영남대본을 따름.
302) 仍以杖擊之, 故不敢耳 : 저본에는 없으나 영남대본에 의거해 보충했음.
303) 異 : 저본에는 '實'로 되어 있으나 영남대본을 따름.
304) 先以毒藥, 納于食中 : 저본에는 '先以毒納食中'으로 되어 있으나 영남대본을 따름.
305) 而言 : 저본에는 '旣罷'로 되어 있으나 백영본을 따름.
306) 自此以後 : 저본에는 없으나 백영본에 의거해 보충했음.
307) 之 : 저본에는 없으나 백영본에 의거해 보충했음.
308) 數 : 저본에는 없으나 영남대본에 의거해 보충했음.
309) 貴 : 저본에는 '怪'로 되어 있으나 백영본과 영남대본을 따름.

製詩而乘天矣.[310] 帝聞之, 召致遠[311]曰: "卿何以作詩, 而天乃取去乎?" 仍令詠其詩, 歎曰: "如此之作, 故天乃取去耶!" 遂封爲文信侯.[312]

居數年, 黃巢[313]賊[314]李俥等, 聚衆[315]三萬人, 破陷郡縣, 連年討之不克. 帝以致遠爲將, 命討賊. 致遠不與[316]戰, 惟爲檄書遺[317]賊, 賊悉降. 於是[318]致遠擒[319]魁首而返, 帝大悅, 益封食邑, 且賜黃金三萬鎰, 恩幸無二. 由是大臣疾之, 多讒曰: "致遠以爲中國雖大, 不如小國也." 帝大怒, 乃貶致遠於南海島[320]上絶食. 致遠常以老嫗所與浸醬綿, 夜夜暴露, 咋而飮之, 得以免死. 居一月, 帝欲知致遠死否, 使人呼之, 致遠心知其意, 故以微聲應之. 使者還告曰: "幾死矣." 於是諸大臣皆嘲[321]曰: "崔致遠以小國毗[322]隷之人, 來於中

310) 矣 : 저본에는 없으나 백영본에 의거해 보충했음.
311) 遠 : 저본에는 이 뒤에 '謂'가 더 있으나 백영본을 따름.
312) 侯 : 저본에는 '候'로 되어 있음. 일찍이 秦始皇이 呂不韋를 文信侯에 봉한 일이 있음. 주 57을 참조할 것.
313) 黃巢 : 唐나라 僖宗 때의 소금장수로 농민을 이끌고 起兵하여 한때 크게 위세를 떨쳤으나 패하여 죽임을 당함.
314) 賊 : 저본에는 없으나 백영본과 영남대본에 의거해 보충했음.
315) 衆 : 저본에는 없으나 백영본에 의거해 보충했음.
316) 與 : 저본에는 이 뒤에 '賊'이 더 있으나 백영본을 따름.
317) 遺 : 저본에는 '遣'으로 되어 있음.
318) 於是 : 저본에는 없으나 영남대본에 의거해 보충했음.
319) 擒 : 저본에는 '禽'으로 되어 있음.
320) 南海島 : 저본에는 '海南島'로 되어 있으나 백영본과 영남대본을 따름. '南海島', 즉 남해의 섬은 '海南島'(南中國海에 있는 섬)일 수도 있음.
321) 嘲 : 저본에는 이 뒤에 '致遠'이 더 있으나 영남대본을 따름.
322) 毗 : '卑'와 통함.

國, 萬端欺上, 幸得備位, 恃勢驕人, 今反取其殃而餓死矣."

會日南[323]使者, 奉貢如唐, 過致遠所謫之島, 忽見島上, 有儒生, 與僧共坐而讀書, 又有天女數十, 羅列唱歌, 遂停舟久視, 乃請詩於其儒, 其儒作詩與之. 使者至唐, 乃以其詩獻于帝, 帝覽之曰:[324] "是何人所製也?"[325] 對曰: "臣所過南海島上, 有一儒, 与僧共坐讀書,[326] 天女數十輩,[327] 唱歌團欒, 而所製給[328]也." 帝招群臣, 以詩示之曰: "觀此詩意, 雖若致遠所作, 然絶食三月, 豈有生理乎? 必致遠魂靈所作也." 乃使人更呼之, 致遠高聲應之[329]曰: "汝何爲者, 而每呼我名耶?"[330] 乃罵之不已. 使者還告曰: "致遠非徒不死, 高聲應之." 帝大驚曰: "天之所恤人也." 又命使者曰: "招還致遠." 使者奉命, 迎之洛陽.[331] 帝御宣室,[332] 乃召致遠, 問曰: "卿在外三月, 何不一見夢寐耶?" 帝又問曰: "語云: '普天之下, 莫非王土; 率土之濱, 莫非王臣.'[333] 以此言之, 汝雖[334]新羅之人, 新羅亦我之地也, 汝君亦[335]我之臣也,[336]

---

323) 日南 : 越南. 지금의 베트남.
324) 覽之曰 : 저본에는 없으나 영남대본에 의거해 보충했음.
325) 也 : 저본에는 없으나 영남대본에 의거해 보충했음.
326) 讀書 : 저본에는 없으나 영남대본에 의거해 보충했음.
327) 輩 : 저본에는 이 뒤에 '羅列'이 더 있으나 백영본과 영남대본을 따름.
328) 製給 : 저본에는 '作'으로 되어 있으나 영남대본을 따름.
329) 高聲應之 : 저본에는 '應'으로 되어 있으나 백영본과 영남대본을 따름.
330) 而每呼我名耶 : 저본에는 없으나 백영본과 영남대본을 참조해 보충했음.
331) 之所恤人也~迎之洛陽 : 저본은 이 부분이 훼손되어 있는바, 영남대본에 의거해 보충했음.
332) 宣室 : 천자가 거주하는 正室.
333) 普天之下~莫非王臣 : 『詩經』 小雅 「北山」에 나오는 말.

汝叱我使者, 何也?" 致遠書'一'字於空中, 而躍居其上曰: "是亦陛下之地乎?" 帝大驚, 下床頓首謝之. 致遠謂帝曰: "陛下信聽小人之讒, 荐令臣至死, 故今欲還我國." 仍袖出[337]猪字, 投之於地, 卽化爲[338]青獅.

遂乘其獅, 騰入雲間而去. 比至新羅地境, 見有人屯聚於溪邊. 致遠問於友人, 友人誣之曰: "國王出遊矣." 致遠信之, 遂往見之,[339] 乃獵人也, 謂友人曰: "吾爲汝所賣矣." 遂騎騆而行, 至東門外, 適羅王出遊,[340] 見致遠乘騆而過, 乃令人捕縛致遠,[341] 切責曰: "予欲誅汝,[342] 爲其功多故, 不忍加罪, 汝今而後, 毋更見我!" 由是致遠得罪羅王, 遂將家人, 入伽倻山,[343] 冠履倒置林下, 不知所終[344]云耳.[345]

---

334) 雖 : 저본에는 없으나 영남대본에 의거해 보충했음.
335) 亦 : 저본에는 '卽'으로 되어 있으나 백영본과 영남대본을 따름.
336) 也 : 저본에는 없으나 백영본에 의거해 보충했음.
337) 袖出 : 저본에는 '出袖中'으로 되어 있으나 영남대본을 따름.
338) 爲 : 저본에는 없으나 영남대본에 의거해 보충했음.
339) 之 : 저본에는 없으나 영남대본에 의거해 보충했음.
340) 遊 : 저본에는 없으나 영남대본에 의거해 보충했음.
341) 令人捕縛致遠 : 저본에는 '令捕致遠於前'으로 되어 있으나 영남대본을 따름.
342) 予欲誅汝 : 犯蹕했다고 해서 한 말임. 김기동본에는 '犯馬君王, 罪當誅之'라고 그 죄목을 밝혀 놓았음.
343) 伽倻山 : 경상북도 합천에 있는 산.
344) 終 : 저본에는 '去'로 되어 있으나 백영본을 따름.
345) 耳 : 저본에는 이 뒤에 '怪哉怪哉! 崔致遠'이 더 있으나 筆寫者가 덧붙인 말로 보임.

## 해제

• **작자** : 未詳

• **출전** : 국립중앙도서관본 『崔孤雲傳』을 底本으로 삼아 여타의 本을 참고하여 校合하였다.

• **참고사항**

(1) 高尙顔(1553~1623)이 저술한 『效顰雜記』에 다음과 같은 기록이 보인다. "己卯歲, 余因公差, 巡湖西內浦, 到保寧. 時金斯文滉爲知縣, 乃父執也. 從容談話之餘, 出「崔文昌傳」以示之, 未知何人所作, 而載金猪事頗詳悉, 竊以爲或然矣. 後閱唐史, 看他歐陽詢酷似獼猴, 時人作「白猿傳」, 謗及其親然後, 知金猪之說, 出於好事者而效顰白猿也無疑"(『稗林』 제7책 所收 『效顰雜記』). 인용문 중 「白猿傳」은 唐 전기소설인 「補江總白猿傳」을 가리킨다. 또 「崔文昌傳」은 「崔孤雲傳」의 다른 이름이며, '己卯歲'는 宣祖 12년인 1579년에 해당한다. 이로 미루어볼 때 「崔孤雲傳」의 창작연도는 적어도 1579년 이전이 된다.

(2) 이 작품은 크게 보아 전기소설의 磁場 속에서 창작되었다 할 수 있으나, 민중적 상상력과 관점이 워낙 강하게 텍스트 속으로 밀려들어와 사대부적 취향과 미의식이 지배하던 기존의 전기소설과 확연히 달라졌다. 이 점에서 이 작품은 민중적 감수성의 적극적 수용으로 기존 전기소설의 장르적 한계를 '갱신'하고 있다고 평가할 수도 있고, 전기소설의 관습과 문법을 원용하면서도 전기소설과는 '다른' 새로운 소설양식의 가능성을 모색해 보인 의의를 갖는다고 평가할 수도 있다. 우리나라 전기소설, 특히 『금오신화』 이래 16세기 후반까지의 우리나라 전기소설은 중국 전기소설과 달리 주로 애정담 중심으로 전개되어온 제한성을 보이는데, 이 작품은 神怪譚과 애정담과 영웅담을 서로 결합시킴으로써 새로운 뉘앙스와 지향을 담으면서 소설사의 새로운 지평을 열 수 있었다.

(3) 이 작품은 한국소설사에서 최초로 뚜렷한 謫降 모티프를 보여준다. 이와 관련해 주인공을 돕는 다양한 조력자=異人들의 존재가 주목된다. 주인공은 늘 하늘의 보호 아래 있으며, 그의 비범한 능력과 예사롭지 않은 삶은 초월적 질서와 내

적 연관을 맺고 있다. 이 점에서 이 작품은 17세기 이후의 한국 고소설이 일반적으로 보여주는 초월적 세계관 및 그에 기반한 서사관습의 선구적 모습을 보여준다고 할 만하다.

(4) 이 작품은 전기소설의 관습에 따라 詩句를 주고받거나 시를 酬唱하고 있는데, 단 하나의 예외도 없이 정확하게 押韻하고 있다. 이런 점을 고려할 때, 이 작품이 민간의 엉뚱한 감수성에 기반해 창작됐다고 해서 그 문체까지 꼭 민간적 졸렬함 내지 비속성을 반영할 것이라고 예단하는 건 잘못이다. 한편 「崔孤雲傳」의 어떤 本에는 후반부에 나타나는, 주인공과 중국 황제의 대결을 언어유희를 통해 장황하고 비속하게 그려 놓은 부분이 발견되는데, 이런 부분은 — 그것이 갖는 의의와는 별도로 — 원본과는 거리가 있으며 후대에 추가된 것으로 판단된다.

(5) 이 작품이 담고 있는 조선의 주체성에 대한 고민은 민간적 사유의 小說的 轉移로서 주목할 만하다. 이 작품의 이런 면모는 국문본 「전우치전」으로 계승된다.

(6) 이 작품에 대한 논의는 최근에 이루어진 정출헌, 「최고운전을 통해 읽는 초기 고전소설사의 한 국면」, 『고소설연구』 14(한국고소설학회, 2002)를 비롯하여 아주 많은바, 자세한 정보는 조희웅, 『古典小說 文獻情報』(집문당, 2000)에서 얻을 수 있다.

# 10. 周生傳

權 韠

周生[1]名檜, 字直卿, 號梅川. 世居錢塘,[2] 父爲蜀州別駕,[3] 仍家于蜀. 生[4]少時, 聰銳[5]能詩, 年十八入太學, 爲儕輩所推仰, 生亦[6]自負不淺. 在太學數歲, 連擧不第, 乃喟然歎曰: "人生[7]世間, 如微塵栖弱草耳. 胡乃爲名韁所繫, 汨汨塵土

1) 周生 : 저본으로 삼은 『림제 · 권필 작품선집』(리철화 역, 평양 : 조선문학예술총동맹출판사, 1963)의 원문에는 '生'이라고만 되어 있으나, 文璇奎 譯, 『花史 · 周生傳 · 鼠大州傳』(通文館, 1961)의 원문(이하 '문선규본'으로 약칭)과 鄭景柱 교수 소장본 「周生傳」(이하 '정경주본'으로 약칭)에는 '周生'이라 되어 있는바, 이를 따름.

2) 錢塘 : 지금의 杭州市.

3) 別駕 : 刺史의 보좌관.

4) 生 : 저본에는 이 뒤에 '年'이 더 있으나 문선규본과 정경주본에는 없는바, 이를 따름.

5) 銳 : 저본에는 '睿'로 되어 있으나 문선규본과 정경주본을 따름.

6) 亦 : 저본에는 '示'로 되어 있으나 문선규본과 정경주본을 따름.

7) 生 : 저본에는 이 뒤에 '在'가 더 있으나 문선규본과 정경주본에는 없는바, 이

中, 以終吾生乎?" 自是遂絶意科擧之業, 倒篋, 中有錢百千, 以其半買舟, 往來江湖間, 以其半市雜貨, 時取贏以自給, 朝吳暮楚, 惟意所適.

一日, 繫舟岳陽城[8]外, 步入城中, 訪所善羅生, 羅生亦俊逸之士也, 見生甚喜, 買[9]酒相歡, 頗不覺沉醉. 比及還舟, 則日已昏黑. 俄而月上, 生[10]放舟中流, 倚棹[11]困睡, 舟自爲風力所送, 其往如箭. 及覺, 則鐘鳴烟寺, 而[12]月在西矣. 但見兩岸, 碧樹葱蘢, 曉色[13]蒼茫, 樹陰中, 時有紗籠銀燈, 隱映於朱欄翠箔之間. 問之, 乃錢塘也. 口占一絶曰:

岳陽城外倚蘭槳, 半夜風吹入醉鄕.
杜宇數聲春月曉, 忽驚身已在錢塘.

及朝登岸, 訪故里親舊,[14] 半已凋喪,[15] 生吟嘯徘徊不忍去也.[16] 有妓裵[17]桃者, 生少時所與同戱嬉[18]者也. 以才色

---

를 따름.

8) 岳陽城 : 湖南省 岳陽縣에 있는 성. 저본에는 '城'이 '樓'로 되어 있으나 문선규본과 정경주본에는 '城'으로 되어 있는바, 이를 따름.

9) 買 : 저본에는 '置'라 되어 있으나 문선규본과 정경주본을 따름.

10) 生 : 저본에는 없으나 문선규본과 정경주본에 의거해 보충했음.

11) 棹 : 저본에는 없으나 문선규본과 정경주본에 의거해 보충했음.

12) 而 : 저본에는 없으나 문선규본과 정경주본에 의거해 보충했음.

13) 曉色 : 저본에는 없으나 문선규본과 정경주본에 의거해 보충했음.

14) 故里親舊 : 저본에는 '舊里親故'로 되어 있으나 문선규본과 정경주본을 따름.

15) 喪 : 저본에는 '零'으로 되어 있으나 문선규본과 林熒澤 교수 소장본(이하 '임형택본'으로 약칭)을 따름.

16) 也 : 저본에는 없으나 문선규본과 정경주본에 의거해 보충했음.

獨步於錢塘, 人呼之爲裵娘云.[19] 生歸其家, 相待[20]甚款. 生贈詩曰:

> 天涯芳草幾沾衣? 萬里歸來事事非.
> 依舊杜秋[21]聲價在, 小樓珠箔捲斜暉.

裵桃大驚曰: "郎君有才如此, 非久屈於人者, 一何泛梗[22]飄蓬若此哉?" 因問: "娶未?" 生[23]曰: "未也." 桃笑曰: "願郎君不必還舟, 只[24]可寓在妾家. 妾當爲君求得一佳耦也." 盖桃意屬生矣. 生亦見桃姿姸態艷, 心中甚[25]醉, 笑而謝曰: "不敢望也."

團欒之中, 日已晩矣. 桃令小叉鬟, 引生就別室. 生見壁

---

17) 裵 : 다른 본에는 '俳'나 '徘'로 되어 있음.
18) 嬉 : 저본에는 없으나 문선규본에 의거해 보충했음.
19) 云 : 저본에는 '引'으로 되어 있으나 정경주본을 따름. '引'이라고 되어 있는 경우 이 글자는 앞구절이 아니라 뒷구절에 붙여 읽어야 하는바, '引生歸其家'가 되어 周生이 스스로 배도의 집을 찾아간 게 아니라 배도가 주생을 이끌고 자기 집으로 데려간 게 된다. 하지만 이는 문맥에 맞지 않는다. 아마도 후대의 어떤 필사자가 주생의 변심으로 배도가 죽게 되는 사태의 심각성을 다소 완화시키기 위해 문맥의 어색함을 무릅쓰면서 '云'자를 '引'자로 의도적으로 바꾼 게 아닌가 의심된다. 그럴 경우 주생을 이끈 것은 어디까지나 배도이고 보 배도는 분명히 기생으로서 주생에게 접근한 게 되어 배도의 죽음에 대한 주생의 도덕적 책임은 상당히 희석되게 된다.
20) 待 : 저본에는 '對'로 되어 있으나 정경주본을 따름.
21) 杜秋 : 唐나라의 名妓.
22) 泛梗 : 漂泊, 즉 떠돌아다님.
23) 生 : 저본에는 없으나 다른 본들에 의거해 보충했음.
24) 只 : 저본에는 없으나 문선규본과 임형택본에 의거해 보충했음.
25) 甚 : 저본에는 '其'로 되어 있으나 임형택본을 따름.

間, 有絶句一首, 詞意甚新. 問於叉鬟, 叉鬟答曰: "主娘所作也." 詩曰:

> 琵琶莫奏「相思曲」,[26] 曲到高時更斷魂.
> 花影滿簾人寂寂, 春來鎖却幾黃昏?

生旣悅其色, 又見此[27]詩, 情迷意惑, 萬念俱灰, 心欲次韻以試桃意, 而凝思苦吟, 竟莫能成, 而夜已深矣. 但見[28]月色滿地, 花影扶踈. 徘徊間, 忽聞門外馬嘶人語,[29] 良久乃止. 生心頗疑之, 未覺其由. 見桃所在室, 不甚遠, 紗窓[30]裡, 絳[31]燭熒煌. 生潛往窺見, 桃獨坐, 舒彩雲牋,[32] 草「蝶戀花」[33]詞, 只就前疊,[34] 未就後疊. 生忽啓窓曰: "主人之詞, 客可足[35]乎?" 桃佯怒曰: "狂客胡乃至此乎?"[36] 生曰: "客本非狂,[37] 主人能[38]使客狂之[39]耳." 桃方微笑, 令生足成其詞, 詞[40]曰:

---

26) 「相思曲」: 악곡 이름.
27) 此: 저본에는 '其'로 되어 있으나 임형택본과 정경주본을 따름.
28) 但見: 저본에는 없으나 임형택본과 정경주본에 의거해 보충했음.
29) 馬嘶人語: 저본에는 '人語馬嘶聲'으로 되어 있으나 임형택본과 정경주본을 따름.
30) 窓: 저본에는 이 뒤에 '影'이 더 있으나 다른 본들에는 없는바, 이를 따름.
31) 絳 : 저본에는 '紅'으로 되어 있으나 다른 본들을 따름.
32) 彩雲牋: 좋은 종이 이름.
33) 「蝶戀花」: 詞의 하나. 저본에는 '戀'이 '怨'으로 되어 있음.
34) 前疊: 詞의 前段.
35) 足: 音 '주'. 보태다.
36) 乎: 저본에는 없으나 임형택본에 의거해 보충했음.
37) 狂: 저본에는 이 뒤에 '耳'가 더 있으나 문선규본에는 없는바, 이를 따름.
38) 能: 저본에는 없으나 임형택본과 정경주본에 의거해 보충했음.

小院沉沉春意鬧,
月在花枝,
寶鴨香烟裊.
窓裡玉人愁欲老,
搖搖[41]斷夢迷芳草.

誤入蓬萊十二島,[42]
誰識樊川,[43]
却得尋芳草?
睡起忽聞枝上鳥,
翠簾無影朱欄曉.

詞罷, 桃自起, 以藥玉舡[44]酌瑞霞酒,[45] 勸生.[46] 生意不在酒, 固辭不飮. 桃知生意, 乃凄然自敍曰: "妾之先世, 乃豪族也. 祖某提擧泉州[47]市舶司,[48] 因[49]有罪廢[50]爲庶人, 自此子孫貧困,

---

39) 之 : 저본에는 없으나 임형택본과 정경주본에 의거해 보충했음.
40) 詞 : 저본에는 없으나 문선규본과 정경주본에 의거해 보충했음.
41) 搖搖 : 마음이 불안한 모양.
42) 蓬萊十二島 : 蓬萊山.
43) 樊川 : 唐의 시인 杜牧을 가리킴. 만년에 中書舍人을 시내년서 長安城 남쪽의 樊川에 살았으므로 '杜樊川'이라 칭함. 미남인데다 풍류남아였음.
44) 藥玉舡 : 藥玉으로 만든 술잔. 藥玉은 藥物을 칠해 구운 돌로서, 반들반들하고 광택이 남. '舡'은 '船'의 俗字.
45) 瑞霞酒 : 술 이름.
46) 生 : 저본에는 없으나 문선규본과 정경주본에 의거해 보충했음.
47) 泉州 : 福建省의 고을 이름.
48) 市舶司 : 商船을 관리하고 關稅를 징수하던 관서 이름. 提擧 1인과 副提擧 2인을 두었음.

不能振起. 妾早失父母, 見養於人, 以至于今. 雖欲守貞[51]自潔, 名已載[52]於妓籍, 不得已强與人爲宴樂, 每居閑處獨, 未嘗不看花掩泣, 對月消魂. 今見郎君, 風儀秀朗, 才思俊逸, 妾雖陋質, 願薦枕席, 永奉巾櫛. 望郎君他日立身, 早登要路, 拔妾於妓籍之中, 使不忝[53]先人之名, 則賤妾之願畢矣. 後雖棄妾終身不見, 感恩不暇, 其敢怨乎?" 言訖, 淚下[54]如雨. 生大感[55]其言, 就抱其腰, 引袖拭淚[56]曰: "此男兒分內事耳.[57] 汝雖不言, 我豈無情者哉?" 桃收淚改容曰: "『詩』不云乎? '女也不爽, 士貳其行.'[58] 郎君不見李益、霍小玉[59]之事乎? 郎君若不我[60]遐棄, 願立盟辭." 仍出魯縞[61]一尺授生, 生卽揮筆書之, 曰:

青山不老, 綠水長存. 子不我信, 明月在天.

---

49) 因 : 저본에는 '國'으로 되어 있으나 다른 본들을 따름.
50) 廢 : 저본에는 '免'으로 되어 있으나 다른 본들을 따름.
51) 貞 : 저본에는 '靜'으로 되어 있으나 정경주본을 따름.
52) 載 : 저본에는 '在'로 되어 있으나 문선규본을 따름.
53) 忝 : 저본에는 이 뒤에 '於'자가 더 있으나 다른 본들에는 없는바, 이를 따름.
54) 下 : 저본에는 없으나 다른 본들에 의거해 보충했음.
55) 感 : 저본에는 '憾'으로 되어 있음.
56) 引袖拭淚 : 저본에는 '引其袖拭其淚'로 되어 있으나 다른 본들을 따름.
57) 耳 : 저본에는 '也'로 되어 있으나 다른 본들을 따름.
58) 女也不爽, 士貳其行 : 『詩經』 衛風 「氓」의 한 구절. 여자는 신의를 지키건만 남자가 행실을 이랬다저랬다 함을 탓하는 말.
59) 李益·霍小玉 : 唐代傳奇 「霍小玉傳」의 남녀 주인공. 李益이 霍小玉을 배신한 후 霍小玉은 원망을 품고 죽음. 저본에는 '霍小玉'이 '郭小玉'으로 되어 있음.
60) 我 : 저본에는 없으나 문선규본과 임형택본에 의거해 보충했음.
61) 魯縞 : 魯 땅에서 생산되는 고급비단.

寫[62]畢, 桃心封血緘, 藏之裙帶中. 是夜, 賦「高唐」,[63] 二人相得之好, 雖金生之於翠翠,[64] 魏郎之於娉娉,[65] 未足愈也.

明日, 生方詰夜來人語馬嘶之故, 桃云: "此去里許, 有朱門面水者,[66] 乃故丞相盧某宅也. 丞相已沒, 夫人獨居, 只有一男一女, 皆未婚嫁, 日以歌舞爲事. 昨夜遣騎邀妾, 妾以郎君之故, 辭以疾也." 自此生爲桃所惑, 謝絶人事, 日與桃調琴漉[67]酒, 相與戲謔而已.

一日近午, 忽聞有人叩門, 云: "裵娘[68]在否?" 桃[69]令兒出應, 乃丞相家蒼頭也. 致夫人之辭曰: "老婦今欲設小酌, 非娘莫可與娛, 故敢送鞍馬, 勿以爲勞也!" 桃顧謂生曰: "再辱貴人命, 其敢不承?" 卽粧梳改服而出. 生付囑曰: "幸莫經夜!" 送之出門, 言莫[70]經夜者三四.[71]

桃上馬而去, 人如輕燕, 馬若飛龍,[72] 迷花暎柳, 冉冉而去.

---

62) 寫 : 저본에는 '書'로 되어 있으나 다른 본들을 따름.

63) 「高唐」 : 宋玉의 「高唐賦」. 楚나라 懷王과 巫山 神女의 사랑을 노래했음.

64) 金生・翠翠 : 『剪燈新話』 「翠翠傳」의 남녀 주인공 金定과 翠翠를 가리킴.

65) 魏郎・娉娉 : 『剪燈餘話』에 실린 「賈雲華還魂記」의 남녀 주인공 魏鵬과 賈娉娉(雲華는 그 字)을 가리킴.

66) 者 : 저본에는 '家'로 되어 있으나 다른 본들을 따름.

67) 漉 : 저본에는 '瀝'으로 되어 있음.

68) 娘 : 저본에는 '桃'로 되어 있으나 임형택본에는 '娘'으로 되어 있는바, 이를 따름.

69) 桃 : 저본에는 '能'으로 되어 있으나 임형택본과 정경주본을 따름.

70) 莫 : 저본에는 '勿'로 되어 있으나 임형택본을 따름.

71) 一日近午~夜者三四 : 문선규본에는 이 대목이 다음과 같이 간략하게 서술되어 있음. "日暮, 丞相夫人, 又遣騎邀桃, 桃不能再拒. 生送之出門, 言莫經夜者三四."

72) 人如輕燕, 馬若飛龍 : 저본에는 '人輕如燕, 馬飛如龍'으로 되어 있으나 임형

生不能定情, 便[73]隨後趕去, 出湧金門,[74] 左轉而至垂虹橋, 果見甲第連雲, 眞所謂朱門面水者[75]也. 雕欄曲檻, 半隱於綠楊紅杏之間, 鳳笙龍管之聲, 漂[76]渺然如在半空中.[77] 時時樂止, 則笑語之聲[78]琅琅[79]然出諸外. 生彷徨橋上, 乃作古風一篇, 題於柱曰:

柳外平湖湖上樓, 朱[80]甍碧瓦照青春.
香[81]風吹送笑語聲, 隔花不見樓中人.
却羨花間雙燕子, 任情飛入珠簾裏.
徘徊不忍踏歸路, 落照纖波添客思.[82]

彷徨間, 漸見夕陽斂紅, 暝靄凝碧. 俄有女娘數隊, 自朱門騎馬而出, 金鞍玉勒, 光彩照人. 生以爲桃也, 卽投身於路傍空店中窺之, 閱盡十餘輩, 而桃不出. 生心中大疑, 還至橋頭, 則已不辨牛馬矣. 乃直入朱門, 了不見一人. 又至樓下, 亦不見一人. 正納悶[83]間, 月色微明, 見樓北有蓮池, 池上雜

---

택본과 정경주본을 따름.
73) 便 : 저본에는 없으나 다른 본들에 의거해 보충했음.
74) 湧金門 : 杭州의 서쪽 성문. 西湖에 임해 있었음.
75) 朱門面水者 : 저본에는 '面水朱門'으로 되어 있으나 정경주본을 따름.
76) 漂 : 저본에는 없으나 정경주본에 의거해 보충했음.
77) 中 : 저본에는 없으나 정경주본에 의거해 보충했음.
78) 之聲 : 저본에는 없으나 다른 본들에 의거해 보충했음.
79) 琅琅 : 저본에는 '琅'으로 되어 있으나 문선규본과 정경주본을 따름.
80) 朱 : 저본에는 '翠'로 되어 있으나 다른 본들을 따름.
81) 香 : 저본에는 '春'으로 되어 있으나 다른 본들을 따름.
82) 思 : 저본에는 '愁'로 되어 있으나 다른 본들을 따름.

花葱蘢, 花間細路屈曲. 生緣路潛行, 花盡處有堂, 由階而西折數十步, 遙見葡萄架下有屋, 小而極麗, 紗窓半啓, 晝[84]燭高燒, 燭影下紅裙翠袖,[85] 隱隱然往來, 如在畫圖中. 生匿身而往, 屛息而窺, 金屛彩褥, 奪人眼睛. 夫人衣紫羅衫, 斜倚白玉案而坐, 年近五十, 而從容顧眄之際, 綽有餘姸. 有少女年可十四五, 坐于夫人之側, 雲鬟綠鬢, 醉臉微紅, 明眸斜眄, 若流波之暎秋月, 巧笑生渦, 若春花之含曉露. 桃坐於其間, 不啻若鴟梟之於鳳凰, 沙礫之於珠璣也. 生魂飛雲外, 心在空中,[86] 幾欲狂叫突入者數次. 酒一行, 桃欲辭歸, 夫人挽留甚固, 而桃請益懇. 夫人曰: "娘子平日不曾如此, 何[87]遽邁邁若是? 豈[88]有情人之約乎?" 桃斂衽避席而對曰: "夫人下問, 妾敢不以實對?" 遂將與生結緣事, 細說一遍. 夫人未及[89]言, 少[90]女微笑, 流目視桃曰: "何不早言? 幾誤了一宵佳會也." 夫人亦笑而許歸.

生趨出, 先至桃家, 擁衾佯睡, 鼻息如雷. 桃追至, 見生臥睡, 卽[91]以手扶起曰: "郎君方做何夢耶?" 生應口朗吟曰:

---

83) 正納悶 : 저본에는 '徘徊'로 되어 있으나 문선규본과 임형택본을 따름.
84) 晝 : 저본에는 '華'로 되어 있으나 다른 본들을 따름.
85) 袖 : 저본에는 '衫'으로 되어 있으나 다른 본들을 따름.
86) 空中 : 저본에는 '半空'으로 되어 있으나 다른 본들을 따름.
87) 何 : 저본에는 '行'으로 되어 있음.
88) 豈 : 저본에는 '其'로 되어 있으나 문선규본을 따름.
89) 及 : 저본에는 이 뒤에 '一'이 더 있으나 문선규본과 정경주본에는 없는바, 이를 따름.
90) 少 : 저본에는 '小'로 되어 있으나 문선규본을 따름.
91) 卽 : 저본에는 없으나 다른 본들에 의거해 보충했음.

夢入瑤臺[92]彩雲裡, 九華帳[93]裡夢仙娥.

桃不悅, 詰之曰: "所謂仙娥者, 是何人也?" 生無言可答, 卽繼吟曰:

覺來却喜仙娥在, 奈此滿堂花月何?

仍撫桃背曰: "爾非吾[94]仙娥耶?"[95] 桃笑曰: "然則郎君豈非妾仙郎耶?"[96] 自此相呼以仙郎、仙娥.[97] 生問晩來之故, 桃曰: "宴罷後, 夫人令他妓皆歸, 獨留妾, 別[98]於少女仙花之室,[99] 更設小酌, 以此差遲耳." 生細細引[100]問, 則曰:[101] "仙花字芳卿, 年纔三五, 姿貌雅麗, 殆非塵世間人, 又工詞曲, 巧於刺繡, 非賤妾所敢望也. 昨日新製「風入松」[102]詞, 欲被之[103]管絃, 以妾知音律故, 留與度曲耳." 生曰: "其詞可得聞

92) 瑤臺 : 신선이 산다는 곳.
93) 九華帳 : 화려한 휘장. 白居易의 「長恨歌」에 "聞道漢家天子使, 九華帳裏夢魂驚"이라는 구절이 있음.
94) 吾 : 저본에는 '我'로 되어 있으나 문선규본과 임형택본을 따름.
95) 耶 : 저본에는 '乎'로 되어 있으나 문선규본과 임형택본을 따름.
96) 耶 : 저본에는 '乎'로 되어 있으나 문선규본을 따름.
97) 相呼以仙郎仙娥 : 저본에는 '相以仙郎仙娥呼之'로 되어 있으나 임형택본을 따름.
98) 別 : 저본에는 없으나 문선규본과 정경주본에 의거해 보충했음.
99) 室 : 저본에는 '堂'으로 되어 있으나 다른 본들을 따름.
100) 引 : 저본에는 '仍'으로 되어 있으나 다른 본들을 따름.
101) 曰 : 저본에는 없으나 문선규본에 의거해 보충했음.
102) 「風入松」 : 詞의 하나.
103) 之 : 저본에는 없으나 임형택본에 의거해 보충했음.

乎?" 桃朗[104]吟一篇曰:

玉窓花爛日遲遲,
院靜簾垂.
沙頭彩鴨倚斜照,
羨一雙、對浴春池.
柳外輕烟漠漠,
烟中細柳絲絲.[105]

美[106]人睡起倚欄時,
翠斂[107]愁眉.
燕雛解[108]語鶯聲老,
恨韶華、[109]夢裡都衰.
却把瑤琴輕弄,
曲中幽怨誰知?

每誦[110]一句, 生暗暗稱奇, 乃詒桃曰: "此詞[111]曲盡閨裡春懷, 非蘇若蘭[112]織錦手, 未易到也. 雖然, 未及吾仙娥雕

104) 朗 : 저본에는 '娘'으로 되어 있으나 다른 본들을 따름.
105) 絲絲 : 저본에는 '綠綠'으로 되어 있으나 韻이 맞지 않음.
106) 美 : 저본에는 이 앞에 '又'자가 더 있으나 다른 본들에는 없는바, 이를 따름.
107) 斂 : 저본에는 '臉'으로 되어 있으나 문선규본과 정경주본을 따름.
108) 解 : 저본에는 '細'로 되어 있으나 다른 본들을 따름.
109) 韶華 : 青春.
110) 誦 : 저본에는 이 뒤에 '了'가 더 있으나 다른 본들에는 없는바, 이를 따름.
111) 詞 : 저본에는 없으나 다른 본들에 의거해 보충했음.

花刻玉之才也." 生自見仙花之後, 向桃之情已淺,[113] 雖應酬之際, 勉爲笑歡, 而[114]一心則惟仙花是念.

一日, 夫人呼小[115]子國英, 命之曰: "汝年十二, 尙未就學, 他日成人, 何以自立? 聞裵娘[116]夫婿周生, 乃能文之士也. 汝往請學可乎." 夫人家法甚嚴, 國英不敢違命, 卽日挾冊就生.[117] 生心中暗喜曰: "吾事諧[118]矣." 再三謙讓而後敎之.

一日, 俟桃不在,[119] 從容謂國英曰: "爾往來受業, 甚是勞苦.[120] 爾家若有別舍, 吾移寓于爾家, 則爾無往來之勞, 而[121]吾之敎爾[122]專矣." 國英拜謝曰: "固[123]所願也." 歸白於夫人, 卽日迎生. 桃自外歸, 大驚曰: "仙郎殆有私[124]乎? 奈何棄妾而他[125]適也?" 生曰: "聞丞相家藏書三萬軸, 而夫人不

112) 蘇若蘭 : 前秦 때 사람으로 이름은 蕙, '若蘭'은 字임. 16세에 竇滔에게 시집갔으나, 두도에게 趙陽臺라는 애첩이 생겨 다른 지방에 부임하면서 陽臺만을 데리고 가 소식을 끊자 回文詩를 지어 비단에 수를 놓아 두도에게 보냈는데, 두도가 이에 감동하여 다시 예전처럼 소약란을 사랑하게 되었다는 고사가 전함.

113) 已淺 : 저본에는 '淺薄'으로 되어 있으나 임형택본과 정경주본을 따름.

114) 而 : 저본에는 없으나 문선규본에 의거해 보충했음.

115) 小 : 저본에는 '少'로 되어 있으나 다른 본들을 따름.

116) 娘 : 저본에는 '桃'로 되어 있으나 문선규본과 정경주본을 따름.

117) 生 : 저본에는 '學'으로 되어 있으나 문선규본과 정경주본을 따름.

118) 諧 : 저본에는 '偕'로 되어 있음.

119) 在 : 저본에는 이 뒤에 '家'가 더 있으나 다른 본들에는 없는바, 이를 따름.

120) 勞苦 : 저본에는 '苦勞'라 되어 있으나 다른 본들을 따름.

121) 而 : 저본에는 없으나 다른 본들에 의거해 보충했음.

122) 爾 : 저본에는 없으나 문선규본과 정경주본에 의거해 보충했음.

123) 固 : 저본에는 이 앞에 '不敢請' 세 글자가 더 있으나 다른 본들에는 없는바, 이를 따름.

124) 私 : 배우자가 아닌 사람과 정을 통하는 것.

125) 他 : 저본에는 없으나 문선규본과 정경주본에 의거해 보충했음.

欲以先公舊物妄自出入, 吾欲往讀人間[126]未見書耳.” 桃曰: “郎君之勤業, 妾之福也.”

生移寓于丞相家, 晝則與國英同住, 夜則門闌甚嚴, 無計可施. 輾轉浹旬, 忽自念曰: “始吾來此, 本圖仙花, 今芳春已老, 奇遇未成, 俟河之淸, 人壽幾何? 不如昏夜唐突, 事成則爲卿, 不成則見烹[127]可也.”

是夜無月, 生踰墻數重, 方至仙花之室, 回廊曲檻, 簾幕重重. 良久諦視, 幷無人跡, 但見仙花明燭理曲.[128] 生伏於檻間, 聽其所爲. 仙花理曲罷,[129] 細吟蘇子瞻[130]「賀新郎」[131]詞曰:

簾外誰來推繡戶,
枉教人､夢斷瑤臺曲.[132]
又却是,
風敲竹.

生卽於簾下, 微吟曰:

---

126) 間 : 저본에는 이 뒤에 ‘所’가 더 있으나 다른 본들에는 없는바, 이를 따름.
127) 事成則爲卿, 不成則見烹 : 저본에는 ‘卿’이 ‘慶’으로 되어 있음. 『史記』「伍子胥列傳」에 “事成爲卿, 不成而亨”이라는 말이 보임. ‘亨’은 ‘烹’과 같음.
128) 理曲 : 악곡을 연주함.
129) 罷 : 저본에는 없으나 다른 본들에 의거해 보충했음.
130) 蘇子瞻 : 蘇軾. ‘子瞻’은 그 字. 저본에는 ‘蘇子瞻’이 ‘蘇若蘭’으로 되어 있음.
131) 「賀新郎」 : 詞의 하나.
132) 曲 : 저본에는 빠졌음.

莫言風敲竹,

眞箇玉人來.[133)]

仙花佯若不聞, 滅燭就寢. 生入與同枕, 仙花稚年弱質, 未堪情事, 微雲溢[134)]雨, 柳態花嬌, 芳啼軟語, 淺笑輕嚬. 生蜂貪蝶戀, 意迷神融, 不覺近曉, 忽聞流鶯睍睆, 啼在檻[135)]外花梢. 生驚起出戶, 則池館悄然, 曙氣朦朧矣. 仙花送生出門, 却閉門[136)]而入, 曰: "此後勿得再來! 機事一泄, 死生可念." 生堙塞胸中, 哽咽趨去[137)]而答曰: "纔成好事, 一何相待[138)]之薄耶?" 仙花笑曰: "前言戲之耳. 將子無怒, 昏以爲期." 生諾諾連聲而去.

仙花還室, 作「早夏聞曉鶯」一絶, 題窓上曰:

漠漠輕陰[139)]雨後天, 綠楊如畫草如烟.[140)]

春愁不共春歸去, 又逐曉鶯來枕邊.

後夜, 生又至, 忽聞墻底樹陰中, 戞然有曳履聲, 恐爲人所

133) 眞箇玉人來 : 唐 元稹의 「鶯鶯傳」에 "隔牆花影動, 疑是玉人來"라는 구절이 있음.

134) 溢 : 저본에는 '濕'으로 되어 있으나 임형택본과 정경주본을 따름.

135) 檻 : 저본에는 '楹'으로 되어 있으나 다른 본들을 따름.

136) 門 : 저본에는 없으나 다른 본들에 의거해 보충했음.

137) 去 : 저본에는 '進'으로 되어 있으나 다른 본들을 따름.

138) 待 : 저본에는 '對'로 되어 있으나 문선규본과 임형택본을 따름.

139) 陰 : 저본에는 '烟'으로 되어 있으나 다른 본들을 따름.

140) 烟 : 저본에는 '筵'으로 되어 있으나 다른 본들을 따름.

覺, 便欲反走, 曳履者, 却以青梅子擲之, 正中生背. 生狼狽無所逃避, 投伏叢篁之下.[141] 曳履者, 低聲語曰: "周郞無恐! 鶯鶯[142]在此." 生方知爲仙花所誤,[143] 乃起抱腰曰: "一何欺人若是?" 仙花笑曰: "豈敢欺郞? 郞自恸耳." 生曰: "偸香[144]盜玉, 烏得不恸?" 便携手入室, 見窓上絶句, 指其尾曰: "佳人有甚[145]愁, 而出言若是耶?" 仙花悄然曰: "女子一身, 與愁俱生, 未相見, 願相見, 旣相見, 恐相離. 女子之身, 安往而[146]無愁哉? 況郞君犯折檀之譏,[147] 妾受行露[148]之辱,[149] 一朝不幸, 情跡敗露, 則不容於親戚, 見賤於鄕黨, 雖欲與郞君執手偕[150]老, 那可得乎? 今日之事, 比如雲間月、葉中花, 縱得一時之好, 其奈不[151]久何?" 言訖淚下, 珠恨玉怨, 殆不自堪. 生抆[152]淚慰之曰: "丈夫豈不能取[153]一女子乎? 我當

---

141) 下 : 저본에는 '中'으로 되어 있으나 다른 본들을 따름.
142) 鶯鶯 : 唐代 元稹이 지은 傳奇小說 「鶯鶯傳」의 여주인공 이름.
143) 爲仙花所誤 : 저본에는 '仙花之所誤'로 되어 있으나 문선규본과 정경주본을 따름.
144) 偸香 : 「李生窺墻傳」의 주 23을 참조할 것.
145) 甚 : 무슨.
146) 而 : 저본에는 없으나 다른 본들에 의거해 보충했음.
147) 折檀之譏 : 남의 집 처녀를 엿보는 데 대한 譏弄. '折檀'은 『詩經』 鄭風 「將仲子」의 "將仲子兮, 無踰我園, 無折我樹檀"에서 유래하는 말.
148) 露 : 저본에는 '路'로 되어 있음.
149) 行露之辱 : 여자가 부정하게 남자와 만나 욕됨. '行露'는 『詩經』 召南 「行露」의 "厭浥行露, 豈不夙夜? 謂行多露"라는 구절에서 유래하는 말.
150) 偕 : 저본에는 '階'로 되어 있음.
151) 不 : 저본에는 '未'로 되어 있으나 다른 본들을 따름.
152) 抆 : 저본에는 '收'로 되어 있으나 문선규본과 정경주본을 따름.
153) 取 : '娶'와 같음.

終修媒妁之信, 以禮迎子, 子休煩惱." 仙花收淚, 謝曰: "必如郞言, 桃夭灼灼, 縱乏[154]宜家之德,[155] 采蘩祁祁, 庶殫奉祭之誠."[156] 自出香奩中小粧鏡, 分爲二段,[157] 一以自藏, 一以授生, 曰: "留待[158]洞房華燭之夜, 再合可也." 又以紈扇贈生曰: "二物雖微, 足表心曲. 幸念乘鸞之女,[159] 莫貽秋風之怨! 縱失姮娥之影, 須憐[160]明月之輝."[161] 自此昏聚曉散, 無夕不會.

一日, 生忽[162]念久[163]不見裵桃, 恐桃見怪, 乃往桃家不歸. 仙花夜至生舘, 潛發生藏囊,[164] 得桃寄生詩數幅, 不勝

154) 乏 : 저본에는 '之'로 되어 있으나 문선규본과 정경주본을 따름.

155) 桃夭灼灼, 縱乏宜家之德 : 『詩經』 周南 「桃夭」의 "桃之夭夭, 灼灼其華. 之子于歸, 宜其室家"에서 따온 말. 시집갈 나이가 된 여자가 혼인하여 가정을 화순하게 하리라는 뜻임.

156) 采蘩祁祁, 庶殫奉祭之誠 : 『詩經』 召南 「采蘩」의 "于以采蘩, 于沼于沚. 于以用之, 公侯之事"(第1章), "被之僮僮, 夙夜在公. 被之祁祁, 薄言還歸"(第3章)에서 나온 말로, 부녀가 나물을 뜯어 정성껏 제사지낸다는 뜻. 저본에는 '采蘩祁祁'가 '采蘋祈祈'로 되어 있음.

157) 段 : 저본에는 '端'으로 되어 있으나 다른 본들을 따름.

158) 留待 : 기다리다.

159) 乘鸞之女 : 弄玉을 가리킴. 춘추시대 秦나라에 퉁소를 잘 분 蕭史라는 남자가 있었는데 秦 穆公의 딸인 弄玉이 그를 사랑했다. 소사는 농옥에게 퉁소 부는 법을 가르쳐주어, 농옥이 퉁소를 불면 봉황이 날아오곤 했는데, 어느날 두 사람은 봉황을 타고 하늘로 올라갔다. 이 고사는 부부의 지극한 금슬을 상징함.

160) 憐 : 어여삐 여기다.

161) 縱失姮娥之影, 須憐明月之輝 : 姮娥가 그 남편인 羿의 不死藥을 훔쳐 달로 달아났다는 전설이 있음. 그러나 여기서 '明月'은 거울을 가리킴. 저본에는 '輝'가 '睟'로 되어 있으나 문선규본과 정경주본을 따름.

162) 忽 : 저본에는 없으나 정경주본에 의거해 보충했음.

163) 久 : 저본에는 없으나 다른 본들에 의거해 보충했음.

164) 藏囊 : 간단한 물건이나 글의 초고 따위를 넣어두는 주머니.

恚[165]妬, 取案上筆墨, 塗抹[166]如鴉, 自製「眼兒媚」[167]一闋,[168] 書于翠綃, 投之囊中而去. 其[169]詞曰:

窓外疎螢滅復流,
斜月在高樓.
一階竹韻,
滿簾梧影,
夜靜人愁.

此時蕩子無消息.
何處作[170]閑遊?
也應不念,
離情脉脉,
坐數更籌.[171]

明日生還, 仙花了無妬恨之色, 又不言發囊之事, 蓋欲令生自認, 而生曠然無他念.

一日, 夫人設宴, 召見裵桃, 稱周生[172]之學行, 且謝敎子

165) 恚 : 저본에는 '恙'으로 되어 있으나 바로잡음.
166) 抹 : 저본에는 '扶'로 되어 있음.
167) 「眼兒媚」: 詞의 하나. 저본에는 '恨兒唱'으로 되어 있음.
168) 闋 : 詞를 헤아리는 단위.
169) 其 : 저본에는 없으나 임형택본과 정경주본에 의거해 보충했음.
170) 作 : 저본에는 '得'으로 되어 있으나 다른 본들을 따름.
171) 更籌 : 시간.
172) 生 : 저본에는 '郎'으로 되어 있으나 문선규본과 정경주본을 따름.

之勤, 令桃傳致意於生. 生是夜爲盃酒[173]所困, 矇不省事. 桃獨坐無寐, 偶發藏囊, 見其詞爲墨汁所昏,[174] 心頗疑之. 又得「眼兒媚」[175]詞, 知仙花所爲, 乃大怒, 取其詞納諸袖中, 又封結其囊[176]如舊, 坐而待朝. 生酒醒, 桃徐問曰: "郎君久寓[177]於此而不歸, 何也?" 曰: "國英時未卒業故也." 桃曰: "敎妻[178]之弟, 不容[179]不盡心[180]也." 生赧赧然面[181]頸發赤曰: "是何言歟?" 桃良久不言. 生惶惶失措, 掩面伏地.[182] 桃乃出其詞, 投之生前曰: "踰墻相從,[183] 鑽穴相窺,[184] 豈君子所可爲哉? 我將入,[185] 白于夫人." 便引身起. 生慌忙抱持,[186] 以實告之. 且叩頭哀乞曰: "仙娥與我, 永結芳盟, 何忍置人

---

173) 酒 : 저본에는 '勺'으로 되어 있으나 문선규본과 정경주본을 따름.
174) 昏 : 더럽히다.
175) 「眼兒媚」: 저본에는 '恨兒唱'으로 되어 있음.
176) 封結其囊 : 저본에는 '封其囊口'로 되어 있으나 다른 본들을 따름.
177) 寓 : 저본에는 없으나 다른 본들에는 있는바, 이를 따름.
178) 妻 : 저본에는 '妾'으로 되어 있으나 문선규본과 정경주본을 따름.
179) 容 : 저본에는 '用'으로 되어 있으나 정경주본을 따름.
180) 心 : 저본에는 '力'으로 되어 있으나 다른 본들을 따름.
181) 面 : 저본에는 '回'로 되어 있음.
182) 掩面伏地 : 저본에는 '以面掩地'로 되어 있으나 임형택본과 정경주본을 따름.
183) 踰墻相從 : 『詩經』 鄭風 「將仲子」에 "將仲子兮, 無踰我牆, 無折我樹桑"이라 하여 여자가 남자에게 담을 넘어오지 말라고 노래했는데, 여기서는 주생이 담을 넘어 선화와 만난 것을 가리킴.
184) 鑽穴相窺 : 담장에 구멍을 내어 남녀가 만난다는 데서, 남녀의 野合을 뜻함. 『剪燈新話』 「聯芳樓記」에 "妾之鄙陋, 自知甚明, 久處閨闈, 粗通經史, 非不知鑽穴之可醜, 韞櫝之可佳也"라는 구절이 있음.
185) 入 : 저본에는 없으나 다른 본들에 의거해 보충했음.
186) 慌忙抱持 : '慌忙'은 허둥지둥하거나 급한 모습. 저본에는 '恍惘抱腰'로 되어 있으나 다른 본들을 따름.

於死地?" 桃意方回, 曰: "郎君便可與妾同歸. 不然, 則郎旣背約, 妾何[187]守盟?" 生不得已托以他故, 復歸桃家. 桃[188]自覺仙花之事, 不復稱生爲仙郞者, 盖[189]心不平也. 生篤念仙花, 日漸憔悴, 托病不起者數[190]旬.

俄而國英病死. 生[191]具祭物, 往奠于柩前. 仙花亦因生致病, 起居須人, 忽聞生至, 力疾强起, 淡粧素服, 獨立於簾內. 生奠罷, 遙見仙花, 流目送情而出, 低回[192]顧眄[193]之間, 已杳然無所覩矣.[194]

後數月, 桃得疾不起. 將死, 枕生膝, 含淚而言曰: "妾以葑菲之下體,[195] 依松柏之餘蔭, 豈料芳菲[196]未歇, 鶗鴂[197]先鳴? 今[198]與郎君便永訣矣. 綺羅[199]管絃, 從此[200]畢矣. 夙昔

187) 何 : 저본에는 '豈'로 되어 있으나 다른 본들을 따름.
188) 桃 : 저본에는 없으나 다른 본들에 의거해 보충했음.
189) 盖 : 저본에는 '恙'으로 되어 있음.
190) 數 : 저본에는 '再'로 되어 있으나 임형택본과 정경주본을 따름.
191) 生 : 저본에는 없으나 문선규본에 의거해 보충했음.
192) 回 : 저본에는 '面'으로 되어 있음.
193) 眄 : 저본에는 '瞑'으로 되어 있으나 문선규본과 정경주본을 따름.
194) 矣 : 정경주본에는 이 뒤에 '不勝悲憐, 潛爲洒淚而已'라는 말이 더 있음.
195) 葑菲之下體 : 『詩經』 邶風 「谷風」의 "習習谷風, 以陰以雨. 黽勉同心, 不宜有怒. 采葑采菲, 無以下體. 德音莫違, 及爾同死"에서 나온 말. '葑'과 '菲'는 채소 이름이고, '下體'는 그 뿌리를 가리킴. 이 두 채소의 뿌리는 때로는 맛이 있어 먹을 수 있으나 때로는 쓴 맛이 나 먹을 수 없음. 이에서, 비루한 사람 혹은 一德밖에 취할 것이 없는 사람이라는 뜻으로 씀.
196) 菲 : 저본에는 '盟'으로 되어 있으나 다른 본들을 따름.
197) 鶗鴂(제결) : 두견이. 봄에 우는 새인데, 이 새가 울 무렵 꽃이 시든다고 함. '鶗'는 '鵜'라고도 씀.
198) 今 : 저본에는 '令'으로 되어 있으나 다른 본들을 따름.
199) 綺羅 : 저본에는 '羅綺'로 되어 있으나 다른 본들을 따름.
200) 此 : 저본에는 이 뒤에 '事'가 더 있으나 문선규본에는 없는바, 이를 따름.

之願,[201] 已缺然矣. 但望[202]妾死之後, 娶仙花爲配, 埋我骨於郎君往來之路側, 則雖死之日, 猶生之年也." 言訖氣絶,[203] 良久乃[204]甦, 開眼視生曰: "周郎周郎! 珍重珍重!" 連言[205]數次而死.[206] 生大慟, 乃葬于湖上大路傍, 從其願也.[207] 祭之以文, 曰:

維年月日, 梅川居士, 以蕉黃荔丹[208]之奠, 祭于裵娘[209]之靈. 嗚呼惟靈! 花情[210]艶麗, 月態輕盈. 舞學章臺之柳,[211] 風欺[212]綠線;[213] 色奪幽谷之蘭, 露濕紅英. 回文[214]則蘇若蘭詎容[215]獨步,

201) 夙昔之願 : 저본에는 '昔之宿緣'으로 되어 있으나 문선규본을 따름.
202) 望 : 저본에는 '願'으로 되어 있으나 문선규본을 따름.
203) 絶 : 저본에는 '塞'으로 되어 있으나 다른 본들을 따름.
204) 乃 : 저본에는 '復'로 되어 있으나 다른 본들을 따름.
205) 言 : 저본에는 '聲'으로 되어 있으나 문선규본과 정경주본을 따름.
206) 死 : 저본에는 '逝'로 되어 있으나 문선규본을 따름.
207) 願也 : 저본에는 '所願'으로 되어 있으나 다른 본들을 따름.
208) 蕉黃荔丹 : 황색의 蕉果와 붉은 색의 荔子. 蕉果는 芭蕉科 식물의 열매로 바나나와 비슷함.
209) 娘 : 저본에는 '桃'로 되어 있으나 다른 본들을 따름.
210) 情 : 저본에는 '精'으로 되어 있으나 정경주본을 따름.
211) 章臺之柳 : 唐의 許堯佐가 지은 傳奇小說 「柳氏傳」의 여주인공 柳氏를 가리킴. 「柳氏傳」에 "章臺柳,章臺柳, 昔日青青今在否? 縱使長條似舊垂, 亦應攀折他人手"라는 시가 나오며, 『剪燈新話』「翠翠傳」에 "章臺之柳, 雖已折於他人"이라는 구절이 보이는데, 「柳氏傳」의 여주인공인 名妓 柳氏가 沙吒利에게 몸을 빼앗겼음을 나타낸 말임. '章臺'는 원래 중국 長安의 번화한 거리 이름인데, 娼女가 많았으므로 후에 花柳界라는 뜻으로 쓰임.
212) 欺 : 저본에는 '簸'로 되어 있으나 다른 본들을 따름.
213) 線 : 저본에는 '錦'으로 되어 있음. '綠線'은 柳絲.
214) 回文 : 回文詩. 順逆縱橫 어느 쪽으로 읽어도 體를 이루고 의미가 통하는 漢詩體의 한 가지.
215) 容 : 저본에는 '能'으로 되어 있으나 문선규본을 따름. 『剪燈餘話』의 「賈雲華還魂記」에 "蘇若蘭詎容獨步"라는 말이 보임.

艷詞[216]則賈雲華[217]難可爭名. 名雖編於妓籍, 志則存於幽貞. 某也, 蕩情風中之絮, 孤蹤水上之萍. 言采沬鄕之唐,[218] 贈之以相好; 不負東門之楊,[219] 副之以不忘. 月出皎兮, 結我芳盟; 雲窓夜靜, 花院春晴; 一椀瓊漿,[220] 幾曲鸞笙.[221] 豈意時移事往, 樂極哀生? 翡翠之衾未暖, 鴛鴦之夢先驚; 雲消歡意, 雨散恩情; 屬目而羅裙變色, 接耳而玉佩無聲. 一尺魯縞, 尙有餘香; 朱絃綠綺,[222] 虛在銀床; 藍橋舊宅,[223] 付之紅娘.[224] 嗚呼! 佳人難得, 德音不忘. 玉貌花容, 宛在目傍. 天長地久, 此恨茫茫, 他鄕失侶, 誰賴誰憑? 復理舊楫, 再就來程, 湖海闊遠, 乾坤崢嶸. 孤帆萬里, 去去何依? 他年一哭,[225] 浩蕩難期. 山有歸雲, 江有回潮, 娘之去矣, 一何寂寥? 致祭者酒, 陳情者文. 臨風一奠, 庶格芳魂. 嗚呼

---

216) 詞 : 저본에는 '色'으로 되어 있으나 문선규본을 따름.

217) 賈雲華 : 주 65를 참조할 것.

218) 言采沬鄕之唐 : 『詩經』 鄘風 「桑中」의 "爰采唐矣, 沬之鄕矣. 云誰之思, 美孟姜矣"에서 따온 말. '言'은 助詞로서 '爰'과 뜻이 통함. '采'는 나물을 캔다는 뜻이며, '沬'(매)는 지명이고, '唐'은 나물 이름임. 「桑中」은 남녀의 사랑을 노래한 시임.

219) 東門之楊 : 『詩經』 陳風 「東門之楊」의 "東門之楊, 其葉牂牂, 昏以爲期, 明星煌煌"에서 따온 말. 남녀가 만나기로 약속했으나 약속을 저버린 것을 노래한 시. 저본에는 '楊'이 '柳'로 되어 있음.

220) 瓊漿 : 신선이 마시는 음료인데, 여기서는 술을 뜻함. 唐 傳奇小說인 「裴航」에 "一飮瓊漿百感生"이라는 말이 보임.

221) 鸞笙 : 笙의 美稱. 여기서는 음악을 뜻함.

222) 綠綺 : 원래 司馬相如가 소유했던 琴의 이름인데, 여기서는 琴의 美稱으로 쓰였음.

223) 藍橋舊宅 : '藍橋'는 중국 陝西省 藍田縣의 지명. 唐나라 裴鉶이 지은 傳奇小說 「裴航」의 남녀 주인공 裴航과 雲英이 이곳에 있는 神仙窟에서 만났던바, 여기서는 이에 빗대어 裵桃가 살던 집을 '藍橋舊宅'이라 표현하였음.

224) 紅娘 : 본디 「鶯鶯傳」의 여주인공 鶯鶯의 侍婢인데, 여기서는 배도의 여종을 가리킴.

225) 哭 : 저본에는 '見'으로 되어 있으나 문선규본과 정경주본을 따름.

哀哉![226] 尙饗.

祭罷, 與二丫鬟別, 曰: "汝等好守家舍! 我他日得志, 必來收汝." 丫鬟泣曰: "兒輩仰主娘如母, 主娘視兒輩如女, 兒輩命薄, 主娘早沒, 所恃以慰此心者, 惟有郎君, 今郎君又去, 兒輩何依?" 號[227]哭不已. 生再三慰撫, 揮涙登舟, 不忍發棹.

是夕, 宿于垂虹橋下,[228] 望見仙花之院, 銀釭[229]絳燭, 明滅林[230]裡. 生念佳期之已邁, 嗟後會之無因,[231] 口占「長相思」[232]一闋曰:

花滿烟,
柳滿烟.
音[233]信初憑[234]春色傳,
綠窓深處眠.

好因緣,
惡[235]因緣.

---

226) 嗚呼哀哉 : 저본에는 없으나 임형택본과 정경주본에 의거해 보충했음.
227) 號 : 저본에는 '呼'로 되어 있으나 다른 본들을 따름.
228) 下 : 저본에는 없으나 다른 본들에 의거해 보충했음.
229) 釭 : 저본에는 '燭'으로 되어 있으나 문선규본을 따름.
230) 林 : 저본에는 '村'으로 되어 있으나 문선규본과 정경주본을 따름.
231) 因 : 저본에는 '緣'으로 되어 있으나 다른 본들을 따름.
232) 「長相思」: 詞의 하나.
233) 音 : 저본에는 '暗'으로 되어 있으나 문선규본을 따름.
234) 憑 : 저본에는 '馮'으로 되어 있으나 문선규본과 정경주본을 따름.

曉院銀釭已惘[236]然,

歸帆雲水[237]邊.

生達曉沈吟, 輾轉不寐,[238] 欲去則與仙花永隔, 欲留則裵桃､國英已死, 無可聊賴.[239] 百爾所思, 未得其一. 平明, 不得已開舡進棹, 仙花之院､裵桃之塚, 看看漸遠, 山回江轉, 忽已隔矣.

生之母族有張老者, 湖州[240]巨富也, 素以睦族稱. 生試往依焉, 張老舘[241]待之甚厚. 生身雖安逸, 念仙花之情, 久而彌篤. 輾轉之間, 已及春月, 實萬曆壬辰[242]也. 張老見生容貌日[243]悴, 怪而問之. 生不敢隱,[244] 以實告之.[245] 張老曰: "汝有心事,[246] 何不早言? 老妻與盧丞相同姓,[247] 累世通家, 老當爲汝圖之." 明日, 張老令妻修書, 遣老[248]蒼頭專往錢

235) 惡 : 저본에는 이 앞에 '是'가 더 있음.
236) 惘 : 저본에는 '惘'으로 되어 있으나 문선규본을 따름.
237) 水 : 저본에는 '樹'로 되어 있으나 문선규본을 따름.
238) 輾轉不寐 : 저본에는 없으나 정경주본에 의거해 보충했음.
239) 無可聊賴 : 저본에는 '聊無所賴'로 되어 있으나 다른 본들을 따름.
240) 湖州 : 지금의 浙江省 湖州市.
241) 舘 : 저본에는 없으나 문선규본과 정경주본에 의거해 보충했음. '집을 주어 留宿케 하다'는 뜻.
242) 實萬曆壬辰 : 저본에는 '萬曆二十年壬辰'으로 되어 있으나 다른 본들을 따름. '萬曆'은 明나라 神宗의 연호. 만력 임진년은 1592년임.
243) 日 : 저본에는 '憔'로 되어 있으나 문선규본과 임형택본을 따름.
244) 隱 : 저본에는 이 뒤에 '諱'가 더 있으나 다른 본들에는 없는바, 이를 따름.
245) 以實告之 : 저본에는 '告之以實'로 되어 있으나 임형택본과 정경주본을 따름.
246) 事 : 저본에는 '思'로 되어 있으나 다른 본들을 따름.
247) 同姓 : 저본에는 없으나 다른 본들에 의거해 보충했음.

塘, 議王､謝[249]之親焉.[250]

仙花自別生後, 支離在床, 綠憔紅悴.[251] 夫人亦[252]知爲周生[253]所祟,[254] 欲成其志, 生已去矣, 無可奈何, 忽得盧[255]氏書, 闔家驚喜. 仙花亦强起梳洗, 有若平昔. 乃以是年九月, 爲結縭[256]之期.

生日往浦口, 悵望蒼頭之還. 未及一旬, 蒼頭乃[257]還, 傳其定婚之意, 又以仙花私書授生. 生發書視之, 粉香淚痕, 哀怨可想. 其書曰:

薄命妾仙花, 沐髮清齋, 上書周郎足下. 妾本弱質, 養在深閨, 每念韶華之易邁, 掩鏡自惜; 縱懷行雲[258]之芳心, 對人生羞. 見陌頭之楊, 則春情駘蕩; 聞枝上之鶯, 則曉思朦朧. 一朝彩蝶傳情, 仙禽[259]引路, 東方之月, 姝子在闥.[260] 子旣踰垣, 我敢愛

248) 遣老 : 저본에는 '送'으로 되어 있으나 다른 본들을 따름.
249) 王·謝 : 중국 六朝時代의 高門世族인 王氏와 謝氏를 가리키는데, 두 집안이 대대로 사돈관계를 맺었으므로, 후대에는 흔히 두 집안이 사돈 맺는 것을 '王謝之親'이라 함.
250) 焉 : 저본에는 없으나 임형택본에 의거해 보충했음.
251) 綠憔紅悴 : 수심에 가득찬 여자의 모습을 형용하는 말. '綠'은 머릿결, '紅'은 얼굴을 가리킴.
252) 亦 : 저본에는 '示'로 되어 있으나 다른 본들을 따름.
253) 生 : 저본에는 '郎'으로 되어 있으나 다른 본들을 따름.
254) 祟 : 저본에는 '崇'으로 되어 있음.
255) 盧 : 저본에는 '張'으로 되어 있으나 정경주본을 따름.
256) 爲結縭 : 저본에는 '牢定結婚'이라 되어 있으나 문선규본을 따름.
257) 乃 : 저본에는 '已'로 되어 있으나 임형택본을 따름.
258) 行雲 : 미녀를 가리킴. 巫山 神女가 楚 懷王에게 자기는 "旦爲朝雲, 暮爲行雨"라고 했다는 데서 나온 말.
259) 仙禽 : 鶴을 가리킴.

檀?[261] 玄霜搗[262]盡, 不上崎嶇之玉京;[263] 明月中分, 空[264]成契闊之深盟.[265] 那圖好事難常, 佳期易阻? 心乎愛矣, 躬自悼矣. 人去春來, 魚沈雁斷.[266] 雨打梨花, 門掩黃昏. 千回萬轉, 憔悴因郎. 錦帳空兮晝寂寂, 銀缸滅兮夜沈沈. 一日[267]誤身, 百年含情. 殘花打腮, 片月凝眸. 三魂已散, 八翼莫飛.[268] 早知如此, 不如無生. 今則<u>月老</u>有信, 星期可待, 而單居悄悄, 疾病沈綿, 花顔減彩, 雲鬢無光, 郎雖見之, 不復前度[269]之恩情矣. 但所恐者, 微懷[270]未吐, 溘然[271]朝露, 九重泉路,[272] 私恨無窮. 朝見郎君, 一訴衷

---

260) 東方之月, 姝子在闥:『詩經』齊風「東方之日」의 제2장 "東方之月兮, 彼姝者子, 在我闥兮"에서 나온 말로, 달밤에 사내가 여자 집에 찾아온 것을 노래한 것임.

261) 子旣踰垣, 我敢愛檀: 주 147 및 주 183을 참조할 것.

262) 搗: 저본에는 '禱'로 되어 있음.

263) 玄霜搗盡, 不上崎嶇之玉京: 唐代 裴鉶의『傳奇』에 실린「裴航」의 "一飮瓊漿百感生, 玄霜搗盡見雲英. 藍橋便是神仙窟, 何必崎嶇上玉淸"에서 따온 말. 裴航은 병에 걸린 雲英의 할머니를 위해 玄霜(仙藥 이름)을 100일 동안 옥절구로 찧은 후에야 雲英과 혼인할 수 있었던바, 여기서는 주생이 선화를 만나기 위해 선화의 집에서 국영을 가르쳤지만 열흘이 되도록 선화의 얼굴도 볼 수 없었던 일을 가리킴.

264) 空: 저본에는 '共'으로 되어 있으나 임형택본과 정경주본을 따름.

265) 明月中分, 空成契闊之深盟: 선화가 거울을 반으로 나누어 한 쪽은 자기가 간직하고 한 쪽은 주생에게 주면서 장래를 약속한 것을 말함. '明月'은 여기서 거울을 가리킴.

266) 雁斷: 저본에는 '瘦影'으로 되어 있으나 임형택본과 정경주본을 따름.

267) 日: 저본에는 '自'로 되어 있으나 다른 본들을 따름.

268) 三魂已散, 八翼莫飛:『剪燈新話』「翠翠傳」에 "望高天而八翼莫飛, 思故國而三魂屢散"이라는 말이 보임. '三魂'은 道家에서 말하는, 인간에게 있다는 3개의 魂인 台光·爽靈·幽精을 가리킴. '八翼'은, 東晋의 陶侃이 꿈에 자신의 몸에 날개가 8개 돋아 上天의 궁궐에 올랐다는 고사에서 유래하는 말.

269) 度: 저본에는 '日'로 되어 있으나 다른 본들을 따름.

270) 懷: 저본에는 '情'으로 되어 있으나 임형택본과 정경주본을 따름.

271) 然: 저본에는 '先'으로 되어 있으나 문선규본을 따름.

272) 九重泉路: 저본에는 '九泉重路'라 되어 있으나 문선규본을 따름.

情, 則夕閉幽房, 無所怨矣. 雲山千里, 信使難頻,[273] 引領遙望, 骨折魂飛.[274] 湖州[275]地偏, 瘴氣侵人,[276] 努力自愛, 千萬珍重. 千萬情緖, 不敢言盡, 分付歸鴻,[277] 帶將去矣.[278] 某[279]月日, 仙花白.

生讀罷, 如夢初回, 似醉方醒, 且悲且喜, 而屈指九月, 猶以爲遠. 欲改定其期, 乃請[280]張老再遣蒼頭, 而又以私答仙花之書, 曰:

芳卿足下. 三生緣重, 千里書來, 感物懷人, 能不依依? 昔者, 投迹[281]玉院, 托身[282]瓊林, 春心一發, 雨意[283]難禁, 花間結約, 月下成緣. 猥蒙顧念, 信誓琅琅. 自念此生, 難報深恩. 人間好[284]事, 造物多猜, 那知一夜之別, 竟作經年之恨?[285] 相距敻絶, 山川脩阻, 匹馬天涯, 幾度[286]惆悵? 雁叫吳雲, 猿啼楚岫, 旅舘獨

273) 信使難頻 : 저본에는 '使'가 '旣'로, '頻'이 '憑'으로 되어 있으나 문선규본과 정경주본을 따름. '信使'는 심부름꾼.
274) 飛 : 저본에는 '消'로 되어 있으나 다른 본들을 따름.
275) 州 : 저본에는 '洲'로 되어 있음.
276) 人 : 저본에는 '入'으로 되어 있음.
277) 歸鴻 : 돌아가는 하인을 가리킴.
278) 去矣 : 저본에는 '飛去'로 되어 있으나 다른 본들을 따름.
279) 某 : 저본에는 없으나 임형택본에 의거해 보충했음.
280) 請 : 저본에는 이 뒤에 '於'가 더 있으나 문선규본과 임형택본에는 없는바, 이를 따름.
281) 迹 : 저본에는 '身'으로 되어 있으나 다른 본들을 따름.
282) 身 : 저본에는 '跡'으로 되어 있으나 다른 본들을 따름.
283) 雨意 : 저본에는 '雨'가 '兩'으로 되어 있음. 男女歡會之情을 뜻하는 말.
284) 好 : 저본에는 '有'로 되어 있으나 문선규본을 따름.
285) 恨 : 저본에는 '悲'로 되어 있으나 다른 본들을 따름.

眠, 孤燈[287]悄悄, 人非木石, 能不悲哉? 嗟乎芳卿![288] 別離傷懷, 子所知也. 古人云: "一日不見如三秋兮." 以此推之, 則一月便是九十年矣. 若待高秋以定佳期, 則不如[289]求我於荒山衰草之裏[290]矣.[291] 情不可極, 言不可盡, 臨楮嗚咽, 夫[292]復何言? 月日某白.[293]

書旣具未傳, 會朝鮮爲倭賊所迫, 請兵於天朝[294]甚急. 皇[295]帝以爲:[296] "朝鮮至誠事大,[297] 不可不救. 且朝鮮破, 則鴨江[298]以西, 亦[299]不得安枕而臥矣. 況存亡繼絶, 王者之事也." 特[300]命提督李如松,[301] 帥師討賊, 而行人司行人[302]

286) 度 : 저본에는 '番'으로 되어 있으나 문선규본과 정경주본을 따름.
287) 燈 : 저본에는 '燭'으로 되어 있으나 다른 본들을 따름.
288) 卿 : 저본에는 '心'으로 되어 있으나 다른 본들을 따름.
289) 不如 : 저본에는 없으나 문선규본에 의거해 보충했음.
290) 裏 : 저본에는 '間'으로 되어 있으나 다른 본들을 따름.
291) 矣 : 저본에는 없으나 문선규본과 정경주본에 의거해 보충했음.
292) 夫 : 저본에는 '知'로 되어 있으나 임형택본을 따름.
293) 月日某白 : 저본에는 없으나 임형택본과 정경주본을 따름.
294) 天朝 : 저본에는 '明'으로 되어 있으나 원문을 임의로 수정한 것으로 보이는바, 다른 본들을 따름.
295) 皇 : 저본에는 없으나 임형택본과 정경주본에 의거해 보충했음.
296) 爲 : 저본에는 '謂'로 되어 있으나 정경주본을 따름.
297) 至誠事大 : 저본에는 '世交隣之國也'로 되어 있으나 원문을 임의로 수정한 것으로 보이는바, 다른 본들을 따름.
298) 鴨江 : 압록강.
299) 亦 : 저본에는 '必'로 되어 있으나 문선규본을 따름.
300) 特 : 저본에는 '時'로 되어 있으나 문선규본을 따름.
301) 李如松 : 임진왜란 때 明나라 군대를 이끌었던 장군.
302) 行人司行人 : '行人司'는 明代에 傳旨 · 冊封 · 撫諭 등의 일을 관장하던 관청. '行人'은 行人司의 벼슬 이름으로, 외국 사신을 접대하는 등의 외교관계 일을 맡아보았음.

薛藩, 回自朝鮮, 奏曰: "北方之人, 善禦虜; 南方之人, 善禦倭. 今日之役, 非南兵則不可." 於是湖、浙[303]諸郡, 發兵甚急. 遊擊將軍[304]姓某, 素知生名, 引以爲書記之任, 生辭不獲已. 至朝鮮, 登安州[305]百祥樓,[306] 作七言古風, 失其全篇, 惟記結尾四句, 其[307]詩曰:

愁來獨登江上樓, 樓外靑山多幾許?
也能遮我望鄕眼, 不能[308]隔斷愁來路.

明年癸巳[309]春, 天兵大破倭賊, 追至慶尙道, 而[310]生置念[311]仙花, 遂成沈痼, 不能從軍南下, 留在松都. 余適以事往, 遇生於舘驛之中, 而語言不同, 以書通情. 生以余[312]解文, 待之頗厚. 余詢其致病之由, 愀然不答. 是日爲雨所拘, 因與生張燈夜話, 生以[313]「踏莎行」[314]一闋示余. 其詞曰:

---

303) 湖、浙 : 저본에는 '浙湖'로 되어 있으나 다른 본들을 따름.
304) 遊擊將軍 : 武職 이름.
305) 安州 : 평안남도 서북단에 있는 고을.
306) 百祥樓 : 安州에 있던 유명한 樓亭 이름.
307) 其 : 저본에는 없으나 임형택본에 의거해 보충했음.
308) 能 : 저본에는 '肯'으로 되어 있으나 문선규본과 정경주본을 따름.
309) 癸巳 : 1593년.
310) 而 : 저본에는 없으나 임형택본과 정경주본에 의거해 보충했음.
311) 置念 : 마음에 두다.
312) 余 : 저본에는 '餘'로 되어 있음.
313) 以 : 저본에는 '作'으로 되어 있으나 문선규본을 따름.
314) 「踏莎行」 : 詞의 하나. 저본에는 '莎'가 '沙'로 되어 있음.

隻影無憑,
離懷難吐,
歸鴻[315]暗暗連江樹.
旅窓殘燭[316]已驚心,
可堪更聽黃昏雨.

閬苑[317]雲迷,[318]
瀛洲[319]海阻,
玉樓珠箔今何許?
孤蹤願作水上萍,
一夜流向吳江[320]去.

余[321]異其詞意, 懇問不已, 生乃自敍其[322]首尾如此. 又自囊中出示一卷書,[323] 名曰『花間集』, 生與仙花、裵桃唱和詩百餘首, 儕輩詠其詞者又十餘篇. 生爲余墮淚, 求余詩甚切.

---

315) 鴻 : 저본에는 '魂'으로 되어 있으나 문선규본을 따름.
316) 燭 : 저본에는 '燈'으로 되어 있으나 仄聲이 놓여야 할 자리이므로 다른 본들을 따름.
317) 閬苑 : 신선이 산다는 곳.
318) 迷 : 저본에는 '微'로 되어 있으나 다른 본들을 따름.
319) 瀛洲 : 瀛洲山. 신선이 산다는 산으로 蓬萊山·方丈山과 함께 三神山으로 꼽힘. 저본에는 '洲'가 '州'로 되어 있음.
320) 吳江 : 吳淞江. 江蘇省과 浙江省에 걸쳐 있는 太湖로부터 발원하여 上海를 거쳐 黃海로 흘러들어가는 강.
321) 余 : 저본에는 없으나 임형택본과 정경주본에 의거해 보충했음.
322) 其 : 저본에는 없으나 임형택본과 정경주본에 의거해 보충했음.
323) 書 : 저본에는 없으나 임형택본과 정경주본에 의거해 보충했음.

余效元稹「會眞詩」[324]體, 作三十韻排律, 題其卷端以贈之. 又從而慰之曰: "大[325]丈夫所憂者, 功名未就耳. 天下豈無美婦人乎? 況今三韓已定, 六師[326]將還, 東風已與周郎便矣,[327] 莫慮喬氏[328]之鎖於他人之院也." 明早揖[329]別, 生再三稱謝曰: "可笑之事, 不必傳[330]也." 時生年二十七, 眉宇炯[331]然, 望之如畫云.[332]

癸巳仲夏, 無言子[333]權汝章[334]記.[335]

---

324) 「會眞詩」: 저본에는 '眞率詩'라 되어 있음. 元稹이 지은 「會眞詩」는 「鶯鶯傳」의 결말부에 들어 있음.

325) 大 : 저본에는 없으나 임형택본과 정경주본에 의거해 보충했음.

326) 六師 : 천자의 군대.

327) 東風已與周郎便矣 : 唐나라 詩人 杜牧의 「赤壁」詩 중의 "東風不與周郎便, 銅雀春深鎖二喬"에서 따온 말. 이 시구 중의 '周郎'은 周瑜를 가리킴.

328) 喬氏 : 三國時代 吳의 周瑜가 孫策을 따라 皖城을 공격하여 喬公의 두 딸을 얻었는데, 둘 다 미녀였다. 이에 孫策은 스스로 大喬(큰딸)를 취하고, 周瑜는 小喬(작은딸)를 취한 일이 있다. 여기서는 杜牧의 「赤壁」詩를 패러디하여 선화를 가리키고 있다. 주 327 및 「崔致遠」의 주 29를 참조할 것.

329) 揖 : 저본에는 '泣'으로 되어 있으나 임형택본과 정경주본을 따름.

330) 傳 : 저본에는 이 뒤에 '之'가 더 있으나 임형택본과 정경주본에는 없는바, 이를 따름.

331) 炯 : 저본에는 '泂'으로 되어 있으나 정경주본을 따름.

332) 余異其詞意~望之如畫云 : 저본에는 '云'이 없으나 정경주본에 의거해 보충했음. 문선규본에는 이 대목이 다음과 같이 간략히 서술되어 있음. "余再三諷詠其詞不置, 因探詞中情事. 生於是不敢諱, 從頭之('至'의 착오)尾, 細說如右, 因曰 : '幸勿爲外人道也!' 余已艷其詩詞, 歎奇遇而愴佳期, 退而援筆述之云爾."

333) 無言子 : 작자의 別號.

334) 汝章 : 權韠의 字.

335) 癸巳仲夏, 無言子權汝章記 : 문선규본에는 없으며, 임형택본에는 "癸巳仲春, 無言子傳"으로 되어 있고, 정경주본에는 細字로 "癸巳仲夏, 無言子傳"이라고 기재되어 있음.

## 해제

• 작자 : 權韠(1569~1612)

字는 汝章, 호는 石洲이며, 鄭澈의 문인이다. 科擧에 뜻이 없어 詩酒로 낙을 삼고 가난하게 살다가 여러 文臣들의 추천으로 童蒙教官에 임명되었으나 취임하지 않았다. 광해군 초에 外戚의 방종을 풍자한 詩(이른바 「宮柳詩」)가 문제되어 親鞫을 받은 후 유배형을 받았는데, 귀양길에 올라 동대문밖에 이르렀을 때 사람들이 주는 술을 폭음하고 이튿날 죽었다. 일설에는 이때 독살되었다고 한다. 宣祖·光海朝 연간의 으뜸가는 시인으로, 東岳 李安訥과 쌍벽을 이루었다. 唐詩風의 시를 썼는데, 당대 현실을 풍자한 시들이 특히 주목된다. 초년에는 주자학에 반발하며 도가사상에 경도되었는데, 寓言散文인 「酒肆丈人傳」에서 그 점이 잘 확인된다. 그러나 중년 이후 주자학을 독실히 신봉하는 쪽으로 사상이 轉回되어, 宋代의 도학자들에 대해 기술한 『道學正脈』을 편찬하기도 했다. 許筠·趙緯韓과 가깝게 지냈으며, 문집으로 『石洲集』이 전한다.

• 출전 : 『림제·권필 작품선집』(리철화 역, 평양 : 조선문학예술총동맹출판사, 1963)에 실린 원문을 底本으로 삼아 여타의 本을 참고하여 校合하였다.

• 참고사항

(1) 「주생전」은 중국 傳奇小說의 창작 성과를 여러 군데에서 패러디하고 있음이 확인된다.

(2) 「주생전」에서는 남녀의 삼각관계가 스토리 전개의 주요한 계기가 된다. 한국소설사에서 남녀의 삼각관계가 본격적으로 펼쳐짐은 이 작품이 처음이다. 삼각관계의 구현을 통해 「주생전」은 전기소설이 견지해 오던 일반적인 틀을 허물고 새로운 創新을 이룩했다. 또한 욕망과 信義를 통일시키는 것이 아니라 信義를 버리고 욕망을 추구하는 남자 주인공 주생은 이전의 한국 전기소설에서는 발견되지 않던 새로운 인간 타입이다.

(3) 이 작품은 어떤 면에서 보면 두 개의 전기소설을 잇대어 놓은 측면이 있다. 앞부분은 주생과 배도의 사랑이고, 뒷부분은 주생과 선화의 사랑이다. 그 결과 작

품의 길이가 중편 분량으로 늘어났다.

(4) 이 작품은 결미 부분에 서술자인 '나'를 등장시키는 기법상의 특징을 보여준다. 이 점에서 이 작품은 이른바 '半액자소설'에 해당한다. 이런 반액자 형식은 「주생전」의 작자인 권필과 절친한 관계를 유지했던 許筠과 趙緯韓이 각각 창작한 소설인 「南宮先生傳」과 「崔陟傳」에서도 똑같이 발견된다.

(5) 결미 부분에서 작품의 前面에 나서고 있는 서술자(=나)의 다음과 같은 발언, 즉 "大丈夫所憂者, 功名未就耳"라는 발언은 작가의식, 그리고 작품의 이데올로기적 지향을 해명하는 데 대단히 중요한 단서가 된다.

(6) 권필의 시에서 확인되는 비판적 지식인으로서의 면모에 착안하여 「주생전」에서 작가의 비판적 현실인식을 확인하고자 하는 입장도 없지 않으나, 잘못 설정된 문제의식이라고 생각된다. 그런 관점으로 이 작품에 접근할 경우 이 작품의 의의와 포인트, 이 작품이 제기하는 흥미로운 문제거리(특히 여성주의적 견지에서의) 가 통 포착되지 않는다. 이 점에서 그런 독법은 이 작품을 읽는 活法이라고 하기 어렵다.

(7) 李健(1614~1662)의 문집인 『葵窓遺稿』에 「題朱[周]生傳」이라는 제목으로 다음과 같은 시가 실려 있다. "身遊萬里雖云樂, 夢結深閨亦未堪. 當日百祥樓上咏, 男兒誰不一沾衫."

(8) 이 작품을 보는 시각과 관련된 논의로는 임형택, 「전기소설의 연애주제와 위경천전」, 『동양학』 22(단국대 동양학연구소, 1992); 박희병, 「전기소설의 문제」, 『韓國傳奇小說의 美學』(돌베개, 1997) 등이 있다. 한편 16~17세기 동아시아의 전란과 愛情傳奇의 관련에 대한 논의로는 정환국, 「16~17세기 동아시아 전란과 애정전기」, 『민족문학사연구』 15(민족문학사연구소, 1999)가 참조된다.

제3편

# 韓國漢文小說의 다양한 展開

## 제1부

## 傳奇小說의 滿開와 새로운 소설형식의 모색

1. 達川夢遊錄 / 尹繼善
2. 雲英傳 / 未詳
3. 柳淵傳 / 李恒福
4. 南宮先生傳 / 許筠
5. 崔陟傳 / 趙緯韓
6. 姜虜傳 / 權侙
7. 安尙書傳 / 權侙
8. 韋敬天傳 / 未詳
9. 江都夢遊錄 / 未詳
10. 薛生傳 / 吳道一
11. 金英哲傳 / 洪世泰
12. 田禹治傳 / 未詳
13. 鄭生奇遇記 / 未詳
14. 金河西傳 / 未詳
15. 白居秋傳 / 未詳
16. 要路院夜話記 / 朴斗世

# 1. 達川夢遊錄

尹繼善

萬曆庚子[1]之仲[2]春, 坡潭子[3]鎖直西淸,[4] 殆有日矣. 平明, 銀臺[5]承命, 召侍從臣五人, 授封書, 暗行于諸道. 坡潭子, 亦忝其中, 聚宿漢濱,[6] 坼書視之, 所授[7]道, 乃湖西也.[8]

---

1) 萬曆庚子 : 1600년. '萬曆'은 明나라 神宗의 연호.
2) 仲 : 저본에는 없으나 『亂中雜錄』 속에 들어 있는 「㺚川夢游錄」(奎章閣에 소장되어 있는 『大東野乘』 권29 所收) 및 고려대 도서관의 晩松文庫에 收藏되어 있는 「達川夢遊錄」(이하 '만송문고본'으로 약칭)에 의거해 보충했음.
3) 坡潭子 : '坡潭'은 작자인 尹繼善의 호. '子'는 높임말.
4) 西淸 : 궁궐을 이름. 당시 윤계선은 司憲府 持平으로 있었음.
5) 銀臺 : 承政院의 別稱.
6) 漢濱 : 한강가.
7) 授 : 『난중잡록』과 만송문고본에는 '受'로 되어 있으나 '授'와 '受'는 통함.
8) 平明~湖西也 : 이 부분의 내용과 관련해 『亂中雜錄』四 庚子年 二月條의 다음 기록이 참조됨. "經亂以後, 廉耻道喪, 守令益肆溪壑之欲, 小民不堪割剝之苦, 困頓流離, 甚於癸甲. 聖上聞之, 軫念遺民, 召侍臣五人, 命暗行諸道, 尹繼先[善]任湖西, 柳潚任湖南. (……)"

歷行列邑, 仍達于忠州. 客裡光陰, 忽滿三月, 東風吹暖, 達水[9]淸蕩, 叢骨齊白, 芳草又靑. 九載之間, 戰場已古. 野鼠山狐,[10] 見日而潛伏; 飢烏嚇鳶, 向人而噪呌. 羸驂倦策, 默想當時, 良家之選、大閱之兵,[11] 或因金華之自薦,[12] 或被石壕[13]之催點, 腰弓負羽, 袵革摐金,[14] 藏利器而不戰, 憒主將[15]之無策, 束手而迎敵, 延頸而受刃, 齎志飮恨浪死之魂, 爲沙蟲、爲猿鶴[16]者, 不知其幾千萬人. 憤[17]氣上結, 陣雲昏黑; 寃聲下逝,[18] 大川嗚咽. 傷心慘目, 有如是矣. 因悲吟慷慨, 作諸體三篇, 其絶曰:

古場芳草幾回新? 無限香閨夢裡人.
風雨過來寒食節, 髑髏苔碧又殘春.

---

9) 達水 : 達川. 忠州에 있는 강.
10) 狐 : 『난중잡록』과 만송문고본에는 '猩'으로 되어 있음.
11) 大閱之兵 : 군대의 잘 훈련된 병사. '大閱'은 閱軍을 뜻함.
12) 金華之自薦 : 미상.
13) 石壕 : 石壕吏를 가리킴. '石壕'는 원래 중국 河南省에 있는 땅 이름. '石壕吏'는 杜甫의 시 「石壕吏」에서 유래하는 말. "暮投石壕村, 有吏夜捉人. 老翁踰牆走, 老婦出門看"으로 시작되는 이 시는 노인까지 徵發하는 전쟁의 참상을 고발하였음.
14) 袵革摐金 : '袵革'은 갑옷을 이부자리로 삼는다는 뜻으로, 적군의 공격에 늘 대비하고 있음을 일컫는 말. '摐金'은 바라를 친다는 뜻으로, 軍中에서 적의 침입을 경계하는 것을 말함.
15) 主將 : 申砬(1546~1592)을 가리킴. 자세한 것은 주 23을 참조할 것.
16) 爲沙蟲、爲猿鶴 : 戰死한 將士를 일컫는 말. 『抱朴子』의 "周 穆王이 南征했을 때 一軍이 전멸했는데, 君子는 猿과 鶴이 되고 小人은 蟲과 沙가 되었다"는 고사에서 유래하는 말.
17) 憤 : 저본에는 '奮'으로 되어 있으나 『난중잡록』과 만송문고본을 따름.
18) 逝 : 저본에는 '訴'로 되어 있으나 『난중잡록』과 만송문고본을 따름.

其律曰:

烏鳶飛盡渚禽栖, 落日沙場路欲迷.
憶得當時空脉脉, 忍看芳草又萋萋?
鐵衣[19]塡水琴灘[20]咽, 朽骨撑[21]郊月岳[22]低.
誰使將軍[23]名譽早? 悔教車馬浪征西.

其詩曰:

東竹嶺,[24]南鳥嶺,[25] 中原獨據靑丘勝.[26]
誰教雲鳥[27]陣平郊? 聞道將軍夜有令.[28]

---

19) 鐵衣 : 갑옷.
20) 琴灘 : 金灘(쇠여울). 충주시 오석리 일대 남한강 유역의 지명.
21) 撑 : '張開'라는 뜻. 여기서는 '나뒹굴다'는 정도의 의미.
22) 月岳 : 月岳山. 충주 근교에 있는 산.
23) 將軍 : 申砬을 가리킴. 武將으로서 일찍 명성을 얻어, 1590년 平安道 兵馬節度使를 지냈으며, 1592년 壬辰倭亂이 일어나자 三道都巡邊使가 되어 충주의 彈琴臺에서 배수진을 치고 일본군과 대결했으나 참패하여 從事官 金汝岉과 함께 강물에 투신해 자결했음.
24) 竹嶺 : 경북 영풍군 풍기읍과 충북 단양군을 잇는 고개. 鳥嶺과 함께 경상도에서 서울로 올라오는 關門의 하나였음.
25) 鳥嶺 : 경북 문경군과 충북 괴산군을 잇는 고개. 竹嶺과 함께 경상도에서 서울로 올라오는 關門의 하나였음.
26) 中原獨據靑丘勝 : 中原은 靑丘의 勝景에 자리하고 있네. '中原'은 忠州의 딴 이름이고, '靑丘'는 우리나라를 이르는 말.
27) 雲鳥 : 雲鳥陣. 陣法의 하나.
28) 將軍夜有令 : 당시 鳥嶺의 험한 地勢를 이용해 밀려오는 倭敵을 방어해야 한다는 의견이 있었으나 신립은 이를 받아들이지 않고 平地인 충주 達川의 탄금대에 배수진을 쳤던바, 이 때문에 朝鮮軍은 鳥銃을 앞세운 왜적에 궤멸되고, 왜적이 파죽지세로 北上할 수 있었음.

背水無功束萬手, 淮陰[29]誤人千載後.
不知鑾輿幸巴蜀,[30] 無語溪[31]邊骨已朽.
骨已朽不是惜, 最恨吾君費衣食.
憑河[32]未售匹夫勇, 堪笑人稱萬人敵.[33]

復命未幾月, 出宰花山,[34] 官閑牒疎, 披覽遺稿, 邊城月出, 畵閣[35]鈴[36]噤, 淸夜未央, 依枕思睡. 怳惚之間, 有一大蝴蝶, 栩栩然[37]導引而前去, 驀越山川, 奄抵一處, 雲烟帶慘, 石溪瀉怨, 飛走定栖,[38] 擧目無人, 彷徨獨步, 倚樹[39]沈吟.

俄而疾風號怒, 殺氣漫野, 乾坤如柒, 不辨咫尺, 唯[40]見一隊燈炬, 自遠而至, 萬夫喧譁, 漸邇而聞. 坡潭子凝精佇立, 毛[41]髮盡竦, 急[42]避於林藪之中, 覘其所爲, 追逐叫號,[43] 僅

29) 淮陰 : 漢 高祖의 공신인 淮陰侯 韓信을 가리킴. 그는 兵法에서 禁忌로 되어 있던 背水陣을 쳐 楚나라 군대를 물리친바 있음.
30) 鑾輿幸巴蜀 : 宣祖가 義州로 피난한 것을 가리킴.
31) 溪 : 達川을 가리킴.
32) 憑河 : 맨몸으로 강을 건넘. 匹夫의 무모한 용기를 이르는 말.
33) 萬人敵 : 병법을 이름. "글은 이름자를 적을 수 있으면 족한바, 만인을 대적하는 법을 배우겠다"고 한 項羽의 말에서 유래함.
34) 花山 : 황해도 瓮津縣의 鎭山. 윤계선은 1600년 持平으로 있을 때 舌禍로 인해 瓮津縣監으로 좌천된 일이 있음.
35) 畵閣 : 東軒을 가리킴.
36) 鈴 : 설렁[懸鈴]. 관아의 수령이 사람을 부를 때 줄을 잡아당기면 소리를 내는 방울.
37) 栩栩然(후후연) : 歡喜自得한 모양. 『莊子』「齊物論」에 "昔者莊周夢爲胡蝶, 栩栩然胡蝶也"라는 말이 있음.
38) 飛走定栖 : 禽獸는 보금자리에 들고.
39) 樹 : 저본에는 '樹'로 되어 있으나 『난중잡록』과 만송문고본을 따름.
40) 唯 : 저본에는 이 앞에 '而'가 더 있으나 『난중잡록』과 만송문고본에는 없는바, 이를 따름.

卞其形, 或無頭者, 或斷右臂者、左臂者, 或刖左足者、右足者, 或腰存而無脚者, 或脚存而無腰者, 或漲腹而蹣跚者, 蓋溺水者也. 被髮滿面, 腥[44]血相射, 四[45]肢殘酷, 慘不忍[46]見. 呌天一聲, 瘖擗[47]痛哭, 山岳動搖, 流水亦駐. 旣而雲散月高, 萬籟寂然, 白露爲霜, 蒹葭蒼蒼, 寒更[48]寥闃, 曠野如練, 諸鬼拭淚而言曰: "天崩地坼, 此怨無已. 月白風淸, 如此良夜何? 可做一場話, 以永今夕." 齊聲而[49]歌曰:

生旣不用, 死且何爲?
生我者父母,[50] 死我者誰?
休養恩深, 公家事急.
丈夫有一死, 固不足惜.
嘆將軍之易言兮, 胡至此極!

歌竟, 衆鬼接肘而坐, 相與語曰: "高堂白髮, 甘旨誰供? 小閨紅顔, 怨淚空多, 將信將疑, 旣[51]見鞍馬之還, 靡家靡

41) 毛 : 저본에는 '垂'로 되어 있으나 『난중잡록』을 따름.
42) 急 : 저본에는 '隱'으로 되어 있으나 『난중잡록』을 따름.
43) 號 : 저본에는 '呼'로 되어 있으나 『난중잡록』과 만송문고본을 따름.
44) 腥 : 저본에는 '猩'으로 되어 있으나 『난중잡록』과 만송문고본을 따름.
45) 四 : 저본에는 이 앞에 '而'가 더 있으나 『난중잡록』과 만송문고본에는 없는 바, 이를 따름.
46) 忍 : 저본에는 '可'로 되어 있으나 『난중잡록』과 만송문고본을 따름.
47) 瘖擗 : 가슴을 침.
48) 寒更 : 추운 밤시간. '更'은 更點, 곧 시간.
49) 而 : 저본에는 없으나 『난중잡록』과 만송문고본에 의거해 보충했음.
50) 母 : 저본에는 없으나 만송문고본에 의거해 보충했음.

室,[52] 只煩紙錢之招. 言念[53]至此, 能不鬱悒?" 中有一鬼, 微哂曰: "何用屑屑也? 此間無乃有世間客窃聽者耶?" 坡潭子料其已知, 趍謁翼如, 諸鬼起[54]而長[55]揖曰: "子豈非伊昔過此者耶? 其時[56]留贈, 吾等謹領之矣. 其詩與律, 深得諷刺, 而絶句凄絶, 使人不能自讀, 眞所謂泣鬼神者也. 今夕何夕, 幸見君子? 往事如雲, 陳不可悉, 其中有一二可言者, 寄與吾子, 以傳世上, 不勝幸甚." 乃自叙曰: "將者, 三軍之司命; 兵者, 一人之制用. 苟或非賢,[57] 必也僨事. 中原形勝, 實爲南紀,[58] 草岾[59]乃天設之稱雄, 竹嶺是地利之足恃, 一夫當關,[60] 萬夫莫開, 難於蜀道, 百人守險,[61] 千人不過. 危若井陘,[62] 刋木作柵, 列石爲陣, 則北軍焉得飛渡,[63] 南風不吹死

51) 旣 : 저본에는 '旣'를 '幾'로 수정해 놓았으나 『난중잡록』과 만송문고본을 따름.
52) 靡家靡室 : 無家無室. 원래 처자가 없이 고단한 신세를 일컫는 말이나, 여기서는 남편을 잃은 여인의 외로운 처지를 뜻함.
53) 言念 : 想念. '言'은 助字.
54) 諸鬼起 : 『난중잡록』과 만송문고본에는 '齊起'로 되어 있음.
55) 長 : 저본에는 '張'으로 되어 있음.
56) 其時 : 저본에는 '有詩'로 되어 있으나 『난중잡록』과 만송문고본을 따름.
57) 賢 : 저본에는 '人'으로 되어 있으나 『난중잡록』과 만송문고본을 따름.
58) 南紀 : 南戒. 원래 四川 · 河南 · 湖北 · 湖南 · 江西 · 福建 등 南蠻과 접한 중국의 남쪽 地境을 일컫는 말임. 여기서는 남쪽 변방과 접한 땅이라는 정도의 뜻임.
59) 草岾 : 새재, 곧 鳥嶺.
60) 關 : 저본에는 이 뒤에 '而'가 더 있으나 『난중잡록』과 만송문고본에는 없는 바, 이를 따름.
61) 險 : 저본에는 이 뒤에 '而'가 더 있으나 『난중잡록』과 만송문고본에는 없는 바, 이를 따름.
62) 井陘(정형) : 井陘口. 중국 太行山의 支脈으로 길이 험하고 좁아 古來로 군사 요충지였음.
63) 北軍焉得飛渡 : 陳 後主가 隋나라 군대가 江에 이른 걸 걱정하매 그 신하 孔

聲,[64] 以逸待勞, 將士高枕, 爲主制賓, 勝敗如局. 惜乎![65] 申公[66]計不出此, 挾其嚴威, 愎於自用,[67] 金從事[68]之請, 豈無據乎, 李巡邊[69]之言, 良有理也,[70] 不入于耳, 敢決於臆. 盖其言曰: '離舟之賊, 難步如鵝鴨; 倍道之敵, 無策若犬豕. 平郊大野, 可以撲[71]滅於一麾; 高山峻嶺, 焉用把截於二路?'[72] 遂退陣于彈琴臺上, 遣哨探[73]於龍湫[74]水邊, 三令[75]擊鼓, 五衛[76]含枚.[77] 無故驚軍者斬, 孫子之制法; 置之死地

---

範이 말하기를, 長江은 천혜의 요새로 옛날부터 南北을 격리시켜 주었으니 今日北軍豈能飛度耶라고 하자, 後主는 이 말을 믿고 향락을 즐기다 그만 나라를 잃었다는 고사가 『隋書』 권23 志第18 五行 下에 보임. '北軍'은 원래 북방의 군대를 뜻하나 여기서는 倭敵을 가리킴.

64) 南風不吹死聲 : '死聲'은 구슬픈 소리. 『左傳』에 "南風不競, 多死聲, 楚必無功"이라는 말이 보임.

65) 刋木作柵~惜乎 : 저본에는 '以逸待勞, 將士高枕, 爲主制賓, 勝敗如局. 惜乎! 刋木作柵, 列石爲陣, 則北軍焉得飛渡, 南風不吹死聲'으로 되어 있으나 『난중잡록』과 만송문고본을 따름.

66) 申公 : 申砬을 가리킴.

67) 自用 : 남의 말을 듣지 않고 자기 고집대로 함.

68) 金從事 : 선조 때의 문신 金汝岉(1548~1592)을 가리킴. 임진왜란 때 신립의 종사관이 되어 충주 싸움에 나섰으나 대패하자 신립과 함께 자결했음. 그는 신립에게 鳥嶺의 地勢를 이용할 것을 건의했으나 받아들여지지 않았음.

69) 李巡邊 : 李鎰(1538~1601)을 가리킴. 그는 상주 전투에서 패하여 충주로 쫓겨왔음.

70) 良有理也 : 신립이 이일에게 적의 형세를 묻자 이일은, 적이 대단히 강한데 이제 험준한 곳을 점거하여 적의 길을 끊지 못했으니 만약 넓은 들판에서 교전한다면 당해낼 도리가 없다, 차라리 후퇴해 서울을 지키는 게 낫다고 대답한 것으로 전해짐.

71) 撲 : 저본에는 '搏'으로 되어 있으나 『난중잡록』을 따름.

72) 二路 : 鳥嶺과 竹嶺을 가리킴.

73) 探 : 저본에는 '報'로 되어 있으나 『난중잡록』과 만송문고본을 따름.

74) 龍湫 : 鳥嶺 밑의 桐華院 서북쪽 1리에 있는 땅 이름. 그곳에 폭포가 있었음.

75) 三令 : 군대에서 세 번 호령하고 다섯 번 거듭 말하는 것을 '三令五申'이라 하는바, 되풀이하여 자세히 명령함을 뜻함.

而後生, 韓信之出奇;[78] 膠柱鼓瑟, 守株窺兎. 孝元[79]之誅, 安敏[80]之刎, 本由此也. 健兒爲血, 壯士爲魚, 又何慘哉? 尤可笑者, 凝霜大劒, 耀日長槍, 指揮而閃爍, 踴躍而叫怒, 乃敢臨戰易陣,[81] 鳴金偃旗,[82] 當當井井之形, 雲擾鳥散, 赳赳洸洸之士, 狼顧鼠拱,[83] 遂使超關挾輈之勇,[84] 蹶張[85]拔角[86]之力, 空抱慷慨, 竟爲腥膻, 當時之事, 尙忍言哉? 有善戰之將, 無善戰之卒, 奚但吾[87]屬可斬? 以不世之才, 建不世之功, 吾於此誅何?"[88] 言訖, 愀然涕淚如雨.

旣而纍纍然[89]一丈夫, 羞色遍顔, 俛首低佪,[90] 趦趄其足,

---

76) 五衛 : 右衛 · 左衛 · 中衛 · 前衛 · 後衛의 총칭.

77) 含枚 : 銜枚. 공격할 때 소리를 내지 않기 위해 군졸과 말의 입에 나무를 물리던 일, 혹은 그 나무.

78) 置之~出奇 : 주 29를 참조할 것.

79) 孝元 : 斥候將 金孝元을 말함. 신립은 김효원과 安敏이 달려와 "왜적의 선봉이 이미 쳐들어왔다"고 말해 군사들을 놀라게 했다고 하여 두 사람의 목을 베었음.

80) 安敏 : 당시의 斥候將. 신립은 그가 "적병이 벌써 쳐들어왔다"는 망녕된 말을 하여 군중을 놀라게 했다고 하여 그의 목을 베었음. 저본에는 '敏'이 '民'으로 되어 있으나 『亂中雜錄』에 의거해 바로잡음.

81) 易陣 : 신립은 왜적이 들이닥치자 陣의 대오를 바꾸게 했음.

82) 鳴金偃旗 : 바라를 쳐 군사를 물러나게 하고, 軍旗를 눕힘.

83) 狼顧鼠拱 : 달아나고자 이리저리 형세를 살핌. 저본에는 '拱'이 '攫'으로 되어 있음.

84) 挾輈之勇 : 큰 勇力을 뜻함. 『左傳』의 "公孫閼與穎考叔爭車, 穎考叔挾輈以走, 子都拔棘以逐之"에서 유래하는 말.

85) 蹶張 : 발로 强弩를 발사한다는 뜻으로, 아주 힘이 셈을 이름.

86) 拔角 : 쇠뿔을 뽑음.

87) 吾 : 저본에는 '我'로 되어 있으나 『난중잡록』과 만송문고본을 따름.

88) 吾於此誅何 : 저본에는 '吾於此人何誅'로 되어 있으나 『난중삽독』과 만송문고본을 따름.

89) 纍纍然 : 실의한 모양.

囁嚅其口, 作揖[91]告之曰: "孤人之子, 寡人之妻, 怨叢于身. 余雖有罪, 今日之言, 烏得不辨乎?[92] 僕本將種, 系出侯門, 氣纔食牛, 性好馳馬, 昧三世之戒,[93] 學萬人之敵.[94] 一枝攀桂,[95] 恨缺虎榜之魁; 百步穿楊,[96] 實學猿臂[97]之善. 謬見知於明主, 濫蒙恩於邊帥.[98] 當北胡[99]蠢茲之時, 作西塞[100]屹然之城, 電掃一劒,[101] 血盡肝腦,[102] 雷動三軍, 鼓震巢穴.[103] 江東慴張遼[104]之名, 兒不能啼; 塞上服李牧[105]之威, 馬不敢前. 功微報重, 位高志滿.[106] 騁乎淄、澠之間,[107] 金帶在腰; 出

---

90) 低佪 : 저본에는 '徘徊'로 되어 있으나 『난중잡록』과 만송문고본을 따름.

91) 揖 : 저본에는 이 뒤에 '而'가 더 있으나 『난중잡록』과 만송문고본에는 없는바, 이를 따름.

92) 乎 : 저본에는 없으나 『난중잡록』과 만송문고본에 의거해 보충했음.

93) 三世之戒 : 장수는 三代를 해서는 안된다는 말이 있음. 秦나라의 王翦·王賁·王離가 三代 내리 장수가 되었는데 그 뒤가 좋지 않았으므로 유래하는 말임.

94) 萬人之敵 : 兵法을 이름. 주 33을 참조할 것.

95) 一枝攀桂 : 一枝桂. 과거시험에 합격함을 일컫는 말.

96) 百步穿楊 : 중국 고대의 인물인 養由基가 백 보 밖에서 활을 쏘아 버들잎을 꿰뚫었다는 고사에서 유래하는 말로, 활을 잘 쏘는 것을 이름.

97) 猿臂 : 猨臂. 漢나라의 장군 李廣을 가리킴. 그는 원숭이처럼 팔이 길어 활을 잘 쏘았다고 함.

98) 帥 : 저본에는 '地'로 되어 있으나 『난중잡록』과 만송문고본을 따름.

99) 北胡 : 여진족을 말함.

100) 西塞 : 신립은 穩城府使를 지냈던바, 정확히 말한다면 '北塞'나 '北關'이라고 해야 하겠으나, '北胡'에 대한 수사상의 對語로서 '西塞'라는 표현을 썼음.

101) 電掃一劒 : 한 칼로 신속히 소탕함.

102) 血盡肝腦 : 적의 우두머리를 없애 버림.

103) 巢穴 : 두만강 건너편의 女眞의 거주지를 말함.

104) 張遼 : 曹操의 장수로서 결사대 8백 명으로 孫權의 10만 대군을 격파하여 江東에 이름을 떨쳤던바, 울던 아이도 "遼가 온다"는 말을 들으면 울음을 그쳤다고 함.

105) 李牧 : 戰國時代 趙나라의 장군으로, 그가 北邊을 방비할 때 匈奴는 그를 두려워하여 십여 년 간 변방을 침입하지 못했다고 함.

入承明之廬,[108] 玉音嘉汝.[109] 邊塵一起, 烽火三月, 及承推轂[110]之命, 卽決裹革[111]之志. 榻前之懇懇, 感[112]動天聽; 閫外之將將,[113] 悉委余躬. 虜在目中, 兵運掌上, 初期袒臂而撻甲,[114] 不悟開門而引賊.[115] 自用則小, 忘古人之訓; 輕敵必敗, 同馬服之子.[116] 豈人謀之不臧? 抑天意之莫佑. 魚麗[117]未編, 蠆毒先吹. 勢旣據北山者勝,[118] 地形雖便, 人競蹈東海而死, 大事已去. 嗚呼曷歸! 予獨何爲? 遂將八[119]尺之軀, 忍

---

106) 位高志滿 : 신립은 1583년 선조 16년에 穩城府使가 되어 북변을 침입한 泥湯介를 격퇴하고 두만강을 건너가 女眞族의 소굴을 소탕한 후 개선했으며, 그 공으로 함경북도 兵馬節度使에 올랐음.

107) 騁乎淄澠之間 : 『戰國策』 齊策의 "黃金橫帶, 而騁乎淄澠之間, 有生之樂, 無死之心, 所以不勝者也"에서 따온 말임. '淄'는 淄水이고 '澠'은 澠水로서, 모두 山東省에 있는 하천 이름.

108) 承明之廬 : 承明廬. 漢代에 侍從諸臣이 숙직하던 곳.

109) 嘉汝 : 『書經』 「文侯之命」의 "汝多修, 扞我于艱, 若汝予嘉"에서 나온 말.

110) 推轂 : 옛날 帝王이 戰場에 나가는 장수가 탄 수레를 융중한 예우의 표시로 손수 밀어 보냈다는 데서 유래하는 말. 여기서는 임진왜란이 일어나자 宣祖가 신립을 三道都巡邊使로 임명한 것을 가리킴.

111) 裹革 : 戰場에 나가 싸워 시신이 말가죽에 싸여 돌아온다는 뜻으로, 전장에 나가 목숨을 아끼지 않고 용감히 싸움을 이름.

112) 感 : 저본에는 '感'로 되어 있으나 『난중잡록』과 만송문고본을 따름.

113) 將將 : 대장군으로서 장수를 거느림.

114) 袒臂而撻甲 : 어깨를 드러나게 하여 갑옷 위에 채찍질을 함. 적군 장수의 항복을 받는 것을 이름.

115) 不悟開門而引賊 : 조령에서 적을 막지 않은 것을 이름.

116) 馬服之子 : 전국시대 趙나라의 명장 馬服君 趙奢의 아들 趙括을 가리킴. 趙奢는 평소 "兵이란 死地인데 括이 쉽게 말하니 만일 趙나라에서 括을 장수로 삼는다면 括은 필시 趙나라 군대를 망하게 할 것이다"라고 하였는데, 과연 조괄이 장수가 된 후 秦나라 장수 武安君 白起에게 참패를 당해 죽었음.

117) 魚麗 : 陣法의 하나.

118) 勢旣據北山者勝 : 戰國時代에 趙나라의 장군 趙奢가 조나라를 쳐들어온 秦나라 白起의 군대에 맞서 싸울 때 許歷이 趙奢에게 간하기를, "먼저 北山 꼭대기를 점령하는 쪽이 이기고 그렇지 않은 쪽이 지게 될 것입니다"라고 했음.

投萬丈之流. 驚濤駭浪, 洶湧澎湃, 而難洗此羞; 清灘急湍, 悲咽怨呼, 而爭訴予懷. 時或雲沉溪口, 月印潭[120]心, 魂踽踽而靡依, 影煢煢[121]而獨弔. 光陰倏忽, 鬱抑未開, 幸逢[122]吾君, 得敷心腹. 噫! 項羽以拔山之力、蓋世之氣, 百戰百勝, 而[123]竟敗於烏江;[124] 諸葛抱臥龍之才、兼人之智,[125] 五出五還,[126] 而[127]無效於祁山.[128] 天實爲之, 人曷故爾? 誰怨誰尤? 彼蒼悠悠!"[129] 悲歌流涕, 不能自抑.

有頃, 傍有一人,[130] 揚眉睜眼, 顧謂申公曰: "甑已破矣, 事既往矣. 成敗有數, 是非已定, 更何足縷縷? 今夜有約, 諸君且至, 適値方外人來在這裏, 迎之上座, 請觀吾輩之樂可乎?"

坐未既, 車馬駢闐之聲, 四面雲集, 或張旋擁旗, 劒戟森森, 或佩符垂印, 衣冠楚楚, 呵前導後, 奄抵臺上, 白面書生,

---

119) 八 : 저본에는 '七'로 되어 있으나 『난중잡록』과 만송문고본을 따름.
120) 潭 : 저본에는 '波'로 되어 있으나 『난중잡록』과 만송문고본을 따름.
121) 煢煢 : 저본에는 '庚庚'으로 되어 있으나 『난중잡록』과 만송문고본을 따름.
122) 幸逢 : 저본에는 '邂逅'로 되어 있으나 『난중잡록』과 만송문고본을 따름.
123) 而 : 저본에는 없으나 『난중잡록』과 만송문고본에 의거해 보충했음.
124) 烏江 : 중국 安徽省에 있는 강. 項羽가 漢나라 劉邦의 군대에 쫓겨 이곳에서 자결하였음.
125) 兼人之智 : 『난중잡록』에는 '扶漢之忠'으로 되어 있음.
126) 還 : 저본에는 '逐'로 되어 있으나 『난중잡록』과 만송문고본을 따름.
127) 而 : 저본에는 없으나 『난중잡록』에 의거해 보충했음.
128) 祁山 : 甘肅省 西和縣 西北에 있는 산 이름으로 魏나라의 城이 있었음. 일찍이 諸葛亮이 이 성을 공격하기 위해 다섯 차례 出兵했으나 결국 실패하고 軍中에서 병사했음. 저본에는 '祁'가 '祈'로 되어 있음.
129) 悠悠 : 저본에는 '攸攸'로 되어 있으나 『난중잡록』과 만송문고본을 따름.
130) 有頃, 傍有一人 : 저본에는 '傍有其頎一人'으로 되어 있으나 『난중잡록』을 따름.

紅顏武夫, 逡巡揖讓, 升降座席. 忽焉, 檣櫓簇轃, 伊軋[131]川路, 雲帆飽風, 舳艫[132]千里, 遂繫纜于蘆洲.

有大將軍,[133] 擁黃帕[134]而下, 衆賓齊起迎之. 將軍乃先據第一座, 卽右也. 左座之首, 高僉知[135]也; 次崔兵使[136]也; 次金原州[137]也; 次任南原[138]也; 次宋東萊[139]也; 次金淮陽[140]也;[141] 次金從事[142]也; 次金倡義[143]也; 次趙提督[144]也. 右座

131) 伊軋 : 삿대 젓는 소리를 형용한 말.

132) 舳艫 : 고물과 이물. 船首와 船尾.

133) 大將軍 : 선조 때의 무신 李舜臣을 가리킴. 임진왜란과 정유재란 때 수군을 지휘하여 큰 공을 세웠음.

134) 黃帕(황파) : 누른 색의 휘장.

135) 高僉知 : 宣祖 때의 문신 高敬命(1533~1592)을 가리킴. 임진왜란 당시 의병장으로 활약하였음.

136) 崔兵使 : 임진왜란 때의 의병장 崔慶會(1532~1593)를 가리킴. 호남 일대에서 왜적을 격파한 공로로 慶尙右兵使에 임명되었음. 1593년 加藤淸正의 공격에 맞서 金千鎰·黃進·高從厚 등과 함께 晋州城을 사수하였으나 9일만에 성이 함락되자 南江에 투신해 자결하였음.

137) 金原州 : 선조 때의 문신 金悌甲(1525~1592)을 가리킴. 原州牧使를 지냈기에 '原州'라고 했음. 李滉의 門人으로서 文科에 급제하여 1581년 충청도 관찰사에 오름. 임진왜란 때 原州牧使로 倭將 모리 요시나리(森吉成)의 군대와 싸우다가 전사하였음.

138) 任南原 : 선조 때의 문신 任鉉(1549~1597)을 가리킴. 南原府使를 지냈기에 '南原'이라고 했음. 임진왜란이 일어나자 江原道都事로 기용되어 춘천에서 왜병 400여 명을 죽이는 전공을 세웠음. 1597년 丁酉再亂이 일어나자 남원부사로 부임하여 명나라 장수 楊元과 함께 성을 지켰으나 양원은 도중에 도망하고 홀로 분전하다가 전사하였음.

139) 宋東萊 : 선조 때의 문신 宋象賢(1551~1592)을 가리킴. 東萊府使를 지냈기에 '東萊'라고 했음. 문과에 급제하여 1591년에 동래부사가 되었고, 이듬해 임진왜란이 일어나 적군이 東萊城에 밀어닥치자 성안의 군사를 이끌고 항전했으나 성이 함락되자 죽임을 당했음.

140) 金淮陽 : 선조 때의 문신 金鍊光(1524~1592)을 가리킴. 淮陽府使를 지냈기에 '淮陽'이라고 했음. 문과에 합격하여 1592년 淮陽府使가 되었음. 왜적이 쳐 들어오자 군졸이 모두 달아났으나 성문 앞에 홀로 정좌한 채 적에게 참살당했음.

之第二, 黃兵使[145]也; 次李兵使[146]也; 次金晉州[147]也; 次劉水使[148]也; 次申判尹[149]也; 次李水使[150]也; 次李僉使[151]也;

---

141) 次金淮陽也 : 저본에는 이 구절이 뒤의 '次趙提督也' 다음에 있으나, 『난중잡록』을 따름.

142) 金從事 : 金汝岉을 가리킴. 주 68을 참조할 것.

143) 金倡義 : 宣祖 때의 의병장 金千鎰(1537~1593)을 가리킴. 임진왜란 때 高敬命·朴光玉 등과 함께 의병을 일으켜 水原 禿城山城을 거점으로 군사 활동을 전개하였음. 1593년에 300명의 의병을 이끌고 晋州城에 들어가 10만의 왜군과 전투를 벌이다 성이 함락되자 南江에 투신하여 자결하였음. '倡義'는 곧 '倡義使'로, 조선시대에 국란을 당하여 義兵을 일으킨 사람에게 임시로 내리던 벼슬임.

144) 趙提督 : 선조 때의 문신 趙憲(1544~1592)을 가리킴. 호는 重峰. 1586년 學制改編으로 전국에 提督官을 둘 때 公州 提督官에 임명된 적이 있으므로 '提督'이라고 했음. 임진왜란이 일어나자 沃川에서 의병을 일으켜 1천 7백 명을 규합, 이 해 8월 靈圭가 이끄는 僧兵과 합세하여 淸州를 수복했음. 7백 명의 의병으로 錦山에서 고바야카와 타카카게(小早川隆景)의 군대와 끝까지 싸우다가 7백 의병과 함께 전사했음.

145) 黃兵使 : 선조 때의 무신 黃進(1550~1593)을 가리킴. 임진왜란 때 여러 차례 전공을 세워 충청도 병마절도사에 올랐으며, 적의 대군이 晉州를 공격하자 金千鎰·崔慶會 등과 진주성에서 분전하다 전사했음.

146) 李兵使 : 선조 때의 무신 李福男(?~1597)을 가리킴. 1597년 정유재란 때 전라도 병마절도사로서 南原城에서 왜군과 싸우다가 전사했음.

147) 金晉州 : 선조 때의 무신 金時敏(1554~1592)을 가리킴. 晋州牧使를 지냈기에 '晋州'라고 했음. 1592년 10월 적의 대군이 진주성을 포위하자 불과 3천 8백의 병력으로 7일간의 공방전을 벌여 3만여의 사상자를 내게 하고 적을 격퇴했으나 총상을 입고 전사했음.

148) 劉水使 : 선조 때의 무신 劉克良(?~1592)을 가리킴. 임진왜란 때 助防將으로 죽령을 수비했음. 후에 申硈(신할)의 예하에 들어가 임진강 방어전에 참전했음. 申硈이 적을 얕보고 임진강을 건너 적을 공격하려는 것을 말렸으나 말을 듣지 않자 함께 강을 건넜다가 전사했음.

149) 申判尹 : 申砬을 가리킴. 漢城府 判尹을 지낸 적이 있기에 '判尹'이라고 했음.

150) 李水使 : 宣祖 때의 무신 李億祺(1561~1597)를 가리킴. 임진왜란 때 全羅右水使가 되어 全羅左水使 李舜臣, 慶尙右水使 元均과 합세하여 왜적을 크게 격파하였음. 정유재란 때 통제사 원균 휘하에서 조정의 무리한 진격명령을 받고 부산의 왜적을 공격하다가 패하여 원균과 함께 전사했음.

151) 李僉使 : 宣祖 때의 무신 李英男(?~1598)을 가리킴. 정유재란 때 加里浦僉節制使로서 三道水軍統制使 이순신의 휘하에서 공을 세웠으며, 露梁海戰에서 적

次鄭萬戶[152]也. 南行之座, 有曰[153]沈監司,[154] 曰鄭同知,[155] 曰申兵使,[156] 曰尹判事,[157] 曰朴校理,[158] 曰李佐郞,[159] 曰高臨陂,[160] 曰高正字.[161] 下座僧將[162]也.

---

을 섬멸하던 중 전사했음.

152) 鄭萬戶 : 선조 때의 무신 鄭運(1543~1592)을 가리킴. 임진왜란 때 鹿島萬戶로 左水營 앞바다 싸움에서 전라좌수사 이순신의 선봉이 되어 큰 戰果를 올리고 다시 추격하다가 적탄에 맞아 전사했음.

153) 曰 : 저본에는 없으나 『난중잡록』에 의거해 보충했음.

154) 沈監司 : 선조 때의 문신 沈岱(1546~1592)를 가리킴. 임진왜란 때 왕을 호종하여 義州에서 副承旨를 함. 경기도 관찰사가 되어 서울 탈환작전을 위해 남하하다가 경기도 朔寧에서 왜군의 기습을 받아 전사했음.

155) 鄭同知 : 선조 때의 문신 鄭期遠(1559~1597)을 가리킴. 1597년 丁酉再亂 때 명나라 總兵 楊元의 接伴使로 南原에 갔다가 남원성이 함락될 때 양원과 함께 전사했음.

156) 申兵使 : 선조 때의 무신 申硈(신할)을 가리킴. 신립의 동생으로서 南兵使를 지냄. 임진강 방어전에서 적을 얕보고 성급하게 임진강을 건너 적을 공격하다가 전사했음.

157) 尹判事 : 선조 때의 문신 尹暹(1561~1592)을 가리킴. 判中樞府事를 지냈기에 '判事'라고 했음. 임진왜란 때 尙州 싸움에 참전했다가 朴篪·李慶流와 함께 전사했음.

158) 朴校理 : 선조 때의 문신 朴篪(1571~1592)를 가리킴. 18세에 문과에 장원급제했으며, 임진왜란이 일어나자 校理로서 李鎰의 從事官이 되어 尙州에서 싸우다가 李鎰은 도망치고 동료 尹暹·李慶流와 함께 전사했음.

159) 李佐郞 : 선조 때의 문신 李慶流(1564~1592)를 가리킴. 임진왜란 당시 兵曹佐郞으로서 尙州 전투에서 전사했음.

160) 高臨陂 : 선조 때의 문신 高從厚(1554~1593)를 가리킴. 臨陂 縣令을 지낸 적이 있기에 '臨陂'라고 했음. 의병장 高敬命의 아들. 아버지와 동생 高因厚가 금산 전투에서 전사한 후 스스로 復讎義兵將이라 칭하고 왜적과 싸움. 1593년 진주성에 들어가 싸우다가 성이 함락되자 김천일·최경회와 함께 南江에 투신해 자결했음.

161) 高正字 : 선조 때의 문신 高因厚(1561~1592)를 가리킴. 正字 벼슬을 지냈기에 '正字'라고 했음. 고경명의 아들이고 고종후의 아우임. 錦山 전투에서 아버지 고경명과 함께 전사했음.

162) 僧將 : 靈圭(?~1592)를 가리킴. 休靜大師의 제자로서, 임진왜란이 일어나자 5백 명의 僧兵을 규합, 의병장 趙憲과 함께 淸州를 수복하고, 이어 錦山에서 고바야카와 타카카게(小早川隆景)의 군대와 싸우다가 조헌 등 7백 義士와 함께

金從事告諸座上曰: "有俗士在此, 可邀以[163]致之." 命曰: "諾." 然後坡潭子, 亦占末席.

座旣定, 金盤綺饌, 羅列左右, 哀絲豪竹, 雜沓上下. 樂未央, 將軍呼鄭萬戶曰: "爾其推牛[164]殺馬, 投醪飮流, 與衆樂樂!" 乃援桴鼓之, 聲動天地, 諸鬼趨蹌雀躍, 咆呼使氣.

左第一座[165]高僉知進曰: "今者之樂, 樂則樂矣, 嘉賓在座, 盛宴難再, 盍退諸卒, 各言其志?" 將軍卽命撞錚而麾之. 三星未傾, 玉免[166]當空, 群動收聲, 樹影縈斜, 令衛士酌金荷葉盃, 巡以數三, 春生几席, 和氣藹然. 左則把筆[167]吟詩, 右則彈劒作歌, 不平之鳴, 自下而上.

高臨陂進曰: "以羽林之孤兒, 抱終天之極痛, 恐犬子於虎父, 忘隼翼之鶡披,[168] 泣血枕戈, 刻骨圖報. 舍生取義之徒, 如霰斯集; 關興、張苞[169]之捷, 指日可[170]待. 竟投肉於餓口,[171] 未遂願於瞑目." 遂吟曰:

---

전사했음.

163) 以 : 저본에는 '而'로 되어 있으나 『난중잡록』을 따름.

164) 推牛 : 소를 죽임.

165) 座 : 저본에는 없으나 『난중잡록』에 의거해 보충했음.

166) 玉免 : 달.

167) 把筆 : 저본에는 '起舞'로 되어 있으나 『난중잡록』과 만송문고본을 따름.

168) 忘隼翼之鶡披 : 새매의 날개에 참새 날개가 찢기는 것도 잊어 버리고.

169) 關興・張苞 : 蜀의 名將 關羽와 張飛의 아들 들로, 先代의 遺業을 이루고자 魏와 吳에 맞섰으나 뜻을 이루지 못했음.

170) 可 : 저본에는 '而'로 되어 있으나 『난중잡록』과 만송문고본을 따름.

171) 竟投肉於餓口 : 진주성에서 농성하다 남강에 투신해 자결함으로써 굶주린 물고기의 밥이 되었다는 말임.

風雨年年[172]過, 沙場骨已苔.
平生報仇志, 一寸未成灰.

高正字又進曰: "不離膝下, 叨陪陣中, 奉甘旨於昕夕, 勤定省於晨昏, 將士不利, 翁兒同死. 丕寧之奴, 斷一臂而難救;[173] 卞壼之妻, 哭二子而何慚?[174] 骸骨相撑, 魂魄共遊." 遂吟曰:

地下三綱重, 人間萬事虛.
尙堪隨杖屨,[175] 行色問何如?

---

172) 風雨年年 : 저본에는 '年年風雨'로 되어 있으나 平仄이 맞지 않는바, 『난중잡록』을 따름.

173) 丕寧之奴, 斷一臂而難救 : 『三國史記』 列傳 「丕寧」에 나오는 다음의 사실을 가리킴. 백제가 신라를 공격하매 그 군대가 강하여 新羅兵이 고전하였다. 이에 金庾信은 그 벗인 丕寧子에게 청하기를, 사세가 급박하니 분전하여 신라병의 사기를 올려 달라고 하였다. 비녕자는 출전에 앞서 종 合節에게 "나의 아들 擧眞이 나이는 어리지만 장렬한 뜻이 있으니 내가 출전한다는 것을 알면 반드시 함께 죽으려 할 것이니 그렇다면 내 처는 장차 누구를 의지하겠는가. 너는 거진과 함께 내 해골을 잘 거두어 돌아가서 그 어미의 마음을 위로하라"고 당부하였다. 비녕자는 말을 마치자 곧 적진으로 돌격해 들어가 數人을 죽이고 죽었다. 이를 보고 거진이 적진으로 달려가려고 하자, 합절이 아버지의 말을 전하며 극구 말렸다. 그러자 거진은 칼로 합절의 팔을 치고는 적진으로 달려가 싸우다가 죽었다. 이에 합절 역시 나가 싸우다가 죽었다.

174) 卞壼之妻, 哭二子而何慚 : 변곤은 晉나라 때 尙書令을 지낸 인물로, 蘇峻이 반란을 일으키자 아픈 몸을 이끌고 출전하여 전사했음. 두 아들 眕과 盱는 아버지가 주는 것을 보고 나가 싸우다가 따라 죽었음. 그 처는 남편과 자식의 사망 소식을 듣고 곡하면서 말하기를, "父는 충신이요, 子는 효자다"라고 했다고 함. 저본에는 '壼'이 '壺'로 되어 있음.

175) 隨杖屨 : 아버지를 모시고 다님.

李佐郎又進曰: "業承父兄之箕裘,[176] 口誦聖賢之糟粕. 旣乏經綸之才, 難籌廟堂; 又劣金革之勇, 不脫豺虎. 一封之書寄妻, 丈夫可笑; 二枚之橘投兄,[177] 寃魂足憐. 悲慘之情, 曷其有極?" 遂吟曰:

身佐青油幕,[178] 胡窺細柳營.[179]
雲龍忽顚倒, 豺虎已縱橫.
劒碧萇弘血,[180] 花紅杜宇聲.
無人收白骨, 芳草遍郊生.

朴校理又進曰: "年纔十八, 名冠三千, 金馬玉堂, 一蹴翺翔, 御爐青[181]烟, 三接從容, 榮寵旣濫, 殃禍且至, 誰知暫辭乎龍墀, 奄致全沒於虎穴? 走馬之才, 腐儒固拙, 活人之命, 皇天何恃? 家鄕杳杳, 形影悽悽." 遂吟曰:

---

176) 箕裘 : "良冶之子, 善爲裘; 良弓之子, 善爲箕"에서 나온 말로, 선대의 유업을 계승함을 이름.

177) 二枚之橘投兄 : 미상.

178) 身佐青油幕 : 임진왜란 당시 兵曹佐郎의 벼슬에 있었기에 한 말인. '青油幕'은 장수의 幕府를 뜻함.

179) 細柳營 : '細柳'는 중국 陝西省에 있는 땅 이름. 漢나라 周亞夫가 장군이 되어 細柳에 陣을 쳤을 때 그 규율이 엄했던바, 이곳을 순시한 文帝가 크게 감동했다는 고사가 있음. 이에 '細柳營'이라는 말이 생겼음.

180) 萇弘血 : 『莊子』 「外物」篇에 "萇弘死于蜀, 藏其血三年而化爲碧"이라는 말이 나옴. 周나라의 萇弘이 참소를 받아 蜀에서 죽자 촉나라 사람들이 그의 피를 거두어 3년 동안 간직해 두었더니 푸른 옥으로 변했다고 함.

181) 青 : 저본에는 '香'으로 되어 있으나 『난중잡록』과 만송문고본을 따름.

白面人中少, 紅蓮幕裡開.
聲[182]華雖籍甚, 天命已衰哉!
路遠魂何託? 年深骨亦摧.
月明青鎖闥,[183] 夜夜獨歸來.

尹判事又進曰: "簪纓之族, 從列之臣, 時不齊而命窮, 天不順而事誤, 獨拔於多士, 終仆於亂兵. 萱衰椿老於庭闈, 而音耗隔絶; 山高水長於湖嶠, 而道路夐遠. 逐明月而還家, 托悲風而號樹." 遂吟曰:

桑弧[184]少不習, 陣馬老難騎.
殘命何多舛? 浮名早被欺.
天昏望雲處, 日暮倚閭[185]時.
寂寞孤魂在, 空山哭子規.

申兵使又進曰: "早中武選, 粗演兵書, 超籍西銓,[186] 典鎖北門.[187] 値時運之蹇屯, 痛鑾輿之播越, 率甲胄[188]而逾彼鐵嶺,[189] 會元帥[190]而陣于臨津, 欲雪國恥, 兼報兄讐, 催兵渡

182) 聲 : 저본에는 '榮'으로 되어 있으나 『난중잡록』과 만송문고본을 따름.
183) 青鎖闥 : 대궐문.
184) 桑弧 : 뽕나무로 만든 활. 여기서는 활쏘기를 가리킴.
185) 倚閭 : 어머니가 집 떠난 아들을 마을 문에 기대어 기다린다는 뜻으로, 자식을 기다리는 부모의 마음을 이름.
186) 西銓 : 兵曹.
187) 典鎖北門 : 南兵使로서 북변을 지켰음을 말함.
188) 胄 : 저본에는 '首'로 되어 있으나 『난중잡록』과 만송문고본을 따름.

水, 暴虎憑河, 士馬皆血, 雖悔曷追?" 乃歌曰:

江之水兮悠悠, 魂一去兮不復還.
風蕭蕭兮吹岸, 陰雲蔽天[191]兮白日寒.
誰無兄弟兮, 何獨孔酷於吾門?
江魚之腹兮, 葬予之骨.
歲久年深兮, 不忘者存.

鄭同知又進曰: "早[192]習『詩』、『書』, 未學軍旅, 幸摘科第, 久[193]縻爵祿, 任擯接於戎馬,[194] 位登躋於貂蟬.[195] 福過災生, 恩深死輕, 魂墜於矢石之間, 骨朽於沙場之上, 長懷惻惻, 歲月駸駸." 遂吟曰:

驕鋒一犯蹴城壕,[196] 烏鵲橋[197]邊殺氣高.
早識書生事征戍, 且將馳馬慣[198]弓刀.

---

189) 率甲冑而逾彼鐵嶺: 申硈이 함경도 北靑에서 南兵使로 있었기에 한 말임.
190) 元帥: 선조 때의 문신 金命元(1534~1602)을 가리킴. 임진왜란 때 八道都元帥로서 임진강 방어전을 지휘했음.
191) 天: 저본에는 없으나 『난중잡록』과 만송문고본에 의거해 보충했음.
192) 早: 저본에는 '少'로 되어 있으나 『난중잡록』과 만송문고본을 따름.
193) 久: 저본에는 없으나 『난중잡록』과 만송문고본에 의거해 보충했음.
194) 任擯接於戎馬: 丁酉再亂 때 明나라 總兵 楊元의 接賓使였기에 한 말임. '戎馬'는 전쟁을 이르는 말.
195) 貂蟬: 옛날 중국에서 侍中 등 近貴之臣의 冠飾에 貂尾와 附蟬을 썼다는 데서, 현달한 고관을 이름.
196) 驕鋒一犯蹴城壕: 왜적이 南原城을 공격한 것을 이름.
197) 烏鵲橋: 南原의 廣寒樓에 있는 다리 이름.
198) 慣: 저본에는 '貫'으로 되어 있으나 『난중잡록』과 만송문고본을 따름.

沈監司又進曰: "受命賊藪之裡, 莅任板蕩之餘.[199] 宗社旣墟, 望長安而腐心; 兵力未振, 據畿甸而鳩卒. 衣不暇於解帶, 志空篤於報國. 朔寧之喪師, 敗雖無智,[200] 鍾街之梟首,[201] 購幸有子. 死得其所, 予復何言?" 遂吟曰:

碧山深處掩官扉, 候騎中宵去不歸.
魂散劒鋒鵝鸛[202]盡, 曉[203]天寥落月斜暉.

鄭萬戶乃提劒而起舞, 歌「落帆之曲」曰:

念國家之有急, 唾列郡之無男.
生與將軍同事, 死與將軍同所.
仰天何愧? 俯地何怍?

志氣豁達, 格調悲壯. 其歌曰:

檣高百尺兮大帆如雲,
碧海[204]茫茫兮波不生紋.

---

199) 受命賊藪之裡, 莅任板蕩之餘 : 宣祖가 播遷해 있던 義州에서 경기도 관찰사에 임명되어 남하한 것을 가리킴. 당시 왜군은 서울을 점령중이었음.
200) 朔寧之喪師, 敗雖無智 : 朔寧에서 왜군의 공격을 받아 죽었기에 한 말임.
201) 鍾街之梟首 : 서울 鍾路에 효수되었기에 한 말임.
202) 鵝鸛 : 軍陣을 뜻하는 말.
203) 曉 : 저본에는 '晩'으로 되어 있으나 『난중잡록』과 만송문고본을 따름.
204) 海 : 저본에는 '天'으로 되어 있으나 『난중잡록』과 만송문고본을 따름.

左釜山[205]兮右馬島,[206]

瞋醉[207]眼兮微醺醺.[208]

身先死兮[209]志未售,

噓壯氣兮千雲端.

大丈夫不可[210]瑣瑣兮,

何用悲乎一彈丸兮![211]

李僉使又進曰: "雖非百夫之特, 自許一介[212]孤忠. 疏勒守城, 報[213]耿恭之都尉;[214] 赤壁焚舟, 勉程普之右督.[215] 若戟之紫髯, 久臨於河隈; 如林之青雀,[216] 摠懸于手下. 要剗對馬而

---

205) 釜山 : 지금의 釜山市.
206) 馬島 : 對馬島.
207) 醉 : 저본에는 '孤'로 되어 있으나 『난중잡록』을 따름.
208) 醺醺 : 저본에는 '醮醮'로 되어 있음.
209) 兮 : 저본에는 없으나 『난중잡록』과 만송문고본에 의거해 보충했음.
210) 可 : 저본에는 이 뒤에 '以'가 더 있으나 『난중잡록』과 만송문고본에는 없는 바, 이를 따름.
211) 何用悲乎一彈丸兮 : 왜군의 총알에 맞아 전사했기에 한 말임.
212) 介 : 저본에는 이 뒤에 '之'가 더 있으나 『난중잡록』과 만송문고본에는 없는 바, 이를 따름.
213) 報 : 저본에는 '赧'으로 되어 있음.
214) 疏勒守城, 報耿恭之都尉 : 疏勒은 新疆省에 있던 漢나라 때 36국의 하나이고, 耿恭은 漢나라의 慷慨한 장수. 경공이 都尉로서 흉노를 공격하고 돌아와 疏勒城에 웅거할 때 흉노가 성 옆 골짜기에서 흐르는 물을 끊어 버려 성 안에 우물을 팠으나 물이 나오지 않았다. 이에 사람들은 모두 목마름에 지쳤다. 그때 경공이 우물을 향하여 절하고 빌었더니 물이 솟아올랐다고 함.
215) 赤壁焚舟, 勉程普之右督 : 赤壁大戰 때 吳나라 장수 周瑜가 劉備의 군사와 합세하여 曹操의 兵船에 火攻을 가하여 대승을 거두었다. 程普 역시 吳나라의 장수였는데 주유가 어리다고 업신여겼으나 주유는 조금도 언짢게 여기지 않았다. 이에 程普는 주유에게 敬服했다고 함. '右督'은 程普가 한 벼슬 이름.
216) 青雀 : 青雀舫. 배를 이름.

塡海, 豈意搏鵬[217]之摧翮? 魂飛畵角, 恨塞滄溟." 遂吟曰:

大海深如許? 孤臣怨有餘.
壯心售未了, 鯨浪碧磨虛.

李水使乃[218]起而請曰: "一心爲國, 死[219]旣已矣. 往不可追, 今何足說? 願爲諸大人, 一戱謔兮." 鞠長腰、唾老拳, 爲拖櫓之狀, 醉唱,[220] 其歌曰:

斗柄將傾兮, 潮水欲上.
長年三老[221]兮, 舟可以放.
王事靡盬[222]兮, 將軍令嚴.
扶桑咫尺兮, 且掛長帆.

申判尹又進曰: "賤子之懷, 旣陳梗槩耳." 遂吟曰:

國中名譽早, 身後是非多.
一敗還關後, 悽然撫劒歌.

---

217) 搏鵬 : 높은 하늘을 나는 붕새라는 뜻으로, 큰 뜻을 가진 사람을 비유함. 저본에는 '搏'이 '搏'으로 되어 있음.
218) 乃 : 저본에는 없으나 『난중잡록』과 만송문고본에 의거해 보충했음.
219) 死 : 저본에는 '事'로 되어 있으나 『난중잡록』과 만송문고본을 따름.
220) 醉唱 : 저본에는 없으나 『난중잡록』과 만송문고본에 의거해 보충했음.
221) 長年三老 : 뱃사공을 이르는 말.
222) 王事靡盬(왕사미고) : 『詩經』에서 유래하는 말로 나라가 굳지 않다는 뜻인데, 나라가 어지럽거나 위기에 처해 있음을 이름.

劉水使又進曰: "英雄非惜死, 惜其浪也; 良將不貴速, 貴其神也. 緬當日之有人, 罵老夫之多㤼,[223] 驅迫如羊, 袒裼制虎, 受國恩者二三, 死固宜也, 鏖戰卒者千百, 慘何忍言?[224] 弓摧而奮拳, 劍及而斫頭,[225] 骼曝荒原, 悲奏大江." 遂吟曰:

背水羸兵搏老狼,[226] 一人無策萬人亡.
山河細草年年綠, 唯有行人指戰場.

金晉州又進曰: "幸荷赫天之靈, 粗有全[227]城之績, 褒榮踰分, 感激捐軀. 虜騎之强, 暫頓[228]於盱眙;[229] 子奇之勢, 復合於睢陽.[230] 羅雀而掘鼠, 計窮殺馬; 折骸而易子,[231] 意息牽羊.[232] 志益專[233]於三板,[234] 身忽顚於一丸, 殊渥未答, 壯

223) 緬當日之有人, 罵老夫之多㤼 : 임진강 방어전에서 守禦使 申硈이 적이 얼마 되지 않는다고 판단하여 성급하게 강을 건너 적을 공격하려고 하자 劉克良은 적의 속임수라며 극구 말렸는데 申硈은 유극량이 겁을 내어 그런다고 꾸짖었으므로 한 말임.
224) 言 : 저본에는 없으나 『난중잡록』과 만송문고본에 의거해 보충했음.
225) 頭 : 저본에는 '顈'으로 되어 있으나 『난중잡록』과 만송문고본을 따름.
226) 老狼 : 저본에는 '怒浪'으로 되어 있으나 『난중잡록』과 만송문고본을 따름.
227) 全 : 저본에는 '專'으로 되어 있으나 『난중잡록』과 만송문고본을 따름.
228) 頓 : 저본에는 '鈍'으로 되어 있으나 『난중잡록』과 만송문고본을 따름.
229) 虜騎之强~盱眙(우이) : 隋 煬帝 때 齊郡의 賊師 孟讓이 長白山에서부터 여러 고을을 노략질해 盱眙에까지 이르렀는데 王世充이 5개의 柵을 설치해 그 南下를 막았다. 왕세충은 적과 대치하다가 적이 해이해진 틈을 타 기습공격을 감행해 대승을 거두었다. 이 일은 『舊唐書』 권54의 「王世充列傳」에 보인다.
230) 子奇之勢, 復合於睢陽 : 唐나라 安祿山의 난리 때 張巡이 睢陽太守 許遠과 함께 睢陽城을 지켜 적장 尹子奇와 싸웠으나 끝내 성이 함락되어 모두 전사했음.
231) 折骸而易子 : 뼈를 부러뜨려 땔감으로 하고, 아들을 서로 바꾸어 먹다.
232) 牽羊 : 牽羊肉袒. 周 武王이 殷나라를 이기자 微子가 왼손에 羊을 잡고 오른

懷難紓." 乃歌曰:

樓之石兮矗矗,[235)]
下有長江[236)]兮瀉寒碧.
壯士久圍兮邊[237)]塵黑,
砲聲震天兮如裂竹.
泰山兮鴻毛,
血染兮戰袍.
地濶兮天高,
長颷時起兮怒號.

李兵使又進曰: "當賊鋒大越於雲峰,[238)] 伊天將[239)]獨守於帶方,[240)] 麾我兵, 而列陣[241)]坐觀. 憫國恥而單騎直赴, 管下唯三十餘[242)]人, 城外則百萬其數. 九攻難却, 一陷何酷? 危

---

손에 띠풀을 잡은 채 무릎으로 기어와 뵈었다는 데서 유래하는 말로, 항복을 이름.

233) 專 : 저본에는 '堅'으로 되어 있으나 『난중잡록』과 만송문고본을 따름.

234) 三板 : 옛날에 성을 쌓을 때 쓰는 板의 길이가 1板이 2尺이었으므로 6尺을 뜻함. 여기서는 城을 이름. 『戰國策』 趙策에 "今城之不沒者三板"이라는 말이 보임.

235) 樓之石兮矗矗 : 矗石樓를 말함.

236) 長江 : 南江을 가리킴.

237) 邊 : 저본에는 '腥'으로 되어 있으나 『난중잡록』과 만송문고본을 따름.

238) 雲峰 : 전라남도에 있는 땅 이름.

239) 天將 : 明나라 장수 楊元을 가리킴.

240) 帶方 : 南原의 옛 이름.

241) 陣 : 저본에는 '鎭'으로 되어 있으나 『난중잡록』과 만송문고본을 따름.

242) 餘 : 저본에는 없으나 『난중잡록』과 만송문고본에 의거해 보충했음.

悰[243]莫洩, 積屍同腐." 遂吟曰:

蛟龍城[244]古殘雲斷, 烏鵲橋[245]荒落照寒.
白骨叢中多歲月, 壯夫華髮夢衝冠.

黃兵使又進曰: "微軀不足以用, 孤堞[246]倚以[247]爲重; 風氣威於萬旗, 雨胎禍於一隅. 彈纔中額, 賊紛上城, 天亡非戰罪,[248] 事[249]將奈何? 繩斷有其處, 人孰咎我? 飮輟登陴之血, 裹訖出陣之瘡."[250] 遂作「築城之歌」曰:

淫雨連旬兮, 禾[251]頭生耳.
古城崔嵬兮, 崇極而圮.
萬杵馮馮[252]兮, 勗哉輿士!
賊若攀登兮, 吾屬且死.

---

243) 危悰 : 危懼.
244) 蛟龍城 : 南原에 있는 山城.
245) 烏鵲橋 : 남원의 廣寒樓에 있는 다리 이름.
246) 孤堞 : 晋州城을 가리킴.
247) 以 : 저본에는 '而'로 되어 있으나 『난중잡록』과 만송문고본을 따름.
248) 天亡非戰罪 : 하늘이 나를 망하게 한 것이지 전투를 잘못한 탓이 아니다. 『史記』「項羽本紀」의 "今諸君知天亡我, 非戰之罪也"에서 유래하는 말.
249) 事 : 저본에는 '死'로 되어 있으나 『난중잡록』과 만송문고본을 따름.
250) 飮輟~出陣之瘡 : 唐나라 장수 張巡의 「守睢陽作」詩에 "裹瘡猶出陣, 飮血更登陴"라는 구절이 있음. '飮輟'은 삼켜 버리다는 뜻.
251) 禾 : 저본에는 '木'으로 되어 있으나 『난중잡록』과 만송문고본을 따름.
252) 馮馮 : 달구질 소리를 형용한 말.

金淮陽又進曰: "右座皆壯也, 竪儒其續乎? 淮陽崎嶮,[253] 素稱三面,[254] 老夫蒼黃, 未團一兵, 唯知守土而不逃, 頗幸據床而自滅,[255] 手持印綬, 血漬[256]朝衣." 遂吟曰:

淮山嶫嶫,[257] 淮水湝湝.[258]
孤魂躑躅, 事與心違.
萬古長夜, 知我者誰?
溫序[259]有魂, 我往從之.

趙提督又進曰: "粗明識見, 衆嘲狂癡, 燭兇啻來[260]款之謀, 叫大義斥絶之疏.[261] 郇模[262]之持筐, 眞可痛者; 徐福[263]之徒

---

253) 嶮 : '險'과 仝字.

254) 三面 : 三面이 모두 막혀 적으로부터 방어가 된다는 말.

255) 老夫蒼黃~頗幸據床而自滅 : 회양에 왜적이 쳐들어오자 吏卒이 모두 달아나고 회양부사 홀로 성문 앞에 정좌한 채로 왜적의 칼을 받았기에 한 말임.

256) 血漬 : 저본에는 '漬血'로 되어 있으나 『난중잡록』과 만송문고본을 따름.

257) 嶫嶫 : 저본에는 '礫礫'으로 되어 있으나 『난중잡록』을 따름.

258) 淮水湝湝 : '湝湝'는 물이 흐르는 모양. 『詩經』 小雅 「鼓鍾」에 "鼓鍾喈喈, 淮水湝湝"라는 말이 보임.

259) 溫序 : 漢나라 때 校尉를 지낸 인물. 적에게 잡혀 목이 잘리기 직전에 수염을 입에 물고 말하기를 "이미 적에게 잡힌 몸이 되었으니 수염이나 더럽히지 말아야 되겠다"고 말했다 함.

260) 來 : 저본에는 '求'로 되어 있으나 『난중잡록』과 만송문고본을 따름.

261) 粗明識見~斥絶之疏 : 조헌은 1589년 대궐에 엎드려 疏를 올려 時政의 득실을 極論했는데 狂論이라 하여 三司의 배척을 받아 吉州로 귀양갔으며, 같은 해 일본의 토요토미 히데요시가 겐소(玄蘇) 등을 보내와서 明나라를 치겠으니 길을 빌려달라고 하자 上下가 어찌할 바를 모를 때 또 疏를 올려 겐소 등을 죽일 것을 청했음. 1591년 일본 사신이 다시 오자 조헌은 상경하여 왜적에 대비할 방책을 상소했으나 정부는 받아들이지 않았음. 조헌은 持斧伏闕하여 상소한 것으로 유명함.

薪, 豈偶然哉? 刎首[264]未決於犯境, 釋耒專爲於勤王. 挫銳摧堅, 上黨[265]之呼嗒動天;[266] 乘勝取敗, 錦郡[267]之肝腦塗地. 男兒不屈, 義死如歸." 遂吟[268]曰:

孔曰成仁,[269] 孟曰取義.[270]
讀聖賢書, 所學何事?
風疾草勁, 主辱臣死.
傳檄雲雷, 誓心天地.
歷募三千, 赳赳多士.
西原[271]大捷, 威震列壘.
輕敵錦山, 竟致齎志.

---

262) 郇模(순모) : '模'는 '謨'로도 씀. 唐나라 代宗 때 인물로, 元載가 권력을 농단하자 竹筐과 葦席을 갖고 長安의 東市에서 哭을 하였다. 사람들이 그 까닭을 묻자 "임금께 올릴 글이 있는데 만약 글을 올리지 못할 경우 竹筐에다 나의 시체를 담아 들에 내다 버리게 하려고 한다"고 말했다 함.

263) 徐福 : 漢나라 宣帝 때의 인물. 霍光의 처 霍氏가 위세를 부릴 때 여러 번 상소하여 곽씨가 장차 변을 일으킬 것이라며 미리 억제할 것을 청하였음. 그 후 곽씨가 誅滅되고 곽씨의 일을 고한 신하들이 여럿 상을 받았으나 서복은 아무런 상을 받지 못했다. 이에 어떤 사람이 서복을 위해 上書한바 그 요지는, 아궁이 가까이에 둔 섶[薪]이 화재 위험이 있으니 섶을 딴 데로 치우라고 충고한 사람에게는 상을 주지 않고 불이 난 후 불을 끈 사람한테만 상을 주는 것은 부당하다는 것이었다. 이에 宣帝는 서복에게 비단을 하사하고 벼슬을 내렸다.

264) 首 : 저본에는 '頸'으로 되어 있으나 『난중잡록』과 만송문고본을 따름.

265) 上黨 : 淸州의 옛 이름.

266) 上黨之呼嗒動天 : 조헌이 이끈 의병이 淸州를 수복했기에 한 말임.

267) 錦郡 : 충청도 錦山.

268) 吟 : 저본에는 '咏'으로 되어 있으나 『난중잡록』과 만송문고본을 따름.

269) 成仁 : 殺身成仁.

270) 取義 : 舍生取義.

271) 西原 : 청주의 옛 이름.

日居月諸, 朽骨叢裡.

魂尙忸怩, 爲國之恥.

金倡義又進曰: “適丁[272]蛇虺[273]之毒, 蹂躪金湯; 不量蚊虻之力, 糾合[274]義旅. 草野閑居, 敢云杜厲[275]之不知? 江都形勝, 便學景仙[276]之先據. 久覘漢陽[277]之窟, 縱未掃蕩; 往守晋山[278]之城, 實有[279]深慮. 天不助順, 事終難救, 空餘落落之懷, 渾逐啾啾之鬼.” 遂吟曰:

昏鴉啼散月臨城, 樓觀荒墟宿草平.

唯有竹林摧不盡, 每年風雨笋齊生.

---

272) 丁 : 만나다.

273) 虺 : 저본에는 ‘豕’로 되어 있으나 『난중잡록』을 따름.

274) 合 : 저본에는 ‘聚’로 되어 있으나 『난중잡록』과 만송문고본을 따름.

275) 杜厲 : 杜厲叔을 가리킴. 春秋時代의 인물. 莒의 敖公을 섬기다가 알아주지 않자 그를 떠나 海上에서 빈궁하게 살았다. 그 후 오공이 어려움에 처하자 주여숙은 벗을 하직하고 오공에게 달려가 죽으려 하였다. 벗이 그 까닭을 물으니 주여숙은 대답하기를, “오공이 알아주지 않아 떠났지만 지금 가지 않는다면 오공이 언제 나를 알겠는가. 나는 이제 가서 후세 人主중 자기 신하의 유능함을 알아보지 못하는 자들을 부끄럽게 하리라”라고 했다고 함.

276) 景仙 : 禹性傳(1542~1593)의 字. 李滉의 門人으로 문과에 급제하여 修撰, 應教 등을 역임했음. 임진왜란이 일어나자 경기도에서 수천 명의 의병을 모집, 秋義軍이라 하여 江華에 들어가 金千鎰 등과 합세하여 도처에서 공을 세워 大司成에 특진됨. 그 뒤 계속 의병장으로 활약했으며, 퇴각하는 왜군을 宜寧까지 추격하다가 과로로 병사했음.

277) 漢陽 : 서울.

278) 晋山 : 晋州.

279) 有 : 저본에는 ‘爲’로 되어 있으나 『난중잡록』과 만송문고본을 따름.

金從事又進曰: "文窃四海之聲, 力挽[280]六鈞之弓, 卓犖平生, 不拘小節. 龍灣[281]之犯, 實觸邦憲, 犴獄之囚, 坐韜奇策, 恭承霈澤, 不憚赴難.[282] 睨視醜類之跳[283]梁, 剋期剿滅; 莫救元戎[284]之敗衂, 厥罪惟均." 遂吟曰:

彈琴臺迴淺灘鳴, 時爲孤臣作不平.
憶得誤編開府幕,[285] 幾回虛說左車[286]兵.
溪邊骨朽丹心在, 地下魂單[287]白日明.
肯向圜扉[288]頻泣鏡,[289] 沙場暴露亦恩榮.

宋東萊又進曰: "身縻海鎭, 警息邊烽, 變出昇平之後, 人惑蒼卒之間, 其誰與守? 連帥[290]已遁, 謂我何往? 城門可[291]

---

280) 挽 : 저본에는 '控'으로 되어 있으나 『난중잡록』과 만송문고본을 따름.
281) 龍灣 : 義州. 저본에는 '灣'이 '鬚'로 되어 있으나 『난중잡록』과 만송문고본을 따름.
282) 龍鬚之犯~不憚赴難 : 1591년 金汝岉이 義州牧使로 있을 때 西人인 鄭澈의 黨으로 몰려 파직, 투옥되었으나 임진왜란이 일어나자 왕의 특명으로 풀려나 신립의 종사관으로 충주 방어에 나섰기에 한 말임.
283) 跳 : 저본에는 '蹈'로 되어 있으나 『난중잡록』과 만송문고본을 따름.
284) 元戎 : 元帥. 신립을 가리킴.
285) 開府幕 : 대장군의 막사. 저본에는 '開幕府'로 되어 있으나 『난중잡록』과 만송문고본을 따름.
286) 左車 : 趙나라의 장수 李左車를 말함. 漢나라의 韓信과 張耳가 趙나라를 치자 이좌거는 이를 막을 계책을 陳餘에게 말했으나 진여는 받아들이지 않았으며, 이 때문에 대패하여 전사하였다. 韓信은 이좌거를 얻어 그 계책을 써서 燕·齊의 여러 성을 항복받았음.
287) 單 : 외롭다.
288) 圜扉 : 감옥.
289) 泣鏡 : 새장 속의 鸞鳥가 거울에 비친 자기 모습을 보고 슬피 울다 죽었다는 고사가 있음.

閉. 泰山鳥卵之勢, 已料其敗; 義重恩輕之字, 僅寄于家.[292] 罵彼羯奴, 寧饒杲卿[293]之舌; 蠢兹島夷, 解封王蠋之墓.[294] 欲忠其[295]國, 何愛乎身?" 遂吟曰:

分符[296]猶未絶東漁,[297] 臣死封疆罪有餘.
身世已憑三尺劒, 庭闈只寄數行書.
悠悠歲月黃雲老, 落落襟期碧海虛.
千里孤魂歸不[298]得, 古城風雨獨躊躇.

任南原又進曰: "適當危時, 誤蒙寵擢, 所受南原形勝, 實

---

290) 連帥 : 원래 중국 戰國時代에 連橫한 제후국들의 군대를 이끄는 장수를 일컫던 말인데, 후에 지방의 군사책임자를 뜻하는 말로 바뀌었음. 여기서는 左兵使 李玨을 가리키는 듯함.

291) 可 : 저본에는 '一'로 되어 있으나 『난중잡록』과 만송문고본을 따름.

292) 義重恩輕之字, 僅寄于家 : 송상현은 죽기 전에 부친에게 보내는 편지를 썼는데, 그 속에 "孤城月暈, 列陣高枕. 君臣義重, 父子恩輕"이라는 구절이 들어 있었다고 함. 『燃藜室記述』의 宣祖朝 故事本末 참조.

293) 杲卿 : 唐 玄宗 때의 인물인 顔杲卿을 말함. 安祿山이 반란을 일으켰을 때 常山太守로서 군사를 모아 안록산에 대항했음. 패하여 안록산에게 붙잡혀가자 안록산을 보고 "臊羯狗야! 어찌 나를 빨리 죽이지 않느냐"고 질타하여 죽임을 당했음.

294) 蠢兹島夷, 解封王蠋之墓 : 춘추전국시대에 燕나라가 齊나라를 쳤을 때 燕나라의 樂毅가 齊나라의 王蠋이 어질다는 말을 듣고 그를 불렀다. 왕촉은 응하지 않고 "忠臣不事二君, 貞女不更二夫"라는 유명한 말을 남기고 자결하였다. 악의는 왕촉의 행위에 감동하여 그의 무덤에 흙을 덮어주고 표창하였다. 여기서는 왜군이 동래부사 송상현의 충의에 감동하여 그를 장사지내 준 것을 가리킴.

295) 其 : 저본에는 '者'로 되어 있으나 『난중잡록』과 만송문고본을 따름.

296) 分符 : 지방수령을 말함. 임금이 수령을 임명할 때 信物의 표시로 符節의 반을 나누어준 데서 유래하는 말.

297) 東漁 : 일본의 노략질이라는 뜻.

298) 不 : 저본에는 '未'로 되어 있으나 『난중잡록』과 만송문고본을 따름.

是東國喉舌. 共天兵而勠力, 擬江,淮之保障.[299] 雲梯亂舞, 月暈漸重,[300] 慨軍孤而勢弱, 慘援絶而鼓沉. 封疆失守, 而自蹈兵刃, 土臣則當死; 楊元[301]力戰, 而難保首領, 王法則有憾." 遂吟曰:

貔貅一隊下天關,[302] 橫截龍城[303]意氣閑.
猛勢直衝飛將[304]去, 孤臣只有片魂還.

金原州又進曰: "以百里之殘州,[305] 當數萬之勍[306]敵, 旣不能臨機而制變, 又不忍修齋而誦經, 退保雉岳,[307] 尙帶魚章,[308] 謂山險而難攻, 奄土崩而易敗, 孤城血肉, 擧室刀鎗, 老夫恩感萬戮,[309] 妻子死何一時?" 遂吟曰:

雉岳山高三里城,[310] 白頭朱綬保殘兵.

---

299) 江淮之保障 : 안록산의 난 때 睢陽城을 굳게 지키다 순절한 張巡을 가리킴.
300) 雲梯亂舞, 月暈漸重 : '雲梯'는 성을 공격할 때 쓰는 사다리. 당시 왜적은 달무리처럼 몇 겹으로 남원성을 에워쌌음.
301) 楊元 : 정유재란 때 참전했던 명나라 장수. 남원성에서 싸우다 성이 함락될 때 도망했음. 명나라 조정에서는 이를 문제삼아 그 목을 베었음.
302) 貔貅一隊下天關 : 중국에서 군대가 왔음을 이름.
303) 龍城 : 남원의 옛 이름.
304) 飛將 : 飛將軍. 원래 匈奴가 漢나라 장수 李廣을 일컫던 말인데, 여기서는 楊元을 가리킴.
305) 州 : 저본에는 '牧'으로 되어 있으나 『난중잡록』과 만송문고본을 따름.
306) 勍 : 저본에는 '勁'으로 되어 있으나 『난중잡록』과 만송문고본을 따름.
307) 雉岳 : 雉岳山. 강원도 原州에 있는 산.
308) 魚章 : 魚符, 곧 符節을 말함.
309) 戮 : 저본에는 '勠'으로 되어 있으나 『난중잡록』과 만송문고본을 따름.

無端一化妖鋒血, 唯有寒溪日夜鳴.

崔兵使又進曰: “身不滿晏嬰[311]之七尺, 心則雄謫仙之萬夫.[312] 奮於討賊, 九[313]合湖、嶺之南; 嘉乃錫爵, 再拜關塞之書.[314] 守隼墉[315]而敵愾, 類螳臂之拒轍,[316] 城頹巨港,[317] 身墮高樓.”[318] 遂作賦曰:

緬島夷之猖狂,[319] 侵我疆兮匪茹.[320]
鼓振武安之瓦,[321] 血走浚儀之渠.[322]

---

310) 三里城 : 치악산의 山城 이름인 듯함. 이 말은 뒤에 한 번 더 나옴.

311) 晏嬰 : 춘추시대 齊나라의 어진 재상.

312) 雄謫仙之萬夫 : 謫仙이 “心雄萬夫”라고 한 것처럼 씩씩하다. ‘謫仙’은 唐의 시인 李白을 가리킴. 이백은 「與韓荊州書」에서 자신을 소개하기를, “雖長不滿七尺, 卽心雄萬夫”라고 했음.

313) 九(糾) : ‘糾’와 같음.

314) 書 : 저본에는 ‘西’로 되어 있으나 『난중잡록』과 만송문고본을 따름.

315) 守隼墉 : 『周易』 解卦 上六의 卦辭인 “公用射隼于高墉之上”에서 유래하는 말로, 여기서는 왜적을 물리친다는 뜻임.

316) 螳臂之拒轍 : 螳螂拒轍.

317) 城頹巨港 : 당시 오래 비가 내려 城의 흙이 무너졌던바, 이것이 성의 함락을 앞당기는 요인이 되었기에 한 말임. ‘巨港’은 큰물. 저본에는 ‘港’이 ‘淃’으로 되어 있으나 『난중잡록』과 만송문고본을 따름.

318) 身墮高樓 : 성이 함락되자 矗石樓에서 南江에 투신해 자결한 것을 말함.

319) 狂 : 저본에는 이 뒤에 ‘兮’가 더 있으나 『난중잡록』과 만송문고본에는 없는바, 이를 따름.

320) 匪茹 : 『詩經』 小雅 「六月」의 “玁狁匪茹, 整居焦穫, 侵鎬及方, 至于涇陽”에서 유래하는 말로, 도적이나 외적이 함부로 침범함을 뜻함.

321) 鼓振武安之瓦 : 『史記』 「廉頗藺相如列傳」에 “秦軍鼓譟勒兵, 武安屋瓦盡振”이라는 말이 보임. 秦나라 장군 白起가 趙나라를 침략했을 때의 일로서, 조나라 장군 趙奢는 훌륭한 병법으로 진나라 군대를 물리치고 승리를 거둠. ‘武安’은 邯鄲의 서쪽에 있는 땅 이름.

322) 血走浚儀之渠 : ‘浚儀’는 중국의 지명. 河南省 開封縣 서북쪽 땅으로, 전국

擧鄢、郢[323)]兮旬日, 越巴蜀兮鑾輿.[324)]

九廟塵兮不血,[325)] 萬姓噉兮爲魚.

一介臣兮無他, 仗大義兮其徐.[326)]

提三尺而迅起, 士爭赴於羽書.

軍容動兮天地, 壯氣衝兮斗、墟.[327)]

爰[328)]紫泥之有命, 曰玉麟之分余.[329)]

誓乾坤而扼腕, 期醜類之掃除.

守晉陽之孤堞, 忍寇至而去諸?

締巡、遠兮呼兄,[330)] 撫士卒兮吮疽.[331)]

慨敵强而力孤,[332)] 歎志大而才踈.

天不佑兮奈何? 殲我良兮士[333)]沮.

---

시대에 魏나라의 大梁城 北門이 있던 곳임.

323) 鄢・郢 : 전국시대 楚나라의 땅 이름. '郢'은 초나라의 수도. 秦나라 장군 白起의 군대에 함락된 바 있음.

324) 越巴蜀兮鑾輿 : '안록산의 난' 때 唐 玄宗은 巴蜀으로 피난갔었음. '鑾輿'는 임금의 수레를 일컫는 말.

325) 不血 : 血食을 못함. 즉 종묘에 제사를 지내지 못함.

326) 徐 : 雍容, 安舒.

327) 斗・墟 : 둘 다 별자리 이름으로서, 斗'는 북두성, '墟'는 虛宿(허수)를 가리킴.

328) 爰 : 저본에는 '受'로 되어 있으나 『난중잡록』과 만송문고본을 따름.

329) 爰紫泥之有命, 曰玉麟之分余 : '紫泥'는 詔書를 이르는 말이며, '玉麟'은 玉麟符, 즉 符節을 이르는 말임. 최경회가 全羅右道 의병장으로서 錦山・茂朱・昌原・星州 등지에서 공을 세워 1593년에 慶尙右道 兵馬節度使에 제수된 것을 가리킴.

330) 締巡遠兮呼兄 : 최경회・김천일・황진 등이 진주성에서 결사항전을 다짐한 일을 가리킴. '巡'과 '遠'은 '안록산의 난' 때 睢陽城에서 결사항전한 張巡과 許遠을 가리킴.

331) 吮疽 : 춘추전국시대 魏나라의 장군 吳起가 부하 병사의 종기 고름을 몸소 입으로 빨아낸 데서 유래하는 말로, 군졸을 몹시 사랑함을 이름.

332) 孤 : 저본에는 이 뒤에 '兮'가 더 있으나 『난중잡록』과 만송문고본에는 없는 바, 이를 따름.

望西方而痛哭,[334] 空血指而書裾.

樓之高兮百尺, 魂耿耿兮靡所如.[335]

春風吹兮草綠, 秋月明兮天虛.

怨年年兮不歇, 化綵霓兮長噓.

高僉知又進曰: "寧爲棄物, 未堪多難. 圖功狼瞫之見黜,[336] 傳檄文山[337]之仗義. 顯戮陰誅[338]之句, 縱未泣於[339]黃巢; 聞雞擊楫[340]之言, 實皆得於赤心.[341] 驅兵犬羊之穴, 悵一去而不返; 捨生熊魚之取,[342] 雖百死而[343]何悔? 況有

---

333) 士 : 저본에는 이 뒤에 '氣'가 더 있으나 『난중잡록』과 만송문고본에는 없는바, 이를 따름.

334) 哭 : 저본에는 이 뒤에 '兮'가 더 있으나 만송문고본에는 없는바, 이를 따름.

335) 如 : 가다.

336) 圖功狼瞫之見黜 : '狼瞫'은 춘추시대 晉의 大夫. 그가 잘못을 범해 축출되어 있을 때 秦나라가 공격해 왔는데 그는 달려가 분전하다 죽었다. 이에 晉나라 군사가 결사적으로 싸워 秦나라를 대패시켰다. 여기서는 1563년 고경명이 仁順王后의 外叔인 이조판서 李樑의 전횡을 논할 때 校理로서 참여했다가 그 경위를 이양에게 알려준 사실이 발각되어 울산군수로 좌천된 후 파면되었으나, 임진왜란이 일어나자 의병장으로 떨쳐 일어난 일을 가리킴.

337) 文山 : 宋나라 때 인물인 文天祥의 호. 元나라의 침략에 맞서 의병을 일으켰음.

338) 顯戮陰誅 : 新羅의 崔致遠이 唐나라 高駢의 從事官이 되어 반란을 일으킨 黃巢를 성토하는 檄書를 지었는데 그 중에 "不惟天下之人皆思顯戮, 抑亦地中之鬼宜議陰誅"라는 구절이 있음.

339) 於 : 저본에는 '乎'로 되어 있으나 『난중잡록』과 만송문고본을 따름.

340) 聞雞擊楫 : 晉나라 祖逖의 고사를 가리킴. 그는 한밤중에 닭이 우는 소리를 듣고 일어나 中原을 收復할 조짐이라며 좋아라 춤을 추었다고 함. 그는 또 군사를 이끌고 북벌에 나섰는데 양자강을 건너면서 칼로 배의 삿대를 치며 반드시 中原을 회복하고 돌아오겠노라고 맹세했다고 함.

341) 實皆得於赤心 : 고경명이 광주에서 의병을 모집하매 대의에 공감하여 6천 명이 호응한 일을 말함.

342) 捨生熊魚之取 : 삶을 버리고 大義를 취함. 『孟子』「告子」(上)에 "魚我所欲也, 熊掌亦我所欲也, 二者不可得兼, 舍魚而取熊掌也. 生亦我所欲也, 義亦我所欲

二兒,[344] 不負[345]兩全!"[346] 遂吟一律[347]曰:

聖代忘金革, 邊臣閉玉門.
星躔端北拱, 鯨鬣[348]駭東奔.
列郡腥塵漲, 長空血雨昏.
夷陵[349]白起火, 蜀棧翠華飜.[350]
皓首三朝[351]老, 丹衷一寸存.
檄傳明日月, 盟定動乾坤.
風掣旌旗逈, 天晴鼓角喧.
無謀輕犯敵, 有劒重酬恩.
寂寞千年怨, 凄凉二子魂.
古場春盡後, 苔碧自生痕.

將軍乃愀然蹙眉, 顧謂左右曰: "人各有死, 天不可恃. 旣聽君等之言, 亦告予懷之悲. 生長太平, 未效一勞,[352] 解竹

也, 二者不可得兼, 舍生而取義者也"라는 말이 있음.

343) 而 : 저본에는 '兮'로 되어 있으나 『난중잡록』과 만송문고본을 따름.

344) 二兒 : 高從厚·高因厚를 가리킴.

345) 負 : 저본에는 '保'로 되어 있으나 『난중잡록』과 만송문고본을 따름.

346) 兩全 : 忠과 孝.

347) 律 : 排律을 가리킴.

348) 鯨鬣 : 고래. 악인이나 큰 도적을 비유하는 말. 저본에는 '鬣'이 '浪'으로 되어 있으나 『난중잡록』과 만송문고본을 따름.

349) 夷陵 : 전국시대에 秦나라 장군 白起가 이끄는 군대가 楚나라 수도 郢을 함락시켜 종묘가 있는 夷陵을 불태웠음.

350) 蜀棧翠華飜 : 당 현종이 안록산의 난을 피해 蜀으로 피난간 일을 가리킴. '翠華'는 임금의 旗.

351) 三朝 : 中宗·明宗·宣祖 세 임금의 시대를 살았기에 한 말임.

符而登壇,[353] 深辱聖明之知. 値卉服[354]之越海, 自分一死之輕. 聚舟師而横截, 置湖路於奠居. 火賊艘三[355]百餘數, 勢莫能當; 擁閑島[356]五六其年, 虜不敢窺. 將忽易於臨陣,[357] 功竟虧於爲山. 殘兵片[358]舸, 再受於敗軍之後; 維櫓下帆, 七捷於急湍之上.[359] 遏[360]逋賊於曳橋,[361] 隕將星於露梁. 鳴鼓揮旗之令, 分付豚兒;[362] 誓海盟山之句, 感動魚龍."[363] 遂吟曰:

萬舳迷津一枕安, 六年桑海動[364]波瀾.
雲晴馬島[365]彈丸小, 霜肅韓門[366]尺劒寒.

---

352) 一勞 : 저본에는 '小勇'으로 되어 있으나 『난중잡록』과 만송문고본을 따름.
353) 解竹符而登壇 : '竹符'는 고을 수령의 信標. 이순신이 1589년 井邑縣監을 그만두고 1591년에 全羅左道 水軍節度使에 오른 것을 가리킴.
354) 卉服 : 풀로 짠 옷이라는 뜻으로, 오랑캐를 가리킴.
355) 三 : 저본에는 '二'로 되어 있으나 『난중잡록』과 만송문고본을 따름.
356) 閑島 : 충무 앞바다의 閑山島.
357) 將忽易於臨陣 : 1597년 元均의 모함으로 서울에 압송되어 사형을 받게 되었다가 鄭琢의 변호로 權慄의 幕下에서 白衣從軍한 것을 가리킴.
358) 片 : 저본에는 '敗'로 되어 있으나 『난중잡록』과 만송문고본을 따름.
359) 殘兵片舸~七捷於急湍之上 : 정유재란 때 원균이 참패하자 이순신이 다시 三道水軍統制使에 임명되어 12척의 함선과 빈약한 병력을 거느리고 鳴梁에서 130여 척의 적군과 대결해 승리하는 등 큰 전과를 거둔 것을 가리킴.
360) 遏 : 저본에는 '遇'로 되어 있으나 『난중잡록』과 만송문고본을 따름.
361) 曳橋 : 順天에 있는 땅 이름. '倭橋'라고도 표기함. 豊臣秀吉이 죽자 小西行長이 이곳에 진을 쳐 일본으로 철수하고자 했음.
362) 鳴鼓揮旗之令, 分付豚兒 : 이순신이 적의 총탄에 맞아 운명할 때 아들에게 명하기를, 방패로 몸을 가리고 곡소리를 내지 못하게 했으며 북을 울리고 깃발을 휘두르게 했음.
363) 龍 : 저본에는 이 뒤에 "平日有詩曰: '誓海魚龍動, 盟山草木知'故云云"이라는 夾註가 있음.
364) 動 : 저본에는 '勒'으로 되어 있으나 『난중잡록』과 만송문고본을 따름.

誓指山河心已許, 恩同天地報還難.

出師未捷身先死, 留與英雄淚不乾.

吟竟, 有僧俯伏而進曰: "本出緇髡之徒, 幸賦忠勇之性, 脫僧衣而着鐵衣, 頓忘六戒,[367] 提法鼓[368]而作戰鼓, 思效七擒,[369] 轉鬪兇鋒, 深入賊窟, 及[370]獲有死之榮, 終免無君之誚."[371] 遂吟曰:

孑孑孤魂去不來, 亂山靑走鬱崔嵬.

人間莫道輪回說, 一鎖泉臺[372]怨未開.

將軍粲然笑曰: "此僧也人.[373] 其人也亦足以張吾輩." 賡和之命, 屬諸坡潭子, 卽一揮而就曰:

今夕何夕歲云[374]徂, 古臺霜月連平蕪.

精忠報國大將軍, 夜會賓客臺之隅.

---

365) 馬島 : 對馬島.

366) 轅門 : 장수가 있는 兵營을 이르는 말.

367) 六戒 : 살생하지 말라는 등 여섯 가지 佛門의 계율.

368) 法鼓 : 절의 法堂 동북쪽에 달아 놓은 북.

369) 七擒 : 七縱七擒. 諸葛亮이 南方에 出戰하여 그 酋長인 孟獲을 일곱 번 잡았다가 일곱 번 놓아 주어 그 心服을 얻어냈음.

370) 及 : 저본에는 '乃'로 되어 있으나 『난중잡록』과 만송문고본을 따름.

371) 無君之誚 : 儒者들이 승려를 '無君無父'라고 비난했기에 한 말임.

372) 泉臺 : 황천.

373) 此僧也人 : 임금을 위해 忠을 다했기에 한 말임.

374) 云 : 뜻이 없는 助字.

義氣撑空劒戟寒, 轅門此樂人間無.

日休堂[375]中好男子, 霽峯[376]襟期氷映壺.[377]

干城雉岳老太守,[378] 帶方任君[379]懷壯圖.

東萊松柏[380]後凋姿, 從事[381]雄奇龍鳳雛.

堂堂大義孰先倡? 名冠湖南聲價殊.[382]

提督[383]元稱慷慨人, 淮陽[384]自是書生迂.

三世登壇李氏子,[385] 復有黃公[386]眞丈夫.

金侯[387]血渾[388]保障身, 劉帥[389]霜驚[390]憂國鬚.

司空恩寵涵天地,[391] 水伯[392]威名動舳艫.

英豪誰似李僉使?[393] 萬戶[394]膽力[395]非常麤.[396]

---

375) 日休堂 : 兵使 최경회의 호.
376) 霽峯 : 僉知 고경명의 호.
377) 氷映壺 : 얼음이 玉壺에 비침. 아주 깨끗하고 맑은 것을 비유하는 말.
378) 老太守 : 원주목사 김제갑을 가리킴.
379) 任君 : 남원부사 임현을 가리킴. '君'은 使君, 즉 고을원을 이름.
380) 東萊松柏 : 동래부사 송상현을 가리킴.
381) 從事 : 신립의 종사관 김여물을 가리킴.
382) 堂堂大義~名冠湖南聲價殊 : 창의사 김천일을 가리킴.
383) 提督 : 提督官을 지낸 조헌을 가리킴.
384) 淮陽 : 淮陽府使 김연광을 가리킴.
385) 三世登壇李氏子 : 祖·父가 모두 장군이었던 兵使 이복남을 가리킴. '登壇'은 장수의 지위에 오르는 것을 일컫는 말.
386) 黃公 : 병사 황진을 가리킴.
387) 金侯 : 진주목사 김시민을 가리킴.
388) 渾 : 저본에는 '揮'로 되어 있으나 『난중잡록』과 만송문고본을 따름.
389) 劉帥 : 水使 유극량을 가리킴.
390) 霜驚 : 서리인가 하고 놀란다는 뜻으로, 머리가 허옇게 센 것을 이름. 韋應物의 「答重陽」詩 중 "坐使驚霜鬢, 撩亂已如蓬"에서 유래함.
391) 司空恩寵涵天地 : 신립을 가리킴. 三道都巡邊使였기에 '司空'이라고 했음.
392) 水伯 : 水使 이억기를 가리킴.
393) 李僉使 : 이영남을 가리킴.
394) 萬戶 : 鹿島萬戶 정운을 가리킴.

容儀端重沈方伯,[397] 氣岸軒昂鄭中樞.[398]
南關鎖鑰[399]小元帥,[400] 判事[401]風流君子儒.
仙籍曾編玉署名,[402] 星官夙佐金華謨.[403]
高家雙璧伴鸞翔,[404] 梵宮靈師[405]如鶴癯.
千年此會知難再, 萬古芳名自不孤.
坡潭之子何幸耳? 綠酒金樽同一娛.
把筆吟哦記盛事, 詩成滿紙輝明珠.

書呈, 左右擊節而歎息曰: "文辭淸健, 意氣激切, 足下之才, 可謂高矣. 作賦縱云退敵, 吟詩無補衛國, 以子之才,[406] 兼業武藝, 操弓走馬, 何所不可? 文足以華國, 武足以禦侮, 吾等已矣, 子其勉之!" 坡潭子起而謝之曰: "願安承敎." 乃辭而下焉.

長川之畔, 有[407]衆鬼拍手而笑, 問其由, 盖譏元統制均[408]

395) 力 : 저본에는 '畧'으로 되어 있으나 『난중잡록』과 만송문고본을 따름.
396) 䨻 : 크다.
397) 沈方伯 : 경기감사 심대를 가리킴.
398) 鄭中樞 : 同知中樞府事 정기원을 가리킴.
399) 南關鎖鑰 : '南關'은 關南, 즉 마천령 이남의 함경남도를 일컫는 말. 신갈이 북청에서 남병사로 있었기에 한 말임.
400) 小元帥 : 형 신립이 원수였기에 아우인 신갈을 '소원수'라고 했음.
401) 判事 : 윤섬을 가리킴.
402) 仙籍曾編玉署名 : '玉署'는 홍문관의 별칭. 홍문관 교리 박호를 가리킴.
403) 星官夙佐金華謨 : '星官'은 天官, 즉 朝臣을 이르고, '金華'는 金華殿, 곧 궁궐을 이름. 병조좌랑 이경류를 가리킴.
404) 高家雙璧伴鸞翔 : 문과에 급제한 고종후와 고인후 형제를 가리킴.
405) 靈師 : 저본에는 '師'가 '圭'로 되어 있으나 『난중잡록』을 따름.
406) 才 : 저본에는 '手'로 되어 있음.
407) 有 : 저본에는 없으나 『난중잡록』과 만송문고본에 의거해 보충했음.

也. 皤其腹,[409] 喎其口, 面色如土, 匍匐而來, 擯不得叅, 倚岸箕踞, 扼腕長嘯[410]而已.

坡潭子乃大噱弄之, 欠伸而覺, 乃一夢也. 撫枕追想, 歷歷可記. 以其官爵, 考其姓名, 將軍乃李舜臣也; 高僉知則敬命也; 崔兵使則慶會也; 金原州則悌甲也; 任南原則鉉也; 宋東萊則象賢也; 金從事則汝岉也; 金倡義則千鎰也; 趙提督則憲也; 金淮陽則鍊光也; 黃兵使則進也; 李兵使則福男也; 金晋州則時敏也; 劉水使則克良也; 申判尹則砬也; 李水使則億祺也; 李僉使則英男也; 鄭萬戶則運也; 沈監司則岱也; 鄭同知則期遠也; 申兵使則碚也; 尹判事則暹[411]也; 朴校理則篪也;[412] 李佐郎則慶流也; 高臨陂則從厚也; 高正字則因厚也; 僧將則靈圭也.

坡潭子有志者也, 若有一人死於國事, 未嘗不爲之於悒,[413] 或慕其義, 或嘉其節, 或歎其績, 或悼其命矣.[414] 夢裡之相

408) 元統制均 : 元均을 말함. 정유재란 때 이순신을 무고하여 투옥시키고 대신 三道水軍統制使가 되었으나 적에게 대패하여 목숨을 잃음. 저본에는 '均'이 '鈞'으로 되어 있음.

409) 皤其腹 : 배가 불룩하고 살진 모양. 원균이 본래 살이 찌고 배가 나왔기에 한 말임.

410) 扼腕長嘯 : 저본에는 '長嘯扼腕'으로 되어 있으나 『난중잡록』과 만송문고본을 따름.

411) 暹 : 저본에는 '暹'으로 되어 있음.

412) 尹判事則暹也, 朴校理則篪也 : 저본에는 '朴校理則篪也, 尹判事則暹也'로 되어 있으나 『난중잡록』과 만송문고본을 따름.

413) 於悒(오읍) : 於邑. 슬피 탄식함.

414) 或歎其績, 或悼其命矣 : 저본에는 '或悼其命, 或歎其績矣'로 되어 있으나 『난중잡록』과 만송문고본을 따름.

逢, 皆吾[415]平日所欽仰者, 有是心故, 有是夢也. 乃作祭文, 具薄奠, 登花岳[416]之上, 哭望南雲, 俯臨西海, 招魂而祭之. 其詞曰:

維年月日, 坡潭子採首陽之薇,[417] 酌凝碧之池,[418] 敢告二十七人之靈, 靈其有知?

我本書生, 半世垂帷讀靑史, 嚠嚠然古之人精忠苦節, 掩卷而於戲, 歸來宇宙萬古, 僅得一二男兒. 以華夏[419]之盛, 若是其小, 而惟我三韓, 號稱禮義之邦, 舊是東夷, 臨危不屈, 急病[420]攘夷之士, 卄七其麗.[421]

噫! 神承聖繼, 造無疆之基, 二百年休養敎化, 多士若玆. 舟師統制,[422] 寔天挺之神姿, 分閫有命,[423] 雄據邊陲, 閑島截海, 歲月六朞. 易將之擧, 元出於賊謀,[424] 非誤師期.[425] 復承敗績之後,

---

415) 吾 : 자기.
416) 花岳 : 花山. 甕津에 있는 산 이름.
417) 首陽之薇 : 伯夷・叔齊가 캐어 먹었다는 首陽山의 고사리.
418) 凝碧之池 : 凝碧池. 唐나라 궁궐의 禁苑 안에 있던 연못.
419) 華夏 : 중국.
420) 急病 : 어려움을 구하기를 급히 함.
421) 麗 : 數.
422) 舟師統制 : 三道水軍統制使를 말함.
423) 分閫有命 : 장수로 임명해 출전시킴.
424) 易將之擧, 元出於賊謀 : 저본에는 '易將擧元, 出於賊謀'로 되어 있으나 『난중잡록』과 만송문고본을 따름.
425) 非誤師期 : 당시 왜군은 反間의 계책을 써서 이순신을 제거하고자 하여 요시다라는 자로 하여금 우리 정부에 거짓 정보를 흘리게 했는데, 이순신은 이에 속지 않아 수군을 출동시키지 않았음. 그러나 조정의 반대 세력들은 이순신이 군대를 출동시키지 않아 적장 加藤淸正을 사로잡을 수 있는 기회를 놓쳤다고 주장하여 그를 투옥시킴.

以九船殘卒, 大捷碧波, 功可以[426]勒石. 露梁之戰, 公臨將死, 分付鼓旗, 子用其命, 走生仲達,[427] 籌策尤奇.

高霽峯文章不足以稱, 而慷慨起兵, 戮力扶危, 委身於賊藪, 捨生取義, 堅確不移. 觀其募義之檄, 使人讀之, 不覺涕淚.[428]

崔兵使之爲人, 落落靡所羈者. 初聚義旅, 匪虎伊熊, 西關尺書, 好爵爾縻,[429] 終衄晋陽, 壯志未施.

雉岳山城, 崔嵬崒嵂, 拍天幽深. 金使君相地, 實占嶮巇, 妖鋒一犯, 勢孤兵疲, 闔門蹈刃,[430] 腥血淋漓.

南原乃湖嶺門戶, 任君簡授,[431] 而雄大藩籬. 楊元二千餘騎, 壯耀軍儀, 狂寇猖獗, 合力而張毒, 如烏如鴟, 外絶蚍蜉蟻子之援,[432] 公獨何爲? 三里之城, 一朝瘡[433]痍.

東萊 宋斯文, 以蕭洒[434]出塵之標, 江海一麾,[435] 變出不虞,[436]

---

426) 以 : 저본에는 없으나 『난중잡록』과 만송문고본에 의거해 보충했음.

427) 走生仲達 : '仲達'은 司馬懿의 字. 諸葛亮은 五丈原에서 魏나라 사마의의 군대와 전쟁을 벌이다가 병사했는데 죽기 전에 자신의 모습을 본뜬 坐像을 만들어 수레에 앉혀 살아서 지휘하는 것처럼 보이게 하라는 조치를 취했다. 마침내 蜀의 군대가 퇴각하자 魏軍은 총력을 다해 추격해 왔는데 蜀軍이 제갈량이 살아서 수레 위에 앉아 있는 것처럼 보이게 했더니 사마의는 제갈량이 살아 있는가 의심하여 魏軍의 추격을 중지시켰다. 여기에서, 죽은 제갈공명이 산 사마중달을 달아나게 한다는 말이 유래함.

428) 涕淚 : 『난중잡록』과 만송문고본에는 '涕洟'로 되어 있음.

429) 西關尺書, 好爵爾縻 : 宣祖가 의병장으로서의 최경회의 공을 褒賞해 경상우도 병마절도사에 제수한 일을 가리킴.

430) 闔門蹈刃 : 아들 時伯과 부인 李氏도 순절했기에 한 말임.

431) 簡授 : 뽑혀 임명됨. 저본에는 '簡'이 '管'으로 되어 있으나 『난중잡록』과 만송문고본을 따름.

432) 外絶蚍蜉蟻子之援 : 밖으로는 조그만 원조도 없음. 唐나라 韓愈의 「張中丞傳後序」 중의 "當其圍守時, 外無蚍蜉蟻子之援"이라는 구절에서 유래함.

433) 瘡 : 『난중잡록』과 만송문고본에는 '瘢'으로 되어 있음.

434) 蕭洒 : '瀟洒'와 같음.

勢若千鈞之重, 引於一絲. 鐵扉牢鎖, 誓心神祇,[437] 臨死有十六字,[438] 觀者哽咽慘切, 凄[439]其壯哉!

金從事也, 攀桂第一枝,[440] 力擾[441]四十斤鐵[442]椎.[443] 磊[444]落平生, 自比[445]太過, 而縲絏非罪, 劒拄其頤,[446] 國家有難, 佐幕於千乘,[447] 而時運不利, 人亡恨遺.

倡義使先據西南要害, 以振綱維, 復遏擁兵,[448] 力戰而敗, 身死名垂.

提督識見, 始謂之如龜. 當玄僧[449]修好之日, 恐或禍胎,[450] 挾苫而持刀,[451] 五日伏靑規.[452] 賈策[453]郇筐,[454] 衆皆謂癡, 子眞

435) 江海一麾 : 변방에 수령으로 나감. 여기서는 동래부사에 제수된 것을 가리킴.
436) 不虞 : 不意.
437) 祇(기) : '祇'와 통함.
438) 有十六字 : 주 292를 참조할 것.
439) 凄 : '悽'와 통함.
440) 攀桂第一枝 : 장원급제를 이르는 말.
441) 擾 : 저본에는 '優'로 되어 있으나 『난중잡록』을 따름.
442) 鐵 : 저본에는 없으나 『난중잡록』과 만송문고본에 의거해 보충했음.
443) 椎 : 저본에는 '推'로 되어 있음.
444) 磊 : 저본에는 '牢'로 되어 있으나 『난중잡록』과 만송문고본을 따름.
445) 自比 : 스스로를 위대한 인물에 견줌.
446) 劒拄其頤 : 齊나라 田單이 狄을 공격해 함락시키지 못하자 "大冠若箕, 脩劒拄頤, 攻狄不能下壘枯丘"라는 동요가 제나라에 유포되었다는 사실이 『戰國策』 권13 齊6에 보임. '大冠'은 武冠이라는 뜻이고, '脩劒'은 長劒이라는 뜻.
447) 佐幕於千乘 : 신립의 밑에서 종사관을 한 것을 가리킴.
448) 復遏擁兵 : 저본에는 '後過雍口'로 되어 있으나 『난중잡록』과 만송문고본을 따름.
449) 玄僧 : 玄蘇를 가리킴. 하카다(博多) 세이후쿠사(聖福寺)의 중으로, 도요토미 히데요시의 명을 받고 우리나라에 왕래하면서 일본과의 修好와 通信使의 파견을 요구했음.
450) 恐或禍胎 : 저본에는 '恐禍或胎'로 되어 있으나 『난중잡록』과 만송문고본을 따름.
451) 挾苫而持刀 : 持斧伏闕한 것을 가리킴. 저본에는 '持'가 '待'로 되어 있으나

癡耶? 謂癡者, 癡耶? 聞變卽起, 叫[455]義孜孜, 西原之捷, 羽檄交馳, 深入錦山, 蹈[456]詐履欺, 身殲事誤, 大績一隳.

金先生[457]可人也. 具朝服佩印綬, 守土不離, 迂儒[458]雖不能鏖敵, 而不汚其身, 淮水淸漪.

黃公將[459]一城倚重之望, 擁楯登陴, 彎弧射賊, 渾於褊裨, 義軀一顚, 鼓聲奄衰.

李公[460]當孤堞已搖殆, 而[461]率數騎而赴難, 不憚其危, 輕擲千金,[462] 盖恥爲雌.[463]

堂堂乎, 金侯! 力[464]存晋山者誰? 勳高報隆. 玉音曰: "咨! 長城[465]忽摧. 恨不見巡、遠之業赫赫丕丕也."[466]

劉公宿將, 心篤馬革裹屍, 而臨津之敗, 矢盡立死, 允符于蓍.[467]

---

『난중잡록』과 만송문고본을 따름.

452) 靑規 : 대궐의, 諫言을 올리거나 上言하는 장소. 저본에는 '靑蒲'로 되어 있으나 『난중잡록』과 만송문고본을 따름.

453) 賈策 : 漢 文帝 때 賈誼가 「治安策」을 올려 時政에 대해 논했으나 받아들여지지 않았음.

454) 郇筐 : 주 262를 참조할 것.

455) 叫 : 저본에는 '糾'로 되어 있으나 『난중잡록』과 만송문고본을 따름.

456) 蹈 : 저본에는 '陷'으로 되어 있으나 『난중잡록』과 만송문고본을 따름.

457) 金先生 : 淮陽府使 金鍊光을 가리킴.

458) 迂儒 : 저본은 판독이 되지 않으므로 『난중잡록』과 만송문고본에 의거함.

459) 將 : 저본에는 '仗'으로 되어 있으나 『난중잡록』과 만송문고본을 따름.

460) 李公 : 兵使 이복남을 가리킴.

461) 義軀一顚~而 : 저본은 판독이 되지 않으므로 『난중잡록』과 만송문고본에 의거함.

462) 千金 : 남의 몸을 높여 이르는 말.

463) 雌 : 雌劣, 즉 柔弱하고 비겁함.

464) 其危~力 : 저본은 판독이 되지 않으므로 『난중잡록』과 만송문고본에 의거함.

465) 長城 : 나라의 干城이 되는 인물을 일컫는 말.

466) 忽摧~丕丕也 : 저본은 판독이 되지 않으므로 『난중잡록』과 만송문고본에 의거함.

申公[468]背水之陣, 恩鴻報蔑, 其斃也固宜, 而八千健兒, 又何隨焉?

水伯[469]眞百夫之特; 僉使乃八尺猗猗;[470] 運[471]亦壯士耳, 何志氣之不卑也!

圻伯同樞,[472] 俱以淸朝名流, 翺翔乎丹墀. 受命危難之際, 捐軀不悔, 其揆一也.

復兄之讐, 公何汲汲而一刻爲遲?

哀哉, 尹政郎![473] 堂有嚴慈. 騎省郎官,[474] 玉署論思,[475] 同死於非命, 未滿一噫.

高門挺秀, 二箇白眉, 無忝爾所生,[476] 實秉天彛.

圭僧, 出乎髡緇, 顚越王家, 力欲扶持.

嗚呼! 彼蒼者天,[477] 其意難窺. 胡然而生, 胡速奪之? 寃氛烈氣, 塞乎天地之間, 鬱不得披, 雷轟雲結, 風慘惔而吹, 不足以怒也, 不足以悲也. 惜乎! 以公等之才, 處文恬武嬉[478]之時, 應緩急[479]

---

467) 允符于著 : 미상.
468) 著~公 : 저본은 판독이 되지 않으므로 『난중잡록』과 만송문고본에 의거함.
469) 水伯 : 水使 이억기를 가리킴.
470) 八尺猗猗 : 저본에는 '八尺之雄, 猗猗凜凜'으로 되어 있으나 『난중잡록』과 만송문고본을 따름.
471) 運 : 저본에는 없으나 『난중잡록』에 의거해 보충했음.
472) 圻伯同樞 : 경기감사 심대와 동지중추부사 정기원을 가리킴. '圻'는 '畿'와 같음.
473) 政郎 : 정5품 벼슬. 윤섬이 정5품 벼슬인 校理를 지냈기에 한 말임.
474) 騎省郎官 : 병조좌랑 이경류를 가리킴. '騎省'은 兵曹의 별칭.
475) 玉署論思 : 校理 박호를 가리킴. '玉署'는 弘文館의 별칭. '論思'는 임금과 신하가 학문을 논하는 것을 말하는데, '玉署論思'란 곧 校理 벼슬을 이름.
476) 爾所生 : 너를 낳아준 사람, 곧 부모.
477) 彼蒼者天 : 『詩經』 秦風 「黃鳥」의 "彼蒼者天, 殲我良人"에서 유래하는 말.
478) 文恬武嬉 : 나라가 오랫동안 태평하여 文臣은 편안히 지내고 武臣은 일없이

於倉卒, 以不閑之兵,[480] 縱未折箠笞之,[481] 循國而忘身, 節義小不虧, 則其與馮､鄧､李､郭,[482] 同稟資也. 倘或公等一二輩, 天假數年, 或至于斯, 則吳薪越膽,[483] 生聚教訓,[484] 張吾六師,[485] 而使桑海馬島鯨鰐蛟螭, 慴伏而潛縮, 不敢掀鬣振鬐. 嗚呼! 死不復生, 往者難追. 在地爲高山大海, 在天爲北斗南箕, 仰之彌高,[486] 涉之無涯. 花山峭壁,[487] 西海之湄, 魂兮歸來, 庶感吾詞. 嗚呼哀哉! 尙饗.

---

놀기만 한다는 뜻. 唐나라 韓愈의 「平淮西碑」에 나오는 말.

479) 緩急 : 위급한 변고. 저본에는 '緩'이 없으나 『난중잡록』에 의거해 보충했음.

480) 不閑之兵 : 훈련되지 않은 병사.

481) 折箠笞之 : '箠'는 '捶'로도 씀. 가볍게 적을 제압해 승리를 거둔다는 뜻. 『後漢書』「鄧禹傳」의 "赤眉無穀, 自當來東, 吾折捶笞之, 非諸將憂也"에서 유래하는 말.

482) 馮鄧李郭 : '馮'은 後漢의 馮異, '鄧'은 後漢의 鄧禹, '李'는 唐나라의 李光弼, '郭'은 唐나라의 郭子儀를 가리킴. 馮異와 鄧禹는 光武帝의 일등공신들로서 赤眉를 破하는 등 큰 공을 세웠으며, 李光弼과 郭子儀는 安史의 亂에 큰 공을 세운 中興功臣들임.

483) 吳薪越膽 : 臥薪嘗膽.

484) 生聚教訓 : 적국에 복수하기 위해 열심히 국력을 기른다는 뜻. 『左傳』의 "越十年生聚, 而十年教訓"에서 유래하는 말.

485) 六師 : 六軍. 천자의 군대.

486) 仰之彌高 : 『論語』「子罕」에 보이며, 顔回가 孔子의 위대함을 탄복한 말임.

487) 壁 : 저본에는 '碧'으로 되어 있으나 『난중잡록』을 따름.

## 해제

• 작자: 尹繼善(1577~1604)

호는 坡潭, 본관은 坡平. 선조 때의 문신으로, 1597년 알성문과에 장원급제하여 예조·병조의 좌랑, 사헌부 지평, 사간원 헌납, 홍문관 수찬, 옹진현감, 平安道都事 등을 역임하였다.

• 출전: 고려대 도서관에 소장되어 있는 『達川夢遊錄·愁城誌』를 底本으로 삼아 여타의 本을 참고하여 校合하였다.

• 참고사항

(1) 작품 서두에 "萬曆庚子之仲春"이라는 말이 보이는데, '萬曆庚子'는 1600년(선조 33)에 해당한다. 이로 미루어볼 때 이 작품의 창작시기는 1600년이 아니면 그 직후일 것으로 추정된다.

(2) 작자는 史書에 관심이 많았던 것으로 보인다. 중국의 역사서는 물론이고, 임진왜란과 관련된 우리나라의 각종 筆記나 野史類를 두루 섭렵한 흔적이 엿보인다. 이 작품은 역사적 사실, 특히 전쟁과 관련된 수많은 역사적 사실을 典故로 끌어대고 있으며 심지어 『삼국사기』 열전에 나오는 丕寧의 고사까지도 전고로 구사하고 있음을 본다. 이 점은 이 작품을 이해하기 어렵게 만드는 요인이 되기도 한다.

(3) 이 작품은 임진왜란 때 왜군에 맞서 싸운 우리나라 장수들에 대한 褒貶을 행하고 있다. 이순신이 가장 공이 큰 인물이라면, 신립은 가장 잘못이 많은 인물로 그려진다. 이 작품은 의병장들을 포함해 임진왜란 때 참전한 수많은 인물들을 등장시키고 있지만, 그렇다고 해서 壬辰戰史에서 의당 거론해야 할 인물들을 다 망라하고 있는 것은 아니다. 가령, 金德齡이라든가 紅衣將軍 郭再祐라든가 鄭仁弘과 같은 인물은 아예 언급조차 않고 있다. 김덕령이야 옥사한 뒤 아직 伸冤이 되지 않은 상태였으므로 그렇다손치더라도, 곽재우와 정인홍이 거론되지 않은 것은 이들이 北人이었기 때문으로 보인다. 이처럼 이 작품은 주로 西人의 관점에서 임진전사를 구성하고 있다는 당파적 한계를 안고 있다.

(4) 이런 한계에도 불구하고 이 작품은 '꿈'을 통해 당대의 현실에 대해 발언함을 특징으로 삼는, 「元生夢遊錄」 이래의 우리나라 몽유록의 전통을 훌륭하게 계승하고 있다고 판단된다. 이 작품이 창작된 지 10여년 후 동일한 제목의 작품이 黃中允이라는 작가에 의해 창작된다(황중윤의 작품명은 「㺚川夢遊錄」이고 윤계선의 작품명은 「達川夢遊錄」이어서 '달'자의 한자 표기에 차이가 있지만, 기실 이 두 한자는 우리말 '달'(=月)을 音借한 것이기에 의미상 아무 차이가 없다). 황중윤의 「㺚川夢遊錄」은 윤계선의 「達川夢遊錄」과 달리 신립을 변호하였다. 신립에게 패전의 책임을 묻는 것은 부당하며, 당시 조선에 武備가 없었고 兵農一體의 兵制로 인해 精銳兵을 기를 수 없었던 게 패전할 수밖에 없었던 원인이라고 했다. 적어도 이 점에서 황중윤은 윤계선의 시각에 반론을 제기하고 있는 셈이다. 그렇기는 하지만 황중윤의 작품은 윤계선의 작품에 비해 문예적 성취도가 낮고, 현실공간과 몽유공간 사이의 긴장감이 현저히 떨어진다는 약점을 안고 있다.

(5) 임진왜란을 소재로 한 몽유록으로는 이외에도 愼諿의 「龍門夢遊錄」, 작자 미상의 「皮生冥夢錄」이 있다.

# 2. 雲英傳

未 詳

壽成宮[1]卽安平大君[2]舊宅也. 在長安城西仁王山之下, 山川秀麗, 龍盤虎踞, 社稷在其南, 景[3]福在其東. 仁王一脉, 逶迤而下, 臨宮阧[4]起, 雖不高峻, 而登臨俯覽, 則通衢市廛, 滿城第宅, 碁布星羅, 歷歷可指, 宛若絲列而派分. 東望則宮闕縹緲, 複道橫空, 雲烟積翠, 朝暮獻態, 眞所謂絶勝之地也. 一時酒徒射[5]伴、歌兒笛童、騷人墨客, 三春花柳之節,

---

1) 壽成宮 : 원래 文宗의 후궁이 거처하던 별궁이었음. 저본에는 '成'이 '聖'으로 되어 있음.

2) 安平大君 : 世宗의 셋째 아들 李瑢(1418~1453)의 封號. 호는 匪懈堂・琅玕居士・梅竹軒. 세종 10년(1428)에 안평대군에 봉해졌고, 癸酉靖難(1453)으로 江華에 유배되었다가 喬洞으로 옮겨져 賜死됨. 詩文에 뛰어났고, 당대의 名筆이었으며, 그림과 음악에도 조예가 깊었음.

3) 景 : 저본에는 '慶'으로 되어 있으나 藏書閣本을 따름.

4) 阧 : 저본에는 '斗'로 되어 있으나 東京大에 收藏되어 있는 『靑邱野談』(이하 東京大本 『靑邱野談』으로 약칭)의 권5에 수록된 「雲英傳」을 따름.

九秋楓丹之時, 則無日不遊於其上, 吟風咏月, 嘯翫忘歸.

青坡[6]士人柳泳, 飽聞此園之勝槩, 思欲一遊焉, 而衣裳藍縷, 容色埋沒, 自知爲遊客之取笑, 足將進而趑[7]趄者久矣. 萬曆辛丑[8]春三月既望, 沽得濁醪一壺, 而既[9]乏童僕, 又[10]無朋知, 躬自佩壺,[11] 獨入宮門, 則觀者相顧, 莫不指笑. 生慙而無聊, 仍入後園, 登高四望, 則新經兵燹之餘, 長安宮闕, 滿城華屋, 蕩然無有, 壞垣破瓦, 廢井頹[12]砌, 草樹茂密, 唯東廊[13]數間, 巋然獨存. 生步入西園泉石幽邃處, 則百草[14]叢芊, 影落澄潭, 滿地落花, 人跡不到, 微風一起, 香氣馥郁. 生獨坐岩上, 仍咏東坡[15]'我上朝元春半老, 滿地落花無人掃'[16]之句, 輒解所佩壺,[17] 盡飮之, 醉臥岩邊, 以石支頭.

俄而酒醒, 擡眼[18]視之, 則遊人盡散, 山月已吐, 烟籠柳眉, 風動花腮. 時聞一條軟語, 隨風而至. 生異之, 起而視

---

5) 躬 : 저본에는 '射'으로 되어 있으나 장서각본을 따름.
6) 青坡 : 지금의 서울시 용산구 청파동 일대.
7) 趑 : 저본에는 '趦'로 되어 있음.
8) 萬曆辛丑 : 宣祖 34년(1601). '萬曆'은 明나라 神宗의 연호.
9) 既 : 저본에는 '又'로 되어 있으나 장서각본을 따름.
10) 又 : 저본에는 '既'로 되어 있으나 장서각본을 따름.
11) 壺 : 저본에는 '酒'로 되어 있으나 장서각본을 따름.
12) 頹 : 저본에는 '堆'로 되어 있으나 장서각본을 따름.
13) 廊 : 저본에는 '門'으로 되어 있으나 장서각본을 따름.
14) 草 : '卉'로 되어 있는 本들도 있음.
15) 東坡 : 北宋의 문장가 蘇軾. '東坡'는 그 호.
16) 我上朝元春半老, 滿地落花無人掃 : 소동파의 시 「驪山」의 일부. '朝元'은 '朝元閣'으로, 唐나라 玄宗이 驪山에 세운 누각.
17) 壺 : 저본에는 '酒'로 되어 있으나 장서각본을 따름.
18) 眼 : 저본에는 '頭'로 되어 있으나 장서각본을 따름.

之,[19] 則有一少年, 與絶色青娥, 斑荊[20]對坐, 見生至, 欣然起迎. 生與之揖, 因問[21]曰: "秀才[22]何許人, 未卜其晝, 只卜其夜?" 少年微哂曰: "古人云'傾蓋若舊',[23] 正謂此也." 相與鼎足而坐語. 女低聲呼兒, 則有二丫鬟, 自林中出來. 女謂其兒曰: "今夕邂逅故人之處, 又逢不期之佳客, 今日之夜, 不可寂莫[24]而[25]度, 汝可備酒饌, 兼持筆硯而來." 二丫鬟承命而往, 少選而返, 飄然若飛鳥之往來. 琉璃樽盛紫霞[26]酒, 珍果奇[27]饌, 列於銀盤, 以白玉杯酌而飮之, 酒味肴饌,[28] 皆非人世所有. 酒三行, 女口呼新詞, 以勸[29]酒, 其[30]詞曰:

重重深處別故人, 天緣未盡見無因.
爲雲爲雨夢非眞, 幾番傷春繁華辰?[31]

---

19) 起而視之 : 저본에는 '起訪焉'으로 되어 있으나 장서각본 등 諸本을 따름.
20) 斑荊 : 班荊. '斑'은 '班'과 통함.
21) 揖, 因問 : 저본에는 없으나 장서각본에 의거해 보충했음.
22) 秀才 : 서생이나 미혼 남자를 일컫는 말.
23) 傾蓋若舊 : 傾蓋如故. 한 번 보고도 서로 마음이 맞아 오래 전부터 사귄 친구와 같다는 뜻으로, 孔子가 길에서 우연히 程子라는 사람을 처음 만나 서로 車蓋를 기울이고 하루 종일 이야기를 주고받았다는 고사에서 유래하는 말. 이 고사는 『孔子家語』의 「致思」에 보임.
24) 寂莫 : '寂寞'과 같음.
25) 而 : 저본에는 이 뒤에 '虛'가 더 있으나 장서각본을 비롯한 諸本에는 없는바, 이를 따름.
26) 霞 : 저본에는 이 뒤에 '之'가 더 있으나 장서각본을 비롯한 諸本에는 없는바, 이를 따름.
27) 奇 : 저본에는 '綺'로 되어 있으나 장서각본을 따름.
28) 列於銀盤~酒味肴饌 : 저본에는 없으나 장서각본에 의거해 보충했음.
29) 勸 : 저본에는 이 뒤에 '其'가 더 있으나 장서각본에는 없는바, 이를 따름.
30) 其 : 저본에는 없으나 장서각본에 의거해 보충했음.

消盡往事已成塵,[32] 空使今人淚滿巾.

歌竟, 歔欷[33]飮泣, 珠淚滿面. 生異之, 起而拜曰: "僕雖非錦繡之腸,[34] 早事儒業,[35] 稍知文墨[36]之功, 今聞此詞, 格調淸越, 而意思[37]悲凉, 甚可怪也. 今夜之[38]會, 月色如晝, 淸風徐來, 有足可賞, 而相對悲泣, 何哉? 一盃相屬, 情義[39]已孚, 而姓名不言, 懷抱未展, 亦可疑也." 生先言己名而强之, 少年歎息而[40]答曰: "不言姓名, 其意有在, 君欲强知,[41] 則告之何難? 而所可道也, 言之長也." 愀然不樂者久之, 乃曰: "僕姓<u>金</u>, 年十歲能詩文, 有名學堂, 而年十四, 登進士第二科, 一時人[42]皆以<u>金</u>進士稱之. 僕以年少俠氣, 志慮[43]浩蕩, 不能自抑, 又以此女之故, 將父母之遺體, 竟作不孝之子, 天地間一罪人, 罪人[44]之名, 何用强知?[45] 此女之名<u>雲英</u>, 彼

---

31) 爲雲爲雨夢非眞, 幾番傷春繁華辰 : 저본에는 '幾番傷春繁華時, 爲雲爲雨夢非眞'으로 되어 있음. '眞', '辰'은 韻字임.
32) 已成塵 : 저본에는 '成塵後'로 되어 있으나 장서각본을 따름. '塵'은 韻字임.
33) 歔欷 : 저본에는 '欷歔'로 되어 있음.
34) 錦繡之腸 : 錦繡腸. 錦心繡腸. 詩文에 뛰어난 재주가 있어 지은 글이 비단같이 고움.
35) 儒業 : 저본에는 '文墨'으로 되어 있으나 장서각본을 비롯한 諸本을 따름.
36) 墨 : 저본에는 '業'으로 되어 있으나 장서각본을 비롯한 諸本을 따름.
37) 意思 : 저본에는 '思意'로 되어 있으나 여러 이본을 따름.
38) 之 : 저본에는 없으나 장서각본에 의거해 보충했음.
39) 情義 : 情宜.
40) 歎息而 : 저본에는 없으나 장서각본에 의거해 보충했음.
41) 知 : 저본에는 '之'로 되어 있으나 장서각본을 따름.
42) 人 : 저본에는 없으나 장서각본과 日本의 東洋文庫本에 의거해 보충했음.
43) 慮 : 저본에는 '意'로 되어 있으나 장서각본을 따름.

兩兒,[46] 一名綠珠, 一名宋玉, 皆故安平大君宮人也." 生曰: "言出而不盡, 則[47]不如不言之爲愈也. 安平盛時之事, 進士傷懷之由, 可得聞其詳乎?" 進士顧雲英曰: "星霜屢移, 日月已久, 其時之事, 汝能記憶否?" 雲英答曰: "心中畜怨, 何日忘之耶? 妾試言之, 郎君在傍補其闕漏而把筆以記之." 又命叉鬟曰: "汝奉硯可[48]也."[49] 乃言曰:[50]

莊憲[51]大王[52]八大君中, 安平最爲英睿, 上甚愛之, 賞賜無數, 故田民財貨, 獨步諸宮. 年十三, 出居私宮, 私宮卽壽成[53]宮也. 以儒業自任, 夜則讀書, 晝則或賦詩, 或書隷, 未嘗一刻放過. 一時文人才士, 咸萃其門, 較其長短, 或至鷄

---

44) 罪人 : 저본에는 없으나 장서각본에 의거해 보충했음.
45) 知 : 저본에는 이 뒤에 '之'가 더 있으나 장서각본을 비롯한 諸本에는 없는바, 이를 따름.
46) 兒 : 저본에는 '女之名'으로 되어 있으나 장서각본을 따름.
47) 則 : 저본에는 이 뒤에 '初'가 더 있으나 東洋文庫本에는 없는바, 이를 따름.
48) 而把筆以記之~汝奉硯可 : 저본에는 없으나 奎章閣에 收藏된 一簑文庫本에 의거해 보충했음.
49) 也 : 일사문고본에는 '乎'로 되어 있으나 東洋文庫本을 따름.
50) 曰 : 이하 길게 이어지는 말은 雲英이 話者로서 서술하고 있는 말로서, 원래 따옴표가 붙어야 할 말이다. 그러나 뒤에 가면 운영의 말 속에 다시 인물들의 말이 직접화법으로 제시되고 그 인물들의 말 속에 다시 다른 인물들의 말이 직접화법으로 제시되고 있는바, 만일 話者로서의 운영의 말에 따옴표를 한다고 하면 따옴표 안에 다시 따옴표를 해야 하고 따옴표의 따옴표 안에 또 따옴표를 해야 하는 사태가 발생하게 된다. 이 점을 고려하여 話者로서의 운영의 말에는 따옴표를 하지 않고 한 行을 비워 제시하는 것으로 대신한다.
51) 莊憲 : 世宗(재위 1418~1450)의 시호.
52) 王 : 저본에는 이 뒤에 '子'가 더 있으나 대부분의 이본에는 없는바, 이를 따름.
53) 成 : 저본에는 '聖'으로 되어 있음.

斗參橫,[54] 講論不怠. 而大君又工於筆法, 鳴於一國, 文廟[55] 在邸時, 每與集賢殿[56]諸學士, 論安平筆法曰: "吾弟若生於中國, 雖不及於王逸少,[57] 豈下[58]於趙松雪[59]乎!" 稱賞不已.

一日, 大君語宮人[60]曰: "天下百家之才, 必就安靜處, 做工而後可成. 都城門外, 山川寂寥, 閭落稍遠, 於此做業, 可以專精."[61] 卽搆精舍十數間于其上, 扁其堂曰匪懈堂, 又築一壇于其側, 名曰盟詩壇, 皆顧名思義之意也. 一時文章鉅筆, 咸集其壇, 文章則成三問[62]爲首, 筆法則崔興孝[63]爲首, 雖然, 皆不及於大君之才也.

一日, 大君[64]乘醉, 呼諸侍[65]女曰: "天之降才, 豈獨豐於男, 而嗇於女乎? 今世以文章自許者,[66] 不爲不多, 而皆莫能相尙, 無出類拔萃者, 汝等亦勉之哉!" 於是宮女中, 擇其年少美姿容

---

54) 參橫 : 參星이 비껴 있음. 깊은 밤을 뜻하는 말. '參'은 參星.
55) 文廟 : 세종의 아들인 '文宗'(재위 1450~1452)의 廟號.
56) 殿 : 저본에는 '堂'으로 되어 있으나 장서각본을 따름.
57) 王逸少 : 東晋의 서예가인 王羲之. '逸少'는 그 字.
58) 下 : 저본에는 '後'로 되어 있으나 대부분의 본에는 '下'로 되어 있는바, 이를 따름.
59) 趙松雪 : 元나라 때의 서화가인 趙孟頫. '松雪'은 그 호.
60) 宮人 : 저본에는 '妾等'으로 되어 있으나 대부분의 본에는 '宮人'으로 되어 있는바, 이를 따름.
61) 精 : 저본에는 '正'으로 되어 있으나 장서각본을 따름.
62) 成三問 : 생몰년 1418~1456년. 世宗~端宗 때의 학자·문신으로 死六臣의 한 사람.
63) 崔興孝 : 세종 때의 문신·서예가로, 弘文館 提學을 지낸 바 있음. 특히 隸書와 草書를 잘 썼음.
64) 大君 : 저본에는 없으나 장서각본에 의거해 보충했음.
65) 侍 : 저본에는 없으나 장서각본 등 諸本에 의거해 보충했음.
66) 者 : 저본에는 없으나 장서각본에 의거해 보충했음.

者十人教之, 先授『諺解小學』, 讀誦而後, 『庸』、[67]『學』、[68]『論』、[69]『孟』、[70]『詩』、[71]『書』、[72]『通宋』[73]盡教之, 又抄李、杜[74]唐音數百首教之, 五年之內, 果皆成才.

大君入則使妾等, 不離眼前, 作[75]詩斥正,[76] 第[77]其高下, 用賞罰, 以爲勸奬之地, 其卓犖之氣像, 縱不及於大君, 而音律之淸雅, 句法之婉熟, 亦可以窺盛唐詩人之藩籬也. 十人之[78]名則小玉、芙蓉、飛瓊、翡翠、玉女、金蓮、銀蟾、紫鸞、寶蓮、雲英,[79] 雲英卽妾也. 大君皆甚撫恤, 常鎖畜宮中,[80] 使不得與人對語, 日與文士, 盃酒戰藝, 而未嘗以妾等一番相近者, 盖慮外人之或知也. 常下令曰: "侍女一出宮門, 則其罪當死; 外人知宮人[81]之名, 則其罪亦死."

一日, 大君自外而[82]入, 呼妾等曰: "今日, 與文士某某飮

---

67) 『庸』:『中庸』.
68) 『學』:『大學』.
69) 『論』:『論語』.
70) 『孟』:『孟子』.
71) 『詩』:『詩經』.
72) 『書』:『書經』.
73) 『通宋』:『通鑑』, 곧 『通鑑節要』를 가리킴.
74) 李・杜: 李白과 杜甫.
75) 作: 저본에는 없으나 일사문고본에 의거해 보충했음.
76) 斥正: 指正.
77) 第: 品評.
78) 之: 저본에는 없으나 장서각본에 의거해 보충했음.
79) 小玉~雲英: 10인 이름의 순서는 본에 따라 차이가 있음.
80) 常鎖畜宮中: 저본에는 '尙畜宮內'로 되어 있으나 장서각본을 따름.
81) 人: 저본에는 '女'로 되어 있으나 장서각본을 따름.
82) 而: 저본에는 없으나 장서각본에 의거해 보충했음.

酒, 有一抹[83]青烟, 起自宮樹, 或籠城堞, 或飛山麓, 我先占五言絶句一首, 使坐[84]客次[85]之, 皆不稱意. 汝等以年次, 各製以進."[86]

小玉先[87]呈曰:

> 綠烟細如織, 隨風半入門.
> 依微[88]深復淺, 不覺近黃昏.

芙蓉呈曰:

> 飛空遙[89]帶雨, 落地復爲雲.
> 近夕山光暗, 幽思向楚君.[90]

翡翠呈曰:

> 覆花蜂失勢, 籠竹鳥迷巢.
> 黃昏成小雨, 窓外聽蕭蕭.

---

83) 抹 : 저본에는 '林'로 되어 있음.
84) 坐 : 저본에는 없으나 장서각본에 의거해 보충했음.
85) 次 : 次韻함.
86) 各製以進 : 저본에는 '各以製進'으로 되어 있으나 장서각본을 따름.
87) 先 : 저본에는 없으나 장서각본에 의거해 보충했음.
88) 依微 : 희미한 모양.
89) 遙 : 저본에는 '逢'으로 되어 있음.
90) 楚君 : 楚 懷王을 가리킴. 「崔致遠」의 주 40을 참조할 것.

飛瓊呈曰:

小杏難成眼, 孤篁獨保青.
輕陰[91]暫見重, 日暮又昏冥.

玉女呈曰:

蔽日輕紈細, 橫山翠帶長.
微風吹漸散, 猶濕小池塘.

金蓮呈曰:

山下寒烟積, 橫飛宮樹邊.
風吹自不定, 斜日滿蒼天.

銀蟾呈曰:

山谷繁陰起, 池臺綠影流.
飛歸無處覓, 荷葉露珠留.

紫鸞呈曰:

91) 輕陰 : 안개를 가리킴.

早向洞門暗, 橫連高樹低.
須臾忽飛去, 西岳與前溪.

妾亦呈曰:

望遠青烟細, 佳人罷織紈.
臨風獨惆悵, 飛去落巫山.[92]

寶蓮呈曰:

短壑春陰裡, 長安水氣中.
能令人世上, 忽作翠珠宮.

大君覽畢,[93] 大驚曰: "雖比於晚唐之詩, 亦可伯仲, 而謹甫[94]以下, 不可執鞭也." 再三吟咏, 莫知其高下, 良久曰: "芙蓉詩, 思戀楚君, 余甚嘉之. 翡翠詩, 比於[95]騷雅,[96] 玉女詩, 意思飄逸, 末句有隱隱然餘意, 以[97]此兩詩, 當爲居魁." 又曰: "我初見時, 優劣莫辨, 再三[98]翫繹, 則紫鸞之詩, 意思

92) 巫山 : 「崔致遠」의 주 40을 참조할 것.
93) 覽畢 : 저본에는 '看罷'로 되어 있으나 장서각본을 따름.
94) 謹甫 : 成三問의 字.
95) 比於 : 저본에는 없으나 일사문고본에 의거해 보충했음.
96) 騷雅 : 「離騷」와 『詩經』의 大雅·小雅를 함께 일컫는 말.
97) 以 : 저본에는 없으나 장서각본에 의거해 보충했음.
98) 再三 : 저본에는 '一再'로 되어 있으나 일사문고본을 따름.

深遠, 令人不覺嗟嘆而蹈舞也. 餘詩亦皆清好, 而獨雲英之詩, 顯有惆悵思人之意, 未知所思者何人. 似當訊問, 而其才可惜, 故姑置之." 妾卽下庭[99]伏泣而對曰: "遣辭之際, 偶然而發, 豈有他意乎? 今見疑於主君, 妾萬死無惜." 大君命之坐曰: "詩出於[100]性情, 不可掩匿. 汝勿復言." 卽出綵帛十端, 分賜十人. 大君未嘗有私[101]於妾, 而宮中之人, 皆知大君之意在於妾也.

十人皆退在洞房, 畵燭高燒, 七寶書案置『唐律』一卷, 論古人宮怨詩高下. 妾獨倚屛風, 悄然不語, 如泥塑人. 小玉顧見[102]曰: "日間賦烟之詩, 見疑於主君, 以此隱憂而不語乎? 抑主君向意, 當有錦衾當夕之歡,[103] 故暗喜而不語乎? 中心所懷, 未可知也." 妾斂袵而答曰: "汝非我, 安知我之心哉? 我方賦一詩, 搜奇未得, 故苦思不語耳." 銀蟾曰: "意之所向, 心不在焉, 故[104]傍人之言, 如風過耳. 汝之不語,[105] 不難知也. 我將試之." 以窓外葡萄架[106]爲題, 使作七言四韻促之. 妾應口卽吟[107]曰:

---

99) 下庭 : 저본에는 '庭下'로 되어 있으나 장서각본을 따름.
100) 於 : 저본에는 없으나 장서각본에 의거해 보충했음.
101) 私 : 저본에는 '意'로 되어 있으나 장서각본 등 諸本을 따름.
102) 見 : 저본에는 이 뒤에 '妾'이 더 있으나 諸本에는 없는바, 이를 따름.
103) 錦衾當夕之歡 : 저본에는 '錦席之歡'으로 되어 있으나 東洋文庫本을 따름.
104) 故 : 저본에는 없으나 장서각본에 의거해 보충했음.
105) 語 : 저본에는 '言'으로 되어 있으나 諸本을 따름.
106) 架 : 저본에는 없으나 장서각본 등 諸本에 의거해 보충했음.
107) 吟 : 저본에는 이 뒤에 '其詩'가 더 있으나 장서각본 등 諸本을 따름.

蜿蜒藤草似龍行, 翠葉成陰摠[108]有情.
暑日嚴威能徹照, 晴天寒影反虛明.
抽絲攀檻如留意, 結果垂珠欲效誠.
若待他時應變化, 會乘雲雨上三淸.[109]

小玉浪吟久之,[110] 起而[111]拜曰: "眞天下之奇才也. 風格之不高, 雖似舊調, 而蒼卒製作如此, 此詩人之最難處也. 我之心悅誠服, 如七十子之服孔子也." 紫鸞曰: "言不可不愼, 何其許與[112]之太過耶? 但文字婉曲, 且有飛騰之態, 則有之矣." 一座皆曰: "確論也."[113] 妾雖以此詩解之, 而群疑猶未盡釋.

翌日, 門外有車馬騈闐之聲, 閽者奔入告曰: "衆賓至矣!" 大君掃東閣迎[114]入, 皆一時[115]文人才士也.[116] 坐定, 大君以妾等所製賦烟詩示之, 滿坐大驚曰: "不意今日復見盛唐音調, 非我等所可比肩也. 如此至寶, 進賜何從得之?" 大君微笑曰: "何爲其然耶? 童僕偶[117]得於街上而來, 未知何人

108) 摠 : 저본에는 '忽'로 되어 있으나 장서각본을 따름.
109) 三淸 : 도교에서 玉淸・上淸・太淸의 三天을 이르는 말.
110) 浪吟久之 : 저본에는 '見詩'로 되어 있으나 장서각본 등 諸本을 따름.
111) 而 : 저본에는 없으나 보충했음.
112) 與 : 저본에는 '如'로 되어 있으나 장서각본을 따름.
113) 也 : 저본에는 없으나 국립중앙도서관본(도서번호 국48-99)에 의거해 보충했음.
114) 迎 : 저본에는 '延'으로 되어 있으나 대부분의 본에는 '迎'으로 되어 있는바, 이를 따름.
115) 一時 : 저본에는 없으나 장서각본에 의거해 보충했음.
116) 也 : 저본에는 없으나 국립중앙도서관본에 의거해 보충했음.

所作, 而想必出於閭閻才士之手也." 群疑未定, 俄而成三問至曰: "才不借於異代. 自前朝迄于今[118]六百餘年, 以詩鳴於東國者, 不知其幾人, 而或沉濁而不雅, 或輕淸而浮躁,[119] 皆不合音律, 失其性情, 吾不欲觀諸,[120] 今觀此詩, 風格淸眞, 意思[121]超越, 小無塵世之態, 此必深宮之人, 不與俗人相接, 只讀古人之詩, 而晝夜吟誦, 自得於心者也.[122] 詳味其意, 其曰'臨風獨惆悵'者, 有思人之意; 其曰'孤篁獨保靑'者, 有守貞節之意; 其曰'風吹自不定'者, 有難保節[123]之態; 其曰'幽思向楚君'者, 有向君之誠; 其曰'荷葉露珠留'者,'西岳與前溪'者, 非天上神仙, 則不得如此形容矣.[124] 格調雖有高下, 而薰陶氣像, 則大約[125]皆同. 進賜宮中, 必儲[126]養此十仙人, 願毋隱一見." 大君內自心服, 而外不頷可曰: "誰謂謹甫有詩鑑[127]乎? 我宮中豈有此等人哉? 可謂惑之甚也." 于時十人從窓隙暗聞, 莫不歎服.

是夜, 紫鸞以至誠問於妾曰: "女子生而願爲有家父母之

117) 偶 : 저본에는 이 뒤에 '然'이 더 있으나 대부분의 본에는 없는바, 이를 따름.
118) 今 : 저본에는 이 뒤에 '而已'가 더 있으나 대부분의 본에는 없는바, 이를 따름.
119) 躁 : 저본에는 '操'로 되어 있으나 일사문고본을 따름.
120) 吾不欲觀諸 : 저본에는 없으나 장서각본에 의거해 보충했음.
121) 意思 : 저본에는 '思意'로 되어 있으나 장서각본 등 諸本을 따름.
122) 也 : 저본에는 없으나 장서각본에 의거해 보충했음.
123) 節 : 저본에는 없으나 장서각본에 의거해 보충했음.
124) 矣 : 저본에는 없으나 국립중앙도서관본에 의거해 보충했음.
125) 大約 : '大略'과 같음.
126) 儲 : 저본에는 없으나 일사문고본에 의거해 보충했음.
127) 鑑 : 저본에는 '監'으로 되어 있으나 장서각본을 따름.

心,[128] 人皆有之. 汝之所思, 未知何許情人, 吾[129]悶汝之形容, 日漸減舊, 以情悃問之, 幸須毋隱." 妾起而謝曰: "宮人甚多, 恐有屬垣, 不敢開口, 今承[130]悃愊, 何敢隱乎? 上年秋, 黃菊初開、紅葉新凋之時, 大君獨坐書堂, 使侍女磨墨張廣[131]縑, 寫[132]四韻十首, 小童自外而[133]進曰: '有年少儒生自稱金進士請見之.' 大君喜曰: '金進士來矣!' 使之迎入, 則布衣革帶, 趍進上階, 如鳥舒翼, 當席拜坐, 容儀若神[134]仙中人. 大君一見傾心, 卽移席對坐, 進士避席而拜辭曰: '猥荷盛眷, 屢辱尊命, 今承謦咳, 無任竦仄.'[135] 大君慰之曰: '久仰聲華, 坐[136]屈冠盖, 光動一室, 錫我百朋.'[137] 進士初入, 已與侍女相面, 而大君以進士年少儒生, 中心易[138]之, 不令[139]妾等避之. 大君謂進士曰: '秋景甚好, 願賜一詩以此

---

128) 願爲有家父母之心 : 저본에는 '願爲有嫁之心'으로 되어 있으나 金起東本(金起東 教授編『筆寫本古典小說全集』所載)을 따름.
129) 吾 : 저본에는 없으나 장서각본에 의거해 보충했음.
130) 承 : 다른 본에는 대개 '日'로 되어 있음.
131) 廣 : 저본에는 없으나 장서각본에 의거해 보충했음.
132) 寫 : 저본에는 이 뒤에 '七言'이 더 있으나 대부분의 본에는 없는바, 이를 따름.
133) 外而 : 저본에는 없으나 장서각본에 의거해 보충했음.
134) 神 : 저본에는 없으나 장서각본에 의거해 보충했음.
135) 竦仄 : 황송하고 불안함.
136) 坐 : 공연히.
137) 錫我百朋 : '百朋'은 원래 많은 재물을 가리키는 말이나 여기서는 '기쁨', '이로움' 정도의 뜻으로 쓰였음. 『詩經』 小雅 「菁菁者莪」의 "菁菁者莪, 在彼中陵. 旣見君子, 錫我百朋"에서 유래하는 말. 『시경』의 이 시는 賓客을 초대해서 宴會를 베풀 때에 부른 노래라고 함.
138) 易(이) : 만만히 여기다.
139) 令 : 저본에는 이 뒤에 '以'가 더 있음.

堂生彩.' 進士避席而辭曰: '虛名蔑實, 詩之格律, 小子安敢知乎?' 大君以金蓮唱歌, 芙蓉彈琴, 寶蓮吹簫, 飛瓊行盃, 以妾奉硯. 于時妾以年少女子,[140] 一見郎君, 魂迷意闌,[141] 郎君亦顧妾而含笑, 頻頻送目. 大君謂進士曰: '我之待君, 誠款至[142]矣, 君何惜一吐瓊琚, 使此堂無顔色乎?' 進士卽握管, 書五言四韻一首曰:

旅鴈向南去, 宮中秋色深.
水寒荷坼玉,[143] 霜重菊垂金.
綺席紅顔女, 瑤絃白雪音.
流霞一斗酒, 先醉意難禁.

大君吟咏再三而驚之曰: '眞所謂天下之奇才也! 何相見之晩耶?' 侍女十人, 一時回顧, 莫不動容曰: '此必王子晉[144]駕鶴而來于[145]塵寰, 豈有如此人哉!' 大君把盃而問曰: '古之詩人, 孰爲宗匠?' 進士曰: '以小子所見言之, 李白天上神仙, 長在玉皇香案前, 而來遊玄圃,[146] 餐盡玉液, 不勝醉興, 折得萬樹琪

---

140) 妾以年少女子 : 저본에는 '妾年十七'로 되어 있으나 장서각본을 따름.
141) 魂迷意闌 : 정신이 없음. '闌'은 '衰殘', '失'의 뜻.
142) 至 : 저본에는 없으나 장서각본에 의거해 보충했음.
143) 坼玉 : 흰 연꽃이 피는 것을 형용한 말. 저본에는 '坼'이 '折'로 되어 있으나 장서각본에는 '坼'으로 되어 있는바, 이를 따름.
144) 王子晉 : 王子喬. 周나라 靈王의 태자로, 왕에게 直諫하다 내침을 당해 庶人이 되었음. 笙을 잘 불었으며, 훗날 신선이 되었다고 함. 저본에는 '晉'이 '眞'으로 되어 있음.
145) 于 : 저본에는 없으나 국립중앙도서관본에 의거해 보충했음.

花, 隨風雨散落人間之氣像也. 至於盧王,[147] 海上仙人, 日月出沒, 雲華變化, 滄波動搖, 鯨魚噴薄, 島嶼蒼茫, 草樹薈[148]鬱, 浪花菱葉, 水鳥之歌, 蛟龍之淚, 悉藏於胸襟雲夢之中,[149] 此詩中造化也.[150] 孟浩然[151]音響最高, 此學師曠[152]習音律之人; 李義山[153]學得仙術, 早役[154]詩魔, 一生編什, 無非鬼語也. 自餘紛紛,[155] 何足盡陳?' 大君曰: '日[156]與文士論詩, 以草堂[157]爲首者多, 此言何謂也?' 進士曰: '然. 以俗儒所尙言之, 猶膾炙之悅人口, 子美[158]之詩, 眞膾與炙也.' 大君曰: '百體俱備, 比興極精, 豈以草堂爲輕哉?'[159] 進士謝曰: '小子何敢輕之? 論其長處, 則如漢 武帝御未央,[160] 憤四夷之猾夏, 命將薄伐, 百萬熊羆之士, 連亘數千里; 言其大處, 則如使相如[161]賦「長

---

146) 玄圃 : 崑崙山에 있다고 하는 仙人의 거처.
147) 盧·王 : 初唐四傑로 꼽히는 盧照鄰과 王勃을 가리킴.
148) 薈 : 저본에는 '回'로 되어 있으나 장서각본을 따름.
149) 雲夢之中 : 저본에는 없으나 장서각본에 의거해 보충했음. '雲夢'은 중국의 楚 땅에 있는 큰 沼澤 이름.
150) 也 : 저본에는 없으나 장서각본에 의거해 보충했음.
151) 孟浩然 : 盛唐의 詩人. 특히 五言古詩에 뛰어나 동시대의 시인 王維와 이름을 나란히 했음.
152) 師曠 : 春秋時代 晉나라의 樂師로, 音을 잘 분별했던 것으로 유명함. 저본에는 '曠'이 '廣'으로 되어 있음.
153) 李義山 : 晩唐의 시인 李商隱을 가리킴. '義山'은 그 字.
154) 役 : 使役당하다.
155) 自餘紛紛 : 그 밖의 분분한 사람들.
156) 日 : 일전에.
157) 草堂 : 杜甫를 가리킴. 두보가 成都에 머물던 50세 전후의 시기에 萬里橋 서쪽과 浣花溪 두 곳에 초당을 짓고 산 데서 유래하는 호칭임.
158) 子美 : 杜甫의 字.
159) 哉 : 저본에는 없으나 장서각본에 의거해 보충했음.
160) 未央 : 未央宮. 지금의 陝西省 長安縣 서북쪽에 있던 漢代의 궁전.

門」,[162] 馬遷[163]草「封禪」;[164] 求神仙, 則如使[165]東方朔[166]侍左右, 西王母[167]獻天桃. 是以[168]杜甫之文章, 可謂百體之備矣, 而[169]至比於李白, 則不啻若[170]天壤之不侔、江海之不同也. 至比於王、孟,[171] 則子美驅車[172]先適, 而王、孟執鞭爭道矣.' 大君曰: '聞君之言, 胸中敞[173]豁, 恍若御長風上太淸. 第杜詩, 天下之高文, 雖不足於樂府, 豈與王、孟爭道哉? 雖然, 姑舍是, 願君又費一吟, 使此堂增倍一般光彩.' 進士卽賦七言四韻一首, 書桃花紙以呈曰:[174]

烟散金塘露氣凉, 碧天如水夜何長?
微風有意吹垂箔, 白月多情入小堂.[175]
庭畔陰開松反影, 盃中波好菊留香.

---

161) 相如 : 司馬相如. 漢 武帝 때의 문장가로 특히 賦에 능했음.
162) 「長門」 : 司馬相如가 지은 賦 이름. 저본에는 '門'이 '楊'으로 되어 있음.
163) 馬遷 : 司馬遷.
164) 「封禪」 : 『史記』 8書 중의 하나인 「封禪書」를 말하는데, 名文으로 유명함. '封禪'은 天子가 하늘과 산천에 지내던 제사임.
165) 使 : 저본에는 없으나 장서각본에 의거해 보충했음.
166) 東方朔 : 漢 武帝 때 侍郎으로 황제의 측근에 있으면서 博聞과 滑稽로 총애를 받았음.
167) 西王母 : 중국 崑崙山에 산다는 仙女.
168) 以 : 저본에는 없으나 장서각본에 의거해 보충했음.
169) 而 : 저본에는 없으나 장서각본에 의거해 보충했음.
170) 若 : 저본에는 없으나 장서각본에 의거해 보충했음.
171) 王・孟 : 앞에서 거론한 王勃과 孟浩然.
172) 車 : 저본에는 없으나 장서각본에 의거해 보충했음.
173) 敞 : 저본에는 '敝'로 되어 있음.
174) 書桃花紙以呈曰 : 저본에는 '其詩曰'로 되어 있으나 장서각본을 따름.
175) 堂 : 저본에는 '塘'으로 되어 있으나 장서각본을 따름.

阮公[176]雖少頗能飮, 莫怪瓮間醉後狂.

大君益奇之, 前席摻手曰: '進士非今世之才, 非余之所可[177]得而論其高下也.[178] 且非徒能文, 筆畫又極神妙, 天之[179]生君於東方, 必非偶然也.' 又使草書[180]揮筆之際,[181] 筆[182]點誤落於妾之手指, 如蠅糞.[183] 妾以此爲榮, 不爲拭除, 左右宮人, 咸顧微笑, 比之登龍門. 時夜將半, 更漏相催, 大君欠伸[184]思睡曰: '我醉矣. 君亦退休, 勿忘〈明朝有意抱琴來〉[185]之句.'

翌日, 大君再三吟其兩詩而歎曰: '當與謹甫爭雄, 而其清雅之態則過之矣.' 妾自是寢不能寐, 食減心煩, 不覺衣帶之緩, 汝未能識之乎?" 紫鸞曰: "我忘之矣. 今聞汝言, 怳若酒醒."

其後, 大君頻接進士, 而未嘗以妾等相近,[186] 故妾每從門隙而窺之. 一日, 以薛濤牋,[187] 寫五言四韻一首, 曰:

---

176) 阮公 : 阮籍을 가리킴. 중국 南北朝時代 東晋의 문학가. 竹林七賢의 한 사람으로 술을 잘 마신 것으로 유명함.
177) 可 : 저본에는 없으나 장서각본에 의거해 보충했음.
178) 也 : 저본에는 없으나 국립중앙도서관본에 의거해 보충했음.
179) 之 : 저본에는 '地'로 되어 있으나 장서각본을 따름.
180) 書 : 저본에는 '聖'으로 되어 있으나 東洋文庫本을 따름.
181) 之際 : 저본에는 없으나 장서각본에 의거해 보충했음.
182) 筆 : 저본에는 이 앞에 '點誤'가 더 있으나 衍文임.
183) 糞 : 저본에는 '翼'으로 되어 있음.
184) 伸 : 저본에는 '身'으로 되어 있음.
185) 明朝有意抱琴來 : 李白의 「山中問答」詩의 한 구절.
186) 未嘗以妾等相近 : 저본에는 '以妾等不相見'으로 되어 있으나 장서각본을 따름.
187) 薛濤牋 : 唐나라 때의 名妓 薛濤가 蜀나라 浣花溪에서 만든 열 가지 빛깔의 종이. 浣花牋이라고도 함. 저본에는 '薛濤'가 '雪搗'로 되어 있음.

布衣革帶士, 玉貌如神仙.
每向簾間望, 何無月下[188]緣?
洗顏淚作水, 彈琴恨鳴絃.
無限[189]胸中怨,[190] 擡頭獨訴天.

以詩及金鈿一隻同裹, 重封十襲, 欲寄進士, 而無便可達.[191] 其夜月夕, 大君開酒, 大會賓客, 盛稱進士之才, 以二詩示之, 俱各傳觀, 稱贊不已, 皆願一見. 大君卽送人馬請之. 俄而[192] 進士至而就坐, 形容瘦癯,[193] 風槩消沮, 殊非昔日之氣像. 大君慰之曰: "進士未有憂楚之心,[194] 而先有澤畔之憔悴[195]乎?" 滿坐大笑. 進士起而謝曰: "僕以寒賤儒生, 猥蒙進賜之寵眷, 福過災生, 疾病纏身, 食飮專廢, 起居須人, 今承辱招, 扶曳來謁矣." 坐客皆斂膝而致敬. 進士以年少儒生, 坐於末席,[196] 內外[197]只隔一壁. 夜已將闌, 衆賓皆[198]醉, 妾穴壁作孔而窺之, 進士亦知其意, 向隅而坐. 妾以封書, 從穴投之. 進士拾得歸

188) 月下 : 月下老人.
189) 限 : 저본에는 '恨'으로 되어 있음.
190) 怨 : 저본에는 '願'으로 되어 있음.
191) 可達 : 저본에는 없으나 장서각본에 의거해 보충했음.
192) 俄而 : 저본에는 없으나 국립중앙도서관본에 의거해 보충했음.
193) 瘦癯 : 저본에는 '癯瘦'로 되어 있으나 장서각본을 따름.
194) 憂楚之心 : 전국시대 楚나라의 충신 屈原이 나라를 걱정하던 마음.
195) 澤畔之憔悴 : 屈原의 「漁父辭」 중 "屈原旣放, 游於江潭, 行吟澤畔, 顏色憔悴, 形容枯槁"에서 따온 말.
196) 末席 : 저본에는 '席末'로 되어 있으나 장서각본을 따름.
197) 內外 : 저본에는 '與內'로 되어 있으나 장서각본을 따름.
198) 皆 : 저본에는 '大'로 되어 있으나 장서각본 등 諸本을 따름.

家, 拆而視之, 悲不自勝, 不忍釋手, 思念之情, 倍於曩時, 如不能自存, 欲答書以寄, 而靑鳥無憑, 獨自愁歎而已.

聞有一巫女, 居在東門[199]外, 以靈異得名, 出入其宮中, 甚見寵信. 進士訪至其家, 則其巫年未三旬, 姿色殊美, 早寡以淫女自處, 見生[200]至, 盛備酒饌, 而待之. 進士[201]把盃不飮曰: "今日有忙迫之事, 明日再來矣." 翌日又往, 則亦如之, 不[202]敢開口, 且曰: "明日再來矣." 巫見進士之[203]容貌脫俗, 中心悅之, 而連日往來不出一言, 意謂: '年少之人, 必以羞澀[204]不言. 我先以意挑之, 挽留繼夜, 要以同枕.'

明日, 沐浴梳洗, 盡態凝粧, 多般盛飾, 布滿花氈、瓊瑤[205]席, 使小婢坐門外候之. 進士又至, 見其容飾之華、鋪陳之美, 中心怪之. 巫曰: "今夕何夕, 見此玉[206]人?" 進士意不在焉, 不答其語, 愀然不樂. 巫怒[207]曰: "寡女之家, 年少之男, 何其[208]往來之不憚煩!" 進士曰: "巫若神異, 則豈不知我來之意乎?" 巫卽就靈座, 拜于神, 搖鈴捫瑟, 遍身寒戰. 頃之, 動身而言曰: "郞君誠可怜也. 以齟齬之策, 欲遂[209]難成之計,

199) 東門 : 東大門.
200) 生 : 저본에는 없으나 장서각본에 의거해 보충했음.
201) 進士 : 저본에는 '生'으로 되어 있으나 장서각본을 따름.
202) 不 : 저본에는 이 앞에 '進士'가 더 있으나 장서각본에는 없는바, 이를 따름.
203) 之 : 저본에는 없으나 장서각본 등 諸本을 따름.
204) 澀 : 저본에는 '讇'으로 되어 있으나 장서각본을 따름.
205) 瓊瑤 : 저본에는 '瑤瓊'으로 되어 있음.
206) 玉 : 저본에는 '至'로 되어 있음.
207) 怒 : 저본에는 없으나 장서각본에 의거해 보충했음.
208) 其 : 저본에는 없으나 김기동본에 의거해 보충했음.

非但其意不成, 未及三年, 其爲泉下之人哉!" 進士泣而謝曰: "巫雖不言, 我亦知之. 然中心怨結, 百藥未解, 若因神巫, 幸傳尺素,[210] 則死亦榮矣." 巫曰: "卑賤巫女, 雖因[211]神祀, 時或出入, 而非有招命, 則不敢入. 然爲郎君, 試一往焉." 進士自懷中出一封書, 以贈曰: "愼毋枉傳, 以作禍機."

巫持入宮門, 則宮中之人, 皆怪其來. 巫權辭以對, 仍得間目,[212] 引妾于後庭無人處, 以封書授之. 妾還房, 拆而視之, 其書云:

一自[213]目成之後,[214] 心飛魂越, 不能定情, 每向城西, 幾斷寸腸. 曾因壁間之傳書, 敬承不忘之玉音, 開未盡而咽塞[215]胸中,[216] 讀未半而淚滴濕字,[217] 寢不能寐, 食不下咽, 病入膏肓,[218] 百藥無效, 九原可見, 唯願溘然而從. 蒼天俯怜, 鬼神[219]默佑, 倘使生前一洩此恨, 則當粉身磨骨, 以祭于天地百神之靈矣. 臨楮哽咽,[220] 夫復何言?[221]

---

209) 遂 : 저본에는 이 뒤에 '其'가 더 있으나 장서각본에는 없는바, 이를 따름.
210) 尺素 : 편지.
211) 因 : 저본에는 없으나 장서각본에 의거해 보충했음.
212) 目 : 눈짓을 하다.
213) 一自 : 저본에는 '自一番'으로 되어 있으나 장서각본을 따름.
214) 之後 : 저본에는 없으나 장서각본에 의거해 보충했음.
215) 咽塞(열색) : 숨이 막힘.
216) 胸中 : 저본에는 없으나 장서각본에 의거해 보충했음.
217) 濕字 : 저본에는 없으나 장서각본에 의거해 보충했음.
218) 膏肓 : '骨髓'로 되어 있는 本들도 있음.
219) 鬼神 : 저본에는 '神鬼'로 되어 있으나 일사문고본을 따름.
220) 哽咽(경열) : 목이 멤.
221) 言 : 저본에는 이 뒤에 '不備. 謹書'가 더 있으나 諸本에는 없는바, 이를 따름.

書下復有[222)]一詩云:

　　樓閣重重掩夕扉,[223)] 樹陰雲影摠依微.
　　落花流水隨溝出, 乳燕含泥趁檻歸.
　　攲[224)]枕未成蝴蝶夢, 眼穿懸望[225)]鴈魚稀.
　　玉容在眼何無語? 草綠鶯啼淚濕衣.

妾覽罷, 聲斷氣塞, 口不能言, 淚盡繼血, 隱身於屛風之後, 唯畏人知. 自是厥[226)]後, 頃刻不得忘, 如癡如狂, 見[227)]於辭色, 主君之疑, 人言之來, 實不虛矣. 紫鸞亦怨女, 及聞此言, 含淚而言曰: "詩出於性情, 不可欺也."

一日, 大君呼翡翠曰: "汝等十人, 同在一室, 業不專一, 當分五人, 置之西宮." 妾與紫鸞, 銀蟾, 玉女, 翡翠, 卽日移焉. 玉女曰: "幽花細草, 流水芳林, 正似山家野庄, 眞所謂讀書堂也." 妾對[228)]曰: "旣非舍人, 又非僧尼, 而鎖此深宮, 眞可[229)]謂長信宮[230)]也." 左右莫不嗟惋. 其後, 妾欲作一書, 以

---

222) 有 : 저본에는 이 뒤에 '七韻'이 더 있으나 장서각본을 비롯한 대부분의 본에는 없는바, 이를 따름.
223) 扉 : 저본에는 '霏'로 되어 있으나 장서각본을 따름.
224) 攲 : '倚'와 같음.
225) 眼穿懸望 : 저본에는 '回眸空望'으로 되어 있으나 平仄이 맞지 않는바, 장서각본을 따름.
226) 厥 : '之'와 같음.
227) 見(현) : 나타나다.
228) 對 : 저본에는 '答'으로 되어 있으나 장서각본을 따름.
229) 可 : 저본에는 '所'로 되어 있으나 장서각본을 따름.
230) 長信宮 : 지금의 陝西省 長安縣의 서북쪽에 있던 漢代의 궁전 이름. 황제의

致意於[231]進士, 以至誠事巫, 請之甚懇, 而終不肯來, 蓋不無挾憾於進士之無意於渠也.

一夕, 紫鸞密言于妾曰: "宮中之人, 每歲仲秋, 浣紗於蕩春臺[232]下之水, 仍設盃酌而罷. 今年則設於昭格署洞,[233] 而往來尋見其巫, 則此第一良策." 妾然之, 苦待仲秋, 度一日如三秋. 翡翠微聞其語, 佯若不知而語妾曰: "汝初來時, 顔色如梨花, 不施鈆[234]粉, 而有天然綽約之姿, 故宮中之人, 以虢國夫人[235]稱之, 比來容色減舊, 漸不如初, 是何故耶?" 妾答曰: "禀質虛弱, 每當炎節, 則例有暑暍之病, 梧桐葉落, 繡幕生凉, 則自至稍蘇矣." 翡翠賦一詩戲贈, 無非翫弄之態, 而意思絶妙, 妾奇其才而羞其弄.

荏苒數月, 節屆淸秋, 凉[236]風夕起, 細菊吐黃, 草蟲斂聲, 皓月流光. 妾心中自喜, 而不形於言語間, 銀蟾曰: "尺書佳

---

祖母가 寡居하던 곳으로, 전통적으로 깊고 쓸쓸한 곳이라는 이미지가 형성되어 있었음.

231) 於 : 저본에는 없으나 장서각본에 의거해 보충했음.

232) 蕩春臺 : 지금의 종로구 신영동 세검정 부근에 있던 臺 이름. 彰義門 밖 三角·白雲 두 산 사이에 있어 경치가 썩 좋았음.

233) 昭格署洞 : 지금의 종로구 삼청동 부근의 동네 이름. 日月星辰에 대한 醮祭를 맡아보던 昭格署가 이곳에 있었기에 유래한 洞名임.

234) 鈆 : '鉛'의 俗字.

235) 虢國夫人(괵국부인) : 唐나라 玄宗의 寵妃였던 楊貴妃의 둘째 언니를 말함. 양귀비의 세 언니 韓國夫人·虢國夫人·秦國夫人이 모두 같은 날 황제의 후궁이 되어, 다달이 脂粉 값으로 10만금을 받았는데 괵국부인만은 미모를 자부하여 화장하지 않은 얼굴로 황제를 대했다고 함. 저본에는 '虢'이 '虢'로 되어 있음.

236) 凉 : 저본에는 '凄'로 되어 있으나 대부분의 본에는 '凉'으로 되어 있는바, 이를 따름.

期, 近在今夕, 人間之樂, 豈異於天上乎?" 妾知西宮之人已不可隱, 以實告之曰: "願勿使南宮之人知之."

于時旅鴈南飛, 玉露成團, 淸溪浣紗, 正當其時, 欲與諸女, 牢定日期, 而論議[237]甲乙, 未定浣濯之所. 南宮之人曰: "淸溪白石, 無踰於蕩春臺下." 西宮之人曰: "昭格署洞泉石, 亦[238]不下於門外, 何必舍邇而求諸遠乎?" 南宮之[239]人, 固執不許, 未[240]決而罷.

其夜紫鸞曰: "南宮五人中, 小玉主論, 我以奇[241]計, 可回其意." 以玉燈前導, 至南宮, 金蓮喜迎曰: "一分西南,[242] 如隔秦、楚, 不意今夕, 玉舃左臨,[243] 深謝厚意."[244] 小玉曰: "何謝之有? 此乃說客也." 紫鸞斂衽正色曰: "'他人有心, 予忖度之',[245] 其子之謂[246]歟!" 小玉曰: "西宮之人, 欲往昭格署洞, 而我獨堅執, 故汝中夜來訪, 其謂說客, 不亦宜乎?" 紫鸞曰: "西宮五人中, 吾獨欲往[247]城內也." 小玉曰: "獨思城內, 其意何居?" 紫鸞曰: "吾聞昭格署乃祭天星之處, 而洞

237) 議 : 저본에는 '事'로 되어 있으나 장서각본을 따름.
238) 亦 : 저본에는 없으나 장서각본에 의거해 보충했음.
239) 之 : 저본에는 없으나 장서각본에 의거해 보충했음.
240) 未 : 저본에는 이 앞에 '夜至'가 더 있으나 장서각본 등 諸本에는 없는바, 이를 따름.
241) 奇 : 저본에는 없으나 장서각본에 의거해 보충했음.
242) 南 : 저본에는 '宮'으로 되어 있으나 국립중앙도서관본을 따름.
243) 左臨 : '下臨'과 같음.
244) 厚意 : 저본에는 없으나 장서각본에 의거해 보충했음.
245) 他人有心, 予忖度之 : 『詩經』 小雅 「巧言」에 보임.
246) 謂 : 저본에는 '說'로 되어 있으나 장서각본을 따름.
247) 往 : 저본에는 없으나 장서각본에 의거해 보충했음.

名三淸[248]云. 吾儕[249]十人, 必是三淸仙女, 誤讀『黃庭經』,[250] 謫下人間, 旣在塵寰, 則山家野村, 農墅漁店, 何處不可, 而牢鎖深宮, 有若籠中之鳥, 聞黃鸝而歎息, 對綠楊而歔[251]欷. 至於乳燕雙飛, 栖鳥兩眠, 草有合歡, 木有連理, 無知草木, 至微禽鳥, 亦禀陰陽, 莫不交歡, 吾等[252]十人, 獨有何罪, 而寂寞深宮, 長鎖一身, 春花秋月, 伴燈消魂, 虛抛靑春之年, 空遺黃壤之恨? 賦命之薄, 何其至此之甚耶! 人生一老, 不可復少, 子更思之, 寧不悲哉! 今可沐浴於淸川, 以潔其身, 入于太乙祠,[253] 扣頭百拜, 合手祈祝, 冀資冥佑, 欲免來世之如[254]此苦也, 豈有他意哉? 凡我一[255]宮之人, 情若同氣, 而因此一事, 疑人於不當疑之地, 緣我無狀言不見信之致也."

小玉起而謝曰: "我燭理未瑩, 不及於君遠矣. 初不許城內者, 城中素多無賴俠客之徒, 慮有强暴意外[256]之辱, 故疑之.

---

248) 三淸 : 서울시 종로구 三淸洞. 조선조에는 昭格署에 三淸殿을 두어 星辰에 대한 제사를 지내게 했는데, 삼청동이라는 지명은 三淸殿이 이곳에 있었던 데서 유래한 것임. 당시 삼청동은 서울에서 가장 풍광 좋은 곳의 하나로 이름 높았음.
249) 儕 : 저본에는 '徒'로 되어 있으나 대부분의 본에는 '儕'로 되어 있는바, 이를 따름.
250) 『黃庭經』 : 道家의 경전인 『黃庭內外玉景經』. 저본에는 '庭'이 없으나 장서각본에 의거해 보충했음.
251) 歔 : 저본에는 '戱'로 되어 있음.
252) 等 : 저본에는 '儕'로 되어 있으나 대부분의 본에는 '等'으로 되어 있는바, 이를 따름.
253) 太乙祠 : 도교에서 받드는 太乙神을 모신 사당.
254) 如 : 저본에는 없으나 장서각본에 의거해 보충했음.
255) 一 : 저본에는 없으나 장서각본에 의거해 보충했음.
256) 强暴意外 : 저본에는 '意外强暴'로 되어 있으나 諸本을 따름.

今汝能使余不遠而復邇, 自今以後,[257] 雖白日昇天, 而吾可從之, 雖憑河[258]入海, 而亦可從之, 所謂因人成事, 而及其成功則一也."

芙蓉曰: "凡事, 心定上言定末, 兩人爭之, 終日[259]不決, 事不順矣. 一家之事, 主君不知, 而僕妾密議, 心[260]不忠矣. 日間所爭之事, 宵未半而屈之, 人不信矣. 且清秋玉川, 無處無之, 而必往城祠, 似不直矣. 匪懈堂[261]前, 水淸石白, 每歲浣紗[262]於此, 而[263]今欲改轍, 亦不宜矣. 一擧而[264]有此五失, 妾不敢[265]從命焉."[266]

寶蓮曰: "言者文身之具, 謹與不謹, 慶殃隨之. 是故君子愼之, 守口如甁. 漢時丙吉[267]張相如[268]終日不語, 而事無不成. 嗇夫[269]喋喋利口, 而張釋之奏詆之.[270] 以妾觀之, 紫鸞

257) 以後 : 저본에는 없으나 장서각본에 의거해 보충했음.
258) 憑河 : 맨 몸으로 강을 건넘.
259) 日 : 저본에는 '夜'로 되어 있으나 일사문고본을 따름.
260) 心 : 저본에는 없으나 장서각본에 의거해 보충했음.
261) 匪懈堂 : 안평대군의 산장. 현재의 서울시 종로구 부암동 329-4번지에 있었으며, 주변의 水石이 맑고 경치가 아름다웠다고 함.
262) 紗 : 저본에는 '洗'로 되어 있으나 장서각본을 따름.
263) 而 : 저본에는 없으나 국립중앙도서관본에 의거해 보충했음.
264) 而 : 저본에는 없으나 국립중앙도서관본에 의거해 보충했음.
265) 敢 : 저본에는 없으나 국립중앙도서관본에 의거해 보충했음.
266) 焉 : 저본에는 없으나 일사문고본에 의거해 보충했음.
267) 丙吉 : 前漢 宣帝를 보좌했던 名宰相.
268) 張相如 : 漢初의 인물. 東陽侯에 봉해졌으며 長者로 이름이 높았음.
269) 嗇夫 : 말단직의 屬官.
270) 張釋之奏詆之 : '張釋之'는 漢初 文帝 때의 인물로, 법을 공정하게 적용한 것으로 유명함. 다음과 같은 고사가 전함. 어느 날 文帝가 登虎圈[왕실 동물원]에 가서 그곳의 책임자에게 이것저것 물었으나 한 마디도 대답을 하지 못했다.

之言, 隱而不發, 小玉之言, 强而勉從, 芙蓉之言, 務在文飾, 皆不合吾意, 今此之行, 妾不與焉."

金蓮曰: "今夜之論, 終不歸一, 我且穆卜."[271] 卽展『羲經』[272]而占之, 得卦解之曰: "明日, 雲英必遇丈夫矣. 雲英容貌擧止, 似非人世間者也, 主君傾心已久, 而雲英以死拒之, 無他, 不忍負夫人之恩也. 主君之威令雖嚴, 而恐傷雲英之身, 故[273]不敢近之. 今舍[274]此寂寥[275]之處, 而欲往彼繁華之地, 遊俠少年見其姿色, 則必有喪魂欲狂者, 雖不能相近, 而指點送目, 斯亦辱矣. 前日主君下令曰: '宮女出門, 外人知名, 其罪皆死', 今此之行, 妾不與焉."

紫鸞知事不濟,[276] 憮然不樂, 方欲辭去. 飛瓊泣而摻[277]羅帶, 强留之, 以鸚鵡盃酌雲乳酒[278]勸之, 左右皆飮. 金蓮曰: "今夕之會, 務在從容, 而飛瓊之[279]泣, 妾實悶之." 飛瓊曰:

---

그러나 한 嗇夫가 文帝의 질문에 청산유수로 대답하는 것이었다. 이에 文帝는 侍從하고 있던 張釋之에게 그를 上林令으로 기용할 것을 명령하였다. 그러자 장석지는 말 잘하는 사람을 기용하는 것이 나라를 위태롭게 하는 일임을 극구 諫했으며, 文帝는 이 간언을 받아들여 명령을 취소하였다. 『漢書』「張釋之傳」 참조.

271) 穆卜 : 삼가 吉凶을 점침.

272) 『羲經』: 『易經』.

273) 故 : 저본에는 없으나 일사문고본에 의거해 보충했음.

274) 舍 : '捨'와 같음.

275) 寂寥 : '寂寞'으로 되어 있는 본도 있음.

276) 濟 : 저본에는 '儕'로 되어 있음.

277) 而摻 : 저본에는 '把'로 되어 있으나 장서각본을 따름.

278) 酒 : 저본에는 없으나 장서각본에 의거해 보충했음.

279) 之 : 저본에는 없으나 일사문고본에 의거해 보충했음.

"我[280]初在南宮時, 與雲英交道甚密, 死生榮辱, 約與同之, 今雖異居, 寧忍忘之? 前日主君前問安時, 見雲英於堂前, 纖腰瘦盡, 容色憔悴, 聲音細縷, 若不出口, 起拜之際, 無力仆地. 妾扶而起, 以善言慰之, 雲卿答曰: '不幸有疾, 朝夕將死. 妾之微命, 死無足惜, 而九人之文章才華, 日就月將, 他日佳篇麗什, 聳動一世, 而妾必[281]不及見矣, 是以悲不能禁.' 其言頗極悽切, 妾爲之下淚, 到今思之, 其疾祟在於所思也. 嗟呼[282]紫鸞! 雲卿之友也. 欲以垂死之人, 置之於天壇之上. 今日之計, 若或不成,[283] 則泉壤之下, 死不瞑目, 怨歸南宮, 其有旣乎? 『書』曰: '作善, 降之百祥; 作[284]不善, 降之百殃',[285] 今此之論, 善乎? 不善乎? 小卿旣許,[286] 三人之志順矣, 豈可半塗而廢乎? 設或事泄, 雲英獨被其罪, 他人何與焉哉?" 小玉曰:[287] "妾不爲再言, 當爲雲英死之."

紫鸞曰: "從之者半, 不從者半, 事不諧矣." 欲起去而還坐, 更探其意, 或欲從之, 而以兩言爲恥. 紫鸞曰: "天下之事, 有正有權, 權而得中, 是亦正矣. 豈無變通之權, 而膠守前言

---

280) 我 : 저본에는 없으나 장서각본에 의거해 보충했음.
281) 必 : 저본에는 없으나 장서각본에 의거해 보충했음.
282) 嗟呼 : '嗟乎'와 같음.
283) 若或不成 : 저본에는 '不得成'으로 되어 있으나 장서각본을 따름.
284) 作 : 저본에는 없으나 장서각본에 의거해 보충했음.
285) 作善~百殃 : 『書經』「伊訓」에 나오는 말.
286) 小卿旣許 : 저본에는 '小玉曰'로 되어 있으나 일사문고본을 따름. 다만 일사문고본의 '娘'은 '卿'으로 바꾸었음.
287) 小玉曰 : 저본에는 없으나 일사문고본에 의거해 보충했음.

乎?" 左右一時從之. 紫鸞曰: "余非好辨,[288] 爲人謀忠, 不得已."[289] 飛瓊曰: "古者蘇秦, 能使六國合從, 今紫鸞能使[290]五人承順, 可謂辨士!" 紫鸞曰: "蘇秦能佩六國相印, 今吾以何物贈之乎?" 金蓮曰: "合從者, 六國之利也. 今此承順, 有何[291]利於五人乎?"[292] 相對大笑. 紫鸞曰: "南宮之人皆作[293]善, 而能使雲英復續垂絶之命, 豈不拜謝乎?"[294] 仍起而再拜, 小玉亦起而答[295]拜. 紫鸞曰: "今日之[296]事, 五人從之, 上有天下有地, 燈燭照之, 鬼神臨之, 明日豈有他意乎?" 仍起拜而去, 五人皆拜送于中門之外.

紫鸞歸語[297]妾, 妾扶壁而起, 再拜而謝曰: "生我者父母也, 活我者卿也. 未[298]入地之前, 誓報此恩." 坐以待朝, 入而問安, 退會於中堂. 小玉曰: "天朗水冷, 正當浣紗之時, 今日設帳於昭格署洞可乎." 八人皆無異辭.

妾退[299]西宮, 以[300]白羅衫, 書滿腔哀怨而懷之, 與紫鸞

288) 辨 : '辯'과 같음.
289) 已 : 저본에는 '不爾'로 되어 있으나 일사문고본을 따름.
290) 使 : 저본에는 '令'으로 되어 있으나 장서각본을 비롯한 諸本을 따름.
291) 何 : 저본에는 이 뒤에 '所'가 더 있으나 장서각본 등 諸本에는 없는바, 이를 따름.
292) 乎 : 저본에는 없으나 장서각본에 의거해 보충했음.
293) 作 : 저본에는 없으나 장서각본에 의거해 보충했음.
294) 乎 : 저본에는 없으나 장서각본에 의거해 보충했음.
295) 答 : 저본에는 없으나 장서각본에 의거해 보충했음.
296) 之 : 저본에는 없으나 장서각본에 의거해 보충했음.
297) 語 : 저본에는 '於'로 되어 있으나 장서각본을 따름.
298) 未 : 저본에는 없으나 장서각본에 의거해 보충했음.
299) 退 : 저본에는 이 뒤에 '還'이 더 있으나 장서각본 등 諸本에는 없는바, 이를

故[301]爲落後, 謂執鞭童僕[302]曰: "東門外巫女, 最爲靈驗云, 我將往其家, 問病而行." 僮僕如其[303]言. 至其家, 巽辭哀乞曰: "今日之來, 本欲爲一見金進士耳, 可急走伻[304]通之, 則終身報恩." 巫如其[305]言, 卽送人其家,[306] 則進士顚倒[307]至矣. 兩人相對,[308] 不得出一言, 但相視[309]流涕而已. 妾以封書給之曰: "乘夕當還, 郎君可[310]於此留待." 卽上馬而去. 進士拆封[311]而視之, 其書[312]曰:

曩者巫山神女, 傳致一札, 琅琅玉音, 滿紙丁寧, 敬奉三復, 悲歡交極,[313] 意不自定. 卽欲答書, 而旣無信使, 且恐漏泄, 引領懸望, 欲飛無翼, 腸斷魂消,[314] 只待死日, 而未死之前, 憑此尺素, 吐盡平生之懷, 伏願郎君留神焉. 妾鄕南方也, 父母愛妾, 偏於諸子中, 出遊嬉戲, 任其所欲. 故[315]園林水涯, 梅竹橘柚之陰, 日以

---

따름.

300) 以 : '於'와 같은 뜻.

301) 故 : 저본에는 '姑'로 되어 있으나 장서각본을 따름.

302) 執鞭童僕 : 저본에는 '執馬者'로 되어 있으나 장서각본을 따름.

303) 其 : 저본에는 없으나 장서각본에 의거해 보충했음.

304) 走伻 : 저본에는 없으나 일사문고본에 의거해 보충했음.

305) 其 : 저본에는 없으나 장서각본에 의거해 보충했음.

306) 卽送人其家 : 저본에는 '送之'로 되어 있으나 장서각본을 따름.

307) 倒 : 저본에는 이 뒤에 '而'가 더 있으나 장서각본 등 諸本을 따름.

308) 對 : 저본에는 '見'으로 되어 있으나 장서각본을 따름.

309) 相視 : 저본에는 없으나 장서각본에 의거해 보충했음.

310) 可 : 저본에는 없으나 장서각본에 의거해 보충했음.

311) 封 : 저본에는 이 뒤에 '書'가 더 있으나 장서각본을 따름.

312) 書 : 저본에는 '辭'로 되어 있으나 장서각본 등 諸本을 따름.

313) 極 : 저본에는 '至'로 되어 있으나 諸本을 따름.

314) 魂消 : 저본에는 '消魂'으로 되어 있으나 장서각본을 따름.

遊翫爲事, 苔磯釣漁之徒, 樵[316]牧弄笛之兒, 朝暮入眼, 其他山野之態、田家之興, 難以毛擧. 父母[317]初敎以[318]『三綱行實』、[319]『七言唐音』. 年十三, 主君招之, 故別父母、遠兄弟, 來入宮中,[320] 不禁思歸之情, 日以蓬頭垢面、藍縷衣裳, 欲爲觀者之陋, 伏庭而泣, 宮人曰: "有一朶蓮花, 自生庭中." 夫人愛之, 無異己出, 主君亦不以尋常侍兒[321]視之. 宮中之[322]人, 莫不親愛如骨肉. 一自從事學問之後, 頗知義理, 能審音律, 故年長[323]宮人, 莫不敬服. 及徙[324]西宮之後, 琴書專一, 所造益深, 凡賓客所製之詩, 無一掛眼, 才難不其然乎?[325] 恨不得爲男子之身,[326] 而揚名於當世,[327] 空[328]爲紅顔薄命之軀, 一閉深宮, 終成枯落而已, 人生一死之後, 誰復有[329]知之者?[330] 是以恨結心曲, 怨塡胸海, 停刺繡而付之燈火, 罷織錦而投杼下機, 裂破羅幃, 折其玉簪. 暫得酒興, 則脫舃散步, 剝落階花, 手折庭草, 如癡如狂, 情不自抑. 上年秋月之

---

315) 故 : 저본에는 없으나 장서각본에 의거해 보충했음.
316) 樵 : 저본에는 '罷'로 되어 있으나 장서각본을 따름.
317) 父母 : 저본에는 없으나 장서각본에 의거해 보충했음.
318) 以 : 저본에는 없으나 장서각본에 의거해 보충했음.
319) 『三綱行實』 : 『三綱行實圖』를 가리킴. 世宗 때 集賢殿 副提學 偰循 등이 王命에 의하여 처음 편찬했음.
320) 中 : 저본에는 '門'으로 되어 있으나 장서각본을 따름.
321) 侍兒 : 저본에는 없으나 장서각본에 의거해 보충했음.
322) 之 : 저본에는 없으나 장서각본에 의거해 보충했음.
323) 年長 : 저본에는 없으나 장서각본에 의거해 보충했음.
324) 徙 : 저본에는 '涉'으로 되어 있음.
325) 才難不其然乎 : 『論語』 「泰伯」에 나오는 말.
326) 子之身 : 저본에는 '立身'으로 되어 있으나 장서각본을 따름.
327) 而揚名於當世 : 저본에는 '揚名'으로 되어 있으나 장서각본을 따름.
328) 空 : 저본에는 '而'로 되어 있으나 장서각본을 따름.
329) 有 : 저본에는 없으나 장서각본에 의거해 보충했음.
330) 者 : 저본에는 없으나 장서각본에 의거해 보충했음.

夜, 一見君子之容儀,[331] 意謂: '天上之仙,[332] 謫下人間.'[333] 妾之容色, 最出九人之下, 而有何宿世之緣, 那知筆下之一點, 竟作胸中怨結之祟? 以簾間之望, 擬作奉箒之緣; 以夢中之見, 將續不忘之恩. 雖無一番衾裡之歡, 玉貌丰[334]容, 怳在眼中. 梨花杜鵑之啼, 梧桐夜雨之聲, 慘不忍聞; 庭前細草之生, 天際孤雲之飛, 慘不忍見. 或倚屛而坐, 或憑欄而立, 搥胸頓足, 獨訴蒼天, 不識郎君亦念妾否? 只恨此身未見郎君之前, 先自溘然, 則地老天荒, 此情不泯, 海枯石爛, 此恨難消.[335] 今日浣紗之行, 兩宮侍女皆以[336]畢[337]集故, 不得久留於此, 淚和墨汁, 魂結羅縷. 伏願郎君, 俯賜一覽. 又以拙句, 謹答前惠, 非此之爲美, 聊以寓永好之[338]意. 其文, 一[339]則傷秋之賦, 一則相思之詩也.

是夕來時, 紫鸞與妾又先出, 而向東門外,[340] 則小玉微哂,[341] 賦一絶以贈之, 無非譏妾之意也. 妾中心羞赧,[342] 而含忍受[343]之. 其詩曰:

331) 儀 : 저본에는 없으나 장서각본에 의거해 보충했음.
332) 之仙 : 저본에는 '神仙'으로 되어 있으나 장서각본을 따름.
333) 人間 : 저본에는 '塵寰'으로 되어 있으나 諸本을 따름.
334) 丰 : 저본에는 '手'로 되어 있음.
335) 海枯石爛, 此恨難消 : 저본에는 없으나 장서각본에 의거해 보충했음.
336) 以 : 저본에는 '已'로 되어 있으나 장서각본을 따름.
337) 畢 : 저본에는 없으나 장서각본에 의거해 보충했음.
338) 之 : 저본에는 없으나 장서각본에 의거해 보충했음.
339) 一 : 저본에는 없으나 장서각본에 의거해 보충했음.
340) 外 : 저본에는 없으나 장서각본에 의거해 보충했음.
341) 哂 : 저본에는 '笑'로 되어 있으나 장서각본 등 諸本을 따름.
342) 赧 : 저본에는 '赦'로 되어 있음.
343) 受 : 저본에는 '愛'로 되어 있음.

太乙祠前一水回, 天壇雲盡九門開.

細腰不勝狂風急, 暫避林中日暮來.

飛瓊[344]卽次其韻, 金蓮、寶蓮、芙蓉[345]相繼次之, 亦皆譏妾之意也.

妾騎馬先來, 至巫家, 則巫顯有含慍之色, 向壁而坐, 不借顔色, 進士抱羅衫, 終日飮泣, 喪魂失性, 尙不知妾之來矣. 妾解左手所着雲南玉色金環, 納于進士之懷中曰: "郞君不以妾爲菲薄, 屈千金之軀, 來待陋舍. 妾雖不敏, 亦非木石, 敢不以死許之? 妾若食言, 有此金環." 行色忽遽, 起以將別, 流涕如雨, 與進士附耳語曰: "妾在西宮, 郞君乘暮夜, 踰[346]西墻而入, 則三生未盡之緣, 庶可續此而成矣." 言訖, 拂衣而去, 先入宮門, 則八人繼至.

夜已二更矣.[347] 小玉與飛瓊, 明燭前導而來西宮曰: "日者之詩, 出於無情, 而言涉戲翫. 是以不避深夜, 負荊來謝耳." 紫鸞曰: "五人之詩, 皆出南宮. 一自分宮之後, 頗有形跡, 有似唐時牛、李[348]之黨, 何不爲其然也? 然[349]女子之情則一

---

344) 飛瓊 : 저본에는 '紫鸞'으로 되어 있으나 장서각본을 따름.
345) 金蓮寶蓮芙蓉 : 저본에는 '翡翠玉女'로 되어 있으나 장서각본을 따름.
346) 踰 : 저본에는 '由'로 되어 있으나 장서각본을 따름.
347) 夜已二更矣 : 저본에는 '其夜二更'으로 되어 있으나 장서각본 등 諸本을 따름.
348) 牛、李 : 唐代의 文臣 牛僧孺(780~848)와 李德裕(787~849)를 가리킴. 穆宗·武宗·宣宗의 3대에 걸쳐 전개되었던 이른바 '牛李黨爭'에서 각각 '牛黨'과 '李黨'의 영수로 맞서 정치적 浮沈을 거듭했음.
349) 然 : 저본에는 없으나 장서각본에 의거해 보충했음.

也. 久閉離宮, 長弔隻影, 所對者燈燭而已, 所爲者絃歌而已. 百花含葩而笑, 雙燕交翼而戱, 薄命妾等, 同鎖深宮, 覽物懷春, 情思如何? 朝雲[350]臺[351]神, 而頻入楚王之夢; 王母仙女, 而幾叅瑤臺[352]之宴. 女子之意, 宜無異同,[353] 而南宮之人, 何獨與姮娥苦守貞節, 不悔靈藥之偸乎?"[354] 飛瓊與小玉,[355] 皆不禁流淚[356]曰: "一人之心, 卽天下人之心也. 今承盛敎, 悲慽之心,[357] 油然而興[358]矣." 因[359]起拜而去. 妾謂紫鸞曰: "今夕, 妾與進士, 有金石之約. 今若不來, 則[360]明日必踰墻而來矣, 來則何以待之?" 紫鸞曰: "繡幕重重, 綺席燦爛, 有酒如河, 有肉如坡, 有疑不來,[361] 來則待之何難?" 其夜果不來.

進士密窺[362]其處, 則墻垣高峻, 自非身具[363]羽翼, 莫能至矣. 還家, 脈脈不語, 憂形於色. 其奴名特者, 素稱能而多術,

---

350) 朝雲 : 巫山 神女를 이름. 「崔致遠」의 주 39를 참조할 것.
351) 臺 : '陽臺'를 가리킴. 「崔致遠」의 주 10 및 「萬福寺摴蒱記」의 주 76을 참조할 것. 저본에는 '臺'가 '岱'로 되어 있음.
352) 瑤臺之宴 : 西王母가 漢 武帝의 궁궐에서 노닐었다는 전설이 있음.
353) 同 : 저본에는 없으나 장서각본에 의거해 보충했음.
354) 乎 : 저본에는 없으나 장서각본에 의거해 보충했음.
355) 小玉 : 저본에는 '玉女'로 되어 있음.
356) 流淚 : 저본에는 '淚流'로 되어 있으나 김기동본을 따름.
357) 悲慽之心 : 저본에는 '悲憾之懷'로 되어 있으나 일사문고본을 따름.
358) 興 : 저본에는 '出'로 되어 있으나 장서각본을 따름.
359) 因 : 저본에는 없으나 장서각본에 의거해 보충했음.
360) 則 : 저본에는 없으나 장서각본에 의거해 보충했음.
361) 有疑不來 : 저본에는 '有不來則已'로 되어 있으나 장서각본을 따름.
362) 窺 : 저본에는 '顧'로 되어 있으나 장서각본을 따름.
363) 具 : 저본에는 '俱'로 되어 있음.

見生顔色, 進而跪曰: "進士主, 必不久於世矣." 伏庭而泣, 進士悉陳其懷抱. 特曰: "何不早言? 吾當圖之." 卽造槎橋,[364] 甚爲輕捷, 能卷舒, 捲之則如貼屛風, 舒之則五六丈而可運於掌上.[365] 特[366]曰: "持此橋上宮墻, 而還卷舒於內而下,[367] 來時亦如之." 進士使特試於庭, 果如其言. 進士甚喜之.

其夕將往, 特[368]又自懷中出給毛狗[369]皮襪曰: "非此難往." 進士着而行之,[370] 輕如飛鳥, 地上無足聲. 進士用其計, 踰內外墻, 伏於[371]竹林, 月色如晝, 宮中寂寥. 少焉, 有一[372]人自內而出, 散步微吟. 進士披竹出頭曰: "有人來此矣."[373] 其人笑而答曰: "郞出! 郞出!" 進士趍而揖曰: "年少之人, 不勝風流之興, 冒[374]萬死, 敢至于此. 願娘怜我悶我哀我恤我!"[375] 紫鸞曰: "苦待進士之來, 若大旱之望[376]雲霓, 今幸得見, 妾等其

---

364) 槎橋 : 梯, 즉 사다리.
365) 五六丈而可運於掌上 : 오륙 장 되는 높은 곳이라도 쉽게 오를 수 있다.
366) 特 : 저본에는 이 뒤에 '敎之'가 더 있으나 장서각본에는 없는바, 이를 따름.
367) 而下 : 저본에는 '下之'로 되어 있으나 장서각본을 따름.
368) 特 : 저본에는 '時'로 되어 있음.
369) 毛狗 : 이리. 저본에는 '狗'가 '物'로 되어 있으나 장서각본 등 諸本을 따름.
370) 之 : 저본에는 없으나 장서각본에 의거해 보충했음.
371) 於 : 저본에는 없으나 장서각본에 의거해 보충했음.
372) 一 : 저본에는 없으나 장서각본에 의거해 보충했음.
373) 矣 : 저본에는 없으나 장서각본에 의거해 보충했음.
374) 冒 : 저본에는 이 뒤에 '犯'이 더 있으나 장서각본 등 諸本에는 없는바, 이를 따름.
375) 悶我哀我恤我 : 저본에는 없으나 일사문고본에 의거해 보충했음.
376) 望 : 저본에는 없으나 장서각본에 의거해 보충했음.

蘇矣. 願郎[377]勿疑焉."[378] 卽引而入, 進士由層階循曲欄, 竦肩而入. 妾開紗窗, 明玉燈而坐, 以獸形金爐, 燒鬱金香, 琉璃書案, 展『太平廣記』[379]一卷, 見生至, 起而迎拜, 郎亦答拜, 以賓主之禮, 分東西而[380]坐, 使紫鸞設珍羞奇饌, 而酌紫霞酒飮之. 酒三行, 進士佯醉曰: "夜如何其?"[381]

紫鸞會知其意, 垂帳閉門而出. 妾滅燈同枕, 喜可知矣. 夜旣向晨, 群鷄報曉, 進士卽[382]起而去. 自是以後, 昏入曉出, 無夕不然, 情深意密, 自不能[383]知止, 墻內雪上, 頗有跫痕, 宮人皆知其出入,[384] 莫不危之.

一日, 進士忽慮好事之終成禍機, 中心大惧, 終日忽忽[385]不樂. 特[386]自外而進曰: "吾功甚大, 迄不論賞可乎?" 進士曰: "銘懷不忘, 早晚當重賞之." 特曰: "今見顔色, 亦似有憂, 未知何故耶." 進士曰: "未[387]見則病入[388]心骨, 見之則罪在

---

377) 願郎 : 저본에는 '郎君願'으로 되어 있으나 장서각본을 따름.
378) 焉 : 저본에는 없으나 장서각본에 의거해 보충했음.
379) 『太平廣記』: 宋나라 때 李昉 등이 勅命으로 撰한 책으로 총 500권임. 漢代에서 五代까지의 小說類를 集成하였음.
380) 而 : 저본에는 없으나 장서각본에 의거해 보충했음.
381) 夜如何其 : 『詩經』 小雅 「庭燎」에 나오는 말. 저본에는 '其'가 '幾'로 되어 있음.
382) 卽 : 저본에는 없으나 장서각본에 의거해 보충했음.
383) 能 : 저본에는 없으나 장서각본에 의거해 보충했음.
384) 皆知其出入 : 저본에는 없으나 장서각본에 의거해 보충했음.
385) 忽忽 : 저본에는 없으나 장서각본에 의거해 보충했음.
386) 特 : 저본에는 이 뒤에 '奴'가 더 있으나 장서각본 등 諸本에는 없는바, 이를 따름.
387) 未 : 저본에는 '不'로 되어 있으나 장서각본 등 諸本을 따름.
388) 入 : 저본에는 '在'로 되어 있으나 장서각본을 따름.

不測, 若之何[389]不憂?" 特曰: "然則何不竊負而逃乎?" 進士然之, 其夜以特之謀, 問[390]於妾曰: "特之爲奴, 素多智謀, 以此計指揮, 其意如何?" 妾許之曰: "妾之父母, 家財最饒. 故妾來時, 衣服寶貨, 多載而來. 且主君之所賜甚多, 此物[391]不可棄置而去. 今欲運之, 則雖馬十匹, 不能盡輸矣."

進士歸語特, 特大喜曰: "吾友有[392]力士二十[393]人, 而日以[394]强劫爲事, 國人莫敢[395]當, 而與我深[396]結, 惟命是從, 使此輩運之, 則泰山亦可移也, 使此輩扶護進士, 則萬人不能敵, 千萬勿疑焉."[397] 進士入語妾, 妾然之, 夜夜收拾, 七日之夜, 盡輸于外. 特曰: "如此重寶, 積置于本宅, 則大上典[398]必疑之, 積置于奴家, 則隣[399]人必疑之, 無已則堀坑於山中, 深瘞而堅守之可矣." 進士曰: "若或見失, 則吾與汝, 難免盗賊之名矣, 汝可愼守." 特曰: "吾計如此之深, 吾友如此之多, 天下無難事. 况特[400]持長劒, 晝夜不離, 則吾目可

---

389) 若之何 : 저본에는 '何之'로 되어 있으나 장서각본을 따름.
390) 問 : 저본에는 '告'로 되어 있으나 장서각본 등 諸本을 따름.
391) 物 : 저본에는 없으나 장서각본에 의거해 보충했음.
392) 有 : 저본에는 없으나 장서각본에 의거해 보충했음.
393) 二十 : 저본에는 '十七'로 되어 있으나 장서각본 등 諸本을 따름.
394) 以 : 저본에는 없으나 장서각본에 의거해 보충했음.
395) 敢 : 저본에는 '能'으로 되어 있으나 장서각본을 따름.
396) 深 : 저본에는 '甚'으로 되어 있음.
397) 使此輩扶護進士, 則萬人不能敵, 千萬勿疑焉 : 저본에는 없으나 장서각본과 일사문고본에 의거해 보충했음.
398) 大上典 : 金進士의 부친을 가리킴.
399) 隣 : 저본에는 없으나 장서각본에 의거해 보충했음.
400) 特 : 저본에는 없으나 장서각본에 의거해 보충했음.

抉, 而[401]此寶不可奪, 吾足可刖, 而[402]此寶不可[403]取, 願勿疑焉." 盖特意, 得此重寶而後, 妾與進士, 引入山谷, 屠滅進士, 而妾與財寶自占之計, 而進士以[404]迂儒不知也.

一日,[405] 大君以前搆匪懈堂, 欲得佳製懸板, 而諸客之詩, 皆不[406]滿意, 强邀金[407]進士, 設宴懇之. 進士[408]一揮而就, 文不加點, 而山水之景色, 堂搆之形容, 無不盡焉, 可以驚風雨､泣鬼神. 大君句句稱賞曰: "不意今日復見王子安!"[409] 吟咏不已, 但至[410]一句有'踰[411]墻暗竊風流曲'之語, 停口疑之. 進士起而拜曰: "醉不省人[412]事, 願言[413]辭退." 大君命童僕, 扶而送之.

翌日之夜, 進士[414]入語妾曰: "可以去矣! 昨日之詩, 疑入大君之意, 今夜[415]不去, 恐不免禍."[416] 妾對曰: "昨夕夢見

---

401) 而 : 저본에는 없으나 장서각본에 의거해 보충했음.
402) 而 : 저본에는 없으나 장서각본에 의거해 보충했음.
403) 可 : 저본에는 없으나 장서각본에 의거해 보충했음.
404) 以 : 저본에는 없으나 장서각본에 의거해 보충했음.
405) 一日 : 저본에는 없으나 장서각본에 의거해 보충했음.
406) 不 : 저본에는 '未'로 되어 있으나 장서각본 등 諸本을 따름.
407) 金 : 저본에는 없으나 장서각본에 의거해 보충했음.
408) 進士 : 저본에는 없으나 장서각본에 의거해 보충했음.
409) 王子安 : 唐나라 시인 王勃을 가리킴. '子安'은 그 字. 어려서부터 詩文으로 명성을 떨쳤으나 27세로 요절했음. 楊炯·盧照鄰·駱賓王과 함께 '初唐四傑'로 일컬어짐.
410) 至 : 저본에는 없으나 장서각본에 의거해 보충했음.
411) 踰 : 저본에는 '隨'로 되어 있으나 장서각본을 따름.
412) 人 : 저본에는 없으나 장서각본에 의거해 보충했음.
413) 言 : 별 뜻이 없는 助字. 저본에는 '爲之'로 되어 있으나 장서각본을 따름.
414) 進士 : 저본에는 없으나 장서각본에 의거해 보충했음.
415) 夜 : 저본에는 '也'로 되어 있으나 국립중앙도서관본을 따름.

一人, 狀貌獰惡, 自稱冒頓[417]單于曰: '旣有宿約, 故久待長城之下.' 覺而驚起, 甚怪[418]夢兆之不祥, 郞君其亦思之." 進士曰: "夢裡虛誕之事, 何可信也?" 妾曰: "其曰長城者, 宮墻也; 其曰冒頓者, 此特也. 郞君熟知此奴之心乎?" 進士曰: "此奴素多[419]頑兇, 然於我則[420]盡忠, 今日與卿結此好緣, 皆[421]此奴之計也. 豈獻忠於始, 而爲惡於終[422]乎?" 妾曰: "郞君之言, 如是懇眷,[423] 何敢辭乎? 但紫鸞, 情若兄弟, 不可不告也."[424] 卽呼紫鸞, 三人鼎足而坐, 妾以進士之計告之, 紫鸞大驚, 拍手[425]罵之曰: "相歡日久, 無乃自速禍敗耶? 一兩月相交, 亦可足矣, 踰墻逃走, 豈人之所忍爲也? 主君傾意已久, 其不可去, 一也; 夫人慈恤甚重,[426] 其不可去, 二也; 禍及兩親, 其不可去, 三也; 罪貽[427]西宮, 其不可去, 四也. 且天地一網罟, 非陞[428]天入地, 則逃之焉往? 倘或被捉, 則其禍豈止[429]於娘子之[430]身乎? 夢兆之不祥, 不須言之,

---

416) 不免禍 : 저본에는 '有後禍'로 되어 있으나 장서각본을 따름.
417) 冒頓(묵특) : 漢初 匈奴 單于의 이름. '頓'과 '特'의 음이 같음에 유의할 것.
418) 甚怪 : 저본에는 없으나 장서각본에 의거해 보충했음.
419) 多 : 저본에는 없으나 장서각본에 의거해 보충했음.
420) 於我則 : '前日'로 되어 있는 本도 있음.
421) 皆 : 저본에는 없으나 장서각본에 의거해 보충했음.
422) 終 : 저본에는 '後'로 되어 있으나 장서각본을 따름.
423) 如是懇眷 : 저본에는 없으나 장서각본에 의거해 보충했음.
424) 也 : 저본에는 없으나 東京大本『靑邱野談』에는 있는바, 이에 의거해 보충했음.
425) 拍手 : 저본에는 없으나 일사문고본에 의거해 보충했음.
426) 重 : 저본에는 '感'으로 되어 있으나 장서각본을 따름.
427) 貽 : 저본에는 '及'으로 되어 있으나 장서각본을 따름.
428) 陞 : '升'과 같음.

而若或吉祥, 則汝肯往之乎? 莫如屈心抑志, 守靜[431]安坐, 以[432]聽於天耳. 娘子若年貌衰謝, 則主君之恩眷漸弛矣, 觀其事勢, 稱病久臥, 則必許還鄉矣, 當此之時, 與郎君携手同歸, 與之偕老, 則樂[433]莫大焉. 今[434]不此之思, 而[435]敢生悖理之計, 汝雖欺人,[436] 欺天乎?" 進士知事不成, 嗟歎含淚而出.

一日, 大君坐西宮繡軒, 倭躑躅盛開, 命西宮[437]侍女, 各賦五言絶句以進. 大君大加稱賞曰: "汝等之文, 日漸增長,[438] 余甚嘉之, 而第雲英之詩, 顯有思人之意. 前日賦烟之詩, 微見其意, 今又如此, 汝之所[439]欲從者, 何人耶?[440] 金生賦上樑文,[441] 語涉疑異, 汝無乃與[442]金生有私[443]乎?" 妾卽下庭, 叩頭泣曰: "主君一番[444]見疑, 卽欲自盡, 而年未二旬, 且以更不見父母而死, 心甚寃痛,[445] 偸生苟活, 忍而[446]至此, 又

429) 止 : 저본에는 없으나 일사문고본에 의거해 보충했음.
430) 之 : 저본에는 없으나 일사문고본에 의거해 보충했음.
431) 靜 : 저본에는 '貞'으로 되어 있으나 장서각본을 따름.
432) 以 : 저본에는 없으나 장서각본에 의거해 보충했음.
433) 則樂 : 저본에는 '計'로 되어 있으나 장서각본을 따름.
434) 今 : 저본에는 없으나 장서각본에 의거해 보충했음.
435) 而 : 저본에는 없으나 장서각본에 의거해 보충했음.
436) 雖欺人 : 저본에는 '誰欺'로 되어 있으나 장서각본을 따름.
437) 西宮 : 저본에는 없으나 일사문고본에 의거해 보충했음.
438) 增長 : 저본에는 '就將'으로 되어 있으나 장서각본 등 諸本을 따름.
439) 所 : 저본에는 없으나 국립중앙도서관본에 의거해 보충했음.
440) 耶 : 저본에는 없으나 국립중앙도서관본에 의거해 보충했음.
441) 賦上樑文 : 저본에는 '之樑文'으로 되어 있으나 장서각본을 따름.
442) 與 : 저본에는 없으나 김기동본을 따름.
443) 私 : 저본에는 '思'로 되어 있으나 장서각본을 따름.
444) 番 : 저본에는 없으나 일사문고본에 의거해 보충했음.
445) 寃痛 : 저본에는 '痛寃'으로 되어 있으나 장서각본을 따름.

今見疑, 一死何惜? 天地鬼神, 昭布森列, 侍女五人, 頃刻不離, 淫穢之名, 獨歸於妾, 妾今得死所矣." 卽[447]以羅巾, 自縊於欄干. 紫鸞曰: "主君如是英明, 而使無罪侍女自就死地, 自此以後, 妾等誓不把筆作句矣." 大君雖盛怒, 而中心則實不欲其死, 故使紫鸞救之, 得不死. 大君出素縑五端, 分賜五人曰: "製作最佳, 是以賞之."

自是進士, 不復出入, 杜門病臥, 淚濺衾枕, 命如一線. 特來現曰: "大丈夫死則死矣, 何忍相思怨結, 屑屑如兒女之傷懷, 自擲千金之軀乎? 今當以計取之, 亦不難也.[448] 如其[449]半夜人寂之時, 踰墻而入, 以綿塞其口, 負而超出, 則孰敢追我?" 進士曰: "其計亦危矣,[450] 不如以誠叩之."

其夜入來, 妾[451]病不能起, 使紫鸞迎入. 酒三行, 妾以封書寄之曰: "此後不得更見. 三生之緣, 百年之約, 今夕盡矣. 如或[452]天緣未盡,[453] 則當可相尋於九泉之下矣." 進士抱書佇立, 脉脉相看, 叩胸流涕而出. 紫鸞慘不忍見, 倚柱隱身, 揮淚而立. 進士還家, 拆而視之, 其書曰:

---

446) 苟活, 忍而 : 저본에는 없으나 일사문고본에 의거해 보충했음.
447) 卽 : 저본에는 없으나 장서각본에 의거해 보충했음.
448) 亦不難也 : 저본에는 '不難'으로 되어 있으나 장서각본을 따름.
449) 如其 : 저본에는 없으나 장서각본에 의거해 보충했음.
450) 矣 : 저본에는 없으나 장서각본에 의거해 보충했음.
451) 妾 : 저본에는 이 앞에 '而'가 더 있으나 장서각본 등 諸本에는 없는바, 이를 따름.
452) 如或 : 저본에는 없으나 장서각본에 의거해 보충했음.
453) 盡 : 저본에는 '絶'로 되어 있으나 장서각본을 따름.

薄命妾雲英, 再拜白金郞[454]足下. 妾以菲薄之質,[455] 不幸[456]爲郞君之留意, 相思幾日, 相望幾時? 幸成一夜之交歡, 未盡如海之深情. 人間好事, 造物多猜, 宮人知之, 主君疑之, 禍迫朝夕, 有死而已.[457] 伏願郞君, 此別之後, 毋以賤妾, 置於懷抱間以傷思慮, 勉加學業, 擢高第而[458]登雲路, 揚名於[459]後世以顯父母, 而妾之衣服寶貨, 盡賣供佛, 百般祈祝, 至誠發願, 使三生緣分, 再續於後生, 至可至可矣.

進士不能盡看, 氣絶踣地,[460] 家人急救乃甦. 特自外入曰: "宮人答之何語, 如是其欲死耶?"[461] 進士無他語, 只曰: "財寶汝愼守. 我將盡賣, 薦誠於佛, 以踐宿約矣."[462] 特還家自思曰: '宮人[463]不出來, 其財寶天與我也.' 向壁竊笑, 而人莫之知也.

一日, 特自裂其衣, 自打其鼻, 以其[464]血遍身糢糊, 被[465]髮跣足, 奔入伏庭, 泣曰: "吾爲强賊所擊!" 仍不復言, 若氣

---

454) 郞 : 저본에는 '生'으로 되어 있으나 장서각본을 따름.
455) 質 : 저본에는 '資'로 되어 있으나 장서각본을 따름.
456) 幸 : 저본에는 이 뒤에 '以'가 더 있음.
457) 有死而已 : 저본에는 '死而後已'로 되어 있으나 장서각본 등 諸本을 따름.
458) 而 : 저본에는 없으나 장서각본에 의거해 보충했음.
459) 於 : 저본에는 없으나 일사문고본에 의거해 보충했음.
460) 踣地 : '仆地'와 같음.
461) 耶 : 저본에는 없으나 국립중앙도서관본에 의거해 보충했음.
462) 矣 : 저본에는 없으나 보충했음.
463) 人 : 저본에는 '女'로 되어 있으나 장서각본 등 諸本을 따름.
464) 其 : 저본에는 이 뒤에 '流'가 더 있으나 장서각본 등 諸本을 따름.
465) 被 : '披'와 같음.

絶者然. 進士慮特死則不知埋寶處, 親灌藥物, 多般救活, 供饋酒肉, 十餘日乃起曰: "孤單一身, 獨守山中, 衆賊突入, 勢將搏[466]殺, 捨命而走, 僅保縷命. 若非此貨, 我安有如此之厄乎? 賦[467]命之險如此, 何不速死?" 卽以足頓地, 以拳叩胸而哭. 進士惧父母知之, 以溫言解慰[468]而送之.

久之,[469] 進士知特之所爲, 與所親者數人,[470] 率奴十餘名, 不意圍其第, 只得金釧一隻、寶鏡一面,[471] 以此爲贓物, 欲呈官推得, 而恐事泄不爲.[472] 若[473]不得此物, 則無以供佛,[474] 心欲殺特, 而力不能制, 黽默不語. 特自知其罪, 問於宮墻外盲人曰: "我向者晨, 過此宮墻之外, 有人自宮中踰西垣而出. 我知其爲賊,[475] 高聲追逐, 其人棄所持物而走. 我持歸藏之, 以待本主之來推. 吾主素乏廉隅, 聞吾得物, 躬來索出, 吾答以'無他貨, 只得釧鏡二物'云, 則吾[476]主躬入搜之, 果得二物, 其慾[477]無饜, 方欲殺之, 故吾欲逃走,[478] 逃

466) 搏 : 저본에는 '剝'으로 되어 있으나 장서각본을 따름.
467) 賦 : 저본에는 '賊'으로 되어 있음.
468) 解慰 : 저본에는 '慰之'로 되어 있으나 장서각본을 따름.
469) 久之 : 저본에는 없으나 장서각본 등 諸本에 의거해 보충했음.
470) 與所親者數人 : 저본에는 없으나 장서각본에 의거해 보충했음.
471) 只得金釧一隻、寶鏡一面 : 저본에는 '搜之, 則只有金釧一雙, 雲南寶鏡一面'으로 되어 있으나 奎章閣本을 따름.
472) 不爲 : 저본에는 없으나 장서각본에 의거해 보충했음.
473) 若 : 저본에는 없으나 장서각본에 의거해 보충했음.
474) 佛 : 저본에는 이 뒤에 '之需'가 더 있으나 국립중앙도서관본에는 없는바, 이를 따름.
475) 賊 : 저본에는 없으나 장서각본에 의거해 보충했음.
476) 吾 : 저본에는 없으나 장서각본에 의거해 보충했음.

走[479]吉乎?" 盲人[480]曰: "吉矣." 其隣人[481]在傍者, 多聞其語, 謂特曰: "汝主何許人, 虐奴如是耶?" 特曰: "吾主年少能文, 早晩應爲及第者, 而[482]貪婪如此, 他日立朝, 用心可知."

此言傳播, 入於宮中, 宮人[483]告[484]大君, 大君大怒, 使南宮人搜[485]西宮, 則妾之衣服寶貨盡無矣. 大君捉致西宮侍女五人于庭中, 嚴具刑杖, 列於眼前,[486] 下令曰: "殺此五人, 以警他人!" 又敎執杖者曰: "勿計杖數, 以死爲准!" 五人曰: "願一言而死." 大君曰: "何言? 悉陳其情!"

銀蟾招[487]曰: "男女情欲, 禀於陰陽, 無貴無賤, 人皆有之. 一閉深宮, 形單影隻,[488] 看花掩淚, 對月消魂, 梅子擲鶯,[489] 使不得雙飛, 簾帳燕幕,[490] 使不得兩巢, 無他. 自不勝健羨

---

477) 其慾 : 저본에는 '亦其'로 되어 있으나 일사문고본을 따름.
478) 逃走 : 저본에는 '走去'로 되어 있으나 일사문고본을 따름.
479) 逃走 : 저본에는 '走之'로 되어 있으나 일사문고본을 따름.
480) 人 : 저본에는 없으나 장서각본에 의거해 보충했음.
481) 人 : 저본에는 없으나 장서각본에 의거해 보충했음.
482) 而 : 저본에는 이 뒤에 '爲'가 더 있으나 장서각본 등 諸本에는 없는바, 이를 따름.
483) 宮人 : 저본에는 없으나 장서각본에 의거해 보충했음.
484) 告 : 저본에는 이 뒤에 '于'가 더 있으나 장서각본과 일사문고본에는 없는바, 이를 따름.
485) 搜 : 저본에는 이 뒤에 '見'이 더 있으나 장서각본 등 諸本에는 없는바, 이를 따름.
486) 嚴具刑杖, 列於眼前 : 저본에는 '嚴俱刑杖之具於眼前'으로 되어 있으나 일사문고본을 따름.
487) 招 : 招辭, 즉 범죄 사실을 진술하는 말. 저본에는 없으나 장서각본에 의거해 보충했음.
488) 影隻 : 저본에는 '隻影'으로 되어 있으나 장서각본을 따름.
489) 梅子擲鶯 : 매화나무에 앉은 꾀꼬리. '擲鶯'은 나뭇가지 위아래를 오르내리는 꾀꼬리가 마치 베틀에서 베를 짤 때 북[梭]이 오가는 것과 비슷하다 하여 붙인 말.

之意、妬忌之情耳. 一踰宮垣, 則[491]可知人間之樂, 而所不爲者, 豈其[492]力不能而心不忍哉? 唯畏主君之威, 固守此心, 以爲枯死宮中之計. 今無所犯之罪, 而欲置之死地, 妾等黃泉之下, 死不瞑目矣."

翡翠招曰: "主君撫恤之恩, 山不高、海不深, 妾等感[493]懼, 惟事文墨絃歌而已. 今不洗之惡名, 徧[494]及西宮, 生不如死矣. 惟伏願速就死地矣."

玉女招曰: "西宮之榮, 妾旣與焉, 西宮之厄, 妾獨免哉? 火炎崑崗, 玉石俱焚,[495] 今日之死, 得其所矣."[496]

紫鸞招曰: "今日之事, 罪在不測, 中心所懷, 何忍諱之? 妾等皆閭巷賤女, 父非大舜, 母非二妃,[497] 則男女情欲, 何獨無乎? 穆王[498]天子, 而每思瑤池[499]之樂; 項羽英雄, 而不禁帳中之淚. 主君何使雲英獨無雲雨之情乎? 金生, 人中之英,[500]

---

490) 簾帳燕幕 : 주렴 위의 제비집.

491) 則 : 저본에는 없으나 장서각본에 의거해 보충했음.

492) 其 : 저본에는 없으나 장서각본에 의거해 보충했음.

493) 感 : 저본에는 '憾'으로 되어 있으나 장서각본을 따름.

494) 徧 : 저본에는 '偏'으로 되어 있으나 장서각본을 따름.

495) 火炎崑崗, 玉石俱焚 : 『書經』「胤征」에 나오는 말. 崑崙山에 불이 나매 玉石이 모두 탄다는 뜻으로, 사람의 善惡을 가리지 않고 모두 誅戮함을 비유하는 말로 쓰임.

496) 玉女招曰~得其所矣 : 저본에는 이 부분이 紫鸞의 말 뒤에 있지만, 장서각본 등 諸本에는 이 부분이 먼저 나오고 그 다음에 紫鸞의 말이 나오는바, 여기서는 장서각본 등 諸本을 따름.

497) 二妃 : 舜임금의 妃인 娥皇과 女英. 저본에는 '妃'가 '妣'로 되어 있음.

498) 穆王 : 周나라 제5대 왕. 흔히 '穆天子'라 불림. 여덟 마리의 駿馬를 타고 천하를 周遊했으며, 瑤池에서 西王母와 만나 노닐었다는 고사가 있음.

499) 瑤池 : 저본에는 '瑤臺'로 되어 있음.

引入內堂, 主君之事也; 命雲英奉硯, 亦[501]主君之令也. 雲英久鎖深宮, 秋月春花, 每傷性情, 梧桐夜雨, 幾斷寸腸, 一見豪男,[502] 喪心失性, 病入骨髓, 雖以長生之藥、越人[503]之手, 難以見效. 一夕如朝露之溘然, 則主君雖有惻隱之心, 顧何益哉? 妾之愚意, 一使金生得見雲英, 以解兩人之怨結, 則主君之積善, 莫大乎此. 前日雲英之毁節, 罪在妾身, 不在雲英. 妾之一言, 上不欺主君, 下不負同儕, 今日之事, 死亦榮矣. 雲英之罪, 如可贖兮, 人百其身,[504] 伏願主君, 以妾之身, 續雲英之命矣."

妾之招曰: "主君之恩, 如山如海, 而不能苦守貞節, 其罪一也; 前後[505]所製之詩, 見疑於主君, 而終不直告, 其罪二也; 西宮無罪之人, 以妾之故, 同被其罪, 其罪三也. 負此三大罪, 生亦何顔? 若或緩死, 妾當自決[506]矣."

大君覽畢, 又以紫鸞之招, 更展留眼, 怒色稍霽. 小玉跪

---

500) 人中之英 : 저본에는 '乃當世之端士也'로 되어 있으나 장서각본 등 諸本을 따름.

501) 亦 : 저본에는 없으나 장서각본에 의거해 보충했음.

502) 久鎖深宮~一見豪男 : 장서각본 등 諸本에는 '以深宮怨女, 一見美男'으로 되어 있음.

503) 越人 : 戰國時代의 名醫인 扁鵲의 이름임.

504) 雲英之罪, 如可贖兮, 人百其身 : 저본에는 없으나 일사문고본을 따름. '如可贖兮, 人百其身'은 『詩經』 秦風 「黃鳥」에 나오는 말로, 贖할 수만 있다면 一身이 백번 죽어도 좋다는 뜻임.

505) 後 : 저본에는 '日'로 되어 있으나 장서각본을 따름.

506) 決 : 저본에는 이 뒤에 '以待處分'이 더 있으나 일사문고본에는 없는바, 이를 따름.

而[507]泣曰: "前日浣紗之行, 勿爲於城內者, 妾之議也. 紫鸞夜至南宮, 請之甚懇, 妾怜其意, 排群議從之, 雲英之毀節, 罪在妾身, 不在雲英. 伏願主君, 以妾之身, 續雲英之命." 大君之怒稍解, 囚妾于別堂, 而其餘皆放之. 其夜妾以羅巾, 自縊而死.

進士把筆而記, 雲英引古而敍, 甚詳悉. 兩人相對, 悲不自抑. 雲英謂進士曰: "此以下, 郎君言之." 進士曰:[508]

雲英自決之後,[509] 一宮之人, 莫不號慟, 如喪同氣.[510] 哭聲出於宮門之外, 我亦聞之, 氣絶久矣, 家人將招魂發喪, 一邊救活, 日暮時乃甦. 方定精神, 自念: '事已決矣, 無負供佛之約, 庶慰九泉之魂', 其金釧寶鏡及文房諸具盡賣之, 得米四十石,[511] 欲上淸凉寺[512]設佛事, 而無可信使喚者, 呼特而言曰: "我盡宥汝[513]前日之罪, 今爲我盡忠乎?" 特伏泣而對曰: "奴雖冥頑, 亦非木石, 一身所負之罪, 擢髮難數, 今以宥除,[514] 是枯木生葉, 白骨生肉, 敢不爲進士主[515]致死乎?"[516]

---

507) 而 : 저본에는 '告'로 되어 있으나 일사문고본을 따름.
508) 曰 : 이 뒤에 길게 이어지는 進士의 말에는 따옴표를 하지 않고 1行을 비워 제시하는 것으로 대신한다.
509) 後 : 장서각본, 일사문고본 등에는 '日'로 되어 있음.
510) 同氣 : 저본에는 '考妣'로 되어 있으나 장서각본을 따름.
511) 得米四十石 : 저본에는 '得四十石之米'로 되어 있으나 장서각본을 따름.
512) 淸凉寺 : 三角山에 있던 절. 저본에는 '淸寧寺'로 되어 있으나 장서각본을 따름.
513) 汝 : 저본에는 없으나 장서각본에 의거해 보충했음.

"我[517)]爲雲英, 設醮供佛, 以冀發願, 而無信任之人, 汝未可往乎?" 特曰: "謹受教矣." 卽上寺, 三日叩臀而臥, 招僧謂之曰: "四十石之米, 何用盡入於供佛乎? 今可多備酒肉, 廣招俗客而饋之宜矣."

有一[518)]村女過之, 特强劫之, 留宿於僧堂, 已過十餘[519)]日, 無意設齋. 寺僧齊[520)]憤之. 及其建醮之[521)]日, 諸僧曰: "供佛之事, 施主爲重, 而施主不潔如此, 事極未安, 可澡浴於淸川, 潔身而行禮可乎!" 特不得已出, 暫以水沃濯而入, 跪於佛前, 祝曰: "進士今日速死, 雲英明日復生, 爲特之配." 三晝夜發願之說, 唯此而已. 特歸語我[522)]曰: "雲英閣氏, 必得生道矣. 設齋之夜, 現於奴夢曰: '至誠供佛, 不勝感激.' 拜且泣. 寺僧之夢, 亦皆然矣." 我[523)]信之, 失性痛哭[524)]矣.

其時[525)]適當槐黃之節,[526)] 雖無赴擧之意, 托以做工, 上淸

514) 今以宥除 : 저본에는 '今而宥之'로 되어 있으나 장서각본 등 諸本을 따름.
515) 主 : 저본에는 없으나 보충했음.
516) 乎 : 저본에는 없으나 국립중앙도서관본에 의거해 보충했음.
517) 我 : 저본에는 이 앞에 '進士曰'이 더 있으나 東洋文庫本에는 없는바, 이를 따름.
518) 一 : 저본에는 없으나 장서각본에 의거해 보충했음.
519) 十餘 : 저본에는 '數十'으로 되어 있으나 장서각본을 따름.
520) 齊 : 저본에는 없으나 장서각본 등 諸本에 의거해 보충했음.
521) 之 : 저본에는 없으나 장서각본 등 諸本에 의거해 보충했음.
522) 我 : 저본에는 '進士'로 되어 있으나 東洋文庫本을 따름.
523) 我 : 저본에는 '進士'로 되어 있으나 東洋文庫本을 따름.
524) 失性痛哭 : 저본에는 '其說'로 되어 있으나 장서각본을 따름.
525) 其時 : 저본에는 없으나 장서각본에 의거해 보충했음.
526) 槐黃之節 : 槐花, 즉 홰나무 꽃이 노랗게 필 때인 음력 7월에 과거시험이 있었기에 한 말임. 예전에 "槐花黃, 擧子忙"이라는 말이 있었음.

涼寺,[527] 留數日, 細聞特之事, 不勝其憤, 而無如特何, 沐浴潔身而就佛前, 再拜三叩頭,[528] 薦香合掌而祝曰: "雲英死時之約, 慘不忍負, 使特奴虔誠設齋, 冀資冥佑, 今聞此奴[529]所祝之言, 極其悖惡, 雲英之遺願, 盡歸虛地, 故小子敢復祝願矣. 世尊使雲英得以還生; 世尊[530]使金生作配雲英;[531] 世尊[532]使雲英、金生至於後世得[533]免此寃痛; 世尊殺特奴, 着鐵枷, 囚于地獄; 世尊烹特奴, 投諸狗. 世尊苟如此,[534] 則雲英[535]作十二層金塔, 金生[536]創三巨刹, 以報其恩." 祝訖, 起而百拜叩頭而出.

後七日, 特墜於陷井而死. 自是我[537]無意於世事, 沐浴潔身, 着新衣, 臥于安靜之房,[538] 不食四日, 長吁一聲, 因遂不起.

寫畢擲筆, 兩人相對悲泣, 不能自止. 柳泳慰之曰: "兩人

527) 清凉寺 : 저본에는 '淸寧寺'로 되어 있으나 장서각본을 따름.
528) 再拜三叩頭 : 저본에는 '百拜叩頭'로 되어 있으나 규장각본을 따름.
529) 此奴 : 저본에는 없으나 장서각본에 의거해 보충했음.
530) 世尊 : 저본에는 없으나 규장각본에 의거해 보충했음.
531) 作配雲英 : 저본에는 '得以作配'로 되어 있으나 규장각본을 따름.
532) 世尊 : 저본에는 없으나 규장각본에 의거해 보충했음.
533) 得 : 저본에는 없으나 규장각본에 의거해 보충했음.
534) 此 : 저본에는 이 뒤에 '發願'이 더 있으나 규장각본을 비롯한 諸本에는 없는바, 이를 따름.
535) 雲英 : 저본에는 이 뒤에 '爲尼, 燒十指'가 더 있으나 장서각본 등 諸本에는 없는바, 이를 따름.
536) 金生 : 저본에는 이 뒤에 '爲僧, 舍五戒'가 더 있으나 장서각본 등 諸本에는 없는바, 이를 따름.
537) 我 : 저본에는 '進士'로 되어 있으나 東洋文庫本을 따름.
538) 房 : 저본에는 '處'로 되어 있으나 장서각본 등 諸本을 따름.

重逢, 志[539]願畢矣, 讐奴已除, 憤惋洩矣, 何其悲痛之不止耶? 以不得再出人間爲[540]恨乎?" 金生收[541]淚而謝曰: "吾兩人皆含怨而死, 冥司怜其無罪, 欲使再生人世, 而地下之樂, 不減人間, 況天上之樂乎! 是以不願出世矣. 但今夕之悲傷, 大君一敗, 故宮無主,[542] 鳥雀哀鳴, 人跡不到, 已極悲矣. 況新經兵火之後, 華屋成灰, 粉墻頹[543]毁, 而唯有階花芬茀, 庭草敷榮, 春光不改昔時之景, 而人事之變易如此, 重來憶舊, 寧不悲哉!" 泳曰: "然則子皆爲天上之人乎?" 金生曰: "吾兩人素是天上仙人, 長侍玉皇香案[544]前. 一日, 帝御太清宮,[545] 命我摘玉園之果, 我多取蟠桃、瓊實、[546]金蓮子,[547] 私與雲英而見覺, 謫下塵寰, 使之備經人間之苦. 今則玉皇已宥前愆, 俾陞三淸, 更侍香案前, 而時乘飇輪, 復尋塵世之舊遊處[548]耳." 乃揮淚而執柳泳之[549]手曰: "海枯石爛, 此情不泯; 地老天荒, 此恨難消. 今夕與子相遇, 攄此悃愊, 非有宿世之緣, 何可得乎? 伏願尊君, 俯拾此藁, 傳之不朽, 而

539) 志 : 저본에는 없으나 장서각본에 의거해 보충했음.
540) 爲 : 저본에는 '而'로 되어 있으나 장서각본을 따름.
541) 收 : 저본에는 '垂'로 되어 있으나 장서각본을 따름.
542) 主 : 저본에는 이 뒤에 '人'이 더 있으나 장서각본에는 없는바, 이를 따름.
543) 頹 : 저본에는 '堆'로 되어 있으나 장서각본을 따름.
544) 香案 : 저본에는 없으나 장서각본에 의거해 보충했음.
545) 太淸宮 : 道敎에서 옥황상제가 산다고 하는 궁궐 이름.
546) 實 : 저본에는 '寶'로 되어 있으나 장서각본을 따름.
547) 金蓮子 : 저본에는 없으나 일사문고본에 의거해 보충했음.
548) 處 : 저본에는 없으나 장서각본 등 諸本에 의거해 보충했음.
549) 之 : 저본에는 없으나 장서각본에 의거해 보충했음.

勿使[550]浪傳於浮薄之口, 以爲戱翫之資, 幸甚幸甚!"[551] 進士醉倚雲英之身, 吟一絶句曰:

花落宮中燕雀飛, 春光依舊主人非.
中宵月色凉如許, 細柳輕烟[552]翠羽衣.

雲英繼吟曰:

故宮花柳帶新春, 千載豪華入夢頻.
今夕來遊尋舊跡, 不禁珠[553]淚自沾巾.

柳泳乘[554]醉暫睡. 少焉, 山鳥一聲, 覺而視之, 雲烟滿地, 曙色蒼茫, 四顧無人, 只有金生所記冊子而已. 泳悵然無聊, 袖冊而歸, 藏之篋[555]笥, 時或開覽, 茫[556]然自失, 寢食俱廢. 後遍遊名山, 不知所終云爾.

550) 使 : 저본에는 없으나 장서각본 등에 의거해 보충했음.
551) 幸甚幸甚 : 저본에는 '幸甚'으로 되어 있으나 일사문고본을 따름.
552) 細柳輕烟 : 저본에는 '碧露未沾'으로 되어 있으나 장서각본을 따름.
553) 珠 : 저본에는 '哀'로 되어 있으나 장서각본을 따름.
554) 乘 : 저본에는 '亦'으로 되어 있으나 국립중앙도서관본을 따름.
555) 篋 : 저본에는 '筴'으로 되어 있으나 장서각본을 따름.
556) 茫 : 저본에는 이 앞에 '則'이 더 있으나 장서각본 등 諸本에는 없는바, 이를 따름.

## 해제

• 작자 : 未詳

• 출전 : 국립중앙도서관에 소장되어 있는 『三芳要路記』를 底本으로 삼아 여타의 本을 참고하여 校合하였다.

• 참고사항

(1) 『三芳要路記』에는 「雲英傳」이 '柳泳傳'이라는 제목으로 실려 있으며, 제목 아래에 작은 글씨로 '卽雲英傳'이라고 적어 놓았다. 그리고 그 오른편에 '大明天啓二十一年'이라는 다른 필체의 기록이 보인다. '天啓'는 明나라 熹宗의 연호로 1621년에서 1627년까지 사용되었다. 따라서 '천계 21년'은 존재하지 않는다. 만일 천계 원년(1621)으로부터 억지로 계산해 본다면 천계 21년은 인조 19년(1641)에 해당한다.

(2) 「운영전」은 17세기 중엽경에 창작되었다고 추정된다. 이 작품은 그 담고 있는 문제의식이나 문예적 성취의 면에서 『금오신화』 이후 최고·최대의 성과라 이를 만하다. 한국소설사에서 전기소설은 17세기 중엽 이후에도 계속 창작되었지만 이런 걸작이 다시 나타나지는 않았다. 이 작품은 비단 한국소설사에서만이 아니라 동아시아 소설사 속에서 보더라도 그 심각한 주제의식이라든가 생동감 있는 인물형상, 플롯의 긴장감, 서사기법 등의 면에서 걸출한 작품이 아닌가 생각된다.

(3) 작품 서두의, 도성 한양을 조감하면서 仁王山 아래의 壽成宮을 클로즈업시키는 서술기법은 썩 빼어나다. 이 작품이 보여주는 이런 세심한 공간인식은 이 작품의 秀拔한 심리묘사와 무관치 않다.

(4) 「운영전」은 몽유록 양식과 깊은 관련을 맺고 있다. 일반적으로 몽유록은 서사의 動線이 빈약한 편인데 이 작품은 몽유록 양식의 그런 한계를 넘어서면서 서사적 전개와 얽힘을 다면화·입체화하고 있다. 이 점에서 이 작품을 단순히 몽유록으로 규정하기는 곤란하며, 몽유록의 기법을 적절히 활용한 애정 전기소설이라고 해야 마땅하다.

(5) 남녀, 특히 여성의 情欲을 적극적으로 긍정하고 있는 이 작품의 주제사상은,

17세기 이래 동아시아의 진보적 사상과 문예가 나아간 방향과 정확히 합치하는바, 이 점 주목을 요한다.

(6) 이 작품은 이른바 '姉妹愛'(sisterhood)를 감동적으로 구현하고 있다. 이 점과 관련해 특히 紫鸞의 인물 형상이 돋보인다. 이 작품이 그려 보여주고 있는 여성 간의 우애와 연대는 여성주의의 관점에서 주목할 만하다.

(7) 「운영전」의 작가는 그 이념에서만 진보적이었던 것은 아니며, 敍事의 흥미에 대한 고려를 다각도로 하고 있다는 점에서 소설가로서의 '근성' 같은 것을 보여준다. 西宮과 南宮의 대립과 실랑이에 대한 자세한 묘사가 그 좋은 예다. 이런 점을 고려할 때 이 작품은 그냥 한 번 소설을 써 본다는 가벼운 기분으로 창작한 것이 아니라, 오랜 구상과 숙고의 과정을 거쳐 심혈을 기울여 창작한 것이라 보인다. 작가의 뛰어난 문학적 기량은 문체에서도 잘 확인된다.

(8) 「운영전」은 '특'이라는 인물의 설정으로 인해 기존 전기소설의 문법을 이탈할 수 있었다. 좀더 적극적으로 해석한다면, 「운영전」은 비록 전기소설로 창작되었기는 하지만 '특'으로 인해 전기소설이 아닌 다른 소설장르의 가능성에 대한 전망을 자체 내에 담고 있다고 말할 수 있다. 이처럼 '특'이라는 인물은 전기소설의 닫힌 구조에 내적 균열을 초래하고 있다. '특'은 戰後 17세기 조선의 사회적 현실(=사회관계)을 예민하게 반영하는 인물이랄 수 있다. 동아시아 전기소설의 역사에서 본다면, 이런 인물은 唐 전기소설인 「崑崙奴」에 등장하는 '곤륜노'와 같은 인물을 뒤집어 패러디한 것으로 해석할 수 있는 측면도 없지 않다.

(9) 「운영전」을 패러디한 작품으로 「英英傳」이 있다. 「운영전」이 비극적 결말이라면, 「영영전」은 해피엔딩이다. 「영영전」은, 그것대로의 소설적 미덕이 없지는 않으나 「운영전」에 비해 주제사상의 심각함과 서사적 긴장이 현저히 떨어진다. 이 점에서 「영영전」은 「운영전」의 俗化(=통속화)로 해석될 수 있는 측면이 없지 않으며, 이러한 '속화'는 17세기 중반 이래 소설이 그 독자층을 확대하면서 이전과는 존재방식을 달리해간 상황과 무관하지 않은바, 이 점에서 '이유 있는' 속화라고 할 수 있다.

(10) 이 작품에 대한 논저는 아주 많다. 자세한 정보는 조희웅, 『古典小說 文獻情報』(집문당, 2000)에서 얻을 수 있다.

# 3. 柳淵傳

李恒福

柳淵, 字震甫, 大丘人也. 父縣監禮源, 有三子治､游､淵. 游也, 善屬文; 淵也, 好禮法; 俱爲鄕里所稱. 游妻曰同府[1]武人白巨鰍[2]女; 淵妻曰參奉李寬女; 淵之姊曰宗室達城令[3]禔, 先亡; 次姊適同府士人崔守寅; 次適晉州士人河沆.[4] 又有從妹夫曰前縣監沈隆.

游嘗入山讀書, 因忽不返. 禮源與白氏言: "狂易而奔." 言出門庭, 旣父與妻爲徵, 鄕人信之不疑, 唯淵獨懇泣無與晤. 後五年, 禮源死, 淵持喪守廬.

---

1) 同府 : 大丘府를 말함.
2) 白巨鰍 : 본서의 뒤에 나오는 「白居秋傳」의 주인공 白居秋와 동일인이 아닐까 생각됨.
3) 令 : 宗室에게 제수하는 5품의 관작.
4) 河沆 : 南冥 曺植의 門人.

明年壬戌,[5] 禔抵書於淵曰: "聞有海州 蔡應珪者, 實迺[6]兄, 汝可迎還." 淵得書, 差奴以迎, 奴空歸曰: "非游也." 夏, 禔又以書, 證其無疑. 淵再送人, 再空歸, 言如前. 明年癸亥冬, 禔委送奴三伊來言: "前所稱蔡上舍,[7] 挈妾到吾門, 果游也. 汝可來." 會淵急先送奴, 身自繼發. 及奴到禔家上謁, 應珪方與禔同座, 伏奴於庭, 促具楚[8]扑, 曰: "咄! 汝厮與淵陰謀, 前到海州, 反欲王郎我也.[9] 奴而忘主, 罪當死." 奴懼曰: "負負![10] 第吾主不晩當到, 乞少竢之." 禔佯止之. 應珪曰: "待弟來斷, 不饒[11]爾." 居數日, 淵至, 直入應珪所, 則引衣覆面, 托言病苦而僵臥者, 果不知爲何許人. 徐而字淵曰: "震甫近前!" 遽執淵手曰: "見汝驚定, 感淚自迸, 覺沈痾洒然若醒矣, 汝獨無改容, 同氣之情, 何若是恝耶?" 淵恫惶[12]而退, 計不知所出, 博謀於衆, 禔與沈隧交口言: "眞游無疑." 或云: "宜告官庭辨." 或云: "與歸故鄕, 會諸鄕族, 公同質驗." 淵從其庶族金百千計, 善視[13]而俱歸大丘, 行到八莒.[14] 白氏聞

---

5) 壬戌 : 1562년.

6) 迺 : 너.

7) 上舍 : 진사나 생원을 일컫는 말.

8) 楚 : '楚'의 俗字.

9) 反欲王郎我也 : 도리어 나를 王郎이라 하고자 한다. '王郎'은 미상. 이 구절의 뜻은 대체로 '자기를 柳游가 아닌 딴 사람이라 하려 한다'가 아닐까 함.

10) 負負 : 否否.

11) 饒 : 용서하다.

12) 恫惶 : 惶恐不安의 모습. 저본에는 '恫'가 '個'로 되어 있음. 한편 重刊本『白沙集』에는 '徊徨'으로 되어 있는바, 이 또한 可함.

13) 善視 : 잘 대우하다.

14) 八莒(팔거) : 八莒縣. 경상북도 漆谷郡의 땅 이름.

其至, 掃一家臧獲,[15] 羣而逆[16]於境, 男女無少長, 如墻而立, 引領而佇之. 有白氏嫁時新婢訥叱非,[17] 於衆中望應珪來, 迎叱曰: "你是何人, 拚作吾主, 敢至此耶?" 一羣大愕, 應珪色沮, 擧止異常. 淵叱奴, 反接之, 應珪呼淵兒名曰: "無恙! 何相厄耶?"

到官, 會鄕人禹希績、徐泂、趙祥珪及淵妹夫崔守寅、庶屬洪明坐列, 而問曰: "汝何爲者?" 曰: "我是柳游." 府使朴應川詢問一座, 咸曰: "非也." 因歷指一座而詰曰: "坐此者, 皆汝親戚鄕人, 汝試言之! 此爲誰、彼爲誰?" 其人俛而不能對. 卽推下庭, 具三木[18]以束之曰: "服改矣面衰矣, 其友雖不識汝, 汝若眞游, 豈不識友生? 今汝吐實, 庶或見原,[19] 否者, 當以官刑從事." 其人計窮, 則或稱柳游, 或稱應珪, 狂言無倫, 故[20]爲迷亂. 無何, 應珪妾春守者, 聞卽馳到, 訴曰: "妾夫, 不幸疾革, 乞脫囹圄, 保置私室." 府使許置官奴朴石家. 五日, 果與春守, 乘夜偕逃. 朴石覺之, 追捕春守, 則應珪已免脫無蹤矣. 白氏累然服斬,[21] 日夜哭訴監司曰: "夫有不良弟淵, 貪貨無厭, 指眞爲僞, 縛兄官囚, 圖嫁

15) 臧獲 : 노비. 남자 종을 '臧', 여자 종을 '獲'이라 함.
16) 逆 : 맞이하다.
17) 訥叱非 : '눌삐'로 읽어야 할 듯.
18) 三木 : 죄인의 목, 손, 발에 씌우는 刑具.
19) 原 : 죄를 용서하다.
20) 故 : 짐짓.
21) 服斬 : 喪服을 입다.

淫禍. 夫本病狂, 被拘益重, 幸蒙太守, 免監治疾, 淵賂守者, 賊殺掩迹, 乞論淵罪, 以洩婦寃." 監司令本官, 囚淵及春守、朴石. 淵妻李氏訴, 則監司言: "逃者非游, 卽應珪也. 且逃有明驗, 我亦知淵寃. 但白氏訴不已, 事體不得不爾, 第退而待之. 鞫畢, 當直之." 白氏乞移隣邑, 遂移囚玄風. 未及上讞,[22] 諫官[23]論以爲: "游於遷徙困頓之餘, 形容雖變, 言語動靜, 實是柳游, 其弟謀欲奪嫡專財, 脅縛告官. 爲府使者, 當幷囚游、淵, 而先信弟訴, 獨囚其兄, 已失獄體, 又延淵獄, 使賊兄亂常之罪, 掩置至今, 一道之人, 莫不憤罵. 請拿淵按律, 幷罷應川." 上允之.

時淵將就獄, 禔、㦧謀對, 密問金百千曰: "淵至則吾等亦將就鞫, 汝欲何言?" 百千曰: "以吾所見, 非游也." 禔等曰: "汝與淵騈首戮矣." 百千曰: "然則將何辭?" 禔等縱臾曰: "與吾等同辭, 則保無他虞." 是歲甲子[24]三月十一日, 拿淵等至, 命三省[25]交坐, 沈通源[26]以委官[27]按獄. 淵供[28]略曰:

一日, 臣姊夫達城令禔, 與臣書云: "家奴三伊, 因事往海州, 聞

22) 上讞 : 疑獄을 조정에 보고하여 定案을 請求하는 일.
23) 諫官 : 司諫院의 大司諫 이하 司諫·獻納·正言을 통틀어 일컫는 말.
24) 甲子 : 1564년.
25) 三省 : 綱常罪人을 推鞫하는 세 관서, 즉 議政府·司憲府·義禁府를 통틀어 일컫는 말.
26) 沈通源 : 明宗 때 좌의정을 지낸 인물.
27) 委官 : 죄인을 推鞫할 때 議政大臣 가운데서 임시로 뽑아서 임명하는 재판관.
28) 供 : 供招. 죄인이 범죄 사실을 진술한 말.

本州有蔡應珪者, 疑其爲游, 往見則果游也." 臣與白氏議, 卽差奴, 賫白氏書及衣服往海州, 則非臣之兄. 且自言: "俺乃蔡應珪. 汝等聞三伊誤傳, 遠來良苦." 因答白氏書以還之. 如是者再. 又於冬間, 禔委差奴三伊來, 臣問: "兄當有書?" 三伊曰: "於白家已有書矣." 臣於白氏, 求見兄書, 則托言已失. 臣入京, 尋見所謂臣兄者, 不類有三驗. 臣兄弱人也, 身本短小, 今乃長大; 臣兄面小而黃, 有痲子無鬚, 今乃豐顏赤黑而密鬚; 臣兄音如婦人, 今乃洪暢; 三驗備矣, 心固疑之. 及到八莒, 決知其詐, 縛致本官. 遂見白氏, 白氏怒不言, 臣曰: "壬戌以後, 奴再往還, 嫂輒付書, 察其答辭, 可辨眞僞, 一信禔言, 恒畜疑惑, 故弟冒寒登程, 歸與鄕族對辨, 及至見監,[29] 嫂當親至官庭, 見面決之可也. 此之不爲, 今何遽怒耶?" 白氏言: "如僞也, 何認爲眞以相欺耶?" 監司令白氏親辨, 則拒不就, 曰: "家人族黨, 咸曰非游, 妾以士族, 豈宜與所不知何人者對面也?" 及應珪逃然後, 白氏反構臣以弑兄, 先竪赤幟.[30] 禔、嶐二人, 遙爲聲勢, 響應影附, 必欲成獄者, 亦厥有由. 蓋禔以臣父別給良田, 忌臣怙寵, 嶐以臣伯叔母柳, 嘗以家貨畀之其妻曰: "汝若無子, 可傳禮源之子." 嶐常懼奪貨, 猜視於臣. 今禔、嶐二人, 迭爲雌雄, 唱和成勢, 剁亂單辭.[31]

29) 見監 : 收監.
30) 赤幟 : 원래 漢나라의 旗를 이르는 말. '竪赤幟'는 漢나라의 韓信이 井陘口의 전투에서 趙城의 旗를 뽑고 漢의 赤幟를 세운 고사에서 유래하는 말. 여기서 '先竪赤幟'는 '앞장을 서다', '首唱하다'는 정도의 뜻으로 쓰였음.
31) 剁亂單辭 : '剁亂'은 '어지럽히다'는 뜻이고, '單辭'는 '無證之辭'의 뜻. 따라서 어지러이 偏辭를 일삼는다는 뜻.

推官問: "游緣何出家?" 淵言: "人言發狂, 實非狂也. 有些家變, 不得已去之." 繼鞫達城令禔, 云: "初非臣尋游, 游到臣家, 形容已變, 初不識之, 坐語良久, 徵一家事, 輒響答如符契, 言辭動止, 果游無疑. 及淵之來, 相持痛哭, 因病移寓, 適見壁上有父所書, 亦相向而哭." 沈膣云: "禔使其子慶億來言: '柳游到家.' 臣卽就見, 形貌已變, 雖不詳知, 具道其一家事無遺失, 且禔等云然, 臣亦信之." 金百千旣齊言矣, 無異辭. 春守云: "臣隨夫柳游, 嘗主太僕川[32]上, 禔及子慶億來見曰: '果游也.' 膣與百千亦云眞游. 及淵至, 以游及子貞白還鄕, 臣獨在寓. 俄聞囚游, 卽往看獄, 出獄治疾, 臣適夜半如[33]厠, 入見燈滅, 游不在, 故疑淵賊殺."

獄具,[34] 推官[35]上備[36]云: "禔, 膣與百千, 咸稱眞游, 則明是柳游, 淵獨謂非眞, 路縛告官, 則賊殺掩迹明矣. 請杖之." 杖至四十二度, 遂誣服.[37] 結勘[38]將刑, 淵臨案[39]號曰: "臣旣以弑兄成名, 固當死, 竊恐國家終累祥刑.[40] 達城[41]欺罔國

---

32) 太僕川 : 漢陽 中部의 太僕寺(=司僕寺) 근처를 흐르던 하천.
33) 如 : 가다.
34) 獄具 : 罪案이 확정되는 것.
35) 推官 : 죄인을 신문하는 관원.
36) 上備 : 글을 갖추어 上部에 보고하는 것. 즉 조사한 내용을 위에 알려 판결에 대비하는 것을 이름.
37) 誣服 : 사실이 아닌 것을 사실이라고 자백함.
38) 結勘 : 推鞫을 끝내다.
39) 臨案 : 판결에 임하다.
40) 祥刑 : 刑을 善하게 쓰는 것.
41) 達城 : 達城令을 가리킴.

家, 致辟於臣, 乞囚臣一年, 蹤迹應珪及臣兄然後, 明定厥罪, 臣乃無寃. 若臣死之後, 眞柳游出, 則死者不可復生, 國其悔是哉!" 且曰: "推官與臣, 本無私讐, 何乃爾耶?" 通源怒, 令羅卒捽髮而歐其口, 曰: "峭毒如是, 弑兄固也!" 時奇大恒[42]在座曰: "自有法典, 何至歐其口?" 問事郎[43]洪仁慶曰: "弑兄大獄, 事多疎漏, 徑取決案,[44] 於獄體[45]何如?" 通源曰: "大惡之人, 何所顧惜?" 大恒目止仁慶, 二人不悅而罷. 淵奴今石、夢合亦誣服, 遂幷淵誅. 淵死時年二十七.

淵在大丘獄, 爲書與妻, 曰:

嗟來![46] 室人李, 從我遠來, 拮据槖饘.[47] 我以天地間至寃, 幽囚累月, 理難再生, 遺汝後言. 念惟眇眇, 爾禔之謀、隧之謀、白氏之謀、應珪之謀, 能掩蔽擧國人心目, 乃至是耶. 我不惟勤恤我一介身, 念我先父母之靈, 五內如削. 顧惟彼禔等姦狀, 汝亦知之明矣. 今吾所云, 無毫毛僞, 汝必持此入京, 白我至寃. 尋思禍本, 職[48]由橫財, 汝以先父別給及伯叔母柳氏文卷,[49] 告官而毁棄之. 猶且不白, 則皇天后土及父母之靈, 昭布上下, 汝其夜夜祝禱, 幸

42) 奇大恒 : 생몰년 1519~1564년. 명종 때의 文臣. 大司憲을 지냄.
43) 問事郎 : 죄인의 審問書를 작성하는 일을 맡은 임시 벼슬.
44) 決案 : 판결을 내림.
45) 獄體 : 訟事의 事體. 송사의 事理.
46) 嗟來 : 한탄하는 소리. '來'는 별 뜻이 없는 助字.
47) 槖饘 : '槖'은 衣囊, '饘'은 죽. 衣食을 뜻하는 말.
48) 職 : 오로지.
49) 卷 : '券'과 통함.

假冥佑, 冀獲應珪, 以慰我九地之寃. 神昏氣乏, 不盡書.

末有'家翁無辜人柳淵哭死'等九字. 遠近聞而悲之.

淵旣死, 國言未已, 掌令[50]鄭淹, 於經筵論其寃. 於是領議政洪暹亦言: "昔臣參鞫淵獄, 心疑其寃而不能救. 請令更覈." 事竟不行.

後十六年己卯[51]冬, 修撰[52]尹先覺,[53] 於經筵啓曰:

往在庚申年,[54] 臣於順安縣,[55] 遇一丐者, 曰天裕勇, 名能文, 周游訓小兒以糊口. 臣與同寺數月, 頗能言嶺南山川及士子名姓. 且自言: "於己酉年,[56] 中永川試,[57] 以賓貢[58]削名." 臣因問: "旣是南士, 何緣到此?" 其人默而止. 後見臣鄕人語及, 則朴長春愕曰: "此必柳游. 其時吾亦同削." 後於甲子,[59] 臣又在价川郡,[60] 山僧時致裕勇書, 繼聞淵弑游於大丘, 伏重誅. 臣私訝曰: "我見裕勇書屬[61]耳, 此若眞游, 則自西而南, 爲弟所弑, 其間日子, 無幾何矣,

50) 掌令 : 司憲府의 정4품 관직.
51) 己卯 : 1579년.
52) 修撰 : 弘文館의 정6품 벼슬.
53) 尹先覺 : 생몰년 1543~1611년. 宣祖 때의 文臣. 원문에는 이 뒤에 '今改國馨'이라는 細注가 있음.
54) 庚申年 : 1560년.
55) 順安縣 : 평안남도 平原郡의 고을 이름.
56) 己酉年 : 1549년.
57) 永川試 : 永川의 鄕試. 永川은 현재의 경상북도 永川郡.
58) 賓貢 : 擯公. 각 道에서 과거를 볼 때 다른 지방 출신의 儒生은 응시하지 못하게 한 제도
59) 甲子 : 1564년.
60) 价川郡 : 평안남도에 있는 고을.

何若是遠歟?" 自是臣每見西人, 必問裕勇存否. 臣意, 宜令究問, 果游也, 足雪淵寃.

於是法府[62]逮致之. 自淵死, 李氏泯泯伏窮里, 每日昧爽, 輒焚香祝天, 願雪夫寃. 一日, 夢淵忽來告曰: "吾兄來矣, 你亦知否?" 李氏覺而哭曰: "噫! 靈也, 其徵之矣." 焚香祝天如初. 翌夕, 裕勇就法府. 李聞卽訴府曰: "强死人[63]淵, 因禔爭財, 枉伏極典.[64] 其未亡人某, 叩地叫天, 雪寃無路, 今聞眞柳游出, 謹以淵臨絶遺言一道[65]呈上."

及游至, 言: "臣非裕勇, 實柳游也." 具道其父履歷, 族黨、婢僕及平日所交, 游應口對, 無疑. 因問出家之由, 則云: "娶妻三歲猶無子, 父謂業薄, 責令毋得近膝下. 因轉入西方後絶, 不聞弟之死也." 乃令達城令、沈隆及同里少所善正字[66]金鍵、生員韓克諶等諦視之, 皆云: "眞柳游." 於是禁府請蹤迹蔡應珪、春守等, 得應珪於長連,[67] 未至海州五里許自刎. 得春守於海州以來, 乃言:

自嫁應珪, 生子二人. 當是時, 絶不聞柳游名字. 壬戌[68]年間,

61) 屬 : 최근.
62) 法府 : 刑曹・司憲府・漢城府의 통칭.
63) 强死人 : 억울하게 죽은 사람.
64) 極典 : 極刑.
65) 道 : 문서 등을 헤아리는 단위.
66) 正字 : 弘文館・承文院・校書館의 정9품 벼슬.
67) 長連 : 황해도 殷栗郡의 땅 이름.

達城令使奴三伊來見應珪, 曰: "乃柳游也." 白氏亦送人致意. 癸亥[69]春, 應珪入京, 留三月乃還, 便自稱柳游. 是年冬, 應珪與妾入京, 曰: "達城邀我耳." 至京, 則達城父子果數來, 問遺不絶. 應珪因暗記三伊與白家奴與達城父子等所言, 凡白家本家一門之事甚悉, 折藏[70]衣領, 時或開見. 達城亦潛謂曰: "汝自謂游, 我亦曰游也, 誰能辨之? 萬一白氏見疑, 便可跳去." 談間或言: "河邊麥田, 淵敢獨占耶?" 又曰: "吾妻家産, 淵獨專擅可乎?" 一日, 慶億來言: "沈㙯、金百千, 疑信未定. 明日, 㙯與百千, 當到吾家, 汝亦見訪! 食時當使婢欣介擧案, 汝見卽指謂曰: '此是欣介, 舊嘗許我, 兄其忘諸?' 使㙯等聞之, 前疑冰釋矣." 及歸大丘, 未幾, 流聞見逮. 達城請沈丞相通源書, 因附妾抵本府使朴應川, 且以其奴馬與之. 㙯亦囑其族兄爲掌樂院官者, 圖得一伶人, 跟妾至大丘. 應珪拘朴石家三日, 忽夜有叩門, 應珪起視, 因持書以入, 顧謂賫書人曰: "吾亦作計如是已, 汝可急歸." 妾問何人, 答言: "達城家奴." 因問簡辭云何, 曰: "其辭云: '事已露矣, 汝欲何爲? 可急逸去.'" 妾泣曰: "任汝逃去, 置我何地?" 應珪叱止曰: "愚婦休怖. 脫[71]有不虞,[72] 汝但云不知." 其時, 妾到龍仁縣, 店主老嫗傳致慶億書, 云: "今淵方以弑兄論,[73] 父親亦當對獄,[74] 汝宜同辭, 免致異同云爾." 獄竟, 妾流落海西. 一日, 慶億走人報云: "我方

68) 壬戌 : 1562년.
69) 癸亥 : 1563년.
70) 折藏 : 개어 간직하다.
71) 脫 : 만일.
72) 不虞 : 불의의 일.
73) 論 : 論罪. 판결하다.
74) 對獄 : 對質審問을 하다.

保納爾夫, 夫亦心欲見汝, 汝可來見." 妾問諸叔父, 叔父叱退其人. 其年, 白氏遣騎, 欲以貞白歸養,[75] 妾不許. 後見褆問之, 褆云: "聞諸道路, 多言淵獄可疑, 或傳應珪逃生尙在, 事將不測, 汝若不許貞白歸, 祇益人疑." 勸妾許送. 所供是實.

於是李氏上書, 具陳褆、嶐及白氏之罪, 請論如法. 臺官[76]又追論鞫淵時推官及郎官,[77] 上允之. 有司論游以不奔父喪, 流之[78]龍岡.[79] 褆杖斃獄中, 春守絞死.

先是, 游方在獄, 朝議有言: "白氏不宜在鄕, 越視[80]其獄." 白氏聞而入京. 及游出獄, 直往白氏寓, 立而咳曰: "汝前以蔡奴爲我而賊吾弟, 異日勿謂今日我爲非游也." 言訖, 拂衣去不顧. 白氏曰: "是夫也, 舊嘗加我以不測之言, 今又有是說耶?" 游謫龍岡, 期滿, 歸大丘二年死. 時白氏尙無恙在, 游終始不與交私訊. 白氏所取養春守之子貞白從應珪往大丘者, 在白家已十年. 及游獄起, 白氏縛以告官云: "今聞眞柳游出, 蔡應珪自裁, 請鞫貞白." 朝廷置不問.

先是, 李氏常宴居深念, 謀所以白淵寃萬方. 乙丑[81]年間,

75) 歸養 : 집에 와서 부모를 봉양함.
76) 臺官 : 司憲府의 大司憲 이하 持平까지의 벼슬.
77) 郎官 : 堂下官의 총칭.
78) 流之 : 流刑 보내다. 流刑은 笞刑 · 杖刑 · 徒刑 · 死刑과 함께 五刑의 하나.
79) 龍岡 : 평안남도 서남단에 위치한 고을 이름.
80) 越視 : 자기하고 관계없다고 여기다. 남 보듯 하다. 韓愈가 쓴 「爭臣論」의 "若越人視秦人之肥瘠"에서 유래하는 말.
81) 乙丑 : 1565년.

春守兄永守及其夫金憲來言: “僞柳游不死, 與春守居自如. 若重賂我, 我能爲爾迹之.” 李信之, 盡以嫁時粧[82]直[83]數十金啗之. 自是憲等密密通書抵言:[84] “於海西已伺其出處,[85] 垂將獲之.” 間使[86]往來不絶. 及鄭淹論淵疑獄, 永守聞, 懼而逃. 李氏密捕其家小[87]數人, 囚之私屋. 永守乃出就獄, 終不能致法. 至是李氏更訴刑曹, 捕得永守及憲, 徵償前賂.

亂[88]後, 李相元翼[89]治第于金虎門[90]外, 與李氏連門停,[91] 具聞事始終而傷其寃. 會上寢疾,[92] 與余日日同入闕起居, 爲余言之, 且曰: “願托知言者, 以圖不朽.” 退會, 盡取其家乘, 使來速譔, 曰: “此事若成, 至寃可雪, 官訓可立, 子盍圖之?” 余竊悲淵之寃, 惜不令白氏先驗而徑造官, 重恨禔終不服正術而得追甸人之磬[93]也. 幸矣! 當時網踈而𨻶獨漏也, 雖然

82) 粧 : 몸을 꾸미는 데 소용되는 물건.
83) 直(치) : 값.
84) 抵言 : 속여 말하다. ‘抵’는 ‘欺’의 뜻.
85) 出處 : 행적.
86) 間使 : 몰래 보내는 심부름꾼.
87) 家小 : 妻子·兒女 등의 家屬.
88) 亂 : 임진왜란을 가리킴.
89) 李元翼 : 생몰년 1547~1634년. 宣祖 때 영의정을 지낸 인물.
90) 金虎門 : 昌德宮 敦化門의 서쪽 문.
91) 停 : ‘亭’과 통함.
92) 寢疾 : 臥病.
93) 甸人之磬 : 甸人은 옛날 중국의 官名으로, 郊野를 관장했음. ‘磬’은 ‘목을 매어 죽이다’는 뜻. 『禮記』「文王世子」에 “公族其有死罪, 則磬于甸人”이라는 말이 나오는바, 왕족이 죽을 죄를 범하면 그 체면을 지켜주기 위해 市朝에서 처형하지 않고 郊野에서 처형했음. 여기서 ‘得追甸人之磬’은 왕족의 禮에 합당한 죽음을 맞지 못했음을 말함.

事有不幸而幸者, 不有尹、李[94]諸公爲之先後而左右之, 使淵有附驥之幸, 則又惡能暴於當時, 而施於後世哉? 世或稱游不良逃也. 子而逃父, 人理滅矣, 逃將焉往? 世安有無父之國哉? 古有賢子死於父命,[95] 朱夫子[96]論之曰: "義當逃避, 乃爲得禮."[97] 設令游有大不得已而違親遠逝, 晉公子[98]在秦, 天下無不知, 何乃過爲泯迹隱端, 致弟枉死也? 權聘君[99]嘗言: "少時數遇淵於姻席, 短小精悍, 慷慨自好."[100] 罹禍之後, 妻能囚首喪面, 竭情祈告, 至白首如一日, 宗黨謂爲能處慘禍云.

萬曆三十五年[101]丁未十二月下澣, 大匡輔國崇祿大夫鰲城府院君李恒福謹撰.[102]

---

94) 尹李 : 尹先覺과 李元翼을 가리킴.

95) 賢子死於父命 : 春秋時代 衛나라 宣公이 아들인 伋의 妻를 取해 자기 아내로 삼으니 이가 곧 宣姜이다. 宣姜은 壽와 朔을 낳았는데, 朔이 宣姜과 더불어 伋을 宣公에게 참소하자 宣公은 伋을 齊나라로 보내고는 賊으로 하여금 도중에서 죽이게 하였다. 壽가 이 사실을 알고 伋에게 알리자, 伋은 "군주의 命이니 도망할 수 없다"라고 하였다. 이에 壽가 伋이 齊나라에 갈 때 가지고 갈 節(사신의 깃발)을 훔쳐 먼저 齊나라로 향하매 賊이 그를 伋으로 알고 죽였다. 伋이 뒤에 도착해 말하기를, "군주가 나를 죽이라고 했는데 壽가 무슨 죄가 있단 말인가?"라고 하자 賊이 그를 죽였다. 衛나라 사람들이 이 일을 슬퍼하여 「二子乘舟」라는 시를 지었다고 하는바, 이 시는 『시경』 邶風에 실려 있다.

96) 朱夫子 : 중국 宋나라의 철학자 朱熹.

97) 義當逃避, 乃爲得禮 : "伋當逃避, 使宣公無殺子之事, 不陷於惡, 乃爲得禮"라는 朱子의 말이 明나라 朱睦㮮(주목결)이 撰한 『五經稽疑』 권3 毛詩 「二子乘舟」에 보임.

98) 晉公子 : 중국 춘추시대의 晉 文公 重耳를 가리킴. 그는 父王 獻公이 驪姬를 총애하여 兄인 太子 申生을 죽게 만들고 자기까지 죽이려 하자 국외로 망명하여 19년을 지내다가 獻公이 죽은 후 망명지 秦에서 晉으로 돌아왔음.

99) 權聘君 : 작자의 장인인 權慄을 지칭함. '聘君'은 丈人을 일컫는 말.

100) 自好 : 自愛. 自重.

101) 萬曆三十五年 : 1607년. 萬曆은 明나라 神宗의 연호.

해제

• 작자 : 李恒福(1556~1618)

호는 白沙이며, 宣祖와 光海君 때의 文臣으로 이조판서 · 병조판서 · 좌의정 · 영의정을 역임했다. 저술로는 문집인 『白沙集』이 전한다.

• 출전 : 서울대 奎章閣에 소장되어 있는 『柳淵傳』(單卷)을 底本으로 삼아 다른 本을 참고하여 校合하였다.

• 참고사항

(1) 이 작품은 傳의 소설로의 전환을 보여준다. 傳의 소설로의 전환은 17세기 이래의 조선 후기에 새롭게 야기된 현상인데, 「유연전」은 그 先驅에 해당한다 할 수 있다. 이 점은 박희병, 『조선후기 傳의 소설적 성향 연구』(대동문화연구총서 XII, 성균관대 출판부, 1993)에서 논의되었다. 「유연전」에 대한 작품론으로는 이헌홍, 「實事의 소설화—유연전을 중심으로」, 『한국고소설의 조명』(한국고소설연구회 편, 한국고소설연구총서 제1집, 아세아문화사, 1990)이 참조된다.

(2) 「유연전」은 우리나라 소설사상 최초의 訟事小說이다. 이 작품은 사필귀정으로 끝나고 있다고는 하나 그 내용이 사뭇 비극적이다. 그 비극은 일차적으로 재산분규에서 비롯되지만, 내면적으로 '가부장제'의 모순과도 관련을 맺고 있어 더욱 심각하고 문제적이다. 가부장제의 모순은 부자지간인 禮源과 柳游, 부부지간인 柳游와 白氏의 관계에서 두루 확인된다. 비록 白氏는 현명한 여인은 못 된다 할지라도, 적어도 '女性'의 관점에서 작품을 읽을 경우 그녀 역시 가부장제라는 사회제도의 희생자라 할 만하다.

(3) 柳淵獄事는 明宗 · 宣祖代의 유명한 옥사였던바, 『명종실록』 권30의 명종 19년 갑자 4월條와 『선조실록』 권14의 선조 13년 경진 윤4월條에 각각 언급되고 있다. 이외에도 『聞韶漫錄』 · 『松溪漫錄』 · 『涪溪記聞』 · 『星湖僿說』 등의 책에도 관련기록이 보인다. 權韠은 「題柳淵傳後」(이 시의 詩題에는 "李完平元翼, 屬

---

102) 撰 : 저본에는 이 뒤에 面을 달리하여 '甲寅九月日, 星州牧重刊'이라는 刊記가 있음. '甲寅'은 光海君 6년인 1614년임.

李鰲城恒福, 作傳入板"이라는 細注가 붙어 있음)라는 시에서 "一回披讀一傷神, 寃屈從知久乃伸. 得附青雲眞幸耳, 世間何限不平人?"이라고 「유연전」을 읽은 느낌을 적고 있다.

# 4. 南宮先生傳

許 筠

先生名斗, 世居臨陂,[1] 家故饒財, 雄於鄕. 自其祖父二世, 皆不肯推擇爲吏,[2] 斗獨以博士弟子業[3]起家,[4] 年三十始中乙卯[5]司馬,[6] 有聲場屋[7]間, 嘗以「大信不約」賦, 魁泮解,[8] 人皆傳誦之. 斗伉倔自矜懻,[9] 剛忍敢爲, 恃才豪橫於閭里,

---

1) 臨陂 : 전라북도 沃溝郡에 있는 땅 이름.
2) 吏 : 官吏. 여기서는 '아전'을 가리키는 말이 아님.
3) 博士弟子業 : 과거 공부를 말함. 博士弟子란 원래 중국의 漢 武帝가 설치한 博士의 官에게서 배우는 학생을 뜻하는데, 唐 이후에는 生員을 일컫는 말로 바뀌었음.
4) 起家 : 입신하다.
5) 乙卯 : 明宗 10년인 1555년.
6) 司馬 : 司馬試. 生員과 進士를 뽑는 小科.
7) 場屋 : 科場.
8) 泮解 : 성균관에서 보이던 과거 시험. '泮'은 성균관의 별칭인 泮宮을 뜻하고, '解'는 鄕試를 뜻함.
9) 矜懻 : 교만하고 사나움.

倨不爲禮於長吏,[10] 縣上下俱側目於斗, 而積不敢發.

始先生移家輦下,[11] 爲進取[12]計, 而留一妾於鄕墅, 每年秋輒歸, 經紀其務. 妾卽兵家[13]女, 而艶慧甚, 敎以書計, 該捷絶倫, 斗絶嬖之. 其在洛[14]也, 則曠居累月, 故潛與斗之堂姪異姓者私. 戊午[15]秋, 斗以事急還鄕, 未及一舍[16]所, 日曛, 留傔從, 獨一騎馳至墅, 則已燃燈矣. 僕隷咸休, 中門洞啓, 見妾艶粧麗服, 竚於階, 而堂姪者, 踰東短垣, 足未及地者半咫, 妾遽前摟抱. 斗忍怒, 而姑徐俟其終, 繫馬於外門柱, 潛身蔽於隙中以窺之, 二人者諧謔極褻, 將解衣並枕. 斗方窮其實, 就暗裡摸壁, 則掛箙有二矢一弧, 遂關[17]而注射, 先貫女胸腹立潰, 其男驚起, 跳北窓出, 又射之, 中脇斃. 斗欲告官, 以點汚門戶, 且難保長吏心, 卽牽二屍, 埋於稻田瀆內, 卽疾駈回洛.

遲明, 家僕覺之, 意其與堂姪逃, 問姪家, 則亦莫知所之. 有庄奴竊斗穀百許石, 常恐斗來則必死, 疑斗之殺二人, 尋其迹, 田瀆有膏沸於水上, 鍤發之, 二屍俯仰焉. 卽奔告妾家, 老革[18]告于令,[19] 引男家, 證有宿怨. 令與諸吏, 固嘗不

---

10) 長吏 : 고을 수령.
11) 輦下 : '임금이 타는 수레 아래'라는 말로, 서울을 뜻함.
12) 進取 : 벼슬에 나아가다.
13) 兵家 : 武人.
14) 洛 : 서울.
15) 戊午 : 1558년.
16) 一舍 : 30리.
17) 關(완) : 활을 당기다.

快於斗, 俱喜而欲甘心,[20] 以私嫌謀殺堂姪爲案,[21] 械斗於都下, 五毒[22]備慘. 檻至尼山,[23] 斗之妻, 負幼女追至, 醉守者, 夜脫械逸去. 天亮, 守者覺之, 跡不獲, 以其妻致縣, 並女瘐死[24]獄中. 陂池、園田、臧獲,[25] 狼籍[26]分析於二仇家.

斗卽入金臺山,[27] 落髮爲僧, 法名摠持, 戒行甚嚴. 過一臘,[28] 仇家迹知之, 率吏士[29]掩之. 其曉, 夢有山神告曰: "寃債至, 可亟去!" 旣覺,[30] 急下山. 捕者至, 不獲而返. 斗向頭流山, 居雙溪[31]月餘, 厭名刹緇俗所湊集, 棄向太白山, 至宜寧[32]野庵, 憩焉. 續有一僧至, 丰秀年少, 解襆[33]距[34]堂廉, 睨曰: "君, 士族也, 何晩削乎?" 俄曰: "性忍者." 少頃曰: "業儒而得一名也." 良久, 笑曰: "傷二人命, 負罪逃者." 發四言, 皆

---

18) 老革 : 老兵. 죽은 첩의 아버지를 가리킴.
19) 令 : 고을 수령.
20) 甘心 : 분을 풀다.
21) 案 : 罪案.
22) 五毒 : 참혹한 다섯 가지의 刑具. 즉 桁楊[항쇄 · 족쇄], 荷校[목에 씌우는 칼], 桎梏[수갑과 차꼬], 鋃鐺[쇠사슬], 拷掠[고문기구].
23) 尼山 : 충청남도 논산의 땅 이름.
24) 瘐死 : 囚人이 飢寒 때문에 감옥에서 病死하는 것. 저본에는 '瘐'가 '庾'로 되어 있음.
25) 臧獲 : 노비. 남자 종을 '臧'이라 하고, 여종을 '獲'이라 함.
26) 籍 : '藉'와 통함.
27) 金臺山 : 경기도 楊州의 남쪽에 있는 산.
28) 一臘 : 一冬.
29) 吏士 : 吏卒.
30) 覺(교) : 잠이 깨다.
31) 雙溪 : 雙溪寺.
32) 宜寧 : 경상남도의 땅 이름.
33) 襆 : '幞'과 같음. 두건.
34) 距 : '踞'와 통함.

合. 斗大駴,[35] 錯愕失措, 夜就其寢, 扣頭服實, 且請教甚懇. 少年僧曰: "我只解相人耳. 吾師多秇,[36] 相某人, 當傳某秇, 或符呪, 或象緯, 或堪輿, 或推占, 隨其器誘掖之. 我受相法, 尙未造極, 安敢爲人師?" 斗問: "師今焉在?" 僧曰: "住茂朱雉裳山,[37] 你往則可見." 斗拜而退. 迨曙往候, 則已去矣.

卽回錫,[38] 到雉裳山, 環山伽藍殆數十區, 俱無異僧. 留一歲, 苦心參訪層硿絶頂鳥迹所不到處, 搜覔三四周而不能得, 以爲少年僧相誑, 悵然欲返, 忽到一洞, 有川注於林薄間, 流出大桃核. 斗心欣然曰: "是中莫是仙師所否?" 促步沿流, 可數里許, 仰觀一峯陡起, 松杉翳日, 有素屋[39]三楹, 倚崖而構, 砌石爲臺, 位置淸塏. 攬衣經[40]登其上, 則有一小童, 迎問曰: "何方來?" 斗揖曰: "摠持來參[41]仙師." 童闢東偏左閤子, 有老僧, 形如槁木, 披破衲, 出曰: "和尙風神聳溢, 非恒人也. 曷爲至?" 斗跽曰: "愚魯無他技, 聞老師多藝, 欲得一方技以行世, 千里求師而來, 週一歲方得摳衣,[42] 幸進而教之." 長老曰: "山野濱死之夫耳, 安有秇耶?" 斗百拜懇乞,

---

35) 駴 : '駭'와 통함.
36) 秇 : '藝'의 古字.
37) 雉裳山 : 赤裳山을 말함. 전라북도 茂朱에 있는 산.
38) 錫 : 중이나 도사가 짚는 지팡이.
39) 素屋 : 서민의 집. 여기서는 허름한 집.
40) 經 : '徑'과 통함. 바로.
41) 參 : 뵙다.
42) 摳衣 : 공경의 표시로 아래옷의 하단을 추어올리는 것을 말하는데, 흔히 스승을 처음 찾아뵙고 제자의 예를 표하는 것을 이름.

固拒之, 閤戶不出.

斗伏於廡下, 達曉哀訴, 至朝不休. 長老視若無人, 趺坐入定,[43] 不顧者三日. 斗愈不懈, 長老方鑒其誠, 闢戶令入室. 室大方丈, 只安[44]一木枕, 鑿北龕爲六谷, 鑰閉而掛一匕[45]於龕柱, 南窓上懸板兒, 有五六卷書而已. 長老熟視之, 笑曰: "君, 忍人也. 椎[46]朴不可訓他技, 唯可以不死敎之." 斗起拜曰: "是足矣. 奚用他爲?" 長老曰: "凡諸方術,[47] 必[48]先聚精神而後乃可成. 矧煉魄飛神, 欲求仙蛻者乎? 聚精神, 自不睡始, 你先不睡." 斗到此四日, 而長老不食飮, 惟[49]童日一食黑豆末一合, 了無飢疲色. 心已異之, 及承此誨, 至誠發大願.

初夜, 坐到四更, 眼自合, 忍而至曙. 第二夜, 昏倦不省事, 刻意堅忍. 三夜、四夜, 倦困不能植[50]坐, 頭或撞於壁楣, 猶忍過. 第七夜, 脫然朗悟, 精神自覺醒爽. 長老喜曰: "君有許大忍力, 何事不可做乎?" 因出二經授之曰: "伯陽[51]『參同契』,[52] 乃修煉至訣, 仙家最上乘.『黃庭內外玉景經』,[53] 乃導

43) 入定 : 禪定에 들다.
44) 安 : 놓다. 두다.
45) 匕 : 鑰匙. 열쇠.
46) 椎 : 저본에는 '推'로 되어 있음.
47) 術 : 저본에는 없으나 奎章閣本에 의거해 보충했음..
48) 必 : 저본에는 없으나 奎章閣本에 의거해 보충했음.
49) 惟 : 저본에는 '猶'로 되어 있으나 奎章閣本을 따름.
50) 植 : 곧다.
51) 伯陽 : 魏伯陽. 중국 漢나라 사람. 道術을 좋아하여 제자 3인과 入山하여 丹을 이루었다 함. 저서로 『參契』와 『五行相類』가 전함.

氣煉臟至要, 亦道家妙諦, 讀之萬遍, 自可悟解.” 令日各誦十遍. 又曰: “大凡學飛昇者, 斷除念頭, 安坐煉精、氣、神三寶,[54] 令坎离龍虎,[55] 交濟成丹, 是大捷徑而自非上智與宿稟,[56] 不可猝爲. 君性朴固剛忍, 難以上乘訓之, 姑先絶粒, 爲下學上達計也. 凡人之生, 稟精於五行,[57] 故五臟各主五行,[58] 脾受土氣, 人之飮啖, 皆歸於脾胃, 雖以穀精强健无疾, 而氣引於土, 終至於魄歸[59]乎地, 古之辟穀者, 皆爲此也. 君試先辟穀.” 卽令斗, 日[60]再食. 七日又一飯一粥, 七日減一粥, 更七日以粥替飯. 過四七日, 撤飯粥, 以匕開上龕鑰, 取漆盒二個, 一黑豆末, 一黃精屑, 挑各一匙, 和水餌之, 日再焉. 斗食腸素寬, 飢乏殆不可忍, 身瘦[61]體倦, 眼昏花[62]不辨物, 猶忍之. 服黑豆三七日, 忽若充然不思食. 卽令餌栢葉胡麻,[63] 數日[64]遍身生瘡, 疼不能忍, 又百日, 痂脫肉生,

---

52) 『參同契』: 『周易』의 爻象을 빌려 煉養을 논한 책.

53) 『黃庭內外玉景經』: 道家의 경전. 『黃庭內景經』과 『黃庭外景經』을 함께 일컫는 말. 보통 『黃庭經』이라 일컬음.

54) 三寶: 道家에서 耳・目・口를 外三寶, 元精・元氣・元神을 內三寶라 함. 여기서는 內三寶를 가리킴.

55) 坎离龍虎: 水火를 말함. 坎은 水, 离(=離)는 火를 뜻함. 龍虎 역시 水火를 뜻하는 道敎의 용어. 水火가 서로 相生하여 丹을 이룬다 함.

56) 宿稟: 훌륭한 품성. 타고난 자질.

57) 五行: 우주 만물을 이루는 근본 요소라고 하는 水・火・木・金・土.

58) 五臟各主五行: 五行說에서는 인간의 五臟이 각기 五行에 대응한다고 봄. 가령 肝은 木에, 心은 火에, 脾는 土에, 肺는 金에, 腎은 水에 해당한다고 봄.

59) 魄歸: 사람이 죽으면 魂氣는 하늘로 돌아가고, 形魄은 땅으로 돌아간다고 함.

60) 日: 저본에는 ‘曰’로 되어 있음.

61) 瘦: 저본에는 ‘廋’로 되어 있음.

62) 昏花: 눈이 어두침침함.

方如常. 長老喜曰: "君眞利器[65]也. 但息慾念." 留三年, 讀二訣凡萬遍, 胸次洒然, 若有神會.[66] 長老教以數息,[67] 旣又教之運氣, 氣已運矣. 遂以子午、卯酉,[68] 行六字秘訣,[69] 呼吸道成, 顔漸腴, 氣益爽, 萬念俱灰.

居六年, 長老曰: "君有道骨, 法當上昇,[70] 下此, 則不失爲喬、鏗[71]矣. 慾念雖動, 切[72]忍之. 凡念雖非食色, 一切妄想, 俱害於眞, 須空諸有, 靜以煉之." 因空第二屋, 坐斗其[73]中, 教以昇降顚倒之法,[74] 口訣諄至. 斗依所訓, 兀然堅坐不動, 閉眼內視, 長老時[75]其[76]寒燠飢飽以保持之. 一日, 覺自上腭, 如

---

63) 栢葉胡麻 : 잣나무잎과 참깨.
64) 日 : 저본에는 없으나 奎章閣本에 의거해 보충했음.
65) 利器 : 英才.
66) 神會 : 神通.
67) 數息 : 숨을 헤아려 靜修함. 단전호흡.
68) 子午卯酉 : '子午'는 子午周天, 즉 小周天을 말하고, '卯酉'는 卯酉周天, 즉 大周天을 말함. 子午周天은 煉精化炁의 제1단계로, 그 착안점이 後天八卦圖의 坎・離 兩卦에 있는데, 이 兩卦가 後天八卦圖의 子・午의 위치에 해당하기에 子午周天이라 이름. 卯酉周天은 煉精化炁의 제2단계로, 그 착안점이 先天八卦圖의 坎・離 兩卦에 있는데, 그 兩卦가 卯・酉의 위치에 해당하기에 卯酉周天이라 이름.
69) 六字秘訣 : 저본에는 '字'가 '子'로 되어 있음. 六字氣法을 말함. 道教의 療病養生의 호흡법. 무릇 行氣란 코로 숨을 마시고 입으로 숨을 내쉬는 것인데, 숨을 내쉬는 데에는 여섯 가지가 있으니, 吹・呼・唏・呵・噓・呬가 곧 그것임.
70) 上昇 : 飛昇. 신선이 되어 하늘에 오르는 것.
71) 喬・鏗 : 王子喬와 錢鏗. 중국의 옛 仙人들임.
72) 切 : 저본에는 '地'로 되어 있으나 奎章閣本을 따름.
73) 其 : 저본에는 '其'字가 둘이나, 하나는 衍字임.
74) 昇降顚倒之法 : 內丹修煉의 한 방법으로, 小周天 功法을 익히는 것을 말함. 督脈으로부터 상승하여 三關을 통과하여 陽火에 나아가게 하고, 任脈으로부터 하강하여 다시 坤腹으로 돌아가 陰符로 물러나게 하는 것을 이름.
75) 時 : 때에 알맞게 하다.

小李狀甘涎注舌上, 告長老, 長老令徐嚥歸腹中, 喜曰: "黍珠[77]基立, 可運火候."[78] 卽掛三才鏡[79]于壁, 植[80]七星劍[81]二口[82]於左右, 禹步[83]呪祝, 冀以却魔成道. 煉幾六朔, 丹田充盈, 若有金彩[84]發於臍下. 斗喜其將成, 欲速之心遽萌芽, 不能制, 姹女[85]离火, 上燒泥丸,[86] 絶叫趨出. 長老以杖擊其頭曰: "噫! 其不成也." 亟令斗安坐降氣, 氣雖制伏, 而心冲冲, 終日不定. 長老歎曰: "曠世逢人, 敎非不盡, 而業障未除, 遂致顚敗, 君之命也, 吾何力焉!" 因以蘇茶[87]飮之; 至七日, 心方恬, 而氣不上炎. 長老曰: "君雖不成神胎,[88] 亦可爲地上仙,[89] 少加撙養, 則八百年之壽, 可享矣. 君命當有子, 洩精之竅已塞, 可服藥以通之." 出二粒赤桐子丸, 嚥之.

---

76) 其 : 저본에는 없으나 奎章閣本에 의거해 보충했음.

77) 黍珠 : 黍米珠. 煉丹術에서 납과 수은을 합성해서 만든다는 불로장생의 靈藥. 여기서는 '內丹修煉'을 가리키는 말로 썼음.

78) 火候 : 外丹에서는 煉丹過程中 火力의 運轉을 조절하는 것을 말하나, 內丹에서는 心에서 생기는 神과 意念을 '火'라 하고 煉丹過程中 意念의 법칙을 장악하는 것을 火候라 함. 火候는 煉丹의 마지막 과정으로, 煉丹成敗의 관건이 됨.

79) 三才鏡 : 天·地·人을 비추는 거울.

80) 植(치) : 세우다.

81) 七星劍 : 북두칠성이 새겨져 있는 칼.

82) 口 : 칼을 세는 단위.

83) 禹步 : 道敎의 術法의 하나로, 뒷발이 앞발을 넘어가지 않게 걷는 걸음. 禹임금이 창시했다고 하며, 귀신을 부리거나 邪魔를 물리치는 힘이 있다고 함.

84) 丹田充盈, 若有金彩 : 丹을 이루면 丹田에서 금빛이 發한다고 함.

85) 姹女 : 道敎의 煉丹隱語로, 外丹에서는 水銀을, 內丹에서는 人性을 가리킴.

86) 泥丸 : 도가에서 쓰는 말로 정수리에 있는 百會, 즉 上丹田을 가리킴.

87) 蘇茶 : 藥茶의 한가지. 약재를 달여서 차같이 마시는 것.

88) 神胎 : 神丹.

89) 地上仙 : 地上에 거주하는 仙人. 仙人에도 몇 가지 등급이 있는바, 몸이 하늘로 오르는 飛昇을 가장 높은 경지로 치고, 地上仙은 그보다 낮은 경지임.

斗請曰: "庸戇不任教, 自我命薄, 夫[90]何恨? 弟子侍師, 七歲于玆, 尙不知師之出處, 幸賜其詳, 慰異日嚮往之誠若何?" 長老笑曰: "他人問之, 固不敢言, 君能忍者, 故告之詳. 我卽上洛[91]大姓子, 大師[92]幸[93]之曾孫[94]也. 生於宋 熙寧二年,[95] 十四有風癩, 父母不收, 棄之林中, 夜有虎攬, 而置諸石室, 耽耽乳其二子其旁,[96] 終無[97]害意, 痛方極, 恨不速斃於其牙齒. 有草羅生於崕竅, 葉敷根大, 試洗而食之, 腹稍果.[98] 食數月, 瘡漸損, 稍自起立. 遂多掘而頓食之,[99] 殆盡半山. 幾百日, 瘡悉脫, 遍生綠毛. 喜而强食之, 又百日, 身自擧, 倏昇於峰巔. 旣已愈其疾, 不辨故[100]邑來路, 方栖遑靡所之, 忽有一僧, 過于峰下, 頫身就其途, 遮問曰: '此何山也?' 僧曰: '此乃太白山, 而地係眞珠府[101]也.' '近有寺否?' 曰: '西峰有蘭若, 路絶不易攀陟.' 吾卽飛至其庵, 禪寮晝閉, 閒爾無人, 手闢廊戶, 行到中寮, 有一老病僧, 擁布褐, 隱几而喘, 幾死,

---

90) 夫 : 저본에는 없으나 奎章閣本에 의거해 보충했음.
91) 上洛 : 경상북도 尙州의 옛 이름.
92) 大師(태사) : 太師. 고려 三師(太師・太傅・太保)의 하나로, 명예직임.
93) 幸 : 『고려사』 권57 「志」11에 安東人인 權幸이 고려 태조를 도와 그 공으로 大相의 벼슬에 올랐다는 기록이 보이는데, 아마도 이 인물이지 않나 생각됨.
94) 孫 : 저본에는 이 뒤에 '子'가 더 있으나 奎章閣本을 따름.
95) 熙寧二年 : 고려 文宗 23년인 1069년. '熙寧'은 宋나라 神宗의 연호.
96) 其旁 : 그 곁에서.
97) 無 : 저본에는 '不'로 되어 있으나 奎章閣本을 따름.
98) 果 : 배가 부르다.
99) 頓食之 : 끼니마다 먹다. '頓'은 끼니.
100) 故 : 저본에는 '古'로 되어 있으나 奎章閣本을 따름.
101) 眞珠府 : 강원도 三陟都護府에 속해 있던 고을 이름.

擡眼見之曰: '夜夢老相[102]言: ≪傳我師秘書者, 今當至≫, 相君面, 眞其人也.' 起解囊出一函書, 授之曰: '讀此萬周, 其義自見.[103] 努力勿怠!' 吾問其孰[104]傳, 曰: '新羅 義相[105]大師入中原, 逢正陽眞人,[106] 授[107]此書, 臨化, 囑我二百年後當有傳者. 君應其讖, 可受持勉力. 吾得所傳, 從此逝矣.' 趺坐, 寂然而[108]化. 吾卽茶毗之, 得紺舍利百粒, 藏之塔中, 解函視之, 乃『黃帝陰符』[109]及『金碧龍虎經』、[110]『參同契』、『黃庭內外經』、[111]『崔公入藥鏡』、[112]『胎息』、[113]『心印』、[114]『洞古』、[115]『定觀』、[116]『大通』、[117]『淸靜』[118]等經. 就其庵, 獨居修煉, 魔

---

102) 相 : 뒤에 나오는 '義相'을 가리킴.
103) 見(현) : '現'과 통함.
104) 孰 : 저본에는 '熟'으로 되어 있음.
105) 義相 : '相'은 '湘'으로도 표기함.
106) 正陽眞人 : 唐나라 때의 인물인 鍾離權. 그는 어떤 노인에게 仙訣을 전수받아 崆峒山에 들어가 仙人이 되었다고 함.
107) 授 : 받다. '受'와 통함.
108) 而 : 저본에는 없으나 奎章閣本에 의거해 보충했음.
109) 『黃帝陰符』 : 黃帝가 지었다는 『陰符經』을 말함.
110) 『金碧龍虎經』 : 『金碧經』이라고도 하고, 『古文龍虎經』이라고도 하며, 『金碧古文龍虎上經』이라고도 함. 黃帝에 托名한 道敎丹訣.
111) 『黃庭內外經』 : 『黃庭內景經』과 『黃庭外景經』. 주 53을 참조할 것.
112) 『崔公入藥鏡』 : 보통 『入藥鏡』이라 함. 漢나라 崔希範이 撰한 道敎養生書로 3言 82句로 되어 있음.
113) 『胎息』 : 『胎息經』. 全名은 『高上玉皇胎息經』. 작자 미상의 道敎氣功書. 1卷 88字.
114) 『心印』 : 『心印經』. 全名은 『高上玉皇心印妙經』. 작자 미상의 道敎經典으로 1卷 4言 200字임. 內丹中에 精·氣·神을 수련하는 秘要를 논하였음.
115) 『洞古』 : 『洞古經』. 全名은 『太上赤文洞古經』. 도교 경전. 長筌子가 撰함. 1卷.
116) 『定觀』 : 『定觀經』. 全名은 『洞玄靈寶定觀經』. 작자 미상의 도교 경전. 1卷.
117) 『大通』 : 『大通經』. 全名은 『太上洞玄靈寶天尊說大通經』. 작자 미상의 도교 경전. 1卷 147字.

鬼萬方來撓, 以不聞不見消之. 凡苦志十一年, 乃成神胎, 法當解去, 上帝命留此, 統東國三道[119]諸神, 故留此五百餘年, 限滿則當上昇矣. 吾經歷數十人, 或氣過銳, 或太鈍, 或少忍力, 或緣淺, 或多慾念, 俱不能成. 若有成道者, 吾當擧授吾任, 上歸玉京,[120] 而曠百年不得一人, 此我塵緣未盡而然也."

斗與長老, 久同寢, 常怪其秘臍下寸地,[121] 不許人見, 問其故, 欲覩之, 長老笑曰: "何容易耶? 見則恐驚君耳." 斗曰: "奚驚爲? 願一見." 長老解下包, 金光百道,[122] 射於屋梁, 不能定視, 蒲伏於榻. 長老還包之如故. 斗又曰: "師旣治諸神, 何無一個來修覲者?" 長老曰: "吾飛神而受其朝矣." 又請觀諸神, 曰: "可待明年上元也."

至期, 長老出龕中衣箱, 戴八霞方山巾,[123] 服七星日月綉袍, 係圓青玉束獅帶,[124] 穿五花文履, 手持八角玉如意,[125] 趺坐砌臺上. 斗西向侍, 童子偶立, 忽於臺上雙檜, 各掛彩花燈, 俄而滿洞千萬樹, 俱各掛花燈, 紅焰漲空如白晝. 有奇形怪狀之獸, 或熊､虎, 或獅､象, 或豹而雙脚, 或虬形而翼, 或龍而無

118) 『淸靜』: 『淸靜經』. 全名은 『太上老君說常淸靜妙經』. 작자 미상의 도교 경전. 一說에는 葛玄이 撰했다고 함. 1卷.
119) 三道 : 三南, 즉 충청도 · 전라도 · 경상도를 말함.
120) 玉京 : 道教에서 옥황상제가 산다고 하는 곳.
121) 臍下寸地 : 下丹田을 말함.
122) 百道 : 백 줄기.
123) 方山巾 : 隱士들이 쓰던 冠.
124) 圓青玉束獅帶 : 둥근 青玉으로 장식하고 사자를 수 놓은 띠.
125) 八角玉如意 : 옥으로 만든 팔각의 如意. 如意는 道士가 갖는 기물로, 나무 · 쇠 · 옥 등으로 만들었음. 如意珠와는 다름.

角, 或龍身而[126]馬頭, 或三角而人立決騾, 或人面三眸者, 以百數. 又有象、獐、鹿、麑形者, 金目雪牙, 赭毳霜蹄, 夭矯[127]拏攫, 以千計, 俱羅侍於左右. 又有金童玉女捧幢節數百人, 介戟具三仗[128]者千餘人, 環立臺上, 衆香馥郁, 璜珮丁東. 續有青衫象簡[129]佩水蒼[130]戴弁者二人, 鞠躬階下, 唱曰: "東方極好林、廣霞、紅暎山[131]三大神君見!"[132] 有三神, 俱頂紫金梁冠,[133] 紫袍、玉帶, 端笏、雲履,[134] 佩劍、珩者, 頎而皙[135]長, 眉目皆朗秀. 長老起立拱手, 三神皆再揖而退. 又唱曰: "蓬壺、[136]方丈、圓嶠、祖洲、[137]瀛海[138]等五洲眞官見!" 有五神, 各披方色[139]袍, 冠佩如前, 而俱頎秀. 長老起立, 五神皆再拜而退. 又唱曰: "東、南、西海長離、廣野、沃焦、玄隴、地肺、捴眞、女几、

---

126) 而 : 저본에는 없으나 奎章閣本에 의거해 보충했음.
127) 夭矯 : 뛰어오르는 모양.
128) 三仗 : 칼, 창, 도끼 등의 儀仗. 저본에는 '仗'이 '伏'으로 되어 있음.
129) 簡 : 笏.
130) 水蒼 : 水蒼玉. 玉의 하나.
131) 極好林、廣霞、紅暎山 : 『廣博物志』 권50에 "昔有小國有好林藪"라는 기록이 보이고, 『玉芝堂談薈』 권22 「海外五岳」에, 玄都 玉京山의 오른쪽에 있는 산이 廣霞山이고 왼쪽에 있는 산이 紅映山이라는 기록이 보임. '暎'과 '映'은 仝字임.
132) 見(현) : 알현하다.
133) 紫金梁冠 : 자주색 금량관. 금량관은 文武官이 朝服을 입을 때 쓰는 관.
134) 雲履 : 구름 무늬가 있는 신.
135) 晳 : '皙'과 통용됨. 本字는 晳.
136) 蓬壺 : 蓬萊山. 海中에 있다는 다섯 仙山의 하나. 다섯 仙山은 岱輿, 員嶠, 方壺, 瀛洲, 蓬萊임. '員嶠'는 圓嶠라고도 쓰며 '方壺'는 方丈이라고도 함.
137) 祖洲 : 漢나라 東方朔이 말한 十洲의 하나. 東海 중에 있는데 不死草가 자란다고 함.
138) 瀛海 : 瀛洲.
139) 方色 : 동・서・남・북・중(中)의 다섯 방위에 따른 青・白・赤・黑・黃의 다섯 가지 색.

東華、仙源、琳霄[140)]等十島女官見!" 有仙女十人, 俱戴花絨金襪巾,[141)] 揷赤珠步搖,[142)] 珠翠玲瓏暎其面, 不可定視, 服素練金鳳紋衫, 施翠羅襴膝長裙, 佩太乙靈符,[143)] 艶奕有電光, 穿綠花方底履,[144)] 頎長而男子拜. 長老不起, 坐受之, 女官退. 又唱曰: "天印、紫蓋、金馬、丹陵、天梁、南壘、穆洲[145)]等七道司命神將見!" 有紅抹額[146)]揷羽, 戎袴褶,[147)] 綉[148)]花掩心金搭,[149)] 肘佩矢房、[150)]弧韔, 手朱殳, 而俱獅形虎姿, 植[151)]赤髮, 金目虬髥者, 揖不拜退. 又唱曰: "丹山、玄林、蒼兵、素泉、赭野[152)]等五神所統山林、藪澤、嶺瀆、城隍諸鬼伯鬼母, 俱見!"

---

140) 長離~琳霄 : 모두 道家에서 福地나 仙山으로 일컫는 곳들임. 長離는 南海에 있다는 산이고, 廣野는 北海의 弱水에 있다는 산이며, 沃焦는 동해의 남쪽 3만 리에 있다는 산이고, 地肺는 江蘇省에 있는 산으로서 一名 句曲山이라고도 하며, 女几는 河南省 宜陽縣의 서쪽에 있는 산으로 洛水가 여기서 發源하며, 仙源은 福地로 일컫는 곳이고, 東華는 仙人이 산다고 하는 곳임. 沃焦는 「南炎浮洲志」에도 보이는바, 「南炎浮洲志」의 주 25를 참조할 것. 한편 저본에는 '琳霄'가 '琳宵'로 되어 있으나 奎章閣本을 따름.

141) 金襪巾 : 버선 모양의 두건.

142) 步搖 : 여자의 머리 장식품.

143) 太乙靈符 : 太乙神을 새긴 牌. 太乙神은 도교에서 받드는 天神.

144) 方底履 : 밑이 모가 진 신.

145) 天印~穆洲 : 天印은 별 이름이고, 紫蓋는 第33洞으로 承天 當陽縣에 있으며, 金馬는 雲南省에 있는 산이고, 丹陵은 36精廬의 하나로 仙眞修煉之跡이 있다는 곳임. 天梁은 南斗六星 중 남쪽에 있는 별 이름이고, 南壘는 13개의 별로 이루어진 天壘城에서 凶災를 관장하는 남쪽의 4개 별을 가리키는 것으로 추정되며, 穆洲는 東海에 있다는 산.

146) 抹額 : 두건의 일종. 이마를 두르는 布帛으로, 보통 하급 무관이 사용했음.

147) 袴褶 : 사마치. 戎服을 입고 말을 탈 때에 두 다리를 가리는 아랫도리 옷.

148) 綉 : 저본에는 '𧛊'로 되어 있음.

149) 掩心金搭 : 掩心甲, 즉 가슴을 가리는 갑옷을 말함. '搭'은 '褡'과 통함.

150) 矢房 : 동개, 즉 활집.

151) 植(치) : 서다.

五大神將, 如七道神形者, 各領一隊百餘靈官,[153] 或短醜, 或長大, 或潔脩而雅, 或六臂四目者, 女或老醜或姸少者, 被服俱隨方色, 列立四拜, 退爲五隊.

長老命小童, 持小絳幡, 從北方指東環南抵西, 立于中隊之前, 告曰: "諸靈俱會, 而魏州 趙夫人[154]未至矣." 素泉神出跪曰: "他以謫,[155] 今降爲人, 其代不來矣." 長老招廣霞三眞人至前, 謂曰: "卿輩分理三方, 體上帝好生之德, 黎庶受卿澤久矣. 今者厄會將至, 萬姓當罹其殃, 思所以捄之之[156]策耶?" 三人者, 俱唏咨:[157] "誠如所諭. 昨者蓬萊 治水大監, 自紫霞元君[158]所來, 過紅暎山言: '衆眞在九光殿[159]上, 侍上帝, 有三島帝君[160]道: ≪閻浮提[161]三韓[162]之民, 機巧姦騙, 誑惑暴殄, 不惜福, 不畏天, 不孝不忠, 嫚神瀆鬼, 故借句林洞狸面大魔, 捲赤土[163]之兵, 往勦之, 連兵七年, 國幸不亡, 三方

---

152) 丹山~赭野 : 모두 神의 이름.
153) 靈官 : 仙官.
154) 趙夫人 : 女仙.
155) 謫 : 奎章閣本에는 '譴'으로 되어 있음.
156) 之之 : 저본에는 '之'字가 하나지만 奎章閣本을 따름.
157) 俱唏咨 : 이 구절 전후의 말은 『剪燈新話』의 1篇인 「富貴發跡司志」에 나오는 發跡司 判官의 말을 패러디한 것으로 보임.
158) 紫霞元君 : 도교에서 받드는 女仙의 한 사람. 남자 신선을 眞人, 여자 신선을 元君이라 함.
159) 九光殿 : 옥황상제가 거주하는 궁궐 이름.
160) 三島帝君 : 도교의 天神 이름.
161) 閻浮提 : 불교에서 須彌山 남쪽에 있다고 하는 大洲의 이름으로, 우리 인간이 거처한다는 곳임.
162) 三韓 : 우리나라를 일컫는 말.
163) 赤土 : 南洋의 옛 나라 이름. 여기서는 일본을 가리킴.

之民, 十奪[164]其五六, 以警之.≫' 臣等聞之, 亦皆心怵, 而大運所關, 何敢容力乎?" 長老亦嗟吁不已. 俄自中隊, 發炮[165]一響, 四隊皆應, 擂鼓伐金以助之, 樹上燈一一落地, 窅然幽谷, 大[166]雲平鋪. 長老入房, 袱[167]其冠服, 明燈坐室中. 斗愕眙自失者久之.

翌日, 招斗謂曰: "你旣緣薄, 不合久于此, 其下山長髮, 餌黃精, 拜北斗, 不殺婬盜, 不茹葷狗牛肉, 不陰害人, 則此地上仙, 行脩之不息, 亦可上昇矣. 『黃庭』、『參同』, 道家上乘, 誦持不懈, 而『度人經』,[168] 乃老君[169]傳道之書, 『玉樞經』,[170] 乃雷府[171]諸神所尊, 佩之則鬼畏神欽. 此外修心之要, 唯不欺爲上. 凡人一念之善惡, 鬼神布列於左右, 皆先知之, 上帝降臨孔[172]邇, 作一事, 輒錄之於斗宮,[173] 報應之效, 捷於影響, 昧者褻之, 以爲茫昧不足畏, 彼焉知蒼蒼之上, 有眞宰

164) 奪 : 저본에는 '集'으로 되어 있음.
165) 炮 : '砲'와 통함.
166) 大 : 저본에는 '太'로 되어 있음.
167) 袱 : 옷 따위를 보자기에 싸다. 저본에는 '襆'으로 되어 있음.
168) 『度人經』 : 全名은 『太上洞玄靈寶無量度人上品妙經』. 도교 경전의 하나로, 洞玄靈寶部 經書 중 가장 중요시됨.
169) 老君 : 老子를 높여 太上老君이라 함.
170) 『玉樞經』 : 全名은 『九天應元雷聲普化天尊玉樞寶經』. 道敎經典으로 저자는 미상이고 1卷임. 우리나라에서는 흔히 소경이 이 經을 외웠음.
171) 雷府 : 雷神, 즉 우뢰의 신이 거처하는 곳. 雷神에는 그 우두머리인 雷子, 천둥신인 雷公, 번개의 여신인 電母, 바람의 신인 風伯, 비의 신인 雨師, 이 다섯이 있음.
172) 孔 : 대단히, 몹시.
173) 斗宮 : 北斗神이 거주하는 北斗星에 있다는 궁궐. 北斗神은 上帝의 喉舌之臣임.

者, 操其柄[174]耶? 你忍心雖剛, 而慾念不除, 倘或不愼, 則一墜異趣, 曠劫受苦, 可無愼哉?" 斗涕泣而受其誨, 卽告辭下山, 回視則無復人居焉.

展轉至臨陂, 則舊廬無遺址, 田畝皆再四易主. 又屆洛下,[175] 則故宅只有基, 柱礎縱橫於宿莽中, 忍淚而歸. 常[176]念有老實奴在海南,[177] 富有田宅, 往投之, 而初不識焉, 久乃認爲其主, 相持號慟, 空其居而處之, 爲娶民家女, 生子女各一.

先生雖更立家業, 佩服師訓, 終始不少懈, 去隱于龍潭[178]地, 擇深谷以居, 爲近雉裳,[179] 冀再遇仙師計, 而數十年, 採黃精松葉食之, 身日益强, 鬚髮不白, 步履如飛.

萬曆戊申[180]秋, 筠罷公州,[181] 家扶安. 先生自古阜, 步訪於旅邸, 因以四經[182]奧旨授之, 且以遇師顚末, 詳言之如右.

先生今年八十三, 而容若四十六七歲人, 視聽精力, 不少衰, 鸞瞳綠髮,[183] 翛然[184]如瘦鶴. 或數日絶食不寐, 誦『參

---

174) 操其柄 : 운명을 쥐다.
175) 洛下 : 서울.
176) 常 : '嘗'과 통함.
177) 海南 : 전라남도 海南郡.
178) 龍潭 : 전라북도 鎭安郡의 땅 이름.
179) 雉裳 : 雉裳山.
180) 萬曆戊申 : 宣祖 41년인 1608년. 萬曆은 明나라 神宗의 연호.
181) 筠罷公州 : 작자 허균은 1607년 12월에 공주 牧使가 되었으며, 이듬해 8월에 파직되어 전라북도 扶安에 우거했었음.
182) 四經 : 『황정경』·『참동계』·『도인경』·『옥추경』을 말함.
183) 鸞瞳綠髮 : '鸞瞳'은 鳳眼을 말함. 봉안은 봉의 눈같이 가늘고 길며 눈초리가 깊고 붉은 기운이 있는 눈으로, 貴相으로 침. '綠髮'은 검은 머리털.
184) 翛然 : 超脫한 모습. 저본에는 '翛'가 '倏'로 되어 있음.

同』、『黃庭』不綴,[185] 輒曰: "毋陰行險, 毋曰無鬼神. 行善積德, 絶慾煉念, 則上仙[186]可立致, 鸞鶴不日下迎矣." 不佞[187]見先生, 飮啖食息如平人, 怪之, 先生曰: "吾初擬飛昇, 而欲速不果成. 吾師旣許以地上仙, 勤脩則八百歲可期矣. 近日山中, 頗苦閑寂, 下就人寰, 則无一個親知, 到處年少輩, 輕其老醜, 了无人間興味. 人之欲久視[188]者, 原爲樂事, 而悄然无樂, 吾何用久爲? 以是不禁烟火,[189] 抱子弄孫, 以度餘年, 乘化歸盡, 以順天所賦也. 君有仙才道骨, 力行不替, 眞仙去君何遠哉? 吾師嘗許我以忍, 不能忍而至是, 忍之一字, 仙家妙訣, 君亦愼持勿墜也!" 留數旬, 拂衣辭去. 人言其還向龍潭云.

許子[190]曰: "傳言: '東人尙佛不尙道.'[191] 自羅[192]逮鮮[193]數千載, 未聞有一人得道仙去者, 其果徵哉? 然以余所覩南宮先生言之, 可異焉. 先生所師者, 果何人? 而得於相師[194]者, 未必的然可信, 所說亦未必盡然, 要之, 影響之間[195]也.

185) 綴 : '輟'과 통함. 그치다.
186) 上仙 : 하늘로 올라가 신선이 되는 것. 혹은 九品의 신선 가운데 최고의 신선.
187) 不佞 : '나'의 謙辭.
188) 久視 : 長壽.
189) 烟火 : 불에 익힌 음식, 즉 俗人이 먹는 음식.
190) 許子 : 許筠 스스로를 이름.
191) 道 : 道敎.
192) 羅 : 新羅.
193) 鮮 : 朝鮮.
194) 相師 : 義相大師를 가리킴.
195) 影響之間 : 확실한 실체가 없다는 뜻. 그림자나 메아리는 形과 聲에 응하여 나타나는 것일 뿐 그 자체가 실체는 아니기에 한 말임.

但以先生年貌看之, 非眞能得道者耶? 那能八十而若是康健耶? 此又不可決以爲實無是事也. 噫, 其奇哉! 我國僻在海外, 乏[196]遐擧之士[197]如美門、安期,[198] 而巖石間乃有此異人累千百年, 俾先生一得遇之, 孰謂偏壤而无其人耶? '達道則仙, 昧道則凡', 傳所言者, 與耳食[199]奚殊? 使先生, 毋望其速成, 卒收爐鼎[200]之效, 則彼美門、安期, 亦何難拍肩而等夷之?[201] 唯其不忍, 以敗垂成之功, 嗚呼惜哉!"

• 작자 : 許筠(1569~1618)

호는 蛟山 혹은 惺所이며, 선조와 광해군 때 삼척부사・공주목사 등의 외직과 형조정랑・형조참의・좌참찬 등의 내직을 역임했다. 도학적 엄숙주의에 반대하여 인간 본연의 情欲을 적극적으로 긍정했으며, 이러한 생각을 문학에 다각도로 구현했다. 이런 선구적 면모 때문에 그는 동시대인에 의해 '天地間의 一怪物'이라는 혹평을 받았다. 그는 당시 사회적 진출이 봉쇄되어 있던 서얼층의 처지를 깊이 동정했으며, 이 계층의 인물들과 격의없이 사귀었다. 그의 스승인 蓀谷 李達(1539

196) 乏 : 저본에는 '之'로 되어 있음.
197) 遐擧之士 : 方外에 노니는 이, 즉 神仙者流.
198) 美門・安期 : 둘 다 중국의 옛 仙人.
199) 耳食 : 남의 말을 따져 보지도 않고 무조건 믿는 것을 말함.
200) 爐鼎 : 煉丹.
201) 何難拍肩而等夷之 : 친근하게 어깨를 치며 자기들과 대등하게 관계함을 어찌 어렵게 여겼겠는가. 자기들과 동등하게 대했으리라는 말.

~1612)도 서얼 출신이었다. 그는 당시 최고의 박학자였으며, 다른 사람이 넘볼 수 없는 높은 詩眼을 갖고 있었다. 하지만 그의 벼슬길은 순탄하지 않았으며, 마침내 서얼 출신인 徐羊甲 등과 역모를 꾀했다는 죄명으로 처형되었다. 저서로는 문집인 『惺所覆瓿稿』, 詩話書인 『鶴山樵談』, 소설 『홍길동전』이 전한다.

• **출전**: 국립중앙도서관본 『惺所覆瓿稿』를 底本으로 삼아 다른 本을 참고하여 校合하였다.

• **참고사항**

(1) 허균은 39세 때인 1607년 12월에 공주 牧使가 되었는데, 이듬해 8월에 파직되어 전라북도 扶安에 寓居했다. 1609년(광해군 1년)에 그는 이 곳에서 남궁두를 만났다. 당시 허균은 거듭된 파직으로 실의에 빠져 超世의 뜻이 있었던지라, 神仙者流인 남궁두가 하는 이야기에 큰 흥미를 느꼈던 것으로 보인다.

그러나 「남궁선생전」은 남궁두가 해 준 이야기를 그대로 옮겨 놓은 것은 아닌 것 같다. 허균은 남궁두의 이야기를 바탕으로 삼되 자신의 상상력을 적극적으로 가미하여 이 작품을 창작한 것으로 여겨진다. 그 결과, 드넓은 시공간 속에 낭만적 환상을 마음껏 펼쳐 보일 수 있었다. 단편 내지 중편 분량의 우리 한문소설 가운데 이만큼 넓은 시공간과 낭만적 상상력을 보여주는 작품은 달리 찾기 어렵다. 이 작품은 煉丹過程에 대한 자세한 서술, 海東 仙家의 道脈에 대한 서술, 東方의 諸神에 대한 서술 등을 보여주는바, 우리나라 仙家文學의 한 기념비적 작품이라 할 만하다.

허균이 이 작품을 창작한 것은 1609년에서 1610년 사이라고 추정된다. 1610년 10월에 그가 李達에게 보낸 편지(「與李蓀谷」) 중에 이 작품이 언급되고 있기 때문이다. 이 편지를 통해 허균이 「남궁선생전」의 문장에 대단한 자부심을 가졌던 것을 알 수 있다.

(2) 남궁두는 광해군 연간에 호남 지방에 널리 알려진 道士로서, 그에 관한 전설이 여러 기록에서 발견된다. 즉 柳夢寅(1559~1623)의 『於于野談』, 李睟光(1563~1628)의 『芝峰類說』을 비롯하여, 柳光翼(1713~1780)의 『松巖輯話』, 李重煥(1690~?)의 『擇里志』 등에 그에 관한 언급이 보인다. 또 동시대 호남의 道人이었던 青霞 權克中의 문집인 『青霞集』에는 남궁두를 추모하는 輓詩(「輓南宮進士」)가 실려 있다.

(3) 우리나라 仙家의 道脈은 李圭景의 『五洲衍文長箋散稿』 권39의 「道教仙

書道經辨證說」의 다음 기록에서 살필 수 있다.

"溯其傳道之原委, 則鍾離權授新羅人崔承祐、金可紀、僧慈惠, 承祐授崔孤雲、李淸, 淸授明法, 明法復受慈惠要, 慈惠授權淸, 淸授元偰賢, 賢授金時習, 習授天遁劒法鍊魔眞訣於洪裕孫, 又以玉函記內丹之要授鄭希良, 參同龍虎秘旨授尹君平, 平授郭致虛, 鄭希良授僧太珠, 珠授鄭磏、朴枝華, 洪裕孫授密陽孀婦朴氏、妙觀, 觀授張道觀, 郭致虛授韓无外, 權淸授南宮斗, 又授趙云仡."

이 기록 중 '權淸'은 「남궁선생전」에서 남궁두의 스승으로 등장하는 權仙師와 동일인이다. 이 기록에 의하면 권청은 남궁두 외에 元나라에서 귀화한 偰賢과 고려말의 趙云仡에게도 도를 전한 것으로 되어 있다. 그런데 澤堂 李植의 『澤堂集』 別集 권7에 실린 「茂朱赤裳山城護國寺碑」에 의하면, 偰賢은 茂朱의 赤裳山에서 신선술을 닦았다고 한다. 무주 '적상산'은 곧 「남궁선생전」에서 남궁두가 권선사로부터 신선술을 배운 '雉裳山'을 말한다. 이렇게 보면, '적상산'이 海東 仙家의 한 福地임을 알 수 있다.

(4) 「남궁선생전」은 최삼룡, 『한국초기소설의 道仙思想』(형설출판사, 1982); 박희병, 「이인설화와 신선전」, 『한국고전인물전연구』(한길사, 1992) 등에서 논의되었다.

# 5. 崔陟傳

趙緯韓

崔陟, 字伯昇,[1] 南原人也. 早喪母, 獨與其父淑,[2] 居于府西門外萬福寺之東.[3] 自少倜儻, 喜交遊, 重然諾, 不拘齪齪小節. 其父嘗戒之曰: "汝不學無賴, 畢竟做何等人乎? 況今國家興戎, 州縣方徵武士, 汝[4]無以射獵爲事, 以貽老父憂, 屈首受書, 從事於擧[5]子業, 雖未得策名登第, 亦可免負羽[6]從軍. 城南有鄭上舍[7]者, 余少時友也, 力學能文, 可以開導

---

1) 昇 : 고려대학교 도서관본(이하 '고려대본'으로 약칭)에는 '升'으로 되어 있음.
2) 淑 : 문우서림 김영복 씨 소장의 『天倪錄』에 合綴되어 있는 「崔陟傳」(이하 김영복본으로 약칭)에는 '俶'으로 되어 있음.
3) 萬福寺之東 : 똑같은 말이 「萬福寺摴蒱記」에도 보임.
4) 汝 : 저본에는 없으나 김영복본에 의거해 보충했음.
5) 擧 : 저본에는 '儒'로 되어 있으나 김영복본을 따름.
6) 羽 : 箭. 화살.
7) 上舍 : 진사나 생원을 가리키는 말.

初學, 汝往師之!"

陟卽日挾冊及門, 請業不輟. 浹數月, 詞藻日富, 沛然如決江河, 鄕人咸服其聰敏. 每講學之時, 輒有丫鬟, 年可十七八, 眉眼如畫, 髮黑如漆, 隱伏于窓壁間, 潛聽焉.

一日, 上舍方食不出, 陟獨坐誦書, 忽然窓隙中, 投一小紙, 取而視之, 乃書「摽有梅」[8)]末章. 陟心魂飛越, 不能定情, 思欲昏夜唐突以竊而抱, 旣而[9)]悔之, 以金台鉉[10)]之事自警, 沈吟思量, 義欲交戰. 俄見上舍出來, 遽藏其詩於袖中, 卒業而退. 門外有一靑衣, 尾陟而來曰: "願有所白." 陟旣見詩, 心動之, 及聞靑衣之言, 甚怪之, 頷首呼來, 引至其家, 詳問之, 對曰: "兒是李娘子女奴春生也. 娘子使兒請郎君和詩而來矣." 陟訝曰: "爾非鄭家兒耶? 何以曰李娘子也?" 對曰: "主家本在京城崇禮門外靑坡里, 主父李景新早歿, 寡母沈氏獨與處子居焉.[11)] 處子名玉英氏, 投詩者是也. 上年避亂, 自江華乘船來, 泊于羅州會津,[12)] 及秋自會津轉來于此.[13)]

---

8) 「摽有梅」: 『詩經』 國風 召南의 詩. 처녀가 나이가 듦에 따라 짝을 구하는 마음이 급해짐을 읊었음. 모두 3章으로 이루어져 있는데, 그 末章에서 "摽有梅, 頃筐塈之. 求我庶士, 迨其謂之"라 했음.

9) 旣而 : 저본에는 '卽'으로 되어 있으나 고려대본과 『先賢遺音』을 따름.

10) 金台鉉 : 생몰년 1261~1330년. 고려시대의 학자이자 문신. 그는 少時에 친구들과 함께 先進의 문하에서 글을 배웠는데, 그 집 딸이 청상과부로서 詩를 조금 알았다. 어느 날 그녀는 김태현을 사모하는 마음을 읊은 시를 지어 창문 틈으로 던져 넣었는데, 김태현은 그 후 다시는 그 집에 가지 않았다고 한다. 이 고사는 『海東雜錄』을 비롯한 여러 筆記·野乘에 보인다.

11) 焉 : 저본에는 없으나 고려대본에 의거해 보충했음.

12) 會津 : 나주의 서쪽에 있는 고을 이름.

此家主人, 與兒主母家族, 待之甚厚, 將欲爲[14]娘子求婚, 而未得其佳婿耳." 陟曰: "爾娘子, 以寡母之女, 何以能解文字也? 豈因天得而然耶?" 曰: "娘子有兄, 曰得英氏, 甚有文章, 年十九, 未娶而夭. 娘子嘗掇拾於口耳, 故尙粗記姓名耳." 陟饋酒食慰諭, 因以赫蹏[15]報曰:

朝承玉音, 實獲我心, 卽逢靑鳥, 歡喜難勝. 每憑鏡裡之影,[16] 難喚畵中之眞.[17] 非不知琴心可挑,[18] 篋香可偸,[19] 而實未測蓬山幾重, 弱水幾里,[20] 經營計較之際, 馘[21]已黃而項已枯矣. 不意今者, 陽臺之雨,[22] 忽然入夢, 王母[23]之書, 遽爾來報. 倘成秦、晉之好,[24] 以結月老之繩,[25] 則庶遂三生之願, 不渝同穴之盟.[26] 書

---

13) 轉來于此 : 저본에는 이 구절에서부터 뒤에 나오는 玉英의 答書 바로 다음의 '聞有'까지가 빠져 있는바, 고려대본에 의거해 보충했음.
14) 爲 : 고려대본에는 없으나 김영복본에 의거해 보충했음.
15) 赫蹏(혁제) : 얇고 작은 종이.
16) 每憑鏡裡之影 : 짝을 그리워하는 마음을 이름. 짝을 잃은 鸞鳥가 거울 속에 비친 자기 모습을 보고 슬피 울었다는 고사가 있음.
17) 難喚畵中之眞 : 漢 武帝는 사랑하던 李夫人을 추모하여 사당에 그 초상을 두었으며, 도사로 하여금 그 혼을 불러내게 한 적이 있음. 여기서는 '짝을 만나 보고 싶어하는 마음'을 가리킴.
18) 琴心可挑 : 琴으로 여자의 마음을 꾀는 것. 漢나라 때 司馬相如가 琴을 연주하여 卓文君을 꾄 고사가 있음.
19) 篋香可偸 : 남녀의 私通을 이름. 晉나라 賈充의 딸이 자기 아버지가 임금께 하사받은 귀한 香을 훔쳐 애인인 韓壽에게 준 고사에서 유래하는 말.
20) 蓬山幾重, 弱水幾里 : '蓬山'은 仙人이 산다는 蓬萊島. '弱水'는 仙境에 있다는 강으로, 험하여 건너기 어렵다고 함. 여기서 봉래산과 약수는, 상대방을 만나고자 하나 현실의 벽이 높아 몹시 어려움을 暗喩한 말임.
21) 馘 : 고려대본에는 '馘'으로 되어 있으나 김영복본을 따름.
22) 陽臺之雨 : 「崔致遠」의 주 10과 주 40 및 「萬福寺摴蒱記」의 주 76을 참조할 것.
23) 王母 : 西王母. 崑崙山에 산다고 하는 仙女.

不盡言, 言豈悉意? 某拜答.

玉英得書, 喜甚. 翌日, 又以春生報書曰:

妾生長輦轂之下,[27] 粗識貞靜之行, 而不幸早失嚴父, 生丁亂離, 獨奉偏慈, 終鮮兄弟, 漂泊[28]南土, 僑寄宗黨. 年垂及笄,[29] 尙未移天,[30] 常恐一朝兵戈搶攘, 盜賊橫行, 則難保珠玉之沈碎, 不無强暴之所汚. 以此老母傷心, 以我爲念. 然而猶所患者, 絲蘿所托, 必在喬木,[31] 百年苦樂, 實由他人, 苟非其人, 豈可仰望而終身? 近觀郞君, 辭氣雍容, 擧止閑雅, 誠信之色, 藹然於面目, 若求賢夫, 捨子伊誰? 與其爲庸人之妻,[32] 寧爲夫子之妾, 而薄命崎嶇, 恐不得當也. 昨者投詩, 非爲其誨淫之意也, 只欲試郞君之俯仰[33]也. 妾雖無狀, 初非依市[34]之徒, 寧有鑽穴[35]之道?

---

24) 秦晉之好 : 春秋時代에 秦과 晉 두 나라가 대대로 혼인을 맺었으므로, 이에 연유하여 두 가문 사이에 혼인관계를 맺는 것을 秦晉之好라 함.

25) 月老之繩 : 「萬福寺摴蒲記」의 주 47을 참조할 것.

26) 同穴之盟 : 부부가 사이좋게 살다가 같은 무덤에 묻히자는 약속. 곧 百年偕老의 약속.

27) 輦轂之下 : 서울을 이름. '輦轂'은 임금이 타는 수레.

28) 泊 : 고려대본에는 '淪'으로 되어 있으나 김영복본을 따름.

29) 及笄 : 여자가 처음으로 비녀를 꽂는 나이인 15세를 이름.

30) 移天 : 시집가는 것. 옛날에 시집가기 전에는 父를 天으로 삼고 시집가서는 夫를 天으로 삼기에 한 말임. 『儀禮』 「喪服傳」에 "父者, 子之天也; 夫者, 妻之天也"라는 말이 있음.

31) 絲蘿所托, 必在喬木 : '絲蘿'는 免絲와 女蘿로, 모두 기생식물임. 여자가 훌륭한 남자에게 의탁함을 이르는 말.

32) 庸人之妻 : 고려대본에는 '人妻'로 되어 있으나 김영복본을 따름.

33) 俯仰 : 행동거지. 태도.

34) 依市 : 저자에서 賣淫함.

35) 鑽穴 : 「周生傳」의 주 184를 참조할 것.

必告父母, 終成委禽之禮,[36] 則貞信自守, 敢懈擧案之敬?[37] 投詩先濱, 已犯自媒之醜行, 往復私書, 尤失幽閑之貞操. 今旣肝膽相照, 不須書札浪傳. 自此以後, 必以媒妁相通, 而毋令妾, 重貽行露之譏,[38] 千萬幸甚.

陟得書喜悅, 請於其父曰: "聞有[39]寡母自京城來寓鄭家者, 有一處子, 年貌俱妙, 大人試爲不肖求於上舍, 必不爲疾足者之先得." 父曰: "彼以華族, 千里浮寄, 其志必欲求富, 吾家素貧, 彼必不肯." 陟反復申告曰: "第往言之. 其成與否, 天也." 明日, 父往問之. 鄭曰: "吾有表妹, 自京潛亂, 窮來歸我. 其女姿行, 秀出閨闈, 我方求婿, 欲作門楣,[40] 固知令子才俊, 不負東床[41]之望, 而所患者寒儉耳. 吾當與妹, 商議更通." 淑歸語其子, 陟惱燥數日, 苦待其報.

上舍入言于沈氏, 沈氏亦難之曰: "我以盡室流離, 孤危無托, 只有一女, 欲嫁富人, 貧家子, 雖賢不願也." 是夜, 玉英

36) 委禽之禮 : 정식 婚禮.
37) 擧案之敬 : 齊眉之禮. 아내가 남편에게 밥상을 올릴 때 공경의 표시로 눈썹 높이까지 밥상을 들어올리는 禮로, 남편을 지극히 섬김을 뜻함. 漢나라 때 梁鴻의 妻 孟光이 매양 그랬다는 고사에서 나온 말.
38) 行露之譏 : 고려대본에는 '露'가 '路'로 되어 있음. 『詩經』 召南에 「行露」라는 시가 있는데, 그 首章에서 "厭浥行露, 豈不夙夜? 謂行多露"라 했음. 여기서는 여자가 부정하게 남자와 만나는 데 대한 譏弄을 '行露之譏'라 했음.
39) 轉來于此~聞有 : 저본에는 빠졌으나 고려대본에 의거해 보충했음.
40) 門楣 : 원래 문 위의 들보를 뜻하나, 여기서는 '집안의 支柱' 정도의 뜻으로 쓰였음.
41) 東床 : 사위.

乃就其母, 口欲有言, 而囁嚅[42]不發. 母曰: "爾有所懷, 無隱乎我也." 玉英赧然遲疑, 强而後言曰: "母親爲兒擇婿, 必欲求富, 其情則憾矣. 第惟家富而婿賢, 則何幸? 而如或家雖足食, 婿甚不賢, 則難保其家業, 人之無良, 我以爲夫, 而雖有粟, 其得而食諸? 竊瞷崔生, 日日來學於阿叔, 忠厚誠信, 決非輕薄宕子, 得此爲配, 死無恨矣. 況貧者, 士之常, 不義而富, 吾甚不願, 請決嫁之. 此非處子所當自言之事, 而機關甚重, 豈嫌於處子羞澁之態, 潛默不言, 而竟致嫁得庸奴, 壞了一生, 則已破之甑, 難以再完, 旣染之絲, 不可復素, 啜泣何及? 噬臍莫追. 況今兒身, 異於他人, 家無嚴父, 賊在隣境, 苟非忠信之人, 何以仗母子之身乎? 寧從顔氏[43]之請嫁,[44] 不避徐妹[45]之自擇, 豈可隱匿深房, 但望人口而置之[46]於相忘之地乎?" 其母不得已, 明日告諸鄭曰: "我夜者更思之, 崔郎雖貧, 我觀[47]其人, 自是佳士. 貧富在天, 難可力致, 與其圖婚於所不知之何人, 寧欲得此而[48]爲婿." 鄭曰: "阿妹欲之, 我必勸成. 崔雖寒士, 其人如玉, 求之京洛, 鮮有此輩, 若志遂業成, 終非池中物[49]也."[50] 卽日送媒定約, 乃[51]以九

---

42) 嚅 : 저본에는 '濡'로 되어 있으나 고려대본을 따름.
43) 顔氏 : 미상. 김영복본에는 '杜氏'로 되어 있음.
44) 嫁 : 저본에는 '家'로 되어 있으나 고려대본을 따름.
45) 徐妹 : 春秋時代 鄭나라 徐吾犯의 누이동생으로, 公孫楚와 公孫黑 두 사람 중 公孫楚를 自擇해 남편으로 삼았음. 이 일은 『春秋左傳』 昭公 元年에 보임.
46) 之 : 저본에는 없으나 고려대본에 의거해 보충했음.
47) 觀 : 저본에는 '顧'로 되어 있으나 고려대본을 따름.
48) 而 : 저본에는 없으나 고려대본에 의거해 보충했음.

月之[52]望, 將行醮禮. 陟大喜, 屈指計日而待.

居無何, 府人前參奉邊士貞,[53] 起義兵赴嶺南, 以陟有弓馬才, 遂與同行. 陟在陣中, 憂念成疾. 及其約婚之日, 呈狀乞暇, 則義將怒曰: "此何等時, 而敢求婚娶乎? 君父蒙塵, 越在草莽, 臣子當枕戈之不暇, 而況汝未及有室之年, 滅賊而圖婚, 亦未晩也." 竟不許. 玉英亦以崔生從軍不返, 虛度約日, 減食不寐, 日漸愁惱. 隣有梁姓者, 家甚殷[54]富, 聞其玉英之賢哲, 與[55]崔生之不來, 乘間求婚, 潛以貨賂啗諸鄭妻, 逐日董成, 鄭妻言於沈氏[56]曰: "崔生貧困, 朝不謀夕, 一父難養, 常貸於人, 將何以畜此家累,[57] 以保無患? 況從軍未返, 生死難期, 而梁氏殷富, 素稱多財, 其子之賢, 不下於崔." 夫妻合辭, 交口薦之, 沈意頗惑, 約以十月涓吉, 牢不可破. 玉英夜訴其[58]母曰: "崔從義陣, 行止係於主將, 非故負約, 而[59]不俟其言,[60] 徑自破約, 不義孰甚? 若奪兒志, 之死[61]

---

49) 非池中物 : 빼어난 인물을 뜻함. 龍이 池中에서 죽지 않고 때가 되면 風雨를 만나 升天하듯, 훌륭한 인물이 때를 만나 功名을 이룸을 비유한 말.
50) 也 : 저본에는 없으나 김영복본에 의거해 보충했음.
51) 乃 : 저본에는 없으나 고려대본에 의거해 보충했음.
52) 之 : 저본에는 없으나 고려대본에 의거해 보충했음.
53) 邊士貞 : 생몰년 1529~1596년. 號는 桃灘. 임진왜란 때 義兵將이었음.
54) 殷 : 저본에는 없으나 고려대본과 김영복본에 의거해 보충했음.
55) 與 : 저본에는 이 뒤에 '其'가 더 있으나 고려대본을 따름.
56) 鄭妻言於沈氏 : 저본에는 없으나 김영복본에 의거해 보충했음.
57) 家累 : 食率. 家眷.
58) 其 : 저본에는 '于'로 되어 있으나 고려대본을 따름.
59) 而 : 저본에는 없으나 김영복본을 따름.
60) 言 : 저본에는 이 뒤에 '而'가 더 있으나 김영복본을 따름.

靡他. 母也天只, 不諒人只."[62] 母曰: "汝何執迷如此? 當從家長之處分爾, 兒女何知?" 就寢而睡. 夜深夢間, 忽聞喘息汩汩之聲, 覺而撫其女, 不在焉. 驚起索之, 玉英乃[63]於窓壁下, 以手巾結項而伏, 手足皆冷, 喉嚨間汩汩之聲, 漸微且絶. 驚呼解結, 蹴春生點火而來, 抱持痛哭, 以勺水入口, 少[64]頃而甦. 主家亦驚動來救. 自後絶不言梁家之事.

崔淑以書抵其子, 具[65]道所以. 陟方患病篤, 聞此驚惑, 轉成危革. 義將聞之, 卽令出送. 還家數日, 沈痾忽痊, 遂以仲冬初吉, 合巹于鄭上舍家, 兩美相合, 其[66]喜可知也. 陟載妻與沈氏, 歸于其家, 入門而僕隷懽悅, 上堂而親戚稱賀, 慶溢一家, 譽洽四隣. 攝衽抱機, 躬親井臼, 養舅事夫, 誠孝甚至, 奉上御下, 情禮俱稱.[67] 遠近聞之, 皆以爲梁鴻[68]之妻、鮑宣之婦,[69] 殆不能過也. 陟娶婦之後, 所求如意, 家業稍足, 而常患繼嗣之尙遲, 每以月朔, 夫妻往禱於萬福寺. 明年甲

---

61) 之死: 저본에는 '死而'로 되어 있으나 고려대본을 따름.
62) 之死靡他~不諒人只: 『詩經』 鄘風의 「柏舟」라는 시에 "之死失靡它. 母也天只, 不諒人只"라는 구절이 있음. 딸을 改嫁시키고자 하는 어머니에 대해 죽어도 改嫁하지 않겠다는 딸의 마음을 노래한 시임.
63) 乃: 저본에는 없으나 김영복본에 의거해 보충했음.
64) 少: 저본에는 '小'로 되어 있으나 고려대본을 따름.
65) 具: 저본에는 없으나 김영복본에 의거해 보충했음.
66) 其: 저본에는 없으나 김영복본에 의거해 보충했음.
67) 稱: 맞다. 적당하다.
68) 梁鴻: 後漢 때의 高士. 그 妻는 孟光인데, 부부간에 서로 존경하고 금슬이 좋았음.
69) 鮑宣之婦: 「李生窺墻傳」의 주 77 및 주 78을 참조할 것.

午[70]元日, 又往禱之. 其夜, 丈六金身,[71] 見於玉英之夢, 曰: "我萬福寺之佛也. 嘉爾誠敬,[72] 錫以奇男子, 生必有異相." 及期而果生男子, 背上有赤痣, 如小兒掌, 遂名之[73]曰夢釋.

陟素[74]善吹簫, 每月夕花朝, 相對而吹. 時當暮春, 淸夜將半, 微風乍動, 素月揚輝, 飛花撲衣, 暗香侵鼻, 開缸漉酒, 引滿而飮, 據案三弄, 餘音嫋嫋. 玉英沈吟良久曰: "妾素惡婦人之吟詩者, 而到此情境, 不能自已." 遂詠一絶曰:

王子[75]吹簫月欲低, 碧天如海露凄凄.
會須共御靑鸞去, 蓬島[76]烟霞路不迷.

陟初不知其詞藻[77]之如此, 聞詩大驚, 一唱三歎, 卽以一絶和之曰:

瑤臺[78]縹[79]緲曉雲紅, 吹徹鸞簫[80]曲未終.

---

70) 甲午 : 1594년.
71) 丈六金身 : 丈六佛. 길이가 一丈 六尺되는 佛像. 石佛로서 만복사 내의 丈六殿에 모셔져 있었다. 1979년에서 1984년에 걸쳐 전북대학교 박물관에서 萬福寺址를 발굴했는데, 현재 丈六佛은 그 遺址에 보관되어 있다. 당시는 金像이었던 듯한데 지금은 金彩가 다 벗겨져 흔적을 찾을 수 없다.
72) 嘉爾誠敬 : 저본에는 '我嘉爾誠'으로 되어 있으나 김영복본을 따름.
73) 之 : 저본에는 없으나 김영복본에 의거해 보충했음.
74) 素 : 저본에는 없으나 김영복본에 의거해 보충했음.
75) 王子 : 王子喬. 周나라 때의 신선으로, 笙을 잘 불었다고 함.
76) 蓬島 : 주 20을 참조할 것.
77) 詞藻 : 저본에는 '藻詞'로 되어 있으나 김영복본을 따름.
78) 瑤臺 : 仙人이 사는 곳.

餘響滿空山月落, 一庭花影動香風.

吟罷, 玉英歡意未央, 興盡悲來, 涕泣悄然, 而謂曰: "人間多故, 好事有魔, 百年之內, 離合難常, 以此忽忽不能無感." 陟引袖拭涕,[81] 慰解而言曰: "屈伸盈虛, 天道之常理; 吉凶悔吝, 人事之當然. 設或不幸, 當付諸數, 豈可居易,[82] 浪自爲悲? '無憂[83]而戚', 古人所戒, '言吉不言凶', 諺亦有之. 不須憂惱, 以阻歡意." 自此情愛尤篤, 夫婦自謂知音, 未嘗一日相離也.

至丁酉[84]八月, 賊陷南原, 人皆逃竄, 陟之一家, 亦[85]避于智異山 燕谷.[86] 陟令玉英着男服, 雜錯於廣衆之中, 見[87]之者, 皆不知其爲女子也. 入山累日, 糧盡將饑, 陟與丁壯數三, 出山求食, 且覘賊勢, 行到求禮, 猝遇賊兵, 潛身於巖藪而避之. 是日, 賊入燕谷, 彌山遍谷, 搶掠無遺, 而陟路梗, 不得進退. 過三日賊退後, 還入燕谷, 則但見積屍遍橫, 流血成川, 林莽間, 隱隱有號咷之聲. 陟就訪之, 老弱數輩, 瘡

---

79) 縹 : 저본에는 '繚'로 되어 있음.
80) 鸞簫 : 퉁소
81) 引袖拭涕 : 저본에는 '揮袖雪涕'로 되어 있으나 김영복본을 따름.
82) 居易(거이) : 평안한 마음을 갖는다는 뜻. 『中庸』에 "君子居易以俟命, 小人行險以徼幸"이라는 말이 있음.
83) 憂 : 저본은 판독이 잘 되지 않는바 김영복본을 따름.
84) 丁酉 : 1597년. 丁酉再亂이 일어난 해.
85) 亦 : 저본에는 없으나 김영복본에 의거해 보충했음.
86) 燕谷 : 전남 구례군 土旨面의 땅 이름. 지금의 燕(鷰)谷寺 일대.
87) 見 : 저본에는 이 앞에 '人之'가 더 있으나 김영복본을 따름.

痍遍身, 見陟而哭曰: "賊兵入山三日, 奪掠財貨, 芟刈人民, 盡驅子女, 昨已退屯蟾江,[88] 欲求一家, 問諸水濱." 陟號天痛哭, 擗地嘔血, 卽走蟾江. 行未數里許, 見於亂屍中, 呻吟斷續, 若存若無, 而流血被面, 不知其爲何人也. 察其衣裳, 甚似春生之所着, 大聲呼之曰: "爾無是春生乎?" 春生張目視之, 喉中作語曰: "郎君! 郎君! 主家皆爲賊兵所掠而去, 吾負阿釋, 不能趨走, 賊引兵斫殺而去. 吾僵地卽死, 半日而甦, 不知背上之兒生死去留." 言訖而氣盡, 不復生矣. 陟搥胸頓足, 憫絶而仆. 旣已復生,[89] 無可奈何, 起向蟾江, 則岸上有創殘老弱[90]數十, 相聚而哭. 往問之, 則曰: "俺等隱於山中, 爲賊所驅, 及船賊抽丁壯同載, 推下罹鋒老羸者如此." 陟大慟, 無意獨全, 將欲自裁, 被傍人救止, 踽踽江頭[91]去, 無所之. 還尋歸路, 三晝夜, 菫達其家, 頹垣破瓦, 餘燼未息, 積骸成丘, 無地着足.

遂憩于金橋[92]之側, 不食累日, 奔走力盡, 昏倒不起, 忽有唐將,[93] 率十餘騎, 自城中出來, 洗[94]馬於金橋之下. 陟在義陣時, 與天兵應接酬酢之久, 稍解華語. 因道其全家之見敗,

88) 蟾江 : 섬진강.
89) 復生 : 저본에는 없으나 고려대본에 의거해 보충했음.
90) 創殘老弱 : 저본에는 '老弱創殘'으로 되어 있으나 고려대본을 따름.
91) 頭 : 저본에는 이 뒤에 '而'가 더 있으나 고려대본을 따름.
92) 金橋 : 金石橋. 남원의 서남쪽에 있던 다리.
93) 唐將 : 여기서는 明나라 장수.
94) 洗 : 저본에는 '浴'으로 되어 있으나 김영복본을 따름.

且訴一身之無托, 欲與同入天朝, 以爲長往[95]之計. 唐將聞而[96]惻然, 且憐其志, 曰: "吾是吳摠兵[97]之千摠[98]余有文也. 家在浙江姚興府, 雖貧, 足以自食. 人生貴相知心, 遊息適意, 無論遠近, 爾旣無家累之戀, 何必塊守一方, 蹴蹴靡所騁[99]乎?" 遂以一馬, 載歸于陣. 陟容貌俊爽, 計慮深遠, 便於弓馬, 嫺於文字, 余公愛之, 共牢而食, 同衾而寢. 未幾, 摠兵撤歸, 以陟隷戰亡軍薄, 而過關至姚興居焉.

初陟家被擄至江, 賊以陟之父與姑老病, 不甚看護. 二人伺賊怠, 潛逸于蘆中, 賊去, 行乞村閭, 轉入燕谷寺,[100] 聞僧房有孩兒啼哭之聲. 沈氏泣謂崔淑曰: "是何兒之聲,[101] 一似吾兒也?" 淑遽推戶視之, 果夢釋也. 遂取置懷中, 撫哭移時, 因問: "此兒何處得來?" 僧有慧正者, 進曰: "吾於路傍屍中, 聞啼聲, 愍然收來, 以待其父母, 今果是也, 豈非天耶!" 淑旣得孫兒, 與沈氏遞負而歸, 收集奴僕, 經紀家事.

時玉英, 則見執於倭奴頓于. 頓于老倭卒, 不殺生, 慈悲念佛. 以商販爲業, 習御舟楫, 倭將行長,[102] 以爲船主而來. 頓于

---

95) 長往 : 세상을 떠나 은둔함.
96) 而 : 저본에는 '言'으로 되어 있으나 김영복본을 따름.
97) 摠兵 : 摠兵官. 明나라 때의 고위직 무관으로 군대가 出征할 때 軍務를 총괄했음.
98) 千摠 : 明나라의 하급 무관으로, 약 천 명의 부하를 거느렸음.
99) 騁 : 저본에는 '聘'으로 되어 있으나 고려대본을 따름.
100) 燕谷寺 : 鷰谷寺. 전남 구례군 土旨面 내동리 지리산에 있는 절. 정유재란 때 절의 건물이 불탔음.
101) 之聲 : 저본에는 '聲之'로 되어 있으나 고려대본을 따름.
102) 行長 : 小西行長.

愛玉英機警, 惟恐見逋, 給以善衣美食, 慰安其心. 玉英欲投水溺死, 再三出船, 輒爲所覺而止.[103] 一夕, 丈六金身[104]夢玉英而告曰: "我萬福寺佛也. 愼無死! 後必有喜." 玉英覺而診其夢, 不能無萬一之冀, 遂强食不死. 頓于家, 在狼姑射,[105] 妻老女幼, 無他子男, 使玉英居家, 不得出入. 玉英謬曰: "我本藐少男子, 弱骨多病, 在本國不能服役丁壯之事, 只以裁縫炊飯爲業, 餘事固不能也." 頓于尤憐之, 名之曰沙于,[106] 每乘船行販, 以火長[107]置舟中, 往來于閩、浙[108]之間.

是時, 陟在姚興, 與余公結爲兄弟. 欲以其妹妻之, 陟固辭曰: "我以全家陷賊, 老父弱妻, 至今未知生死, 終[109]不得發喪服衰, 豈敢晏然婚娶以爲自逸之計乎?" 余公義而[110]止之. 其冬, 余公病死, 陟尤無所歸, 落拓江、淮, 周遊名勝, 窺龍門,[111] 探禹穴,[112] 窮沅、湘,[113] 航洞庭,[114] 上岳陽,[115] 登姑蘇,[116]

---

103) 爲所覺而止 : 저본에는 '有所覺'으로 되어 있으나 김영복본을 따름.
104) 身 : 저본에는 '佛'로 되어 있으나 고려대본을 따름.
105) 狼姑射 : 나고야(名古屋).
106) 于 : 저본에는 '于'로 되어 있으나 고려대본을 따름.
107) 火長 : 航海長. 나침반으로 항로를 잡는 일 등을 관장함.
108) 閩·浙 : '閩'은 福建省 일대이고, '浙'은 浙江省 일대. 모두 揚子江 이남에 있음.
109) 終 : 저본에는 '縱'으로 되어 있으나 고려대본을 따름.
110) 而 : 저본에는 '以'로 되어 있으나 고려대본을 따름.
111) 龍門 : 山西省 黃河의 上流로, 폭포를 이루고 있음.
112) 禹穴 : 浙江省 紹興縣의 會稽山에 있다는 禹임금의 遺蹟.
113) 沅·湘 : 沅水와 湘水. 모두 洞庭湖로 흘러들어감.
114) 洞庭 : 洞庭湖.
115) 岳陽 : 岳陽樓. 湖南省 岳陽縣 동정호의 東岸에 있는 누각으로, 주변 경치가 아름답기로 유명함.

嘯[117]咏於湖山[118]之上, 婆娑於雲水之間, 有飄飄遺世之志. 聞海蟾道士王用, 隱居靑城山,[119] 燒金煉丹, 有白日飛升之術, 將欲入蜀而學焉. 適有宋佑[120]者, 號鶴川, 家在杭州湧金門內, 博通經史, 不屑功名, 以著書爲業, 喜施與, 有義氣, 與陟許以知己. 聞其入蜀, 載酒而來, 飮至半酣, 字陟而謂曰: "伯昇! 人生斯世, 孰不欲長生而久視? 古今天下, 寧有是理? 餘生幾何, 而何乃服食[121]忍飢, 自苦如此, 而與山鬼爲隣乎? 子須從我而歸, 浮扁舟適吳越, 販繒賣茶, 以娛餘年, 不亦達人之事乎?" 陟洒然而悟, 遂與同歸.

歲庚子[122]春, 陟隨佑, 與同里商船, 往賈[123]於安南.[124] 時有日本船十餘艘, 亦泊于浦口. 留十餘日, 因値四月旁死魄,[125] 天無寸雲, 水光如練, 風息波恬, 聲沈影絶, 舟人牢睡, 渚禽時鳴, 但聞日本船[126]中念佛之聲, 聲甚悽惋. 陟獨倚篷窓, 感念身世, 卽出裝中洞簫, 吹界面調一曲, 以舒胸中哀怨之氣. 時海天慘色, 雲烟變態, 舟人[127]驚起, 莫不愀然. 日本船念

116) 姑蘇 : 姑蘇臺. 江蘇省 蘇州府에 있는 누대 이름.
117) 嘯 : 저본에는 '吟'으로 되어 있으나 고려대본을 따름.
118) 湖山 : 山河.
119) 靑城山 : 四川省에 있는 산. 옛날부터 道士가 많이 은거한 곳으로 알려져 있음.
120) 宋佑 : 고려대본과 김영복본에는 '朱祐'로 되어 있음.
121) 服食 : 道家에서 長生不死의 약을 복용하는 것.
122) 庚子 : 1600년.
123) 賈 : 저본에는 '來'로 되어 있으나 고려대본을 따름.
124) 安南 : 越南, 즉 지금의 베트남.
125) 旁死魄 : 음력 초이틀.
126) 船 : 저본에는 '舟'로 되어 있으나 고려대본을 따름.
127) 人 : 저본에는 '中'으로 되어 있으나 고려대본을 따름.

佛之[128]聲, 閒[129]然而止, 少[130]選, 以朝鮮音詠七言絶句曰:

王子吹簫月欲低, 碧天如海露凄凄.
會須共御靑鸞去, 蓬島烟霞路不迷.

吟罷, 有嘘嘻[131]喞喞之聲. 陟聞詩驚動, 惝怳如失, 不覺擲簫於地,[132] 嗒然如死人形. 鶴川曰: "何爲其然耶? 何爲其然耶?" 再問再不答, 三問之, 陟欲語而哽塞, 淚簌簌下. 移時定氣而後言曰: "此詩乃吾荊布[133]所自製也, 平日絶無他人聞知者. 且其聲音, 酷似吾妻, 豈其來在彼船耶? 此必無之事也." 因述其陷賊事甚悉, 一舟之[134]人, 咸驚怪之. 座有杜洪者, 年少勇敢士也. 聞陟之言, 義形於色, 以手擊楫, 奮然而起曰: "吾欲往探之." 鶴川止之曰: "深夜作亂, 恐致生變, 不如朝日從容處之." 左右皆曰: "然." 陟坐而待朝. 俄而[135]東方作[136]矣, 卽下岸至日本船. 陟以鮮語問之曰: "夜間詠詩者, 必是朝鮮人也. 吾亦鮮人, 倘一得見, 則奚啻越之流人

128) 之 : 저본에는 없으나 고려대본에 의거해 보충했음.
129) 閒 : '闃(격)'의 俗字.
130) 少 : 저본에는 없으나 고려대본에 의거해 보충했음.
131) 嘘嘻 : 저본에는 '嘻嘘'로 되어 있으나 고려대본을 따름.
132) 於地 : 저본에는 없으나 고려대본과 김영복본에 의거해 보충했음.
133) 荊布 : 荊釵布裙. 원래 부인의 검소한 차림을 일컫는 말인데, 轉하여 자기 아내를 가리키는 말로 씀. 荊妻와 같음.
134) 之 : 저본에는 없으나 김영복본에 의거해 보충했음.
135) 俄而 : 저본에는 없으나 김영복본에 의거해 보충했음.
136) 東方作 : 日出을 뜻함.

見人[137]之相似者而有喜者也?" 玉英, 夜於船中, 聞其簫聲, 乃是朝鮮之曲, 而一似疇昔慣聆之調, 竊疑其夫或來于其船, 試詠其詩而探之, 及聞此言, 惶忙失措, 顚倒下船. 二人相見, 驚呼抱持, 宛轉沙中, 聲絶氣塞, 口不能言, 淚盡繼血, 目無所覩. 兩國船人, 聚觀如堵, 初不知其親戚歟交遊歟, 久然後, 聞知其爲夫婦也. 人人咋咋, 相顧而言曰: "異哉異哉! 此其天祐[138]神助, 古未嘗有也." 陟問父母消息於玉英, 玉英曰: "自山驅至江上, 父母姑[139]無恙, 日暮上船, 蒼黃相失." 二人相對痛哭, 聞者莫不酸鼻. 鶴川請於頓于, 欲以白金三錠買歸. 頓于怫然曰: "我得此人, 四年于玆, 愛其端慤, 視同己出, 寢食未嘗少[140]離, 而終不知其是婦人也. 今而目覩此事, 天地[141]鬼神猶且感動, 我雖頑蠢, 異於木石, 何忍貨此而爲食乎?" 便於橐中出十兩銀, 贐之曰: "同居四載, 一朝而別, 悵悃之懷, 雖切於中, 而重逢配耦於萬死之餘, 此人世所無之事, 我若隘之, 天必殛之. 好去沙于! 珍重珍重!" 玉英擧手謝曰: "賴主翁保護, 得不死, 卒遇良人, 受惠多矣. 矧此嘉貺, 何以報塞?" 陟亦再三稱謝, 攜玉英歸寓其船. 隣船之來觀者, 連日不絶, 或以金銀綵繒相遺, 以爲賀餞, 陟皆受

---

137) 人 : 저본에는 없으나 고려대본에 의거해 보충했음.
138) 祐 : 저본에는 이 뒤에 '而'가 더 있으나 고려대본을 따름.
139) 姑 : 저본에는 '固'로 되어 있으나 고려대본을 따름.
140) 少 : 저본에는 '小'로 되어 있으나 김영복본을 따름.
141) 地 : 저본에는 '也'로 되어 있으나 고려대본을 따름.

而謝之. 鶴川還家, 別掃一室, 舘陟夫妻, 使之安頓.

陟既得妻, 庶有安樂之心, 而遠托異國, 四顧無親, 係念老父, 傷心[142]稚子, 日夜疚懷,[143] 默禱生還而已. 居一歲, 又生一子, 産兒之前夕, 丈六佛又見于夢. 兒[144]生, 亦有背痣. 夫妻咸[145]以爲夢釋再來, 遂名之曰夢仙. 夢仙既長, 父母欲求賢婦. 隣有陳家女, 名曰紅桃, 生未晬, 其父偉慶, 隨劉摠兵東征不還,[146] 不及長而其母繼歿. 紅桃養於其姨家, 常痛其父歿於異域, 而生不知其面目也, 願一至父死之國, 復哭[147]而來, 耿耿寃恨銘于心腑, 而[148]身爲女子, 計不知所出. 及聞夢仙求婦, 議於其姨曰: "願得爲崔家婦, 而冀一至於東國也." 其姨素知其志, 卽詣陟, 語其故. 陟與其妻歎曰: "女而如是, 其志可[149]嘉." 遂娶[150]而爲婦.

明年己未,[151] 奴酋[152]入寇遼陽, 連陷數鎭, 多殺將卒, 天子震怒, 動天下之兵以討之. 蘇州人吳世英, 喬遊擊[153]之千[154]

---

142) 傷心 : 저본에는 없으나 고려대본에 의거해 보충했음.
143) 疚懷 : 저본에는 '傷心'으로 되어 있으나 고려대본을 따름.
144) 兒 : 저본에는 이 앞에 '曰'이 더 있으나 衍字임.
145) 咸 : 저본에는 '感'으로 되어 있으나 고려대본을 따름.
146) 不還 : 저본에는 없으나 고려대본에 의거해 보충했음.
147) 復哭 : '復'은 皐復, 즉 招魂.
148) 而 : 저본에는 없으나 김영복본에 의거해 보충했음.
149) 可 : 저본에는 없으나 고려대본에 의거해 보충했음.
150) 娶 : 저본에는 '取'로 되어 있으나 고려대본을 따름. '取'는 '娶'와 통함.
151) 己未 : 1619년.
152) 奴酋 : 누르하치(奴兒哈赤, 1539~1629). 淸나라 太祖.
153) 喬遊擊 : 喬一琦를 가리킴. '遊擊'은 武官 벼슬. '遊'는 '游'로도 씀. 明나라의 武臣으로 劉綎과 함께 後金軍과 싸우다 패하여 자살했음.

摠也.[155] 會因余[156]有文, 素知崔陟才勇, 引而爲書記, 俱詣軍中. 將行, 玉英執手涕泣而訣曰: "妾身險釁, 早罹憫凶, 千辛萬苦, 十生九死, 賴天之靈, 邂逅郎君, 斷絃再續, 分鏡重圓,[157] 旣結已絶之緣, 幸得托祀之兒, 合歡同居, 二紀于玆, 顧念疇昔, 死亦足矣. 常欲身先溘然, 以答郎君之恩, 不意垂老之年, 又作參商之別.[158] 此去遼陽數萬里, 生還未易, 後會何期? 願以不貲之身, 自裁於離席之下, 一以斷君閨房之戀, 一以免妾夜朝之苦. 去[159]矣郎君! 千萬永訣, 千萬永訣!" 言訖痛哭, 抽刀擬頸. 陟奪刀慰諭曰: "蕞爾小酋, 敢拒螳[160]臂? 王師濯征,[161] 勢同壓卵, 從軍往來, 只費時月之勤苦, 無如是妄生煩惱, 待吾成功而還, 置酒相慶可也. 況仙兒壯健, 足以爲倚, 努力加飡, 勿貽行路之憂也." 遂趣[162]裝而行.

至於遼陽, 涉胡地數百里, 與朝鮮軍馬, 連營于牛毛寨.[163] 主將輕敵, 全師敗[164]衄, 奴酋殺天兵無遺類, 誘[165]脅朝鮮,

---

154) 千 : 저본에는 '百'으로 되어 있으나 고려대본을 따름.
155) 也 : 저본에는 없으나 고려대본에 의거해 보충했음.
156) 余 : 저본에는 없으나 고려대본에 의거해 보충했음.
157) 分鏡重圓 : 「李生窺墻傳」의 주 75를 참조할 것.
158) 參商之別 : '參'과 '商'은 별이름. 이 두 별은 동서로 서로 등져 있어 동시에 볼 수 없음. 轉하여 친한 사람이 이별하여 만나지 못함을 비유하는 말로 씀.
159) 去 : 저본에는 '志'로 되어 있음.
160) 螳 : 저본에는 '螗'으로 되어 있음.
161) 濯征 : '濯'은 '大'의 뜻. 『詩經』 大雅 「常武」에 "王旅嘽嘽, 如飛如翰, (……) 不測不克, 濯征徐國"이라는 말이 보임.
162) 趣(촉) : '促'과 같음.
163) 牛毛寨 : 저본에는 '中毛寨'로 되어 있으나 김영복본을 따름. '牛毛'는 牛毛嶺. 이 지명은 뒤의 「金英哲傳」에도 보임.

無一[166]殺傷. 喬遊擊領敗卒十餘人, 投入鮮營, 乞着鮮衣,[167] 元帥姜弘立[168]給其餘衣, 將免死焉, 從事官李民寏,[169] 惧其見忤於奴酋, 還奪其服, 執送賊陣, 而陟本鮮人, 遑亂之中, 匿編行間, 獨漏免殺. 及弘立輩納降, 陟與本國將士, 就擒於虜庭.

是時, 夢釋亦自南原, 以武學[170]赴西役, 在元帥陣中, 奴酋分置降卒之時, 陟實與夢釋同囚於一處, 父子相對, 莫知其爲誰某也. 夢釋疑其陟之言語硬澁, 意謂天兵之解鮮語者, 惧其見殺, 冒以爲鮮人也, 詰其居住, 陟亦疑其胡人之詗得實狀也, 權辭詭說, 或稱全羅, 或稱忠清, 夢釋心怪而不測. 已過數日, 情誼[171]甚親, 同病相憐, 少[172]無猜訝, 陟吐實歷陳平生, 夢釋色動心驚, 且信且疑, 卒然問其[173]所亡之兒年歲多少、[174]身體貌樣. 陟曰: "生於甲午[175]十月, 亡於丁酉[176]

---

164) 敗 : 저본에는 '致'로 되어 있으나 김영복본을 따름.
165) 誘 : 저본에는 '諭'로 되어 있으나 고려대본을 따름.
166) 一 : 저본에는 '數'로 되어 있으나 고려대본을 따름.
167) 鮮衣 : 저본에는 '衣服'으로 되어 있으나 김영복본을 따름.
168) 姜弘立 : 생몰년 1560~1627년. 선조・광해군 때의 문신. 明나라가 後金의 建州를 칠 때 조선 援兵 1만 3천여 명(통상 2만이라고 함)을 거느리고 出兵했다가 항복하고 포로가 됨. 이에 대하여는 뒤의 「金英哲傳」과 「姜虜傳」을 참조할 것.
169) 李民寏 : 생몰년 1573~1649년. 광해군・인조 때의 文官. 강홍립의 종사관으로 후금을 치는 데 참전했다가 항복하고 포로가 됨.
170) 武學 : 壬辰亂 이후에 새로 添設된 兵制의 하나.
171) 誼 : 저본에는 '義'로 되어 있으나 김영복본을 따름.
172) 少 : 저본에는 '小'로 되어 있으나 김영복본을 따름.
173) 其 : 저본에는 없으나 고려대본을 따름.
174) 少 : 저본에는 '小'로 되어 있으나 고려대본을 따름.
175) 甲午 : 1594년.

八月, 背上有赤痣, 如小兒掌." 夢釋失聲驚倒, 袒而示其背曰: "兒實是[177]也!" 陟始認其爲己子也. 因各問其父母俱存, 相持而哭,[178] 累日不止. 主家老胡, 頻頻來視, 若有解聽其語,[179] 而有矜憫色者焉. 一日, 群胡皆出, 老胡潛來陟所, 同席而坐, 作鮮語而問曰: "汝輩哭泣, 大異於初,[180] 豈有別事耶? 願聞之." 陟等恐生變, 不能[181]直說. 老胡曰: "無怖! 我亦朔州[182]土兵也. 以府使侵虐無厭, 不勝其苦, 擧家入胡, 已經十年. 胡人[183]性直, 且無苛政. 人生如朝露, 何必局束[184]於捶楚鄕乎? 奴酋使我領八十[185]精兵, 管押本國人, 以備逃逋, 今聞爾輩之言, 大是異事, 我雖得責於奴酋, 安得忍心而不送乎?" 明日, 備給餱糧, 使其子指送間路.

於是陟率其子, 生還故國於二十年之後, 急於省父, 兼程[186]南下, 適患背疽, 不遑調治, 行到恩津, 腫勢轉劇, 委頓[187]旅次, 喘喘將死. 夢釋奔遑憂悶, 鍼藥難求, 適有華人逃匿者, 自湖右向嶺左, 見陟而驚曰: "危哉! 若過今日, 不可救也."

176) 丁酉 : 1597년.
177) 是 : 저본에는 '大人之遺體'로 되어 있으나 고려대본을 따름.
178) 哭 : 저본에는 '泣'으로 되어 있으나 고려대본을 따름.
179) 語 : 저본에는 '言'으로 되어 있으나 김영복본을 따름.
180) 大異於初 : 저본에는 '異於前初'로 되어 있으나 김영복본을 따름.
181) 能 : 저본에는 없으나 고려대본에 의거해 보충했음.
182) 朔州 : 평안북도 서북에 위치한 고을 이름.
183) 胡人 : 저본에는 없으나 고려대본에 의거해 보충했음.
184) 局束 : 저본에는 '苟趣'으로 되어 있으나 김영복본을 따름.
185) 十 : 고려대본과 김영복본에는 '千'이라 되어 있음.
186) 兼程 : 이틀 길을 하루에 감.
187) 委頓 : 힘이 빠짐. 기진함.

拔其囊中鍼, 決其癰, 卽日而愈. 纔經二日, 扶杖而還家, 渾舍驚痛, 如見死人, 父子相抱, 嗚嗚竟晷,[188] 似夢非眞也.[189] 沈氏一自失女之後, 喪心如癡, 只依夢釋, 而釋又戰歿, 沈綿床席, 不起者累月. 及見夢釋與父偕來, 且聞玉英之生存, 狂呼錯愕,[190] 全不省其悲與喜也. 夢釋感華人活父之恩,[191] 與之偕來, 思欲[192]重報之. 陟問: "子[193]是天朝人, 家在何地,[194] 姓名云何?"[195] 答曰: "我姓陳, 名偉慶, 家[196]在[197]杭州湧金門內. 萬曆[198]二十五年,[199] 從軍於[200]劉提督,[201] 來陣于順天. 一日, 以偵探賊勢, 忤主將旨, 將[202]用軍法, 夜半潛逃, 仍留至此." 陟聞之[203]大驚曰: "君[204]家有父母妻子乎?" 曰: "家有一妻, 而[205]來時産得一女, 纔數月矣." 陟又問: "女

---

188) 竟晷 : 저본에는 없으나 고려대본에 의거해 보충했음.
189) 也 : 저본에는 없으나 김영복본에 의거해 보충했음.
190) 錯愕 : 저본에는 '顚倒'로 되어 있으나 고려대본을 따름.
191) 華人活父之恩 : 저본에는 '華人之活其父死命'으로 되어 있으나 김영복본을 따름.
192) 欲 : 저본에는 '有以'로 되어 있으나 김영복본을 따름.
193) 子 : 저본에는 '爾'로 되어 있으나 고려대본을 따름.
194) 地 : 저본에는 '處'로 되어 있으나 고려대본을 따름.
195) 姓名云何 : 저본에는 없으나 고려대본에 의거해 보충했음.
196) 我姓陳, 名偉慶, 家 : 저본에는 없으나 김영복본에 의거해 보충했음.
197) 在 : 저본에는 이 뒤에 '於'가 더 있으나 김영복본을 따름.
198) 曆 : 저본에는 '歷'으로 되어 있음.
199) 萬曆二十五年 : 1597년. 萬曆은 明나라 神宗의 年號.
200) 於 : 저본에는 '于'로 되어 있으나 김영복본을 따름.
201) 劉提督 : 劉綎을 가리킴. 1593년과 1598년, 두 차례에 걸쳐 明兵을 이끌고 조선에 와 倭軍과 싸운 明나라 장수.
202) 將 : 저본에는 없으나 고려대본에 의거해 보충했음.
203) 之 : 저본에는 '言'으로 되어 있으나 고려대본을 따름.
204) 君 : 저본에는 '爾'로 되어 있으나 고려대본을 따름.

名云何?" 曰: "兒生之日, 適有隣人, 饋以桃實, 因名曰紅桃." 陟遽執偉慶之[206]手曰: "怪了怪了![207] 吾在杭州, 與君[208]家作隣而住. 君之[209]妻, 病死於辛亥[210]九月,[211] 獨紅桃見養於其姨吳鳳林家, 我娶以爲兒子之[212]婦, 不圖今日値君[213]於此也."[214] 偉慶驚痛, 嚄唶不怡者良久, 旣而歎[215]曰: "唉! 我托於[216]大丘地朴姓人家, 得一老婆, 而自[217]以鍼術糊口. 今聞子言, 如在鄕里, 吾欲移寓隙地."[218] 夢釋作而言[219]曰: "公非但有活父之恩, 吾母及弟, 托在於令女, 旣爲一家之人, 有何難事?" 卽令移來. 夢釋自聞其母之生存, 日夜腐心, 將有入天朝將[220]母之計, 而無以自達, 徒[221]號泣而已.

當是時, 玉英在杭州, 聞官軍陷沒, 以爲陟橫死[222]戰場無

---

205) 而 : 저본에는 없으나 김영복본에 의거해 보충했음.
206) 之 : 저본에는 없으나 고려대본에 의거해 보충했음.
207) 怪了怪了 : 저본에는 '怪心怪心'으로 되어 있으나 고려대본을 따름.
208) 君 : 저본에는 '爾'로 되어 있으나 고려대본을 따름.
209) 君之 : 저본에는 '爾'로 되어 있으나 고려대본을 따름.
210) 辛亥 : 1611년.
211) 病死於辛亥九月 : 저본에는 '辛亥九月病死'로 되어 있으나 김영복본을 따름.
212) 之 : 저본에는 없으나 고려대본을 따름.
213) 君 : 저본에는 '爾'로 되어 있으나 고려대본을 따름.
214) 也 : 저본에는 없으나 김영복본에 의거해 보충했음.
215) 歎 : 저본에는 없으나 고려대본에 의거해 보충했음.
216) 於 : 저본에는 없으나 고려대본에 의거해 보충했음.
217) 而自 : 저본에는 없으나 고려대본에 의거해 보충했음.
218) 移寓隙地 : 저본에는 '移來于此地'로 되어 있으나 김영복본을 따름.
219) 作而言 : 저본에는 없으나 고려대본에 의거해 보충했음.
220) 將 : 데리고 오다.
221) 徒 : 저본에는 이 뒤에 '切'이 더 있으나 고려대본을 따름.
222) 死 : 저본에는 '屍'로 되어 있음.

疑也, 晝夜哭不絶聲, 期於必死, 水漿不入於口. 忽於一夕, 夢見丈六佛, 撫頂而言曰: "愼無死! 後必有喜." 覺而語夢仙曰: "吾於被擄之日, 投水欲死, 而[223]南原 萬福寺丈六金佛, 夢余而言曰: '愼[224]無死! 後必有喜.' 後四年, 得見爾父於安南海中. 今吾欲死, 而又夢如是, 汝父豈或免於鋒鏑歟? 汝父若存, 吾死猶生, 顧何恨焉?" 夢仙哭曰: "近聞奴酋, 盡殺天兵, 而鮮人皆脫云, 父親本自鮮人, 獲生必矣. 金佛之夢, 豈虛應哉? 願[225]母親須臾無死, 以待父親之來也." 玉英幡然曰: "奴酋窟穴, 距朝鮮地界, 纔四五日程,[226] 汝父雖生, 其勢必走本國, 安能冒涉數萬里程, 來尋妻孥哉? 我當往[227]求於本國. 苟死矣, 親往昌州[228]境上, 招得旅魂, 葬於先壠之側, 使免[229]長餒於沙漠之外, 則吾責塞矣. 況越鳥巢南, 胡馬倚北, 今且死日將迫, 尤不堪首丘[230]之戀. 獨舅、偏母及弱孩, 俱失於陷賊之日, 其生其死, 雖莫聞知, 頃因日本[231]賈人聞之, 則鮮人被擄者, 連續出送云,[232] 斯言果信, 亦豈無一人

---

223) 而 : 저본에는 없으나 고려대본에 의거해 보충했음.
224) 愼 : 저본에는 없으나 고려대본에 의거해 보충했음.
225) 願 : 저본에는 없으나 고려대본에 의거해 보충했음.
226) 程 : 저본에는 없으나 고려대본에 의거해 보충했음.
227) 往 : 저본에는 없으나 고려대본에 의거해 보충했음.
228) 昌州 : 평안북도 서북단의 昌城을 말함.
229) 使免 : 저본에는 '免使'로 되어 있으나 고려대본을 따름.
230) 首丘 : 여우는 죽을 때 자기가 태어난 언덕을 향해 머리를 두고 죽는다고 함. 轉하여 늙어 고향을 그리워함을 뜻함.
231) 日本 : 저본에는 없으나 고려대본에 의거해 보충했음.
232) 云 : 저본에는 없으나 고려대본에 의거해 보충했음.

之生還乎? 汝父汝祖, 雖皆暴骨於異域, 而先祖丘墓, 誰復看護? 內外親屬, 亦豈盡歿於亂離? 苟得相見, 是亦一幸, 汝其雇船舂糧! 此去朝鮮, 水路僅二三千里, 天地顧佑, 倘得便風, 未[233]滿旬朔, 當到彼岸. 吾計決矣!" 夢仙泣訴曰: "母親何爲出此言也? 若能得達, 則豈非大善, 而萬里滄波, 非一葦可航之地, 風濤蛟鱷, 爲禍不測, 海寇邏船, 到處生梗, 母子俱葬魚腹, 何益於死父乎? 子雖愚騃, 當此大事, 非敢爲推托之說也." 紅桃在傍, 謂夢仙曰: "無阻無阻! 親計自熟, 外患不暇論也. 雖在平地,[234] 水火盜賊, 其可免乎?" 玉英又曰: "水路艱難, 我多備嘗. 昔在日本, 以舟爲家, 春商閩、廣,[235] 秋販琉球, 出沒於鯨波駭浪之中, 占星候潮, 涉歷已慣. 風濤險易, 我自當之, 舟楫安危, 我自御之. 脫[236]有不幸之患, 豈無方便之道?" 卽裁縫鮮、倭兩國服色, 日令子、婦敎習兩國譯音. 因戒夢仙曰: "船行專依於檣楫, 必須堅緻, 而尤不可無者, 乃[237]指南石也.[238] 卜日開船, 無違我志!" 夢仙悶默而退, 私責紅桃曰: "母親出萬死不顧一生之計, 冒危而行. 死父已矣, 置母於何地, 而汝且贊成? 何不思之甚也!" 紅桃答曰: "母親以至誠出此大計, 固不可以言語爭也. 今若止之以其

233) 未 : 저본에는 '不'로 되어 있으나 김영복본을 따름.
234) 平地 : 저본에는 없으나 고려대본에 의거해 보충했음.
235) 閩 · 廣 : '閩'은 지금의 福建省 일대, '廣'은 廣東省 일대.
236) 脫 : 만일.
237) 乃 : 저본에는 없으나 김영복본에 의거해 보충했음.
238) 石也 : 저본에는 '鐵'로 되어 있으나 김영복본을 따름.

所必不止, 慮有難追之悔, 不如順適之爲愈也. 妾之私情, 遑恤言乎?[239] 生纔數月,[240] 慈父戰歿, 骨暴[241]殊方, 魂纏野草, 擧顔宇宙, 何以爲人? 近聞[242]道路之言, 則戰敗之卒, 或有遺脫而留落於本國者尙多云.[243] 人子至情, 不能無徼倖, 若以郎君之力,[244] 得抵東[245]土, 彷徨於蟲沙之場,[246] 小洩其終天之寃, 則朝以入、夕以死, 實所甘心." 因嗚咽, 泣數行下. 夢仙知母妻之志不可撓奪, 結束治行, 以庚申[247]二月朔發船.

玉英謂夢仙曰: "朝鮮當在東南, 必待西北風. 汝堅坐執櫓, 聽吾指揮." 遂懸羽於旗竿, 置指南石於前頭, 點檢舟中, 無一不具. 俄[248]而河豚出戲, 旗羽指巽[249]累然,[250] 三人齊力擧帆, 疾馳橫截, 無分昏晝, 劈箭[251]入浪, 飛雷攘海,[252] 一瞬登、萊,[253] 半餉靑、齊,[254] 蒼茫島嶼, 轉眄已失. 一日, 遇天朝

---

239) 遑恤言乎 : 『詩經』 邶風 「谷風」에 "遑恤我後"라는 말이 보임.

240) 月 : 저본에는 '月' 이하 저 뒤의 '惟以白梃歐打, 索'까지가 빠져 있는바, 고려대본에 의거해 보충했음.

241) 骨暴 : 고려대본에는 '暴骨'로 되어 있으나 김영복본을 따름.

242) 聞 : 고려대본에는 '則'으로 되어 있으나 김영복본을 따름.

243) 尙多云 : 고려대본에는 '多矣'로 되어 있으나 김영복본을 따름.

244) 力 : 고려대본에는 '身'으로 되어 있으나 김영복본을 따름.

245) 東 : 고려대본에는 '同'으로 되어 있으나 김영복본을 따름.

246) 蟲沙之場 : 戰場. '蟲沙'는 戰死者를 뜻함. 周 穆王이 南征했을 때, 三軍의 軍士가 모두 化去하여 君子는 猿과 鶴이 되고 小人은 蟲과 沙가 되었다는 고사가 있음. 고려대본에는 '蟲沙'가 '沙蟲'으로 되어 있으나 김영복본을 따름.

247) 庚申 : 1620년.

248) 俄 : 고려대본에는 '低'로 되어 있으나 김영복본을 따름.

249) 指巽 : 고려대본에는 '搗翼'으로 되어 있으나 김영복본을 따름. '巽'은 東南方.

250) 累然 : 누차. 연달아.

251) 劈箭 : 벼락. 고려대본에는 '劈'이 '臂'로 되어 있으나 김영복본을 따름.

252) 攘海 : 고려대본에는 '讓路'로 되어 있으나 김영복본을 따름.

邏船, 來問曰: "何處船, 向何方?" 玉英應聲曰: "杭州人, 將往山東賣茶耳." 卽過去. 又過一日, 有倭船來泊. 玉英卽變着日本衣[255]服而待之. 倭人問: "從何來?" 玉英作倭語曰: "以漁採入海, 爲風所飄, 盡棄舟楫, 雇得杭州船而來矣." 倭曰: "良苦! 此路去日本差枉, 向南方而[256]去!" 亦別去.[257] 是夕, 南風甚惡, 波濤接天, 雲霧四塞, 咫尺不辨, 檣摧[258]帆裂, 不知所屆. 夢仙與紅桃, 惶怖匍伏, 困於水疾, 玉英獨坐祝天念佛而已.

夜半, 風浪少息, 轉泊小島修葺船, 且留數日不發. 渺茫[259]洋中, 有船看看漸近, 令夢仙取船中裝, 藏槖于巖竇. 俄[260]而其[261]船人叫噪而下, 語音衣服, 俱非鮮、倭, 略[262]與華人相似, 手無兵器, 惟以白梃毆打, 索[263]其貨物. 玉英以華語對曰: "我以天朝人, 漁採于海, 漂泊於此, 本無貨物." 涕泣求生, 卽不殺, 只取玉英所乘船, 繫其船尾而去. 玉英曰: "此必是海浪賊也. 吾聞海浪賊, 在[264]華、鮮之間, 出沒搶掠, 不

---

253) 登萊 : 登州와 萊州. 모두 山東省의 지명.
254) 青齊 : 青州와 齊州. 모두 山東省의 지명.
255) 衣 : 고려대본에는 없으나 김영복본에 의거해 보충했음.
256) 而 : 고려대본에는 '向'으로 되어 있으나 김영복본을 따름.
257) 亦別去 : 저본에는 없으나 『先賢遺音』에 의거해 보충했음.
258) 摧 : 고려대본에는 '揑'로 되어 있으나 김영복본을 따름.
259) 渺茫 : 고려대본에는 '望'으로 되어 있으나 김영복본을 따름.
260) 俄 : 고려대본에는 '低'로 되어 있음.
261) 其 : 고려대본에는 없으나 김영복본에 의거해 보충했음.
262) 略 : 고려대본에는 이 앞에 '而'가 더 있으나 김영복본을 따름.
263) 月, 慈父戰歿~索 : 저본에는 이 부분이 缺落되어 있는바, 고려대본에 의거해 보충했음.

喜殺人, 此必是也. 我不聽兒言, 而强作此行, 昊天不吊,265) 終致狼狽, 旣失舟楫, 夫何爲哉? 接天溟海, 不可飛越, 枯槎難泛,266) 竹葉無憑, 但有一死, 吾死晩矣. 可憐吾兒, 因我而死.” 卽與子、婦, 相扶哀號, 聲震巖崖, 恨結層波, 海若267)瑟縮, 山鬼嚬呻. 玉英登臨絶崖, 將欲投身, 而268)子、婦共挽, 不得自269)投, 顧謂夢仙曰: “爾止吾死, 將欲何俟? 槖中餘糧, 僅支三日, 坐待食盡, 不死何爲?” 夢仙對曰: “糧盡而死, 亦未晩也. 其間萬一有圖生270)之路, 則悔無及矣.” 遂扶下來, 夜伏于巖穴. 天且曉矣,271) 玉英謂子、婦曰: “我氣困神疲彷彿之間, 丈六佛又見,272) 其言云云, 極可異也.” 三人相對念佛而祝曰: “世尊世尊, 其念我哉! 其念我哉!” 過二273)日, 忽見274)風帆自杳茫中出來. 夢仙驚告曰: “此船曾所275)未覩之船, 甚可憂也.” 玉英見而喜曰: “我生矣! 此是朝鮮船也.” 乃着鮮服,276) 使夢仙登崖, 以衣揮之. 船人卽277)停帆而問曰:

---

264) 在 : 저본에는 이 뒤에 ‘於’가 더 있으나 김영복본을 따름.
265) 吊 : 저본에는 ‘助’로 되어 있으나 김영복본을 따름. 『孔子家語』에 “昊天不吊”라는 말이 보임.
266) 泛 : 저본에는 ‘信’으로 되어 있으나 고려대본과 김영복본을 따름.
267) 海若 : 水神.
268) 而 : 저본에는 없으나 김영복본에 의거해 보충했음.
269) 自 : 저본에는 없으나 고려대본에 의거해 보충했음.
270) 圖生 : 저본에는 ‘可圖’로 되어 있으나 김영복본을 따름.
271) 矣 : 저본에는 없으나 김영복본에 의거해 보충했음.
272) 見(현) : ‘現’과 통함.
273) 二 : 고려대본과 김영복본에는 ‘三’으로 되어 있음.
274) 見 : 저본에는 없으나 김영복본에 의거해 보충했음.
275) 所 : 저본에는 ‘前’으로 되어 있으나 김영복본을 따름.

"汝是何人, 住此絶島?" 玉英以鮮[278]語應曰: "我本京城士族, 將下羅州, 猝遇風波, 舟覆人死, 獨吾三人, 攀抱颿席,[279] 漂轉至此, 姑延殘喘耳."[280] 船人聞而憐之, 下碇載去曰: "此乃統制使[281]之貿販船也. 官程有限, 不可迤往." 至順天, 泊岸而下,[282] 時庚申[283]四月也.

玉英率子·婦, 間關跋涉五六日, 方到南原. 意謂一家皆爲陷歿, 但欲求見夫家舊基, 尋萬福寺而去, 至金橋望見, 城郭宛然, 村閭依舊. 顧謂夢仙, 指點而泣曰: "此是汝父弊廬, 今不知誰人入居, 第往寄宿, 以圖後計." 到其門, 門外見陟方對客, 坐於柳樹之下, 近前熟視, 乃[284]其夫也. 母子一時號哭, 陟始知其妻與子, 一聲大號曰: "夢釋之母來矣! 此天耶人耶? 神耶夢耶?" 夢釋聞此, 跣足顚倒而出. 母子逢場, 景光可知. 扶將[285]入室, 沈氏於沈痼[286]之中, 得[287]聞其女來,

---

276) 服 : 저본에는 '衣'로 되어 있으나 고려대본과 김영복본을 따름.
277) 卽 : 저본에는 없으나 김영복본에 의거해 보충했음.
278) 鮮 : 저본에는 '朝鮮'으로 되어 있으나 고려대본을 따름.
279) 颿席 : 돛. '颿'은 '帆'과 같음. 저본에는 '颿'이 '風'으로 되어 있으나 고려대본을 따름.
280) 姑延殘喘耳 : 저본에는 없으나 김영복본에 의거해 보충했음.
281) 統制使 : 三道統制使. 충청·전라·경상 3도의 水軍을 통솔하던 관직. 그 軍營이 지금의 충무에 있었음.
282) 泊岸而下 : 저본에는 '到泊下船'으로 되어 있으나 김영복본을 따름.
283) 庚申 : 1620년.
284) 乃 : 저본에는 이 뒤에 '是'가 더 있으나 고려대본을 따름.
285) 扶將 : 밀고 당김. 저본에는 '相扶'로 되어 있으나 고려대본을 따름.
286) 沈痼 : 저본에는 '病淹'으로 되어 있으나 고려대본을 따름.
287) 得 : 저본에는 없으나 고려대본을 따름.

驚仆氣塞, 已無人色. 玉英抱救得蘇, 久而獲安. 陟呼偉慶曰: "令女[288]亦至矣!" 命紅桃語其事. 一家之人, 各抱其子, 乾號濕哭,[289] 聲動四隣. 隣里觀者, 初皆怪之,[290] 及聞玉英､紅桃終始之事, 莫不擊節歎嗟,[291] 爭相傳說.

玉英謂陟曰: "吾等之得有今日, 寔賴丈六佛之陰騭, 而今聞金像亦皆毁滅, 無所憑禱, 而神靈之在天, 容有不泯者存, 吾等豈不知所以報乎?" 乃大[292]供具詣廢寺, 潔齋修享.

陟與玉英, 上奉父母, 下育子､婦, 居于府西舊家.

噫! 父子､夫妻､舅姑､兄弟,[293] 分離四國, 悵望三紀, 經營賊所, 出入[294]死地, 畢竟團圓, 無不如意,[295] 此豈人力之所致哉?[296] 皇天后土, 必感於至誠, 而能致此奇異之事也.[297] 匹婦有誠, 天且不違, 誠之不可掩如是夫! 余流寓南原之周浦,[298]

---

288) 女 : 저본에는 없으나 고려대본에 의거해 보충했음.

289) 其子~乾號濕哭 : 저본에는 '子女, 生死重逢, 驚號相哭, 古今天下復豈有如此神異絶奇之事也'로 되어 있으나 고려대본을 따름. 단 고려대본에는 '號'가 '呼'로 되어 있으나 바로잡았음.

290) 隣里觀者, 初皆怪之 : 저본에는 '觀者如堵, 且怪且異'로 되어 있으나 김영복본을 따름.

291) 嗟 : 저본에는 '差'로 되어 있음.

292) 大 : 저본에는 없으나 고려대본에 의거해 보충했음.

293) 父子夫妻舅姑兄弟 : 저본에는 '父母夫妻兄弟舅姑'로 되어 있으나 고려대본을 따름.

294) 入 : 저본에는 '沒'로 되어 있으나 김영복본을 따름.

295) 畢竟團圓, 無不如意 : 저본에는 '畢竟團會, 無一零落'으로 되어 있으나 고려대본을 따름.

296) 哉 : 저본에는 없으나 보충했음.

297) 也 : 저본에는 없으나 고려대본에 의거해 보충했음.

298) 周浦 : 남원의 남쪽 15리에 있는 땅 이름. 당시 작자 趙緯韓은 벼슬에서 물러나 이곳에 寓居하고 있었음.

陟時來訪余, 道其事如此, 請記其顚末, 無使煙沒, 不獲已, 略擧其槩. 天啓元年[299]辛酉閏二月日, 素翁[300]題.

• **작자**: 趙緯韓(1567~1649)

호는 玄谷 혹은 素翁으로, 광해군과 인조 때의 문신이며 掌令·執義·직제학·공조참판 등을 역임했다. 癸丑獄事 때 파직되어 남원에 우거하던 중 인조반정으로 다시 등용되었다. 저서로는 문집인 『玄谷集』이 전한다. 또 당시의 민생고를 읊은 「流民嘆」이라는 국문가사를 창작했다고 하나, 전하지 않는다.

• **출전**: 서울대 도서관 一簑文庫本을 底本으로 삼아 여타의 本을 참고하여 校合하였다.

• **참고사항**

(1) 「최척전」과 동일한 내용이 『於于野談』에 '홍도이야기'로 실려 있다. 한편 敬亭 李民宬(1570~1629)의 문집인 『敬亭集』에 「題崔陟傳」이라는 글이 실려 있어, 「최척전」이 당시 유포되어 읽힌 흔적을 엿볼 수 있다. 또 兪晩柱의 문집인 『通園藁』에 「記崔陟事」라는 글이 실려 있는데, 「최척전」을 읽고 記事文으로 축약해 정리한 것이다. 이외에 여항시인 金鎭恒의 문집인 『檗山全書』에 최척이 立傳되어 있는데, 조위한의 「최척전」 가운데서 불교적인 요소는 모두 제거하고 傳體로 개작한 것이다. 김진항은 그 論贊에서 최척과 함께 金英哲(洪世泰가 지은 「金英哲傳」의 주인공)에 대해 언급하고 있다. 개작된 작품은 모두 원작이 주는 홍

---

299) 天啓元年 : 1621년. '天啓'는 明나라 熹宗의 年號.

300) 素翁 : 작자 趙緯韓의 號. 고려대본에는 이 뒤에 '趙緯韓'이라는 석 자가 더 있음.

미와 감동에 미치지 못한다.

(2) 「최척전」에 대한 연구로는 소재영, 『임병양란과 문학의식』(한국연구원, 1980); 민영대, 「최척전 연구」, 『한남어문학』 13(한남대학교 국문학과, 1987); 박희병, 「최척전」, 『한국고전소설작품론』(김진세 편, 집문당, 1990) 등이 있다. 또 17세기 소설사의 맥락에서 「최척전」을 검토한 논저로는 김대현, 『조선시대 소설사 연구』(국학자료원, 1996); 정환국, 「17세기 애정류 한문소설 연구」(성균관대 박사논문, 1999)가 있다.

# 6. 姜虜傳

權 佖

姜, 東國大姓; 虜, 戎虜之謂也. 姜之門閥, 代出文士名人, 赫世冠冕, 中葉以來, 有曰士尙、[1]曰紳[2]者, 繼擢科擧,[3] 位致卿相. 紳之子曰弘立,[4] 承父祖之烈, 挾文墨之技, 傲視一世,

1) 姜士尙 : 생몰년 1519~1581년. 조선 宣祖 때의 문신. 벼슬이 우의정에 이르렀음.

2) 姜紳 : 생몰년 1543~1629년. 조선 仁祖 때의 문신. '士尙'의 아들. 鄭汝立의 모반을 평정하여 平難功臣으로 晉興君에 봉해지고, 임진왜란 때에 함경도 순찰사로 활약했으며, 정유재란 때에는 명나라 군사를 도와 왜병을 격퇴했음. 判中樞府事를 지냄.

3) 科擧 : 저본에는 '製科'로 되어 있으나 여기서는 日本 天理大 今西文庫의 『東事襍錄』에 수록되어 있는 「姜虜傳」(이하 '天理大本'이라 약칭)을 따름.

4) 姜弘立 : 생몰년 1560~1627년. 조선 宣祖~仁祖 때의 문신. 1618년(광해군 10) 명나라에서 원병 요구가 있자 五道都元帥로 1만 3천여(통상 2만이라고 함)의 군사를 이끌고 출정했다가 1619년 富車에서 패배하여 後金의 포로가 되었다. 이 전투는 明·淸 교체의 分岐點이 되었다. 이듬해 조선 포로들은 대부분 석방되었으나 강홍립은 副元帥 金景瑞 등 10여 명과 함께 계속 억류되어 있었다. 1627년 정묘호란(인조 5) 때 강홍립은 후금군의 先導로 조선에 들어와 和

指掌青紫.[5] 宣廟朝丁酉,[6] 中謁聖科, 出入侍從者十餘年. 至廢朝[7]不失名宦,歷[8]踐高華者, 又十餘年, 以其弓馬才, 出試[9]咸鏡南道兵馬使, 能稱其[10]職, 身都[11]將相, 望屬干城.

逮至萬曆戊午,[12] 建州[13]虜夷結怨天朝,[14] 稱兵搆亂, 遼陽[15]數鎭連被陷沒, 天子震怒, 動天下兵討之. 往時征[16]倭經略[17]楊鎬,[18] 復以征虜經略, 受命出關, 以皇勅有'鼓舞朝鮮'之語, 羽檄徵師於本國, 使爲犄[19]角之勢. 朝廷群議, 皆以爲: "我國至誠事大二百餘年, 禮義忠順, 聞於天下, 上國有急, 義當悉索其賦,[20] 況壬辰中否,[21] 微聖皇極救, 吾其魚

---

議를 주선했으나 逆臣으로 몰려 관작을 삭탈당했다.

5) 指掌青紫 : '指掌'은 쉽다는 뜻이고, '青紫'는 高官大爵을 뜻하는 말. 즉 높은 벼슬 하는 것을 용이하게 여겼다는 뜻.

6) 丁酉 : 선조 30년(1597).

7) 廢朝 : 光海朝를 가리킴.

8) 歷 : 저본에는 '曆'으로 되어 있음.

9) 試 : 저본에는 '拭'으로 되어 있음.

10) 其 : 저본에는 없으나 天理大本에 의거해 보충했음.

11) 都 : '居'와 같은 뜻.

12) 萬曆戊午 : 광해군 10년(1618). '萬曆'은 明 神宗의 연호.

13) 建州 : 지금의 滿洲 吉林省 지역. 明代 女眞族의 집단 거주지로, 이곳을 근거지로 淸나라가 발흥했음.

14) 結怨天朝 : 누르하치는 1618년 명나라에 대하여 七大恨을 선언하고 명나라에 대한 공격을 개시했음. 七大恨 중에는 누르하치의 父祖가 명나라에 살해된 일도 포함되어 있었음.

15) 遼陽 : 遼寧省의 땅 이름.

16) 征 : 저본에는 '証'으로 되어 있음.

17) 經略 : 중국의 관직 이름. 군대를 동원할 때 特設하여 總督의 위에 두었음.

18) 楊鎬 : 明나라 장군. 丁酉再亂 때 明의 援兵을 이끌고 參戰한 적이 있음.

19) 犄 : '掎'와 통함.

20) 賦 : '군사'를 뜻함.

21) 中否(중비) : 中道衰落. 여기서는 일본의 침략을 받아 나라가 위기에 빠진 것

肉[22]矣." 於是點起精銳二萬人, 將赴遼陽, 元戎[23]重任, 迪簡在庭,[24] 文武才望, 咸推弘立, 擢拜元帥, 平安兵使金景瑞[25]副之.

是年八月, 出師西下. 弘立辭其母鄭氏. 鄭氏[26]時年八十餘, 揮泣出門, 齧臂[27]以別曰: "吾爲乃[28]家婦, 聞先世之受國恩, 逮至汝父子, 食厚祿、對華筵,[29] 榮寵極矣. 汝父才薄, 泯泯沒世, 報叨[30]之責, 專在汝身. 今者受莫重之任, 當可效之地, 卽有不稱, 非但負國, 便頹家聲. 汝弟弘績,[31] 年壯計

---

을 가리킴.

22) 肉 : 저본에는 없으나 天理大本에 의거해 보충했음.

23) 元戎 : 元帥.

24) 迪簡在庭 : 『書經』「多方」에 "我有周惟其大介賚爾, 迪簡在王庭"이라는 말이 보임. 蔡沈은 『書經集傳』에서 "啓迪簡拔, 置之王朝矣"라고 주석을 붙였으나, 여기서는 조정 신하 가운데서 선발한다는 정도의 뜻임. '簡'은 뽑는다는 뜻.

25) 金景瑞 : 생몰년 1564~1624년. 조선 선조·광해군 때의 무신. 무과에 급제, 선조 21년(1588) 監察이 되었으나 출신이 미천하다 하여 파직됨. 임진왜란 때 다시 기용되어 평안도 防禦使, 경상도 방어사를 지내고, 광해군 6년(1614) 北路防禦使가 되었다가 뒤에 함경도·평안도의 병마절도사를 지냄. 광해군 10년 명나라가 원병을 요청하자 강홍립 휘하의 부원수로 출정, 강홍립이 全軍을 이끌고 후금에 항복하여 함께 포로가 되자 몰래 敵情을 기록한 일기를 적어 본국에 보내려 했으나 발각되어 피살됨. 死後 고향에 旌門이 세워지고 우의정에 추증됨.

26) 鄭氏 : 저본에는 없으나 天理大本에 의거해 보충했음.

27) 齧臂 : 齧臂之盟. 자신의 팔을 깨물어 피를 내어 맹세하는 것을 일컫는 말. 『史記』「吳起列傳」에서 吳起가 팔을 깨물며 어머니에게 맹세하기를, 卿相이 되기 전에는 결코 고향 땅을 밟지 않겠다고 했던 데서 나온 말임. 저본에는 '齧'이 '嚙'로 되어 있음.

28) 乃 : '너'라는 뜻.

29) 筵 : 저본에는 '近'으로 되어 있으나 天理大本을 따름.

30) 叨 : 저본에는 '補'로 되어 있으나 天理大本을 따름.

31) 績 : 天理大本에는 '勣'으로 되어 있음.

長, 我死有依, 無以老母故,[32] 有他心. 信乎! 宋東萊[33]之言: '君臣義重, 父子恩輕.' 去矣弘立! 從此永訣." 弘立泣辭曰: "兒自[34]有見, 庶不爲慈氏憂."

軍過浿水[35]時, 屬小[36]康. 西路繁華, 弘立到處縱酒, 無意軍旅. 從事官李民寏[37]乘間言曰: "蠻夷作孽, 四海震動, 主上坐不安席, 掃境內屬吾輩, 所當枕戈征繕,[38] 激厲[39]興起, 副聖上之望, 效吾君之職, 不與賊俱生, 以其君顯可也. 奈何淹留時月, 謔浪杯酒? 將士見之, 孰不解體?"[40] 弘立夷然答曰: "君無項伯王[41]之勇, 吾亦非卿子冠軍,[42] 寧有卽其帳中者乎? 凡有[43]緩急, 密旨在吾, 請君勿憂." 民寏驚問曰: "所謂密旨, 爲何事耶? 願得詳聞." 弘立曰: "臨機可見, 無用多

32) 老母故 : 저본에는 '老妾之故'로 되어 있으나 天理大本을 따름.
33) 宋東萊 : 東萊府使를 지낸 宋象賢(1551~1592)을 가리킴. 임진왜란 때 東萊城을 지키다 순국했음.
34) 自 : 저본에는 없으나 天理大本에 의거해 보충했음.
35) 浿水 : 대동강. 저본에는 '浿'가 '貝'로 되어 있음.
36) 小 : 저본에는 '少'로 되어 있으나 天理大本을 따름.
37) 李民寏 : 생몰년 1573~1649년. 조선 宣祖~仁祖 때의 문신. 광해군 10년(1618)에 강홍립의 從事官으로 출전하여 강홍립과 함께 後金에 억류되었다가 뒤에 송환되었음. 당시의 일을 기록한 일기인 「柵中日錄」이 그 문집인 『紫巖集』에 실려 있음. 그 후 李适의 난 및 정묘호란 때 임금을 호종했고, 병자호란에 참전했으며, 형조참판을 지냈음.
38) 征繕 : '征'은 '賦', '繕'은 '治'의 뜻. 원래 賦稅를 징수하고 武備를 갖춘다는 뜻이나 여기서는 전쟁 준비를 하는 것을 이름. 저본에는 '停饍'으로 되어 있음.
39) 厲 : '勵'와 통함.
40) 解體 : 인심이 이반함. 저본에는 '解'가 '觧'로 되어 있음.
41) 項伯王 : 項羽. '伯'의 音은 '패'.
42) 卿子冠軍 : '公子大將'이라는 뜻으로, 楚나라 懷王의 신하 宋義를 가리킴.
43) 有 : 저본에는 없으나 天理大本에 의거해 보충했음.

談.” 民奐不敢再問. 幕中將士聞者, 皆怒髮衝冠, 曰: “吾等受國厚恩, 忘身赴敵, 而主將驕蹇,[44] 妄稱密旨, 安有興兵征敵而有密旨不戰者乎?” 相與涕泣橫流, 民奐止之曰: “主將之意, 未能逆料.[45] 輕相扇動, 於軍不利, 不如姑忍以觀其終.”

宣川郡守金應河[46]知弘立無必戰之意, 請於弘立, 願得自當一隊, 前行赴敵. 弘立許之, 略給步卒五千人, 號爲左營, 爲先鋒. 又以雲山郡守李一元爲右營. 弘立與景瑞統大衆, 爲中營, 進住義州.

至己未[47]正月, 經略檄文又到: “二月二十五日, 大軍皆會于暻馬田,[48] 朝鮮軍兵應[49]令及期齊會!” 弘立坐統軍亭[50]點軍, 擇人上馬下者、[51]人下馬上者, 分作兩軍. 人上馬下者, 全運粮草在後, 人下馬上者, 自領之. 諸將皆曰: “人馬俱上者, 當爲[52]征進, 而乃以人下赴敵, 馬雖上, 其奈人不上何?”

---

44) 驕蹇 : 오만함.
45) 逆料 : 미리 헤아리다. ‘逆’은 ‘미리’라는 뜻.
46) 金應河: 생몰년 1580~1619년. 조선 선조·광해군 때의 무신. 광해군 10년(1618)의 建州衛 정벌 때 강홍립 휘하의 左營將이 되었음. 이듬해 명나라 도독 劉綎의 군대가 궤멸된 후 휘하의 군사를 이끌고 끝까지 후금군과 싸웠으나 중과부적으로 패배해 전사함. 영의정에 추증됨.
47) 己未 : 1619년.
48) 暻馬田 : ‘暻’의 음은 ‘영’. 李民奐의 「柵中日錄」에는 ‘亮馬佃’이라고 되어 있음.
49) 應 : 저본에는 ‘升’으로 되어 있으나 天理大本을 따름.
50) 統軍亭 : 義州에 있던 정자. 저본에는 ‘亭’이 ‘丁’으로 되어 있음.
51) 點軍, 擇人上馬下者 : 저본에는 ‘點擇人, 人上馬下者’로 되어 있으나 天理大本을 따름.
52) 爲 : 저본에는 없으나 天理大本에 의거해 보충했음.

弘立曰: "密旨在吾, 諸君勿憂!" 諸將哂笑而退.

至期, 左營軍先到㬂馬田, 則天兵已齊會矣. 金應河往見劉都督,[53] 都督問曰: "緣何後至? 元帥何在?" 答曰: "步軍不敢馳驟, 未免差[54]後, 元帥大將卽日隨至矣." 都督見應河對答如響, 軍容整肅, 歎曰: "東方有如此人物, 諸夏之不如也!"

日暮, 弘立又到. 都督夜招弘立至帳中, 相議進兵. 弘立曰: "軍餉在後, 士卒飢餒, 勢將留住, 等[55]待軍粮. 且胡[56]地險惡, 細作[57]極難, 懸軍[58]深入, 易進難退, 奈何?" 都督曰: "大軍所到, 勢如拉朽, 師期已定, 亟進無疑." 弘立無言而退. 都督怒曰: "朝鮮用人如此, 不敗何待? 英雄只在眼前, 迺用狡黠小兒, 付以司命, 初到所言, 只是逗留之計也." 所謂英雄, 指金應河也.

翌日行軍, 兩國兵, 鱗次連營. 行三日, 到牛毛嶺. 弘立見都督抗言: "粮盡卒飢, 遇敵必潰." 都督不獲已, 留一日. 喬遊擊[59]揚言於都督曰: "朝鮮兵, 非無粮也. 只是畏縮觀望, 其

---

53) 劉都督 : 劉綎을 가리킴. 유정은 1593년과 1598년, 두 차례에 걸쳐 명나라 군대를 이끌고 조선에 와 왜군과 싸운 명나라 장수임. 저본 상단에 '劉都督名綎'이라는 欄外注가 있음.

54) 差 : 조금.

55) 等 : 저본에는 '登'으로 되어 있음.

56) 胡 : 저본에는 '朝'로 되어 있음.

57) 細作 : 간첩이나 척후병을 보내 몰래 敵情을 살피는 것.

58) 懸軍 : 적국에 깊숙이 들어가 고립된 군대.

59) 喬遊擊 : 喬一琦를 가리킴. 喬一琦는 명나라 神宗 때의 武臣으로, 劉綎과 함께 阿布達哩岡에서 後金軍과 싸우다가 패하자 자살했음. '遊擊'은 武官의 직위명. 저본에는 이 구절의 상단에 '喬遊擊名一琦'라는 欄外注가 있음.

心叵測." 遂拔劒催發弘立. 諸將皆曰: "軍食不至盡絶, 而每言粮盡, 挑天將怒, 是何主見?" 弘立曰: "密旨在吾, 臨機可見." 諸將曰: "密旨專言退縮乎? 今已臨機, 何不柝示以破衆疑乎?" 弘立曰: "姑觀數日可也." 卽召女眞通事[60]河瑞國[61]等三人, 謂曰: "虜中情形, 全不偵探, 一聽天將, 必有後悔. 汝等潛往建州, 傳說虜酋,[62] 彼此兩國, 本無嫌怨, 今者出兵, 迫於南朝,[63] 兩軍相遇, 勿用刀兵, 使可講和." 並封書一通以送之.

瑞國等疾馳入建州, 先見虜酋長子貴盈哥,[64] 具道來意, 且傳封書. 盈哥入言, 虜酋柝見封書, 擧手加額曰: "豈非天乎? 南朝之兵, 雖分四路, 憂不在三路, 而獨憂此一路者, 彼金伯[65]之助虐, 當折箠笞之, 吾之所畏, 獨朝鮮之叶同耳. 曾在丹朝,[66] 以十萬精兵, 深入興化,[67] 隻輪不返, 素聞卒悍兵利, 難與爲敵. 今彼自送降書, 豈非天使吾復續金遺烈乎?" 立命貴盈哥, 分鐵騎三萬, 先蹴南朝兵, 後受鮮人之降. 盈哥踊躍而出.

---

60) 事 : 저본에는 '使'로 되어 있으나 天理大本을 따름.
61) 河瑞國 : 강홍립 막하의 통역관.
62) 虜酋 : 淸나라 太祖 누르하치(奴兒哈赤, 1559~1626). 저본에는 '酋'가 '奠'으로 되어 있음.
63) 南朝 : 明나라를 가리킴. 後金이 '北朝'임을 전제한 말임.
64) 貴盈哥 : 누르하치의 둘째 아들. 『淸史稿』에는 '代善'이라 표기되어 있음.
65) 金伯 : '遼東伯'을 가리키는 말일 듯. 저본에는 '伯'이 '白'으로 되어 있으나 天理大本을 따름.
66) 丹朝 : 거란, 즉 遼나라를 가리킴.
67) 興化 : 義州의 興化鎭.

弘立爲天將所迫, 黽勉行軍, 到馬家[68]寨, 始見胡騎出沒見形. 士卒皆欲擊之. 弘立令曰: "天兵貪功太甚, 我軍若相雜進戰, 則必有爭首級相殺, 不如觀便全軍爲上." 令裨將傳呼曰: "如有妄殺一虜者, 償命."[69] 諸將失色曰: "主將之意可見矣. 遇敵不殺, 將何爲?" 獨左營不應曰: "軍中, 君命尙可不受, 臨賊斂刃, 吾未聞也."

自馬家寨[70]至深河四五十里間, 胡兵或數百名, 或千餘騎, 處處屯聚. 天兵及左營爭先勦殺, 斬首頗多, 中右營則隨行觀望而已. 士卒皆憤曰: "長槍大劍, 安用汝爲?" 弘立又見都督言: "粮絶不可進." 都督曰: "虜中埋穀甚多, 不妨因敵爲粮." 弘立再三陳辨, 復[71]留一日.

時三月初四日平明. 都督放砲三次, 大軍催發, 令如雷霆, 勢若風雨. 喬遊擊､江副摠､祖參將先行, 劉都督次之, 張都司又次之. 金應河曰: "裹粮坐甲, 固敵是求.[72] 今見大敵, 可以勇矣." 遂奮然而起, 人皆踊躍, 亦逶迤前進.

行二十里, 到富車[73]地面,[74] 見依山部落, 櫛比成村. 天兵大呼馳入, 分散搶掠, 無復部伍. 貴盈哥三萬鐵騎, 忽自山

68) 家 : 저본에는 없으나 天理大本에 의거해 보충했음.
69) 償命 : 목숨을 뺏음. 저본에는 '償'이 '嘗'으로 되어 있음.
70) 寨 : 저본에는 없으나 天理大本에 의거해 보충했음.
71) 復 : 저본에는 없으나 天理大本에 의거해 보충했음.
72) 裹粮坐甲, 固敵是求 : 『左傳』에 나오는 말. 식량을 휴대하고 갑옷을 입어 적과 싸우고자 함. 저본에는 '固'가 '因'으로 되어 있음. '固'는 '破敗'라는 뜻.
73) 車 : 저본에는 '平'으로 되어 있음.
74) 地面 : 站, 城, 寨 등을 가리키는 말. 후금은 58개의 地面을 두었음.

谷中突出衝擊, 天兵一時崩潰. 應河見賊兵甚盛, 列陣以待, 且呌弘立急來繼援, 弘立曰: "爾不用命, 斬殺爲能, 奚爲望救?" 卽命中右營, 合兵登山頂結陣, 下瞰勝負. 俄而喬遊擊率敗殘十餘人到中營, 說天兵盡沒. 又見胡大隊直犯左營, 應河激士卒, 血戰當之, 正是'威動昆陽霆擊日,[75] 功奇孫子[76]火攻時.' 賊之前徒, 中丸逢箭, 僵屍如痲. 盈哥拔劍督戰, 賊之勇敢者百餘騎, 冒死[77]先登, 諸賊繼之. 我軍力乏, 陣脚已亂, 猶突刃觸鋒, 無一人散走者, 無一人空死者. 彼我雜蹂,[78] 劍戟相搏, 天地震蕩, 日星晦蒙. 應河見勢已去, 倚立柳樹下, 抽矢射之, 應弦輒倒. 盈哥之弟, 中箭倒斃, 賊皆奪氣, 不敢衝犯. 自日中戰,[79] 至日昃, 應河三百餘矢已盡, 奮拳疾呼, 矢如雨集, 天摧地裂, 烈士隕絶, 猶左手持戟, 右手握劍, 瞋目如生,[80] 移時賊不敢近.

盈哥罷戰收兵, 喘息方定, 曰: "吾橫行漠北,[81] 所向無敵,

---

75) 威動昆陽霆擊日 : 後漢 光武帝의 故事를 말함. 王尋과 王邑이 이끄는 王莽의 군사 100만이 光武帝가 있던 昆陽城을 포위하였다. 뿐만 아니라 王尋 등은 호랑이, 표범, 물소, 코끼리의 떼를 몰아 그 위세를 과시했다. 그러나 광무제는 빈틈을 타 敢死者 삼천 인과 더불어 성밖으로 달아났으며, 성안에 남아 있던 이들은 큰 소리를 내어 천지가 진동하는 듯했다. 이에 王莽의 군대는 大潰하였다. 이 싸움은 수적으로 열세한 군대가 大軍을 이긴 사례로 흔히 引據된다.

76) 孫子 : 중국 春秋時代의 兵法家. 그 저서 『孫子』 13篇 중에 「火攻」篇이 들어 있음.

77) 冒死 : 저본에는 없으나 天理大本에 의거해 보충했음.

78) 蹂 ; '糅'와 통함.

79) 戰 : 저본에는 없으나 天理大本에 의거해 보충했음.

80) 如生 : 저본에는 없으나 天理大本에 의거해 보충했음.

81) 漠北 : 고비사막 이북의 땅. 지금의 외몽고 지역.

不料朝鮮人勇悍至此也. 如使山頂之兵, 齊力合戰, 則吾腹背受敵, 無遺類矣. 天誘其衷,[82] 先送降書, 袖手傍觀, 使我專意鬪力, 以至得雋,[83] 無非我滿住[84]之洪[85]福也.” 遂進陣山脚, 送一胡騎呼通事.[86] 弘立喜曰: “果然河瑞國能通消息也.” 卽令出應曰: “兩國初無嫌怨, 不須浪戰. 出兵之初, 預先走報, 已能領悉否?” 答曰: “講和之意, 未戰而喩, 欲見大將, 面結盟好.” 弘立遂遣軍官朴東明往試之. 盈哥曰: “非大將不可.” 弘立又遣副元帥金景瑞, 馬上相揖, 約以和好. 景瑞還謂弘立曰: “吾觀胡陣, 戰餘卒疲, 瘡痍者過半. 且胡俗馬鎖鐵索, 人宿革囊, 夜半掩襲, 制梃可撻. 況天兵之逃死者, 來聚近山, 將萬餘, 約與猗角, 聲勢[87]益張,[88] 天賜吾奇功, 不可失也.”[89] 弘立曰: “吾軍恸懦無用. 今以齟齬之計, 妄探虎口, 是負薪而投火也.[90] 此事不可行.”

翌日朝, 弘立遂欲自往軍中, 將卒皆牽衣頓足曰: “使道何之? 使道何之?” 弘立將行, 曰: “喬遊擊十數[91]人在陣中, 虜若知之, 必傷和事.” 遂令縛送虜營. 遊擊仰天長歎曰: “不料

82) 衷 : 저본에는 ‘裏’로 되어 있음.
83) 雋 : 적을 이김.
84) 滿住 : 滿洲. 여기서는 누르하치를 가리키는 말로 쓰고 있음.
85) 洪 : 저본에는 없으나 天理大本에 의거해 보충했음.
86) 事 : 저본에는 ‘使’로 되어 있으나 天理大本을 따름.
87) 勢 : 저본에는 없으나 天理大本에 의거해 보충했음.
88) 張 : 天理大本에는 ‘振’으로 되어 있음.
89) 也 : 저본에는 없으나 天理大本에 의거해 보충했음.
90) 也 : 저본에는 없으나 天理大本에 의거해 보충했음.
91) 十數 : 저본에는 ‘數千’으로 되어 있으나 天理大本을 따름.

朝鮮禮義之邦, 甘心李陵[92]降虜之辱. 至如縛送王人, 何其甚耶!" 裂帛寫家書, 繫衣帶中, 伏劍而死, 一軍傷嗟.

弘立見盈哥大張兵威, 高揭氈帳, 左右白刃, 燦如霜雪, 魂不附體, 膝行蒲伏,[93] 乞緩一命. 盈哥下床扶起曰: "毋恐! 毋恐! 此去建州, 不滿五十里, 往見滿住, 牢定約束, 所領軍兵,[94] 可卽下山." 弘立不敢違命,[95] 麾兵令下, 盡去兵器, 堆積一處, 高與山齊. 胡人以鐵騎擁逼我軍, 催趲前往, 途中多有磨拳[96]躍身落澗自絶者. 胡將歎曰: "朝鮮人氣節如此, 非可屈於人者!"

滿住中路送人曰: "欲先見兩將, 可速進來!" 弘立與景瑞先行, 未至十里, 見城邊廣野, 軍馬雲擁, 男女挾路而觀者無數. 沿途胡兒, 相聚作挐,[97] 或擲瓦礫, 或投糞塊以辱曰: "偸生賣降之奴, 曾犬彘之不若也!" 景瑞憤滿, 謂弘立曰: "吾等偸一朝之命, 誤百年之身, 俛首受辱, 生不如死. 向見盈哥, 先自惧惻, 取侮胡虜, 男兒身世, 豈不惜哉! 如見滿住, 可試行揖禮."

旣入城, 全裝冠帶之人, 羅列十餘匝, 橫亘四五十里, 甲光耀日, 劍氣千里, 風馳電邁, 目眩心悸. 有紅衣人, 引入兩將,

92) 李陵 : 前漢 武帝 때의 장군. 흉노와 싸우다 항복하여 포로가 되었음.
93) 蒲伏 : '匍匐'과 같음.
94) 軍兵 : 저본에는 없으나 天理大本에 의거해 보충했음.
95) 命 : 저본에는 없으나 天理大本에 의거해 보충했음.
96) 磨拳 : 격분하는 모습.
97) 挐 : 紛亂이라는 뜻. 저본에는 '絮'로 되어 있음.

令於堦下行禮. 兩人卽長揖, 滿住厲聲曰: "汝以使來, 揖亦可也, 汝爲投降之人, 敢爲簡慢耶!" 弘立惶惧, 先屈膝四拜. 景瑞不得已亦拜. 河瑞國進前告曰: "偏荒庸陋之人, 未嘗見大國盛儀, 有失擧措, 願得近前, 使盡其辭." 滿住乃許升廳, 坐以紅氈, 問曰: "爾國如何無故興兵?" 弘立俯伏, 戰慄而對曰: "非本國之意也, 迫於南朝不得已也. 以此俺等先遣通事,[98] 報道情形, 想已理會." 滿住曰: "顧汝先報之意, 知爲南朝所迫, 又不戰納款, 可見眞誠. 不然則兩人已爲[99]虀[100]粉矣,[101] 萬人性命, 亦豈有孑遺之理? 但念爾國, 更助南朝乎?" 對曰: "本國以區區千里之地, 被倭內訌, 糜爛魚肉之餘, 一番出兵, 國內空虛, 其可再乎?" 滿住曰: "吾將送人爾國, 和與不和, 待其回報. 汝亦馳書於國君, 董成和事可矣. 和事旣定, 汝當歸國, 保無他也." 弘立謝曰: "旣荷不殺之恩, 又蒙生還之樂, 可謂生死骨肉者也."[102]

遂馳報[103]本國, 盛陳虜勢, 可與和不可與戰, 張皇眩惑, 不遺餘力. 備局[104]啓辭[105]及臺論,[106] 皆以投降乞命, 誣上惑

---

98) 事 : 저본에는 '使'로 되어 있으나 天理大本을 따름.
99) 爲 : 저본에는 없으나 天理大本에 의거해 보충했음.
100) 虀 : 저본에는 '薤'로 되어 있음.
101) 矣 : 저본에는 없으나 天理大本에 의거해 보충했음.
102) 也 : 저본에는 없으나 天理大本에 의거해 보충했음.
103) 報 : 저본에는 없으나 天理大本에 의거해 보충했음.
104) 備局 : 備邊司. 조선조 때 軍國의 사무를 맡아보던 관서.
105) 啓辭 : 論罪에 관하여 임금에게 올리는 글.
106) 臺論 : 司憲府와 司諫院의 의론.

衆, 罪當收[107]三族, 請繫治之, 以正王法. 廢朝以爲: "力屈講和, 勢也; 馳啓虜情, 職也耳." 赦而不治. 廟堂婉辭答書以見滿住,[108] 滿住猶以辭意有未盡者, 復送差胡,[109] 往復再三, 和事未完.

滿住見弘立文筆甚富, 深喜得人, 委以文書, 欲妻以養女. 弘立亦以生還爲急, 曲意順適, 無欲不從, 而至於嫁女, 則托言老病不敢也. 滿住猶疑弘立或懷二心, 欲觀其意. 一日, 於建州城中設大宴, 集八蠻酋將,[110] 皆衣錦綉,[111] 排列西[112]行, 而坐弘立於其上、景瑞於其下. 又出閼氏[113]以[114]寵姬九人、養女三[115]五十人, 濃粧盛飾, 貌皆絶艶, 侍女數百前遮後擁, 引坐東行, 使弘立相見. 禮畢, 滿住右[116]持白玉[117]杯, 左[118]握弘立手而言曰: "人生世間, 意氣相許, 不知輕重淺深者, 非丈夫也. 君我二人, 各相絶域, 戎馬相逢, 眞非偶然, 吾不喜破南兵,[119] 喜得君也. 吾故倒[120]廩傾困, 無有表裡, 出妻

---

107) 收 : 저본에는 '受'로 되어 있음.
108) 以見滿住 : 저본에는 없으나 天理大本에 의거해 보충했음.
109) 差胡 : 오랑캐가 보낸 사신. 저본에는 '胡差'로 되어 있으나 天理大本을 따름.
110) 八蠻酋將 : 後金의 독특한 군사조직인 八旗의 本主들인 八固山王을 가리킴. 저본에는 '蠻'이 '萬'으로 되어 있음.
111) 皆衣錦綉 : 天理大本에는 '皆錦衣繡舄'으로 되어 있음.
112) 西 : 저본에는 '四'로 되어 있음.
113) 閼氏 : 음은 '연지'. 왕비를 이르는 말.
114) 以 : '及', '與'와 같은 뜻.
115) 三 : 저본에는 이 뒤에 '百'이 더 있으나 天理大本을 따름.
116) 右 : 저본에는 '左'로 되어 있으나 天理大本을 따름.
117) 白玉 : 저본에는 없으나 天理大本에 의거해 보충했음.
118) 左 : 저본에는 '右'로 되어 있으나 天理大本을 따름.

示女, 無相間阻.[121] 君在東國, 秩極貴重, 豈得愈於今日之待君者乎?" 弘立指天而言曰: "女爲悅己者容, 士爲知己者死. 俺之事東國, 不過豫讓之於范、仲行氏[122]也. 今蒙盛典, 不特王猛[123]之於秦大王[124]也. 竭力致忠, 豈分南北? 酬恩報德, 曷敢多少? 吾將形諸文字, 以表不二之心." 遂索筆題詩曰:

去國萍蹤莫怨嗟, 魚龍到處卽江河.
捐身竭力無南北, 知己酬恩敢少多.
孤鳳已能辭枳棘, 大鵬元自化溟波.
蘇卿[125]千[126]載眞堪笑, 渤海看羊[127]獨奈何?

滿住使文人句句譯解而聽之, 起抱弘立腰, 撫其背而謝曰: "君乃[128]眞丈夫也." 時有[129]華人之在堂下者, 望見唾罵曰:

119) 兵 : 저본에는 '朝'로 되어 있으나 天理大本을 따름.
120) 倒 : 저본에는 '致'로 되어 있음.
121) 無相間阻 : 저본에는 '亦無相阻'로 되어 있으나 天理大本을 따름.
122) 豫讓之於范仲行氏 : '豫讓'은 戰國時代 晉나라 사람으로, 처음에는 范氏와 仲行氏를 섬겼으나 자신을 알아주지 않자 智伯을 주군으로 섬겨 두터운 신임을 얻었음. 예양은 그 후 주군 智伯의 원수인 趙襄子를 살해하려 했으나 실패하여 목숨을 잃었음.
123) 王猛 : 前秦 苻堅의 재상. 華陰山에 은거하다가 苻堅의 부름을 받고 벼슬길에 나아가 지극한 대우를 받았음. 부견이 즉위한 뒤 1년 동안 다섯 번이나 승진을 거듭, 재상의 지위에 올라 善政을 폈음.
124) 秦大王 : 前秦의 군주 苻堅을 가리킴. 王猛을 재상으로 삼아 五胡十六國 중 최강자로 군림했음.
125) 蘇卿 : 蘇武를 가리킴. 蘇武의 字가 '子卿'이기에 '蘇卿'으로 불림. 漢 武帝 때 흉노에게 사신으로 갔다가 억류되었으나 北海에서 羊을 치며 끝까지 지조를 지키다가 19년만에야 송환되었음.
126) 千 : 저본에는 '十'으로 되어 있음.
127) 羊 : 저본에는 '年'으로 되어 있으나 天理大本을 따름.

"孰謂東國禮義之邦乎? 此人五經掃地[130]盡矣!" 滿住傾心信之, 每事諮焉, 別搆大廈, 使弘立居之, 金帛牛羊、帳御飮食, 皆如滿住. 弘立大喜過望.

初弘立以降倭三百作爲親軍, 常置帳前, 至是薦於滿住曰: "某之帳前三百倭兵, 輕疾悍勇, 劒術無敵, 請獻君前調用." 滿住大喜, 卽傳令: "來日內庭, 觀倭人用劒." 倭人聞令, 各自磨刀曰: "吾等受朝鮮撫養多歷年, 一朝爲犬羊所驅使, 豈不辱乎? 今此新磨之劒, 先試滿住之頭, 未爲不可. 吾[131]三百人爲一心, 一可當百, 掃盡群醜, 歸報朝鮮, 不亦烈丈夫之事乎?" 齊應曰: "諾." 約束已定, 密稟弘立. 弘立無言良久, 曰: "大事安可妄也?" 遂連夜[132]入告滿住曰: "倭人心不穩, 來日試劒也, 其[133]須隄防!"[134] 滿住大驚, 急教八高山[135]各自隄備. 又選心腹精壯三千人, 皆持鐵鋒, 密圍外庭.

翌日黎明, 倭人入外庭, 唾掌待之. 有頃, 紅衣者[136]出, 傳

128) 乃 : 저본에는 없으나 天理大本에 의거해 보충했음.
129) 有 : 저본에는 없으나 天理大本에 의거해 보충했음.
130) 五經掃地 : 儒者의 尊嚴을 잃은 것을 가리키는 말. 五經에 능통한 唐나라의 祝欽明이 임금에게 잘보여 출세하려고 君臣이 宴飮할 때 춤을 추며 비루한 짓을 한 데서 유래하는 말.
131) 吾 : 저본에는 없으나 天理大本에 의거해 보충했음.
132) 連夜 : '밤에'라는 뜻. 저본에는 없으나 天理大本에 의거해 보충했음.
133) 其 : 저본에는 없으나 天理大本에 의거해 보충했음.
134) 防 : 저본에는 이 뒤에 '備'가 더 있으나 天理大本을 따름.
135) 八高山 : 八固山. 八旗를 가리킴. 후금의 軍事編制. '固山'은 만주어이며, 漢語로는 '旗'라 번역됨.
136) 紅衣者 : 여기에는 '紅衣人'으로 되어 있으나 뒤에는 '紅衣者'라 되어 있으므로, '紅衣者'로 통일함. 天理大本에는 '紅衣者'로 되어 있음.

滿住之令曰: "倭人各三爲隊, 分作百隊,[137] 每一隊入內庭,[138] 試劍罷還, 又出一隊入試, 逐[139]次替入, 無相雜亂!" 倭人齊聲曰: "願三百爲一隊, 一時試勇, 以供壯觀." 紅衣者曰: "將令已出, 不可更也." 遂引三倭入內庭試之, 但見白虹閃爍, 飛電明滅, 踊躍揮霍,[140] 天地低昂,[141] 滿庭觀者, 無不色沮. 試未半, 三倭者[142]直視滿住, 舞劍突入, 被八[143]高山之[144]齊槊亂刺, 少不敵衆, 格殺三人而死, 其餘三百倭[145]在外庭者, 皆被鐵鋒搥殺. 胡人斫死者亦五百餘, 積屍盈庭.

滿住擧杯謝弘立曰: "公能活我, 安得不以腹心待之乎?" 弘立曰: "深荷鄭重, 安得不以腹心報也?" 相與引坐, 吐露肝膽.[146] 滿住密問曰: "朝鮮軍心, 安保其必[147]穩也?" 弘立曰: "朝鮮習俗, 不比日本, 惜死恇㥘, 宜無可憂." 滿住曰: "將卒雖如此, 將官之稱爲兩班者, 豈有好心?" 弘立低頭不答, 再問三問, 皆不答. 滿住遂令聚集降卒, 取出[148]其手掌柔膩者[149]

137) 分作百隊 : 저본에는 없으나 天理大本에 의거해 보충했음.
138) 每一隊入內庭 : 저본에는 '入試內庭'으로 되어 있으나 天理大本을 따름.
139) 逐 : 저본에는 '遂'로 되어 있으나 天理大本을 따름.
140) 揮霍 : 몹시 빠른 모양.
141) 昂 : 저본에는 '仰'으로 되어 있음.
142) 者 : 저본에는 없으나 天理大本에 의거해 보충했음.
143) 八 : 저본에는 '衆'으로 되어 있으나 天理大本을 따름.
144) 之 : 저본에는 없으나 天理大本에 의거해 보충했음.
145) 倭 : 저본에는 없으나 天理大本에 의거해 보충했음.
146) 相與引坐, 吐露肝膽 : 저본에는 '相與引, 滿住披露肝膽'으로 되어 있으나 天理大本을 따름.
147) 必 : 저본에는 '如'로 되어 있으나 天理大本을 따름.
148) 出 : 저본에는 없으나 天理大本에 의거해 보충했음.

四百餘, 曰:[150] "此卽所謂兩班者也. 驅出東門外處斬!" 西征勇士, 此日皆盡, 唯李民寏、朴蘭英、[151]李一元等十餘人, 以弘立腹心得免.

弘立日見親寵, 中心銘佩, 欲幹奇功, 以顯其能. 一日揚言曰: "卽今兵强將猛, 但守建州一僻地乎?" 滿住曰: "正缺堅凝,[152] 毋吝剖析!" 弘立曰: "遼東非中國舊地, 瀋陽卽遼東襟喉, 得遼東據瀋陽, 則中國是吾囊中物也. 其區畫創置, 某獨當之有餘矣." 滿住起拜曰: "公之言, 頓開茅塞." 決意西犯,[153] 時[154]天啓辛酉[155]春也.

臨發, 召景瑞謂曰: "汝以必死之人, 被好生之德, 以至今日, 豈不思報乎?" 景瑞每恨爲[156]弘立所誤, 辱身負國, 冀得其便, 將欲[157]有爲, 及聞滿住之言, 卽答曰: "如有用某之處, 萬死不辭." 滿住曰: "能爲我作先鋒攻遼乎?" 對曰: "遼城守將, 與某深交, 某當潛結, 使爲[158]內應." 滿住曰: "卽如此, 汝當元功." 遂與鐵騎三千爲前鋒.

---

149) 者 : 저본에는 없으나 天理大本에 의거해 보충했음.
150) 曰 : 저본에는 '口'로 되어 있음.
151) 朴蘭英 : 생몰년 ?~1636년. 무신. 강홍립과 함께 후금에 억류되어 있다가 1627년에 귀국했음. 그 후 후금에 사신으로 수차 왕래했으며, 병자호란 때 휴전 교섭 중 청나라 장군에게 살해되었음.
152) 堅凝 : 定固.
153) 犯 : 저본에는 '征'으로 되어 있으나 天理大本을 따름.
154) 時 : 저본에는 없으나 天理大本에 의거해 보충했음.
155) 辛酉 : 1621년.
156) 爲 : 저본에는 없으나 天理大本에 의거해 보충했음.
157) 欲 : 저본에는 '以'로 되어 있으나 天理大本을 따름.
158) 爲 : 저본에는 없으나 天理大本에 의거해 보충했음.

景瑞至遼城, 與遼將[159]通書, 佯爲使之內應, 而將欲設計倒戈, 格殺滿住. 計畫已定, 刻日擧事, 弘立聞知之, 驚曰: "必累我也!" 急告滿住. 滿住大怒, 捉入景瑞, 亟命剮之. 景瑞大罵弘立, 因誣曰: "此實[160]弘立始主張, 而終[161]反覆也." 滿住又捉入弘立, 裸體綁[162]縛, 揮刃紛紜, 曰: "吾以赤心待汝, 有踰骨肉, 而汝國人心狡詐, 反欲相賊, 何爲反耶?" 弘立泣淚而叫曰: "吾雖異域之人, 已爲金國之臣, 生成大造,[163] 昊天罔極, 況敢反乎? 景瑞無知武夫, 自速其禍, 枉陷無辜, 皇天后土, 實照此心." 貴盈哥急入諫曰: "此人誠實篤信, 必無二心. 往者此人[164]先發倭人之奸, 今者此人又告景瑞之謀, 終始效忠, 斷無他腸, 而徒信移禍之[165]說, 正墮其計中耳." 滿住悟曰: "微汝, 枉殺賢士." 親釋其縛, 擧杯以謝曰: "老夫一時錯見, 有觸於君, 幸勿介懷." 弘立叩頭曰: "余所否者, 天厭之! 天厭之!"[166]

及遼城陷沒, 子女玉帛, 卷歸瀋陽, 相宅遷居, 一委弘立. 刱建城闕, 布置官府, 略倣華制, 毛羽幾成.[167] 滿住喜謂弘

159) 與遼將 : 저본에는 없으나 天理大本에 의거해 보충했음.
160) 此實 : 저본에는 없으나 天理大本에 의거해 보충했음.
161) 而終 : 저본에는 '面從'으로 되어 있으나 天理大本을 따름.
162) 綁 : 저본에는 '綳'로 되어 있음.
163) 大造 : 큰 공. 『左傳』에 나오는 말임.
164) 此人 : 저본에는 없으나 天理大本에 의거해 보충했음.
165) 禍之 : 저본에는 없으나 天理大本에 의거해 보충했음.
166) 余所否者~天厭之 : 『論語』「雍也」에 "子見南子, 子路不說. 夫子矢之曰: '予所否者, 天厭之! 天厭之!'"라는 말이 보임.
167) 毛羽幾成 : 제도가 거의 갖추어졌음을 말함. 『史記』「蘇秦列傳」에 "毛羽未成, 不可以高蜚"라는 말이 보임.

立曰: "君才不減耶律楚材,[168] 當爲開國第一元勳." 卽以遼城所掠漢女之爲養女者, 擇其妙麗,[169] 備禮妻之, 卽[170]所謂蘇學士女而虜中呼爲玉面公主者也. 弘立方悔往日之辭婿, 又見蘇女之絶艶, 欣然入贅, 情愛甚篤, 居常昵[171]愛,[172] 握手自敍曰: "吾自在本國, 妻亡子夭,[173] 唯老母在, 想亦入地. 擧顔宇宙, 形影相弔. 歸國, 國人皆棄; 留金, 金人無親. 老夫情懷, 吁亦慽矣. 賴子相從, 慰我幽獨, 死生契闊,[174] 從此定矣. 子獨無情者哉?" 女含淚而言曰: "伶俜弱質, 不識門前之路; 一朝被驅, 忍渡遼河之水. 妾於此時, 無意生全, 天與[175]其便, 兩美相合, 免穹廬[176]之羞辱, 奉君子之巾櫛, 得其所哉! 得其所哉! 況見老爺, 廣厦金積, 高官顧[177]足, 委質[178]偕老, 妾有榮耀. 請[179]老爺無忘今日之言, 賤妾不敢負終身之義." 弘立憐悲其意, 喜得賢配, 偎紅倚翠,[180] 靡日靡夜. 更

---

168) 耶律楚材 : 元나라 太祖 칭기스칸의 재상. 元의 국가기틀을 마련하는 데 중추적인 역할을 했음.
169) 麗 : 저본에는 이 뒤에 '者'가 더 있으나 天理大本을 따름.
170) 卽 : 저본에는 없으나 天理大本에 의거해 보충했음.
171) 昵 : 저본에는 '泥'로 되어 있음.
172) 愛 : 저본에는 '處'로 되어 있음.
173) 妻亡子夭 : 저본에는 '妻子且夭', 天理大本에는 '妻亡女夭', 『花夢集』에는 '妻無子夭'로 되어 있음.
174) 契闊 : '離合'이라는 뜻. 저본에는 '闊'이 '活'로 되어 있음.
175) 與 : 저본에는 '者'로 되어 있으나 天理大本을 따름.
176) 穹廬 : 흉노가 치고 사는 천막. 여기서는 後金人을 가리킴.
177) 顧 : 저본에는 '願'으로 되어 있으나 天理大本을 따름.
178) 委質(위지) : 폐백을 바침. 여기서는 혼인함을 뜻함.
179) 請 : 저본에는 '聽'으로 되어 있음.
180) 偎紅倚翠 : 여색을 가까이함. 여기서는 아내를 親愛함.

兼滿住, 以錦綺珠玉聲樂玩好, 增加寵異, 以中其慾. 弘立與女, 日夕對酒, 酣歌暢吟曰: "旣結滿住之歡, 又得佳婦之配, 世所難兼者, 吾一朝有之, 人生行樂耳,[181] 何必故國爲哉?" 自是東歸之念頓釋矣.

越在甲子,[182] 逆雛韓潤[183]脫身入胡中, 因弘立求見滿住, 且謂弘立曰: "令公門闌, 在曩日固無恙, 變局[184]之後, 衆言譁然, 將令公九族, 誅殺無遺, 令公其無報怨之意乎?" 弘立泣下曰: "吾於本國, 有不世之讎. 古人有[185]以吳兵入郢者,[186] 吾何獨不然乎? 將欲請兵滿住." 蘇女謂曰: "妾與老爺, 相從萬死之餘, 歡情密意, 證在神明. 今若棄妾東行, 豹虎叢中, 將[187]安所倚? 妾[188]欲隨往, 則婦人在軍, 兵所忌,[189] 似此兩難, 甘心死別. 況韓潤得罪本國, 其言難信, 請老爺察之." 言訖, 珠恨[190]玉怨, 淚如湧泉. 弘立就抱其腰, 引袖[191]拭淚曰:

---

181) 耳 : 저본에는 없으나 天理大本에 의거해 보충했음.
182) 甲子 : 1624년.
183) 韓潤 : 조선 仁祖 때의 반역자. 아버지 明璉이 李适과 함께 1624년(인조 2)에 반란을 일으켰다가 살해되자, 後金에 망명함. 1629년 후금 군대에 편입되어 조선을 침공했고, 화의가 성립한 후에도 조선의 위법 사실을 들어 再侵을 주장했음.
184) 變局 : 仁祖反正(1623)을 말함.
185) 有 : 저본에는 없으나 天理大本에 의거해 보충했음.
186) 古人有以吳兵入郢者 : 伍子胥를 가리킴. 오자서는 父兄의 원수를 갚기 위해 吳나라의 군대를 이끌고 조국인 楚나라의 수도 郢을 침공했음.
187) 將 : 저본에는 '得'으로 되어 있으나 天理大本을 따름.
188) 妾 : 저본에는 '妄'으로 되어 있으나 天理大本을 따름.
189) 兵所忌 : 天理大本에는 '兵法忌之'로 되어 있음.
190) 恨 : 저본에는 '淚'로 되어 있으나 天理大本을 따름.
191) 袖 : 저본에는 '手'로 되어 있으나 天理大本을 따름.

"無用煩惱![192] 子言有理, 吾且察之." 仍自念赤族[193]之怨, 不可不報, 春閨之思, 亦不可㤪, 胸中戰嬲, 經過數月.

潤見弘立躊躇之意, 正色讓之曰: "令公違棄君親, 偸生蠻貊, 闔門骨肉, 流血狼藉, 而安於富貴, 溺於兒女, 縱耽目前之樂, 何面目見天下義士乎? 今朝鮮, 有土崩之勢, 以鐵騎臨之, 當如劈竹, 操鷄搏鴨之功, 只在反掌間, 令公獨無遠大計乎?" 弘立悟其意, 遂言於滿住曰: "朝鮮, 天下精兵處也. 勁弓長戟, 神砲利劒, 皆東韓出也. 此用武之國, 而俗尙喜狡黠, 用人觀勢利,[194] 人皆解軆, 當事觀避, 智能之士, 思展其才. 當此之時, 苟有驅駕而用之者, 則環東土數千里, 若衆星之拱北辰.[195] 愚於虞者, 智於秦;[196] 佞於隋者, 忠於唐.[197] 指揮能事, 訓鍊强兵, 誕將[198]天威, 長驅東向, 雖有智者, 亦不能爲南朝計矣. 某自蒙收鑠,[199] 未效尺寸. 今當用兵之際, 請爲前驅, 仍爲假王,[200] 收其智勇, 簡其精銳, 十萬之衆, 可以立辨.[201]

---

192) 惱 : 저본에는 '惱'로 되어 있으나 天理大本을 따름.

193) 赤族 : 一族을 모두 죽임.

194) 利 : 저본에는 없으나 天理大本에 의거해 보충했음.

195) 若衆星之拱北辰 : 『論語』「爲政」에 "爲政以德, 譬如北辰居其所而衆星共之"라는 말이 보임. "衆星共之"의 '共'은 '拱'과 같음.

196) 愚於虞者, 智於秦 : 百里奚를 말한다. 그는 춘추시대 虞나라의 대부였으나 왕의 신임을 받지 못했다. 하지만 우나라가 멸망한 뒤 노예 신세가 되었다가 秦나라 穆公에게 발탁되어 국가 주요정책을 수립하며 큰 공을 세웠다.

197) 佞於隋者, 忠於唐 : 裵矩를 말한다. 수나라 煬帝에게 아첨을 일삼아 총애를 받았으며 고구려 침공을 부추긴 결과 나라를 기울게 했으나, 훗날 당나라에 항복한 뒤로는 당 태종에게 직언으로 충성을 다했다.

198) 誕將 : 크게 받드는 것. '誕'은 '크다'는 뜻이고, '將'은 '받들다'는 뜻.

199) 收鑠 : 거두어져 영광스럽게 됨.

非但某報德之堦, 天賜一統之資也." 滿住笑曰: "君言差矣. 東韓之人, 禮義成俗, 攻之雖易, 服之實難. 昔元 世祖,[202] 力足以平一六合,[203] 而[204]不能得高麗之心服, 用兵三十年,[205] 終成男甥之好[206]而已. 今[207]吾衆雖强, 分之則力小, 遽以一枝之兵, 起東征之役, 兵連不解, 坐[208]延時月, 不能越遼[209]而廣一步以窺中原, 而徒規規於小利, 非計之得也. 故莫如東和朝鮮,[210] 南戰中國, 直待坐鎭燕京, 當見四海之輻輳耳. 且昔人, 有沒齒而不敢謀其君之徒隷者, 君獨何心讎視本國若此哉? 崔濡[211]之事, 足爲明鑑, 君其思之!"

弘立度滿住難以言動, 可以利誘, 退而上疏. 疏中極言本國武備單虛, 人心潰散, 婦女之美麗, 玉帛之充溢, 重言復言,

---

200) 假王 : 임시로 세워진 임금.
201) 辨(판) : '갖추다'는 뜻.
202) 元世祖 : 쿠빌라이.
203) 六合 : 上下四方. 여기서는 천하.
204) 而 : 저본에는 없으나 天理大本에 의거해 보충했음.
205) 年 : 저본에는 '萬'으로 되어 있으나 天理大本을 따름.
206) 成男甥之好 : 부마국이 되는 조건으로 講和를 맺는 것.
207) 今 : 저본에는 없으나 天理大本에 의거해 보충했음.
208) 坐 : 부질없이. 공연히.
209) 遼 : 저본에는 '潦'로 되어 있음.
210) 東和朝鮮 : 저본에는 '朝鮮東和'로 되어 있으나 天理大本을 따름.
211) 崔濡 : 고려 恭愍王 때의 逆臣. 蒙古名은 티무르부카[帖木兒不花]. 忠惠王 복위 3년(1342) 軍簿判書로서 曺頔(조적)의 난에 왕을 호종하여 1등 공신이 됨. 忠定王을 원나라에서 시종하여 귀국했으나 벼슬에 불평을 품어 동생 源과 함께 원나라로 도망함. 元帝에게 군사 10만을 고려에서 징집하기로 허락을 받고 고려에 파견되어 징집을 독려했으며, 奇皇后를 설득하여 공민왕을 폐위하고 德興君 譓를 고려왕으로 세울 것을 모의, 공민왕 13년(1364) 압록강을 건너 침입했으나, 李成桂의 군대에 패주하여 燕京으로 돌아감. 元帝에게 고려 정벌을 재차 청하다가 도리어 탄핵을 받고 고려에 압송되어 처형됨.

急請出兵, 再疏三疏, 至累十疏. 至今虜中, 有曰[212]姜弘立疏者, 積成卷軸, 人皆傳說云. 滿住見弘立欲自王其國, 心怒之, 遂不用其言. 弘立歎恨遇其時而不得行其志, 憤惋欲死.

至丙寅[213]秋, 滿住犯寧遠衛,[214] 敗歸身死. 少子洪太時[215]襲位, 新立無援, 欲講好東國, 議於弘立, 弘立因言曰: "東國君臣, 南朝脣齒, 雖遣一介行李, 難以歲月講和也, 不如數萬鐵騎, 戰以後圖之. 東和南戰之計, 使大事不成, 誠可恨也. 東戰之利, 如前所論, 請今試之. 事或不成, 和[216]未晩也." 太時點頭曰: "眇予小子, 纘[217]承大業, 遹追先志, 圖任舊人. 先君用先生計策, 戰勝攻取, 先生之忠於本朝, 孤已銘于肺腑矣. 今日東和之計, 卽先君之遺[218]意, 而先生之言, 又如此終始眷眷, 必有意見. 和朝鮮而輔車相依者, 追先君之意也; 勦[219]朝鮮而作爲編戶者, 用先生之計也. 今當兩試之. 倘蒙天佑, 一鼓大定,[220] 則有張邦昌故事,[221] 煩先生無

---

212) 曰 : 저본에는 없으나 天理大本에 의거해 보충했음.
213) 丙寅 : 1626년.
214) 寧遠衛 : 明나라가 遼寧省 興城縣에 두었던 屯衛의 이름.
215) 洪太時 : 淸 太宗. 皇太極이라고도 표기함. 누르하치의 여덟째 아들로 누르하치에 이어 1627년에서 1643년까지 帝位에 있었음. 저본에는 '洪'이 없으나 天理大本에 의거해 보충했음.
216) 和 : 저본에는 '如'로 되어 있으나 天理大本을 따름.
217) 纘 : 저본에는 '續'으로 되어 있으나 天理大本을 따름.
218) 遺 : 저본에는 없으나 天理大本에 의거해 보충했음.
219) 勦 : 저본에는 '勒'으로 되어 있음.
220) 一鼓大定 : 한 번의 싸움으로 승리함. '一鼓'는 一戰.
221) 張邦昌故事 : 南宋 때인 1126년 金나라가 汴京을 함락하여 황제인 欽宗과 上帝인 徽宗을 잡아 북으로 가자, 흠종의 신하였던 장방창은 금나라의 책봉을

得謙讓, 悉其兵[222]赴! 先生有晝錦之榮,[223] 而孤之經營中土, 與有力矣.[224] 或者與該國君, 指天作誓, 永結盟好, 絶東顧之憂, 專南伐之計, 則是先君, 以是遺我小子, 作萬世無窮之利者也.[225] 閫以外先生制之, 見[226]可以行, 勉之哉!"

遂命二王子, 發輕騎三萬, 授[227]弘立節制而東, 令韓潤前行向導. 將行, 召弘立入臥內, 手提金印一顆以與之曰: "先生因行佩之." 弘立雙手跪受, 看其印文, 心自驚喜, 卽跪告曰: "此大事也. 姑勿泄漏, 默定於心. 事卽大成, 謹奉社稷以從, 或[228]不如意, 講成足矣."[229] 太時曰: "先生之言, 是也."

蘇女出門牽衣曰: "老爺東還, 妾將奈何?" 弘立曰: "姑且寬心. 當以翬翟[230]迎之, 一時離別,[231] 莫浪悲也!"

潤謂弘立曰: "僕與令公, 俱抱窮天之痛,[232] 復讎之擧, 今行盡之矣." 弘立曰: "此吾日夜腐心切齒者也." 乃與胡將[233]

---

받아 楚帝가 된 일이 있음. 이 고사는 강홍립이 조선 침략에 성공한다면 장차 그를 조선 왕으로 책봉하겠다는 뜻으로 쓴 것임.

222) 兵 : 저본에는 이 뒤에 '來'가 더 있으나 天理大本을 따름.

223) 晝錦之榮 : 금의환향하는 영광.

224) 矣 : 저본에는 없으나 天理大本에 의거해 보충했음.

225) 也 : 저본에는 없으나 天理大本에 의거해 보충했음.

226) 見(현) : 지금.

227) 授 : 받다. '受'와 통함.

228) 或 : 저본에는 없으나 天理大本에 의거해 보충했음.

229) 成足矣 : 저본에는 없으나 天理大本에 의거해 보충했음.

230) 翬翟 : 后妃의 禮服. 여기서는 왕비를 가리킴.

231) 離別 : 저본에는 없으나 天理大本에 의거해 보충했음.

232) 窮天之痛 : 부모를 잃은 슬픔.

233) 將 : 저본에는 '騎'로 되어 있으나 天理大本을 따름.

約曰: “今此出兵, 莫如先示之以威, 大行殺掠, 使王[234]京以西糜爛空虛然後, 和可成也.”[235] 胡將曰: “殺掠橫行, 吾兵之能事, 敢不盡力?”

丁卯[236]春, 夜襲義州, 踰城突入, 變出不意, 人皆驚散. 弘立急令胡兵, 八面圍之, 定如風掃葉, 若笱獵魚.[237] 怒目咬[238]牙, 大肆屠殺, 白刃萬舞, 赤血噴飛, 人人痛毒, 箇箇[239]呼咷. 又令驅擁小兒, 倒揷空瓮, 汩汩之聲, 逾時而絶. 瓮盡處, 沉積水釜, 在在[240]堆滿. 其僵仆道路者, 皆[241]用眞木釘, 椎其背, 貫至地, 殘傷酷烈, 有不忍言. 是日, 城中[242]老少男丁, 靡有孑遺, 婦女財帛, 搶掠無餘. 雖拓跋[243]之屠戮南徐,[244] 紅巾之殘虐松京,[245] 未足以逾其慘黷也.

胡將曰: “所殺已多, 可以已乎?” 弘立曰: “未也. 此去安州、平壤等處, 皆大鎭也. 東事進退, 唯吾指揮, 麾兵掩殺.” 路抵凌漢山城,[246] 城中見胡騎蔽野逼城, 不戰潰裂. 弘立督促胡

234) 王 : 저본에는 없으나 天理大本에 의거해 보충했음.
235) 也 : 저본에는 없으나 天理大本에 의거해 보충했음.
236) 丁卯 : 1627년.
237) 笱獵魚 : 저본에는 ‘獵笱魚’로 되어 있음.
238) 咬 : 저본에는 ‘咳’로 되어 있음.
239) 箇箇 : 저본에는 ‘箇’으로 되어 있으나 天理大本을 따름.
240) 在在 : 저본에는 ‘在’로 되어 있으나 天理大本을 따름.
241) 皆 : 저본에는 없으나 天理大本에 의거해 보충했음.
242) 城中 : 저본에는 없으나 天理大本에 의거해 보충했음.
243) 跋 : 저본에는 ‘拔’로 되어 있으나 天理大本을 따름.
244) 南徐 : 南北朝 때 南朝였던 宋의 지명.
245) 松京 : 개성.
246) 凌漢山城 : 평안북도 郭山의 凌漢山에 있던 城.

兵, 四面蹙之, 滿城之人命, 片時魚肉, 慘不可道.

到清川[247]西岸, 胡將曰: "兩處所殺, 足以立威, 可遣人安州議和." 弘立曰: "姑且試之." 乃遣同降武人朴蘭英, 到安州叩門, 言講和之[248]意. 節度使南以興,[249] 使虞侯朴命龍[250]登城應之曰: "有斷頭將軍, 無講和將軍!" 蘭英歸虜營. 弘立奮然[251]曰: "朝鮮尙未悛, 更可屠殺!" 驅兵直[252]衝陷, 自東北角, 南以興與牧使金浚[253]坐軍樓自焚. 滿城[254]之人, 若老若幼, 啼呼奔竄. 弘立與潤, 分督胡兵, 如刈草菅, 屍塡街巷, 血滿溝渠, 亂斫幾盡. 有弘立同里人, 以京砲手防守城中, 適見弘立縱馬追殺, 直撞馬前而叫曰: "使道是本國大[255]人, 何不禁殺?" 弘立曰: "吾於[256]汝, 不無鄕里舊情, 執吾馬鞚, 可以免死. 吾之九族已赤,[257] 故來報讎, 何以禁爲?" 其人驚曰: "是何言也? 大夫人以天年終者數年, 餘皆無恙. 休聽飛語." 弘立頓足曰:

---

247) 淸川 : 저본에는 '淸州'로 되어 있음.

248) 之 : 저본에는 없으나 天理大本에 의거해 보충했음.

249) 南以興 : 생몰년 1540~1627년. 조선 인조 때의 무신. 이괄의 난에 공을 세워 宜春君에 봉해졌으며, 정묘호란 때 후금군과 싸우다가 분신 자결했음.

250) 朴命龍 : 생몰년 1588~1627년. 조선 인조 때의 무신. 정묘호란 때 평안도 兵馬虞候로 安州에서 격렬한 전투를 벌이다 전사했음.

251) 奮然 : 저본에는 없으나 天理大本에 의거해 보충했음.

252) 直 : 저본에는 없으나 天理大本에 의거해 보충했음.

253) 金浚 : 생몰년 1582~1627년. 인조 때의 무신. 이괄의 난 때 後營將으로 임진강 상류에 있는 永平山城을 수비했고, 난이 평정된 뒤 의주부윤을 거쳐 안주목사가 되었음. 정묘호란 때 안주성을 사수하다 성이 함락되자 처자와 함께 분신 순국했음. 저본에는 '金俊'으로 되어 있음.

254) 城 : 저본에는 없으나 天理大本에 의거해 보충했음.

255) 大 : 저본에는 없으나 天理大本에 의거해 보충했음.

256) 於 : 저본에는 '與'로 되어 있으나 天理大本을 따름.

257) 赤 : 몰살됨.

"其然? 豈其然乎?" 其人曰: "晉昌令監[258]方宦于[259]朝, 使道胤子尙保舊第, 況其他乎?" 弘立惕然曰: "爲韓潤所賣, 以至此也!" 遂疾呼胡將, 立[260]起免死旗, 止殺. 大責韓潤, 遂與之絶.

爾後聞平壤黃崗等鎭, 望風潰散, 千里無人, 喜曰: "以此行兵, 雖橫行八路, 無所憂." 急到平壤, 張榜文於四門. 其文曰:

> 兼八道都元帥金國大將軍[261]姜, 曉諭父老軍民及文武置散之人. 大兵弔伐,[262] 本爲懷綏, 毋貳毋恐, 各安耕桑. 山林之中, 閭巷之間,[263] 必有懷才莫展者, 有志功名者, 逢此一時, 政宜自奮, 糾合驍勇, 來赴軍前, 共圖不世之勳, 永樹無窮之聞. 轉報遠近,[264] 同聲齊應!

云云. 弘立初謂, 榜文所播, 爭相應赴. 及至數日, 寂然無應, 乃歎曰: "朝鮮之人, 不知吾所在, 豪傑未有至者, 深可恨也." 韓潤在傍拍手曰: "愚矣哉! 弘立也. 安有殺人如麻而人皆影從者乎? 吾未知爾意將欲何爲." 弘立怒曰: "殺人非吾本心, 皆汝所使. 但當飮[265]馬漢水, 大事可定也." 乃使朴蘭

---

258) 晉昌令監 : 晉昌君 姜絪(1568~1634)을 가리킴. 강인은 선조・인조 연간의 문신으로, 임진왜란 때 왕을 호종하여 호종공신으로 晉昌君에 봉해지고, 정묘호란 때에는 回答使로 적진을 왕래하며 협상을 벌였음.

259) 于 : 저본에는 缺字 표시가 되어 있으나 天理大本에 의거해 보충했음.

260) 立 : 당장.

261) 軍 : 저본에는 없으나 天理大本에 의거해 보충했음.

262) 弔伐 : 도탄에 빠진 남의 나라 백성을 구하기 위해 침공하는 것.

263) 閭巷之間 : 저본에는 '間閭巷'으로 되어 있으나 天理大本을 따름.

264) 轉報遠近 : 저본에는 '糾合轉報'로 되어 있으나 天理大本을 따름.

英之弟葵英, 爲平壤守城將,[266] 分兵留鎭. 遂進軍至平山, 雨久泥濘, 留此不發.

朝廷聞弘立獨專胡權, 遣其叔父姜絪[267]詣胡陣議和, 爲羈縻之計. 元帥張晚[268]亦貽書弘立[269]曰: "仁卿[270]兄弟, 爵位如舊, 獨[271]大夫人不幸耳." 及絪到虜營, 見弘立,[272] 報以闔門[273]無恙, 責其專行殺伐, 仍爲泣下曰: "父母之國, 不可背, 后帝[274]之鑑, 其亦嚴矣. 莫若歸來朝廷, 圖贖前罪." 弘立深自感惕, 夜使人投印于江, 歎曰: "大事歸一夢, 徒積一身殃!"

遂周旋胡將, 往復行在, 約以和好, 捲退胡兵, 實不越太時當初之意也. 又與胡將別曰: "吾歸金, 不能使金重, 而在本國, 則金重." 及見韓潤左右, 珠翠成行, 年少貌美者, 能歌能舞者, 曉音律者, 俱收并畜, 以爲歸胡地自娛[275]之計, 心甚歆羨, 謂潤曰: "當初東渡之日, 所得婦女, 約與均分. 吾雖暫留, 終當西歸,[276] 卽今蘇女, 單居悄悄, 爾可分半[277]與之, 一

---

265) 飮(임) : 물을 먹임.

266) 守城將 : 저본에는 '城守將'으로 되어 있으나 天理大本을 따름.

267) 姜絪 : 주 254를 참조할 것.

268) 張晚 : 생몰년 1566~1629년. 조선 선조·인조 연간의 문신. 도승지, 함경도 관찰사 등을 역임한 뒤, 이괄의 난을 진압한 공로로 玉城府院君에 봉해졌음. 정묘호란 때 병조판서로 있으면서 적을 막지 못한 죄로 유배되었다가 후에 복관됨.

269) 貽書弘立 : 저본에는 '貽弘立書'라 되어 있으나 天理大本을 따름.

270) 仁卿 : 姜絪의 字.

271) 獨 : 저본에는 없으나 天理大本에 의거해 보충했음.

272) 見弘立 : 저본에는 없으나 天理大本에 의거해 보충했음.

273) 闔門 : 온 집안. '閤'은 '闔'과 통함. 저본에는 '閨閤'으로 되어 있으나 天理大本을 따름.

274) 后帝 : 上帝. 저본에는 '后'가 '垕'로 되어 있음.

275) 娛 : 저본에는 '誤'로 되어 있음.

以爲幽獨之伴, 一以爲待吾之歸. 宿約丁寧, 爾無負我!" 潤張目叱之曰: "汝先背約而絶吾, 何以責吾之踐約? 汝牽情骨肉, 自棄樂國, 何愚之甚也! 吾得意[278]西歸, 擁笙歌醉紅裙, 終吾生以倘佯, 志願足矣. 今汝執[279]迷不悟, 他日思吾之言, 得無悔留乎?" 弘立瞿然思忖, 心欲復路, 而晉昌牽挽, 胡將許留, 皆不得自回,[280] 悒悒而已.

及還行在, 和戎息兵, 獨誇其功. 上勉加慰諭, 且問曰: "卿在虜久矣, 豈容鰥居?" 弘立起拜曰: "臣忍辱胡庭, 不自死滅, 豈敢淫縱, 重爲身累?" 時生員尹衡志[281]上疏極言, 大略以爲: "投降之罪, 縱未能追究, 殺戮之罪, 斷不容貸. 請置極刑, 小泄輿憤." 辭意激烈, 聞者稱快.

弘立十年歸國, 重尋故井, 觸目悲喜, 塡胸感慨, 滿朝之人, 無問者, 親戚朋知, 皆相戒勅, 絶不經過, 心甚愧恨. 欲掃拜父母之墳, 叔父絪大言切責曰: "汝背反彛倫, 玷辱祖先, 爲降虜於蠻夷, 以何面目, 復上父母之丘壟乎? 嫂氏, 一婦人也, 臨別時, 其言如何? 汝讀古書, 尤[282]知義理, 獨不念慈親之目不瞑於泉下乎?" 弘立激起良心, 慚悔欲死.

---

276) 歸 : 저본에는 '笑'로 되어 있음.
277) 牛 : 저본에는 '手'로 되어 있음.
278) 意 : 저본에는 없으나 天理大本에 의거해 보충했음.
279) 執 : 저본에는 '報'로 되어 있음.
280) 回 : 저본에는 '留'로 되어 있으나 天理大本을 따름.
281) 尹衡志 : 인조 때의 문신. 金瑬의 문인으로, 정묘호란 때 왕을 江華에 호종하고 斥和의 疏를 올렸음. 1629년에 문과에 급제함.
282) 尤 : 저본에는 없으나 天理大本에 의거해 보충했음.

又有持『忠烈錄』[283]來示者. 弘立讀「金將軍傳後敍」,[284] 至'延年戰死, 李校尉之偸生;[285] 司牧陣亡, 曹景宗[286]之無恙',[287] 掩卷太息曰: "不亦甚乎!" 又見卷中[288]畵本,[289] 金應河獨立血戰, 力屈死節, 而弘立[290]與景瑞屈膝拜伏於胡將座下, 傍積甲兵如山, 事迹瞭然如在目前, 面色如土, 五內如削. 又見卷端, 書[291]七言近體二首, 題曰「嘲降虜元帥」. 詩曰:

受鉞靑冥[292]辨[293]百勝, 臨危胡乃惜先登?
偸生是急君恩薄, 乞命爲榮虜氣增.

---

283)『忠烈錄』: 김응하의 장렬한 戰死를 기리기 위해 편찬한 책으로, 영의정 朴承宗이 編하여 광해군 13년(1621)에 간행했음. 서문은 李爾瞻과 李廷龜가 쓰고, 발문은 韓纘男이 썼음.

284)「金將軍傳後敍」:「金將軍傳」은 朴希賢이 김응하를 기리기 위하여 撰한 傳記인데,『忠烈錄』의 핵심을 이루는 글로서, 김응하를 나라에 충성을 다한 영웅으로 미화하고 강홍립을 오랑캐와 내통하여 항복한 비겁한 인물로 그려 놓았음.「金將軍傳後敍」는 李再榮이 撰한 글로「金將軍傳」의 뒤에 첨부되어 있음.

285) 延年戰死, 李校尉之偸生 : '延年'은 韓延年을, '李校尉'는 李陵을 가리킴. 한연년은 이릉과 함께 흉노와 싸우다 전사하고, 이릉은 포로가 되었음.

286) 司牧陣亡, 曹景宗 : '司牧'은 梁 武帝 때 司州刺史였던 蔡道恭을 가리키며, '曹景宗'은 梁 武帝 때의 將軍임. 조경종이 郢州刺史로서 郢州와 司州의 군사 책임자 일을 맡고 있을 때 魏나라가 司州를 공격하여 그 성을 포위했는데 조경종은 郢州의 성문을 굳게 잠근 채 바라보기만 하고 도와주지 않았으며, 성안에서 사냥을 즐겼다. 이에 司州城은 함락되고 말았다.

287) 延年戰死~曹景宗之無恙 :「金將軍傳後敍」에 나오는 말임.

288) 卷中 : 저본에는 없으나 天理大本에 의거해 보충했음.

289) 畵本 :『忠烈錄』은 광해조 때인 1621년 처음 간행되었지만 인조반정 이후 개정·증보되었는데, 후대본에는 다음과 같은 제목하에 4개의 그림이 첨부되어 있음. 1. 遇賊擺陣圖, 2. 倚柳射賊圖, 3. 死後握劒圖, 4. 兩帥投降圖.

290) 弘立 : 저본에는 없으나 天理大本에 의거해 보충했음.

291) 書 : 저본에는 없으나『燃藜室記述』에 인용된「姜虜傳」에 의거해 보충했음.

292) 靑冥 : 임금을 가리키는 말.

293) 辨(판) : '辦'과 통함.

節義一朝歸板蕩, 綱常萬古逐波崩.
山雖埋骨難埋恥, 泉下何顔拜穆陵?[294)]

讀聖賢書果是誰? 高官大爵自爲之.
笑看策馬傷三戟,[295)] 忍學[296)]牽羊[297)]逆[298)]九逵.[299)]
平昔許身期稷契,[300)] 卽今被髮化蛟螭.
徒令介士成全節,[301)] 獨受東韓萬代嗤.

讀未[302)]終篇, 搔首自責曰: "人言至此, 吾其愧死矣!" 遂屛居鄕閭, 閉戶不出, 咄咄書空,[303)] 盈盈滴淚,[304)] 如狂如癡, 口自語曰: "廣廈千間兼金萬鎰, 中有美人顔如花兮, 割恩忍愛歸印江,[305)] 微[306)]叔父之說, 胡爲乎至此? 果然韓潤不欺我也!"

是時, 蘇女在虜中, 聞弘立留本國不還, 泣請太時, 奔到本朝, 直抵京城. 朝廷命押置京口, 待[307)]天將處置. 女手裁一

294) 穆陵 : 宣祖의 陵號. 강홍립은 宣祖 때 처음 벼슬에 나아갔음.
295) 三戟 : 貴官의 집을 가리키는 말. 저본에는 '戟'이 '戰'으로 되어 있으나 天理大本을 따름.
296) 忍學 : 저본에는 '恥忍'으로 되어 있으나 天理大本을 따름.
297) 牽羊 : 殷나라의 微子가 周 武王에게 항복할 때 왼손으로는 羊을, 오른손으로는 띠풀을 잡았던 데서 유래하는 말로, 항복을 뜻함.
298) 逆 : 맞이하다. 영접하다.
299) 逵 : 저본에는 '夷'로 되어 있으나 天理大本을 따름.
300) 稷·契 : 堯舜時代의 賢臣.
301) 介士成全節 : 金應河가 끝까지 싸우다가 殉節한 것을 가리킴.
302) 未 : 저본에는 없으나 天理大本에 의거해 보충했음.
303) 空 : 저본에는 '窓'으로 되어 있음.
304) 盈盈滴淚 : 저본에는 '盈淚自滴'으로 되어 있으나 天理大本을 따름.
305) 印江 : 저본에는 없으나 天理大本에 의거해 보충했음.
306) 微 : 저본에는 없으나 天理大本에 의거해 보충했음.

書, 心封血緘, 以百[308]金購傳于弘立. 弘立見之, 粉香淚痕, 哀怨可掬. 書略曰:

妾養在深閨, 早學婦貞. 薄命險釁, 遭亂蒼黃, 行過[309]黃沙, 淚盡青塚.[310] 不料老爺, 萬死相逢.[311] 離邦去土, 二人懷抱, 誓海盟山, 一約金石. 呑舟巨魚, 敗我深歡, 事不從心, 一別無還, 丁寧好音, 寤寐在耳. 向[312]君之誠, 如水必東. 城西暮雨, 夢結襄王.[313] 奈何弱水渺渺, 更隔三千?[314] 深情縷縷, 難訴九萬.[315] 丈夫心期, 一寸剛鐵; 兒女衷情, 匪石可轉.[316] 鳳媒難合, 蝶夢稀到. 地老天荒, 形單影隻. 唯當魂隨山骨, 血班湘竹,[317] 不及黃泉, 無相見期. 臨緘嗚咽, 書不盡意.

弘立讀罷, 淚下如雨, 幾欲狂叫躍起, 而[318]爲家童所沮, 乃

---

307) 待 : 저본에는 '徒'로 되어 있음.
308) 百 : 저본에는 없으나 天理大本에 의거해 보충했음.
309) 過 : 저본에는 '遍'으로 되어 있으나 天理大本을 따름.
310) 青塚 : 흉노에게 시집간 漢王室의 後宮 王昭君의 무덤.
311) 相逢 : 저본에는 없으나 天理大本에 의거해 보충했음.
312) 向 : 저본에는 '間'으로 되어 있음.
313) 襄王 : 「崔致遠」의 주 10 및 주 40을 참조할 것.
314) 弱水渺渺, 更隔三千 : '弱水'는 3천 리나 된다는 전설상의 강인데, 험난하여 건널 수가 없다고 함.
315) 九萬 : 九萬里蒼天에서 유래하는 말로, 하늘을 뜻함.
316) 匪石可轉 : 『詩經』 邶風 「柏舟」의 "我心匪石, 不可轉也"에서 유래하는 말로, 心志가 굳음을 뜻함.
317) 血班湘竹 : 舜임금이 죽자 그 두 妃인 娥皇과 女英이 湘水에 빠져 죽었는데, 그들이 죽은 후 피눈물 자국이 있는 대나무가 湘水의 물가에 자라났다는 전설이 있음. 저본에는 '竹'이 '升'으로 되어 있음.
318) 而 : 저본에는 없으나 天理大本에 의거해 보충했음.

曰: "吾於上前, 對以十年鰥居之意, 擧世之人, 謂我如何? 必將重貽欺君之罪也. 況彼書中, 死以爲期, 吾何强顔人世, 受薰天之群嘲, 負入地之孤魂也! 誓將下從于泉壤."

遂却食臥病, 浹旬不起. 臨終語其童僕曰: "吾早登科第, 歷敭淸顯, 晩節崎嶇, 爲世所悲. 福善禍淫, 天之道也. 平生作爲, 難可追記, 而獨念, 年少氣銳, 出入臺閣, 以睚眦傷害人者, 非一二. 天其以是, 施此惡報耶? 高高上帝, 赫赫下臨, 人可欺也, 天不可誣也." 言訖, 凝淚滿眶, 溘然而沒. 晉昌君[319]絪哭其喪, 許葬先壟. 至今過者, 指爲'姜虜墳'云.

余嘗痛姜弘立以先朝舊臣, 不顧恩義, 一則全師降虜, 二則屠殺生民, 三則畜無將之心,[320] 希非分之事. 然粗聞其槩, 莫之詳[321]也. 余西遊香山,[322] 遇一[323]老僧, 頗聰明解文字, 而面有矢痕. 余怪而問之, 僧嚬蹙不答,[324] 强而[325]後言曰: "某少好山水, 窮探奇勝, 遇弘立於金剛佛寺. 一見便相親愛, 因爲書記, 未嘗暫捨. 戊午[326]以後, 身逐征西, 備嘗艱險. 至弘立死,[327] 祝髮爲僧, 以至于此." 手指面痕曰: "若非弘立

---

319) 君 : 저본에는 없으나 天理大本에 의거해 보충했음.
320) 無將之心 : 반역하여 왕위를 찬탈하고자 하는 마음.
321) 詳 : 저본에는 '繹'으로 되어 있으나 天理大本을 따름.
322) 香山 : 妙香山.
323) 一 : 저본에는 없으나 天理大本에 의거해 보충했음.
324) 不答 : 저본에는 없으나 天理大本에 의거해 보충했음.
325) 而 : 저본에는 '以'로 되어 있으나 天理大本을 따름.
326) 戊午 : 1618년.
327) 死 : 저본에는 없으나 天理大本에 의거해 보충했음.

引賊東犯, 寧有毁父母遺體?" 因飮泣不能語, 盖安州城下箭傷者也. 仍述自[328]戊午迄丁卯,[329] 逐一條列, 詳其始終如右. 僧又曰: "貧道與姜弘立, 情同骨肉, 是事顚末, 某嘗秘之, 今蒙歷問, 不覺吐實, 出我之口, 入君之耳, 毋輕播也!"云.

噫! 緇流尙不[330]負其主, 吠堯[331]之賊, 反出於衣冠世族, 何哉? 通天之罪, 曠古之兇, 所可道也, 言之長也.

崇禎庚午[332]秋, 無言子[333]記.

• 작자 : 權侙(1599~1667)

인조・현종 때의 문신으로 자는 子敬, 호는 菊軒이다.「周生傳」을 지은 權韠의 庶姪이다. 43세 되던 인조 19년(1641) 문과에 급제, 永平縣令을 지냈다. 인조 14년(1636) 제4차 通信使行 때 吏文學官의 직책으로 일본에 가 文才를 과시하고 돌아온 바 있다.「姜虜傳」외에「安尙書傳」이라는 소설도 창작하였다.

---

328) 自 : 저본에는 없으나 天理大本에 의거해 보충했음.

329) 丁卯 : 1627년.

330) 不 : 저본에는 '未'로 되어 있으나 天理大本을 따름.

331) 吠堯 : 盜跖의 개가 堯舜을 보고 짖는다는 뜻인데, 여기서는 누르하치의 走狗가 된 강홍립을 이름.

332) 崇禎庚午 : 인조 8년(1630). '崇禎'은 明나라 毅宗의 연호.

333) 無言子 : '無言子'라는 호는 權韠의「周生傳」말미에도 보이는바,「姜虜傳」의 轉寫過程에 권필의 호가 잘못 끼여든 것인지, 아니면 권필과 마찬가지로 권칙도 이 호를 사용했던 것인지에 대해서는 더 상고가 필요함.

• 출전 : 國史編纂會本을 底本으로 삼아 여타의 本을 참고하여 校合하였다.

• 참고사항

(1) 이 작품의 창작연도는 정묘호란 직후인 1630년이다. 작품 맨 끝의 "崇禎庚午秋"라는 말에서 이 점을 알 수 있다.

(2) 「姜虜傳」은 누군가에 의해 諺文으로 번역되기도 했는데 李健(1614~1662)은 이 諺文 번역본을 다시 漢譯한 바 있다. 이 漢譯은 李健의 문집인 『葵窓遺稿』에 수록되어 있다.

(3) 18세기 후반의 문장가인 兪漢雋은 1778년에 「姜弘立傳」을 창작한 바 있는데, 이 작품은 유한준의 문집인 『著菴集』에 실려 있다. 유한준의 「姜弘立傳」은 「姜虜傳」을 母本으로 삼은 것으로서, 「姜虜傳」의 문장 표현을 다소 바꾸고 내용을 압축해 놓았을 뿐 별다른 創意가 발견되지는 않는다.

(4) 유한준의 아들인 兪晩柱도 자신의 일기인 『欽英』에서 「姜虜傳」에 대해 언급하고 있다.

(5) 「姜虜傳」은 크게 보아 傳系小說에 속하는 작품이다. 그렇기는 하지만 이 작품에는 부분적으로 전기소설의 필치로 서술된 대목도 없지 않다. 작자는 전기소설과 史書의 독서경험을 토대로 이 작품을 창작했다고 생각되는바, 특히 史書의 독서경험은 유의될 필요가 있다. 권칙은 『書經』, 『춘추좌씨전』, 『사기』, 『元史』, 『고려사』 등에 나오는 사실들을 폭넓게 引據하고 있으며, 역사서의 敍事方式을 흉내내고 있다.

(6) 「姜虜傳」은 崇明排胡 이데올로기를 구현하고 있다. 그러나 이 점만 주목할 것은 아니다. 이 작품은 그 이면에 門閥世族에 대한 비판, 인재등용의 문제점에 대한 비판, 조선의 국가적 현실에 대한 비판 등을 담고 있다. 이러한 비판은 서얼이라는 작자 자신의 신분적 처지와 내밀히 연결된다.

(7) 권칙은 권필 · 허균 · 조위한 등 16세기 말에서 17세기 초엽 사이에 활동한 선배 소설가들을 계승하면서 두 편의 소설을 창작한 주목할 만한 소설가인데, 두 편의 소설 모두 동아시아의 역학관계와 조선의 사상적 추이가 크게 바뀌는 17세기 前半의 전환기적 상황을 반영하고 있다는 점에서 흥미롭다.

(8) 이 작품에 대한 논의는 박희병, 「17세기 초의 崇明排胡論과 부정적 소설주인공의 등장」, 『한국고전소설과 서사문학』 上(집문당, 1998)에서 처음 이루어졌다.

# 7. 安尚書傳

權 侙

萬曆[1])末, 有安汝式者, 字敬叔; 唐絳者, 字華叔; 皆涿郡 樓桑村[2]) 人. 二人少相善, 以文學名. 及長, 安爲閣老[3])方從哲[4]) 女婿, 唐爲長公主李皇親[5])女婿. 安先登第, 爲庶吉士,[6]) 唐亦於數年後登第, 爲翰林編修.[7])

---

1) 萬曆 : 明나라 神宗의 연호. 1573년에서 1619년까지 사용되었음.
2) 涿郡 樓桑村 : '涿郡'은 涿州로 지금의 河北省에 속하는 고을.
3) 閣老 : 明代 宰相의 칭호.
4) 方從哲 : 明나라 神宗 때의 재상. 禮部尚書兼東閣大學士를 거쳐 7년간 재상을 지냈음. 熹宗 즉위 후 조정 대신들의 탄핵을 받았으나, 얼마 안 있어 中極殿大學士에 올랐음.
5) 皇親 : 황제의 친속.
6) 庶吉士 : 翰林院에 둔 관직 이름. 進士 급제자 중에서도 특히 문장에 빼어난 인재들을 선발해 庶吉士로 삼았고, 3년 뒤 다시 성적을 평가하여 우수한 자들에게 編修·檢討 등의 직책을 주었음. 明代에는 翰林院을 매우 중시하여 이곳의 관직을 거치지 않고서는 조정 대신이 될 수 없다고 할 정도였으므로, 진사 급제자들은 서길사로 뽑히는 것을 가장 큰 영광으로 여겼음.

時方閣老已死, 萬曆皇帝亦崩, 天啓[8]卽位, 安言事忤旨, 出爲武寧知縣.[9] 唐以姻親得幸, 自禮部侍郞, 擢爲東閣大學士,[10] 榮寵無比. 俄遷溫德殿[11]大[12]學士、吏部尙書, 凡異己者, 必斥之. 安秩滿還家, 常怏怏不樂, 以親老乞外, 又除通州知州,[13] 不幾罷歸. 一日, 詣唐求爲山東布政使,[14] 唐曰:[15] "以君之才, 當入贊機務, 共享太平, 姑徐之." 安鄙[16]其貪縱, 只以故舊情義, 時或往見, 亦不數數[17]也, 唐深啣之.

及崇禎[18]初, 唐尤被寵遇, 與宦官締結, 內外大權, 一歸於唐. 唐與宦官高起潛[19]有隙, 訴其專權貪濁, 籍其家産, 削其

---

7) 編修 : 한림원의 관직 이름. 修撰 다음의 서열로, 修撰・檢討와 함께 國史 編修를 관장했음.

8) 天啓 : 명나라 熹宗의 연호. 1621년에서 1627년까지 사용되었음.

9) 武寧知縣 : '武寧'은 중국 四川省 長寧縣 동북쪽의 縣 이름. '知縣'은 縣令.

10) 東閣大學士 : '東閣'은 明淸代 大學士 殿閣의 하나. 明代의 殿閣大學士는 원래 5품 벼슬로 황제의 批答을 작성하는 등 재상의 보좌역할을 수행했으나, 宣宗 이후로는 품계가 六卿보다 높아졌으며 閣老라 일컬어졌음. 저본에는 '大'가 '太'로 되어 있음.

11) 溫德殿 : 大學士 殿閣의 하나.

12) 大 : 저본에는 '太'로 되어 있음.

13) 通州知州 : '通州'는 河北省 通縣. '知州'는 고을 수령.

14) 布政使 : 布政司의 長官. 明代에 行中書省을 개편하여 전국을 13布政司로 나누고 각 布政司마다 左右布政使 각 1인을 두어 한 省의 民政과 財政을 관장하는 최고 행정장관으로 삼았음. 저본에는 '使'가 '司'로 되어 있음.

15) 曰 : 저본에는 없으나 국립중앙도서관 소장의 『利野耆冊』에 수록된 「安尙書傳」에 의거해 보충했음.

16) 鄙 : 저본에는 '節'로 되어 있으나 『利野耆冊』을 따름.

17) 數數(삭삭) : 저본에는 '數'이 하나지만 『利野耆冊』을 따름.

18) 崇禎 : 명나라 毅宗의 연호. 조선 인조 6년(1628)에서 21년(1643) 사이에 해당함.

19) 高起潛 : 명나라 말기의 환관으로 總監이 되어 流賊 토벌에 나서는 등 권세를 누렸으나, 후에 淸나라에 투항했음.

官爵, 以李皇親婿故, 不加竄殛, 使白身還鄕. 禮部尙書王台老,[20] 以安與唐不相阿附, 白上拜翰林學士入閣議事. 安三上書辭之. 宦官忌其剛直, 以安有文武全才, 拜御史, 出視遼､廣[21]軍事.

安卽日謝命登途, 至山海關[22]路, 有一人與三少年, 行乞於市, 卽唐之四父子也. 安下車執手, 泣謂唐曰: "華叔固無恙乎? 別來未幾, 何遽至此?" 唐不敢擧頭, 但稱不敢而已. 安出金五十兩､彩段二十疋, 以贈之曰: "行橐不敷, 此物雖少, 可供吾兄數月之資, 而出關, 又當以若干物助之, 但未知兄住居何處." 唐滿面羞慚, 匍匐不能起, 俯伏而對曰: "僕自得罪以來, 皇親旣沒, 妻亦繼殞, 家財田宅, 籍入公家, 親戚棄之, 鄕黨賤之, 假貸無所得, 投見皇親舊僕徐祥者, 得數百金, 將出轉賣, 行到玉田縣,[23] 路逢盜賊抝[24]掠, 父子僅以身免, 乞食延喘, 今已月餘. 不意故人能自致靑雲之上, 而今日之賜, 何啻一壺飱捄翳桑[25]之餓, 一斗水活涸轍[26]之急

---

20) 台老 : 台臣. 宰相을 일컫는 말.
21) 遼・廣 : 遼州와 廣州. 지금의 遼寧省 일대.
22) 山海關 : 河北省 臨楡縣의 東門. 萬里長城의 起點으로 형세가 매우 험하여 예로부터 '天下第一關'이라 칭해진 要害地임. '山海關'은 산을 등지고 바다에 면해 있다 하여 붙인 이름.
23) 玉田縣 : 河北省의 縣 이름.
24) 抝 : '刼'과 통함.
25) 翳桑 : 먹을 것이 없어 굶주리는 것을 이르는 말로, 춘추시대 晉나라의 靈輒이 '翳桑'에서 곤궁하여 굶주렸다는 고사에서 유래함. 翳桑은 일설에는 무성하게 우거진 뽕나무 그늘이라고 하며, 일설에는 地名이라고 함.
26) 涸轍 : 涸轍鮒魚의 준말. 수레바퀴 자국에 괸 물 속에 있는 붕어라는 뜻으로,

乎? 今將持此還鄕, 以資生計, 故人之恩, 惟結草是圖耳." 安曰: "近見天下事, 已無可爲. 吾亦棄官入山, 以爲保身之計, 顧皇恩至重, 今且臨邊, 不出數年, 當[27]與子同歸, 不必以前日之事爲嫌, 而留此待之!" 唐一慚一感, 稱謝萬萬而已.

安遂至寧遠衛,[28] 與摠兵[29]祖大樹,[30] 修築城池, 訓鍊軍卒, 以爲死守之計. 宦官又忌成功, 遂白上召爲工部尙書. 安知國事已去, 上疏乞骸骨,[31] 皇[32]上不許. 又[33]稱病五上書, 皇上姑許之. 六科[34]道: "皆願留之." 宦官白上曰: "安汝式, 年七十, 只許之自便可也." 上亦然之, 許令[35]帶俸[36]還家. 安卽日啓行.

時唐已到京, 隨安歸. 凡路資一與唐共之. 還家數日, 收拾家藏,[37] 與其妻子, 轉向萊州,[38] 以爲浮海之計, 而唐不肯從.

---

사람이 매우 곤궁한 경우를 이름.

27) 當: 저본에는 없으나 『利野耆冊』에 의거해 보충했음.

28) 寧遠衛: 明나라가 遼寧省 興城縣에 두었던 屯衛의 이름.

29) 摠兵: 摠兵官. 明나라 때의 고위직 武官. 군대가 出征할 때 軍務를 총괄하는 장수였음.

30) 祖大樹: 명나라 말기에 前鋒摠兵이 되어 大淩河에 築城했지만 淸 太宗에게 포위되어 항복하였음. 후에 반란을 일으켜 錦州에 웅거했으나 다시 항복하여 淸나라의 摠兵을 제수받았음.

31) 乞骸骨: 벼슬아치가 임금에게 벼슬에서 물러나 鄕里로 돌아가는 것을 허락해 달라고 청하는 일을 일컫는 말.

32) 皇: 저본에는 없으나 국립중앙도서관 소장의 『竹窓閑話』에 倂記되어 있는 「安尙書傳」(이하 『竹窓閑話』 倂記本이라 略稱)에 의거해 보충했음.

33) 又: 저본에는 이 뒤에 '請'이 더 있으나 『竹窓閑話』 倂記本을 따름.

34) 六科: 六科給事中을 가리킴. 明나라의 관직명. 임금을 諫하고 보필하는 일과 함께 吏·戶·禮·兵·刑·工 6部의 일을 감찰했음.

35) 令: 저본에는 '今'으로 되어 있음.

36) 帶俸: 벼슬을 물러나서도 봉록을 계속 받는 것을 일컫는 말.

安舍其田宅, 付之唐. 安之友部國珍謂安曰: "唐方其擅權之日, 頓無鄕里之義、故舊之情, 攻斥猶恐不及, 公何眷眷之深也?" 安曰: "彼雖負我, 我豈負彼? 況天下大亂, 危亡可翹足而待, 以吾觀[39]之, 不出十年, 吾其爲左衽[40]矣, 財物田宅, 豈可恤[41]守耶?" 國珍曰: "吾欲從之可乎?" 安大悅, 遂與國珍, 棄唐而去, 入長白山[42]隱居.

後淸兵陷[43]皇京, 崇禎自焚死, 弘光[44]卽位於金陵.[45] 唐降於淸, 稍[46]見柄用, 侵辱[47]朝鮮, 皆出其所[48]爲. 爲攝政王[49]所寵, 王敗, 唐之父子同就戮.

安與國珍, 乘舟浮海, 到皇城島, 居數年, 仍向朝鮮下陸, 轉往[50]嶺南, 入太白山下居焉.

---

37) 藏 : 저본에는 '莊'으로 되어 있으나 『利野耆冊』을 따름.
38) 萊州 : 山東省의 고을 이름.
39) 觀 : 저본에는 '視'로 되어 있으나 『竹窓閑話』 併記本을 따름.
40) 左衽 : 저고리의 오른쪽 섶을 왼쪽 섶 위로 여미는 오랑캐의 옷 입는 방식. 여기서는 오랑캐 천지가 된다는 뜻.
41) 恤 : 저본에는 '恒'으로 되어 있으나 『竹窓閑話』 併記本을 따름.
42) 長白山 : 白頭山.
43) 淸兵陷 : 저본에는 '兵淸滔兵'으로 되어 있음.
44) 弘光 : 弘光帝. '弘光'은 明末 福王의 연호(1645년). 福王은 淸兵을 피해 淮安으로 갔다가 鳳陽總督 馬士英 등의 추대로 南京에 와 稱帝하였으나, 곧이어 들이닥친 청나라 군대에 사로잡혀 북방에서 죽임을 당했음.
45) 金陵 : 南京.
46) 稍 : 저본에는 '梢'로 되어 있음.
47) 辱 : 저본에는 없으나 『竹窓閑話』 併記本에 의거해 보충했음.
48) 所 : 저본에는 없으나 『利野耆冊』에 의거해 보충했음.
49) 攝政王 : 淸 太祖의 제 14남인 多爾袞의 封號. 睿親王이라고도 불림. 智謀가 많고 勇略絶倫하여 李自成의 군대를 격파하고 北京을 점령하여 世祖를 맞아들였음. 당시 世祖는 나이가 어려 삼촌인 그가 攝政을 하며 권세를 휘둘렀는데, 죽은 후에 王爵을 삭탈당했음.

辛卯[51]春, 佽[52]以官事到清風郡,[53] 見安之子天命于酒甁院.[54] 余[55]異其[56]爲人, 與之同宿, 以雨留數日, 爲余[57]道之如右. 因言: “其父年八十二歲, 顔如渥丹, 行步如飛, 如年[58]四十餘人. 常言: ‘朝鮮素稱山水鄕, 而妙香、七寶近西北, 智異非避兵之地, 惟太白第一福地. 自今以往三十餘年, 當有眞人起陜西, 削[59]平海內, 太平自此始焉. 吾不及見, 汝等當還中原矣.’” 安有子七人元命、眞命、大命、信命、受命、天命、保命. 余[60]問我國歷年, 天命只稱萬萬歲矣. 又問[61]避兵處, 曰: “家親常言: ‘太白爲首, 沔陽[62]爲次, 穢貊[63]又其次.’” 又問他事, 皆以不知答之. 翌日告別, 贈余[64]詩云云, 語多不解, 欲問之, 拂袖而去. 吁嗟異哉! 其詩曰:

---

50) 往 : 저본에는 ‘客’으로 되어 있으나 『竹窓閑話』 倂記本을 따름.
51) 辛卯 : 조선 孝宗 2년(1651).
52) 佽 : 저본에는 이 앞에 ‘權’자가 더 있으나, 原作에는 없었을 터이므로 뺐음. 이하 작자를 ‘權’이라 칭하고 있으나, 역시 原作과는 거리가 있으며 筆寫者가 임의로 변개한 것이라 생각됨.
53) 淸風郡 : 지금의 충청북도 제천군 청풍면 일대.
54) 酒甁院 : 주막.
55) 余 : 저본에는 ‘權’으로 되어 있음.
56) 其 : 저본에는 없으나 『竹窓閑話』 倂記本에 의거해 보충했음.
57) 余 : 저본에는 ‘權’으로 되어 있음.
58) 年 : 저본에는 없으나 『竹窓閑話』 倂記本에 의거해 보충했음.
59) 削 : 저본에는 이 앞에 ‘則’이 있으나 『利野者冊』을 따름.
60) 余 : 저본에는 ‘權’으로 되어 있음.
61) 問 : 저본에는 없으나 『竹窓閑話』 倂記本에 의거해 보충했음.
62) 沔陽 : 충청남도 沔川 일대.
63) 穢貊 : 濊貊. 강원도 일대를 일컫는 말.
64) 余 : 저본에는 ‘權’으로 되어 있음.

日入重冥[65]月未高,[66] 銀臺金闕隱層濤.

回頭<u>太白</u>千峯碧, 會向雲間拂錦袍.

• **작자**: 權伕

「姜虜傳」 '해제'의 작자條를 참조하기 바람.

• **출전**: 국립중앙도서관에 소장되어 있는 『雜記類抄』에 수록된 「安尙書傳」을 底本으로 삼아 여타의 本을 참고하여 校合하였다.

• **참고사항**

(1) 이 작품에 대해서는 일찍이 農巖 金昌協(1651~1708)이 「送季舅之安東卜地太白山序」라는 글에서 "權伕作「安汝式傳」, 行於世, 余得而讀之"라고 언급한 바 있다. 「安汝式傳」은 「安尙書傳」의 다른 이름이다.

(2) 이 작품 역시 권칙이 창작한 또다른 작품인 「姜虜傳」과 마찬가지로 明淸交替期의 동아시아 역사를 배경으로 삼고 있다. 이 작품은, 비록 짧은 편폭의 작품이긴 하지만, 대조적인 성격을 지닌 두 인물의 삶이 明末淸初의 역사 속에서 어떻게 浮沈하고 變轉되는가를 주의깊게 조명하고 있다.

(3) 이 작품은 그 결말 부분에 서술자가 등장하는 半額子 형식의 소설이다. 권칙은 「姜虜傳」에서도 이와 똑같은 형식을 구사한 바 있다. 이런 소설 형식은 권칙 한 세대 앞의 소설가들인 권필 · 허균 · 조위한의 소설에서도 발견된다.

(4) 이 작품에 대한 논의는 박희병, 『朝鮮後期 傳의 小說的 性向 硏究』(대동문화연구총서 XII, 성균관대 출판부, 1993)에서 처음 이루어졌다.

---

65) 重冥: 바다. 저본에는 '冥'이 '宜'로 되어 있음.

66) 高: 저본에는 '齊'로 되어 있음.

# 8. 韋敬天傳

未 詳

大明 萬曆[1]間, 有韋生者, 金陵[2]人, 名岳, 字敬天, 古唐賢韋應物[3]之後也. 性質聰明, 才華美秀, 年至十五而成文章, 詩韻效蘇州,[4] 淸逸過之, 擅[5]名當世, 人無擬[6]迹.

壬辰,[7] 與張生偶共過長沙[8]之北, 時正暮春, 景物芳華. 張生忽起彈冠曰: "踏靑[9]佳辰三月一日也. 吾儕今在逆旅中, 已

---

1) 萬曆 : 明나라 神宗의 연호. 1573년에서 1619년까지 사용되었음.
2) 金陵 : 南京.
3) 韋應物 : 唐나라 玄宗・德宗 연간의 시인. 청렴강직한 지방관으로도 이름이 높았음.
4) 蘇州 : 韋應物을 가리킴. 위응물이 만년에 관직에서 물러나 蘇州의 永定寺에 기거했으므로 흔히 '韋蘇州'라 칭함.
5) 擅 : 저본에는 '檀'으로 되어 있음.
6) 擬 : 저본에는 '擬'가 '依'로 되어 있음.
7) 壬辰 : 1592년.
8) 長沙 : 湖南省의 縣 이름.

不及蘭亭之會,[10] 而佳麗江南, 地勝人和, 青帘[11]紅杏, 滿家春風, 杖頭金錢,[12] 可買一日歡也. 况名山引興, 天假良辰, 今不可見岳州[13]形勝乎?" 韋生曰: "知我者, 子也." 卽與張生, 直抵岳陽城下, 日已昏黑矣. 是夕, 借宿於漁人之舍. 翌日早朝, 急扣江村, 賖酒具舡,[14] 遊於洞庭南. 是日也, 風淸景明, 波文不動, 水碧天淸, 上下一色, 江邊畵屋, 遠近參差, 縹緲[15]笙歌, 皆如鶴上仙也. 韋生岸巾[16]登舟, 長吟兩絶. 其詩曰:

桂棹[17]蘭槳[18]泝[19]碧波, 岳陽城北是回頭.
香風十里桃花裡, 多少[20]珠簾上玉鉤.

又吟:

---

9) 青 : 저본에는 '淸'으로 되어 있음.
10) 蘭亭之會 : 「月團團」의 주 86을 참조할 것.
11) 靑帘 : 酒店에 거는 旗.
12) 杖頭金錢 : 杖頭錢 혹은 杖錢. 술 사먹을 돈.
13) 岳州 : 湖南省 북부, 洞庭湖 東岸의 고을 이름. 그 西門에 있는 누각이 바로 岳陽樓임.
14) 具舡 : '舡'은 '船'의 俗字. 저본에는 '具'가 '俱'로 되어 있음.
15) 緲 : 저본에는 '紗'로 되어 있음.
16) 岸巾 : 두건을 벗어 이마를 드러냄. 자잘한 법도에 구애되지 않는 거리낌없는 행동을 뜻함.
17) 棹 : 저본에는 '掉'로 되어 있음.
18) 槳 : 저본에는 '漿'으로 되어 있음.
19) 泝 : 저본에는 '沂'로 되어 있음.
20) 少 : 저본에는 '小'로 되어 있음.

草綠蘋香江水多, 蘭舟搖下洞庭波.
春風無限瀟[21]湘意, 收拾新篇[22]入棹[23]歌.

張生繼吟曰:

花枝柳影動春城, 江上遊人捻[24]玉笙.
欲待夜深謌[25]舞罷, 月高山峽聽猿聲.

又吟:

玉樓飛閣入江天, 誰捲珠簾弄綵絃?
日暮長沙人更遠, 臨風腸斷[26]木蘭舡.

吟罷, 江烟半斂, 峽日初斜, 千峰散亂, 萬象星羅, 二人豪逸之氣, 將欲羽化而登仙也. 噫! 楚國, 悲[27]凉之地也. 蒼梧[28]巡斷, 竹老三湘,[29] 此非二妃之寃泣耶? 「離騷」吟罷, 汨[30]羅

---

21) 瀟 : 저본에는 '蕭'로 되어 있음.
22) 篇 : 저본에는 '簾'으로 되어 있음.
23) 棹 : 저본에는 '掉'로 되어 있음.
24) 捻 : '按'과 같음. 악기를 연주하는 것.
25) 謌 : '歌'와 仝字.
26) 腸斷 : 저본에는 '斷腸'으로 되어 있음.
27) 悲 : 저본에는 '非'로 되어 있음.
28) 蒼梧 : 舜임금이 남방을 巡狩하다가 세상을 뜬 곳.
29) 竹老三湘 : 湘竹의 고사. 순임금이 죽자 순임금의 두 妃인 娥皇과 女英이 슬피 울다 湘水에 몸을 던져 水神이 되었으며, 그 뒤로 湘水 가에 눈물 자국이 있는 斑竹이 돋아 자랐다는 전설이 있음. '三湘'은 湘水의 세 지명인 沅湘, 瀟

波鳴, 此非三閭[31]之忠魂耶? 酒行數籌, 朱顔半酡, 韋生喟然嘆曰: "楚人多情, 長謌「竹枝」,[32] 過客聞之, 孰[33]不沾衿?" 張生皺眉良久曰: "僕本平生慷慨之人也. 目及遺篇, 尚且殞淚, 今來此地, 可堪餘[34]懷? 欲酌瓊漿, 招古今之魂." 遂吟二絶曰:

「竹枝」謌斷暮煙低, 春盡黃陵[35]古墓西.
香滿白蘋湘水綠, 楚山惟有鷓鴣啼.

又吟:

楚客縱舡聽暮猿, 十年芳草憶王孫.[36]
多情一片瀟[37]湘月, 曾照江[38]魚腹裡[39]魂.

---

湘, 資湘을 가리킴.

30) 汨 : 저본에는 '泪'로 되어 있음.

31) 三閭 : 楚나라의 三閭大夫를 지냈던 屈原을 가리킴. 굴원은 楚 懷王이 간신의 참언을 듣고 자신을 멀리 하자 「離騷」를 지어 憂國의 뜻을 노래했으며, 襄王이 즉위하여 다시 참언을 믿고 자신을 추방하자 汨羅水에 몸을 던져 자살했음.

32) 「竹枝」: 竹枝詞. 남녀의 情事나 土俗을 주로 읊은 洞庭湖 일대의 民歌.

33) 孰 : 저본에는 '熟'으로 되어 있음.

34) 餘 : 저본에는 '余'로 되어 있음.

35) 黃陵 : 洞庭湖에 인접한 산 이름. 이곳에서 湘水가 洞庭湖로 흘러들어감. 전설에 의하면 娥皇·女英 두 妃의 묘가 여기에 있다고 함.

36) 王孫 : 屈原을 가리킴. 그는 초나라 왕실과 同姓이었음.

37) 瀟 : 저본에는 '蕭'로 되어 있음.

38) 江 : 저본에는 없으나 보충해 넣었음.

39) 裡 : 저본에는 '裡'으로 되어 있음.

韋生遽曰: "君詩吟調悽苦, 益增悲抱.[40] 如此鶯花佳節, 但當醉懽而已, 不須弔古傷心, 空費半日之懽耳." 遂酌綠蟻[41]一巵, 酬于張生, 叩絃而謌曰:

巴陵[42]東兮岳陽北, 楚山高兮湘水深.
「竹枝」謌兮哀怨多, 蕩蘭槳[43]兮江之波.
春風起兮渚蘋青, 懷古人兮不能忘.[44]
擊玉壺兮唱「金縷」,[45] 醉眼擡兮乾坤清.

張生依棹[46]而謌曰:

吳謌悲兮楊柳月, 遠送目兮傷春情.
搴[47]杜若[48]兮江之邊, 採紫菱兮香滿舡.
日欲暮兮湘江波, 懷美人兮淚如雨.
望依樓兮天一涯, 春愁起兮奈爾何?

謌竟酒闌,[49] 盡醉極懽, 相與枕籍[50]于舟中. 韋生怳[51]然先

40) 悲抱 : 悲懷.
41) 綠蟻 : 美酒의 별칭.
42) 巴陵 : 동정호 근처의 지명.
43) 槳 : 저본에는 '漿'으로 되어 있음.
44) 忘 : 저본에는 '妄'으로 되어 있음.
45) 「金縷」 : 노래 이름. 저본에는 '縷'가 '鏤'로 되어 있음.
46) 棹 : 저본에는 '掉'로 되어 있음.
47) 搴 : 저본에는 '褰'으로 되어 있음.
48) 杜若 : 蘘荷科에 속하는 다년생 풀 이름. 여름에 황적색 꽃이 핌.
49) 闌 : 저본에는 '蘭'으로 되어 있음.

覺, 搔頭起坐, 湘天已暝, 沙禽飛盡, 岸上虹橋, 遊人漸稀. 生以手扶起張生, 香醪浹骨, 醉魔方酣, 搖之不動, 喚之無聲.

生還攬繡綵裘, 下舡, 回顧澥上, 錦纜[52]長程, 寂寞無人蹤, 但聽前隣有謌吹聲. 尋蹊而往, 則雕甍紫閣, 聳出雲霄, 燈燭青熒, 搖照於綠楊之間. 生屛息門側, 遊目內庭, 則以青琉璃築作九級層塢, 百卉[53]芳芬, 蜂鳥喧咽. 下有一小池, 綠波如鏡, 綵鴨一羣, 來往其間. 中有沉香木假山,[54] 峰巒草樹, 皆錦繡綵繪之所飾也, 製作極其工巧. 歷至一門, 則曲欄浮空, 飛梯百尺, 一桁瓊簾, 半捲於花影之中. 時已闌矣, 賓徒初散, 衆樂未退, 佳人十數隊, 蘭麝薰人, 珠翠滿身, 嬌顔半酡, 百戱俱張, 舞若驚鴻, 輕如飛燕, 笑語轟喧不絶. 俄而綠幘武夫, 排戶而出, 鎖斷中門, 收銀鑰而入, 催喚謌兒輩, 齊[55]宿內廂, 群娥一時, 應聲連袂而入. 雲窓霧閣, 如隔千里, 更無可伺.[56] 生隱於門墻之內, 無異入籠之禽, 躅踖彷徨,[57] 憂懼實深. 然而事已謬矣, 無可奈何, 步上樓梯, 周覽旣畢, 方欲假寐簾楹之側, 坐待開門, 挺身超出, 一念耿耿, 臥不成

---

50) 籍 : '藉'와 통함.
51) 怳 : 저본에는 '況'으로 되어 있음.
52) 錦纜 : 호화로운 뱃놀이.
53) 卉 : 저본에는 '竹'으로 되어 있음.
54) 木假山 : 오래된 나무 뿌리나 등걸 등으로 山처럼 만들어 놓은 조형물을 일컫는 말.
55) 齊 : 저본에는 '高'로 되어 있으나 草書의 字樣이 비슷한 데 따른 誤寫로 보임.
56) 伺 : 저본에는 '俟'로 되어 있음.
57) 彷徨 : 저본에는 '紡緽'으로 되어 있음.

眠, 披衣而起, 散步庭除,[58] 遙聞後園, 人語琅琅. 引領望之, 紫薇花下, 懸一紅蓮燈, 下有一美人, 年可十七八, 綽約㚴姿, 非世上人也. 手折一枝花萼, 依樓支頭而吟曰:

影子[59]長憐月, 身輕不似花.
隨風香萬點, 飛去落誰家?

吟未訖, 見丫[60]鬟掀簾而下, 報其茶鐺已溫矣. 美人忽提燈而入, 中外寂寂, 了無跫音. 卽欲冒死逞情, 而忽念踰墻折檀,[61] 虎尾春氷,[62] 不戒[63]鑽穴[64]之誚, 則終陷亡身之禍, 仲可懷也, 人言可畏,[65] 欲進還退, 擧足未投. 如是數度, 狂心大發, 六馬同奔, 終莫能制.[66] 遂信[67]步而行, 及至房外, 暗窺窓隙, 則是乃女之寢室也. 捲[68]流蘇帳,[69] 圍翡翠屛, 床上

58) 除 : 저본에는 '際'로 되어 있음.
59) 子 : 저본에는 '了'로 되어 있음.
60) 丫 : 저본에는 '甲'으로 되어 있음.
61) 踰墻折檀 : 『詩經』 鄭風 「將仲子」에서 유래하는 말로, 남의 집 처녀를 엿본다는 뜻. 저본에는 '折檀'이 '撕擅'으로 되어 있음.
62) 虎尾春氷 : 『書經』 「君牙」의 "心之憂危, 若蹈虎尾, 涉于春氷"에서 유래하는 말로, 극히 위험하다는 뜻. 저본에는 '氷'이 '水'로 되어 있음.
63) 戒 : 저본에는 '戎'으로 되어 있음.
64) 鑽穴 : 담장에 구멍을 내어 남녀가 만나는 것, 즉 남녀의 野合을 뜻함. 저본에는 '鑽'이 '鎖'로 되어 있음.
65) 仲可懷也, 人言可畏 : 『시경』 鄭風 「將仲子」의 "仲可懷也, 人之多言, 亦可畏也"에서 유래하는 말로, 여기서는 미인에게 다가가고 싶지만 남의 이목이 두렵다는 뜻 정도로 쓰였음.
66) 制 : 저본에는 '製'로 되어 있음.
67) 信 : 저본에는 '倍'로 되어 있음.
68) 捲 : 저본에는 '捲'으로 되어 있음.

綵鴨一群, 啣沉香一炷, 香烟裊裊如縷. 女臥於其中, 羅衾半推,[70] 玉腕[71]微露,[72] 綠雲依枕, 香汗凝腮, 春眠惱重, 絳綃不動. 生褰衣而入, 女忽驚愕曰: "誰家蕩子, 狂暴至此?" 拒之甚耳. 生蒼黃無計, 擬將還退, 而身囚[73]鎖闥之中, 逃出無路, 若逢門戶之辱, 則其死一也, 方欲脅奪其志. 女見生之溫雅詞氣, 非俠少倡類之流, 似有疑訝之色. 生低聲細語, 曲盡所由, 則女稍似小薄, 而拒之亦不如初也. 生雖押之, 羞眉懶擡, 眼波依微, 體若輕楊, 如不能堪. 生春興[74]蕩漾, 濃態未停, 極盡繾綣而罷.

正襟而臥, 鴛鴦枕上, 花影婆娑. 女欠伸撫郎背[75]而長嘆曰: "人間歡樂, 不到深閨, 此生於世, 始見今日." 因問姓名族氏, 女斂容徐言曰: "妾姓蘇, 名淑芳, 古宋學士子瞻[76]之後也. 妾父名某, 早忝達官, 歷職臺閣, 宦成名立, 今已退休矣. 門戶亦不衰薄, 家有乘朱輪[77]者十餘人. 妾父殘齡, 始得一女, 鍾愛甚重, 未嘗一日離於膝下. 故別起小樓於北園中, 使妾倘佯乎此耳. 妾生長深閨, 未諳情事. 然而摽梅､桑落,[78] 詩人

69) 流蘇帳 : 流蘇寶帳. 오색실로 술을 단 비단 장막. 저본에는 '流'가 '琉'로 되어 있음.

70) 推 : 저본에는 '堆'로 되어 있음.

71) 腕 : 저본에는 '脘'으로 되어 있음.

72) 露 : 저본에는 없으나 보충했음.

73) 囚 : 저본에는 '因'으로 되어 있음.

74) 興 : 저본에는 '雲'으로 되어 있음.

75) 背 : 저본에는 '昔'으로 되어 있음.

76) 子瞻 : 蘇軾의 字.

77) 朱輪 : 高官大爵이 타는 수레.

有諷, 飛梭歲月, 不貸紅顔, 春風楊柳之院, 秋雨梧桐之夜, 孤眠洞房, 恨負芳年, 今夕何夕, 見此良人, 邂逅相逢, 適我願[79]乎! 白首同懽, 與子成誓, 只恐棄賤[80]妾, 終不相顧也." 生答曰: "生, 秣陵[81]人也. 世居南京, 粗通書史. 携壺結伴, 遍遊溪山. 日昨偶牽一友, 泛舟洞庭, 路近陽臺, 獲逢僊娜, 巫山一枕, 是非前緣? 况許身駑劣, 願奉巾櫛, 誠通金石, 意感神融. 只以房帷事密, 暮夜無知, 他日親庭倘有譴責, 則千載瑤池,[82] 永隔穆王之夢, 七夕銀河, 長感牽牛之會."

已而女忽改容曰: "妾本[83]是良族, 不慕涉溱俟巷[84]之風, 唯思琴瑟鍾鼓之樂. 天照丹衷, 賜余良匹, 事跡雖微, 情義無間. 倘漏暗昧之蹤, 終隔伉儷之情, 矢死無他,[85] 更卜他生之約. 偶得佳偶, 偕老盟甘, 雖以藍橋[86]之奇遇, 不過是也." 生遽曰:

---

78) 摽梅桑落 : '摽梅'는 『시경』 召南 「摽有梅」에서 유래하는 말로, 혼기가 찬 여성을 빗댄 말임. '桑落'은 『시경』 衛風 「氓」의 "桑之落矣, 其黃而隕"에서 유래하는 말로, 여자의 용모가 시드는 것을 가리킴. 저본에는 '桑'이 '霜'으로 되어 있음.

79) 願 : 저본에는 '怨'으로 되어 있음.

80) 棄賤 : 저본에는 '賤棄'로 되어 있음.

81) 秣陵 : 錢塘, 곧 杭州.

82) 瑤池 : 周나라 穆王이 西王母를 만나 노닐었다는 곳.

83) 本 : 저본에는 이 뒤에 '素'자가 더 있음.

84) 涉溱俟巷 : '涉溱'은 『시경』 鄭風 「褰裳」의 "子惠思我, 褰裳涉溱"에서 유래하는 말로, 여인의 자유분방하고 적극적인 애정추구를 가리키는 말임. '俟巷'은 『시경』 鄭風 「丰」의 "子之丰兮, 俟我乎巷兮, 悔予不送兮"에서 유래하는 말로, 남자가 자기를 데려가 주기를 은근히 바라는 여인의 마음을 가리키는 말임. 저본에는 '涉'이 '淑'으로 되어 있음.

85) 矢死無他 : 죽어도 다른 데 시집가지 않음.

86) 藍橋 : 陝西省 藍田縣 동남쪽의 藍溪에 놓인 다리로, 唐代 傳奇小說 「裵航」의 주인공 裵航이 선녀 雲英을 만난 곳임. 저본에는 '藍'이 '濫'으로 되어 있음.

"良宵苦短, 曉鷄鳴催, 芳情未洽, 別意無窮, 柰如之何?" 女推枕而起, 手攙[87]金屛而掩紗窓曰: "非東方之卽明, 乃月出之光." 取架上碧玉簫, 吹秦樓鳳笙曲,[88] 響徹雲宵. 生拂衣起, 而開戶視之, 砧聲遠村, 角[89]殘孤城. 女見生之起, 挽其手, 掩面低聲曰: "三生好緣, 一宵綢繆, 將子無疑, 昏以爲期."

生嘘嚱下階, 數步顧眄, 則殘粧倚門, 黯然消魂. 生悽惶出走, 中門已開, 外門猶闔. 生藏身階上叢篁間. 頃之, 有蒼髯絳衣者, 自內而出, 開朱扉, 淨掃中庭, 設敞[90]花筵, 還入東床. 生左右顧視, 捨命犇[91]去, 不覺冠履墜地, 駭汗如漿.

及至江岸, 張生猶掩篷[92]窓, 方在睡鄕[93]中, 其餘僕徒, 酩酊不起. 生因臥張生之側, 閉眼思寢, 神魂飛越, 竟不成夢, 蹴起張生. 張生遽然而覺, 顧謂韋生曰: "洞庭之遊, 樂乎?" 韋生答曰: "昨夕, 中酒沉冥,[94] 通宵昏倦, 不覺朝日已晡,[95] 飮中眞

---

87) 攙 : '당기다'는 뜻.
88) 吹秦樓鳳笙曲 : 옛날 弄玉의 퉁소곡을 분다는 뜻. '鳳笙'은 생황의 美稱. 이에는 다음과 같은 고사가 전한다. 蕭史는 春秋時代 때 퉁소를 잘 불던 사람으로, 秦 穆公의 딸 弄玉과 결혼하였다. 穆公은 두 사람을 위해 樓閣을 지어 주었는데, 농옥은 소사에게 퉁소를 배워 鳳凰聲을 잘 냈다. 그리하여 농옥이 퉁소를 불면 봉황이 날아오곤 했는데, 어느날 두 사람은 봉황을 타고 하늘로 올라갔다. 이 고사는 부부의 지극한 금슬을 상징한다. 저본에는 '曲'이 '回'로 되어 있으나 정명기 교수의 논문 「韋生傳(韋敬天傳) 교감의 문제점」에서 언급된 저초본 「韋生傳」(이하 '저초본'으로 약칭)을 따름.
89) 角 : 角星. 28宿의 하나로, 동방에 있는 별자리임.
90) 敞 : '開'의 뜻.
91) 犇 : '奔'과 仝字.
92) 篷 : 저본에는 '蓬'으로 되어 있음.
93) 鄕 : 저본에는 '卿'으로 되어 있음.
94) 冥 : 저본에는 '暝'으로 되어 있음.

味, 只在此時." 張生微哂曰: "烟波短棹,[96] 歸思悠然, 可進一盃, 更續餘懽." 韋生曰: "諾." 卽命綠衣童子, 酌羅浮[97]一盃, 以侑張生, 因盡敍前夜之事. 張生疑其辭, 姑未信.

俄頃月斜, 更理歸檣, 則韋生眼穿東隣, 落莫無語. 張生頗怪之, 始聞[98]其由, 而備悉之. 遂正襟跪坐, 責之曰: "子之奇才, 江左[99]無雙. 射策金門, 摛文玉署,[100] 立身揚名, 濟世安民, 乃是平生之志也. 偸窺相國之門, 妄犯私通之律, 迷魂不悟, 縱意妄身, 桑中[101]醜說, 終始難掩, 則非但辱及君親, 抑亦禍延高門, 可不戒哉? 凡人一念之差, 萬事謬矣,[102] 雖有後悔, 噬臍無及,[103] 唯子勉之!" 韋生不答, 翹[104]首南天, 雲山鬱紆,[105] 烟水蒼茫, 蘇娘粉壁, 遠暌於紅杏之園, 不堪離思, 凝淚滿眶. 張生知其沉惑[106]已甚, 不可以言語解之, 遂力勸韋生, 更[107]闌酬酢, 韋生先倒于

95) 晡 : 저본에는 '捕'로 되어 있음.
96) 棹 : 저본에는 '掉'로 되어 있음.
97) 羅浮 : 羅浮春. 蘇東坡가 惠州에 유배되었을 때 스스로 빚은 술로, 惠州에 있는 羅浮山에서 이름을 따왔음.
98) 聞 : '問'과 통함.
99) 江左 : 江東. 양자강 하류의 동쪽 지역을 일컫는 말.
100) 射策金門, 摛文玉署 : 과거에 급제하여 玉堂에서 주옥같은 글을 지음. '射策(석책)'은 과거에 응시하는 것을 일컫는 말이고, '金門'은 대궐. '玉署'는 玉堂, 즉 翰林院의 별칭.
101) 桑中 : 지명. 『시경』 鄘風의 「桑中」에서 유래하는 말로, 음란한 자가 밀회하는 곳을 이름.
102) 謬矣 : 저본에는 '戛然'으로 되어 있으나 저초본을 따름.
103) 噬臍無及 : 噬臍莫及. 噬臍. 후회해도 소용없음.
104) 翹 : 저본에는 '翅'로 되어 있음.
105) 鬱紆 : 저본에는 '盍行'으로 되어 있으나 저초본을 따름. 구불구불하다는 뜻.
106) 惑 : 저본에는 없으나 보충했음.
107) 更 : 시간.

舟中. 張生令篙[108]童, 掛席[109]東下, 倏[110]如流星之疾也. 回泊錢塘, 則岸天欲曙矣.[111] 鶴唳吳岫, 鶯囀蘇堤,[112] 驚起視之, 已非岳陽城下. 韋生大加傷感, 遂成一疾, 纏綿半月, 日漸[113]沉痼, 饘漿不及於口, 自憤含恨而終, 遂成一律, 題于碧玉案上, 云:

花枝影動玉欄干, 鶯引春愁漸夕陽.
床上猶怜心悄悄, 枕邊遙憶語琅琅.
黃河不斷深盟[114]在, 青鳥無傳別路長.
魂入九原應有怨, 此生何處更相逢?[115]

一夕, 生之父母, 親詣床前, 抱持垂淚曰: "古之聖人云: '父母惟其疾之憂.'[116] 觀爾之嬰疾, 才過數旬, 日增危苦, 將至不救, 故雙親役慮, 將終繼殞. 爾有何心, 匿而不吐? 曲盡蘊意, 無有後悔." 生聞言卽驚, 涕淚交頤, 暫思心定,[117] 細語出喉曰: "父母生我,[118] 鞠育劬勞. 欲報其德, 昊天罔極. 小

108) 篙 : 저본에는 '蒿'로 되어 있음.
109) 掛席 : 돛을 올리다.
110) 倏 : 저본에는 '倐'로 되어 있음.
111) 回泊錢塘, 則岸天欲曙矣 : 저초본에는 '回泊錢塘古岸, 天欲曙矣'로 되어 있음.
112) 蘇堤 : 浙江省 杭州의 西湖에 있는 둑으로, 蘇東坡가 杭州知事였을 때 쌓았음.
113) 漸 : 저본에는 '暫'으로 되어 있음.
114) 深盟 : 저본에는 '盟深'으로 되어 있음.
115) 逢 : 韻이 맞지 않지만 그대로 둠.
116) 父母惟其疾之憂 : 『論語』「爲政」에 "孟武伯問孝, 子曰: '父母唯其疾之憂'" 라는 구절이 있음.
117) 定 : 저본에는 '正'으로 되어 있음.

子不肖, 孝無曾參[119]之養, 竟貽子夏[120]之痛, 不孝莫大, 罪積幽明. 願陳所思, 俾無遺憾. 往者, 與友乘節,[121] 載酒南遊, 誤入蘇相國家, 有輕薄之行, 窺垣之罪, 當萬死矣.[122] 但紅樓一別, 江水萬里, 山長路阻, 信使無憑, 一念縈[123]腸, 轉生狂疾, 死以[124]後安, 竟無他矣!"

父母以手拭淚, 開眼曰: "早知如此, 何使汝至於斯耶?" 急喚老蒼頭, 送于蘇相國家, 先通媒妁之命, 以定花燭之期. 蒼頭未及出門, 踉蹡[125]犇入而喜曰: "相國之使, 先已到矣!" 生之父, 急出外軒, 招入使者, 朱冠鐵帶八尺長身者, 再拜中庭, 袖出相國之書, 跪而進. 珊瑚函裡, 鮫綃數幅, 有剡溪牒[126]一封, 卽其書也. 云:

伏以某, 家世簪纓,[127] 仕宦清朝, 位極卿相, 身致富貴, 乞得殘年, 退休私舍, 遠訪古跡, 盟件[128]魚鳥, 看花弄竹, 以助清趣, 引客開觴, 因消假[129]日. 曩者, 尊郎逐景, 偶過鄙第, 小女多情, 忽

---

118) 我 : 저본에는 '之'로 되어 있음.
119) 參 : 孝子로 이름 높은 孔子의 제자 曾子의 이름.
120) 子夏 : 文學에 뛰어났던 공자의 제자 卜商의 字. 아들이 일찍 죽자 너무 슬퍼한 나머지 失明하였다고 함.
121) 乘節 : 佳節을 타서.
122) 當萬死矣 : 저본에는 '死當萬矣'로 되어 있음.
123) 縈 : 저본에는 '榮'으로 되어 있음.
124) 以 : 저본에는 '已'로 되어 있음.
125) 踉蹡 : 허둥지둥 걷는 모양.
126) 剡溪牒 : '剡溪'(섬계)에서 나는 좋은 종이. 섬계는 浙江省 曹娥江의 상류에 있는 땅 이름.
127) 纓 : 저본에는 '縷'로 되어 있음.
128) 件 : 저본에는 '保'로 되어 있음.

然微斱, 如花之泣露, 似月之披雲. 未洩[130]孤居之怨, 都是老夫之罪. 事已至此, 悔將何及?[131] 但楚璧[132]已斷, 秦鸞[133]未奏, 別恨成痼, 殘命如縷. 鸞沉鳳消, 倘阻夫婦之情, 地老天長, 何量父母之心? 早卜時日之良, 願修羔鴈[134]之禮. 只願貴宅, 不顧寒門.

覽畢, 使者再拜, 敍曰: "娘子自別阿郎之後, 每待芳園中, 而數日前, 令一[135]小兒訪問於江村, 則居人答曰: '往日二少年, 自建康府,[136] 泊舟湖上, 極歡而歸. 其後, 了無形迹.' 以此言歸報, 則娘子遂臥不起, 相公莫曉其意. 一日, 乘娘子之入睡, 括其錦箱, 得相思詩[137]數篇. 因此而詰問, 則娘子亦不隱諱, 悉陳無餘. 相公卽[138]令老僕馳通婚娵[139]之命, 故敢來于此耳." 手開靑囊, 探出詩篇, 進于案上曰: "此娘子所詠也." 韋生之父, 披而見之, 其詩曰:

楊柳依依水滿池, 百花深處囀黃鸝.

---

129) 假 : '暇'와 통함.
130) 洩 : 저본에는 '拽'로 되어 있음.
131) 悔將何及 : 저본에는 '侮何將及'으로 되어 있음.
132) 楚璧 : 楚나라 荊山에서 얻었다는 和氏璧을 말함. 저본에는 '璧'이 '壁'으로 되어 있음.
133) 秦鸞 : 주 88을 참조할 것.
134) 羔鴈 : 폐백의 물품. 저본에는 '羔'가 '恙'으로 되어 있음.
135) 令一 : 저본에는 없으나 저초본에 의거해 보충했음.
136) 建康府 : 江蘇省의 南京 일대. 저본에는 '康'이 '江'으로 되어 있음.
137) 詩 : 저본에는 '字'로 되어 있음.
138) 卽 : 저본에는 '卿'으로 되어 있음.
139) 娵 : '娶'와 통함.

悲來却奏相思[140]曲, 曲兮瑟[141]瑟今斷絲.

梨花風動玉樓寒, 金鴨香消漏響晚.[142]
燈前淚痕人不識, 暗均紅脂獨憑欄.

燕語彩簾花亂飛, 東風吹夢入羅帷.
一年芳草江[143]南恨, 千里王孫去不歸.

寶鴨香消漏水盡,[144] 鸚鵡金籠夢幾圓.
吹斷玉簫人不見, 碧桃花影回欄前.

小院池塘荷氣香, 春波欲暖舞鴛鴦.
碧窓俱鎖朦朧裡, 何處啼蜀[145]又斷腸?

生之父撫掌嘆曰: "奇才出於若蘭[146]之右." 韋生見其詩, 雖增思慮, 結褵[147]之日不遠, 以此寬懷. 況疾稍蘇, 渾舍意騰.

---

140) 思 : 저본에는 없으나 보충했음.
141) 瑟 : 저본에는 '琴'으로 되어 있음.
142) 漏響晚 : 저본에는 '晚漏響'으로 되어 있음. '漏響晚'으로 고치더라도 '晚'과 結句의 '欄'은 서로 韻이 맞지 않아 이상하지만 생각하기에 따라서는 오히려 이 점이 작자의 수준을 보여주는 게 아닌가 함.
143) 江 : 저본에는 '日'로 되어 있음.
144) 漏水盡 : 저본에는 '烟盡水'로 되어 있음.
145) 蜀 : 저본에는 '蚃'으로 되어 있음.
146) 若蘭 : 蘇蕙의 字. 蘇若蘭은 남북조 시대 前秦 사람으로, 자신을 버리고 첩만 사랑하는 남편 竇滔의 마음을 돌리기 위해 오색비단에 回文詩 800餘言을 지어 보내 결국 남편의 사랑을 되찾았다는 고사가 전함. 저본에는 '若'이 '惹'로 되어 있음.

使者是日宿于韋生之家，侵晨早發，再拜辭退．韋生之父，款接使者，饋以盛饌，酒酣離席，致書于相國前，其辭曰：

伏以僕本武夫，自少[148]失學，惟勤弓矢，口拙經書．家世零丁，契濶[149]清寒，鄉隣睥睨，奴僕逃逋．欲令小子，早就名庭，[150] 讀古人書，慕前賢志，粗通文字，暫曉人理，於家於友，孝悌信義，小無橫越之意，寧有狂暴之行？但男女相感，古今常情，閨幃已離，誨[151]責何及？敢承恩命，仰求賢婦．但以尊卑貴賤門戶不同，伏地懷慚，臨紙無言．

使者遵敎而退，歸報相國，其家幸甚幸甚．女聞其奇，病忽勿藥而喜．[152] 自此兩家，通問不絶．遂差穀旦，[153] 乃行東床[154]之禮．二人相得之樂，雖張碩之嫁蘭香，[155] 裵航之遇雲英，[156] 未足踰也．夫婦平居，愛以敬之，遠近親戚，莫不禮之．

---

147) 結縭 : 어머니가 시집가는 딸에게 佩巾을 매어 주며 혼인 후의 여러 일을 경계한다는 데서 유래하는 말로, 轉하여 出嫁·婚姻을 뜻함.

148) 少 : 저본에는 '小'로 되어 있음.

149) 契濶(결활) : 勤苦함.

150) 名庭 : 名場. 과거시험장.

151) 誨 : 저본에는 '侮'로 되어 있음.

152) 勿藥而喜 : 약을 쓰지 않고 병이 나음.

153) 差穀旦 : '差'는 '擇'의 뜻이고, '穀旦'은 吉日. 저본에는 '旦'이 없으나 보충했음.

154) 東床 : 사위.

155) 張碩之嫁蘭香 : 張碩과 杜蘭香의 만남을 가리킴. 後漢 때 선녀 杜蘭香이 洞庭湖 부근에 살던 張碩의 집에 내려와 부부의 인연을 맺고 도술을 전해준 뒤 승천했다는 고사가 있음. 저본에는 '張'이 '能'으로 되어 있음.

156) 裵航之遇雲英 : 唐代 傳奇小說 「裵航」의 주인공인 裵航과 雲英의 만남을 가리킴. 저본에는 '雲英'이 '女英'으로 되어 있음.

是年八月, 倭奴入掠朝鮮, 國王播越, 遠狩龍灣,[157] 冠蓋相連,[158] 乞救中原. 皇帝以羽檄[159]徵兵天下, 拜韋生父爲征討諸軍事, 領兵三萬, 遠赴遼陽. 而兵, 死地也, 遠入東隅, 凱還無期, 靑幢檄[160]筆,[161] 難得其人. 故生父卽以書招生甚急, 而同作[162]薊門[163]之行. 生見父書, 涕淚忘[164]飡, 莫知操其心. 女忽抑哀辭, 以理諭之曰: "妾聞男子生於世, 彤弓、白馬, 小無馬革[165]之志;[166] 鐵騎、牙璋,[167] 終封燕頷[168]之侯. 矧今發四海之勁兵, 殲[169]一隅之凶徒, 有山壓之勢, 無土崩之患, 欲圖奇勳, 正當此時, 豈作迂儒, 終守書窓乎? 況嚴親塞外, 遠抱採薇之愁,[170] 小子天涯, 何忍陟岵[171]之悲? 遄啓

157) 龍灣 : 平安北道 義州.
158) 冠蓋相連 : 使者의 왕래가 끊이지 않는 모양.
159) 羽檄 : 급한 일임을 표시하기 위해 檄文에다 새의 깃을 꽂은 것을 일컫는 말.
160) 檄 : 저본에는 '楲'로 되어 있음.
161) 靑幢檄筆 : 幕下 書記官의 임무. '靑幢'은 대장의 깃발.
162) 作 : 저본에는 '得'으로 되어 있음.
163) 薊門 : 지명. 薊丘라고도 함. 北京城 서쪽에 있음.
164) 忘 : 저본에는 '妄'으로 되어 있음.
165) 馬革 : 馬革裹屍의 준말. 남아는 모름지기 出戰하여 용감히 싸워야 하며 그러다가 전사하면 말가죽에 싸인 시체로 고국에 돌아옴이 마땅하다는 뜻.
166) 小無馬革之志 : 馬革之志가 없는 것을 하찮게 여김.
167) 牙璋 : 兵符. 장수가 이것을 지니고 있어야 군대를 동원할 수 있음.
168) 燕頷 : 燕頷虎頭 혹은 燕頷虎頸. 턱 모양이 제비와 같고 머리는 범을 닮은 형상으로, 만리 밖에서 武功을 세워 侯에 封해질 相이라 함. 後漢 班超의 고사에서 유래하는 말.
169) 殲 : 저본에는 '纖'으로 되어 있음.
170) 採薇之愁 : 『시경』 小雅 「采薇」에서 유래하는 말로, 멀리 변방에서 수자리하는 사람이 돌아갈 기일은 멀고 집의 안부도 알 수 없어 근심한다는 뜻.
171) 陟岵 : 고향의 부모를 그리워함. 『시경』 魏風 「陟岵」에서 유래하는 말. 저본에는 '岵'가 '坫'로 되어 있음.

歸程, 勿稽[172]親旨. 但妾命途[173]崎嶇, 世事蹉跎, 芳緣纔屬, 哀別又至. 人生幾何? 合懽[174]無時. 于時庭[175]梧葉落, 海鴈聲悲, 月到瑤階, 誰聞鳳笙之音? 蟲鳴粉壁, 人冷鴛鴦之夢, 重爲斷腸之人, 應作望夫之石. 只願郎君早促回程." 言訖, 置酒作[176]別於中堂. 蘇娜命謳兒輩數人, 唱「採蓮曲」,[177] 其詞曰:

玉露凄凄[178]江月斜, 蘭橈停處藕花多.
何人結伴橫塘[179]客? 斷腸西風一曲謳.

月色波光滿小塘, 羅裙玉佩倚蘭槳.[180]
西風昨夜紅花落, 初載鴛鴦夢裡香.[181]

水上佳人錦縷衣, 芙蓉花裡小船回.[182]
西風一夜滿江思, 千里江關音信稀.

172) 稽 : 분부에 제때 응하지 못하는 것을 뜻하는 말.
173) 途 : 저본에는 '逢'으로 되어 있음.
174) 合懽 : 저본에는 '懽合'으로 되어 있음.
175) 庭 : 저본에는 '廷'으로 되어 있음. '廷'은 '庭'과 통함.
176) 作 : 저본에는 '酌'으로 되어 있음.
177) 「採蓮曲」: 악곡 이름. 梁 武帝가 지은 「江南弄」 7곡 중의 하나로, 남녀가 서로 그리워하는 마음을 담은 노래임.
178) 凄凄 : 저본에는 '悽悽'로 되어 있음.
179) 橫塘 : 古堤名.
180) 槳 : 저본에는 '漿'으로 되어 있음.
181) 初載鴛鴦夢裡香 : 저본에는 '初載元裡香'으로 되어 있으나 저초본에 의거해 보충했음. 단, 저초본에는 '鴛鴦'이 '元央'으로 되어 있으나 '元央'은 '鴛鴦'의 俗字인바 여기서는 本字로 바꾸었음.
182) 回 : 운이 맞지 않지만 그대로 둠.

唱[183)]罷, 蘇卿手酌金荷杯, 奉進韋生前, 自製「臨江仚」[184)]一闋, 以侑之.

吳鉤[185)]錦帶[186)]青絲馬, 龍沙[187)]千里歸途迷.[188)]
薊門烟樹遠依俙, 滿庭黃葉掩柴扉.

詞竟, 坐中皆垂淚. 韋生强醉深樽, 扶擁上馬而去. 蘇卿追出院外, 痛哭絕聲, 良久復甦. 觀者莫不怜之.

韋生馳到其家, 將軍欲鳴鼓發軍行. 生僅能隨其後. 生虛心之極, 跋涉風霜, 眠食不甘, 舊疾還發, 驛梅[189)]旅館, 歸思轉切, 觸物興懷,[190)] 對人不語, 將軍大有閔焉. 一夕, 行到興府,[191)] 生病尤劇, 倚床無眠. 遂書一絶, 題于壁上, 其詩曰:

霜滿孤城駐漢軍, 角吹殘月動轅門.[192)]
燈前苦憶江南夜, 啼鴈[193)]歸心入楚雲.

---

183) 唱 : 저본에는 '吟'으로 되어 있음.
184) 「臨江仚」: 악곡 이름. 본문에 제시된 것은 詞牌에 맞게 지어진 것이 못됨.
185) 吳鉤 : '鉤'는 劍과 비슷하나 앞이 굽은 모양의 兵器로, 춘추시대 吳나라에서 鉤를 잘 만들었다 하여 흔히 '吳鉤'라 부름. 후대에 예리한 劍을 가리키는 말로 쓰임.
186) 帶 : 저본에는 '葉'으로 되어 있음.
187) 龍沙 : 塞外.
188) 歸途迷 : 저본에는 '迷歸途'로 되어 있음.
189) 驛梅 : 「愁城誌」의 주 176을 참조할 것.
190) 懷 : 저본에는 '味'로 되어 있음.
191) 興府 : 山海關 밖의 興州, 곧 遼寧省 鐵嶺 일대로 추정됨. 저초본에는 "江興府"로 되어 있음.
192) 轅門 : 軍門.

幕中又有金生者, 亦工於詞翰者也. 以生之痛緊, 不離席側, 戲嘲寬抑, 遂奪金鸞扇, 題[194]一絶于其面, 曰:

白馬嬌嘶跨玉鞍, 龍刀何日斬樓蘭?[195]
秋風萬里關山外, 吹笛江南片月寒.

生笑曰: "君詩豪逸, 我吟悽苦, 所思之不同也."

奄延數月, 生氣[196]脉如縷. 命盡之日, 從者急告于將軍, 將軍退籌排戰, 顚倒而來, 以手撫其額, 而問曰: "余承帝命, 千里同來, 父子恩重, 死生可救. 及爾同來, 扶我病骨, 老父無德, 爾先深痼. 尺釖[197]天涯, 余將何依? 干戈事急,[198] 藥餌無暇, 罔極余懷, 爾先知之. 鄉關雖遠, 歸路不阻, 風帆[199]一夜, 可到江南. 爾安其心, 毋閔少差." 生聞言擡首, 哀淚汍瀾. 遂握將軍之手, 哽咽而告之曰: "小子殘命, 未逭殃禍. 兵塵戍幕, 殘疾深篤, 扁鵲[200]無術, 命也奈何? 只念新入孤塞, 戟鋒未交, 哭子郵亭,[201] 忍支心力? 丁年才薄, 未致榮養, 壯而失懽,[202] 不終侍奉. 人間､地下, 兒罪難容, 重泉有冤, 豈敢瞑

193) 啼鴈 : 저본에는 '鴈啼'로 되어 있음.
194) 題 : 저본에는 없으나 저초본에 의거해 보충했음.
195) 樓蘭 : 漢代 西域의 나라 이름.
196) 氣 : 저본에는 '起'로 되어 있음.
197) 釖 : '劒'의 俗字.
198) 急 : 저본에는 없으나 저초본에 의거해 보충했음.
199) 帆 : 저본에는 '泛'으로 되어 있음.
200) 扁鵲 : 戰國時代의 名醫.
201) 郵亭 : 驛館.

目? 異土荒山, 孤魂無托, 急取殘骨,[203] 歸葬故山.” 言訖, 奄然而逝. 將軍呼痛, 促致喪, 因命奉葬故園, 永窆先塋之側.

送殯之日, 生見於將軍之夢曰: “蘇家鄉子, 舊緣未盡, 生不同居, 死不同穴.” 因忽不見. 將軍驚悟,[204] 乃一夢也. 落月轅門, 笳[205]鼓悲喧. 已而將軍急招使者曰: “亡兒今入我夢, 願埋[206]蘇氏門前, 其情可哀. 況路通淮海,[207] 行舟甚便, 直抵岳州可也.”

從者承命而往, 不過十日, 果入洞庭湖上. 烟風已久, 人事旣変, 一片丹[208]旌, 飄下海門, 過客行商, 爭指歸舟曰: “誰家旅櫬,[209] 遠向何處?” 行到津頭, 問蘇相國家, 則有一丱[210]兒女, 愕然來問, 具述厥由, 其兒奔遑入告, 擧家號擗,[211] 哭聲喧天. 蘇女聞其奇, 卽以羅巾, 縊其頸而死. 相國痛之, 同葬于九疑山[212]下, 東西兩丘, 宛然路左. 聞之者, 爭爲掌記[213]云.[214]

---

202) 失懽 : 失和. 병이 들어 죽게 된 것을 가리킴. 저본에는 ‘失’이 ‘先’으로 되어 있음.

203) 異土荒山~急取殘骨 : 저본에는 “異於荒山孤魂, 無取殘骨”로 되어 있으나 저초본을 따름.

204) 悟 : ‘寤’와 통함.

205) 笳 : 저본에는 ‘謌’로 되어 있음.

206) 埋 : 저본에는 없으나 저초본에 의거해 보충했음.

207) 淮海 : 淮水 및 淮水가 流入하는 일대의 黃海를 일컫는 말. 淮水는 河南省 桐柏山에서 발원하여 동쪽으로 安徽省 북부를 경유, 江蘇省으로 빠져나가 大運河와 합류하는 강.

208) 丹 : 저본에는 ‘舟’로 되어 있음.

209) 旅櫬 : 客死한 사람의 널. 저본에는 ‘旅’가 ‘旌’으로 되어 있음.

210) 丱 : 저본에는 ‘茆’로 되어 있음.

211) 擗 : 저본에는 ‘憵’으로 되어 있음.

212) 九疑山 : 蒼梧山. 지금의 湖南省 寧遠縣의 남쪽에 있는 산으로, 舜임금이 이

• 작자 : 未詳

• 출전 : 『古談要覽』(林熒澤 교수 소장)

• 참고사항

(1) 원문에는, 작품 제목 아래에 '權石洲製'라 적어 이 작품의 작자를 石洲 權韠이라 밝히고 있으나, 그 문체나 서사수법, 詩詞를 짓는 솜씨로 보아 결코 石洲의 손에서 나온 작품이 아니다.

(2) 이 작품은 「周生傳」을 패러디했다.

(3) 이 작품에 대한 논의로는 임형택, 「전기소설의 연애주제와 위경천전」, 『동양학』 22(단국대 동양학연구소, 1992); 정민, 「위경천전의 낭만적 비극성」, 『한국학논집』 24(한양대 한국학연구소, 1992); 박희병, 「전기소설의 문제」, 『韓國傳奇小說의 美學』(돌베개, 1997) 등이 있다.

(4) 이 작품에 대한 校勘은 본서에 앞서 임형택 교수에 의해 수행된 바 있다. 본서에서는 그것을 참조하되 일정 부분 보완했다. 한편 정명기, 「韋生傳(韋敬天傳) 교감의 문제점」(『고소설 연구』 22, 2006)에서 저초본 「韋生傳」의 몇몇 구절을 언급해 놓은바, 본서의 제2판을 낼 때 그것을 일부 참조하였다.

---

곳에서 죽었다고 함.

213) 掌記 : 붓을 들어 기록한다는 뜻.

214) 云 : 저본에는 없으나 보충했음.

# 9. 江都夢遊錄

未 詳

寂滅寺[1]有一禪師, 名曰淸虛, 其性也, 仁且愛, 其心也, 慈且悲, 或見寒者, 則寒者衣之, 或見飢者, 則飢者食之, 孰不曰春風於大寒之際也?[2] 人皆謂白日於覆盆之底也. 嗚呼! 國運不幸, 鐵馬乾坤, 聖主孤立,[3] 則哀我蒼生, 半歸鋒鏑, 而惟彼江都,[4] 魚肉尤甚, 川流者血, 山積者骨, 啄之有烏, 葬之無人. 淸虛禪師憐其無主, 思欲一斂, 手把楊枝,[5] 飛渡江流, 則

---

1) 寂滅寺 : 국립중앙도서관 소장의 『東國野史』에 수록되어 있는 「江都夢遊錄」에는 '達川寂滅之寺'로 되어 있음.

2) 也 : 저본에는 없으나 『東國野史』에 의거해 보충했음.

3) 鐵馬乾坤, 聖主孤立 : 仁祖14년(1636) 丙子年에 淸나라 군대가 漢陽까지 밀고 내려와 仁祖가 南漢山城에 피신한 것을 가리킴. 저본에는 '立'이 '城'으로 되어 있으나 『東國野史』를 따름.

4) 江都 : 江華島.

5) 楊枝 : 觀音菩薩의 33化身의 하나인 楊柳觀音이 오른손에 들고 있는 버드나무 가지는 중생의 病難을 없애준다고 함.

人家蕩然,[6] 無處可依. 燕尾亭[7]南, 誅草爲幕, 法事於斯, 寢食於斯. 某日某[8]夜, 假成一夢, 則天光水色, 涵得一碧, 愁雲聚散, 悲風斷續, 夜氣凄凉, 不尋常矣. 禪師手携金錫,[9] 步月逍遙, 逮[10]夜將半, 風傳數聲, 則乃歌也､乃哭也､乃笑也.[11] 其笑也､其哭也､其歌也,[12] 總是婦女咸聚一處. 禪師大异[13]之, 近而窺之, 則列而成行者,[14] 無非女子, 而或紅顔已凋, 白髮垂鬂,[15] 或青春[16]未老, 綠雲凝鬢. 其老也､其少也, 從表可解, 而莫念先後, 亂坐高會, 其蒼黃之態､悲愴之氣, 莫不有矣. 於是進其步､慣[17]其視, 則丈餘之索､尺許之鋒, 或係於纖頭, 或血於粉骨, 或頭腦盡破, 或口腹含水, 其慘慖之形, 不可忍視, 亦不可勝記也.

一婦女[18]含淚而言曰: "宗社蒙塵, 慘不足[19]道, 而[20]嗟予[21]

---

6) 蕩然 : 저본에는 '薄盡'으로 되어 있으나 『東國野史』를 따름.
7) 燕尾亭 : 강화군 월곶리의 월곶돈대 꼭대기에 있는 정자.
8) 某日某 : 저본에는 '月日'로 되어 있으나 『東國野史』를 따름.
9) 金錫 : 錫杖.
10) 逮 : 저본에는 없으나 『東國野史』에 의거해 보충했음.
11) 乃哭也乃笑也 : 저본에는 '笑也哭也'로 되어 있으나 『東國野史』를 따름.
12) 其笑也其哭也其歌也 : 저본에는 '其歌也其笑也其哭也'로 되어 있으나 『東國野史』를 따름.
13) 异 : '異'와 仝字.
14) 者 : 저본에는 없으나 『東國野史』에 의거해 보충했음.
15) 鬂 : '鬢'의 俗字.
16) 春 : 저본에는 '雲'으로 되어 있으나 『東國野史』를 따름.
17) 慣 : 저본에는 '觀'으로 되어 있으나 『東國野史』를 따름.
18) 一婦女 : 金瑬의 妻임.
19) 足 : 저본에는 '可'로 되어 있으나 『東國野史』를 따름.
20) 而 : 저본에는 없으나 『東國野史』에 의거해 보충했음.
21) 予 : 저본에는 '爾'로 되어 있으나 『東國野史』를 따름.

殞命, 天耶鬼耶! 苟求厥由, 則致之者有, 郎君[22]是也. 何則? 台輔其位, 體府[23]其任, 而莫察公論, 偏懷私情, 江都重任, 付之嬌兒,[24] 其兒[25]也, 欣有富貴, 樂醉花月, 遠慮渾忘, 軍務何知? 江非不深, 城非不高, 而大事已謬, 死亦宜矣. 然由父[26]之過, 在爾何責? 嗟余薄[27]命, 甘爲自決, 固所宜矣, 無足恨也. 惟爾獨子, 生無報[28]國, 死且有罪, 千載惡名, 傾[29]海何洗? 疊恨盈襟, 無日可忘."

言未了, 一婦人[30]抽身整衿[31]而言曰: "郎君才不自量, 專任大事, 重恃天險, 懶治軍務, 害至難防, 理所宜也. 滿江風雨, 社稷浮沈, 一隅殘堞, 三軍解體, 龍駕下城, 萬事嗚呼, 皆由於江都之失守, 則命殘鈇鉞, 在軍法宜也. 然李敏求,[32]

---

22) 郎君 : 仁祖反正의 공신으로 병자호란 당시 영의정이었던 金瑬(1571~1648)를 가리킴.

23) 體府 : 體察使. 재상이 겸임하는 벼슬. 저본에는 '府'가 '副'로 되어 있으나 『東國野史』를 따름.

24) 嬌兒 : 金瑬의 아들 金慶徵을 가리킴. 丙子胡亂 당시 江都檢察使에 임명되어 강화도 수비의 重任을 맡았음. 강화도가 함락되자 臺諫으로부터 수비에 실패했다는 탄핵을 받아 賜死당했음.

25) 其兒 : 저본에는 없으나 『東國野史』에 의거해 보충했음.

26) 由父 : 저본에는 '唯人'으로 되어 있으나 『東國野史』를 따름.

27) 薄 : 저본에는 '殞'으로 되어 있으나 『東國野史』를 따름.

28) 報 : 저본에는 '輔'로 되어 있으나 『東國野史』를 따름.

29) 傾 : 저본에는 '鴻'으로 되어 있으나 『東國野史』를 따름.

30) 一婦人 : 金慶徵의 妻임.

31) 整衿 : 저본에는 '正坐'로 되어 있으나 『東國野史』를 따름.

32) 李敏求 : 생몰년 1589(선조 22)~1670(현종 11)년. 병자호란 때 江都檢察副使에 임명되어 江都檢察使인 金慶徵과 함께 강화도 방어의 大任을 맡았음. 난이 끝난 후 책무를 다하지 못했다는 죄로 아산에 유배되었으며, 후에 영변에 이배되었다가 1649년에 풀려났음.

同是[33]一任, 而有何忠義, 能保性命, 以終天年? 都元帥[34]金自點,[35] 雄海內威, 挾海內兵, 戰無一合, 兵無一血, 而投[36]身巖穴, 圖[37]存性命, 月暈[38]中吾君, 視若路人, 而王法不行, 恩寵反加. 可笑沈器遠,[39] 其才[40]也非器, 其慮也不遠, 而委以重任, 使守都城, 則君臣分義, 念外渾忘, 挺身逃患, 自以爲智, 龜縮蝸伏,[41] 以負國恩, 而軍律不加, 寵祿還深, 則郎君獨[42]被其戮, 豈不寃歟! 嗟余一死, 固知無惜, 而吁嗟老舅,[43] 白髮人間, 永失其子, 怨[44]尤之情, 生死何异?"

此語纔訖, 繼有一婦人,[45] 年方[46]青春, 態儀[47]姸媚, 朱唇乍啓, 紅淚沒腮,[48] 則宛乎[49]王母[50]池邊花語春風, 嫦娥[51]殿

---

33) 是 : 저본에는 '時'로 되어 있으나 『東國野史』를 따름.
34) 都元帥 : 전시에 軍權을 쥐고 군대를 통할하던 임시무관직으로 문관이 담당하였음.
35) 金自點 : 仁祖反正의 공신으로 병자호란 때 都元帥의 직위에 있었음. 兎山 전투에서 참패한 죄로 門外出送당했으나 1640년에 풀려나 江華府 留守가 됨. 효종 2년인 1651년에 역모죄로 사형됨.
36) 投 : 저본에는 '偸'로 되어 있으나 『東國野史』를 따름.
37) 圖 : 저본에는 '逃'로 되어 있으나 『東國野史』를 따름.
38) 月暈 : '달무리'는 바람이 일 징조임. 여기서는 임금이 風塵 중에 있음을 가리키는 말임.
39) 沈器遠 : 인조반정의 공신으로 병자호란 때 留都大將으로 서울을 방어하는 책임을 맡았음. 인조 22년인 1644년에 역모를 꾀하다가 誅殺되었음.
40) 才 : 저본에는 '器'로 되어 있으나 『東國野史』를 따름.
41) 蝸伏 : 저본에는 '龍文'으로 되어 있으나 『東國野史』를 따름.
42) 獨 : 저본에는 이 앞에 '之'가 더 있으나 『東國野史』를 따름.
43) 老舅 : 金瑬를 가리킴.
44) 怨 : 저본에는 '寃'으로 되어 있으나 『東國野史』를 따름.
45) 一婦人 : 저본에는 '婦'가 '夫'로 되어 있음.
46) 方 : 저본에는 '在'로 되어 있으나 『東國野史』를 따름.
47) 儀 : 저본에는 '且'로 되어 있으나 『東國野史』를 따름.

上桂帶香露, 愁低玉顔, 泣訴悲懷曰: "余乃王后之姪女也. 錦繡重衣,[52] 弱質始成, 則金氏之子, 爲我郞君, 鴛鴦衾裡, 行樂幾何? 青春簾幕, 白日樓坮, 富貴繁華, 長自爲期, 意外風塵, 家禍慘酷, 則如我薄命, 更誰爲哉? 一自魂散, 人世永隔, 天也奈何? 但郞君也, 風雨人間, 單孑[53]獨存, 眼且不明, 永失父母, 其所罔極之情, 艱苦之狀, 魂亦難忘."

言[54]未逮訖, 一婦人, 思吐其情, 挺出其坐, 則春風已過, 衰花殘容,[55] 遂歎息而言曰: "我本王妃[56]之兄, 重臣之妻也. 富貴平生, 歌舞長春, 則豈料今日人事若此? 嗟余[57]一死, 果若他人, 則貞烈自彰, 魂亦[58]有光, 吾兒不良, 處事顚倒, 賊鋒未迫, 先投一劒, 則非我自處, 豈無人言? 勸成貞節, 世皆笑罵, 矧伊今日, 旌門何事?"

情未逮訖, 且有一人,[59] 翠眉雙[60]嚬, 紅顔乍低, 慨然而歎

48) 紅淚沒腮 : 저본에는 '玉淚滿頰'으로 되어 있으나 『東國野史』를 따름.
49) 乎 : 저본에는 이 앞에 '然'이 더 있으나 『東國野史』를 따름.
50) 王母 : 西王母. 崑崙山에 산다는 仙女.
51) 嫦娥 : 달에 산다고 하는 선녀. 원래 羿의 처인데 남편의 불사약을 훔쳐 달로 달아났다고 함. 저본에는 '嫦'이 '孀'으로 되어 있음.
52) 衣 : 저본에는 '圍'로 되어 있으나 『東國野史』를 따름.
53) 孑 : 저본에는 '了'로 되어 있음.
54) 言 : 저본에는 '竟'으로 되어 있으나 『東國野史』를 따름.
55) 衰花殘容 : 저본에는 '落花衰容'으로 되어 있으나 『東國野史』를 따름.
56) 妃 : 저본에는 '妣'로 되어 있으나 『東國野史』를 따름.
57) 余 : 저본에는 '爾'로 되어 있으나 『東國野史』를 따름.
58) 亦 : 저본에는 '且'로 되어 있으나 『東國野史』를 따름.
59) 有一人 : 尹昉(1563~1640)의 첩임. 윤방은 병자호란 때 廟社提調로 40여의 神主를 받들고 강화도로 피난하였다가 적병이 성밖에 이르자 달아났음. 적병이 和議를 청하자 성문을 열어 주어 적병으로 하여금 두 大君과 嬪宮을 끌어내어

曰: "天分已定, 薄命難逃. 爲人後妻, 靑春虛老, 則生在人間, 何事爲樂? 江都[61]失險, 風雨驚動[62], 則花飛玉碎, 少無自憐. 然郎君近侍銀台,[63] 重被鴻恩, 則今代寵臣, 捨此其誰? 天有所恃, 付之元孫妃嬪, 則一奮忠烈, 能治大事, 非其才也, 不足責矣, 獨恨夫洞開城門, 延入羯奴, 拜以手､跪以膝, 救其死尙不瞻, 背城一戰, 奚暇思之? 嗚呼! 冥府閻羅王,[64] 人之善惡, 莫不洞燭. 故入地之初, 中使傳命曰: '大禍將迫, 引手自決, 求諸古人, 鮮有此類.[65] 而惟爾之夫, 忘君拜[66]賊, 苟且偸生, 罪固重矣,[67] 難免其坐.[68] 是以投之地獄, 永不還生'云, 在余悲懷, 爲如何哉!"

一婦人,[69] 赤血斑胸, 紅淚滿眼,[70] 低其頭細語曰: "舅父之過, 義不可道, 而慨然之懷,[71] 愴然之情, 如水自涌, 何以爲制? 特荷天恩, 留守江都, 則江都重地, 端宜固守, 而平流短[72]堞, 浪自爲恃, 大劒長鎗, 視若虛器,[73] 而偸枕白日,[74] 醉

南漢山城으로 데려가게 만드는 愚를 범했음.
60) 雙 : 저본에는 '衰'로 되어 있으나 『東國野史』를 따름.
61) 江都 : 저본에는 '城湯'으로 되어 있으나 『東國野史』를 따름.
62) 驚動 : 저본에는 '澒洞'으로 되어 있으나 『東國野史』를 따름.
63) 銀台 : 承政院의 별칭.
64) 閻羅王 : 閻羅大王. 저본에는 '閻'이 '廉'으로 되어 있음.
65) 類 : 저본에는 '流'로 되어 있으나 『東國野史』를 따름.
66) 拜 : 저본에는 '背'로 되어 있음.
67) 矣 : 저본에는 '也'로 되어 있으나 『東國野史』를 따름.
68) 坐 : 저본에는 '生'으로 되어 있으나 『東國野史』를 따름.
69) 一婦人 : 병자호란 때 舟師大將이었던 張紳의 며느리임.
70) 眼 : 저본에는 '顔'으로 되어 있으나 『東國野史』를 따름.
71) 慨然之懷 : 저본에는 없으나 『東國野史』에 의거해 보충했음.

臥江樓, 則國家存亡, 夢裡何思? 獸性禽心, 本不制水,[75] 且[76]背木板,[77] 風濤險浪, 不可容與,[78] 而寂寞江城, 了無一人, 許多舟師, 浪[79]在何處? 八屋粧舡, 虛帶烟波. 兵非[80]不利, 地非不險, 而人事若此, 其將奈何? 慷慨男兒, 惟有姜侯,[81] 而止之有人, 一戰何得? 悲夫舅也![82] 生逢此辰, 不成勳業, 而反致負國, 誰怨誰咎? 余是女子, 而猶有愧焉."

容喙[83]未了, 且有一人,[84] 霜侵鬂髮, 竟[85]無紅顔, 涕泣而言曰: "郎君生世, 身不遄死, 而[86]生逢此時, 則吾兒處事, 方至大謬, 故白首殘喘, 斷於頃刻, 膝下[87]諸兒, 血於鋒刃, 人事所致, 敢論天[88]命? 大阜[89]避亂亦足妙, 而從[90]入江都者,

---

72) 短 : 저본에는 '斷'으로 되어 있으나 『東國野史』를 따름.
73) 器 : 저본에는 '老'로 되어 있으나 『東國野史』를 따름.
74) 偸枕白日 : 나태하게 대낮에 자다. '偸'는 '나태하다' · '구차하다'는 뜻.
75) 獸性禽心, 本不制水 : 오랑캐는 본래 水戰을 잘 못한다.
76) 且 : 저본에는 '而'로 되어 있으나 『東國野史』를 따름.
77) 木板 : 뗏목. 당시 淸軍은 배와 뗏목으로 강화도에 상륙했었음.
78) 容與 : 전진하지 못하는 모양.
79) 浪 : 空然.
80) 非 : 저본에는 '亂'으로 되어 있음.
81) 姜侯 : 忠淸水使 姜晋昕을 가리킴. 강화도의 갑곶에서 渡河中인 淸軍과 맞서 싸웠으나 패배했음. 당시 張紳은 姜晋昕의 船團을 구하러 왔다가 淸軍 船團의 위세에 눌려서 징을 울려 휘하 수군에게 후퇴를 명한 다음 원 주둔지인 廣城津으로 퇴각했었음.
82) 舅也 : 저본에는 '舅也舅也'로 되어 있으나 『東國野史』를 따름.
83) 喙 : 저본에는 '啄'으로 되어 있음.
84) 且有一人 : 저본에는 '人且數袛'으로 되어 있으나 『東國野史』를 따름.
85) 竟 : 저본에는 '鏡'으로 되어 있음.
86) 而 : 저본에는 없으나 『東國野史』에 의거해 보충했음.
87) 膝下 : 저본에는 '彩舞'로 되어 있으나 『東國野史』를 따름.
88) 天 : 저본에는 '其'로 되어 있으나 『東國野史』를 따름.

未知其練習舟師者耶? 檢察軍務者耶? 練習舟師, 則張紳在也; 檢察軍務, 則慶徵在也. 然則扈衛宗社者耶? 追隨繁華者耶?[91] 扈衛宗社, 則[92]忠心少也; 追隨繁華, 則[93]天喪重也. 有何所關, 而入於危[94]境, 使我齒髮, 未享天年, 而偏求其妻, 俾不身死? 嗚呼郎君, 幸不獲[95]死, 老我之生, 亦可必也."

哀懷未了, 且有一人,[96] 英風異骨, 女中男子, 花顔雲鬢, 綠恨紅愁,[97] 慷慨而言曰: "屈指人命, 生世幾何? 早晩一死, 衆所難免, 則從容處死, 世有幾人? 嗟呼自決, 婦人貞節, 名流靑史, 魂入天堂, 則地下人間, 俱[98]有光彩, 死不死也, 快則快矣, 而[99]一恨在胸, 千載難忘者, 郎君之故也. 何則? 衣君之衣, 食君之食, 能自世世, 則可謂國恩重,[100] 而身際蒼黃, 莫念人事, 好生惡死, 甘作賤奴, 則風彩埋沒, 身且不長, 而背有重負, 首除其髮, 則其[101]狀也, 爲如何哉! 偸生一計, 創

89) 大阜 : 大阜島. 경기도 옹진군에 속한 섬.
90) 從 : 저본에는 '後'로 되어 있으나 『東國野史』를 따름.
91) 扈衛~繁華者耶 : 저본에는 없으나 『東國野史』를 참조해 보충했음.
92) 則 : 저본에는 없으나 『東國野史』에 의거해 보충했음.
93) 則 : 저본에는 없으나 『東國野史』에 의거해 보충했음.
94) 危 : 저본에는 '邑'으로 되어 있으나 『東國野史』를 따름.
95) 獲 : 저본에는 '護'로 되어 있음.
96) 有一人 : 姜弘立의 처를 가리킴. 저본에는 '一'이 '其'로 되어 있으나 『東國野史』를 따름.
97) 花顔~紅愁 : 저본에는 없으나 『東國野史』에 의거해 보충했음.
98) 俱 : 저본에는 '但'으로 되어 있으나 『東國野史』를 따름.
99) 而 : 저본에는 없으나 『東國野史』에 의거해 보충했음.
100) 國恩重 : 저본에는 '國恩之重也'로 되어 있으나 『東國野史』를 따름.
101) 其 : 저본에는 이 뒤에 '爲'가 더 있으나 『東國野史』를 따름.

於百爾,[102] 而丁卯主和, 於斯爲媒, 則故國生還, 良有以也. 以先人朽骨, 爲贖罪之良價,[103] 則取笑一代, 生且無光. 嗚呼! 郎君[104]之苟且偸生, 豈如我死[105]於非命耶?"

繼[106]有一人, 灼灼丹唇, 琅琅細語曰: "天府吾東,[107] 山川絶險, 則姑避[108]鋒鏑, 豈無其地? 國家重地, 斷[109]不可到, 而郎在天涯, 京城大亂, 無主兒女, 其可奈何? 莫知所向, 從衆出城, 則弱質徒步, 顚倒[110]何言? 泣上孤舟, 僅入江都, 則碧海環[111]峯, 粉堞連雲, 鳥亦難過, 胡騎何能? 不意凶徒, 遽入此都, 白日江城, 風雨忽驚, 則魏國山河, 非不固也. 晉代君臣, 智不足也. 豈在時運? 人事可責. 豺虎相呑, 玉石俱焚, 貞心旣露, 兇鋒逮[112]身, 則海外孤魂, 孑孑[113]何依? 水國風煙, 共鳥翱翔, 則罔極悲懷, 與海俱深."

又有一人,[114] 羅衫翠帶, 蒼顔[115]霜鬢, 回瞻左右, 指點二

102) 創於百爾 : 온갖 것을 만들어 내다.
103) 爲贖罪之良價 : 저본에는 '爲贖還良家'로 되어 있으나 『東國野史』를 따름.
104) 郎君 : 저본에는 '娘子'로 되어 있으나 『東國野史』를 따름.
105) 死 : 저본에는 '天'으로 되어 있으나 『東國野史』를 따름.
106) 繼 : 저본에는 이 앞에 '花顔雲鬢, 綠怨紅愁'가 더 있으나 『東國野史』를 따름.
107) 東 : 저본에는 이 뒤에 '方'이 더 있으나 『東國野史』를 따름.
108) 避 : 저본에는 '被'로 되어 있음.
109) 斷 : 저본에는 '端'으로 되어 있으나 『東國野史』를 따름.
110) 倒 : 저본에는 '到'로 되어 있음.
111) 環 : 저본에는 '高'로 되어 있으나 『東國野史』를 따름.
112) 逮 : 저본에는 '連'으로 되어 있으나 『東國野史』를 따름.
113) 孑孑 : 저본에는 '了了'로 되어 있음.
114) 又有一人 : 저본에는 없으나 『東國野史』에 의거해 보충했음.
115) 蒼顔 : 저본에는 '白首'로 되어 있으나 『東國野史』를 따름.

女曰:[116] "在彼者婦, 在此者女, 生同一家, 死且一穴, 則地下千秋, 魂魄不孤, 雖曰幸也, 寧無冤[117]歟? 惟婦與[118]女, 俱在青春, 我雖老也, 百年才半, 不有兵火, 則永謝人間, 寧有[119]此日? 嗚呼郎君! 指揮一家,[120] 使入江都, 江都之地,[121] 能禦敵乎? 一家死亡之患, 卽郎君處事之誤也. 血染荒草, 魂入重泉. 人世何處? 錦帳長寂. 千年華表, 孤鶴難回,[122] 恨深東海, 無日可渴. 然而惟我三人, 同死一節, 仰之俯之, 無所怍也. 生在人間, 永失光輝者, 嗟余弟也. 以名宦[123]妻子, 未知死節, 猶可恨也. 白首耳[124]邊, 醜說何至?[125] 紅粉其粧, 錦繡其衣, 青騾背上, 着鞭親揮,[126] 落照東風, 沙峴[127]已過, 人言籍籍,[128] 傳播一代, 則生不如死, 我亦無顔."

座中一[129]婦女, 形毁骨破, 赤血遍身, 其慘酷之狀, 異於他人,[130] 垂淚而言曰: "隱於摩尼山,[131] 巖穴不深, 賊鋒在前,

---

116) 曰 : 저본에는 없으나 보충했음.
117) 冤 : 저본에는 '怨'으로 되어 있으나 『東國野史』를 따름.
118) 與 : 저본에는 '惟'로 되어 있으나 『東國野史』를 따름.
119) 有 : 저본에는 '在'로 되어 있으나 『東國野史』를 따름.
120) 家 : 저본에는 '身'으로 되어 있으나 『東國野史』를 따름.
121) 之地 : 저본에는 '地也'로 되어 있으나 『東國野史』를 따름.
122) 千年華表, 孤鶴難回 : 「愁城誌」의 주 167을 참조할 것.
123) 宦 : 저본에는 '官'으로 되어 있으나 『東國野史』를 따름.
124) 耳 : 저본에는 '身'으로 되어 있으나 『東國野史』를 따름.
125) 至 : 저본에는 '也'로 되어 있으나 『東國野史』를 따름.
126) 親揮 : 저본에는 '視揮'로 되어 있으나 『東國野史』를 따름.
127) 沙峴 : 모래재. 서울의 독립문 서북쪽의 땅 이름.
128) 籍籍(자자) : '藉藉'와 같음.
129) 一 : 저본에는 없으나 『東國野史』에 의거해 보충했음.
130) 人 : 저본에는 이 뒤에 '也'가 더 있으나 『東國野史』를 따름.

舍義求生, 不若一死, 投身[132]絶壁, 白骨爲塵, 是所甘心,[133] 無足恨矣, 而惜乎郎君, 生値亂世, 不察時勢, 虛在京城, 風雨[134]一驚,[135] 避[136]入江都, 遂與台座之老,[137] 同作撲燈之蛾. 噫! 早得靑雲, 永享富貴者, 社稷將亡, 節死爲可, 哀我郎君, 有何官任, 而入於海外之危境, 有何國恩, 而忘其父母之遺體乎? 不堪哀怨, 長太息也."

太息未了,[138] 且[139]有一人, 蘭姿蕙質, 天下一人[140]也. 羅衣盡濕, 則豈是帶雨於藍橋[141]者歟? 玉池[142]含水, 則分明溺斃於滄海者也. 均[143]罷紅淚, 乍啓[144]朱唇, 則香露淋漓, 淸音斷續. 其語曰: "郎君出世,[145] 月下[146]相逢, 才過數月, 大禍旣迫, 義不可生, 投身碧海, 魂骨[147]浮沈, 則嗟予死節, 旣

---

131) 摩尼山 : 강화도에 있는 산. 저본에는 이 뒤에 '巖穴'이 더 있으나 『東國野史』를 따름.
132) 身 : 저본에는 '於'로 되어 있으나 『東國野史』를 따름.
133) 心 : 저본에는 '也'로 되어 있으나 『東國野史』를 따름.
134) 雨 : 저본에는 없으나 『東國野史』에 의거해 보충했음.
135) 驚 : 저본에는 '警'으로 되어 있으나 『東國野史』를 따름.
136) 避 : 저본에는 '適'으로 되어 있으나 『東國野史』를 따름.
137) 台座之老 : '台座'는 재상을 일컫는 말. 江華城이 함락될 때 화약에 불을 붙여 자폭한 原任大臣 金尙容(1561~1637)을 가리킴. 저본에는 '老'가 '者'로 되어 있으나 『東國野史』를 따름.
138) 了 : 저본에는 '久'로 되어 있으나 『東國野史』를 따름.
139) 且 : 저본에는 '云'으로 되어 있음.
140) 人 : 저본에는 없으나 『東國野史』에 의거해 보충했음.
141) 藍橋 : 「萬福寺摴蒱記」의 주 36을 참조할 것.
142) 玉池 : 입.
143) 均 : 완전히.
144) 啓 : 저본에는 '開'로 되어 있으나 『東國野史』를 따름.
145) 出世 : 저본에는 '士也'로 되어 있으나 『東國野史』를 따름.
146) 下 : 저본에는 '池'로 되어 있으나 『東國野史』를 따름.

無其證, 知之者天, 照之者日, 而一片貞心, 郎獨不知, 或疑生入胡地, 或疑身死道路.[148] 寧我孤魂, 飛入君夢, 以說冤[149]懷, 而九原茫茫, 人間千里, 則於此於彼, 魂夢何期? 言念[150]及此, 尤爲罔極."

座中且有一[151]婦人,[152] 花月其貌, 松栢其姿,[153] 則胸中義理, 舌端霜雪, 女子叢中, 果一人也. 其語曰: "國無良將, 且失人心, 則敗亡何逃? 山河險阻,[154] 莫過西蜀,[155] 而將非將也, 兵非兵也. 故鄧艾[156]一擧, 劉禪[157]掩淚. 城高水濶, 百濟雄都, 而歌舞是事, 軍務莫察, 故龍呑白馬,[158] 禍致[159]危亡. 然則亡之者天, 照之者地,[160] 敗之者人也. 人謀[161]不良,

---

147) 魂骨 : 魂骸. 죽은 자의 魂과 해골.
148) 道路 : 저본에는 '路邊'으로 되어 있으나 『東國野史』를 따름.
149) 冤 : 저본에는 '怨'으로 되어 있으나 『東國野史』를 따름.
150) 言念 : 想念. '言'은 助字.
151) 一 : 저본에는 없으나 『東國野史』에 의거해 보충했음.
152) 婦人 : 尹宣擧(1610~1669)의 부인 李氏를 가리킴. 윤선거는 병자호란이 일어나자 강화에 피란했는데 이듬해 강화성이 함락될 때 妻가 자결했으나 자신은 평민의 복장으로 성을 탈출하여 목숨을 건졌다. 그후, 윤선거가 당시 절의를 지키지 못했다고 하여 말이 많았다.
153) 姿 : 저본에는 '操'로 되어 있으나 『東國野史』를 따름.
154) 阻 : 저본에는 '助'로 되어 있음.
155) 西蜀 : 저본에는 '巴蜀'으로 되어 있으나 『東國野史』를 따름.
156) 鄧艾 : 三國時期 魏나라의 장수. 蜀의 수도 成都를 공격하여 蜀의 後主 劉禪을 항복시킴.
157) 劉禪 : 蜀의 後主. 劉備의 아들임.
158) 龍呑白馬 : 唐나라 장군 蘇定方이 백제를 공격할 때 강을 건너려고 하는데 홀연 비바람이 크게 일어 강을 건널 수 없었다. 그래서 白馬로 미끼를 만들어 용을 낚자 곧 날이 개어 강을 건널 수 있었다는 전설이 있다. 저본에는 '呑'이 '含'으로 되어 있으나 『東國野史』를 따름.
159) 致 : 저본에는 '至'로 되어 있으나 『東國野史』를 따름.

則金城非固, 湯池不險. 況彼江都, 海外小地, 比諸西蜀, 則山非山也, 比之百濟, 則江非江也, 而是山也、是江也, 指之謂天險, 其兵也、其甲也, 視之如虛器, 則害至而誰備, 患生而誰防? 一朝風雨, 萬姓魚肉,[162] 則況此纖腰, 性命何保? 甘心自決, 魂入重泉, 則名已香矣, 豈無光歟? 閻[163]羅王謂余曰: '美哉人也! 淸風洒落, 秋霜凜烈, 不避雷霆, 芥視鈇鉞, 則甲子之變,[164] 請斬元勳,[165] 丁卯之亂, 首斥和議, 請燒江都, 獻振起之策, 旣立淸論, 破兄弟之盟, 忠心至也, 先見明矣.[166] 朱雲[167]直節, 胡寅大義,[168] 非有此人, 則繼者其誰? 是[169]乃爾之舅父[170]也. 爾亦體其義,[171] 法[172]其節, 死於節義, 則其節也、其義也, 不可不褒奬, 故使之逍遙於極

160) 地 : 저본에는 '郞'으로 되어 있음.
161) 謀 : 저본에는 없으나 『東國野史』에 의거해 보충했음.
162) 萬姓魚肉 : 저본에는 '衆花零落'으로 되어 있으나 『東國野史』를 따름.
163) 閻 : 저본에는 '廉'으로 되어 있으나 『東國野史』를 따름.
164) 甲子之變 : 1624년(갑자년)에 일어난 李适의 반란을 가리킴.
165) 元勳 : 仁祖反正의 功臣인 李貴를 가리킴. 李适의 반군을 임진강에서 막지 못했다고 하여 당시 탄핵을 받았음.
166) 矣 : 저본에는 '也'로 되어 있으나 『東國野史』를 따름.
167) 朱雲 : 漢나라 成帝 때의 강직한 신하. 목숨을 걸고 直言한 것으로 유명함.
168) 胡寅大義 : 저본에는 '汲黯忠諫'으로 되어 있으나 『東國野史』를 따름. '胡寅'은 宋나라 高宗의 신하로 金나라에 대해 主戰論을 펼쳤음.
169) 是 : 저본에는 이 뒤에 '人'이 더 있으나 『東國野史』를 따름.
170) 舅父 : 윤선거의 부친인 尹煌(1572~1639)을 가리킴. 1624년 副應教로서 이괄의 난 때 檢察使였던 李貴가 임진강 전투에서 패한 죄를 탄핵한 바 있으며, 정묘호란과 병자호란 때 司諫으로서 斥和를 극력 주장했고, 1637년 金尙憲과 鄭蘊이 斥和臣으로 청나라 군영에 붙잡혀가게 되자 대신 붙잡혀갈 것을 자청했으나 허락되지 않았다. 저본에는 '舅'가 없으나 『東國野史』에 의거해 보충했음.
171) 義 : 저본에는 '意'로 되어 있으나 『東國野史』를 따름.
172) 法 : 저본에는 '愼'으로 되어 있으나 『東國野史』를 따름.

樂世界'云. 俄而仙童遽入冥府, 顧謂閻[173]羅王[174]曰: '世間風雨, 人多節死, 上帝惻然, 傳敎曰: ≪節義錄券,[175] 朕欲觀諸, 咨爾仙童, 無違朕命!≫ 是以余今至矣, 王將許歟?' 曰: '唯唯.'[176] 卽親封玉牒, 恭獻天府, 則天帝覽畢, 傳詔[177]冥府曰: '朕之所重者義, 而人也行之;[178] 朕之所貴者節, 而人也守之. 其所守之者、行之者, 使入天堂, 安樂其身, 而至於某人, 婦亦參其義, 朕益嘆賞.[179] 朕將褒之, 莫置冥府, 而送之玉虛,[180] 淸霄桂殿[181]與月娥逍遙, 白日銀河共織女翺翔, 則王之彰明貞節, 朕之尊崇節義,[182] 爲如何哉?' 王再其拜、謝其命, 命我孤魂, 馱之鶴背, 則九萬層空, 可謂咫尺. 嗚呼! 非舅父之德,[183] 則天府仙遊, 何可得也?"

且有一婦人, 幽閒[184]之氣, 貞靜之態, 霜後翠竹, 雪裡蒼松, 嚬靑眉弄丹唇曰: "余本士子之妻也. 敬奉巾櫛[185]以事郎

173) 閻 : 저본에는 '廉'으로 되어 있으나 『東國野史』를 따름.
174) 王 : 저본에는 없으나 보충했음.
175) 節義錄券 : 저본에는 '節婦懸錄'으로 되어 있으나 『東國野史』를 따름.
176) 唯唯 : 저본에는 '唯'로 되어 있으나 『東國野史』를 따름.
177) 傳詔 : 저본에는 '詔於'로 되어 있으나 『東國野史』를 따름.
178) 之 : 저본에는 없으나 보충했음.
179) 婦亦參其義, 朕益嘆賞 : 저본에는 '舅婦之德, 亦忝其節, 朕甚惜之'로 되어 있으나 『東國野史』를 따름.
180) 玉虛 : 천상의 仙人이 사는 곳.
181) 淸霄桂殿 : 月宮. 저본에는 '霄'가 '宵'로 되어 있음.
182) 節義 : 저본에는 '義烈'로 되어 있으나 『東國野史』를 따름.
183) 非舅父之德 : 저본에는 '舅父之德, 若非其德'으로 되어 있으나 『東國野史』를 따름.
184) 閒 : 저본에는 '蘭'으로 되어 있으나 『東國野史』를 따름.
185) 巾櫛 : 저본에는 '而擲'으로 되어 있으나 『東國野史』를 따름.

君, 纔過[186]半年, 避入江都, 則風吹古月, 亂入城門, 而郎遭疫患, 不離床褥, 故莫念遺體, 而侍坐厥側, 竟被搶掠, 則節義掃地, 禽獸一也. 玉碎羅巾, 魂歸泉壤,[187] 則閻[188]羅王曰: '光海末年, 朝廷溷濁, 君不君、臣不臣, 而[189]惟爾之祖, 衆醉獨醒, 志在高潔, 江都風雨, 驚動[190]白日, 則人多毁節, 以圖其生, 而雖[191]爾女子, 耻受其辱, 樂就其死, 則前後一節, 男女何異? 先有其祖, 繼有是孫, 則豈不美哉! 豈不美哉!' 是以命入天堂, 萬歲永樂, 則[192]弱歲魂飛,[193] 何可恨也? 但恨鶴[194]髮雙親、年妙郎君, 僅免魚肉, 生在[195]風塵, 而聲凄琴瑟, 望斷朝暮, 則梧桐細雨, 落花東風, 別淚何乾? 離恨倍增. 然則忘親自決, 可謂不孝, 欺[196]我[197]郎君, 亦爲不韙,[198] 嗟[199]余罪恨, 何足道哉?"

嗚呼! 滿座婦女, 莫不各陳其懷, 則或嘆息也, 或流涕也,

186) 過 : 저본에는 없으나 『東國野史』에 의거해 보충했음.
187) 竟被搶掠~魂歸泉壤 : 저본에는 '則人生節義, 禽獸何知? 骨朽人間, 魂魄泉下'로 되어 있으나 『東國野史』를 따름.
188) 閻 : 저본에는 '廉'으로 되어 있음.
189) 而 : 저본에는 '則'으로 되어 있으나 『東國野史』를 따름.
190) 驚動 : 저본에는 '鴻洞'으로 되어 있으나 『東國野史』를 따름.
191) 而雖 : 저본에는 '獨'으로 되어 있으나 『東國野史』를 따름.
192) 則 : 저본에는 없으나 『東國野史』에 의거해 보충했음.
193) 魂飛 : 저본에는 '爲魂'으로 되어 있으나 『東國野史』를 따름.
194) 鶴 : 저본에는 '白'으로 되어 있으나 『東國野史』를 따름.
195) 在 : 저본에는 '存'으로 되어 있으나 『東國野史』를 따름.
196) 欺 : 저버리다.
197) 我 : 저본에는 '了'로 되어 있으나 『東國野史』를 따름.
198) 韙 : 저본에는 '良'으로 되어 있으나 『東國野史』를 따름.
199) 嗟 : 저본에는 이 앞에 '則'이 더 있으나 『東國野史』를 따름.

或痛哭也. 其所嘆息者、流涕者、痛哭者, 不可勝記. 別有[200]一女, 徘徊其中, 月[201]眉星眼, 玉鬓雲鬟, 可謂仙中仙[202]也. 禪師大異之, 口語於心曰: '織女下銀河耶?[203] 嫦娥辭月宮耶? 謂之織女, 則一別郎君, 會合難期, 故紅淚盈襟, 翠眉應嚬; 謂之嫦娥, 則永夜孤宿, 追悔竊藥,[204] 故紅顔已老, 白髮應[205]垂; 而是人也, 碧桃花容, 了無愁色, 則謂之織女非也, 謂之[206]嫦娥亦非也. 彼何人能如是乎?' 求之不得, 自以爲怪. 是人也, 莞爾而[207]笑曰: "妾, 妓也. 歌之舞之, 芳名遠播, 青鳥傳信, 浪蝶偸香, 處處陽臺,[208] 夜[209]夜雲雨, 則歡娛[210]至矣, 樂則樂矣, 而顧念人事, 則所[211]貴者節也. 故一朝深閨, 坐垂[212]羅帷, 永戴一天, 心且不二, 意外風塵, 花落青春, 則此夜高會, 實出分外, 濫側崇烈, 奉[213]聽玉音, 其所節義之高、貞烈之美, 天必感動, 人必嘆[214]服, 則死而不死, 何恨之有?

---

200) 別有 : 저본에는 '俄看'으로 되어 있으나 『東國野史』를 따름.
201) 月 : 저본에는 이 앞에 '則'이 더 있으나 『東國野史』를 따름.
202) 仙 : 저본에는 '人'으로 되어 있으나 『東國野史』를 따름.
203) 耶 : 저본에는 '也'로 되어 있으나 『東國野史』를 따름.
204) 竊藥 : 「崔致遠」의 주 22를 참조할 것.
205) 應 : 저본에는 '難'으로 되어 있으나 『東國野史』를 따름.
206) 之 : 저본에는 없으나 보충했음.
207) 而 : 저본에는 없으나 『東國野史』에 의거해 보충했음.
208) 陽臺 : 「萬福寺摴蒱記」의 주 76을 참조할 것.
209) 夜 : 저본에는 이 뒤에 '夜'가 없으나 보충했음.
210) 娛 : 저본에는 '誤'로 되어 있음.
211) 則所 : 저본에는 없으나 『東國野史』에 의거해 보충했음.
212) 垂 : 저본에는 '守'로 되어 있으나 『東國野史』를 따름.
213) 奉 : 저본에는 '幸'으로 되어 있으나 『東國野史』를 따름.
214) 必嘆 : 저본에는 '所難'으로 되어 있으나 『東國野史』를 따름.

江都陷沒, 南漢[215]危急, 主辱如何? 國耻方深, 而忠臣義士,[216] 萬無一人, 貞操凜烈, 惟有此婦,[217] 則[218]是死榮矣, 何用慽慽焉?"[219]

此語方訖, 座中婦女, 一時痛哭, 其聲慘惻,[220] 不忍聞也.

禪師或恐有知, 隱於林下, 待天之曉, 乃退而出, 忽然驚起, 覺卽一夢也.[221]

• 작자 : 未詳

• 출전 : 국립중앙도서관본(이 본은 당대의 이름난 書僧인 宋申用 氏가 1939년에 謄抄한 본임)을 底本으로 삼아 異本을 참고하여 校合하였다.

• 참고사항

(1) 尹繼善의 「達川夢遊錄」이 전쟁에 참전한 유수한 남성들이 한 마디씩 말을 하는 형식이라면, 「江都夢遊錄」은 전쟁의 희생자인 '익명'의 여성들이 한 마디씩 말을 하는 형식으로 되어 있다. 말을 하는 여성은 전부 14명인데, 그 중 13명이 士

---

215) 南漢 : 南漢山城.
216) 義士 : 저본에는 '節義'로 되어 있으나 『東國野史』를 따름.
217) 此婦 : 저본에는 '婦女'로 되어 있으나 『東國野史』를 따름.
218) 則 : 저본에는 없으나 『東國野史』에 의거해 보충했음.
219) 焉 : 저본에는 없으나 『東國野史』에 의거해 보충했음.
220) 惻 : 저본에는 '測'으로 되어 있음.
221) 此語方訖~覺卽一夢也 : 『東國野史』에는 '妾爲左右歌數曲'으로 되어 있음.

大夫家 여성이고 1명이 기생이다.

(2) 이 작품은 여성들의 입을 통해 병자호란 당시 朝臣들이 보여준 무능함 · 비겁함 · 무책임함 · 위선 등을 신랄하게 비판하고 있다. 동시에 이 작품은 절의와 정절 이데올로기를 고취하고 있기도 하다. 절의를 지키지 못한 남성만 비판되는 것이 아니라 節死하지 않은 여성도 야유된다. 아홉 번째 부인의 말에서 그 점이 확인된다. 이처럼 이 작품은 단순히 병자호란 당시의 위정자를 비판하고만 있는 것이 아니라, 절의와 정절 이데올로기를 내세우는 데 큰 힘을 쏟고 있다.

(3) 이 작품에서는 대부분의 지배층 사대부들이 비판되고 있지만 그렇지 않은 인물도 있다. 열두 번째 부인(尹宣擧의 처 李氏)의 시아버지인 尹煌이 그에 해당한다. 李氏는 忠節 높은 시아버지 尹煌의 감화로 자신이 節死할 수 있었다고 했다.

(4) 이 작품에는 夢遊者가 승려로 설정되어 있는데, 이 점 특이하다.

# 10. 薛生傳

吳道一

青坡之里,[1] 在今京城南半里所, 有一鯫生[2]居焉. 有氣義好文辭, 奇士也. 業科坐奇,[3] 竟不利.[4]

光海末, 癸丑禍[5]作, 不樂於世, 欲逃隱. 屬[6]有其友人, 踏其門而訪焉, 其友人者, 卽平素所同志士也. 仍與抵掌感慨談時事, 涕簌簌下也. 且曰: "倫常滅矣, 士而奚處斯世爲? 吾將隱矣, 子其有意乎?" 應曰: "固吾意也. 矧今子有言, 敢不

1) 青坡之里 : 지금의 青坡洞 일대.
2) 鯫生 : '儒生'의 낮춤말.
3) 業科坐奇 : 과거공부를 했으나 운수가 기박하여. '奇'는 운수 기박함을, '坐'는 이유 · 까닭을 뜻함.
4) 竟不利 : 과거시험에 낙방함을 가리킴.
5) 癸丑禍 : 癸丑禍獄. 1613년 광해군이 仁穆大妃를 西宮에 유폐하고, 이복 동생인 永昌大君을 庶人으로 만든 사건. 이는 왕위계승을 둘러싼 大北과 小北 간의 당파싸움에서 비롯되었음.
6) 屬 : 마침.

欲同子而隱, 而父母在, 未敢輕許." 卽別去. 閱月又往過之, 家已易主矣. 問之隣: "生何去?" 曰: "月初載妻子移去, 不余言用某事去某地." 日[7]其友人已聞生言, 故心識之, 怪其行太遽, 亦不知其之何也. 厥後, 逢人自遐山、僻壤來者, 輒究問生去就, 莫獲知.

逮癸亥改玉,[8] 其友人者際遇,[9] 歷敭中外, 稍彬彬顯矣. 甲戌,[10] 出持關東節.[11] 以其年三月, 巡到杆城,[12] 航于清澗亭[13]之南之爲永郎湖[14]者. 湖號絶特爲關東最. 屬天雨, 渚岸如洗, 波光漾碧, 遙山翠黛, 出沒於嵐氣中, 夾江海棠花, 盛開爛漫如浴. 俄有自遠婆娑挐舟而來者, 煙雲黯黮, 若有而無, 抵近迺可明視之, 卽生也. 觀察公大驚呼舟, 還生升所乘舟, 握手懽甚, 如逢隔世人. 仍問其今所居地爲何, 與夫所以舟此由. 答曰: "僕之居, 在今襄陽[15]府治[16]之東南可六十里

7) 日 : 접때.
8) 癸亥改玉 : 癸亥年, 즉 1623년의 仁祖反正을 가리킴. '改玉'은 원래 行步를 조절하기 위해 차고 다니는 佩玉을 바꾼다는 말인데, 새 임금을 추대하거나 제도를 바꾼다는 뜻이 있음.
9) 際遇 : 임금의 知遇를 입음.
10) 甲戌 : 1634년. 仁祖 12년.
11) 出持關東節 : 강원감사로 나감. '節'은 임금의 명령을 받은 관리나 장군, 혹은 외국에 가는 사신에게 신임의 표시로 주는 旗. '持節'은 그것을 가진다는 말.
12) 杆城 : 강원도에 있는 고을 이름.
13) 清澗亭 : 강원도 高城郡 해안에 있는 정자. 관동팔경의 하나로 꼽힘.
14) 永郎湖 : 강원도 高城郡에 있는 호수. 신라시대에 仙人 永郎이 이곳에 배를 띄우고 놀았다는 전설이 전함.
15) 襄陽 : 강원도 동부 중앙에 위치한 고을 이름.
16) 府治 : 府의 官衙 소재지.

所, 謂回龍窟云. 地僻甚, 俗人罕到者, 以故世不知也. 適日吉時良, 故遇興率爾抵此矣." 仍相與談舊交遊、別離事, 津津不已. 尠焉,[17] 雨小歇風作, 舟駛甚如箭, 轉眄不覺失前山幾許重矣.

於是生起而言曰: "僕之居, 距此不甚遙, 陸可數十里許. 舟, 風利, 不半日可還往. 謂僕於平昔: '相友善不遺', 幸過焉." 諾許. 促棹同生往, 薄晩抵陸. 屛騎從, 俾白足[18]肩輿,[19] 循林谷間, 蹩蹩行甫數里許, 有蒼崖兀然立, 非斲自削, 怪怪奇奇, 長可數十丈許, 中坼, 環崖左右, 水瀧瀧鳴, 相噴薄如應響然. 崖前有一門, 門之榜, 卽所謂回龍窟云. 門前石路, 繚而曲, 右折岞崿, 如鳥道形. 由崖坼處, 相與攀藤葛挽懸, 縮肩僂而入窟之內, 卽生家焉. 地寬衍, 可容百許人家. 居屋比櫛, 田壤膏沃, 水可漁、山可採, 樹木饒桑、柘、梨、栗之屬, 蓋古稱桃源、橘洲[20]之類也. 生引公上堂, 呼兒謂曰: "盤蔬來! 盤蔬來!" 服之淡甘, 甚異塵中味. 仍與之翳佳林而坐, 旁石磯而漁, 婆娑乎林樾, 散步乎池塘, 魚鳥親人, 雲煙娛懷. 凡林巒水石詭怪奇壯之觀之可愛而可觀者, 朝夕獻狀, 萬千其

17) 尠焉 : 조금 있다가.

18) 白足 : 중.

19) 肩輿 : 가마. 여기서는 '가마를 메다'라는 뜻.

20) 桃源·橘洲 : '桃源'은 陶淵明의 「桃花源記」에 그려진 理想鄕을 말하며, '橘洲'는 중국 湖南省 長沙縣의 湘江 가운데 있는 섬으로 風土가 좋아 귤이 많이 난다고 함. 杜甫의 「嶽麓道林二寺」라는 시에 "桃源人家易制度, 橘洲田土仍膏腴"라는 구절이 보임.

態, 雖巧曆[21]莫可狀. 公輒怡然忘歸, 留數日.

方啓行, 及別戱謂生曰: "山水淸奇, 隱者例也. 家亦饒貲, 山居奚以致此?" 生笑曰: "僕所常遊居往來地, 不獨此爲也. 僕自謝世來, 酷好縱觀山水, 行屐不一日閒, 西搜俗離之奇, 北眺香嶺[22]之勝, 跨伽倻, 越頭流. 凡域中山川之用瓌奇絶特稱者, 迹殆半焉. 遇適意處, 輒芟茂而宮焉, 拓[23]陂而田焉. 居或二年, 或三年. 不樂, 輒移而之他. 以故僕之居, 山之奇, 水之麗, 田宅之夷曠, 其十此者[24]亦夥矣, 特世莫有能知之者." 公耳[25]其語, 且奇且怪, 欷歔久之. 遂賦五言歌詩一章以贈. 又謂生曰: "子後當訪我於京師." 約而去. 可三年, 生果之洛訪公. 公適柄銓,[26] 欲爵之. 耻之, 遂逃去不復見. 後公又往過於前所謂回龍窟者, 已爲墟矣, 生不知其之何也.

生姓薛氏, 失其名. 觀察公亦不知某姓某名人, 而蓋仁廟朝達官云. 傳其事於余者, 隋城[27]居崔生聖胤甫也.

贊曰: "樂則行, 憂則違,[28] 固君子顯晦隨時之道. 薛生, 以昏朝政亂之故, 逃隱不見, 則迄夫聖明中興[29]羣賢林立之日,

---

21) 巧曆 : '巧歷'이라고도 표기함. 曆算에 밝은 사람을 일컫는 말.
22) 香嶺 : 妙香山.
23) 拓 : 원문에는 '跖'으로 되어 있음.
24) 其十此者 : 이보다 열 배나 되는 곳.
25) 耳 : 듣다.
26) 柄銓 : 文官 銓衡의 책임자인 吏曹判書를 가리킴.
27) 隋城 : 수원의 옛 이름.
28) 樂則行, 憂則違 : 세상이 태평하면 벼슬에 나아가 뜻을 펴고, 세상이 어지러워 근심할 만하면 은둔하여 一身을 조촐히 한다.
29) 聖明中興 : 仁祖反正을 가리킴.

雖彈冠吐氣, 願立於朝, 亦可矣. 顧乃藏光匿影, 必期於滅迹於世而後已, 可異焉. 抑其志, 本以斯世爲不足乎己而隱以爲高者歟? 抑初非果於忘世者而特避地逃亂, 得之於玄虛塞兌[30]之中, 終有所不可移之樂者歟? 昔周衰, 老聃[31]去, 其爲學, 亦以深藏若[32]虛､自隱無名爲高. 今以生之始終迹之, 其無亦學此類者歟? 雖然, 其視[33]世之終身役役乾沒[34]名韁, 處汚穢而不羞, 觸刑辟[35]而不止者, 其賢亦遠矣."[36]

• 작자 : 吳道一(1645~1703)

호는 西坡이고, 영의정 吳允謙의 손자이다. 숙종 때 도승지, 대사헌, 대제학, 한성부 판윤 등을 역임했다. 저서로는 문집인 『西坡集』이 전한다.

• 출전 : 『西坡集』 권18

---

30) 塞兌 : 『老子』의 "塞其兌, 閉其門"에서 유래하는 말. 耳目의 욕망을 막는 것을 뜻함. '兌'는 구멍.
31) 老聃 : 老子.
32) 若 : 그리고.
33) 視 : 비교하다.
34) 乾沒(간몰) : 이익이나 名利를 탐하는 것.
35) 刑辟 : 刑戮. 사형.
36) 其賢亦遠矣 : 그 어짊이 훨씬 더하다. 그 어짊이 훨씬 더 낫다.

• 참고사항

(1)「설생전」과 같은 내용의 글이 辛敦復의『鶴山閑言』에 실려 있다. 그러나『학산한언』에 실린 이야기는「설생전」과 줄거리는 같지만 표현은 같지 않다. 그리고 서술이 한층 간략하다.『학산학언』의 이야기는 兪晩柱의 문집인『通園藁』에「記薛生某事」라는 제목으로,『靑邱野談』에「吳按使永湖逢薛生」이라는 제목으로 각각 轉載되어 있다. 그런데「설생전」에서는 설생 친구의 성명을 모른다고 하고 단지 仁祖 때의 達官이라고만 했으나,「기설생모사」와「오안사영호봉설생」에서는 그 이름을 楸灘 吳允謙(1559~1635)이라 밝히고 있다. 오윤겸은「설생전」의 작자 오도일의 祖父다.

(2) 이 작품은 傳系小說이다.

(3) 이 작품에 대한 소개 및 논의는 박희병,「이인설화와 신선전」,『한국고전인물전연구』(한길사, 1992);『조선후기 傳의 소설적 성향 연구』(성균관대학교 대동문화연구원, 1993)에서 이루어졌다.

# 11. 金英哲傳

洪世泰

金英哲, 平安道 永柔縣 中宗里人也. 其家世[1]武科. 英哲自幼好馳馬善射, 爲本縣武學.[2]

戊午,[3] 皇朝[4]大發兵, 討建州[5]虜, 徵兵于我, 我以姜弘立[6]爲都元帥, 金景瑞[7]爲副, 領二萬兵赴之. 英哲與其從祖永和, 隷左營將金應河,[8] 爲前鋒. 時英哲年十九未娶, 父汝灌及英

---

1) 世 : 대대로.
2) 武學 : 「崔陟傳」의 주 170을 참조할 것.
3) 戊午 : 1618년.
4) 皇朝 : 明나라.
5) 建州 : 지금의 滿洲 吉林省 지역. 明代 女眞族의 집단 거주지로, 이곳을 근거지로 淸나라가 발흥했음.
6) 姜弘立 : 생몰년 1560~1627년. 선조·광해군 때의 文臣. 「姜虜傳」의 주 4를 참조할 것.
7) 金景瑞 : 생몰년 1564~1624년. 선조·광해군 때의 武臣.
8) 金應河 : 생몰년 1580~1619년. 광해군 때의 武臣.

哲, 皆獨身無兄弟. 臨行, 祖永可泣而送之曰: “汝不歸, 則吾世絶矣.” 英哲曰: “必歸也.”

八月, 我軍會昌城,[9] 天兵會遼東. 經略[10]楊鎬,[11] 以虜地早寒, 南方人馬不能冬, 奏請待春乃擧. 己未[12]春二月, 弘立率兵渡江, 與天兵會于景馬田,[13] 進踰牛毛嶺,[14] 擊破十餘堡, 乘勝而進. 天兵前, 我左營次之, 中營又次之, 右營殿.[15] 虜悉精銳數萬, 遣其子貴永可擊敗天兵. 遂薄[16]我左營戰, 應河急呼弘立救, 弘立不應, 景瑞獨進戰, 還謂弘立曰: “虜衆疲劇, 抱鞍睡, 往往墮馬. 我以大兵夾攻, 破虜必矣.” 弘立出囊中密旨以示, 景瑞氣沮不敢言. 應河戰死, 弘立、景瑞降.

弘立之出師也, 選降倭三百以從, 至是獻虜. 虜主[17]大喜, 期明日點閱. 倭因相與謀殺虜主, 擁弘立東歸. 是夜謀泄, 盡被殺死.[18] 我軍見之, 無不憤慨. 虜恐變作, 欲幷殺而難之. 會我一將官, 戰斬虜首, 盛之食器, 及降見發. 虜主大怒, 命悉聚我軍, 別其美容服者四百餘人, 曰: “此朝鮮兩班將官也.

---

9) 昌城: 평안북도 서북부의 땅 이름.
10) 經略: 중국의 官職名. 군대를 동원할 때 特設하여 總督의 위에 두었음.
11) 陽鎬: 明나라 장군. 丁酉再亂 때 明의 援兵을 이끌고 參戰한 적이 있음.
12) 己未: 1619년.
13) 景馬田(영마전): 「姜虜傳」에는 ‘暻馬田’으로 되어 있고, 李民寏의 「柵中日錄」에는 ‘亮馬佃’으로 되어 있음.
14) 牛毛嶺: 「崔陟傳」에는 ‘牛毛寨’로 되어 있음.
15) 殿: 맨 뒤.
16) 薄: ‘迫’과 통함.
17) 虜主: 淸 太祖 누르하치를 가리킴.
18) 弘立之出師也~盡被殺死: 이 대목은 「姜虜傳」에 자세한바, 「姜虜傳」의 영향을 받은 게 아닌가 생각됨.

不爲我用, 盡屠之!" 永和亦死. 英哲當斬, 虜將阿羅那執英哲, 前言虜主曰: "吾弟死於戰. 此人貌, 類吾弟, 請免而役之." 虜主許之. 又以華人降者五人賜之. 阿羅那挈英哲歸家, 其家人見英哲大驚, 以爲死者復生. 有田有年者, 皇朝登州[19]人也. 有智略, 同降者皆敬服, 稱之曰田百摠.[20] 英哲與有年, 夙夜厮役, 每語道其祖臨別之語, 則必涕泣. 居半年, 夜亡走, 得, 刖左跟, 後又亡, 刖右跟. 虜法, 降逃者刖, 三而戮之. 阿羅那意英哲竟亡, 以其弟妻妻之.

辛酉,[21] 虜攻陷遼瀋,[22] 移都瀋陽. 阿羅那擧家從徙, 而留英哲 建州, 屬以田事. 是歲生子, 名之曰得北. 又生子, 曰得建. 乙丑[23]五月, 阿羅那與英哲戰馬三, 同有年等二人, 往牧建州江邊, 曰: "善牧馬! 秋高馬肥, 我往寧遠戰, 汝亦從." 又陰囑英哲曰: "若[24]今爲吾一家耳, 誠信不疑. 彼二蠻子, 將必亡, 汝可用心防守."

是時, 瀋胡之來牧馬者亦多. 英哲與有年等二人, 及他華人降者七人, 同牧勤苦, 自夏及秋. 歸見其妻, 妻具酒肉, 與英哲飮. 及暮, 出門而送之, 執手泣曰: "戰日不遠, 將與君別矣." 又以酒肉與英哲, 往與衆共之. 衆見英哲將[25]酒肉至, 大喜,

---

19) 登州 : 山東省의 지명.
20) 百摠 : 明나라의 下級武官職.
21) 辛酉 : 1621년.
22) 遼瀋 : 지금의 遼寧省 瀋陽市 및 그 주변의 땅.
23) 乙丑 : 1625년.
24) 若 : 너.

相與列坐而飮, 歌呼爲樂. 是夜八月十五日, 天無雲, 月色滿地. 有年仰月而歎, 顧語衆曰: “此月應照我父母妻子, 而我父母妻子對此月, 亦必念我.” 衆相向慟哭. 有年曰: “英哲! 爾有父母在朝鮮, 然此旣有妻子, 思歸之念, 必與吾徒殊.” 英哲曰: “獸猶首丘, 豈以異國妻子, 而忘其父母乎? 生還故國, 一見父母, 則死不恨. 顧前再辱, 今若亡而見覺, 必死奈何?” 有年曰: “遼路旣阻, 聞爾國之使, 航海由登州達于皇都. 今我與爾, 亡抵登州, 則我歸爾亦歸, 豈有意乎?” 英哲曰: “計將奈何?” 有年曰: “吾從征久, 習知虜中山川形勢. 此馬千里馬, 行不過四五日, 必至矣.” 衆皆曰: “善.” 有年恐英哲有顧戀意, 謂英哲曰: “吾有二妹美歸、日長者, 行則必以小室汝.”[26]

於是有年與英哲, 嚙指出血, 和酒共飮, 拜月爲誓. 十人人[27]賫五日粮, 一時上馬. 時夜將半, 牧馬者皆睡, 四顧無人, 直過江灘, 向北疾馳. 又値深灘, 策馬亂流而渡, 爲守者所覺, 大呼追逐, 陷大澤中, 六騎得出去, 四騎沒, 人俱死, 獨一馬出, 追及六騎, 遂疾馳百餘里則月落矣. 登高望遠, 野多虜帳, 輒避匿大麓中, 下馬嚼米飮水, 終日泣祝天. 月上卽復騎, 疾馳百餘里, 行沙漠無人地, 歷古戰場, 得一破爐, 止炊飽食. 又行馳去, 達曙, 有年顧見山川, 喜曰: “此已背遼

25) 將 : '가지다'는 뜻.
26) 以小室汝 : 둘째 누이를 네 아내로 삼겠다.
27) 人 : 사람마다.

瀋矣!" 當陷澤中, 六人所齎粮, 遺失者半, 及是粮盡. 乃殺無主馬食之, 分其肉, 各懸馬首, 行經二晝夜, 抵寧遠. 候卒見六人胡騎服, 以爲虜寇, 數十騎合圍而進, 欲殺之. 會六人中, 其兄有爲候卒將者, 見其兄大呼, 兄驚止之. 於是六人得不死. 事聞, 詔賜英哲衣食及百金, 令買宅娶妻.

英哲與有年, 歸登州, 寓有年家. 日久, 意鬱鬱不樂. 時有年小妹未婚. 有年乃大供具, 請諸親戚故舊歡飮. 及夜酒酣, 有年與英哲, 共說虜中事, 相視泣下, 四座皆泣. 有年手執卮, 仰視月而語其父母曰: "兒沒虜中, 非英哲無以生還. 嘗許吾妹, 指月爲誓, 今此月猶在, 可奈何?" 乃以女妻之. 女謂英哲曰: "人皆謁舅姑, 我獨未." 乃請畫工, 畫其像而拜之. 隣有宴飮, 必請英哲, 作朝鮮歌舞, 坐客無不稱歎, 各賜匹帛而去. 以此英哲家稍裕. 生二子得達､得吉.

庚午[28]冬十月, 我進賀使船, 泊登州. 梢工李連生, 英哲同縣人也. 英哲往見連生, 在舟上呼之. 連生初不識也, 熟視知其爲英哲, 大驚. 英哲聞其言, 父戰死安州, 祖投依永和子爾龍, 母歸蘇湖[29]外家寄食. 痛哭謂連生曰: "吾自虜中亡逃, 萬死一生隱忍至此者, 冀得東歸也. 今天幸見故人, 願故人還我." 遂與之約.

英哲歸家, 妻見其有淚容, 心異之. 及明年春, 使還到登州,

28) 庚午 : 1630년.

29) 蘇湖 : 平安道 永柔縣의 땅 이름.

待明發船. 是夜, 妻張燈燭, 與英哲坐語, 察動靜. 英哲自念: '此機一失, 則故國無還日矣.' 顧見妻子在傍, 亦不忍捨去, 心搖搖靡定. 索酒飮數杯, 且勸妻飮. 乘其醉睡, 卽潛出走, 入連生船. 連生拆船障板, 匿英哲板底而釘之. 平明, 妻率十餘人來, 窮索舟中, 不得. 舟中人, 亦不知英哲之所在也. 翌朝, 英哲從板底大呼, 舟中人乃驚出之, 與之食飮, 易其衣服. 越三日, 回泊于平壤石多山.

遂歸其故居, 則他人入矣. 乃往爾龍家, 永可出門, 扶杖而立, 不意見英哲, 瞪噤不能言, 良久曰: "英哲耶!" 於是祖孫相持哭. 爾龍家聞永和死, 亦哭. 隣里觀者, 無不流涕. 永可携英哲, 往蘇湖母居, 先入呼曰: "英哲來!" 祖、孫、母, 又相持痛哭. 英哲旣歸喜幸, 然兵火之後, 閭井蕭然, 骨肉漂散, 家業蕩盡, 無以自資, 行哭於途. 同縣有李羣秀者, 家頗饒財, 謂英哲孝子, 歸其女焉.

丙子[30]秋, 連生又隨使船往登州. 英哲妻, 携二子, 與有年來, 問英哲. 連生辭不知. 及明年, 使還, 英哲妻又來問曰: "朝鮮聞已降虜, 此船路從此絶矣. 願子一言以釋我心!" 連生乃具言之. 有年歎曰: "英哲, 大丈夫哉! 必遂其志."

丙子冬, 虜東搶, 及是撤還, 留孔有德等, 帥[31]舟師, 將攻椵島,[32] 屯永柔. 縣令使英哲詣虜營致辭. 有一虜將, 見英哲,

30) 丙子 : 1636년.

31) 帥(솔) : '率'과 통함.

32) 椵島 : 평안북도 鐵山郡에 있는 섬. 당시 明나라의 遼東都司 毛文龍이 遼東

執之曰: "此吾叔家奴也. 竊馬亡去, 吾叔常憤甚. 我今以此奴去." 縣令憫之, 以其乘使還阿羅那, 又與其人他物. 英哲乃得免. 後縣令竟取其馬直.[33]

庚辰,[34] 虜將犯盖州,[35] 請兵於我. 上將林慶業, 聞英哲解蕃、漢語, 通知兩國事情, 召與語大悅. 四月, 領水軍五千, 泛海到盖州界, 三國戰艦相望. 慶業陰使英哲, 夜與汲水二卒乘小船, 往遺天將書, 曰:

> 虜侵我, 强弱不敵, 至有此擧, 然天朝其敢忘乎? 明日之戰, 我軍銃去丸, 天兵亦去矢鏃. 合戰良久, 我故受圍而降, 合力破虜, 使片甲不還.

天將得書大喜, 賜英哲銀三十兩、青布二十匹, 作報書與英哲. 歸, 火光中, 有一人出, 執英哲手曰: "故人何來此?" 英哲視之, 乃田有年也. 倉黃驚喜, 立問妻子. 以二十布付有年曰: "以此歸遺我妻子也." 及還泊, 天明矣. 英哲以書與慶業, 未及開, 忽見二虜走馬來. 慶業卽秘其書. 二虜上船, 扼慶業喉, 曰: "見爾小船, 自敵中來, 此必通謀也." 脅慶業脫靴服及船卒衣裝, 窮搜無所得. 虜見二卒在船, 乃執詰之, 曰: "汲

---

에서 쫓겨와 이 섬에 웅거해 있었음.

33) 直 : '値'와 통함.

34) 庚辰 : 1640년. 원문에는 '辰'이 '申'으로 되어 있음.

35) 盖州 : 遼寧省의 땅 이름.

水往.” 怒使慶業斬之. 慶業目小校, 往別島行斬. 小校卽反劍擊之若斬狀, 扑其鼻血劍, 返以示虜, 虜乃去. 是日中, 與天兵合戰. 天兵進圍我軍, 我軍去丸, 天兵去鏃, 戰良久, 進退者三. 天兵以鐵鉤鉤我船且薄, 我軍之未及知其謀者, 見事急, 實放銃丸, 天兵有死者, 乃解圍而去. 七月, 兩軍罷. 虜又令慶業選精銳, 進住金州,[36] 經冬乃歸.

辛巳,[37] 又遣柳琳[38]領兵赴金州, 英哲從. 虜遣阿羅那來陣中議事, 見英哲, 責之曰: “我有三大恩於汝. 汝當斬, 吾免汝死, 一也; 汝再亡, 而釋不殺, 二也; 吾以弟妻妻汝, 而委建州家計, 三也. 汝則有難赦之罪者三. 汝不念活命之德、撫畜之恩而再亡, 罪一也; 使汝牧馬時, 我誠以囑汝, 而汝反與蠻子同謀背我, 罪二也; 汝亡且盜我千里馬, 罪三也. 吾不恨亡汝, 而恨失我千里馬, 至今痛心. 吾必斬汝.” 麾其從騎縛英哲甚急. 英哲大呼曰: “竊馬亡逃, 罪不在我, 此實蠻子爲之. 當時不從其計, 則彼九人刃英哲, 一反手耳. 幸主公察之!” 阿羅那不聽. 琳乃說阿羅那曰: “英哲有罪. 然公旣活之而今殺之, 則爲德不卒, 我重贖英哲, 以全公好生之德.” 乃以細南草二百斤贖之. 時得北在虜軍中. 阿羅那謂英哲曰: “汝豈欲見而[39]子乎?” 卽召得北至. 父子相見泣. 一軍見者,

36) 金州 : 지금의 遼寧省 金縣으로, 渤海灣 연안임. 서쪽으로 遼東灣이, 남쪽으로 大連灣이 있어 요충지에 해당함.

37) 辛巳 : 1641년.

38) 柳琳 : 광해군・인조 때의 武臣.

莫不悲歎. 自此得北, 日具酒食、菜果來餉. 英哲卽先以美果獻主將, 退與衆食.

方是時, 虜圍金州. 天朝發兵十萬來援, 與虜戰, 大敗. 琳遣英哲往賀虜主.[40] 阿羅那告英哲前事, 請罪之. 虜主卽擧手南指曰: "英哲本朝鮮人, 八年爲我民, 六年爲登州民, 今還爲朝鮮民, 朝鮮民亦我民也. 況其大男在我軍中, 小子在我建州, 父子皆爲我民, 則彼登州, 獨不爲我民乎? 吾得天下自此始, 此人之來, 豈非天乎?" 乃賜英哲帛十匹㺚馬一. 英哲拜謝曰: "願以此馬與阿羅那, 以報其免死之恩, 且贖竊馬之罪." 虜主曰: "英哲可謂知過而不忘恩者也." 乃以其馬與阿羅那, 又賜英哲一靑騾. 英哲以其所乘馬付得北, 歸與得建. 數月, 我遞軍至, 英哲歸到鳳凰城. 琳謂英哲曰: "金州贖汝南草, 戶曹軍需物也. 汝其還之." 英哲還家數月, 戶曹牒管餉使,[41] 督英哲銀二百兩. 英哲鬻靑騾, 傾其家藏, 僅納其半, 而餘無以辦, 賴親族力助, 以足其數. 聞者憐之.

先是, 英哲父死於安州之戰, 母以衣招魂而留其衣. 及英哲東還, 與其母持衣往安州, 登城四周, 號哭而招之. 母曰: "我死, 必以此衣同葬." 至是母死, 乃以其衣葬之.

英哲有子四人宜尙、得尙、得發、起發. 英哲每念從軍苦甚, 恐其子亦然. 戊戌,[42] 朝廷命修慈母山城,[43] 募守卒免役. 英

39) 而 : 너.
40) 虜主 : 淸 太宗을 가리킴.
41) 管餉使 : 평안도 군량을 관리하는 관직. 평안감사가 겸직했음.

哲卽與四子者, 入居城中, 年已六十餘矣. 窮老無聊, 每意不平, 輒登城北望建州, 西望登州, 黯然悽思, 淚下霑襟. 嘗謂人曰: "妻子無負於我, 而我實負之, 使兩地妻子沒身悲恨, 今吾之困窮至此, 豈非殃歟? 然身陷異國, 終歸父母之邦, 亦何恨焉?"

英哲守城二十餘年, 年八十四而死.

外史氏曰: "英哲從征陷虜, 逃入中國, 有妻子, 皆棄去不顧, 卒能返故國, 何其志之烈也! 其事亦可謂奇矣. 及椵島之役, 出入死地, 勤勞至甚, 其功可紀, 曾無尺寸之賞, 而縣令索馬價, 戶曺又督南草銀, 使之老爲守城卒, 困窮抑鬱而死, 此何以勸天下忠志之士也? 余悲其事迹湮沒, 不顯於世, 故爲此傳以示後人, 使知東國有金英哲云."

• 작자 : 洪世泰(1653~1725)

호는 柳下 혹은 滄浪이며, 중인서리층 출신으로 시에 능했다. 1682년 通信使를 수행해 일본에 다녀온 적이 있으며 吏文學官, 承文院 製述官 등의 吏職을 지냈다. 문집으로 『柳下集』이 있으며, 중인서리층의 시를 모아 『海東遺珠』라는

42) 戊戌 : 1658년.
43) 慈母山城 : 평안남도 慈山郡에 있는 山城.

시선집을 엮기도 했다.

• 출전 : 『柳下集』 권9

• 참고사항

(1) 安錫儆(1718~1774)의 『雪橋集』에 「金英哲傳」이라는 글이 실려 있는데, 홍세태의 작품을 요약한 것이다. 「김영철전」에 대한 언급은 金鎭恒의 『甕山全書』에 실려 있는 「崔陟傳」의 論贊에서도 보인다.

(2) 가족 이산을 다룬 작품으로는 이외에도 「金遷」, 「崔陟傳」, 「鄭生奇遇記」 등이 있다.

(3) 이 작품에 대한 논의는 박희병, 「17세기 동아시아의 전란과 민중의 삶」, 『한국근대문학사의 쟁점』(창작과비평사, 1990)에서 처음 이루어졌다. 한편 국문소설인 「김철전」 역시 같은 소재를 다룬 작품인데, 홍세태의 「김영철전」에 없는 내용들이 보이고 디테일이 훨씬 자세하다. 아쉽게도 「김철전」은 전반부가 누락된 낙장본이다. 그리고 최근 홍세태의 「김영철전」보다 몇 배나 긴 분량의 한문본이 발견되었는데, 이 本은 홍세태가 쓴 「김영철전」의 母本으로 추정되는 「金英哲遺事」가 아닐까 의심된다. 이들 새 자료에 대해서는 권혁래, 「한문소설의 번역 및 개작 양상에 대한 연구」, 『고전문학연구』 20(한국고전문학회, 2001); 양승민 · 박재연, 「원작계열 「김영철전」의 발견과 그 자료적 가치」, 『한국고소설학회 66차 정기학술대회 발표집』(한국고소설학회, 2004. 7.2)이 참조된다.

# 12. 田禹治傳

未 詳

中廟朝, 有田禹治者, 能文章多伎倆之人也. 屢擧不中.[1] 嘗栖三角山寺讀書, 夜中忽有一少年來見, 眉目如畫, 擧止安閑, 謂田曰: "讀書山房, 夜深不寐, 得無苦乎?" 田曰: "我自好之, 何苦之有? 第汝是[2]何人, 山中半夜, 遽爾至此?" 曰: "我亦讀書此山中, 聞君勤讀, 敢來相見爾." 指案上『羲經』[3]曰: "尊知『易』乎?" 曰: "粗知大畧耳." 曰: "願學焉." 仍披『易』問難, 識見極高. 田猛省以爲: '深山夜中, 無端而來, 一可疑也; 年少之人, 深通『易』理, 二可疑也. 若非山精木魅,[4] 必是狐狸

1) 屢擧不中 : 여러 번 과거에 응시했으나 합격하지 못했다.
2) 是 : 저본에는 없으나 국립중앙도서관 소장의 『竹窓閑話』에 併記되어 있는 「田禹治傳」(이하 『竹窓閑話』 併記本으로 약칭)에 의거해 보충했음.
3) 『羲經』 : 『周易』.
4) 山精木魅 : 저본에는 '山魅木精'으로 되어 있음.

之幻形也.' 遂紿曰: "今夜已深, 明日早來討論可也." 少年頷可而去. 田分付寺僧, 預備大索矣.

翌日夜, 又來. 田曰: "君何不卜晝而夜爲?" 曰: "非不欲晝來, 有所爲事, 故夜來耳." 從頌[5]談話之際, 田曰: "心甚愛君, 要握君手." 仍握手,[6] 因喚僧, 僧卽持索而入, 綁之. 少年曰: "同是儒生, 何相厄哉?" 哀乞萬端. 田不聽, 縛而懸於樑, 謂曰: "汝雖假人之形, 定是狐狸之精, 明日白晝, 必不能遁形, 吾當剸[7]刃." 少年曰: "我有三卷天書在. 足下解釋, 則當獻焉." 田曰: "汝言置冊處, 則吾當覓來後放爾. 不然,[8] 殺之後已." 少年細言某處某岩穴有之. 生使健僧數人, 持大棒不眠看護.

翌日曉, 親往尋覓寺後不遠地岩穴, 果有錦袱裹冊. 開見, 則分爲天、地、人三卷, 而天卷, 則呼風喚雨, 乘雲駕鶴,[9] 游汗漫、躡太淸,[10] 尊天不老之道也[11]; 地卷, 則騰山越海, 縮地穿岩, 驅虎豹、馴蛟龍, 與地同存之術也[12]; 人卷, 則天文[13]地理, 醫藥卜筮, 隱形貌、避凶害, 無不如意之法, 咸精備矣.

---

5) 從頌 : 從容. '頌'의 음은 '용'.
6) 手 : 저본에는 없으나 『竹窓閑話』 倂記本에 의거해 보충했음.
7) 剸 : 저본에는 '剌'로 되어 있으나 『竹窓閑話』 倂記本을 따름.
8) 然 : 저본에는 '能'으로 되어 있으나 『竹窓閑話』 倂記本을 따름.
9) 鶴 : 저본에는 없으나 『竹窓閑話』 倂記本에 의거해 보충했음.
10) 游汗漫、躡太淸 : 광대한 우주에 노닐고, 天上에 오름. '太淸'은 仙人이 산다는 天上世界.
11) 也 : 저본에는 없으나 『竹窓閑話』 倂記本에 의거해 보충했음.
12) 也 : 저본에는 없으나 『竹窓閑話』 倂記本에 의거해 보충했음.
13) 文 : 저본에는 '命'으로 되어 있음.

生乍見甚喜, 持冊來寺, 少年懸樑乞命. 田曰: "汝解送之後, 復來作妖, 則殺之不赦." 少年諾諾[14]連聲. 及解, 变成莫赤[15]而走. 田卽取人字卷, 以朱筆點節.[16]

翌日, 幾至殫卷之時, 家僮來言: "內子猝病, 危谻." 生聽若不聞. 累度促還, 生凝然不動, 家僮[17]叫苦而去. 去未幾, 與他家僮[18]偕來, 曰: "內子奄忽, 大夫人驚悼成疾, 病勢非細, 主促下去." 生知其幻術, 不爲動念, 點節不已. 又家婢揮汗痛哭而來, 傳母訃. 生雖知其誕, 而不得不驚動處, 故忙迫哭奔, 一奴隨後,[19] 一奴一婢, 落後治任. 生[20]到家則天只[21]無恙, 主饋[22]亦好在, 上寺二奴一婢皆在. 問其所以然, 則以不知答之. 生不勝憤痛, 急急韝馬, 上寺問僧, 僧曰: "貴婢僕, 不持寢袱, 只挾二卷, 一卷則留置而去"云云. 生披見其冊, 乃人字卷也. 盖畏惡朱紅點節也. 田深恨不全有三卷, 而亦幸其得有一卷也.

生持其冊, 日夜閑[23]習, 得其妙理, 幻術变化, 無所不至, 出入士夫家、宮闈[24]裡, 多行悖倫不義之事, 人無以制之者. 自

---

14) 諾 : 저본에는 '之'로 되어 있으나 『竹窓閑話』 併記本을 따름.
15) 莫赤 : 여우를 가리킴. 『詩經』 邶風 「北風」에 "莫赤匪狐"라는 말이 있음.
16) 點節 : 句讀點을 침.
17) 僮 : 저본에는 '童'으로 되어 있으나 『竹窓閑話』 併記本을 따름.
18) 僮 : 저본에는 '童'으로 되어 있음.
19) 一奴隨後 : 저본에는 없으나 『竹窓閑話』 併記本에 의거해 보충했음.
20) 生 : 저본에는 없으나 『竹窓閑話』 併記本에 의거해 보충했음.
21) 天只 : 어머니.
22) 主饋 : 아내.
23) 閑 : 익히다.

以爲擧一世無可畏者, 所憚者, 唯徐花潭、[25]尹君平[26]二人而已, 若能制服此二人, 則可以橫行一國, 無所往而不如意也. 先往鄕校洞[27]尹承宣[28]君平所, 則尹公獨坐小軒. 田進謁, 仍問曰: "聞令監[29]能幻術云, 願一見之." 尹公曰: "不知之." 田欲售其能, 曰: "小生請以小技試之." 遂於袖中, 探出朱符一度,[30] 口呪數語以擲之,[31] 符変爲雀飛去. 俄而大蟒自松林間, 蜿蜒而來, 注[32]視閃舌, 直向尹坐, 幾至膝前. 尹[33]取出案上朱符一度以擲之, 蟒卽反走田前. 田卽顚仆氣塞, 霎許時[34]始醒, 蟒則無有. 田頗心服, 猶欲誇能, 又探出朱符, 口呪手擲如前, 有虎自松林間, 闊步而來, 睙眼[35]長牙, 向尹蹲坐, 勢將噉尹. 尹又以案上朱符擲之, 虎卽旋跳向田, 田又氣塞而仆. 頃之, 田蘇醒, 虎亦不見. 田始屈膝拜伏, 曰: "不意尊之

---

24) 宮闈 : 궁궐. 특히 후궁이나 왕비의 처소.
25) 徐花潭 : 조선 中宗 때의 학자 徐敬德(1489~1546)을 가리킴. '花潭'은 그 호.
26) 尹君平 : 16세기에 생존했던 神仙者流로, 『芝峰類說』과 『海東異蹟』 등에 그 이름이 보임.
27) 鄕校洞 : 옛날 서울의 中部에 있던 동네 이름.
28) 承宣 : 承旨. 저본에는 없으나 『竹窓閑話』 倂記本에 의거해 보충했음. 윤군평이 승지를 지냈다는 것은 사실과 다름. 『芝峰類說』에는 윤군평에 대해 "以軍官赴京('京'은 北京-인용자), 遇異人, 授以『黃庭經』, 能解修鍊之方"이라고 한바, 吏校 신분이었다고 생각됨.
29) 令監 : 정3품과 종2품의 관원을 이르는 말. 大監의 다음 가는 관원임.
30) 一度 : '한 개'라는 뜻.
31) 之 : 저본에는 없으나 『竹窓閑話』 倂記本에 의거해 보충했음.
32) 注 : 저본에는 '住'로 되어 있으나 『竹窓閑話』 倂記本을 따름.
33) 尹 : 저본에는 없으나 『竹窓閑話』 倂記本에 의거해 보충했음.
34) 霎許時 : 霎時. '霎'은 한바탕 오는 비. '許'는 '가량', '쯤'의 뜻.
35) 睙眼 : 노려보는 눈.

術業, 高出鄙生[36]之右矣." 仍辭去.

食頃, 尹[37]飛擲朱符, 招謂其子曰: "田生小覷吾, 吾欲折辱[38]之, 今方受刑於司憲府." 仍授一度符曰: "汝其持往, 如此如此." 尹子卽往憲府大門外, 堂郞[39]列坐大廳, 上下吏及使令, 羅列階庭, 田生受刑叫苦. 尹子卽以[40]朱符擲之, 府中無一人, 乃空府也, 獨田生團團屈曲而坐於庭中. 仍伸手舒脚而起, 謂尹子曰: "今而後深服令監之神術. 此意幸爲我傳達"云云.

又一日, 田生過成均館下馬碑[41]前, 望見尹公前導後擁而來, 便隱形, 微露衣裾. 小許, 尹卽隱, 一行騶從, 無一人露其形者, 仍不見其去, 而自然曲腰屈膝, 帖坐不動, 如憲府中受刑之時. 尹公還家, 謂其子曰: "田生猶不有悔心, 我故令如此如此, 今已半日, 當放之." 又以朱符飛擲. 居無何, 田生來而請謁, 尹不見之, 田傳語曰: "此後不敢生異心"云云.

又欲較術於徐花潭, 直抵松京, 先見[42]花潭之弟崇德, 以試幻術, 崇德大喜惑. 花潭之妹, 處子也, 窺見其所爲, 亦大奇

36) 鄙生 : 저본에는 '斯世'로 되어 있으나 『竹窓閑話』 倂記本을 따름.
37) 尹 : 저본에는 없으나 『竹窓閑話』 倂記本에 의거해 보충했음.
38) 折辱 : 모욕. 저본에는 '折'자 다음의 한 칸이 비워져 있으나 『竹窓閑話』 倂記本에 의거해 보충했음.
39) 堂郞 : 堂上官과 郞官. 郞官은 堂下官을 통칭하는 말.
40) 卽以 : 저본에는 없으나 『竹窓閑話』 倂記本에 의거해 보충했음.
41) 下馬碑 : '大小人員皆下馬'라고 새긴 비석을 이르는 말. 이 비석은 宮家・宗廟・文廟 등의 앞에 세워져 있었으며, 누구든 그 앞을 지날 때는 말에서 내려야 했음.
42) 見 : 저본에는 이 뒤에 '徐'가 더 있으나 『竹窓閑話』 倂記本을 따름.

之. 一日夜, 獐嘷前山, 崇德謂田曰: "公能殺彼獐乎?" 田曰: "易也." 卽擲符, 獐聲卽止. 翌朝, 使崇德往見, 則獐死於林下矣. 崇德益心服. 田也使崇德誇渠之能於先生, 崇德[43]如其言而大贊之, 先生叱退. 徐妹又言: "願兄長試可乃已." 請之不已, 先生以爲兒女不足責, 笑而許之. 田遂來謁, 先生謂曰: "子何爲而遠來要見我耶?" 田曰: "小子有賤術, 以試於先生可乎?" 先生曰: "任自爲之." 田出外, 驅黃雀無數, 翶翔於先生座前, 崇德曰: "不亦異乎?" 其妹氏, 亦於窓內, 嘖嘖贊之. 先生呵叱一聲, 群雀飛下庭中, 化爲桃葉. 田又飛符, 大蟲[44]自園中, 咆哮躍入, 白牙紅齶, 噓出臊氣, 睙[45]眼張爪, 勢將攫噬. 先生又呵叱, 則那虎攫田生以嚼之. 田生卽斃, 虎亦旋[46]無. 先生之弟與妹, 驚怖鼓頜,[47] 乞活田生. 先生曰: "汝等今後, 可能不惑其妖術耶?" 仍以便面[48]擊田生, 田生欠伸而起, 下庭叩頭, 謝曰: "不料先生仙學之高, 敢將小技以逞, 死罪死罪. 小子所爲, 乃幻術也. 幻術[49]只能愚弄世人, 而不敢比較於仙術. 故嘗逞技於尹承宣君平, 其學乃仙術也, 小子大敗. 今先生之術, 又高出尹公萬萬矣." 先生

43) 崇德 : 저본에는 없으나『竹窓閑話』倂記本에 의거해 보충했음.
44) 大蟲 : 호랑이.
45) 睙 : 저본에는 '唳'로 되어 있으나『竹窓閑話』倂記本을 따름.
46) 旋 : 곧.
47) 鼓頜 : 얼굴을 떠는 것.
48) 便面 : 부채.
49) 幻術 : 저본에는 없으나『竹窓閑話』倂記本에 의거해 보충했음.

曰: "所謂仙術、幻術, 吾皆不知, 但以正制邪矣. 聞汝挾妖術, 多行不義云, 此後不在京中, 遠遁遐外深山, 不復妄行妖術則已, 如不從吾言, 則當殺之." 田叩頭曰: "謹奉敎." 自此絶迹, 世不知其蹤跡矣.

田也文章最高. 其時八文章及他鉅手如梅月堂、[50]四佳齋、[51]李容齋、[52]南秋江、[53]鄭湖陰、[54]蘇貳相、[55]沈彦光、[56]洪裕孫、[57]洪貴達、[58]姜晋山、[59]南士華、[60]朴仲說、[61]大觀子、[62]朴守菴[63]諸

50) 梅月堂 : 金時習의 號. 「萬福寺樗蒲記」의 작자 참조.

51) 四佳齋 : 徐居正의 호. 「月團團」의 작자 참조.

52) 李容齋 : 燕山君 · 中宗 때의 문신 李荇(1478~1534)을 가리킴. '容齋'는 그 호. 中宗反正 이후 대사간을 지냈고, 己卯士禍(1519) 이후 벼슬이 좌의정에 이름. 조선 전기의 有數한 시인의 한 사람으로 문집 『容齋集』이 전함.

53) 南秋江 : 조선 端宗 때 生六臣의 한 사람인 南孝溫(1454~1492)을 가리킴. '秋江'은 그 호. 문집으로 『秋江集』이 전함.

54) 鄭湖陰 : 조선 明宗 때의 문신 鄭士龍(1491~1570)을 가리킴. '湖陰'은 그 호. 成均館 大司成과 大提學을 지냈음. 조선 전기의 有數한 시인의 한 사람으로 문집 『湖陰雜稿』가 전함.

55) 蘇貳相 : 蘇世讓(1486~1562)을 가리킴. 左贊成을 지냈으며, 律詩를 잘 지었음. '貳相'은 右贊成이나 左贊成의 별칭.

56) 沈彦光 : 15세기 전기 中宗 때의 문신으로, 副提學 · 이조판서 등을 지냈으며 문장에 뛰어났음.

57) 洪裕孫 : 생몰년 1431~1529년. 金宗直의 문인으로, 世祖가 즉위하자 속세를 떠나 金守溫 · 金時習 · 南孝溫 등과 가까이 지내면서 竹林七賢을 자처하여 方外人으로 일생을 보냄.

58) 洪貴達 : 생몰년 1438~1504년. 세조 · 연산군 연간의 문신으로, 호는 虛白堂이며, 대제학을 지낸 바 있음.

59) 姜晋山 : 중종 때의 문신 姜渾(1464~1519)을 가리킴. '晋山'은 그 본관. 호는 木溪. 김종직의 문인으로, 연산군 때 도승지를 지내고 중종 때 대제학 · 우찬성을 지냈으며, 문장에 뛰어났음. 문집으로 『木溪集』이 전함.

60) 南士華 : 중종 때의 문신 南袞(1471~1527)을 가리킴. 호는 知足堂 · 止亭. '士華'는 그 字. 원래 김종직의 문인이었으나 뒤에 勳舊派가 되어 己卯士禍를 일으켜 趙光祖 등을 숙청하고 영의정을 지냈음. 문장에 뛰어나고 글씨를 잘 썼던 것으로 유명함. 저본에는 '華'가 '和'로 되어 있음.

大家, 田皆藐視之. 次南秋江「滿月臺」[64]律曰:

青松黃葉[65]古臺路, 唯有人心長未閒.
宝鬠尙餘天上月, 宮鬟留作海中巒.
落花流水斜陽外, 斷雨殘雲城郭間.
遼鶴[66]不來人事盡, 百年消息鬢毛斑.[67]

又刺南袞[68]諸人而作古詩曰:

紫蛙[69]『周禮』正王法,
南相文章眞伊、周.[70]
璞亦璞、鼠亦璞,[71]

---

61) 朴仲說 : 燕山君 때의 문신 朴誾(1479~1504)을 가리킴. 호는 挹翠軒. '仲說'은 그 字. 甲子士禍 때 26세로 요절한 조선 전기 최고의 시인.

62) 大觀子 : 중종 때의 문신 沈義(1475~?)를 가리킴. 호는 大觀齋로, 「大觀齋夢記」를 지었음. 徐敬德과 교분이 두터웠음.

63) 朴守菴 : 宣祖 때의 학자 朴枝華(1513~1592)를 가리킴. '守菴'은 그 호. 서얼 출신으로 서경덕의 문인이었으며 方外人的 삶을 살았음.

64) 滿月臺 : 개성에 있는 고려시대의 왕궁터.

65) 青松黃葉 : 신라 말에 崔致遠이 "桂林黃葉, 鵠嶺青松"이라는 글을 王建에게 보내 신라의 멸망과 고려의 興起를 예언했다는 말이 있음. '桂林'은 경주를, '鵠嶺'은 松嶽을 가리킴.

66) 遼鶴 : 옛날 중국의 丁令威라는 사람이 신선술을 배워 鶴이 되어 고향인 遼東에 돌아왔다는 고사가 있음.

67) 百年消息鬢毛斑 : 一生의 盛衰에 귀밑머리가 희끗희끗하네.

68) 南袞 : 주 60을 참조할 것.

69) 紫蛙 : 漢의 平帝를 독살하고 帝位를 빼앗아 新을 세운 王莽을 이름.

70) 伊·周 : 殷나라의 재상 伊尹과 周나라의 周公을 가리킴.

71) 鼠亦璞 : 鄭나라에서는, 말리기는 했으나 脯로 만들지 않은 쥐를 '璞'이라 불렀다고 함. 이 시구는 名實이 뒤섞여 진짜와 가짜가 구분이 되지 않음을 비꼰

隋珠[72]珠, 魚目珠.
蝘蜓嘲龍眞龍羞,
山人掉頭歸去早,
桂樹丹崖風月好.

嘗作「月窟賦」, 膾炙一世. 鄭湖陰傳書見之, 亟稱不已. 沈彦光嘗作三十韻排律, 禹治聞而笑之, 卽次其韻, 其一句曰: "一世笙歌過碧江, 美人天際放[73]紗窓." 又嘗使人呼韻, 製五十韻排律, 其一句曰: "晴窓有月梅三枚, 碧海無雲鴈六通."[74] 詩格極高, 而以幻術之故, 並與文章而棄之, 惜哉!

斷[75]曰: "朱紫陽、[76]徐花潭, 豈好爲雜術者哉?[77] 直通理達識, 故不爲也, 非不能也. 紫陽之發揮[78]『參同契』,[79] 花潭之制服田生術, 其揆一也. 況君子正也, 術士邪也; 君子陽也, 術士陰也. 邪不勝正, 陽能制陰, 當然之理也. 巨無覇,[80] 呼風喚雨, 紙人草馬, 驅虎豹騰蛟螭, 術亦奇矣, 而皇甫嵩,[81]

---

말임.

72) 隋珠 : 明月珠. 隋侯가 다친 뱀을 치료해 주었더니 후에 그 뱀이 明月珠를 물고 와 보답했다는 고사가 있음.

73) 放 : 열다.

74) 通 : 갯수를 나타내는 단위.

75) 斷 : 論斷, 論評.

76) 朱紫陽 : 南宋의 학자 朱熹를 말함. '紫陽'은 그 호.

77) 哉 : 저본에는 없으나『竹窓閑話』併記本에 의거해 보충했음.

78) 揮 : 저본에는 '輝'로 되어 있으나『竹窓閑話』併記本을 따름.

79) 紫陽之發揮『參同契』: 朱熹가『周易參同契考異』를 撰했기에 한 말임.

80) 巨無覇 : 漢나라 때의 術士.

81) 皇甫嵩 : 後漢의 名將. 저본에는 '嵩'이 '崇'으로 되어 있음.

一揮鞭而破之; 鬼面作妖之怪, 可怕, 而范文正,[82] 一擧筆而滅之. 此亦正勝邪、陽制陰之道也. 豈以此疑君子所爲也?”

• 작자: 未詳

• 출전: 국립중앙도서관에 소장되어 있는 『雜記類抄』에 수록된 「田禹治傳」을 底本으로 삼아 異本을 참고하여 校合하였다.

• 참고사항

(1) 이 작품은 국문본 「전우치전」과는 그 내용이 사뭇 다르다. 국문본 「전우치전」도 本에 따라 내용에 상당한 편차가 있기는 하나 그럼에도 권력에 대한 도전이라든가 중화적 질서에 대한 거부 등이 보인다는 점에서는 대체로 공통점을 갖는다. 하지만 이 작품은 그런 면모를 전연 보여주지 않으며, 術士로서의 전우치의 행적을 서술한 다음 邪術은 正道를 이길 수 없다는 메시지를 전하는 데 초점을 맞추고 있다.

(2) 이 작품은 앞부분에서는 전우치에 관한 몇 가지 설화들을 點綴하고 있으며, 뒷부분에서는 전우치의 문장에 대해 거론하고 있다. 이처럼 몇 가지 설화의 에피소드적 점철이라는 비교적 단순한 敍事를 보여준다는 점이나 敍事와 敎述의 미분화를 보여준다는 점에서 이 작품은 국문본 「전우치전」보다 먼저 창작된 게 아닐까 생각된다.

(3) 許筠의 『惺叟詩話』에 전우치에 관한 다음과 같은 언급이 보인다. “羽士田禹治, 人言仙去. 其詩甚清越. 嘗游三日浦, 作詩曰: ‘秋晩瑤潭霜氣淸, 天風吹

82) 范文正: 宋나라의 재상 范仲淹을 가리킴. ‘文正’은 그 諡號.

送紫簫聲. 青鸞不至海天濶, 三十六年明月明.' 讀之爽然." 본서에 수록된 任埅의 작품 「智異山路迷逢眞」에도 전우치가 등장한다. 문헌에 전하는 전우치 설화에 관해서는 조동일, 『전우치전』(시인사, 1983) 부록의 자료가 참조된다.

(4) 이 작품의 傳系小說로서의 특징은 박희병, 『조선후기 傳의 소설적 성향 연구』(대동문화연구총서 XII, 성균관대 출판부, 1993)에서 처음 검토되었다.

# 13. 鄭生[1]奇遇記

未 詳

京城有鄭生者, 本簪纓家也. 居于駱洞,[2] 性質俊雅, 才又秀發, 衆中奇俊, 以[3]'鄭家郎'稱之. 崇德[4]丙子之歲,[5] 年玆[6]十七, 聘於廣州 李氏, 家亦巨族, 相距[7]不滿一舍[8]也. 幣帛之類, 羔鴈[9]之屬, 極其華麗也.

---

1) 生 : 원문에는 '氏'로 되어 있음.
2) 駱洞 : 駝駱洞을 가리킴. 현재의 충무로 1가 일대. 원문에는 '駱'이 '洛'으로 되어 있음.
3) 以 : 원문에는 없으나 보충했음.
4) 崇德 : 淸나라 太宗의 年號. 明나라 연호인 崇禎을 쓰지 않고 청나라 연호를 쓴 것은 대단히 이례적인 일임.
5) 丙子之歲 : 1636년을 가리킴. 崇德 1년에 해당하며, 明나라 年號인 崇禎으로는 9년에 해당함.
6) 年玆 : 나이.
7) 距 : 원문에는 '居'로 되어 있음.
8) 一舍 : 30리쯤 되는 거리.
9) 羔鴈 : 폐백. 옛날 卿大夫家의 혼례 때 폐백이 새끼 양과 기러기였던 데서 유

留之數日, 遊姻丈之家. 時値膓[10]月, 牕[11]間有玉梅帳,[12] 其花初發, 滿枝如雪. 鄭生以靑年氣韻, 有探花之意, 攀折一枝, 置之袖中. 是夕, 与夫人並坐, 以花弄之, 極其歡昵, 雖孔翠[13]之在赤霄, 鴛鴦之在[14]綠水, 不是過也. 因索婚書, 讀未畢, 生剔燈火, 誤落於書行,[15] 遂燒字畫, 惡之, 亟[16]命藏之篋笥, 已而就寢.[17] 至曉忽聞之, 則'胡賊迫近京城, 國家將危'云, 大駭急起, 直走城中. 未及其家, 爲群盜所擄, 在軍中, 因入中原, 未及還歸, 久居皇都,[18] 不得与林將軍[19]惠澤. 年深歲久, 遂仕於朝, 踐[20]歷舘閣, 官至吏部尙書, 可謂賢矣.

李氏夫人, 則亂世[21]平定, 道途始通, 于飛舅家,[22] 有娠而生子, 氣韻溫和, 才詞聰敏, 舅姑待之深厚. 然獨處深閨, 秋月春風, 每傷虛度, 雲情水性, 失於自持. 其子年長二十, 經

---

래하는 말.

10) 膓 : '臘'과 仝字.

11) 牕 : '窓'과 仝字.

12) 玉梅帳 : 집 안의 龕室에서 기르는 매화에 둘러치는 장막.

13) 孔翠 : 孔雀과 翠鳥.

14) 在 : 원문에는 없으나 보충했음.

15) 書行 : 글줄.

16) 亟 : 원문에는 '函'으로 되어 있음.

17) 寢 : 원문에는 '枕'으로 되어 있음.

18) 皇都 : 北京을 가리킴.

19) 林將軍 : 조선의 장군 林慶業(1594~1646)을 가리킴. 1643년 明에 망명하여, 明軍의 總兵으로 청나라와 싸웠으나 南京이 함락될 때 淸軍에 잡혀 北京으로 押送되었음.

20) 踐 : 원문에는 '踐'으로 되어 있음.

21) 世 : 원문에는 '勢'로 되어 있음.

22) 于飛舅家 : 시집으로 달려감. '于'는 별 뜻이 없는 助字.

史子集, 涉獵盡矣. 早爲登科, 揚名於世, 遷歷高官, 除得平安監司, 貴爲赫然.

鄭生則年過六十, 上疏乞骸骨歸,[23] 下詔送本國, 間關海道, 由[24]義州, 僅之得達洛城,[25] 則村居人民, 皆非舊矣. 投其故宅, 臺榭、[26]後院依舊, 而居人一不親知. 飄然行色, 無所投托, 彷徨於門外, 訪問於居人, 則皆曰: "鄭大[27]監家, 則依舊存焉, 而其孫某, 方今西伯,[28] 家勢赫奕."[29] 鄭生心獨喜自負, 然未改戎衣,[30] 故儼然爲一老僧, 遽見无路, 興歎久之.

因往平壤, 則威權隆重, 門戶赫然, 不敢窺候[31]也. 伏之門外, 將進而未能, 欲言而不敢, 閽者怪而問曰: "汝爲何人, 遽至於此, 乃營何事?" 生磬折作禮而答曰: "小僧久居香山,[32] 適有寃鬱之事, 明政使道[33]之下, 特爲分揀, 乃吾[34]願也, 故不遠千里至此."

閽者卽時趍入, 以告於內. 頃之, 復出引生, 伏於大庭下,

---

23) 乞骸骨歸 : 벼슬아치가 임금에게 벼슬에서 물러나 鄕里로 돌아가는 것을 허락해 달라고 청하는 일을 일컫는 말.
24) 由 : 원문에는 '田'으로 되어 있음.
25) 洛城 : 서울.
26) 榭 : 원문에는 '舍'로 되어 있음.
27) 大 : 원문에는 '台'로 되어 있음.
28) 西伯 : 平安監司.
29) 奕 : 원문에는 '変'으로 되어 있음.
30) 戎衣 : 오랑캐 옷.
31) 候 : 원문에는 '侯'로 되어 있음.
32) 香山 : 평안북도에 있는 妙香山을 가리킴.
33) 使道 : 사또.
34) 乃吾 : 원문에는 '吾乃'로 되어 있음.

禮吏傳呼曰: "得志, 聞乃言何事!"[35] 曰:[36] "原情已獻, 伏乞鑒之." 巡相[37]避左右, 從容覽畢, 大駭. 然事勢難處, 默然良久, 但含淚抑鬱, 與裨[38]將相議, 則答曰: "此事无形无跡, 已過四十餘年, 莫知死生存沒, 而今來, 無憑之事也. 且近來人心, 巧稱无常, 謀計難信, 莫若滅口." 巡相然其言, 着枷嚴囚, 左右羅卒莫知其意, 但驅捽[39]而去, 內衙侍婢甚怪之, 詳達於大夫人.

大夫人驚怪焉, 卽召巡相, 詰而問之, 秘不肯言, 但相對含淚耳. 大夫人以誠問之: "從容言之, 釋我疑慮!" 巡相不得已備述厥由. 大夫人驚且胸塞, 但相對悲咽. 卽召老僧於內衙, 羅卒皆不解其意而尤怪焉. 鄭生承命趨入, 跪於階下, 大夫人垂簾於廳上, 詳問曰: "亂時前後事紀, 明白思之以告之." 老僧伏地而告,[40] 自初至終一不差錯, 以婚書字畫、梅花一枝以徵, 無不胳[41]合者. 彼此大驚, 相与握手痛哭. 大夫人出[42]篋笥之中惟存婚書与梅花枝, 以示之, 擧家驚駭. 鄭生夫婦,[43]終以偕老矣.

---

35) 聞乃言何事 : 네가 무슨 일을 말하려는지 고하라. 원문에는 '聞'이 '問'으로 되어 있음. '問'은 '聞'과 통하고, '乃'는 '너'라는 뜻.
36) 曰 : 원문에는 없으나 보충했음.
37) 巡相 : 監司.
38) 裨 : 원문에는 '婢'로 되어 있음.
39) 捽 : 원문에는 '猝'로 되어 있음.
40) 而告 : 원문에는 없으나 보충했음.
41) 胳 : 원문에는 '脗'로 되어 있음.
42) 大夫人出 : 원문에는 없으나 보충했음.
43) 鄭生夫婦 : 원문에는 없으나 보충했음.

• 작자 : 未詳

• 출전 : 『奇說』(奎章閣 想白文庫)

• 참고사항

(1) 「崔陟傳」이 임진왜란으로 인한 가족의 이산과 재회를 그리고 있다면, 이 작품은 병자호란으로 인한 부부의 헤어짐과 재회를 그리고 있다.

(2) 이 작품은 敍事手法이 졸렬하고, 필치도 성글다. 하지만 梅花一枝와 婚書字畫이 이 작품에 단편소설로서의 통일성을 부여하는 '중심점'이 되고 있어 흥미롭다.

(3) 이 작품은 崇禎이라는 明의 연호 대신 '崇德'이라는 淸 太宗의 연호를 사용하고 있어 주목된다. 鄭生이 淸나라에서 吏部尙書까지 오른 것에 대해 "可謂賢矣"라고 한 서술자의 말(이 말 속에는 서술자의 시각이 담겨 있다)은, '崇德'이라는 연호를 사용한 것과 무관치 않아 보인다. 이처럼 이 작품은 조선 후기 사회를 압도하던 저 尊明大義의 이념에서 일정하게 벗어나 있는 것처럼 보인다는 점에서 주목된다.

# 14. 金河西傳

未 詳

河西[1]金先生, 少時自南中[2]上京. 時維六月, 行到山下, 有一女子,[3] 乘轎[4]從後馳來, 掠過之際, 一陣旋風[5]猝起, 捲去羅兀,[6] 趂捉[7]羅兀未易. 公見其婦人顔面, 稚年絶艶, 世間無比. 俄而改着羅兀而去. 公大欲隨生,[8] 旋卽語心曰: '於士族女, 何敢萌此惡念?' 然欲趂之心, 隨窒隨熾, 終不能[9]自抑.

---

1) 河西 : 조선 중기의 道學者 金麟厚(1510~1560)의 號. 전라남도 長成 사람임.
2) 南中 : 南道.
3) 子 : 저본에는 '行'으로 되어 있으나 국립중앙도서관 소장의 『利野耆冊』에 수록된 「河西先生小史」를 따름.
4) 乘轎 : 저본에는 없으나 「河西先生小史」에 의거해 보충했음.
5) 風 : 저본에는 없으나 보충했음.
6) 兀 : 저본에는 '冗'으로 되어 있음. 이하 모두 같음.
7) 捉 : 저본에는 '促'으로 되어 있음.
8) 生 : 저본에는 '往'으로 되어 있음.
9) 能 : 저본에는 없으나 「河西先生小史」에 의거해 보충했음.

尾而隨之, 行未數里, 向入山隅, 見有一座瓦屋, 後背竹[10]林, 前橫[11]大川, 廊宇甚宏.[12] 公直抵其舍廊,[13] 則窓紙[14]破裂, 而席塵過寸, 前有方塘, 荷花盛開. 公招謂下[15]人曰: "我是行客, 當此炎熱, 不可投宿狹室, 願憩此軒." 下[16]人曰: "此乃寡婦宅, 無子弟, 事涉難便矣." 公又曰: "汝言則是矣, 但內外隔絶, 何害於暫憩此處乎? 汝須入白!" 下人如其言[17]而復命曰: "旣已來此, 暫過一宵何妨"云云. 公使奴馬止接[18]于行廊, 公獨掃廳而臥.

夜深, 萬籟俱寂, 星斗如月. 公踰墻深入內房之內, 燈影照窓. 公[19]潛往窺見窓隙間, 則年少僧人, 與其女對坐, 飮酒狎戲, 無所不至. 公不勝憤恚, 思欲除之, 姑出于外, 待其睡熟, 手持短劒而入, 則齁[20]睡如雷. 公輕輕開戶而入, 以劍洞揷僧胸, 劍梢[21]出背, 僧不出一聲而斃. 其女戰慄乞命. 公曰: "汝以士族女, 何忍奸淫僧漢, 而謀殺所天[22]乎? 且爾夫何如

---

10) 竹 : 저본에는 '園'으로 되어 있으나 「河西先生小史」를 따름.
11) 前橫 : 저본에는 '橫流'로 되어 있으나 「河西先生小史」를 따름.
12) 廊宇甚宏 : 저본에는 '行廊甚盛'으로 되어 있으나 「河西先生小史」를 따름.
13) 廊 : 저본에는 '郎'으로 되어 있음.
14) 紙 : 저본에는 '低'로 되어 있음.
15) 下 : 저본에는 '主'로 되어 있음.
16) 下 : 저본에는 '主'로 되어 있음.
17) 下人如其言 : 저본에는 '主人如言'으로 되어 있으며, 「河西先生小史」에는 '奴如其言'으로 되어 있음.
18) 止接 : 머물다.
19) 公 : 저본에는 '生'으로 되어 있음.
20) 齁 : 저본에는 '劓'로 되어 있음.
21) 梢 : 저본에는 '肖'로 되어 있음.

人也?" 女曰: "事已至此, 安敢有諱? 妾之夫婿, 年少才子, 累中發解.[23] 上年夏, 与友人上寺做工之時, 下送此僧, 要取粮饌. 僧才下來, 大雨連注三晝夜, 前溪水漲, 四日而後, 始得過涉. 其間此僧, 接[24]在行廊. 夏雨之夜, 蒸鬱難耐, 開窓而睡, 此僧中夜潛入, 熟睡中身被汚辱, 只缺一死, 死罪矣, 至於殺夫, 則非我也, 僧也."

公聞卽出來, 憑楹假寐, 忽見少年, 戴纂冠着青衣, 來揖焉. 公問曰: "君是何人?" 答云: "主人." 公曰: "聞此家乃寡宅, 安有主人丈夫乎?" 其人長歎曰: "我實主人. 自幼力學, 方期立揚,[25] 不幸妻与僧漢相通, 乘夜謀殺, 潛瘞於後園竹林中, 托言虎噉. 常抱寃憤, 而不見君子, 不得發說, 旣見君子, 欲有所請, 故遣旋風, 捲去羅兀, 使公見其美貌, 誘公之衷, 而使之來此矣. 今公爲我除讐, 恩莫大焉, 豈無蛇魚之報[26]乎? 公今上去, 必有七夕節製,[27] 以七夕爲賦題, 須以'金風颯而夕起, 玉宇廓其崢嶸'[28]爲頭, 則公必居魁, 爲直赴[29]

---

22) 所天 : 남편을 일컫는 말.
23) 發解 : 鄕試.
24) 接 : 잠시 머물다. 접거하다.
25) 立揚 : 立身揚名.
26) 蛇魚之報 : 옛날 중국의 隋侯가 다친 뱀을 치료해 주었더니 훗날 그 뱀이 큰 구슬을 물고 와 은혜에 보답했다는 고사가 『搜神記』에 전함. 또 漢 武帝가 낚시바늘에 걸린 물고기를 구해 주었더니 사흘 뒤 그 고기가 구슬 한 쌍을 바쳤다는 고사가 『三秦記』에 전함.
27) 七夕節製 : 七夕 節日製. 나라에서 칠월 칠석의 명절을 기념해 선비들에게 보이던 시험.
28) 金風颯而夕起, 玉宇廓其崢嶸 : 金麟厚의 문집인 『河西集』에 수록된 「七夕

及第矣." 仍拜謝[30]而去. 公忽睡覺, 呼奴促裝而發行.

泊乎上京, 七夕節製, 果出「七夕賦」, 公冒其頭, 作一篇以呈. 時金慕齋[31]相公, 以知館事[32]入之, 聞公初頭, 大驚曰: "此必鬼語也!" 及聞下句, 曰: "此則文章之人手段也." 讀盡一篇, 又曰: "初頭外, 皆一人作也." 公竟爲直赴殿試.

越明年春, 公以新來[33]下來故, 故[34]歷過前日寡婦家, 則高樹烈女門. 仍投宿其近處, 問曰: "彼立紅門家, 誰家也?" 主人嘖舌稱譽曰: "乃寡婦宅, 而有僧夜入欲劫, 其婦人拔劒刺之, 仍放聲, 婢僕驚起, 點火以視, 則劒挿僧胸, 有鮮血滿房. 一面之人, 佳其節高, 走告官家, 自官摘奸後報使,[35] 自監營狀啓旌表矣."

公翌[36]朝入見邑宰, 謂曰: "治下某家旌門, 誠極痛惡, 故僕不計行忙而入來矣." 太守驚駭曰: "何謂也? 願聞其詳." 公細說根梢後, 仍請太守覓屍於家後竹林. 太守曰: "公之高義, 人所難及. 第公不可經先[37]下去, 願与吾同往看審可乎?" 公

賦」에는 "秋風颯以夕起, 玉宇廓其崢嶸"으로 되어 있음. '金風'은 가을 바람이고, '玉宇'는 맑은 하늘임. 김인후의 「칠석부」는 당시 널리 회자되었음.

29) 直赴 : 節製 등에 합격한 사람이 곧바로 文科의 覆試나 殿試에 응시할 수 있는 자격을 얻는 것을 가리키는 말.

30) 拜謝 : 저본에는 '謝拜'로 되어 있음.

31) 金慕齋 : 金安國을 가리킴. '慕齋'는 그 호.

32) 知館事 : 成均館 大司成.

33) 新來 : 科擧에 새로 급제한 사람.

34) 故 : 일부러.

35) 使 : 巡使, 즉 監司.

36) 翌 : 저본에는 '立'으로 되어 있음.

37) 經先 : 먼저.

曰: “諾.”

太守與公, 親往其家, 使下人遍索瘗屍於竹林, 果然掘得而檢屍, 則面色如生, 別無創痕, 但於頂上, 有青痕環繞, 想應縊殺也. 卽通屍親, 且捉致其女, 与公對坐推考,[38] 女箇箇承服. 仍囚繫其女, 仆其旌門, 馳報監司, 監司卽啓聞, 自朝家發遣金吾郎, 拿來其女, 以其罪罪之. 太守優給葬需於屍親, 使之涓日厚葬. 其屍之魂, 現[39]夢於公曰: “公旣殺讐, 又使葬骸, 深恩厚德, 結草圖報, 他日福祿, 豈不稱德[40]乎?”

公歷敭[41]華貫, 名動一時, 身後爲建書院,[42] 血食千秋者, 實由公之道德、文章、忠義, 而爲人復讐之陰德, 亦豈無補也哉!

斷[43]曰: “見士族女, 萌動惡心, 卽人之稍有知識者, 亦必不爲, 况以先生之學識、行義, 敢生必不生之心者, 實是天誘其衷, 假手而除凶, 且雪冤魂之憤鬱也. 不如是, 豈有如此萬萬無謂[44]之事乎?”

---

38) 考 : 저본에는 ‘誥’로 되어 있음.
39) 現 : 저본에는 ‘顯’으로 되어 있음.
40) 稱德 : 덕에 맞음. 덕에 상응함.
41) 敭 : 저본에는 ‘颺’으로 되어 있으나 「河西先生小史」를 따름.
42) 爲建書院 : 김인후가 죽은 후 그 고향인 전라도 長城의 유생들이 筆巖書院을 건립하여 김인후를 제사지냈음.
43) 斷 : 論斷, 論評.
44) 無謂 : 터무니 없음.

해제

• 작자 : 未詳

• 출전 : 국립중앙도서관에 소장되어 있는 『雜記類抄』에 수록된 「金河西傳」을 底本으로 삼아 異本을 참고하여 校合하였다.

• 참고사항

(1) 이 작품은 民間에 구전되던 이야기를 傳이라는 형식 속에 담았다.

(2) 회오리 바람에 여인이 쓴 너울이 벗겨짐으로써 사건이 시작되는 「김하서전」의 설정은 얼핏 보아 李鈺이 창작한 傳奇小說인 「沈生傳」의 서두를 연상시킨다. 「심생전」 역시 회오리바람에 여인이 쓴 보가 걷히며 그 미모가 드러나면서 이야기가 본격적으로 전개되기 때문이다. 하지만 「심생전」의 주인공인 심생은 「김하서전」의 김하서와 달리 여인을 처음 본 순간 심리적 갈등 같은 건 느끼지 않는다. 심생은 김하서처럼 도학자이지 않고 "風情駘蕩"한 청년이었기에 그저 자신의 욕망이 이끄는 대로 움직이면 그만이었음으로써다.

(3) 이 작품은 보은담과 가짜열녀담이 결합된 구성을 보여준다.

(4) 동시대의 도학자인 南冥 曺植을 주인공으로 한 야담이 『東稗洛誦』에 보이는바(栖碧外史海外蒐佚本, 343~344면), 「김하서전」과 비교함직하다.

(5) 이 작품에 대한 논의는 박희병, 「민간의 상상력과 도학자의 소설적 형상화－김하서전의 경우」, 『관악어문연구』 20(서울대 국문과, 1995)에서 처음 이루어졌다.

# 15. 白居秋傳

未 詳

白居秋,[1] 國朝中葉人也. 身長八尺, 膂力絶倫, 好義氣、尙然諾,[2] 才兼文武, 世稱傑士. 往南中[3]推奴,[4] 驅牛馬五六䭾上來,[5] 行到峽中, 不覺秋日向昏, 四無人烟, 彷徨岐路, 有一人歷過馬前. 白問曰: "汝是何人?" 答曰: "峽裏編氓, 適有少屈,[6] 今方還家." 白生曰: "汝家何在?" 其人指點山谷中曰: "在彼也." 白喜曰: "我日暮失路, 入汝家留宿可乎?" 其人許

---

1) 白居秋 : 「柳淵傳」의 주 2를 참조할 것.
2) 尙然諾 : 신의를 중시하여 한번 약속한 일은 목숨을 걸고 지킴. 옛날 游俠이 갖추어야 할 필수적인 덕목이었음.
3) 南中 : 南道.
4) 推奴 : 이전의 자기집 노비가 다른 곳에 가서 살아 자손이 번창하여졌을 때 조상의 奴案에 의거하여 그 자손한테서 몸값을 받던 일. 혹은 도망간 노비를 잡아 데려오는 일. 여기서는 전자에 해당함.
5) 上來 : 서울로 올라오다.
6) 適有少屈 : 마침 조금 여의치 않은 일이 있어서.

諾前行, 生尾而隨之, 穿雲劈霧, 踰山渡水, 逶迤深入, 果有一村庄. 其人曰: "其中巨室, 乃吾主家, 而有客室, 款接行客." 生喜曰: "'活人之佛, 谷谷有之'者, 此也." 仍卽前進, 則大門外, 有豪健老僕, 出迎入告, 邀入廳上, 設花紋地衣,[7] 屛障輝煌. 主人載[8]朱鬃笠, 着文錦衣, 迎揖對坐, 殷勤若故人, 分付下隷, 善接奴馬于廊底, 命進夕饌, 珍羞美味, 不翅水陸. 旣掇,[9] 白生請退下處, 主人許之, 使人秉燭前引. 至則精舍之內, 衾枕帷帳, 華麗無比, 又有侍女, 容貌可愛. 公疑之, 心思曰: '此官府也. 雖曰巨府, 待此過客, 何如是過分也? 且入房之路, 回曲傾危, 此何故也? 欲喚行中人馬問之, 而夜已深矣. 鷄鳴則當出客, 何足慮也?' 仍與侍女講歡, 未着睡, 女忽歔欷咄咄,[10] 且發'可惜可惜'之說. 白生怪之,[11] 問曰: "汝何爲而發悲也?" 女欲吐未吐, 似有恐惧之意. 公强問之, 女低[12]聲語曰: "此主人非好漢, 乃巨盜也. 居此峽中, 誘引行客, 勸酒醉飽, 夜深熟睡則殺之, 奪其財物. 且妾輩數百人, 皆以良家女子, 爲其所虜者也. 門外必有持劍立侍者, 不敢輕吐, 而看君容儀, 非比凡類, 誤落禍[13]網, 此所以可惜也." 公聞

7) 地衣 : 地毯. 자리.
8) 載(대) : '戴'와 통함.
9) 掇 : '輟'과 통함.
10) 咄咄 : 혀 차는 소리. 원문에는 '吐吐'로 되어 있음.
11) 之 : 원문에는 없으나 보충했음.
12) 低 : 원문에는 '抵'로 되어 있음.
13) 禍 : '禍'의 古字.

來喫了一驚,[14] 謂其女曰: "汝安心待之. 我自[15]有萬夫不當之勇, 當盡殺賊黨, 使汝輩各得歸家也." 卽短衣束裝, 而手無寸鐵, 只裂裾充塞所着靴內, 使之緊着不脫, 潛出曲路邊, 隱身以待. 少間, 果一賊漢持長劍而來. 公任其歷過, 從後一踢仆地, 奪劍刺之, 賊出其不意, 無暇作聲而殪. 又有一漢繼至, 以劍斫之. 又有一漢繼至, 又斬之. 暗暗出看, 則群盜環立四圍, 其魁高倚交椅而坐, 火光如晝. 公揮劍直入, 勢若疾雷不及掩耳, 賊魁蒼黃拔劍之間, 其頭已墜於地. 群盜蜂擁[16]而進. 公又奪賊將之劍, 以左右手揮之, 所觸盡死傷, 餘賊四散, 更無一人, 只有婦女輩而已. 公盡召被俘之女, 俄者[17]侍女, 亦在其中. 公謂侍女曰: "何如?" 侍女不敢仰視, 叩頭而已. 於焉之間, 天色已曙, 行尋奴僕, 則皆反接[18]而倒, 急解求療. 奴言: "主人勸酒, 睡中綁縛曰: '殺汝主後殺汝'云, 俄聞殺伐之聲, 意謂主公遇害, 豈料主公反殺諸賊、奴主得生乎?"

公遍問諸女之父母兄弟之居住, 使各歸其家, 盡散賊庫財帛而給之, 不携一女而去. 侍女號泣願從, 公曰: "汝則恩人也, 不可捨也. 然旣知士族家女子, 則携去不義." 仍與其女

14) 喫了一驚 : 一驚을 喫하다. '깜짝 놀라다'는 뜻의 白話.
15) 自 : 본래.
16) 蜂擁 : 많은 사람들이 벌떼처럼 달려드는 것을 형용하는 말.
17) 俄者 : 원문에는 이 뒤에 '侍者'라는 말이 더 있으나 잘못 끼여든 말로 보임.
18) 反接 : 손이 뒤로 묶임.

偕往其家, 盡給推奴所載之物, 使其父母勿泄於人, 擇婿嫁之, 公則持鞭而歸. 未幾, 魁捷虎榜,[19] 屢膺[20]閫帥,[21] 名播國中, 街童巷卒, 亦能傳說焉.

• 작자 : 未詳

• 출전 : 『利野耆冊』(국립중앙도서관 소장)

• 참고사항

(1) 이 작품의 주인공 白居秋는 「柳淵傳」에 보이는 白巨鰍와 동일인이 아닌가 생각된다. 「柳淵傳」에서는 백거추가 대구의 武人이며 柳游의 장인이라고 했다. 柳淵의 獄事가 16세기 중엽의 일이니 백거추는 줄잡아 16세기의 인물일 것이다.

(2) 백거추는 이른바 豪俠에 해당하는 인간 타입이다. 羅末麗初의 소설 「白雲際厚」에 등장하는 金闡이 이런 인물의 선구에 해당한다. 하지만 金闡이 보조적 인물임에 반해 백거추는 주인공으로 설정되어 있다. 「백운제후」 이후로는 16세기에 이르도록 호협이 등장하는 작품이 발견되지 않는바, 이 「백거추전」은 호협의 본격적 형상화라는 점에서 소설사적 의의가 있다.

(3) 「백거추전」은 傳系小說에 해당한다. 17세기 이래 특이하고 기이한 인물의 이야기를 傳의 형식을 빌어 서술하는 전계소설이 문학사에 등장하면서 호협을 주인공으로 내세운 「백거추전」과 같은 소설이 나타날 수 있었다.

---

19) 魁捷虎榜 : 武科에 장원급제하다.
20) 膺 : '除授되다'는 뜻.
21) 閫帥 : 兵使나 水使의 異稱. 원문에는 '帥'가 '師'로 되어 있음.

# 16. 要路院夜話記

朴斗世

上之嗣位五年[1]戊午[2]春, 余自固麻[3]下[4]來, 網軍行色, 自顧堪哂[5]也.[6] 匹馬玄黃, 馱任而騎, 牽童孱[7]劣, 弊衣纏[8]腰,

1) 上之嗣位五年 : 저본에는 없으나 연세대 A본(나손 김동욱 교수가 소개한 본)에 의거해 보충했음. '上'은 肅宗을 가리킴. 숙종은 1674년 8월에 즉위한바, 1675년이 숙종 元年이 됨. 여기서 '嗣位五年'은 기실 숙종 4년인 1678년을 가리킴.
2) 戊午 : 1678년(肅宗 4). 『批評新增要路院記』에는 이 뒤에 "英廟十四年"(1738)이라는 夾注가 있으나 착오임.
3) 固麻 : 서울. 저본에는 '固'가 '團'으로 되어 있음. 연세대 A본에는 이 뒤에 '百濟號王都曰固麻, 郡縣曰擔櫓, 出『南史』'라는 雙行의 夾注가 있음.
4) 下 : 저본에는 없으나 연세대 A본에 의거해 보충했음.
5) 哂 : 저본에는 '西'로 되어 있으나 『三芳要路記』를 따름.
6) 也 : 저본에는 없으나 연세대 A본에 의거해 보충했음. 연세대 A본에는 이 뒤에 '西蜀貢吏負載上京, 持空網還去. 喩赴擧落榜而下鄕者'라는, '網軍'을 풀이한 雙行의 夾注가 있음.
7) 孱 : 저본에는 '殘'으로 되어 있으나 『삼방요로기』를 따름.
8) 纏 : 저본에는 '剪'으로 되어 있으나 『삼방요로기』를 따름.

每投院幕,[9] 受侮見輕, 不一而足.[10]

午發素沙,[11] 未至要路院[12]五里許而日暮, 緣蹇蹄也. 促[13]鞭前進, 初昏到院. 余以爲: '賓旅已入, 幕舍不空, 將此單草行裝, 不可號令, 主人驅斥行人, 寧擇兩班所舘, 乞與同宿, 則庶不相[14]拒, 而無詬辱之擧.' 遂尋[15]入[16]一幕, 封堂[17]上[18]有一兩班, 頹然半臥, 見我至, 勵[19]音長聲, 呼其僕曰: "汝等安在, 不禁行人入來!" 忽[20]有兩蒼頭, 自斫刀間[21]應聲直出, 而余已跳下負擔[22]矣.[23] 一僕鞭我馬、睨我奴, 叱出曰: "爾目盲者也? 不見行次在堂乎?" 一僕推我背, 勸之出曰: "行次已入, 雖兩班, 不可留矣." 余見推而出, 且行且語曰: "余不是奪汝先入之家, 日已昏黑, 我姑休此, 使我奴定他舍然後, 還出爲計矣.[24] 爾兩班在彼, 何至相扼[25]如此?" 未及出

---

9) 幕 : 저본에는 '務'로 되어 있으나 『삼방요로기』를 따름.
10) 不一而足 : 하나만이 아니라 아주 많음.
11) 素沙 : 平澤 근처의 素沙坪을 말함.
12) 要路院 : 아산에서 온양으로 빠지는 길목에 있던 驛院.
13) 促 : 저본에는 '密'로 되어 있으나 『삼방요로기』를 따름.
14) 相 : 저본에는 없으나 『삼방요로기』에 의거해 보충했음.
15) 尋 : 저본에는 없으나 『삼방요로기』에 의거해 보충했음.
16) 入 : 저본에는 이 뒤에 '于'가 더 있으나 『삼방요로기』를 따름.
17) 封堂 : 재래식 한옥에서, 안방과 건넌방 사이의 마루를 놓을 자리에 흙바닥을 그대로 둔 곳. 저본에는 '封'이 '蓬'으로 되어 있으나 연세대 A본을 따름.
18) 上 : 저본에는 없으나 연세대 A본에 의거해 보충했음.
19) 勵 : '厲'와 같음.
20) 忽 : 저본에는 없으나 『삼방요로기』에 의거해 보충했음.
21) 斫刀間 : 짚, 콩깍지 따위의 마소의 먹이를 써는 곳.
22) 負擔 : 負擔馬. 사람도 타고 동시에 짐도 싣는 말.
23) 矣 : 연세대 B본(도서번호 古811. 939. 11)에 의거해 보충했음.
24) 爲計矣 : 저본에는 '未爲不可'로 되어 있으나 『삼방요로기』를 따름.

扉, 封[26]堂客見而笑曰: “且止! 且止!”

余還入, 進至封[27]堂下, 將攝衣欲上, 而客猶臥不起, 已設寢具, 曲肱其上, 席外有餘地, 可坐數人.[28] 余乃升堂而立, 若將相拜者, 而客猶偃然不動.[29] 余思之: ‘彼盖京華帬屐,[30] 衣冠鮮麗, 鞍馬豪壯, 謂我鄕谷[31]者流而[32]不爲之禮也. 其騃志驕氣, 可以術折之.’

遂卽前拜甚恭, 客按[33]枕點頭而已. 徐曰: “尊居[34]何處?” 余意既欲誑彼, 不可直言, 卽詭對曰: “住忠淸道 洪州 西面 金谷里中.” 客笑其詳盡, 而戱之曰: “我豈使尊誦戶籍單子[35]耶?” 盖戶籍單子,[36] 必詳其居住里名故云[37]也. 余俯首對曰: “行次下[38]問, 不可以不詳也.”[39] 仍請曰: “初欲得舍舘出去,[40] 日已夜屆, 幕已人滿, 此有空地, 行次肯許坐此待曙

25) 扼 : 저본에는 ‘厄’으로 되어 있으나 연세대 A본을 따름.
26) 封 : 저본에는 ‘蓬’으로 되어 있으나 『삼방요로기』를 따름.
27) 封 : 저본에는 없으나 『삼방요로기』에 의거해 보충했음.
28) 可坐數人 : 저본에는 ‘可數人坐’로 되어 있으나 『삼방요로기』를 따름.
29) 猶偃然不動 : 저본에는 ‘偃然猶不動’으로 되어 있으나 연세대 A본을 따름.
30) 帬屐 : 연세대 A본에는 이 뒤에 ‘閥閱冠屐曰帬屐’이라는 雙行의 夾注가 있음.
31) 鄕谷 : 鄕曲. 시골. ‘谷’은 그 훈이 ‘골’인바, 시골을 가리키는 말로 썼음.
32) 而 : 저본에는 없으나 『삼방요로기』에 의거해 보충했음.
33) 按 : 저본에는 ‘欹’로 되어 있으나 연세대 B본을 따름.
34) 居 : 저본에는 ‘在’로 되어 있으나 연세대 B본을 따름.
35) 子 : 저본에는 ‘字’로 되어 있음.
36) 子 : 저본에는 ‘字’로 되어 있음.
37) 云 : 저본에는 없으나 『삼방요로기』에 의거해 보충했음.
38) 下 : 저본에는 ‘有’로 되어 있으나 연세대 A본을 따름.
39) 不可以不詳也 : 저본에는 ‘不敢不詳也’로 되어 있으나 『삼방요로기』와 연세대 A본을 따름.
40) 去 : 저본에는 없으나 『삼방요로기』에 의거해 보충했음.

否?" 客曰: "初云欲去, 今云欲留, 是二言也." 余曰: "初云且止, 今云且出, 是則一言乎?" 客笑曰: "尊亦兩班也, 兩班與兩班同宿, 何爲不可? 同宿同話, 足以破[41]寂." 余曰: "然則德分非輕." 遂招奴語之曰: "馬牛[42]入繫, 粮米[43]出給!" 客笑曰: "尊行豈牽牛耶? 不言粮米, 則[44]奴不知粮之爲米乎?" 余曰: "行次京客也." 客曰: "何由知吾爲京客也?" 余曰: "吾不是牽牛來, 奴亦不是不知粮之爲米, 而言馬必幷言牛, 言粮必幷言米者, 鄕人之常談也. 鄕人聽之尋常, 而行次獨笑之, 非京客而[45]誰也?" 客曰: "如君言, 亦復佳也."

仍問曰:[46] "尊有何事,[47] 去何所?" 余又以鄕言答曰: "有小緣事,[48] 上京來[49]耳." 客笑曰: "緣底事?"[50] 對曰: "族人有見侵於軍役事, 謂我有知友於京中, 使上去周旋, 故往而回矣." 客曰: "所知人爲誰? 其所幹事能成就否?" 對曰: "俺曾上洛,[51] 主於六曹前金丞[52]家, 金[53]丞乃兵曹官員也. 其出入

---

41) 破 : 저본에는 '罷'로 되어 있으나 『삼방요로기』를 따름.
42) 馬牛 : 마소. 말을 뜻함. 옛날 충청도 방언에 말을 '마소'라 한 듯함.
43) 粮米 : 양식쌀. 쌀을 뜻함. 옛날 충청도 방언에 쌀을 '양식쌀'이라 한 듯함.
44) 則 : 저본에는 없으나 『삼방요로기』에 의거해 보충했음.
45) 而 : 저본에는 '也'로 되어 있으나 『삼방요로기』를 따름.
46) 曰 : 저본에는 없으나 연세대 B본에 의거해 보충했음.
47) 事 : 저본에는 이 뒤에 '而'가 더 있으나 『삼방요로기』를 따름.
48) 緣事 : 일.
49) 來 : 저본에는 없으나 『삼방요로기』에 의거해 보충했음.
50) 緣底事 : 무슨 일로.
51) 洛 : 서울.
52) 丞 : 각 衙門의 書吏나 벼슬아치를 陪從하는 자의 통칭. 여기서는 전자에 해당함.

也雖步行, 戴烏[54]紗帽、衣紅冠帶. 謂吾曰: '生員倘有事於京中後來, 復主吾家. 吾爲之幹旋'云. 故今之往也, 往[55]其家而請之, 所請[56]事幾諧, 而價不足, 故未畢而返." 客曰: "價之已入者幾何?[57] 將入者又幾何?"[58] 對曰: "前持步兵[59]半同[60]去, 皆用之. 主人以爲: '復得十餘疋, 則可畢'云, 故今欲下去, 備[61]得此數而更上去耳."[62] 客喟然太息, 拊肘而言曰: "君見欺於書吏也. 君所謂金丞, 乃書吏也, 非官員也.[63] 官員豈有徒[64]步行者乎? 且其所戴非紗帽也, 乃所謂蠅頭也;[65] 其[66]所服非冠帶也, 乃所謂團領[67]也. 君陷於渠之術中, 空費價. 惜乎! 鄕人例如是也." 自是客[68]甚鄙夷我, 不復稱尊,[69] 直以君呼之.

---

53) 金 : 저본에는 없으나 『삼방요로기』에 의거해 보충했음.
54) 烏 : 저본에는 없으나 연세대 B본에 의거해 보충했음.
55) 往 : 저본에는 '生'으로 되어 있으나 『삼방요로기』를 따름.
56) 請 : 저본에는 없으나 연세대 B본에 의거해 보충했음.
57) 何 : 저본에는 이 뒤에 '云也'가 더 있음.
58) 將入者又幾何 : 저본에는 없으나 『삼방요로기』에 의거해 보충했음.
59) 步兵 : 步兵價布를 말함. 보병의 軍籍에 있는 자가 현역의 복무를 하지 않는 대신 나라에 바치는 포목, 곧 軍布.
60) 半同 : 25필. '동'은 베 50필 묶음을 이르는 말.
61) 備 : 저본에는 '措'로 되어 있으나 연세대 B본을 따름.
62) 耳 : 저본에는 없으나 연세대 B본에 의거해 보충했음.
63) 也 : 저본에는 없으나 『삼방요로기』에 의거해 보충했음.
64) 徒 : 저본에는 없으나 연세대 B본에 의거해 보충했음.
65) 蠅頭也 : '蠅頭'는 파리머리. 平頂巾의 속칭. 각 司의 書吏가 머리에 쓰던 巾. 저본에는 '也'가 없으나 보충했음.
66) 其 : 저본에는 없으나 연세대 B본에 의거해 보충했음.
67) 團領 : 書吏가 입는 紅衣를 말함.
68) 客 : 저본에는 없으나 『삼방요로기』에 의거해 보충했음.
69) 稱尊 : 저본에는 '尊稱'으로 되어 있으나 『삼방요로기』를 따름.

余曰: “然則書吏、官員, 固有異乎?” 客曰: “甚矣! 君[70]之鄉暗[71]也. 君必深居谷中, 而不一往來於城府者也. 君所居金谷, 距州城幾里?” 曰: “不知也. 但聞曉發夕至云矣.” 客曰: “君居僻遠如此, 宜乎不知書吏、官員之別也. 君之州凡百姓之所仰奉而敬畏[72]者, 誰也?” 曰: “書員、[73]衙前.” 曰: “又有加於此者乎?” 曰: “別監、[74]座首.”[75] 曰: “又有加於此者乎?” 曰: “無有.” 客曰: “獨不知有牧使乎?” 曰: “牧使, 令監[76]也. 令監, 我州之王也. 豈可與衙前輩同日而語哉?”[77] 客曰: “君言是也. 君之令監, 卽京之官員, 此之衙前,[78] 卽彼之書吏[79]也.” 余曰: “若是其相懸耶? 然則吾所知金丞, 亦非兩班耶?” 客笑曰: “今日然後, 乃知非兩班乎? 且君知兩班之[80]所以稱乎?” 曰: “不知也.” 客曰: “仕路有東西兩班, 身之履歷於兩班者, 謂之兩班. 彼[81]金丞者,[82] 未知東班耶? 抑西班耶?” 余

70) 君 : 저본에는 ‘子’로 되어 있으나 『삼방요로기』를 따름.
71) 暗 : 저본에는 없으나 『東野彙輯』의 「要路院二客問答」에 의거해 보충했음.
72) 畏 : 저본에는 이 뒤에 ‘之’가 더 있으나 『삼방요로기』를 따름.
73) 書員 : 아전의 하나로서 書吏보다 격이 낮음.
74) 別監 : 朝鮮朝 때 수령을 보좌하는 자문기관인 鄕廳의 직책으로, 座首의 버금자리였음. 고을의 각종 利權에 개입했음.
75) 座首 : 朝鮮朝 때 鄕廳의 우두머리로서, 고을의 각종 利權에 개입했음.
76) 令監 : 朝鮮時代에 從二品과 正三品의 벼슬아치를 높여 그 관직명에 붙여서 부르던 말.
77) 哉 : 저본에는 ‘也’로 되어 있으나 『삼방요로기』를 따름.
78) 衙前 : 저본에는 ‘書吏’로 되어 있으나 연세대 B본을 따름.
79) 書吏 : 저본에는 ‘衙前’으로 되어 있으나 연세대 B본을 따름.
80) 之 : 저본에는 없으나 『삼방요로기』와 연세대 A본에 의거해 보충했음.
81) 彼 : 저본에는 이 뒤에 ‘之’가 더 있으나 『삼방요로기』를 따름.
82) 者 : 저본에는 없으나 연세대 B본에 의거해 보충했음.

曰: "俺鄉人也, 不知丞之稱乃書[83]吏之號, 而徒見蠅頭團領有似於紗帽冠帶, 認其爲兩班官員而納交也." 仍自歎曰: "痛憤哉! 痛憤哉!" 客曰: "何爲極痛也? 惜其步兵半同之空費耶?" 曰: "非也. 雖費一[84]同, 爲族人脫役, 夫復何惜? 第昔日金丞問吾字, 吾語之. 其後, 金丞每字吾, 吾亦字金丞矣,[85] 而[86]今思之, 渠以常漢呼兩班之字, 不亦濫乎? 不亦痛且憤乎? 不遇行次, 長見大辱矣."[87] 客大[88]笑曰: "行次之德, 不少."

又問曰: "君之居鄉爲[89]何等兩班乎?" 曰: "俺亦上等兩班耳." 客曰: "君爲上等兩班, 則族人有見侵於軍役者, 何也?" 余曰: "行次獨不聞鄙語乎? '上監[90]亦有裸裹眷黨.'[91] 此豈足爲累乎?"[92] 客笑曰: "信君言蘭奢蘭奢!"[93] 仍曰: "君之里中, 亦有他兩班乎?" 曰: "有." 曰: "誰也?"[94] 曰: "北隣芮[95]座首居, 東里牟別監在." 客曰: "是亦上等兩班乎?" 曰: "然. 其爲[96]兩班, 則與

83) 書 : 저본에는 '胥'로 되어 있으나 『삼방요로기』를 따름.
84) 一 : 저본에는 '半'으로 되어 있으나 『삼방요로기』를 따름.
85) 矣 : 저본에는 없으나 연세대 A본에 의거해 보충했음.
86) 而 : 저본에는 '以'로 되어 있으나 『삼방요로기』를 따름.
87) 矣 : 저본에는 없으나 연세대 B본에 의거해 보충했음.
88) 大 : 저본에는 없으나 『삼방요로기』와 『비평신증요로원기』에 의거해 보충했음.
89) 爲 : 저본에는 '如'로 되어 있으나 『비평신증요로원기』를 따름.
90) 上監 : 임금의 높임말.
91) 裸裹眷黨 : 미천한 처지의 族人.
92) 乎 : 저본에는 없으나 연세대 B본에 의거해 보충했음.
93) 蘭奢 : '蘭闍'라고도 씀. 남을 칭찬하는 말. 東晋의 王導가 胡僧을 칭찬할 때 이 말을 쓴 데서 유래함.
94) 誰也 : 저본에는 '誰也'가 한 번 더 나오나 衍文임.
95) 芮 : 저본에는 '倪'로 되어 있으나 연세대 B본을 따름.
96) 其爲 : 저본에는 없으나 연세대 A본에 의거해 보충했음.

我無異, 而威勢[97]權力, 非吾之所敢望也. 昔芮[98]公之微賤也, 妻鋤菜, 子牧牛. 夏則荷鍤於水溝, 稱兩班而爭漑; 冬則挾布於場市, 與常漢而共飮. 勸農之來謁, 頷頤而應之曰: '勿勿!'[99] 書員之來拜, 低冠而答之曰: '好好!'[100] 浮沈里巷, 頗似尋常人矣. 一朝薦爲別監, 未久轉至座首. 出則坐鄕廳, 而官吏羅拜於庭下; 入則對令監, 而通引[101]列侍於階前. 前日食糝羹,[102] 而今日供玉飯; 昔時徒步行, 而此時乘肥馬. 女妓侍枕, 牌頭[103]守門; 喜給還上,[104] 怒用刑板; 客至喚酒, 口渴呼茶. 平日比肩之平交, 睨眼之常漢, 莫不拱揖而禮之, 俯伏而畏之. 號令威風, 震動於一境;[105] 苞苴賄賂, 絡繹於四隣.[106] 是非大丈夫事業乎? 一日芮[107]公, 以還上分給事出在海倉,[108] 俺欲得還上, 往見之. 芮[109]公飮[110]我三盃酒, 余仍嘖舌曰: '夥頤![111] 公之沈

---

97) 威勢 : 저본에는 '勢威'로 되어 있으나 연세대 B본을 따름.
98) 芮 : 저본에는 '倪'로 되어 있으나 연세대 B본을 따름.
99) 勿勿 : 수고함.
100) 好好 : 수고함.
101) 通引 : 조선조 때 지방 관아에 속하여 官長의 잔심부름을 하던 吏隷.
102) 糝羹 : 싸라기죽.
103) 頭 : 저본에는 '徒'로 되어 있으나 『삼방요로기』를 따름.
104) 還上(환자) : 춘궁기에 백성에게 곡물을 대여했다가 秋收後 일정한 이자를 붙여 회수하던 제도.
105) 境 : 저본에는 '邑'으로 되어 있으나 『삼방요로기』와 연세대 A본을 따름.
106) 隣 : 저본에는 '境'으로 되어 있으나 『삼방요로기』와 연세대 A본을 따름.
107) 芮 : 저본에는 '倪'로 되어 있으나 연세대 B본을 따름.
108) 海倉 : 沿海에 둔 창고를 이르는 말.
109) 芮 : 저본에는 '倪'로 되어 있으나 연세대 B본을 따름.
110) 飮(임) : 먹이다, 마시게 하다.
111) 夥頤 : 감탄하는 말. 『史記』「陳涉世家」의 "見殿屋帷帳, 客曰: '夥頤! 涉之爲王沈沈者'"에서 유래함. 저본에는 '夥'로 되어 있으나 『동야휘집』의 「要路院

沈[112]爲執綱[113]也.'" 客撫掌大笑[114]曰: "固是[115]上等兩班矣!"

有頃, 奴告進飯. 余曰: "擧松明[116]火上之!" 客曰: "君爲上等兩班, 而行[117]中不持燭乎?" 余謬曰: "吾亦有燭, 昨夜[118]已盡之矣." 盖見人豪奢, 羞己困窶, 無而若有, 對客誇談者, 固鄕人之常態也. 客知余如是, 哂之良久, 呼其僕曰: "松明[119]烟苦, 取我行中燭來!" 僕乃炷蠟長臺,[120] 淸烟散入, 煌煌可好.

余久駐方歸, 道袍[121]如漆, 出展行饌, 惟餘焦醬數塊､爛靑魚半尾而已. 擧箸[122]將下, 傍視客而爲忸怩狀. 客暗瞬微哂曰: "上等兩班, 飯饌不好." 余若情見[123]辭窮而不能飾者, 反以[124]自笑曰: "我是鄕谷兩班, 雖曰上等, 豈敢與京居士大夫比哉? 飮食行具固難侔[125]擬, 況久客之餘哉? 客喜我吐實, 溫[126]言解之曰: "誠若君言, 客中草草, 寧有彼此?"

---

二客問答」을 따름.

112) 沈沈 : 『사기』「진섭세가」에서는 宮室이 깊고 그윽하다는 뜻으로 썼으나 여기서는 그 말을 패러디하여 성대하다는 뜻으로 썼음. 저본에는 '沈沈'이 '耽耽'으로 되어 있으나 『동야휘집』의 「要路院二客問答」을 따름.

113) 執綱 : 里長, 面長 등을 일컫는 말. 여기서는 좌수를 가리킴.

114) 撫掌大笑 : 저본에는 '大笑撫掌'으로 되어 있으나 연세대 B본을 따름.

115) 固是 : 저본에는 '是固'로 되어 있으나 『삼방요로기』를 따름.

116) 松明 : 관솔. 저본에는 '明松'으로 되어 있으나 『삼방요로기』를 따름.

117) 行 : 行橐, 行裝.

118) 夜 : 저본에는 없으나 『삼방요로기』와 『비평신증요로원기』에 의거해 보충했음.

119) 松明 : 저본에는 '明松'으로 되어 있으나 『삼방요로기』를 따름.

120) 長臺 : 長臺石. 섬돌 층계나 축대에 쓰이는 길게 다듬은 돌.

121) 袍 : 저본에는 '布'로 되어 있으나 『삼방요로기』를 따름.

122) 箸 : 저본에는 '著'로 되어 있음.

123) 見 : 音 '현'.

124) 以 : 저본에는 '而'로 되어 있으나 『삼방요로기』를 따름.

125) 侔 : 저본에는 '依'로 되어 있으나 연세대 B본을 따름.

余食將訖而呼奴[127]曰: "取水來!" 客曰: "吾敎君以兩班喫飯之禮. 奴告進止,[128] 卽曰[129]'獻之',[130] 而不曰'上之.'[131] 欲飮熟冷,[132] 卽[133]呼曰'爲進止',[134] 而不曰'持水來.'"[135] 余曰: "行次之行下甚當. 鄕人質朴從當改是."

客又曰: "君入丈[136]乎?" 曰: "未也." 曰: "年幾何?" 笑[137]曰: "無一年之三十." 客曰: "未晩[138]也. 明年入之,[139] 猶不失爲小學之道. 然君以上等兩班, 何至今未娶耶?" 余歎曰: "兩班之故, 尙未入丈. 彼欲則我不肯,[140] 我肯[141]則彼無意. 鄕之兩班, 如我者少, 欲得如我者, 而好風不吹, 遂至於此耳." 客曰: "君勿歎恨. 君之身短短未長, 君之頤板板無髥, 待其身之長、頤之髥, 則那無入丈時耶?" 盖客譏我短小無髥也. 余曰: "行次勿笑也! 人之言曰: '不孝之中, 無后爲大.'[142] 三十未

126) 溫 : 저본에는 '慍'으로 되어 있으나 『삼방요로기』를 따름.
127) 奴 : 저본에는 '水'로 되어 있으나 연세대 A본을 따름.
128) 進止 : 어른이 먹는 밥을 높여 이르는 말.
129) 日 : 저본에는 '云'으로 되어 있으나 『삼방요로기』를 따름.
130) 獻之 : 들이라. '드리라'가 아님.
131) 上之 : 올리라.
132) 熟冷 : 숭늉.
133) 卽 : 저본에는 이 앞에 '則'이 더 있으나 『삼방요로기』를 따름.
134) 爲進止 : 진지했다!
135) 持水來 : 물 가져와라!
136) 入丈 : 장가들다.
137) 笑 : 저본에는 '矣'로 되어 있으나 『삼방요로기』를 따름.
138) 晩 : 저본에는 '滿'으로 되어 있으나 『삼방요로기』를 따름.
139) 明年入之 : 명년에 들다. 명년에 장가 들다.
140) 肯 : 저본에는 '求'로 되어 있으나 연세대 B본을 따름.
141) 肯 : 저본에는 '欲'으로 되어 있음.
142) 不孝之中, 無后爲大 : 『孟子』「離婁」(上)에 "不孝有三, 無後爲大"라는 말이

娶, 豈非大[143]可悶者乎?" 客曰: "獨不求於芮[144]座首、牟別監家乎? 豈其家無處子耶?" 余曰: "處子則果有之." 客曰: "然則好好,[145] 何不求婚?" 余笑曰: "是所謂'我肯則[146]彼無意'者也." 客曰: "過甚! 過甚! 君以上等兩班, 降求於渠家, 渠何敢乃爾? 吾觀君, 形貌端雅, 言語敏給, 雖在鄕谷, 必不虛老, 明牧使見君, 則座首、別監, 擧而荷之. 吾爲之指婚家娶美妻." 余若不知其言之戲, 而誠信以[147]喜之者, 卒然答曰: "不亦樂乎! 豈行次門中有阿只氏[148]乎?" 客遽合口良久, 以文字自言曰: "無如騃何! 無如騃何! 爲弄擧博[149]辱說." 乃曰: "我家無有, 吾自知有處, 歸而言之." 余曰: "彼雖許婚, 吾[150]不知行次[151]所在, 何由相聞?" 客笑曰: "君雖不知行次[152]所在,[153] 行次自知君所居處, 相知何難? 吾當通彼家, 得喜報, 卽專人委告于忠淸道 洪州 西面 金谷里中." 余曰: "然則幸甚幸甚." 客曰: "雖[154]年長加冠,[155] 未入丈[156]則猶是都令

---

나옴.

143) 大 : 저본에는 이 뒤에 '罪'가 더 있으나 『삼방요로기』를 따름.
144) 芮 : 저본에는 '倪'로 되어 있으나 연세대 B본을 따름.
145) 好好 : 아주 좋음. 저본에는 '好'로 되어 있으나 『삼방요로기』를 따름.
146) 則 : 저본에는 '而'로 되어 있으나 연세대 A본을 따름.
147) 以 : 저본에는 '而'로 되어 있으나 연세대 A본을 따름.
148) 阿只氏 : 아기씨.
149) 博 : '取'의 뜻.
150) 吾 : 저본에는 '余'로 되어 있으나 『삼방요로기』를 따름.
151) 次 : 저본에는 이 뒤에 '之'가 더 있으나 『삼방요로기』와 『비평신증요로원기』를 따름.
152) 次 : 저본에는 이 뒤에 '之'가 더 있으나 『삼방요로기』와 『비평신증요로원기』를 따름.
153) 所在 : 저본에는 '在所'로 되어 있으나 연세대 B본과 『삼방요로기』를 따름.

也.” 仍稱我或曰‘君’, 或曰‘老都令’而譏之.

客於談餘誦[157]吟不已, 或誦「哀江南」賦,[158] 或誦「益州夫子廟碑」[159]文, 或誦古詩, 或誦東人詩句.[160] 余曰: “行次所讀者, 何書耶?”[161] 盖[162]以誦爲讀者,[163] 亦鄕音也. 客笑曰: “此風月也.” 仍曰: “觀君身手, 必不能操弓劒,[164] 豈學爲儒業乎?” 余不辭讓而對[165]曰: “信俺雖居鄕, 恥學武事. 儒業則未能, 而文行[166]則粗識. 第於中行,[167] 學之甚難, 盖嘗眷眷反覆於此, 而口訛舌强, 至今未竟也.” 客訝之曰: “文豈有中行乎?”[168] 余曰: “十四行[169]各取中行二字[170]加畫轉音

---

154) 雖 : 저본에는 이 앞에 ‘君’이 더 있으나 『삼방요로기』와 『비평신증요로원기』를 따름.

155) 加冠 : 冠禮를 치르고 갓을 씀.

156) 丈 : 저본에는 이 뒤에 ‘家’가 더 있으나 『삼방요로기』를 비롯한 諸本을 따름.

157) 誦 : 저본에는 ‘獨’으로 되어 있으나 연세대 B본을 따름.

158) 「哀江南」賦 : 南北朝 때 北周의 庾信이 지은 賦. 저본에는 ‘賦’가 ‘句’로 되어 있으나 『삼방요로기』를 따름.

159) 「益州夫子廟碑」 : 唐의 王勃이 지은 글로, 蜀 땅에 공자의 廟碑를 세운 경위를 서술했음. 저본에는 ‘碑’자가 없으나 보충했음.

160) 或誦古詩, 或誦東人詩句 : 저본에는 ‘或古賦, 或古詩, 或東人詩句’로 되어 있으나 『삼방요로기』와 『비평신증요로원기』를 참조함.

161) 何書耶 : 저본에는 ‘何也’로 되어 있으나 『삼방요로기』를 따름.

162) 盖 : 저본에는 없으나 연세대 B본에 의거해 보충했음.

163) 者 : 저본에는 없으나 『삼방요로기』에 의거해 보충했음.

164) 操弓劒 : 저본에는 ‘操弓試劒’으로 되어 있으나 『삼방요로기』를 따름.

165) 對 : 저본에는 ‘答’으로 되어 있으나 『삼방요로기』와 연세대 A본을 따름.

166) 文行 : 글줄.

167) 中行 : 한글 14行(가 · 나 · 다 · 라 · 마 · 바 · 사 · 아 · 자 · 차 · 카 · 타 · 파 · 하)에서 각 行의 중간에 있는 글자인 ‘고구 · 노누 · 도두 · 로루 · 모무 · 보부 · 소수 · 오우 · 조주 · 초추 · 코쿠 · 토투 · 포푸 · 호후’를 가리킴.

168) 乎 : 저본에는 없으나 『삼방요로기』에 의거해 보충했음.

169) 十四行 : 한글의 14행, 즉 ‘가 · 나 · 다 · 라 · 마 · 바 · 사 · 아 · 자 · 차 · 카 ·

者,[171] 甚難移." 客大笑曰: "此諺文也. 諺文亦文乎? 吾所問者眞書耳." 余曰: "俺之鄕中, 知諺譯[172]者亦鮮矣, 況知眞書哉? 能知眞書, 何患乎家貧, 又何患乎不得閑遊乎?[173] 某里有某甲焉, 學『千字居正』,[174] 爲書員致富, 面中之人, 欽以尊之; 某村有某乙焉, 誦『史略聯句』,[175] 爲校生[176]免役, 面中之人, 稱以羨之. 亦有一人, 荷名紙[177]出入場中, 爲先輩公事, 而所志、[178]議送,[179] 飛筆以書, 一面之人, 常賂其家, 雉首魚尾, 我飫及隣. 此則眞書之利, 而非人人之所能及也. 我里中有<u>金</u>戶首[180]者, 頗解諺文,[181] 坐戶首十餘年, 亦致饒足. 爲男子者, 縱不能眞書, 學知諺文, 亦足以磨鍊[182]結卜,[183]

---

타 · 파 · 하'를 말함.

170) 中行二字 : 고구 · 노누 · 도두 · 로루 · 모무 · 보부 · 소수 · 오우 · 조주 · 초추 · 코쿠 · 토투 · 포푸 · 호후를 가리킴. 저본에는 '中行一字'로 되어 있으나 연세대 B본과 『삼방요로기』를 따름.

171) 加畫轉音者 : 中行 二字에 'ㅏ'와 'ㅓ'를 加劃해 만든 글자인 '과궈 · 놔눠 · 돠둬 · 롸뤄 · 뫄뭐 · 봐붜 · 솨숴 · 와워 · 좌줘 · 촤춰 · 콰쿼 · 톼퉈 · 퐈풔 · 화훠'를 가리킴.

172) 諺譯 : 諺文을 말함.

173) 乎 : 저본에는 없으나 연세대 B본에 의거해 보충했음.

174) 『千字居正』 : 『千字文』의 한 本인 듯하나 확실한 것은 알 수 없음.

175) 『史略聯句』 : 『史略』의 내용을 聯句로 요약해 놓은 책인 듯하나 확실한 것은 알 수 없음. 저본에는 '聯'이 '聚'로 되어 있으나 『삼방요로기』를 따름.

176) 校生 : 地方鄕校나 書院에 다니는 생도.

177) 名紙 : 試紙.

178) 所志 : 관에 올리는, 자신 혹은 타인의 사정을 호소하는 訴狀.

179) 議送 : 고을의 소송에서 패소한 사람이 그 판결에 불복하여 다시 관찰사에게 上訴하는 일. 혹은 그 문서.

180) 戶首 : 民戶 중의 한 首長으로, 田地 8결을 한 단위로 하여 貢賦를 바치는 책임을 졌음.

181) 頗解諺文 : 저본에는 없으나 연세대 A본에 의거해 보충했음.

誦讀古談冊, 雄於一村中耳." 客曰: "然則君之學反切,[184] 將欲[185]爲戶首乎?" 曰: "否! 戶首乃常人之[186]所任也. 吾則欲用於大同貢稅[187]磨鍊時也." 客歎曰: "人[188]才豈有京鄕, 京之[189]士無一人不知眞書, 而鄕之人不足於諺文者, 習俗使[190]然也. 嗟乎! 人而不文, 可謂之人乎?" "余曰: 文然後固可[191]謂之人乎? 我雖不文, 人謂之人." 客笑[192]曰: "人豈有[193]一層? 固有聖人焉、賢人焉、愚人焉、惡人焉, 不可以外有耳目口鼻、內有五臟六腑, 均謂之人也. 君不聞古之人有夫子者乎?" 曰: "不知也." 曰: "知君之州有鄕校乎?" 曰: "有." 曰: "有鄕校而釋奠者, 誰也?" 曰: "孔子也." 客笑曰: "吾所謂夫子, 卽孔子也." 余曰: "鄕人無所[194]識, 但知孔子, 不知孔子之別號又有夫子也."[195] 客拍掌[196]大笑曰: "又不聞古之人有盜跖[197]

---

182) 磨鍊 : '마련'이라는 우리말의 音借. 요량함. 헤아려 갖춤.
183) 結卜 : 토지에 매기던 단위인 목 · 짐 · 뭇의 통칭.
184) 反切 : 諺文의 별칭.
185) 欲 : 저본에는 없으나 연세대 B본에 의거해 보충했음.
186) 之 : 저본에는 없으나 『삼방요로기』에 의거해 보충했음.
187) 大同貢稅 : 大同法에 의한 세금.
188) 人 : 저본에는 없으나 『삼방요로기』에 의거해 보충했음.
189) 之 : 저본에는 없으나 『삼방요로기』와 『비평신증요로원기』에 의거해 보충했음.
190) 使 : 저본에는 없으나 연세대 B본에 의거해 보충했음.
191) 可 : 저본에는 없으나 『비평신증요로원기』에 의거해 보충했음.
192) 笑 : 저본에는 없으나 『비평신증요로원기』에 의거해 보충했음.
193) 有 : 저본에는 없으나 『삼방요로기』에 의거해 보충했음.
194) 所 : 저본에는 이 뒤에 '知'가 더 있으나 『삼방요로기』를 따름.
195) 也 : 저본에는 없으나 『삼방요로기』에 의거해 보충했음.
196) 掌 : 저본에는 '手'로 되어 있으나 『삼방요로기』를 따름.
197) 盜跖 : 고대 중국의 도적 이름. 9천여 명의 부하를 거느리고 천하를 횡행하였다 함.

者乎?” 曰: “知之.” 客曰: “君以爲孔子、盜跖, 誰爲賢人?” 曰: “孔子賢人也;[198] 盜跖惡人也.”[199] 客曰: “是也! 是也! 靑天白日, 奴隸亦知其[200]淸明; 黃昏黑夜, 禽獸皆知其[201]昏黑. 孔子、盜跖, 人則一也, 而聖狂賢愚, 天地不侔, 固可幷謂之人乎? 噫! 人而能文, 孔子徒也;[202] 人而不文, 盜跖流也.” 余曰: “然則行次知文, 固是孔子[203]徒也,[204] 我亦能誦反切, 足[205]免於盜跖[206]流也.” 客笑曰: “誰謂盜跖不知[207]諺文也?” 又以文字自言曰: “雖然, 稍黠! 稍黠!” 余若不知其文字而謂客之誦風月也, 問曰: “行次又讀風月耶? 其義云何, 其体若何?”[208] 客以爲吾不知東而問西,[209] 笑而應曰: “君欲學風月耶?[210] 吟風咏月、遣[211]興言志者, 風月之義,[212] 而其體則有五言七言之別. 請與我唱和風月可乎?” 余荷荷[213]笑曰: “風月, 眞書

---

198) 也 : 저본에는 없으나 연세대 B본에 의거해 보충했음.
199) 也 : 저본에는 없으나 연세대 B본에 의거해 보충했음.
200) 其 : 저본에는 없으나 연세대 B본에 의거해 보충했음.
201) 其 : 저본에는 없으나 연세대 B본에 의거해 보충했음.
202) 人而能文, 孔子徒也 : 저본에는 없으나 『비평신증요로원기』에 의거해 보충했음.
203) 子 : 저본에는 이 뒤에 ‘之’가 더 있으나 『삼방요로기』를 따름.
204) 也 : 저본에는 ‘而’로 되어 있으나 『삼방요로기』와 『비평신증요로원기』를 따름.
205) 足 : 저본에는 ‘高’로 되어 있으나 『삼방요로기』를 따름.
206) 跖 : 저본에는 이 뒤에 ‘之’가 더 있으나 『삼방요로기』를 따름.
207) 知 : 저본에는 없으나 『삼방요로기』에 의거해 보충했음.
208) 若何 : 저본에는 ‘者可’로 되어 있으나 『비평신증요로원기』를 따름.
209) 客以爲吾不知東而問西 : 저본에는 ‘客以爲吾問東而答西’로 되어 있으나 연세대 A본을 따름.
210) 風月耶 : 저본에는 ‘耶風月’로 되어 있음.
211) 遣 : 저본에는 ‘見’으로 되어 있으나 『삼방요로기』를 따름.
212) 義 : 저본에는 이 뒤에 ‘也’가 더 있으나 『삼방요로기』 등 諸本을 따름.
213) 荷荷 : ‘하하’라는 웃음소리의 音借.

也. 不知眞書者, 亦爲風月乎?" 客嘻笑曰: "君誠鄕暗[214]也. 風月豈一槩哉? 知書者, 爲眞書風月, 不知書者, 爲肉談風月. 君雖不知眞書, 豈不知肉談哉?" 余曰: "雖知肉談, 集成五字七字, 豈如我者所能爲[215]哉?" 客曰: "聞君之言, 盖[216]有語癖者也, 必善爲肉談, 且試[217]作之." 余掉頭曰: "非我事也. 行次獨爲之." 客曰: "作之不難, 效我体作之." 乃呼一句曰:

我見鄕之賭, 怪底形体條.[218]

余曰: "何謂也?" 客字字釋之曰: "'我'謂吾, '見'謂看, '鄕'謂谷,[219] '之'謂去,[220] 卽語助[221]辭, '賭'所謂圍碁賭墅[222]之賭, 其釋爲'落只',[223] 其文字出處, 君豈能知? '怪底'言怪也, '形体'言身也,[224] '條'謂枝, 言持也." 余若不知其所謂而謬對

214) 暗 : 저본에는 '音'으로 되어 있음.
215) 爲 : 저본에는 없으나 연세대 B본에 의거해 보충했음.
216) 盖 : 저본에는 '槩'로 되어 있으나 연세대 A본을 따름.
217) 試 : 저본에는 '我'로 되어 있으나 『삼방요로기』를 따름.
218) 我見鄕之賭, 怪底形体條 : 내 시골내기를 보니, 형체 가지기를 괴상히 하는도다. '賭'와 '條'는 그 訓인 '내기'와 '가지'로 풀이해야 함.
219) 谷 : 그 訓이 '골'이므로 '시골'을 가리킴.
220) 去 : 저본에는 '夫'로 되어 있으나 『삼방요로기』를 따름.
221) 助 : 저본에는 없으나 『삼방요로기』를 비롯한 諸本에 의거해 보충했음.
222) 圍碁賭墅 : 前秦의 苻堅이 백만의 군대를 이끌고 東晋에 쳐들어왔을 때 東晋의 征討大都督 謝安은 친구들이 모인 山墅에 가서 자신의 別墅를 걸고 태연자약하게 내기 바둑을 두었다는 고사가 있음.
223) 落只 : '내기(←낙기)'라는 우리말의 音借.
224) 也 : 저본에는 없으나 연세대 B본과 『삼방요로기』를 따름.

曰: "人之身亦有枝乎?" 客曰: "鈍哉! 君才. 宜乎! 不學中行. 盖謂鄕谷之人持身恠狀也." 余陽怒曰: "行次靳[225]我乎?" 客曰: "鄕人豈獨君哉? 我自鄕來, 見如此之人多故言,[226] 非謂君也.[227] 似君者自是鄕中之[228]秀才偉人, 不易得者也." 余又解怒而若微喜者. 客繼之曰:

不足諺文辛, 宜乎眞書沼.[229]

盖'辛'之釋, 近於'寫', '沼'之解, 類於'不'故云也. 遂屬余和之, 余牢讓再三. 客若將怒而反笑[230]曰: "我旣爲君作風月而君終不和, 則是簡[231]我也. 豈以我爲不能驅逐君乎?" 余曰: "逐則便逐, 何至恐[232]嚇如阿孩耶?[233] 鄕人縱不知書, 如此之說, 了無怖心." 客又笑曰: "君可謂大膽者也. 吾戲之耳, 第和之!" 余曰: "吾固不知風月, 請如尊言, 效尊體爲之." 客喜[234]曰: "不亦善乎!" 盖客旅遊頗久, 悄伴[235]孤燈, 無聊莫甚, 故

225) 靳 : 조롱함. 욕보임.
226) 言 : 저본에는 '云'으로 되어 있으나 『삼방요로기』 등 諸本을 따름.
227) 也 : 저본에는 없으나 『삼방요로기』를 따름.
228) 之 : 저본에는 없으나 『비평신증요로원기』에 의거해 보충했음.
229) 不知諺文辛, 宜乎眞書沼 : 諺文을 쓸 줄 모르니, 眞書 못함이 마땅하도다. '辛'과 '沼'는 그 訓인 '쓰다'와 '못'으로 풀이해야 함. 저본에는 '乎'가 '其'로 되어 있으나 연세대 A·B본을 따름.
230) 笑 : 저본에는 이 뒤에 '之'가 더 있음.
231) 簡 : 쉽게 여기다. 우습게 알다.
232) 恐 : 저본에는 '怒'로 되어 있으나 연세대 B본을 따름.
233) 耶 : 저본에는 없으나 연세대 B본에 의거해 보충했음.
234) 喜 : 저본에는 없으나 연세대 B본에 의거해 보충했음.

故爲嘲諧, 以爲笑資[236]也. 余曰:

我見京之表,[237]

未及盡呼一句, 客遽曰: "何謂也?" 余一如客, 釋以道之, 至表字, 若不能釋者, 只云: "上如主字, 下如衣字."[238] 客曰: "是表字也. 豈君上洛見東人表冊[239]而[240]來耶?" 余曰: "不知眞書, 安知表冊? 第我鄕人也, 蚕織紬疋, 鬻之亥市,[241] 市人指其織工之麤者曰'內紬',[242] 精者曰'表紬',[243] 吾以是知表之釋爲物[244]也." 客始默然, 頗有異之之色. 余又曰:

果然擧動戎.[245]

逐字解之, 至戎字, 且曰: "戎虜[246]之戎也." 客愕然曰: "惡![247]

---

235) 悄伴 : 저본에는 '倘佯'으로 되어 있으나 연세대 B본을 따름.
236) 以爲笑資 : 저본에는 '爲己之笑資'로 되어 있으나 연세대 B본을 따름.
237) 我見京之表 : 내 서울 것을 보니. '表'는 그 訓인 '것'(←겉)으로 풀이해야 함.
238) 上如主字, 下如衣字 : '表'자를 破字하여 말했음.
239) 表冊 : 表文을 모아 놓은 책. '表文'은 所懷를 진술하여 왕에게 올리는 글.
240) 而 : 저본에는 없으나 『삼방요로기』에 의거해 보충했음.
241) 亥市 : 하루 걸러 서는 장. 亥日에 서는 장이라고도 함. 저본에는 '亥'가 '於'로 되어 있으나 연세대 A본을 따름. 연세대 A본에는 이 뒤에 '畿邑場市, 間日作如痎瘧, 故曰亥市. 又取寅申巳亥日開市, 故云云'이라는 雙行의 夾注가 있음.
242) 內紬 : 품질이 나빠서 겨우 안감으로나 쓰일 명주.
243) 表紬 : 품질이 좋아 겉감으로 쓰일 명주.
244) 物 : '것'. 訓을 취하였음.
245) 果然擧動戎 : 과연 거동이 '되'도다. '되'는 오랑캐라는 뜻. '戎'은 그 訓인 '되'로 풀이해야 함.

是何言也?" 余曰: "行次勿異也! 戎字固是戎虜之戎, 而亦有別義. 余少時, 果學『千字文』[248]於僧師, 僧師教戎, 釋曰升."[249] 吾意盖謂[250]京中士夫擧動驕仰[251]也. 客乃蹶[252]然起坐, 把我手而熟視曰: "不祥哉,[253] 尊! 不祥哉, 尊! 何誑惑欺蔽之至此極歟! 墮尊術中, 沒頂上下." 仍自咄咄曰: "果有愚氣, 凡於旅次爲此擧屢矣, 未嘗一[254]敗北, 今卒困於尊, 不祥哉![255] 可謂陷溺之滋甚, 豈非所謂好勝者必遇其敵乎? 我罪也! 我罪也! 然尊之辱我太甚." 余笑曰: "京之士夫, 豈獨行次哉? 吾自京來, 見如此之人多故言, 非謂行次也. 如行次者, 自是[256]京中之厚德宏器, 不[257]易得者也." 客笑曰: "是吾言也. 尊何反之之速也?" 余曰: "出爾反爾[258]之說, 君不聞之耶?" 余每以行次尊客, 而卒然以君斥之, 客笑曰: "行次何去?" 余又曰: "老都令何去, 而稱之[259]以尊乎?"[260] 客曰: "老都令之

---

246) 虜 : 저본에는 처음에 '虜'로 썼다가 '奴'로 고쳐놓았으나 연세대 B본을 따름.
247) 惡(오) : 아니! 감탄사.
248) 文 : 저본에는 '張'으로 되어 있으나 『비평신증요로원기』를 따름.
249) 升 : '되'라는 訓을 취하였음.
250) 謂 : 저본에는 없으나 『비평신증요로원기』에 의거해 보충했음.
251) 仰 : '昂'과 통함.
252) 蹶 : 저본에는 '跪'로 되어 있으나 『삼방요로기』를 따름.
253) 不祥哉 : 불쌍하다, 가련하다. 客의 처지가 그렇다는 말임.
254) 一 : 저본에는 없으나 연세대 B본에 의거해 보충했음.
255) 哉 : 저본에는 이 뒤에 '尊, 不祥哉尊'이 더 있으나 『삼방요로기』를 따름.
256) 自是 : 저본에는 없으나 연세대 A본에 의거해 보충했음.
257) 不 : 저본에는 '未'로 되어 있으나 연세대 A본을 따름.
258) 出爾反爾 : 『孟子』「梁惠王」(下)의 "曾子曰: '戒之戒之! 出乎爾者, 反乎爾者也"에서 유래하는 말.
259) 而稱之 : 저본에는 '稱我'로 되어 있으나 연세대 B본을 따름.

號, 豈欲樂聞耶?" 余曰: "所議婚事, 須爲老道令無負! 無負! 負則眞[261]所謂一口二言者也." 客笑曰: "無爲再起愚談. 爲老[262]都令指婚, 何怪之有?" 余又笑曰: "吾必欲入丈於尊門中阿只氏." 客拍我手大笑曰: "我門中雖有阿只氏, 芮[263]座首、牟別監之所不欲[264]者, 吾豈爲之耶?" 仍睨我笑[265]曰: "譎計不測. 吾始於尊馬牛、粮米之言[266]而[267]少慢之, 中於尊金丞呼[268]字之談[269]而[270]大[271]輕之, 終於尊夫子別號之說而[272]全侮之矣. 然無鄕暗[273]而故爲野態, 知眞書而謬若不文, 是則尊不免於詐僞二字也."[274] 余曰: "子不知兵法乎? 鷙鳥之攫也, 匿[275]其爪; 猛獸之躍也, 縮其頸. 故名將之制敵也, 强而示之以弱, 勇而示之以㥘. 我之拜子之時, 已[276]知子有慢我意思、傲我氣習, 將欲折去其駃志, 故不得不匿

---

260) 乎 : 저본에는 없으나 연세대 B본에 의거해 보충했음.
261) 眞 : 저본에는 이 뒤에 '子'가 더 있으나 『삼방요로기』를 따름.
262) 老 : 저본에는 없으나 『삼방요로기』에 의거해 보충했음.
263) 芮 : 저본에는 '倪'로 되어 있으나 연세대 B본을 따름.
264) 欲 : 저본에는 '爲'로 되어 있으나 연세대 A본과 『비평신증요로원기』를 따름.
265) 睨我笑 : 저본에는 '見我大笑'로 되어 있으나 『삼방요로기』를 따름.
266) 言 : 저본에는 '說'로 되어 있으나 『삼방요로기』를 따름.
267) 而 : 저본에는 없으나 『삼방요로기』 등 諸本에 의거해 보충했음.
268) 呼 : 저본에는 '號'로 되어 있으나 연세대 B본 등 諸本을 따름.
269) 談 : 저본에는 '言'으로 되어 있으나 『삼방요로기』를 따름.
270) 而 : 저본에는 없으나 『삼방요로기』 등 諸本에 의거해 보충했음.
271) 大 : 저본에는 '太'로 되어 있으나 『삼방요로기』를 따름.
272) 而 : 저본에는 없으나 『삼방요로기』 등 諸本에 의거해 보충했음.
273) 暗 : 저본에는 '音'으로 되어 있음.
274) 也 : 저본에는 없으나 연세대 B본에 의거해 보충했음.
275) 匿 : 저본에는 '慝'으로 되어 있음.
276) 已 : 저본에는 없으나 『삼방요로기』에 의거해 보충했음.

我爪而示之以弱, 將欲挫去其驕氣, 故不得不縮我頸而示之以㥘. 此在[277]兵法, 子[278]不知, 而反以詐僞指我可[279]乎? 昔者, 陽貨以術故, 孔子亦以詭道答之;[280] 夷之不誠, 故孟子亦以非病托之.[281] 是亦可謂詐僞之道乎?" 客曰: "吾不知子之辯至於此也." 請就其篇. 余曰:

大抵人物貸,[282]

客曰: "貸之爲言, 何謂也?" 余曰: "子不知貸之釋乎? 我之物借人之謂也. 人之放氣, 亦[283]謂之貸也."[284] 客曰: "太甚哉, 辱也! 諺曰:[285] '去言好然後, 來言美.' 吾旣先下生手,[286] 得此羞辱, 更誰咎哉?" 余笑曰: "'爲孩辱, 得爺辱',[287] 亦非

---

277) 在 : 저본에는 '乃'로 되어 있으나 『삼방요로기』를 따름.
278) 子 : 저본에는 이 뒤에 '豈'가 더 있으나 『삼방요로기』를 비롯한 諸本을 따름.
279) 可 : 저본에는 없으나 『삼방요로기』 등 諸本에 의거해 보충했음.
280) 陽貨~答之 : '陽貨'는 魯나라 季桓子의 家臣으로 국정을 전횡했던 陽虎를 말함. 양화는 孔子가 자신의 부름에 응하지 않자 공자가 외출한 틈을 타서 공자에게 선물을 보냄으로써 공자가 答禮次 자기를 찾아오게 하려 했으나, 공자는 양화의 의도를 간파하고 양화가 집을 비운 틈을 타서 答禮하고 돌아온 일이 『論語』「陽貨」에 보임.
281) 夷之~托之 : 墨家의 인물인 夷之가 孟子를 방문하고자 했으나 맹자가 병을 칭탁하여 만나주지 않았던 일이 『孟子』「滕文公」(上)에 보임.
282) 大抵人物貸 : 대저 인물을 꾸었으니. '貸'는 그 訓인 '꾸다'로 풀이해야 함.
283) 亦 : 저본에는 '俗'으로 되어 있으나 연세대 B본을 따름.
284) 也 : 저본에는 없으나 연세대 B본에 의거해 보충했음.
285) 諺曰 : 저본에는 없으나 『삼방요로기』에 의거해 보충했음.
286) 生手 : 원래 어떤 일에 익숙하지 못한 것을 일컫는 말인데, 여기서는 얄궂은 시를 지은 것을 이름.
287) 爲孩辱, 得爺辱 : 아이 욕 하다 어른 욕 듣는다. 아이에게 욕을 하다가 그 아

俚人之談乎?" 遂續曰:

不過衣冠夢.[288]

客卽自諭曰: "夢, 飾也. 盖謂不過以衣冠修飾之也." 因擧其衣自歎曰: "可愧可愧!" 余又擧我衣示之曰: "如此者可愧, 子之輕煖不亦好乎?" 客曰: "然則子將恥仲由之縕袍[289]而多[290]子華之輕裘[291]者也? 吾之見賣, 亦已太甚, 子之詭談, 且止如何?" 因先誦渠作, 次誦吾句, 曰: "字字勝我."[292] 遽曰: "子何不押韻乎? 戎是平聲, 而夢是去聲也." 余曰: "子不曰'效我体爲之'乎? 效子爲之, 故不押韻耳. 條非平聲而沼非去聲[293]乎?" 盖客忘[294]却沼之爲去聲而發此言也. 余乃曰: "子之風月誠巧矣, 然未盡善也. 何不以枝、池[295]押,

---

이 아버지한테 욕을 본다는 뜻. 저본에는 맨 뒤의 '辱'자가 없으나 『비평신증요로원기』에 의거해 보충했음.

288) 不過衣冠夢 : 衣冠을 꾸밈에 불과하도다. '夢'은 그 訓인 '꿈'으로 풀이해야 함.

289) 仲由之縕袍 : '仲由'는 孔子의 제자 子路의 이름. 孔子는 子路에 대해, 해진 縕袍를 입고서 값비싼 갖옷을 입은 자와 나란히 서더라도 부끄러워하지 않을 사람이라고 칭찬한 적이 있음. 이 말은 『論語』 「子罕」에 보임. 저본에는 '縕'이 '溫'으로 되어 있음.

290) 多 : 아름다이 여기다.

291) 子華之輕裘 : '子華'는 孔子 제자 公西赤의 字. 子華는 집이 부유하여 공자의 분부를 받아 齊나라로 갈 때 살진 말을 타고 가벼운 갖옷을 입었다고 함. 이 일은 『論語』 「雍也」에 보임.

292) 我 : 저본에는 '吾'로 되어 있으나 『삼방요로기』를 따름.

293) 去聲 : '沼'字는 원래 去聲이 아니라 上聲임.

294) 忘 : 저본에는 '妄'으로 되어 있음.

295) 枝・池 : 둘 다 支韻으로 낮은 소리임.

深索條、沼字乎?"[296] 客曰: "果然哉![297] 我未及思耳. 吾於子當讓一頭地." 乃自拈燭頭, 改覩我面, 開口大笑曰: "思向來說話, 節節見欺, 使人大慚. 第我夜遇子, 只見其衣冠之汚弊、言語之鄕暗,[298] 不知其引而誑之、[299]籠而罔之, 遂[300]全身陷蔽, 可使白日當之, 豈至於此哉?[301] 惜乎! 吾始於子對二言之說、[302]答盜跖之言,[303] 頗自異之, 而終不能覺悟也." 余笑曰: "是所謂'雖然稍黠稍黠'[304]之時乎?" 客大笑曰: "旣已[305]相親, 道姓名, 以爲後日之記可乎?" 余謙語曰: "鄕人不敢先道, 京客先之." 客曰: "子尙爲此言乎?" 欲言而遽止, 曰: "姑舍是. 逆旅邂逅, 何用族[306]爲?" 余强之, 客徐曰: "吾家在會賢洞[307]不遠." 終不言姓名.[308] 盖客自知見賣, 恥於傳播, 反欲藏蹤而秘其事也. 當客之初問也, 余若先言, 則

296) 乎 : 저본에는 없으나 『삼방요로기』에 의거해 보충했음.
297) 哉 : 저본에는 없으나 『삼방요로기』에 의거해 보충했음.
298) 暗 : 저본에는 '音'으로 되어 있음.
299) 之 : 저본에는 없으나 『삼방요로기』에 의거해 보충했음.
300) 遂 : 저본에는 없으나 『삼방요로기』에 의거해 보충했음.
301) 哉 : 저본에는 없으나 연세대 B본에 의거해 보충했음.
302) 對二言之說 : 客이 余의 '馬牛'와 '粮米'라는 말을 비웃자 余가 이에 대해 대꾸한 것을 가리킴.
303) 答盜跖之言 : 客이 余에게 盜跖을 아느냐고 물었을 때 余가 안다고 한 것을 가리킴.
304) 雖然稍黠稍黠 : 저본에는 '雖然稍黠'로 되어 있으나 연세대 B본을 따름.
305) 已 : 저본에는 '以'로 되어 있으나 『비평신증요로원기』를 따름.
306) 族 : 성씨. 여기서는 통성명하는 것. 연세대 A본에는 '通姓名曰族'이라는 雙行의 夾注가 있음.
307) 會賢洞 : 지금의 서울 중구에 있는 동.
308) 姓名 : 저본에는 없으나 연세대 B본에 의거해 보충했음.

彼必不疑而道其緘,[309] 余過爲推讓, 使彼先生密計, 終[310]不得聞姓名, 可恨. 余其後托言便旋,[311] 起如厠, 招奴使之潛問其奴輩,[312] 終不言云. 疑客先我出去時, 密囑其僕勿道, 且探知我矣.[313] 客又曰: "子飮酒乎?" 曰: "飮無幾何." 客笑曰: "吾忘却前談而問之. 向也, 子往海倉, 飮三盃酒云." 因曰: "詭譎如此, 非吾之愚, 雖以智者逢之, 不見欺, 難矣." 余曰: "智者初不爲如子[314]擧措. 當吾入拜之時, 子臥而不起,[315] 是何人事也? 我雖鄕人, 猶爲黑笠道袍[316]之人, 則子豈以京士大夫而無答拜之禮乎?" 客曰: "勿言! 勿言![317] 思之可笑." 乃呼[318]其僕進酒, 酒甁鍮榼, 卮所謂鸚鵡盃也. 相酬三酌, 啗鰒而臥. 客曰: "吾今[319]則知子有文章, 可以相和眞書風月."[320] 余曰: "不足諺文辛, 何能眞書風月? 眞書風月, 誠沼[321]誠沼!" 客曰: "勿爲浮談, 勿爲深辭!" 乃

309) 緘 : 姓名.
310) 終 : 저본에는 이 앞에 '而'가 더 있으나 『삼방요로기』를 비롯한 諸本을 따름.
311) 便旋 : 소변.
312) 輩 : 저본에는 이 뒤에 '若彼問, 則勿言矣. 明日在道問之, 則如上指問之'가 더 있으나 『삼방요로기』를 따름.
313) 矣 : 저본에는 '者也'로 되어 있으나 『삼방요로기』와 연세대 A본을 따름.
314) 子 : 저본에는 '此'로 되어 있으나 『삼방요로기』를 따름.
315) 起 : 저본에는 '應'으로 되어 있으나 『삼방요로기』를 따름.
316) 袍 : 저본에는 '布'로 되어 있음.
317) 勿言勿言 : 저본에는 '勿言之'로 되어 있으나 『삼방요로기』와 『비평신증요로원기』를 따름.
318) 呼 : 저본에는 '招'로 되어 있으나 『삼방요로기』를 따름.
319) 今 : 저본에는 없으나 『삼방요로기』에 의거해 보충했음.
320) 月 : 저본에는 이 뒤에 '如何'가 더 있으나 『삼방요로기』를 따름.
321) 沼 : 못하다. '沼'는 그 訓인 '못'으로 풀이해야 함.

口占一絶曰:

蜀州不識韓爲韋,[322] 魏使安知范是張?[323]
自古名[324]賢多見賣, 莫咍今日受君罔.

余次曰:

由來餓隷全齊王,[325] 畢竟傭耕大楚張.[326]
休將富貴輕寒士, 未有驕人不見罔.

客曰: "善! 請爲聯句." 余曰: "諾." 先唱曰:

逆旅相逢逆旅別,

---

322) 蜀州不識韓爲韋 : 미상.

323) 魏使安知范是張 : 秦나라에 온 魏나라 使臣 須賈가 秦의 재상 張祿이 곧 范雎임을 알아보지 못했다는 뜻. 范雎는 戰國時代 魏나라 사람으로, 처음에 魏의 中大夫 須賈를 섬겼으나 齊나라에 사신으로 갔다온 후 제나라와 밀통한다는 무고를 받아 형벌을 받고 겨우 목숨을 건졌다. 秦나라로 도망한 범수는 張祿이라 변성명한 뒤 秦昭王에게 遠交近攻의 계책을 바쳐 재상의 지위에 올랐다.

324) 名 : 저본에는 '明'으로 되어 있으나 연세대 B본 등 諸本을 따름.

325) 由來餓隷全齊王 : '齊王'은 漢 高祖의 공신 韓信을 가리킴. 한신은 젊은 시절, 빨래하던 여인[漂母]에게 밥을 얻어 먹을 정도로 곤궁했으나 훗날 漢나라의 대장군이 되어 齊王에 봉해졌음.

326) 畢竟傭耕大楚張 : 秦 말기에 吳廣과 함께 반란을 일으켜 稱王했던 陳勝을 가리킴. '傭耕'은 陳勝이 젊어서 남의 논에서 날품팔이[傭耕]를 했기에 한 말이고, '大楚張'은 진승이 稱王하여 국호를 '張楚'(楚나라를 크게 넓힌다는 뜻)라고 했기에 한 말임.

客卽曰:

故人心事故人知.

又曰:

他時倘憶今宵否?

余曰:

明月分明照在玆.

客曰: "請爲四韻." 乃先成以吟曰:

宿鳥初飛故院邊, 偶然傾盖[327]卽佳緣.
南州遺逸[328]珍藏璞, 東洛踈慵[329]管見天.
穿柳黃鸎春暮後, 盈樽綠蟻月明前.
篇章留作它時面, 不必相逢姓字傳.

余和曰:

327) 傾盖 : 한 번 보고도 서로 마음이 맞아 오래 전부터 사귀었던 친구처럼 친하다는 뜻으로, 孔子가 길에서 우연히 程子라는 사람을 만나 서로 車蓋를 기울이고 하루 종일 이야기를 주고받았다는 고사에서 유래함.
328) 南州遺逸 : 朴斗世를 가리킴.
329) 東洛踈慵 : 자신을 가리킴.

清風明月興無邊, 此地逢迎信有緣.
憂樂君能都付酒, 窮通吾自一聽天.
黃金然諾知音後, 青竹功名未老前.
直遣兒童司馬誦,[330] 何嫌今日兩相傳?

盖客應口成章, 如咏宿搆, 而我則未免於苦思沈吟. 客每促之使和曰: "何苦澁也?" 余曰: "請爲六言可乎?" 客曰: "諾." 余曰:

秦京[331]綠樹君住, 湖海青山我家.
大醉狂歌浩浩, 茫茫俗物誰何?

客應口答曰:

良宵皓月千里, 美景桃花萬家.
樽酒論文未已, 明朝別意如何?

余曰: "請爲[332]三五七言[333]可乎?" 客曰: "諾." 余曰:

330) 直遣兒童司馬誦 : '可馬'는 宋나라의 司馬光을 가리킴. 蘇東坡의 「司馬君實獨樂園」이라는 시에 "兒童誦君實, 走卒知可馬"라는 말이 보임. '君實'은 司馬光의 字.
331) 秦京 : 秦나라의 수도 咸陽을 말함. 唐나라 宋子問의 「早發韶州」詩에 "綠樹秦京道, 青雲洛水橋"라는 구절이 있음.
332) 請爲 : 저본에는 없으나 연세대 B본에 의거해 보충했음.
333) 三五七言 : 三言, 五言, 七言을 섞어서 짓는 古詩의 한 體.

手停巵, 口咏詩.

花送風前雪, 柳搖雨後絲.

要路院逢要路客, 洛陽人去洛陽時.

客又應口和曰:

盡君巵, 聽我詩.

今日顔如玉, 明朝鬢滿絲.

倏忽光陰眞過客, 冶遊須及少年時.

余曰: "甚佳. 子必洛陽才子、少年詩客, 何詞之華、才之捷耶! 吾則果以詞賦[334]應科, 不閑詞章, 雖爲人所强, 或作和章, 澁語拙韻, 堪覆醬瓶, 不足以塵穢視聽, 誠所謂'此贈怮輕爲'[335]者也." 客曰: "子無過謙! 吾自少學詩, 而才思淺薄, 語不驚人, 第無苦澁之病." 乃自笑曰: "工不工間、能不能中, 欲以敏捷勝我, 則雖七步子建、[336]五步史青,[337] 吾不竪降幡矣, 子欲以三五[338]七言壓倒元、白[339]耶?" 余曰: "子眞所謂'文如翻水成,

334) 詞賦 : 저본에는 '賦詞'로 되어 있으나 『비평신증요로원기』를 따름.

335) 此贈怮輕爲 : 이 贈詩를 輕忽히 지었나 두렵구나. 杜甫의 「送王侍御往東川, 放生池祖席」詩의 제2구.

336) 子建 : 曹植의 字. 曹操의 셋째 아들로, 맏형인 魏나라 文帝 曹丕가 자신을 죽이려 하자 일곱 걸음을 옮기는 사이에 시를 지어 목숨을 건졌다고 함. 후대에 이 시를 '七步詩'라 부름.

337) 史青 : 당나라 玄宗 때의 인물. 玄宗에게 上書하기를, 曹子建은 七步詩를 지었으나 자기는 능히 五步詩를 지을 수 있다고 한바, 현종이 불러 시험해 보고 감탄하여 벼슬을 내렸다는 고사가 있음. 저본에는 '靑'이 '有'로 되어 있음.

初不用意爲'[340]者也. 眞書風月, 誠非吾敵也."[341]

客以爲吾欲以各體窮渠之才而卒不能勝, 反欲以奇巧困我, 乃曰: "請以藥名, 相爲聯句, 如何?" 余曰: "諾." 客曰:

前胡[342]昏謬[343]墮君謀?

余曰:

遠志[344]誠非淺見求.

又曰:

大困從來須益智,[345]

338) 五 : 저본에는 이 뒤에 '六'이 더 있음.

339) 元·白 : 唐의 시인 元稹과 白居易. 저본에는 '白'이 '曰'로 되어 있음.

340) 文如翻水成, 初不用意爲 : 韓愈의 「寄崔二十六立之」詩에 나오는 구절.

341) 敵也 : 저본에는 '適'으로 되어 있으나 연세대 B본을 따름.

342) 前胡 : 우리말로는 사양채 혹은 바디나물이라 함. 미나리과의 다년초로 그 뿌리는 두통·해소·담 등을 치료하는 데 쓰임. 윗점은 저본에는 없으나 본서에서 임의로 첨가했음. 이하 다 마찬가지임.

343) 昏謬 : '昏繆'와 같음.

344) 遠志 : 아기풀. 그 뿌리는 祛痰·强壯·强精劑로 쓰임.

345) 益智 : 龍眼肉의 다른 이름. 龍眼은 열대에서 자라는 常綠喬木으로 그 열매를 龍眼肉이라 하여 滋養劑로 씀.

客曰:

且當歸[346]去讀『陰符』.[347]

余曰: "佳. 然是亦尋常. 請[348]更爲聯句, 而上句則首用從木字、尾用從土字, 下句則首用從水字、尾用從火字, 而上下聯之間, 下一金字, 爲五行詩, 如何?" 客笑[349]曰: "未易! 未易![350] 然子作則吾獨閣筆耶?" 余曰:

萍從何處至?

客沈吟良久, 曰:

花月滿虛堂.

繼曰:

流影金樽照,

---

346) 當歸 : 승검초. 그 뿌리는 補血·强壯·鎭定의 약재로 쓰임.
347) 『陰符』: 『陰符經』. 도교의 경전.
348) 請 : 저본에는 없으나 연세대 B본에 의거해 보충했음.
349) 笑 : 저본에는 없으나 연세대 B본에 의거해 보충했음.
350) 未易 : 저본에는 없으나 연세대 B본에 의거해 보충했음.

余苦思久之, 不得, 客曰: "此聯甚難, 云何?" 余曰:

瀅然飮白光.

客吐舌曰: "子亦未易才[351]也." 因問曰: "子已得科乎?" 曰: "否. 爲擧子業頗久, 盖嘗一魁東堂,[352] 兩魁監試,[353] 三捷增廣,[354] 而每每見屈[355]於會試.[356] 吾以是知鄕試易而漢試[357]難也." 客太息曰: "噫![358] 以子之文, 尙不占科!" 余曰: "我誠不才, 誠有文辭, 則安有[359]不得科之理哉?" 客曰: "噫! 非然也. 科擧之不公, 未有甚於此時. 閥閱[360]子弟,[361] 則黃吻[362]初學, 皆占高科; 鄕谷儒生, 則皓首巨筆, 尙屈場屋. 不然則子亦未爲無文者也, 大科雖難力致, 獨不能小科耶?" 余曰: "小科則已得之矣." 客曰: "然則子必是丁巳榜[363]也. 丁巳榜

351) 未易才 : 얻기 어려운 才士.
352) 東堂 : 東堂試. 여기서는 東堂試의 初試를 가리킴.
353) 監試 : 小科, 즉 司馬試. 여기서는 小科 初試를 가리킴.
354) 增廣 : 增廣試. 여기서는 增廣試의 初試를 가리킴. 증광시는 나라에 경사가 있을 때 기념으로 보이던 과거.
355) 屈 : 저본에는 '黜'로 되어 있으나 『삼방요로기』를 따름.
356) 會試 : 중앙과 지방에서 初試에 합격한 사람을 서울로 모아 제2차로 보이던 시험. '覆試'라고도 함.
357) 漢試 : 漢陽, 즉 서울에서 보이던 과거 시험. 여기서는 科擧의 2차 시험인 會試를 가리킴.
358) 噫 : 저본에는 '否'로 되어 있으나 『삼방요로기』를 따름.
359) 則安有 : 저본에는 '有何'로 되어 있으나 『비평신증요로원기』를 따름.
360) 閱 : 저본에는 '讓'으로 되어 있으나 『비평신증요로원기』를 따름.
361) 弟 : 저본에는 '枝'로 되어 있으나 『비평신증요로원기』를 따름.
362) 黃吻 : '黃口'와 같음.
363) 丁巳榜 : 肅宗 3년(1677)의 司馬榜.

鄕人多爲之. 噫! 其故豈易知也? 自甲寅[364]以來, 科場循私, 罔有紀極, 地要者之兄弟, 門高者之子姪, 則不論筆之巧拙、文之能否, 自十五六歲以下, 過數番監試, 無一人所謂種子幼學.[365] 至丁已年, 則形勢家赴擧者甚少, 若干人見初試, 爲之其會試榜箇箇盡出."[366] 余曰: "我果是[367]其榜也.[368] 近日科場之弊, 盖略聞之,[369] 而迹在寒遠, 無所攀援, 何能審知詳聞之如此耶?[370] 吾榜最爲無色,[371] 洛人小而鄕人多矣.[372] 它道則未詳, 而同道人同年[373]者, 幾至[374]四十餘人, 人以爲此近世所無之事也."[375] 且曰: "子亦必得蓮科[376]矣." 客曰:

---

364) 甲寅 : 顯宗 15년인 1674년. 이 해에 현종이 세상을 떠나고 숙종이 즉위했음.

365) 種子幼學 : 씨 할 幼學. 씨로 삼을 幼學. 저본에는 '種'이 '稚'로 되어 있으나 연세대 B본을 따름.

366) 其會試榜箇箇盡出 : 會試榜에 모두 났다. 會試榜에 모두 급제했다. 저본에는 '試'가 없으나 『삼방요로기』에 의거해 보충했음.

367) 是 : 저본에는 없으나 『삼방요로기』에 의거해 보충했음.

368) 其榜也 : 박두세는 肅宗 3년인 丁巳年(1677)에 치러진 增廣司馬試에 합격하였다. 『丁巳增廣司馬榜目』에 의하면, 初試는 丙辰年 10월 27일, 覆試는 丁巳年 2월 4일에 실시되었다. 박두세는 進士試 三等 七十人 중에 포함되어 있다. 한편 이 丁巳年 시험에 박두세의 伯兄인 泰世와 仲兄인 奎世도 각각 生員試와 進士試에 합격했던바, 榜目에서는 이 삼형제의 합격을 '聯璧'으로 特記해 놓고 있다. 또 이 榜目을 통해 박두세 삼형제가 당시 모두 충청도 大興에 살았음이 확인된다.

369) 之 : 저본에는 없으나 『삼방요로기』에 의거해 보충했음.

370) 耶 : 저본에는 없으나 연세대 B본에 의거해 보충했음.

371) 無色 : 黨色이 없다는 말.

372) 矣 : 저본에는 없으나 『비평신증요로원기』에 의거해 보충했음.

373) 同年 : 同榜에 급제한 사람을 일컫는 말.

374) 至 : 저본에는 없으나 연세대 B본에 의거해 보충했음.

375) 也 : 저본에는 없으나 연세대 B본에 의거해 보충했음.

376) 蓮科 : 司馬試.

"僅得之矣." 曰: "於何榜得之?" 曰: "吾於卽位增廣[377]得之." 余笑曰: "子豈[378]地要而門高者耶? 何能得之於丁巳榜前, 而大其言､說其非, 眞所謂同浴而譏裸裎者也?" 客曰: "雖子之榜前, 庸詎無一人無形勢而得參者也?" 乃笑曰: "子之言盡矣. 箕踞而讀禮[379]者, 豈不知箕踞讀禮之非乎?[380] 朞功[381]而聽樂者, 豈不知朞功聽樂之失乎?[382] 爲而知其不可､行而知其不善者, 世固有其人矣." 余笑曰: "前言戱之耳."

客曰: "子有男子乎?" 曰: "有之而稚少,[383] 無兄弟,[384] 年甫六七歲矣."[385] 客曰: "與我子等耳. 敎之以數與方名[386]乎?" 曰: "數則敎之, 而[387]方名則不欲敎之."[388] 客曰: "此在『小學』,[389] 何爲不敎?" 余曰: "世人解東西南北[390]甚分明, 吾恐

377) 卽位增廣 : 肅宗의 즉위년에 보인 증광시.
378) 豈 : 저본에는 이 뒤에 '非'가 더 있으나 『삼방요로기』와 『비평신증요로원기』를 따름.
379) 讀禮 : 居喪을 이름. 옛날 집에서 守喪할 때 喪祭와 관련된 禮書를 읽는 것이 관례였던 데서 유래하는 말.
380) 乎 : 저본에는 없으나 연세대 B본에 의거해 보충했음.
381) 朞功 : 喪服의 이름. '朞'는 1년 입는 상복. 功에는 大功과 小功이 있는바, 大功은 아홉 달, 小功은 다섯 달 입는 상복임.
382) 乎 : 저본에는 없으나 연세대 B본에 의거해 보충했음.
383) 少 : 저본에는 '也'로 되어 있으나 연세대 B본을 따름.
384) 無兄弟 : 저본에는 '有兄子'로 되어 있으나 연세대 B본을 따름.
385) 矣 : 저본에는 없으나 연세대 B본에 의거해 보충했음.
386) 方名 : 方位 이름.
387) 而 : 저본에는 없으나 연세대 B본에 의거해 보충했음.
388) 之 : 저본에는 없으나 연세대 B본에 의거해 보충했음.
389) 此在小學 : 『小學』「立敎」篇에 아이가 여섯 살이 되면 숫자와 方名을 가르쳐야 한다는 말이 나옴.
390) 東西南北 : 朝鮮의 四色黨派를 가리킴.

此兒不敎之[391]而且染於俗, 況敎之耶?" 客笑曰: "昔唐 文宗[392]歎朋黨之難去, 至喩之以'去[393]河北賊易',[394] 若使人人敎子弟皆如子, 則其於去朝廷朋黨何有?" 仍歎曰: "朋黨一病, 擧世已痼, 尙何言[395]哉? 昔牛、[396]李[397]之黨, 惟韓退之[398]不入, 吾常不知退之以何術[399]能不染於其中也. 元祐間洛、蜀分黨,[400] 互相排擠, 程伊川以大賢, 尙不免指目之名, 是何故也? 退之雖稱一世[401]之豪士, 而其道德學問, 不及於伊川蓋萬萬矣. 然而退之能不累於彼, 伊川反有指[402]目於此, 吾一怪之, 但伊川之有指目, 其門人輩成之也. 賈、朱[403]諸人, 固是君子, 而猶不免於[404]云云. 甚矣! 偏黨之累人也. 且子以

---

391) 之 : 저본에는 없으나 연세대 B본에 의거해 보충했음.
392) 文宗 : 唐의 제19대 황제. 재위 827~841년.
393) 之以去 : 저본에는 없으나 연세대 B본에 의거해 보충했음.
394) 易 : 저본에는 없으나 연세대 B본에 의거해 보충했음. 文宗은 "去河北賊易, 去朝廷朋黨難"이라고 말한 바 있음.
395) 言 : 저본에는 '說'로 되어 있으나 연세대 B본을 따름.
396) 牛 : 牛僧孺를 가리킴. 唐나라 德宗 때 '牛黨'의 영수로서 '李黨'인 李吉甫 · 李德裕 부자와 40년 간 서로 반목 · 대립했음.
397) 李 : 李德裕를 가리킴. 재상 李吉甫의 아들로 穆宗 때 '李黨'의 영수가 되어 牛僧孺와 대립, 이른바 '牛李黨爭'을 벌였음.
398) 韓退之 : 韓愈. '退之'는 그 字.
399) 術 : 저본에는 이 뒤에 '而'가 더 있으나 『비평신증요로원기』를 따름.
400) 元祐間洛蜀分黨 : 元祐는 송나라 哲宗의 연호. 당시 程頤(號 伊川)를 영수로 하는 洛黨과 蘇軾을 영수로 하는 蜀黨이 서로 반목하였음. 程頤는 洛陽人이고 蘇軾은 蜀人이었던 관계로 '낙당', '촉당'이라는 명칭이 생겼음.
401) 雖稱一世 : 저본에는 '近世'라고 되어 있으나 『비평신증요로원기』를 따름.
402) 指 : 저본에는 없으나 연세대 B본에 의거해 보충했음.
403) 賈、朱 : 宋나라 哲宗 때의 인물인 賈易과 朱光庭을 가리킴. 洛黨에 속한 인물들이었음.
404) 於 : 저본에는 없으나 『비평신증요로원기』에 의거해 보충했음.

爲今日清濁之論, 畢竟成敗如何?" 余曰: "我在草野, 未諳當世事, 何可發口言乎? 第以淺[405]見言之, 以濁得名者,[406] 必是趨付權勢之人; 以清得名者,[407] 必是顧愛名節之士. 淸者易退, 濁者難去, 則今日之所謂淸流, 固將見排於濁流也. 然易退者犯手不深, 難去者滅頂乃已, 淸之害不至於甚, 而濁之禍將不可勝言也." 客曰: "信理勢然也."

又問曰: "子之居鄕食貧[408]否? 何衣之弊、馬之困耶?" 曰: "然. 子雲之貧, 見逐猶來;[409] 退之之窮, 驅去復還."[410] 客笑曰: "子必好言[411]仁義而長貧賤者也. 吾嘗謂: '男子墮地, 可行者有三策焉. 讀書窮理, 爲世名儒, 第一策也; 決科揚名, 以顯父母, 第二策也. 於斯二者, 苟未有[412]一焉, 則寧當家[413]力農, 廢擧[414]殖貨, 飮食衣服, 恣所美好,[415] 不猶逾於守拙坐窮、[416]無計資生, 上不足[417]以養父母, 下不足以育妻子者

405) 淺 : 저본에는 '賤'으로 되어 있으나 연세대 B본을 따름.
406) 者 : 저본에는 없으나 연세대 B본에 의거해 보충했음.
407) 者 : 저본에는 없으나 연세대 B본에 의거해 보충했음.
408) 食貧 : 빈궁한 생활을 함.
409) 子雲之貧, 見逐猶來 : '子雲'은 漢나라의 문인 · 학자인 揚雄의 字. 양웅이 「逐貧賦」를 지었기에 한 말임.
410) 退之之窮, 驅去復還 : 韓愈가 「送窮文」을 지었기에 한 말임.
411) 言 : 저본에는 없으나 『비평신증요로원기』에 의거해 보충했음.
412) 有 : 저본에는 없으나 연세대 A본에 의거해 보충했음.
413) 當家 : 저본에는 '家食'으로 되어 있으나 연세대 B본을 따름.
414) 擧 : 저본에는 '居'로 되어 있으나 연세대 A · B본을 따름.
415) 恣所美好 : 저본에는 '資所好美'로 되어 있으나 연세대 A본을 따름.
416) 窮 : 저본에는 이 뒤에 '者'가 더 있으나 연세대 A본을 따름.
417) 足 : 저본에는 '能'으로 되어 있으나 연세대 B본을 따름.

乎?'[418] 況先聖有餘力學文之訓,[419] 昔賢有朝耕暮讀之事, 專心於做業而不事家人生産者, 非長計也. 許魯齋[420]有言曰: '爲學當先治生理.[421] 生理不足, 爲學有妨.'[422] 是非的確之論乎?" 余曰: "子之言可謂通矣. 古人不云乎? '太上立德, 其次立言, 其次立功, 此之謂三不朽.' 子之言盖[423]出於此, 而究其歸趣, 恐未免於太史公先利後義之譏[424]也. 許昌[425]靳裁之[426]曰: '志於道德, 則功名不足以累其心; 志於功名, 則富貴不足以累其心; 志於富貴而已者, 則亦無所不至矣.'[427] 凡爲人者, 當以此言爲法. 且子所謂'讀書窮理'者, 非世之所稱理學乎?" 曰: "然." 余曰: "爲理學者, 必[428]拱手斂膝, 終日危坐, 其意何居? 不爾則不得爲[429]理學乎? 古之理學, 莫盛

418) 乎 : 저본에는 '哉'로 되어 있으나 연세대 A본을 따름.

419) 先聖有餘力學文之訓 : 『論語』「學而」 중의 "弟子入則孝, 出則弟, 謹而信, 汎愛衆而親仁, 行有餘力, 則以學文"이라는 孔子의 가르침을 말함.

420) 許魯齋 : 元나라의 학자 許衡을 말함. '魯齋'는 그 호.

421) 生理 : 저본에는 '産'으로 되어 있으나 연세대 A본을 따름.

422) 爲學當先治生理~爲學有妨 : 이 말은 『魯齋遺書』 권13에 보이는데, 『魯齋遺書』의 해당 구절을 그대로 옮기면 다음과 같다. "爲學者治生最爲先務. 苟生理不足, 則於爲學之道, 有所妨."

423) 盖 : 저본에는 '概'로 되어 있으나 연세대 B본을 따름.

424) 先利後義之譏 : 저본에는 '先富利之譏'로 되어 있으나 연세대 B본을 따름. 太史公은 司馬遷을 말함. 사마천은 『史記』「貨殖列傳」에서 財富의 중요성을 적극적으로 긍정했던바, 이 때문에 후인들은 그가 도덕적 가치보다 이익을 중시했다고 비난했음.

425) 許昌 : 지명.

426) 靳裁之 : 宋나라의 학자로 許昌人임.

427) 志於道德~則亦無所不至矣 : 靳裁之의 이 말은 朱熹의 『論語集註』 권17에 보임.

428) 必 : 저본에는 이 뒤에 '須'가 더 있으나 연세대 A본을 따름.

429) 爲 : 저본에는 없으나 연세대 A본에 의거해 보충했음.

乎夫子, 而吾未[430]聞夫子之必斂膝、夫子之必危坐也."[431] 客曰: "人之爲學, 求放心[432]爲第一工夫. 心是活底事物, 而[433]操存舍亡, 出入無常,[434] 苟不提撕喚醒、收拾將來,[435] 則放逸走作, 無所不至, 或騖於邪路,[436] 或馳於曲徑, 其能免於冠裳而禽犢、襟裾而馬牛者, 幾希矣. 是故學者必貴於斂膝危坐. 斂膝危坐, 則思慮專一, 思慮專一, 則心不放而德日起矣. 且子誤矣. 叩夷俟之原壤,[437] 則夫子之拱手斂膝可知; 誅晝寢之宰予,[438] 則夫子之終日危坐可想." 余笑曰: "然. 昔程先生[439]每見人靜坐, 歎其善學,[440] 吾亦讀古書者, 豈不知爲學之必貴乎手容恭而足容重[441]乎? 但自古以來, 飾外貌而盜虛

---

430) 未 : 저본에는 '不'로 되어 있으나 연세대 A본을 따름.

431) 也 : 저본에는 없으나 연세대 A본에 의거해 보충했음.

432) 求放心 : 『孟子』「告子」(上)에 "學問之道無他, 求其放心而已矣"라는 말이 있음.

433) 而 : 저본에는 없으나 연세대 B본에 의거해 보충했음.

434) 操存舍亡, 出入無常 : 잡으면 있고 놓으면 없는바, 출입이 무상하다. 『孟子』「告子」(上)에 "操則存, 舍則亡, 出入無時, 莫知其鄕, 惟心之謂與"라는 말이 있음.

435) 將來 : 가지고 오다.

436) 邪路 : 저본에는 '邪'가 缺字 처리되어 있으며, '路'는 '熔'으로 되어 있음. 또 연세대 B본에는 '邪慾'으로 되어 있음.

437) 叩夷俟之原壤 : 孔子가 친구 原壤이 걸터앉아 자기를 기다리는 것을 보자 그의 무례함을 꾸짖으며 갖고 있던 지팡이로 그 정강이를 때린 일이 『論語』「憲問」에 나옴. 옛날의 禮法에 걸터앉는 것은 오만무례한 행동으로 간주되었음. 저본에는 '俟'가 '居'로 되어 있음. '夷俟'는 걸터앉아 기다린다는 뜻.

438) 誅晝寢之宰予 : 공자가 제자인 宰予가 낮잠을 자자 그것을 꾸짖은 일이 『論語』「公冶長」에 보임.

439) 程先生 : 程子를 말함.

440) 學 : 저본에는 이 뒤에 '者'가 더 있으나 연세대 B본을 따름.

441) 手容恭而足容重 : 『禮記』「玉藻」에 나오는 九容 가운데 둘에 해당함. 九容은 군자가 가져야 할 아홉 가지 容姿로 다음과 같음. "足容重, 手容恭, 目容端,

名者甚多, 江表[442]之浩, 終南[443]之放, 畢竟可笑矣."[444] 客曰: "子之言,[445] 盖有所激而發[446]矣."

俄而客馬韁解, 踶嚙甚驁.[447] 客急呼僕, 盛怒而叱之曰: "何使馬至此? 明朝鞭臀!" 余曰: "衆馬一廐, 厮[448]戰常事, 何至盛氣而言之乎?"[449] 客徐曰: "此吾病痛也. 每欲矯之而未[450]能也." 余曰: "是不難. 余少時, 性甚急, 佩韋[451]樹萱,[452] 卒未能矯也, 一朝自悟改之,[453] 甚[454]易. 方欲怒時, 便思忍字, 則怒不起而笑自來. 吾因以是作「九思」,[455] 帖[456]諸座右, 常

---

口容止, 聲容靜, 頭容直, 氣容肅, 立容德, 色容莊."

442) 江表 : 江南을 말함. 혹 南北朝 때 南齊의 孔稚圭가 「北山移文」을 지어 기롱했던 假隱者 周彦倫을 염두에 두고 한 말이 아닌가 싶으나 확실치는 않음.

443) 終南 : '終南捷徑'을 이름. 唐나라 盧藏用이 진사가 되자 終南山에 들어가 은자인 체하며 조정에서 자기를 불러주기만을 기다렸는데 조정에서는 과연 그가 진짜 高士인 줄 알고 불러서 벼슬을 주었다는 데서 유래하는 말.

444) 矣 : 저본에는 없으나 연세대 B본에 의거해 보충했음.

445) 言 : 저본에는 '說'로 되어 있으나 연세대 B본을 따름.

446) 發 : 저본에는 '言'으로 되어 있으나 연세대 B본을 따름.

447) 驁 : 날뛰다. 奔騰하다.

448) 厮 : 서로.

449) 乎 : 저본에는 없으나 연세대 B본에 의거해 보충했음.

450) 未 : 저본에는 '不'로 되어 있으나 연세대 B본을 따름.

451) 佩韋 : 가죽은 부드러우면서 질기므로 성질이 급한 자가 이를 허리에 차서 스스로를 경계했다는 데서 유래하는 말.

452) 樹萱 : 근심을 잊는다는 뜻임. 『詩經』 衛風 「伯兮」의 "焉得諼草, 言樹之背"에서 유래하는 말('諼'은 '萱'과 같음). 『毛傳』에 의하면 萱草는 사람의 근심을 잊게 만든다고 함.

453) 自悟改之 : 저본에는 '自改悟之'로 되어 있음.

454) 甚 : 저본에는 이 앞에 '而'가 더 있으나 연세대 B본을 따름.

455) 「九思」 : 원래 『論語』 「季氏」篇에 '九思'가 있는바, 여기서는 그것을 확대 · 변형시켰음. 『논어』의 九思는 다음과 같음. "君子有九思: 視思明; 聽思聰; 色思溫; 貌思恭; 言思忠; 事思敬; 疑思問; 忿思難; 見得思義."

456) 帖 : '貼'과 같음.

目在之, 非徒制怒, 觸事有益." 客曰: "九思云何?" 余曰: "點檢此心, 有欲邪時, 便思正字, 則不至於放僻不善; 有欲傲時, 便思遜字, 則不至於傲慢無禮; 有欲侈時, 便思儉[457]字, 則不至於奢泰無度; 有欲惰時, 便思敬字, 則不至於安肆日偸; 有欲欺時, 便思誠字, 則不至於飾非長惡; 有欲利時, 便思義字, 則不至於放利[458]取怨; 有欲言時, 便思默字, 則不至於起羞興戎;[459] 有欲動時, 便思凝字, 則不至於輕佻失儀; 有欲怒時, 便思忍字, 則不至於疾言遽色." 客聞之[460]曰: "子之九思, 可謂猛省其身者也." 又笑曰: "子之九思, 盖能其八而未[461]能其一也." 余曰: "何謂也?" 客曰: "子詭言[462]欺我之時, 獨不思誠字乎?" 余爲之[463]大笑曰: "子盖快快於[464]見欺, 未能忘于懷者也." 客笑曰: "子量我淺鮮[465]者矣.[466] 此事何足介意? 欺者非耳, 見欺者常也. 校人[467]不智於子產,[468] 而子產見欺於[469]校人, 欺以其方,[470] 誰能或免?" 遂相笑而

457) 儉 : 저본에는 '撿'으로 되어 있음.
458) 放利 : 남에게 돈을 빌려주어 利息을 남김.
459) 興戎 : 분쟁을 낳음. 『書經』「大禹謨」에 "惟口出好興戎, 朕言不再"라는 말이 있음.
460) 聞之 : 저본에는 없으나 연세대 B본에 의거해 보충했음.
461) 未 : 저본에는 '不'로 되어 있으나 연세대 B본을 따름.
462) 言 : 저본에는 없으나 연세대 B본에 의거해 보충했음.
463) 之 : 저본에는 없으나 연세대 B본에 의거해 보충했음.
464) 於 : 저본에는 없으나 연세대 B본에 의거해 보충했음.
465) 鮮 : 작다.
466) 矣 : 저본에는 없으나 보충했음.
467) 校人 : 연못의 관리를 맡은 말단관직 이름.
468) 子產 : 春秋時代 鄭나라의 大夫로서 孔子도 칭찬할 만큼 어진 인물이었음.

罷, 一寢而起, 東方已晰矣. 摻袪471)道路, 各分東西, 彼終不知我爲誰, 我亦終不知彼爲誰.

• 작자 : 朴斗世(1650~1733)

자는 士昻, 호는 東巖. 본관은 울산(大興派)이며, 충청도 大興(현재의 충남 예산군 대흥면) 출신이다. 부친은 成均館 典籍을 지낸 繘이다. 1677년(丁巳年, 숙종 3) 사마시에 합격하고, 1682년(숙종 8) 문과에 급제하여 홍문관직을 제수받았다. 南人에 속했으며, 1686년 의금부 도사로 權大運을 압송할 때 편의를 봐주었다 하여 파직되었다. 천안·高阜·진주·순천·울산 등지의 지방관을 거쳐 知中樞府事에 이르렀다. 墓는 현재의 충남 예산군 대흥면 갈신리에 있다. 韻學에 밝았던바, 『三韻通考補遺』라는 韻書가 전한다.

• 출전 : 磻溪本을 底本으로 삼아 여타의 本을 참고하여 校合하였다.

• 참고사항

(1) '要路院'은 지금의 忠南 牙山郡 陰峰面 新井里에 있었다.

(2) 이 작품은 완전한 1인칭 서술 형식을 취하고 있다. 이런 형식은 17세기 후반

---

469) 於 : 저본에는 없으나 보충했음.

470) 校人不智於子産~欺以其方 : 『孟子』「萬章」(上)의 다음 구절에서 따온 말. "昔者有饋生魚於鄭子産, 子産使校人畜之池. 校人烹之, 反命曰: '始舍之圉圉焉, 少則洋洋焉攸然而逝.' 子産曰: '得其所哉! 得其所哉!' 校人出曰: '孰謂子産智? 予旣烹而食之, 曰: ≪得其所哉! 得其所哉!≫' 故君子可欺以其方, 難罔以非其道." '欺以其方'에서 '方'은 술수를 말함.

471) 摻袪 : 袂別. 『詩經』鄭風「遵大路」의 "摻執子之袪兮"에서 유래하는 말. 저본에는 '袪'가 '裾'로 되어 있음.

이 작품이 창작되기 전에는 한국소설사가 단 한 번도 가져보지 못했던 형식이다. 서술자의 역할을 맡고 있는 작중의 '나'는 작품 외부의 작자와 대체로 일치한다고 판단되지만, 그렇다고 해서 '완전히' 일치하는 것은 아니다. 작품 외부의 작자는 '나'와 대화를 나누는 '客'의 발언을 더 높은 위치에서 은밀하게 조정하거나 요량하고 있다는 점에서(특히 뒷부분의 時事批判에서), 작중인물의 일원으로서 한편으로 대화에 참여하면서 다른 한편으로 대화를 서술하고 있는 '나'와 구별되기도 한다.

(3) 이 작품은 '어리숙한 체 하면서 속이기'의 미학이 압권이다. 이를 통해 다음의 두 가지가 이루어진다. 하나는 시골양반(=鄕班)과 서울양반(=京班)의 행태 및 그 대립적 면모에 대한 제시(Showing)이고, 다른 하나는 시골양반을 깔보는 서울양반에 대한 풍자다.

(4) 이 작품은 아이러니, 풍자, 유머가 돋보인다. 특히 이 작품이 보여주는 아이러니는 썩 뛰어난 것으로서, 한국고소설사에서 희귀한 사례에 속한다. 이 아이러니를 통해 우리는 작자의 지적 태도 및 대상에 대한 냉철한 거리두기, 유연한 균형감각 등을 확인할 수 있다.

(5) 한시의 戱作化 하면 으레 19세기의 金炳淵(=김삿갓)이 거론되지만, 17세기 후반에 창작된 이 작품에서 이미 한시의 희작화 경향이 확인된다.

(6) 이 작품에선 크게 보아 두 가지 측면이 주목된다. 하나는 '欺瞞'을 통한 서울양반의 기롱이고, 다른 하나는 時事批判이다. 앞의 것은 두 대화자의 우열이 정해져 있다는 점에서 擬似다이얼로그에 해당한다면, 뒤의 것은 정해진 우열 없이 두 인물이 대화하고 있다는 점에서 진정한 의미에서의 다이얼로그에 해당한다. 擬似다이얼로그는 대단히 유쾌하고 즐겁다. 독자들은 '나'가 '객'을 속이고 있다는 사실을 미리 알고 있기에 '나'가 능청스럽게 '객'을 속이는 데서 유쾌함과 웃음을 맛본다. 하지만 이 작품에서 이런 면만 주목할 것은 아니다. 이 작품은 擬似다이얼로그의 경쾌함을 바탕으로 상호 우열이 없는 진정한 다이얼로그로 이행해 들어가는 데 그 묘미가 있다. 작품의 후반에 보이는 다이얼로그의 의제들은 기실 아주 심각한 성격의 것들이다. 그렇지만 이 작품은 擬似다이얼로그에서 확보된 경쾌함의 여세를 몰아 이 심각한 의제들을 유쾌한 어조로 서술할 수 있었다. 후반부의 다이얼로그에서 특히 주목되는 의제는, (가) 중앙의 소수 閥閱家가 科擧合格을 독점하는 현상, (나) 사색당파의 폐해, (다) 殖貨의 문제, (라) 虛學化된 理學의 문제 등이다. 이들 의제에 대해 '나'와 '객'은 의견이 일치할 때도 있고, 일치하지 않

을 때도 있다. 가령 (가)와 (나)의 경우 일치하지만, (다)와 (라)의 경우 일치하지 않음은 물론 심각한 대립이 노정되기도 한다. 그런데 주목되는 것은, 일치할 경우라 하더라도 '나'에 의한 '객'의 기롱이 나타나기도 하고(이런 데서 아이러니가 잘 드러난다), 일치하지 않을 경우라 하더라도 꼭 어느 한쪽이 옳다는 식으로 敍事를 몰아가지 않고 두 주장을 각각 병렬적으로 보여줌으로써 논의지평을 열어 놓고 있다는 점이다. 의견의 불일치는 두 인물의 사회적·지역적 기반 및 이념적 성향과 관련될 수도 있지만, 동시에 작자의 서사적 책략, 다시 말해 작자가 주도면밀하게 '나'와 '객'에 역할을 분담시키고 있는 데서 초래된 측면도 없지 않아 보인다. 아무튼 후반부의 다이얼로그에서 확인되는 유쾌함 속의 긴장, 경쾌함 속의 심각함은 당대 현실의 모순 및 그 모순을 바라보는 서로 다른 시선과 관점을 있는 그대로 보여주며, 이 점에서 '대화적'이다.

(7) 「요로원야화기」는 가람 이병기 선생이 『文章』 제2권 제9호(1940. 11)에 諺譯本을 소개함으로써 학계에 처음 알려졌다. 이 諺譯本은 훗날 가람 선생에 의해 『요로원야화기』(을유문화사, 1949)라는 책으로 간행되었다. 그 후 金東旭, 『短篇小說選』(한국고전문학대계 13, 민중서관, 1976)에서 「要路院夜話記」 한문본과 한글본의 對校가 이루어졌고, 이수봉, 『요로원야화기연구』(태학사, 1984)에서 연구와 자료소개가 이루어졌다.

제3편

# 韓國漢文小說의 다양한 展開

## 제2부 傳奇小說, 傳系小說, 野譚系小說의 교섭적 전개

# 1. 智異山路迷逢眞

任 埅

中廟朝, 京城有一丐者, 容貌醜惡庸陋, 年若四十許, 猶作後髻, 肩掛一帒, 行乞於市, 晝則遍歷城中, 無處不到, 夜則托宿於人家門側, 而多在鍾樓[1]近處. 街上傭奴無賴輩, 逐日相見, 仍而親熟, 與之同戲. 自稱姓蔣, 衆皆呼以蔣都令. 都令乃國俗士夫未娶之稱也.

時方士田禹治,[2] 挾其異術, 頗驕傲於世, 而每於衢路上, 逢蔣都令, 則輒滾[3]下馬, 趨進拜謁, 不敢仰視. 蔣不頷首而問曰: "汝邇來好況否?" 田拱而對曰: "唯唯."[4] 其色甚畏. 時或

---

1) 鍾樓 : 지금의 鍾閣.

2) 田禹治 : 16세기에 생존했던 術士. 본서에 수록된 「田禹治傳」의 '해제'를 참조할 것.

3) 滾 : 翻轉.

4) 唯唯 : 저본에는 '惟惟'라 되어 있음.

拜謁, 蔣視之蔑如, 不顧而過去. 見者怪之, 問于田, 則曰: "東國卽今有三仙人, 蔣都令上仙也, 其次鄭磏,[5] 又其次尹世平.[6] 世人皆不知, 而吾獨知之, 安得不敬而畏之耶?" 人或爲訝, 而以田之妖誕故, 亦不之信也.

城中有一蔭官人, 門臨路傍, 累見蔣行乞在路. 一日, 招見問之, 蔣答以'本湖南士夫, 父母俱沒於厲疫, 旣無兄弟, 且乏族黨, 孑[7]然一身, 無所依賴, 流離丐乞, 仍以萍蓬到京, 百無一能, 目不識丁'云. 蔭[8]官人聞其士夫, 而甚矜憐之, 饋以酒食, 而周[9]以米粟. 自是每家有飮食, 必使人招而饋之, 累加存恤焉.

一日, 蔭官人出, 遇一死屍傳遞[10]牽向興仁門[11]者, 於馬上未及便面,[12] 瞥然見之, 乃蔣都令也.[13] 心甚惻然, 歸家歎曰: "世間薄命者何限, 而豈有如蔣都令者乎?" 屈指計之, 蔣之來乞於鍾樓者, 十五霜矣.

---

5) 鄭磏 : 생몰년 1506~1549년. 16세기의 저명한 異人으로, 方技衆藝에 두루 능했음.
6) 尹世平 : 16세기의 저명한 神仙者流의 한 사람으로 신분은 중인서리층이었음.
7) 孑 : 저본에는 '了'로 되어 있으나 『里鄕見聞錄』의 「蔣都令」을 따름.
8) 蔭官人 : 저본에는 '蔭'이 없으나 『이향견문록』의 「장도령」에 의거해 보충했음. 이하 '蔭官人'은 모두 마찬가지임.
9) 周 : '賙'와 통함.
10) 傳遞 : 傳送. 차례로 서로 전하여 다음에서 다음으로 호송하는 것. 저본에는 '遞'가 '替'로 되어 있음.
11) 興仁門 : 동대문.
12) 便面 : 나들이할 때 사람을 보지 않으려고 부채 따위로 얼굴을 가리는 것.
13) 也 : 저본에는 없으나 『이향견문록』의 「장도령」에 의거해 보충했음

伊後數十年, 蔭官人有事往[14]湖南地, 過智異山下, 忽然迷失路, 轉入山中, 日將向暮, 進退維谷, 見有細逕若樵路, 意必有人家, 迤邐而行, 初只深邃而已, 漸覺山明水麗,[15] 草木淸佳, 愈入愈奇. 行數十里, 怳是別乾坤, 非復人間塵土境矣. 遙望一人, 衣靑衣、騎靑驢, 張蓋從數人而來, 其疾如飛. 蔭官人意謂大官之行, 而深山中, 安得有官行, 心竊疑惑, 欲引馬, 入于林藪而避屛, 忽已至矣. 其人於馬上揖問曰: "公別來安否?" 蔭官人惝怳, 逡巡不能對.[16] 其人笑曰: "吾居在此, 公其卽賜過臨也." 卽回驢而先, 其疾又如飛, 倏忽已不見矣.

蔭官人隨後而行, 俄到一處, 見大宮殿, 彌滿數里, 樓臺縹緲, 金碧照映. 門有一衣冠者候之, 見蔭官人之至, 迎拜引入, 經三四殿閣, 至一殿, 引之而上, 見一美丈夫, 衣冠甚偉, 左右侍姬數十人, 顔皆絶代, 靑童侍者, 亦且十餘人, 帳御、使令、從官, 有若王者. 蔭官人恐懼, 趍晉[17]拜謁, 不敢仰視. 美丈夫答揖, 笑謂曰: "君不識我乎? 須諦視之!" 蔭官人乃敢仰視, 卽騎靑驢張蓋, 而迎于路上之人, 而不曾相識也. 伏而對曰: "昔者之拜, 不自省識, 今承下問, 莫知所對." 美丈夫曰:

---

14) 往 : 저본에는 이 뒤에 '下'가 더 있으나 『이향견문록』의 「장도령」을 따름.
15) 麗 : 저본에는 '秀'로 되어 있으나 『이향견문록』의 「장도령」을 따름.
16) 其人於馬~逡巡不能對 : 저본에는 빠졌으나 『이향견문록』의 「장도령」에 의거해 보충했음.
17) 晉 : '進'과 같음.

"我乃蔣都令也. 君何不識也?" 蔭官人始仰視之, 面目果蔣也, 而風神秀朗, 英彩溢發, 非復昔日之醜惡庸陋矣. 蔭官人大驚, 莫測其端倪矣.[18]

蔣卽命設宴以待之, 肴饌之珍異、器玩之瑰琦, 俱非人間所有. 十數少娥, 列奏音樂, 絲竹歌舞, 亦皆[19]非人世所聞見, 衆娥之美麗, 眞所謂瑤姬玉女也. 蔣謂蔭官人曰: "東方有四大名山, 各有仙官主之, 吾卽主此山者也. 曩有微過, 暫謫塵間, 在謫之日, 君遇我款厚, 吾不能忘. 君見吾之死屍, 惻然有悼念之情, 吾亦知之. 吾非死也, 乃謫限旣滿, 尸解還仙也. 今知君行過此山, 欲報舊恩, 要與一見, 亦君有些少宿緣, 故能得到此耳." 仍與酣讌, 盡歡而罷. 夜使寄宿於一別殿, 窓闥簾櫳, 皆以珊瑚水晶等奇寶爲之, 玲瓏瑩澈, 通明若晝,[20] 骨冷魂淸, 不能成寐矣.

明日, 又設一宴以餞之. 酒酣, 蔣謂之曰: "此非君久留之地, 今可歸矣. 仙凡路殊, 後會難期, 望君好自珍重!" 卽命一侍者, 導其歸路. 蔭官人拜辭而出, 行未久, 卽達於大路, 而此非初來入山之路矣. 蔭官人頻揷竹木以表記之. 導路者, 到此辭歸.

蔭官人, 於翌年, 更往訪之, 重崖疊嶂, 草樹如織, 終不得尋其蹊徑焉. 蔭官人顔貌轉少, 鬢髮不白, 年至九十餘, 無

---

18) 矣 : 저본에는 없으나 『이향견문록』의 「장도령」에 의거해 보충했음.
19) 皆 : 저본에는 없으나 『이향견문록』의 「장도령」에 의거해 보충했음.
20) 晝 : 저본에는 '珠'로 되어 있으나 『이향견문록』의 「장도령」을 따름.

疾而終. 蔭官人嘗言: "追思蔣都令在世之日, 無他異事, 但容狀不少變衰, 着一藍縷垢穢之衣, 無所改易, 十五年如一日, 此可知其非凡人, 而肉眼不省"云.

• 작자 : 任埅(1640~1724)

호는 水村, 본관은 豊川. 宋時烈・宋浚吉의 문인. 숙종 때의 문신으로 대사성・공조판서・우참찬을 역임했다. 延礽君(뒤의 英祖)을 세자로 책봉하는 일에 앞장섰다가 辛壬士禍로 咸從에 유배되었고 金川으로 옮겨져 그곳에서 죽었다. 저서로는 문집인 『水村集』과 야담집인 『天倪錄』이 전한다.

• 출전 : 김영복本 『天倪錄』을 底本으로 삼아 異本을 참고하여 校合하였다.

• 참고사항

(1) 『天倪錄』의 제1화다.

(2) 劉在建의 『里鄉見聞錄』 권10에 「蔣都令」이라는 제목으로 이 작품을 轉載해 놓았다.

(3) 이 작품은 野譚系小說이다. 蔣生은 16세기 말의 인물인데, 일찍이 許筠이 이 인물을 소재로 「蔣生傳」이라는 傳系小說을 창작한 바 있다. 허균은 「蔣生傳」의 말미에서 "卽古所謂劍仙者非耶?"라고 말해, 장생이 '劍仙'이 아닐까 보았다. 후대에 이르러 金鑢(1766~1821)가 허균의 傳을 바탕으로 다시 「蔣生傳」을 썼다. 허균과 김여의 「장생전」은 「智異山路迷逢眞」과 달리 사건보다 인물에 초점을 맞추고 있다. 이러한 차이는 작품이 속한 소설양식의 차이에 기인한다.

(4) 『천예록』에는 이 작품과 「關東路遭雨登僊」이 다음과 같이 合評되어 있다. "評曰: '吾東方山水之勝, 甲於天下, 意其必有神仚居焉, 今因蔣都令事驗之, 豈

不信哉? 蔭官人之逢眞, 盖云有些宿緣, 而至若加平校生之娶婦登仙, 眞曠世奇遇, 豈非謫降者歟? 異哉奇哉!'"

(5) 18세기 초에 창작된 『天倪錄』은 우리나라 한문단편소설의 주된 흐름이 바야흐로 '전기소설'에서 '야담계소설'로 넘어가는 소설사적 상황을 잘 보여준다. 이 작품이 수록된 『天倪錄』에 대한 書誌的 검토로는 진재교, 「天倪錄의 작자와 저작연대」, 『서지학보』 17(한국서지학회, 1996); 정용수, 「천예록 이본자료들의 성격과 話數 문제」, 『한문학보』 7(우리한문학회, 2002)이 참조된다.

# 2. 掃雪因窺玉簫仙

任 埅

成廟朝, 有一名宰, 按節關西.[1] 關西自古以佳麗地擅名, 江山樓觀之勝, 綺羅管絃之盛, 甲于八方, 風流豪士宦[2]遊才子, 往往有爲一笑而留三年者.

妓籍中有小娥一人, 名紫鸞, 號玉簫仙, 年纔巫峽,[3] 天賦艶質, 絶世無雙, 歌舞吹彈, 無不精妙, 加以才識穎悟, 能解詩詞, 第一香名, 已振關西矣.

時按使[4]有兒郎, 年亦十二,[5] 眉眼如畵, 幼通經史, 藻思敏捷, 操筆成章, 世以奇童許之. 按使無他子女, 只有一兒, 而

1) 按節關西 : 關西(=평안도)의 觀察使가 되다.
2) 宦 : '宦'의 俗字.
3) 巫峽 : 중국 巫峽에 있는 巫山이 열두 봉우리라는 데서, '열둘'을 뜻함.
4) 按使 : 監司, 즉 觀察使.
5) 十二 : 저본에는 '十五'로 되어 있음.

才又拔萃, 鍾愛特至.[6] 按使適値懸弧之日,[7] 與賓僚置酒於秋香堂, 大張妓樂, 酒酣歡甚. 乃命兒郎起舞, 呼首妓, 擇於童妓中一人, 使之對舞, 以爲戱笑之資. 衆妓及營中上下, 以紫鸞芳姿妙藝, 可敵兒郎, 又其年齒, 適與同庚, 遂使應命. 一雙妙舞, 嫋嫋如弱柳, 翩翩若輕燕, 坐上見者, 莫不贊嘆, 稱其奇絶. 按使大悅, 招紫鸞, 命坐於床頭, 饋以肴饌, 復以錦綺, 厚加賞賚. 仍命以紫鸞, 永定兒郎陪妓, 以供進茶磨墨之役. 自是恒不移左右, 與之同戱. 及數年之後, 男女年長, 遂相親昵, 兩情俱惑, 綢繆纏綿, 不翅若鄭生之於李娃,[8] 張郎之於鶯鶯[9]也.

按使秩滿, 朝廷以其有惠政, 復令仍任, 凡六年而始解. 臨其歸日, 按使與夫人, 深憂其子與紫鸞有難離之患. 欲其棄去也, 則慮其子相思而致疾也; 欲其率行也, 則其子尙未聘娶, 恐其有妨於名行也. 取捨兩難, 不能自斷, 乃曰: “此則當問於渠而決之.” 召其子而謂之曰: “男女[10]之好, 父不得敎之於子, 吾不能禁制焉. 汝與紫鸞, 情愛旣篤, 似將難離, 汝旣未娶, 今若率畜, 則恐有妨於婚姻, 而但念男子一妾, 世所多

6) 至 : 저본에는 ‘立’으로 되어 있으나 김영복本을 따름.
7) 懸弧之日 : 생일을 이름. 옛날에 사내 아이를 낳으면 뽕나무 활을 문의 왼쪽에 걸어 장차 아이가 자라 활을 잘 쏘기를 바랐는데, 이를 ‘懸弧’라고 함.
8) 鄭生 · 李娃 : 唐의 白行簡이 지은 傳奇小說 「李娃傳」의 남녀 주인공.
9) 張郎 · 鶯鶯 : ‘鶯’은 ‘鶯’과 仝字. 張郎과 鶯鶯은 唐의 元稹이 쓴 傳奇小說 「鶯鶯傳」의 남녀 주인공.
10) 女 : 저본에는 ‘子’로 되어 있으나 김영복本을 따름.

有, 汝若眷戀不能忘, 則雖有些少所害, 有不暇顧, 當以汝意決之, 汝其勿隱必陳也." 生卽對曰: "大人豈以子爲難離一小[11]妓, 而或有相思致傷者耶? 子雖以一時眼界繁華, 有所眄睞, 及今棄歸, 有若弊屣, 夫豈有眷眷不忘之理哉? 幸大人勿復下慮也." 按使與夫人喜曰: "吾[12]兒眞丈夫也." 及其別也, 鸞娘涕泣嗚咽, 有不忍見, 而生無小眷戀之色. 一營上下僚屬、偏裨[13]見者, 莫不嘆其俊異. 盖生與鸞處五六年, 未嘗有一日之分, 故未知世間離別境界, 能作快活之語而輕其別焉.

按使旣解監司, 以大司憲還朝. 生隨父母歸京城, 漸覺有思念鸞妓之情, 而不敢形諸言面.

時有監試之科, 其父命生與朋友數人, 做業於山寺. 一日夜, 諸友皆宿, 而生寢不能寐, 獨起徘徊於前庭. 時當寒冬, 雪月皎然, 深山靜夜, 萬籟俱寂. 生望月懷人, 情緖凄悲, 思欲一見其面, 不能自抑, 有若喪性發狂者然. 是夜夜半, 遂自寺庭, 直向平壤, 戴毛巾, 服藍紬衣, 穿革履, 步屧[14]而行, 未及十餘里, 足腫不能行, 到村家, 以革履換着藁鞋, 棄其毛巾, 得弊氈笠破邊者, 盖其頭. 乞食於行旅, 常多飢餒; 寄宿於逆旅, 徹夜寒凍. 生以富貴家子弟, 生長於膏粱綺紈之中, 未嘗出門庭數步, 猝然作千里徒步, 蹣跚匍匐, 行不得

11) 小 : 저본에는 '少'로 되어 있으나 김영복本을 따름.
12) 吾 : 저본에는 '我'로 되어 있으나 김영복本을 따름.
13) 偏裨 : '褊裨'라고도 표기함. 각 營門의 副將, 곧 裨將.
14) 步屧 : 걷다.

前, 加以飢凍, 兼極辛苦萬狀, 衣破懸鶉, 面貌瘦黑, 殆若鬼形, 間關寸進, 月餘始得抵平壤.

直到妓家, 鸞則不在, 而獨其母在耳, 見生不能識. 生前自陳叙曰: "吾卽前使道兒郎也. 以不能忘汝女之故, 千里徒步而來, 汝女未知何往而不在耶." 妓母聞之而不悅曰: "吾女爲新使道之子所寵愛, 晝夜同處於山亭, 不許暫出, 未得歸家, 今已數月矣. 郎君雖遠來, 相見無路, 誠可恨也." 漠然無迎接之意. 生自念爲鸞而來, 鸞旣不可得見, 其母之厭薄又如此, 無處寄托, 進退維谷, 政爾躊躇之際, 忽然記得其父在營之時本府下吏某者, 曾犯重罪, 將至於死而情不可恕, 生獨愍憐, 於定省之暇, 周旋救解, 其父從生言而活之. 生念: '吾於此吏有再生之恩, 吾若往見, 渠豈不[15]有數日之款乎?' 遂自妓家, 轉訪吏家而投之, 則吏亦初不之[16]識, 生言其名而告之故, 吏大驚迎拜, 洒掃正堂而處之, 豊其飯饌而進之. 住數日, 生與吏謀見鸞之策. 吏良久曰: "從容相接, 誠無其路矣. 若欲一者願見其面, 則小吏願獻一策, 郎君果能肯從否乎?" 生叩問之, 吏曰: "今玆雪後, 營中掃雪之役, 例以城內坊民分差, 而小吏適當此任. 今者郎君若雜於役夫之中, 擁箒掃雪於山亭, 則鸞妓方在亭上, 庶可見其面. 不然, 更無他道矣."

---

15) 不 : 저본에는 없으나 김영복本에 의거해 보충했음.
16) 之 : 저본에는 '知'로 되어 있으나 김영복本을 따름.

生從其計, 早朝與衆役夫入山亭, 携箒掃雪於前庭, 巡使之子, 方開窓倚門而[17]坐, 鸞妓在房, 不得見矣. 他役夫皆丁壯, 掃雪甚健, 生獨用箒齟齬, 不及於他人, 巡使之子, 見而笑之, 仍呼鸞妓使觀之. 鸞自房中應命而出, 立于前軒. 生捲其氈笠前邊而仰見之,[18] 鸞熟視良久, 卽還入房中而閉其門, 從此不復出矣. 生遂憮然悄悵而歸于吏舍.

鸞素明慧, 一見知其爲生也. 默坐而垂淚, 巡使之子, 怪而問之. 鸞初靳而不言, 再三苦問之, 始乃曰: "奴[19]賤人也, 郎君誤加寵愛, 夜共錦衾, 晝同綺饌, 不許奴暫時還家, 今已數月矣. 於奴榮幸極矣, 奴豈復有一毫怨尤之心哉? 第奴, 家貧母老,[20] 每當父亡之日, 奴在家乞貸營, 辦數器而過祭矣,[21] 而今旣牢鎖此中, 明日適是父忌, 老母獨在, 想應闕奠一器飯, 故忽然念此, 自爾悲泣. 夫豈有他故哉?" 巡使之子, 蠱惑已久, 聞鸞之言, 信而不疑, 惻然傷之曰: "審若此, 何不早言?" 卽盛具祭需與鸞, 使之行祭於家中而來.

鸞顚倒還家, 謂其母曰: "吾知前使道之子某郎君來矣. 意謂必在吾家, 今不在焉, 未知何往." 其母曰: "某郎君果爲見汝徒步而來, 某日到家, 而汝旣在營, 無由相會, 吾以此語

17) 門而 : 저본에는 없으나 김영복本에 의거해 보충했음.
18) 之 : 저본에는 없으나 김영복本에 의거해 보충했음.
19) 奴 : 자기의 낮춤말.
20) 母老 : 저본에는 '老母'로 되어 있으나 김영복本을 따름.
21) 辦數器而過祭矣 : 저본에는 '辦備得數器之祭以過'로 되어 있으나 김영복本을 따름.

之, 卽自去耳. 吾不知其何往也." 鸞呼泣而責其[22]母曰: "此非人理所可忍爲, 而母何以忍爲之也? 吾與此郎君, 年旣同庚, 而十二歲當壽宴獻舞之日, 一營上下, 擧吾而爲對, 雖曰由人, 而實是天作之配, 此吾之不可背者, 一也; 自是以來, 未嘗一日離其左右, 以至於長成, 仍以[23]有私焉, 則相愛之情, 相得之樂, 求之古今, 絶無比矣. 郎雖有忘於妾, 妾抵死而難忘焉, 此吾之不可背者, 二也; 前使道, 以吾謂爲愛子之婦, 不以賤微而有間焉, 撫恤之深, 賜賚之厚, 恩德如天, 世所罕有, 此吾之不可背者, 三也; 箕城,[24] 地當孔道, 縉紳貴介,[25] 往來如織, 吾見人多矣, 器稟之英秀, 才華之敏贍, 未有如此郎君[26]者, 吾素有絲蘿托從之意, 此吾之不可背者, 四也; 郎君[27]雖負[28]吾, 吾不可負, 而吾無狀, 不能以死自守, 爲威勢所脅制, 今復獻媚於新人郎君, 何有於無行之一賤物, 而不遠千里徒步而來, 此吾之不可背者, 五也. 非徒此也. 郎君是何等貴人, 而爲一賤娼, 顚頓狼狽而至, 則在我之道, 何忍恝視?[29] 吾雖不在, 母氏獨不思前日眷恤之情、贈遺

22) 其 : 저본에는 없으나 김영복本에 의거해 보충했음.
23) 以 : 저본에는 '而'로 되어 있으나 김영복本을 따름.
24) 箕城 : 평양의 異名.
25) 介 : 저본에는 '流'로 되어 있으나 김영복本에는 '价'로 되어 있음. '价'는 '介'의 오기임.
26) 君 : 저본에는 없으나 김영복本을 따름.
27) 君 : 저본에는 없으나 보충했음.
28) 負 : 저본에는 '棄'로 되어 있으나 김영복本을 따름.
29) 恝視 : 괄시하다.

之恩, 而不進一器飯以留之耶? 此非人理所忍爲, 而吾母忍爲之, 吾安得不自痛耶?" 號[30]泣良久, 仍靜而思之曰: "此城中, 郎君無可住之處, 必在某吏之家." 卽起走往吏家, 郞果在矣. 相携涕泣而已, 更不能交一語. 仍要還其家, 盛備酒肴以進. 逮夜, 鸞謂生曰: "明日則復難相見, 將若之何?" 兩人遂密議, 定爲逃計. 鸞出其衣笥錦繡衣裳, 盡去其綿, 又出若干金珠釵佩等輕寶, 褁以二袱. 夜深, 乘其母睡熟, 兩相負戴, 潛逃以去, 轉入陽德、孟山[31]深峽之中, 寄托於村氓之家.

初爲其傭賃, 生不能鄙事, 鸞工於織紝針繕以糊其口. 稍久, 仍結數間茅舍於村中以居. 鸞勤於女工, 晝夜不懈, 且時賣所賫[32]衣裳釵佩, 以供喫着,[33] 能使不致乏絶. 鸞又能善處隣里, 俱得其歡心, 四隣之人, 見新寓貧窮, 莫不憐而賙救, 遂得安巢焉.

生之諸友, 初與共棲山寺者, 朝起不見生, 衆大駭, 卽與僧徒, 窮搜四山, 終不得, 遂報于其家. 其家震驚, 多發奴僕, 遍覓於近寺數十里累日, 竟絶聲響. 皆言: "若非爲妖狐所迷而[34]死, 則必爲猛虎所嚂[35]食." 乃發喪, 招魂虛葬焉.

巡使之子, 旣失鸞, 使庶尹[36]囚其母及族屬以求之, 閱月不得,

---

30) 號 : 저본에는 '呼'로 되어 있음.
31) 陽德 · 孟山 : 평안도의 고을 이름.
32) 賫 : 저본에는 '賚'로 되어 있음.
33) 喫着 : 衣食.
34) 而 : 저본에는 이 뒤에 '不'이 더 있지만 衍字임.
35) 嚂 : '嚂'의 訛字.

而乃止.

鸞與生已得奠居,[37] 乃謂生曰: "君以宰相家獨子, 惑於一娼妓, 棄父母, 逃竄於窮裔山谷之間, 其存其沒, 家莫聞知, 不孝大矣, 行檢掃地. 今不可終老於此, 又不可抗顔歸家, 君將何以自處乎?" 生泫然曰: "吾亦憂之, 罔知所以爲計耳." 鸞曰: "只有一策, 粗足盖覆舊累, 濯磨[38]新效, 上可以復事乎親, 下可以自立於世, 君能行之否?" 生問何策. 鸞曰: "唯有擢科, 揚名一路耳, 不待盡言而君可以喩矣." 生大喜曰: "娘之爲我計, 可謂至矣. 顧安所得書而讀之乎?" 鸞曰: "君勿憂. 妾當爲君圖之." 自是鸞言于四隣: "不計價購書." 而窮山僻村, 久未得書. 一日, 忽有行商過去者, 持一卷書以賣, 村人爲其塗壁欲買, 鸞得之以示生, 乃東方近代表箋科製, 而細書成文, 冊大如斗, 殆數千首. 生見之, 喜曰: "此一卷足矣." 鸞卽買取付生. 生自得此書, 誦讀不輟. 夜則明一燈, 生讀書于左, 鸞繰絲于右, 分光做業. 生或少懈, 則鸞輒怒, 誚責以勉之.

如是者三年, 生文才素高, 詞華驟長, 駢儷藻思, 輪囷[39]滿腹, 下筆成章, 瞻麗絶倫, 科第可以摘髭[40]矣. 適聞國有謁聖

36) 庶尹 : 漢城府・平壤府에 둔 從四品의 관직으로, 判尹 또는 府尹을 보좌했음.
37) 奠居 : 定居. 일정한 거처.
38) 濯磨 : 원래 힘써 수양하여 성취를 기약한다는 뜻인데, 여기서는 노력해 이루다는 정도의 뜻으로 사용되었음.
39) 輪囷 : 盛大한 모양.
40) 摘髭 : 과거에 합격하는 게 수월함을 이름. 韓愈의 「寄翟立之」詩 중 "連年取

大科,[41] 鸞遂具糧辦裝, 令生赴擧. 生徒步上京, 入泮宮[42]試場, 御駕親臨, 出表題矣. 生一揮而就, 思若湧泉, 卽自手寫, 呈納而出. 及出榜之際, 上命坼封於御座前, 生爲第一矣. 時生之父, 以吏判[43]方入侍榻前, 上招謂之曰: "今此壯元者, 似是卿之子, 而但其父職, 以大司憲書之, 是何故也?" 仍命以試紙示之, 生父見之, 離席[44]涕泣而對曰: "此乃臣之子也. 三年前, 與友讀書于山寺, 一日夜忽然失之, 終莫能得, 意此必死於猛獸, 故虛葬持服, 今已闋服矣. 臣無他子女, 只有此一兒, 而才品頗俊秀, 意外見失, 悼傷之情, 至今如一.[45] 今見試紙, 果是渠之手筆也. 當失去之時, 臣職叨都憲,[46] 故想應以此書之, 而實未知渠三年在何處, 今赴此試也." 上聞而異之, 卽命召生引見. 生於放榜之前, 以儒生巾服入對. 是日, 侍臣觀者, 莫不洒然變色者. 上親問其自山寺緣何出去, 三年留住何處等, 因生離席頓首曰: "臣無狀, 棄親逃竄, 得罪人倫, 願伏重誅." 上曰: "君父之前, 不可有隱. 雖有過失, 吾不罪汝, 汝其悉陳也!" 生卽以前後事跡, 備細陳達, 左右諸臣聞者, 莫不傾耳聳聽者. 上深加歎異, 下教于生之父曰: "卿之子, 今卽悔過

---

科第, 若摘頷底髭"라는 구절에서 유래하는 말.

41) 謁聖大科 : 임금이 성균관에 거둥하여 文廟에 謁聖하고 보이던 과거.

42) 泮宮 : 성균관의 별칭.

43) 吏判 : 吏曹判書.

44) 席 : 저본에는 '床'으로 되어 있으나 김영복本을 따름.

45) 一 : 저본에는 이 뒤에 '日'이 더 있으나 김영복本을 따름.

46) 都憲 : 大司憲의 다른 이름.

勤業, 策名立朝, 男子少年暫爲女色所迷, 不足深尤, 盡赦前罪, 更責後效. 至於紫鸞, 能與之逃匿山中, 其事已奇, 而又能設策補過, 買書勸勉, 其志可嘉, 不可以官妓而賤之, 其令此子勿更娶妻, 陞鸞爲正室, 所生之子, 並通清顯, 勿有所拘可也." 仍賜唱榜.

生之父, 於御前得其子, 頭戴桂花, 馬上張樂歸家, 闔門皆驚, 悲喜交極焉. 生之父母, 因上命, 具轎轝[47]迎紫鸞而歸, 盛設宴會, 配爲正妻. 其後, 生官至宰列, 夫妻偕老, 有子二人, 亦皆登科顯榮.

生家迎鸞於孟山之日, 生以壯元故, 直出六品, 拜兵曹佐郎, 鸞以佐郎室內, 乘轎上京. 至今孟山之人, 名其所居之村, 爲佐郎村云.

• **작자** : 任埅

「智異山路迷逢眞」 '해제'의 작자條를 참조하기 바람.

• **출전** : 일본 天理大本『天倪錄』을 底本으로 삼아 異本을 참고하여 校合하였다.

---

47) 轎轝 : 저본에는 '輪輿'로 되어 있으나 김영복本을 따름.

• 참고사항

(1) 같은 줄거리의 글이 『東稗洛誦』·『溪西野譚』·『選諺篇』·『青野談藪』·『青邱野談』·『東野彙輯』 등 여러 야담집에서 발견된다. 그러나 문장표현에 있어 「掃雪因窺玉簫仙」은 이들 책에 실린 글과 다르다. 「소설인규옥소선」은 야담집에 보이는 여러 '옥소선 이야기' 가운데 가장 앞선 시기의 것이다.

(2) 이우성·임형택 譯編, 『이조한문단편집』 上(일조각, 1973)에 「掃雪」이라는 제목으로 『계서야담』에 실린 옥소선 이야기를 번역해 놓았다. 『계서야담』의 이야기는 『청구야담』에 수록된 「聽妓語悖子登科」와 같은 내용이다.

「소설인규옥소선」과 『청구야담』에 실린 「청기어패자등과」는 다음의 몇 가지 점에서 중요한 차이를 보여준다. 첫째, 「소설인규옥소선」은 「청기어패자등과」에 비해 서술이 곡진하다. 작품 분량이 한층 더 많은 것은 주로 이 점에 기인한다. 특히 남녀 주인공이 결연을 맺는 과정과 옥소선이 자기를 만나러 먼 길을 온 전 평안감사의 아들을 박대해 보냈다고 자기 어머니를 나무라는 대목이 자세히 서술되어 있다. 둘째, 「소설인규옥소선」은 야담이면서도 傳奇小說의 문체가 상당히 느껴지는바, 이 점에서 전형적인 야담의 문체를 보여주는 「청기어패자등과」와 구별된다. 「소설인규옥소선」이 작중에서 중국의 전기소설 「李娃傳」의 남녀주인공인 '鄭生'과 '李娃', 혹은 「鶯鶯傳」의 남녀주인공인 '張郎'과 '鶯鶯'을 언급한다든가, 작품 뒤에 붙인 '評'에서 옥소선을 '汧國夫人'(李娃를 말함)에 비견하고 있다든가 하는 점도 이와 무관하지 않다. 말하자면 「소설인규옥소선」의 작자는 전기소설의 전통을 상당히 의식하면서 이 작품을 쓴 것으로 보인다. 셋째, 「청기어패자등과」는 옥소선이 남자주인공의 副室이 되는 것으로 처리하고 있지만, 「소설인규옥소선」은 正室이 되도록 만들어 놓고 있다. 이 점은 단순히 디테일의 사소한 차이로 보아넘길 것은 아니며, 신분의식과 관련하여 주목을 요한다. 「소설인규옥소선」 쪽이 훨씬 대담하고 파격적이며, 기존 질서의 테두리를 넘어서고 있다고 평가할 수 있음으로써다. 그러나 「청기어패자등과」 역시 그것대로의 작품적 가치를 갖고 있음은 물론이다.

(3) 『천예록』은 이 작품과 「簪桂重逢一朶紅」을 다음과 같이 合評해 놓고 있다. "評曰: '婦人志節操槩, 不以貴賤而有間, 不以娼妓而獨異. 玉簫仙雖不免一番毁汚, 末節魁奇可取, 有類汧國夫人. 一朶紅終始完潔, 料事如神, 殆過於寇萊公之蒨桃. 兩姬之事, 有足多者, 故俱備錄焉.'"

(4) 이 작품과 대동소이한 서사구조를 보여주는 한글소설로 「月下僊傳」이 있다.

# 3. 金剛誕遊錄

安瑞羽

社洞[1]有金生者, 性本放誕, 好神仙, 善綴文, 名區絶境, 無不遍跡, 而着處吟詩, 詩句往往傳世間矣.

一日, 遇山僧於東郊,[2] 生喜而問之曰: "汝某山僧耶?" 僧曰: "我本生於金剛,[3] 長於金剛, 常慕高世之士, 未見入眼之人, 頃聞'足下飄飄然有遺世之志'云, 故想望其風彩, 自不覺身陷於十丈紅塵底頭也. 且吾年今九十, 而不知城闉之路久矣, 今則以君之故, 欲見笑於塵世間人耳." 生聞之驚喜, 不知身之爲誰也, 自以爲'樂天[4]之於陽休,[5] 東坡[6]之於道潛'[7]

1) 社洞 : 지금의 社稷洞 일대.
2) 東郊 : 동대문 밖.
3) 金剛 : 金剛山.
4) 樂天 : 唐나라의 시인 白居易. '樂天'은 그 字.
5) 陽休 : 백낙천과 교유했던 당나라 승려.

也. 生曰: "我本寒士, 欲專於科擧, 則朱子戒之;[8] 業於農圃, 則孔子譏之.[9] 吾晩而喜方外之徒, 行路名山, 足無不遍, 而所恨者, 獨不見開骨[10]耳. 今朝邂逅仙儀, 此豈天敎會於一處者耶? 吾之宿願, 欣始副矣." 因與相期而別.

會同里有申生者, 爲淮陽[11]守. 淮陽[12]素與生相善, 生往見曰: "吾向與靈師,[13] 以見金剛爲期, 今君出宰此地, 此吾淸賞靈境之秋[14]也. 方今積雨初霽, 新凉入郊, 錦繡山川, 風光必倍, 君肯不我棄耶?" 申許之, 行至任,[15] 卽召其僧, 問曰: "若[16]與金生有約乎?" 師曰: "然." 申曰: "吾聞金剛 中國所謂三山,[17] 信然否?" 師曰: "然." 申曰: "三山以秦皇､漢武[18]之威, 尙不能知邈在何處, 世間豈有神仙, 又焉有三神山耶? 若所謂三山者, 豈丘言[19]乎?" 師曰: "所謂三山者, 自古流傳,

---

6) 東坡 : 宋나라의 文人 蘇軾. '東坡'는 그 字.
7) 道潛 : 蘇軾과 교분이 있던 杭州 智果寺의 승려로, 儒佛에 두루 통했으며 詩文에 능했음. 蘇軾은 그의 시를 평하여 "無一點蔬筍氣"라고 했음. 저서로 『參寥子集』이 있음.
8) 朱子戒之 : 송나라의 도학자 朱熹는 科擧工夫가 학문에 방해가 된다고 하여 제자들이 그에 盡力함을 경계했음.
9) 孔子譏之 : 공자는 그의 제자 樊遲가 농사일에 대해 묻자 큰 일을 놓아두고 작은 일을 배우고자 함을 기롱한 바 있음. 『論語』 「子路」篇에 보임.
10) 開骨 : 보통 '皆骨'로 표기함. 금강산의 異稱.
11) 淮陽 : 강원도의 고을 이름. 都護府가 있었음.
12) 淮陽 : 淮陽守 申生을 가리킴.
13) 師 : 승려.
14) 秋 : 절호의 기회.
15) 任 : 任地.
16) 若 : 너.
17) 三山 : 三神山.
18) 秦皇 · 漢武 : 秦始皇과 漢 武帝.

雖未能必知, 若不有神仙, 則師詳知矣." 申曰: "然則金也好仙者, 來此, 則必從汝求仙矣, 則將奈何?" 師曰: "吾本聞此人好仙, 欲解其惑也. 故遇其人, 與之期而還耳." 申曰: "汝意正合我意." 因相議曰: "金也來, 則必尋汝, 吾對之以'爲仙'云爾, 則彼則將信之, 而求汝上山矣. 然後擇其能吏多年齒者二老, 及衙童二青衣, 使之先上山脊, 敎之如是如是, 又擇其官吏年少美好者, 俟彼遊山而還, 吾則隱而不見,[20] 使少吏爲假倅以待之如何?" 師曰: "善." 於是相約而送之.

居無何, 生至報聞. 申卽召入, 進如干酒肴, 相與酬酢, 而生半醉, 申曰: "君之來, 何其晩也? 吾到任後過十餘日, 卽召所謂靈師, 已爲仙矣, 杳然不知矣." 生曰: "君則只多有塵世緣耳, 師雖存, 而故[21]不見君矣. 若吾往尋之, 則何相見之難?" 卽日躡蹻擔簦,[22] 訪于靈師. 師預要[23]於百川洞[24]口, 見生, 欣然迎笑曰: "君何來之晩耶? 吾苦待君久矣." 因携手而上, 至于第一層, 青鶴初棲, 白雲如籬. 師曰: "箇中風景何如?" 生曰: "吾周覽八路,[25] 未見如此之奇勝也." 師曰: "此傍有二老仙君, 欲見否?" 生喜曰: "非靈師之故, 何緣及覩?"

---

19) 丘言 : 丘里之言. 里俗의 말. 시골 사람의 말.
20) 見(현) : 나타나다.
21) 故 : 일부러.
22) 躡蹻擔簦 : 草履를 신고 삿갓을 쓰다. 遠行, 跋涉함을 이름. '蹻'(각)은 '屩'으로도 씀. 원문에는 '躡'이 '攝'으로 되어 있음
23) 預要 : 미리 기다려 맞이하다.
24) 百川洞 : 內金剛에 있음.
25) 八路 : 八道.

師携至一所, 只有一碁局, 而手迹宛然, 不知仙之在何也. 師隱生於巖穴中, 却立而視之, 若有所待. 已而二老人出於古木中, 更設碁局, 而傍若無人. 師眴生曰: "可來矣." 生惶惧匍匐, 攀緣石路而上. 老人曰: "是何塵臭之自何處來也?" 召青衣二童子曰: "小子請往視之!" 卽下石路百餘步許, 有人隱於巖穴中, 見二童, 俛首縮頸, 若置身之無地. 童子叱曰: "汝何爲者, 妄到此地爲?" 卽以青藤數丈許, 結縛到二老前, 時師亦在其傍矣. 老人罵曰: "汝誰也? 何能踏此地乎?" 生惶怖之際, 不知其言之自其口出, 答曰: "吾之來此, 初則本非吾也. 向與彼師, 偶至此境, 不幸致辱於長者, 罪死無惜." 老人使童子縛師, 佯怒曰: "汝則本在此地, 何令塵俗子, 汚銀世界[26]耶? 汝罪重於此人, 爲先治汝之罪然後, 次治彼人." 卽取灰囊百餘, 當風決之, 一洞暗黑, 不見傍人. 生方欲避趨之際, 忽聞敲扑之聲戞然於雲霧之中, 乃笞師也. 生隱於巖石間, 忽然洞口暗開, 童子索生, 更縛致二老前曰: "此人欲避而隱於巖石間, 其罪又宜如何? 孔子曰: '獲罪於天, 無所逃也.'[27] 此人獲罪於天, 而欲逃其罪, 是違天者也. 固當重治之, 雖放還人間, 使不得爲人, 而作一狂犬, 以之喫苦於塵間如何?" 老人曰: "然." 卽令生立於大盤石上, 赤脫其衣仆之, 使二童子, 取大杖立之, 又取灰囊決之. 時則將暮之

26) 銀世界 : 俗世의 더러움이 없이 깨끗한 仙界.
27) 獲罪於天, 無所逃也 : 『論語』 「八佾」篇에 나오는 말. 『논어』에는 원래 '逃' 자가 '禱'자로 되어 있음.

日, 洞口黯黲, 不分天地, 二童子立石兩邊, 笞生二十餘許.

俄而灰收洞開, 白月出嶺, 師跪而止之曰: "此人由我而至此, 皆我之罪也. 伏願以吾代之. 且此人, 雖在人間, 亦非濁世翩翩者流也, 足以張吾軍矣. 幸自諒而恕之." 老人曰: "此境元無世人之到, 此人能至, 是用觀之, 亦似非常人也." 卽命童子解縛, 延之座上. 老人曰: "吾生於漢武元年, 到此地者, 至今千有餘歲, 未見俗人之到矣. 汝能到之, 若無仙緣, 豈能踏此地耶? 是以知君自有仙骨也. 請與子同遊可乎?" 生再拜謝曰: "小子本一寒士耳. 今大人一見, 眷待之如此, 不敢請, 固所願也." 老人曰: "凡以凡幻仙, 雖有七變[28)]九轉[29)]之道, 而汝則已脫俗臼, 十六七年矣. 姑以三幻之術[30)]試之." 命童子曰: "汝取丹砂水[31)]澆之!" 卽以煮堇水[32)]洗之, 髮鬐皆赤, 渾體如醉. 老人曰: "何如?" 生曰: "不知我爲我彼爲彼也." 老人曰: "固如是, 固如是耳." 又命童子曰: "取赤城瑤露滴[33)]進之!" 卽以牛涬水[34)]和野人看[35)]以進, 生立[36)]飮. 老

28) 七變 : 『列子』 「天瑞」에 "易變而爲一, 一變而爲七, 七變而爲九"라는 말이 있음. 『易』에서 七은 少陽의 數이고, 九는 老陽의 數인데, 少陽이 변화하여 老陽이 된다는 뜻임.

29) 九轉 : 丹藥을 아홉 번 燒煉하는 것을 일컫는 말. 道敎에서 최고의 丹藥은 아홉 번 燒煉해야 한다고 함.

30) 三幻之術 : 凡人을 仙人으로 변화시키는 세 가지 方術.

31) 丹砂水 : 丹砂, 즉 朱砂를 푼 물.

32) 煮堇水 : 堇을 삶은 물. '堇'은 일명 烏頭라고도 하는 약초인데, 삶으면 자주빛 물이 우러남.

33) 赤城瑤露滴 : 赤城의 이슬 방울. '赤城'은 전설상의 仙界.

34) 牛涬水 : 소 오줌.

人曰: "其味何如?" 生自意以爲: '臭惡, 則恐忤老人之意', 曰: "人間人, 不知眞味之爲如何, 而但覺煩胷之洞豁也." 老人曰: "固如是, 固如是耳." 又命童子曰: "取金光草[37]進之!" 卽以苦葉以進. 生嘗之, 味苦不敢近口, 生辭曰: "其味苦, 不忍呑下." 老人曰: "汝幻仙骨, 十已九矣. 汝不呑, 是功虧一簣[38]也. 强爲呑之! 且有仙緣者, 則其味甘, 今爲苦於汝口, 只由塵緣之未盡磨耳." 生强呑之. 老人曰: "今則何如?" 生恐其再進, 佯曰: "其味甘如薺[39]矣." 老人曰: "固如是, 固如是耳."

三幻之術旣試畢, 老人曰: "汝今則已脫凡骨矣." 同遊數日, 老人曰: "今汝一幻仙骨, 其肯有思家之念否?" 生曰: "人情同於懷土, 豈無首丘[40]之心乎?" 老人曰: "然則汝出洞辭家, 與我終擬[41]長遊衍何如? 但不知汝之父兄妻孥之今尙存沒也. 今汝與我同遊, 已過四日, 天上之一日, 乃人間之百年也. 汝之父兄妻孥, 豈能久存乎?" 生心事茫然, 良久對曰:

---

35) 看 : 古語에 大便을 '큰 묻', 小便을 '작은 묻'이라 하고, 대변이나 소변 보는 것을 '묻보다'라고 하는데, 바로 이 '묻보다'의 借字表記로서 '묻본 것'(여기서는 문맥상 작은 묻, 즉 소변을 가리킬 것임)을 뜻하지 않나 추정됨. 한편 이가원 선생의 『李朝漢文小說選』(민중서관, 1961)에는 '糞'으로 되어 있음.
36) 立 : 당장, 즉각.
37) 金光草 : 전설상의 풀로, 먹으면 장수한다고 함.
38) 功虧一簣 : 『書經』「旅獒」에 나오는 말. 九仞의 높은 山을 쌓는데 한 삼태기의 흙이 모자라 성공하지 못한다는 뜻.
39) 其味甘如薺 : "誰謂荼苦, 其甘如薺"라는 말이 『詩經』에 보임.
40) 首丘 : 여우가 죽을 때 자기가 태어난 언덕을 향해 머리를 둔다는 데서 유래하는 말로, 고향을 그리워함을 이름.
41) 擬 : ~하려 하다.

"小子幸蒙大人之顧, 縱[42]幻仙骨, 家屬存無, 兩[43]難知矣. 請出而辭家後來, 隨大人之杖屨." 老人許之.

生出而至淮陽官門, 直入, 守門[44]拒而叱之曰: "如此怪人, 何爲妄入衙門也?" 生曰: "吾與汝主申生素善, 汝何敢自拒乎?" 守門曰: "吾之土主,[45] 乃姓某名某, 所謂申生, 夢寐中不聞見也." 生始疑老人之言, 自意以爲: '已過四百年, 則申必已死, 而他人來矣.' 乃乞守門曰: "吾某年某月, 與此地倅申姓某相善, 其時來見金剛而到此, 已過四百年矣. 願守門爲我告倅, 使得行粮, 以無中途飢餓之患, 則其恩何可忘也?" 守門曰: "此必神人也." 卽入告, 有間出曰: "倅召子矣." 生入, 倅延之座上曰: "先生誰也? 聞先生非塵世間人, 果然否?" 生起拜曰: "賤生姓某名某, 去某年某月, 與此地倅申某相善, 其時來此地, 周覽開骨, 逢神人, 如是如是後, 更還此地, 則已過四百年云矣." 倅笑曰: "先生之故鄕, 在於何處?" 曰: "社洞." 倅曰: "吾亦在社洞, 先生之家, 在於誰家之北、誰家之南[46]也?" 生曰: "吾家在於某人家之西、某人家之東[47]也." 倅曰: "然則先生之家基, 已爲蓬蒿之田, 而世人至今流傳爲'金某之舊基'云矣." 生愴然曰: "吾之家屬之所在, 倅亦未聞知耶?" 倅

42) 縱 : 비록.
43) 兩 : 살아 있는지 죽었는지의 두 가지.
44) 守門 : 문지기.
45) 土主 : 城主, 곧 고을 원을 일컫는 말.
46) 南 : 南은 앞을, 北은 뒤를 가리킴.
47) 東 : 東은 右를, 西는 左를 가리킴.

曰: "某鄕某村, 有金姓名某者, 世人傳號爲先生五代孫也, 至今賴先生積德, 饒居一邑也." 生憮然下淚曰: "'人間如蜉蝣'者, 信非虛言耳! 吾遊覽此山者, 不過四日, 何世事之多變, 更如是也!" 因請行粮, 倅給之曰: "先生其有更來此地期[48]耶?" 生曰: "吾已與神人約矣. 吾自從此後, 永與世人別, 長期周遊九垓[49]上耳." 倅曰: "先生倘或重來此地, 其肯思塵間友乎? 願陪先生而學術[50]也." 生許之.

卽日往于所謂五代孫家, 直入內舍, 其家奴僕, 拒而不納. 生叱曰: "汝不知吾乎? 吾亦汝主耳." 如是之際, 門外騷擾, 主人怪而問之曰: "是何雜聲之出也?" 奴輩皆爭來, 告曰: "門外有一人來, 曰: '吾亦汝主耳', 欲直入內舍." 主人怪之, 使奴子牽入之, 生直上外廊, 叱曰: "若[51]不知乃[52]五代祖耶? 世間豈有凌辱其祖者乎?" 主人一怪一憤, 曰: "是亦妄人也. 相較[53]何益?" 命奴扶而出之. 生立庭叱曰: "爾[54]後生, 實不及聞知也. 乃祖乃父,[55] 不言於汝乎! 吾某年某月, 逢神人, 已爲仙矣. 汝今則可以知乎?" 主人益怪駭之, 扶而出之, 閉門不納. 生大怒, 明日入訴官庭曰: "吾有五代孫, 而不祖其

48) 期 : 기약.
49) 九垓 : 九重之天, 곧 하늘.
50) 術 : 方術. 神仙術.
51) 若 : 너.
52) 乃 : 너의.
53) 較 : 다투다.
54) 爾 : 너.
55) 乃祖乃父 : 네 할아비와 네 아비.

祖, 請於明公之下, 以治其罪." 倅怪之, 捉致官庭, 面詰之, 金見生虛笑曰: "天下果有如是妄人乎? 昨日, 此人來到民[56]家如是如是, 民怪之如是如是." 倅駭異之曰: "觀汝之形, 未滿四十, 豈有年未滿四十, 而有五代孫者乎?" 卽命左右, 笞生五十餘杖, 扶而出之. 一官人,[57] 相與目笑之.

生不勝其憤, 自以爲: '必見宗族, 使曉此事而後, 可以更上金剛也.' 卽日到其家, 生父兄妻孥俱存, 見生顔色髮膚皆赤, 大驚避匿曰: "如此怪人, 奚自?"[58] 命左右扶出之. 生不得已出, 舍于近其家常漢[59]草屋, 自憤其見欺, 恨懣成疾. 將終, 遺書其家, 曰: "吾在世, 一無所成, 而畢竟[60]至於父兄不以爲子弟、妻孥不以爲夫父, 生之何益?" 遂絶. 世人至今傳爲奇談.

• **작자** : 安瑞羽(1664~1735)

字는 鳳擧, 호는 兩棄齋, 본관은 廣州. 실학자 鼎福의 조부. 1691년(숙종 17)에 생원이 되고 1694년 별시문과에 급제했으나 聖廟從祀 사건에 연루되어 30년간

56) 民 : 士民이 官長에게 스스로를 일컫는 말.
57) 一官人 : 온 관청 사람들.
58) 奚自 : 어디서 왔나.
59) 常漢 : 상놈. 평민.
60) 竟 : 원문에는 '境'으로 되어 있음.

落拓하였으며, 태안군수·울산부사 등을 지냈다. 그 뒤 전라도 무주에 살면서 서울에는 발을 끊고 은거생활을 하였다. 연시조인 「楡院十二曲」을 비롯하여 19수의 시조를 남겼으며, 문집으로 『兩棄齋遺稿』가 전한다.

• 출전 : 『兩棄齋遺稿』 續集(국립중앙도서관 所藏의 安鼎福 抄 『腹藁』 제26책 所收)

• 참고사항

(1) 원문의 제목 밑에 작은 글씨로 "丁卯年"이라고 적어 놓아 이 작품이 1687년(숙종 13)에 창작되었음을 알 수 있다. 안서우의 나이 스물네 살 때다.

(2) 이 작품은 '反神仙傳', 즉 신선전을 뒤집어 놓은 작품인바, 허황되게 신선사상을 붙좇는 神仙者流의 迷妄을 풍자하고 있다.

(3) 신선을 동경하다가 급기야 가짜신선에 기만당한다는 이런 주제는 失傳 판소리인 「가짜신선타령」에서도 발견된다. 「가짜신선타령」의 줄거리는 宋晩載가 창작한 「觀優戲」 중의 "光風癡骨願成仙, 路入金剛問老禪. 千歲海桃千日酒, 見欺何物假喬佺"이라는 시에서 그 대강을 짐작할 수 있다. 이처럼 이 작품과 「가짜신선타령」은 그 상황설정이 아주 유사해 둘 사이에 어떤 영향관계가 있지 않을까 의심되지만, 확실한 것은 알 수 없다.

(4) 이 작품이 신선을 추구하는 이들을 혹독하게 비판하고 있다면, 朴趾源의 「金神仙傳」은 神仙者流란 별스런 존재가 아니라 현실에서 뜻을 얻지 못한 울울한 자들일 뿐이라고 했다. 박지원의 시선에서는 閭巷의 神仙者流에 대한 연민의 감정 같은 게 느껴진다.

(5) 이 작품은 이가원, 『李朝漢文小說選』(민중서관, 1961)에서 처음 소개되고 번역되었다. 작품에 대한 논의로는 이신복, 「금강탄유록 연구」, 『국문학논집』 9(단국대, 1978); 인권환, 「가짜신선타령과 금강탄유록」, 『어문논집』 40(민족어문학회, 1999)이 참조된다.

# 4. 洪晥傳

李德壽

洪晥[1]者, 故判書宇遠[2]之庶姪也. 世居安城 蘇晚里, 後移水原. 甲子[3]秋, 遷窆判書夫人於安城, 洪之一族咸集. 晥獨以老母病, 前一日始赴, 距蘇晚未五里, 日已昏矣. 忽聞背後有人語, 回視之, 兩奴持一馬, 面甚慣, 告晥曰: "郎君所騎疲甚, 盍易以此馬?" 晥卽欣然從之. 既上馬, 馬跑空, 足下生雲, 未瞬息, 到俗離山 雲藏臺. 有綵閣縹緲, 其堂陛、庭闥,

1) 洪晥 : 安鼎福의 『雜同散異』에 실린 「黑衣人傳」의 작자 洪芄과 동일인이 아닐까 생각됨. 『잡동산이』에서는 洪芄이 "南坡 洪尙書[洪宇遠]의 庶從姪로 시에 능했으며 司馬試에 합격하여 郎廳 벼슬을 했고 의술에 뛰어났다"(南坡尙書之庶從侄, 能詩, 中司馬, 官郎廳, 善醫術)라고 소개하고 있음.

2) 宇遠 : 肅宗 때 예조판서와 이조판서를 지낸 南坡 洪宇遠(1605~1687)을 말함. 작자는 西人이고 홍우원은 南人이기 때문에 字號로 부르지 않고 이렇게 바로 이름을 말했음.

3) 甲子 : 1684년.

皆舊所見也. 有少娥出迎, 姿容甚都. 婦言: "以宿緣之重, 今幸相逢. 但君在世不行七星祭,[4] 故今日之會, 在我固幸, 而在君則大厄運也." 因勸酒一盃, 香烈異常. 凡歡合之事,[5] 一如世間.

天明視之, 身臥雲藏臺, 而綵閣、少娥, 俱無見焉. 意快適, 無復人世念, 亦不知有飢渴. 日旣昏, 則綵閣、少娥, 復宛然在前矣. 三日後, 婦言: "緣止此矣. 君歸, 必行七星祭. 無忘吾言也." 剪紅錦一尺, 題詩以贈. 詩曰:

鏡破鸞分[6]幾百年? 扶桑[7]弱水[8]隔三千.[9]
宿緣未售[10]長相憶, 碧海青天夜夜連.

又曰:

玉帝[11]許令今日會, 楚臺[12]雲月尙依然.

---

4) 七星祭 : 음력 정월 초이렛날 夜半에 一家의 평안무사와 자녀의 복을 빌면서 七星閣에 드리는 제사.
5) 歡合之事 : 合歡之事와 같음.
6) 鏡破鸞分 : 이별을 이르는 말임. '鏡破'는, 陳나라 徐德言이 樂昌公主와 결혼했다가 나중에 난리를 만나자 헤어지며 거울을 깨뜨려 각기 그 반씩 간직하면서 再會時에 信標로 삼자고 한 데서 유래하는 말. 鸞새는 금슬이 좋은 새인데, 이와 관련된 고사는 「調信傳」의 주 15를 참조할 것.
7) 扶桑 : 바다 동쪽 2만여 리 지점에 있다는 해돋는 곳.
8) 弱水 : 「崔陟傳」의 주 20을 참조할 것.
9) 三千 : 약수 3천 리라 하여, 매우 멀리 떨어져 있어 만나기 어려움을 이르는 말임.
10) 售 : '다하다'는 뜻.

下句忘不記.

天旣明, 不見少娥, 幷失袖詩. 忽思: '判書夫人葬日已過, 毋病亦重, 我何爲狂易至此?' 卽尋山下西林寺乞飯, 飯已[13] 步還.

其家失晥已八日矣. 初見晥所騎馬空鞍自歸, 疑其遇盜而死. 其弟琥就問日者[14]南載薰, 南布卦而驚曰: "必死矣!" 繇[15] 云: "可道可仙, 非僧非俗, 此非死而何?" 晥旣歸, 竟不能行七星祭, 而以醫仕, 至歸厚別提,[16] 年四十九而死.

嘗入侍肅廟,[17] 以此俯詢, 盖已流入大內[18]也. 其事絶怪, 而以非妄也故, 記之.

---

11) 玉帝 : 옥황상제.

12) 楚臺 : 楚나라에 있던 누대인 高唐을 가리킴. 「崔致遠」의 주 10 및 「萬福寺摴蒱記」의 주 44를 참조할 것.

13) 飯已 : 밥 먹기를 마치자.

14) 日者 : 점쟁이.

15) 繇(주) : 占辭.

16) 歸厚別提 : 歸厚署의 別提. '歸厚署'는 棺槨의 제조 등 장례에 필요한 물품 공급을 관장하던 부서. '別提'는 6품 벼슬.

17) 肅廟 : 肅宗(재위 1674~1720).

18) 大內 : 대궐.

## 해제

• 작자 : 李德壽(1673~1744)

호는 西堂이며, 金昌翕·朴世堂의 門人이다. 영조 때에 이조판서와 대제학을 지냈다. 저서로는 문집인 『西堂集』이 전한다.

• 출전 : 『續齊諧志』(일본 天理大 소장)

• 참고사항

(1) 이 작품은 비록 편폭은 퍽 짧지만 神怪類의 傳奇小說에 속한다 할 것이다. 敍事를 곡진히 전개시키지 못하고 줄거리만 短小하게 제시하는 데 그쳐 羅末麗初에 창작된 이른 시기의 전기소설을 대하는 느낌이다.

(2) 「홍환전」이 세간에 떠도는 이야기를 작품화한 것임은 작품 말미의 "嘗入侍肅廟, 以此俯詢, 盖已流入大內也"라는 말을 통해 확인된다. 세간에 떠돌던 이야기는 야담적 성향의 이야기라 할 만한데, 작자 이덕수는 구전되던 이 이야기를 야담의 형식이 아니라 전기소설의 형식 속에 담았던 것이다. 하지만 이 작품을 통해 확인되듯, 야담과 전기소설의 거리는 그리 먼 것만은 아니다.

# 5. 劒僧傳

申光洙

壬辰[1]後五十餘年, 客有讀書五臺山者. 有僧年八十, 癯而精悍, 與之語, 頗黠. 常在旁, 喜聞讀書聲, 遂與客熟.

一日曰: "老僧今夜祭亡師, 不獲侍左右矣." 夜深, 聞哭甚悲, 曉益酸絶, 朝見面有涕蹤. 客問: "吾聞浮屠[2]法, 祭不哭. 師[3]老而甚哭, 聲若有隱痛, 何也?" 僧歔欷而作曰: "老 僧非朝鮮人也. 清正[4]之北入也, 簡倭能劒者二十以下, 五萬得三萬, 三萬得萬, 萬得三千, 別部[5]在軍前, 能百步飛擊人, 搏空鳥, 老僧亦其一也. 幷海九郡,[6] 而北踰鐵嶺,[7] 躪關南,[8] 深

1) 壬辰 : 1592년. 壬辰倭亂이 일어난 해.
2) 浮屠 : 佛教.
3) 師 : 스님.
4) 清正 : 임진왜란 때의 倭將 加藤清正.
5) 別部 : 특별부대.

入六鎭,[9] 弗見人, 海岸有石, 陡立百餘尋, 見一人雨笠[10]衣, 坐其上. 別部譟而仰發銃, 其人劍揮之, 丸輒紛紛雨落. 倭益忿, 環不去. 已而其人騰而鳥下, 飛劍往來人肩如草薙. 於是倭能劍者三千, 不殺, 獨老僧若[11]一倭已. 其人遂按劍而嘑: '若[12]屬三千, 其不殺, 若二人已. 若雖夷而讐我, 亦人已, 吾不忍盡之矣. 若能順我乎?' 曰: '死生唯命.'

二人遂從其人山中, 數年盡得其術. 師弟子三人, 偏游八道名山, 每至一山, 結茅住一年或半年, 輒棄去. 秋深月盛, 或登絶頂, 舞「劍器」[13]淋漓移時, 擊石斷高松, 怒洩乃止. 然姓名不肯言. 後十年, 嘗出游, 其人頫而結屝係, 一倭忽乘後拔劍, 斷其頭, 顧老僧曰: '夫匪吾讐乎? 今日得反之矣. 吾二人, 盍間行反諸日本?' 老僧目見師遇害, 狠發劍, 亦立[14]斷其倭頭. 噫! 老僧與其倭, 俱倭耳, 同師數十年, 不知其日夜內懷陰賊心也.

旣報師讐, 念: '吾三人, 若父子兄弟, 一朝塗[15]喪師. 又劍

---

6) 九郡 : 울산, 영천 등 경상도 동해안의 아홉 고을을 가리킴. 加藤淸正이 이끄는 왜군은 동해안을 따라 북상하여 충주를 거쳐 한양에 입성하였음.
7) 鐵嶺 : 강원도 淮陽郡과 함경남도 安邊郡 사이에 있는 큰 재.
8) 關南 : 摩天嶺 남쪽 지역. 즉 함경남도를 가리킴.
9) 六鎭 : 함경북도의 慶源·穩城·鍾城·會寧·富寧·慶興의 6郡.
10) 雨笠 : 갈삿갓. 쪼갠 갈대로 결어 만든 삿갓.
11) 若 : '及'의 뜻.
12) 若 : 너.
13) 「劍器」 : 칼춤의 曲名.
14) 立 : 당장.
15) 塗 : 길에서.

倭東來三千, 吾兩倭在爾, 吾殺其一倭, 顧天下一身已. 日出[16]限漲海萬里, 居異國, 又多畏, 吾獨生何爲?' 遂大哭, 欲自殺. 又念: '我日本人也. 投東澥[17]而死.' 東走澥自投, 會海大魚鬪, 鼓浪[18]卷落海岸, 不能再投. 卽上五臺[19]爲僧, 食松葉四十年, 不下山, 每歲師死日, 未嘗不哭失聲. 今年老僧八十矣, 朝夕且死, 後年今日, 欲復哭, 易乎? 是以甚哭, 顧安知浮屠法乎? 噫! 吾老於是矣, 仝寺僧, 莫知吾外國人, 今日爲措大,[20] 一露其平生, 八十僧, 焉用諱倭爲? 言已, 夷然乃笑. 明日, 不知所之.

外史氏曰: "劒師俠而隱者乎! 當壬辰之難, 草埜[21]勇鷙士,[22] 如洪季男,[23]金應瑞[24]輩, 多奮起捍賊, 立奇功. 劒師伏而弗出, 不欲以功名自顯, 何哉? 彼有異術, 誠知壬辰之變天數也, 非區區智力可弭. 自古智勇異能之士, 多不免, 小國尤甚焉. 雖以國朝[25]言之, 南怡,[26]金德齡[27]皆是已. 故劒師

16) 日出 : 해가 나오는 곳. 즉 일본을 가리킴.
17) 東澥 : 東海.
18) 鼓浪 : 鼓起波浪.
19) 五臺 : 五臺山.
20) 措大 : 원래 貧士를 뜻하나, 여기서는 그저 선비라는 뜻으로 쓰였음.
21) 埜 : '野'의 古字體.
22) 鷙士 : 아세아문화사에서 영인한 『崇文聯芳集』에는 이 두 글자가 缺落되어 있으나, 李家源 先生의 『麗韓傳奇』에 의거해 보충했음.
23) 洪季男 : 미천한 출신으로 임진왜란 때 큰 공을 세운 武將.
24) 金應瑞 : 임진왜란 때 明나라 장수 李如松과 함께 평양성을 탈환하는 등 큰 공을 세운 武將.
25) 國朝 : 朝鮮을 가리킴.
26) 南怡 : 생몰년 1441~1468년. 世祖 때의 장군. 逆心을 품었다는 誣告를 받아

寧老死巉巖, 而弗悔也. 豈世傳二子所遇白頭隱者、草衣客[28]之流也歟? 至若不言其姓名, 尤奇矣哉! 然劒師與二倭, 處十數年, 亦可以知心術矣, 一爲賊,一爲子, 而肘腋之, 卒以其道, 授賊自戕, 明於保身, 闇於知人, 殆所謂單豹養內, 虎食其外[29]者耶. 故孟子曰: '羿亦有罪焉.'[30] 抑五臺老僧, 夷狄而奇男子也夫!"

• 작자 : 申光洙(1712~1775)

호는 石北이며, 영조 때의 뛰어난 詩人이다. 특히 科詩로 이름이 높아, 「關山戎馬」 같은 작품이 人口에 膾炙되었다. 또 「關西樂府」처럼 조선의 民風을 노래한 악부시를 비롯해, 民의 삶과 현실에 대한 관심을 표시한 시들을 상당수 남겼다. 그러나 벼슬살이에 있어서는 불우하여 중년까지 布衣로 지내다가 만년에야 미관

---

獄死하였음.

27) 金德齡 : 생몰년 1567~1596년. 임진왜란 때의 義兵將. 倭賊과 내통했다는 혐의를 받아 억울하게 죽었음.

28) 白頭隱者 · 草衣客 : 누군지 미상.

29) 單豹養內, 虎食其外 : 『莊子』 「達生」에 나오는 말. 魯나라 사람인 單豹는 巖穴에 居하며 수양을 해 나이 70인데도 얼굴빛이 아이 같았으나 그만 굶주린 범에게 잡아먹혔다 함.

30) 羿亦有罪焉 : 『孟子』 「離婁」(下)에 "逄蒙學射於羿, 盡羿之道, 思天下惟羿爲愈己, 於是殺羿. 孟子曰 : '是羿亦有罪焉'"이라는 말이 나옴. 羿가 제자 逄蒙에게 죽임을 당한 것은 그가 제자에게 활 쏘는 기술만 가르쳤지 德을 가르치지 않은 탓이니, 羿가 죽임을 당한 데에는 그 자신의 잘못도 있다는 말.

말직을 거쳐 승지에 올랐다. 저서로는 문집인 『石北集』이 전한다.

• 출전 : 『石北集』 권16

• 참고사항

(1) 원문의 제목 밑에 작은 글씨로 "丁丑"이라고 적어 놓아 이 작품이 1757년(英祖 33)에 창작되었음을 알 수 있다.

(2) 이 작품은 설화를 傳에 수용한 경우라 하겠는데, 야담의 정취가 느껴짐은 물론, 傳奇的 面貌도 발견된다.

(3) 임진왜란은 우리나라 서사문학에 큰 영향을 끼쳤던바, 17세기 이래 이른바 '劍俠傳'類의 작품들이 생겨난 것도 임진왜란의 영향이라 할 수 있다.

「검승전」은 임진왜란의 傷痕을 특이한 소재를 통해 환기한 작품이라 할 수 있겠는데, 일본인 노승의 회고를 통해 사연을 드러내는 방식이 이채롭다. 또한 원수 사이인 조선인과 倭人을 師弟之間으로 설정하여 애증과 갈등을 표현한 데서 '극적' 면모를 발견할 수 있다.

(4) 辛敦復이 창작한 야담집인 『鶴山閑言』에도 같은 줄거리의 이야기가 보인다. 다만 『鶴山閑言』 所載 야담에는 작중의 관찰자를 '客'이라 하지 않고 17세기 후반의 실존인물인 孟胄瑞로 명시해 놓고 있으며, 공간적 배경을 오대산이 아니라 楓岳으로 설정해 놓았다. 신돈복과 신광수는 각각 독자적으로 口傳의 이야기를 바탕으로 작품을 창작한 것으로 보이는데, 구전의 이야기를 어떤 문학관습 속에 담았는가에 따라 하나는 야담계소설이 되고 다른 하나는 전계소설이 되었다.

(5) 이 작품에 대한 소개 및 번역은 이가원, 『李朝漢文小說選』(민중서관, 1961)에서 처음 이루어졌다.

# 6. 李節度窮途遇佳人

辛敦復

仁祖朝, 海西鳳山地, 有一武官姓李者, 饒於財而性甚豁達, 喜施與, 信人不疑, 有告急者, 傾儲无所惜, 以此家計耗敗, 至不可支. 然風骨偉麗, 見[1]者皆以榮達期之. 仕爲宣傳官,[2] 坐事失職, 鄕居累年, 銓曺[3]久不撿擬.[4]

一日, 李謂其妻曰: "武弁鄕居, 官不自來, 而家貧如此, 實

---

1) 偉麗, 見 : 저본에는 '俊偉, 觀'으로 되어 있으나 東京大 도서관 阿川文庫에 收藏되어 있는 『鶴山閑言鈔略』(이하 東京大本이라 略稱)과 栖碧外史海外蒐佚本 『靑邱野談』 乙을 따름. 이하 특별히 어떠 本임을 밝히지 않고 『靑邱野談』이라고만 한 것은 이 本을 가리킴.

2) 宣傳官 : 宣傳官廳에 소속된 벼슬. 정3품부터 종9품까지 있었음.

3) 銓曺 : '曺'는 '曹'와 仝字. 조선조 때 文·武官의 銓衡을 맡은 吏曹와 兵曹를 일컫던 말. 여기서는 兵曹를 가리킴.

4) 撿擬 : 檢擬. '撿'은 '檢'과 仝字. 堂下武官職을 임명할 때 取才에 합격했는지 또는 宣傳官·部將·守門將 등에 추천된 사실이 있는지의 여부를 조사하여 위에 奏薦하는 것.

恐一朝塡壑, 所餘庄土賣之, 可得四百餘金, 以此入京, 官可得也. 成則人, 不成則鬼, 我欲一決." 妻亦[5]許之. 遂盡賣土, 果得四百金, 留百金付妻謀生, 以三百金上京, 健僕駿騎, 頗動人目. 至碧蹄店止宿. 僕方治馬食, 忽有一漢, 着氈笠, 衣服新鮮, 始則窺視, 俄而入來, 與僕輩語, 意頗懇款. 僕輩悅之, 問所從來, 曰: "兵曹判書宅使喚蒼頭[6]也." 李遙聞其言, 亟召問之, 對如前. 李大[7]喜曰: "吾方求仕上京, 所望者兵銓,[8] 汝果是兵判信任奴僕, 則其能爲我居間周旋否? 且汝之來此, 何爲?" 其人曰: "小人爲兵判宅首奴, 上典家臧獲,[9] 多在西關, 今方受命收貢膳,[10] 故今日發去耳." 李歎曰: "得爾不易, 而有此交違, 何以則有便善之策耶? 其指之!" 曰: "此不難. 請與之同入京耳. 小人受命辭出, 已累日, 而擇吉發行, 故今始出來, 上典未必知之. 今復還爲進賜[11]周旋後發行, 亦未晩也. 但未知行[12]中所持者幾何." 曰: "三百金." 曰: "堇可用之." 遂隨而歸, 爲李定一舍舘, 而傍近兵判家. 囑主人善待之, 其抑揚甚示威勢, 主人奉行唯勤, 李以爲主人素知此漢, 益信之.

---

5) 亦 : 저본에는 없으나 東京大本에 의거해 보충했음.
6) 蒼頭 : 奴僕.
7) 大 : 저본에는 없으나 東京大本에 의거해 보충했음.
8) 兵銓 : 兵曹의 銓官.
9) 臧獲 : 노비. 남자 종을 '臧'이라 하고, 여종을 '獲'이라 함.
10) 收貢膳 : 노비의 身貢과 進上을 받는 것.
11) 進賜 : '나리'라는 뜻의 이두.
12) 行 : 行裝.

其漢歸家, 數日不來. 李謂以[13]背之, 大爲[14]疑慮, 已而[15]來見, 李喜極, 如漢王之得亡何,[16] 問不來之由, 曰: "爲進賜圖官, 豈可倉卒耶? 有一處蹊逕甚緊, 而當用百金." 李[17]急問之, 厥漢曰: "大監有姊氏內主, 寡居在某洞, 大監極念之, 所言必從. 小人以進賜事, 告于厥宅, 則內主要得百金, 美官可立致, 進賜肯无吝乎?" 李曰: "此金之[18]用, 專爲此也. 更何問?" 卽出橐, 計數而付之. 僕輩疑之曰: "進賜不親進, 徒付此漢, 安知非詐耶?" 李曰: "其爲兵判僕則明矣, 何可不信人如此?" 翌日, 厥漢來曰: "內主得金甚喜, 卽送言于大監, 懇請以[19]散政[20]有當窠,[21] 必首擬[22]毋泛, 大監已諾之. 然必有言重者傍助然後, 益牢固矣. 某洞有某官, 素爲大監親重, 有言必從, 又以五十金投之則必喜, 可大得力." 李深以爲然,

13) 以 : 저본에는 '已'로 되어 있으나 東京大本을 따름.
14) 大爲 : 저본에는 '爲大'로 되어 있으나 『靑邱野談』을 따름.
15) 已而 : 저본에는 '而已'로 되어 있으나 東京大本과 『靑邱野談』을 따름.
16) 漢王之得亡何 : '漢王'은 漢 高祖를, '何'는 蕭何를 가리킴. 韓信이 처음에 漢 高祖에게 인정을 받지 못하자 달아난 적이 있었는데, 이를 안 蕭何가 그를 데리러 쫓아갔다. 이에 高祖는 蕭何까지 달아난 줄 알고 걱정했는데, 나중에 蕭何가 韓信을 데리고 나타나자 매우 기뻐했다는 故事가 있다.
17) 李 : 저본에는 없으나 東京大本에 의거해 보충했음.
18) 之 : 저본에는 없으나 東京大本에 의거해 보충했음.
19) 以 : 저본에는 없으나 東京大本에 의거해 보충했음.
20) 散政 : 조선시대에 한 해 두 번 정례적으로 크게 행하던 관리 인사 제도인 都目政事와는 별도로 闕員 또는 임시의 필요에 따라 수시로 행하던 벼슬아치의 任免·黜陟·遷轉 등에 관한 행정을 일컫는 말.
21) 窠 : 관직의 자리.
22) 首擬 : 관리를 임용할 때 임금에게 세 명의 후보를 추천하게 되어 있는데, 그 중 제1번으로 올리는 것. '首望'이라고도 함.

令圖之. 厥漢來, 有喜色曰: "果樂聞矣." 李又付以五十金. 厥漢又來, 告曰: "大監有小室, 國色絶愛之, 生男甚奇, 懸弧[23]不遠, 欲厚設具, 而无私儲, 甚憂之. 若又進五十金, 其感悅, 當如何? 寵姬干請尤爲深緊." 李亦善之, 卽與五十金. 厥漢持去, 卽還曰: "姬果大喜, 言: '當竭力周旋.' 進賜好官, 非朝卽夕, 當坐而俟之. 然武官供仕, 冠服不可不精備, 且以五十金貿辦則可矣." 李曰: "此斷不可已." 仍以金托厥漢, 貿易造作. 非久, 毛笠、[24]綺服、廣帶、烏靴、[25]黃金帶鉤,[26] 一時致之, 而皆極光麗. 李大喜, 自以爲得一諸[27]葛亮, 雖僕輩之始疑者, 欣欣然[28]顒望膴仕之必至.

李旣具服着, 卽懷刺詣兵判家登謁, 備具履歷情勢, 告訴哀懇, 兵判爲頷之而已, 非不假借,[29] 終無一言矜惻.[30] 李以爲此不過兵判之常事. 其後復往, 亦不免同諸武逐隊問候而已, 无賜顏款曲之意. 聞有政目,[31] 則必艱辛覔見, 而渠之名

---

23) 懸弧 : 저본에는 '弧'자가 빠졌음. 아들의 출생. 옛날에 아들을 낳으면 문 왼쪽에 뽕나무 활을 걸어 놓은 데서 유래하는 말. 그러나 여기서는 '懸弧之日'의 略語로 사용되었음. 懸弧之日은 원래 생일을 뜻하는 말인데, 이 글에서는 '돌'을 가리키고 있음.

24) 毛笠 : 털벙거지.

25) 烏靴 : 武人이 신던 검은 가죽신.

26) 黃金帶鉤 : 허리띠를 매는 쇠.

27) 諸 : 저본에는 없으나 『靑邱野談』에 의거해 보충했음.

28) 欣欣然 : 저본에는 '大以爲欣然'으로 되어 있으나 東京大本을 따름.

29) 假借 : 저본에는 '暇豫'로 되어 있으나 東京大本과 『靑邱野談』을 따름.

30) 矜惻 : 저본에는 '傾倒'로 되어 있으나 東京大本과 『靑邱野談』을 따름.

31) 政目 : 官吏의 任免 등을 기록한 문서.

字, 少无疑似者,[32] 心甚[33]焦躁,[34] 務悅厥漢之心, 來則出其囊錢, 買得肥肉大酒, 任其醉飽, 以此餘存者五十金, 幾盡消磨. 李頗悶之, 問厥漢曰:[35] "汝言久无驗, 何也?" 曰: "大監何日忘進賜, 而奈有所納者, 加於進賜, 則尤爲緊, 進賜何以得參? 然此輩得意者已多,[36] 聞後日散政, 大監將擬[37]進賜某職, 此極腴官, 姑俟之." 及政目出, 又无聞. 厥漢來見曰: "某官及內主, 力請於大監, 可必得, 忽有大臣託以某人, 不容不施, 爲其所奪, 當奈何? 然六月都政[38]不遠, 某司之職, 財用甚饒, 小人已白於內主、某官及小室, 合請於大監, 已快諾, 此則決不失, 且俟之."[39] 李半信半疑, 而不敢不重待, 資用已罄盡矣. 及至大政,[40] 奴主早起待報, 望眼欲穿, 而日高至午, 過午至晡且暮矣, 吏兵[41]批已畢, 而李之姓名, 寂无所聞, 厥漢亦[42]无影響.

李大悵失心, 僕輩之詆[43]議恨歎, 不勝其騷耳. 李雖上典,

---

32) 者 : 저본에는 '則'으로 되어 있으나 東京大本과 『靑邱野談』을 따름.
33) 心甚 : 저본에는 '甚心'으로 되어 있으나 東京大本을 따름.
34) 焦躁 : 焦燥와 같음.
35) 曰 : 저본에는 없으나 『靑邱野談』에 의거해 보충했음.
36) 多 : 저본에는 '久'로 되어 있으나 東京大本과 『靑邱野談』을 따름.
37) 擬 : 擬望. 三望, 즉 세 명의 후보자를 추천하는 것.
38) 都政 : 都目政事. 주 20을 참조할 것.
39) 之 : 저본에는 없으나 『靑邱野談』에 의거해 보충했음.
40) 大政 : 都目政事는 6월과 12월 두 차례 행해졌는데, 각각 '小政' · '大政'이라 불렸음. 12월 것이 규모가 크므로 大政이라는 이름이 생겼음.
41) 吏兵 : 吏曹와 兵曹.
42) 亦 : 저본에는 '終'으로 되어 있으나 東京大本과 『靑邱野談』을 따름.
43) 詆 : 저본에는 '訛'로 되어 있으나 『靑邱野談』을 따름.

不能出聲氣, 猶望此漢之復至, 而前之日日來者, 今過三日不至. 李始大疑之, 招問[44]主人曰: “兵判宅首奴, 近忽不來, 何也? 汝旣情熟, 何不招來?” 主人曰: “此本素昧之人也. 其爲兵判家奴子, 進賜明知之耶? 小人實不知之. 第以渠[45]自稱兵判家奴子, 而進賜又謂兵判之奴也, 小人以此信其爲兵判家奴子, 實則吾安知之?” 李曰: “汝旣親熟, 知其家乎?” 曰: “不知也. 進賜旣與親熟, 豈未嘗知其家耶?” 李曰: “偶未致意耳.” 自後厥漢絶迹不復來. 李自念蕩敗家產, 盡輸於一賊漢, 都由一心之疎濶, 累代宗祀, 許多家眷, 將擧委於溝壑, 而族黨鄕隣, 妻子僮僕, 怨怒誚責, 其何辭可解? 且念平生桀驁之性, 豈肯作寒丐兒苟活耶. 百爾思之, 惟有一死, 乃快[46]於心. 遂決意捨命.

翌日早起, 直[47]走漢江, 脫去衣冠, 大叫數聲, 奔入水中, 水浸[48]背腹, 已不勝懍慄, 不覺縮身, 退步佇立, 靜思曰: ‘實難自死, 莫如爲人所打死.’ 遂出, 忙忙然歸. 翌日早,[49] 大飮酒爛醉, 錦衣、烏靴、金鉤橫帶, 八尺長身, 昂然大步, 直至鍾街,[50] 人人大驚, 視以爲神人, 而李方揀取衆中偉幹獰貌, 似

44) 問 : 저본에는 ‘聞’으로 되어 있으나 東京大本을 따름.
45) 渠 : 저본에는 이 뒤에 ‘之’가 더 있으나 東京大本과 『靑邱野談』을 따름.
46) 快 : 저본에는 ‘決’로 되어 있으나 東京大本과 『靑邱野談』을 따름.
47) 直 : 저본에는 ‘卽’으로 되어 있으나 東京大本을 따름.
48) 浸 : 저본에는 ‘沈’으로 되어 있으나 『靑邱野談』을 따름.
49) 早 : ‘朝’와 통함.
50) 鍾街 : 지금의 鍾路.

有勇力者, 直前搏之, 飛脚大踢. 其人一聲跌仆, 急起疾走, 追之不及. 李甚慨恨. 又環視衆中有可勝己者, 將赴之, 佇立睢盱, 狀若狂者, 目之所觸, 莫不潰[51]然迸走, 街上空无一人立. 李雖欲爲人所打死, 而人方畏爲李所打死, 死可得乎? 日已暮矣, 大悵而歸.

夜臥无寐, 欲死之外, 无他念矣. 又思曰: '莫如入人家, 狎戱其妻妾, 則打死必矣.' 翌朝, 又飮酒服着, 遊歷大街, 見一屋新麗, 直入至中門, 而无阻擋者. 遂突至內廳, 只有一少婦, 年可二十餘, 花容月態, 手[52]梳雲髻, 視之略不驚動, 問曰: "何人入人內室乎? 豈非狂者耶?" 李不答, 直上廳把女手,[53] 擁頭接口, 女不甚牢拒, 而亦无一人在傍呵之者. 李極怪之, 問曰: "汝夫何在?" 女曰: "問夫何爲? 世豈有如許事? 醉狂雖不足較,[54] 自有法司,[55] 其速去!" 李曰: "第言汝夫所在! 我非眞醉也. 自有情事, 不得已作此." 婦曰: "所謂情事, 何事也? 願聞之." 李曰: "吾本舊日宣傳官也. 爲賊人所欺, 盡失家産, 決意就死而不能自死, 要人打殺, 故累作此等事, 而終无下手者. 今汝夫又不在, 死亦至難, 將奈何?" 咄咄不已.

婦大笑曰: "信乎狂矣! 世豈有求死如此者乎? 公果武班淸

---

51) 潰 : 저본에는 '讀'으로 되어 있으나 東京大本과 『靑邱野談』을 따름.
52) 手 : 저본에는 '千'으로 되어 있음.
53) 女手 : 저본에는 '手女'로 되어 있으나 『靑邱野談』을 따름.
54) 較 : 다투다.
55) 法司 : 法을 집행하는 官衙. 刑曹와 漢城府를 통틀어 일컫는 말.

宦,[56] 則以此風骨, 豈虛死者耶? 我亦有情事不得已者, 將圖他適,[57] 而忽與公遇, 此豈非天耶?" 李問其情事, 婦曰: 妾夫本譯官也. 有正妻在室, 而聞妾之美, 又娶爲次妻, 已四年矣. 始率置一屋之內, 妻悍極妬, 而夫已老衰, 不堪其勃谿,[58] 買得此室, 使妾移居. 夫始也往來宿食, 非无眷戀之意, 畏妻之妬, 數日後足跡甚稀, 只有數婢相守, 无異寡居者. 昨年夫又以首譯, 隨使行赴北, 適以事滯留北京, 今已周年未歸, 音問杳然, 莫知歸期, 獨守空房, 形影相吊,[59] 雖喫着无闕, 而世念索然, 春風秋月, 悽傷自悼而已. 今又數婢, 以无照撿, 相繼而去, 只有老婢相伴, 而多出入, 不常在家, 情事酸苦如此. 人生幾何, 而守此衰朽不相干之人, 而酷受悍婦之妬, 夏之日、冬之夜,[60] 獨泣空閨之中, 如許情事, 與被賊欺奪而求死不得者, 何間焉? 自念賤身, 異於士族, 不可徒然枯死, 正欲別圖, 而忽有此奇逢, 此分明天意矜憐我兩人. 我實願從, 公亦何過慮[61]耶?" 李聞其言, 始也惻然, 繼以欣然, 奈此頓无生念. 徐曰: "汝言善矣, 顧无可歸, 唯有一死耳." 婦曰: "非

---

56) 淸宦 : 奎章閣 · 弘文館 · 宣傳官廳 등의 벼슬을 말함. 지위나 俸祿은 대단치 않으나 이 관직에 임용된 사람은 뒷날 高官이 될 수 있었음. 저본에는 '宦'이 '官'으로 되어 있음.

57) 他適 : 다른 데 시집가다. 改嫁하다.

58) 勃谿 : 서로 다투며 반목하는 모양. '谿'는 '豀' 혹은 '磎'로도 씀. 『莊子』 「外物」의 "室無空虛, 則婦姑勃磎"에서 유래하는 말.

59) 形影相吊 : 의지할 데 없이 외로운 모양. 李密의 「陳情表」에 "煢煢孑立, 形影相吊"라는 말이 보임.

60) 夏之日、冬之夜 : 『詩經』 唐風의 「葛生」에 나오는 말.

61) 過慮 : '생각하다'라는 뜻의 白話.

丈夫也. 然此會非偶, 豈无便順之道? 願自愛毋枉平生.” 因起入室, 持出酒肴, 親酌以勸. 李既悅其色, 且感其言, 隨勸累吸, 酒興頗逸, 遂携女入室, 畫屛錦衾, 花茵繡枕, 蜂貪蝶戀, 極其繾綣, 枯草沾雨, 死灰復燃, 彼此喜可知也.

自是以後, 因常留住, 其生其死, 一任天公. 婦亦欲絶夫家, 不復忌畏, 但治珍衣美食以養李弁, 瘦顔日漸豊麗. 夜則來宿, 晝則出遊, 奄過一月, 死念漸消, 生樂轉深, 而女之風聞, 亦自難掩. 已而[62]譯官旋歸, 書信先到. 厥婦欲同李發去, 李耻之不敢歸, 遲回未決, 而譯官已到高陽站. 其家屬治具出迎, 譯官問其妻曰: “次室之不來, 何也?” 曰: “次室自有別人, 何關於君?” 譯官驚問其故, 妻細傳所聞. 譯官怒氣如山, 推擲盃盤, 急鞴[63]駿馬, 腕懸利刀, 疾馳入來, 將欲一釰幷剪, 蹴開大門, 衝突直入, 大呼曰: “何物賊漢, 入我室偸我妾? 速出喫釰!”[64] 忽有一人推窓當戶, 冠服輝煥, 貌若神仙, 披開衣襟, 露示其胸, 嬉怡笑曰: “吾今日眞得死所矣. 汝但刺此胸!” 意氣安閒, 畧不動容. 譯官纔擧顔, 不覺懍然震慴,[65] 若侯景之見梁武,[66] 氣縮口呿, 卻立癡呆, 不能出一語, 但嗟咄數聲,[67] 忽擲釰謂李曰: “家宅､妻､財,

---

62) 已而 : 저본에는 ‘而已’로 되어 있으나 東京大本을 따름.
63) 鞴 : 저본에는 ‘鞭’으로 되어 있으나 『靑邱野談』을 따름.
64) 喫釰 : 칼을 맞다. ‘喫’은 白話로, ‘받다’·‘당하다’의 뜻이 있음.
65) 震慴 : 저본에는 ‘慴震’으로 되어 있으나 東京大本을 따름.
66) 若侯景之見梁武 : 侯景은 梁나라 武帝의 신하였는데, 반란을 일으켰다. 후일 武帝를 대면하자 그는 감히 바로 보지 못하고 땀을 뻘뻘 흘렸다고 한다.
67) 數聲 : 저본에는 ‘聲數’로 되어 있으나 東京大本을 따름.

任君所爲耳.” 悃然出去, 不敢回顧. 婦時藏在壁間, 竊見其狀, 出謂李曰: “庸奴何能爲乎? 然可速去耳.” 走上樓, 捧出一櫝,[68] 中有天銀三百兩, 曰: “吾父亦富室. 吾嫁時, 父以此資送, 而吾深藏秘之, 夫未嘗知, 而父死已久, 无可與謀生者, 今幸有主, 此可爲資本.” 且挈出一籠, 開視[69]其中[70]金玉珠貝、首飾雜珮[71] 及錦繡衣服, 曰: “此亦數百金, 苟善運籌, 何患不富? 速命僕馬載之.” 明曉, 李遂以[72]兩奴兩馬載之滿駄, 置女其上. 李隨其後, 馳歸鳳山. 譯官莫從之, 而其妻幸其去, 惟恐發狀推還,[73] 沮抑寢之.

李以其資, 盡復所賣[74]之土, 且轉運居積, 數年成富室. 復上京求仕, 深懲前日事, 務周詳, 除美職, 迁[75]歷以序, 累陞雄鎭,[76] 及節度使.[77] 厥女與偕老, 俱享福祿甚盛. 人以爲好施信人之效, 天道昭昭, 信不誣矣.

評曰 : “改從他夫, 女[78]之醜德, 竊取人妾, 士之惡行, 固君子之所不道. 然此兩人者, 皆出於寃極情蹙, 事成於偶然, 賤

68) 櫝 : ‘櫃’와 통함.
69) 視 : ‘示’와 通함.
70) 其中 : 저본에는 ‘一籠’으로 되어 있으나 東京大本을 따름.
71) 雜珮 : ‘雜佩’와 같음.
72) 以 : 저본에는 이 뒤에 ‘爲’가 더 있으나 東京大本을 따름.
73) 發狀推還 : 고소장을 내어 물건을 찾아옴. 여기서는 첩을 붙잡아 옴.
74) 저본에는 ‘買’로 되어 있음.
75) 迁 : ‘遷’의 俗字.
76) 雄鎭 : 鎭營 중에서 큰 곳.
77) 節度使 : 兵馬節度使와 水軍節度使의 총칭. 종2품 혹은 정3품의 武職임.
78) 夫, 女 : 저본에는 ‘女, 夫’로 되어 있음.

妾不足咎, 武夫无可責耳. 然有心德者不惡, 終受報靡忒, 自然之理也. 是則可取也.”

• 작자 : 辛敦復(1692~1779)

字는 仲厚, 호는 鶴山 또는 景軒, 본관은 寧越. 서울 근교인 衿川(지금의 경기도 과천 일대)에서 태어났으며, 23세 때인 1714년(숙종 40)에 진사시에 급제하여 蔭官으로 奉事를 지냈다. 뒤에 황해도 배천으로 이주했으며, 평생 농촌에서 독서와 農學硏究에 진력하였다. 丹學에도 깊은 조예가 있었다. 야담집인 『鶴山閑言』을 저술했으며, 農書인 『厚生錄』·『山林經濟補說』을 撰述했고, 道書인 『丹學指南』·『道家直指獨照鏡』을 編述하였다.

• 출전 : 藏書閣本 『鶴山閑言』을 底本으로 삼아 異本을 참고하여 校合하였다.

• 참고사항

(1) 이 이야기는 원래 『鶴山閑言』에는 아무 제목 없이 실려 있지만, 『靑邱野談』에 「李節度窮途遇佳人」이라는 제목으로 轉載되어 있는바, 여기서는 『靑邱野談』을 따랐다. 『鶴山閑言』은 18세기 후반 신돈복 만년에 편찬된 것으로 보인다.

(2) 이 작품은 조선 후기 매관매직의 풍토를 희극적으로 반영하고 있다. '희극적'이라고는 하나, 거기에 함축된 반어적 의미는 대단히 심중하다. 또한 이 작품은 구성과 정황묘사 등에서도 퍽 빼어나다.

(3) 일찍이 가람 이병기 선생이, 19세기 후반에 성립된 것으로 추정되는 諺譯本 『청구야담』에 수록되어 있는 「이절도궁도우가인」을 「一武弁」이라는 제목으로 소개한 바 있다(을유문화사에서 1953년에 간행된 『요로원야화기』라는 책의 뒤에 수록되어 있음). 또한 『靑邱野談』 所載 「李節度窮途遇佳人」은 이우성·임형택

譯編, 『이조한문단편집』 中(일조각, 1978)에 「봉산무변」이라는 제목으로 번역되어 있다. 『青邱野談』의 「李節度窮途遇佳人」은 박희병, 「청구야담 연구」(서울대 석사논문, 1981)에서 논의되었다. 『鶴山閑言』에 대한 논의로는 김상조, 「학산한언 연구」, 『국문학보』 13(제주대 국문과, 1995)이 참조되고, 『鶴山閑言』이 『青邱野談』에 수용된 양상에 대해서는 정명기, 「청구야담에 나타난 전대 문헌 수용양상 연구—학산한언을 중심으로 본」, 『淵民學志』 2(淵民學報, 1994)가 참조된다. 한편 신돈복의 도가사상 및 농학사상에 대해서는 이호철, 「山林經濟의 위치와 그 농학사상」, 『농업경제학연구』 제40집 제2권(한국농업경제학회, 1999); 김윤수, 「신돈복의 丹學三書와 도교윤리」, 『도교의 한국적 변용』(한국도교사상연구총서 X, 아세아문화사, 1996)이 각각 참조된다.

# 7. 廉義士楓岳逢神僧

辛敦復

廉時道, 吏胥也. 居在漢師[1] 壽進坊,[2] 性素信實廉介, 爲許相積[3]之傔從,[4] 甚見寵信.

一日, 許謂時道曰: "明曉有使喚處, 必早來!" 其夜, 時道與其徒飮博, 就睡甚濃, 不覺日已明矣. 急起奔赴, 路過濟用監[5]鴟峴,[6] 見路傍空垈, 立一古木, 木下茂草間, 有一青袱微露. 就見, 則封裹甚密, 擧之甚重, 納之袖[7]中, 走到社洞[8]許

1) 漢師 : 漢城.
2) 壽進坊 : 현재 서울시 종로구 수송동·청진동 일대.
3) 許積 : 생몰년 1610~1680년. 영의정을 지냈으며, 南人의 영수로서 宋時烈과 대립했던 인물.
4) 傔從 : 청지기. 傔人. 대개 良人 신분이었으며, 胥吏로 진출하기도 했음.
5) 濟用監 : 조선조 때 布物·人蔘의 進獻 및 의복·紗·羅·綾·緞의 賜與를 관장한 관아. 지금의 종로구 수송동 일대에 있었음.
6) 鴟峴 : 지금의 수송동 일대에 있던 고개로 추정됨.
7) 袖 : 저본에는 '裹'로 되어 있으나 東京大 도서관 阿川文庫에 收藏되어 있는

家, 以晚來請罪. 許曰: "已用吏先到者, 汝何罪焉?" 時道退至廳下,[9] 開視封裹, 則有銀二百十三兩, 內袱重襲. 時道自語曰: "此重貨也. 其主失之, 其心之憂遑如何, 而我可掩而有之乎? 且无端橫財, 在小民, 非吉祥也. 旣不可携歸於家, 不如納之相公." 遂將[10]銀就許, 告之故而請納. 許曰: "尔[11]之所得, 何有於我? 且爾之不取, 我何取之耶?" 時道慙而退.

俄而許召謂曰: "數日前, 吾聞兵判[12]家有馬, 其價二百兩[13]銀, 而光城府院君[14]家, 將買之云, 豈夫[15]此銀耶? 汝試往問之." 兵判卽淸城金公[16]也. 時道依其言, 翌日往謁焉. 淸城問來現之意, 時道曰: "久未謁, 爲問候來耳." 仍曰: "貴宅寧有所失物耶?" 金公曰: "無有也." 遽呼廳下蒼頭曰: "某奴持馬去, 已兩日, 而尙无回報, 何也?" 蒼頭曰: "某也稱有罪, 不敢進現耳." 金公嗔曰: "是何言也? 速捉入!" 蒼頭押一奴,

---

『鶴山閑言鈔略』(이하 東京大本이라 略稱)을 따름.

8) 社洞 : 지금의 社稷公園 앞 일대.

9) 廳下 : 청지기가 거처하는 守廳房을 말함.

10) 將 : 가지고.

11) 尔 : '爾'와 같음.

12) 兵判 : 兵曹判書.

13) 兩 : 저본에는 없으나 栖碧外史海外蒐佚本 『靑邱野談』 乙에 의거해 보충했음. 이하 특별히 어떤 本임을 밝히지 않고 『靑邱野談』이라고만 한 것은 이 本을 가리킴.

14) 光城府院君 : 肅宗의 장인인 金萬基의 封號. 金萬基는 『구운몽』의 작자인 西浦 金萬重의 兄.

15) 豈夫 : 저본에는 '意失'로 되어 있으나 東京大本을 따름.

16) 淸城金公 : 淸城府院君 金錫冑(1634~1684). 金堉의 손자로 肅宗朝의 禮訟에 깊이 관여하여 政治的 浮沈을 겪었음.

跪於庭, 且拜且言曰: "小人有罪, 萬死難赦." 金公問其故, 奴曰: "小人往齋洞[17]光城宅受馬價, 而忽失之矣." 金公大怒曰: "奴之詐至此! 汝乃弄奸沈沒[18]而來, 誑我耶!" 亟呼大杖, 將撲殺. 時道仍請暫停刑, 而俾陳失銀之由. 金公悟而更訊, 奴曰: "始持馬到光城宅, 相公命奴盤馬馳驟, 曰: '果奇駿也.' 且嘉其肥澤曰: '此馬, 尔之所喂[19]耶?' 對曰: '然.' 相公歎曰: '人家奴僕, 有如此忠篤者, 誠可嘉也.' 仍呼之前曰: '爾能飮乎?' 曰: '能.' 相公命一大椀酌紅露[20]旨烈者, 連賜者三, 卽計給銀二百兩, 且加以十三兩, 曰: '此賞尔善喂馬也.' 小人辭出, 日已夕矣. 醉甚, 不能成步, 行未幾, 倒臥路旁, 不知爲何處, 向夜微醒, 忽聞鐘聲,[21] 遂强起而歸, 都不知銀封所落. 罪犯如此, 自知當死, 所以咨且[22]不敢現."

時道始陳得銀來謁[23]之由, 卽歸取銀以進, 封誌[24]及數, 果如所失者也. 金公大歎異之曰: "汝非今[25]世人也. 然此本已失之物, 今以其半賞汝, 汝其勿辭!" 時道曰: "使小人有貪財之心, 當自取不言, 其誰知之? 旣非其有, 惟恐或浼, 何有於

17) 齋洞 : 지금의 종로구 齋洞 일대.
18) 沈沒 : 숨기다.
19) 喂 : 기르다. 飼養.
20) 紅露 : 紅露酒. 술 이름.
21) 鐘聲 : 人定鐘 소리. 二更에 통금을 알리던 종 소리.
22) 咨且(자저) : 咨趄. 또 '趑趄'라고도 씀. 머뭇거리는 모양.
23) 來謁 : 저본에는 없으나 東京大本에 의거해 보충했음.
24) 封誌 : 封識. '封印'을 뜻함.
25) 今 : 저본에는 없으나 『青邱野談』에 의거해 보충했음.

賞?” 金公不覺瞿然改容, 不復言賞銀事, 咨嗟重複, 呼酒勞之. 奴罪得以快釋.

時道辭出, 有一年少女, 從後疾[26]呼曰: “願丞[27]小[28]留!” 時道顧問其由, 女曰: “俄者亡金者, 吾之兄也. 吾依以[29]爲生, 今賴丞[30]得生, 此恩當何以[31]報? 吾入告于內, 夫人極歎之, 命賜酒饌, 所以請留耳.” 卽設席廊下, 旋入擎出一大盤, 羅以珍羞美醞. 時道醉飽以歸.

及庚申,[32] 許以罪賜死, 時道突入持藥[33]器,[34] 欲分飮之. 都事[35]曳出逐之. 許旣死, 時道狂奔號慟, 无復世念. 仍弃[36]家放浪, 遨遊山水, 有族兄在江陵地, 往訪則已爲僧, 不知去處. 仍遊楓岳, 至表訓寺,[37] 問居僧曰: “吾欲依歸空門, 必得高僧爲師, 誰可者?” 咸曰: “妙吉祥[38]後孤菴守座, 卽生佛也.”

---

26) 疾 : 저본에는 없으나 東京大本에 의거해 보충했음.
27) 丞 : ‘丞’은 佐의 뜻. 書吏나 傔從의 通稱으로서, 높이어 부르는 말. 저본에는 ‘承’으로 되어 있음.
28) 小 : ‘少’와 통함.
29) 以 : 저본에는 ‘而’로 되어 있으나 東京大本을 따름.
30) 丞 : 저본에는 ‘承’으로 되어 있음.
31) 以 : 저본에는 없으나 『靑邱野談』에 의거해 보충했음.
32) 庚申 : 肅宗 6년인 1680년. 이 해에 이른바 庚申大黜陟으로 南人이 조정에서 쫓겨나고 西人이 득세했음. 당시 金錫胄·金萬基는 許積의 서자 許堅이 역모를 꾀했다고 공격했고, 이 사건에 연루되어 허적은 억울하게 목숨을 잃었음.
33) 藥 : 賜藥.
34) 器 : 저본에는 없으나 『靑邱野談』에 의거해 보충했음.
35) 都事 : 義禁府 都事.
36) 弃 : ‘棄’의 古字.
37) 表訓寺 : 金剛山에 있는 절 이름. 楡岾寺의 末寺임.
38) 妙吉祥 : 금강산의 지명.

時道往見, 果有一僧, 趺坐入定.[39] 時道前伏, 具陳誠心服事之意, 且請剃髮, 辭旨懇切, 僧無聞覩. 時道堅伏不起, 日已昏暯,[40] 僧忽曰: "架上有米, 何不炊?" 起視, 果有米, 炊食如命. 夜後, 前伏至朝, 僧又命之食.[41]

如是者五六日, 僧終不言, 而時道意稍弛, 出菴逍遙, 見菴後有茅屋數間, 入其中, 只見一幼女, 年可二八, 甚有姿色. 時道不禁婉[42]戀之情, 遽前抱[43]持欲犯之, 女於懷衽間拔出小刀, 欲自裁. 時道驚怕遂止, 問其所從來, 女曰: "吾本洞口外村女也. 男兄出家於此山, 師此菴僧, 母以菴僧神人, 問女之命, 云以: '女有[44]四五年大厄, 若絶弃人間, 來寓於此菴之傍, 可以度厄, 且有佳緣.' 母信其言, 縛茅於此, 獨與女留住爲數年計. 母今蹔還舊居, 而遽爲人所迫, 在此死境, 是豈所謂大厄耶? 旣無父母之命, 雖死何可受汚? 雖然, 此事非偶, 神僧佳緣之言, 亦必[45]爲此, 男女旣一相接, 更何他歸? 當矢心相從. 但俟母之歸, 明白成親,[46] 不亦善乎?" 時道異其言, 從之. 辭歸, 菴中僧又無所言.

其夜, 時道一心憧憧, 只在此女, 無復聞道之意, 專俟翌朝

---

39) 入定 : 禪定에 듦.
40) 暯 : '暮'의 俗字.
41) 食 : 밥을 하다.
42) 婉 : 저본에는 '愛'로 되어 있으나 東京大本과 『靑邱野談』을 따름.
43) 抱 : 저본에는 '拘'로 되어 있으나 東京大本을 따름.
44) 有 : 저본에는 없으나 東京大本에 의거해 보충했음.
45) 亦必 : 저본에는 '必亦'으로 되어 있으나 東京大本을 따름.
46) 明白成親 : 떳떳이 혼인하다. '成親'은 혼인하는 것.

母言之許. 及朝睡起, 僧忽起立, 大詬曰: "何物怪漢, 撓我至此? 必殺乃已!" 取六環杖,[47] 將奮擊. 時道狼狽而走, 佇立菴外. 久之, 僧復招至前, 溫言諭之曰: "觀汝狀貌, 非出家之人. 菴後之女, 終必爲汝婦. 但從此直去, 勿小踟躕. 雖有小驚,[48] 福祿自此始矣." 書給八字'以姓得全,[49] 鵲橋佳緣.'[50]

時道涕泣辭出, 至[51]表訓寺, 坐席未煖,[52] 忽有譏捕軍[53]突入,[54] 緊縛囊頭,[55] 馱載疾駈, 不數日抵京, 具三木[56]下獄. 盖是時, 許獄多株連,[57] 追捉親近傔從, 而時道緊入招辭[58]故也. 及金吾[59]鞫[60]坐, 淸城[61]與[62]按獄諸宰列坐, 邏卒捉時道入焉. 時就訊者多, 淸城不省其爲時道也, 一次平問[63]後,

---

47) 六環杖 : 錫杖. 승려가 가지고 다니는 지팡이. 윗부분은 탑 모양인데, 여섯 개의 고리를 달아 소리가 나게 되어 있음.

48) 驚 : 저본에는 '警'으로 되어 있으나 東京大本과 『青邱野談』을 따름.

49) 以姓得全 : 염시도의 姓은 '廉'이니, 곧 廉(淸廉함)으로 인해 목숨을 보전한다는 예언.

50) 鵲橋佳緣 : '鵲橋'는 烏鵲橋를 말함. 암자 뒤의 초가에서 만난 처녀와 7월 7일 재회하여 부부가 되리라는 예언.

51) 至 : 저본에는 없으나 東京大本에 의거해 보충했음.

52) 坐席未煖 : 자리가 따뜻해지기도 전에. 즉 자리에 앉은 지 얼마 안 되어서.

53) 譏捕軍 : 죄를 지은 사람을 체포하는 軍校. 捕盜廳·五軍門에 소속되어 있었음.

54) 入 : 저본에는 '出'로 되어 있으나 東京大本과 『青邱野談』을 따름.

55) 囊頭 : 옛날 酷刑의 하나로, 囊을 머리에 뒤집어 씌우는 것.

56) 三木 : 三木之刑. 죄인의 목과 손과 발에 씌우는 刑具.

57) 株連 : 한 사람의 범죄로 말미암아 여러 사람이 관련되는 것. 連坐.

58) 招辭 : 법관의 신문에 따라 죄인이 진술하는 말. 供招.

59) 金吾 : 義禁府의 별칭. 王命을 받들어 조정의 大獄이나 京鄕의 큰 사건을 推鞫하였음.

60) 鞫 : 저본에는 '訇'으로 되어 있음.

61) 淸城 : 주 16을 참조할 것.

62) 與 : 저본에는 '適'으로 되어 있으나 東京大本을 따름.

復下獄. 適淸城傳餐婢, 卽亡金奴妹也. 見時道鬼形着枷, 大驚歸告夫人, 夫人大矜惻, 抵簡於淸城以警告. 淸城始覺, 卽命押入時道, 畧詰無驗.[64] 乃曰: "此本義士. 其心事, 吾所深悉, 豈與於逆謀者耶?" 卽命解釋.

時道纔出門, 亡金奴將新鮮衣服, 已候之矣. 遂同歸其家, 接待極其意, 給[65]貲[66]本及馬, 使之行商, 廢[67]着而已, 聞許之甥侄申厚載[68]爲尙州牧使, 往謁焉.

時適七月七日, 所謂牽牛·織女相逢, 烏鵲成橋之日也.[69] 旣入州境, 適日暵, 馬忽疾馳而去, 從僻路入一村家. 時道落後隨入, 則馬已縶在廐中, 而見一女, 理織絲於中庭, 避入屋中. 時道欲解馬紲, 則有老媼自內而出曰: "何必解紲? 馬則知所歸矣." 時道茫然莫曉其意, 拜且請曰: "未曾拜現, 莫省主母之所諭, 謂以馬知[70]所歸者, 何也?" 媼邀之坐曰: "吾將言之." 忽聞窓裏有哽咽聲. 媼曰: "何泣也? 豈喜極而然耶?" 時道益疑之, 亟請厥由. 媼曰: "豈於某歲, 客遇一女於金剛山小菴之後耶?" 曰: "然." 媼曰: "此吾女也. 今泣者

---

63) 平問 : 刑具를 사용하지 않고 죄인을 심문하는 것.

64) 驗 : '驗'의 俗字.

65) 極其意, 給 : 저본에는 '極甚, 備給'으로 되어 있으나 東京大本과 『青邱野談』을 따름.

66) 貲 : '資'와 통함.

67) 廢 : 저본에는 '癈'로 되어 있으나 東京大本을 따름.

68) 申厚載 : 생몰년 1636~1699년. 호는 葵亭 혹은 恕庵. 강원도 관찰사, 도승지 등을 역임함. 문집으로 『葵亭集』을 남김.

69) 也 : 저본에는 없으나 東京大本에 의거해 보충했음.

70) 知 : 저본에는 '之'로 되어 있으나 東京大本을 따름.

是也. 亦知菴僧之所自來耶? 此則君之江陵族兄也. 素以神僧, 徹視无際, 知將來, 毫釐无差. 嘗指吾女謂我曰: '此女與吾族弟廉某, 有因緣, 而第從今以後, 有數年大厄, 若來依於我, 可以度厄, 而自致成姻, 然亦未同室. 其同室, 在於嶺南尙州地, 某年某月某日也.' 吾故將女就僧欲度厄, 而君果來過, 吾適出, 未及見. 厥后, 僧弃菴移去, 不知所向. 吾之子亦來寓此地寺宇, 吾故隨來在此, 及至此日, 固知君之必來也." 因呼女出見, 久之, 女出來, 果是楓山所覩者也, 顔狀益豐美. 時道不覺感愴, 而女悲喜交并, 但揮涕而已. 俄進夕飯, 珎饌盛列, 皆預備者也. 是夕遂成親, 僧所言八字之符[71] 皆驗矣.

時道留數日, 往謁尙牧,[72] 言其事顚末, 尙牧大異之, 厚贈遺之. 時時道之前妻, 死已久矣, 而家則托族人守之. 時道遂與其女及母歸京, 復居於舊宅.

時道之名, 播於搢紳間,[73] 而淸城之所以顧護者甚至, 家頗饒實, 皆稱以廉義士. 與其妻, 具享福壽. 時道年八十餘死. 今其諸孫尙在安國洞.[74]

---

71) 符 : 예언.

72) 尙牧 : 尙州 牧使.

73) 時道之名, 播於搢紳間 : 가령 朴趾源 같은 文人 역시 젊은 시절에 '염시도 이야기'를 들었음을 『熱河日記』의 「玉匣夜話」에서 밝히고 있음.

74) 安國洞 : 서울시 종로구에 있는 洞.

해제

• 작자 : 辛敦復

「李節度窮途遇佳人」 '해제'의 작자條를 참조하기 바람.

• 출전 : 藏書閣本 『鶴山閑言』을 底本으로 삼아 異本을 참고하여 校合하였다.

• 참고사항

(1) 이 이야기는 원래 『鶴山閑言』에는 아무 제목 없이 실려 있지만, 『靑邱野談』에 「廉義士楓岳逢神僧」이라는 제목으로 轉載되어 있는바, 여기서는 『靑邱野談』을 따랐다.

(2) 廉時道 이야기는 여러 야담집에서 두루 발견된다. 朴趾源이 창작한 「廣文者傳」의 주인공 광문이 남다른 信義로 인해 당시 市井에서 명성을 얻었듯이, 염시도 역시 정직함으로 인해 당시 시정에 이름이 높았다. 광문은 서울의 거지였고 염시도는 傔從이었으나 둘은 남이 잃은 물건과 관련해 美談의 주인공이 되었다는 점에서 공통적이다.

(3) 박지원은 자신이 젊은 시절 염시도 이야기를 들었음을 『熱河日記』의 「玉匣夜話」에서 언급하고 있다.

(4) 염시도를 주인공으로 한 소설로는 이외에도 1716년 義城의 아전 출신 문인인 金敬天(1675~1765)이 창작한 「廉丞傳」이 있다. 『鶴山閑言』은 18세기 후반경에 저술된 것으로 추정되기에, 「廉丞傳」의 창작시기는 「廉義士楓岳逢神僧」보다 훨씬 앞선다고 할 수 있다. 「廉丞傳」은 그 분량이 「염의사풍악봉신승」의 4배가까이 된다. 이에서 짐작되듯 「염승전」은 「염의사풍악봉신승」과 비교해 세부묘사가 보다 자세하며 敍事가 확대되어 있다. 김경천은 자신이 염시도로부터 직접 들은 사실을 작품화한 반면, 신돈복은 여항에 떠도는 이야기를 작품화했다. 김경천의 소설은 口傳化됨으로써 '염시도 이야기'의 유포에 적지 않은 작용을 했을 것으로 보이는바, 이 점에서 신돈복의 「염의사풍악봉신승」은 적어도 간접적으로는 「염승전」과 무관하다고 말하기 어렵다. 그렇기는 하지만 「염의사풍악봉신승」이 「염승전」의 직접적인 영향을 받은 것 같지는 않다. 「염승전」에 대한 소개 및

논의는 김영진, 「염승전 연구」, 『한국한문학연구』 23(한국한문학회, 1999)에서 처음 이루어졌다.

# 8. 宦妻

任 邁

湖西 公州有大村, 名銅川,[1] 村中有翁姬[2]居焉. 家極饒, 有子四五人, 皆爲官將校,[3] 翁亦以貲受堂上帖,[4] 玉圈紅絛,[5] 稱長於隣里. 有京城士子, 田庄在湖右,[6] 逐歲往來, 路經銅川, 常主翁家. 翁姬見生至, 輒迎接款待, 爲酒鷄以進之, 情甚親熟. 姬年雖老, 顔貌白晳,[7] 肌[8]膚豊膩, 滑稽善談笑, 間

1) 銅川 : 구리내. 지금의 忠南 公州郡 牛城面 銅大里 일대.
2) 翁姬 : 翁嫗. 할아버지와 할머니.
3) 官將校 : 관아의 將校. '將校'는 각 軍營에 속하는 軍官과 지방 官司의 軍務에 종사하는 이들의 총칭.
4) 堂上帖 : 정3품 이상의 벼슬아치인 堂上官의 職帖.
5) 玉圈紅絛 : '玉圈'은 옥으로 만든 貫子이며, '紅絛'는 허리에 띠는 붉은 실인데, 모두 堂上官이 사용하는 물건임. 원문에는 '絛'가 '絲'로 되어 있음.
6) 湖右 : 湖西, 곧 충청도.
7) 晳 : 원문에는 '晳'로 되어 있음.
8) 肌 : 원문에는 '肥'로 되어 있음.

以詣謔, 極有風度.

一夕, 生偕翁姬, 敍話於燈下, 姬忽睨翁微笑曰: "老身少也, 曾與山僧和奸, 僧之態, 甚可笑也." 翁仄目而嗔曰: "妄老姬又欲發恠駭話!" 頗有羞澀之色. 生揣其有可笑委折,[9] 亦笑曰: "姬是何言, 頗駭聽聞?" 姬大笑語翁曰: "當說破乎?" 翁外面[10]而答曰: "汝欲言則言之."

姬乃帶笑而言曰: "老身本京城良家子, 早失父母, 育于舅妻.[11] 舅妻不加憐愛, 以我嫁于內官爲妻. 初婚之夜, 解衣親膚, 撫弄乳脁,[12] 舐[13]吮唇舌. 老身伊時, 年纔十六, 意謂: '男女枕席, 祇如是耳.' 其後, 情竇漸開, 而漸覺厭苦, 久而轉甚. 時値欲與同枕, 則寃憤塡胸, 或至涕泣. 每當春陽和暢, 蜂蝶悠揚, 鷪鸎流聲, 欹枕欠伸, 情思蕩深, 默想重重: '錦繡玉飯, 於我何關? 蔀屋之下, 與眞箇丈夫, 共圍半幅布衾, 共咬一莖菜根, 實人生至樂也. 我身尙處子也, 奔于他家, 寧爲失節?' 仍發逃走之念, 而重門峻墉, 堤閑甚嚴, 或被發覺, 一命難保, 畏而不敢者, 亦有年矣. 及其終不堪也, 則又念: '人生如此, 過活百年, 何樂? 縱使發覺見殺, 豈不快於乾死此中乎?' 遂定計, 潛自裝爲, 以衣服之不絜者與布帛輕寶及銀

9) 委折 : 曲折.
10) 外面 : 원문에는 '面外'로 되어 있음.
11) 舅妻 : 외숙모.
12) 乳脁(유소) : 乳頭. 원문에는 '脁'가 '膌'로 되어 있음.
13) 舐 : 원문에는 '舐'로 되어 있음.

數百兩, 同作一包, 約[14]其輕重, 可以適戴以走也. 乘內官上直之日, 曉鍾初動, 潛身獨出, 墻下有高樹, 懸布于樹, 縋身越墻, 直出城南[15]門. 時天尙黑暗, 隱身於南山外[16]松林間, 待曙色微明, 向前進去, 平生不踏門前, 豈知徑路? 只得遵大路而行矣. 旣渡銅雀津,[17] 心中稍定, 始發思慮: '我雖處子之身, 髺髮已在首矣, 誰以我爲正妻? 不過爲人小妾, 飽受主母勃磎,[18] 此決不可堪也. 將誰適從?' 忽然覺悟: '當擇僧以從之!' 旣而又念: '苟爲揀擇去取, 將有棄故從新之弊, 我良家女子, 決不可爲此也. 當以途上初遘者爲定.' 如是商量之際, 不覺已踰狐峴,[19] 忽見一僧在前, 問: '禪師何往?' 僧回顧答言: '青州[20]去.' 覵其容貌, 頗端潔, 年紀若與我相適者, 意自喜: '此眞天定配偶也!' 因尾之以行, 同到果川店舍, 偪坐其傍. 僧厭之, 將身退避, 我輒隨以相近. 旣飯, 又同出店門, 問: '師在何處?' 答: '在青州某寺.' '有父母乎?' 曰: '只有母.' 僧恠我纏擾, 促步前走, 我亦盡力追踵. 僧力盡徐行, 我亦徐從. 自是彼趍亦趍, 彼步亦步, 休則同休, 遇店則同入. 行過三日, 則意是青州界也. 路傍有大林藪極茂,

---

14) 約 : 무게를 헤아리다.
15) 城南 : 원문에는 '南城'으로 되어 있음.
16) 南山外 : 원문에는 '外南山'으로 되어 있음.
17) 銅雀津 : 동작나루.
18) 勃磎 : 서로 다투는 모양. '磎'는 '谿'나 '豀'로도 씀.
19) 狐峴 : 여우 고개. 사당동에서 과천 넘어가는 사이에 있는 고개. 현재의 남태령 고개.
20) 青州 : 淸州.

僧憩于樹陰, 我亦坐其傍, 想: '此僧一入山門, 便不可尋. 若不乘此時劫婚,[21] 事將不諧.' 遽前執其腕,[22] 僧大驚, 欲奪手以走, 被我執之甚固, 不得脫, 但哀乞: '願女主相捨!' 我挽之, 使之坐, 曰: '師且坐. 我有說話. 師爲僧, 有何好? 與我爲夫婦居生, 則我包裹中, 約[23]有數百, 師得妻, 又得財, 不亦樂乎?' 僧忽聞此言, 紅潮漲面, 喉吻如噁,[24] 只俛首涕泣, 有若小孩子, 可矜. 我引袖[25]拭其面, 謂之曰: '與我就彼.' 摟之入林中, 緊抱而臥, 使之合. 此際, 僧情動, 但戰掉[26]甚, 霎時而罷. 旣整頓衣裳, 謂之曰: '吾二人, 已成夫婦. 君已退俗矣, 不必復向山寺, 可與我直返君家.' 僧從之, 偕行至家, 則僧母懸鶉[27]故絮衣、粗粗短布裳, 坐睡於簷下, 見僧, 問: '汝背後爲誰?' 我卽前拜, 曰: '尊姑息婦見.' 僧母大驚, 詈僧曰: '汝從何處, 覓此賤潑[28]婦來? 某禪師若來, 責汝十年衣食之費, 則我何以應之? 數年長利之債, 我何以償之? 汝果暴[29]殺我也!' 踏地搥胸, 焦躁不止. 且泣曰: '生活全靠寺中, 今絶矣.' 我想: '此老嫗, 可誘以利.' 卽解取碧油衣、[30]染色綿

21) 劫婚 : 을박질러 혼인함.
22) 腕 : 원문에는 '脘'으로 되어 있음.
23) 約 : 대략.
24) 噁(오) : 토하다.
25) 袖 : 원문에는 '手'로 되어 있음.
26) 掉 : 원문에는 '棹'로 되어 있음.
27) 懸鶉 : 해진 옷. 누더기 옷.
28) 潑 : '鄙' · '卑'의 뜻.
29) 暴 : 원문에는 '曝'로 되어 있음.
30) 油衣 : 오동나무 기름을 바른 베로 지은 비옷.

布裳一套, 奉以進之, 曰: '姑且休煩惱. 我之包中, 自有所挾, 其僧雖來, 我足以當之.' 老嫗受衣, 嘿然有間, 曰: '且坐.' 日既夕, 入廚中, 作新嫁娘任職. 是夜, 與僧達宵穩會, 山僧初嘗珍味, 歡樂欲狂, 眞堪絶倒也."

翁在傍直視曰: "無恥!" 姫自初發言, 說而笑, 笑又說, 語及劫婚之際, 翁隨口發嗔, 而姫輒揚手而謔之, 翁無奈何, 亦笑.

姫復曰: "翌日, 以二端綿布付僧, 赴場市, 換來笠子、網巾、細布, 裁成俗漢衣裝, 裝束[31]既成, 眞箇娟好少年郎也. 使之往本寺, 謝絶其師. 師僧遽隨來到門, 長顋巨顴,[32] 鬍鬚新剃根, 鬔鬆滿頰, 面目極可憎, 突入厲聲曰: '嫗以子許我而還奪之, 何也? 十年衣食之資, 幾載長利之債, 若不卽送於今日, 必有大利害!'[33] 老嫗震慄不敢應. 我自廚中出, 直前執其耳、批其頰, 曰: '彼本是我丈夫, 於汝何干? 何物頑僧, 敢爾唐突? 若不速歸, 將碎爾光頭!' 連掌之不已. 僧捧頰呌痛曰: '狼哉此母! 惡哉此母! 可怕也此母!' 急走出門, 仍不復來. 其後, 移接於此村, 廣營田庄, 同居五十餘年, 生男育女, 子孫成行, 穀粟滿庫, 牛馬盈廐, 厥僧豈非厚福者乎?" 仍復大笑.

余嘗與數客, 共談此說, 以資笑噱. 客曰: "男女情慾之感, 固人之形氣之私, 所不能無者, 至於閹宦之妻, 尤有難焉. 盖聞閹者之耽, 倍於恒人, 枕席之間, 狂蕩特甚, 慾火熾發, 而

31) 裝束 : 옷차림을 갖추어 꾸밈.
32) 長顋巨顴 : 큰 광대뼈가 툭 튀어나오다.
33) 利害 : 해로움.

無以散泄, 則摟抱宛轉, 幾至噬嚙肌[34]膚. 當此之時, 雖古貞女以禮自持者, 安能曰妾心古井水也? 其逃出從人, 有難苛責以淫奔也." 一人曰: "國初, 曾有內侍娶妻之禁, 而降自中葉, 不復關制, 今則無不娶妻, 又加以姬妾者, 間有之矣. 觀此姬之所自敍, 則其怨曠之恨, 幽鬱之氣, 足以感傷天和者, 國家宜申明舊禁, 而悉發其所家畜者, 給配於年少僧徒, 則男女各適其願, 而國家亦有添丁[35]之益矣." 又一人曰: "昔卓文君,[36] 以寡婦私奔馬卿,[37] 至今爲風流話本. 今此姬跡, 雖私奔, 元非失節, 事極放佚, 實擇所從, 較之卓女,[38] 固爲勝之." 四座捧腹.

• 작자 : 任邁(1711~1779)

字는 伯玄, 호는 蘭堂 혹은 保龢齋. 본관은 豊川. 六曹의 郎官과 龍潭縣令을 지냈다. 야담집 『天倪錄』을 창작한 水村 任埅의 손자다. 저술로는 야담집 『雜

34) 肌 : 원문에는 '肥'로 되어 있음.

35) 添丁 : 나라의 力役에 복무하는 壯丁이 늘어남.

36) 卓文君 : 漢나라 때 臨邛의 富豪인 卓王孫의 딸. 일찍이 과부가 되어 臨邛의 친정에 있을 때, 그곳에 들른 司馬相如가 거문고를 타며 유혹하자 그날 밤 함께 달아났음.

37) 馬卿 : 司馬長卿, 즉 司馬相如. '長卿'은 그 字.

38) 卓女 : 卓文君.

記古談』이 전한다.

• **출전**: 『雜記古談』(일본 天理大 소장)

• **참고사항**

(1) 진재교 교수는 『雜記古談』이 1754년에서 1767년 사이에 저술됐을 것으로 추정한 바 있다.

(2) 이 작품은 앞에 수록된 「劒僧傳」처럼 작중 인물의 視點으로 서술되고 있다는 점이 주목된다.

(3) 이 작품의 여성 주인공은 뚜렷한 캐릭터를 보여준다. 이처럼 적극적이고 진취적인 女性像은 야담이나 傳奇小說에 드물지 않다. 한편 이 작품은 여성의 情欲에 대해 썩 진취적인 입장을 취하고 있는바, 작자가 견지하고 있는 이런 태도는 작품 말미에 첨부된 논평에서 재확인된다.

(4) 이 작품이 실린 『雜記古談』은 大谷森繁 씨가 『朝鮮學報』 74호(天理大學朝鮮學會, 1975)에 처음 소개했으며, 박용식 교수가 『韓國學報』 54호(일지사, 1989 봄)에 다시 소개했다. 연구논문으로는 진재교, 「雜記古談의 저작연대와 작자에 대하여」, 『서지학보』 12(한국서지학회, 1994); 진재교, 「雜記古談 연구」, 『韓國의 經學과 漢文學』(태학사, 1996)이 참조된다.

# 9. 治產業許生成富

盧命欽

驪州舊有許姓一兩班, 仁善而貧甚. 家有三子, 勸課儒業, 遍乞於四方親知, 以餬讀書兒, 以其仁善故, 人皆愛之, 而副其乞矣. 老許內外俱歿, 三年內, 鄕里頗有顧助矣. 至再朞祭畢後, 其仲[1]子珙語于兄弟曰: "曾前所以不飢死者, 徒以父母得人心也. 今則三喪已闋, 父母餘澤, 無可更藉, 以此倒懸之勢, 必至合歿之境, 第各思謀生之道可也." 兄及弟俱曰: "舊業文字之外, 更無新策矣." 珙曰: "各從其志, 吾不可勸他道, 而三人俱治一業, 併命[2]於飢寒必矣. 吾則第當限十年, 決性命而治生, 救全家, 自今日破產, 伯氏季君上寺做工, 托

1) 仲 : 여기는 '中'으로 되어 있으나 뒤에는 '仲'으로 되어 있는바, '仲'으로 통일함.

2) 併命 : 모두 죽다.

口於僧徒, 兩嫂氏永歸本家, 斷不可已也. 父母世業, 只是牟田三斗落, 家垈與總角[3]一女婢, 宜爲宗物,[4] 而兄旣破産, 姑借我爲宜矣."

是日, 兄弟內外相洒涕而分散. 仲許卽日斥賣內子隨身物, 備六七貫錢.[5] 適當木綿豊登之歲, 貿藿[6]負背, 遍尋父母所嘗往還家, 面面出藿葉, 遮顔而乞綿花. 親舊念昔憐[7]貧, 不無優副, 所聚木綿, 無論善惡, 恰滿數百斤. 貿嶺東耳牟[8]十餘石, 牢誓十年喫粥, 女婢則餽以全一器, 許之夫妻, 分半一椀. 許謂其婢曰: "汝以耐飢爲難, 汝任他[9]去也."[10] 婢泣曰: "上典誓死治生, 婢何可怕飢捨去乎?" 許遂去衣冠, 只以一衫一袴掩體, 晝夜助役於紡績, 或織席, 或織簑, 額額[11]度日. 親知間有來訪者, 則使坐籬外, 已自房內遙語曰: "今不可復責我以人禮, 自外退去可也." 周年之內, 紡績之所辦, 已至數百金. 門前適有京師人水畓十斗落､田一日耕之斥賣處, 許遂買取, 而以爲: '借人以耕, 不但有費, 恐不如自己盡力', 具牛具耜,[12] 自入田中, 迎老農善餽置堤上, 使之教耕. 無論

---

3) 總角 : 머리를 땋은 아이. 남녀 모두에 쓰는 말이지만 여기서는 여자에 해당함.
4) 宗物 : 宗家의 재산.
5) 六七貫錢 : 6・7냥의 돈.
6) 藿 : 미역.
7) 憐 : 저본에는 '戀'으로 되어 있음.
8) 耳牟 : 귀리.
9) 任他 : 마음대로. 하고 싶은 대로.
10) 也 : 저본에는 '夫'로 되어 있음.
11) 額額 : 부지런한 모습.
12) 耜 : 저본에는 '耟'로 되어 있음.

田與畓, 耕必至十次, 起土最深, 非比他農, 而田則爲種南草, 厚覆灰草, 穿無數穴於畝上, 以待天雨, 而恐値旱損草種, 早春築長行架,[13] 播南草種於其下, 數灌以水. 其年適大旱, 到處草種盡死, 而此獨茂盛, 俟雨卽移, 不多日內, 葉如芭蕉, 蔚然蔽地. 未及出藥液, 而江上[14]草商,[15] 請買全一田, 捧二百貫. 草商卽將其糜塊,[16] 曝諸沙場而去. 後更以百金來貿其笋.[17] 十斗落所收穀, 亦至百石. 自此家貲, 月倍歲蓰,[18] 不勝其進. 曾未五六年, 露積充牣, 田連阡陌, 十里內人民, 無不有救於其家. 四處田夫,[19] 每以饌酒魚肉, 作人情,[20] 卓上美饌, 陳陳相仍, 家中耳牟粥半椀, 了無增減.

及至八年, 其兄與弟在山寺, 日聞其家之成陶,[21] 下山將觀光. 及到則許之內外欣然款洽. 許妻出其隣餽酒肉以供之, 到夕飯時, 備進三器飯, 盖以兩叔八年後始歸, 不可仍用耳牟粥故也. 許見飯而怫然張目叱之, 使以一器飯, 爛作兩器粥以來. 其兄怒叱曰: "汝富不知其幾千石, 而重遇同氣於八年後, 退其旣進之飯, 更進一器粥, 此豈人理乎?" 許曰: "吾有

---

13) 長行架 : 길다란 架子, 즉 시렁. 담배 모판을 덮는 시설을 말함.
14) 江上 : 京江, 즉 뚝섬에서 楊花渡에 이르는 한강 일대를 가리킴.
15) 草商 : 담배 상인.
16) 糜塊 : 난숙한 담배 잎사귀를 가리키는 듯함.
17) 笋 : 담배 잎사귀를 따낸 뒤 돋는 새 눈. 담배의 순을 따서 말린 담배를 '순담배'라 함.
18) 蓰 : 저본에는 '簁'로 되어 있음.
19) 田夫 : 여기서는 '佃夫'(소작농)라는 뜻.
20) 人情 : 선물이나 뇌물.
21) 陶 : 陶朱公을 가리킴. 范蠡의 變名. 중국 춘추시대의 큰 부자였음.

所執, 限姑未至, 兄雖大怒, 吾不動一髮矣." 兄弟遂含慍還山. 其翌年, 兄弟小科聯璧.[22] 仲許準備唱榜之費,[23] 親自上京, 同歸到門, 設慶宴. 翌日, 招入才人, 語之曰: "吾兄吾弟之無家乞食山寺之狀, 汝或聞之矣. 今日當復入山做工, 汝輩淹留無益, 須以今日罷去矣." 各給百金而送之, 勸兄弟上寺作大科工.

及滿十年, 則儼然將爲萬石翁矣. 自春間, 親赴場市, 貿來[24]紬、綿、苧、布等華服之資, 給傭[25]洞內貧女, 造成男女衣服, 不知其數. 及至臘月二十一日, 作書于山寺, 報于兄弟曰: "吾十年治生之限已滿. 曾所經紀者, 三兄弟一生喫着不盡.[26] 自今日輟其喫苦, 團聚一室, 同享太平"云云. 俱[27]送駿馬華鞍而迎還. 書報兩嫂亦如之. 兄弟及兩嫂卽到. 庭設兩帳幕, 運來具鑰六皮籠, 而各置三籠於內外幕. 兄弟內外各着新華衣訖. 又命僕夫, 鞴出三馬, 謂其兄弟曰: "此非可居處. 自有當往之地"云, 而幷轡踰一峴, 則山中有三傑瓦屋, 前有長舍廊橫之, 舍廊之前長廊, 駿馬盈廐, 盡一村迎候於路上. 其兄弟驚問曰: "此是何處, 如是壯哉?" 答曰: "吾兄弟終老之所也." 盖其第宅奴僕之排置, 如是其壯, 而距舊屋未

---

22) 聯璧 : 형제가 나란히 과거에 급제함을 일컫는 말.
23) 唱榜之費 : 三日遊街 하는 데 드는 비용.
24) 來 : 저본에는 '米'로 되어 있으나 연세대본을 따름.
25) 給傭 : 삯을 내다. 삯바느질을 주다.
26) 喫着不盡 : 衣食이 풍족하다.
27) 俱 : '具'와 통함.

五里, 而使其兄弟亦不知有此, 樞機之愼密, 亦可知也. 自其夕, 兄弟之妻, 各分一舍, 許三昆季寢處於一舍廊. 又運出皮籠十餘件, 卽田畓文書也. 仲[28]許曰: "兄弟分財, 固當平均無增減, 而但吾妻, 幾乎渴死, 而成此家産, 則賞勞之物不可無, 別爲區劃矣." 除出十五石落畓, 以屬其妻, 而其餘則一切均分.

一日, 兄弟同宿, 仲許忽夜起痛哭. 其兄慰之曰: "汝之所享, 無異公侯, 有何不足, 而作此悲哀耶?" 許對曰: "吾父母之當初所期吾兄弟, 在科業, 而惟兄與弟, 則雖是小成, 亦足成吾親之遺意, 而吾則無狀, 全爲口腹生計, 放置文字, 已至十餘年, 一字不能記得, 仰負親意, 豈不甚悲乎? 欲爲重修, 已無其望, 操弓成功, 亦或一道耶?" 卽赴射場, 不計風雨, 刻意課射, 經三年登科. 以其幹局器量, 世皆稱名武.

初外任, 卽安岳郡守也. 將赴任之際, 其妻病歿. 仲許曰: "吾已永感,[29] 官養莫逮, 只可以榮吾妻, 吾妻今至於斯, 吾豈爲米錢之意而樂官俸哉?" 遂不赴, 而終於家云.

28) 仲 : 저본에는 '中'으로 되어 있음.
29) 永感 : 永感之下. 부모가 다 돌아갔음을 뜻하는 말.

## 해제

• 작자 : 盧命欽(1713~1775)

호는 拙翁이며, 科詩로 유명한 盧兢의 부친이다. 저서로 야담집인 『東稗洛誦』이 전한다.

• 출전 : 栖碧外史海外蒐佚本 『東稗洛誦』을 底本으로 삼아 異本을 참고하여 校合하였다.

• 참고사항

(1) 『동패낙송』에는 제목 없이 실려 있지만, 『청구야담』에는 「治産業許仲子成富」, 『동야휘집』에는 「士人治産樂塤篪」라는 제목이 붙여져 있다. 여기서는 『청구야담』의 제목을 본떠 「治産業許生成富」라는 제목을 붙였다. 이 작품은 이우성·임형택 역편, 『이조한문단편집』 上(일조각, 1973)에 「廣作」이라는 제목으로 번역되어 있다.

(2) 「치산업허생성부」에는 빈궁한 양반이 富를 이루기 위해 체면과 예의를 돌아보지 않고 악착스럽게 일하고 근검절약하는 과정이 잘 그려져 있다. 한편, 이 작품의 뒷부분에서 주인공 허생이 보여주는 夫婦愛는 퍽 인상적이다. 야담계 한문단편소설 중에는 스토리의 흥미에 치중해 인물의 성격창조가 미흡한 작품이 적지 않은데, 이 작품의 경우 주인공의 성격이 비교적 구체적이고 생동감 있게 그려져 있는 편이다.

(3) 이 작품이 실린 『동패낙송』에 대한 논의로는 임형택, 「東稗洛誦 연구」, 『한국한문학연구』 23(한국한문학회, 1999)이 있다.

# 10. 四友

安錫儆

有少年四人, 讀書于北漢山寺. 一人家貧, 獨有妻在, 針工[1]繼其糧. 一日, 小奴來告其死, 其人以書掩面而臥, 三日不語不食. 三人强起之, 不應, 四日曉, 捲書籍筆硯而歸. 三人微跡之, 其人入其門一慟, 幷其書籍筆硯, 置于屍傍, 暴燒而走, 不知所向. 三人歸寺, 又一人以書掩面, 三日不語不食. 二人强起之, 不應, 四日曉, 捲[2]書籍筆硯而歸. 二人微迹之, 其人入門, 卽與兄弟父母妻妾, 負戴而出城, 不知所之. 二人歸寺讀書. 無何, 一人登第窋達, 一人蹉跎不第而貧居.

1) 工 : 원문에는 '功'으로 되어 있음.
2) 捲 : 원문에는 '卷'으로 되어 있음. '捲'과 '卷'은 서로 통하는 글자지만, 앞부분에 '捲'으로 되어 있으므로 이 글자로 통일함.

登第者, 後爲湖南伯, 貧居者弱馬孱僮, 往將干之. 中途忽見二氈笠者, 韛駿馬, 請之曰: "吾家主翁謂, 與公有舊, 而要相見矣." 貧居者曰: "汝主翁爲誰?" 曰: "到家則知之." 强貧居者移騎, 而付其僮馬於僻村, 策駿馬疾馳山谷間, 一日可二百里, 而百里則經無人之地. 及一大洞府, 瓦屋齊山, 而門庭敞濶, 旗纛鼓角, 從衛使令, 擬於藩鎭, 而居處、飮食、侍女、音樂, 乃非藩鎭所可比. 中有一人, 盛服飾, 高坐大床, 字貧居者而疾呼曰: "來! 來!" 貧居者惶悚, 趨走而前, 燭光竊視, 乃暴燒者也. 不覺呼其字曰: "子何爲至於此?" 相與飮, 酒酣, 從容語前日事而曰: "子知某之所去乎?" 蓋指負戴者也. 貧居者曰: "不知." 曰: "某也最善. 今在妙香山北, 占據參[3]田, 渾家不火食, 殆於成仙, 吾輩何敢望乎?" 貧居者曰: "子則何以致此富厚?" 曰: "不須問也. 子今往湖南何幹?" 曰: "婚喪之債如山, 將求之方伯矣." 曰: "某也性慳, 必不與所望之十一二, 子無往干也. 吾與子千金, 足於用乎?" 曰: "報債而有餘矣." 曰: "子爲家書而置此, 吾必先子之歸而致千金於子之家, 子必速歸而無之湖營也." 遂命主錢者, 齎錢十萬, 主帛者齎布百匹, 而使貧居者見之, 受其書, 送于其家, 駿馬七疋、[4]勇夫十餘人, 拜辭而行. 又以駿馬飛送.

貧居者, 尋其僮馬, 將西歸, 忽復向湖營, 通刺而入, 卽言

3) 參: '蔘'과 통함.
4) 疋: '匹'과 같음.

暴燒者之居處使令如此如此. 湖南伯曰: "子果見之於所居乎?" 曰: "然." 曰: "今有朝令, 使捉其人, 其人爲賊將, 今已二十年故也. 我今發猛校[5]黠胥[6]數千人, 以子爲鄕導, 可必獲乎?" 曰: "何難獲乎?" 曰: "然則吾以功陞資, 子亦以功授官, 不亦善哉?" 貧居者大喜. 湖南伯密檄近邑, 選吏校, 悉發全州精銳, 合爲二千餘人. 方伯自將之, 使貧居者, 領百騎先行. 至向者舍[7]僮馬之所, 方指點山路, 而傳語於方伯之際, 忽見勇夫十騎, 鞴一駿馬, 自山飛下, 直入百騎中, 縛貧居者, 移縛之駿馬, 飛馳入山而去. 方伯大驚, 使銳騎先跡之, 渺然不見其蹤, 而山路又多歧. 銳騎復[8]曰: "無可奈何." 方伯遂結陣而待之. 十騎, 一日之內, 以貧居者告, 暴燒者大設兵威, 拏入貧居者而數之曰: "汝何無故人之情乎? 湖南伯亦不曉事, 渠能擒我乎?" 杖之, 曰: "猶存故情而不殺汝, 汝其往告湖南伯也!" 杖十餘而曳出之. 令其下速裝. 告裝畢, 令曰: "皆行!" 遂鳴上馬炮[9]而鼓之. 令後隊曰: "火所棄屋舍, 用藥而火之!" 烟焰一時漲天, 而飛瓦星散. 貧居者三日行, 始達方伯之陣, 告其故, 方伯大息[10]而歸, 亦無所給於貧居者.

其後五六年, 貧居者, 西遊妙香山, 深入山北, 見一人篛笠

5) 校 : 軍校.
6) 胥 : 吏胥.
7) 舍 : 두다.
8) 復(복) : 復命하다.
9) 上馬炮 : 上馬砲. 군대의 출발을 알리기 위해 儀式用으로 쏘는 銃砲.
10) 大息(태식) : 太息.

簑衣, 跨一青牛. 其疾如飛, 竭力追之, 一日百餘里, 不見其人, 而跡牛糞, 入石門, 茅屋蕭然獨在岩阿, 扣門而有應, 乃負戴者也. 其父母皆童顔, 而兄弟皆完健矣. 握手談笑道舊事. 既經數日, 乃誚之曰: "暴燒者, 固大賊可誅, 而子何爲鄕導? 甚矣! 子之無信也. 且其鼠竊狗偸, 非有大害於國, 則湖南伯, 亦不當謀襲[11]而全忘故舊之情也." 貧居者曰: "子言果是, 吾則悔之矣. 抑子之棄世而深隱, 何也?" 曰: "見暴燒者之所爲, 實驚于心, 是豈人之所可忍乎? 吾恐其以梟雄沈鷙之資而爲移國之盜, 故先謀避之矣. 賴國祚靈長, 而其人亦智者, 知其不可圖, 故爲潢池[12]自娛之計而止耳." 貧居者, 欲移家從之, 負戴者不許曰: "子之爲人, 不可與同隱者也. 一出此山, 山蹊多歧, 子必不可復尋矣."

• 작자 : 安錫儆(1718~1774)

자는 叔華, 호는 雪橋 혹은 卓異山人, 본관은 順興. 강원도 原州 출신. 평생 布衣로 지내면서 저술로 낙을 삼았다. 丹室 閔百順, 青城 成大中과 친밀하였고, 春秋大義와 北伐論을 견지한 강개한 선비였다. 그의 글 가운데에는 빼어난 식견

11) 襲 : 습격.
12) 潢池 : 원래 '좁은 땅'이라는 뜻인데, 여기서는 '綠林'을 의미함.

과 현실에 대한 예리한 관찰을 보여주는 것들이 적지 않다. 저서로는 『雪橋集』과 『雪橋漫錄』이 전한다. 『雪橋漫錄』 속에는 야담에 해당하는 작품이 여러 편 들어 있다.

• 출전 : 『雪橋漫錄』(栖碧外史海外蒐佚本)

• 참고사항

(1) 원래 제목이 없던 글인데, 이우성 · 임형택 두 분이 譯編한 『이조한문단편집』 下(일조각, 1978)에 「四友」라는 제목을 붙여 놓은바, 이에 따랐다.

(2) 비슷한 유형의 이야기가 『청구야담』에 「會山寺四儒問相」이라는 제목으로 실려 있다. 그러나 주제의식은 「사우」가 훨씬 선명하다. 「사우」는 조선 후기에 들어와 사대부의 계층분화가 심각하게 야기되던 현실을 예리하게 반영하고 있다.

# 11. 劍女

安錫儆

丹翁[1]曰: "聞之湖南人, 曰: '蘇凝天,[2] 進士, 有聲於三南,[3] 擧以奇士目之. 一日, 有一女子, 拜見而曰: ≪竊聞盛名久矣. 欲以薄軀, 得侍巾櫛, 倘蒙俯許否?≫ 凝天曰: ≪汝不改處子之儀. 然而自薦于丈夫, 則非處子之事也. 豈亦人隷乎? 倡家之女乎? 亦旣事人, 而姑未改未笄之狀乎?≫ 對曰: ≪人隷也, 而主家已無噍類, 無所於歸. 抑有一段情願, 不欲仰望凡子而

1) 丹翁 : 閔百順의 號가 '丹室'이기에 한 말. 작자와 절친했던 인물임.
2) 蘇凝天 : 생몰년 1704~1760년. 號가 春庵이고, 저서로 『春庵遺稿』가 전한다. 益山에서 태어났으나, 16세 경 海南의 두륜산 기슭에 移居하였다. 27세에 지리산 인근의 山陰(지금의 山淸)에 은거하였는데, 처사로 명성이 높아 당시 영남 사람들은 "南冥後二百年, 復見處士"라고 말했다 한다. 山陰 외에 花開洞과 德裕山 陽嶽에서도 살았으며, 말년에는 益山에 돌아와 생을 마쳤다. 평생 벼슬하지 않고 처사로 지내면서 주자학을 연구하였다.
3) 三南 : 경상도, 전라도, 충청도를 통틀어 일컫는 말.

終身, 故男服而行世, 不自輕汚, 竊擇天下之奇士, 而自薦于座下矣.≫ 凝天納之爲妾, 與居數年.

其妾忽具猛酒嘉膳, 乘間夜月明, 而自叙其平生曰: ≪身是某氏之婢也, 而適與主家娘子同歲而生, 故主家特與娘子而爲使, 使爲將來嫁時轎前婢.[4] 年僅九歲, 而主家爲勢家所滅, 田園盡爲所奪, 而只餘娘子與乳姆, 逃匿他鄕, 隷而從者, 唯此一身耳. 娘子纔踰十歲, 而與賤身謀爲男裝, 而遠遊求釰[5]師, 經二年始得之. 學舞釰, 五年始能空飛往來, 鬻技於名都會, 得累千金, 以買四寶釰. 乃之讎家, 爲[6]將鬻技者, 而乘月舞之, 飛釰所割, 頃刻數十頭, 而讎家內外, 皆已赫然血斃矣. 遂飛舞回來, 而娘子沐浴改爲女服, 設酒饍, 以復讎告于先墓, 而囑賤身曰: 〈吾非吾親之男子, 雖生存於世, 終非嗣續之重, 而男裝八歲, 方行千里, 縱不汚身於人, 寧爲處子之道乎? 欲嫁必無所售, 使[7]得售, 何得稱意之丈夫哉? 且吾家單孑, 絶無强近之親, 誰爲吾主婚者耶? 吾卽自刎而伏於此, 汝其賣我兩寶釰, 而葬于此, 使得以微骸, 歸于父母之兆, 吾無恨矣. 汝則人役也, 處身之道, 與我不同, 不可從我而死也. 葬我之後, 必廣遊國中, 而審擇奇士, 爲之妻妾也. 汝亦有奇志傑氣, 豈其甘心低眉於凡子者

4) 轎前婢 : 혼인 때 신부가 데리고 가는 여자 종.
5) 釰 : '劒'의 俗字.
6) 爲 : ~인 체하다.
7) 使 : 設使.

乎?〉娘子卽伏釰. 賤身賣兩釰, 得五百餘金, 卽葬娘子, 而以所餘, 買土田, 使可繼香火, 不改男裝而浮遊三年, 所聞名高之士, 莫如座下, 故自獻其身, 得侍下塵,[8] 而竊瞷座下所能, 乃文章小技及星曆、律算、祿命、卜筮、符籙、圖讖等小術, 而若處心持身之大方, 經世範後之大道, 則邈乎其未之及也. 其得奇士之名, 無已[9]太過乎? 夫得過實之名者, 雖在平世, 亦難自免, 况於亂世哉? 座下愼之! 其得全終, 必不易矣. 願自今, 無居深山, 而隤然[10]闒然,[11] 處全州大都會, 教授吏胥子弟, 以足衣食而已, 無他希覬, 則可免世禍矣. 賤身既知座下之非奇士, 而要終身仰望, 則是負宿心, 而兼負娘子之命也. 故明曉辭決, 而將遊於絶海空山矣. 男裝尙在, 飄然更着而遊, 寧復爲女子, 低眉斂手於飮食縫紉之事乎? 顧三年昵侍之餘, 不可無留別之禮, 且平生絶藝, 不可終閟而不一見於座下, 座下其强飮此酒, 壯其膽魄, 得以詳看之.≫

凝天大驚, 而赧然嘿然, 不能開一語, 只受所擎之杯, 旣滿平時之量, 止之. 其女曰: ≪釰風甚冽, 而座下精神不强, 將倚酒力而支持, 非洽醉不可.≫ 更勸十餘杯, 亦自飮斗酒. 旣酣暢而發其裝靑氈巾、紅錦衣、黃繡帶、白綾袴、斑犀鞾、[12]皎然

8) 下塵 : 下風. '남의 아래에 처함'을 겸손하게 일컫는 말.
9) 已 : 너무.
10) 隤然 : 柔順한 모양.
11) 闒然 : 어리석은 모양. 용렬한 모양.
12) 斑犀鞾 : 무늬 있는 무소 가죽으로 만든 신.

蓮花釰[13]一雙. 渾脫女襦裳, 而改服單束, 再拜而起, 翩然若輕燕, 而瞥然騰釰, 竦身挾之. 始也四撒, 花零氷碎; 中焉團結, 雲滾[14]電鑠; 末乃翱翔, 鵠擧鶴翥. 旣不可見人, 而亦無由見劍, 秖見一段白光, 撞東觸西, 閃南掣北, 而颯颯生風寒色凍天. 俄叫一聲, 砉然割庭柯, 而劍擲人立, 餘光剩氣, 冷遍於人. 凝天初猶堅坐, 已而顫縮, 終則頹仆, 殆不省事矣. 其女收劍更衣, 煖酒爲懽, 凝天乃得蘇. 明曉, 其女男裝而果辭去, 漠然不知其所向云.'"

嗟呼![15] 女子之爲人隷, 而尙能自珍其身, 不忍輕委於凡夫, 況於鴻儒奇士而不擇所從, 如孔鮒[16]之於陳涉,[17] 鮑永[18]之於劉玄,[19] 獨何意哉?

13) 蓮花釰 : 보검 이름.
14) 雲滾 : 雲轉. 滾은 旋轉의 뜻.
15) 嗟呼 : '嗟乎'와 같음.
16) 孔鮒 : 秦 말기의 학자로, 陳涉에게 太傅 벼슬을 받았음.
17) 陳涉 : 陳勝. '涉'은 그 字. 秦 말기에 난리를 일으켜 稱王하였음. 원문에는 '涉'이 '陟'으로 되어 있음.
18) 鮑永 : 後漢 光武帝 때의 인물로, 劉玄의 밑에서 벼슬을 했음.
19) 劉玄 : 王莽에 반대하여 起兵해서 황제를 자칭했던 인물.

• 작자 : 安錫儆

「四友」 '해제'의 작자條를 참조하기 바람.

• 출전 : 『雪橋漫錄』(栖碧外史海外蒐佚本)

• 참고사항

(1) 원래 제목이 없던 글인데, 이우성 · 임형택 두 분이 譯編한 『이조한문단편집』 中(일조각, 1978)에 「劍女」라는 제목을 붙여 놓은바, 이에 따랐다.

(2) 이 작품은 액자의 액자 속에 '本이야기'가 들어 있는 특이한 형식을 취하고 있다. 여성주의적 관점에서 돋보이는 작품이다.

(3) 이 작품에 대한 논의로는 이명학, 「삽교만록 연구」(성균관대 석사논문, 1982)가 참조된다.

# 12. 嶺南寒士

安錫儆

嶺南有寒士, 逐日營求, 菫活其妻子. 乃與其妻約曰: "人生百年, 直須臾間耳. 然須有一生之計, 必用五六年而圖之然後, 可得於未死之前, 伸眉縱體而享之. 今我每以一日之營, 而只給一日之食, 不暇於長久之術, 若是而至老, 或久病, 則相枕而死外, 無策矣. 我欲抽身而遠遊, 以圖將來久遠之策, 五六年間, 君能爲人紡績裁縫, 而使兒輩捃拾樵採, 以苟支歲月, 菫菫無死乎?" 妻曰: "諾." 寒士遂去之京師, 察乎群宰, 審乎輿議, 擇清裁峻望偉才宏度之大夫, 以爲歸, 而揀其婢使之中, 陋惡不齒,[1] 嫁奔[2]不售者, 而納娉[3]爲婦, 以婢

1) 陋惡不齒 : 못 생겨서 축에 끼지 못하다.
2) 嫁奔 : '嫁'는 예의를 갖추어 시집가는 것. '奔'은 野合하여 사는 것.
3) 娉 : '聘'과 통함.

夫[4]謁見, 而掃除於門下. 凡有內外指使, 或市貿, 或稅收, 皆以廉辨[5]能幹, 見褒稱. 旣久而內外皆專任, 而凡有家事, 皆與之謀.

一日, 大夫公[6]退, 從容問: "汝是何人? 何姓名? 而曾居何地乎?" 對曰: "北關[7]之民, 某姓名也. 童時學書, 頗有所通, 而困於無資, 流轉至此耳." 大夫曰: "汝旣學書有通, 則執門下掃除之役, 亦寃抑矣. 汝其升廳而掌筆硯之役也." 旣掌筆硯, 見其敏達而大愛之. 無何, 大夫爲關西伯, 擢付錢貨之任. 旣滿瓜[8]將還, 寒士從容告之曰: "使道淸儉過人, 旣不欲以一錢自潤, 而簿定之外, 爲餘銀十萬兩, 何以處之?" 大夫曰: "吾亦思措處之道, 而姑無定計矣." 寒士曰: "西關之士、民、兵、吏之事[9]某弊用銀幾何, 某弊用銀幾何, 用五萬兩, 則可防其弊, 流惠於無窮矣. 餘五萬兩, 則願付小人. 小人欲貿唐貨[10]於此地, 而舡[11]下三南[12]回易,[13] 可得倍利, 仍買統制營[14]弓矢、劍戟、砲礟[15]而歸, 以留爲浿[16]上武備, 不亦善乎?"

---

4) 婢夫 : 비부쟁이. 여종의 남편.
5) 辨(판) : '辦'과 통함.
6) 公 : 관아.
7) 北關 : 함경도.
8) 滿瓜 : 瓜滿. 벼슬의 임기가 참.
9) 事 : 일삼다.
10) 唐貨 : 중국 상품.
11) 舡 : '船'의 俗字.
12) 三南 : 「劍女」의 주 3을 참조할 것.
13) 回易 : 원래 사신이 외국에 갈 때 自國의 特産을 선물로 가져가고 돌아올 때 그 나라의 산물을 가져오는 것을 일컫는 말인데, 여기서는 일본과의 무역을 뜻함.
14) 統制營 : 統制使가 있던 곳으로, 지금의 統營이 그 소재지이며, 무기를 생산

大夫大然之, 出白金十萬兩, 一付寒士. 寒士遂以五萬兩, 防西關諸弊瘼, 以五萬兩, 船唐貨南下, 過期無消息, 而方伯遞還京師, 以爲見瞞, 而恒言: "某也大盜而可殺!"

居三年, 寒士弊衣服來京師, 與其婢語, 使告于內主曰: "婢夫某也來現." 其內主曰: "大監常以五萬銀見偸之故, 而欲殺. 然在關西時, 大監不顧家事, 而所帶裨幕皆名武, 亦不顧我家中所用, 若非某也之精敏忠厚, 而凡可以不害於公而爲利於家者, 皆竭力營辦, 而連輸於內, 則家事無所賴矣. 某也之功勞, 吾何能忘? 汝必詳語此故, 而使之速去, 無或留也." 其婢具告, 寒士笑之, 遂留而不去. 一日, 見於大夫, 大夫卽數其罪, 而命具大杖, 將杖殺之. 寒士曰: "白金五萬兩, 何等大貨, 而果盜之, 則敢復來見哉? 大監何不問曲折, 而遽欲殺之乎?" 大夫命徐之, 使陳其曲折. 寒士乃退, 出其儒衣冠而服之, 躡階而上, 坐於客位曰: "某非北關之民也, 乃嶺南之士也. 爲大監婢夫者, 爲大監當爲關西伯故也. 我國惟關西豊貨, 故屈身以事大監, 要沾關西之貨以自豊. 然欲自利, 則必先利人, 欲利上, 則必先利下者, 此物理之當然, 而神道之所與也. 故先以五萬白金, 利關西之士、民、兵、吏而後, 以五萬白金回易, 而復爲十萬兩, 以其半利大監之家, 而以其半利小生之家矣. 三年之頃, 大監不失元數, 何惡於小生, 而

---

했음.

15) 砲礮 : 대포. '礮'는 '砲'의 本字임.

16) 浿 : 浿水, 즉 대동강.

必欲殺之乎?" 大夫曰: "吾惡瞞吾者, 利與不利, 非所論也." 寒士曰: "明日當更見." 乃退. 出其裝文券盈抱者, 而入見大夫之子曰: "吾今日, 方以客禮見于大監, 君輩亦不可以婢夫視我." 悉言其前後事狀, 乃言曰: "君輩試思之. 吾若不瞞大監, 則以大監之淸白, 何由以五萬銀買田產乎? 吾以五萬銀, 貿唐貨, 舡往東萊, 而回易倭貨, 更之京師而發之, 旣得三四倍之利. 然用大貨而侔[17]大利者, 理不當吝惜, 故費於往來, 而散於窮窘, 消於宴飮者, 亦不貲, 而就其入用, 而爲田宅奴婢之價者, 定爲十萬兩矣. 先擇美田宅、好奴婢五萬兩所貨者, 歸之大監, 此其買取之券也. 君輩其收之. 取其次者亦費五萬兩者, 吾自取之矣. 明日, 君之鄕奴輩, 載米千斛, 而泊於龍山矣. 此其五萬兩所買者也. 須送一奴, 持此左契[18]而合之, 導以入君家也." 遂探囊而出一契與之.

果鄕奴數十人, 貰車載千斛米, 納于大夫之家. 大夫吁嗟太息者良久, 而愧其輕於叱咄也. 大夫以淸貧之家而不墮淸名, 卒爲巨富云.

17) 侔: '牟'와 통함.
18) 左契: 둘로 나눈 증서 중 왼쪽의 것. 하나를 자기가 가져 左契로 하고, 다른 것을 상대방에게 주어 右契로 함.

• 작자 : 安錫儆

「四友」 '해제'의 작자條를 참조하기 바람.

• 출전 : 『霅橋漫錄』(栖碧外史海外蒐佚本)

• 참고사항

(1) 원래 제목이 없던 글인데, 이우성 · 임형택 두 분이 譯編한 『이조한문단편집』 上(일조각, 1973)에 「嶺南寒士」라는 제목을 붙여 놓은바, 이에 따랐다.

(2) 이 작품은 조선 후기 몰락양반의 현실과 願望을 반영하고 있다. 몰락양반이 자신의 빈궁을 타개하기 위해 양반으로서의 체면을 버리고 적극적으로 致富행위를 하는 이야기는 다른 야담에서도 드물지 않게 발견된다.

# 13. 保寧少年事

洪大容

柳某者, 性質不妄言. 嘗行保寧[1]地, 日暮迷失道, 轉入數十里, 忽見蒼崖削立, 洞壑幽邃, 山徑草茂, 不知所往. 乃下馬彷徨, 忽聞崖上有人響, 乃攀藤以上, 有數間茅廬, 松竹蕭然, 中有一少年, 草笠藍袍, 形貌俊爽, 倚戶凝睇, 如有所思, 見客至, 忙下堂迎之, 執禮甚恭. 柳心異之, 與之言, 辭若懸流, 磊落軒昂. 已而進夕供, 水陸珍羞, 極其滋味. 柳問: "山中何得有此?" 少年但笑而不答. 柳尤驚異之. 夜向深, 有呼聲自遠而近. 少年曰: "客少俟. 某已有約于人, 不可失信." 遂飄然拂袖而去. 柳隙窓[2]窺之見, 呼者亦少年, 二人衣冠亦無別, 相與携手而去, 高崖峻坂, 平走如飛. 柳大驚, 悚然

---

1) 保寧 : 충청남도에 있는 땅 이름.
2) 隙窓 : '창문 틈으로'라는 뜻. '窓隙'과 같음.

不能取寢, 忽見壁藏,[3] 鎖鑰不下, 乃開視之, 有數架古書, 皆兵､陣法論, 又有雁毛數筩, 壁上掛一黑長衣而已, 他無所在. 柳尤疑怪之.

有頃, 少年還, 變色而言曰: "吾始以子爲好人, 何乘我不在, 偸看我書? 子將欺我耶?" 柳知不可欺, 乃謝之. 且曰: "君必遯世之異人也. 兵書固君之所看, 黑衣與雁毛, 將何用哉?" 少年曰: "吾已知子非饒舌者. 吾當試之, 子且觀之." 遂出雁毛, 散於房中, 披黑衣回旋疾走, 而雁毛不動一毫, 盖以習其走也. 柳大奇之, 仍問其俄者所之, 少年曰: "頃來少年, 有讐在固城[4]地, 其人獰猂, 且不知所在, 今夜適在家, 故同往殺之矣." 柳思保寧距固城爲近千里地, 頃刻往返, 非鳥不及其疾矣, 心嗟訝不已. 與之語, 至朝遂告別. 少年申申言曰: "子若出吾言於世, 則吾必赤[5]子族矣. 子其愼之!" 柳許諾.

於路結草而識之, 月餘復尋, 而終不得. 然畏之, 終身不敢言. 及臨死, 語其子曰: "吾今死矣. 不可使異人, 終無傳於世也." 柳死, 世遂傳而異之.

嗚呼! 少年其可謂異人也. 富與貴, 人之所欲也, 以少年之才, 獨超然逃身於窮崖深谷之間, 若非視之如浮雲者, 惡[6]能爾哉? 其夫子[7]所謂'人不知而不慍'[8]者, 非耶? 雖然, 擊劒

---

3) 壁藏 : 壁欌.
4) 固城 : 경상남도 동남단의 바닷가 연안에 있는 땅 이름.
5) 赤 : 誅滅하다.
6) 惡(오) : 어찌.

刺人, 聶政[9]之所以見盜[10]於朱先生[11]者也. 少年亦可謂俠客者流耶? 不然則年少義氣者, 亦有所不能自已者耶? 安知非讀書益久, 漸磨鋒銳,[12] 不復屑於此耶? 若是者, 眞可謂潛居抱道, 以待時者也. 惜乎! 其無所遇而死也. 巖穴之士, 若此等比, 豈其少哉? 有文王[13]然後, 有太公,[14] 有昭烈[15]然後, 有諸葛,[16] 無文王、昭烈而謂世無太公、諸葛者, 其亦妄人也夫!

• 작자 : 洪大容(1731~1783)

호는 湛軒이며, 조선 후기의 실학자로, 박지원과 함께 북학파를 대표하는 사상가

---

7) 夫子 : 孔子를 가리킴.
8) 人不知而不慍 : 『논어』 「學而」篇에 나오는 말.
9) 聶政 : 戰國時代의 검술에 능했던 협객. 嚴仲子의 부탁을 받고 그 원수인 韓나라 재상 俠累를 살해한 뒤 엄중자를 보호하기 위해 스스로 자신의 얼굴 가죽을 벗긴 뒤 목숨을 끊었음. 『史記』 「刺客列傳」에 立傳되어 있음.
10) 見盜 : 도적으로 간주되다.
11) 朱先生 : 朱子를 가리킴.
12) 鋒銳 : 날카로운 血氣.
13) 文王 : 周나라 武王의 父. 일흔 살의 姜太公을 등용하여 새 왕조 창업의 기틀을 마련했음.
14) 太公 : 강태공.
15) 昭烈 : 蜀漢의 군주 劉備의 諡號. 삼고초려 끝에 諸葛亮을 신하로 맞음.
16) 諸葛 : 제갈량.

다. 저서로는 문집인 『湛軒書』와 중국기행문인 『燕記』·『을병연행록』이 전한다.

• 출전:『湛軒書』 內集 卷三 補遺

• 참고사항

(1) 이 작품은 金祖淳의 「五臺劒俠傳」과 동일한 유형의 이야기다. 두 작품 다 민간의 이야기를 敍事의 원천으로 삼고 있지만, 「保寧少年事」가 간략한 필치를 보여주는 데 반해 「五臺劒俠傳」은 文飾과 作意가 현저하다. 전자가 야담의 氣習을 느끼게 한다면, 후자는 傳奇小說의 취향을 보여준다.

(2) 「保寧少年事」는 전통적 문체분류에 따르면 이른바 '記事'에 해당한다. 조선 후기에 이르면 인물이나 사건에 대한 敍事的 관심이 증대함에 따라 '記○○事' 내지 '書○○事'라는 제목의 글이 적잖이 창작되는바, 이런 글들이 바로 記事에 속한다. 「保寧少年事」는 민간의 이야기를 이 記事라는 형식에 담은 것이다.

(3) 홍대용이 兵法에 관심이 많았음은 그가 남긴 「林下經綸」이라는 글을 통해 확인된다. 이 작품은, 비록 짤막하긴 하지만, 홍대용의 그런 면모를 생각하게 한다.

# 14. 劍客某小傳

兪漢雋

劍客某者, 湖、嶺間人, 其先未詳其誰氏也. 人問姓名, 亦不言姓名, 後以劍術聞故, 因號曰劍客云. 父嘗逐貨出入湖、嶺之間, 爲人殺死, 而亦莫知其誰殺也. 適縣令按其事, 捕殺殺客父者. 客雖天幸得報父仇, 然旣家敗, 行遊四方. 爲人好擊劍, 乃遂從善劍人學劍, 學劍三年, 而劍術通. 夜月明, 獨携劍, 入深山窮谷無人處, 習劍而歸, 以爲常, 人莫之知也.

宣祖朝, 平秀吉[1]寇朝鮮, 朝鮮召募劍士, 選精勇之士九人以赴戰, 客亦在選中. 乃裝爲遣九人. 九人者, 劍術皆一以當百, 天下無敵. 秀吉聞朝鮮以劍士戰, 亦出劍士相應. 倭劍士, 其術用草笠, 草笠之法, 蓋劍術而別法也. 與之戰, 輒

1) 平秀吉 : 토요토미 히데요시(豊臣秀吉).

草笠動, 而以次斷八劍士頭, 次及客, 客念: '倭劍士, 天下異人, 不可當. 然業已[2]當戰.' 乃奮身直上, 從空而下, 倭劍士方接, 忽纓絶. 倭劍士, 目不及視, 手不及發, 劍已下頭上矣. 乃死. 客曰: "我適乘其弊.[3] 不然, 彼不死我劍矣." 每戰日夜, 設祭, 祭諸劍士, 設酒九卣,[4] 左右八卣, 中央一卣. 或問其故, 曰: "八劍士, 我友也; 倭劍士, 我師也."

後託身宰相, 常見幸. 一日, 宰相坐府中視事, 忽一老僧直入上階, 將刺殺宰相, 左右大亂. 客立視, 乃大呼, 出懷中劍, 擊殺之, 乃故是[5]仇家子也. 謂宰相曰: "後十日, 當有又一僧來." 後果來, 呼劍客曰: "死僧, 吾弟子也. 可與吾劍戰否?" 曰: "可!" 乃劍戰, 劍相摩, 若霜雪光, 見空中, 有兩靑甕, 相爲低仰. 居有間, 血三四点, 墮于地, 徐下大嘯曰: "僧斃矣. 劍有十二術, 其一術, 僧不知也. 然善劍也."

明日, 辭曰: "臣可以久留不去者, 願一得當[6]以報公恩, 今恩已報矣. 請辭." 宰相曰: "我有何恩於汝?" 對曰: "我卽公縣令湖嶺時, 所與爲報仇者子也." 宰相方悟大驚, 然已不可留. 使人追之, 已去, 莫知所終.

---

2) 業已 : 이미.
3) 弊 : 갓끈이 낡은 것을 가리킴.
4) 卣(유) : 鬱鬯酒를 담는 그릇.
5) 故是 : 본디.
6) 得當 : 마땅한 기회.

해제

• 작자 : 兪漢雋(1732~1811)

호는 著菴 혹은 蒼厓이며, 英·正祖 때의 文臣으로 김포군수 등의 지방관과 형조참의를 지냈다. 당시 문장가로 명성이 높았다. 저서로는 문집인 『著菴集』이 전한다.

• 출전 : 『著菴集』 권11

• 참고사항

(1) 원문의 제목 밑에 작은 글씨로 "丙子"라고 적어 놓아 이 작품이 1756년(영조 32)에 창작되었음을 알 수 있다. 유한준의 나이 스물다섯일 때다.

(2) 이 작품은 민간에 구전되던 이야기를 傳이라는 형식 속에 담아 놓은바 傳系小說이라고 할 수 있지만, 동시에 傳奇小說로서의 취향도 지니고 있다. 이 작품에서 확인되듯, 조선 후기에 오면 야담과 傳과 傳奇小說의 경계가 불분명해지고 장르적 뒤섞임이 일어나는 현상이 광범하게 관찰된다. 박희병, 『朝鮮後期 傳의 小說的 性向 硏究』(대동문화연구총서 XII, 성균관대 출판부, 1993)의 제VIII장에서 이 점에 대한 이론적 논의가 이루어졌다.

(3) 주인공이, 제자의 원수를 갚기 위해 찾아온 老僧과 싸워 그를 죽인다는 모티프는 李安中이 창작한 「李將軍傳」의 그것과 동일하다.

(4) 이 작품과 같은 이런 '劍俠傳'은 임진왜란 이후 형성된 劍術에 대한 관심이 敍事에 수렴된 결과 산생된 것으로 보인다. 壬亂 이전에는 이런 검협전이 보이지 않는다. 17세기 이후에 창작된 주목할 만한 검협전으로는 이 작품 외에 「劒僧傳」, 「五臺劒俠傳」, 「李將軍傳」 등을 들 수 있다. 검협에 대한 관심은 傳만이 아니라 야담을 통해서도 표출되었다. 특히 본서에 실린 「劒女」 같은 야담계소설은 여성 검협의 존재를 형상화하고 있다는 점에서 주목된다. 동아시아 소설사의 맥락에서 본다면 '검녀'와 같은 존재는 唐 傳奇小說인 「紅線傳」이나 明 傳奇小說인 「韋十一娘」의 주인공인 '홍선'이나 '위십일랑'과 연결된다. 金祖淳은 「五臺劒俠傳」의 말미에서, 일찍이 「紅線傳」과 「韋十一娘」을 읽고 망연자실했었다(及讀唐傳奇

「韋十一娘」,「紅線」諸傳, 又茫然自失)고 말하고 있는바, 이를 통해 조선 후기 문인들이 이런 류의 소설에 자못 흥미를 느꼈던 것을 알 수 있다.

# 15. 兩班傳

朴趾源

士迺天爵, 士心爲志, 其志如何? 弗謀勢利, 達不離士, 窮不失士, 不飭名節, 徒貨門地, 酤鬻世德, 商賈何異? 於是述「兩班」.[1)]

兩班者, 士族之尊稱也. 旌善之郡, 有一兩班, 賢而好讀書, 每郡守新至, 必親造其廬而禮之. 然家貧, 歲食郡糶, 積歲至千石. 觀察使巡行郡邑, 閱糶糴,[2)] 大怒曰: "何物兩班, 乃乏軍興?"[3)] 命囚其兩班. 郡守意哀其兩班貧無以爲償, 不

1) 士迺天爵~於是述兩班 : 「兩班傳」의 自序에 해당함.
2) 糶糴(조적) : 還上(환자), 혹은 還穀과 같은 말. 官에서 춘궁기에 농민에게 곡식을 대여하였다가 추수기에 거두어들이는 것을 말함. '糶'는 봄에 곡식을 방출하는 것을, '糴'은 가을에 곡식을 환수하는 것을 이름.
3) 軍興 : 軍糧. 還穀.

忍囚之, 亦無可奈何. 兩班日夜泣, 計不知所出, 其妻罵曰: "生平子好讀書, 無益縣官糴. 咄, 兩班! 兩班不直一錢."

其里之富人, 私相議曰: "兩班雖貧, 常尊榮. 我雖富, 常卑賤, 不敢騎馬, 見兩班, 則跼蹜屛營, 匍匐拜庭, 曳鼻膝行, 我常如此其僇辱也. 今兩班, 貧不能償糴, 方大窘, 其勢誠不能保其兩班, 我且買而有之." 遂踵門而請償其糴, 兩班大喜許諾. 於是富人立輸其糴於官. 郡守大驚異之, 自往勞其兩班, 且問償糴狀. 兩班氈笠[4]衣短衣, 伏塗謁稱小人, 不敢仰視. 郡守大驚, 下扶曰: "足下何自貶辱若是?" 兩班益恐懼, 頓首俯伏曰: "惶悚! 小人非敢自辱, 已自鬻其兩班以償糴, 里之富人, 乃兩班也. 小人復安敢冒其舊號而自尊乎?" 郡守歎曰: "君子哉富人也! 兩班哉富人也! 富而不吝, 義也; 急人之難, 仁也; 惡卑而慕尊, 智也. 此眞兩班. 雖然, 私自交易, 而不立券, 訟之端也. 我與汝, 約郡人而證之, 立券而信之, 郡守當自署之."

於是郡守歸府, 悉召郡中之士族及農工商賈, 悉至于庭. 富人坐鄕所[5]之右, 兩班立於公兄[6]之下. 乃爲立券曰:

乾隆十年[7]九月日. 右明文段,[8] 屛[9]賣兩班, 爲償官穀, 其直千斛.

---

4) 氈笠 : 군뢰복다기. 軍牢가 軍裝을 할 때에 쓰는 갓. 붉은 氈으로 만드는데, 앞에는 주석으로 만든 '勇'자를 붙였음. '軍牢'는 죄인을 다루는 병졸을 일컫는 말.
5) 鄕所 : 본래 鄕廳을 가리키나, 여기서는 그 任員인 座首나 別監을 뜻함.
6) 公兄 : 고을의 戶長 · 吏房 · 首刑吏의 세 官屬. 三公兄이라고도 함.
7) 乾隆十年 : 1745년. 乾隆은 淸나라 高宗의 年號.

維厥兩班, 名謂多端, 讀書曰士, 從政爲大夫, 有德爲君子, 武階列西, 文秩叙東, 是爲兩班, 任爾所從. 絶棄鄙事, 希古尙志. 五更常起, 點硫燃脂, 目視鼻端, 會踵支尻,『東萊博議』,10) 誦如氷瓢.11) 忍饑耐寒, 口不說貧. 叩齒彈腦,12) 細嗽嚥津.13) 袖刷毳冠, 拂塵生波. 盥無擦拳, 漱口無過. 長聲喚婢, 緩步曳履.『古文眞寶』,14)『唐詩品彙』,15) 鈔寫如荏, 一行百字. 手毋執錢, 不問米價. 暑毋跣襪, 飯毋徒髻. 食毋先羹, 歠毋流聲. 下箸毋舂, 毋餌生葱. 飮醪毋嘬鬚, 吸煙毋輔窳. 忿毋搏妻, 怒毋踢器. 毋拳毆兒女, 毋詈死奴僕, 叱牛馬毋辱鬻主. 病毋招巫, 祭毋16)齋僧. 爐不煮手, 語不齒唾. 毋屠牛, 毋賭錢. 凡此百行, 有違兩班, 持此文記, 卞正于官.

城主17)旌善郡守押, 座首別監證署.

8) 明文段 : '明文'은 證書. '段'(딴)은 '~은(는)'이라는 뜻의 이두.

9) 庰 : 저본에는 '屛'으로 되어 있음. 한편 서울대 奎章閣 所藏의『談叢外紀』와『奇談叢話』에 실린「兩班傳」에는 '斥'으로 되어 있음. 庰과 斥은 같음.

10)『東萊博議』: 宋나라 呂祖謙이 지은 책. '東萊'는 呂祖謙의 호. 이 책은『左傳』에 대한 史評으로, 글공부하는 선비나 刑吏들에게 널리 읽혔음.

11) 氷瓢 : 얼음 위에 박 밀듯.

12) 叩齒彈腦 : 道家의 養生法의 하나. 靜坐하여 윗니와 아랫니를 딱딱 마주치는 것을 '叩齒'라 하고, 두 손을 목 뒤로 돌려 귀에 대고 둘째 손가락을 가운데 손가락 위에 포갠 다음 가볍게 퉁기면서 後腦를 자극하는 것을 '彈腦'라 함.

13) 嚥津 : 道家의 養生法의 하나. 아침 일찍 잠자리에서 일어나 입 속의 침을 모아 몇 번에 나누어 삼키는 방법인데, 攝生에 도움이 됨.

14)『古文眞寶』: 중국 역대의 유명한 詩文을 모은 책. 한문 문장 학습용으로 우리나라 선비들에게 널리 읽혔음.

15)『唐詩品彙』: 明나라 高棅이 편찬한 책으로, 唐詩를 集成해 놓았음.

16) 毋 : 저본에는 '不'로 되어 있으나『談叢外紀』와『奇談叢話』를 따름.

17) 城主 : 고을 원을 이르는 말.

於是通引[18]搨印錯落, 聲中嚴鼓,[19] 斗縱參横.[20] 戶長讀旣畢, 富人悵然久之, 曰: "兩班只此而已耶? 吾聞兩班如神仙, 審如是, 太乾沒.[21] 願改爲可利."

於是乃更作券, 曰:

維天生民, 其民維四, 四民之中, 最貴者士, 稱以兩班, 利莫大矣. 不耕不商, 粗涉文史, 大決文科, 小成進士. 文科紅牌, 不過二尺, 百物備具, 維錢之槖. 進士三十, 乃筮初仕, 猶爲名蔭,[22] 善事雄南,[23] 耳白傘風, 腹皤鈴諾,[24] 室珥[25]冶妓,[26] 庭穀[27]鳴鶴. 窮士居鄕, 猶能武斷, 先耕隣牛, 借耘里氓, 孰敢慢我? 灰灌汝鼻,

---

18) 通引 : 고을 원의 잔심부름을 하던 吏隷. 고을 원의 官印을 들고 그 뒤를 따라다녔음.

19) 聲中嚴鼓 : 그 소리는 엄중한 북소리에 해당되었다. 도장 찍는 소리가 북소리처럼 엄중했다는 말.

20) 斗縱參横 : 북두성이 세로 놓이고 參星이 가로 놓인 듯하다. 도장이 여기저기 찍힌 것을 비유적으로 형용한 말.

21) 乾沒(간몰) : 원래 '이익을 탐하다', '남의 돈이나 물건을 빼앗다'는 뜻이나 여기서는 '재미없다', '무미건조하다'는 정도의 뜻으로 쓰였음.

22) 蔭 : 蔭官. 父祖의 功德으로 얻어 하는 벼슬.

23) 雄南 : 雄南行. 位品이 높은 蔭官.

24) 耳白傘風, 腹皤鈴諾 : 일산 바람에 귀가 희어지고, 설렁줄에 대답하는 아랫것들의 "예이" 하는 소리에 배가 부예진다. 고을 수령의 호강하는 생활을 형용한 말. '설렁줄'은 하인을 부르기 위해 방울을 매달아 놓은 줄인데, 관아에 설치되어 있었음. 「達川夢遊錄」의 주 36을 참조할 것.

25) 珥 : '귀고리가 떨어져 있다'는 뜻. 『史記』「滑稽列傳」에 "州閭之會, 男女雜坐, 行酒稽留, 六博投壺, 相引爲曹, 握手無罰, 目眙不禁, 前有墮珥, 後有遺簪"이라는 구절이 있음.

26) 室珥冶妓 : 단장한 기생의 귀고리가 방에 떨어져 있다. 기생들과 질탕하게 유흥을 일삼는 것을 이름.

27) 穀 : 기르다.

暈髻汰鬢,[28] 無敢怨咨.

富人中其券[29]而吐舌曰: "已之! 已之! 孟浪哉! 將使我爲盜耶?" 掉頭而去, 終身不復言兩班之事.

• **작자**: 朴趾源(1737~1805)

호는 燕巖이며, 조선 후기의 문호이다. 저서로는 문집인 『燕巖集』과 중국기행문인 『熱河日記』가 전한다.

• **출전**: 朴榮喆刊本 『燕巖集』을 底本으로 삼아 다른 本을 참고하여 校合하였다.

• **참고사항**

(1) 自序를 통해 그 창작동기를 엿볼 수 있다. 하지만 自序에서 확인되는 작자의 창작동기와 작품 자체의 객관적 지향 간에는 큰 괴리가 있다고 생각된다.

(2) 「양반전」은 그 문장표현이 다소 변개되어 『靑邱野談』에 「輸官租富民買兩班」이라는 제목으로 수록되어 있다.

(3) 「양반전」은 『연암집』의 '放璚閣外傳' 속에 들어 있다. '방경각외전'은 원래 「馬駔傳」·「穢德先生傳」·「閔翁傳」·「兩班傳」·「金神仙傳」·「廣文者傳」·「虞裳傳」·「易學大盜傳」·「鳳山學者傳」의 9작품으로 이루어져 있었는데, 이 중 「역학대도전」·「봉산학자전」은 전하지 않는다. '방경각외전'의 아홉 작품은 보통 '九傳'이라 일컬어진다. 본서에는 이 중 소설로서의 면모가 뚜렷한 「양반전」 1

---

28) 暈髻汰鬢 : 머리끄덩이를 돌리고, 귀밑머리를 뽑다.
29) 中其券 : 문서를 작성하는 중간에.

편이 수록되었다.

(4)「양반전」에 대해서는 아주 많은 연구가 이루어졌는데, 자세한 정보는 조동일,『한국문학통사』3권에서 얻을 수 있다.

# 16. 許生傳

朴趾源

許生居墨積洞,[1] 直抵南山下, 井上有古杏樹, 柴扉向樹而開, 草屋數間, 不蔽風雨. 然許生好讀書, 妻爲人縫刺以糊口.

一日, 妻甚饑, 泣曰: "子平生不赴擧, 讀書何爲?" 許生笑曰: "吾讀書未熟." 妻曰: "不有工乎?" 生曰: "工未素學, 奈何?" 妻曰: "不有商乎?" 生曰: "商無本錢, 奈何?" 其妻恚且罵曰: "晝夜讀書, 只學'奈何'! 不工不商, 何不盜賊?" 許生掩卷起曰: "惜乎! 吾讀書, 本期十年, 今七年矣."

出門而去, 無相識者, 直之雲從街,[2] 問市中人曰: "漢陽中, 誰最富?" 有道卞氏[3]者. 遂訪其家, 許生長揖曰: "吾家貧, 欲

---

1) 墨積洞 : '墨寺洞'을 말함. 南山 아래인 지금의 서울시 中區 墨井洞 일대.
2) 雲從街 : 지금의 서울시 종로 2가 일대. 당시 市廛이 있었음.
3) 卞氏 : 조선 후기 譯官 출신의 甲富였던 卞承業의 祖父라는 說이 있음. 변승

有所小試, 願從君借萬金.” 卞氏曰: “諾.” 立與萬金, 客竟不謝而去. 子弟賓客視許生, 丐者也, 絲條穗拔, 革履跟顚,[4] 笠挫袍煤, 鼻流淸涕. 客旣去, 皆大驚曰: “大人知客乎?” 曰: “不知也.” “今一朝, 浪空擲萬金於生平所不知何人, 而不問其姓名, 何也?” 卞氏曰: “此非爾所知. 凡有求於人者, 必廣張志意, 先耀信義, 然顔色媿屈, 言辭重複. 彼客, 衣屨雖弊, 辭簡而視傲, 容無怍色, 不待物而自足者也. 彼其所試術不小, 吾亦有所試於客, 不與則已, 旣與之萬金, 問姓名何爲?”

於是許生旣得萬金, 不復還家, 以爲: ‘安城, 畿湖之交, 三南之綰口’, 遂止居焉, 棗、栗、柹、梨、柑、榴、橘、柚之屬, 皆以倍直[5]居之. 許生榷菓, 而國中無以讌祀. 居頃之, 諸賈之獲倍直於許生者, 反輸十倍. 許生喟然嘆曰: “以萬金傾之, 知國淺深矣.” 以刀、鎛、[6]布、帛、綿, 入濟州, 悉收馬鬉鬣, 曰: “居數年, 國人不裹頭矣.” 居頃之, 網巾價至十倍.

許生問老篙師曰: “海外豈有空島, 可以居者乎?” 篙師曰: “有之. 常[7]漂風, 直西行三日夜, 泊一空島, 計在沙門、[8]長崎[9]

---

업의 父는 應星, 祖父는 繼永, 曾祖父는 希完임.

4) 絲條穗拔, 革履跟顚 : 실띠는 술이 빠져 너덜너덜하고, 갖신은 뒷굽이 자빠졌다.

5) 直(치) : ‘値’와 통함.

6) 鎛(박) : 저본에는 ‘鏄’(전)으로 되어 있으나 서울대 奎章閣 所藏의 『談叢外紀』와 『奇談叢話』에 실린 「許生傳」을 따름.

7) 常 : ‘嘗’과 통용됨.

8) 沙門 : 마카오(Macao).

9) 長崎 : 나가사키. 일본의 九州에 있는 고을 이름.

之間, 花木自開, 菓蓏自熟, 麋鹿成群, 游魚不驚." 許生大喜曰: "爾能導我, 富貴共之." 篙師從之. 遂御風東, 南入其島.[10] 許生登高而望, 悵然曰: "地不滿千里, 惡能有爲? 土肥泉甘, 只可作富家翁." 篙師曰: "島空無人, 尙誰與居?" 許生曰: "德者, 人所歸也. 尙恐不德, 何患無人?"

是時, 邊山[11]群盜數千, 州郡發卒逐捕, 不能得. 然群盜亦不敢出剽掠, 方饑困. 許生入賊中, 說[12]其魁帥曰: "千人掠千金, 所分幾何?" 曰: "人一兩耳." 許生曰: "爾有妻乎?" 群盜曰: "無." 曰: "爾有田乎?" 群盜笑曰: "有田有妻, 何苦爲盜?" 許生曰: "審若是也, 何不娶妻樹屋, 買牛耕田, 生無盜賊之名, 而居有妻室之樂, 行無逐捕之患, 而長享衣食之饒乎?" 群盜曰: "豈不願如此? 但無錢耳." 許生笑曰: "爾爲盜, 何患無錢? 吾能爲汝辦之. 明日, 視海上風旗紅者, 皆錢船也. 恣汝取去." 許生約群盜. 旣去, 群盜皆笑其狂. 及明日, 至海上, 許生載錢三十萬, 皆大驚, 羅拜曰: "唯將軍令." 許生曰: "惟力負去." 於是群盜爭負錢, 人不過百金. 許生曰: "爾等力不足以擧百金, 何能爲盜? 今爾等, 雖欲爲平民, 名在賊簿, 無可往矣. 吾在此俟汝, 各持百金而去, 人一婦一牛來." 群

---

10) 遂御風東, 南入其島 : 東風을 타고 남쪽으로 그 섬에 들어갔다. 흔히 '遂御風, 東南入其島'로 구두를 떼나 그럴 경우 서쪽으로 표류해 그 섬에 닿았다는 老篙師의 말과 어긋난다.

11) 邊山 : 전라북도 扶安에 있는 산. 숲이 울창하여 예로부터 群盜의 소굴이었음.

12) 說(세) : 달래다, 유세하다.

盜曰: “諾.” 皆散去. 許生自具二千人一歲之食以待之. 及群盜至, 無後者. 遂俱載入其空島. 許生榷盜, 而國中無警矣. 於是伐樹爲屋, 編竹爲籬, 地氣旣全, 百種碩茂, 不菑不畬, 一莖九穗. 留三年之儲, 餘悉舟載, 往糶長崎島. 長崎者, 日本屬州, 戶三十一萬, 方大饑, 遂賑之, 獲銀百萬. 許生歎曰: “今吾已小試矣.” 於是悉召男女二千人, 令之曰: “吾始與汝等入此島, 先富之然後, 別造文字, 刱製衣冠, 地小德薄, 吾今去矣. 兒生執匙, 敎以右手, 一日之長, 讓之先食.” 悉焚他船, 曰: “莫往則莫來.” 投銀五十萬於海中, 曰: “海枯有得者. 百萬無所容於國中, 況小島乎?” 有知書者, 載與俱出, 曰: “爲絶禍於此島.”

於是遍行國中賑, 施與貧無告者, 銀尙餘十萬, 曰: “此可以報卞氏.” 往見卞氏曰: “君記我乎?” 卞氏驚曰: “子之容色, 不少瘳, 得無敗萬金乎?” 許生笑曰: “以財粹面, 君輩事耳. 萬金何肥於道哉?” 於是以銀十萬付卞氏曰: “吾不耐一朝之饑, 未竟讀書, 慙君萬金.” 卞氏大驚, 起拜辭謝, 願受什一之利. 許生大怒曰: “君何以賈豎視我?” 拂衣而去. 卞氏潛踵之, 望見客向南山下, 入小屋. 有老嫗, 井上澣, 卞氏問曰: “彼小屋, 誰家?” 嫗曰: “許生員宅. 貧而好讀書, 一朝出門, 不返者已五年, 獨有妻在, 祭其去日.” 卞氏始知客乃姓許, 歎息而歸. 明日, 悉持其銀, 往遺之, 許生辭曰: “我欲富也, 棄百萬而取十萬乎? 吾從今得君而活矣. 君數[13]視我, 計口送糧, 度[14]身授布, 一生如此足矣. 孰肯以財勞神?" 卞氏說許生百端, 竟不可奈何. 卞氏自是度許生匱乏, 輒身自往遺之, 許生欣然受之. 或有加, 則不悅曰: "君奈何遺我災也?" 以酒往則益大喜, 相與酌至醉. 旣數歲, 情好日篤. 嘗從容言: "五歲中何以致百萬?" 許生曰: "此易知耳. 朝鮮舟不通外國, 車不行域中, 故百物生于其中, 消于其中. 夫千金, 小財也, 未足以盡物. 然析而十之, 百金十, 亦足以致十物, 物輕則易轉, 故一貨雖絀, 九貨伸之, 此常利之道, 小人之賈也. 夫萬金, 足以盡物, 故在車專車, 在船專船, 在邑專邑, 如網之有罟, 括物而數[15]之. 陸之產萬, 潛停其一, 水之族萬, 潛停其一, 醫之材萬, 潛停其一, 一貨潛藏, 百賈皆[16]涸, 此賊民之道也. 後世有司者, 如有用我道, 必病其國." 卞氏曰: "初子何以知吾出萬金, 而來吾求也?" 許生曰: "不必君與我也. 能有萬金者, 莫不與也. 吾自料吾才, 足以致百萬, 然命則在天, 吾何能知之? 故能用我者, 有福者也, 必富益富, 天所命也, 安得不與? 旣得萬金, 憑其福而行, 故動輒有成. 若吾私自與, 則成敗亦未可知也." 卞氏曰: "方今士大夫, 欲雪南漢之恥, 此志士扼腕[17]奮智之秋也. 以子之才, 何自苦沉

---

13) 數(삭) : 자주.
14) 度(탁) : 헤아리다.
15) 數(촉) : '數罟'(촉고)라 할 때의 '數'. 稠密하다는 뜻. 여기서는 '모조리 사들인다'는 뜻으로 쓰였음.
16) 皆 : 저본에는 없으나 『談叢外紀』와 『奇談叢話』에 의거해 보충했음.
17) 腕 : 저본에는 '脆'로 되어 있음.

冥以沒世耶?" 許生曰: "古來沉冥者何限? 趙聖期[18]可使[19]敵國, 而老死布褐;[20] 柳馨遠[21]足繼軍食, 而逍遙海曲; 今之謀國政者, 可知已. 吾善賈者也, 其銀足以市九王[22]之頭, 然投之海中而來者, 無所可用故耳." 卞氏喟然太息而去.

卞氏本與李政丞浣[23]善, 李公時爲御營大將. 嘗與言: "委巷閭閻之中, 亦有奇才可與共大事者乎?" 卞氏爲言許生, 李公大驚曰: "奇哉! 眞有是否? 其名云何?" 卞氏曰: "小人與居三年, 竟不識其名." 李公曰: "此異人. 與君俱往." 夜, 公屛騶徒, 獨與卞氏, 俱步至許生家.[24] 卞氏止公立門外, 獨先入見許生, 具道李公所以來者. 許生若不聞者, 曰: "趣[25]

---

18) 趙聖期 : 생몰년 1638~1689년. 호는 拙修齋. 문집으로 『拙修齋集』이 전하며, 소설 『창선감의록』의 작자라고 전해짐. 17세기 후반의 가장 비판적이고 논쟁적인 지식인의 한 사람이었으며, 여러 방면에 걸쳐 사회개혁의 方略을 제시하였음. 그의 사상은 農巖 金昌協, 三淵 金昌翕 형제에게 영향을 미쳤고, 이들을 잇는 老論 子弟들인 洪大容이나 朴趾源에게까지 일정한 영향을 미쳤음. 저본에는 '趙聖期' 뒤에 '拙修齋'라는 細注가 붙어 있음.

19) 使(시) : 사신으로 보내다.

20) 老死布褐 : 이 대목의 서술은 착오가 있음. 이 대목 조금 뒤에 李浣이 당시 御營大將이었다는 말이 나오는데, 李浣이 御營大將의 職에 있었던 것은 효종 3년인 1652년이었던바, 당시 趙聖期는 생존해 있었음.

21) 柳馨遠 : 생몰년 1622~1673년. 호는 磻溪. 저서에 『磻溪隨錄』이 전함. 초기 실학자의 한 사람으로, 제도의 개혁을 강조하는 입장에서 많은 개혁안을 제시한 바 있음. 저본에는 '柳馨遠' 뒤에 '磻溪居士'라는 細注가 붙어 있음.

22) 九王 : 淸 太祖의 第14子. 淸 世祖의 숙부. 이름은 多爾袞. 병자호란 때 군사를 이끌고 조선에 온 적이 있음. 어린 世祖를 대신하여 섭정하여 권력을 휘둘렀으며, 睿親王에 봉해졌음.

23) 李浣 : 생몰년 1602~1674년. 효종의 북벌계획에 따라 어영대장, 훈련대장 등에 기용된 인물.

24) 家 : 저본에는 없으나 『奇談叢話』에 의거해 보충했음.

25) 趣(촉) : 얼른. 저본에는 '輒'으로 되어 있으나 『談叢外紀』와 『奇談叢話』를

解君所佩壺.” 相與歡飲. 卞氏閔公久露立, 數言之, 許生不應. 旣夜深, 許生曰: “可召客.” 李公入, 許生安坐不起. 李公無所措躬, 乃叙述國家所以求賢之意, 許生揮手曰: “夜短語長, 聽之太遲. 汝今何官?” 曰: “大將.” 許生曰: “然則汝乃國之信臣, 我當薦臥龍先生, 汝能請于朝, 三顧草廬乎?” 公低頭良久, 曰: “難矣. 願得其次.” 許生曰: “我未學第二義.” 固問之, 許生曰: “明將士, 以朝鮮有舊恩, 其子孫, 多脫身東來, 流離惸鰥. 汝能請于朝, 出宗室女, 遍嫁之, 奪勳戚權貴[26]家, 以處之乎?” 公低頭良久, 曰: “難矣.” 許生曰: “此亦難彼亦難, 何事可能? 有最易者, 汝能之乎?” 李公曰: “願聞之.” 許生曰: “夫欲聲大義於天下, 而不先交結天下之豪傑者, 未之有也. 欲伐人之國, 而不先用諜, 未有能成者也. 今滿洲,[27] 遽而主天下, 自以不親於中國, 而朝鮮率先他國而服, 彼所信也. 誠能請遣子弟, 入學遊宦, 如唐､元故事, 商賈出入不禁, 彼必喜其見親而許之, 妙選國中之子弟, 薙髮胡服, 其君子往赴賓擧,[28] 其小人遠商江南, 覘其虛實, 結其豪傑, 天下可圖, 而國恥可雪. 若求朱氏[29]而不得, 率天下諸

---

따름.

26) 勳戚權貴 : 이 구절은 『熱河日記』의 本에 따라 ‘李貴・金瑬’로 되어 있는 本도 있고, ‘金瑬・張維’로 되어 있는 本도 있음. 이들은 모두 仁祖反正의 공신들로 당대의 勳戚權貴였음.

27) 滿洲 : 淸을 건국한 女眞族을 이름. 저본에는 ‘洲’가 ‘州’로 되어 있으나 金澤榮이 編한 『重編朴燕巖先生文集』에 실린 「許生傳」을 따름.

28) 賓擧 : 賓貢科. 唐代에 외국의 유학생을 위해 설치한 科擧. 주변 국가들을 회유하기 위한 제도였음.

侯, 薦人於天, 進可爲大國師, 退不失伯舅之國[30]矣." 李公憮然曰: "士大夫皆謹守禮法, 誰肯薙髮胡服乎?" 許生大叱曰: "所謂士大夫, 是何等也? 産於彛、[31]貊之地, 自稱曰士大夫, 豈非騃乎? 衣袴純素, 是有喪之服, 會撮如錐, 是南蠻之椎結也. 何謂禮法? 樊於期[32]欲報私怨, 而不惜其頭; 武靈王[33]欲强其國, 而不恥胡服. 乃今欲爲大明復讎, 而猶惜其一髮, 乃今將馳馬、擊釰、刺鎗、弬弓、飛石, 而不變其廣袖, 自以爲禮法乎? 吾始三言, 汝無一可得而能者, 自謂信臣, 信臣固如是乎? 是可斬也!" 左右顧索釰, 欲刺之. 公大驚而起, 躍出後牖, 疾走歸. 明日復往, 已空室而去矣.

---

29) 朱氏 : 明나라 왕족의 성씨.
30) 伯舅之國 : 천자 외삼촌의 나라. 제후국 중에 최고의 대우를 받는 나라임.
31) 彛 : '濊'를 가리킴.
32) 樊於期(번오기) : 중국 戰國時代 末期 秦의 장군이었는데 후에 燕에 망명했다. 秦나라는 이에 대한 보복으로 그의 九族을 멸하고 그 목에 현상금을 걸었다. 나중 荊軻가 秦始皇을 암살하고자 할 때 번오기는 자기 머리를 스스로 베어 형가로 하여금 진시황에게 접근할 수 있는 길을 열어 주었다.
33) 武靈王 : 중국 전국시대 趙나라의 王. 북방의 胡族에 대항하기 위하여 전쟁에 편리한 胡服을 입었다고 함.

## 해제

• 작자 : 朴趾源

「兩班傳」 '해제'의 작자條를 참조하기 바람.

• 출전 : 朴榮喆刊本 『燕巖集』에 수록된 『熱河日記』를 底本으로 삼아 다른 本을 참고하여 校合하였다.

• 참고사항

(1) 이 작품은 『열하일기』 중의 「玉匣夜話」라는 글 속에 들어 있는바, 「옥갑야화」 전체를 하나의 완결된 '작품'으로 간주하는 입장도 성립될 수 있다. 그러나 그러한 입장은 「옥갑야화」를 '소설'이 아니라 '산문'으로 볼 때에만 타당한 것일 수 있다. 왜냐하면 「허생전」을 제외한 「옥갑야화」의 다른 이야기들은 장르상 '소설'이라 하기 어려우며, 따라서 「옥갑야화」 전체를 한 편의 '소설'로 간주하기는 곤란하기 때문이다. 뿐만 아니라, 「옥갑야화」에서 「허생전」 이외의 다른 이야기들은 「허생전」에 비해 예술적 응축이 현저히 떨어진다. 작자가 「옥갑야화」에서 가장 공을 들이고 또 소설가로서의 필치로 서술한 부분은 '허생 이야기'이다. 그러므로 「옥갑야화」 중 '허생 이야기'만을 따로 떼내어 하나의 작품으로 간주한 전통적 입장은 계속 유효하다고 생각된다. 이런 입장은 20세기에 국문학 연구가 성립되면서 비롯된 것이 아니고, 그 이전부터 이미 존재해 왔다는 사실에 유의할 필요가 있다. 어떤 면에서 작자 燕巖은 「허생전」의 과격성을 다소 희석하거나 완화하는 방편 내지는 장치로서 「허생전」의 앞에다 이런저런 이야기들을 늘어놓은 것일지 모른다. 다시 말해 「옥갑야화」라는 틀은 궁극적으로 「허생전」을 위해 선택된 장치일 수 있다.

(2) 「허생전」에 관해서는 많은 연구가 이루어졌다. 김태준, 『증보조선소설사』(학예사, 1939)에서는 이 작품과 『溪西野譚』에 실린 '허생 이야기'가 대비된 바 있고 이우성, 「실학파의 문학」(『국어국문학』 16)에서는 작품에 표상된 士意識이 주목되었으며 임형택, 「한문단편의 형성과정에서의 講談師」, 『한국소설문학의 탐구』(일조각, 1978)에서는 許生故事의 演變樣相이 자세히 해명되었다. 박지원이 창작한

'傳' 혹은 '소설' 속에서 「허생전」이 점하는 위상에 대해서는 김명호, 「연암의 현실인식과 傳의 변모양상」, 『전환기의 동아시아문학』(창작과비평사, 1985)에서 논의되었다. 이밖에도 많은 논저가 있는데, 자세한 정보는 조동일, 『한국문학통사』 3권에서 얻을 수 있다.

# 17. 虎叱

朴趾源

虎, 睿聖文武, 慈孝智仁, 雄勇壯猛, 天下無敵. 然狒胃[1]食虎; 竹牛[2]食虎; 駮[3]食虎; 五色獅子, 食虎於巨木之岫; 玆白[4]食虎; 鼫犬[5]飛食虎豹; 黃要[6]取虎豹心而食之; 猾[7]爲虎豹所呑, 內食虎豹之肝; 酋耳[8]遇虎, 則裂而啖之. 虎遇猛獷,[9]

---

1) 狒胃 : 원숭이의 일종으로 성질이 사나움. 狒狒라고도 함.
2) 竹牛 : 野牛. 검은 빛깔의 몸집이 큰 짐승.
3) 駮 : 말 비슷하게 생긴 맹수. 몸은 희고 꼬리는 검으며 뿔은 하나인데, 이빨과 발톱은 범과 같다고 함.
4) 玆白 : 백마 비슷하게 생겼는데, 톱날 같은 이빨을 가졌다고 함.
5) 鼫犬(작견) : 쥐의 일종인데, 몸 높이가 석 자나 되고 날개가 있어 날아다닌다고 함.
6) 黃要 : 몸은 족제비 같고 머리는 살쾡이를 닮았다는 맹수.
7) 猾 : 바다에 산다는 맹수. 뼈가 없어 범의 입에 들어가도 범이 깨물지 못하는 바 범의 배 속으로 들어가 범을 먹는다고 함. 저본에는 이 뒤에 '無骨'이라는 細注가 있음. 金澤榮이 編한 『重編朴燕巖先生文集』에 실린 「虎叱」의 細注에는 '無骨獸'로 되어 있음.

則閉目而不敢視, 人不畏猛獼而畏虎, 虎之威其嚴乎!

虎食狗則醉, 食人則神. 虎一食人, 其倀[10]爲屈閣,[11] 在虎之腋, 導虎入廚, 舐其鼎耳, 主人思饑, 命妻夜炊; 虎再食人, 其倀爲彛兀,[12] 在虎之輔, 升高視虞,[13] 若谷穽弩, 先行釋機; 虎三食人, 其倀爲鬻渾,[14] 在虎之頤, 多贊[15]其所識朋友之名.

虎詔倀曰: "日之將夕, 于何取食?" 屈閣曰: "我昔占之, 匪角匪羽, 黔首之物, 雪中有跡, 彳亍踈[16]武, 瞻尾在腦, 莫掩其尻." 彛兀曰: "東門有食, 其名曰醫, 口含百草, 肌肉馨香. 西門有食, 其名曰巫, 求媚百神, 日沐齊[17]潔. 請爲擇肉於此二者." 虎奮髥作色曰: "醫者, 疑也. 以其所疑, 而試諸人, 歲所殺, 常數萬. 巫者, 誣也. 誣神以惑民, 歲所殺, 常數萬. 衆怒入骨, 化爲金蚕,[18] 毒不可食." 鬻渾曰: "有肉在林, 仁肝義膽, 抱忠懷潔, 戴樂履禮, 口誦百家之言, 心通萬物之理, 名曰碩德之儒, 背盎體胖,[19] 五味俱存." 虎軒眉垂涎, 仰天而笑曰: "朕聞如何." 倀交薦虎曰: "一陰一陽之謂道, 儒貫

---

8) 酋耳 : 몸은 호랑이 비슷하나 크기가 더 크고 꼬리가 몸의 세 배나 된다는 짐승.
9) 猛獼 : 소 비슷하게 생겼다는 맹수.
10) 倀 : 倀鬼. 범에 물려 죽은 사람의 영혼. 범에 붙어 나쁜 짓을 한다고 함.
11) 屈閣 : 창귀의 하나.
12) 彛兀 : 창귀의 하나.
13) 虞 : 山澤을 맡은 관리.
14) 鬻渾(육혼) : 창귀의 하나.
15) 贊 : 고하다.
16) 踈 : '疎'와 같음.
17) 齊 : '齋'와 통함.
18) 金蚕 : 독충의 이름.
19) 背盎體胖 : 도를 닦아 그것이 외모로 드러남을 이르는 말.

之. 五行[20]相生, 六氣[21]相宜, 儒導之. 食之美者, 無大於此."虎愀然變色, 易容而不悅曰: "陰陽者, 一氣之消息也, 而兩之, 其肉雜也; 五行定位, 未始相生, 乃今强爲子母, 分配鹹酸,[22] 其味未純也. 六氣自行, 不待宣導, 乃今妄稱財相,[23] 私顯己功, 其爲食也, 無其硬强滯逆而不順化乎?"

鄭之邑有不屑宦之士, 曰北郭先生. 行年四十, 手自校書者萬卷, 敷衍九經之義更著書, 一萬五千卷. 天子嘉其義, 諸侯慕其名. 邑之東, 有美而早寡者, 曰東里子. 天子嘉其節, 諸侯慕其賢, 環其邑數里而封之, 曰東里寡婦之閭.

東里子善守寡, 然有子五人, 各有其姓. 五子相謂曰: "水北鷄鳴, 水南明星, 室中有聲, 何其甚似北郭先生也?" 兄弟五人, 迭窺戶隙, 東里子請於北郭先生曰: "久慕先生之德, 今夜願聞先生讀書之聲." 北郭先生, 整襟危坐而爲詩曰: "

鴛鴦在屛, 耿耿流螢.
維鬵維錡, 云誰之型?[24]

---

20) 五行 : 우주 만물을 이루는 다섯 가지 요소라 생각한 水·火·木·金·土를 이름. 이 五行의 相生과 相剋에 따라 만물이 消長·變化한다고 믿었음.

21) 六氣 : 陰, 陽, 風, 雨, 晦, 明.

22) 乃今强爲子母, 分配鹹酸 : '子母'란 오행설에서 '木生火' 하는 식으로 相生의 관계를 규정해 놓은 것을 말함. 또 오행설에서는 소리·方位·臟腑·맛 등 인간과 자연의 모든 현상을 오행에 결부시켜 놓았는데, 朴趾源은 이를 견강부회라 여겨 배격했음.

23) 財相 : 財成輔相. 『周易』의 泰卦에서 나온 말. "財成天地之道, 輔相天地之宜." 制裁하고 도와서 천지의 마땅한 도리를 이룬다는 뜻.

24) 維鬵維錡, 云誰之型 : 가마솥과 세발솥은 무얼 본떠 만들었나. 다섯 아이들이

興也!"[25] 五子相謂曰: "禮不入寡婦之門. 北郭先生, 賢者也. 吾聞鄭之城門壞而有[26]狐穴焉. 吾聞狐老千年, 能幻而像人, 是其像北郭先生乎!" 相與謀曰: "吾聞得狐之冠者, 家致千金之富; 得狐之履者, 能匿影於白日; 得狐之尾者, 善媚而人悅之. 何不殺是狐而分之?" 於是五子共圍而擊之. 北郭先生大驚遁逃, 恐人之識己也, 以股加頸, 鬼舞鬼笑, 出門而跑, 乃陷野窖, 穢滿其中, 攀援出首而望, 有虎當徑. 虎矉蹙嘔哇, 掩鼻左首而噫曰: "儒, 臭矣!" 北郭先生頓首匍匐而前, 三拜以跪, 仰首而言曰: "虎之德, 其至矣乎! 大人效其變, 帝王學其步, 人子法其孝, 將帥取其威. 名並神龍, 一風一雲,[27] 下土賤臣, 敢在下風." 虎叱曰: "毋近前! 曩也吾聞之, '儒者諛也', 果然. 汝平居集天下之惡名, 妄加諸我, 今也急而面諛, 將誰信之耶? 夫天下之理, 一也. 虎誠惡也, 人性亦惡也. 人性善, 則虎之性亦善也.[28] 汝千語萬言, 不離五常,[29] 戒之勸之, 恒在四綱.[30] 然都邑之間, 無鼻無趾,[31] 文

---

모두 성도 다르고 생김새도 닮지 않았으니 누구와 관계해서 낳았느냐는 뜻을 함축하고 있음.

25) 興也 : '興'이란 『詩經』 六義의 하나. 시에서 말하려는 내용과 직접 관계가 없는 다른 사물을 읊조림으로써 말하고자 하는 내용을 시사하는 수사법. '興也'는 위의 시구가 바로 이 '興'에 해당한다는 북곽선생의 말.

26) 有 : 저본에는 없으나 서울대 奎章閣 所藏의 『談叢外紀』와 『紀談叢話』에 실린 「虎叱」에 의거해 보충했음.

27) 一風一雲 : 한 분은 바람을 짓고 한 분은 구름을 일으킨다. '風從虎, 雲從龍'이라는 말이 있는가 하면, '風虎雲龍'이라는 말도 있음.

28) 夫天下之理~則虎之性亦善也 : 이 대목은 朝鮮後期에 전개된 일대 철학적 논쟁인 '人物性 同異論'에서 '人物性 同論'에 해당하는 발언으로 주목을 요함.

面[32]而行者, 皆不遜五品[33]之人也. 然而黴、墨、斧、鋸,[34] 日不暇給, 莫能止其惡焉, 而虎之家, 自無是刑. 由是觀之, 虎之性, 不亦賢於人乎?

虎不食草木, 不食虫魚, 不嗜麴蘗[35]悖亂之物, 不忍字伏[36]細瑣之物. 入山獵麕鹿, 在野畋馬牛, 未嘗爲口腹之累、飮食之訟, 虎之道, 豈不光明正大矣乎? 虎之食麕鹿, 而汝不疾虎, 虎之食馬牛, 而人謂之讐焉, 豈非麕鹿之無恩於人而馬牛之有功於汝乎? 然而不有其乘服之勞、戀效之誠, 日充庖廚, 角鬣不遺, 而乃復侵我之麕鹿, 使我乏食於山, 缺餉於野, 使天而平其政, 汝在所食乎? 所捨乎?

夫非其有而取之, 謂之盜; 殘生而害物者, 謂之賊.[37] 汝之所以日夜遑遑, 揚臂努目,[38] 挐攫而不恥, 甚者呼錢爲兄,[39]

---

29) 五常 : 五倫.

30) 四綱 : 禮, 義, 廉, 恥.

31) 無鼻無趾 : 옛날에 코를 베는 형벌[劓]과 발꿈치를 베는 형벌[刖]이 있었음.

32) 文面 : 刺字. 죄인의 이마에 먹물을 넣어 글을 새김. 즉 墨刑.

33) 五品 : 五倫.

34) 黴墨斧鋸 : 온갖 刑具를 지칭함. 黴는 포승, 墨은 刺字에 쓰는 먹, 斧는 도끼, 鋸는 톱. 저본에는 '鋸'가 '鉅'로 되어 있음.

35) 蘗 : 원문에는 '蘖'로 되어 있음.

36) 字伏(자부) : '字'는 새끼를 낳거나 기른다는 뜻이고, '伏'는 조류가 알을 품는다는 뜻.

37) 夫非其有~謂之盜 : 洪大容의 「毉山問答」에 "夫非其有而取之, 謂之盜; 非其罪而殺之, 謂之賊"이라 하여 비슷한 말이 보임.

38) 努目 : '怒目'과 같음.

39) 呼錢爲兄 : 옛날 동전의 중앙에 있는 구멍이 모가 졌으므로 흔히 돈을 '孔方兄'이라 불렀음. 또 古人 중에 돈을 '家兄'이라 부른 사람이 있음(魯褒의 「錢神論」 참조).

求將殺妻,[40] 則不可復論於倫常之道矣. 乃復攘食於蝗, 奪衣於蚕, 禦蜂而剽甘, 甚者醢蟻之子, 以羞其祖考, 其殘忍薄行, 孰甚於汝乎? 汝談理論性, 動輒稱天, 自天所命而視之, 則虎與人, 乃物之一也. 自天地生物之仁而論之, 則虎與蝗、蚕、蜂、蟻, 與人並畜,[41] 而不可相悖也.[42] 自其善惡而辨之, 則公行剽刼於蠭蟻之室者, 獨不爲天地之巨盜乎? 肆然攘竊於蝗蚕之資者, 獨不爲仁義之大賊乎?

虎未嘗食豹者, 誠爲不忍於其類也. 然而計虎之食麕鹿, 不若人之食麕鹿之多也; 計虎之食馬牛, 不若人之食馬牛之多也; 計虎之食人, 不若人之相食之多也. 去年關中[43]大旱, 民之相食者數萬; 往歲山東大水, 民之相食者數萬. 雖然, 其相食之多, 又何如春秋之世也? 春秋之世, 樹德之兵十七, 報仇之兵三十,[44] 流血千里, 伏屍百萬. 而虎之家, 水旱不識, 故無怨乎天; 讐德兩忘, 故無忤於物; 知命而處順, 故不惑於巫醫之姦; 踐形[45]而盡性, 故不疚乎世俗之利. 此虎之所

---

40) 求將殺妻 : 중국 戰國時代의 장군 吳起의 다음 故事에서 유래하는 말. 齊나라가 魯나라를 공격해 왔다. 魯나라에서는 吳起를 대장으로 기용하려 했으나 그의 아내가 齊나라 여자였으므로 혹시나 하는 의심을 품고 주저했다. 오기는 공명심에 불탄 나머지 자기 처를 죽여 자기가 齊나라와 아무 관계가 없음을 밝혔다. 이에 魯나라는 오기를 장군에 임명했다.

41) 畜(휵) : 기르다. '育'과 같음. 『談叢外紀』, 『重編朴燕巖先生文集』에는 '育'으로 되어 있음.

42) 而不可相悖也 : 그러니 그 이치를 거역해서는 안된다.

43) 關中 : 중국 陝西省의 땅 이름. 동으로는 函谷關, 남으로는 武關, 서로는 散關, 북으로는 蕭關의 四關 가운데 있으므로 그렇게 불렸음.

44) 三十 : 『重編朴燕巖先生文集』에는 '十三'으로 되어 있음.

以睿聖也. 窺其一班,[46] 足以示文於天下也. 不藉尺寸之兵, 而獨任爪牙之利, 所以耀武於天下也; 彝卣蜼尊,[47] 所以廣孝於天下也; 一日一擧,[48] 而烏鳶螻蟻, 共分其餕, 仁不可勝用也; 饞[49]人不食, 廢疾者不食, 衰服者不食, 義不可勝用也.

不仁哉! 汝之爲食也. 機穽之不足, 而爲罿[50]也, 罞[51]也, 罛[52]也, 罾[53]也, 罦[54]也, 罭[55]也. 始結網罟者, 裒然首禍於天下矣. 有鈹[56]者, 戣[57]者, 殳者, 斨[58]者, 厹[59]者, 矟[60]者, 鍛[61]者, 鈼[62]者, 矜[63]者. 有礮[64]發焉, 聲隤華嶽,[65] 火洩陰

45) 踐形 : 하늘로부터 받은 몸을 타고난 대로 올바로 하는 것. 『孟子』 「盡心」의 "形色, 天性也. 惟聖人然後可以踐形"에서 유래하는 말.

46) 班 : '斑'과 통함.

47) 彝卣 · 蜼尊(이유 · 유준) : 宗廟의 祭器 이름. 술을 따르는 데 사용함. 겉에 범을 그린 것을 虎彝라 하고, 원숭이[蜼]를 그린 것을 蜼尊이라 함.

48) 一日一擧 : 하루에 한 번 사냥을 하다.

49) 饞 : 저본에는 '讒'으로 되어 있으나 『重編朴燕巖先生文集』을 따름.

50) 罿(동) : 새 그물.

51) 罞(묘) : 노루 그물.

52) 罛(고) : 큰 어망.

53) 罾(증) : 물고기 그물.

54) 罦(부) : 수레 위에 치는 새 그물.

55) 罭(역) : 잔 고기 잡는 작은 그물.

56) 鈹(피) : 칼.

57) 戣(규) : 창.

58) 斨(장) : 도끼.

59) 厹(구) : 세모창.

60) 矟(삭) : 창.

61) 鍛(단) : 몽치. 저본에는 '鍜'(하)로 되어 있음. 鍜는 투구의 뒤에 늘어져 목을 가리는 부분을 뜻함.

62) 鈼(작) : 小刀.

63) 矜(혁) : 긴 창.

64) 礮 : '砲'와 같음.

65) 華嶽 : 華山. 중국 五嶽의 하나.

陽,[66] 暴於震霆. 是猶不足以逞其虐焉, 則乃吮柔毫, 合膠爲鋒,[67] 體如棗心, 長不盈寸, 淬以烏賊之沫,[68] 縱橫擊刺, 曲者如矛,[69] 銛者如刀,[70] 銳者如釰, 歧者如戟,[71] 直者如矢, 彀者如弓, 此兵一動, 百鬼夜哭. 其相食之酷, 孰甚於汝乎?

北郭先生離席俯伏, 逡巡再拜, 頓首頓首, 曰: "傳[72]有之, '雖有惡人, 齋戒沐浴, 則可以事上帝.'[73] 下土賤臣, 敢在下風." 屛息潛聽, 久無所命, 誠惶誠恐, 拜手稽首, 仰而視之, 東方明矣, 虎則已去. 農夫有朝菑者問: "先生何早敬於野?" 北郭先生曰: "吾聞之, '謂天蓋高, 不敢不局; 謂地蓋厚, 不敢不蹐.'"[74]

---

66) 陰陽 : 天地.
67) 鋒 : 筆鋒.
68) 烏賊之沫 : 먹물을 이름.
69) 矛 : 앞은 뾰족하고 양 옆은 갈고리처럼 생긴 창.
70) 刀 : 요즘의 부엌칼 비슷하게 생긴 칼.
71) 戟 : 끝이 좌우로 가닥진 창
72) 傳 : 『孟子』를 가리킴.
73) 雖有惡人~則可以事上帝 : 『孟子』「離婁」(下)에 나오는 말.
74) 謂天蓋高~不敢不蹐 : 『詩經』 小雅의 「正月」에 나오는 말.

## 해제

• 작자 : 朴趾源

「兩班傳」 '해제'의 작자條를 참조하기 바람.

• 출전 : 朴榮喆刊本 『燕巖集』에 수록된 『熱河日記』를 底本으로 삼아 다른 本을 참고하여 校合하였다.

• 참고사항

(1) 이 작품은 『열하일기』의 「關內程史」 속에 들어 있다. 연암은 「관내정사」에서 이 글이 北京 途中 玉田縣에 있는 沈有朋이라는 사람의 점포 벽상에 걸린 格子의 글을 베낀 것이며, 후반부는 자신이 가필했노라고 밝혀 놓고 있다. 연암의 이 말과 관련해 「호질」의 원 작자가 누군가를 둘러싸고 논란이 있다. 그러나 작품 내용 중 '人物性 同論'의 주장이나 五行說에 대한 부정 등에는 평소 연암의 생각이 반영되어 있다. 이런 점을 감안한다면 원래 중국인의 글은 비교적 간단한 것이었는데, 연암이 그에 구체성과 思想을 부여한 결과 오늘날 우리가 접하는 것과 같은 작품이 된 게 아닌가 한다. 그렇다면 지금 전하는 「호질」의 작자는 박지원이라고 해야 可하다.

(2) 「호질」은 범의 입을 빌려 위선적인 儒者를 신랄하게 비판하고 있다. 지금까지의 연구에서 누누이 지적된 대로, 「호질」의 主旨가 이 점에 있음은 말할 나위가 없다. 그러나 또한 주목해야 할 것은, 「호질」은 위선적인 유자에 대한 비판을 넘어 '인간' 그 자체에 대해서도 깊은 반성과 성찰을 제기하고 있다는 점이다. 즉 입장을 바꾸어 동물의 편에서 인간의 행태를 성찰함으로써 인간이 지닌 잔인성과 탐욕, 그 자기중심성을 고발하고 있다. 이처럼 「호질」은 동물의 입장에서 인간을 봄으로써 인간에 대한 새로운 성찰을 제기할 수 있었고, 인간과 다른 생물, 인간과 세계의 관계에 대한 새로운 인식 지평의 단초를 열 수 있었다고 보인다. 이 점에서 「호질」은 위선적 유자에 대한 비판이면서 동시에 인간에 대한 철학적·문명론적 통찰과 비판을 담고 있다 할 수 있다. 「호질」의 이런 면모는 인간과 생태계의 조화, 인간과 다른 生物種의 공존을 추구하는 방향으로 새롭게 세계

관을 정립해 가야 할 오늘날의 상황에서 더욱 빛을 발하는 게 아닌가 생각된다. 이렇게 본다면 「호질」은 중세에 갇혀 있는 작품이지 않고, '근대'와 그 '너머'로까지 이월적 가치를 갖는다고 할 만하다. 「호질」의 빼어남은 이런 점에서 거듭, 그리고 새롭게, 확인된다.

(3) 「호질」의 작자 문제는 이우성, 「호질의 작자와 주제」, 『창작과비평』 11(창작과비평사, 1968); 박기석, 「호질의 작자」, 『한국문학사의 쟁점』(집문당, 1986); 김명호, 『열하일기 연구』(창작과비평사, 1990); 조동일, 「18세기 人性論 혁신과 문학의 사명」, 『문학사와 철학사의 관련 양상』(한샘, 1992) 등에서 논의되었다. 한편 「호질」의 작품론에 대한 자세한 정보는 조동일, 『한국문학통사』 3권에서 얻을 수 있다.

# 18. 柳遇春傳

柳得恭

徐旂公[1]曉樂律喜客, 客至, 命酒､鼓琴､吹笛以侑之. 余從之游而樂之, 得其奚琴焉以歸, 含聲引手, 作蟲鳥吟. 旂公聞而大驚曰: "與之粟一溢.[2] 此褐之夫[3]之琴也." 余曰: "何居?"[4] 旂公曰: "甚矣! 子之不知樂也. 國之二樂, 曰雅樂, 曰俗樂. 雅樂者, 古樂也; 俗樂者, 後代之樂也. 社稷､[5]文廟,[6] 用雅樂, 宗廟[7]參用俗樂, 是爲梨園[8]法部.[9] 其在軍門, 曰細樂,[10] 鼓厲

---

1) 徐旂公 : 徐常修(1735~1793). '旂公'은 그 호. '觀軒'이라는 호를 쓰기도 했음. 서얼 출신으로, 음악에 조예가 깊었으며, 뛰어난 골동품 감식가였음.
2) 一溢 : 한 움큼.
3) 褐之夫 : 褐夫. 천한 사람. 여기서는 비렁뱅이. 褐衣는 천한 사람이 입던 옷임.
4) 居 : 어조사.
5) 社稷 : '社'는 토지의 神이고, '稷'은 곡식의 神. 나라에서 王宮의 오른편에 壇을 세워 이 두 神의 제사를 지냈음.
6) 文廟 : 孔子를 받드는 사당으로, 儒學의 여러 賢哲들 및 우리나라 역대 巨儒들의 위패를 함께 모셨음. 成均館에 있음.

凱旋, 嘽緩要妙之音, 無所不備, 故游宴用之.[11] 於是而有鐵[12]之琴, 安[13]之笛, 東[14]之腰鼓, 卜[15]之觱篥, 而柳遇春·扈宮其, 俱以奚琴名. 子如好之, 何不從而師之, 安得[16]此褐之夫之琴乎? 今夫褐之夫操琴, 倚人之門, 作翁媼·嬰兒·畜獸·鷄鴨·百蟲之音, 與之粟而後去. 子之琴, 無乃是乎?" 余聞旂公之言, 大慙, 囊其琴而閣[17]之不解者數月.

宗人琴臺居士來訪, 居士爲故縣監柳雲卿子. 雲卿少任俠喜騎射, 英宗戊申,[18] 討湖賊[19]著軍功, 悅李將軍家婢, 生二子. 余從容問居士: "二弟者, 今皆安在?" 曰: "噫! 皆在爾.[20] 吾故人有爲邊郡太守者. 吾裹足踔二千里, 得五千錢, 歸李將軍家, 贖此二弟. 其長, 居南門外, 販綱巾; 其季, 籍龍虎

---

7) 宗廟 : 역대 임금과 妃의 위패를 모신 사당.
8) 梨園 : 掌樂園의 별칭.
9) 法部 : 法曲이라고도 함. 원래 중국 隋·唐 때 궁중에서 연주되던 俗樂을 일컫는 말인데, 여기서는 그저 俗樂曲을 가리킴.
10) 細樂 : 吹打가 아닌 장구·북·피리·저·깡깡이로 연주하는 軍樂. 吹打는 나발·소라·대각·호적 등을 불고, 징·북·나(鑼)·바라를 침.
11) 游宴用之 : 조선 후기에 細樂은 각종 宴會에서 연주되었는데, 특히 中村의 부호들은 細樂을 '三絃'이라 부르면서 애호하였음. 柳晩恭의 「歲時風謠」 중의 一首인 "雲從街北廣通西, 富屋宵遊兼燭齊. 細細三絃歌曲譜, 房中之樂月中携"라는 시에서 그 점을 살필 수 있음.
12) 鐵 : 당시 거문고의 명수인 김철석을 가리키는 것으로 추정됨.
13) 安 : 당시 젓대의 명수인 박보안을 가리키는 것으로 추정됨.
14) 東 : 누군지 미상.
15) 卜 : 누군지 미상.
16) 得 : 배우다.
17) 閣 : '擱'과 통함.
18) 戊申 : 영조 4년인 1728년.
19) 湖賊 : 충청도에서 반란을 일으킨 李麟佐를 가리킴.
20) 爾 : '此'의 뜻.

營,[21] 善於奚琴, 今之稱'柳遇春奚琴', 是已." 余愕然始記旂公之言, 旣悲名家之裔, 流落軍伍, 又喜其能名一藝以資生也. 遂從居士訪其家十字橋[22]西, 草屋甚潔, 獨其母在, 涕泣道舊, 呼婢跡遇春告有客. 已而遇春至, 與之言, 諄諄然武人也.

後, 夜月明, 余篝燈[23]讀書, 有衣黑罩甲[24]四人者, 咳而入, 其一乃遇春也. 大壺酒, 一彘肩, 藍橐帶裹紅沈柿五六十顆, 三人者分持之. 遇春揎袖大笑曰: "今夜且驚書生." 使一人跪行酒, 半酣, 顧謂之曰: "善爲之!" 三人從懷中, 出笛一, 奚琴一, 簫[25]篥一, 合奏. 且闋, 遇春就琴者膝, 奪其琴曰: "柳遇春奚琴, 惡可不聞?" 信手徐引, 悽婉慷慨, 不可名狀. 擲琴大笑而去.

琴臺居士將歸, 理裝在遇春家. 遇春具酒要余, 坐置大銅盆, 問其故, 曰: "備醉嘔也." 酒行, 其盃, 椀也. 有在異室中, 燒牛心, 度[26]酒一行, 割而不提,[27] 承一盤臥一箸, 使婢跪而進之. 其法, 與士君子相聚會飮酒, 有異也. 是時, 余盖携囊中琴往, 出而視之曰: "此琴何如? 昔者, 吾有意於子之所善,

---

21) 龍虎營 : 조선조 때 대궐의 宿衛와 임금의 호위를 맡아보던 軍營.
22) 十字橋 : 광화문 동쪽에 있던 다리.
23) 篝燈 : 불우리를 씌워 바람을 막도록 만든 등.
24) 罩甲(조갑) : 褂子. 군복의 한 가지. 조끼 모양이며 뒷솔기가 단에서 허리께까지 틔었고 길이가 두루마기처럼 길. '褡䄂'라고도 함.
25) 簫 : '觱'과 같음.
26) 度(탁) : 헤아리다.
27) 割而不提 : 나누어 올리지 않고.

臆而爲蟲鳥吟, 人謂之褐之夫之琴, 吾甚病之. 何以則非褐之夫之琴而可乎?" 遇春拊掌大笑曰: "迂哉! 子之言也. 蚊之嚶嚶, 蠅之薨薨, 百工之啄啄, 文士之蛙鳴,[28] 凡天下之有聲, 意皆在乎求食. 吾之琴與褐之夫之琴, 奚以異哉? 且吾之學斯琴也, 有老母在爾, 不妙, 何以事老母乎? 雖然, 吾之琴之妙, 不如褐之夫之琴之不妙而妙也. 且夫吾之琴與褐之夫之琴, 其材一也. 馬尾爲弧, 湓以松脂,[29] 非絲非竹,[30] 似彈似吹. 始吾之學斯琴也, 三年而成, 五指結疣, 技益進而廩不加, 人之不知益甚. 今夫褐之夫也, 得一破琴, 操之數月, 聞之者, 已疊肩矣. 曲終而歸, 從之者數十人, 一日之獲粟可斗, 而錢歸撲滿,[31] 毋他, 知之者衆故耳. 今夫柳遇春之琴, 通國皆知之, 然聞其名而知之爾, 聞其琴而知之者, 幾人哉? 宗室大臣, 夜召樂手, 各抱其器, 趨而上堂, 有燭煌煌, 侍者曰: '善且有賞!' 動身曰: '諾.' 於是絲不謀竹, 竹不謀絲, 長短疾徐, 縹緲同歸, 微吟細嚼, 不出戶外, 睨而視之, 邈焉隱几, 意其睡爾. 少焉, 欠伸曰: '止!' 諾而下. 歸而思之, 自彈自聽而來爾. 貴游公子,[32] 翩翩名士,[33] 淸談雅集, 亦未嘗

---

28) 蛙鳴 : 글 읽는 소리의 비유.
29) 湓以松脂 : 송진을 발라 꺼끌꺼끌하게 하다.
30) 非絲非竹 : '絲'는 현악기, '竹'은 관악기를 이름. 해금은 현악기도 관악기도 아니라는 말.
31) 撲滿 : 벙어리, 즉 푼돈을 모으는 질그릇.
32) 貴游公子 : 귀공자. 귀한 집의 자제.
33) 翩翩名士 : 풍류와 文采가 있는 명사.

不抱琴在坐, 或評文墨, 或較科名,[34] 酒闌燈灺, 意高而態酸, 筆落箋飛, 忽顧而語曰: '汝知爾琴之始乎?' 俯而對曰: '不知.' 曰: '古嵇康[35]之作也.' 復俯而對曰: '唯.' 有笑而言曰: '奚部[36]之琴也, 非嵇康之嵇也.' 一坐紛然, 何與於吾琴哉? 至若春風浩蕩, 桃柳向闌, 中涓羽林,[37] 狹斜少年,[38] 出游乎武溪[39]之濱, 針妓醫娘, 高髻油罩,[40] 跨細馬, 薦紅氊, 洛繹而至, 演戲度曲,[41] 滑稽之客, 雜坐談調.[42] 始奏「鐃吹之曲」,[43] 變爲「靈山之會」.[44] 於是焉煩手新聲, 凝而復釋, 咽[45]而復通, 蓬頭突鬢,[46] 壞冠破衣之倫, 搖頭瞬目, 以扇擊地曰: '善哉善哉!' 此爲豪暢, 猶不省其微微爾. 吾之徒有宮其者, 暇日相逢, 解囊摩挲, 目捐青天, 意在指端, 差以毫忽, 大笑而輸一錢. 然兩人未嘗多輸錢. 故曰: '知吾之琴者, 宮其

---

34) 科名 : 科擧에서의 명성.
35) 嵇康 : 중국 南北朝 때 東晋의 시인. 竹林七賢의 한 사람임.
36) 奚部 : 奚部族. '奚'는 契丹의 한 부족 이름.
37) 中涓羽林 : 侍從別監을 가리킴. '中涓'은 임금을 측근에서 모시는 사람을 말하며, '羽林'은 궁중의 宿衛·陪從·護衛를 맡은 羽林兒를 말함.
38) 狹斜少年 : 오입쟁이 한량. '狹斜'는 원래 중국 長安의 遊廓 이름.
39) 武溪 : 서울의 종로구 부암동 자하문 서쪽에 있음. 水石이 수려하고 경치가 좋았음.
40) 油罩(유조) : 기름을 먹인 長衣. '罩'는 망토처럼 밖에 걸치는 옷.
41) 度曲 : 가곡을 부르다.
42) 談調 : 우스운 소리를 하다. 골계를 하다. '調'는 해학을 뜻함.
43) 「鐃吹之曲」 : 軍樂의 일종.
44) 「靈山之會」 : 靈山會上曲. 석가여래가 설법하던 靈山會의 佛菩薩을 노래한 악곡.
45) 咽(열) : 막히다.
46) 蓬頭突鬢 : 頭髮이 披散하고 鬢毛가 突出함을 말함. 『莊子』「說劍」에 나오는 말.

而已.' 宮其之知吾之琴, 猶不如吾之知吾之琴之爲益精也. 今吾子, 欲捨功易而人之知者, 學功苦而人之不知者, 不亦惑乎?"

遇春母死, 棄其業, 亦不復過余. 盖孝而隱於伶人者也. 其言'技益進而人不知', 則豈獨奚琴也哉?

• 작자 : 柳得恭(1748~1807)

호는 泠齋 혹은 古芸堂이며, 서얼 신분이었지만 文才가 뛰어나 奎章閣 檢書로 발탁되었다. 후에 포천·제천 군수와 풍천 부사 등의 외직을 맡기도 했다. 李德懋·朴齊家와 함께 박지원의 제자로서, 이른바 北學派에 속하는 실학자였다. 저서로는 문집인 『泠齋集』과 筆記書인 『古芸堂筆記』·『京都雜志』가 전한다.

• 출전 : 『泠齋集』 권10

• 참고사항

(1) 「유우춘전」은 일종의 '예술가 소설'이라 할 수 있다. 유우춘과 비슷한 고민을 했으면서도 유우춘과는 전혀 다른 길로 나아간 樂人으로 '宋慶雲'이 있으며, 유우춘과 송경운의 중간쯤에 위치함직한 樂人으로 '金聖基'가 있다. 이들 3인은 모두 조선 후기의 인물들로서, 비록 그 활동시기는 다르지만, 저마다 入神의 경지에 이른 당대 최고의 樂人이었다는 점에서는 공통된다. 이들 3인의 예술가적 특성과 행로에 대하여는 박희병, 「조선후기 예술가의 문학적 초상」, 『한국고전인물전연구』(한길사, 1992)에서 논의된 바 있다.

(2) 이 작품의 소개 및 번역은 이가원, 『李朝漢文小說選』(민중서관, 1961)에서

처음 이루어졌다.

(3)「유우춘전」은 傳이 소설화한 작품, 즉 '傳系小說'에 해당한다. 이 작품의 전계소설로서의 특징은 박희병, 『조선후기 傳의 소설적 성향 연구』(대동문화연구총서 XII, 성균관대 출판부, 1993)에서 검토된 바 있다. 작품론으로는 임형택,「18세기 예술사의 시각—유득공 作 유우춘전의 분석」, 『조선후기 한문학의 재조명』(송재소·김명호 편, 창작과비평사, 1983); 박희병,「조선후기 예술가의 문학적 초상」, 『한국고전인물전연구』(한길사, 1992)가 있다.

# 19. 皮工

兪晩柱

常品[1]有姓李者, 无父母妻子, 惟兄弟二人, 窮殘流寓, 无所賴. 南城外里門之洞, 有宰執[2]家, 李就門外空地, 穴土爲草茇以居, 兄弟以攻皮爲業.

其兄嘗衣鶉衣、戴蔽陽子,[3] 行過一巷, 見粉舍甚精, 小窓開向路、垂紅簾, 簾中瞥見有美女. 女適見李, 嗤曰: "唉! 彼傖尙有妻乎?" 李還謂弟曰: "我今日適爲小女子所欺侮, 宜術以懲之." 乃遽入宰庭, 伏曰: "小人皮工某, 居門下者也. 有小經紀,[4] 願得三百兩, 過數月, 當謹償也." 宰異其人傖而語

1) 常品 : 常民.
2) 宰執 : 宰相 등 나라의 政事를 담당하는 重臣.
3) 蔽陽子 : 패랭이. '平涼子'라고도 표기함. 신분이 낮은 사람이 쓰던, 댓개비로 결어 만든 갓의 한 가지.
4) 經紀 : 경영.

大, 卽与之. 李負而入艸茇中, 与其弟謀曰: "我如云云, 爾可云云. 爾若云云, 我當云云." 遂日市肉, 相与飫食, 幾累十日, 面之瘠者膩, 黑者脫, 而粗頑者光澤. 乃又市錦紬衣服、鬃帽、煖貂、香箑,[5] 穿掛[6]齊整而出, 風儀宛一豪滑商譯[7]也.

日將夕, 共入女巷, 見小窓簾垂, 謂弟曰: "此是也." 卽入酒肆, 略帶醺, 故[8]過其門, 令其弟從越巷, 及門而値. 小窓已有女, 隔簾而窺, 卽前嗤者也. 女本商譯家獨居, 有資貨開酒肆, 教群婢引客. 女見二客對立偶語, 儀貌豪膩, 服飾華鮮, 一客曰: "吾自北京還屬[9]耳也, 君別來亡恙乎?" 客曰: "今適遇君, 而巷稍深, 可略討行話." 遂共談銀宝幾何、錦繒幾何, 語甚熟爛. 女意以爲富譯也, 已有六七分向意. 已而客出囊中錢呼酒, 女急取一品釀, 令婢進之, 更窺而聽, 客所語皆'某卿宰与我親, 某將閫有所託.' 女又意以爲富譯而有勢力者也, 則有八九分向意, 連窺而聽. 已而日已昏, 客大醉頹臥. 其一客欲携歸, 而醉甚不可起. 客憂悶獨語曰: "日暮而醉如此, 將柰何?" 稍彷徨, 便呼主家婢曰: "醉人, 乃吾友蒂井洞[10] 李同知[11]者也. 今適醉, 日已昏, 家在城外, 不可

---

5) 香箑: 香扇. 저본에는 '箑香'으로 되어 있음.
6) 穿掛: 입고 걸치고.
7) 商譯: 譯官. 조선 후기에는 역관이 중국과의 무역을 통해 부를 축적하는 일이 많았음.
8) 故: 짐짓.
9) 屬(촉): '최근'이라는 뜻.
10) 洞: 저본에는 없으나 兪晩柱의 문집인 『通園藁』에 의거해 보충했음.
11) 同知: 원래 同知中樞府事의 약칭이나 직함이 없는 노인의 존칭으로도 쓰였음.

歸, 幸爲空一廊, 俾入宿, 勿暴風露也, 朝馬人至矣." 出囊中錢, 遺婢曰: "買柴令溫宿, 毋令病生也." 遂去.

於是女不意客之宿, 乃大喜, 亟謂群婢曰: "客偶醉在此, 不宜令宿陋房, 生疾病也. 內舍精溫, 可扶客入." 羣婢扶客入, 臥于內舍. 女謹解客衣帶, 奠角枕, 覆以錦衾, 坐其旁以俟其醒, 客終不醒. 夜深, 女亦宿, 逮曉客始起坐, 瞠曰: "此誰家也? 我胡爲在此? 豈我曾醉邪?"[12] 女以溫言, 道昨醉事, 仍進解醒[13]果餌. 客將起去, 女曰: "妾家无丈夫照管[14]者, 不必違微願也." 苦留之, 客强應. 未及食, 門外有馬嘶聲, 女隔簾見之, 駿馬豪僕, 騰凌而至, 招婢曰: "我蒂井洞[15] 李同知家人也." 女聞之, 急至前, 以溫言勸留, 客又强應, 謂僕曰: "待吾報更來也!" 僕卽去. 女益喜, 供酒食, 惟恐失客意也. 夜侍客寢, 朝有一豪隷來, 傳: '兵判[16]某公有急用, 可貸銀幾兩', 客卽出囊中金啓鎖[17]授之曰: "以此傳吾家, 衡藏中銀, 如數以去也." 女從旁曰: "何必公所有? 妾有銀可用也." 客笑曰: "爾安得有銀乎?" 女卽取銀至, 乃天品也. 客曰: "此堇可用." 遂出授之. 居數日, 又有一隷來, 言: '宰相某公有

---

조선 후기의 中人들 가운데에는 虛職으로 同知의 직함을 받은 이가 많았음.

12) 邪(야): '耶'와 같음.

13) 解醒: 해장술.

14) 无丈夫照管: 맡아 관리하는 사내가 없음. 기둥서방이 없다는 말. '照管'은 맡아 관리한다는 뜻.

15) 洞: 저본에는 없으나 『通園藁』에 의거해 보충했음.

16) 兵判: 兵曹判書.

17) 金啓鎖: 열쇠.

病, 方用人蔘, 而江蔘[18]絶難得, 願得篋中, 庶有效也.' 客故作嚬蹙狀曰: "吾歸乃可副." 女曰: "妾有江蔘, 宜先用之, 不須歸." 客嘻曰: "江蔘貴, 爾豈有之? 有之, 豈堪用乎?" 女卽入, 以蔘出. 客曰: "果江蔘也." 又出授之. 女由是益信客富厚, 又眞有勢力可張, 矜於等儕也. 遂出篋中紋錦, 製新衣衣之. 客故留四五日, 飫珎食美酒, 夜与女寢, 女所以固之者,[19] 其態百千.

一日, 馬人至, 曰: "某令公,[20] 有亟議事, 以馬請, 請亟去." 女焦曰: "公將去乎?" 客曰: "請之緊, 不可不去. 且離家久, 當自此還也." 女曰: "公去後, 當送婢候起居, 將何尋?" 客曰: "南城外里門之內, 有蒂井洞者, 洞有巨屋, 入門列衆花卉, 臨以外舍, 卽我家也." 女曰: "或不易尋, 奈何?" 客笑曰: "我家誰有不知者?" 遂乘馬馳去, 女悵恍[21]不自住.

居數日, 大治酒食, 送群婢尋所謂蒂井洞者, 市人皆笑曰: "吾居此久矣, 未聞蒂井洞者何洞也." 婢薄暮回言: '蒂井洞不可尋.' 女嘖曰: "爾輩迷矣! 此家人誰不知, 乃不能尋邪?" 翌日, 卽盛其服飾, 自与羣婢出南城, 至里門內, 尋蒂井洞者, 顚頓喘汗, 上下彷徨, 竟不能得, 日暮忽望見一第甚巨, 門臨大道, 忙及門, 果見花卉列于前, 中有小舍翼然, 諸郎

18) 江蔘 : 江華島에서 재배된 인삼.
19) 女所以固之者 : 여자는 확고히 하기 위하여.
20) 令公 : 令監. 정3품과 종2품의 관원을 이르는 말.
21) 悵恍 : 悵悅.

冠鬃冠, 暇豫游娱. 女心喜曰: "此吾家也!" 譁[22]群婢曰: "觀此家! 豈不是邪! 爾輩无目矣." 乃令婢問某公在否, 諸郎已知其故, 笑指門外艸茇曰: "彼其家也." 女始惝恍, 第往之, 艸茇中有攻皮者二人, 其一卽前所見客也, 衣鶉衣, 方俯首飾弊屣, 閃見女至, 持錐刀出, 搏女仆地, 罵曰: "若[23]胡爲來? 如我者尚有妻, 妻豈別人邪? 乃若也. 若胡爲來? 吾當刀剜若, 若勿留也!" 女大驚, 始知其爲簾中所嗤之傖也. 乃大悔憤, 歸卽病死.

盖客者, 李也; 其一客, 弟也; 隸与僕馬, 雇者也. 皆打扮以瞞女, 而其以計取女所藏銀蔘者, 將以償宰也. 其稱所居曰蒂井者, 攻皮用錐, 錐鈍必礪, 故皮人之礪頭, 必凹穴, 俗謂之蒂井,[24] 寔寓攻皮之名於二字, 以辱女也.

余曾見『西湖志』,[25] 杭[26]有妓, 忘其名, 資甚富, 有无賴者, 欲罄之, 乃用打扮法, 風流豪滑, 傾動北里, 妓惑之, 盡輸其財, 旣覺, 恚恨而死, 与皮人事大類. 夫皮人固猾詐, 然其心則在懲驕而沮淫, 与欺負善良、賺哄貞遜者不同. 余故錄之, 因以戒世之貪利慕勢而亡其軀者.[27]

---

22) 譁 : 자랑하다.
23) 若 : 너.
24) 蒂井 : 꼭지 우물.
25) 『西湖志』: 중국의 책 이름.
26) 杭 : 중국의 杭州
27) 夫皮人固猾詐~亡其軀者 : 刪削되기 전의 원 草稿에는 '以是知世態人情, 古今同然, 而華蕃亦一致也. 夫攻皮人之作用, 猾詐万端, 无异盜賊. 然其機变錯互, 慮始推末, 盖亦有足觀焉, 而其心則又起於懲驕而沮淫, 与欺負善良、賺哄貞

• **작자** : 兪晩柱(1755~1788)

호는 通園 혹은 欽英外史이며, 兪漢雋의 아들이다. 저서로는 1775년부터 1787년까지 쓴 13년 간의 일기인 『欽英』과 『欽英』의 글을 뽑아 엮은 『通園藁』가 전한다.

• **출전** : 『欽英』 辛丑部(1781) 七月 初九日條

• **참고사항**

(1) 『欽英』 원문에는 이 이야기 바로 앞에, 붓으로 지워 놓은 "雨夜聽傳奇三四段"이라는 여덟 자가 보인다. 이 글귀를 통해 兪晩柱가 자신이 전해들은 이야기를 작품화했음을 알 수 있다. 여덟 자 속에 들어 있는 '傳奇'라는 말은 '기이한 이야기'라는 뜻이다.

(2) 이 이야기는 일종의 欺瞞譚이라 할 수 있겠는데, 李鈺이 창작한 「李泓傳」의 한 에피소드를 떠올리게 한다. 하지만 이옥의 작품이 너그러움을 잃지 않고 있음에 반해 이 작품은 그 결말이 잔인하다.

(3) 『欽英』에 수록된 야담계소설에 대한 논의로는 김영진, 「兪晩柱의 한문단편과 記事文에 대한 일고찰」, 『대동한문학』 13(대동한문학회, 2000)이 참조된다.

---

遜者不同. 余故因聽而錄, 以裨說家'라 되어 있음.

# 20. 礪山店翁

俞晩柱

昔有一客行湖南, 宿礪山1)店舍, 舍有一翁一媼, 皆異於凡. 客滯時雨, 三宿于店, 使店翁傳奇以破羈寂, 曰: "未須傳他人奇也. 請以身經. 某本某郡人也. 少頗不庸,2) 娶婦於同郡女, 女卽彼媼也, 少頗有色. 某嘗往留婦家, 月餘將歸, 載婦于牛, 鞭而隨後. 時溪水雨漲, 牛不可渡, 方徘徊溪上, 有一人被服如京裏,3) 騎善馬馳驟而來, 狀甚豪悍. 須臾至溪, 策馬而渡, 了无難意, 某試呼曰: '溪水盛, 牛不可騎以渡, 君馬甚健, 願垂大惠.' 其人卽上下見, 良久而曰: '諾.' 騎而回, 載婦以渡, 某亦剝衣驅牛, 游而渡焉. 旣渡, 不見人, 並不見婦,

---

1) 礪山 : 지금의 전라북도 익산시 여산면 일대.

2) 不庸 : 凡庸치 않음.

3) 被服如京裏 : 서울 사람처럼 옷을 입다. 옷을 잘 입은 것을 이름.

止馬跡錯互而已. 某始知賊也見吾婦艶而渡之, 渡之而掠去之. 其遂失婦乎, 誠茫然, 顧亦无可柰何. 乃歸家, 日夜圖所以見婦之術, 見婦之術, 在廣搜博訪於窮山絶海之間綠林之所聚也. 乃請于母, 聚通寶,[4] 出買皇貨[5]于二南.[6] 跡旣遍, 然婦之處, 終无繇[7]得見, 而某之志見婦者, 无懈而愈益固. 某時年十七八, 從鄕俗髮尙編下, 而身又短小, 見之者, 推其年, 以爲不過十二三矣.

一日, 歷重嶺迷路, 終日行, 忽從叢薄[8]間窺見, 洞府弘暢, 城闕儼然, 屋廬森布, 衢街[9]縱橫, 某知其爲山寨也. 試入之, 不見人一面, 遂直入三數門, 歷呼買皇貨. 忽一女子, 由曲牕閃而出, 服飾盛麗, 入眼卽某婦是也. 曰: '今日之見, 天也. 事將何如?' 婦泣曰: '今日之遇, 天也. 然幸值[10]豪之出獵耳, 使豪而在, 子何由見我乎? 然豪還則子死, 將若何?' 某曰: '當柰何?' 婦曰: '在此固當死, 出亦不免, 其柰何?' 某曰: '將如何?' 婦曰: '門之外, 有小屋, 一嫗守焉, 嫗乃乳豪者也. 第往之言年幼迷路狀, 托于嫗令, 而嫗容之於豪, 庶其生乎. 生然後出, 出可徐圖也.' 某曰: '當如指.'

---

4) 通寶 : 돈.
5) 出買皇貨 : 나가서 중국 물건을 사다. 중국 물건을 사들이는 장사를 했다는 말. '皇貨'는 唐貨, 즉 중국 물건. 원문에는 '買'자가 없으나 보충해 넣었음.
6) 二南 : 嶺南과 湖南.
7) 繇 : '由'와 같음.
8) 叢薄 : 숲.
9) 街 : 원문에는 '術'로 되어 있음.
10) 値 : 만나다.

遂行見嫗, 道: '迷路至此, 旣无出理. 願爲嫗, 同諸傭雇以服事焉.' 嫗始見, 頗疑之. 已而聽某說, 宛轉不矯,[11] 遂許之住, 給嫗事. 某故聰厲,[12] 甚合嫗意, 嫗絶愛之, 唯恐其或去也. 居數日, 聞豪還, 以所獲虎豹熊豕先之, 從數百騎, 合匝[13] 不可分, 然其聲威紀貌,[14] 震而不喧. 嫗曰: '將軍將至, 爾其毋恐! 吾當爲爾容已.'

有仗劍者, 緩步立當門, 見某喝, 曰: '兒何從生? 從外間來邪?[15] 外間兒不吉, 宜劍斬之.' 仗劍者, 乃豪也. 嫗匍匐掩護某, 而聲闐出[16]曰: '將軍胡如此也! 是兒自迷路至此, 非外間人使之也. 是兒已誠心服事吾, 誓无出理, 吾已許其生矣, 何將軍疑之過也?' 某時甚懼, 見豪不敢詳, 而槩其儀貌, 眞英雄也. 豪乃釋劍曰: '我爲嫗貸是兒. 然當寘我側以觀之.' 遂以某去, 使朝夕執事左右. 某愈聰厲, 以適豪意. 豪愛之, 乃无殺意. 時敎以超驟擊刺之技, 某頗能之, 豪喜曰: '爾質不鹵, 爾才多有, 繼我而主山寨者, 其爾乎! 吾庶无憂矣. 自是令通行內屋如家人. 豪嘗曰: '我有副,[17] 副在別寨. 當來見我, 見我而見爾, 則必請殺, 不殺不止. 然我在, 爾可不死

11) 矯 : 속이다.
12) 厲 : 부지런하다.
13) 合匝 : 둘러싸다.
14) 紀貌 : 威儀. 紀律.
15) 邪(야) : '耶'와 같음.
16) 聲闐出 : 목소리를 크게 내어. '闐'은 목소리가 큰 것.
17) 副 : 부두령.

也. 爾毋恐!'

未幾, 有戒飭而來謁者, 卽其副也. 狀亦英雄, 亞於豪, 見某在床下, 驚曰: '兒何從生?' 豪具道狀, 副按劍曰: '不可! 夫兒雖幼, 歷百里无人之境而入, 示信於公以保其生, 此非凡類所可出也.[18] 公試觀其目! 是豈爲我輩有者?[19] 亟宜劒斬之!' 豪拍案大怒曰: '何其妄也! 彼以誠心歸我, 我以誠心生之, 今如家人, 恩莫京[20]也, 君必欲殲害之, 何也?' 副猶力爭之,[21] 不得, 嘆曰: '公其差乎! 吾聞古之男兒, 有惑於女子, 以失事機者矣, 未聞惑於一小兒如公者也. 吾寨其當衰矣乎!' 遂辭去. 豪謂某曰: '幾殺爾矣.' 某起拜謝.

某至是入已數年, 外雖聰厲得豪歡, 而心未嘗一日忘其圖也. 故出入內外无恒式, 日與婦笑語習慣, 而陰戒幾微痕色之或露, 婦亦同心. 以是豪愈益信之. 豪主山寨, 其事務繁殷, 如大官府, 戎紀整肅, 賞罰合宜, 險阻四有, 候望嚴備, 某欲得其間, 而顧无繇也. 至某夜, 豪携某入內屋, 語從容, 仍謂某曰: '爾能從我乎? 我爲將于寨, 已累年矣. 部伍相次, 師行有度, 我久不試疇昔之伎倆也. 時躍躍有一試意, 行將出矣.' 某曰: '出將何之?' 豪莞爾曰: '此地, 東界某郡; 南接某水; 北隣某山; 西旁某州. 自某郡抵此, 則必行斷人烟之

---

18) 非凡類所可出也 : 凡類가 할 수 있는 바가 아니다.
19) 爲我輩有者 : 우리를 위해 둘 자인가.
20) 莫京 : 莫大. '京'은 '크다'는 뜻.
21) 力爭之 : 힘써 諫爭하다.

境數百里然後乃入, 而自寨抵某州, 則有祕[22]路通石窟中, 至官道不十里, 而近某州之家, 有可取者. 然不甚鉅, 不要費師張皇, 我將一劒從祕路身取之, 爾可隨我行.' 遂抽匣中劒磨之, 色瑩瑩如霜雪, 而形圓四面有刃, 制如雉尾扇.[23] 約以翌夜出, 以綵繒纏身, 務爲捷緊. 某亦隨豪裝束, 持刀而行, 並无一人知者. 轅牙[24]寂然, 燈燭如故. 行數里, 果當石窟, 可容一人, 中深黑. 豪耀劒取其光, 与某貫而進, 出官道, 行數十步, 至某州之家, 崇垣聳累襲.[25] 豪一超而踰, 某亦一超而踰, 趂其後, 豪大喜曰: '眞我兒也.' 及其庫, 庫之門, 鐵木交互, 中懸大鈴以警盜也. 豪手拉之, 以劒劃其門, 應劃而圓, 成一竇. 乃以劒授某, 曰: '爾居外, 聞人聲卽動也.' 豪遂入, 取諸寶, 拔頭將出, 出未竟而身內頭外, 某瞥然擧劒下之, 正中其頭, 頭已落而旋轉于地. 某心恐, 手戰而縮, 若有不可忍者. 然豪旣死, 心知事成矣.

仗其劍, 從祕路奔還寨中, 夜纔過央, 入見婦, 具告以故, 且曰: '迨未明, 急宜出! 少遲則事覺矣.' 婦驚曰: '信乎?' 曰: '信矣!' 婦又驚曰: '果信則當出! 廐有良馬, 可騎; 庫有輕珍, 可齎.' 遂夫婦從秘路出, 卽日歸見母, 歲計已三矣, 母以某辭日爲忌,[26] 不復意其生与婦偕歸也. 夫豪不去, 則婦不返,

22) 祕 : '秘'의 本字.
23) 雉尾扇 : 꿩의 깃을 모아 부채처럼 만든 것.
24) 轅牙 : 軍營. 여기서는 산채.
25) 崇垣聳累襲 : 높은 담이 우뚝하니 여러 겹이었다.

故斷之于心, 以行劒事, 然某之命, 豪實生之, 某何敢忘? 故以行劒事之日, 設祭以祭豪, 終身不廢也. 某旣出, 不知寨中事如何, 其部黨甚盛, 慮有後𥚃,[27] 常潛跡, 迁[28]徙不常, 居此地爲店, 亦幾四十年矣. 此事惟某与婦知之耳, 未曾言于人, 今始說之, 亦以多生[29]影事,[30] 垂老无諱耳."

仍翁媼相視而笑. 客瞿然驚异,[31] 夜宿未能酣, 明朝遂別去.

余聞此于東江[32]之後孫, 奇而錄之, 然抵捂者不一. 盖傳奇之語, 不論演實与駕虛, 易於道塗,[33] 而難於精細. 道塗之嫌而必欲精細之, 則或又隨意粧撰, 以平其抵捂, 以補其缺漏, 雖曰精細, 便非實錄也. 余所錄, 止從傳者, 存其抵捂, 而不文之以精細也. 夫夏五、郭公,[34] 史猶有闕文, 況於稗官小說乎!

---

26) 忌 : 忌日.
27) 𥚃 : '禍'의 古字.
28) 迁 : '遷'의 俗字.
29) 多生 : 중생이 善惡의 業으로 인해 윤회를 되풀이하며 여러 생을 거치는 것을 일컫는 말.
30) 影事 : 허망한 일을 가리키는 佛敎語.
31) 异 : '異'와 仝字.
32) 東江 : 누구의 號인지 미상.
33) 道塗 : 道聽塗說.
34) 夏五 · 郭公 : 『春秋』의 桓公 14年條에 '夏五'[여름 오월]라고만 적고 아무 記事가 없으며 莊公 24年條에 '郭公'이라고만 적고 아무 기사가 없는 데서, 역사를 서술할 때 근거자료가 없으면 그냥 闕文으로 놓아두는 것을 일컫는 말로 씀.

• 작자 : 兪晩柱

「皮工」 '해제'의 작자條를 참조하기 바람.

• 출전 : 『欽英』 辛丑部(1781) 閏五月 二十一日條

• 참고사항

(1) 이 작품은 전형적인 액자구조를 취하고 있다. 액자 속의 이야기는 작중 인물의 '自己敍事'에 해당한다. 야담은 흔히 작중인물의 이런 자기서사를 통해 조선 후기 다양한 인물들의 삶과 경험을 반영한다. 적어도 이 점에서 야담은 현실과의 관계에서 '열려' 있다.

(2) 「礪山店翁」 역시 앞의 「皮工」과 마찬가지로 작자가 전해들은 이야기를 작품화한 것이다.

# 21. 李泓傳

李 鈺

古之人朴, 後人尙機.[1] 機生巧, 巧生詐, 詐生騙, 騙生而世道亦難矣哉!

國之西門有大市, 市之[2]售贗貨者藪焉. 贗之類, 證白銅爲銀, 質羊角爲玳瑁,[3] 文[4]獷皮[5]以爲貂.[6] 父子兄弟, 互相作交易狀, 爭高下, 賭呪[7]呶呶. 鄕之氓睨之, 以爲且眞也, 從其直買之, 售者得其計, 則利必什佰. 又有剽囊者, 錯出乎其間, 揣人囊橐中物, 以利刀割而取之. 覺而逐, 則逶迆走賣醬

1) 機 : '영리함', '꾀바름' 정도의 뜻.
2) 之 : ~는.
3) 玳瑁 : 열대지방에 사는 바다거북의 등껍데기. 고급 장식품으로 사용함.
4) 文 : 꾸미다.
5) 獷皮 : 족제비 가죽.
6) 貂 : 貂皮. 담비 가죽.
7) 賭呪 : '맹세하다'라는 뜻의 白話.

巷, 巷之狹且多折者也, 幾及之, 有負笆子[8]者, 叫買笆子而出, 路塞不得前. 是故入市者, 固錢如陣, 審貨如嫁,[9] 猶見墮於騙也. 三韓[10]之民, 古稱淳素, 近世有白勉善[11]之類, 多以騙人名, 豈俗日趨下, 淳素者變而爲欺詐耶? 上古顓蒙之世, 亦自有奸譎者間之耶?

李泓, 漢陽人也. 好風神, 有言辯才, 初得者[12]不知爲騙人人也. 性輕財, 好侈華衣食以自度,[13] 而其家固自貧也. 泓嘗游巨室, 談水利, 以錢累萬從事於淸川江, 日擊牛釃[14]酒, 句遠近名妓, 所招無不至. 惟安州[15]妓一人, 技色爲關西最, 節度使昵之, 雖別星[16]過者, 莫得窺其面, 泓無以致. 泓與其徒賭, 約游安十日, 必狎而歸.

遂馱而乘, 肩錦掛子,[17] 馬無牽,[18] 只從笠者一人, 鳴鞭入安州城, 物色[19]者, 皆以爲松大賈也. 抵妓家舘焉. 妓之父,

---

8) 笆子 : 바자. 대・갈대・수수깡 등으로 발처럼 엮거나 결은 물건.
9) 審貨如嫁 : 물건 살피기를 시집보내듯 하다. 즉 물건을 살 때 그것이 진짜인가 가짜인가 살피기를 마치 시집보낼 딸의 배필 고르듯 한다는 말.
10) 三韓 : 우리나라를 일컫는 말.
11) 白勉善 : 18세기 무렵 서울에서 이름을 날렸던 사기꾼. 문헌에 따라서는 '白文善', '白明善'으로 기재되어 있기도 함.
12) 初得者 : 처음 만난 사람.
13) 自度 : 스스로 지내다. 생활하다.
14) 釃(시) : '釃'와 같음.
15) 安州 : 평안남도 서북단에 위치한 고을.
16) 別星 : 임금의 명령으로 지방을 순찰하는 관리. '星'은 使者를 뜻함.
17) 掛子 : 褂子, 快子라고도 표기함. 등솔을 길게 째고 소매 없이 만든 옷. 원래 군복의 하나였음. 요즘 돌날에 아기에게 입히는 옷에서 그 遺制를 볼 수 있음.
18) 牽 : 견마잡이.
19) 物色 : 흔히 '찾다', '구하다'라는 뜻으로 쓰이지만 여기서는 '보다', '바라보

軍校[20]之老, 而開店者也. 泓約曰: “吾所挾, 重貨也. 所館, 勿許人更入. 吾行, 待人也, 遲速未可卜, 歸日當清帳. 自來[21]食不健, 朝夕必精, 勿憂直[22]多也, 烟債[23]任主人.” 妓父視其人, 賈也; 視其所駄, 不浮[24]而重, 蓋銀也. 曰: “此, 好客也.” 遂掃室而受之. 泓入室環顧, 矉蹙[25]者久, 呼其從: “買壯紙來! 人雖一日居, 安能臥此間?” 塗旣成, 安[26]所駄於枕, 鋪羊褥、紫錦被, 行囊中出帳簿一大卷及珠籌、小硯, 閉戶, 與其從[27]日會計不足. 妓父從門隙聽之, 錦緞、香、藥之數也. 妓父與其婦老妓謀曰: “客, 巨商也. 見兒必悅, 悅必多所獲, 豈止爲節度使德也?” 遂潛呼妓出衙, 至則拜於戶曰: “尊客久留陋地, 少主人敢現.” 泓忙謝[28]曰: “無! 女主人何必乃爾?”[29] 復置籌, 若目無見者. 妓父以爲: ‘是巨商, 眼傲, 且爲重貨然也.’ 夕遂從容謝之曰: “兒陋耶? 客人太冷淡, 兒至今含羞也.” 泓屢謝無意, 若黽勉而後從者. 妓設酒肴, 歌舞盡歡, 幸而得伴寢焉. 自此乘間抵隙, 與客會者三四日.

---

다'라는 뜻으로 쓰였음.

20) 軍校 : 서울의 각 軍營에 속한 軍官과 지방 관아의 軍務에 종사하는 屬役의 총칭.

21) 自來 : 본래.

22) 直(치) : 값, 가격.

23) 烟債 : 食代.

24) 浮 : 가볍다.

25) 矉蹙 : 원문에는 '蹙'이 '慼'으로 되어 있음.

26) 安 : 놓다. 두다.

27) 從 : 원문에는 '徒'로 되어 있음.

28) 忙謝 : 바삐 사양하다.

29) 何必乃爾 : 하필 이러는가.

泓始蹙[30]眉作憂慮狀, 呼主人問曰: "西路[31]近無火漢[32]乎?" 曰: "無." "自義州幾日可到此?" 曰: "幾日." "然則過矣. 馬病耶?" 主人曰: "客何憂?" 曰: "貨之自燕[33]來者, 某日渡江,[34] 某日與吾約於此, 尙不來, 是以憂. 從人! 汝可往城西門覘候." 夕又以不來告. 自是憂日煩. 至三日, 囑主人曰: "吾之所以不得更進, 以重貨故也. 今則主人, 一家人也. 吾鬱欲病, 不能坐此等,[35] 吾貨煩主人善看守, 吾且前進, 探以歸." 遂鎖其室, 飄然去, 從間路歸清川, 果十日也. 妓家疑其久不歸, 發其囊, 皆鵝卵水磨[36]也.

有下邑吏, 職納軍布[37]者, 從千餘緡入京, 靡所館. 泓引與歸, 誘之曰: "吾有蹺蹊,[38] 可以免脚錢,[39]花費."[40] 吏悅, 遂以錢委之. 泓且朝暮得尺文.[41] 居十餘日, 泓忽盛言南山之美, 以一壺酒, 從吏登至彭南洞[42]少人處, 獨傾壺盡, 仍縱聲

30) 蹙 : 원문에는 '慼'으로 되어 있음.
31) 西路 : 평안도.
32) 火漢 : 明火賊.
33) 燕 : 燕京, 즉 北京.
34) 江 : 압록강.
35) 等 : 기다리다.
36) 鵝卵水磨 : 물에 닳아 반들반들한 조약돌. '鵝卵'은 '鵝卵石'으로 자갈을 뜻함.
37) 軍布 : 병역을 면제하여 준 軍丁에게서 받는 삼베나 무명.
38) 蹺蹊(교혜) : 원래 '이상하다'·'괴이하다'는 뜻의 白話이나, 여기서는 '기이한 꾀' 정도의 뜻으로 쓰였음.
39) 脚錢 : 노자.
40) 花費 : 花代.
41) 尺文 : 약간의 돈. '文'은 엽전의 단위로, '푼'이라고도 함.
42) 彭南洞 : 팽나뭇골. '彭木洞'이라고도 표기함. 지금의 筆洞 2街에 있던 마을 이름으로, 팽나무가 있어 이런 명칭이 생겼음.

悲哭. 吏曰: "一壺酒, 此不勝耶?" 泓曰: "長安信美, 吾將舍此, 安得不悲?" 袖出一條紘, 絓松枝, 欲雉經.[43] 吏大驚惶, 手挽叩其由, 泓曰: "由汝. 我豈欺人一文錢者? 奈誤信人, 汝之錢已拐盡矣. 欲贖則貧, 欲仍置, 汝必督我, 我不如死. 休相挽!" 套[44]其頸, 且下跳. 吏惶甚, 跪而請曰: "毋苦死! 從今當更不言錢矣." 泓曰: "不然. 汝雖欲寬吾死, 今如此言, 此言也, 非券也, 吾何以辭汝督? 不如死." 吏自思之, 死與生, 無錢均, 死則且有言, 忙出筆墨於囊, 作已捧錢手摽[45]而獻之, 懇無死. 泓曰: "爾苟如此, 吾何用死?" 拂衣而逽.[46] 自其夕駈吏去, 不入門. 按法[47]風聞之, 拿致泓, 棍其臀一百, 泓幾死, 亦不死.

泓雖業射, 以某歲登武科, 非其射也. 旣放榜, 其侈夸[48]爲一榜最, 鼓人[49]皆衣青苧帖裡,[50] 垂沈香絲[51]三尺, 手巾、錢、布[52]之外, 人賜畵牡丹屛一及葡萄犀粧刀[53]一. 人以爲泓出

---

43) 雉經 : 목을 매다.
44) 套 : 홀치다.
45) 手摽 : 手標. '摽는' '標'와 통함. 돈이나 물건 따위를 貸借하거나 寄託할 때에 주고받는 증서.
46) 逽 : '歸'와 같음.
47) 按法 : 法官, 즉 刑曹와 漢城府의 관리.
48) 侈夸 : '호사'라는 뜻이지만, 여기서는 遊街를 성대하게 하는 것을 가리킴. 遊街란, 과거급제자가 광대를 앞세우고 풍악을 잡히면서 거리를 돌며 座主(시험관) · 先進者 · 친척들을 사흘에 걸쳐 찾아보는 일.
49) 鼓人 : 樂工.
50) 帖裡 : 철릭. 武官의 公服의 하나. '天翼'이라고도 표기함.
51) 沈香絲 : 沈香의 향기가 나는 실로 만든 술띠.
52) 錢布 : 金錢과 布帛.

游遠鄕, 多掃它人墳, 而斥[54]祭田,[55] 以資用云.

泓家在西門外. 嘗衣花紬氅,[56] 左手循曼胡纓,[57] 輪琥珀扇墜,[58] 緩步從南門入. 見門外有鋪勸善,[59] 擊磬[60]求施者. 泓呼曰: "僧! 汝立於此幾日?" 曰: "三日." "得幾錢?" 曰: "僅二百餘文." 曰: "噫, 老死矣! 終日叫阿彌陁佛, 三日始得二百文者耶? 吾家富, 多兒子女, 業[61]欲於佛氏作一樁[62]好事, 僧之遇福也. 吾何施?" 若沈吟者久, 曰: "有鍮器, 有用乎?" 僧曰: "以鑄佛像, 功德莫大." 曰: "踵我!" 遂前行入南門, 指燈戶曰: "小憩此行." 酒人溫酒, 將[63]美肴來. 連倒十餘巵, 撫錦子囊, 笑曰: "今日出, 偶忘酒債來. 僧! 姑借汝鉢囊中物, 至且償." 僧計酒價訖. 復行, 顧而呼曰: "僧! 來乎?" 僧曰: "謹隨." 曰: "鍮, 舊器, 衆或有阻擋者, 須善輸去." 僧曰: "許之在檀越,[64] 持去在僧, 敢不善?" 泓曰: "然." 復入酒家, 以

53) 葡萄犀粧刀 : 포도 무늬의 무소뿔로 자루를 한 장도칼.
54) 斥 : 팔다.
55) 祭田 : 祭位田.
56) 花紬氅 : 꽃무늬의 비단 창옷. 창옷은 벼슬아치가 평시에 입는 웃옷으로, 소매가 넓고 뒷솔기가 갈라졌음. '氅'은 '氅'과 같음.
57) 曼胡纓 : 무늬가 없고 거친 갓끈. 『莊子』「說劍」에 "曼胡之纓"이라는 말이 보임.
58) 扇墜 : 부채 고리에 매다는 장식품. 옥이나 琥珀 등으로 만들었음.
59) 勸善 : 勸善袋, 혹은 勸善紙를 말함. 시주하는 돈이나 쌀을 넣는 주머니.
60) 磬 : 경쇠. 작은 종.
61) 業 : 일찍이. 이전부터.
62) 一樁(일장) : 一件. '樁'은 사건이나 일의 건수를 세는 말. 白話에 해당됨.
63) 將 : 가지고.
64) 檀越 : 불교에서 施主를 지칭하는 말.

僧錢飮. 凡三四入, 僧之錢且盡. 復行, 語僧曰: "僧! 凡事須有眼次."[65] 僧曰: "小僧如是行半世, 所餘者, 惟眼次." 泓曰: "然." 復數步, 回頭語僧曰: "僧! 鍮甚大, 汝何以力?" 僧曰: "大益佳. 苟有得, 萬斤何難?" 泓又曰: "然." 時已度大廣通橋[66]矣. 泓將轉向東街, 擧扇指人定鐘,[67] 呼曰: "僧! 鍮在彼, 善持去." 僧聞之, 自不覺回身急轉, 望見南山, 立良久, 遂疾走去. 泓緩緩向鐵廛橋[68]去矣.

泓之一生皆類此, 而此尤其最著者也. 泓旣以善騙人名, 亦以是受國刑, 謫遠地云.[69]

外史氏曰: "大騙, 騙天下; 其次, 騙君相; 又其次, 騙民. 若泓之騙, 末耳, 何足道哉? 然騙天下者, 君天下, 其次榮其身, 又其次潤屋, 而若泓者, 卒以騙坐,[70] 非騙人也, 自騙也, 亦悲夫!"

---

65) 眼次 : 눈치.
66) 大廣通橋 : 청계천 1가와 2가 사이에 있던 다리.
67) 人定鐘 : 현재 종로 2가에 있는 보신각 종. 서울 도성 내의 통행금지와 해제를 알리기 위해 하루 두 번, 밤과 새벽에 이 종을 쳤음.
68) 鐵廛橋 : 鐵橋라고도 함. 관철동에 있던 다리.
69) 云 : 원문에는 '去'로 되어 있음.
70) 坐 : 죄에 걸려들다.

**해제**

• **작자** : 李鈺(1760~1815)

文無子·絅錦子·梅花外史 등 여러 개의 호를 사용했으며, 纖麗·曲盡하게 인정세태를 묘사하는 '稗史小品體'에 능란하여 그의 知友인 藫庭 金鑢와 함께 正祖 연간에 이름이 높았다. 이 때문에 그는 文風을 어지럽힌다고 지목되었고, 결국 正祖의 文體反正에 저촉되어 처벌을 받았다. 이로 인해 평생 벼슬하지 못하고 불우하게 지냈다. 하지만 그는 『俚諺』과 같은 조선의 情調에 바탕한 민요풍의 한 시집을 창작하기도 하고, 당시 市井이나 여항에서 살아가는 여러 부류의 인간들을 패사소품의 傳에 담아낸 공적이 크다. 저서로는 『文無子文抄』·『梅花外史』·『桃花流水館小藁』 등이 있는데, 김여가 편찬한 『藫庭叢書』 속에 수록되어 전한다.

• **출전** : 『藫庭叢書』 중의 『桃花流水館小藁』

• **참고사항**

(1) 「이홍전」은 사기꾼의 이야기다. 이런 사기꾼이 주인공으로 등장하는 이야기는 조선 후기 야담집에서도 더러 발견된다. 조선 후기에 상업이 발달함에 따라 市井 주변에 이런 부류의 인간들이 서식할 수 있었고, 그들과 관련한 이러저러한 이야기가 사람들의 흥미를 끌면서 유포되던 중 기록에 오를 수 있었던 것으로 보인다. 그러나 「이홍전」은 야담은 아니며, '傳'의 체재를 취하고 있다. 즉 傳系小說에 해당한다.

(2) 「이홍전」은 그 서두에서 근세에 '白勉善'이라는 인물이 사기꾼으로 유명했음을 언급하고 있다. 白勉善은 기록에 따라 '白文先' 혹은 '白明善' 혹은 '朴命善'으로도 되어 있지만, 取音하여 기록한 데 따른 차이로 보인다. 이 자에 대한 이야기는 『禦睡新話』에 「文先挾糟」·「文先放糞」이라는 제목으로, 『醒睡稗說』에 「欺人取物」이라는 제목으로, 『奇觀』에 「取謀免禍」·「放僧取僧」·「成契壽宴」이라는 제목으로 각각 실려 있다. 이들 이야기 중의 일부가 이우성·임형택 譯編, 『이조한문단편집』 下(일조각, 1978)에 「白文先」이라는 제목으로 번역되어 있다.

(3) 「이홍전」에 대한 소개 및 번역은 이가원, 『李朝漢文小說選』(민중서관, 1961)에서 처음 이루어졌다. 「이홍전」은 서구의 피카레스크 소설과 유사한 면모를 보여주는데, 이 점은 박희병, 『朝鮮後期 傳의 소설적 성향 연구』(대동문화연구총서 XII, 성균관대 출판부, 1993)에서 검토되었다. 또 이홍이나 백문선과 같은 인물형의 문학사적 의의에 대해서는 최원식, 「봉이형 건달의 문학사적 의의 — 피카레스크의 가능성」, 『조선후기 한문학의 재조명』(송재소 · 김명호 편, 창작과비평사, 1983)이 참조된다.

# 22. 沈生傳

李 鈺

沈生者, 京華士族也. 弱冠容貌甚俊韶, 風情駘蕩. 嘗從雲從街,[1] 觀駕動[2]而逿,[3] 見一健婢, 以紫紬袱, 蒙一處子, 負而行. 一婭鬟,[4] 捧紅錦鞋, 從其後. 生自外量其軀, 非幼稚者也. 遂緊[5]隨之, 或尾之, 或以袖掠以過, 目未嘗不在於袱. 行到小廣通橋,[6] 忽有旋風起於前, 吹紫袱, 褫其半, 見有處子, 桃臉柳眉, 綠衣而紅裳, 脂粉甚狼藉, 瞥見猶絶代色也.

1) 雲從街 : 지금의 종로 2가 일대. 당시 서울의 중심지였음.
2) 駕動 : 거둥. 임금의 행차.
3) 逿 : '歸'와 같음.
4) 婭鬟 : 婭嬛. '시녀'라는 뜻의 白話.
5) 緊 : 바짝. 白話.
6) 小廣通橋 : 廣通橋는 大廣通橋와 小廣通橋 둘이 있었는데, 전자는 청계천 1가와 2가 사이에, 후자는 을지로 1가와 2가 사이에 있었음. 보통 광통교라 하면 전자를 가리킴.

處子亦於袱中, 依俙見美少年, 衣藍衣, 戴艸笠, 或左或右而行, 方注秋波, 隔袱視之. 袱旣褫, 柳眼星眸, 四目相擊, 且驚且羞. 斂袱復蒙之而去. 生如何肯捨? 直隨到小公主洞[7]紅箭門[8]內, 處子入一中門[9]而去.

生惘然如有失, 傍偟[10]者久, 得一鄰嫗, 而細偵之, 蓋戶曺[11]計士[12]之老退者家, 而只有一女, 年十六七, 猶未字[13]矣. 問其所處, 嫗指示之曰: "迤此小衚衕, 有一粉墻, 墻之內一夾室, 卽處女之住也." 生旣聞之, 不能忘. 夕, 詭於家曰: "窗伴[14]某, 要余同夜. 請從今夕往." 遂候人定[15]往, 踰墻而入, 則初月淡黃, 見窗外花木頗雅整, 燈火炤[16]牕紙甚亮, 靠壁依檐而坐, 屛息以竢. 室中有二梅香,[17] 女則方低聲讀諺稗說, 嚦嚦如雛鶯聲. 至三鼓[18]許, 婭鬟已熟寐, 女始吹燈就寢, 而猶不寐者久, 若轉輾[19]有所思者. 生不敢寐, 亦不敢聲, 直至曉鍾[20]已動, 復爬墻而出.

---

7) 小公主洞 : 지금의 중구 소공동 일대.
8) 紅箭門 : 홍살문. 궁전·관아·능·묘 등의 앞에 세우던 붉은 칠을 한 문.
9) 中門 : 대문 안에 다시 세운 문.
10) 傍偟 : '彷徨'과 같음.
11) 曺 : '曹'와 같음.
12) 計士 : 戶曹에 딸린 中人의 技術職. 회계를 맡아보았음.
13) 字 : 시집가다.
14) 窗伴 : 窗友. 동창생.
15) 人定 : 人定鐘. 매일 밤 二更에 종을 쳐 통행을 금지하였음.
16) 炤 : '照'와 같음.
17) 梅香 : '여자 몸종'을 뜻하는 白話.
18) 三鼓 : 三更. 북을 쳐서 시간을 알렸으므로 '鼓'라 함.
19) 轉輾 : '輾轉'과 같음.

自是習爲常, 暮而往, 罷漏[21]而逰. 如是者二十日, 生猶不怠. 女始則或讀小說, 或針指,[22] 至半夜燈滅, 則或寐, 或煩不寐矣. 過六七日, 則輒稱身不佳, 纔初更便伏枕, 頻擲手于壁, 長吁短嘆, 聲息聞窗外, 一夕甚於一夕. 第二十夕, 女忽自廳事[23]後出, 繞壁而轉, 至于生所坐處. 生自黑影中, 突然起扶持之, 女少不驚, 低聲語曰: "郎莫是小廣通橋邂逅者耶? 妾固知郎之來, 已二十夜矣. 毋持我. 一出聲, 不復出矣. 若縱我, 我當開此戶以迎之. 速縱我!" 生以爲信, 却立而竢之. 女復逶迤[24]而入, 旣到其室, 呼婭鬟曰: "汝到嫣嫣[25]許, 請朱錫大屈戌[26]來. 夜甚黑, 令人生怕." 婭鬟向上堂去, 未久, 以屈戌來. 女遂於所約後戶, 拴上[27]釘吊[28]甚分明, 以手安屈戌籥,[29] 故琅琅作下鎖聲. 隨卽吹燈, 寂然若睡熟者, 而實未嘗睡也. 生痛其見欺, 而亦幸其得一見, 又度夜於鎖戶之外, 晨而逰.

翌日又往, 又翌日往, 不敢以戶鎖少懈. 或値雨下, 則蒙油

---

20) 曉鍾 : 罷漏를 가리킴. '罷漏'는 조선시대에 새벽 4시경에 큰 북을 서른 세 번 쳐서 야간의 통행금지를 해제하던 일.
21) 罷漏 : 주 20을 참조할 것.
22) 針指 : 女工. 바느질.
23) 廳事 : 대청.
24) 逶迆 : 逶迤. 빙 돌아가는 모양.
25) 嫣嫣 : 母親을 뜻하는 白話.
26) 屈戌 : 屈戌兒. '자물쇠'라는 뜻의 白話.
27) 拴上 : 원래 '묶다', '매다'라는 뜻의 白話. 여기서는 '자물쇠를 걸다'라는 뜻으로 쓰였음.
28) 釘吊(조조) : 釘吊兒. 屈戌兒와 마찬가지로 '자물쇠'라는 뜻의 白話.
29) 籥 : '鑰'과 같음. 열쇠.

衣[30]而至, 不避沾溼.[31] 如是又十日, 夜將半, 渾舍皆酣睡, 女亦滅燈已久, 忽復蹶然起, 呼婭鬟促點燈曰: “汝輩今夕往上堂去睡.” 兩梅香旣出戶, 女於壁上取牡籥,[32] 解下屈戌, 洞開後戶, 招生曰: “郎! 入室.” 生未暇量, 不覺身已入室. 女復鎖其戶, 語生曰: “願郎小坐.” 遂向上堂去, 引其父母而至. 其父母見生大驚. 女曰: “毋驚, 聽兒語. 兒生年十七, 足未嘗過門矣, 月前偶往觀駕動, 遠到小廣通橋, 風吹袱捲, 適與一艸笠郎君相面矣. 自其夕郎君無夜不至, 屛族[33]於此戶之下, 今已三十日矣. 雨亦至, 寒亦至, 鎖戶以絶之而亦至, 兒料已久矣. 萬一聲聞外播, 鄰里知之, 則夕而入、晨而出, 誰知其獨倚於窗壁外乎? 是無其實而被惡名也, 兒必爲犬咋之雉矣. 彼以士夫家郎君, 年方靑, 血氣未定, 只知蜂蝶之貪花, 不顧風露之可憂, 能幾日而病不作耶? 病則必不起, 是非我殺之而[34]我殺之也, 雖人不知, 必有陰報. 且兒身不過一中路[35]家處子也. 非有傾城絶世之色, 沉魚羞花之容, 而郎君見鴟爲鷹, 其致誠於我, 若是其勤, 然而不從郎君者, 天必厭之, 福必不及於兒矣. 兒之意決矣. 願父母勿以憂. 噫! 兒親老而無兄弟, 嫁而得一贅壻, 生而盡其養, 死而奉其祀, 兒之

---

30) 衣 : 원문에는 없으나 빠진 것으로 보아 보충했음.
31) 溼 : ‘濕’의 本字.
32) 牡籥 : 열쇠.
33) 屛族 : 숨어 기다리다.
34) 而 : 원문에는 ‘而而’로 되어 있음.
35) 中路 : 中人.

願足矣, 而事忽至此, 此天也, 言之何益?" 其父母默然無可言, 生亦無可言者. 仍與女同寢, 渴仰之餘, 其喜可知.

自是夕始入室, 又無日不暮往晨還. 女家素富, 於是爲生具華衣服甚盛, 而生恐見异於家, 不敢服. 生雖秘之深, 而其家疑其宿於外、久不還, 命往山寺做業. 生意怏怏, 而迫於家, 且牽於儕友, 束卷上北漢山城.

留禪房將月, 有來傳女諺札於生者. 發之, 乃遺書告訣者也. 女已死矣. 其書略曰:

春寒尙緊,[36] 山寺做工, 連得平善? 願言思之,[37] 無日可忘. 妾自君之出, 偶然一病, 漸入骨髓, 藥餌無功, 今則自分必死. 如妾薄命, 生亦何爲? 第有三大恨, 區區於中, 死猶難瞑.

妾本無男之女, 父母之所以愛憐者, 將以覔一贅壻, 以爲暮年之倚, 仍作後日之計, 而不意好事多魔, 惡緣相絆, 女蘿猥托於喬松,[38] 而朱、陳之計,[39] 以此虧望, 則此妾之所以悒悒不樂, 終至於病且死, 而高堂鶴髮,[40] 永無依賴之地矣, 此一恨也.

---

36) 緊 : 대단하다. 심하다.

37) 願言思之 : 『詩經』에 나오는 말. 늘 생각한다는 뜻. '願'은 '늘'이라는 의미이고, '言'은 별 뜻이 없는 글자임. '言'에 '我'의 뜻이 있다는 설도 있음.

38) 女蘿猥托於喬松 : '女蘿'는 松蘿라고도 하는데 소나무에 기생하는 덩굴, 즉 '겨우살이'를 말함. '여라가 높은 소나무에 의탁한다'는 말은, 지체가 낮은 사람이 지체가 높은 사람과 혼인함을 뜻함. 『詩經』 小雅 「頍弁」(규변)의 "蔦與女蘿, 施于松柏"에서 유래하는 말.

39) 朱陳之計 : 朱 · 陳 兩氏가 秦의 惡政을 피해 武陵桃源에 들어가 서로 혼인하여 인척관계를 맺었다는 고사에서 유래하는 말로, 양 가문이 서로 혼인함을 이름.

40) 高堂鶴髮 : 늙으신 부모. '高堂'은 부모, '鶴髮'은 백발을 뜻함.

女子之嫁也, 雖丫鬟桶的,[41] 非倚門倡伎,[42] 則有夫壻, 便有舅姑, 世未有舅姑所不知之媳婦, 而如妾者, 被人欺匿, 伊來數月, 未曾見郎君家一老鬟, 則生爲不正之跡, 死爲無逌之魂矣, 此二恨也.

婦人之所以事君子者, 不過主饋而供之, 治衣服以奉之, 而自相逢以來, 日月不爲不久, 所手製衣服, 亦不爲不多, 而未嘗使郎喫一盂於家, 披一衣於前, 則是所以侍郎君者, 惟枕席而已, 此三恨也.

若其它, 相逢未幾而遽爾大別, 臥病垂死而不得面訣, 則猶是兒女之悲, 何足爲君子道也? 興念至此, 腸已斷而骨欲銷矣. 雖弱艸委風, 殘花成泥, 悠悠此恨, 何日可已? 嗚呼! 窗間之會, 從此斷矣. 惟願郎君, 無以賤妾關懷, 益勉工業, 早致青雲. 千萬珍重, 珍重千萬.

生見書, 不禁聲泪[43]俱失, 雖哭之慟, 亦無奈矣. 後生投筆從武擧, 官至金吾郎,[44] 亦早殀而死.

梅花外史[45]曰: "余十二歲游於村塾, 日與同學兒, 喜聽談故. 一日, 先生語沈生事甚詳, 曰: '此, 吾之少年時窗伴也. 其山寺哭書時, 吾及見之, 故聞其事, 至今不忘也.' 又曰: '吾非汝曹欲效此風流浪子耳. 人之於事, 苟以必得爲志, 則閨中之女, 尙可以致, 況文章乎? 況科目乎?' 余輩其時聽之, 爲

41) 桶的 : 물 긷는 종을 뜻하는 白話가 아닌가 여겨지나 확실치는 않음.
42) 倚門倡伎 : 저자의 門樓에서 몸을 파는 여인.
43) 泪 : '淚'와 같음.
44) 金吾郎 : 義禁府 都事. 종5품의 벼슬.
45) 梅花外史 : 작자인 李鈺의 別號.

新說也, 後讀『情史』,[46] 多如此類. 於是追記爲『情史』補遺."

• 작자 : 李鈺

「李泓傳」 '해제'의 작자條를 참조하기 바람.

• 출전 : 『藫庭叢書』 중의 『梅花外史』

• 참고사항

(1) 이 작품은 傳奇小說의 관습에 따라 창작되었지만, 간간이 白話가 구사되고 있는 점이 특이하다. 이 점, 소설사의 변천을 느끼게 한다. 조선 후기에 들어와 우리말 어투의 한문에다 더러 白話를 섞기도 한 야담문체가 성행하자, 전아한 文語體로 일관하던 傳奇小說의 문체도 다소간 그 영향을 받지 않을 수 없었다.

(2) 「심생전」은 羅末麗初의 「崔致遠」, 조선초기의 『金鰲新話』, 17세기 초의 「雲英傳」 등, 비극적 정조의 愛情傳奇의 전통을 계승한 작품이다. 모든 愛情傳奇가 비극성을 띠는 것은 아니나, 애정전기의 본질적 특성은 비극적 정조를 띤 작품에서 특히 잘 구현되고 있다. 또한 비극적 정조의 애정전기는 대체로 문제성이 강하다. 이 점에서 「심생전」은 우리나라 애정전기의 嫡統을 잇는, 小說史上 거의 마지막 작품이다.

(3) 「심생전」의 번역 및 해설이 이가원, 『이조한문소설선』(민중서관, 1961)과 이우성·임형택 譯編, 『이조한문단편집』 上(일조각, 1973)에 실려 있어 참조된다.

---

46) 『情史』 : 明代의 文言筆記小說集. 24권. 『情史類略』이나 『情天寶鑑』으로도 불림. 詹詹外史가 評輯했다고 밝혀 놓았고 馮夢龍은 序를 붙여 놓았으나 일반적으로 詹詹外史는 馮夢龍의 托名일 것으로 추정한다. 대략 崇禎 初年(17세기 초)에 간행되었으며, 艷情에 관한 이야기를 많이 수록해 놓았다.

# 23. 浮穆漢傳

李 鈺

國語稱僧曰衆; 稱老僧曰首座; 稱沙彌曰上佐; 稱火頭陀[1]曰浮穆漢;[2] 稱僧之還俗者曰重俗漢.[3]

鎭川[4]山中有寺, 寺有一首座, 首座有一上佐. 首座每呼上佐曰: "爲我釀一斗酒." 酒纔熟, 有一浮穆漢, 不知從何處來. 首座令上佐担[5]酒缸, 與浮穆偕之松陰靜僻處, 且語且飮, 盖佛、道玄妙旨, 而在上佐, 不省其何語也. 酒盡, 浮穆輒起而去. 酒幾月一釀, 而熟必至, 至必飮, 窃聽之, 亦無期會語, 如

1) 火頭陀 : 불 때는 일을 맡은 頭陀. '頭陀'는 원래 梵語 Dhūta의 音譯으로 번뇌를 떨친다는 뜻인데, 흔히 승려 특히 行脚乞食하는 승려를 가리키는 말로 씀.
2) 浮穆漢 : 불목하니. 절에서 밥짓고 물긷는 일을 맡아서 하는 사람.
3) 重俗漢 : 중속환이.
4) 鎭川 : 충청북도에 있는 땅 이름.
5) 担 : '擔'의 俗字.

是者歲.

一日, 浮穆酒盡將作, 忽悽然於邑[6]曰: "子知某日事乎?" 曰: "何不知?" 曰: "將何以?" 曰: "順受." 曰: "盍避?" 曰: "吾入此山, 已有所自定者." 浮穆曰: "然則今世之遊, 止於今日矣. 後某日, 吾將爲子來." 首座曰: "唯." 遂相視而別. 及到浮穆所問之日, 首座晨起, 具香湯[7]沐浴, 衣袈裟跏趺坐, 念阿彌陀佛, 不絶聲. 至暮, 有警虎於前山者. 首座卽開戶出, 衣未及盡於閾, 有物攫之走, 諸僧喿[8]而逐, 及於林下, 無所傷, 惟衣船[9]上, 有虎齒痕, 灌以湯, 不得甦. 遂殮之柳棺, 卜茶毗日, 卽浮穆之所約也. 火未擧, 浮穆至, 哭一場甚哀, 監其火訖, 浮穆且遠.

上佐乃陰束裝, 踵隨之. 浮穆叱使去, 不得. 逶迤入山谷中, 度叢棘、劍石如飛, 上佐以死逐之, 蹶則復起而趨, 血其屝, 猶趚趚[10]不懈, 凡一日夜. 浮穆曰: "來! 汝何苦我從?" 上佐曰: "吾之亡師, 固异人也, 小子不及知, 已過矣, 舍師將安事? 願爲弟子." 浮穆曰: "噫! 誠固可矣,[11] 奈壽何?" 上佐質問之, 浮穆曰: "從此往三歲而已, 道未及救壽, 而其質先亡, 則是徒喫苦無功, 爲爾計, 莫如復遠俗, 食酒肉, 從人性所好,

6) 邑 : 원문에는 '色'으로 되어 있음.
7) 香湯 : 殮襲할 때 시체를 씻기 위하여 香을 넣어 달인 물.
8) 喿 : '噪'의 古字.
9) 衣船 : 옷자락을 일컫는 말.
10) 趚趚(속력) : '趚趚'과 같음. 빨리 걷는 모습.
11) 誠固可矣 : 정성은 좋다마는.

以終餘年耳. 否, 吾何惜而不敎爾?" 上佐遂憮然而失,[12] 拜而違. 浮穆亦終不言姓名鄕里而去.

上佐旣還, 而爲重俗漢, 常往來於場市間, 道其事詳, 自言其死期, 人或有不信, 後果如期而死云.

梅花外史曰: "俗諺曰: '洞內無名倡, 同接[13]無文章.'[14] 我國人, 素自輕, 故言: '越有仙人, 蜀有佛', 則信, 言: '仙佛在我國某山', 則不信. 彼安知我之某山, 亦蜀越之蜀越也.[15] 且異人之未出世也, 塵光相混, 若火頭陀之爲, 則亦未知當面而幾錯過矣, 田間之女, 未必非白衣觀音也, 湖上過客, 安知不宮無上[16]也? 余於鎭川僧一事, 旣得其眞傳, 則若金三淵[17]南宮斗[18]之遌,[19] 謂皆可信, 而噫! 安得遌如此人知之耶.

---

12) 失 : 실망함.

13) 同接 : 같은 곳에서 함께 공부한 사람.

14) 洞內無名倡, 同接無文章 : 같은 동리에 명창 없고, 동접에 문장 없다. 자신의 주변 사람으로부터 인정받기가 오히려 더 어렵다는 말.

15) 蜀越之蜀越也 : 蜀이나 越에서 보면 우리나라의 산이 바로 蜀이나 越에 해당한다.

16) 宮無上 : 唐初의 仙人인 呂洞賓을 가리킴. 呂洞賓이 宮無上으로 變姓名한 일은 『說郛』 권112 下에 보임.

17) 金三淵 : 金昌翕(1653~1722). 肅宗·英祖 年間의 저명한 문인. '三淵'은 그 號.

18) 南宮斗 : 宣祖·光海君 年間의 유명한 神仙者流. 본서의 「南宮先生傳」을 참조할 것.

19) 金三淵南宮斗之遌 : 남궁두가 仙人을 만난 일은 「南宮先生傳」에 보임. 金三淵이 仙人을 만났다는 일은 미상.

해제

• 작자 : 李鈺

「李泓傳」 '해제'의 작자條를 참조하기 바람.

• 출전 : 『藫庭叢書』 중의 『梅花外史』

• 참고사항

(1) 「浮木漢傳」은 구전설화를 바탕으로 창작된 작품이다. 이 작품은 작중인물인 상좌의 시각으로 서술되는 측면을 보여준다. 다시 말해 '인물시각적 서술'이 발견된다. 상좌는 작중에서 관찰자로서 자기 스승인 수좌와 부목한의 신비스런 대화를 엿듣는다. 상좌가 듣고 본 것을 독자는 다시 追體驗하게 된다.

(2) 이 작품은 작자 李鈺의 신비주의에의 경사를 보여준다. 그렇기는 하지만 이옥의 이 낭만적 신비주의에는 조선의 주체성에 대한 일단의 고민이 내재해 있다. 작품 말미의 논평에서 그 점을 확인할 수 있다.

(3) 이 작품에 대한 소개 및 번역은 이가원, 『李朝漢文小說選』(민중서관, 1961)에서 처음 이루어졌다. 한편, 이 작품의 傳系小說로서의 특징은 박희병, 『조선후기 傳의 소설적 성향 연구』(대동문화연구총서 XII, 성균관대 출판부, 1993)에서 자세히 검토되었다.

# 24. 五臺劍俠傳

金祖淳

五臺[1]劍俠, 不知何人也. 英宗[2]時, 京師有徐生者, 癖堪輿術.[3] 嘗游五臺山, 登絶頂, 望龍脉[4]之重疊, 意欲窮其奇,[5] 跨澗度嶺, 不知幾何里. 至一林, 日已暮, 四望不見人烟處, 心甚慌, 披荊覓路, 天漸黑, 不辨東西, 政[6]惶急無措, 忽有燈光, 星星從葉間漏. 生乃匍匐趁光而前, 林竟[7]茅廬在焉. 生叩之, 一少年出, 而驚曰: "此虎豹藪也, 客何人也?" 語之

1) 五臺 : 강원도의 五臺山.
2) 英宗 : 朝鮮의 왕 英祖(재위 1724~1776).
3) 堪輿術 : 風水說.
4) 龍脉 : 풍수설에서, 산의 정기가 흐르는 산줄기를 이르는 말. 그 정기가 모인 자리가 穴이 됨.
5) 意欲窮其奇 : 그 기이함을 다 보고자 하여.
6) 政 : '正'과 같음.
7) 竟 : 다하다.

故,[8] 喜曰: "山中多猛獸, 人居止[9]敝舍, 客幸至此." 卽延坐堂上, 語屋內人: "急辦飯, 與客充飢!" 生視少年, 年可三十餘, 貌秀氣溫, 無村秀才[10]態, 室中惟滿架書, 四壁無點塵. 問其姓氏, 曰: "徐當告之." 小間[11]飯畢, 少年與客語, 問山中所見及國內山川風水, 甚亹亹恭怡. 可二更, 謂生曰: "客勞止,[12] 請早臥. 主人有所業, 次當就睡." 臥客於己席, 己則背客而坐, 懸燈讀書, 琅然可聽.

生熟寐良久, 偶欠伸而寤, 臥睨少年背, 猶端坐不動. 忽聞戶外有聲, 颯然如墜葉, 內忽低問曰: "來否?" 戶外應曰: "我來也." 啓戶欲入, 躇曰: "臥者爲誰?" 少年曰: "無傷.[13] 山行失路者耳." 仍微搖生, 連呼曰: "睡未? 睡未?" 生訝之, 佯不應, 轉齁齁若醉. 少年曰: "睡深矣." 其人卽入. 生從睫間, 窃瞰之, 又一少年, 長身偉幹, 側立燈影下, 謂少年曰: "可去也." 少年卽起, 入閨藏, 出一小籠抖之,[14] 有二匕首、一帕裹.[15] 於是二人脫其故服, 取帕中物着之, 一靑一黃. 生大怖駭, 愈縮如死者. 二人裝畢出門, 不知所之.

---

8) 故 : 사연.
9) 止 : 다만.
10) 村秀才 : 시골 서생.
11) 小間 : '少間'과 같음.
12) 勞止 : 勞苦.
13) 無傷 : 관계없다. 무방하다.
14) 出一小籠抖之 : 작은 고리[대그릇]를 가지고 나와 여니.
15) 帕裹(파과) : 보자기에 싼 것. '帕'는 원래 수건을 뜻하는 말이나, 여기서는 보자기[袱] 정도의 뜻으로 쓰였음.

生乃潛起，抽架上編，多劒書，知其爲劒俠也. 復就寢，轉輾不能寐，向鷄鳴,[16] 戶外有颯然聲，二人已入坐. 生窃瞰之，二人擲匕首於地，改衣冠，執手相笑，喜動顔色. 旣而慘然泣數行下，良久無語. 其人曰: "我去也." 倏然而出. 少年乃整其裝藏之，呼生曰: "起! 起! 旣無足怪，亦無足畏，何庸假睡爲?" 生始敢起，請循其本,[17] 少年曰: "其人居關北[18]三、甲[19]界，卽吾友也. 始吾與其人及他一人，同師而學，一人以非辜，爲人所殺. 吾兩人常欲報之，積十數年，不得其便,[20] 今始往殺之." 生又問曰: "然則以子之才，何待十數年?" 曰: "否! 術不能勝天，故雖神者，必假天，天命未盡之前，吾何以加彼哉? 今夜某時，卽彼大厄之辰，是以待之良苦." 曰: "然則殺之，截腰斷領乎?" 曰: "否! 是，術之疎者. 工者殺人，必化而爲風，從其九竅而入，自脊至踵，細剸其骨骸，縷切其臟腑，使外體不損皮毛、內爲肉泥然後爲快." 曰: "讐在何處，而姓名爲誰?" 曰: "嶺南某地之某富人也." 生默記其姓名，計其程，往返踰千餘里. 又問: "何爲先笑而後泣也?" 曰: "快除深讐，自不得不歡，追念亡友，自不得不感耳."

生仍竦身言: "某嘗聞世有擊劒之術，然覩之無緣. 今幸逢

---

16) 鷄鳴 : 새벽.
17) 請循其本 : 『莊子』「秋水」에 나오는 말. '循'은 求하다는 뜻.
18) 關北 : 함경도
19) 三、甲 : 三水 · 甲山. 함경도에 있는 땅 이름.
20) 便 : 기회.

子, 苟許一晒, 足慰平生.” 少年笑曰: “倉卒薄技, 無可娛[21] 客者.” 沈吟而起, 復至閨藏中, 取一籠抖之, 滿籠皆鷄翎也. 少年乃運劒匝翎堆邊, 已而不見, 只一道[22]白氣, 圍亘室中, 鷄翎皆肅肅[23]自舞, 亂飄壁上, 燈穗靑熒, 隨而上下, 寒光冽氣, 毛髮爲竪. 生惝怳戰栗,[24] 不敢正坐. 俄而錚然一響. 少年投劒而笑曰: “薄技畢矣. 客觀之[25]否?” 生瞠然如愚, 噤不能語, 良久始定神, 視地上數千翎, 皆中斷, 亟前抱之. 少年曰: “戱耳.” 盡收藏之, 與生復就寢而宿. 生欲棄其所學而學少年, 曰: “非人人可學, 且客之骨相無此, 學亦不能成也.” 明日供飯, 指路而送之, 戒曰: “愼無以夜來事相泄! 苟有泄, 雖千里之遙, 吾卽知之.”

生應諾而行, 不歸其家, 直至嶺南某邑, 問某姓富人, 果居某里. 卽入其里, 潛探之, 其里人皆云: “某人, 於某月某夜, 無疾暴卒. 及殯殮, 屍軟縮如糠袋,[26] 若素無筋骨然, 遠近駭異, 不知其病祟.” 生推其日, 定[27]自家[28]宿五臺山中夜也. 愈加驚歎而歸, 不敢以所見語人, 及老始語其親戚云.

閏人[29]曰: “余童子時, 愛太史公[30]「刺客傳」,[31] 讀之往往

21) 娛 : 원문에는 ‘悞’로 되어 있음.
22) 一道 : 한 줄기.
23) 肅肅 : 팔랑팔랑. 깃털이 날리는 모양.
24) 栗 : ‘慄’과 같음.
25) 之 : 원문에는 ‘止’로 되어 있음.
26) 糠袋 : 쌀겨 포대.
27) 定 : 확실히.
28) 自家 : 自己.

忘食, 以爲: '天下之奇, 無過於是.' 及讀唐傳奇「韋十一娘」、[32] 「紅線」[33]諸傳, 又茫然自失. 譬之, 荊、聶[34]諸公, 如猛虎下山, 終始具塗[35]人耳目, 見之悍然增氣而已, 若韋娘、紅線之類, 如神龍入雲, 時露鱗爪, 其神變殆不可測, 似乎勝之, 所處異而所用殊也. 五臺劒俠者, 余不知其何人, 然視乎其術, 蓋亦有道者也. 其言曰: '術不能勝天, 必假天.' 夫殺人, 凶事也, 而必假天, 不知天者, 殺人亦不可得爲也. 世固有無事而甘心殺人者, 良非斯人之罪人歟! 嗚乎悲夫!"

---

29) 閒人 : 작자 金祖淳의 別號.
30) 太史公 : 西漢의 역사가 司馬遷을 가리킴.
31) 「刺客傳」: 「刺客列傳」. 사마천의 『史記』 列傳 중의 한 篇.
32) 「韋十一娘」: 女俠 韋十一娘의 일을 그려 놓은 傳奇小說. 唐代의 소설이 아니라 明代 嘉靖 연간의 인물인 胡汝嘉가 창작한 소설로, 「女俠韋十一娘傳」이라고도 함. 이 작품은 明末에 凌濛初(1580~1644)가 창작한 단편소설집 『拍案惊奇』에 수록되어 있는 「程元玉店肆代償錢 十一娘雲岡縱譚俠」이라는 소설의 원천이 되었음. 「韋十一娘」은 중국에서는 逸失된 것으로 알려져 있으나 우리나라에서 간행된 『删補文苑楂橘』 권1에 수록되어 있어 그 내용을 알 수 있다.
33) 「紅線」: 「紅線傳」을 말함. 唐나라 袁郊가 창작한 傳奇小說로 女俠 紅線의 일을 그려 놓았음.
34) 荊 · 聶 : 중국 전국시대의 유명한 협객인 荊軻와 聶政. 두 인물 모두 사마천의 『史記』 「刺客列傳」에 立傳되어 있음.
35) 塗 : 덮다.

• 작자 : 金祖淳(1765~1832)

호는 楓人·楓皐·古香屋이며, 淸要職을 두루 거쳐 벼슬이 領敦寧府事에 이르렀다. 영의정 昌集의 4대손으로, 그 딸이 純祖의 妃가 됨을 계기로 안동 김씨 세도정치의 기틀을 마련했다. 저서로 稗史小品集인 『古香屋小史』와 문집인 『楓皐集』이 전한다.

• 출전 : 『藫庭叢書』 중의 『古香屋小史』

• 참고사항

⑴ 洪大容이 창작한 「保寧少年事」와 동일한 유형의 이야기다. 「保寧少年事」나 「五臺劍俠傳」은 劍俠이 주인공인 작품들인데, 조선 후기에 창작된 이런 류의 소설로는 이외에도 申光洙의 「劒僧傳」 安錫儆의 「劒女」, 兪漢雋의 「劍客某小傳」, 李安中의 「李將軍傳」 등이 있다.

⑵ 작품 말미의 評語를 통해 전기소설에 대한 작자의 애호를 확인할 수 있다. 작자는 젊은 시절 金鑢과 함께 稗史集인 『虞初續志』를 편찬하기도 했다.

⑶ 이 작품에 대한 소개 및 번역은 이가원, 『李朝漢文小說選』(민중서관, 1961)에서 처음 이루어졌다.

# 25. 蔣生傳

金 鑢

蔣生者, 父密陽府吏. 生生三歲母死, 父溺於小妾, 擧馬捶笞之. 生死, 棄于道, 隣某氏救而復甦. 生因寄口食某氏, 某氏愛生姣好, 妻以女. 數歲, 女亦死, 生益窘, 流落湖南、西[1]云. 昭敬王己丑[2]間, 生往來都下, 住靑坡[3]藥鋪中, 與賣藥者善.

生肌[4]膚玉雪, 目點如柒, 善談笑捷給, 常衣紫錦袷衣, 寒暑不易. 生尤工歌, 每發聲, 凄淸不斷, 故凡娼樓妓院, 無不周徧, 慣與之狎. 遇酒輒引滿自飮. 酒酣輒延嚨徐謳, 響徹雲霄已, 輒忽凭欄慟絶, 傍人者, 皆悲泣雨下. 時或效盲卜、醉

1) 湖南、西 : 湖南과 湖西.
2) 昭敬王己丑 : 宣祖 22년(1589). '昭敬'은 宣祖의 諡號.
3) 靑坡 : 지금의 용산구 청파동 일대.
4) 肌 : 원문에는 '肥'로 되어 있음.

巫、懶儒、棄婦、丐兒、老奶, 能揪面[5]變十八羅漢[6]像, 又蹙口作笙聲、簫聲、琵琶、杼柚、[7]繅車[8]諸聲及百禽言, 種種入妙, 爲諸娘笑劇. 朝則行乞于街, 日獲米三斗, 自炊飯數升, 餘散之他乞子. 故生出, 羣乞子隨之, 以爲常, 人莫測其意也.

生常游樂工李喬年家. 李有鬟甚慧, 從生學胡琴,[9] 朝夕與之熟. 一日, 鬟出沽酒, 一年少從傍調笑猥倚. 鬟羞而走, 歸視之, 失頭上綴珠紫梢鳳尾.[10] 及暮, 生自外至, 鬟泣而告之故. 生啍曰: "欸! 鼠子輩敢乃爾." 飄然而去, 已而還曰: "姐子! 已得之矣. 姐子隨我."

迤從西街行,[11] 過神虎門[12]小東一空院, 甚鉅麗, 重門深鎖. 生左挾鬟, 右拓扉, 瞥然而入. 中有畵閣宏敞, 朱燭熒熒. 生携鬟手上堂, 見二後生甚美俏, 迎而揖曰: "蔣兄至矣." 生曰: "獲之乎?" 曰: "已獲之矣." 曰: "偸兒安在?" 曰: "已死矣." 生咋曰: "微與,[13] 安用汚我刀爲? 然已死矣, 奈何爲?" 因携鬟

---

5) 揪面 : 얼굴을 잡아당기다. 얼굴을 쭈그러뜨리다. 원문에는 '揪'가 '瞅'로 되어 있음.
6) 十八羅漢 : 부처의 열 여덟 제자. '羅漢'은 부처의 제자를 일컫는 말.
7) 杼柚 : 베틀의 북.
8) 繅車 : 고치에서 실을 켜는 물레.
9) 胡琴 : 琵琶.
10) 綴珠紫梢鳳尾 : 玉을 박은 봉황 모양의 비녀.
11) 迤從西街行 : 구불구불 서쪽 거리로 가서.
12) 神虎門 : 神武門. 景福宮의 北門.
13) 微與 : 그래서는 안된다. 남을 제지하는 말. '微'는 '無'의 뜻이고, '與'는 語助辭. 『禮記』「檀弓」下에 "曾子聞之曰: '微與. 其嗟也可去, 其謝也可食'"이라는 말이 보임.

手出, 曰: "二弟愼行止, 無輕自用也!" 遂飄然而去, 不復至李家矣. 自是生稍斂跡, 或在山寺, 或宿旅店.

月餘, 生忽賒酒數斗, 痛飮攔街而舞, 唱歌不徹. 殆夜, 倒臥水標橋[14]下, 齁齁然睡矣. 遲明, 人視之, 已死矣. 屍爛爲蟲, 生翼飛去, 日夕而盡, 惟紫錦裌衣在. 諸娼家爲出錢, 埋之北邙下, 時壬辰[15]四月一日也.

初武人洪世熹[16]居蓮花坊,[17] 與生最昵. 是月也, 世熹從李鎰,[18] 防倭引兵出嶺徼,[19] 見生芒屩曳杖而來. 世熹遽下馬揖, 生因前, 握手甚喜曰: "君果謂吾死乎? 吾今向海東蓬丘山[20]中矣." 且曰: "君今年不合[21]死. 願君臨陣, 須上山, 勿下水. 歲在酉, 毋向南行. 雖有公幹, 毋登城." 言訖而去, 倏忽不見. 世熹心異之. 㺚川[22]之役, 世熹果馳上山, 得免. 丁酉,[23] 世熹奉上命, 往傳于丞相李文忠公 元翼,[24] 回至星州,[25] 爲賊

---

14) 水標橋 : 지금의 청계천 2가에 있던 다리.
15) 壬辰 : 1592년(宣祖 25).
16) 洪世熹 : 武官으로 임진왜란에 참전했으며, 정유재란 때 전사함.
17) 蓮花坊 : 조선시대 서울의 東部 7坊 중 하나. 지금의 종로 5가 일대.
18) 李鎰 : 생몰년 1538~1601년. 宣祖 때의 무신. 임진왜란 때 평양 수복에 공을 세웠고 병마절도사 등의 벼슬을 지냈음. 임진년 4월 당시 巡邊使로 경북 尙州에서 왜적과 전투를 벌였으나 패하여 從事官을 모두 잃고 홀로 탈출한 바 있음.
19) 嶺徼 : 원래 중국 남방에 있는 五嶺山脈 이남의 변경을 가리키는 말이나 여기서는 嶺南, 즉 경상도를 지칭함.
20) 蓬丘山 : 蓬萊山. 신선이 산다는 바닷속 산.
21) 合 : 마땅히. 응당.
22) 㺚川 : 충주에 있는 강. '達川'이라고도 표기함. 임진년 4월 三道巡邊使 申砬의 지휘 아래 조선 군대는 충주의 㺚川 부근에 陣을 치고 문경 새재를 넘어오는 왜군을 기다렸으나, 전술적 판단착오로 대패하였음.
23) 丁酉 : 1597년(宣祖 30).

所窘逼, 聞黃石城[26]有備, 疾馳入城, 城陷, 世熹死之.

異哉! 余嘗誦稗史,[27] 得蔣生事甚悉, 然心固疑之. 及見洪萬宗[28]所撰『海東異蹟』,[29] 所謂蔣都令[30]者, 其人歟. 當是時, 京師皆呼生爲蔣都令云. 嗚乎! 生其古劒仙者流耶? 方生之始也, 爲口技, 乞憐諸娼妓間, 何其鄙也; 及其挾鬒, 結客殺偸兒如探囊中丸, 何其壯也; 其終也, 藏身幻化, 浮游於嶺海之表, 又何其靈且奇也! 蓋生抱奇才, 遭人倫之變, 故爲自苦自放, 以解其悲愁鬱結而已也. 然生不能誠格于父, 不能成家道, 頹然與禽獸同羣, 無足稱也. 然聞其事, 未及見其人也, 及讀犀園[31]「平涼子傳」,[32] 益瞿然矣. 夫世固有若蔣生者.

---

24) 李文忠公元翼 : 宣祖 때 영의정을 지냈던 李元翼(1547~1634)을 말함. '文忠'은 그 諡號.

25) 星州 : 경북 성주군.

26) 黃石城 : 黃石山城. 경남 咸陽郡 西下面의 黃石山 중턱에 있는 城. 정유년 8월 왜적에게 함락되었음.

27) 稗史 : 許筠의 「蔣生傳」을 가리킴. 허균의 문집인 『惺所覆瓿稿』에 실려 있음.

28) 洪萬宗 : 생몰년 1643~1725년. 顯宗 · 肅宗 때의 학자로, 도가사상에 심취하였음. 숙종 원년(1675)에 진사시에 합격하여 참봉 등의 벼슬을 지냈으며 『東國歷代總目』, 『詩話叢林』, 『小華詩評』, 『海東異蹟』 등의 저술을 남겼음.

29) 『海東異蹟』 : 洪萬宗이 顯宗 7년(1666)에 우리나라 역대 仙家 인물들의 기이한 사적을 모아 엮은 책.

30) 都令 : 아직 결혼하지 않은 남자를 대접하여 일컫는 말.

31) 犀園 : 金鑢의 동생인 金鏥(1772~1833)의 호.

32) 「平涼子傳」 : 金鏥이 지은 傳. 神仙傳 계열의 작품으로 생각되나 傳하지 않음. '平涼子'란 패랭이를 뜻하는데, 김선과 동시대의 문인인 柳本學이 지은 「李廷楷傳」을 보면 李廷楷를 당시 사람들이 '이패랭이'라 불렀다는 기록이 보이며, 또 沈能淑의 문집인 『後吾知可』 권5에 실려 있는 「李嶦傳」 역시 이패랭이를 立傳한 글이다. 李廷楷와 李嶦은 동일인이다. 김선이 지은 「平涼子傳」의 平涼子 역시 李廷楷일 것으로 추정된다.

해제

• 작자 : 金鑢(1766~1821)

字는 士精, 호는 藫庭, 본관은 延安. 젊은 시절 玉臺體라 불리는 여성 취향의 시를 애호하고 稗史小品에 경도했던바, 1792년 金祖淳과 함께 『虞初續志』라는 稗史集을 엮기도 했다. 1797년 姜彝天의 유언비어 사건에 연루되어 함경도 富嶺으로 유배되었으며, 辛酉邪獄 때 유배지에서 한양으로 압송되어 와 다시 심문을 받은 후 鎭海로 유배되었다. 진해 유배시절, 부령에서 만난 사람들을 그리워하며 290수 연작의 『思牖樂府』라는 시집을 창작하는 한편, 진해 연안 魚族에 대한 기록인 『牛海異魚譜』를 편찬하였다. 1806년 解配되어 連山현감을 지냈으며, 咸陽군수로 재직하던 중 56세를 일기로 세상을 하직하였다. 연암 박지원과 다산 정약용이 합리적 이성과 실학적 사유에 입각해 현실을 비판하고 새로운 미래를 모색해간 데 반해, 담정 김여는 이성이나 논리보다는 감성과 직관을 통해 중세적 감수성을 해체하고 새로운 감수성의 세계를 구축해갔다는 점에서 주목된다. 담정과 교유하며 문학 활동을 전개한 일군의 문인들, 이를테면 李鈺 · 李安中 · 李友信 · 李魯元 · 金祖淳 · 權常愼 · 金善臣과 같은 이들은 '담정 그룹'이라는 말로 지칭될 수 있는바, 이들은 대체로 자유분방한 글쓰기를 추구하면서 중세적 질곡으로부터 인간감정을 해방시키고자 하는 지향을 일정하게 보여준다. 훗날 담정은 이들의 주요작품을 『藫庭叢書』라는 방대한 책으로 집성하였다. 저서로는 문집인 『藫庭遺藁』, 編書인 『藫庭叢書』가 전한다.

• 출전 : 『藫庭遺藁』(서울대 奎章閣 소장) 권9

• 참고사항

(1) 김여는 許筠의 「蔣生傳」을 읽고 그것을 바탕으로 이 작품을 썼다. 하지만 허균과 김여의 작품은 디테일, 주제의식, 문체에 있어 상당한 차이가 있다.

(2) 이 작품은 크게 보아 '神仙傳'의 범주 속에서 이해될 수 있다.

(3) 작품 말미의 評에서 거론된 '蔣都令'은 「智異山路迷逢眞」의 주인공으로 등장하는 '蔣都令'과 동일인이다. 하지만 「智異山路迷逢眞」이 인물보다는 사건

에 중점을 두고 있다면, 허균이나 김여의 「蔣生傳」은 인물에 더 관심을 보인다는 차이가 있다. 이러한 차이는 전자가 야담인 데 반해 후자는 傳의 관습을 활용해 창작되었다는 사실과 관련이 있다.

(4) 이 작품에 대한 소개 및 번역은 이가원, 『李朝漢文小說選』(민중서관, 1961)에서 처음 이루어졌다. 김여의 문학세계 전반에 대한 논의로는 박혜숙, 「담정 김려－새로운 감수성과 평등의식」, 『부령을 그리며』(돌베개, 1998)가 참조되고, 허균이 창작한 「蔣生傳」과 김여가 창작한 「蔣生傳」의 차이점에 대해서는 박희병, 「異人說話와 神仙傳」, 『韓國古典人物傳硏究』(한길사, 1992)에서 자세히 논의되었다. 한편, 이 작품의 傳系小說로서의 특징은 박희병, 『조선후기 傳의 소설적 성향 연구』(대동문화연구총서 XII, 성균관대 출판부, 1993)에서 검토되었다.

# 26. 李將軍傳

李安中

李將軍者, 燕[1]人也, 善擊劍, 聞於勃､碣[2]間. 甲申[3]年間, 逃亂入我國, 居數年, 無所知名. 關西刺史[4]某, 獨知其勇, 徵致幕下, 總軍事. 嘗以刺史命上京, 還至江, 有一儒生, 穴其頰,[5] 騎馬捫足, 疾呼曰: “急救我!” 將軍問之, 曰: “先拔我足!” 就視之, 兩鐵鐙[6]摺束, 其足幾折, 鐙上有手痕. 將軍伸其鐵, 脫其足, 問曰: “誰[7]握乎?” 生泣曰: “小生將妻[8]渡江,

1) 燕 : 지금의 중국 河北省 일대.
2) 勃､碣 : 勃海와 碣石山. 勃海는 遼東半島와 山東半島의 사이에 彎入해 있는 바다이고, 碣石山은 河北省에 있는 산.
3) 甲申 : 1644년. 이 해에 明나라의 수도 北京이 함락되고 淸나라가 북경에 도읍함.
4) 關西刺史 : 평안감사.
5) 穴其頰 : 뺨의 급소를 찔리다.
6) 鐙 : 鐙子. 말을 탔을 때 두 발을 디디는 물건.
7) 誰 : 원문에는 ‘雖’로 되어 있음.

有一僧突入舟, 褰轎簾無禮. 余叱之, 僧怒, 指彈[9]穴其頰. 余忙出舟, 騎馬逃命, 僧追握鐙. 見將軍能伸鐵, 願將軍, 乞救此厄. 僧方在轎前, 淫譃無不至." 將軍大怒, 裂解其衣, 直奔其舟, 叱僧曰: "僧安得如此?" 僧笑曰: "爾何促死也?" 將軍怒抽橈, 橈折, 持其半奔僧. 僧亦取鐵杖, 力撞之, 橈不能擊. 將軍愈益怒, 棄其橈, 退百步躍進, 手拍僧, 僧臂折, 猶左手持杖來擊. 將軍脚蹴[10]之顚. 於是履其胸, 手碎其頭, 骨飛如雨. 江上觀者, 皆服其義, 畏其勇, 無不戰慄者. 刺史聞之, 愈益重之.

刺史常在府, 兵衛甚衆, 忽一僧, 身長丈餘, 手鐵杖,[11] 排門入府. 府下人, 莫敢支吾.[12] 至刺史前, 大言曰: "君幕有將軍者, 信乎?" 刺史曰: "然." 僧曰: "其人無道, 殺吾闍梨,[13] 法當死. 吾欲爲闍梨報, 呼來!" 刺史恐, 不敢違, 但曰: "適不在府, 來如言." 僧曰: "後一月復來, 無違也!" 僧出, 呼將軍, 告其故, 將軍泣曰: "使我若在中國, 何畏彼僧? 然吾死矣!" 刺史曰: "何以?" 將軍曰: "我在中國時, 飮食常飽. 是以所遇無敵. 今食不能充量, 勇力隨縮, 死無奈何. 是以泣." 刺史曰: "吾府雖貧, 豈不能飽一人? 能食幾何以飽?" 曰: "一食一

8) 將妻 : 처를 데리고.
9) 指彈 : 손가락을 퉁겨.
10) 蹴 : 발로 차다. '蹴'과 같음.
11) 手鐵杖 : 손에 鐵杖을 들고.
12) 支吾 : 제지하다.
13) 闍梨(사리) : 僧徒之師.

石米、一首牛, 養一月勇, 豈畏彼哉?" 刺史許之.

旣一月, 僧果至曰: "其人還乎?" 刺史曰: "然." 於是將軍出曰: "僧何爲者, 求我何爲?" 僧曰: "竪者無道, 蔑視我老佛, 戕殺我闍梨. 殺人者, 法當死, 速來卽戮, 無敢有悔!" 將軍曰: "爾以夷狄之餘, 不守爾戒, 暴敎爾闍梨, 肆其凶殘, 淫譃士女, 戕害不辜. 爾闍梨, 今幸卽戮, 究爾之罪, 亦不容誅. 常欲勦蕩爾巢穴, 屠戮爾凶醜, 剪除民害. 今日之役, 不敢逃死, 速來卽戮!" 僧揮椎躍進曰: "毋悖言, 鬪來!" 將軍亦持椎來撞, 兩椎相迫, 聲如雷霆. 將軍西, 僧東, 已忽南北. 僧左, 將軍右, 已又忽上下. 鬪百餘合, 無勝敗. 僧呼曰: "椎法等耳, 不可決雌雄, 請以劍!" 將軍曰: "諾!"

各抽劍立, 相視良久, 僧進, 將軍隨之, 將軍舞, 僧迎之, 來者如霜, 去者如雪, 來者星流, 去者雲逐. 頃之, 不見將軍, 獨僧進退. 又頃之, 不見僧, 獨劍. 又頃之, 劍亦不見, 但風蕭蕭, 寒氣滿空, 觀者無所見, 時從烟雲中, 獨聞劍擊聲. 頃之, 有如星者一點, 落庭磚, 視之, 血也. 觀者怪之. 又頃之, 血落如雨, 刺史恐將軍之見戮, 欲尋無所憑, 但呼曰: "將軍!" 又頃之, 一劍落, 莫知其主者. 或曰: "將軍所舞也." 又頃之, 一臂落. 刺史驚問之, 或曰: "將軍臂." 或曰: "長非也."[14] 又頃之, 一脚落. 刺史益驚. 或曰: "脛似將軍." 或曰: "足不類." 又頃之, 頭落. 觀者雜曰: "頭也!" 刺史急視之, 剪髮鬆鬆,[15] 知

---

14) 長非也 : 길이가 장군의 팔이 아니다.

其爲僧也. 然猶恐其兩傷, 曰: "頭雖僧, 安知臂脚之非將軍也?" 又頃之, 將軍來立庭, 笑拜於前. 刺史喜曰: "始臂脚落時, 吾謂將軍也, 見頭, 知非也. 吾乃今知將軍壯士, 僧何如?" 將軍曰: "僧神勇, 東國無復敵者. 用椎等我, 劍亦如之. 但吾能舞十二曲, 僧不及三, 所以見殺於我也." 於是刺史壯之, 賞銀三百、帛二百, 饋[16]牛酒以補其勞.

刺史之兄某, 亦勇士, 聞將軍有勇, 嘗欲與脚戲,[17] 將軍不肯, 意其惻, 乃請於刺史曰: "吾欲與某將軍戲, 將軍不欲, 願刺史勸之." 固請. 刺史重違之, 謂將軍曰: "吾兄願與將軍戲, 將軍何不肯?" 將軍曰: "恐傷之." 刺史曰: "兄旣欲之, 雖傷奈何? 然幸勿力脚."[18] 將軍曰: "然伯必敗, 請屠一豚, 待吾罷戲, 投我. 不者, 必害伯."

明日, 與伯戲, 未一合, 伯果不勝將軍, 脚蹶於庭, 怒不勝. 將軍[19]按伯胸, 拔劍將割. 刺史恐急, 投豚如將軍指, 將軍遂釋伯, 移其刃割豚, 啗盡而起曰: "危[20]伯殺矣." 刺史責其無禮, 將軍拜曰: "主臣壯士, 蓄勇出難, 縮[21]非殺之, 不能已."[22]

---

15) 鬆鬆 : 원래 머리카락이 어지러운 모양인데, 여기서는 머리를 깎아 머리카락이 쭈뼛이 선 것을 가리킴.
16) 饋 : 원문에는 '樻'로 되어 있음.
17) 脚戲 : 씨름.
18) 力脚 : 온 힘을 다해 각저희[씨름]를 하다.
19) 將軍 : 원문에는 없으나 보충했음.
20) 危 : 하마터면.
21) 縮 : 만일.
22) 已 : 그만두다.

於是伯良久得甦, 終身不敢言勇.

平子[23]曰: "自荊軻、[24]高漸離、[25]秦舞陽,[26] 燕常以多壯士聞,[27] 知風氣殊焉. 將軍亦其流也? 將軍逃甲申難, 來東國, 度[28]其年, 必在我孝廟[29]時. 方孝廟奮大義, 謀北擧,[30] 求壯士如渴, 使一聞之, 其尊用之, 豈顧問哉? 然將軍卒死於幕府. 人縱不知, 刺史三試其勇, 獨曰不知耶? 知而不擧, 猶不知也. 然將軍用, 必能北擧, 北擧, 胡無類[31]矣. 天方令胡莅中國, 爲二百年主, 豈肯用將軍, 使無類乎? 然能戮無道僧, 除民害, 嗚呼, 將軍亦可謂用哉!"

• 작자 : 李安中(1752~1791)

字는 平子이고, 號는 玄同子 혹은 丹丘, 본관은 全州(廣平大君派). 조부 函

---

23) 平子 : 작자 李安中의 字.
24) 荊軻 : 「愁城誌」의 주 118을 참조할 것.
25) 高漸離 : 戰國時代 燕나라 사람으로 荊軻가 죽은 뒤 재차 秦始皇을 살해하려 했으나 실패하여 죽임을 당했음.
26) 秦舞陽 : 秦始皇을 살해하기 위해 荊軻와 함께 秦나라로 갔던 젊은 장군.
27) 燕常以多壯士聞 : 燕나라에는 자고로 협객이 많았으므로 한 말임.
28) 度(탁) : 헤아리다.
29) 孝廟 : 孝宗(재위 1649~1659).
30) 北擧 : 北伐. 淸나라를 치고자 한 계획.
31) 無類 : 無遺類. 남아 있는 자가 없음.

이 단양군수를 지낸 바 있는데 그 이래로 단양에 世居하였다. 과거에 응시했지만 낙방했으며, 出仕하지 못했다. 金鑢 그룹의 일원으로, 여성적 情調의 玉臺體 한시를 즐겨 지었다. 문집인 『玄同集』이 전한다.

• **출전**: 『海叢』(서울대 奎章閣 소장)

• **참고사항**

(1) 이 작품은 劍俠傳에 속한다. 劍俠을 주인공으로 삼은 조선 후기의 소설로는 이외에도 申光洙의 「劒僧傳」, 安錫儆의 「劒女」, 洪大容의 「保寧少年事」, 兪漢雋의 「劍客某小傳」, 金祖淳의 「五臺劍俠傳」 등이 있다.

(2) 「이장군전」은 민간의 설화를 윤색하여 傳의 형식에 담았는데, 야담적 氣趣가 느껴진다. 이 작품과 비슷한 내용의 야담으로는 『靑邱野談』에 전하는 「鬪劍術李裨將斬僧」이 있다(『靑邱野談』의 「투검술이비장참승」은 『破睡篇』이라는 책에 轉載되기도 했는데 이 『破睡篇』 所載의 「투검술이비장참승」이 이우성·임형택 譯編, 『李朝漢文短篇集』 下, 일조각, 1978에 「李裨將」이라는 제목으로 번역되어 있다). 하지만 「투검술이비장참승」은 묘사의 구체성이라든가 주인공이 적대적 인물과 벌이는 대결의 박진감 넘치는 서술 등의 면에 있어 「이장군전」에 훨씬 못 미친다.

(3) 작품 말미의 評에는 작자의 排淸意識이 토로되어 있으며, 인재등용의 문제점이 지적되고 있다. 특히 후자에는 세상에 쓰이지 못한 작자 자신의 불우한 처지가 반영되어 있다고 여겨진다.

(4) 『海叢』에 수록된 이안중의 또다른 작품으로 「香娜傳」이 있다. 「이장군전」의 장르적 성격은 박희병, 『朝鮮後期 傳의 小說的 性向 硏究』(대동문화연구총서 XII, 성균관대 출판부, 1993)에서 논의되었다.

# 27. 茶母傳

宋持養

金召史,[1] 京兆府[2]茶母[3]也. 歲壬辰,[4] 畿甸、湖、海[5]三路大饑. 京兆禁大小民無得釀酒, 犯者分重輕, 以配[6]以贖, 吏故匿不捕釀, 罪其吏罔攸赦. 於是吏患無以急捕, 罪且及己, 教民潛告奸, 告者許分罰金十之二. 以故告者益衆, 吏發摘如神.

一日, 京兆吏隷至南山下某衖, 隱身窮僻處, 招茶母, 指略彴[7]邊第幾家曰: "此, 班戶, 吾不敢直入. 爾第入內舍搜其棄,

1) 召史(조시) : 조이. 원래 음이 '조시'였으나 뒤에 '조이'로 변함. 가령 콩쥐 · 팥쥐는 콩조시(召史) · 팥조시(召史)가 변해서 된 말임. 조이는 서민의 아내나 과부를 일컫던 말인데, 보통 중인서리층의 여인에게 많이 썼음.

2) 京兆府 : 漢城府의 별칭. 지금의 서울시청에 해당함.

3) 茶母 : 官衙에서 식모 노릇하는 賤婢. 京兆府나 捕盜廳의 茶母는 수사관의 역할을 하기도 했음.

4) 壬辰 : 1832년.

5) 畿甸、湖、海 : 경기도 · 충청도 · 황해도.

6) 配 : 流配.

捕釀大呼, 吾且踵入."

茶母如其言, 鵲行[8]入搜奧, 果有缸, 恰受三升許, 桑落[9]新釀醅. 茶母抱缸出, 主媼驚惕仆地, 眼眶落光, 口角吐涎, 四肢痲木,[10] 面靑氣絶. 茶母捨缸抱媼, 急把熱湯灌其口. 少頃乃甦. 茶母叱曰: "朝令何如, 而身爲班, 犯禁何也?" 主媼謝曰: "吾家老生員, 素抱宿疴, 斷飮以來, 食不下咽, 病以益痼, 自秋徂冬, 絶火者屢日, 昨乞得數升米, 爲老人調病地, 不得已冒悚犯釀, 豈料見捕? 萬望善心菩薩, 惻隱看我情, 願結草."[11]

茶母心憐之, 抱缸瀉埃中灰, 持磁椀出門. 隷問: "捕否?" 茶母笑曰: "釀未捕, 尸將出." 徑造豆粥肆, 買一椀, 歸遺主媼, 曰: "吾哀媼不火, 故進之." 仍問誰知此地潛釀, 媼曰: "米也老身舂, 麴也老身知, 老身守廬, 人無知者." 茶母曰: "然則賣於何人?" 媼曰: "老身爲老生員調病地釀耳. 缸大堇容數椀, 苟賣於人, 將何餘瀝及吾老生員? 白日在上, 實不相瞞." 茶母曰: "誠如是, 人有得嘗者否?" 媼曰: "少生員, 吾叔也. 昨朝, 適往省楸, 貧家不能炊蚤飯, 空腹發行, 故吾手斟一角兒[12]勸之. 此外更不許他人飮." 茶母曰: "敢問少生

7) 杓(작) : 橫木小橋. 다리.
8) 鵲行 : 까치걸음으로.
9) 桑落 : 桑落酒. 뽕나무 잎이 떨어질 무렵, 즉 늦가을에 담근 술을 말함.
10) 痲木 : 마비.
11) 結草 : 結草報恩.
12) 一角兒 : 한 사발. 원문에는 '角'이 '甬'로 되어 있음.

員老生員, 是同胞昆季麽?" 媼曰: "然." 茶母曰: "少生員年紀多少何如? 狀貌肥瘦何如? 身長幾尺? 髥生幾莖?" 媼隨問俱對. 茶母曰: "理會得."

遂出謂隷曰: "班家實無釀. 主媼見我驚倒氣塞, 吾恐嚇殺媼, 待甦方出, 故遲遲耳." 隨隷之府中, 少生員負手彷徨十字街上, 待隷回, 容貌一如主媼指. 茶母擧手打其頰, 罵唾曰: "若兩班耶? 兩班告嫂潛釀, 要喫告奸例受錢耶?" 大驚一街人, 環觀如堵墻. 隷怒曰: "爾胡受主媼嗾, 騙我潛匿釀, 反罵告者?" 捽茶母, 詣主簿[13]前告. 主簿詰問茶母, 茶母白其狀. 主簿陽怒曰: "爾匿釀罪, 難貸. 笞二十!" 酉[14]罷衙, 主簿從頌[15]召茶母, 給錢十緡曰: "爾匿我宥, 法不立, 故笞之. 然爾義人也. 吾嘉之, 故賞之."

茶母持錢, 夜往南山某班家, 與主媼曰: "我瞞告官, 宜受笞. 然微媼釀, 賞何從生? 故以賞歸之媼. 吾見媼一寒如此, 持千錢半買柴半買米,[16] 足以過冬免飢寒, 愼勿復釀." 主媼且慚且喜, 謝曰: "誠荷茶母見憐, 我免納贖亦足, 何顔受賞?" 固辭良久. 茶母棄錢主媼前, 不顧而去.

外史氏曰: "古人云: '無好人三字, 非有德者之言.'[17] 若茶

13) 主簿 : 종6품의 郎官.
14) 酉 : 酉時. 오후 다섯 시에서 일곱 시 사이.
15) 頌(용) : '容'과 통함.
16) 米 : 원문에는 없으나 있어야 뜻이 통하므로 보충해 넣었음.
17) 無好人三字, 非有德者之言 : 『小學集註』 권5 「嘉言」에 이 말이 보임.

母者, 可謂好人者非耶? 茶母之與主媼, 非有葭莩之誼,[18] 半面之雅,[19] 而始爲媼隱, 替受笞辱, 終又賙媼之窮, 擲千金如草芥, 其爲媼地曲矣. 一命之士,[20] 苟以茶母之心爲心, 於人何患不濟? 且夫證羊之直,[21] 聖人盖惡其非人情也. 惟彼少生員, 以叔告嫂, 其心不在直躬, 在得告奸錢耳. 嗟乎! 征利之弊, 終至於傷廉斁倫, 可不戒哉!"

• **작자** : 宋持養(1782~?)

字는 莊伯 또는 浩然, 호는 郞山, 본관은 礪山. 29세 때 생원이 되었고, 44세 때 문과에 급제했으며, 이후 持平 · 正言 · 修撰 · 校理 등을 역임했다. 문집인 『郞山文稿』가 전한다.

• **출전** : 『朗山文稿』

• **참고사항**

⑴ 俠氣는 남성에게만 있는 것이 아니다. 이 작품에 제시된 義俠女의 形象은

---

18) 葭莩之誼 : 조금의 친분. '葭莩'는 원래 갈대의 줄기에 있는 얇은 막인데, 대단히 얇은 것을 뜻하는 말로 사용됨.
19) 半面之雅 : 半面之分. 겨우 아는 사이.
20) 一命之士 : 처음 관직에 임명된 선비.
21) 證羊之直 : 『論語』 「子路」의 "葉公語孔子曰: '吾黨有直躬者. 其父攘羊而子證之.' 孔子曰: '吾黨之直者異於是. 父爲子隱, 子爲父隱, 直在其中矣'"에서 유래하는 말.

퍽 인상적이다. 하지만 다모의 의협심이 '연민'의 감정에서 비롯된다는 점을 읽어내는 것이야말로 이 작품을 읽는 活法일 터이다.

(2) 「다모전」은 傳系小說이다. 이 작품에 대한 소개 및 논의는 박희병, 『조선후기 傳의 소설적 성향 연구』(대동문화연구총서 XII, 성균관대 출판부, 1993)에서 처음 이루어졌다.

# 28. 角觝少年傳

卞鍾運

角觝少年, 不知何許人. 有郭雲者, 嘗見於逆旅中, 郭乃圓峯 李子明 曾祖[1]之彌甥也. 少也, 能挾一萬錢, 超數十步深淵, 自負其力, 喜動而不能靜也. 路見不平, 殆忘其身. 嘗過延安[2]之野, 有一僧箕踞店門外, 督債于店主, 貌甚獰壯. 適村有屠牛者, 索斷而牛逸, 一躍數丈, 逢人輒觸, 直犇于僧. 僧坐自若, 以拳抵其額, 牛翻身而斃. 郭見之吐舌. 傍有織席者曰: "是何足道也? 某寺有大石當途, 挽之以七牛而不動, 是僧能轉之. 且好角觝之戲, 嘗恨世間無敵手, 雖三尺之童, 猶與之作其勢而戲也." 繼而村人爭持壺觴來, 皆負僧債者也.

1) 圓峯李子明曾祖 : 李曾祖. '圓峯'은 號이고 '子明'은 字라 여겨지는데, 어떤 인물인지는 미상.
2) 延安 : 황해도의 고을 이름.

僧方縱飮, 有一女子騎牛而來, 以長衣[3]蒙其首, 一少年隨其後, 纖弱若不勝衣與屨者. 其女子下牛而入店, 其面半露, 國色也. 僧惘然良久, 曰: "眞窈窕娘也." 以手招少年曰: "來! 騎牛者, 汝之妹歟? 婦歟?" 少年曰: "是爲我箕箒者也." 僧曰: "吾老於叢林中, 所見者山花野草已也. 今汝之婦, 銷我魂矣. 吾不惜三百金以償汝, 汝歸而更求諸苧羅山[4]下也." 少年笑曰: "雖不足以娛夫差,[5] 旣能銷師[6]之魂, 三百金又何少也?"[7] 僧嚬眉曰: "爲一尤物,[8] 山人之橐, 傾其半矣." 招諸負債者至前, 曰: "吾債三百金, 三日內, 移償此兒郎也! 不爾, 粉虀[9]矣." 諸人不敢違, 唯唯而退. 僧又指溪南田曰: "自某至某, 皆吾地也. 秋熟, 而二十佃戶, 各納五石租矣. 並以償汝, 汝勿復言!" 仍呼少沙彌, 自囊中出一鑰匙, 曰: "飛步山寺去, 啓枕頭小箱, 覓債券來. 田券深庋在樓上, 待我上寺更取來." 言畢, 轉身欲入店內. 少年曰: "新婚數朔, 燕爾方洽, 獨不容一握手別乎?" 僧笑曰: "人情固

---

3) 長衣 : 장옷. 부녀자가 나들이할 때 얼굴을 가리느라고 머리에서부터 내리쓰던 옷.
4) 苧羅山 : 중국 浙江省에 있는 산. 春秋時代 越의 美人 西施는 원래 이곳 출신으로, 이 산에서 땔나무를 해 생활했었음.
5) 夫差 : 중국 春秋時代 吳나라의 왕. 越王 句踐은 미인계를 써서 西施를 夫差에게 바쳤는데, 夫差가 그녀에게 혹해 국정을 그르치자 吳나라를 쳐서 멸망시킨 고사가 있음. 중이 西施와 관련된 '苧羅山'을 운위했기에 少年이 '夫差'를 말한 것임.
6) 師 : 스님.
7) 何少也 : 어찌 그리 작은가?
8) 尤物 : 美人.
9) 粉虀 : 박살내다.

然, 終須一別, 亦勿遲遲也."

此時, 郭義形於色, 亦不敢動也. 少年忽太息曰: "每夜夫婦, 輒一角觝爲房中之戱, 今不可復得矣." 僧欣然曰: "汝能角觝, 盍與我一戱?" 少年曰: "非曰能之, 願學焉. 但角觝而不爲之賭也, 無以別勝負, 殊令人寂寂, 師能不惜一注[10]而博,[11] 傍觀之一笑乎?" 僧扼腕曰: "久未角觝, 氣鬱鬱如結, 今起予者小子也.[12] 顧賭將何賭?" 少年曰: "師勝我也, 不償我一金, 挾我婦去; 如我勝也, 不敢望師之田與錢也, 同我婦子而歸足矣." 僧又喜曰: "賭則賭矣, 無乃赤卒[13]之撼石柱乎?" 少年曰: "師只作石柱而已, 何必替[14]蜻蜓憂也?" 僧又笑曰: "角觝之前, 口角先利, 汝亦可兒也."

時方暮春, 宿雨纔歇, 道途泥濘, 惟店前一小阜, 廣可數百步, 其上平衍, 輕塵欲生. 少年指而笑曰: "此天爲師設一角觝場也." 與之俱登於阜. 村人多隨之, 郭亦在其中. 阜之下, 有一大窖, 受一村之糞, 每歲腴其田者也. 其深無底.

兩人東西立, 脫其上衣. 僧顧諸人曰: "老僧乃與此兒戱也." 於是少年跪其右膝, 竪其左膝, 窿其背而實其腹, 以右手扼僧之左股, 更以左手循僧之背, 牢握其腰帶. 僧立如箕, 猶笑

10) 注 : 도박에 재물을 걸다.

11) 博 : 도박.

12) 起予者小子也 : 『論語』에서 孔子가 제자인 子夏가 자기를 일깨워줌을 칭찬하여 "起予者商也"(商은 子夏의 이름)라 한 어투를 흉내낸 말.

13) 赤卒 : 고추잠자리.

14) 替 : 대신하다.

吃吃不止. 少年忽奮呼一聲, 崛然起, 橫僧於其左肩上. 僧兩手爬空, 兩脚蹴虛, 有若泅者之宛轉於波濤中. 少年因以盤旋, 宛然大鵬之搏扶搖,[15] 而僧猶掛于其肩. 又若紡車[16]之隨機而轉也, 無所施其力. 少年一肩高一肩低, 左手如盤盛水, 右手如劒拔鞘, 忽彎其腰, 竟將[17]惡僧擲之糞窖中. 此角觝法所謂'金剛翻身玉山倒空'之勢也. 星隕于天, 水瀉于甁, 勢莫之遏. 糞開而復合, 淸淨法身, 涅槃於蟲蛆汚穢之中. 雖千佛出世, 殆將懺悔之, 無及矣. 環而觀者, 不知爲幾十百人.

方僧之欲奪其婦也, 夫孰不爲之忿也, 惟畏僧之如虎, 忿猶不敢忿也. 方少年之無難許其婦也, 夫孰不爲之憐也, 旣無所解難焉, 則憐不足爲憐也. 及夫少年之請角觝也, 又孰不爲之疑也, 姑未知排布之如何也, 疑猶有未盡疑也. 至此而莫不快僧之死, 又莫不奇其能死僧也, 紛紛然進其前, 有問其姓名者矣, 有問其齒者矣, 有問其鄕里者矣. 少年答: "姓李, 年十六." 而名與鄕, 不以告也. 諸人因言: "僧之債, 果不下三百金. 至若溪南之田, 皆京營[18]屯土,[19] 渠何嘗有立錐地也?" 又有問者曰: "僧之好角觝, 能先有入聞者乎? 是何能

---

15) 大鵬之搏扶搖 : 전설상의 새인 大鵬이 大風을 차고 하늘로 날아오르는 것. '扶搖'는 大風. 『莊子』「逍遙遊」에 나오는 말임.

16) 紡車 : 물레.

17) 將 : '以'와 같음.

18) 京營 : 서울에 있던 訓練都監 · 禁衛營 · 御營廳 · 守禦廳 · 總戎廳 · 龍虎營 등의 軍營을 통틀어 일컫던 말.

19) 屯土 : 屯田. 군대의 軍糧이나 관청의 경비를 조달하기 위해 경작하는 밭.

投[20]其好而制其命也?" 少年但含笑而已, 返于店, 促飯訖. 適沙彌抱券來, 少年取而焚之曰: "殄此凶穢, 使無汚祇林淨土.[21] 燒此業障,[22] 爲一村祛瘼." 遂扶其婦上牛, 從容而去.

郭氣沮於僧, 膽慴於少年, 歸而恂恂然不敢與人較,[23] 非復昔日之郭生矣. 李子明先君上舍公,[24] 異而問之, 郭輒道角觝少年事. 余嘗槩聞於子明. 其後, 貞谷老人黃敬日談此尤詳焉.

• 작자 : 卞鍾運(1790~1866)

호는 歗齋이며, 中人 출신으로 純祖 때 譯科에 급제했다. 시에 능했으며, 저서로 『歗齋詩抄』가 전한다.

• 출전 : 『歗齋詩抄』

---

20) 投 : '托', '依'의 뜻.

21) 祇林淨土 : 절. '祇林'은 원래 인도 마갈타국의 須達長者가 석가를 위하여 세운 절인 祇園精舍 주위의 숲을 말함.

22) 業障 : 중생이 탐욕·분노·어리석음에 미혹되어 善法을 닦지 못하고 惡業을 짓는 것을 불교에서 이르는 말. 여기서는 중의 탐욕을 보여주는 債券을 가리킴.

23) 較 : 다투다. 겨루다.

24) 上舍公 : 생원이나 진사를 일컫는 말.

• 참고사항

(1) 眞人이나 진정한 高手는 세계에 자기를 드러내지 않고 숨어 지내는 법이다. 그러므로 세상의 헛된 명성에 취해 깝죽거리는 부류나 자그만 才藝를 믿고 으스대는 치들은 高手가 아니다. 金剛翻身玉山倒空의 法으로 悪僧을 똥구덩이 속에 처박아 버린 각저소년은 바로 이런 숨어 있는 고수다.

(2) 「각저소년전」은 傳系小說이다. 이 작품에 대한 소개 및 논의는 박희병, 『조선후기 傳의 소설적 성향 연구』(대동문화연구총서 XII, 성균관대 출판부, 1993)에서 처음 이루어졌다.

# 29. 嶺南孝烈婦傳

徐慶昌

嶺邑[1]有一民家婦, 其節行卓異, 嶺之父老, 于今五六十年, 談其美如一日. 余亦聞於嶺人, 而忘其邑名與婦之姓也.

婦適其夫, 不幾年而夫死, 無兄弟及子女, 而家甚貧窶, 惟有老父, 而喪其子之後, 仍喪其明. 夫之病且死, 謂其婦曰: "吾死之後, 父親無所依, 微君誰可供者?" 婦曰: "惟吾在此, 則無憂."

夫死之後, 婦哀毁欲絶, 忽幡然自念曰: "吾死, 舅氏亦必自盡, 是負吾亡夫之托也." 强加粥飮. 擧其葬禮後, 卽爲人傭賃, 以供舅氏之朝夕饌, 而一心至孝, 終始靡懈.

婦之本家, 在三數十里許, 而有父母及兄弟, 家亦稍饒. 婦

1) 嶺邑 : 嶺南의 어느 고을.

乃其少女也. 父母憐之, 每以衣食之資, 周給焉. 令其頻頻往來, 輒辭以供舅無人. 時或歸寧, 則其母泣謂曰: "念汝之孤寡, 死不能瞑目, 盍聽吾言, 使吾爲瞑目也?" 女曰: "舅氏, 亡夫之托也. 女之不死, 爲舅氏供也. 寧死, 不忍有他意." 母繼之以怒. 如是者屢矣. 婦遂絶覲行, 父母亦撤其周急, 以待其因貧屈意, 與其女數年不見面.

然其母, 以女之故, 慮念甚切, 夜不能寐, 幾乎成疾. 忽一日, 送人於女曰: "父病甚篤, 而只以不見女爲深恨, 如過今日則不得面訣." 婦泣告舅以實, 得四日之食, 置諸舅之傍, 曰: "自今至第四日, 婦當還矣." 盖謂父病如果不幸, 則當於成服日, 卽來之意也. 舅亦泣而送之.

婦至, 則一室晏如. 見其母, 問候訖, 仍問曰: "父親安在?" 母曰: "今則病勢少愈, 欲試行步, 出于隣舍." 少焉, 其父歸家, 儀容如常. 女知其見欺, 然時則日已暮矣, 未定其去留. 母與父坐定, 謂其女曰: "今日則新郎將至, 汝又若不從吾言, 吾當死於爾前." 仍以新衣, 勒令着之, 脅之甚急. 女於是計無所出, 乃着其衣, 而徐告曰: "父母之嚴命, 旣如此, 惟當勉從而已." 母撫其背曰: "吾女吾女! 乃今方可謂孝女." 父母暨兄弟, 莫不歡喜. 女又請於母曰: "垢穢盈身, 沐浴然後, 可着新衣." 母卽親自入廚, 溫湯以給. 女往于家後籬內, 以手揚湯濺濺, 作沐浴之聲, 脫其新衣, 着其舊服, 穿籬而走. 其父母猶且信之不疑.

婦行纔數里, 見一大虎, 當道而坐. 婦厲聲叱曰: "吾道非耶? 父母不諒, 必欲奪志, 機事迫急, 逃還舅家, 吾道非耶? 非則殺我!" 仍向虎前進. 虎遂回首作行, 行甚緩緩. 婦隨虎而行, 曰: "夜色昏黑, 莫辨去路, 而後必有追者至. 汝若導吾, 何不速行?" 虎行如飛, 婦盡力隨之. 虎至一處, 卽其舅家門也. 推戶而入, 舅問曰: "來者爲誰?" 曰: "婦來矣." 曰: "汝何經歸?" 婦悉陳其由, 且告有虎前導至門之狀. 舅聞言, 爲之感激, 泣不知幾行下.

此時, 婦之本家, 新郞已入其室, 夜又向深, 母悶其浴之太遲, 往視之, 則女已不在矣. 知其逃, 急令人擧火追之, 見大虎守門, 追者驚走.

婦慰其舅止泣, 出門語虎曰: "汝能爲我指路, 我無以報汝. 見存者, 只有狗一頭, 以此充飢, 愼莫入於此村之穽." 駈[2]狗出送, 虎卽嚂[3]去. 仍就寢室. 曉聞呼聲, 自村中起, 曰: "有虎入穽!" 里人齊出. 婦認其爲夜來之虎, 告于舅曰: "彼, 獸也; 我, 人也. 彼旣活我, 我不報彼以活, 可以人而不如獸乎." 曰: "言雖善矣, 但活彼無術." 曰: "當往懇于里人." 曰: "汝欲必往, 吾亦隨之." 舅執笻而出, 婦引笻而前. 纔出柴門, 見者咸曰: "叟且焉往?" 舅曰: "吾兒欲救虎報恩, 故與之同行."

聞者傳之又傳, 舅之行, 猶在半道, 而某家婦救虎之說, 已

2) 駈 : '驅'와 仝字.
3) 嚂 : '嚂'의 訛字.

遍穽下, 觀者如堵. 婦至穽外, 告于里之父老曰: "夜來, 此虎於妾, 有活我之恩, 切欲救虎以報, 故敢問僉意之如何." 衆曰: "勿妄言! 虎旣入穽, 出將害人. 且雖欲活之, 孰能入其中, 引而出之乎?" 婦曰: "但許之以活, 妾自當之. 彼若害人, 捨妾其誰?" 衆乃許之.

婦入穽, 語虎曰: "汝是靈獸, 若念吾昨夜之言, 胡入此中?" 虎乃俛首作聽言之狀. 又曰: "汝有活我之恩, 故力請于衆, 衆亦許我以活. 出穽之後, 無或害人, 遠遁深山." 以手撫虎, 引出穽外. 虎卽走向山邊, 瞥眼不見.

舅在穽外稍高處, 與隣人俯瞰穽中, 而其盲已痼, 未見其婦之動靜, 只憑隣人之語而知之. 隣人始曰: "入穽." 又曰: "撫虎." 輒頓足亂叫曰: "是何言也! 是何言也!" 及其引虎出穽, 又聞隣人之言, 手自指之曰: "虎果走彼!" 於是乎兩目忽然復明. 衆皆異之, 告于邑, 邑告于監司, 監司聞于朝, 施以旌閭之典.

其本家, 亦知其志之不可奪, 周給如初.

嗚呼! 以一人而兼此孝烈之卓卓者, 於古實所罕聞. 虎之指路而入穽, 舅之旣盲而復明, 豈非至誠之所感, 而天所以彰婦之賢者歟? 婦生於肅廟末年, 死於英廟末年云爾.

해제

• 작자 : 徐慶昌(18세기 말~19세기 초)

호는 學圃軒이며, 조선 후기의 委巷詩人이다. 저서로는 문집인 『學圃軒集』이 전한다.

• 출전 : 『學圃軒集』

• 참고사항

(1) 이 작품은 孝行談, 烈婦談, 報恩談이 합쳐져 있어 흥미로움을 자아낸다. 이 작품의 여주인공은 그저 忠孝의 관념을 맹종해서가 아니라, 信義를 지키고 가여운 처지에 있는 사람을 헌신적으로 돌본다는 점에서 아름답다. 그녀의 이런 태도와 성품은 호랑이와의 관계에서도 잘 드러난다. 한편, 작품의 끝에서 시아버지가 눈을 뜨는 장면은 『심청전』을 연상케 하는 바가 있다.

(2) 이 작품과 비슷한 내용의 이야기로 『靑邱野談』의 「守貞節崔孝婦感虎」와 李鈺이 창작한 「峽孝婦傳」을 들 수 있다. 뿐만 아니라, 이런 이야기는 지금까지도 說話로 전승되고 있음이 정신문화연구원에서 간행한 『한국구비문학대계』에서 확인된다.

「영남효열부전」·「수정절최효부감호」·「협효부전」은 모두 설화를 원천으로 삼고 있는데, 「영남효열부전」이 소설로서의 면모를 가장 분명하게 보여주며, 문학성이 빼어나다. 이 작품에 대한 소개 및 논의는 박희병, 『조선후기 傳의 소설적 성향 연구』(대동문화연구총서 XII, 성균관대 출판부, 1993)에서 처음 이루어졌다.

# 제3편

# 韓國漢文小說의 다양한 展開

## 제3부 野譚系小說의 滿開와 그 변용

1. 癡叔 / 李羲平
2. 孀女 / 李羲平
3. 金千鎰妻 / 李羲平
4. 盧禛 / 李羲平
5. 抱州異聞 / 李玄綺
6. 蔡生奇遇 / 李玄綺
7. 沈家鬼怪 / 李玄綺
8. 賤婢識人 / 李玄綺
9. 宋班窮途遇舊僕 / 未詳
10. 獲生金父子同宮 / 未詳
11. 聽驟雨藥商得子 / 未詳
12. 語消長偸兒說富客 / 未詳
13. 轉誤緣紅錦寄信 / 李源命
14. 返故妻換魂持家 / 李源命
15. 夫婦盟約十年 / 徐有英
16. 拯艷行媒 / 裵婰
17. 崔猿亭畫諷南台說 / 未詳
18. 王秀才娶得龍女說 / 未詳
19. 烏有蘭傳 / 春坡散人

# 1. 癡叔

李義平

柳西厓 成龍,[1] 居安東地, 家有一叔, 爲人蠢蠢無識, 可謂菽麥不辨, 家間號曰癡叔, 心甚易[2]之. 癡叔每曰: "吾有從容可道之言, 而君之家, 每患喧擾, 如有無客靜寂之時, 可請我, 我有千萬緊說話"云云矣.

一日, 適無人而[3]從容矣. 使人請癡叔, 則以弊冠破衣, 欣然而來, 言曰: "吾欲與君賭一局棊, 未知如何." 西厓曰: "叔父平日未嘗着棊, 今忽對局, 恐非侄之敵手也." 盖西厓之棊法, 高於一世者也. 叔曰: "高下何論? 姑且對局可也." 西厓强以對局, 心窃訝之. 其叔先着一子, 未至半局, 而西厓之

---

1) 柳西厓成龍 : 宣祖 때의 문신 柳成龍(1542~1607)을 말함. '西厓'는 그 호.
2) 易(이) : 만만히 여기다.
3) 而 : 저본에는 이 뒤에 '寂'이 더 있으나, 국립중앙도서관본 『記聞叢話』를 따름.

局勢全輸, 不敢下手, 始知其叔韜晦, 俯伏而言曰: "猶父猶子[4]之間, 半生同處, 如是相欺, 下懷不勝抑鬱. 從今願安承教." 叔曰: "豈有欺君之理哉? 適偶然耳. 君旣出身於世路, 則如我草野之人, 有何可敎之事乎? 然而明日, 必有一僧來訪而請宿矣, 切勿許之. 雖千萬懇乞, 而終始牢拒, 使指村後草菴而寄宿可也. 惟銘心勿誤." 西厓曰: "謹奉敎矣."

及到其日, 忽有一僧通刺,[5] 使之入來, 狀貌堂堂, 年可三四十許人也. 問其居, 曰:[6] "居在江陵 五臺山矣. 爲覽嶺南山川而下來, 遍覽名勝, 今方復路, 而窃伏聞大監淸德雅望爲當世第一云, 故以識荊[7]之願, 暫來拜謁. 今則日勢已晩, 願借一席而寄宿, 以爲明朝發行之地矣." 西厓曰: "家間適有事, 故今不可以生面人[8]留宿. 此村後有佛菴, 可於此中宿矣, 待明朝下來可也." 其僧萬端懇乞, 而一向牢却,[9] 僧不得已隨僮, 向村後之菴.

此時癡叔, 以婢子粧出[10]舍堂[11]樣, 自家作居士[12]樣, 以繩

---

4) 猶父猶子 : '猶父'는 숙부, '猶子'는 조카.
5) 刺 : 명함.
6) 曰 : 저본에는 '則'으로 되어 있음.
7) 識荊 : 처음 상면하는 것을 높여 이르는 말. 李白이 당시 荊州長史였던 韓朝宗에게 보낸 다음 편지에서 유래함. "白聞天下談士相聚而言曰: '生不用封萬戶侯, 但願一識韓荊州.' 何令人之景慕一至於此耶!"
8) 生面人 : 처음 보는 낯선 사람.
9) 却 : 저본에는 '辭'로 되어 있으나 규장각본 『溪西野譚』을 따름.
10) 粧出 : 꾸며내다.
11) 舍堂 : '寺黨'이라고도 표기함. 떼를 지어 여러 지방을 떠돌아다니면서 노래와 춤을 팔던 여자.

巾[13]布褐, 出門合掌, 拜而迎之曰: "何來尊師, 降臨于薄陋之地?" 僧答禮而入. 坐定, 居士使舍堂精備夕飯, 而先以一壺旨酒待之. 僧飮而甘之曰: "此酒清洌非常, 何處得來?" 對曰: "此老嫗, 卽此邑之酒母, 妓老退者也. 尙有舊日手法而然也. 願尊師勿嫌冷淡, 而盡量則幸矣." 仍進夕飯, 山菜野蔌, 極其精潔. 其僧飽喫而泥醉昏倒矣.

夜深後始覺, 而胸膈悶鬱, 擧眼而視之, 則其居士騎坐胸腹之上, 手執利刀, 張目叱之曰: "賤僧焉敢! 汝之渡海日, 吾已知之, 汝其瞞我乎? 汝若吐實, 則或有饒貸[14]之道, 而不然, 則汝命盡於卽刻矣, 從實直告可也!" 其僧哀乞曰: "今則小僧之死期[15]已迫矣, 何可一毫相欺乎? 小僧果是[16]日本人也. 關伯[17]平秀吉,[18] 方欲發兵, 謀陷本國, 而所忌者, 獨尊家大監, 故使小僧先期來此, 以爲先圖之地矣. 今者現露於先生神鑑[19]之下, 幸伏望寄我一縷殘[20]命, 則誓不敢復作此等事矣." 癡叔曰: "我國兵禍, 乃是天數所定, 難容人力, 吾不欲逆天, 吾鄕則雖兵革之禍, 吾在矣, 優可救濟, 倭兵如

---

12) 居士 : 사당을 데리고 돌아다니면서 춤과 노래를 팔아 돈을 벌던 사람. 사당과 거사는 일이 없을 때는 절에 寄宿했음.
13) 繩巾 : 草笠.
14) 饒貸 : 용서함.
15) 期 : 저본에는 없으나 규장각본 『溪西野譚』에 의거해 보충했음.
16) 是 : 저본에는 없으나 규장각본 『溪西野譚』에 의거해 보충했음.
17) 關伯 : 關白. 당시 일본의 실질적인 최고 통치자.
18) 平秀吉 : 토요토미 히데요시[豊臣秀吉].
19) 鑑 : 저본에는 '覽'으로 되어 있으나 규장각본 『溪西野譚』을 따름.
20) 殘 : 저본에는 '賤'으로 되어 있으나 규장각본 『溪西野譚』을 따름.

躡此鄕之地，則俱不旋踵矣．如汝螻蟻之命，斷之何益？寬汝禿頭而送之，往傳于平秀吉，使知我國之吾在也!" 仍以釋之．其僧百拜稱謝曰："不敢！不敢!" 抱頭鼠竄而去．歸見秀吉，備傳其事．秀吉大驚，異勅軍中，以渡海之日，無敢犯[21]安東一步地，一境賴以安過矣．

• 작자 : 李羲平(1772~1839)

字는 準汝, 호는 溪西, 본관은 韓山. 예조참판을 지낸 泰永의 아들이며, 후에 出系하여 道永의 양자가 되었다. 혜경궁 홍씨의 외6촌으로, 노론 벌열가 출신이다. 1810년에 사마시에 급제했으며, 洪川府使·金山府使·居昌府使·全州府使·黃州牧使 등을 지냈다. 장편한문소설인 『玉樹記』를 창작한 沈能淑과 교분이 있었다. 저술로는 화성(=수원)에서 거행된 혜경궁 홍씨의 회갑연에 참석했던 일을 기록한 『華城日記』, 생부인 泰永의 사적을 기록한 『過庭錄』, 야담집인 『溪西雜錄』 등을 남겼다.

• 출전 : 고려대본 『溪西雜錄』을 底本으로 삼아 異本을 참고하여 校合하였다.

• 참고사항

(1) 李羲平은 居昌府使로 있을 때(1826~1828) 『溪西雜錄』을 완성한바, 1828년 봄에 이 책의 自序를 썼다. 한편 沈能淑이 이 책에 서문을 써 준 것은 1833년이다.

(2) 『東稗洛誦』, 『綺里叢話』, 『靑邱野談』 등에 비슷한 이야기가 보인다. 하지

21) 犯 : 저본에는 '近'으로 되어 있으나 국립중앙도서관본 『記聞叢話』를 따름.

만 類話일 뿐 『溪西雜錄』의 것을 轉載한 것은 아니다.

(3) 원문에는 원래 제목이 붙어 있지 않지만, 본서에서 임의로 「癡叔」이라는 제목을 붙였다. 작자 李羲平에 대해서는 이현택, 「계서 이희평 문학 연구」(국민대 석사논문, 1983); 김준형, 「19세기 야담 작가의 존재 양상-溪西 李羲平論」, 『민족문학사연구』 15(민족문학사연구소, 1999)가 참조된다.

# 2. 孀女

李義平

有一宰相之女, 出嫁未期而喪夫, 孀居于父母之側矣. 一日, 宰相自外而入內, 見其女在於下房, 凝粧盛飾, 對鏡自照, 已而擲鏡而掩面大哭. 宰相見其狀, 心甚惻然, 出外而坐, 數食頃無語. 適有親知武弁之出入門下者, 無家無妻年少壯健者也, 來拜問候. 宰相屛人, 言曰: "子之身世, 如此甚困窮, 君爲吾之女婿否?" 其人惶蹙曰: "是何教也? 小人不知教意之如何, 而不敢奉命矣." 宰相曰: "吾非戱言." 仍出櫃中銀子一封, 給之曰: "持此而往, 貰健馬及轎子而待令, 夜罷漏[1]後, 來待于後門之外, 切不可失期." 其人半信半疑, 第

1) 罷漏 : 조선시대 때 五更 三點에 큰 쇠북을 서른 세 번 쳐서 야간 통행금지를 해제하던 일.

受之, 而依其言備轎[2]馬, 待之于後門矣. 自暗中宰相携一女子, 而使入轎中, 而誡之曰: "直往北關[3]而居生也!" 其人不知何委折, 而共隨轎出城矣. 宰相入內房而哭曰: "吾女自決矣!" 家人驚惶而皆擧哀. 宰相仍言曰: "吾女平生, 不欲見人, 吾可襲斂, 雖渠之娚兄,[4] 不必入見." 仍獨自斂衾而裹之, 作屍體樣, 而覆以衾, 始通于其舅家, 入棺後, 送葬于舅家先山之下矣.

過幾年後, 宰相子某, 以繡衣按廉北關, 行到一處, 入一人之家, 則主人起迎, 而有兩兒, 在傍讀書, 狀貌淸秀, 頗類[5]自家之面貌, 心切怪之, 日勢已晩, 又困憊, 仍留宿矣. 至夜深, 自內忽有一女子出來, 把手而泣. 驚而熟視, 則卽已死之妹, 不勝驚訝而問之, 卽以爲: "因親教, 居于此, 已生二子, 此其兒矣." 繡衣口噤, 半晌無語, 畧言阻懷, 待曉辭去.

復命還家, 夜侍其大人宰相而坐時, 適從容低聲而言曰: "今番之行, 有可怪訝之事矣." 宰相張目熟視而不言, 其子不敢發說而退. 此宰相之姓名, 不記之.

---

2) 轎 : 저본에는 '矯'로 되어 있음.
3) 北關 : 함경도.
4) 娚兄 : 오빠.
5) 類 : 저본에는 '有'로 되어 있으나 고려대본『溪西雜錄』을 따름.

## 해제

• 작자 : 李羲平

「癡叔」 '해제'의 작자條를 참조하기 바람.

• 출전 : 서울대 奎章閣本 『溪西野譚』을 底本으로 삼아 異本을 참고하여 校合하였다.

• 참고사항

(1) 원문에는 원래 제목이 붙어 있지 않다. 이 작품은 단편소설의 특징인 단일한 인상과 응축된 통일성을 깔끔하게 잘 구현하고 있다.

(2) 이 이야기는 『靑邱野談』에 「憐孀女宰相囑窮弁」이라는 제목으로 轉載되어 있다. 『靑邱野談』의 「憐孀女宰相囑窮弁」은 이우성 · 임형택 譯編, 『李朝漢文短篇集』 上(일조각, 1973)에 「孀女」라는 제목으로 번역되어 있다.

# 3. 金千鎰妻

李義平

倡義使[1]<u>金千鎰</u>[2]之妻, 不知誰家女子, 而自于歸[3]之日, 一無所事, 日事晝寢. 其舅戒之曰: "汝誠佳婦, 而但不知婦道, 是可欠[4]也. 大凡婦人, 皆有婦人之責, 旣出嫁,[5] 則治家營産可也, 而不此之爲, 日以午睡爲事乎?" 其婦對曰: "雖欲治産, 赤手空拳, 何所藉而營産乎?" 其舅悶而憐之, 卽以租數三十包､奴婢四五口､牛數隻給之, 曰: "如此則足可爲營産之

---

1) 倡義使 : 조선시대에 국란을 당하여 義兵을 일으킨 사람에게 임시로 내리던 벼슬.

2) 金千鎰 : 생몰년 1537~1593년. 宣祖 때의 의병장. 임진왜란 때 高敬命・朴光玉 등과 함께 의병을 일으켜 水原 禿城山城을 거점으로 군사 활동을 전개하였음. 1593년에 300명의 의병을 이끌고 晋州城에 들어가 10만의 왜군과 전투를 벌이다 성이 함락되자 南江에 투신하였음.

3) 于歸 : 出嫁. 『詩經』 周南 「桃夭」의 "之子于歸, 宜其室家"에서 유래하는 말.

4) 欠(흠) : 결함.

5) 嫁 : 저본에는 '家'로 되어 있음.

資乎?" 對曰: "足矣." 仍呼奴婢曰: "今則汝輩已屬之我, 當從吾指使. 汝可馱穀於此牛, 入茂朱某處深峽中, 伐木作家, 以此租作農粮而勤畊, 每年秋收, 所出都數,[6] 來告於我, 粟則作米貯置, 每年如是可也." 奴婢承命, 而向茂朱而居矣.

其後數日, 對金公而言曰: "男子手中無錢, 則百事不成, 何不念及於此?" 公曰: "吾是侍下人事,[7] 衣食皆賴於父母, 則錢穀從何而辦出乎?" 婦曰: "竊聞洞中李生某, 家積屢萬財貨, 而性嗜賭博云, 卽君何不一往, 以千石露積一塊爲賭乎?" 公曰: "此人以博局,[8] 自來[9]有名, 吾則手法甚拙, 此等事, 何可生心賭博?" 婦曰: "此易與[10]耳. 第持來博局也." 仍對坐而敎之, 諸般妙手, 隨手指揮. 金公亦奇傑之人也, 半日對局, 陣法曉然. 其婦曰: "今則優可決勝. 君子以三局兩勝爲約, 初局佯輸,[11] 而二三局則僅僅決勝. 旣得露積後, 彼若欲更決雌雄, 則此時卽出神妙之手, 使彼不得生意可也."

金公然其言. 明日, 卽往其家, 請賭博, 則其人笑曰: "君與我居在此閈, 未聞君之賭博矣, 今忽來請者, 未知其故也. 且君非吾敵手, 不必對局矣." 金公曰: "對局, 行馬然後, 可定其高下, 何必預先斥罷?" 仍强請至再至三, 其人曰: "若然,

---

6) 都數 : 總數.
7) 吾是侍下人事 : 나는 부모를 모시고 있는 처지에.
8) 博局 : 내기 바둑.
9) 自來 : 본래.
10) 易與 : 상대하기 쉽다.
11) 輸 : 지다.

則吾於平生對局, 不賭則不博, 今欲以何物爲賭乎?” 公曰: “君家有千石露積者三四塊, 以此爲賭可矣.” 其人曰:[12] “吾則然矣, 君則以何物爲對乎?” 公曰: “吾亦以千石爲資.” 其人曰: “君以侍下之人事, 不少之穀, 從何辦出乎?” 金公曰: “此則勝負判決然後可言之事. 吾若不勝, 則千石豈不輸給乎?” 其人勉强而設局, 以兩勝爲限. 初則金公佯輸一局. 其人笑曰: “然矣. 君非吾之敵手, 吾不云乎?” 金公曰: “猶有二局矣. 第又對局.” 李生心異之, 又與對坐, 連輸二局. 李生驚訝曰: “異哉異哉! 寧有是理? 旣許之千石, 不可不給, 卽當輸之, 第又更賭一次.” 金公許之, 復對局, 始出神妙之手, 李生勢盡力窘, 不敢下手.

金公笑而罷, 歸家言其妻, 妻曰: “吾已料之矣.” 公曰: “旣得此, 將焉用之?” 妻曰: “君子之所親知中, 窮婚窮喪及貧不能資生者, 量宜分給, 毋論遠近貴賤, 如有奇傑之人, 則與之許交, 逐日邀來, 則酒食之供, 我自辦備.” 金公如其言而行之. 一日, 其婦又請其舅曰: “媳欲事農業, 籬外五日畊,[13] 可得許畊乎?” 其舅許之. 於是畊田遍種匏種, 待熟作斗, 使之着漆, 每年如是, 充五間庫, 又使冶匠, 鍊出二個如匏斗樣, 並置庫中, 人莫曉其故.

及壬辰, 倭寇大至, 夫人謂金曰: “吾之平日勸君子以恤窮

12) 曰 : 저본에는 ‘則’으로 되어 있으나 고려대본 『溪西雜錄』을 따름.
13) 五日畊 : 닷새갈이. ‘畊’은 ‘耕’의 古字.

濟困、交結英男, 欲於此等時, 得其力故也. 君子倡起義兵, 則舅姑避難之地, 吾已料定茂朱地, 有穀有家, 庶不貽君子之憂矣. 吾則在此, 辦備軍粮, 使不乏絶也." 金公欣然從之, 遂倡義兵, 遠近之平日受恩者來附, 旬日間, 得精兵四五千, 使軍卒各佩漆匏而戰. 及其回陣之時, 遺棄鐵匏於中路而去, 倭兵大驚曰: "此軍人人佩此瓢, 其行如飛, 其勇可知其無量." 遂相與戒飭, 無敢嬰[14]其鋒. 以是之故, 倭兵見金公之軍, 則不戰而披靡, 金公多建奇勳, 蓋其夫人贊助之力也.

• 작자 : 李羲平

「癡叔」 '해제'의 작자條를 참조하기 바람.

• 출전 : 서울대 奎章閣本 『溪西野譚』을 底本으로 삼아 異本을 참고하여 校合하였다.

• 참고사항

(1) 이 이야기는 훌륭한 남편 뒤에는, 비록 세상에 잘 알려져 있지는 않지만, 남편보다 훨씬 더 훌륭한 아내가 있다는 메시지를 전하고 있다. 이런 메시지는 한국 서사문학의 역사에서 그 淵源이 오래니, 멀리 「溫達」에까지 거슬러올라갈 수 있다. 조선 후기의 한글소설인 「박씨전」도 이런 메시지를 담고 있지만, 야담에 특히

14) 嬰 : 加하다.

이런 류의 여성이 많이 보인다는 점이 흥미롭다. 야담에서 발견되는 이런 적극적이고 슬기로운 여성상은, 때때로 현부양처 이데올로기와 연관을 맺고 있는 경우도 없지 않다고 보이지만, 착하고 忍從的인 賢婦良妻像과는 종종 구별된다. 야담에 이런 여성상이 나타남은, 야담의 형성에 민중적 감수성과 상상력이 개입한 결과일 터이다.

(2) 이 이야기는 『靑邱野談』에 「倡義使賴良妻成名」이라는 제목으로 轉載되어 있다.

# 4. 盧禛

李義平

盧玉溪 禛,[1] 早孤家貧, 居在南原地, 年已長成, 無以婚娶. 其堂叔武弁, 時爲宣川[2]倅,[3] 玉溪母親, 勸往宣川乞得婚費以來. 玉溪以編髮[4]徒步作行, 行至宣川, 阻閽不得入, 彷徨路上, 適有一童妓衣裳鮮新者過去, 停步而立, 熟視而問曰: "都令[5]從何而來?" 玉溪以實言之, 妓曰: "吾家在於某洞, 而卽第幾家, 距此不遠, 都令須定下處[6]於吾家." 玉溪許之, 艱辛入官門, 見其叔, 言下來之由, 則嚬蹙曰: "新延[7]未幾, 官

1) 盧玉溪禛 : 宣祖 때의 문신 盧禛(1518~1578)을 말함. '玉溪'는 그 호. 경상도 관찰사 · 예조판서 등의 벼슬을 지냈음.
2) 宣川 : 平安北道 宣川郡.
3) 倅(쉬) : 중국에서는 지방수령의 副職을 뜻하나, 한국에서는 지방수령을 뜻함.
4) 編髮 : 변발. 冠禮를 하기 전의 땋아 늘인 머리.
5) 都令 : 아직 결혼하지 않은 남자를 대접하여 일컫는 말.
6) 下處 : 사처. 점잖은 손이 객지에서 묵는 집을 높이어 이르는 말.

債山積, 甚可悶也"云, 而殊甚冷落. 玉溪以出宿於下處之意告而出門, 卽[8]訪其家, 其童妓迎笑欣然, 使其母精具夕飯而進之. 夜與同寢, 其妓曰: "吾見本官手段[9]甚小, 雖至親之間, 其婚需之優助, 有未可知也. 吾見都令之氣骨狀貌, 可有大顯達之相也. 何必自歸於乞駄之行乎?[10] 吾有私貯之銀五百餘兩, 留此幾日, 不必更入官門, 持此銀直還可也." 玉溪不可曰: "行止如是飄忽, 則堂叔豈不致責乎?" 妓曰: "都令雖恃至親之情, 而至親有何可恃? 留許多日, 不過被人苦色, 及其歸也, 不過以數十金贐行, 將安用之? 不如自此直發可也." 玉溪自此, 晝則入見其叔, 夜則出宿妓家.

一日之夜, 妓於燈下理行裝, 出其銀而裹之以袱, 及曉, 牽出廐中一匹好馬駄之, 促其行曰: "都令不過十年, 必大貴矣. 吾當潔身俟之, 會面之期, 只此一條路而已.[11] 千萬保重!" 因雙淚沾衣. 玉溪亦悵然發行, 不辭其叔而行矣. 翌日, 本官聞其已發, 竊怪其行色之狂妄, 而中心也, 自不妨其不費錢兩[12]也.

玉溪發行幾日, 無事抵家, 娶妻營產, 頗無衣食之憂矣. 乃

---

7) 新延 : 新迎. 원래 道·郡·縣의 將校와 吏屬들이 새로 부임하는 觀察使나 수령을 그 집에 가서 모셔오는 일을 말하는데, 여기서는 고을수령으로 새로 부임한 것을 가리킴.

8) 卽 : 저본에는 '則'으로 되어 있으나 고려대본 『溪西雜錄』을 따름.

9) 手段 : 일을 처리하거나 돈을 쓰는 규모

10) 何必自歸於乞駄之行乎 : 하필 스스로 구걸 행각에 나섰는가.

11) 此一條路而已 : 저본에는 '在登科後耳'로 되어 있으나 고려대본 『溪西雜錄』을 따름.

12) 不費錢兩 : 저본에는 '多少費財'로 되어 있으나 栖碧外史海外蒐佚本 『記聞叢話』를 따름.

刻意就課, 四五年後登第, 大爲上知.[13] 未幾, 以繡衣按廉于關西, 心念其妓, 直訪其家, 則其母獨在, 見玉溪, 認其顔面, 乃執袂而泣曰: "吾女自送君之日, 棄家逃去, 不知去向, 消息永絶, 于今幾年. 老身日夜思想, 淚無乾時"云云. 玉溪茫然自失, 自量以爲:[14] "吾之此來,[15] 專爲故人相逢矣, 今無形影, 心膽俱墜, 然而渠必爲我而晦跡[16]也." 仍更問曰: "老嫗之女, 自一去之後, 存沒尙未聞乎?" 對曰: "近者傳聞,[17] 吾女寄跡於成川[18]境內之山寺, 藏踪秘跡, 人無見其面者云云, 風傳之言, 亦未可信, 老身年老氣衰, 且無男子, 無以跟尋矣."

玉溪聽罷, 直往成川地, 遍訪一境之寺刹, 窮搜而終不可尋. 行到一寺, 後有千仞絶壁, 上有一小菴, 而岩峭山峻, 無着足處矣. 玉溪攀蘿扶藤, 艱辛上去, 則有數三僧徒, 問之, 則以謂: "四五年前, 有一個女子, 年近二十, 以如干銀兩, 付之禮佛之首座,[19] 以爲朝夕之費, 而伏於佛前卓下, 被髮掩面, 而朝夕之飯, 從窓穴而入送, 或有大小便之時, 暫爲出門, 而卽時還入, 四五年如一日矣. 小僧輩, 皆以爲菩薩生佛, 不敢近前矣." 玉溪心知其妓, 乃使首座從窓隙傳語曰: "南原

13) 大爲上知 : 크게 임금의 知遇를 받아.
14) 自量以爲 : 저본에는 없으나 고려대본 『溪西雜錄』에 의거해 보충했음.
15) 來 : 저본에는 '行'으로 되어 있으나 고려대본 『溪西雜錄』을 따름.
16) 而晦跡 : 저본에는 '誨跡之故'로 되어 있으나 栖碧外史海外蒐佚本 『記聞叢話』를 따름.
17) 傳聞 : 저본에는 '風聞, 或說'로 되어 있으나 고려대본 『溪西雜錄』을 따름.
18) 成川 : 平安南道의 郡 이름.
19) 首座 : 上座僧.

盧都令, 專爲娘子而來, 何不開門而迎見?" 其女因其僧而問曰: "盧都令若來, 則登科乎? 否乎?" 玉溪遂以登科後方以繡衣來到云, 其女曰: "妾之積年晦跡而喫苦, 全爲郎君地也. 豈不欣欣然卽出迎之, 而積年之鬼形, 猝難現露於丈夫, 則爲我留十餘日, 妾當梳洗理粧, 復其本形後, 可以相對矣." 玉溪依其言遲留. 幾個日後, 其女凝粧盛餙, 出而見之, 相與執手, 而悲喜交集. 居僧始知其來歷, 莫不嗟歎. 玉溪通于本府借轎馬, 馱送于宣川, 與其母相面. 竣事復命之後, 始送人馬, 率來同居, 終身愛重[20]云爾.

• 작자 : 李義平

「癡叔」 '해제'의 작자條를 참조하기 바람.

• 출전 : 서울대 奎章閣本 『溪西野譚』을 底本으로 삼아 異本을 참고하여 校合하였다.

• 참고사항

(1) 기생이 士族의 남자 주인공과 애정으로 서로 결합한다는 내용은 조선 후기

20) 玉溪通于本府~終身愛重 : 저본에는 '玉溪于本府借轎馬, 馱之送宣川, 使其母相面. 及其竣事而歸也, 與之同載, 與之同室, 愛重終身'으로 되어 있으나 고려대본 『溪西雜錄』을 따름.

서사문학 일반에서 하나의 유행이 되다시피한 주제다. 판소리 「춘향가」가 그 가장 유명한 예일 터이다. 야담도 예외는 아니어서 이런 이야기가 적잖이 발견된다. 이런 이야기에서는 크게 보아 두 가지 측면이 주목된다. 하나는 하층신분의 자아각성에 따른 인간해방의 요구이고, 다른 하나는 조선 후기적 사회변동에 따른 계층상승의 욕구다. 이 둘은 서로 결합될 수도 있지만 둘 가운데 어느 한 쪽이 더 현저한 경우도 있어 사례별 관찰이 요망된다.

(2) 이 이야기는 『靑邱野談』에 「盧玉溪宣府逢佳妓」라는 제목으로 轉載되어 있다.

(3) 이 작품과 상황설정이 유사한 국문소설로 「옥단춘전」이 있다. 이 작품과 「옥단춘전」의 관계에 대해서는 김종철, 「옥단춘전」, 『한국고전소설작품론』(집문당, 1990)이 참조된다.

# 5. 抱州異聞

李玄綺

陽坡[1]鄭相公知抱州[2]縣, 下車之夜, 篝燈讀書, 忽聞呼唱之聲, 喧鬧衙外, 乃命給事人, 採報一府之僮, 皆云: "無所聽." 鄭公訝惑不定, 而中門已自開, 呵導者殺[3]入堂前, 兩行紅燭照地, 一位貴人, 頭戴軟角烏紗帽,[4] 兩鬢貼了一雙玉圈,[5] 身穿百花緋袍, 腰橫鉤牒[6]犀帶,[7] 坐下八人, 小轎左設青羅傘、

---

1) 陽坡 : 鄭太和(1602~1673)의 호. 仁祖 · 孝宗 · 顯宗의 三朝에 걸쳐 영의정을 지냈음.
2) 抱州 : 抱川의 옛 이름.
3) 殺(쇄) : 빠르다.
4) 烏紗帽 : 紗帽. 고려말부터 조선 말기에 걸쳐 文武官이 常服에 착용하던 모자. 검은 絲로 만들며, 뒤에 뿔이 두 개 있음. 지금은 전통 혼례식 때 신랑이 씀.
5) 玉圈 : 玉貫子. 옥으로 만든 網巾 貫子. 종1품 이상의 관원은 옥에 조각을 하지 않았고, 堂上 정3품 관원은 옥에 조각을 했음. 한편 정2품 · 종2품 관원은 金貫子를 착용했음.
6) 鉤牒 : 朝服의 한 부분인 띠쇠와 笏.

右張芭蕉扇, 騶從甚盛, 轎下有一從事連呵: '縣官下堂!' 鄭公大駭, 亟問掾吏曰: "這位是甚[8]官人?" 掾吏曰:[9] "訟庭[10]闃寂, 不見一物." 鄭公乃安坐聚精, 那貴人後車從事, 趨進轎前曰: "此縣縣尉殊不知格例, 請替治其掾吏以正其罪!" 那貴人頷之. 掾吏方在公堂奏事, 忽昏仆不省. 鄭公見風色不佳, 乃下階拜迎. 那人升堂就座, 鄭公再拜膝席, 恭問起居, 縣吏驚惶, 大叫曰: "衙內幷不見一賓, 相公爲誰親迎, 爲誰拜跪?" 那貴人曰: "公府喧撓, 不宜閒話, 願使君[11]屛左右." 鄭公卽叱退諸吏, 諸吏不肯出, 乃大喝速退, 諸吏方纔四散. 那貴人卽叫從事曰: "本縣掾吏, 火速解罰!" 從事纔領諾, 而掾吏回甦而出.

鄭公曰: "小官忝覩尊儀, 始知大人官居鼎鼐,[12] 而自顧淺薄, 未曾一拜於鰲扉."[13] 那貴人笑曰: "吾乃開國功臣河崙.[14] 與使君相先後數百載, 如何識得顔範?"[15] 鄭公起拜曰: "每觀靑汗,[16] 飽知大人勳德令名, 與星斗齊高, 嘗恨小官生世

---

7) 犀帶 : 1품의 관원이 朝服에 띠는 무소뿔로 만든 띠.
8) 甚 : 어떤.
9) 曰 : 저본에는 이 뒤에 '曰'자가 하나 더 있음.
10) 訟庭 : 지방 관아의 뜰.
11) 使君 : 고을 수령을 일컫는 말.
12) 鼎鼐 : 재상을 일컫는 말.
13) 鰲扉 : 궁궐.
14) 河崙 : 생몰년 1347(고려 忠穆王 3)~1416년(조선 太宗 16). 李成桂를 도와 조선을 창업했으며, 1·2차 王子의 난 때 李芳遠을 도와 공을 세웠고 太宗 때 영의정을 지냈음.
15) 顔範 : 容顔과 風儀.
16) 靑汗 : 史書.

苦晩, 未能執鞭追陪, 今幸躬承謦咳, 可謂千古奇事." 河公曰: "老身安能當此奬詡? 但使君異日功名勳業, 當寂寂笑我, 識荊[17]之願, 我自爲幸." 鄭公曰: "大人是國朝一人, 小官庸陋, 何能及其跬武?"[18] 河公曰: "他事我不敢讓仁,[19] 但使君後代子姓繁衍, 當世守箕裘,[20] 天下之無憂者, 非君而何?" 鄭公曰: "小官惟有數子, 皆不免繈褓,[21] 詎期鈞[22]旨所云也? 嘗聞大人遺孫, 散在八域,[23] 雖未得占據要路, 亦不失躬耕自好,[24] 何不若小官之豚犬?"[25] 河公愀然曰: "我平生勤苦, 出入萬死, 纔立門戶, 而其乃雲仍[26]不肖, 混跡於樵夫牧童, 而我之墳塋, 無人看護, 草沒土蹲,[27] 亦已久矣. 然猶幸其山靜境閒, 不意十數年前, 一農戶, 築室于墓上, 諸人踵起庄舍, 隣比櫛盛, 便成大村, 人喧馬嘶, 鷄鳴犬吠, 日接于耳, 不堪其苦, 每欲一造縣宰以訴其情, 而還恐凡庸之器, 若一見我, 必致驚悸而死, 故尙此趑趄, 今幸天借使君, 俾我遂意, 惟使君垂憐." 鄭公起拜曰: "小官身忝守宰, 使元勳墳墓, 受此苦

---

17) 識荊之願 : 「癡叔」의 주 7을 참조할 것.
18) 跬武 : 跬步.
19) 他事我不敢讓仁 : 다른 일은 내가 그대보다 못하지 않지만.
20) 箕裘 : 父祖의 가업을 계승하는 것.
21) 繈褓 : '襁褓'와 같음.
22) 鈞 : 상대방을 높일 때 쓰는 敬語. 저본에는 '匀'으로 되어 있음.
23) 八域 : 八道.
24) 自好 : 자신을 지킴. 自尊.
25) 豚犬 : 자기 자식을 낮추어 부르는 말.
26) 雲仍 : 후손.
27) 蹲 : 기울다. 흙이 패여 울퉁불퉁하다.

楚, 自訟不敏而已. 未知大人藏脩[28]之所, 的在何山." 河公曰: "在某山某岡今某村某人家庭除, 掘得幾尺, 則當有吾柩." 鄭公曰: "未知大人冢孫在何處." 河公曰: "吾十一代孫瑝, 現在羅州, 做西倉都監, 是爲適[29]嗣, 而愚蠢蔑學, 與吾支孫瑛爭嫡, 年年聚訟, 丐頉軍籍,[30] 而瑛, 家貲頗饒, 勒奪吾祠, 自主祭薦, 言之良愧." 鄭公曰: "盈虧剝復,[31] 一理昭然. 大人曾在國初, 榮貴無比, 後嗣之零星, 安足介懷?" 河公曰: "誠如尊言. 但君家則世祿當百世不替, 後世宰樞, 皆不出君外裔,[32] 不必以剝復論也, 只是家運之旺衰而已." 言罷鷄唱. 河公起身曰: "不能久話, 甚爲缺恨." 因乘轎而去.

鄭公送之門首, 卽呼縣吏, 告以此異, 吏卒咸言: "邑中父老傳說河相公墳山在此縣, 因後嗣零落, 失其所在. 某山某崗, 亦有新占村落." 鄭公大異, 侵晨馳往, 一依河公言, 掘地得一柩, 不至朽缺, 柩上宛有'領議政兼判戶曹事府院君河公'顯啣. 鄭公乃創起草閣, 移奉玄槨, 使功曺[33]輩看護祭奠, 自己入都, 面奏于聖上, 上卽命錄用其適嗣瑝, 因遞驛[34]宣召

---

28) 藏脩 : '藏修'와 같음. 원래 『禮記』「學記」의 "君子之於學也, 藏焉, 脩焉, 息焉, 遊焉"에서 유래하는 말로 마음을 오로지하여 공부하는 것을 뜻하나, 여기서는 故人이 永眠하고 있는 무덤을 이름.

29) 適 : '嫡'과 통함.

30) 丐頉軍籍 : 軍籍을 면제해 주기를 빌다. '頉'(탈)은 '頉免', 즉 어떤 사정으로 인해 면제받는 것. '頉'은 한국 한자.

31) 剝復 : 盛衰浮沈.

32) 外裔 : 支孫을 가리킴.

33) 功曺 : '曺'는 '曹'와 仝字. 고을의 政務를 맡아보는 아전.

34) 遞驛 : 驛站에서 驛站으로 傳하여. 파발마를 이어 달려.

以主襄事.[35] 又命度支,[36] 欽賜緡錢二千, 禮部[37]改葬, 一照[38] 元勳大臣例. 於是鄭公與河瑝, 幹辦凶禮, 數月乃完, 大起墓宇, 廣占良田, 使河瑝守依松楸.

始還郡齋, 淸心修齋, 淨辦酒饌, 屛了公人, 以待河公之來謝, 殺[39]至三鼓下,[40] 河公果然前呼後擁, 飄然而來, 僕僕爲謝. 鄭公逡巡謙抑, 河公曰: "幽明路殊, 無以自效結草, 而使君當厚受陰報, 延壽一紀, 不勝爲賀." 鄭公曰: "大人卽世後, 滄桑屢易, 而英靈不散, 如小官者, 死後亦當有知乎?" 河公曰: "吾之精靈, 僅當支過五百年, 今已度了三百年, 來後博有二百年, 二百年後, 當冥冥無知, 曷勝悲悼?" 鄭公曰: "然則世人皆如此否?" 河公曰: "精魄之久不湮沒, 隨其稟質之昏慧, 雖皇王、公相, 庸下之器, 死便無知, 雖草木之微, 鍾靈者,[41] 沒亦有精. 使君神思卓犖, 非比衆人也, 身後魂靈, 當得百年不泯." 鄭公曰: "冥府果有陶輪[42]耶?" 河公曰: "幽塗之事, 不可漏, 君且休問."

鄭公曰: "皇明深恩殊寵, 再造藩屛, 我國有共戚偕亡之義, 而不幸胡淸簒奪洪基, 自帝中原, 方今我朝諸彦, 正議興師,

35) 襄事 : 襄禮, 즉 장례. 여기서는 改葬하는 일.
36) 度支 : 戶曹.
37) 禮部 : 禮曹.
38) 照 : 照例施行. 전례에 비추어 시행함.
39) 殺(쇄) : 점차.
40) 三鼓下 : 三更을 알리는 북을 치다. '三鼓'는 곧 三更을 뜻함.
41) 鍾靈者 : 저본에는 없으나 영남대본 『綺里叢話』에 의거해 보충했음.
42) 陶輪 : 陶鈞. 조물주.

問罪欲伸大義於天下, 未知吉凶何居." 河公曰: "吉凶昭然易知, 不必動問.[43] 然朝端[44]諸公, 欲堅守大節, 背城一戰, 死於封壃, 則亡亦有名, 絶亦有榮, 吾當仰贊之不暇, 而若欲以艱難基業爲淸議之資, 尊夏大義爲進身之階, 內實畏虜, 外沽美名, 則未見其可也."[45] 鄭公曰: "我國括丁搜軍, 優得百萬, 諸州留穀, 足支數年之粮, 日夜練習, 可成精銳, 若一出鴨綠,[46] 一出江界,[47] 則軍聲所到皇朝遺黎, 孰不解體倒戈以迎我師? 且吳三桂[48]全師尙在雲南, 兵精粮足, 若共誓合力, 興復皇室, 豈非萬全之計也?" 河公曰: "使君尙能坐談?[49] 天下萬事, 不越乎天時、地理、人事. 今華運浸衰, 北氣正旺, 胡淸之享國, 當至三百年之久, 此天時之不可爲也. 山海一關, 天險之地, 我以烏合之師, 千里間關, 百戰到關外, 則彼以燕薊[50]之衆, 牢守咽喉,[51] 以逸待勞, 又以寧古[52]部落,[53] 攝

---

43) 動問 : 묻다.
44) 朝端 : 조정.
45) 若欲以艱難基業~未見其可也 : 이 구절은 宋時烈 등 老論 一系에 의해 주도된 北伐論의 허상을 지적한 것으로 주목을 요함.
46) 鴨綠 : 鴨綠江.
47) 江界 : 평안북도에 있는 땅 이름.
48) 吳三桂 : 명나라 崇禎 때 總兵의 벼슬로 山海關을 지켰으나 李自成이 北京을 함락하자 淸兵을 이끌고 入關하여 청나라로 하여금 中原을 차지하게 만들었다. 이 공으로 청나라는 그를 西平王에 봉하고 雲南을 지키게 했다. 후에 청나라 조정에서 서평왕의 지위를 뺏고자 하는 의론이 일어나자 起兵하여 '周帝'라 칭하다가 病死했다.
49) 坐談 : 空論.
50) 燕薊 : 중국의 河北省 일대. '燕'은 북경 및 그 북부를, '薊'는 北京 서남쪽 일대를 일컫는 말.
51) 喉 : 저본에는 '吭'으로 되어 있음.

我軍後, 則我腹背受敵, 首尾不能相應, 粮道已絶, 歸路又阻, 則隻輪何以返國也? 此地理之不可爲也. 憶曾丙子,[54] 彼以數千之騎, 深入我境, 如滄海孤舟、曠野腐草, 而環東土數千里, 無一人正視, 竟以城下之盟爲孤注.[55] 今虜之富强, 非比曩時, 我之行陣, 只曉長蛇,[56] 庸將懦卒, 見敵先退, 何異於驅嬰兒入虎穴也? 且吳三桂, 辜恩負國, 自窺神器, 又不可與之同盟也." 鄭公曰: "誠如尊言, 當堅守和議." 河公曰: "我方[57]人, 好尙浮論, 當事先怯. 俄間所云, 都是閒商量[58]也."

鄭公曰: "朝宗成憲, 非不盡美, 而但法久弊生, 今之爲民害而蠹國政者, 不可毛擧. 願大人垂教." 河公曰: "富豪之家, 奴隷最多, 倉庾園圃, 各有守者, 耕紝汲樵, 各有役者. 此八事, 本非弊源, 而一奴不職, 則有一事之弊, 八奴不職, 則有八事之弊, 爲家長者, 乃汰其庸懶, 代以良勤者, 則諸事又修擧矣, 況於一國乎?" 鄭公拜謝曰: "今者所教, 可謂要言不煩, 使人心形俱服."

河公曰: "自顧淺蹤, 不可久居陽界, 敢此告別, 願使君珍重自保." 鄭公曰: "小官預料尊駕遠訪, 略具薄禮, 幸勿牢却."

---

52) 寧古 : 寧古塔. 吉林省 牧丹江 연안에 있으며, 淸나라의 發祥地.
53) 部落 : 蠻夷가 부족을 이루어 모여사는 것을 이르는 말.
54) 丙子 : 1636년의 丙子胡亂을 가리킴.
55) 孤注 : 원래 도박에서 남은 돈을 한 번에 다 거는 것을 일컫는 말인데, 여기서는 '운명을 걸다'는 정도의 뜻.
56) 長蛇 : 長蛇陣. 뱀과 같이 길게 늘어선 兵陣.
57) 方 : '邦'의 뜻.
58) 閒商量 : 쓸데없는 생각. 부질없는 생각.

河公曰: “旣蒙厚摯, 敢不一飽?” 鄭公親到洞房, 擎進所辦酒果. 河公一嚼便盡, 因起身蹌蹌而去. 鄭公送至公門, 還入政堂, 諦視酒罇､果卓, 則俄者空空者, 今忽盈盈, 曾不少虧. 鄭公嗟歎良久, 竟夜不眠.

後來鄭公功名後嗣, 皆符河公言.

• **작자** : 李玄綺(1796~1846)

字는 穉皓, 號는 綺里, 본관은 全義. 金溝縣令 · 報恩郡守 · 善山府使 등을 지낸 李亨會의 아들. 少論에 속했으며, 벼슬은 하지 못했다. 야담집 『綺里叢話』를 저술했다.

• **출전** : 연세대본 『綺里叢話』를 底本으로 삼아 異本을 참고하여 校合하였다.

• **참고사항**

(1) 이 작품은 야담으로서는 드물게 높은 ‘政治意識’을 보여주는바, 鮮初의 인물을 귀신으로 등장시켜 鄭太和와 대화를 나누게 하는 수법을 통해 北伐論의 허상과 인재등용의 문제점을 지적하고 있다. 작품 뒷부분에 보이는 “我方人, 好尙浮論, 當事先怯”이라는 귀신의 말은 당시 지배층 사대부들의 氣習과 행태를 풍자한 말이라고 생각된다.

(2) 이 작품이 수록된 『綺里叢話』는 임형택, 「綺里叢話 所載 한문단편 연구」, 『민족문학사연구』 11(민족문학사연구소, 1997)에서 처음 소개되었다. 이 작품의 작자 및 이 작품이 수록된 『綺里叢話』에 대한 실증적 논의로는 김영진, 「綺里叢話에 대한 일고찰」, 『한국한문학연구』 28(한국한문학회, 2001)이 참조된다.

# 6. 蔡生奇遇

李玄綺

英廟末, 蔡生者, 家勢貧窶, 僦居于崇禮門[1]外萬里峴.[2] 蝸舍頹圮, 簞瓢屢空, 而生之父, 愷悌謹拙, 恬靜自守, 不以飢寒而易其操, 惟嚴訓在生, 欲紹家緒, 見一不是處, 未嘗溺愛包容, 必裸入繩網之中, 高懸樑上, 以亂椎椎之[3]曰: "吾家門戶剝復,[4] 亶係汝一身, 未有酷罰, 何望悛過?" 生時年十八, 委禽于禹水峴[5]睦學究家, 雖結親[6]之日, 亦令課讀, 親迎之後,

---

1) 崇禮門 : 남대문.
2) 萬里峴 : 만리재. 남대문 밖 서울역 서쪽의 땅 이름. 세종 때 崔萬里가 살던 곳이라 하여 그런 이름이 생겼다 함.
3) 以亂椎椎之 : 저본에는 '以亂椎之之'로 되어 있으나 栖碧外史海外蒐佚本 『青邱野談』 乙을 따름. 이하 특별히 어떤 本임을 밝히지 않고 『青邱野談』이라고만 한 것은 이 本을 가리킴.
4) 剝復 : 剝卦와 復卦. 興亡盛衰를 가리킴.
5) 禹水峴 : 桃洞에서 厚岩洞으로 넘어가는 고개.
6) 結親 : 兩家가 사돈 관계를 맺음. 結婚.

祗席之事, 皆有指日所許.

一日, 詔生曰: "冷節[7]只餘四箇日, 墓祭固宜躬行, 而但汝成冠之後, 猶曠省墳, 於情於理, 俱爲未妥. 可於明曉, 趲程三日, 而走百有奇[8]里, 則當趂期到塋下. 將事[9]之際, 須用一箇誠字, 拜跪出入, 毋或踈忽. 行路如見女伴及喪輀, 必避回不見, 以務心齋." 生僕僕領命, 翌日拂曙而行. 父又出門囑之曰: "長程決勿浪度, 默誦一經, 逆旅必須節食, 用免二竪.[10] 勉哉勗哉, 以旣懸望!"

生滿口應承, 經于南門, 轉過十字[11]衚, 葛衣蔴鞋, 行色零星, 忽有五六皂隷, 豪悍胖健, 携一騣駿骨衣金勒繡韉,[12] 拜于路旁. 生羞赧不敢當, 疾足便走. 皂隷團團圍, 禮曰: "小的[13]家令公,[14] 奉邀郎君, 願速上馬." 生訝惑囁嚅曰: "君是誰家臧獲? 我也四顧無顯親, 詎有送馬? 速去也!" 皂隷更不打話, 齊力推擁, 勒使據鞍, 施策打箠, 迅如游龍. 生目瞠口呿, 不

---

7) 冷節 : 寒食.
8) 奇 : '餘'의 뜻.
9) 將事 : 받들어 일을 행함.
10) 二竪 : 질병. 春秋時代 晉나라의 景公이 병들었을 때 病魔가 아이 둘로 化身하여 꿈에 나타났다는 고사에서 유래하는 말.
11) 十字 : 『靑邱野談』에는 '十字街'로 되어 있음. 十字街라는 지명은 앞의 「茶母傳」에도 보임.
12) 携一騣駿骨衣金勒繡韉 : 황금 굴레와 수 놓은 안장을 한 한 마리 준마를 데리고.
13) 小的 : '小人'. '쇤네' 혹은 '저'에 해당되는 白話. 『廣才物譜』에는 "凡供役使者曰小的"이라고 뜻풀이가 되어 있다.
14) 令公 : 令監. 정3품과 종2품의 관원을 이르는 말.

能定情, 惟哀呼悲呌曰: "我庭闈俱耄, 兄弟終鮮, 望君特垂慈悲, 救活縷命." 皀隷扮作不聽, 惟事驅騁.

俄頃而馳入一門, 轉過無限小門, 中有廣廈渠渠, 制度宏敞, 楣桷雕繢, 衆僕翼生而升堂. 堂上有老翁, 頭戴烏紗折風巾,[15] 以明珠片纓承之, 兩鬂[16]貼了一雙金圈,[17] 身穿大花青錦氅衣,[18] 腰横紅絛[19]兒帶,[20] 高坐沈香椅上, 五六丫鬟, 昡[21]粧麗服, 左右序立. 生忙拜膝席, 主翁扶起寒暄, 踵問生姓名、閥閱、年紀. 生一一便對, 主翁喜動眉睫, 曰: "然則吾女果不薄命." 生終是愚騃, 究解他不得, 動問[22]他不得, 惟滿面通紅, 拱手侍坐. 主翁曰: "吾家世以通商資業, 位忝[23]金緋,[24] 家饒銀貨, 詎不自足, 而但身外摶[25]有一女, 受人儷皮,[26] 未趂巹禮, 而夫婿遽夭, 青春空閨, 情事遽憐, 禮守有防, 瞻聆有碍, 未便他[27]適, 奄至三稔. 女忽於前宵, 悲號哀鳴, 聲聲

---

15) 烏紗折風巾 : 검은 비단으로 만든 冠.
16) 鬂 : '鬢'의 俗字.
17) 金圈 : 金貫子. 정2품 · 종2품의 관원이 붙임.
18) 大花青錦氅衣 : 벼슬아치가 평상시 입던 옷으로, 비단으로 만들었음.
19) 絛 : '絛'와 仝字.
20) 紅絛兒帶 : 堂上官이 私服에 띠는 帶.
21) 昡 : 저본에는 '袨'으로 되어 있음.
22) 動問 : 請問. 물어보다.
23) 忝 : 저본에는 '泰'로 되어 있음.
24) 金緋 : 금관자와 紅袍. 堂上官의 服飾. 여기서는 堂上官을 뜻함.
25) 摶 : 저본에는 '博'으로 되어 있음. '摶'은 '專'과 통함.
26) 儷皮 : 암수 한 쌍의 사슴 가죽. 古代 中國에서 婚禮의 幣帛으로 사용되었음. 轉하여 幣帛의 뜻으로 씀.
27) 他 : 저본에는 없으나 보충했음.

呑恨, 寸寸斷腸, 雖行路之人, 亦當爲之傷感, 矧余一身骨肉, 都寄此女. 一日忍見, 輒惹一日之愁, 百年忍見, 便無百年之樂, 缺陷世界, 迅如流駛, 雖絲肉[28]以醒耳, 錦繡以侈眼, 膏腴以悅口, 猶恨取樂無多, 余又何苦獨以淸淚爲日用, 哀怨作家計也哉? 事到窮迫, 計出無奈.[29] 乃使家僮, 晨候天衢,[30] 毋論賢愚貴賤, 必以初逢一少年丈夫, 極力邀致,[31] 以占佳緣. 不意郎君與微息, 宿繫赤繩,[32] 湊合甚巧, 萬望憐其寡煢, 使奉巾櫛." 生益覺瞠然, 不敢有應. 主翁曰: "春宵苦短, 雞人已唱.[33] 願君追此未明, 以成花燭." 因攝生而起, 携入行閣, 轉到一座花園, 廣周數百武, 四圍以粉墻約[34]之, 墻之內, 滿鑿池塘, 小艇艤其涘, 劣容兩三人. 乃同乘而濟, 菡萏挺生, 尺尋[35]難辨, 溯入異香中者差久, 塢巘斗出, 以文石築起, 中設階梯以達其上. 生下舟登階, 階盡而有十二欄干, 茵席炳爛, 簾箔瑩透. 主翁留生而入. 生停立偸視, 則奇草異石, 名

---

28) 絲肉 : 음악과 노래.

29) 奈 : 저본에는 '策'으로 되어 있음.

30) 天衢 : 서울의 거리.

31) 致 : 저본에는 '到'로 되어 있으나『靑邱野談』을 따름.

32) 赤繩 : 부부의 인연. 이에는 다음의 고사가 있음. "韋固少未娶, 旅次宋城, 遇老人倚囊而坐, 向月檢書. 因問之, 答曰: '此幽明之書.' 固曰: '然則君何主?' 曰: '主天下之婚姻耳.' 因問囊中赤繩子, 曰: '此以繫夫婦之足, 雖仇家異域, 此繩一繫之, 終不可易.'"(『續幽怪錄』)

33) 雞人已唱 : '雞人'은 周官의 명칭. 제사 지내는 날에 새벽을 告하는 임무를 맡았음. '雞人已唱'은 새벽이 다 되었다는 뜻.

34) 約 : 꾸미다.

35) 尺尋 : 深淺. '尋'은 여덟 자.

花彩禽, 如入海觀市,[36] 怳惚不可名狀.

居無何, 二靑衣[37]邀生而導之, 生踵至一座紅院, 只見碧紗窓裏, 銀燈耿煌, 香烟裊裊, 二八娘子, 月態花貌, 艶[38]粧眩[39]服, 翹立戶內, 隱暎顯晦, 只窺一斑. 生趦趄而進, 娘子蓮瓣[40]乍動, 宛[41]轉出來, 肅[42]生而入, 拜了一拜. 生沒頭答禮, 偶坐氍毹, 侍婢進饍, 珍味方丈, 寶器綜錯. 生羞赧不敢下箸. 主人曰: "稚女富貴, 吾所有也. 但仰視於君者,[43] 若恩情無間, 讒嫉[44]不行, 則可得[45]百年鳧藻.[46] 惟君圖之." 生亦不能答, 主人轉身而出.

一媼鋪列兩箇錦裯於七寶床上, 請生入帷, 生黽勉而入. 媼又扶娘子, 與生幷坐, 仍下流蘇,[47] 鎭以文犀.[48] 生掣肘矛盾, 猶未定情, 更以阮郞天台[49]而自解之, 柳毅洞庭[50]而自況[51]

36) 觀市: '市'는 '海市', 즉 蜃氣樓.
37) 靑衣: 여종.
38) 艶: '靚'과 仝字.
39) 眩: 저본에는 '袨'으로 되어 있음.
40) 蓮瓣: 繡鞋를 이르는 말.
41) 宛: 저본에는 '萬'으로 되어 있음.
42) 肅: 인도한다는 뜻.
43) 但仰視於君者: 그대를 보니.
44) 嫉: 저본에는 '疾'로 되어 있으나 『靑邱野談』을 따름.
45) 得: 저본에는 '後'로 되어 있으나 『靑邱野談』을 따름.
46) 鳧藻: 즐거움. 歡悅. 오리가 水草를 만나면 기뻐하므로 이르는 말.
47) 流蘇: 流蘇寶帳. 휘장.
48) 文犀: 무늬 있는 무소 뿔.
49) 阮郞天台: 後漢 때 阮肇라는 사람이 劉晨과 함께 약초를 캐러 天台山에 들어갔다가 仙女를 만나 놀다 돌아왔다는 고사가 있음.
50) 柳毅洞庭: '柳毅'는 唐나라 傳奇小說인 「柳毅傳」의 주인공으로, 洞庭湖의 龍女와 부부가 되었음.

之. 乃噓燭交枕, 情思繾綣, 日高三竿, 始乃覺[52]寢, 則衣衫袍帶, 無一存焉, 不勝驚訝, 詰問于娘, 娘曰: "欲依樣製衣, 敢爲窃出." 言訖, 媼携一紋箱入, 曰: "新衣已完, 望郞君進着." 生見綺紈粲粲, 穩稱身子, 大喜穿下, 旋啜早[53]饍.

主人入候起居, 生囁嚅曰: "大爺不鄙賤踪, 恩摯鄭重, 非不欲久叩甥舘, 用表微虔,[54] 而但墓祭在卽, 前塗[55]脩遠, 若一刻延拖, 則無以及期, 敢此告別, 仰乞心諒." 主人曰: "先壠距此幾里?" 曰: "百里有羨." 主人曰: "若間關困步, 則可費三日, 若一馳鄙驁, 則不過半日之程. 願姑留兩日, 無孤[56]此望." 生曰: "春庭訓戒甚嚴, 余若淹滯于此, 末[57]乃乘肥衣輕, 揚揚騁驟, 則易致事覺. 願大爺三思." 主人曰: "吾籌之已熟, 可有妥帖, 愼勿深慮." 生實不忍捨, 乃聆斯言, 也自爲幸.

主人携生而偕到山亭、水榭、松臺、竹田, 悅眼暢懷, 箇箇幽勝. 主人曰: "余姓<u>金</u>, 官做知樞.[58] 世人相與浮張, 以吾産業, 謂甲于國內, 故微[59]名頗播遠近, 君或聞之否?" 生曰: "街卒、田夫, 皆知貴名, 況余飽聞, 如雷灌耳乎." 主人曰: "緣余無嗣,

---

51) 况 : 비유하다.
52) 覺(校) : 저본에는 '攪'로 되어 있음.
53) 早 : '朝'와 통함.
54) 虔 : 저본에는 '處'로 되어 있음.
55) 塗 : '途'와 仝字.
56) 孤 : 저버리다.
57) 末 : 저본에는 '未'로 되어 있음.
58) 知樞 : 同知中樞府事. 中樞府의 종2품 벼슬.
59) 微 : 저본에는 '徵'으로 되어 있음.

欲窮極園林勝事, 以陶寫餘景,[60] 院落、樓榭, 實多僭分, 愼勿說與世人, 以獲大戾." 生唯唯.

越二日, 生晨興啓程, 輪蹄俱備, 僕御羣擁. 日未昃, 已到楸下[61]五里之地, 乃換着舊衣, 裹足而入. 翌朝, 行祭而復路, 未到數十武, 車馬已候路傍. 生改穿錦衣, 馳回金家, 因欲還家. 金曰: "貴爺料君有步, 而不能料君有騎, 百里長程,[62] 一日而還, 則漏罅已出,[63] 補綴不得, 莫若更過信宿而歸覲." 生又穩度香閨, 新情款洽, 如[64]期而別, 涕泗被面. 娘子進問後會, 生曰: "親敎嚴重, 遊必有方. 倘春秋墓祀, 更使余替行, 則謹當一做今日之規.[65] 不爾, 經年經歲, 娘子便是一般寡也." 言與淚並, 鳳別鸞離. 生年妙心癡, 自來[66]大願, 卽火鉄小囊,[67] 而家貧未得, 及見金家所供, 繡刺華麗, 製裁精緻, 乃愛護珎奇, 不忍便捨. 娘曰: "此囊, 韜[68]晦大囊之中, 人難測見, 換着舊衣, 獨携此物, 有甚[69]違戾?" 生如言納諸布囊. 歸家復命, 父亟問先塋安否, 且問修齋誠慢. 生對之甚悉. 卽令讀書, 生口雖咿唔,[70] 心未嘗不到金家也.

---

60) 陶寫餘景: '陶寫'는 즐겁게 지내며 근심을 잊는 것. '餘景'은 餘生.
61) 楸下: 墓下.
62) 程: 저본에는 '亭'으로 되어 있으나 『靑邱野談』을 따름.
63) 漏罅已出: 구멍이 이미 나.
64) 如: '及'의 뜻.
65) 規: 規計. 꾀, 계책.
66) 自來: 본래.
67) 火鉄小囊: 부시 쌈지. '鉄'은 '鐵'의 俗字.
68) 韜: 저본에는 '鞰'으로 되어 있음.
69) 甚: '무슨'이라는 뜻.

一日, 父敎生宿于內閨. 生夜入[71]婦室, 破窓漏簷,[72] 寒風透骨, 蒲襪麻衾, 蚤蠍[73]甚熾,[74] 妻荊釵短裙, 垢容瘦尖, 起身而迎生, 苦無適意, 不交一語, 惟念念只在於金家蘭閨[75]曩日行樂, 前遊如夢, 後會難期. 因默誦元微之[76]'曾經滄海難爲水, 除却巫山不是雲'[77]之句, 自覺暗符身世, 短吁長歎,[78] 轉輾不寐. 及到曉鍾, 始得交睫, 到日晏未覺. 妻黎明先起, 自想道: "尊章平日, 琴瑟甚調, 情眷恒篤, 忽自楸駕後, 一此冷落, 必有鍾情別人, 間我舊好也." 因歷覵生之容色、衣衫, 無所顯露. 因偶見生之所佩布囊, 昔曾空空, 今忽盈盈, 疑雲漸遮, 覈案斯存. 乃偸驗裏面, 則果有一箇小錦囊, 中實火金、火石, 兼有棋子樣銀貨. 妻大怒, 列置床上, 要待生之睡覺自赧.

居無何, 父厲責而入曰: "豚犬[79]尙不覺睡, 何暇[80]讀了一字?" 因開戶叱之, 生驚起攝衣. 父[81]轉目之際, 已撞見[82]床

---

70) 唔 : 저본에는 '喔'으로 되어 있으나 『靑邱野談』을 따름.
71) 入 : 저본에는 없으나 『靑邱野談』에 의거해 보충했음.
72) 漏簷 : 저본에는 '滿簾'으로 되어 있으나 『靑邱野談』을 따름.
73) 蠍 : '蝎'과 같음.
74) 熾 : 저본에는 '蟙'로 되어 있음.
75) 蘭閨 : 여자가 거주하는 방. 저본에는 '蘭'이 '闌'으로 되어 있음.
76) 元微之 : 唐나라 시인 元稹. '微之'는 그 字.
77) 曾經滄海難爲水, 除却巫山不是雲 : 元稹이 죽은 부인을 그리워하여 지은 시인 「離思」 제4수에 나오는 구절임.
78) 歎 : 저본에는 '難'으로 되어 있음.
79) 豚犬 : 자기 자식을 謙稱하여 豚犬이니 豚兒니 함.
80) 暇 : 저본에는 '假'로 되어 있음.
81) 父 : 저본에는 '交'로 되어 있으나 『靑邱野談』을 따름.

上小囊, 不勝駭痛, 裸生而納諸繩罟之中, 掛于樑上, 用力打下. 生不堪苦楚, 一一吐實. 父一層激怒, 三百曲踊,[83] 折簡隣家, 借了一力, 使招金令. 金令自是[84]豪華, 雖宰執,[85] 學士, 不能坐而輒邀, 况一學究, 遣一星[86]而任自呼來耶. 徒以孀女歸屬, 甘受淩逼, 刻下馳謁. 父厲聲大責曰: "君一壞禮[87]常, 聽[88]女淫奔, 旣不自好,[89] 又誤吾兒, 何也?" 金曰: "擇婿之車, 巧丁阿戎,[90] 彼此不幸, 已不可旣.[91] 今則水流雲空, 兩家安逸, 不相干涉則已矣, 何庸短人釁累,[92] 高聲彰顯乎?"[93] 父無以應. 金卽辭去曰: "胤玆以裔,[94] 魚湖相忘,[95] 愼勿相迫." 因飄然而去.

過了一歲, 金冒雨來造. 父曰: "疇昔牢約, 今胡徑庭?"[96] 金

---

82) 撞見 : 遇見. 갑자기 마주침.
83) 三百曲踊(삼맥곡용) : 『좌전』에 "距躍三百, 曲踊三百"이라는 말이 나오는데, '百'(맥)은 힘쓴다는 뜻. 채노인이 길길이 뛰는 모습을 이렇게 표현했음.
84) 自是 : 본시, 본래.
85) 宰執 : 재상 등 政事를 집행하는 重臣을 일컫는 말.
86) 一星 : '星'은 使者. 여기서는 심부름꾼.
87) 禮 : 저본에는 '體'로 되어 있으나 『青邱野談』을 따름.
88) 聽 : 따르다.
89) 自好 : 自修.
90) 巧丁阿戎 : '丁'은 만난다는 뜻. '阿戎'은 從弟나 남의 아들을 일컫는 말.
91) 旣 : 다하다. 여기서는 다 말하다는 뜻.
92) 累 : 저본에는 '漏'로 되어 있으나 『青邱野談』을 따름.
93) 乎 : 저본에는 없으나 『青邱野談』에 의거해 보충했음.
94) 胤玆以裔 : 지금 이후에는.
95) 魚湖相忘 : 『莊子』「大宗師」의 다음 구절에서 유래하는 말. "泉涸, 魚相與處於陸, 相呴以濕, 相濡以沫, 不如相忘於江湖." 구구하게 仁愛를 베풀기보다는 자유롭게 道에 노니는 것이 낫다는 뜻인데, 여기서는 서로 관계하지 말고 살자는 정도의 뜻으로 쓰였음.
96) 徑庭 : 현격한 차이를 일컫는 말.

曰: "適出郊坰, 忽値霧霈, 此間無他親知, 敢入貴第, 少避暴雨, 萬望見諒." 父怡然曰: "吾久雨獨坐, 無以陶寫, 逢君可以閑話矣." 金執禮甚恭, 談屑娓娓, 正如牛毛[97]蠶絲, 甚有綜理, 而幷不及葭莩[98]之事. 父生平追遊, 不越乎村學、秀才, 終日接語, 惟相較貧窘, 如印一板, 及見金辯博軒偉, 重以詔[99]笑獻媚, 乃大悅心醉. 金默會其意, 卽叫僕從曰: "余走得肚裏飢, 須將橐餘食物來!" 僕從進佳肴珍饌. 金滿斟[100]大白,[101] 跪進[102]于父, 父胃開口涎, 正欲轟飮, 而陽斥之. 金曰: "酒盃相屬, 素昧猶然, 況吾曺托契已久, 顔面已厚, 豈忍並坐而獨酌?" 父語沮一飮, 飮輒盡巵, 靑州從事,[103] 滌盡胸膈之魂磊, 梗腸蔬神, 却被珍肉之蹴破, 醉眼如潮, 襟期散朗. 金盡歡而歸, 父曰: "君好是一箇酒伴, 必頻賜枉顧." 金曰: "今日天雨一借, 幸得對觴, 而余公務、私故, 鎭日[104]紛叢, 安得抽身更到[105]也?" 父送至門首, 乘醉入室, 團聚家小, 盛言金令好處, 旋又昏寢. 平明乃覺, 頗悔昨日所賺, 而不可及矣.

---

97) 毛 : 저본에는 '尾'로 되어 있으나 『靑邱野談』을 따름.
98) 葭莩 : 葭莩之親. 먼 친척을 말하는데, 여기서는 姻査間를 가리킴.
99) 詔 : 저본에는 '諂'(도)로 되어 있음.
100) 斟 : '斟'과 仝字.
101) 白 : 술잔.
102) 跪進 : 저본에는 '進跪'로 되어 있으나 『靑邱野談』을 따름.
103) 靑州從事 : 美酒의 異稱.
104) 鎭日 : 진종일.
105) 到 : 저본에는 '刺'로 되어 있으나 『靑邱野談』을 따름.

金密使家人, 詗[106]探生家動息. 一日, 家人回告曰: "蔡家五日不爨, 內外僵臥, 景色慘沮." 金乃移書于生, 送饋數千孔方兄.[107] 生闔家欣踊, 極[108]備饘飱, 而不令父知道, 權托稱貸, 進饋于父. 父急於充飢, 未暇窮詰. 一日二日, 再食無虞, 父始怪問之, 生備悉其由. 父怒曰: "寧顚倒溝壑, 豈忍坐受無名之物[109]也? 事屬旣往, 旣難吐嘔, 且無路可償, 此後愼勿破戒!" 生唯唯.[110]

於焉之頃, 青蚨[111]已乏, 飢餒依舊, 而父性子[112]疎拙, 不謀産業. 生與其母, 撑東[113]補西, 掇[114]下充上, 拖至周歲, 而勢同弩末,[115] 債如山積, 死亡迫在呼吸. 金又探得這箇樣子, 復以十斛長腰,[116] 百金鵝眼,[117] 爲生壽[118]之. 生豈忍見父母垂死, 心灼肺燃, 缾罄罍恥,[119] 雖擔糞賃傭,[120] 何事[121]可辭, 而

---

106) 詗 : '詷'과 仝字.
107) 孔方兄 : 엽전을 이름.
108) 極 : '亟'과 통함.
109) 無名之物 : 명분 없는 물건.
110) 唯唯 : 저본에는 '惟惟'로 되어 있으나 『青邱野談』을 따름.
111) 青蚨 : 『搜神記』에 나오는 말로, 돈의 異稱.
112) 性子 : 성질. 白話에 해당함.
113) 東 : 저본에는 없으나 보충했음.
114) 掇 : 저본에는 '綴'로 되어 있으나 『青邱野談』을 따름.
115) 弩末 : 쇠뇌에서 발사된 화살이 끝에 가면 힘이 다해 표적을 뚫지 못하듯, 事勢窮迫함을 이름.
116) 長腰 : 쌀의 異稱.
117) 鵝眼 : 孔方. 엽전의 異稱.
118) 壽 : '주다', '보내다'는 뜻.
119) 缾罄罍恥 : 『시경』 小雅 「蓼莪」(육아)의 "缾之罄矣, 維罍之恥"에서 유래하는 말. '罍'는 큰 酒器이고, '缾'은 작은 酒器인데, 罍의 술로 缾을 채우기에 한 말임. 이 말은 원래 富者가 貧者를 돕지 않거나 衆이 寡를 돌보지 않음을 이르는

況人以好意送助乎? 乃欣然迎受,[122] 以侈親廚. 父方病昏涔涔,[123] 惟貪食飮, 生連供瀡膩, 數日乃痊, 繼以甘旨調養之. 父曰: "此物從誰辨了?" 生又告其狀. 父微笑曰: "金令安得時時周急也? 自後決勿有受. 受當笞之." 生又領命. 父高臥飮食, 不愁桂玉[124]者, 且五六箇月. 及夫所儲又罄, 愁惱十倍於前, 荏苒苦楚者, 又許多日月.

父當其喪餘, 蘋藻[125]俱空, 情事摧抑, 偶坐室隅, 百計熏心. 忽見一僕齎緡錢二百, 來獻於生, 乃金家所餉也. 生準擬[126]父教, 欲辭之, 父曰: "他以急人[127]之風, 助我祀需, 於情於義, 不可全却, 半完半受,[128] 允合得中." 生如戒.

翌日, 金盛備食卓來饋生. 生又欲却之, 父曰: "旣熟這物, 不可狼狽[129]回送, 今可染指, 自後則一防弊源." 因相與大嚼, 香味雜錯, 一家咸飫, 口碑[130]如雷. 金殷勤勸酒, 父一直不辭,

---

말인데, 여기서는 양식이 떨어져 곤궁하다는 뜻으로 쓰였음.

120) 傭 : 저본에는 '庸'으로 되어 있으나 『靑邱野談』을 따름.

121) 事 : 저본에는 '辭'로 되어 있음.

122) 受 : 저본에는 '笑'로 되어 있으나 『靑邱野談』을 따름.

123) 涔涔 : 저본에는 '滾滾'으로 되어 있으나 『靑邱野談』을 따름. 杜甫의 「風疾舟中伏枕書懷」詩에 "轉蓬憂悄悄, 行藥病涔涔"이라는 구절이 보임.

124) 桂玉 : 땔감과 양식.

125) 蘋藻 : 변변치 못한 祭需.

126) 準擬 : 헤아리다. 생각하다. 저본에는 '擬'가 '依'로 되어 있으나 『靑邱野談』을 따름.

127) 急人 : 남의 어려운 사정을 선뜻 도와줌.

128) 半完半受 : 반은 돌려주고 반은 받다.

129) 狽 : 저본에는 '貝'로 되어 있음.

130) 口碑 : 입으로 칭송함.

殺[131]到泥醉, 許結刎頸. 且詔生曰: "汝與金家閨秀, 本自楚、越之遙,[132] 忽成秦、晉之好,[133] 豈無天緣存耶? 汝不可終始踈置, 斷人平生. 今宵甚吉, 可一宿而還, 毋至留連." 生大喜諾諾. 金再拜嗚謝, 亟以斑騅, 送生于家, 自己則或慮父之有二三其心, 故爲遷延, 日曛乃去. 生翌朝反面,[134] 父渾不記昨日話頭, 乃怪問曰: "汝緣何早整冠帶?" 生對以實, 父悔懊愧赧, 不費責辭. 從此一任於生, 聽其所之, 不露些圭稜,[135] 以衣食祭祀, 皆賴於金. 金又日日載酒來造, 討論衷曲. 父早傷於貧, 頭須[136]爲白, 及夫坐衣遊食,[137] 又日與暢飮, 頗覺自適, 追念前日苦海, 体膚起粟.[138]

一日, 金從容進言曰: "公子之往來余家, 漸礙人眼, 願從此告絶." 父[139]驚曰: "然則吾當密迎吾婦于家裏, 藏踪滅跡." 金曰: "公子年少布衣, 上有庭闈, 下有正室, 決不可畜媵于家." 父曰: "第思妙策, 以詔愚迷." 金曰: "我欲別築一室于貴家之旁, 以便晨夜往來, 未審高見若何." 父曰: "然則室宇勿

131) 殺(쇄) : 매우. 몹시.
132) 楚越之遙 : 楚나라와 越나라는 서로 멀리 떨어져 있는 데서 서로 먼 사이를 이름.
133) 秦晉之好 : 春秋時代에 秦과 晉 두 나라는 대대로 혼인을 맺었으므로, 이에 연유하여 두 가문 사이에 혼인관계를 맺는 것을 이름.
134) 反面 : 자식이 어디 나갔다가 집에 돌아와 부모를 拜見하는 것을 이르는 말.
135) 圭稜 : 圭角.
136) 須 : '鬚'와 통함.
137) 坐衣遊食 : 無爲徒食.
138) 粟 : 寒粟. 소름.
139) 父 : 저본에는 '又'로 되어 있음.

用高, 婢僕勿用多, 庾廩勿用富, 以守吾家寒素." 金曰: "諾." 乃歸家鳩材, 敞建瓦舍, 便成一區甲第, 甚非父志也. 父無由奈何, 惟或咄舌, 繼以讓金. 金曰: "第宅所以長子孫也. 窃觀足下抱玉懷珠, 而未需於世, 令子賢孫當食其報, 豈無高大門閭也?" 父大喜而止.

宅成而落之, 金暮夜送女于生家, 禮謁舅姑女君, 因住新舍, 三日小宴, 五日大宴, 以娛舅姑, 內外僮僕, 盡得歡心. 生告其母曰: "阿父阿母, 平生吃苦, 俱迫桑榆,[140] 而迷息年淺學蔑, 難期奉檄,[141] 顧今一分志養之道, 只在移處新舍, 穩享富貴, 願得採納." 母曰: "我若移居, 則金家當謂我何?" 子曰: "此金令及側室之意, 而我不過傳命之郵耳." 母頗有肯意, 備告于父, 父曰: "卿卿[142]志氣衰邁, 至有贅說." 母怒曰: "我自從尊章, 劒樹刀山,[143] 未嘗一日釋慮, 今幸得衣食之天,[144] 安居肆志,[145] 次婦之恩固大矣. 今又虔誠邀我, 以養餘年, 有何虧傷而不爲勉從也?" 父曰: "卿卿[146]自去. 我則當守窮廬." 母乃卜日搬撤.

父時時往見, 則數十傔僕, 迎拜門首, 左擁右攝, 直入別堂,

---

140) 桑榆 : 老年을 비유해 이르는 말.
141) 奉檄 : 벼슬에 나아가는 것을 말함. '檄'은 召書.
142) 卿卿 : 아내를 일컫는 말.
143) 劒樹刀山 : 저본에는 '釰山刀水'로 되어 있음. 험난한 길이나 역경을 뜻함.
144) 天 : 의뢰처. 의뢰할 만한 것.
145) 志 : 저본에는 '地'로 되어 있음.
146) 卿卿 : 저본에는 '卿'으로 되어 있으나 『靑邱野談』을 따름.

堂卽爲父敞搆, 以便或來[147]住者也. 入堂則圖書滿架, 花卉委砌, 使令滿前, 應對如流, 入對老妻, 而亦如之, 移晷坐臥, 不忍捨去. 末乃勉强還家, 則破屋數間, 依舊蕭散, 忽自念曰: '餘生無幾, 不過一彈指頃, 何庸[148]自苦如此?' 亟招生曰: "吾獨寓空舍, 傳食于汝, 還成一弊. 且室家分張, 晩景[149]尤難, 欲同處新舍, 以便團欒, 於意云何?" 生大喜贊成. 父乃卽日移占, 庭[150]無間言, 百汪奡藻.[151]

金以負郭[152]千畝, 立券與生. 生旣無家累, 惟事擧子業, 未幾登第, 功名耀世, 卒[153]至八座.[154] 當宁[155]初, 以耆社之臣, 優蒙恩渥.

余曰: "金知樞, 可謂善於處事也."

---

147) 來 : 저본에는 없으나『靑邱野談』에 의거해 보충했음.
148) 庸 : '用'과 통함.
149) 晩景 : 늘그막.
150) 庭 : 처를 이름.
151) 百汪奡藻 : 백 배나 기쁨이 컸다.
152) 負郭 : 負郭田. 城 주변의 비옥한 田地.
153) 卒 :『靑邱野談』에는 이 글자 이하 28자가 없음.
154) 八座 : 중국의 後漢과 晋에서 六曹의 尙書 및 一令·一僕射를 총칭하던 말.
155) 當宁 : 純祖를 가리킨다. 이 작품이 수록된『綺里叢話』는 純祖 때 창작된 것으로 알려져 있다.

해제

• 작자 : 李玄綺

「抱州異聞」 '해제'의 작자條를 참조하기 바람.

• 출전 : 淵民本 『綺里叢話』를 底本으로 삼아 여타의 本을 참고하여 校合하였다.

• 참고사항

(1) 이 작품은 현재 알려져 있는 야담계 한문단편소설 가운데 가히 최고의 수준을 보여주는 작품이다. 몰락해가는 양반계급과 상승하는 중인신분 가문의 두 인물을 등장시켜 그 대조적 生活情形과 성격, 심리상태를 사실적으로 곡진하게 묘사함으로써 18세기 역사적 行程의 본질적인 한 국면을 솜씨있게 드러내 보여주고 있다. 이 작품을 쓴 작가의 인간에 대한 관찰은 참으로 예리한 것이라 하지 않을 수 없다.

이 작품은 형식면에서도 대단히 세련된 구성과 기교를 보여주어 단편소설의 묘미를 십분 느끼게 한다. 작자는 당시 市井에서 떠돌던 이야기를 바탕으로 이 작품을 창작했지만, 단순히 구전되던 이야기를 기록으로 옮겨 놓은 데 그친 것이 아니라, 傳奇小說과 같은 전대에 이룩된 소설양식의 성과를 흡수한 위에서 이 작품을 창작한 것으로 보인다. 이 때문에 이 작품은 야담계 한문단편소설이 종종 古談式의 단순한 구성을 보여주는 것과는 달리 고도의 구성과 意匠을 보여주면서, 표현과 문체에 있어서도 전아함과 격식을 갖출 수 있었던 게 아닌가 여겨진다.

학계에는 현재 야담을 일률적으로 문헌설화로 간주하는 입장도 존재하지만, 「蔡生奇遇」 같은 작품은 그런 입장이 타당한 것이 아님을 입증한다.

(2) 이 작품은 『青邱野談』에 「結芳緣二八娘子」라는 제목으로 轉載되어 있다. 「결방연이팔낭자」는 이우성 · 임형택 譯編, 『이조한문단편집』 中(일조각, 1978)에 「金令」이라는 제목으로 번역되어 있다.

(3) 「결방연이팔낭자」를 검토한 논저로는 이신성, 「한문단편 '김령'의 연구」, 『한국한문학연구』 3 · 4합집(한국한문학연구회, 1979) ; 박희병, 「청구야담 연구」(서울대 석사논문, 1981)가 있다.

# 7. 沈家鬼怪

李玄綺

南門[1]外有沈姓兩班, 華門圭竇, 易衣[2]而出, 與李兵使石求[3]爲姻婭, 或賴是而作饘粥矣.

昨年冬, 白日閑居,[4] 忽聞外堂板子上, 有鼠行之聲. 沈生以烟竹仰擊, 盖逐鼠活法也. 自板子中有聲曰: "我非鼠也, 人也. 爲見君跋涉[5]至此, 勿以此相薄也!" 沈生驚訝, 意謂魍魅, 而焉有白晝動見之理, 正在眩惑間, 又於板子上有聲曰: "我遠來飢甚, 幸以一飯見饋." 沈生不應, 卽入內閨, 道其狀, 家人

---

1) 南門 : 南大門.

2) 易衣 : 한 벌의 옷을 한 집안 식구가 서로 돌려가며 입음. 지극히 가난함을 뜻하는 말로, 『禮記』「儒行」의 "易衣而出, 并日而食"에서 유래함.

3) 李石求 : 正祖 · 純祖 연간의 武臣으로 1831년에 죽었음.

4) 閑居 : 저본에는 이 뒤에 "卽當宁丙子也"라는 細注가 있음. 當宁丙子는 순조 16년인 1816년을 말함.

5) 涉 : 저본에는 '踄'으로 되어 있음.

莫有信者. 言訖, 空中有聲曰: "君輩無得相聚道我長短也!" 婦人輩驚甚走出, 那鬼隨婦人頭上連叫曰: "不必駭走. 我將久留貴第, 便同家人, 則何用踈遐爲也?" 婦人西走東竄, 隨處頭上連叫索飯, 無如之何, 凈[6]辦一卓飯饍, 置于堂中, 有吃食飲水之聲, 頃刻便盡, 非若他鬼之歆止也.

主人大駭, 問之曰: "汝是何鬼, 緣何入吾家?" 鬼曰: "我是文慶寬, 周[7]行之際, 偶入貴第. 今得一飽, 從此可往." 因別而去. 翌日, 鬼又來, 如昨日索食物, 食訖便去. 從此日日來往, 或留一夜閑談. 一家男女, 習熟已久, 亦不悸怖[8]也.

一日, 主人書赤符于壁上, 其他辟邪之物, 盡設於前. 鬼又來言:[9] "我非妖邪, 豈怕方術耶? 急扯去, 以示不拒來者之意也." 主人無如之何, 撤去符術, 因問曰: "爾能知來頭禍福耶?" 鬼曰: "知之甚悉." 沈生曰: "我家前程, 吉凶何居?" 鬼曰: "君能壽六十幾歲, 坎軻終世. 君之子, 亦壽幾何. 君之孫, 始有科榮, 而亦不能顯." 沈生聽言愕, 而又問家中某夫人壽幾何, 生男幾何, 鬼一一盡對. 因曰: "我有用處, 君幸以二百鵝眼[10]俯惠." 沈生曰: "汝謂吾家貧乎富乎?" 鬼曰: "貧

---

6) 凈 : '淨'과 仝字.
7) 周 : 저본에는 '同'으로 되어 있으나 국립중앙도서관본 『靑邱野談』을 따름. 이하 특별히 어떤 본임을 밝히지 않고 『靑邱野談』이라고만 한 것은 이 本을 가리킴
8) 怖 : 저본에는 '怕'로 되어 있으나 『靑邱野談』을 따름.
9) 言 : 저본에는 '云'으로 되어 있으나 『靑邱野談』을 따름.
10) 鵝眼 : 엽전의 異稱.

到骨矣." 沈生曰: "然則錢鈔何以辦給?" 鬼曰: "君家某箇櫝[11]子裏, 有俄者稱貸而貯者二緡, 則何不以此相遺?" 沈生曰:[12] "我費了多般悲辭, 得貸此錢. 今若給汝, 我無夕炊奈何?" 鬼曰: "君家有米幾許, 優辨[13]暮爨, 何用甕言補綴彌縫? 吾當取此而去, 愼勿怒嚇." 因飄然而去. 沈生開櫝視之, 則封鑰如舊, 錢無有矣.

沈生悶阨轉甚, 心焦胸惱. 因送婦人輩于親黨家, 自己又往親厚家投宿. 鬼又尋來, 怒曰: "何事避我遠羈于此? 君雖奔竄千里, 吾何憚焉?" 因向其家主人索飯. 主人不與, 鬼詬罵且甚, 碎撞器皿, 竟夜作鬧.[14] 主人埋怨于沈生, 且索破器之直.[15] 沈生亦不自安, 待曉還家. 鬼又往婦人寓處, 喧撓如右,[16] 婦人亦不得已還家, 鬼來往如昔.

一日, 鬼曰: "從此可以濶別, 願珍重自保." 沈生曰: "爾向何處去了? 萬望速去, 使吾一家安穩." 鬼曰: "吾家在嶺南聞慶縣. 大擬還鄕, 而但乏路上之資, 幸以十貫楡莢[17]贐我." 沈生曰: "我貧不能自食, 爾所飽知也. 多數孔方,[18] 從何得來?" 鬼曰: "若以此意往丐於節度使家,[19] 易如反手, 何不辨[20]

11) 櫝 : '櫃'와 통함.
12) 曰 : 저본에는 없으나 『青邱野談』에 의거해 보충했음.
13) 辨(판) : '辦'과 통함.
14) 鬧 : 저본에는 '閧'으로 되어 있으나 『青邱野談』을 따름.
15) 直(치) : '値'와 같음.
16) 喧撓如右 : 앞에서처럼 야료를 부렸다. '撓'는 '擾'와 같음.
17) 楡莢 : 楡莢錢. 저본에는 '莢'이 '葉'으로 되어 있음.
18) 孔方 : 엽전.

此, 而欲沮我也?" 沈生曰: "我家一粥一褐, 皆賴節度使周急, 恩同骨肉, 而未效涓埃之報,[21] 恒自靦然, 心甚不安, 今又何面皮, 更求[22]千錢也?" 鬼曰: "節度旣悉[23]我作閙[24]君家, 君若告以衷情, 謂以辦此則魔去云, 則其在救患之道, 如何不肯?" 沈生意沮語塞, 不可瞞過, 卽造李節度, 備告其由. 節度果慨然然諾.[25] 沈生腰錢還家, 深藏樻子裡, 因閑坐. 未久, 鬼又來, 喜笑曰: "多謝厚摯. 得惠資斧,[26] 從此長程[27]行事, 可以無虞." 沈生紿曰: "我誰從得錢, 辦汝盤纒?"[28] 鬼笑曰: "曾謂先生老實, 今何戱謔而已?" 鬼又曰: "我已取君鈔于樻中, 而留置二緡五分, 用伸微誠, 君可賖酒一醉也." 因辭去.

沈生家老少, 蹈舞相慶. 度了彌旬, 又於空中, 有鬼寒暄. 沈生大怒曰: "吾向人苦乞, 辨了十貫以送汝, 則汝當知[29]感, 而今又背約辜恩, 來作煩[30]惱, 我當訴于關廟,[31] 俾汝[32]誅."

---

19) 家 : 저본에는 이 뒤에 "指沈生姻婭李石求"라는 細注가 있음.
20) 辨(판) : '辦'과 같음.
21) 涓埃之報 : 저본에는 '涓報'로 되어 있으나 『靑邱野談』을 따름.
22) 求 : 저본에는 '救'로 되어 있음.
23) 悉 : 저본에는 '患'으로 되어 있으나 『靑邱野談』을 따름.
24) 閙 : '鬧'와 같음.
25) 然諾 : 승낙하다.
26) 資斧 : 路資.
27) 程 : 저본에는 '亭'으로 되어 있으나 성균관대본 『靑邱野談』을 따름.
28) 盤纒 : 路資.
29) 知 : 저본에는 없으나 『靑邱野談』에 의거해 보충했음.
30) 煩 : 저본에는 없으나 『靑邱野談』에 의거해 보충했음.
31) 關廟 : 중국 三國時代 蜀漢의 장수인 關羽의 祠堂. 우리나라에서는 임진왜란 이후 京鄕에 건립되었음.
32) 汝 : 저본에는 이 뒤에 '神'이 더 있으나 『靑邱野談』을 따름.

鬼曰: "我非文慶寬, 何爲背恩?" 沈生曰: "然則汝是誰也?" 鬼曰: "我是慶寬之妻也. 聞君家善待鬼, 故不憚遠程, 有此委訪, 則君當欣然迎之, 而反爲詬罵, 何也? 且男女相敬, 士子之行, 君讀書萬卷, 所學甚事?"[33] 沈生氣短强笑. 鬼日日又來云. 其下杳無聞知, 可欠.[34]

伊時, 好事者爭造沈生, 與鬼問答. 沈之門, 車馬喧咽, 而李學士羲肇,[35] 至於一宿對話. 吁亦怪矣!

• 작자 : 李玄綺

「抱州異聞」 '해제'의 작자條를 참조하기 바람.

• 출전 : 淵民本 『綺里叢話』를 底本으로 삼아 異本을 참고하여 校合하였다.

• 참고사항

(1) 이 작품은 『靑邱野談』에 「饋飯卓見困鬼魅」라는 제목으로 轉載되어 있다. 「饋飯卓見困鬼魅」는 이우성 · 임형택 譯編, 『이조한문단편집』 中(일조각, 1978)에 「鬼客」이라는 제목으로 번역되어 있다.

(2) 이 작품은 19세기 초 빈한한 양반의 현실을 반영하고 있다. 그런데 그 반영

---

33) 甚事 : 무슨 일. 어떤 것.

34) 欠(결) : '缺'의 略字.

35) 李羲肇 : 純祖 연간에 校理 · 大司憲을 지낸 인물. 『溪西雜錄』을 지은 李羲平의 동생임.

의 방식이 썩 흥미로운바, 알레고리적인 방식으로 현실을 그려 놓았다. 「沈家鬼怪」가 취하고 있는 환상적 수법은 문학적 묘미가 있으며, 사실적으로 전개되는 이야기에 못지 않은 현실적 메시지를 함축하고 있다.

(3) 「饋飯卓見困鬼魅」는 박희병, 「청구야담 연구」(서울대 석사논문, 1981)에서 논의되었다.

# 8. 賤婢識人

李玄綺

古有一參政,[1] 志養萱闈,[2] 而公撓私務, 鎭日[3]叢集, 未暇左右恒侍. 家畜一婢, 年纔及笄, 容姿豊豔, 性度聰慧, 善承萱闈之旨, 飢飽寒煖,[4] 隨宜管領, 坐臥動息, 相機[5]扶攝. 萱闈以是而自適, 參政以是而悅親, 家人以是而代勞, 愛護偏篤, 賞與無筭.[6] 婢於長廊之內, 別設一房, 書畫什物, 俱極濟楚,[7] 以備少隙燕息之所. 長安豪富子弟從事青樓者, 競欲

1) 參政 : 宰相의 다음가는 벼슬.
2) 萱闈 : 어머니.
3) 鎭日 : 온 종일.
4) 寒煖 : 저본에는 '煖寒'으로 되어 있으나 栖碧外史海外蒐佚本 『靑邱野談』 乙을 따름. 이하 특별히 어떤 本임을 밝히지 않고 『靑邱野談』이라고만 한 것은 이 本을 가리킴.
5) 相機 : 기미를 보다. '相'은 '보다'는 뜻.
6) 筭 : 저본에는 '籌'로 되어 있음.
7) 濟楚 : 美好.

以千金一娶爲希, 媒寵於參政, 婢四處牢拒, 一心自矢曰: "若非天下有心人, 寧甘老空房!"

一日, 婢領了夫人之命, 修起居[8]于親黨家. 及其復路, 忽逢驟雨, 忙還其家, 則有一丐, 蓬頭垢面, 避雨于門首. 婢一省而知非常, 携入于自己房櫳,[9] 囑曰: "爾姑留此." 因轉出而鑠其扃, 蹌蹌入內闈. 那丐一刻萬想, 莫料端倪, 而姑任其狀,[10] 欲聽下回. 少焉, 出而入室, 詳看那丐, 喜容可掬, 先買束柴, 溫水設沐, 使丐全身洗滌. 且饋暮飯, 美羞珍饍, 蹴破枵腸之神, 畫皿朱盤, 眩若滄海之市.[11] 日已曛黑, 街鍾[12]亂動, 遂交頸於錦褋繡裯之中, 宛轉春夢, 顚鸞倒鳳. 黎明, 使丐椎髻成冠, 又衣以鮮服, 穩稱其體, 果然儀容雋爽, 氣宇軒豁, 非復昔日之愁慼也. 又囑曰: "君可入現於夫人及參政, 而如有動問,[13] 必對以如此如此." 丐滿口領諾, 卽謁參政. 參政曰: "此婢昔擇其耦, 今也忽地結親,[14] 必見可意人也." 乃使丐近前, 曰: "汝所業甚麽?"[15] 曰: "小的[16]將[17]些錢貨, 使人殖貨八路, 變幻貴賤, 相[18]時射利." 參政大喜深信.

---

8) 起居 : 問安.
9) 櫳 : 저본에는 '瓏'으로 되어 있음.
10) 姑任其狀 : 우선 하는 대로 맡겨 놓고.
11) 滄海之市 : 海市, 즉 蜃氣樓.
12) 街鍾 : 人定鍾. 매일 밤 二更에 스물 여덟 번 종을 쳐서 통행을 금지했음.
13) 動問 : 請問. 묻다.
14) 親 : 저본에는 '襯'으로 되어 있음.
15) 甚麽 : '무엇'이라는 뜻의 白話.
16) 小的 : 小人. 쇤네. 자세한 것은 「蔡生奇遇」의 주 13을 참조할 것.
17) 將 : 가지고.

自是丐美衣豊食, 不事一事. 婢曰: "人生斯世, 各有所幹, 而飽食無爲, 將如謀生何哉?" 丐曰: "若欲料理資生, 須得十斗銀子乃可." 婢曰: "我當爲君周旋." 因入內堂, 乘間懇于夫人, 夫人轉言於參政, 參政慨然然諾. 丐將此百金, 都買洛肆[19]乍着不弊之衣,[20] 積於天衢,[21] 盡招平日同與乞丐[22]之若男若女,[23] 摠以其衣衣之. 次聚江郊[24]乞兒, 亦如之. 次尋遠鄉近州流離飄蕩之類, 以無漏大庇爲心, 馬以馱之, 雇以擔焉, 循八路而盡之, 只餘一匹馬及數襲衣. 因作韀擔,[25] 藉於馬背而行. 時當中秋, 霽月初上, 淡烟横野, 平郊通路, 四無行旅, 揮鞭促程, 聽[26]其所止而欲止. 路遇大橋, 橋下有洴澼之聲, 襍人語響, 深宵[27]曠野, 疑其木客.[28] 因下馬據橋, 探視橋下, 則有一翁一媼, 解衣露體, 澣其所着之衣, 驚人俯視, 愧其赤身, 揮手趨避, 無所措躬. 乃招出橋上, 罄其所儲之衣以衣之, 是翁是媼, 嗚謝僕僕, 懇請邀入, 止宿于其家, 則數椽蝸舍, 僅庇風雨. 丐繫馬于外, 入室而坐, 翁媼奔走幹辨,[29] 以饋餽

18) 相 : 보다.
19) 洛肆 : 서울의 상점.
20) 乍着不弊之衣 : 잠시 입어 낡지 않은 옷.
21) 天衢 : 서울의 거리.
22) 丐 : 저본에는 '兒'로 되어 있음.
23) 若男若女 : 男과 女.
24) 江郊 : 西江 · 麻浦 일대.
25) 韀擔 : 언치. 말의 등에 얹는 방석이나 담요. '韀'은 보통 '韉'이라 씀.
26) 聽 : 따르다.
27) 宵 : 저본에는 '霄'로 되어 있음.
28) 木客 : 도깨비.
29) 辨(판) : '辦'과 같음.

飯苦菜. 丐一飽而欲宿, 請借枕具, 則翁媼乃於椽桷之間, 搜出一匏瓠曰: "可以枕此." 丐依言而臥, 乃於黑窣窣地, 用手[30] 捫匏, 則旣非金石, 又異土木, 謹細捫摩而認他不得. 忽有呼唱之聲, 喧聒籬外, 甚有威猛, 如貴者踵門. 俄有一卒, 應令而入, 欲奪此匏. 丐曰: "是我所枕, 不可輒與人明矣." 數卒繼以攫取, 丐一向拒之. 居無何, 貴人躬入而詰之曰: "汝詎知適用此器, 而如是自寶耶?" 丐曰: "旣入[31]我彀, 義不輕許, 而實昧適用之術." 貴者曰: "此殖貨之良寶. 若以散金碎銀, 納其中而搖之, 則頃刻滿器. 汝必待三年之期, 抛之于銅雀津,[32] 無使他人覘知. 愼勿疏虞." 丐大喜而叫, 乃尋常片夢也.

時天色向曙, 翁媼已起. 丐曰: "願以鄙騷,[33] 易此匏."[34] 翁浼浼[35]而却曰: "此物不直[36]一錢, 敢售駿馬也?" 丐脫其衣而掛壁, 繫其馬於門楣, 反求主翁鶉衣, 掛於身子,[37] 又以一藁席包其匏, 擔而出, 乞食於行路, 依然復爲卑田院[38]乞兒也. 間關千里, 屢[39]日入城, 直望參政家而造焉, 忽地心口相

30) 手 : 저본에는 '乎'로 되어 있음.
31) 旣入 : 저본에는 '入入'으로 되어 있으나 『靑邱野談』을 따름.
32) 銅雀津 : 동작나루. 조선시대에는 현 동작동의 한강변에 큰 나루가 있었음.
33) 鄙騷 : 제 말.
34) 匏 : 저본에는 '瓢'로 되어 있으나 『靑邱野談』을 따름.
35) 浼浼 : 한사코 지치지 않고 말하는 모습. '娓娓'와 통함.
36) 直(치) : 값.
37) 身子 : 몸. 白話에 해당함.
38) 卑田院 : '悲田院'의 訛. 唐나라 玄宗 때 病坊을 설치해 거지들을 수용했는데, 武宗 때에 이름을 고쳐 悲田養病坊이라고 했으며, 후대에는 悲田院이라고 하였음.
39) 屢 : 저본에는 '縻'로 되어 있으나 『靑邱野談』을 따름.

語曰: "當日出門, 萬萬銀資, 今夜歸家, 弊弊衣裳, 恐有礙於見聞, 姑待烽後[40]鐘前,[41] 闞其閒寂而入, 無妨也." 乃藏身於酒肆, 少待[42]夜闌, 蹩入其家, 則廊門半掩, 房戶牢鎖. 丐因屛氣息迹於昏黑深隩. 俄而婢自內而出, 推扃而入曰: "今日街鐘亦云鳴矣. 吾一雙銀海,[43] 不識人品, 致此噬臍,[44] 將奈何爲?"[45] 丐微嗽一聲, 使知其來, 婢驚曰: "誰也?" 曰: "吾也." 曰: "何往何來?"[46] 曰: "開門燃燈!" 乃挈負而入室, 相對燭下, 則羸垢之容, 襤縷[47]之服, 比諸宿昔, 倍爲愁慘. 婢呑聲出門, 備晩食, 而一飽共歇.

是夜, 晨鐘[48]纔動, 婢[49]蹴丐而起, 重裹輕寶, 欲爲竊負而逃, 以免亡銀之罪. 丐瞋目厲聲曰: "我寧首實獲戾, 豈可相携逸去, 重添禍網也?" 婢怒曰: "君縱不能庇一妻, 詎忍由我困人,[50] 日逢笞罵, 而猶作丈夫語耶?" 丐曰: "卿[51]若一執迷見, 我當先告于參政, 少効自新." 婢更無奈何, 纏恨含憤, 却

---

40) 後 : 저본에는 없으나 『靑邱野談』에 의거해 보충했음.
41) 烽後鐘前 : 烽火가 오른 후, 人定鐘이 치기 전. 烽火는 초저녁에 한 번 올리며, 人定鐘은 밤 10시경에 침.
42) 待 : 저본에는 '侍'로 되어 있음.
43) 銀海 : 눈.
44) 噬臍 : 後悔莫及.
45) 將奈何爲 : 저본에는 '奈何將爲'로 되어 있음.
46) 何往何來 : 어디 갔다 어디서 오는가.
47) 縷 : '褸'와 통함.
48) 晨鐘 : 罷漏鐘. 五更에 33번 쳐서 통금 해제를 알리던 종.
49) 婢 : 저본에는 없으나 『靑邱野談』에 의거해 보충했음.
50) 由我困人 : 자기로 인해 남을 곤경에 빠뜨리다.
51) 卿 : 당신. 남편이 아내를 일컫는 말.

入內屋. 丐乃出匏子, 且得片銀於婢子之篋裡, 納于其中, 暗祝天地, 用力搖晃,[52] 開口[53]視之, 則白雪也似紋銀,[54] 充滿一匏. 因注於屋漏中最凹處, 搖之又搖, 注上添注, 俄頃之間, 與屋子齊高. 始以廣袱遮掩, 高枕而睡. 婢良久而出, 忽見有物[55]塡塞房中, 不勝怪訝, 褰帷而視, 則片片白金,[56] 堆積如京,[57] 不知其幾千十斗也. 始驚如啞, 口呿目瞠, 俄纔定情[58]曰:[59] "此物何[60]地而來? 何其多也!" 丐笑曰: "胥小兒女, 焉知丈夫之做事也?"

因與帶笑相喜, 坐而待晨, 換着新衣, 伏謁於參政. 始參政罄一家之儲産, 以付于丐, 丐一出而久無形影, 心甚訝惑, 正自矛盾, 忽於昨夕, 一傔撞見[61]丐之狼狽而歸, 備告參政, 參政愕而缺懷, 夜未穩睡. 及見丐, 滿着粲粲衣袍, 趍謁於前, 參政已在疑信之半, 亟問: "汝興販已完[62]否?" 丐曰: "多荷貴府俯助, 獲利甚優. 請納二十斗銀子, 俾完子母之規." 參政曰: "我安受利息也? 只償本銀, 切勿更溷."[63] 丐曰: "小的

---

52) 搖晃 : 搖撓. 흔들다.
53) 口 : 입구.
54) 白雪也似紋銀 : 백설처럼 하얀 은.
55) 物 : 저본에는 없으나 『青邱野談』에 의거해 보충했음.
56) 白金 : 銀.
57) 京 : 언덕, 산.
58) 情 : 저본에는 '精'으로 되어 있음.
59) 曰 : 저본에는 '白'으로 되어 있으나 『青邱野談』을 따름.
60) 何 : 저본에는 '特'으로 되어 있음.
61) 撞見 : 遇見. 갑자기 마주침. 저본에는 '撞'이 '僮'으로 되어 있음.
62) 完 : 저본에는 공백으로 두었으나 『青邱野談』에 의거해 보충했음.
63) 溷 : 욕되게 하다.

可死, 利息不可不納.” 因戴負輸, 置于庭除, 正如臘前厚雪, 可爲三四十[64]斗. 參政素是嗜利, 欣然領受. 婢又以十斗, 獻于萱闈, 庸申微誠, 又以數十斗, 分納于諸夫人, 其餘傔隷、臧獲, 擧得數鎰. 一府歎欣, 嘖嘖不已.

參政乃悟疇昔之夜一傔之[65]備述丐襤褸之狀者, 的非襯當語, 亟告萱闈曰: “此傔深猜此婢, 搆揑殊甚, 錦衣紈袴者, 勒[66]謂鶉懸, 槖盈萬金者, 勒[67]謂敗還, 究其心肚, 實非佳人.” 乃厲責那傔,[68] 傔[69]一辭稱屈, 而不之信, 亟令斥之.

丐自是日富月贍, 贖婢從良,[70] 百年湛樂, 子姓繁衍, 至有登朝籍, 而匏器則果於三年之後, 祭而溯[71]之云.

• 작자 : 李玄綺

「抱州異聞」 '해제'의 작자條를 참조하기 바람.

---

64) 十 : 저본에는 없으나 『靑邱野談』에 의거해 보충했음.
65) 之 : 저본에는 없으나 『靑邱野談』에 의거해 보충했음.
66) 勒 : 저본에는 '勤'으로 되어 있으나 『靑邱野談』을 따름.
67) 勒 : 저본에는 '勤'으로 되어 있음.
68) 傔 : 저본에는 '僕'으로 되어 있음.
69) 傔 : 저본에는 '僕'으로 되어 있음.
70) 贖婢從良 : 贖良. 즉 노비가 代價를 바쳐 노비 신분을 면하고 良人이 되는 것.
71) 溯 : '流'의 뜻. 강물에 흘려보내다.

• 출전 : 淵民本 『綺里叢話』를 底本으로 삼아 異本을 참고하여 校合하였다.

• 참고사항

(1) 이 작품은 『靑邱野談』에 「擇夫婿慧婢識人」이라는 제목으로 轉載되어 있다. 또 이 작품의 여주인공과 비슷한 면모를 보여주는 여성이 『청구야담』의 「獲重寶慧婦擇夫」라는 작품에서 발견되는바, 서로 비교해 고찰할 만하다.

(2) 이 작품에서 여주인공은 "若非天下有心人, 寧甘老空房"이라 맹세하고, 자기 마음에 드는 배우자를 직접 택하고 있는데, 이처럼 주체적 면모를 보이는 여성 형상은 야담에서 드물지 않게 만날 수 있다. 또한 이 작품의 여주인공은 '知人之鑑'을 지녔으며, 적극적인 행동방식과 명민함으로 남편을 啓發하고 있는데, 이처럼 지혜로운 아내가 어리숙한 남편을 이끌어 富나 신분상승을 이루게 하고 그 결과 자신의 처지도 향상시키는 이야기는 여러 야담집에 두루 보인다. 이런 이야기의 사회사적 함의는 박희병, 「청구야담 연구」(서울대 석사논문, 1981)에서 논의된 바 있다.

(3) 「賤婢識人」의 남자주인공은 도시빈민에 해당하겠는데, 그 행태가 흥미롭다. 그는 처음에는 서울의 同流들을 도와주더니, 급기야 전국을 돌아다니며 유리걸식하는 가난한 이들을 도와준다. 여벌의 옷이 없어 밤중에 벌거벗은 채 시내에서 옷을 빨고 있던 老夫婦에게 마지막 남은 옷을 주어 버리는 대목은 이 작품의 압권이라 할 만하다. 그가 도깨비 바가지를 얻은 것은 가난한 사람들에 대한 이런 선행의 결과다. 이런 점을 볼 때, 이 작품에는 빈민 혹은 가난한 서민들의 처지와 願望이 반영되어 있다고 볼 수 있다.

(4) 「賤婢識人」에는 민담의 분위기가 짙게 느껴진다. 착한 일을 한 결과 도깨비 바가지를 얻어 잘 살게 되었다는 主旨는, 널리 알려져 있는 민담 「도깨비 방망이」의 그것과 비슷하다. 그러나 이 작품이 민담과 관련이 있다고 해서 곧 민담은 아니다. 묘사와 서술이 구체적으로 이루어지고, 인물들의 관계가 현실 속에서 발전해가는 등, 민담과는 다른 소설로서의 면모를 뚜렷이 보여주기 때문이다. 따라서 이 작품은 민담이 소설로 轉成된 경우라 해야 온당하다.

(5) 『靑邱野談』의 「擇夫婿慧婢識人」은 『破睡篇』이라는 책에 轉載되기도 했는데, 이우성·임형택 譯編, 『이조한문단편집』 中(일조각, 1978)에 이 『破睡篇』 所載의 「擇夫婿慧婢識人」이 「匏器」라는 제목으로 번역되어 있다.

# 9. 宋班窮途遇舊僕

未詳

古有官族[1]宋氏, 久替簪纓, 宗支諸人, 幾盡淪喪, 只有孀婦孤兒, 零丁孤子. 有一小僮莫同, 幹理家務, 以替外庭.[2] 一日, 忽逃去, 闔門嗟惜, 莫詗其迹.

過三四十年後, 其孤兒長成, 貧窮轉甚, 不自能存, 欲往投于關東一邑倅親知者. 路出高城郡, 日暮店遠, 迬[3]尋人烟, 踰一崗, 崗下千家同井, 碧瓦欲流, 溪山艶冶, 亭榭參差. 乃就而問之, 則洞之豪者, 崔承宣[4]也. 生踵門請謁, 有一少年秀才,[5] 肅[6]生而入, 館于一舍. 坐未定, 一靑衣[7]傳承宣言曰:

---

1) 官族 : 양반.
2) 以替外庭 : 남편을 대신하다.
3) 迬 : '往'의 古字.
4) 承宣 : 承旨의 다른 이름.
5) 秀才 : 서생이나 미혼 남자를 일컫는 말.

"靜閒無以陶寫, 邀客位入座請款." 生隨敎踵至, 有一老人, 豊頤廣顙, 兩眼燁燁有光, 見生致禮, 容儀端整. 剪燭談話, 將及三更, 承宣屛左右, 緊閉門, 仍免冠拜伏于生之前, 號泣請罪. 生莫知端倪, 吃了一驚[8]曰: "令公[9]何故作此駭怪之擧乎?" 承宣曰: "小人卽貴奴莫同也. 厚蒙主恩, 暗地逃竄, 一罪也; 娘娘守寡, 待如手足, 而莫軆[10]盛意, 永世忍訣, 二罪也; 冒姓誑世, 猥占祿仕, 三罪也; 身旣榮貴, 不續音信, 四罪也; 相公辱臨, 待如敵己, 五罪也. 負此五罪, 何以自立於世乎? 幸相公責之笞之, 以贖積罪之萬一焉." 生瞿然無所容措. 承宣曰: "主僕之義, 與父子君臣不等[11]一間, 今此恩情阻隔, 軆貌掣碍, 卽欲無生, 以償此恨." 生曰: "設如公言, 顧今時移事往, 水流雲空, 何必提起, 使賓主俱困? 願安坐閑話." 承宣卽問宋宗之大小族黨無恙與否, 道故感新, 相與興喟.

生曰: "令公自幼誠有器局, 叵耐[12]匹夫, 何得起家至此?" 承宣曰: "正是更僕難盡.[13] 小人童幼執役, 窃覩主家命運否替, 興復無期, 自知一生不免飢寒日計,[14] 略有經營, 倉卒逃

---

6) 肅 : 안내하다.
7) 靑衣 : 여종.
8) 吃了一驚 : 깜짝 놀라다. 白話式 表現.
9) 令公 : 令監. 정3품과 종2품의 관원을 이르는 말. 大監의 다음 가는 관원임.
10) 軆 : 본받다.
11) 等 : '차등'이라는 뜻.
12) 叵耐(파내) : '叵'는 '叵'와 같음. '叵耐'는 '어쩔 도리가 없다'는 뜻의 白話. '無奈'와 뜻이 같음.
13) 更僕難盡 : 更僕未可終. 『禮記』「儒行」에 나오는 말. 시중 드는 종을 번갈아 들여도 끝이 안 날 만큼 할 말이 많다는 뜻임.

出, 而志高膽雄, 誓不老於輿儓之賤, 乃假冒於崔門之有顯閥而無后者. 初居京華, 潛殖貨財, 數年之頃, 得數千百金, 乃退居永平,[15] 杜門讀書, 謹勅持身, 鄕里已稱以士夫之行. 又散財而買貧民之心, 厚賚而箝富豪之口, 繼使洛城[16]遊俠之徒, 華其鞍馬, 詐冒顯者之姓名, 聯絡來訪, 邑人益信之. 又四五年後, 移鐵原, 修己如昔, 鐵人又待以一鄕之士族. 始乃聘一弁官[17]女, 盖稱再娶也. 生子生女, 而或慮事覺, 又移居于淮陽.[18] 少焉, 又轉移于此郡. 淮人問諸鐵人, 高人問諸淮人, 奔走相傳, 推我爲甲閥, 而小人以明經,[19] 幸窃科第, 分隷槐院,[20] 歷正言[21]持平,[22] 而旋以大鴻臚[23]擢通政,[24] 參知騎省,[25] 同副喉院.[26] 一日, 忽念難節者人慾也, 易缺者圓滿也, 若又冥升[27]不已, 則神怒人猜, 僨誤可慮. 故決意勇

---

14) 日計 : 하루 끼니를 걱정함.
15) 永平 : 현재 경기도 抱川郡의 땅 이름.
16) 洛城 : 서울.
17) 弁官 : 武官.
18) 淮陽 : 강원도의 땅 이름.
19) 明經 : 明經科의 준말. 조선조 때 式年 文科 初試의 한 分科. 經傳으로 시험을 보았음.
20) 槐院 : 承文院의 별칭.
21) 正言 : 司諫院의 정6품 관직.
22) 持平 : 司憲府의 정5품 벼슬.
23) 大鴻臚 : 通禮院 通禮의 별칭.
24) 通政 : 通政大夫. 정3품 堂上官의 품계.
25) 參知騎省 : '參知'는 兵曹의 정3품 벼슬. '騎省'은 兵曹의 별칭.
26) 同副喉院 : 承政院의 同副承旨. 정3품 벼슬임. '喉院'은 승정원의 별칭.
27) 冥升 : 『周易』 升卦 上六의 爻辭에서 유래하는 말. 올라가는 데 눈이 멀어 나아갈 줄만 알고 멈출 줄을 모르는 것을 가리킴.

退, 更不踏[28]紅塵一步, 優游田園, 歌詠聖澤, 而五子二女, 皆與顯族結姻, 弊庄前後左右, 都是姻婭之家. 長子以文科方在殷栗任所, 次子以學行登道剡,[29] 授寢郞[30]而不仕, 次登國庠.[31] 小人年踰七十, 子孫滿堂, 歲收萬斛, 日食千錢, 量分度力, 詎不自足, 而但念主恩未報, 寤寐如結, 每欲趍謁, 恐或發露, 又欲周[32]貧, 恨無門路. 此所以潛自疚懷、悅惚獨語者, 而今天借其便, 相公來臨, 小人死且瞑目矣. 敢留相公數朔, 用副微悃, 而但以尋常行客, 忽被款厚, 則惹生傍觀之惑, 惶恐敢欲晝以稱姻戚, 以耀門閥, 夜以定主僕, 以正名分, 未知肯納否." 生許之.

言訖, 天已曙矣. 子弟門生, 迭進問候, 承宣曰: "昨夜有奇事. 偶因渴[33]睡, 使宋生敍氏族, 正爲吾再從姪, 貫派昭然, 信非誣矣. 吾昔在京華時, 與其父追遊同學, 情好如同胞. 伊來四五十年, 不幸有存沒之感, 兼以道路脩夐, 聲音莫憑, 未聞六尺之孤安在, 今者相逢, 倍切傷感." 子弟輩大喜, 稱兄呼弟, 相携於山亭、水榭、茂林、脩竹之間, 以絲竹爲日用, 觴詠爲課程. 居月餘, 生欲辭歸, 承宣曰: "謹以萬金壽之, 須廣

28) 踏 : 저본에는 '蹹'으로 되어 있음.
29) 道剡(도염) : 道薦. 監司가 자기 道內의 학식이 높고 덕망 있는 사람을 임금에게 추천하는 일. '剡'은 '薦擧'라는 뜻.
30) 寢郞 : 陵參奉. 陵을 지키며 그에 관한 일을 맡아보던 종9품 벼슬.
31) 國庠 : 成均館.
32) 周 : '賙'와 통함.
33) 渴 : 저본에는 '揭'로 되어 있음.

謀田宅, 與近族分飽." 生大喜, 而車馬輜重, 照耀長程. 及歸家, 求田問舍, 猝成素封,[34] 知生者, 莫不異之.

生有一從父弟, 自是潑皮,[35] 最尤陰毒, 苦問生潤屋之由. 生曰: "某知縣周恤"云. 潑皮不信, 他日又問. 生曰: "路傍偶得銀甕." 潑皮那裡[36]肯信? 乃釀酒邀生共飮, 醉倒如泥, 潑皮忽大哭. 生怪詰之, 潑皮曰: "我早失怙恃, 終鮮兄弟, 唯依從兄, 從兄遇我如路人, 寧不悲乎?" 生曰: "我有甚[37]薄待?" 潑皮曰: "不通情曲, 豈非薄待? 生財之由, 終不肯直言, 何也?" 生曰: "汝不知我生財之由, 至成怨恨, 我當實告." 仍細述其詳. 潑皮大怒曰: "兄長包羞忍耻, 反受叛奴之厚賂, 呼兄呼叔, 亂其綱常, 豈非大段[38]羞耻乎? 我當直走高城, 悉暴此奴悖狀, 一以雪兄長汙衊, 一以扶衰世綱紀." 言已, 納履而走, 直向東門外. 生大惧, 急雇善步者, 馳書于承宣, 語故詳悉, 又引失言之咎.

兼程而至, 則承宣方與諸公飮博. 及呈書閱看, 略無怖色, 大笑而起曰: "却悔少日學得小技." 諸人問之, 承宣曰: "日者宋姪之來, 語到醫人之術, 我偶詑素工鍼治之技, 姪大喜言: "渠有一弟狂易, 當專送治療"云. 余謂戱言, 今果送之,

34) 素封 : 큰 부자. 비록 제후처럼 封土가 있는 것은 아니나, 그 富가 封侯와 같음을 뜻함. 司馬遷의 『史記』「貨殖列傳」에서 유래하는 말.
35) 潑皮 : 무뢰한. 부랑아.
36) 那裡 : 어찌. 반어문에 쓰여 부정적 의미를 표시하는 白話.
37) 甚 : 무슨.
38) 大段 : 대단한.

今明間當抵此, 諸君須各歸家, 屛息關門, 毋使狂者自橫也." 諸人大懼而散, 各自歸家. 一洞爲之斂跡, 曰: "承宣家, 有狂夫來."

居無何, 潑皮性如烈火, 胡叫辭嚷[39]而至曰: "某也吾之奴也! 某也吾之奴也!" 一洞大笑曰: "眞箇[40]狂夫來矣." 承宣安坐不動, 令健奴數十輩齊出, 圍而結縛, 卽拘囚於家後庫中, 以便針治. 已而鄕里諸人又會, 承宣嚬眉曰: "不圖此姪若是嬰疾, 幾成貞痼." 諸人曰: "可惜! 名家少年, 有此心恙. 吾輩見狂者多矣, 未有若此之甚者"云云.

夜深席散, 承宣持一大針, 獨造潑皮見囚處. 潑皮張口肆辱, 承宣全不採聽, 以針乱刺, 皮肉盡綻. 潑皮不堪痛楚, 願活縷命, 承宣一向深刺. 潑皮萬端哀乞, 承宣乃正色厲責曰: "我自守本分, 先陳來歷, 則固當好言相對, 而今忽摘發釁累, 計欲湛[41]滅乃已乎? 我白地刱開, 豈無智慮而被汝庸愚者所敗耶? 初欲以劒客, 邀擊汝于中路, 而特念先世之恩, 姑存性命, 汝若革心改圖, 則當成一富兒, 若迷執前失, 則我不過爲殺人之庸醫. 唯汝自裁!" 潑皮感其忠厚, 量其利害, 乃曰: "如不悛改, 便爲狗子." 承宣曰: "自今昧爽, 必呼我以叔, 諸人如有所問, 則汝必答以如此如此." 潑皮曰: "敢不唯命? 雖呼爺, 亦甘心矣." 承宣乃出, 呼子弟, 語曰: "宋姪病祟, 幸不

39) 辭嚷 : 시끄럽게 떠들다. 마구 고함지르다. 白話에 해당함.
40) 眞箇 : 眞個. 참으로
41) 湛(침) : '沈'의 뜻.

深在膏肓, 盡意施針, 當奏神效, 須厚備膩味, 以補虛耗.” 翌朝, 承宣率子弟諸僕, 入見潑皮, 潑皮喜且拜曰: “自叔父療治以後, 神氣淸明, 病根快去. 更願安臥靜室, 調養數日.” 承宣泣曰: “天將不餒宋氏鬼耶! 我昨日忍所不忍, 亂刺汝膚, 可謂骨肉相殘.” 因衣以新衣, 携出外舍, 盡意撫饋.

居無何, 鄕里聚集, 承宣使潑皮面面拜謁, 潑皮磬折唯謹. 且曰: “昨日, 疾大作, 不省所爲, 能無悖慢於諸丈乎?” 自是潑皮禮貌甚恭, 閑住五六月, 以緡錢三千送之. 潑皮終身感戴, 不敢以此事有洩云.

• 작자 : 未詳

• 출전 : 栖碧外史海外蒐佚本『靑邱野談』乙을 底本으로 삼아 異本을 참고하여 校合하였다.

• 참고사항

(1) 이 작품을 윤색한 이야기가『東野彙輯』에「舊僕刺鐵保恩情」이라는 제목으로 실려 있다.

(2)「송반궁도우구복」은 조선 후기 사회의 신분동향을 여실히 반영하고 있다. 이 작품을 포함해『청구야담』에서 신분동향을 보여주는 작품들에 대해서는 박희병,「청구야담 연구」(서울대 석사논문, 1981)에서 논의된 바 있다.

(3) 野譚에는 奴主間의 葛藤을 다룬 작품들이 상당수 있다. 한편 국문소설 가운데에는 「金鶴公傳」이나 「申桂厚傳」이 이런 제재를 다루고 있다. 그러나 야담이든 국문소설이든 거개 지배층의 시각에서 서술하고 있다. 이와 달리 「송반궁도우구복」은 노비의 편에 서서 奴主의 갈등을 형상화하고 있는바, 이 점이 이 작품을 돋보이게 하면서 여느 작품과 구별되게 한다.

(4) 「송반궁도우구복」은 이우성·임형택 譯編, 『李朝漢文短篇集』 中(일조각, 1978)에 「舊僕莫同」이라는 제목으로 번역되어 있다. 『청구야담』의 전대문헌 수용 양상 및 그 주요 異本에 대한 논의로는 임완혁, 「청구야담에 대한 문헌학적 연구」, 『한국한문학연구』 25(한국한문학회, 2000)가 참조된다.

# 10. 獲生金父子同宮

未 詳

松京趙同知,[1] 姓貫白川,[2] 家貲累巨萬, 差人[3]遍於八路,[4] 無處無之, 第素是孤宗, 又無子姓, 至於螟蛉,[5] 無處可得, 老夫妻以是爲憂. 一日, 同知坐於堂上, 門外有乞飯小兒, 年纔十歲, 時當隆冬雪寒, 而其容貌骨格, 頗有可取. 趙同知呼入房中, 問其姓貫, 則曰白川趙氏. 同知喜之, 問其父母, 則曰: "只有母, 今在城中乞食"云. 同知卽爲率入, 以語其故, 與飯與衣, 而置之于家, 使其奴子, 訪其母來, 稱之以嫂, 而區處

1) 同知 : 원래 同知中樞府事의 준말이나, 직함이 없는 노인의 존칭으로도 쓰였음. 여기서는 후자의 경우.
2) 白川(배천) : 황해도에 있는 고을 이름.
3) 差人 : 장사하는 일에 시중드는 고용인.
4) 八路 : 八道.
5) 螟蛉 : 양자.

於近里一小屋, 其兒則仍以爲己子.

及兒稍長, 托情于養父母, 無異己出. 十五六歲, 加冠娶婦, 其家産出入, 一任渠手, 勤幹周密, 亦稱其意. 一日, 其子忽言曰: "吾已長成, 不可空遊. 願得數三千金, 出商於兩西[6]都會處." 同知曰: "吾松人, 必自少時, 以興利爲業, 自是例事, 汝言不亦宜乎?" 遂給五千兩. 其子行到平壤, 爲妓女所惑, 數三年間, 五千兩錢, 雲散雪消, 無面歸家, 仍留妓家, 爲使喚差人. 趙同知已聞此奇,[7] 不復視以己子, 其[8]生母與其妻, 盡爲逐之. 婦與姑, 出處于城外土幕, 依舊乞食. 其子以弊衣破笠, 住接妓家, 終無歸期. 一日, 妓以官家宴會入去, 趙生守家矣. 其日大雨, 趙生徘徊見之, 則場中有金屑流布, 探採其源, 則自後庭連絡不絶, 卽房門砌石所自出也. 坐拾其屑, 頗爲數斤, 而觀其砌石, 則幾若砧石, 全塊都是生金也.

趙生待妓之出來,[9] 言於妓曰: "吾以年少之致, 如干錢兩, 雖費於君, 君之這間接待之恩, 實亦難忘. 然吾今多年離親, 情理所在, 不得不歸矣." 妓聞言, 亦爲悵然曰: "趙書房久留吾家, 以吾之不贍, 未能如意接待, 是吾所愧. 多年主客之餘,

---

6) 兩西 : 海西와 關西, 즉 황해도와 평안도.

7) 奇 : 奇別.

8) 其 : 저본에는 이 뒤에 '本'이 더 있으나 栖碧外史海外蒐佚本『靑邱野談』甲을 따름.

9) 出來 : 나갔다 오다.

今焉告歸, 在主人之道, 不可以徒步送之." 卽其地貰六足[10] 而給之. 趙生曰: "多感多感! 第有所願, 乃後房門前砌石也. 此石不足爲貴, 然以君之朝夕着足者也, 吾今歸去, 持此砌石, 如見君面, 庶可慰懷." 妓曰: "趙書房之有情於吾可知, 吾何愛一塊石耶? 須持去也."

趙生卽馱而來. 時當歲末, 凡松人之出商者, 必盡歸家, 各其家眷, 亦備大饌, 而迎之于五里程. 伊時, 趙同知亦以候差人之故, 方出來于五里程. 趙生弊袍草履, 亦會于其中, 未敢出現其父, 跼蹐一隅. 其外許多差人, 主客莫不以喜色相迎,[11] 而至於趙生, 則其父知而若不知, 其子亦知而不敢現. 間或有知者, 莫不揶揄而譏笑之. 日暮, 訪其外城土幕而歸, 則其母與妻之怨言深責, 政難堪聽. 趙生無一言半辭, 不敢開口, 鼾息穩宿後, 其明日, 裁書與金封重裹, 出給其妻, 使納于其父. 其父方與諸差人, 早起會計, 坐房中. 其婦不敢造次入門, 呼其奴子, 通之于趙同知, 而先入金封. 趙同知受之, 開書見之, 云: "子之多年所得, 雖只此, 庶可當向日五千數, 而又有大於此者, 故先此伏達耳." 趙同知解見, 則盡是生金屑. 計其價, 則可當六七千金. 大喜, 未及發言于諸差人, 直起入內, 招其婦入室, 其妻大怒而叱逐之. 同知曰: "有不然者, 少

---

10) 六足 : 말 한 필과 마부 한 사람.

11) 其外許多差人, 主客莫不以喜色相迎 : 저본에는 '其外相迎許多差人, 主客莫不以喜色'으로 되어 있으나, 栖碧外史海外蒐佚本 『靑邱野談』 甲과 東京大本 『靑邱野談』을 따름.

俟之."[12] 問其子婦曰: "汝之夫, 無病而入來? 善眠無他? 且得喫朝飯乎? 汝則勿去在此. 吾今出見汝夫矣." 仍卽出城見其子. 其子拜謁, 其父曰: "汝之所送金屑不少, 何以得之乎?" 其子曰: "此何足爲多也? 又有許大全塊金矣." 曰: "置之何處?" 其子披行槖中, 出而示之. 趙同知一見, 圓着眼､大開口, 卽[13]爲驚倒. 良久, 起而撫背曰: "相不可誣矣. 吾初見汝相, 有萬石君格, 故取以爲子, 今果得此金來. 若其鑄出也, 十倍於吾家本産也, 此外復何望哉? 向者一時外入, 亦是少年例事, 勿復云云, 卽卽入來也!" 回頭語其生母曰: "嫂氏近日日寒, 得無饑凍乎? 吾今備轎出送, 卽返舊室也." 歸家後, 盡爲率去, 復爲父子若初.

噫! 父子之親, 俄頃而解, 俄頃而合, 貨利所在, 可不惧哉? 然其市井之類, 螟蛉之誼, 亦何足深誅乎?

• 작자 : 未詳

• 출전 : 국립중앙도서관본 『靑邱野談』을 底本으로 삼아 異本을 참고하여 校合

12) 之 : 저본에는 '也'로 되어 있으나 栖碧外史海外蒐佚本 『靑邱野談』 乙을 따름.
13) 卽 : 저본에는 '旣'로 되어 있으나 栖碧外史海外蒐佚本 『靑邱野談』 甲을 따름.

하였다.

• 참고사항

(1) 「獲生金父子同宮」을 윤색한 이야기가 『東野彙輯』에 「輸一石父子敍倫」이라는 제목으로 실려 있다. 「획생금부자동궁」은 이우성·임형택 譯編, 『李朝漢文短篇集』 上(일조각, 1973)에 「개성상인」이라는 제목으로 번역되어 있다.

(2) 이 작품은 조선 후기 시정 세태의 일면을 그리고 있다. 비록 養父와 養子의 사이라고는 하나, 부자간의 윤리관계마저 돈에 따라 좌우될 정도로 당시 사회가 이익사회적으로 변해가고 있음을 반영하고 있다.

# 11. 聽驟雨藥商得子

未 詳

壯洞[1]藥儈,[2] 老而鰥居, 無子無家, 輪廻藥肆而宿食.

時英廟[3]方幸毓祥宮,[4] 時當四月, 驟雨注下, 溝渠漲流, 觀光[5]諸人, 避雨於藥肆, 房室簷廡,[6] 彌滿簇立. 藥儈時在房中, 忽言曰: "今日之雨, 若吾少時踰鳥嶺[7]時雨也." 傍人曰: "雨豈有古今哉?" 曰: "其時有可笑事, 故尙今不忘." 傍人曰: "可得聞乎?" 曰: "某年夏, 倭黃連[8]乏絶, 吾以急步將貿於萊府.[9]

1) 壯洞 : 지금의 서울시 孝子洞 일대.
2) 藥儈 : 약주릅. 藥材의 매매를 거간하는 사람.
3) 英廟 : 英祖.
4) 毓祥宮 : 1725년 英祖가 그 생모인 淑嬪 崔氏를 위해 세운 祠廟. 지금의 종로구 宮井洞에 있는 七宮의 하나.
5) 觀光 : 여기서는 임금의 거둥을 구경함을 뜻함.
6) 簷廡 : 처마.
7) 鳥嶺 : 새재. 경상북도 聞慶郡과 충청북도 槐山郡 사이에 있는 재. 서울과 경상도를 오갈 때 이 재를 넘어야 했음.

日午, 越鳥嶺, 纔過鎭店無人之境, 驟雨急注, 咫尺難分, 彷徨圖避之際, 山崖有一草幕, 直向入去, 有老處女在焉. 爲先脫衣澣[10]之, 而處女在傍不避. 忽焉心動, 仍與狎焉, 處女亦無難意. 少焉雨止, 故不問其女之居住而卽來矣. 今日之雨, 政如其時之雨, 故偶爾思之矣."

俄而自檐外有一平頭兒,[11] 直上軒, 問: "俄者言鳥嶺雨者, 是誰座也?" 傍人指之. 厥童卽拜曰: "今始得父, 天幸也." 許多傍觀, 無不疑怪. 藥儈亦異之曰: "是何說也?" 厥童曰: "卽聞父親身上有標, 暫請脫衣也." 乃脫衣, 見腰下後, 厥童尤以爲無疑, 曰: "眞是吾父也." 座中曰: "願聞其由." 兒曰: "吾之母親, 兒時守幕, 一經雨中行人後, 因有胎以生吾. 吾漸長至學語, 隣兒則有父呼之, 吾則無父可呼, 故詳問于吾母親, 吾母親所言, 一如俄者父親之言, 且聞其時暫見左臀有一黑痣云矣. 吾一聞其言, 自十二歲, 離家尋父, 周廻八路,[12] 三入京城, 今爲六年, 而幸而得父, 天之所使, 豈非萬幸?" 仍謂其父曰: "父主不必久在於京. 願與偕往. 吾當力穡奉養. 且母親方在守節, 而以其親家之不貧, 似無朝夕之憂矣."

一時觀者, 無不嘖嘖稱奇. 藥肆主人, 方在內, 聞而出來曰:

---

8) 倭黃連 : 日本産 황련. 황련은 눈병이나 설사에 쓰는 한약재.

9) 萊府 : 東萊府. 이곳에는 倭館이 있어 조선과 일본의 상거래가 이루어졌음.

10) 澣 : 원래 '옷을 빨다'는 뜻이나, 여기서는 '옷의 물을 짜다'라는 뜻으로 쓰였음.

11) 平頭兒 : 상고머리를 한 아이. '平頭'는 상고머리.

12) 八路 : 八道.

"某也得子云, 世間豈有如此稀貴慶賀[13)]之事乎? 其在親知之心, 猶尙聳喜, 況當者之心, 尤如何哉?" 亦勸與子同去. 藥倫[14)] 喜則喜矣, 久留京中, 猝地離去, 不無悋悵之意, 又以盤纏[15)]爲憂. 其兒曰: "勿慮. 自有行[16)]中如干錢矣." 衆人皆力勸隨去, 皆收囊中所有, 助給之,[17)] 爲五六兩. 主人亦給十餘兩.

雨晴後, 仍別諸人, 而與其子同行, 有家有妻, 有子有食, 優遊以終身云.

• 작자 : 未詳

• 출전 : 栖碧外史海外蒐佚本『靑邱野談』乙을 底本으로 삼아 異本을 참고하여 校合하였다.

• 참고사항

(1) 이 작품은 이우성 · 임형택 譯編, 『이조한문단편집』 中(일조각, 1978)에 「驟雨」라는 제목으로 번역되어 있다.

(2) 이 작품은 조선 후기 市井에서 이야기가 행해지던 분위기를 실감나게 보여준다. 야담문학은 이런 풍토 속에서 開花하고 발전해갈 수 있었던 것이다.

---

13) 賀 : 저본에는 없으나 국립중앙도서관본에 의거해 보충했음.
14) 倫 : 저본에는 '債'로 되어 있음
15) 盤纏 : 路資.
16) 行 : 行裝.
17) 助給之 : '도와 주다'라는 우리말을 이렇게 표현했음.

(3) 이 작품은 꽉 짜여진 구성, 단일한 사건의 응축적 제시, 意外의 결말 등 단편소설의 묘미를 느끼게 한다. 또한 이 작품은 20년 후의 '소나기'와 20년 전의 '소나기'가 서로 연결되면서 작품의 라이트 모티프(Leit-motiv)가 되고 있는바, 이 점 흥미롭다. 은연중 근대 단편소설 李孝石의 「메밀꽃 필 무렵」을 떠올리게 하는 작품이다.

# 12. 語消長偸兒說富客

未 詳

嶺南一士族, 以世富有百餘萬金財, 所居基址, 三面皆石壁, 前則大江橫帶於洞門外, 所率廊下[1]二百餘家矣. 此人雖積百萬之財, 而以屢世鄕居, 連查[2]姻親, 皆是鄕班, 京洛則初無一面之親, 欲結一有勢之家, 而實無其路.

適其時, 隣邑蔚山倅喪出, 其甥侄朴校理[3]者, 來到邑府, 靷行諸節, 親自主張. 是日, 自江外沙場, 一行次, 以駿馬健奴, 招舟渡江. 旣渡之後, 下舟登陸, 輕揚飄沓,[4] 瞥眼之頃, 已至

1) 廊下 : 호지집, 즉 조선시대에 兩班地主가 자신의 저택 주위에 두어 호위를 삼았던 노비의 집.
2) 連查 : 사돈.
3) 校理 : 조선조 때 文翰을 맡아보던 弘文館의 정5품, 또는 校書館 · 承文院의 종5품 벼슬.
4) 沓 : 저본에는 '畓'으로 되어 있음.

於大門之外, 遂下馬陞堂. 主人整衣冠迎接, 仍問: "尊卿伊誰, 所來何幹?" 客對以: "蔚山倅之甥侄, 今遭喪變, 靷行在三明,[5] 較其宿站, 要不出此, 幸許借二三奴舍, 以容一夜喪行否?" 主人久欲締結一勢家, 以爲緩急之交矣, 今當適會, 不費財力, 豈非所望? 遂快許之. 客感謝再三, 約日告別而去.

及是日, 主人分付首奴, 曠三四大屋子, 洒掃庭宇, 塗褙窓戶, 擔軍[6]歇所, 兩班下處,[7] 屛帳之設, 供饋之備, 無不畢具, 與諸子侄, 整衣冠以待之. 初昏, 喪行果入來, 方相氏[8]先導, 隨柩行次, 太半隣邑守令, 而監․兵營[9]護喪裨將, 以紗笠[10]青天翼[11]乘白馬, 分立於左右, 人丁擁護, 鞍馬簇匝, 充塞於江上二十里, 木道[12]已備十餘巨艦, 臨江卽渡, 停柩於排設之所, 卽聞哭聲動地. 已而[13]朴校理者, 率五六從者, 馳馬入來, 高揖主人曰: "多蒙盛念, 安稅[14]柩行, 層雲義氣, 何以相

---

5) 三明 : 모레.
6) 擔軍 : 상여꾼.
7) 下處 : 사처. 점잖은 손이 객지에서 묵는 곳을 높이어 이르는 말.
8) 方相氏 : 驅儺 때에 惡鬼를 쫓는 儺者의 하나로서, 곰의 가죽을 씌운 큰 탈을 쓰고서 붉은 웃옷에 검은 치마를 입고 창과 방패를 든 모습을 했음. 궁중의 행사 말고도 일반 葬禮에서도 악귀를 쫓는 구실을 했음.
9) 監兵營 : 監營과 兵營.
10) 紗笠 : 명주실로 싸개를 하여 만든 벙거지.
11) 青天翼 : 푸른 색의 철릭. 철릭은 무관의 복장으로, 堂上官은 藍色, 堂下官은 紅色이었음.
12) 木道 : 우리말 '목도'에 해당함.
13) 已而 : 저본에는 '而已'로 되어 있으나 국립중앙도서관본 『青邱野談』을 따름.
14) 安稅 : 편안하게 쉬다. '稅'는 '舍', 즉 쉬다·머물다는 뜻. 저본에는 '安'이 '利'로 되어 있으나 국립중앙도서관본 『青邱野談』을 따름.

酬?" 主人答曰: "不費之事, 何足曰勞?" 酬酌未了, 自內急邀: "生員主入來!" 生員入去, 則內君跳足曰: "大事出矣![15] 卽聞婢僕之言, 所謂喪輿, 初不載柩, 皆是兵器云, 此將奈何?" 主人雖大悟, 事已到此, 誠無奈何. 遂寬慰之, 出來外堂, 客問之曰: "卽見主人眉宇, 滿帶憂懼之色, 無或有憂患耶?" 主人曰: "有小兒急病, 幸卽差安." 客微笑曰: "主人量狹矣. 今吾[16]所欲, 不過財之輕便者, 土地、人畜、家舍、粮穀自在, 今者所失, 雖云不些, 數年之內, 自當充滿, 何必深憂? 且財物, 天下公器. 有積之者, 則必有用之者; 有守之者, 則亦有取之者. 如君, 可謂積之者、守之者; 如我, 可謂用之者、取之者. 消長之理, 虛實之應, 卽造化之常, 主人翁亦造化中一寄生也. 豈欲長而不消, 實而不虛耶? 事已早覺, 不必以昏夜作鬧,[17] 以至傷人害命. 幸主人先入內庭, 使婦女共集一房也!" 主人已知沒可奈何, 依指揮奉行, 出而告曰: "如敎矣." 客更謂主人曰: "主人應有平生偏愛之物, 此則早言之, 無使渾失也!" 主人以七百金新買靑驢言之.

於焉之頃, 守令、裨將、喪人、服人、行者、哭婢、[18]擔軍、馬夫, 皆換着狹袖軍服, 持軍物, 簇立於外庭, 已不知幾千丈夫, 而箇箇身手健壯, 人人氣力驍勇. 客乃下令曰: "汝輩須入內室, 諸房所

15) 大事出矣 : '큰일났다'라는 우리말을 이렇게 표현했음.
16) 今吾 : 저본에는 '吾今'으로 되어 있으나 국립중앙도서관본을 따름.
17) 閙 : '鬧'와 仝字.
18) 哭婢 : 葬禮 때 대갓집 주인을 대신하여 우는 여자종.

在之物, 無論銀錢、衣服、器皿、髢髻、釵釧、珠玉、錦繡之屬, 一幷搬出, 而但婦女所聚之房, 雖有億萬金財, 愼勿近也! 財物雖重, 名分至嚴, 若有違令者, 必用軍律!" 又誡以勿取靑驢之意. 且謂主人曰: "領率入去, 毋致亂雜也!"

主人遂領入群徒, 爲先大室內所居房, 與其他長婦房、介婦房、季婦房、孫婦房、小室房、弟婦房、庶婦房、大女房、小女房、長狹房、短狹房、大壁欌、小壁欌、東狹樓、西狹樓、前庫舍、後庫舍房房曲曲之物, 一一搜出, 積之於外庭. 又出來外舍, 大舍廊、中舍廊、下舍廊、後舍廊、中別堂、後別堂所在之[19]物, 又皆無餘盡取. 無慮爲億萬萬金, 以三百匹健馬馱之, 乃一時飛奔渡江.

領袖者則留, 與主人分席對坐, 慰之以塞翁之禍福, 譬之以陶朱之聚散,[20] 長揖作別曰: "如我之客, 一見已極不幸, 再逢非所可願, 今此一別, 更會無期. 唯望主人達理順懷, 珍重多福, 愼勿復生交結[21]京華士[22]夫之念也! 今番所謂朴校理者, 有何所益乎?" 及上馬, 又顧語主人曰: "失物之人, 例有追蹤之擧, 此則無一利益. 幸主人毋用俗套以致後悔!" 再三申申. 主人曰: "唯唯. 不敢不敢." 遂越江, 飛馬而去, 不知去處.

---

19) 之: 저본에는 없으나 국립중앙도서관본에 의거해 보충했음.
20) 陶朱之聚散: 陶朱公, 즉 越의 范蠡는 19년 동안 막대한 재물을 세 번 모았는데, 두 번은 가난한 친지들에게 나누어 주었다고 함.
21) 交結: 저본에는 '結交'로 되어 있으나 국립중앙도서관본 등 諸本을 따름.
22) 士: 저본에는 이 뒤에 '大'가 더 있으나 국립중앙도서관본 등 諸本을 따름.

少頃, 數百家奴僕畢集, 咻咻致慰, 咄咄起憤, 果以追踵之意爛熳相議, 交謁更進曰: "此必是海浪之徒, 宜無從陸之理. 此距[23]某海門, 爲幾里, 某海口, 爲幾里, 急步追之, 宜無不及, 吾儕六百餘名, 左右分隊, 飛赴於某浦某海之濱, 況某大村, 在某海口, 某大村, 在某浦邊, 彼雖累千徒衆, 吾豈有敗歸之理乎?" 上典大禁之, 其中首奴知事者十餘漢, 交謁更白曰: "賊將之申托勿追者, 都出於威脅也. 以小人六百壯丁, 公然見失億萬金財, 寧不大憤? 初頭不能接當, 以其不虞之遭, 而至若追踵, 則已有預備, 何畏之有? 況浦口不遠, 浦村甚大, 誠一追之, 宜無不獲, 萬一不獲, 必無見敗, 伏乞生員主, 一任小人輩周旋如何?" 衆論蜂起, 上典亦不能禁止.

忽於家後松竹之林, 遽有千餘丈夫, 發喊而出, 飛集於外堂之庭, 蹴之擠之, 踏之拳之, 扶髻焉, 打腦焉, 瞥眼之頃, 六百奴丁, 碎之如土犬、瓦鷄, 拉之如枯鼠、腐雛.[24] 勢若風雨之翻紛, 疾如雷霆之馳驟, 瞬息之間, 擠夷踏平, 一時渡江, 又不知去處. 卽見近千奴僕, 一一僵仆於地, 拔目者, 折臂者, 鼻血者, 坼腦者, 折脅者, 拉齒者, 落耳者, 浮頰者, 碎頭者, 蹇脚者, 違骨者, 裂皮者, 氣急者, 窒塞者, 直視而喪魂者, 僵臥而不起者, 形形色色, 無一人不傷, 而實無一箇物故之弊.

其翌, 收拾驚魂, 周攷失物, 則無一存者, 而櫪上靑驢, 亦

23) 距 : 저본에는 '拒'로 되어 있으나 국립중앙도서관본을 따름. '拒'는 '距'와 통함.

24) 雛 : 저본에는 '鄒'로 되어 있음.

又見亡. 其再明之曉, 忽有驢鳴之聲, 出於越江津頭, 而聲甚慣耳. 主人大驚, 急使往觀, 則所失青驢, 以白銀鞍、青絲勒, 兀然獨立於江頭, 而鞍前以巨繩網, 盛一血淋漓頭, 掛於左邊. 且有一封書, 斜掛於馬勒之右, 皮封曰: '江壁里普施案[25] 執事.[26] 月出島候狀.'[27] 裏面曰:

日前再度趍晤, 出於許久經營, 而勢甚忙迫, 未能穩話. 第[28]未審動止不瑕, 有損於不虞之患耶. 財帛之喪, 竊料以執事洪量, 宜無有介于懷, 而不有[29]臨別贈言, 竟致奴僕之傷, 滄浪自取,[30] 誰尤誰咎? 所可銘感者, 以執事三百馱輕寶輸之, 爲海島中一年之粮, 多謝多謝. 貴驢奉完, 而馬鞍所懸之物, 卽犯令者也. 幸相考之如何? 不備.

年月日, 綠林客拜.

主人見此, 失物之憤, 氷消雪瀜, 未或有胷中滯介, 而人或以慰, 則未嘗以逢賊答之, 輒曰: "今世見傑男子, 而江山眉睫,[31] 無由更覿,[32] 尋常眷戀, 頗有悵悵"云.

---

25) 案 : 案件, 事件.
26) 執事 : 원래 주인의 지시를 받아 일을 맡아보는 사람을 일컫는데, 편지에서 수신자를 높이기 위해 겉봉의 宅號 밑에 의례적으로 쓰는 말임.
27) 候狀 : '안부 편지를 보내다'라는 뜻.
28) 第 : 저본에는 '謹'으로 되어 있으나 국립중앙도서관본 등 諸本을 따름.
29) 不有 : 대수롭지 않게 여기다.
30) 滄浪自取 : 스스로 취한 것이라는 뜻. 『孟子』「離婁」(上)에 "有孺子歌曰: '滄浪之水清兮, 可以濯我纓. 滄浪之水濁兮, 可以濯我足.' 孔子曰: '小子聽之. 清斯濯纓, 濁則濯足矣, 自取之也'"라는 말이 있음.

해제

• 작자 : 未詳

• 출전 : 栖碧外史海外蒐佚本『靑邱野談』乙을 底本으로 삼아 異本을 참고하여 校合하였다.

• 참고사항

(1) 이 작품을 윤색한 이야기가『東野彙輯』에「誤結交納錢失財」라는 제목으로 실려 있다. 이 작품은 이우성 · 임형택 譯編,『이조한문단편집』下(일조각, 1978)에「월출도」라는 제목으로 번역되어 있다.

(2) 작품의 끝부분에서 주인집 노비들이 도적을 추격하려다가 역습을 당해 부상한 모습을 열거법으로 서술한 대목은 판소리「赤壁歌」중 曹操의 100만 대군이 敗하여 죽는 모습을 열거한 대목을 연상케 한다. 참고로 그 대목을 조금 인용해 본다.

"불 속에 타서 죽고, 물 속에 빠져 죽고, 총 맞아 죽고, 살 맞아 죽고, 칼에 죽고, 창에 죽고, 밟혀 죽고, 눌려 죽고, 엎어져 죽고, 자빠져 죽고, 기막혀 죽고, 숨막혀 죽고, 창 터져 죽고, 등 터져 죽고, 팔 부러져 죽고, 다리 부러져 죽고 (……)"(「적벽가」, 星斗本 B. 표기법과 띄어쓰기는 오늘날의 것에 따름)

(3)「어소장투아세부객」을 비롯한『청구야담』에 실린 '群盜 이야기'는 박희병,「청구야담 연구」(서울대 석사논문, 1981)에서 논의되었다.

31) 眉睫 : 눈과 눈썹. 거리가 아주 가까운 것을 일컫는 말.
32) 覩 : 저본에는 '睹'로 되어 있으나 국립중앙도서관본 등 諸本을 따름.

# 13. 轉誤緣紅錦寄信

李源命

李尙書安訥,[1] 號東岳, 容丰美, 性溫茂, 自兒少時, 以詞藻稱.

纔過聘醮,[2] 値上元夜, 与諸少年, 聽鍾步月於雲從街.[3] 夜闌, 諸人各散, 公獨歸, 過筆[4]洞前路, 不勝昏醉, 倒地而睡. 適有丫鬟, 見靑袍草笠之少年, 橫臥路旁, 齁齁地睡,[5] 走入[6]一家告之. 盖以其家[7]迎婿,[8] 纔有日也. 其家以新郎之出游

1) 李安訥 : 생몰년 1571~1637년. 호는 東岳. 문과를 거쳐 예조판서에까지 이르렀으며, 시인으로 이름이 높았음.
2) 聘醮 : 醮禮. 결혼식.
3) 雲從街 : 지금의 鍾路.
4) 筆 : 저본에는 '笠'으로 되어 있음.
5) 齁齁地睡 : 쿨쿨 자다. '地'는 어조사.
6) 入 : 저본에는 없으나 日本 天理大本에 의거해 보충했음.
7) 家 : 저본에는 없으나 天理大本에 의거해 보충했음.
8) 婿 : '壻'의 속자.

不返, 方企之, 聞此報大駭, 遽令僮媄, 以繡襦擁舁而歸, 更不察是鴉是鳳, 直納于新房. 時則蘭麝凝霧, 絳蠟倒燼, 但聞薌澤,[9] 不辨花貌. 公迷離[10]朦朧之中, 瞥見錦衾角枕, 傍有美人, 認是洞房花燭之夜, 卽吾月老赤繩[11]之日, 更不問'今夕何夕, 見此粲者',[12] 遂迎高唐[13]雲雨, 便做游仙之夢, 抵曉始醒, 擡眼看之, 乃他人之室也. 滿心驚疑, 攬新婦而起, 翠鬟初墜,[14] 紅臉纔舒, 但含羞低眉而已. 因問: "此是誰家, 吾緣何到此?" 新婦大駭, 反詰之, 公具以對, 相与錯愕, 莫省所諭. 公曰: "吾非窺花之蝶, 遽作罹網之鴻, 雖非故犯, 而此家主人知之, 則吾之性命關頭,[15] 君將何以處我?" 新婦沈思良久, 簌簌[16]下淚曰: "今夕卽妾成婚之三日也. 適有薪憂,[17] 未及合宮, 而郎以踏月[18]出去, 夜深不來, 家人誤引公到此, 至同枕[19]席, 此卽天也. 以女行言之, 吾辦一死可矣. 但此家以

9) 薌澤 : 향기.
10) 迷離 : 모호하고 불분명한 모양이나 상태를 뜻하는 말.
11) 月老赤繩 : '月老'는 月下老人을 가리킴. 월하노인이 자신이 갖고 다니는 붉은 끈을 두 남녀의 발에 매면 두 남녀는 반드시 부부로 맺어진다고 함. 저본에는 '老'가 '姥'로 되어 있음.
12) 今夕何夕, 見此粲者 : 오늘 저녁은 무슨 저녁이길래, 이리도 아름다운 사람을 만나게 되었을까. 『詩經』 唐風 「綢繆」(주무)에 나오는 말. '粲者'는 아름다운 사람을 뜻하는 말. 이 시는 결혼의 기쁨을 노래한 것임.
13) 高唐 : 「萬福寺摴蒱記」의 주 44를 참조할 것.
14) 翠鬟初墜 : 쪽을 풀고.
15) 吾之性命關頭 : 내 목숨이 달렸으니. '關頭'는 중대하거나 결정적인 것을 가리키는 말.
16) 簌簌 : 저본에는 '簇簇'으로 되어 있음.
17) 薪憂 : 질병. 여기서는 달거리를 가리킴.
18) 踏月 : 上元日 밤에 달구경하는 풍속이 있었음.

屢世譯官, 貲財頗饒, 而膝下只此一身, 父母愛如掌珠, 委以幹家, 爲託身傳後之計, 吾死則兩親情境絶悲, 必不能支保, 吾何忍貽戚? 思念及此, 中心如割. 且吾前宵, 夢見黃龍入室, 蜿蜿然繞吾寢席, 額上有李東岳三字, 一老人指而謂吾曰: '此卽汝夫, 可共享多福.' 吾警覺而異之. 今聞貴姓李氏, 夢兆符合, 亦是三生之緣, 若不順受, 必有咎悔, 唯宜從權, 隨公以奉巾櫛, 且奉養吾老親, 俾終天年. 區區愚計, 惟在於斯."

公聞其夢龍之說, 而甚喜之, 因以東岳爲號, 乃謂婦曰: "吾無偸香[20]之習, 君非期桑之行,[21] 爲今之計, 只可從權, 而第吾庭訓嚴毅, 吾年未弱冠, 遽置側室, 則非但室人之交讁, 當有喧天之積謗, 此將奈何?" 婦曰: "此則無憂. 公之姑姨親黨之間, 或有藏我之所乎?" 曰: "有之." 曰: "然則, 夜短話長, 恐被人覻, 可急起偕往, 置我於其家, 藏踪給影, 使兩家莫之知. 公不久必騰青雲, 待登科後, 實告于兩家老親, 則庶或恕其僭而悲其情, 始可以无碍團聚." 公曰: "吾意亦然." 俄而曉鍾[22]鳴, 家人咸睡熟,[23] 內外闃寂.[24] 婦乃脫去簪珥鬢

19) 枕 : 저본에는 '寢'으로 되어 있으나 天理大本을 따름.

20) 偸香 : 「李生窺墻傳」의 주 23을 참조할 것.

21) 期桑之行 : 桑中에서 만나기로 한 행동. 남녀의 음란한 만남을 일컫는말. 『詩經』 鄘風 「桑中」詩에 "爰采唐矣, 沫之鄕矣. 云誰之思? 美孟姜矣. 期我乎桑中, 要我乎上宮, 送我乎淇之上矣"에서 유래하는 말.

22) 曉鍾 : 罷漏鍾. 五更에 33번 쳐서 통금 해제를 알리던 종.

23) 熟 : 저본에는 없으나 天理大本에 의거해 보충했음.

24) 闃寂 : 저본에는 '寂闃'으로 되어 있으나 天理大本을 따름.

飾, 只取一幅紅緞衾領, 曰: "此有用時." 以禿髻[25]常服, 隨公出門. 公挈婦直走某洞姨母之家, 姨方寡居, 家甚幽靜. 公具道其由, 姨笑而款接. 婦因寓[26]其家, 助以針線, 相依如母女焉. 婦家朝起視之, 新房無人, 唯羅帳半開, 錦衾橫陳而已, 女與壻, 並不知下落,[27] 大驚怪, 往探婿家, 始知與假郎偕遁. 遂秘其事, 聲言: '女以暴疾不起', 僞斂[28]虛葬.

東岳素有才華, 又勤功令,[29] 不幾年, 擢高第, 始告于庭闈, 率來小室, 一家上下, 莫不嘉其姿而奇其智, 又皆稱公之奇緣, 而歎其善處事焉. 遂令通及于小室本家. 小室乃付還紅緞衾領曰: "以此爲驗! 此異錦也. 在昔遠祖入燕時, 皇帝所賜, 獨吾家有之, 爲婚時衾領者. 吾家見此, 則必信, 可免新垣平[30]之詐也." 遂依其言. 父母來見女, 悲喜交切, 且見李公, 眞宰相風采也. 詳聞其事, 始終歎曰: "此皆天也. 吾老夫妻, 後事有托, 甚幸.[31] 其人竟無子, 以家舍、臧獲、財産, 實付于女, 爲國中巨富. 女賢而才慧, 恪奉君子,[32] 善治家産, 子孫蕃衍. 李公家, 因以富饒, 筆[33]洞第宅, 傳世有名.

---

25) 禿髻 : 머리장식을 하지 않은 머리.
26) 寓 : 저본에는 '留'로 되어 있으나 天理大本을 따름.
27) 下落 : 去處.
28) 斂 : '殮'과 통함.
29) 功令 : 과거글, 즉 科文. 저본에는 '令'이 '全'으로 되어 있음.
30) 新垣平 : 漢나라 文帝 때의 術士로 文帝를 현혹시키다가 그 속임수가 발각되어 죽임을 당함.
31) 甚幸 : 저본에는 '幸甚'으로 되어 있으나 天理大本을 따름.
32) 君子 : 남편.
33) 筆 : 저본에는 '笠'으로 되어 있음.

外史氏曰: "媲匹之際,[34] 人倫之大者, 固有天定之緣, 而既同牢之後, 誤引他人而作合, 有若天公之戱劇者然, 此何理也? 女之不死而從權, 以有夢兆, 難於違天也, 其情慽矣. 尙論[35]之士, 必有以恕之. 李公之處事, 亦善矣. 可謂天與人歸、時來風送, 萬事皆有素定, 豈智力之所可辦哉?"[36]

• 작자 : 李源命(1807~1887)

字는 穉明, 호는 鍾山, 초명은 源庚, 본관은 용인. 예조판서를 지낸 在學의 손자이고, 형조판서를 지낸 奎鉉의 아들이다. 1829년(순조 29) 문과에 급제한 후 여러 벼슬을 거쳐 1850년 대사성이 되고, 경기도 관찰사 · 이조참판 · 대사헌 등을 지냈다. 1861년 正使로 청나라에 다녀왔다. 1863년 廣州府 留守에 이어 이조판서에 올랐다. 저술로는 야담집 『東野彙輯』이 전한다.

• 출전 : 서울대 奎章閣 가람문고本 『東野彙輯』을 底本으로 삼아 異本을 참고하여 校合하였다.

• 참고사항

(1) 『동야휘집』의 야담들은 그 문체상 두 가지 경향이 현저한바, 하나는 文言性의 강화이고 다른 하나는 화려한 修飾이다. 이 때문에 『동야휘집』 所載의 작품들은 야담임에도 불구하고 傳奇小說의 문체에 근접해 있다는 느낌을 준다.

---

34) 媲匹之際 : 부부 사이.
35) 尙論 : 옛일을 논함.
36) 外史氏曰~可辦哉 : 저본에는 없으나 天理大本에 의거해 보충했음.

(2) 『동야휘집』은 1869년(고종 6)에 편찬된바 野談史의 말기에 나온 책이라 할 수 있는데, 야담 특유의 생동감이 약화되고 보수적 방향으로의 내용 변개가 두드러진다. 이 점은 그 문체적 특징과 무관하지 않다.

(3) 『동야휘집』에 대한 연구로는 윤세순, 「동야휘집의 성격 고찰」(성균관대 석사논문, 1991); 이강옥, 「동야휘집의 세계관 연구」, 『한국문화』 13(서울대 한국문화연구소, 1992)이 있고, 『동야휘집』의 前代文獻 변개양상에 대해서는 임완혁, 「문헌전승에 의한 야담의 변모양상」(성균관대 박사논문, 1998)이 참조된다.

# 14. 返故妻換魂持家

李源命

康生某, 谷山[1]龍峰人也. 中年失怙恃. 妻南氏賢淑, 伉儷綦篤,[2] 生子女各一, 甫離襁褓, 妻病歿. 續娶呂氏, 美而悍, 遇子女尤虐, 動[3]輒詬詈, 小有不怡, 鞭撻隨之. 康稍怒而責, 乃反舌啁啾, 數晝夜不倦.

某不堪憤激, 出遊遇雨, 竄入林谷, 忽踏地陷穴, 似墮人屋脊上, 聞噪呼'有賊!', 一人綑縛而下, 視之家僕已故[4]者也. 曰: "吾謂何人,[5] 乃是舊主", 釋其縛, 急入內告達. 無何, 父母俱出, 抱持痛哭. 父曰: "兒來此, 亦是奇[6]事, 且作半日團聚."

1) 谷山 : 황해도에 있는 땅 이름.
2) 伉儷綦篤 : 부부관계가 지극하고 돈독하다. '綦'는 '지극하다'는 뜻.
3) 動 : 걸핏하면.
4) 故 : 죽다.
5) 吾謂何人 : 나는 누군가 했더니.

遂引入室, 見亡婦南氏在窓下裁縫. 某直前把其腕, 將訴契濶,[7] 婦解脫而走曰: "何來惡客, 莽撞[8]乃爾!" 某瞠然不解其故. 母曰: "汝再娶耶?" 某曰: "然." 母曰: "凡男子續娶後婦, 與前妻卽無結髮情,[9] 故相見不復省識." 母入室與婦耳語, 婦始恍然淚下, 絮[10]問家事. 某曰: "田園幸尙無事,[11] 但膝下兒女, 日罹荼[12]毒, 奈何?" 婦向壁而哭, 某亦大慟. 父曰: "汝亦旣抱子, 乃不念鸞雛, 妄招鴟耦, 宜毁巢而取子[13]矣. 孽由自作, 悔之何及?" 母曰: "渠固不足惜, 尙當爲宗祧計之." 父曰: "欲保嗣續, 在我賢婦." 母曰: "賢婦久登鬼錄, 安得爲兒援手?" 父曰: "妬婦吾可捉來, 早晩稍加訓誨, 卽令賢婦隨兒去, 借渠[14]手足, 料理家務, 俟兒女婚嫁畢, 再當來此." 婦曰: "日侍親庭,[15] 何忍遽[16]言離闈?"[17] 母亦大悲. 父曰: "汝來爲孝婦, 去作慈母, 於義兩全, 何必爲此戀戀?" 乃令某偕婦出去, 建梯屋角, 兩人躡級而登, 俯穴而窺, 猶見父母在[18]

6) 奇 : 저본에는 이 뒤에 '幸'이 더 있으나 日本 天理大本을 따름.
7) 契濶(결활) : 오래 헤어짐.
8) 莽撞 : 행동이 망녕되고 경솔함.
9) 結髮情 : 夫婦之情.
10) 絮 : 꼬치꼬치.
11) 事 : 저본에는 '恙'으로 되어 있으나 日本 大阪 府立圖書館本을 따름.
12) 荼 : 저본에는 '茶'로 되어 있음.
13) 毁巢而取子 : 둥지를 부수고 새끼를 잡아먹다.
14) 渠 : 후처 呂氏를 가리킴.
15) 親庭 : 시부모를 가리킴.
16) 遽 : 저본에는 '遠'으로 되어 있음.
17) 闈 : 저본에는 '違'로 되어 있으나 天理大本을 따름.
18) 在 : 저본에는 없으나 天理大本에 의거해 보충했음.

簷角引領望也. 不得已挈婦循道而歸.

甫及門, 婦飄忽先入, 兒女爭來訴父曰: "阿爺出門後, 繼母以杖擊我." 言未畢, 呂氏徐步而出, 就某身畔, 撫摩兒女, 歔欷飮泣曰: "我拋汝等, 未及三載, 不意憔悴至此!" 審其音, 酷類前妻, 某大喜,[19] 謂兒女曰: "此汝前母, 勿畏懼." 兒女目灼灼相視. 婦問女曰: "昔我出奩中白金, 爲汝作佩飾, 今安在耶?" 女曰: "孃[20]頭上壓髻小釵, 卽脫女佩物所改作者." 婦曰: "吾安用是?" 卽拔鬢邊釵, 爲女插戴. 又問兒曰: "我前以花紋紫錦, 爲兒作繡帶, 今何不繫?" 兒曰: "阿爺爲孃, 裁作纏頭矣." 婦謂某曰: "癡男愛後婦, 無怪兒女輩受摧折也." 某俯首謝過, 相携入室, 見鼎鑵器皿以及鏡奩箱籠, 都非舊日位置. 婦慨然曰: "人一朝謝,[21] 事凡百,[22] 都聽諸後人, 眞可痛也." 脫鎖啓箱, 見衣裳燦然堆積, 而舊着故衣, 無一存者. 詰諸某, 某曰: "新衣稱體, 奚念故衣?" 婦曰: "男兒心迹, 見[23]乎詞矣." 某自悔失言, 再三排解. 婦又拓窓周視曰: "舊種碧桃花, 今復移植何處?" 某曰: "自卿[24]見背,[25] 渠日加剪伐, 樹卽枯槁而死." 婦歎曰: "樹猶如此, 人何以堪?" 回顧兒

19) 某大喜 : 저본에는 없으나 天理大本에 의거해 보충했음.
20) 孃 : 어머니.
21) 謝 : 죽다.
22) 凡百 : 저본에는 '百凡'으로 되어 있으나 天理大本을 따름.
23) 見(현) : 드러나다.
24) 卿 : 당신. 남편이 아내를 부르는 말.
25) 見背 : 죽다.

女, 不禁潸[26]然泣下. 已而提甕出汲, 執炊就爨. 某勸令勿勞, 婦曰: "此後來人身體髮膚也, 宜爲君所愛惜不? 然吾自入君家, 何嘗一日薰香塗粉作[27]閒坐哉?" 某慙沮屛氣, 不敢做聲. 婦曰: "吾奉翁命而來, 豈必翹[28]君過處? 但匿怨爲歡, 轉傷婦德, 不得不一吐其憤耳." 某唯唯.

自此遂同燕好, 朝夕經理家政, 閱十二年, 撫子女俱各成立, 男娶女嫁, 皆得其宜, 家庭雍穆, 從無間言.

一夕, 呼某入室, 對酌盡酣, 謂某曰: "昨夢阿翁見召, 今當永訣, 夫婦之緣, 盡於此矣." 某泣曰: "家室仳離, 賴卿再造, 正當白頭相守, 奈何捨我而去?" 婦曰: "撫君兒女而來, 事君父母而去, 若或有意挽留, 於君卽爲不孝." 某向隅大哭. 轉瞬[29]間, 婦已登床挺[30]臥, 氣絶而殞. 正驚歎間, 婦忽起坐曰: "阿姊旣歸, 妹當瓜代[31]矣." 察其聲, 卽一呂氏也. 某惶遽失色, 婦曰: "君勿疑懼! 妾在翁姑處受敎訓者十二年, 始知日前所爲, 俱失婦道. 自今伊後,[32] 當恪遵阿姊成法, 以贖前愆." 某喜, 召兒告之, 兒悲喜交集. 婦曰: "我去此十數年, 兒已成人授室,[33] 幸勿念舊惡, 尙[34]當爲爾父持厥家[35]也." 兒曰: "前

---

26) 潸 : 저본에는 '潛'으로 되어 있음.
27) 作 : 저본에는 '粉'으로 되어 있음.
28) 翹 : 과실을 들추어내다.
29) 瞬 : 저본에는 '眸'로 되어 있으나 天理大本을 따름.
30) 挺 : 똑바로.
31) 瓜代 : 임기가 만료되어 후임과 교대함. 여기서는 전처인 南氏가 돌아가고 후처인 呂氏가 돌아온 것을 이름.
32) 後 : 저본에는 '始'로 되어 있으나 天理大本을 따름.

母之劬勞, 實後母之肢體, 有何舊惡, 而敢不忘乎?" 婦亦大喜. 由是相[36]夫教子, 恩義備至, 鄉黨宗族, 悉稱良婦焉.

外史氏曰: "余嘗遊象山,[37] 遇康之後裔士人, 日與會晤, 無言不到. 康道此事甚悉, 事涉幽怪, 吾未之信. 然康世守塗、莘舊墟,[38] 其人恂愨, 必不做無根之言, 且不當擧先[39]蹟誑人聽, 而其說如此荒唐, 是可訝也."

• 작자 : 李源命

「轉誤緣紅錦寄信」 '해제'의 작자條를 참조하기 바람.

• 출전 : 서울대 奎章閣 가람문고本 『東野彙輯』을 底本으로 삼아 異本을 참고하여 校合하였다.

• 참고사항

(1) 이 작품은 淸나라 沈起鳳(1740~?)이 저술한 『諧鐸』에 실려 있는 「鬼婦持

---

33) 授室 : 아내를 얻음.
34) 尙 : 바라다. 저본에는 이 앞에 '而'가 더 있으나 天理大本을 따름.
35) 持厥家 : 집안을 保持하다.
36) 相 : 돕다.
37) 象山 : 谷山의 딴 이름.
38) 塗莘舊墟 : '塗'는 塗山, '莘'은 有莘國을 말함. 塗山과 有莘國은 모두 상고 시대의 나라 이름으로서 禹임금의 어머니가 有莘國 사람이고, 그 아내가 塗山 사람이었다고 함. 여기서는 '고향'을 가리키는 말로 쓴 듯함.
39) 先 : 저본에는 '見'으로 되어 있으나 天理大本을 따름.

家」를 윤색한 것이다. 이 작품 말미의 논찬은 허구이며, 서술된 내용이 사실임을 강조하기 위한 敍事的 트릭에 해당한다.

(2) 『諧鐸』과 『동야휘집』의 관계는 金榮華, 「諧鐸與東野彙輯」, 『慕山學報』 6(모산학회, 1994)에서 처음 밝혀졌으며, 「鬼婦持家」와 「返故妻換魂持家」를 면밀히 비교하여 윤색의 양상과 의미를 살핀 논문으로 이강옥, 「동야휘집의 諧鐸 수용 양상」, 『구비문학연구』 2(한국구비문학회, 1995)가 있다.

# 15. 夫婦盟約十年

徐有英

高參判[1]庾,[2] 霽峰[3]之後也. 世居光州, 幼喪父母, 流寓於嶺南高靈[4]縣, 爲村家雇傭, 趍役服勤,[5] 信實無惰容, 人皆愛之, 稱高道令[6]而不名. 隣居有朴座首[7]者, 家甚貧, 秖育一女, 頗有識鑑, 過時而無問聘者.

一日, 高道令與朴座首設博對局. 高道令曰: “請與座首丈賭博可乎?” 座[8]首曰: “可.” 高道令曰: “我若不勝, 則爲座首

1) 參判 : 判書 밑의 종2품 벼슬.
2) 高庾 : 임진왜란 때의 의병장 高敬命의 후손.
3) 霽峰 : 高敬命의 호.
4) 高靈 : 경상북도에 있는 땅 이름.
5) 服勤 : 부지런히 일을 함.
6) 道令 : 총각을 대접하여 일컫는 말.
7) 座首 : 지방의 州·府·郡·縣에 둔 鄕廳의 우두머리.
8) 座 : 저본에는 이 앞에 ‘朴’이 더 있으나 국립중앙도서관본(도서번호 古3638−13)을 따름.

丈, 當服一年雇役, 座首丈若不勝, 則可招我爲婿否?" 座首奮然作色, 推局而起曰: "太不當! 太不當!" 高道令仍慚而去. 女從籬間窺之, 目擊此事, 待座首入內, 故意問曰: "父親有何不平, 連稱'太不當'乎?" 座首嘻笑[9]曰: "高道令欲使我招渠爲婿, 此非不當而何?" 女曰: "高道令今雖賤役, 其本士夫也. 又況作人信實, 隣里皆稱道令, 若招他爲婿, 吾家之幸, 有何不當乎?" 座首怒甚不答, 而出隣里, 知其事者, 皆携[10]酒而至, 力勸玉成.[11] 座首迫於衆論, 乃許諾.

及當燕爾[12]之夕, 女謂道[13]令曰: "妾觀君之貌, 非久困於貧賤者, 況君士族也. 今頭角嶄然, 目不識丁, 其墜落家聲甚矣. 請與君盟約限十年, 妾則日事紡績, 竭力聚財, 君則讀書成就, 發身登科, 彼此牢記在心, 十年前勿許相見何如?" 庾[14]曰: "君言誠佳矣. 雖然事之成不成, 何可必也?" 女曰: "有志者, 事竟成, 苟存誠心, 何患不成?" 庾[15]曰: "諾. 但吾手赤無資斧,[16] 其孰[17]從而請學乎?" 女曰: "妾有所織布數疋, 藏在篋笥久矣, 出而賣之, 足可備君資斧矣. 待鷄鳴離此, 亟去勿

9) 嘻笑 : 억지로 웃음.
10) 携 : 저본에는 없으나 국립중앙도서관본에 의거해 보충했음.
11) 玉成 : 이루다. 성사시키다.
12) 燕爾 : 신혼을 가리킴. 『詩經』 邶風 「谷風」詩의 "宴爾新昏, 如兄如弟"에서 유래하는 말. 「곡풍」시의 '宴'은 '燕'과 같음.
13) 道 : 저본에는 이 앞에 '高'가 더 있으나 국립중앙도서관본을 따름.
14) 庾 : 저본에는 이 앞에 '高'가 더 있으나 국립중앙도서관본을 따름.
15) 庾 : 저본에는 이 앞에 '高'가 더 있음.
16) 資斧 : 路資.
17) 孰 : 저본에는 '熟'으로 되어 있음.

留.” 遂纚纚[18]攬衣而起, 開篋笥出二疋布給之. 庾[19]遂分手作別, 慨然出門, 時東方尙未明矣.[20]

賣布於市, 得數十金, 遍游村庄[21]訪塾師, 行到陜川[22]界,[23]遙望一村舍, 極精洒, 環以淸溪, 垂柳成列, 讀書聲出於茅屋. 庾[24]心頗欣然, 就而視之, 一老翁與童子四五人, 方對床課讀. 卽摳衣[25]而入, 拜於床下曰: “生早失父母, 長而失學, 願從先生而學書矣.”[26] 老翁熟視久之曰: “然則曾讀何書?” 庾[27]曰: “初無所讀矣.” 老翁乃以『千字文』授之曰: “此童子初學先習之字也. 君其試讀.” 庾[28]起而稱謝, 獻其資斧所餘, 請備[29]所食之費. 老翁曰: “吾非待食客求售[30]者. 然姑留此, 補君衣食[31]之資可矣.” 庾自此留而不去, 日夕對『千字文』, 咿唔不撤, 羣兒皆嗤笑, 猶不顧也. 老翁嘉其勤學之誠, 盡心敎之. 過月餘, 易以他書, 忘寢廢食, 夜以繼晝. 過五六[32]年, 文

18) 纚纚(사사) : 옷이나 나뭇가지 따위가 길게 드리운 모양.
19) 庾 : 저본에는 이 앞에 ‘高’가 더 있음.
20) 矣 : 저본에는 없으나 국립중앙도서관본에 의거해 보충했음.
21) 庄 : 저본에는 ‘廬’로 되어 있으나 국립중앙도서관본을 따름.
22) 陜川 : 경상북도에 있는 땅 이름.
23) 界 : 저본에는 없으나 국립중앙도서관본에 의거해 보충했음.
24) 庾 : 저본에는 이 앞에 ‘高’가 더 있음.
25) 摳衣 : 공경의 표시로 옷자락을 추어올리는 것.
26) 矣 : 저본에는 없으나 국립중앙도서관본에 의거해 보충했음.
27) 庾 : 저본에는 이 앞에 ‘高’가 더 있음.
28) 庾 : 저본에는 이 앞에 ‘高’가 더 있음.
29) 備 : 충당하다.
30) 待食客求售 : 식객을 대접하여 돈을 벌다.
31) 食 : 저본에는 ‘服’으로 되어 있으나 국립중앙도서관본을 따름.
32) 六 : 저본에는 ‘八’로 되어 있으나 국립중앙도서관본을 따름.

思大進, 始敎以科擧之文. 過數年, 各體俱精, 雖老師宿儒, 亦趨於下風矣. 老翁曰: "君之文藝至此, 可出而應擧矣." 庾自思: '今吾文藝猶未精進, 若更加數年讀書, 可以獨步場屋,[33] 吾之赴擧, 尙未晩也.' 遂辭老翁, 入海印寺, 請於衆僧曰: "吾貧儒也. 欲借山房, 數年讀書, 而齎糧無策, 每日可能輪回食我否?" 諸僧許諾. 遂懸髮[34]刺股,[35] 日夜[36]攻苦, 恰滿十年之限.

時肅宗[37]設增廣,[38] 庾自度[39]宏詞博學, 足可赤幟[40]藝苑, 始赴漢城試,[41] 擧進士壯元, 又赴東堂試,[42] 擢文科壯元,[43] 殿試參乙[44]科,[45] 例授假注書.[46] 値大臣登筵, 暴雨如注, 簷

---

33) 場屋 : 과거시험장.

34) 懸髮 : 자지 않고 공부하고자 머리에 줄을 둘러 대들보에 묶는 것. 漢나라 孫敬의 고사에서 나온 말인데, '懸梁'이나 '懸頭'라고도 함.

35) 刺股 : 잠을 쫓기 위해 송곳으로 허벅지를 찔러가며 공부하는 것. 戰國時代 蘇秦의 고사에서 유래하는 말.

36) 夜 : 저본에는 '益'으로 되어 있으나 국립중앙도서관본을 따름.

37) 肅宗 : 조선의 국왕. 재위 1674~1720년.

38) 增廣 : 增廣試. 나라에 경사가 있을 때 그것을 기념하기 위해 보이던 과거 시험. 저본에는 '庭試'로 되어 있으나 국립중앙도서관본을 따름.

39) 度(탁) : 헤아리다.

40) 赤幟 : 으뜸가는 위치. 『史記』 「淮陰侯列傳」에서 유래하는 말.

41) 漢城試 : 漢城, 곧 서울에서 보이던 司馬試를 말함. 文科가 大科라면 司馬試는 小科로서, 進士와 生員을 뽑았음.

42) 東堂試 : 式年試나 增廣試의 딴이름. 여기서는 增廣試를 이름.

43) 擢文科壯元 : 문과의 初試에서 장원을 했음을 말함.

44) 漢城試~殿試參乙 : 저본에는 '擧, 參丙'으로 되어 있으나 국립중앙도서관본을 따름.

45) 殿試參乙科 : 大科의 제도는, 初試에 합격한 사람을 대상으로 覆試를 보이고 복시 합격자 33명에 대해 왕이 몸소 시험을 보였는데, 왕이 몸소 보이는 이 최종 시험을 殿試라 함. 복시의 합격으로 과거 급제가 결정되고 殿試는 다만 급

鈴亂鳴, 上曰: "諸臣奏對, 高其聲音可矣." 庾書於記注[47]曰: "簷鈴聒耳, 奏聲宜高!" 在傍[48]承史,[49] 相顧贊美. 上命進記注親覽, 大加天褒曰:[50] "汝誰之孫?" 庾俯伏對[51]曰: "臣是[52]故忠臣敬命之後也." 上曰: "霽峰有孫矣! 汝有父母乎?" 對曰: "臣早喪父母, 流寓於嶺南矣." 上又問曰: "有家室[53]否?" 庾始具陳結婚之夕與妻盟約卽爲分散之故.[54] 上又問曰: "汝之出門已過十年, 聞其消息否?" 對曰: "盟約在前, 尙未聞消息." 上嗟嘆不已, 特除高靈縣監, 使之給馬下送, 以示衣錦還鄕之榮.

庾感恩肅謝, 行到中路, 留騶從於官驛, 以弊袍笠, 尋到朴座首家, 家已荒廢無居人, 村落亦稀疎, 無舊識之人, 問於隣人, 皆曰: "朴座首已身故,[55] 獨有一女, 嫁高道令, 新婚之夜, 無端出門, 于今十年, 不知存沒. 其夫人甚賢淑, 身致家産, 奄成巨富, 廣置田庄, 此山後百餘戶大村, 皆其[56]廊屬[57]也,

---

제의 순위를 정할 뿐인데, 그 성적에 따라 甲科 3인, 乙科 7인, 丙科 23인으로 나뉘었음.

46) 假注書 : 承政院에 속한 정7품 벼슬로서, 備邊司와 鞫廳의 史草 쓰는 일을 맡아보았음.

47) 記注 : 임금의 언행을 기록하는 空冊.

48) 在傍 : 저본에는 없으나 국립중앙도서관본에 의거해 보충했음.

49) 承史 : 承旨와 史官.

50) 曰 : 저본에는 '問'으로 되어 있으나 국립중앙도서관본을 따름.

51) 對 : 저본에는 '奏'로 되어 있으나 국립중앙도서관본을 따름.

52) 臣是 : 저본에는 없으나 국립중앙도서관본에 의거해 보충했음.

53) 家室 : 室家. 처.

54) 故 : 일, 사연. 저본에는 '由'로 되어 있으나 국립중앙도서관본을 따름.

55) 身故 : 세상을 떠남.

人皆稱高道令宅云矣. 且[58]高道令有遺腹子, 今十歲, 方置塾師教讀書. 又設乞丐宴, 博探高道令消息, 君若往之, 必飽酒食, 兼得行資矣." 庾聞此言, 深嘆其妻之智略, 預先約束本縣官屬, 齊會於高村近處,[59] 若聞吹笛聲, 一齊來待于門下, 遂趣步訪高[60]村, 果然[61]村落櫛比, 禾穀山積, 瓦家百餘間, 掩暎於樹林. 庾貿貿然[62]故作乞丐狀, 到其門, 流丐[63]滿庭矣.[64] 庾直上廳軒, 有老學究着冠在座, 一小童捧冊侍傍. 庾曰: "行乞之人, 敢望一飯之德." 小童拜問曰: "願聞尊姓." 庾曰: "吾乃姓高耳." 小童慌忙入內, 少頃出問曰: "願聞尊客妻家姓氏." 庾曰: "吾[65]丈人, 卽朴座首耳." 此時, 婦從門隙窺見, 果高道令也. 急召小童迎入內堂, 夫妻相持痛哭. 庾曰: "吾向於出門之日, 中路遇盜, 資斧見奪, 遍訪鄕塾欲學書, 而人[66]皆掉頭, 遂流離周行, 望門乞食, 今始歸來. 賢妻果不負所約, 能致巨富, 吾獨困頓至此, 寧不慚恧哉?" 婦笑曰: "凡人窮達, 皆有分定, 不可强也.[67] 今吾積穀, 至數千包,

56) 其 : 저본에는 없으나 국립중앙도서관본에 의거해 보충했음.
57) 廊屬 : 하인들.
58) 且 : 저본에는 없으나 국립중앙도서관본에 의거해 보충했음.
59) 高村近處 : 저본에는 '高家近村'으로 되어 있으나 국립중앙도서관본을 따름.
60) 高 : 저본에는 이 뒤에 '家'가 더 있으나 국립중앙도서관본을 따름.
61) 然 : 저본에는 없으나 국립중앙도서관본에 의거해 보충했음.
62) 貿貿然 : 어리석어 보이는 모습.
63) 丐 : 저본에는 '庭'으로 되어 있음.
64) 矣 : 저본에는 없으나 국립중앙도서관본에 의거해 보충했음.
65) 吾 : 저본에는 없으나 국립중앙도서관본에 의거해 보충했음.
66) 人 : 저본에는 '入'으로 되어 있음.
67) 不可强也 : 저본에는 '豈可强而能之乎'로 되어 있으나 국립중앙도서관본을

平生飽煖足矣, 此外復何求哉?" 因進酒食勸之. 庾曰: "吾有同行在門外, 可以此出送矣." 遂招侍婢出送, 在傍婢僕, 莫不匿笑. 盖庾使從人, 待酒食之出來, 吹笛於門外以招官屬故也. 本縣官屬, 聞吹笛聲, 一齊到門外, 問安於本官及室內, 一村皆驚惶奔走, 莫知其故. 婦微笑曰: "公之衣錦還鄕, 早已料之矣. 何故作流丐, 若是相瞞也?" 庾大笑, 始命從人使進官服, 改着出坐外堂, 受官屬見謁.[68] 明日, 椎牛釃[69]酒, 悉召遠近父老、婦孺大饗. 婦曰: "人願天從.[70] 吾夫妻各遂曩時盟約, 復團聚於十年之後, 公已貴矣, 妾亦富於財矣, 若積而不散, 是猶貉道也. 盍若遍散於窮蔀[71]乎?" 庾擊節稱嘆曰: "賢妻之言, 良是矣. 吾何不從乎?" 於是出置錢穀於庭, 積如邱山矣. 無論隣境遠近,[72] 計其貧戶散給, 男婦皆蹈舞歡喜,[73] 誦[74]聲如雷,[75] 一境皆稱朴氏之德. 庾與婦赴任. 未幾, 以善治超拜嶺伯,[76] 後官至參判. 嶺南人, 至今相傳爲美談.

---

따름.

68) 見謁(현알) : '謁見'과 같음.
69) 釃 : 저본에는 '釀'으로 되어 있음.
70) 天從 : 저본에는 '從天'으로 되어 있음.
71) 窮蔀 : 가난한 집. '蔀'는 '蔀室', 즉 가난한 집.
72) 遠近 : 저본에는 없으나 국립중앙도서관본에 의거해 보충했음.
73) 蹈舞歡喜 : 저본에는 '歡蹈舞'로 되어 있으나 국립중앙도서관본을 따름.
74) 誦 : '頌'과 통함.
75) 雷 : 저본에는 이 뒤에 '矣'가 더 있으나 국립중앙도서관본을 따름.
76) 嶺伯 : 慶尙道 觀察使.

해 제

• 작자 : 徐有英(1801∼1874?)

字는 子直, 호는 雲皐. 顯陵參奉을 지낸 徐格修의 아들이다. 50세 때인 1850년(철종 1)에 사마시에 합격했으며, 60세 때 蔭補로 思陵參奉을 지냈다. 이어 1865년(고종 2) 宜寧縣監에 부임했으나, 재임 4년째인 1868년 암행어사의 탄핵을 받아 평안도 三登으로 귀양갔으며, 1870년 解配되어 충청도 錦溪(=錦山)로 낙향하였다. 63세 때인 1863년 한문장편소설 『六美堂記』를 창작했으며, 시집으로 『雲皐詩選』이 있고, 야담집 『錦溪筆談』을 저술하였다.

• 출전 : 서울대 奎章閣 想白文庫本 『錦溪筆談』을 底本으로 삼아 異本을 참고하여 校合하였다.

• 참고사항

(1) 이 이야기는 원래 『錦溪筆談』에 아무 제목없이 실려 있지만, 본서에서 임의로 '夫婦盟約十年'이라는 제목을 붙였다. 『錦溪筆談』은 서유영 73세 때인 1873년에 이루어졌다.

(2) 부부가 10년을 期限하여 致富한다는 이 작품의 설정은 본서에 실린 「治産業許生成富」의 그것과 상통하나, 구체적 내용은 전연 다르다. 야담에는 이른바 致富譚이 적잖이 발견되는데, 치부담에는 좁게는 몰락양반이나 도시빈민의 願望이 투사되어 있으며, 넓게는 朝鮮後期人 일반의 富에 대한 증대된 관심이 반영되어 있다.

(3) 서유영 및 그의 저술 『錦溪筆談』에 대한 논의로는 장효현, 『서유영 문학의 연구』(아세아문화사, 1988)가 참조된다.

# 16. 拯艶行媒

裵 䁲

中州[1]美里有趙得哲者，家業稍[2]足，妻子有恒産，齒旣暮就閒計，[3] 於里前店，卜妾當鑪，往來行旅朝暮迎送. 至嘉慶[4]壬申[5]春，希著、[6]景來[7]等，稱兵陷定州、[8]嘉山[9]等邑，國內驛

1) 中州 : 中原, 곧 忠州.
2) 稍 : 원문에는 '俏'로 되어 있음.
3) 就閒計 : 집에서 한가히 소일하는 계책으로.
4) 嘉慶 : 청나라 仁宗(재위 1796~1820)의 연호.
5) 壬申 : 純祖 12년인 1812년.
6) 希著 : 李禧著를 가리킴. 본래 嘉山의 驛屬이었으나 洪景來에게 포섭됨. 홍경래 휘하에서 摠兵官이 되어 반란군을 지휘, 嘉山의 관아를 습격했음. 후에 謀叛大逆罪로 梟示됨. 원문에는 '希著' 뒤에 작은 글씨로 '李'라고 적어 놓았음.
7) 景來 : 洪景來(1780~1812)를 가리킴. 농민반란의 지도자. 1811년 평안도에서 起兵했으나 官軍에 패하여 죽음. 원문에는 '景來' 뒤에 작은 글씨로 '洪'이라고 적어 놓았음.
8) 定州 : 평안도에 있는 땅 이름.
9) 嘉山 : 평안도에 있는 땅 이름.

騷,[10] 太半逃竄.

一夕, 得哲散步店街上, 有自西來二處女, 貌甚姣麗, 態亦嬋嫣, 至店近, 舍[11]路就山側, 遂竊識逢陜[12]處難, 回避薄中[13]而隱之. 得哲乃入語家小,[14] 方議邀入, 其女差少者, 踏昏來欲乞飯, 而羞不敢聲. 乃問其來, 曰: "小女卽京中朴承宣[15]宅婢子也. 三數載前, 令公[16]內外俱亡, 無他子男, 而有一小姐, 今十七齡, 只与小女相依, 家事亦有小姐庶叔君句管, 忽聞西亂, 朝暮迫城,[17] 庶君只率自家口而夜逃去, 小姐及小女, 自思不欲坐被劫於亂中, 遂齎一二日糕飯, 踵其逃踪, 不得尋覓, 三四夜天寒露宿, 又數日粒絶枵腹, 脚線足繭, 寸步不得進, 今又經飢寒, 必不生全, 然未絶之前, 互相矜悶, 有此來也." 得哲聞已, 卽命家小, 洗鐺作飯, 与其女偕至姐姐隱處, 隔叢而告曰: "姐姐貴重, 逃亂至此, 旣已[18]於婢子口傳矣. 若此峭[19]寒, 累日露宿, 又兼飢腸, 得無病乎? 叢前舍,

---

10) 驛騷 : 소란함. '驛'은 '繹'과 통함.
11) 舍 : '捨'와 같음.
12) 陜 : '峽'과 같음.
13) 竊識逢陜處難, 回避薄中 : 원문에는 처음에 '竊識之, 直入店後叢薄中'이라 했다가 종이를 덧붙여 고쳐 놓았음. 이는 내가 대학원 석사과정에 재학중이던 1980년 겨울에 실물을 직접 보고 확인한 사실로서, 당시 내가 사용하던 노트에 摘記되어 있으나, 최근 서울대 奎章閣에 가 다시 확인해 보니 이 종이가 떨어져나가고 없었다. 뒷사람을 위해 이 사실을 明記해 둔다.
14) 家小 : 아내의 별칭. 여기서는 첩을 가리킴.
15) 承宣 : 承旨. 承政院에서 王命의 出納을 맡아보던 정3품의 堂上官.
16) 令公 : 令監. 정3품과 종2품의 관원을 일컫는 말.
17) 城 : 都城, 즉 京城.
18) 旣已 : 원문에는 '已旣'로 되어 있음.

乃小俺別室, 亦有精深一房, 願姐姐率婢子入來, 方造飯而待也." 叢間寂無畣[20]言, 而婢也以細語請從, 姐姐不得已强起出身. 得哲遂前導入來, 淨其空房, 懸燈設筵, 使其婢也陪而頓之, 極具饌案而餽之, 申之曰: "姐姐主婢, 妥帖居此房! 雖閱年經歲, 保無他憂. 幸不置前進覓叔念, 姑留幾日月以待, 叔也自覓來也." 姐姐乃曰: "善哉父[21]也! 生我者父也! 活我者父也! 若久, 願結義也." 曰: "此何言也? 小俺賤氓, 姐姐貴族, 若結義, 亦有妨, 惟無名以居, 以待後日也." 晝則便其所而護之, 夜則鍤[22]其戶而守之. 其子男、或隣少之无常往來者, 截禁窺伺, 幷不得談說話語.

如是旣久, 而探其庶叔去就, 杳無影響. 得哲乃白姐姐曰: "若待叔爲命, 不知何歲月可得. 且長留俺家, 決非好道理. 究竟芳齡二八, 定合摽梅,[23] 而魁尺三五, 甚難析薪.[24] 願姐姐明德, 俺有一策, 備草笠靑袍, 以姐姐爲公子粧,[25] 具褙子[26]

---

19) 峭 : 원문에는 '抄'로 되어 있음.
20) 畣 : '答'의 古字.
21) 父 : 나이 든 남자를 높여 이르는 말.
22) 鍤(함) : 에워쌈.
23) 摽梅 : 시집 가는 것을 가리킴. 『詩經』 召南의 「摽有梅」詩에서 유래하는 말. 원문에는 '摽'가 '標'로 되어 있음.
24) 魁尺三五, 甚難析薪 : 나무는 도끼로 베는 것이니 열다섯 자나 되는 긴 자로도 나무를 베기는 어렵다는 말로, 미천한 자신의 처지가 媒婆로 적당하지 않다는 뜻임. '析薪'은 作媒를 뜻하는 말로, 『詩經』 齊風 「南山」詩의 "析薪如之何? 匪斧不克; 取妻如之何? 匪媒不得"에서 유래함.
25) 粧 : '妝'과 같음.
26) 褙子 : 마고자와 모양이 비슷하나 소매가 없는 덧저고리.

革帶, 以小婢爲僮僕粧, 買風驢[27]飾繡鞍, 姐姐騎之, 婢也御之, 小俺執策隨後, 往遊原峽[28]百餘里, 則別有良圖, 不審意下如何. 小姐曰: "第言之." 曰: "原峽盖多卿士大夫[29]流落者, 其中若得好容姿能文學秀才,[30] 問其源, 与姐姐家敵, 小俺將飾辭如許, 若此媒而結姻, 使之來聘, 姐姐肯諾否?" 曰: "患亂將死之人, 父也救之, 玉藏金秘, 乃有此命, 吾安敢不從?"

乃於八月間, 具資俶裝,[31] 發行東之, 宿[32]必擇精房, 爲主婢同處, 得哲則於密邇處守之. 如是凡數次. 及原之境, 峽氣太深, 山日將暮, 而溪邊栗樹下, 有一總角, 持條棒[33]打栗, 見騎驢公子婀娜狀, 以棒[34]刺驢, 驢驚而落. 總角遂大笑走. 得哲認得殊凡兒, 夾公子乘御, 前後踵總角之,[35] 盖山回數弓,[36] 無他村落, 只有蕭灑一茅廊. 縶驢于場,[37] 扶而登阼階, 有老主人, 拓戶出迎曰: "何處貴客, 乘暮枉訪也?" 下榻對坐, 主敍寒暄, 客故俛默. 得哲乃從戶外坐, 替告曰: "俺郎君乃京中朴承宣宅主器[38]也. 敢問主人宅氏閥也." 老人曰: "吾

---

27) 風驢 : 좋은 당나귀.
28) 原峽 : 강원도 原州.
29) 卿士大夫 : 영의정 · 좌의정 · 우의정을 제외한 모든 高官의 총칭.
30) 秀才 : 서생이나 미혼의 남자를 일컫는 말.
31) 裝 : 원문에는 '粧'으로 되어 있음.
32) 東之, 宿 : 처음에 '東之, 遇店而宿'이라 했다가 고친 표시가 있음.
33) 棒 : 원문에는 '捧'으로 되어 있음.
34) 棒 : 원문에는 '捧'으로 되어 있음.
35) 踵總角之 : 총각을 뒤쫓아서 가다. 원문에는 '總'이 없으나 보충했음.
36) 數弓 : 서너 바탕. '弓'[바탕]은 활을 쏘아 화살이 이르는 거리를 나타내는 말.
37) 場 : 마당.
38) 主器 : 長子를 일컫는 말.

清風之金[39]也. 上世蟬聯於京洛, 曾祖上庠公,[40] 流寓於此, 遂絶宦作峽傖." 曰: "俺郎君, 家禍孔酷, 早失怙恃, 又無期功强近之親,[41] 及當昨年西亂, 率其妹小姐來, 接[42]於美里別業. 然喪亂之餘, 悸心常存, 欲移此峽, 以圖久遠, 亦無誼戚之可依, 故乃有此行. 主意若得敵門閥好郎材, 先結妹小姐婚, 亞圖般移矣." 老人曰: "是豈易乎? 此處安有敵也?" 曰: "俄者栗樹下, 偶逢丱角, 奇而俊, 郎君意可而敎之踵, 故試至此耳." 老人曰: "此乃吾家癡獃孫也. 渠生三歲失父, 而吾心積燬, 不能敎督, 任他放縱, 年方十六, 蒙無知見, 安有奇俊之目容? 見過矣."

已而進夕供, 山菜園蔬, 亦有滋味. 及其就寢, 得哲告老人曰: "郎君年妙有心癢, 居家寢處, 但与所率僕子同宿, 切忌他人幷寢, 願老君入內而宿, 使郎君一宵安寢." 曰: "弊廬爲舅婦同産,[43] 不可內爾. 雖有夾房, 久廢難處, 奈何?" 得哲縷縷告悶, 老人無奈, 掃廢房經宿. 蚊虻[44]蟣蚫, 四方來針, 不敢睡眠, 中夜步月, 出廊而視, 客則閉戶睡熟, 得哲則臥戶外, 亦不睡, 見老人出, 遂起坐. 老人乃爇[45]草言言,[46] 仍問: "爾

39) 淸風之金 : 本貫이 '淸風'인 '金'씨. '淸風'은 충청북도 提川郡에 있는 땅 이름.
40) 上庠公 : '上庠'은 '上舍'라고도 하며, 司馬試에 합격하여 진사나 생원이 된 이를 가리키는 말.
41) 期功强近之親 : 喪이 났을 때 喪服을 입는 몹시 가까운 친척.
42) 接 : 이르다.
43) 舅婦同産 : 시아버지와 며느리가 함께 살다.
44) 虻 : 원문에는 '蝱'으로 되어 있음. '蝱'은 '蚊'의 本字임.
45) 爇 : 원문에는 '蘖'로 되어 있음.

宅姐姐, 年幾[47]幾許, 姿稟若何?" 得哲認得是婚意, 乃曰: "小姐芳齡, 亞俺君一飯,[48] 美質亦与俺君恰肖, 又有婦德女行, 雖齎糧而求, 難得也." 曰: "爾君門閥, 豈与吾家相婚耶?" 曰: "俺君雖舃奕,[49] 禍亂牽掣, 婚不能如舊, 實有遷徙計來, 忽逢令彧,[50] 踵而至此, 老君若有意則成矣." 曰: "吾峽居無知舊, 年且遲暮, 若一朝未醮孫而溘然, 亦一寃債. 爾君豈聽爾言耶?" 曰: "非小俺之言, 實俺君之志." 曰: "若成婚, 將延於別業耶?" 曰: "京第已爲他家, 美里別業, 堇堇爲產, 而俺君甥妹婢僕下擄經年, 延禮將於此處爲之." 曰: "然則那間通書, 那時行醮?" 曰: "是不難. 詰朝, 老君對俺君說俺說. 俺說卽俺君說, 不以俺君訥爲怪, 卽以柱單[51]畀之以結之." 平明, 果如其言約婚, 遂供秣而歸, 反其初服.

乃差穀[52]往復, 卽做出往還公子名署之書狀. 因命諸子, 各佽婚備, 爲婦壻衾枕与一襲衣件. 及期, 整理美里本家, 施設醮所, 盛飾姐姐, 以待吉日. 原峽老人, 果弁[53]兒孫, 先後繞來. 得哲乃延之於三亭之東, 下處[54]而安之, 子與婦, 束之以

46) 言言 : 정답게 말함.
47) 年幾 : 年紀와 같음. 나이.
48) 亞俺君一飯 : 俺君보다 조금 늦게 태어난 쌍동이다. '亞'는 '적다'는 뜻이고, '一飯'은 '一飯之頃', 곧 아주 짧은 시간을 이르는 말.
49) 舃奕 : 집안이 빛남. 원문에는 '奕舃'으로 되어 있음.
50) 令彧 : 훌륭한 청년. 노인의 손자를 칭찬해 하는 말.
51) 柱單 : 四柱單子.
52) 差穀 : 涓吉.
53) 弁 : 머리에 紗帽冠을 씌우다. '紗帽冠'은 혼례식 때 신랑의 복장.
54) 下處 : 사처. 점잖은 손이 객지에서 묵는 것을 일컫는 말.

婢僕樣, 盛供具進, 納幣、奠鴈次第行之, 新郞則導之新房, 上賓[55]則引之外舍, 以安處所. 老人觀其儀備, 節度可强,[56] 然獨不見前者來造少年査生,[57] 問之得哲, 曰: "以禮幹獨身難抽, 明朝將見." 及至明朝, 得哲跪于前曰: "若有落難之人, 可扶他? 抑已諸?" 老人曰: "有可扶之道, 則扶之可也." 乃俱告前後曰: "事機如此矣, 豈有他査生? 往者造盧公子, 乃今日醮禮小姐也. 小俺欺罔老君, 罪莫大矣. 然此小姐, 若非患難奔避之故, 老君豈能敵而相婚耶? 門地旣鉅, 姿品又美, 性行凡節, 罕見其比, 若非積善之家,[58] 難得此緣媒也." 老人聞訖, 一笑曰: "吾見欺於汝矣. 婦若賢哲, 當贖汝罪." 醮之三日, 責將率去. 得哲乃具彩轎僕馬, 并其小婢而裝送, 老人与孫,[59] 遂延之而歸. 觀其擧止, 久久如一, 事尊章、奉君子, 極敬盡誠, 以終老人之世, 生男生女, 俊異奇絶, 産業漸潤, 家事甚溫, 時節美里問遺, 老死不衰云.

伊山子[60]曰: "世盖無多, 人固不偶.[61] 朴小姐与小婢, 當亂逃躱, 不知其叔之踵不踵,[62] 而飢寒到骨, 就叢薄將死, 忽得

---

55) 上賓 : 上客.
56) 可强 : 裕餘하다.
57) 査生 : 사돈집 도령을 이르는 말.
58) 積善之家 : 『周易』에 "積善之家, 必有餘慶"이라는 말이 있음. 원문에는 '善'이 '累'로 되어 있음.
59) 与孫 : 원문에는 '父子'로 되어 있으나 착오인바, 문맥에 맞게 고쳤음.
60) 伊山子 : 작자의 별호.
61) 偶 : '遇'와 같음.
62) 不知其叔之踵不踵 : 庶叔의 뒤를 좇을 것인가 말 것인가를 알지 못하고.

趙得哲之救護保啬，教之以變服行媒，不墜婚閥，終至醮而嫁，而宜家宜室.[63] 環顧世人，豈復有如得哲者哉? 是乃無多之世不偶之人也.

• **작자** : 裵琠(1843~1899)

자는 仲見, 호는 此山, 본관은 盆城(=김해). 武班 家系의 김해 鄕班. 姜瑋가 주도했던 中人層 詩社인 六橋詩社에 참여한 바 있으며, 1882년 남의 이름으로 올린 상소에 자신의 개인 문제를 끼워 넣은 게 문제가 되어 古今島에 定配된 적이 있다. 흥선대원군 문하에도 출입했으며, 개화파 인물인 朴齊絅이 쓴 『近世朝鮮政鑑』에 評說을 붙이기도 한바, 이 評說에서는 개화사상이 엿보인다. 그림에도 다소 조예가 있었다. 저술로는 야담집 『此山筆談』이 전한다.

• **출전** : 『此山筆談』(서울대 奎章閣 소장)

• **참고사항**

(1) 이 작품은 그 시대 배경이 洪景來가 반란을 일으킨 때로 설정되어 있는바, 이 점 흥미롭다.

(2) 이 작품의 주인공 조득철은 義人이라 할 수 있겠는데, 그 善意가 돋보인다. 출신이 한미했던 작자는 이 인물에게서 동질감을 느꼈을 수 있다.

(3) 『차산필담』에 대한 논의로는 이강옥, 「차산필담의 이율배반적 중인의식」, 『한국문학의 현단계』 2(창작과비평사, 1983)가 있으며, 배전에 대한 실증적 연구

---

63) 宜家宜室 : 여자가 시집을 가 집안을 화목하게 함. 『詩經』 周南 「桃夭」의 "之子于歸, 宜其家室"에서 나온 말.

로는 김종철, 「차산 배전 연구」, 『한국학보』 47(일지사, 1987 여름); 이성혜, 『此山 裵婰 研究』(보고사, 2002)가 참조된다.

# 17. 崔猿亭畫諷南台說

未詳

崔猿亭, 名壽峸,[1] 猿亭卽其別號也. 猿亭生而聰明俊雅, 四五歲能屬文, 文甚古雅, 多有唐人之風, 見者莫不稱其神童奇才. 天性至仁, 孝於親, 敬於長, 若見衣弊畏寒之兒, 則解衣衣之; 若見不食忍飢之兒, 則推食食之. 人皆稱之曰: "此兒將來必成大器"云. 年至十歲, 文章大成, 兼有百才, 製詩則調[2]不下於李､杜;[3] 作文[4]則體[5]不讓於韓､柳;[6] 筆法則可擬

---

1) 崔壽峸 : 생몰년 1487~1521년. 號는 猿亭. 金宏弼의 문인으로서, 趙光祖·金淨 등과 교유하며 학문을 연마하여 士林에 명망이 높았으며, 詩文·書畵·音律·數學 등에 두루 정통한 奇才였다. 1519년 己卯士禍를 목도한 후 관직에 나가지 않기로 결심하고 명산을 유람하다가 1521년 辛巳誣獄 때 사형되었다. 원문에는 '峸'이 '㖅'으로 되어 있음.

2) 調 : 격조

3) 李·杜 : 唐나라 시인 李白과 杜甫.

4) 作文 : 원문에는 '章文'으로 되어 있음.

5) 體 : 體格. 法式.

於王右軍[7]之畫;[8] 畫法則不下於顧愷之[9]之[10]妙手. 擧世皆以通才稱之. 及其成長, 文名大盛, 屢擧不中,[11] 因爲南行,[12] 官至洗馬,[13] 以剛直敢言, 不諱人過, 爲世所惡, 仕路不煩,[14] 常有慷慨之心, 每懷致仕之意.

此時, 有南姓宰相,[15] 多智多奸, 脅肩諂笑[16]以迎上意, 故寵冠搢紳, 權傾內外, 口蜜腹釖,[17] 多害忠良. 故君子退、小人進, 四方賄賂輻湊[18]並進, 文武臣僚莫不趨附. 獨猿亭, 賤其爲人, 憤其行事, 一不相從, 故南台每恨於心, 久有中傷之計. 猿亭知其意, 喟然嘆曰: "人之所以出仕者, 豈特爲餔啜也哉? 上以匡君之非, 下以盡吾之性, 賢人在野, 進而用之, 奸臣在朝, 斥而逐之, 使吾君致[19]堯、舜之主, 使吾民致堯、舜

6) 韓・柳 : 당나라의 문장가 韓愈와 柳宗元.
7) 王右軍 : 東晋의 서예가 王羲之. 右軍將軍을 지내 '王右軍'이라 불렸음.
8) 畫(획) : '劃'과 같음.
9) 顧愷之 : 東晋의 문인 화가. 원문에는 '愷'가 '顗'로 되어 있음.
10) 之 : 원문에는 없으나 보충했음.
11) 屢擧不中 : 누차 科擧에 응시했으나 합격하지 못함.
12) 南行 : 과거시험을 통하지 않고 蔭職으로 벼슬하는 것.
13) 洗馬 : 世子翊衛司의 정9품 雜職. 세자익위사는 왕세자의 호위를 맡아보던 관아.
14) 仕路不煩 : 벼슬길이 번거롭지 않았다. 곧 많은 벼슬을 역임하며 출세하지 못했다는 말.
15) 南姓宰相 : 南袞(1471~1527)을 가리킴. 己卯士禍를 일으켜 趙光祖 등 新進士類를 숙청한 장본인임.
16) 脅肩諂笑 : 『孟子』「滕文公」(下)에 나오는 말로, 몹시 아첨하는 태도를 가리킴. '脅肩'은 敬畏의 표시로 짐짓 어깨를 움츠리는 모습.
17) 釖 : '劍'의 俗字.
18) 輻湊 : '輻輳'와 같음.
19) 致 : 이루다.

之民, 奠社稷於盤石之安, 濟生靈於塗炭之患, 功[20]垂竹帛, 名傳千秋, 是乃士之願也. 今則不然, 奸臣用事于中, 欺罔聖明, 敢以一片之妖氛, 能翳日月之光輝, 大臣畏其威而緘[21]口不言, 志士憤其事而斂跡不出, 此眞比干[22]諫死之時, 朱雲[23]請釼折檻之日. 然竊[24]念主上, 本無商紂[25]之過失, 自顧吾身, 素乏朱雲之剛直, 雖以萬言諫於楓陛[26]之下, 必無半分有益對揚[27]之道, 只足結怨於權奸之輩, 必不免於鴻罹[28]之禍, 此正梅福[29]掛冠[30]之秋,[31] 蹠廣[32]勇退之時也. 田園將蕪胡不

20) 功 : 원문에는 '切'로 되어 있음.
21) 緘 : 원문에는 '滅'로 되어 있음.
22) 比干 : 殷나라 紂王의 숙부로, 紂王의 악정을 諫하다 심장을 찢기어 죽음.
23) 朱雲 : 漢나라 成帝 때의 인물. 지방수령으로 있을 때 '바라건대 上方劍을 빌려 간신 張禹를 베어 버렸으면 한다'는 내용의 글을 成帝에게 올린바, 성제가 크게 노하여 죽이고자 하여 어사에게 하옥시킬 것을 명령했다. 그러나 주운이 저항하며 대궐의 기둥을 부여잡자 그만 기둥이 부러졌다. 주운은 외치기를 '小臣은 지하에서 龍逄과 比干을 좇아 놀면 족합니다'라고 하였다. 龍逄은 夏나라의 충신으로 桀王의 폭정을 간하다가 죽임을 당한 자임.
24) 竊 : 원문에는 '切'로 되어 있음.
25) 商紂 : 商은 殷나라. 紂는 은나라의 마지막 임금으로 폭군이었음.
26) 楓陛 : 궁궐. 원문에는 '陛'가 '階'로 되어 있음.
27) 對揚 : 임금의 은혜에 보답함.
28) 鴻罹 : '鴻離'와 같음. 하늘을 나는 기러기가 그물에 잡힘. 『詩經』 邶風 「新臺」의 "魚網之設, 鴻則離之"에서 유래하는 말.
29) 梅福 : 漢나라 때의 인물. 잠시 관직에 있다가 벼슬을 버리고 집에서 독서하며 養性에 힘썼음. 成帝와 哀帝 때에 여러 번 上書하여 時事를 諫했으나, 후에 王莽이 專橫을 일삼자 一朝에 처자를 버리고 은둔했음.
30) 掛冠 : 벼슬을 그만두는 것을 이르는 말.
31) 秋 : 때.
32) 蹠廣 : 漢나라 宣帝 때의 인물. 5년간 太傅 벼슬을 지냈으나, 높은 관직에 오래 머무르고 세상에 이름이 높으면 후회가 생긴다고 하여 벼슬을 사직하고 고향에 돌아와 유유자적함.

歸?[33] 可作淵明[34]之歸; 江魚正肥胡不憶乎? 可把子陵[35]之釣. 與其富貴而危於身, 曷若貧賤而安於心乎? 古之明訓, 不可盤桓[36]希覬[37]以致後悔也. 此正色斯擧[38]之日, 可以往矣." 乃卽日上疏辭職, 率家眷口, 歸來鄕里, 隱居振威[39]邑之北, 逍遙自適. 雨晴日暖之時, 則以短簑長竿, 往來於江湖之間; 雲淡風輕之際, 則葛巾野服, 徘徊於花柳之中. 耳不聞黜陟之可否, 口不道政治之得失; 閑可擬於商岑四皓,[40] 安可比於武陵[41]居民; 栗里[42]淵明之樂, 不足過矣; 盤谷[43]李愿[44]之事, 不足貴矣.

先時, 猿亭有一季父, 性甚奸譎, 又多才能, 善迎人意, 專爲己事, 炎進凉退, 柔呑强吐, 觀形察色, 左右周旋, 事事伶俐, 故多交宰相, 權傾朝廷. 是故與猿亭志氣不合, 每每直諫

---

33) 田園將蕪胡不歸 : 陶淵明의 「歸去來辭」에 나오는 말.
34) 淵明 : 陶淵明.
35) 子陵 : 漢나라의 嚴光. '子陵'은 그 字. 光武帝의 어릴 적 친구로, 훗날 광무제가 황제로 즉위하자 變姓名하고 은거하였음. 광무제가 그의 어짊을 생각하고 벼슬을 주어 불렀으나 끝내 富春山에 은거해 낚시로 소일하며 일생을 마쳤음.
36) 盤桓 : 머뭇거리는 모양.
37) 希覬 : 자기 분수에 넘치는 일을 바람. 원문에는 '覬'가 '凱'로 되어 있음.
38) 色斯擧 : 『論語』에 나오는 말. 일찍 기미를 보아 자리에서 물러나거나 세상을 피한다는 뜻.
39) 振威 : 경기도 오산 밑에 있는 땅 이름.
40) 商岑四皓 : '商岑'은 商山. 漢 高祖 때 商山에 은거한 네 명의 高士.
41) 武陵 : 武陵桃源.
42) 栗里 : 陶淵明이 살던 鄕里 이름.
43) 盤谷 : 중국 太行山 남쪽의 땅 이름.
44) 李愿 : 唐나라 때의 인물. 盤谷에 은거하기 위해 떠나는 그를 위해 韓愈가 「送李愿歸盤谷序」라는 글을 지은 바 있음.

曰: “君子與君子交, 謂之‘周而不比’;[45] 小人與小人交, 謂之‘比而不周’.[46] 今叔主不知君子之周, 而專尙小人之比, 側目而視者多, 獨不愧於心乎?” 叔曰: “吾之天性愚迷, 安知君子小人之別而交之乎?” “人之受氣者,[47] 曰形; 形之所重者, 氣; 氣之所主者, 心; 心之所主者, 志; 志之所發者, 言;[48] 言之所施者, 事; 事之所成者, 謂之行也. 故聖人有言曰: ‘聽其言, 觀其眸子,[49] 人焉廋哉?’[50] 但以言貌猶能知人, 況見其行事而不知其人乎? 事君以直, 事親以誠, 行事以義, 臨財以廉, 則君子也. 事君以諂, 事親以悖, 行事以奸, 臨財以貪, 則小人也. 叔主之親愛者, 果何如人也? 又叔主交遊者, 抑何等人也? 以此推之, 君子小人之別, 有何難哉? 叔主之所親者, 位雖高矣, 無異於冰山也, 春日載[51]陽, 其高可恃乎? 叔主之所交者, 威雖重矣, 無異於曉霜, 太陽上升, 其嚴可保乎? 願叔主留意聽之. 朱門華屋, 不如草廬數間; 珍羞盛[52]饌, 不如糲飯一盂. 漁樵之樂, 勝於刀鋸[53]之憂; 烟月之興, 愈於桎梏之患. 是故淵明之腰, 不屈於五斗之米;[54] 子房之口, 不食乎千鍾之

45) 周而不比 : 『論語』「爲政」篇에 나오는 말.
46) 比而不周 : 『論語』「爲政」篇에 나오는 말.
47) 者 : 원문에는 ‘而’로 되어 있음.
48) 言 : 원문에는 빠졌으나 보충했음.
49) 子 : 원문에는 ‘者’로 되어 있음.
50) 聽其言~人焉廋哉 : 『孟子』「離婁」(上)에 나오는 말. 원문에는 ‘廋’가 ‘瘦’로 되어 있고, ‘哉’가 ‘者’로 되어 있음.
51) 載 : 비로소.
52) 盛 : 원문에는 ‘勝’으로 되어 있음.
53) 刀鋸 : 형벌. 원문에는 ‘鋸’가 ‘鉅’로 되어 있음.

祿.[55] 願叔主自此絶富貴之交, 追山林之士, 悅親戚之情話, 樂琴書而消憂, 則豈非明哲保身之道乎? 豈非見於未萌之事乎?" 叔聞此言, 默默不答, 多有溫[56]意而去, 更不再來于猿亭之家.

其後, 猿亭以詩諷之, 其詩曰:

日暮蒼山遠, 天寒水自波.
孤舟宜早泊,[57] 風浪夜應多.

云. 叔見其詩, 未解其意, 示於南台曰: "此詩卽舍侄洗馬所以贈我者, 未解其意. 大[58]監解之也." 南台視之良久, 曰: "此乃譏世之詩也. '日暮蒼山遠', 世道降殺[59]之謂也; '天寒水自波', 主弱臣强之謂也; '孤舟宜早泊', 避世隱居之謂也; '風浪夜應多', 朝廷將亂之謂也. 輕世侮弄之意, 誠可痛矣. 非君之至親, 則吾當置之於死地, 看君之面, 姑爲容恕, 此人之詩, 更勿持來!" 自此以後, 中傷之心, 倍於前日, 本以正人君子, 退居山林, 信義著於鄕黨, 忠孝聞於朝廷, 故吹毛覓

---

54) 淵明之腰~五斗之米 : 도연명은 다섯 말의 녹봉 때문에 상관에게 비굴하게 허리를 굽힐 수 없다고 하여 벼슬을 버리고 낙향했음.
55) 子房~千鍾之祿 : '子房'은 漢나라 創業의 일등 공신 張良의 字. 한나라 건국 후 벼슬을 마다하고 숨어 살았음.
56) 溫 : '慍'과 통함.
57) 泊 : 원문에는 '迫'으로 되어 있음.
58) 大 : 원문에는 '台'로 되어 있음.
59) 殺(쇄) : 감쇄.

疵,[60] 潔如白玉之無瑕, 淸似秋江之無塵, 莫敢何矣, 心常快[61]快. 然平生欽慕者, 其文翰也; 最愛者, 其畵法也.

一日, 謂其叔曰: "猿亭所爲可憎, 然觀其畵格, 頗有可愛. 君其爲我, 圖得八帖之屛畵, 則欲以爲座屛也." 猿亭之叔曰: "何難之有? 願得畵本, 躬往受來." 南台親開篋笥, 取出畵紙, 置於席上, 紙面燦爛, 銀波玲瓏, 錦華繽粉, 奪人眼目, 眩人精神, 平生所未覩者也. 乃捲而裹之, 負之於蒼頭, 乘肥馬、衣輕裘, 往于猿亭之家. 猿亭, 叔侄間不得相逢之餘, 見之不勝欣喜, 顚倒出迎. 坐定寒暄後, 猿亭問曰: "叔主三年不來, 心常鬱陶, 今忽相見, 我心卽降, 喜不相量. 然敢問: '何故而來也?'" 答曰: "一則爲見[62]君面, 一則切有緊事而來也." 對曰: "退居草野, 跡已謝世, 以[63]漁樵爲生涯, 以琹書爲事業. 每見庭花之的的, 始知爲其春也; 每聽園木之蕭蕭, 方知爲其秋也. 與麋鹿而爲友, 與木石而爲隣, 不過太平聖代之一棄物, 有何緊事之可言也? 所謂緊事, 願聞之." 叔曰: "吾與南台交契無間, 君之所知也. 有言則不可不聽從, 有事則不可不施之, 中有欽慕君之畵格, 懇請於我, 要得八帖之畵, 故不得已而來也, 爲我圖之, 以爲生色也!" 因出畵本, 置于席上. 猿亭面有不悅之色, 攫其紙而擲地, 頹然倒席, 向壁而臥, 喟

60) 吹毛覓疵: 吹毛求疵. 남의 결점을 파헤침.
61) 快: 원문에는 '殃'으로 되어 있음.
62) 爲見: 원문에는 없으나 보충했음.
63) 以: 원문에는 없으나 보충했음.

然長嘆曰: "非爲至親相見之行也, 乃爲南台使喚之來也. 此等畵, 吾不爲也." 叔大怒曰: "畵不畵姑捨, 我叔也,汝侄也, 自有尊卑之分, 不無體貌之別, 不聽我言, 頹然偃臥於前可乎? 汝以知禮之人, 爲世所重, 知禮者之行, 固如是乎? 切爲痛哉!"

猿亭翻然而起, 俛首謝罪曰: "非敢慢也, 有所思也. 願叔主寬恕之. 當畵誠畵, 然本非畵師, 素無丹靑, 何以繪之?" 叔息怒而言曰: "南台所願, 不在丹靑, 所貴者, 只在於墨畵, 以墨畵之可也." 猿亭乃出一大陶泓,[64] 遂磨下品陳玄,[65] 手把如椽大筆, 爛漫轉掃於墨池之中, 待其濡浥之浹洽, 擧[66]筆揮灑於畵本之面, 墨點亂落, 勢若星散碧空, 形似落葉秋山, 想其紙品, 見其形狀, 一則可惜, 一則可駭. 叔勃然大怒曰: "汝之切切可憎! 聞吾言而頹臥, 臨畵紙而墨汚, 此何心術? 畵本乃天下所無之紙, 而如此狼狽,[67] 以何面目見南台, 以何說解告南台乎?" 猿亭怡然而下聲告曰: "墨點雖汚, 安知其非[68]奇形也?" 乃依墨畵樹, 長枝短枝, 蕭條如霜後葉脫之狀; 千點萬點, 紛紜似池邊葉落之形. 枝枝精神, 葉葉生氣. 因題其上曰: '落葉藏秋壑'五字. 又展他紙, 層層畵山, 華乎

64) 陶泓 : 벼루. 원문에는 '泓'이 '弘'으로 되어 있음.
65) 陳玄 : 먹.
66) 擧 : 원문에는 '與'로 되어 있음.
67) 狽 : 원문에는 '貝'로 되어 있음.
68) 非 : 원문에는 '爲'로 되어 있음.

高大, 一面崩頹, 如半山之狀, 其上畵一片缺月, 題其上曰: '殘月照半山'五字. 其他六帖, 亦奇形怪狀, 皆隱意諷辱之者也. 叔曰: "南台可謂格物君子, 豈有不知之理也?" 乃面有慍色, 捲而裹之, 作別而行, 入于京城, 獻于南台. 南台見之, 大喜曰: "眞天下之名畵也. 吾之願遂矣." 因作座屛以金綃綵紗, 四方粧飾極巧, 且奢左右, 瓊宮瑤臺不足以侔其奇矣; 金殿貝闕[69]不足以擬[70]其華也. 南台自以爲得天下之奇貨[71]也, 遇客則誇之, 獨對則讚之, 以名公､巨卿､畵師､文人, 莫不稱之, 曰: "千金之寶可得, 八帖之畵難見"云.

最後, 一武弁來謁, 南台誇之曰: "吾近飾座屛, 人皆曰好品, 子之所見如何?" 武弁熟視而對曰: "天下名畵也, 奪天下之造化也. 含日月之光輝, 雖以顧愷[72]之之高手乎, 不能當其萬一, 閻立本[73]之妙才, 不能當其九分. 敢問此畵出於何人之手也?" 南台曰: "看竹何須問主人?[74] 第言其好可否也." 武弁曰: "觀其畵與題, 必是與大監情誼不好者之所爲,[75] 以隱言諷辱大監, 比之於誤國小人者也." 南台大驚曰: "果是平生不好人之所爲也. 子何以知之諷辱也? 詳言之!" 武弁曰: "昔

---

69) 貝闕 : 나전으로 장식한 화려한 궁궐.
70) 擬 : 견주다.
71) 貨 : 원문에는 '華'로 되어 있음.
72) 愷 : 원문에는 '顗'로 되어 있음.
73) 閻立本 : 唐나라 초기의 화가. 특히 초상화를 잘 그렸음.
74) 看竹何須問主人 : 唐나라 王維의 「春日與裴迪過新昌里訪呂逸人不遇」詩에 "到門不敢題凡鳥, 看竹何須問主人"이라는 구절이 보임.
75) 爲 : 원문에는 이 뒤에 '之'가 더 있음.

賈似道,[76] 乃誤國之小人, 而自號曰秋壑, '落葉藏秋壑'之言, 豈非大監比於似道者乎? 昔王安石,[77] 亦誤國之小人, 而自號曰半山, '殘月照半山'之言, 豈非大監比於安石者乎? 其他六帖, 必是託意爲之者, 以小人之淺見薄識, 卒未能解其意. 然畵格隱隱, 有正人君子之像, 此眞畵中之名畵也, 人中之異人也." 南台聞其言, 勃然大怒曰: "渠之一箇微官, 諷辱宰相焉! 吾殺此漢然後, 可以雪吾憤." 武弁曰: "不可! 不可! 語曰: '毒藥苦口, 利於病; 忠言逆耳, 利於行.'[78] 今此人之畵諷, 安知非大監之毒藥忠言乎? 有則改之, 無則[79]加勉, 非但大監一身之幸, 實爲擧國萬姓之幸, 再三思之, 勿殺其人可也." 南台聞此言, 些少息怒, 然猶有不勝憤怒, 焚其庭中, 節節深恨猿亭, 然終不能害也.

猿亭居于振威, 教人以入孝出弟、餘力學文[80]之道, 風俗丕[81]變, 家家孝子, 人人忠臣. 本倅欽慕其風, 猿亭所居之里, 無論上下貴賤, 蠲除徭役. 故時人名其里曰除役洞, 洞名至今不變. 猿亭子孫, 亦居其洞, 猿亭之風, 掃地無餘云, 而亭之

76) 賈似道 : 南宋의 理宗 때 인물. 누이가 貴妃가 되자 右丞相에 이르렀으며, 국정을 농단했음. 후에 流配된 뒤 살해되었음.
77) 王安石 : 북송 때의 인물. 호는 半山. 新法을 제정하여 개혁을 꾀했으나 반대파로부터 많은 공격을 받았음.
78) 毒藥苦口~利於行 : 『史記』 「淮南衡山列傳」에 나오는 말로, 그 당시의 속담이었음.
79) 則 : 원문에는 없으나 보충했음.
80) 文 : 원문에는 '問'으로 되어 있음.
81) 丕 : 원문에는 '不'로 되어 있음.

名, 以猿爲之者, 所居亭下, 有一小井, 井內有一小猿, 猿亭若無硯水, 一聲呼水, 則小猿自井含水出, 繼其所用, 故謂之猿亭云, 未可的知, 然特以'猿'名亭, 則必有所以也. 且猿亭詞律, 模得盛唐調格, 故多載於『國朝詩刪』,[82] 猿亭可謂百行兼備之君子也.

• 작자 : 미상

• 출전 : 『古小說』(나손 김동욱 교수 소장본)

• 참고사항

(1) 李睟光의 『芝峰類說』 卷十四 文章部 七의 '詩禍'條에 崔壽峸에 대한 다음과 같은 기록이 보인다. "崔壽峸, 江陵人, 號猿亭, 性磊落不羈. 己卯士禍後, 其叔父崔世節, 爲承旨. 公寄書與詩, 勸乞補外, 有憤慨之語. 其詩曰: '日暮滄江上, 天寒水自波. 孤舟宜早泊, 風浪夜應多.' 世節以其書上告, 遂被訊而死."

許筠의 『國朝詩刪』에는 위의 시가 「驪江」이라는 제목으로 실려 있는데(『지봉유설』에 실린 시와 똑같지만 '滄'이 '蒼'으로 되어 있는 점만이 다름), 羅湜을 그 작자라 해 놓았다. 그러나 제목 밑에 "或云鄭盧菴作"이라는 附記가 있는바, 이 시의 작자를 둘러싼 논란이 있었음을 알 수 있다. '盧菴'은 鄭希良의 號다.

한편 『己卯錄』에 다음과 같은 기록이 보인다. "南袞以山水圖寄冲庵, 求題詩. 猿亭題其上: '秋日下西岑, 暝烟生遠樹. 幅巾三四人, 誰是輞川主?' 袞見而銜

82) 『國朝詩刪』 : 光海朝 때 許筠이 엮은 우리나라 詩選集.

之.” 冲庵은 金淨의 號다. 崔壽峸의 이 시는 「輞川圖」라는 제목으로 『국조시산』에 실려 있다.

『국조시산』에는 이외에도 최수성의 五言 律詩 2수가 더 실려 있다. 다음은 「題萬義村東浮屠」라는 시다. “古殿殘僧在, 林梢暮磬淸. 窓通千里盡, 墻壓衆山平. 木老知何歲? 禽呼自別聲. 艱難憂世網, 今日恨吾生.” 다음은 「贈僧」이라는 시다. “嶺外寒山寺, 逢僧眼忽靑. 石泉同病客, 天地一浮萍. 踈雨殘燈冷, 持盃遠海聲. 開窓重話別, 雲薄曉星明.” 두 시는 어두운 시대현실 속에 세상을 배회하는 최수성의 내면초상을 잘 보여준다.

(2) 이 작품은 나손 김동욱 교수가 소장하고 있던 『古小說』이라는 題名의 단편소설집에 수록된 소설 가운데 하나다. 이 소실집에는 4편의 소설이 실려 있는데, 나머지 셋의 제목은 「王秀才娶妻得龍說」, 「李進士者智就三計說」, 「洪彦陽義捐千金說」이다. 그 필치로 볼 때 4편 모두 한 사람의 손에서 나온 것으로 보이나, 작자가 누군지는 알 수 없다.

# 18. 王秀才娶得龍女說

未 詳

王秀才[1]者, 麗[2]太祖 王建[3]之父也. 生未三朔, 以癘疫俱失父母, 晝夜呱呱, 其狀慘切. 比隣有一婦人, 適値生子, 乳道豊足, 夜聞王兒號[4]泣之聲, 惻隱之心自然發於心中, 收其乳兒養育, 無異己出.

王兒漸長, 年至八九. 一日, 聞[5]於其乳母曰: "人皆持吾而言曰: '兒非[6]某人之子, 乃王氏之子也.' 願聞其詳." 乳母細將[7]前後顚末告之. 王兒聽罷, 放聲痛哭曰: "吾父母俱沒, 吾

1) 秀才 : 아직 결혼하지 않은 남자를 높여 이르는 말.
2) 麗 : 高麗.
3) 王建 : 高麗 王朝의 창업자. 재위 918~943년.
4) 號 : 원문에는 '呼'로 되어 있음.
5) 聞 : '問'과 통함.
6) 兒非 : 원문에는 '皆兒'로 되어 있음.
7) 將 : '以'와 같음.

以一箇血屬, 生纔三月, 已失怙恃, 若非收養之恩, 何以保一縷之命也? 欲報恩德, 昊天罔極." 自此誠事之如父母. 王兒年及弱冠, 身體長大, 容貌豊碩, 頗有貴人氣像, 度量豁達, 勇力絶倫, 不事家産, 以搏虎打獐爲能事, 往往習射, 能至百步穿楊妙手. 年至二十, 未有室家之樂, 人皆稱之曰: '王秀才', 莫不以英雄許之.

此時則三韓並立之時[8]也. 馬韓[9]有南京[10]通信使, 擇人以送, 上使[11]亦極選文武具備[12]者數十人偕往, 莫有稱意者, 不及備員, 慨嘆人才極貴, 廣求不已. 此時, 王秀才聞之, 往于上使之家, 通刺[13]請謁, 卽時召入. 秀才趨蹌而入, 升堂拜謁. 上使見未冠, 下視而聞[14]曰: "汝以何事乃敢來謁?" 答曰: "竊聞朝天之行[15], 欲擇人偕行, 未備員數云, 故小子, 雖無才能, 敢效毛遂之自薦,[16] 玆敢來謁." 上使曰: "昔毛遂, 有楚王殿上按劍啗[17]血之能,[18] 今汝則毛羽未成, 有何才能, 乃敢自薦?" 對

---

8) 三韓並立之時 : 後三國時代를 말함.
9) 馬韓 : 後百濟.
10) 南京 : 중국의 지명.
11) 上使 : 使行의 총책임자.
12) 具備 : 원문에는 '備俱'로 되어 있음.
13) 刺 : 명함.
14) 聞 : '問'과 통함.
15) 朝天之行 : 中國 使行.
16) 毛遂之自薦 : 중국 戰國時代에 秦나라가 趙나라를 침략했다. 조나라의 平原君은 楚나라에 가 合縱을 청하고자 하여 門下 食客 중 文武를 구비한 자 스무 명과 동행하기로 했는데, 열아홉 사람을 확보했지만 한 사람을 못 채웠다. 이때 평원군의 문하에서 별로 주목받지 못하고 있던 毛遂라는 자가 스스로 나서서 자기 자신을 천거한 일이 있다.

曰: "平原門下十九目笑之時,[19] 誰知有按劒唔血之能乎? 終軍[20]年未弱冠, 請纓繫單于[21]之頸. 人之才能, 古今何殊? 勿以微賤而外待, 勿以未冠而下視也." 上使聞其言而奇之, 因聞曰: "汝能識字乎?" 對曰: "自古及今, 無不識字英雄, 小子亦英雄, 豈有不識字之理乎?" 上使曰:[22] "然則可得聞歟?" 對曰: "大戴[23]一, 謂之天字; 土傍加也, 曰地字; 日月雙行, 曰明字; 子女並立, 曰好字; 卯木合成, 曰柳字; 江鳥, 曰鴻字; 女戴冠, 曰安字; 人依山, 曰仙字. 此乃小子之識字也." 上使聞其言, 大奇之. 又聞曰: "能知射法乎?" 對曰: "此乃小子之長技也. 百發[24]百中, 千發[25]千中, 養由基[26]之穿楊, 不足畏也; 呂布之射

---

17) 唔 : '歃'과 같음.

18) 楚王殿上按劒唔血之能 : 초나라 왕이 평원군의 合縱策을 선뜻 받아들이지 않자 毛遂는 단상으로 올라가 칼로 초나라 왕을 위협해 합종책을 받아들이게 하고 犧牲의 피를 마시게 해 협정이 성립되었음을 맹세하게 한 일이 있음. 모수는 이 일로 평원군의 上客이 됨.

19) 平原門下十九目笑之時 : 毛遂가 자기 자신을 平原君에게 추천했을 때 먼저 발탁된 열아홉 명의 食客들은 모두 모수를 비웃었음.

20) 終軍 : 漢나라 武帝 때의 인물. 열여덟 살 때 武帝에게 上書하여 謁者給事中의 벼슬을 받음. 南越에 사신으로 가서 南越王을 설득해 南越을 漢나라에 복속시켰음. 終軍은 남월에 사신 가기 전에 '긴 끈을 하사하면 그것으로 남월왕의 목을 매어 궁궐로 데려오겠다'고 장담한 적이 있음. 당시 終軍의 나이는 20여 세였으므로 사람들이 그를 '終童'이라고 불렀다 함.

21) 單于(선우) : 원래 匈奴의 왕을 일컫는 말인데, 여기서는 南越王을 가리킴.

22) 曰 : 원문에는 없으나 보충했음.

23) 大戴 : 원문에는 '戴大'로 되어 있음.

24) 發 : 원문에는 '伐'로 되어 있음.

25) 發 : 원문에는 '伐'로 되어 있음.

26) 養由基 : 중국 戰國時代의 유명한 弓士. 백 보 밖에서 능히 버드나무 가지를 맞혔다고 함. 원문에는 '養'이 '王'으로 되어 있음.

戟,[27] 不[28]足法也. 此乃小子之射法也." 又聞曰: "能知劒術乎?" 對曰: "知之. 蔡丘[29]之會, 曺沫之劒,[30] 其術而能; 離宮[31]之上, 荊卿[32]之劒, 其術而踈; 魚炙之內, 專諸[33]之劒, 其術而巧; 相府之中, 聶政[34]之劒, 其術而督;[35] 鴻門之宴, 項莊[36]之劒, 其術而拙; 五關之路, 雲將[37]之劒, 其術而快.[38] 此乃小子之識劒術者也." 又聞曰: "能知兵法乎?" 對曰: "知之. 孫臏[39]之減竈,[40] 視[41]弱之法也; 虞詡之增竈,[42] 視强之術也; 百戰百勝,

---

27) 呂布之射戟 : 後漢의 呂布가 營門에 세워 놓은 三支槍의 一支를 활을 쏘아 맞힘으로써 곤경에 처한 劉備를 구한 일이 있음.

28) 不 : 원문에는 이 앞에 '而'가 더 있음.

29) 蔡丘 : 착오임. 『史記』「刺客列傳」 및 『左傳』 莊公 十三年條에는 '柯'로 되어 있음. '柯'는 '祝柯'로도 불렸음.

30) 曺沫之劒 : 曺沫은 魯나라의 장군인데, 魯莊公과 齊桓公이 회담할 때 비수를 들고 단상에 올라가 齊桓公을 위협하여 당시 魯나라가 齊나라에 빼앗겼던 땅을 되찾았음.

31) 離宮 : 秦나라의 咸陽宮을 가리킴.

32) 荊卿 : 戰國時代의 자객. 燕나라 太子 丹의 부탁을 받고 秦始皇을 비수로 살해하고자 했으나 실패해 목숨을 잃음.

33) 專諸 : '諸'의 음은 '저'. 원문에는 '諸'가 '儲'로 되어 있음. 춘추시대의 자객. 구운 생선 속에 비수를 숨겨 들어와 吳나라 왕 僚를 살해하여 闔閭가 왕이 되게 했음.

34) 聶政 : 戰國時代의 자객. 嚴仲子의 부탁을 받고 그 원수인 韓나라 재상 俠累를 살해한 뒤 엄중자를 보호하기 위해 스스로 자신의 얼굴 가죽을 벗긴 뒤 목숨을 끊었음.

35) 督 : '篤'과 통함. 극진하다.

36) 項莊 : 항우의 사촌 동생. 項羽가 劉邦을 鴻門으로 불러 잔치할 때 항우의 謀士 范增은 項莊에게 시켜 유방 앞에서 劍舞를 추다가 유방을 살해하라고 시켰으나 항장은 기회를 놓치고 맘.

37) 雲長 : 蜀의 영웅 關羽의 字.

38) 五關之路~其術而快 : 『三國志演義』의 이른바 五關斬將을 가리킴.

39) 孫臏 : 孫武의 후손으로, 戰國時代 齊나라의 병법가.

40) 減竈 : 전국시대에 魏나라의 장군 龐涓이 韓나라를 공격했다. 齊나라의 장군 田忌와 孫臏은 군대를 이끌고 가 韓나라를 구원했다. 당시 손빈은 군사들이 밥

韓信所以稱仙者也; 七縱七擒,[43] 武侯[44]所以如神者也; 赤壁大捷, 周瑜[45]所以以小敵大者也; 南犯北備, 亞夫[46]所以以智料敵者也; 量沙唱籌,[47] 道濟[48]所以瞞敵者也; 聚米如山,[49] 馬援所以示路也. 此乃小子之知兵法也." 又聞曰: "汝知天文乎?" 對曰: "知之. 慶星[50]出, 則國家治; 彗[51]星出, 則兵火起; 谷風[52]習習, 則雨; 金風[53]颯颯, 則[54]霜; 月食, 則有臣下之變; 日食, 則有君上之憂. 此乃小子之知天文者也." 又聞曰: "汝知

---

을 지어 먹은 자취를 일부러 매일 줄여 나가 군사들이 달아나고 있는 것처럼 보이게 하였다. 魏나라 군대는 이에 속아 급히 齊나라 군대를 뒤쫓다가 그 매복한 군사에게 대패했다.

41) 視: '示'와 통함.

42) 虞詡之增竈: '虞詡'는 後漢의 장군. 그는 孫臏과는 반대로 군사들의 밥 지어 먹은 자취를 일부러 많게 함으로써 군사의 수가 많은 것처럼 보이게 하여 적을 물리쳤음.

43) 七縱七擒: 諸葛亮이 南方에 出戰하여 그 酋長인 孟獲을 일곱 번 잡았다가 일곱 번 놓아 주어 그 心服을 얻어냈음.

44) 武侯: 諸葛亮의 謚號.

45) 周瑜: 三國 시기 吳나라의 장군. 曹操와의 赤壁大戰에서 火攻策을 써서 大勝을 거두었음.

46) 亞父: 항우의 謀士 范增을 가리킴. 탁월한 전략가였음.

47) 量沙唱籌: 南北朝 때 宋나라 장군 檀道濟는 北魏의 군대와 싸우다가 양식이 떨어지자 야밤에 모래알을 세면서 큰소리로 산가지 수를 불러 짐짓 곡식이 많은 것처럼 보이게 해 위기를 벗어났음.

48) 道濟: 檀道濟를 가리킴.

49) 聚米如山: 後漢의 장수 馬援이 임금 앞에 쌀을 가득 쌓아 산처럼 만들어 놓고는 군사가 왕래하는 길을 가리켜 보이며 병법을 자세히 설명했다는 고사에서 나온 말.

50) 慶星: 상서로운 별.

51) 彗: 원문에는 '慧'로 되어 있음.

52) 谷風: 동풍.

53) 金風: 秋風.

54) 則: 원문에는 없으나 보충했음.

辯辭乎?" 對曰: "非不能也, 辯者每有成敗, 故不敢以能自處也." 聞曰: "辯有成敗, 可得聞歟?" 對曰: "昔者, 子貢[55]一出, 存魯亂齊, 破越平吳, 此辯士之成者也; 酈生[56]辯士也, 而未免齊王之烹, 此辯士之敗也; 張儀[57]一起, 六國咸服, 八洲同朝, 此辯士之成者也; 蘇秦[58]亦辯士, 未免殺身之禍, 此辯士之敗者也. 此乃小子之不以辯舌自處也."

上使聞其懸河之辯, 知其爲英雄之姿, 乃有偕往之意, 謂之曰: "吾欲與子偕往, 而不可以[59]童子行也, 可致成人服色, 甚好也." 對曰: "婁敬[60]有言曰: '衣帛, 則衣帛見,[61] 衣裘, 則衣裘見.'[62] 今小子童子, 則童子行也, 何必以成人往也? 且未有伉儷, 則加冠, 實違先王之道, 不敢奉教." 上使無辭可答, 乃以童子偕往.

---

55) 子貢 : 공자의 10대 제자 중 한 사람. 孔門의 인물 가운데 제일 英敏했으며, 언변이 뛰어났음..

56) 酈生 : 楚漢 爭覇期 때 활동한 유세객인 酈食其(역이기)를 가리킴. 齊王은 그가 자기를 속였다고 하여 삶아 죽였음.

57) 張儀 : 戰國 말기의 유세객. 連衡策(연횡책)을 주장하여 秦始皇이 천하를 통일하는 기초를 놓았음. 뒤에 秦나라의 대신이 됨.

58) 蘇秦 : 戰國 말기의 유세객. 秦에 대항하여 燕, 趙, 韓, 魏, 齊, 楚의 六國이 연합해야 한다는 合縱策을 주장했음. 뒤에 張儀에 의해 합종책이 깨어진 후 齊나라를 섬겼으나 암살됨.

59) 以 : 원문에는 '而'로 되어 있음.

60) 婁敬 : 漢 高祖 때의 인물로 匈奴와의 화친을 주선했음.

61) 見 : 원문에는 없으나 보충했음.

62) 衣帛, 則衣帛見, 衣裘, 則衣裘見 : 婁敬이 漢 高祖를 뵈려 하자 高祖의 휘하 장수인 虞將軍이 깨끗한 옷을 내어주며 이 옷으로 갈아입고 高祖를 뵈라고 했다. 이에 누경은 "臣이 비단옷을 입었으면 비단옷을 입은 채 뵙고, 베옷을 입었으면 베옷을 입은 채 뵙지, 옷을 갈아입지는 않겠습니다"라고 말했다는 고사가 『漢書』에 보인다. 단 『漢書』에는 '裘'가 '褐'로 되어 있다.

治其行具,[63] 乘槎遵海路而向上國. 行數日, 天無烈風, 海不揚波, 但聞水聲洋洋, 船行甚急, 舟中之人, 莫不祝天, 祈幸不已. 忽一日, 風靜浪息之際, 船自回轉, 不能前進, 多少[64] 篙[65]師, 用力發船, 無可奈何, 以至三日, 計無可施. 上使謂一行曰: "天無點風, 海無微波, 値此意外之變, 三日不行, 此將奈何?" 船中有一人曰: "此必海神沮戲之事, 致誠祈禱, 則可以頓[66]行." 上使然其言. 於是沐浴齋戒, 作祭文而告之, 備奠祭之, 別無動靜, 又至再至三, 亦無可發船, 一行莫不惶惕. 上使又聞曰: "虔誠祈禱, 如是無效, 此將奈何?" 一行默無一言. 王秀才告曰: "此必一行中有不潔者, 不可偕行, 故海神沮戲之事, 可探得其人, 棄而不隨, 卽必無沮戲之弊也." 上使曰: "安知其人而棄之乎?" 秀才曰: "此有可知之道. 願自上使以下各人, 上衣親自執領, 告于海神曰: '欲知靈神之昭示, 以各人衣領次次納名投水. 伏願可往之人, 衣沈水不[67] 見, 不可之人, 衣浮水不沈, 顯靈效, 則當依敎擧行'云爾, 似有可驗之道也." 上使曰: "此言有妙理矣." 乃自脫上衣, 親執其領, 祝之投之, 一如秀才之言, 衣乃沈沒, 不見形影, 獨秀才之衣, 泛泛不沈, 自副使以下, 莫不疑訝, 以石投衣, 石在

63) 具 : 원문에는 '俱'로 되어 있음.
64) 少 : 원문에는 '小'로 되어 있음.
65) 篙 : 원문에는 '蒿'로 되어 있음.
66) 頓 : 당장, 즉시. 원문에는 '煩'으로 되어 있음.
67) 水不 : 원문에는 '不水'로 되어 있음.

衣上, 終不沈水. 一行面面相顧, 脉脉視[68]王秀才. 上使謂秀才曰: "從汝之言, 投衣試之, 惟獨汝衣泛泛水面, 終不沈沒, 此將奈何?" 對曰: "此乃神之所使, 命之所窮, 夫復何言? 小子所以自請此行者, 欲觀皇都之壯麗, 以伸丈夫之鬱懷, 今海神沮戲若是, 安敢强行? 今將沒海而死, 伏願一行, 萬里水國, 平安往返, 勿辱君命也!" 乃欲跳身入海, 一行莫不嗟惜, 挽身止之, 勸以酒肉. 衆皆惻然下淚, 上使亦灑淚而謂曰: "今吾衆人, 寧棄於[69]君命, 同葬於魚腹之中, 不忍獨使王秀才入海也." 秀才曰: "不然. 以小子一人之故, 棄君命於滄海之中, 以貽後日[70]之國憂, 非忠臣之事也. 以小子一人之故, 數十僉員, 同歸於魚腹之中, 非仁人之心也. 小子八字奇薄, 上無父母, 下無妻子, 死不足惜也. 更勿異議, 以致海神之再怒也!" 中有一人曰: "與王秀才出沒層濤, 十生九死以至于此, 情如骨肉, 誼若兄弟, 今仍不幸之事, 有此不獲已之時, 不忍見其入海之狀. 愚意, 則一點海島, 不遠於目前, 行船[71]至島, 卸[72]秀才於其島, 則切迫之情, 庶可愈於投海也." 咸曰: "此言好則好矣, 船若不行則奈何?" 上使曰: "此言正合吾意, 第發船向島也!" 於是篙[73]師撓櫓[74]發船, 船往如箭, 瞬息之間,

68) 視 : 원문에는 '示'로 되어 있음.
69) 於 : 원문에는 '如'로 되어 있음.
70) 後日 : 원문에는 '日後'로 되어 있음.
71) 船 : 원문에는 '盤'으로 되어 있음.
72) 卸 : 배에서 내려놓다. 원문에는 '御'로 되어 있음.
73) 篙 : 원문에는 '蒿'로 되어 있음.

船已至島. 王秀才乃拜辭一行, 下船上陸. 一行皆灑淚而別, 乃擧帆啓行, 乾端坤倪, 軒豁呈露,[75] 香颷送帆, 船往如箭, 一顧二顧, 島色漸遠, 莫不垂淚而去也.

此時, 王秀才臨陸, 死外無策, 心焉如失, 悵望星槎[76]之漸遠, 雖以英雄金石之心、鐵腸石肚, 安得不如斷如消哉? 嗟嘆彷徨[77]之際, 偶見岸上, 別有竹林, 若有路痕, 大疑於心曰: '如此海中絶島之上, 有何微路?' 行不過一里, 竹林鬱鬱、奇花的的、異草離離[78]之中, 別有數間草屋, 亦甚精灑, 且疑且怪, 緩步而進, 忽見一扉之內, 有一處女, 盤桓於庭畔. 秀才凝神注[79]目而視之, 則處女年可二八, 面如桃花, 眼如曙星, 嬋娟之態, 窈窕之狀, 眞天上仙娘, 非人間處女也. 處女知秀才之覘視, 飜身而入內. 秀才行行至外堂, 寂無應門之童, 乃踞坐於土階之上. 俄而一老人自內以出, 氣像軒昂, 實非凡常之老人也. 見王秀才, 滿面喜色, 謂秀才曰: "固知秀才惠枉[80]也." 秀才再拜而對曰: "先生何以知小子之來乎?" 老人曰: "秀才之不往南京, 卽吾之所爲, 奚不知秀才之來也?" 秀才聞此言, 中心疑惑, 未及荐問, 老人迎入于內堂. 坐定後,

74) 撓櫓 : 노를 젓다.
75) 乾端坤倪, 軒豁呈露 : 천지가 시원하게 드러나다. 唐나라 韓愈의 「南海神廟碑」에 나오는 말.
76) 星槎 : 使行船.
77) 彷徨 : 원문에는 '紡緷'으로 되어 있음.
78) 離離 : 우거진 모습.
79) 注 : 원문에는 '住'로 되어 있음.
80) 惠枉 : 枉臨.

老人曰: "秀才遠涉風濤, 似有飢渴." 乃於懸板之上, 取下沙碗, 置於秀才之前, 去其所盖, 玉飯盈盈. 老人以匙畫其半而與之曰: "半食半留, 以備不虞."[81] 秀才依其言而食之, 飯甚軟甘, 味甚香冽.[82] 食畢, 老人復置其碗於懸板之上. 及其夕飯之時, 又取其碗, 置于秀才之前, 更勸食之. 秀才開盖視之, 則俄者所食之飯, 復爲充滿, 與碗更齊, 心中大喜, 復食如前. 於焉之間, 夜色將闌, 擧火明燭而坐, 老人喟然嘆曰: "秀才暫聽老翁之言. 老翁本非塵世之人, 乃西海龍王之子也. 居於此島之中, 已過千餘載, 乘雲上天之期, 只隔數年, 不幸海島之中, 有三千年九尾老狐, 欲奪窟宅, 五日一戰, 老翁年晩所致, 勢難抵敵. 故欲借秀才之神弓妙手, 以助老骨故, 邀來秀才, 以到僻陋之地, 還切未安, 不覺罪悚." 秀才避席[83]對曰: "小子塵世賤生, 先生龍宮貴子, 安敢並席而坐也? 且小子, 素無才能, 安能當先生之所請也?" 老人曰: "秀才之神弓, 知之久矣, 勿爲過謙! 再明日, 卽與老狐相戰之日也. 願秀才不憚一臂之勞, 以救老翁之危也." 秀才答曰: "先生之言如此, 安敢不盡力也? 然其於無弓無箭奈何?" 老人答曰: "旣有準備勁弓毒箭者, 日已久矣. 秀才以此勿慮!" 夜深似可困惱, 因各就寢, 不知東方之旣白也.

其日午後, 鐘鼓之聲, 管籥之音, 自遠漸近, 其響淸雅, 非

81) 不虞 : 不意의 일.
82) 冽 : 맑다.
83) 避席 : 과분한 말을 들었을 때 예의를 표하느라 보이는 반응.

人間之樂. 秀才問於老人曰: "此何風樂之聲, 出於半空也?" 老人蹙[84]額而對曰: "此乃妖狐之所爲也." 秀才曰: "狐乃一箇妖物, 安能作此仙樂之聲也?" 老人曰: "妖狐變化不測, 能爲鬼、能爲人, 呼風喚雨, 瞻之在前, 忽焉在後,[85] 實天下之一妖物也. 今必過此, 秀才將可觀也." 俄而警蹕[86]之聲漸近, 秀才隱身而見, 則一夫人坐於玉轎之上, 洞揭幨帷. 觀其爲人, 花容月態, 百媚橫生, 眩人之目, 蕩人之心, 威儀凡百, 如王[87]者之出入, 紅粧侍婢, 前擁後護, 旗幟劒戟, 森列左右, 吹笙擊鼓之輩, 總是粉黛之美女. 秀才謂老人曰: "此皆妖狐耶?" 答曰: "然." 秀才曰: "若然則急取弓矢來! 當射殪轎上夫人." 老人曰: "不可! 不可! 如此之時射之, 則雖百矢齊發, 以一手禦之, 無可奈何." 秀才曰: "然則明日之戰, 雖有小子十輩, 其於禦矢之能者何也?" 老人曰: "明日與我督戰之時, 則念不及他, 不知矢石之來犯矣, 乘此之際, 射其命門, 則事可成矣. 第待明日." 翌日果然, 妖狐多率卒徒而來, 挑戰. 老人申申付托. 秀才乃出戰於海上, 如踏平地. 秀才挽弓弛矢, 欲射夫人, 見其容貌嬋娟, 不忍發矢, 內語於心曰: '此乃人也. 狐雖換形, 豈有如許之理也? 可以人而射人殺之乎?' 因停弓不射. 乃大戰一場, 各自罷歸矣. 老人見秀才, 大怒曰: "秀才不從

84) 蹙 : 원문에는 '慼'으로 되어 있음.
85) 瞻之在前, 忽焉在後 : 『論語』「子罕」篇에 나오는 말.
86) 蹕 : 원문에는 '蹕'로 되어 있음.
87) 王 : 원문에는 '主'로 되어 있음.

吾言, 終不發矢, 抑何心意乎?" 秀才曰: "見其形容, 乃人非狐也. 是以不忍殺之也." 老人曰: "秀才若不聽老翁之言, 則焉有邀來之意乎? 汝若不聽, 則且不生還矣. 然老翁晩生一女, 芳年二八, 姑未定伉儷, 秀才若聽吾言, 射殺妖狐, 當以女妻之." 秀才來時, 目見處子之爲人, 十分欽慕, 不忘于中, 及聞此言, 中心暗喜. 然疑於龍子之稱, 跪而對曰: "小子塵世賤生, 姐姐水府貴人, 安敢與結伉儷之儀也? 且水陸不同, 人龍自別, 雖有先生之快許, 竊[88]疑風馬牛之不相及也." 老人曰: "秀才勿慮焉. 第除吾所患, 以此欲報施恩." 後五日, 妖狐又來挑戰, 老人以勁弓毒矢出給秀才, 申申付托. 與妖狐出戰於海上, 陰雲漠漠, 狂風習習, 雷聲隱隱, 電光閃閃, 天地晦暝,[89] 咫尺不辨, 龍狐相鬪, 或顚或倒, 勝負未分之際, 秀才聚精會神, 挽弓搭箭, 正待狐夫人露面之時, 烏號月滿, 弦響忽起, 箭如流星, 正中狐夫人面部, 一聲叫苦, 倒斃於波上, 乃九尾一老狐也. 其餘紅粧粉黛之類, 化爲狐雛, 風飛雹散, 雲掩[90]風息, 天地明朗, 水波不興. 老人手舞足蹈而還, 致謝於秀才曰: "今因秀才之神弓, 殲除老翁之大患, 若言其德, 山高海深, 無以報答, 誰曰耄期,[91] 豈敢食言乎?" 乃携秀才手, 入內房, 謂其女曰: "此秀才, 吾之恩大莫重之人也. 可

88) 竊: 원문에는 '切'로 되어 있음.
89) 暝: 원문에는 '瞑'으로 되어 있음.
90) 掩: 숨다. 사라지다.
91) 耄期: 칠팔십 세를 '耄'라 하고 백 세를 '期'라 함.

作汝百年佳耦, 以結伉儷之儀, 宜遂琹瑟之樂." 因開戶出去. 此正窈窕淑女, 而水宮美女, 綠水鴛鴦之戲, 陽臺[92]雲雨之興, 果如何哉?

居數日, 老人謂王生曰: "此乃非塵世人久留之地, 子其去矣." 王生答曰: "固所願也, 滄海萬里, 一葦難得, 將如之何?" 老人曰: "子其勿憂!" 因取黧牛一隻, 其色如漆, 使王生騎其背, 以其女坐之王生之前, 以疋紋繡錦, 纏腰緊束, 使兩人緊緊相包, 謂王生曰:[93] "宜合兩眼, 愼勿開睫, 但聞[94]風水之聲, 而安坐不動, 則自然渡海, 達于平陸, 任牛所之, 至於止處, 作舍以居, 則自有好道理矣." 王生與其妻, 別老人, 依其言, 坐于牛背, 果然風水之聲, 如山崩河決, 極甚畏慴,[95] 俄而聲止, 乃開眼視之, 則已到平陸矣. 乃任其牛之越山渡海, 其行如飛, 不知其行于何處也. 居未幾,[96] 至于松岳山[97]下, 牛乃臥而不行. 王生下牛, 牛乃起身而去, 纔過數十步, 因忽不見. 王生心甚怪之. 王生乃鳩[98]聚屋材, 構舍於臥牛之處. 自此以後, 王生爲農, 則百穀倍出, 爲賈, 則其利倍剩, 有志必成, 謀事必完, 家甚富饒, 廣建家舍, 多置奴僕. 人皆稱

92) 陽臺 : 「萬福寺摴蒱記」의 주 76을 참조할 것.
93) 曰 : 원문에는 없으나 보충했음.
94) 聞 : 원문에는 '開'로 되어 있음.
95) 慴 : 원문에는 '攝'으로 되어 있음.
96) 幾 : 저본에는 '已'로 되어 있음.
97) 松岳山 : 松嶽山. 開城에 있는 산 이름.
98) 鳩 : 원문에는 '鴄'로 되어 있음.

之曰: "王生員宅矣."

一日, 有一道士, 葛巾野服, 手持六環杖,[99] 荷鉢囊, 拜謁於王生之前. 王生問曰: "子何爲者?" 答曰: "本以山人, 性好山水, 優遊四方, 如鴻雁之任南北, 如浮雲之任東西, 轉轉到此, 觀主人之家基, 乃天下名勝之地也, 不出朞年, 必生聖人, 能作朝鮮[100]江山之主. 願主人善保教育, 珍重也. 三年後, 復來謁." 王生答曰: "子之言, 實危過矣, 愼勿出口! 願聞子之姓名." 道士答曰: "山人之名, 道詵,[101] 則[102]中朝一行[103]之弟子也." 拜辭而去. 王生自聞此語, 心獨喜, 自負恒多矣. 自是月偶有胎氣, 準十朔生一男子, 隆準龍顔, 日月角[104]豊盈, 眼如曙星, 瑞彩隱隱, 氣像嚴肅. 王生心乃喜之. 果三年後, 道士又來, 獻賀於王生曰: "主人生聖人, 多賀多賀! 善保教育, 削平群[105]凶, 統合三韓, 拯萬姓於塗炭, 垂大名於後世者, 必此人也." 再三致賀而去.

其後, 夫人又生一女, 自此以後, 形容憔悴, 顔色枯槁, 氣息奄奄,[106] 語不成聲. 王生問曰: "君有何病, 瘦瘠一至於此

---

99) 六環杖 : 승려가 짚는, 고리가 6개 달린 지팡이.
100) 朝鮮 : 이 단어는 기실 話者의 목소리다.
101) 道詵 : 新羅末의 승려. 風水地理說에 밝았으며, 일찍이 高麗 太祖 王建의 탄생과 그의 건국을 예언했다고 함.
102) 則 : '卽'과 같음.
103) 一行 : 중국의 승려. 道詵의 스승이었음.
104) 日月角 : 左右의 이마를 일컫는 말.
105) 群 : 원문에는 '郡'으로 되어 있음.
106) 奄奄 : 원문에는 '唵唵'으로 되어 있음.

哉?" 夫人答曰: "妾本是龍種也, 時時變幻形體, 以伸志氣可也. 一自從君之後, 不敢變幻, 故由此成病, 死日將迫, 心切悲悼也." 王生曰: "此非難之事. 吾欲見之矣, 君試爲之也." 夫人曰: "變幻形體, 猶可見之也, 夫婦之間, 不可見也. 郎君若爲妾之病, 聽妾之言, 則自此以後郎君出入之時, 使婢僕先通然後入內, 則妾之病自然蘇完." 王生曰: "何難之有?" 自此以後, 一出一入, 皆遵夫人之言, 使婢僕先通然後入, 故夫人任意變幻, 病勢漸減矣. 一日, 王生有緊事, 忘却夫人之言, 不爲先通, 蹌蹌入內. 此時夫人, 於庭畔小井內, 方張變化之術, 化爲黃龍, 頭立雲宵之上, 尾在小井之內, 其長果百餘丈, 其大可十餘抱, 頷下之珠, 其大如甕, 背上之鬣, 其狀如箕, 淋漓光澤, 或黃或白, 冷氣襲人, 腥臭擁鼻. 王生目見其狀, 惶㥘退出, 靜言[107]思之, 更無夫婦欣合之心, 自有琹瑟踈遠之情, 憂心悄悄之際, 夫人使婢僕召王生. 王生入內, 則夫人淡粧素服, 倚欄而坐, 小無異於前日之貌樣, 但憂心悄悄, 愁色滿面, 見王生謂曰: "古語云: '君子之道, 造端乎夫婦.'[108] 然則雖以夫婦之親狎, 不可無禮無信明[109]矣. 今郎君, 無故而入中門之內, 是無禮也, 不使婢僕先通, 是無信, 已失夫婦造端之道也. 郎君旣見吾之變形, 心已㥘ㆍ情已踈矣, 難續舊日之歡, 妾當逝矣. 幸有女子,[110] 宜皆率去, 迫於人

107) 言 : 뜻이 없는 虛辭임.
108) 君子之道, 造端乎夫婦 : 『中庸章句』 第12章에 나오는 말.
109) 明 : 저본에는 이 앞에 '而'가 더 있음.

情, 故以子遺君, 君可善養教導, 則可以化家爲國之子也. 然有一段可恨者, 妾若過三年, 則必生聖子, 掃淸中原, 削平九宇, 三代之治, 可致矣, 然以郎君無信之所致, 未見其效, 尤可恨也. 然此亦天數, 非人力也, 奈何奈何!" 王生曰: "雖過失夫婦之間, 何必如是過度乎? 幸勿望然去也!" 夫人曰: "妾心已決, 勢如離弦之矢,[111] 雖萬言難回." 乃撫其子背, 灑淚而別, 挾其女兒, 立于庭中, 呼風喚雨, 黑雲四起, 風雨大作, 雷聲隱隱, 電光閃閃, 夫人化爲黃龍, 乘風雲而上天.

王生乃失夫人, 自歎行事之不敏, 常望雲霧之中, 晝宵落淚長嘆耳. 愛養其子, 旣有長成, 名之曰建. 建也, 生而知之者多. 智如管、葛;[112] 辨[113]如蘇、張;[114] 無師而解班、馬[115]之文章; 不學而知孫、吳[116]之兵法. 提三尺之劍, 率一旅[117]之衆, 南征北伐, 統合三韓, 定鼎[118]于松岳山下, 國號高麗, 遂[119]爲麗太祖, 而聖子神孫, 繼繼繩繩,[120] 享國五百年.

---

110) 女子 : 子女.

111) 矢 : 원문에는 '失'로 되어 있음.

112) 管・葛 : 戰國時代 齊나라의 管仲과 蜀漢의 諸葛亮.

113) 辨 : '辯'과 통함.

114) 蘇・張 : 戰國時代의 유명한 유세객인 蘇秦과 張儀.

115) 班・馬 : 後漢의 班固와 前漢의 司馬遷. 둘다 저명한 역사가이자 문장가임. 원문에는 '班'이 '斑'으로 되어 있음.

116) 孫・吳 : 春秋時代 吳나라의 병법가인 孫武와 戰國時代 魏나라의 병법가인 吳起를 가리킴.

117) 一旅 : 오백 명의 군졸을 일컫는 말. 여기서는 적은 군사를 가리킴.

118) 定鼎 : 건국.

119) 遂 : 원문에는 이 뒤에 '而'가 더 있음.

120) 繼繼繩繩 : 繼繼承承.

故後人稱之王氏以龍種者, 必有所以也. 然事甚虛誕, 不可以準也. 古者, 天生異人以爲司牧[121]者, 或有此等異跡者多, 有足履巨人跡而懷孕者,[122] 口呑玄鳥卵而生子者.[123] 今此王生娶龍女之事, 不可專歸於虛荒誕妄之地, 故玆記顚末, 以示後人云爾.

• 작자 : 미상

• 출전 : 『古小說』(나손 김동욱 교수 소장본)

• 참고사항

(1) 이 작품은 『三國遺事』 권2 紀異의 「眞聖女大王 居陀知」條에 보이는 居陀知 설화를 敍事의 원천으로 삼고 있다. 거타지 설화의 후대적 變異는 『靑邱野談』에 실려 있는 「隨使行薄商得貨」 같은 이야기에서도 확인된다.

(2) 작품 앞부분에 보이는 王秀才와 上使의 문답은 판소리의 언어 유희와 닮은 꼴이다. 사실 이 부분의 서술은 왕수재가 懸河之辯의 능력을 갖고 있음을 보이기 위한 것인데 敍事의 전체적 맥락에서 볼 때 필요 이상으로 과대하게 서술된바, 꼭 판소리에 고유한 '부분의 독자성' 원리가 구현된 듯한 느낌이다.

---

121) 司牧 : 임금.

122) 足履巨人跡而懷孕者 : 姜嫄은 들에서 巨人의 발자취를 밟고서 임신하여 后稷을 낳았다는 전설이 있음. 后稷은 周나라의 창업자인 武王의 선조.

123) 口呑玄鳥卵而生子者 : 簡狄은 제비 알을 삼킨 후 임신하여 契(설)을 낳았다는 전설이 있음. 契은 殷나라의 창업자인 湯의 선조.

(3) 왕수재는 처음 妖狐와 대결할 때 "可以人而射人殺之乎"라고 독백하면서 "不忍殺之"하는데, 이 대목은 작중인물인 왕수재의 '반성적 의식'을 보여주는 것임과 동시에 작자의 '반성적 의식'을 보여주는 것으로서 주목된다. 이 점만으로도 이 작품은 설화와 그 본질상 구별된다.

(4) 이 작품은, 王建을 '聖人'이라 칭하고 있는 데서나 왕수재 妻의 입을 빌어 "妾若過三年, 必生聖子, 掃清中原, 削平九宇, 三代之治, 可致矣"라고 서술하고 있는 데서 확인되듯, 중국에 대한 對他意識과 조선인으로서의 自尊意識을 담고 있다. 조선의 자주성에 대한 은근한 강조는 작품 맨 끝의 서술자의 말에서도 확인된다. 이 부분은 흥미롭게도 李奎報가 창작한 영웅서사시 「東明王篇」의 序와 그 취지가 같다.

(5) 이 작품은, 야담과 氣脈이 통하는 점이 없지는 않으나 일반 야담과는 다르다. 작자의 창의가 훨씬 강하게 느껴지기 때문이다. 이 점에서 이 작품이나 앞의 「崔猿亭畫諷南台說」은 양식사적으로 주목되는 작품이다.

# 19. 烏有蘭傳

春坡散人

大明 順化[1]年間, 東方漢陽地, 有二宰相, 曰金曰李, 俱以簪纓之族, 地醜德齊,[2] 世交殷密. 金相語李相曰[3]: "吾兩家兒豚,[4] 生年日時, 若合符契, 事不偶耳. 使當同學, 見其成就, 豈非吾儕晩景之樂哉?" 李相曰: "此誠余意." 乃洒掃一間精舍, 使之同師, 連衾比床. 二生亦相與矢心曰: "男兒功名, 早晩必事. 周召[5]之功, 可期於古周;[6] 管鮑[7]之風, 復吹於今

1) 順化 : 天順과 成化. 天順은 명나라 英宗(재위 1457~1464)의 연호이고, 成化는 憲宗(재위 1465~1487)의 연호. 저본에는 '化'가 '和'로 되어 있음.

2) 地醜德齊 : 원래 『孟子』「公孫丑」(下)의 "今天下地醜德齊, 莫能相尙"에서 유래하는 말로, 영토의 크기도 같고 군주의 덕도 서로 비슷함을 뜻함. 여기서는 지체와 덕망이 서로 비슷하다는 뜻으로 쓰였음.

3) 曰 : 저본에는 없으나 경북대 도서관 소장본(이하 '경북대본'이라 약칭)에 의거해 보충했음.

4) 兒豚 : 자식을 일컫는 말.

5) 周召 : 중국 周나라의 周公과 召公. 이들은 형제지간으로 成王의 숙부였는

世. 園中之花, 澗畔之松, 設有早晩之差殊, 彼此眷顧, 不相忘也." 指金石而爲固, 若膠漆而相吻.

日居月諸, 學與年深, 擧子[8]工程, 咸[9]已造極矣. 歲在甲子,[10] 國有大慶, 玉冊[11]已拚, 金榜將開,[12] 二生携手入場, 硏槧周旋. 及夫唱第, 一點龍額,[13] 一嘆山外.[14] 山外者李, 龍額者金.

金以若秀才,[15] 履歷翰玉,[16] 陞資進級. 除得箕伯[17]之日, 卽邀李生, 語其偕往之意. 生曰: "君則爲國憂民承宣刺史[18]也, 余惟學聖慕賢工夫士子也. 分職[19]殊途, 操心不同, 此不啻

---

데 成王을 잘 보필하여 주나라의 기틀을 잡는 데 큰 공을 세웠음.

6) 周 : 중국의 周나라.

7) 管·鮑 : 管仲과 鮑叔. 이 두 사람은 우정이 지극해 '管鮑之交'라는 말을 남김.

8) 擧子 : 科擧를 준비하는 선비.

9) 咸 : 저본에는 '成'으로 되어 있으나 경북대본을 따름.

10) 甲子 : 順和 年間이라 한 것을 감안하면 1504년이 되겠는데, 연조가 잘 맞지 않음. 이 작품은 시대 배경을 사실적으로 설정한 게 아니므로 연조 또한 적당히 잡은 게 아닌가 함.

11) 玉冊 : 임금이나 왕비에게 尊號를 올릴 때 송덕문을 새긴 簡策.

12) 金榜將開 : '金榜'은 과거 급제자의 이름을 기록한 榜. '金榜將開'는 과거시험을 보이려 한다는 뜻.

13) 點龍額 : 龍門點額에서 나온 말. 중국의 전설에 황하의 상류인 龍門을 오르는 고기는 용이 되고, 오르지 못한 고기는 이마를 다치고 돌아온다고 하는 이야기가 있는데, 이로부터 과거에 낙방하는 것을 '點額'이라 함. 그러나 여기서는 거꾸로 과거에 합격하다는 뜻으로 썼음.

14) 嘆山外 : 과거에 낙방함을 탄식함. '山外'는 '孫山之外'의 준말로 과거에 낙방함을 뜻함. 옛날 중국의 吳人 孫山이 과거에 末席으로 합격했으므로, 이로부터 과거에 낙방함을 '孫山之外'라 함.

15) 以若秀才 : 이렇듯 빼어난 재주로.

16) 翰玉 : 翰苑과 玉堂. 한원은 藝文館의 별칭이고, 옥당은 弘文館의 별칭.

17) 箕伯 : 평안감사.

18) 承宣刺史 : 임금의 詔勅을 받은 자사. 저본에는 '史'가 '使'로 되어 있음.

19) 分職 : 職分.

不可. 且箕城,[20] 古來繁華豪蕩之地, 余所不願."[21] 伯曰: "繁華自繁華, 工夫自工夫, 兄言甚固也. 何妨之有? 不記初日之矢言乎?" 乃與之携袖同車, 直赴任所.

開坐[22]翌朝, 特降[23]分付, 別於幽閑之處, 漑掃一堂, 備儲五車,[24] 使生靜居, 種種致問, 勉以孜孜之意. 生亦無意繁華之事, 着念於文字[25]而已.

一日朝,[26] 使通引[27]傳語於生曰: "今日卽兄及弟之初度也.[28] 詩人「蓼莪」之章,[29] 疇能不廢哉? 日暖風和, 故人[30]情緖, 切摯於中, 兄須不遐金玉,[31] 一番[32]踈暢, 未知何如耶." 生心雖不愜, 却之無辭, 掇卷[33]讀罷, 卽隨通引而來. 宣化[34]高堂, 鋪陳等節,[35] 忽驚於初到之耳目也. 四十[36]州官長, 列坐於

---

20) 箕城 : 평양의 별칭.

21) 願 : 저본에는 '顧'로 되어 있으나 경북대본과 한국정신문화연구원 소장본(이하 '정문연본'이라 약칭)을 따름.

22) 開坐 : 지방관에 부임하여 처음 사무를 봄.

23) 降 : 저본에는 이 앞에 '命'이 더 있으나 경북대본과 정문연본을 따름.

24) 五車 : 五車之書. 많은 책.

25) 字 : 저본에는 이 뒤에 '上'이 더 있으나 정문연본을 따름.

26) 一日朝 : 저본에는 '一朝'로 되어 있으나 경북대본과 정문연본을 따름.

27) 通引 : 지방 관아의 官長에 딸리어 잔심부름 하던 下隷.

28) 初度也 : '初度'는 생일. 저본에는 '也'가 없으나 경북대본을 따름.

29) 詩人「蓼莪」之章 : 『詩經』 小雅의 「蓼莪」(육아)를 말함. 이 시는 자식이 어버이를 봉양하지 못함을 한탄하는 내용임.

30) 人 : 저본에는 '入'으로 되어 있음.

31) 不遐金玉 : 방문해 달라는 뜻. '金玉'은 金玉聲, 즉 타인의 음성을 높여 일컫는 말. 『시경』 小雅 「白駒」에 "毋金玉爾音, 而有遐心"이라는 구절이 있음.

32) 番 : 저본에는 '蕃'으로 되어 있음.

33) 掇卷 : 輟卷. '掇'은 '輟'과 통함. 저본에는 '卷'이 '劵'으로 되어 있음.

34) 宣化 : 宣化堂. 각 道의 觀察使가 사무를 보던 正堂. 저본에는 '化'가 '和'로 되어 있음.

左右, 七十[37]名妓女, 侍陪於前後. 琴瑟管絃五音,[38] 繁於房中; 金石匏土八音,[39] 迭於階畔. 杯盤狼藉, 觥籌交錯. 延生定坐, 寒喧才畢, 左右紅粧, 爭進獻酒, 唱歌一闋之際, 生勃然拂袂, 忽起告退曰: "今日之事, 誠非爲人之道也!" 伯挽袖而笑曰: "兄未嘗讀書之人乎? 讀書之人, 莫不欲效程伯子,[40] 而亦不聞'吾心中無妓'[41]之訓也哉? 何如是恝[42]然過當?" 屢屢開諭, 終不挽得.

是日宴席, 見生之擧措者, 孰不嚬笑其過執也? 宴罷, 伯分付[43]於首奴[44]曰: "妓女中通敏可使者誰也?" 曰: "蘭也, 時年十九, 可合下詢." 卽招蘭分付曰: "汝知別堂李郎主乎?" 曰: "知之." 曰: "汝能狎侍否?" 曰: "非一夕之可能. 願給一月之由則必矣." 曰: "給由一朔之後, 如或不能, 則限死遲晩[45]可也."

蘭據分付退, 解却朱綠, 改着素縞. 又使一童女, 拾取數匹

---

35) 鋪陳等節 : 진열한 음식이 들보에 닿을 듯했다는 말. '節'은 斗栱.
36) 十 : 저본에는 이 뒤에 '二'가 더 있으나 경북대본을 따름.
37) 十 : 저본에는 이 뒤에 '二'가 더 있으나 경북대본을 따름.
38) 五音 : 宮·商·角·徵·羽의 다섯 음계.
39) 八音 : 여덟 가지 악기 또는 그 소리. 곧 金[종], 石[경쇠], 絲[현악], 竹[관악], 匏[笙簧], 土[塤], 革[북], 木[敔].
40) 程伯子 : 중국 宋나라의 도학자 程顥.
41) 吾心中無妓 : 程明道, 즉 程顥의 말. 그는 기생과 자리를 함께 해도 그것이 하등 마음에 累가 되지 않을 만큼 수양이 깊고 태도가 유연한 도학자였다고 함.
42) 恝 : 저본에는 '契'로 되어 있음.
43) 付 : 저본에는 '符'로 되어 있음.
44) 首奴 : 관아에 딸린 官奴의 우두머리.
45) 遲晩 : 죄인을 심문하여 마지막으로 진술서를 받고 그 범죄 사실을 自服받는 것을 이름.

紗, 戴之以小盆, 加之以短椎, 導前隨後, 徑至別堂前小池邊, 斂容巧坐, 閑[46]自澣濯焉. 時維丙寅[47]春三月望間也. 生於別堂, 閱月獨處, 當此花辰, 春情不無, 賦詩吟咏,[48] 緩步於軒階之上, 忽於風便之中, 浣紗聲高低, 自牛鳴池[49]上來. 疑其前所不聞, 矯首四望, 風景正新, 物色可愛, 銀杏樹下石假山[50]邊, 數尺銀鱗, 踴[51]躍於菱芡之上, 一輪金光,[52] 滉漾於水波之中, 夫何一美人, 依然若西王母[53]之降瑤池,[54] 恍然若楊太眞[55]之臨太液,[56] 花爲容而玉爲貌, 一朶金蓮, 含露纔綻也. 眉其曲而頰其豊, 孤輪[57]素月, 容光必照矣. 生一顧眄來, 雖以士子之守貞, 暗嘆美色之傾國, 流眄凝[58]情, 望

46) 閑 : 저본에는 '開'로 되어 있으나 경북대본을 따름.
47) 丙寅 : 1506년. 金이 과거 급제한 게 甲子年이라 했으니, 그때로부터 2년 후가 될 터이나, 2년 만에 종2품 벼슬인 관찰사가 된다는 것은 이치에 맞지 않는 일이다. 『춘향전』의 여러 디테일에서 발견되는 불합리함, 가령 이도령이 과거에 급제하자마자 암행어사에 제수되는 따위가 민간적 사유의 표현이듯이, 여기서의 이런 불합리함 역시 그런 견지에서 이해될 필요가 있다. 즉 민간에서 구연되던 이야기를 토대로 작품화한 관계로 디테일의 정확성 같은 데 크게 개의치 않는 설화적 특성이 나타나게 된 것으로 보인다.
48) 賦詩吟咏 : 저본에는 '詩吟賦咏'으로 되어 있으나 정문연본을 따름.
49) 牛鳴池 : 못 이름.
50) 石假山 : 정원에 巖石을 쌓아 인공적으로 만든 동산.
51) 踴 : '踊'과 같음.
52) 一輪金光 : 달.
53) 西王母 : 중국 崑崙山에 산다는 仙女.
54) 瑤池 : 중국 곤륜산에 있다는 못. 周 穆王이 여기서 西王母를 만나 사랑을 나누었다는 이야기가 전함.
55) 楊太眞 : 楊貴妃. 太眞은 그 字.
56) 太液 : 太液池. 長安縣 동쪽의 大明宮 가운데 있던 못으로 唐 玄宗과 양귀비가 여기서 노닐었음.
57) 輪 : 저본에는 '轎'로 되어 있음.

望看看. 少焉之頃, 美人覺其窺瞰, 翻身起去, 步履端雅, 宛如西施[59]之步越庭, 眞個是絕代佳人也. 自是之後, 或間五日, 或間[60]三日, 美人每以前樣, 來坐故處, 乍顧乍覘, 以衒其巧, 於戱怪哉! 生之見女, 而放蕩曠工之心, 一見加一層, 二見加二層, 至於四見五見, 一心所在, 五內自解, 工不自勤, 食不自甘, 掩卷獨坐, 憮然長歎曰: "人於世間, 生且幾何, 而其樂何哉?"

自是計日待女, 女故靳來, 一日三秋, 常心憧憧, 顧瞻池邊, 椎磯冷落, 長倚垣頭, 人影幽閒. 噫! 人情之易溺也. 以女之不來, 纏頭冒衾, 穀水不下者, 數日于玆矣.

一日斜陽, 忽然浣聲隱隱於枕邊. 生一喜一忙, 强病扶起, 跣跣半倒,[61] 履及於中門之外, 矯首顧矚, 所懷伊人, 宛在池干,[62] 手弄短椎, 目送秋波. 生久待之餘, 心忙意促, 足將進而趦趄, 口將言而囁嚅,[63] 進止數次, 不顧體面, 步如猛虎出林之勢, 接如蒼鷹撲雉之樣. 美人半驚半訝, 若癡若愧, 拂身翻然, 櫻脣半開曰: "男女有別, 此何事也? 此何事也? 白晝大道, 是何樣也? 是何樣也?"[64] 生掀髥[65]听听[66]曰: "姓甚[67]

58) 凝 : 저본에는 '送'으로 되어 있으나 경북대본을 따름.
59) 西施 : 중국 춘추시대 越나라의 미인.
60) 間 : 저본에는 없으나 경북대본에 의거해 보충했음.
61) 半倒 : 허둥지둥함을 말함.
62) 宛在池干 : 저본에는 '宛在于池'로 되어 있으나 경북대본을 따름.
63) 嚅 : 저본에는 '喘'으로 되어 있음.
64) 是何樣也 : 저본에는 한 번 나오지만 경북대본과 정문연본에는 두 번 나오는 바, 이를 따름.

名誰? 誰家女子, 何處居住?” 美人半含嬌態, 半含羞容, 低眉而答曰: “小女本是良家女子, 早失怙恃, 長於外姓四寸家. 年才及笄,[68] 嫁得西村張四郎, 命道窮迫, 粤未幾月, 旋卽喪夫. 非不知三從之禮也, 而無一從處, 歸來外從家, 伴竹友松, 只慕貞心, 于今三載. 賤年十九, 姓烏有, 名蘭也.[69] 未知尊君何爲而問歟.” 生聞知其寡居守節者, 尤不勝技癢之心,[70] 曰: “余是京城之人, 隨來巡相, 近作此別堂主人李郎也. 願娘子聽我而深思之. 娘子之來此凡幾, 而今日之來, 何其遲也? 娘子之知我, 惟兹一場, 我之知娘子, 今幾一月, 飮恨成恙,[71] 伊誰之故? 不必煩碎, 第有[72]一言肯聽否?” 曰: “古語云: ‘一言興戎, 一言出好.’ 言不可不愼, 而聽之者, 亦不可不愼也. 可聽則聽, 不可聽則不聽. 聽不聽在我, 願君第言之.” 生撫掌喟然曰: “我亦靑春, 娘亦靑春, 以靑春待靑春之道何如? 而且凡人命至重, 望須爲我而憐之.” 娘子乍顧微哂曰: “人命重則重矣, 向小女不當敎之敎也. 一介女兒, 何敢關於貴命之重不重歟? 如是云道, 心甚惶感. 以微賤之質, 雖磨頂放踵,[73] 何足慳也? 然而抑[74]有情勢, 未得奉副, 君自愛貴體

65) 掀髯 : 웃어서 수염이 움직이는 모습.
66) 听听 : 저본에는 ‘忻忻’으로 되어 있으나 경북대본을 따름.
67) 甚 : 무엇.
68) 笄 : 저본에는 ‘穽’로 되어 있음.
69) 姓烏有, 名蘭也 : 저본에는 ‘姓烏有, 蘭名也’로 되어 있으나 정문연본을 따름.
70) 技癢之心 : 자기가 지닌 技藝를 드러내고 싶어 안달하는 마음.
71) 恙 : 저본에는 ‘蛘’으로 되어 있음.
72) 有 : 저본에는 없으나 경북대본에 의거해 보충했음.

而保重焉.” 曰: “情勢何如?” 曰: “君以[75]京華貴族, 一時豪情也; 小女以遐方微賤, 百年盟心也. 一夕風吹花翻之後, 半生金渝玉染[76]之恥, 言之可陋, 悔之何及? 樂昌之鏡, 不復明矣;[77] 「桑中」之詩,[78] 不足講矣.” 生笑曰: “是何言也? 金石可期, 日月在彼. 娘旣烈心, 我亦志士, 兩人心事, 兩人相知. 一心相盟之後, 吾志不可奪, 娘心尤可固, 生當同室, 死當同壙. 言之長也, 日亦暮矣.” 仍携手前導, 美人似甚不肯, 而實有意也. 同入別堂, 夜深就衾, 孔雀飛[79]於赤霄, 鴛鴦遊於綠水. 是後娘子, 每暗從[80]而來, 暗從而去, 似或恐外間人知之. 生旣醉其姸容, 又奇其敏捷, 自以爲得新情未洽. 奇哉! 蘭之善善[81]誘人也.

伯探知其前後動靜, 密下分付: “擇使善步者, 奉一書而去

---

73) 磨頂放踵 : 정수리에서부터 발꿈치까지 마멸시킨다는 말로, 粉骨碎身함을 뜻함. '磨'는 원래 '摩'이며, '放'은 '至'의 뜻. 『孟子』「盡心」(上)의 “墨子兼愛, 摩頂放踵利天下, 爲之”에서 유래하는 말.

74) 抑 : 저본에는 '仰'으로 되어 있으나 경북대본을 따름.

75) 以 : 저본에는 없으나 경북대본에 의거해 보충했음.

76) 金渝玉染 : 金玉과 같이 깨끗한 몸을 더럽힘.

77) 樂昌之鏡, 不復明矣 : '樂昌'은 樂昌公主. 陳나라 徐德言이 樂昌公主와 결혼했다가 나중에 난리를 만나자 헤어질 때 거울을 깨뜨려 각기 그 반씩을 간직하면서 再會時에 신표로 삼자고 했는데 과연 이 거울이 인연이 되어 훗날 재회했다는 고사가 있음. '樂昌之鏡, 不復明矣'는 李生이 자기를 한 번 버리고 떠나면 樂昌公主의 고사와는 달리 부부관계가 다시 회복될 수 없으리라는 뜻에서 한 말임.

78) 「桑中」之詩 : 『시경』 鄘風의 「桑中」詩를 말함. 음란한 자가 밀회하는 모습을 노래한 것으로 알려져 있음.

79) 飛 : 저본에는 '比'로 되어 있음.

80) 從 : 저본에는 없으나 경북대본에 의거해 보충했음.

81) 善善 : 가볍게. 쉽게.

向京城, 止於某處, 如是如是." 又裁一札授一奴曰: "明日某時, 如是如是." 翌朝, 使一童傳喝於別堂曰: "近日體宇何如? 工做[82]益勤否? 春鳥戀南, 秋馬悲北,[83] 旅懷鬱抑, 彼此一般. 陳蕃之榻, 懸有日矣;[84] 安道之訪, 肯無意歟?[85] 暫屈賁趾,[86] 毋負故人之望焉." 生旣非前日之生也. 日事和暢, 豪興猶餘, 要其一番盍簪,[87] 以攄[88]逾月阻懷, 卽投宣化[89]堂. 相揖禮畢, 伯慰之曰: "兄文字上過勞耶? 食飮間不甘耶? 近者玉宇何其瘦減?" 曰: "爲客者, 自然多慮而然."

少頃, 進殽行酒, 忽聞三門[90]外, 叩椓[91]聲喧鬧. 命詢其故, 乃一蒼頭, 自京來急報云. 卽令招致, 俯伏上一封書, 而皮式曰: "李某旅中." 忙手開見, 則李相患候朝夕時急之報也. 生

82) 工做 : 공부함.
83) 北 : 저본에는 '此'로 되어 있음.
84) 陳蕃之榻, 懸有日矣 : '陳蕃下榻'의 고사에서 나온 말. 後漢 때의 인물인 陳蕃이 고을 원을 할 때 자기 고을의 어진 선비인 周璆(주구)·徐穉를 우대하여 그들이 찾아오면 특별히 一榻에 앉게 하고, 가고 나면 그 榻을 매달아 두었다고 함. '陳蕃之榻, 懸有日矣'는 빈객인 李生이 자기에게 찾아오지 않은 지 여러 날이 되었다는 말.
85) 安道之訪, 肯無意歟 : '나에게 한 번 들르지 않겠나'라는 뜻. 晋나라의 王徽之(字 子猷)가 雪後의 月夜에 문득 隱士 戴逵(字 安道)가 보고 싶은 생각이 들자 즉시 배를 저어 그 門前까지 갔다가 흥이 다해 문 안에 들어가지 않고 그냥 돌아왔다는 고사가 있음.
86) 賁趾(비지) : 玉趾. 남의 발을 높여 부르는 말.
87) 盍簪(합잠) : 벗이 함께 모임. '盍'은 '모이다'라는 뜻.
88) 攄 : 저본에는 '攎'로 되어 있음.
89) 化 : 저본에는 없으나 빠진 것으로 보아 보충했음.
90) 三門 : 官衙 앞에 있는 문. 가운데의 正門과 좌우의 東夾門·西夾門의 세 문으로 되어 있기에 이르는 말.
91) 椓 : '椓'과 같음.

顔忽變色, 罔知攸措. 伯爲之戚戚然曰: "卲年彊體,[92] 何祟[93] 之由?" 急急使裨幕,[94] 善馬擧行. 行具備畢, 令生上馬曰: "善爲保護." 生躕[95]躇繾綣, 若將言而不忍, 似有意而不吐, 胸臆難禁, 涕淚自沾, 實爲娘子之無一言相贈, 而見之者, 以爲人子情禮似當然矣.

征驂加鞭, 渡浿[96]以來, 萬水千山, 杳茫[97]而助愁, 長亭短亭,[98] 幽遠而添悲. 餠壚酒肆, 非無多矣, 而食不自甘; 路柳墻花, 非不過矣, 而心無自慰. 轉轉行路, 晝夜勞止,[99] 一宿而過鳳岡,[100] 信宿而過松京,[101] 三宿而抵梁鐵坪.[102] 山川依舊, 物色有殊, 日已斜而心如惄矣. 何一健奴, 如箭如飛, 向前而來, 拜於路左曰: "行次肇軔於何處, 而將向誰某宅耶?" 下輩疑其有事, 躕[103]躇而答曰: "自箕營而向李相宅, 何爲而

92) 卲年彊體 : 年富하고 몸이 건강함. 저본에는 '卲'가 '邵'로 되어 있으나, '邵'는 別字임.
93) 祟 : 저본에는 '崇'으로 되어 있음.
94) 裨幕 : 裨將. 監司・留守・兵使・水使・遣外使臣 등을 隨從하는 官員.
95) 躕 : 저본에는 '蹰'로 되어 있음.
96) 浿 : 浿水. 대동강.
97) 茫 : 저본에는 '然'으로 되어 있으나 경북대본을 따름.
98) 長亭短亭 : 큰 驛院과 작은 驛院. 옛날에 10리마다 長亭을, 5리마다 短亭을 두었음.
99) 勞止 : 수고하다. 여기서는 '수고로이 길을 가다'라는 뜻. '止'는 별 뜻이 없는 어조사.
100) 鳳岡 : 황해도 信川郡 文化縣의 땅 이름.
101) 松京 : 개성.
102) 梁鐵坪 : 梁鐵里. 지금의 서울시 불암동과 녹번동 경계에 해당하는 곳으로, 개성에서 한양으로 올 때 홍제원 조금 못 미쳐서임.
103) 躕 : 저본에는 '蹰'로 되어 있음.

問也?" 奴跪上一書. 生於馬上, 卽卽開坼, 乃是家信, 而'親癠快臻, 勿藥[104]之慶. 且以拘忌,[105] 不須入家, 自外反程'之意, 親教截嚴.

生旣聞喜報, 實爲萬幸, 而又此反程之教, 尤不啻萬萬奇會, 以此書意, 頒示下輩, 卽令回馬, 欣欣然分付於御者曰: "走馬加鞭, 另念疾行!" 御者頗想微意, 故不善導馬, 不進而殿. 生怪其蹇屯, 發傳[106]遞代, 恐喝無已, 欲速末由, 留連路上, 虛費多日.

踰一旬之後, 纔渡永濟橋,[107] 漸進長林, 風景如昨, 情思政新, 嗚呼怪哉! 林下路左, 有一新墳, 兀兀成邱, 行路[108]指點. 生訝其昨無而今有, 止馬向御者語曰: "朝露易晞, 人事叵測. 何許人之奄忽, 而瘞此大路之傍?" 適有二三樵童, 放歌而過, 招招而諮曰: "在彼新墳, 爾或記之歟?" 童輩搔首回面, 良久而答曰: "事之可慘, 言之可哀." 初不肯道, 往復數三, 乃曰: "此城中, 有天下第一守節烈女, 三歲寡居, 百年貞心. 新使道莅營之後, 衙中客天下不道胡來之子[109]李哥者, 敢懷賊人之心, 陰售如獸之行. 初其親也, 誘之以百年之約; 後其去也, 慳之以半辭之贈.

104) 勿藥 : 약을 쓰지 않고 병이 나음. 보통 병이 나은 것을 뜻하는 말로 사용됨.
105) 拘忌 : 불길한 일이 생길까 두려워 어떤 일이나 언행을 꺼리는 것을 말함. 미신의 일종.
106) 發傳 : 驛馬를 징발함. '傳'은 驛馬.
107) 永濟橋 : 평양에 있던 石橋.
108) 行路 : 行路之人. 길 가던 사람들.
109) 胡來之子 : 호래자식.

是可人也, 孰不可人也? 以是貞婦, 憾一時之情, 抱半生之寃, 飮恨辟穀, 日減時盡, 百藥無效, 一命有殞, 遺言曰: '誘我者李郎也, 病我者李郎也. 然我生旣爲李氏之人, 沒亦爲李氏之魂. 李氏京華巨族, 早晏間, 必也登龍, 除官過此, 窆我於此, 使[110] 李氏郎一顧荒墳, 豈非榮於泉下孤魂哉?' 以此之意, 咋指血書, 留在於世. 隣里爲之憐哀, 窆於玆所, 以副其願也. 行次何爲而願聞耶?" 生元來有情之人也. 精魄褫[111]散, 心腸摧裂, 自不禁悲, 殆若狂醉之樣. 下馬入店, 卽使一奴入城, 買酒果而來, 且[112]述一文然后, 身投窆所, 洒酒焚紙而侑之. 其文曰:

維歲次丙寅四月乙丑朔三十日甲午, 漢陽情人李郎, 謹具菲薄之需, 兼賫數行之誄, 含恨告訣于箕城節婦故烏有娘子靈魄之前曰: "嗚呼哀哉! 嗚呼痛哉! 夫唱婦和, 縱勤百年之約; 父生母育, 難負罔極之恩. 際人倫之纔定, 奈親癠之急報? 西日將頹, 惟念事親之日少; 東床留約,[113] 豈料斷絃[114]之時迫? 言欲贈而不贈, 勢所然而使. 然中路反旆,[115] 旣鞠喜於萱幃;[116] 長林渡橋, 復[117]有

110) 使 : 저본에는 없으나 경북대본에 의거해 보충했음.
111) 褫 : 저본에는 '遞'로 되어 있음.
112) 且 : 저본에는 없으나 경북대본에 의거해 보충했음.
113) 東床留約 : 오유란 집안의 사위가 되겠다고 약속했다는 뜻. '東床'은 사위를 뜻함.
114) 斷絃 : 아내의 죽음을 일컫는 말.
115) 反旆 : 旗를 돌림. 원래 군대를 돌이킨다는 뜻이나, 여기서는 그저 '되돌아서다'라는 뜻으로 쓰였음.
116) 萱幃 : '幃'는 '闈'와 통함. 萱堂. 모친의 거실, 혹은 모친.
117) 復 : 저본에는 '後'로 되어 있으나 정문연본을 따름.

望於草堂. 天理難諶, 人事多舛, 花忽落於庭前, 玉已碎於房中. 佳期易阻, 傷青鸞之獨飛; 孤魂含寃, 惜丹鳳之失音. 夜月杜鵑之啼, 春風胡蝶之夢, 千劫已空, 一遊難再. 自憐賦命之屯, 不恨尋春之晩. 膓雖斷而情難斷, 生已從而沒亦從. 娘子平生, 凡流絶殊, 如有知於九原, 願[118]復賜於一見, 感趙郞[119]之至情, 續愛卿之前緣. 文不盡言, 言不盡意. 嗚呼哀哉! 尙饗."

每讀一句, 呑聲於悒. 告訖, 扣墳放哭, 氣塞者三. 奴爲之悶然, 以手扶起曰: "事之已矣, 徒增傷感, 自重尊體, 少加寬抑焉." 生歛泣哽咽曰: "爾安知之哉? 吾於此人, 雖無儷皮[120]之聘, 曾有結繩之約. 由我而病, 病不遺藥; 由我而殞, 殞不臨訣. 豈不寃哉! 豈不悲哉! 哭不爲彼, 而爲我之私, 私不在我, 而在彼之情, 情私交切, 孰不如此? 非我而使汝當之, 則能獨不然哉?" 仍擧袖拭淚, 取水洗面, 扶倚上馬, 轉投宣化堂.

伯忙出接迎, 愕然爲問曰: "春府愼節[121]若何, 而往反如是速也?" 生袖示家書曰: "親候快蘇, 敎意如此, 故不得已回程." 曰: "自兄登途, 晝宵憧憧. 此則實所願聞, 萬幸萬幸. 兄之神容瘦瘠,[122] 何其甚也?" 曰: "急報以來, 多日在道, 自然食不

118) 願 : 저본에는 '顧'로 되어 있으나 경북대본을 따름.
119) 趙郞 : 『剪燈新話』「愛卿傳」의 남자 주인공. 그는 죽은 아내 愛卿을 사무치게 그리워했는데, 그 정성에 감동되어 어느날 밤 애경의 혼이 나타나 하룻밤을 같이 보낼 수 있었음
120) 儷皮 : 두 장의 鹿皮. 혼례의 納幣를 뜻하는 말. 원문에는 '儷'가 '侶'로 되어 있음.
121) 愼節 : 병환.

甘､寢不安[123]而然也.” 曰: “此一時厄會, 勿復深慮, 益勤工做, 以速榮親.” 仍令進酒.

穩話未畢, 生告托體憊, 退歸故居.[124] 蜾蠃[125]施宇, 蠨蛸[126]在戶, 荒落無人, 惟見庭花方綻, 迎人似[127]笑, 階草含露, 使人添淚. 主人復來, 美人何去, 惟草堂歸然獨存? 乃[128]掃塵就息, 萬事無心, 五內自摧, 纏綿一病, 荏苒數日, 自分必逝. 適丁[129]月明之夕, 沉吟長嘆, 輾轉反側, 忽聞墻外, 有何哭聲, 如怨如訴, 節節悲傷, 依俙若娘子之響音. 覺其有異, 扶病急起, 攬衣推[130]窓, 擧首視之, 月色照耀, 人影乍拂, 所懷伊人, 以淡粧素服, 斜倚短垣, 哀號怨辭, 道盡顚末, 丁寧有知. 於是半信半疑, 一喜一驚, 顚倒出, 握手言曰: “眞耶? 僞耶? 娘是誰也? 吾未記也. 若非娘也,[131] 何怨慕之切, 而感我若是? 眞是娘也, 何情禮之踈, 而遠我至此?” 曰: “妾卽烏有娘也. 君昨不見門外之窆所乎?[132] 一文之訣, 在君則出於情

---

122) 瘠 : 저본에는 '慽'으로 되어 있음.

123) 食不甘寢不安 : 저본에는 '食不自甘寢不自安'으로 되어 있으나 경북대본과 정문연본을 따름.

124) 退歸故居 : 저본에는 '退居故處'로 되어 있으나 정문연본을 따름.

125) 蜾蠃(과라) : 나나니벌. 저본에는 '蠃'가 '蠬'로 되어 있음.

126) 蠨蛸(소초) : 다리가 긴 거미. 갈거미. 저본에는 '蛸'가 '蛸'로 되어 있음. 『시경』 豳風의 「東山」에 "伊威在室, 蠨蛸在戶"라는 구절이 있음.

127) 似 : 저본에는 '以'로 되어 있으나 경북대본을 따름.

128) 乃 : 저본에는 없으나 경북대본에 의거해 보충했음.

129) 丁 : 만나다.

130) 推 : 저본에는 '椎'로 되어 있음.

131) 若非娘也 : 저본에는 이 네 자가 없으나 경북대본에 의거해 보충했음.

132) 乎 : 저본에는 없으나 정문연본에 의거해 보충했음.

曲, 而在妾則豈非榮寵哉? 朽骨將膚, 孤魂更嬖, 欲爲一謝, 而且感君相念, 雖在幽冥, 實所惻愴, 是以今夕,[133] 與君聞知而已." 生頗知其意, 多方諭之曰: "顯晦殊塗, 人雖忌憚, 恩情切至, 余所不疑." 乃挽袖入堂, 備述聞報之急、違約之由, 以謝感病之苦、殞身之節.

娘子乃收淚自叙曰: "妾本賤流, 早失伉儷, 要學三貞,[134] 自固一心. 邂逅[135]君子, 怜[136]之愛之, 俾挑文君[137]之興, 惟慕豫讓[138]之烈. 雖非糟糠之親, 長侍巾櫛[139]之忱,[140] 胡爲乎好事多魔, 佳期易阻, 君子忽然萬里. 賤妾自顧一身, 生殞同居而言不踐, 日月爲期[141]而盟不尋,[142] 别而不及言, 去而不知, 故因此感病, 沈[143]綿失性. 微命可憐, 非不知偸生之安; 平生多愧, 反不如[144]謝世之早. 乃甘心玉碎, 决意珠沉, 若飛蛾之撲燈, 似赤子之入井,[145] 縱知禀命之自薄, 豈無由君

133) 今夕 : 저본에는 없으나 정문연본에 의거해 보충했음.
134) 三貞 : 義婦 · 節婦 · 烈婦를 말함. 『剪燈新話』 「愛卿傳」에 "玉碎花飛, 要學三貞, 須拚一死"라는 구절이 있음.
135) 逅 : 저본에는 '后'로 되어 있음.
136) 怜 : '憐'과 통함.
137) 文君 : 卓文君을 말함. 그녀는 청상과부일 때 司馬相如의 유혹을 받아 出奔했음.
138) 豫讓 : 戰國時代 晋나라 사람. 그는 主君 智伯의 원수인 趙襄子를 刺殺하려 했으나 실패하고 목숨을 잃었음. 忠烈을 상징하는 인물임.
139) 櫛 : 저본에는 '椰'으로 되어 있음.
140) 忱 : 저본에는 '枕'으로 되어 있으나 정문연본을 따름.
141) 期 : 저본에는 '盟'으로 되어 있으나 경북대본을 따름.
142) 盟不尋 : 맹세를 지키지 못하다.
143) 沈 : 저본에는 '浸'으로 되어 있음.
144) 如 : 저본에는 '知'로 되어 있음.

之深恨?” 因哽塞無已. 生慰之曰: “娘子之於我, 實是天緣, 而非人力之所敢間[146]也. 只憾鳳已析而鸞分, 豈意鏡重圓[147]而絃續? 理實難諶, 事甚奇稀.” 仍與之就衾歡會, 款[148]若平昔. 枕其臂, 比其頰, 喜溢而情言曰: “娘云歿矣, 余旣生者, 幽明間會合, 而肌[149]膚之契活, 情曲之慇懃, 比昔若[150]今, 少無差異, 余所未曉也.” 曰: “幽明懸殊之說, 誠在他人, 妾之於君, 生旣爲至切之間, 今豈有異之疑? 如有異也, 初不當狎褻, 狎[151]褻而有疑, 妾不云矣.” 俄頃星斗西傾, 鍾聲遠聞, 娘子推枕拂裳, 洒淚告別曰: “恩情從此踈矣.” 曰: “來何遲也, 歸何速也?[152] 且情踈之說, 何忍急劇?” 曰: “神道自多乖宜, 行迹不如心誠.” 曰: “是何言也? 是何情也?” 更把羅衫, 屢問後期, 誓不相捨. 娘子回顧低聲曰: “君子之有情至此, 妾豈無情哉? 謹副教矣.” 自是之後, 每黃昏而來, 鷄鳴而去, 繾綣之情, 更新洽洽.

一夕, 生喟然曰: “娘子之倏忽去就, 實非佳愜, 而同居同壙之盟, 抑又安在哉? 一生一殞, 余獨愧中.[153] 願復沒身, 要與

---

145) 乃甘心玉碎~似赤子之入井 : 『剪燈新話』「愛卿傳」에 똑같은 표현이 보임. 이 구절 외에도 이 대목을 전후해 「애경전」을 패러디한 표현이 여럿 발견되나 일일이 지적하지 않음.

146) 間 : 저본에는 ‘聞’으로 되어 있으나 경북대본을 따름.

147) 鏡重圓 : 破鏡重圓. 헤어진 부부가 재회함을 뜻하는 말. 주 77을 참조할 것.

148) 款 : 親愛, 多情. 저본에는 ‘款’이 ‘疑’로 되어 있음.

149) 肌 : 저본에는 ‘肥’로 되어 있음.

150) 若 : ~와.

151) 狎 : 저본에는 없으나 경북대본에 의거해 보충했음.

152) 歸何速也 : 저본에는 없으나 경북대본에 의거해 보충했음.

娘子, 偕往偕來, 豈非好意耶?" 娘子瞿然改容曰: "君子兮! 君子兮! 此何敎也? 妾以莫賤之質,[154] 沒不足可哀, 而事亦屬旣往, 君以若[155]尊貴之體, 父母在上, 當自重而自愛, 何其率爾思之? 爲之惶恐焉." 曰: "余於父母, 旣爲不肖, 貽憂者多, 而一生一歸, 亦理之常然, 不可逃也. 以大聖之德, 有伯魚[156]之慘;[157] 以顔子[158]之賢, 有二毛[159]之夭. 況吾萬萬不較者, 何足惜也? 但所忌者, 病殞[160]之際, 痛[161]之難耐." 曰: "此則不足慮也. 第有妙理, 此等之說, 不復掛齒." 曰: "妙理何如?" 娘子含默無言, 再三堅持. 乃以手扼臂, 頻頻云道, 終不獲已, 答云: "人之病者､殞者, 莫不鬼責,[162] 而痛難之狀, 不可盡形. 至於以妾待君之道, 不與他同例也. 雖病不痛, 雖殞不異, 精靈自在, 知覺自如." 曰: "然則以此之道, 善爲周旋, 以圖無彊[163]之興樂, 余實所願, 娘何嫌?" 曰: "敎意至此,

---

153) 一生一殞, 余獨愧中 : 한 사람은 살아 있고 한 사람은 죽었으니, 내 홀로 마음에 부끄럽다. '中'은 '心'.

154) 莫賤之質 : 더 없이 천한 몸.

155) 若 : 이렇듯.

156) 伯魚 : 공자의 아들인 孔鯉의 字. 공자보다 먼저 죽었음.

157) 慘 : 慘慽. 자식이나 손자가 부모나 조부모보다 먼저 죽는 것을 일컫는 말.

158) 顔子 : 공자가 가장 아끼던 제자인 顔回.

159) 二毛 : 검은 머리털과 흰 머리털. 여기서는 二毛之年, 즉 흰 머리털이 나기 시작하는 나이를 말함. 顔回는 32살에 죽었음.

160) 殞 : 저본에는 '隕'으로 되어 있음. 隕과 殞이 서로 통하는 글자이긴 하나 앞뒤에 다 '殞'이라 되어 있으므로 殞으로 통일함.

161) 痛 : 저본에는 '慟'으로 되어 있음.

162) 責 : 저본에는 '嘖'으로 되어 있음.

163) 彊 : '疆'과 통함.

第當今夕試之, 一從妾之指揮, 勿疑爲可." 仍與赤身相抱, 就床冒衾曰: "如是一宵, 則可驗矣." 翌日昧爽, 娘子先起, 坐枕邊, 被髮鬅鬠, 織淚[164]長嘆曰: "世事忽焉, 君子已矣!" 生纔罷一睡, 半疑半驚曰: "昨我今我, 今我昨我, 昨是而今非耶? 今是而昨非耶?[165] 精神所透, 心身所存, 少無差錯, 而但穩一睡而已, 娘子勿爲我悲遑!"[166] 曰: "君不信歟? 妾之云妙理是也. 姑不可喧譁狼藉." 乃移席南壁底, 少俟察動靜, 東方旣明, 紅日射窗, 窗壁之外, 有迹殊常, 依依然[167]相語曰: "可憐哉! 青春. 可哀哉! 父母. 門閥也, 可惜! 客齡也, 可寃!" 數輩奴卒, 啓戶睨視, 或者挾布,[168] 或者理木,[169] 雜遝繼進, 恍惚[170]若斂尸入棺之樣, 丁丁覆蓋而出. 生覵然[171]知悉, 始疑身殞, 慽慽然[172]含淚語曰: "人命何其容易? 吾受生於天地, 有父母而爲子之道不盡, 有親戚而敦睦之情不知, 生旣爲人中不良, 歿亦當地下有責." 自不禁悲, 涕淚滂沱. 古語有之曰: "鳥之將死, 其鳴也哀; 人之將死, 其言也善." 誠非虛言也. 以生之陷溺之見, 其於云歿之後, 不無一二惻怛之端.

---

164) 織淚 : '눈물을 짜다'라는 우리말을 이렇게 표현했음.
165) 今是而昨非耶 : 저본에는 없으나 경북대본에 의거해 보충했음.
166) 遑 : '惶'과 통함.
167) 依依然 : 추모하는 모양.
168) 布 : 屍身을 殮할 때 쓰는 베를 말함.
169) 木 : 棺을 짜는 나무를 말함.
170) 恍惚 : 어렴풋이 보이는 모양.
171) 覵然 : 보는 모양.
172) 慽慽然 : 앞에서는 '戚戚然'이라 했는데, 같은 말임.

是日以後, 娘子出入無時, 或晝寢會歡, 或夜話讌醉, 樂未央而情無窮. 生猶以爲自得, 戱言贈之曰: "娘子之妙術, 其能使我考終命. 考終命, 五福之一, 感謝僕僕,[173] 無以名言也."[174] 娘子本是通敏多情之人也. 頻問飢渴, 數進佳[175]饍. 生咨其飮食所從來, 曰: "是亦有妙方." 曰:[176] "妙方何也?" 曰: "討食." 曰:[177] "討食云者, 何也?" 曰: "未能形容." 曰: "肯不詳言, 使我一見何如?" 曰: "必欲見知, 不須擇日, 今朝將與君偕往." 生以爲好, 彈冠拂衣, 若將啓行. 時維五月, 日氣甚熱, 娘子從傍唾笑曰: "如此苦炎, 衣冠何爲?" 曰: "三路街上, 十目所視, 十手所指, 我非無賴輩, 蓬髮野頭,[178] 豈云可乎?" 曰: "君之不通, 何如是固也? 不辨身前身後之異, 只言持身行身之操. 人不見我, 而以疑見, 物[179]不聽我, 而以爲聽. 無聲無臭者天也,[180] 而[181]鬼神之道體焉; 無形無迹者陰陽也, 而君妾之行儀[182]焉. 何所顧忌, 何必裝束?" 曰: "人雖不見, 獨不自[183]愧於心乎?" 然然其無迹之說, 輕着單衣, 携手出

---

173) 僕僕 : 번거로운 모양. 여기서는 심히 감사하는 모양.
174) 也 : 저본에는 없으나 정문연본에 의거해 보충했음.
175) 佳 : 저본에는 없으나 경북대본에 의거해 보충했음.
176) 曰 : 저본에는 없으나 정문연본에 의거해 보충했음.
177) 曰 : 저본에는 없으나 정문연본에 의거해 보충했음.
178) 野頭 : 冠을 쓰지 아니한 맨 머리.
179) 物 : 남. 타인.
180) 無聲無臭者天也 : 『中庸章句』 第33章에 "上天之載, 無聲無臭"라는 말이 있음.
181) 而 : 저본에는 없으나 경북대본에 의거해 보충했음.
182) 儀 : 본받다.
183) 自 : 저본에는 없으나 정문연본에 의거해 보충했음.

門, 自顧其身, 或恐人知, 步如鮫人之窺海幕,[184] 心如鶯巢之掛風枝,[185] 掩過交市處, 徑[186]投吏房家. 所過三四里, 已閱萬千人, 磨[187]肩擊臂者多矣, 一無見知之樣. 時吏房, 仕退[188]朝食. 娘子先到房門外, 顧謂曰: "君止此靜觀!" 卽突入[189]對床, 人不覺知. 左手打其頰一, 右手舂其胸三, 吏房忽然落匙, 兩手抱胸, 流涎翻目, 痛聲大段. 一家驚急, 長子、季女、少妻、寵妾, 叢手扶救, 末由少間. 乃問張巫, 復訪吳盲, 皆以: "客殞男鬼, 寃斃女魂, 同心協謀, 雄唱雌和, 一時侵頉,[190] 盛具酒食, 呼名飽飫爲可"云云.[191] 乃驗占辭, 買餠沽酒, 烹羊炰羔, 肆筵庭中, 飮食狼戾. 娘子曰: "妙方是已." 挽手要醉. 生固辭不得, 若[192]干下箸. 娘子乃裹乾胏[193]曰: "可以資後日粮." 于橐于囊, 男負女戴, 還投巢穴. 生撫腹吐酸而言曰: "今日之事, 豈不至妙哉? 余於前世, 固不信鬼神之說, 而今可驗幽明之分." 因此揚揚, 以爲誣弄一時, 在於掌握矣.

---

184) 步如鮫人之窺海幕 : 걸음걸이가 조심스러운 모양을 말함. '鮫人'은 물 속에 산다는 사람. '海幕'은 海市, 즉 신기루.

185) 枝 : 저본에는 '技'로 되어 있음.

186) 徑 : 저본에는 '往'으로 되어 있으나 경북대본을 따름.

187) 磨 : '摩'와 통함.

188) 仕退 : 벼슬아치나 구실아치가 정한 시각에 사무를 마치고 나옴.

189) 入 : 저본에는 '人'으로 되어 있음.

190) 侵頉 : '頉'(탈)은 한국 한자.

191) 云云 : 저본에는 '云'으로 되어 있으나 경북대본과 정문연본을 따름.

192) 若 : 원문에는 '略'으로 되어 있음.

193) 胏(자) : 고기를 말린 것. 저본에는 '胏'가 '腂'으로 되어 있음.

數日後, 娘子又問曰: "君無一飽之意歟?" 曰: "有意." 曰: "閭閻間東討西索, 甚是殘劣, 而行世之不高也. 今番討出於使道, 未知君意何如." 曰: "惡![194] 是何言也? 彼我之間, 嘗有兄弟之誼, 我雖十旬九食, 豈忍向侵頗乎? 更占他處." 曰: "義理以言歟? 情禮以言歟? 假令君子在世之日, 討食於使道, 則誼密而然耶? 情疎而然耶? 妾以爲親密之致也, 身前身後,[195] 少無間然, 今一討出, 何嫌之有?" 曰: "娘言可也." 娘子只束單裳而起曰: "日炎無慮, 願君盡却衣裳焉." 曰: "不幼之人, 何可赤身出入乎?" 曰: "君旣試之, 人誰見之耶?" 生以爲然, 赤身出門, 行色偃蹇,[196] 形容伶仃. 列垂金莖,[197] 低昂於雙肘之脈;[198] 半拳銅柱,[199] 擾揮於兩股之際. 白晝所覩, 孰不堪笑, 嚴令之下, 莫敢饒舌. 以此之樣, 步過三門人海中, 卽投宣化堂大廳上. 娘子退立細語曰: "使道在彼. 願君以向來[200]吏房家之樣, 入打使道, 第觀動止." 曰: "吾非熟手, 抑有嫌然." 曰: "事甚不難. 妾則以上下之分不敢, 君何嫌之有?" 生乃不得已踽踽進前, 躕躇徘徊, 若見如知,[201] 不卽擧措, 寓[202]

---

194) 惡(오) : 어허. 감탄사.
195) 身前身後 : 生前과 死後.
196) 偃蹇 : 거만한 모양.
197) 金莖 : 男根.
198) 低昂於雙肘之脈 : 두 팔뚝의 맥박에 따라 끄덕거리다.
199) 銅柱 : 陰囊을 말함.
200) 向來 : 접때. '來'는 助字로 별 뜻이 없음.
201) 若見如知 : 보는 듯하고 아는 듯함.
202) 寓 : 저본에는 '常'으로 되어 있음.

目相察之際, 伯暗以烟竹, 舂其腹曰: "吾兄長者, 此何樣耶?" 生乍驚自蹲, 始覺身生, 醉夢醒於三月, 業風[203]吹於一場, 俄悅惚[204]而自惑, 迺丁寧而無疑. 覺其見賣,[205] 一愧一憤,[206] 缺然自喪, 罔知所爲. 伯卽令取一襲而衣之, 生尤不勝羞恥. 乃辦行資, 不見伯不見女, 晝宵行邁, 轉轉抵[207]京. 父母見其容之顑頷[208]而憂之, 俾僕察其行之草草而疑之, 答以'路中狼狽, 致病苦楚'. 退居精舍, 意其湔憤, 一心自誓, 孜孜勤勤.

是歲季秋, 適値謁聖,[209] 懷書一進, 幸參題龍.[210] 唱第[211]未幾, 旋擢翰閣,[212] 萱闈共[213]歡之榮, 親戚栢悅[214]之慶, 遠

---

203) 業風 : 불교어. 業因을 바람에 비유한 말. 혹은 惡業이 일으키는 강한 바람을 가리킴. 『醒世恒言』「杜子春三入長安」에 "原來被業風一吹, 依然如舊"라는 말이 보임.

204) 悅惚 : 멍한 모양. 어리둥절한 모양.

205) 賣 : 속이다.

206) 憤 : 저본에는 '墳'으로 되어 있음.

207) 抵 : 저본에는 '低'로 되어 있음.

208) 顑頷 : 부황든 모습. 얼굴이 누렇게 뜬 모양. 저본에는 '頷'이 '顑'으로 되어 있음.

209) 謁聖 : 謁聖試. 임금이 성균관에 거둥하여 文廟의 공자 神位에 참배한 후 보이던 科擧.

210) 題龍 : 科擧에 급제함. 龍門點額에서 나온 말. '題'는 '額'이라는 뜻. 주 13을 참조할 것.

211) 唱第 : 唱榜. 과거에 급제한 사람에게 증서를 주는 일. 여기서는 과거급제를 이름.

212) 翰閣 : 翰林院. '擢翰閣'은 翰林學士에 除授됨을 말함. 한림학사는 藝文館 檢閱의 별칭.

213) 共 : 저본에는 '供'으로 되어 있음.

214) 栢悅 : 松茂栢悅의 준말로, 남이 잘 된 것을 기뻐함을 일컫는 말. 晋나라 陸機가 지은 「嘆逝賦」의 "信松茂而栢悅, 嗟芝焚而蕙歎"에서 유래하는 말. 저본에는 '栢'이 '捬'으로 되어 있음.

邇聳動, 讚不容口.

是時, 西州[215]饑荒, 人心嗷嗷, 聖后軫念, 博詢臣隣,[216] 抄啓繡衣,[217] 乃李翰林也. 翰林肅拜[218]新命, 深幸洗雪之會, 理裝卽行, 轉轉西來, 道路悠悠, 意氣軒軒, 所過山川, 風景依舊. 逝者如斯,[219] 二水中分綾羅島;[220] 屹然可記, 三山半落牡丹峯.[221] 曾日月之幾何, 而江山之歷歷, 不勝佳興, 乃占[222]一詩曰:

大同門[223]外水南流, 桂棹蘭檣係古洲.
天地寄身初脫殼, 江山慣目更登樓.
永明[224]深榻僧雲夢, 浮碧[225]高臺客夜愁.
衣繡暗行人不識, 聖恩自重伴春遊.

---

215) 西州 : 關西를 가리킴.
216) 臣隣 : 뭇 신하들.
217) 抄啓繡衣 : '抄啓'는 선발하여 아뢰는 것. '繡衣'는 暗行御史를 일컫는 말.
218) 肅拜 : 임금에게 공손히 절하는 禮. 저본에는 '拜肅'으로 되어 있음.
219) 逝者如斯 : 강물이 쉬지 않고 흘러감을 일컫는 말. 『논어』 「子罕」의 "子在川上曰: '逝者如斯夫! 不舍晝夜'"에서 유래하는 말.
220) 二水中分綾羅島 : 능라도는 대동강 가운데 있는 섬. 李白의 「登金陵鳳凰臺」詩 중 "三山半落青天外, 二水中分白鷺洲"의 바깥짝을 본떴음.
221) 三山半落牡丹峯 : 李白의 「登金陵鳳凰臺」詩 중 "三山半落青天外"라는 구절을 본떴음. 모란봉은 평양 북쪽에 있는 작은 산.
222) 占 : 口占, 즉 즉흥적으로 시를 지어 읊는 것. 저본에는 '占'이 '拈'으로 되어 있음.
223) 大同門 : 평양 동쪽에 있는 성문.
224) 永明 : 永明寺. 평양 錦繡山에 있는 절.
225) 浮碧 : 浮碧樓. 평양 모란대 밑 절벽 위에 있는 누각. 대동강을 끼고 있으며 경치가 아름답기로 유명함.

咏罷揮鞭, 上練光亭,[226] 四顧拭睛, 昔時草堂, 杳然入目. 乃取酒放歌, 歌曰:

桃園兮,
昨到劉郎[227]今重來,
風物殊兮人不識.
短笻兮彳亍,
弊布兮繿縷.[228]
世窅窅而內眼,[229]
時乎來兮有爲,
男兒兮得意.

乃與從人, 密勿約束.[230] 是夜將半, 驛卒十數輩, 高揭馬牌,[231] 各持杖木, 撲掾三門, 一時喊[232]聲曰: "暗行御史出頭!"[233] 雷電驚[234]於百里, 天地混於一城. 官奴吏房, 奔馳於

226) 練光亭 : 평양 대동강 가에 있는 정자. 대동강을 내려다 볼 수 있는 바위 위에 있음.
227) 劉郞 : 後漢 때 사람인 劉晨을 가리킴. 그가 약을 캐러 天台山에 들어갔다가 仙女를 만나 즐겁게 지내다 집에 돌아오니 그 동안 세월이 흘러 자손이 7대째나 내려갔더라는 고사가 있음.
228) 繿縷 : '襤褸'와 같음.
229) 內眼(납안) : 納眼. 入眼과 같음. 저본에는 '內'이 '肉'으로 되어 있음.
230) 密勿約束 : 약속을 단단히 하다. '密勿'은 원래 '힘쓰다'는 뜻.
231) 馬牌 : 암행어사의 인장으로, 어사가 출두할 때에 역졸이 이를 손에 들고 '암행어사 출두'를 외쳤음.
232) 喊 : 저본에는 '諴'으로 되어 있음.
233) 頭 : 저본에는 '到'로 되어 있음.
234) 驚 : 진동하다.

擧行; 座首、別監,[235] 瞠若於街亭. 遑遑汲汲, 殆若鼎沸. 伯方與守[236]廳妓桂月, 同衾於堂, 忽於門庭之外, 聞暗行出頭[237]之聲, 出其不意, 怱忙急起, 不遑明燭, 暗中手探, 纔取一衣倒着, 乃桂月之廣錦袴也. 趲走內軒, 貌樣殊怪. 桂月亦裸體忙退, 隨後而入. 使道本是好善詼諧者也, 憂患之中, 指桂月纖腰殘脚之際, 而戱言曰: "當寒觸感否? 何其鼻水之多流耶?" 桂月乍顧而反曰: "使道陞資[238]敍位[239]否? 何火腎之出班[240]表顯耶? 然如此厄會之値, 戱談何爲? 願少加精神, 便宜圖之." 若是遑急之頃, 御史已入宣化堂, 高踞別座, 特降[241]分付曰: "封庫[242]擧行, 刑具待令, 而毋[243]論誰某, 禁勿投刺!"[244] 令下, 吏奴爭奔告伯. 伯[245]揣其事機之難免, 且昧御史之爲誰, 使通引數輩察其動靜, 記其容貌, 報曰: "御史年當三十許, 而身容擧止, 恰[246]似乎前日李郎主, 事甚訝惑也."

---

235) 座首、別監 : 조선시대에 지방의 州·府·郡·縣에 지방관을 보좌하는 자문기관으로 鄕廳을 두었는데, 이 향청의 長이 '座首'이며 그 밑의 직책이 '別監'임.
236) 守 : 저본에는 '隨'로 되어 있음.
237) 頭 : 저본에는 '到'로 되어 있음.
238) 陞資 : 堂下官이 堂上官의 資級에 오름.
239) 敍位 : 敍爵. 官爵을 수여함. 여기서는 관작을 수여받음.
240) 出班 : 出班奏. 조정에 俯伏한 여러 신하 중 한 사람이 나아가서 임금께 아뢰는 것. 여기서는 男根이 발기한 것을 비유한 말.
241) 降 : 저본에는 '命'으로 되어 있으나 경북대본을 따름.
242) 封庫 : 물품의 출납을 못하도록 官의 창고를 봉하여 잠그는 것으로, 지방관의 부정이 드러났을 때나 지방관의 부정을 밝히고자 할 때 행함.
243) 毋 : 저본에는 '勿'로 되어 있으나 경북대본을 따름.
244) 刺 : 명함.
245) 伯 : 저본에는 缺落되어 있으나 경북대본에 의거해 보충했음.
246) 恰 : 저본에는 이 뒤에 '然'이 더 있으나 경북대본을 따름.

伯半信半疑, 未能的然, 乃召蘭分付曰: "汝於李郎, 多情親熟之間也. 今御史道,[247] 酷似李郎云, 姑未知眞贋, 汝須往探詳報!" 蘭退出宣化堂, 隱身覘察, 今日御史, 前日李郎耶, 前日李郎, 今日御史耶. 時雖異而人則同, 一毫不錯, 丁寧無疑. 乃還告曰: "不復過慮焉. 御史道卽昨者李郎主也." 伯喜動顔色曰: "吾旣聞此友之登科, 未知今日之衣繡." 於是乎收其褫魄, 整其衣冠, 使一通引, 投刺於御史. 御史厲聲拒之曰: "吾本不識汝矣, 使道通刺何故?" 卽縛下通引, 杖三十治之. 伯探悉拒己之由故, 欲見之, 更無刺, 突入偃然立, 向道曰: "故人平安否?" 御史視若不見, 聽若不聞. 伯進前握手曰: "兄眞是男兒, 可謂有志者, 事竟成也. 今日弟之驚急困境, 反不負[248]兄之昔者見欺. 抑又深度之, 兄之瞥[249]眼間榮道, 豈非由我一誠之致歟? 以是言之, 亦可謂爲兄無負[250]者也." 御史反覆三思, 心自開釋, 口自發笑曰: "時已去矣, 事之宿矣." 乃進酒飮歡. 伯訟其過欺之愆, 以謝蒙恩之榮. 御史半酡半笑曰: "'今日蘇孺文[251]與故人飮, 明日冀州刺史按事',

---

247) 御史道 : 어사또. 어사를 높여 이르는 말.
248) 不負 : 못하지 않다.
249) 瞥 : 저본에는 '鱉'로 되어 있음.
250) 負 : 저버리다.
251) 蘇孺文 : 後漢의 蘇章. '孺文'은 그 字. 강직하고 사심없는 인물로 이름이 높았던바, 일찍이 冀州刺史로 있을 때 管下에서 太守를 하고 있던 친한 친구가 부정을 저지른 것을 알게 되자 그 친구를 청해 술자리를 베풀고는 "今夕蘇孺文與故人飮者, 私恩也; 明日冀州刺史按事者, 公法也"라 말한 다음, 이튿날 친구를 법대로 처벌했다는 고사가 『後漢書』 卷31의 「蘇章列傳」에 나옴.

適吾之謂也."

翌日平明, 御史開座, 大具刑杖, 縛致烏有[252]女, 藁薦伏階下, 閉閤勵[253]聲曰: "汝罪汝自知![254] 一杖物故!"[255] 蘭低聲懇告曰: "小女愚昧, 未知何罪." 御史叩閤怒叱曰: "么麽女兒, 譸弄丈夫, 以生爲歿, 指人謂鬼, 豈曰無罪? 斯速遲晩!"[256] 蘭更乞曰: "願御史使道, 暫啓閤戶, 俯賜一見, 則小女第有一言, 而杖下之鬼, 更無寃矣." 御史未嘗不有情者, 要其聽言而一見故顔, 乃露身暫顧, 蘭仰視乍笑曰: "以生爲歿, 生者自不辨不歿, 指人爲鬼, 人而自不覺非鬼, 欺者過歟? 見欺者過歟?[257] 欺者, 雖或有之, 見欺者, 不可說也. 且妾爲士卒, 惟聞將軍令而已. 事有主掌, 責有所歸, 士卒何足誅也?" 御史聽罷, 私亦不無, 事實爲然. 卽命解縛, 使之上堂, 一笑賜顔曰: "汝爲妙妓, 我爲少年, 事或無怪, 而中謀者, 甚險且怪也. 而今思之, 何足道耶?" 乃取酒設宴, 討盡故情, 留連[258]數日. 凡他訟理,[259] 事其事而罪其罪, 一路守令, 褒者褒而貶者貶, 歷歷照察, 無一寃屈.

居然之間, 歲籥[260]改而爲八九月矣. 復命龍墀,[261] 譽聲遠

---

252) 烏有 : 저본에는 이 뒤에 '蘭'이 더 있으나 경북대본을 따름.
253) 勵 : '厲'와 통함.
254) 知 : 저본에는 이 뒤에 '之'가 더 있으나 경북대본과 정문연본을 따름.
255) 物故 : 죄인을 죽임.
256) 遲晩 : 주 45를 참조할 것.
257) 歟 : 저본에는 없으나 경북대본에 의거해 보충했음.
258) 連 : 저본에는 '延'으로 되어 있음.
259) 訟理 : 訴訟에 관한 사유.

聞. 是歲, 伯亦遞[262]歸. 兩人情誼, 歡如平生, 互相進位, 俱至上相,[263] 挾輔[264]之德, 燮理[265]之功, 其如漢之蕭、曹,[266] 唐之房、杜[267]者, 四十餘年云爾.

仍[268]記其始末, 以爲傳記之資. 使多情者覽之, 則章臺折柳,[269] 佳人之恨無窮; 使有志者聞之, 則茅山成藥,[270] 丈夫之事可戒. 嗟爾[271]小子, 觀此愼之哉![272]

---

260) 歲篇 : 세월.

261) 龍墀 : 丹墀. 궁궐을 뜻하는 말. '命龍墀'는 內職에 임명한다는 뜻.

262) 遞 : 저본에는 '褫'로 되어 있음.

263) 上相 : 영의정의 별칭.

264) 挾輔 : 신하가 임금을 좌우에서 보좌하는 것.

265) 燮理 : 재상이 나라를 다스리는 것. 저본에는 '燮'이 '爕'으로 되어 있음.

266) 蕭、曹 : 蕭何와 曹參(조참). 漢 高祖의 功臣들로서, 유능한 재상으로 이름 높음.

267) 房、杜 : 房玄齡과 杜如晦. 唐 太宗 때의 어진 재상들임.

268) 仍 : 이하의 구절은 『剪燈新話』의 附錄으로 실린 「秋香亭記」의 끝구절을 본떴다. 참고로 그 부분을 제시하면 다음과 같다. "仍記其始末, 以附於古今傳奇之後. 使多情者覽之, 則章臺柳折, 佳人之恨無窮; 仗義者聞之, 則茅山藥成, 俠士之心有在."

269) 章臺折柳 : 『剪燈新話』 「翠翠傳」에 "章臺之柳, 雖已折於他人"이라는 구절이 있음. 唐代 傳奇小說 「柳氏傳」의 여주인공인 名妓 柳氏가 沙吒利에게 잡혀가 그 첩이 된 것을 가리키는 말임. 저본에는 '章'이 '童'으로 되어 있음.

270) 茅山成藥 : 唐 傳奇小說 「無雙傳」에 나오는 말. 「無雙傳」의 줄거리는 다음과 같다. 王仙客과 劉無雙은 어릴 때 定婚한 사이였는데, 無雙의 아버지가 화를 입자 무쌍은 잡혀가 궁녀가 되었다. 왕선객은 협객 古押衙에게 부탁하여 무쌍과 만나게 해달라고 하였는데, 고압아는 茅山에 있는 道士에게 靈藥을 얻어와 궁궐에 잠입해 무쌍에게 먹였다. 그 약은 먹으면 일단 죽었다가 3일 후 깨어나는 약이었다. 궁중에서는 무쌍이 죽은 줄 알고 그 시신을 궁궐 밖으로 내보냈으며, 이에 두 사람은 다시 만나 부부가 되어 해로하였다.

271) 爾 : 너.

272) 愼之哉 : 저본에는 이 뒤에 "歲在丁巳閏二月十四日書"라는 筆寫記가 있음. '丁巳'는 1917년으로 추정됨.

해제

• 작자 : 春坡散人

'春坡'는 號이며, 누군지는 미상이다. 다만 안동 사람이라는 사실이 알려져 있을 뿐이다.

• 출전 : 국립중앙도서관본 『烏有蘭傳』을 底本으로 삼아 여타의 本을 참고하여 校合하였다.

• 참고사항

(1) 경북대학교 도서관 소장본에는 작품 말미에 "永嘉 春坡散人 戱著, 竹泉居士 證釋. 戊午四月日, 研經堂新刊"이라는 기록이 보인다. '永嘉'는 안동의 옛 이름이고, '戊午'는 哲宗 9년인 1858년에 해당한다. 竹泉居士는 安東人 金麟夏다. 한편 '研經堂新刊'이라는 표현을 쓴 것으로 보아 이 작품이 刊印된 게 아닌가 하는 의심도 드나 확실한 것은 알 수 없다. 또 경북대학교 도서관 소장본에는 작품 서두에 '烏有蘭傳序'라 하여 竹泉居士 金麟夏가 1858년 5월에 쓴 서문이 얹어져 있다. 그 서문은 다음과 같다.

"此書何爲而作也? 凡人之生也, 人則一也, 而氣也、質也, 千焉萬焉. 譬猶天開地闢, 山川嶽瀆, 莫不有高卑遠近之分, 父生母鞠, 上下貴賤, 亦不無賢愚淸濁之殊, 固不可膠一而語, 亦不可以殊萬而置. 愚者可使爲賢, 則賢之可也, 卑者可使爲高, 則高之可也. 然則豈可以賢而廢愚, 以高而廢卑乎? 日月之蝕, 而君子軆之, 光明可仰; 陰陽之失, 而良相調之, 和氣可回. 是故, 『易』曰: '不遠復', 傳曰: '克己復禮.' 人非堯舜, 孰無過乎? 過而改之, 誠可謂吾人之人矣. 予於漢陽金、李兩人之事, 未嘗不三復興嘆, 先嚬後笑也. 何也? 血氣方壯, 人之易溺者色; 美目巧倩, 愛之難恝者情. 楚覇之雄膽, 奈可銷於垓夜虞枕, 蘇郎之勁節, 猶其虧於海窖胡樽, 況他不較於英雄烈士之殘腸軟心也哉? 好色之心, 人之常情, 而好之有道, 戒必先矣. 然而顧彼昧此者, 不愼戒在色之教, 莫審賢易色之訓, 近而不避, 惑而莫回, 茅山之藥, 酷攻於心城, 隋嬪之魂, 轣轢於肺關. 嘻噫! 此不可說也, 而推究人情, 猶或然矣. 人皆曰: '是傳之述, 不過爲狂夫之荒史', 余獨謂不然. 昔夫子之刪詩, 先繫变風以懲鄭衛之淫俗, 次正雅頌以興雎鵲之流化. 換玆寓感, 豈可無誡後勸懲之意歟? 春坡居士, 粤自髫齡, 遊於翰墨, 聊述此篇, 以屬予有言, 故不揆湔憒, 敢此弁卷云爾. 崇禎紀元後四甲, 戊午夏五月乙亥, 花山人竹泉金麟夏書."

(2) 이 작품은 傳奇小說의 관습을 수용하여 창작되었으나, 시대의 변천에 따른 소설 양식의 변화와 混成이 눈에 띈다. 먼저 지적되어야 할 점은, 이 작품이 전기소설을 패러디하고 있는 면이 있다는 사실이다. 전대의 전기소설 같으면 이진사와 오유란의 사랑이 현실의 심각한 장애에 부딪혀 마침내 오유란이 죽게 되고, 그 후 그녀의 원혼이 귀신이 되어 나타나 이진사와 미진한 사랑을 나누는 방향으로 작품이 전개되었겠으나, 「오유란전」에서는 오유란이 이진사를 속이기 위해 귀신소동을 벌이고 있을 따름이다. 이러한 '鬼神欺瞞' 모티프는 멀리 「구운몽」에 그 연원을 두고 있다.

「오유란전」이 보여주는 소설 양식상의 이러한 변화는 야담계소설이나 판소리 혹은 판소리계소설의 영향에 의한 것으로 보인다. 가령 毁節談을 근간으로 삼는 「丁香傳」類 야담계소설의 영향이라든가, 『춘향전』 가운데 이몽룡이 암행어사가 되어 남원으로 내려오던 중 樵童들의 거짓말에 속아 길가의 新墓를 춘향의 묘로 알고 그 앞에서 대성통곡하는 모티프의 영향이 「오유란전」에서 감지된다. 또한 기생에게 속아 나체 소동을 벌이는 대목 같은 데서는 「강릉매화타령」이나 「배비장전」의 영향이 감지된다. 대개의 전기소설이 '숭고미'나 '비장미'를 보여줌에 반해, 「오유란전」은 특이하게도 '골계미'를 보여주고 있는데, 이 역시 야담계소설이나 판소리 혹은 판소리계소설 같은 이질적인 소설양식 내지는 예술양식과의 접촉을 통한 변화라 이해된다.

이처럼 「오유란전」은 한편으로 전기소설의 관습을 수용하면서도 조선 후기에 위세를 떨친 다른 소설양식이나 예술양식의 영향도 받고 있어 '복합양식'적인 면모를 띠고 있다고 할 만한바, 이 점 양식사적으로 흥미롭다.

(3) 「오유란전」에는 중국의 『剪燈新話』 중 「愛卿傳」이나 「秋香亭記」의 표현을 본뜬 곳이 부분적으로 발견된다.

(4) 종래에는 대개 「오유란전」이 '위선적 양반'의 행태를 풍자하고 있다고 해석해 왔으나, 자연스럽지 못한 해석이다. 작품의 전체적 전개와 의미관련을 고려할 때, 이 작품은 성적 욕망과 관련해 인간의 본성을 희극적으로 파헤치고 있거나, 성

적 욕망과 관련된 인간 본성의 한 측면을 풍자하고 있음이 인정된다. 특히 굳어 있는 인간, 혹은 '色莊'한 인간을 웃음을 통해 풍자함으로써 그 '경직성' 내지는 '외면과 내면의 불일치'를 矯正하려는 의도를 보여주고 있다. 이 점에서 그 웃음은 경쾌하고 가벼우며, 바흐친(M. M. Bakhtin)이 말한바 '민중적 웃음'의 의미를 지닌다. 작품이 보여주는 이러한 인간이해와 문제의식은 중세를 벗어나 '近代'로 나아가는 문학사의 길목에서 그 자체로서 심중한 의의를 갖는다.

(5) 「오유란전」과 유사한 작품으로 「鍾玉傳」이 있다. 그러나 「종옥전」의 문제의식은 「오유란전」에 비해 다소 떨어진다.

(6) 「오유란전」에 대한 연구로는 이수진, 「오유란전 再攷」, 『영남어문학』 14(영남어문학회, 1987)가 참조된다.

찾아보기

## 발문(跋文)

내 나이 40대 전반에 이 일에 착수했는데 어느새 50을 바라보는 나이가 되었다. 그사이 내 몸에도 많은 변화가 있어 까맣던 머리는 희끗희끗해지고, 눈은 많이 어두워졌으며, 체력도 처음 일을 시작할 때만 못하다. 이런 생각을 하니 내 40대 인생이 이 책에 담겨 있는 듯해 감회가 유난하다.

이 작업을 하는 과정에 많은 분들의 도움을 받았다. 여기서 일일이 다 밝히기는 어렵지만, 각별한 도움을 주신 몇 분에 대해서는 이 자리를 빌어 감사하는 마음의 일분(一分)이나마 표하고 싶다. 임형택 선생은 당신이 소장하고 계신 「주생전(周生傳)」을 볼 수 있게 해 주셨으며, 정경주 교수 역시 자신이 소장하고 있는 「주생전」 자료를 복사해 보내 주셨다. 이 두 분의 도움으로 「주생전」을 교합(校合)할 수 있었다. 김영진 동학은 「최고운전(崔孤雲傳)」·「달천몽유록(達川夢遊錄)」·「강도몽유록(江都夢遊錄)」의 이본들을 복사해 보내줬는데, 그 덕분에 세 작품의 교합(校合)을 끝낼 수 있었다. 정환국 동학은 『이야기책(利野耆冊)』이라는 자료의 존재를 알려주고 그것을 복사해 보내준바, 이에 힘입어 「안상서전(安尙書傳)」과 「김하서전(金河西傳)」을 교감(校勘)하는 한편 「백거추전(白居秋傳)」을 추가해 실을 수 있었다.

이 일의 처음서부터 끝까지 나와 함께 한 사람은 현재 규장각(奎章閣) 조교로 있는 정길수 군이다. 군은 자료의 입수는 물론이려니와 자료 입력과 원고 교정 등에서 큰 도움을 주었다. 군이 처음 나의 이 일을 도와줄 때는 20대 후반의 총각이었건만 그 사이 시간이 많이 흘러 이제 30대 중반의, 두 아이의 아버지다. 정군 외에도 송지원 군과 김하라 군이 일의 마무리 단계에서 나를 도와주었다. 이 세 사람의 노고에 깊은 감사의 뜻을 표한다.

2005년 1월
박희병 삼가 씀

## 추기

이 책 원고의 네 번째 교정을 볼 무렵 A씨에 의해 한국한문소설 작품집 한 권이 간행되었다. 나는 차제에 남이 이미 해 놓은 주석을 이용하는 방식 내지 태도와 관련해 학계에 하나의 문제를 제기해 두고 싶다. A씨는 비록 '일러두기'난에서 자신의 책이 기존의 주석본들을 참고함으로써 많은 도움을 받았다고 하면서 거론한 여러 책 가운데에 내가 오래 전에 편찬한 『한국한문소설선(韓國漢文小說選)』도 포함시키고 있기는 하나, 이런 간단한 언급만으로 A씨 책에 수록된 상당수 작품들의 원문 주석이 나의 주석을 베낀 사실을 정당화할 수는 없다고 생각한다. 이런 행위가 갖는 의미를 A씨가 자각했든 자각하지 못했든, 학문적 윤리의식에 비추어볼 때 이는 명백한 표절이요 절취(竊取)에 해당한다고 하지 않을 수 없다. 사실 A씨는 이런 행위가 갖는 의미를 자각하지 못한 듯하다. 하지만 문제의 심각성은 오히려 여기에 있다. 주석(나아가 번역)의 경우 논문이나 저술과 달리 남의 것을 베껴도 상관없다는 생각이 은연중 거기에 반영되어 있지 않나 여겨지기 때문이다. 우리 학계 및 출판계의 이런 잘못된 관행을 바로잡지 않는 한 주석학이나 번역학의 정상적 발전은 기대하기 어렵다. 아무리 지식 자체에 원래 공유적(共有的) 속성이 있다 할지라도 남이 애써 한 일을 참조하거나 가져오는 데에는 엄연히 분(分)과 한(限)이 있는 법이며, 또한 최소한의 예의와 윤리를 갖추지 않으면 안 된다. 논문이나 저술에서의 표절이 학문적 범죄행위이듯이 주석에 있어서의 절취(竊取)나 번역에 있어서의 베끼기(혹은 슬쩍 윤색하기) 역시 비윤리적 행위라 할 것이다.

나는 지금껏 두 번의 주석·교감작업을 수행했고 그것을 책으로 출판한 바 있다. 한 번은 천태산인 김태준의 『증보조선소설사』에 대한 교주(校註)요, 또 한 번은 앞에서 말한 『한국한문소설선』이다. 『증보조선소설사』에 대한 교주(校註)는, 지금 보면 다시 손을 보고 싶은 미흡한 부분이 적지 않지만, 당시 서른을 갓 넘긴 나로서는 적지 않은 시간과 힘을 쏟은 작업이었다. 그런데 몇 년 후 B씨가 김태준 사론집(史論集)을 엮어내면서 나에게 한 마디 양해도 구하지 않고(물론 양해를 구할 일도 아니지만) 『증보조선소설사』에 붙인 나의 교주(校註)를 그 책에 그대로 전재하였다. 당시 나는 몹시 분노했지만, 나중에 보니 '한국'에서는 주석이나 번역에서 이런 일이 다반사로 벌어지고 있었다. 주위를 한번 돌아보라! 남이 애써 해 놓은 번역을 표현만 슬쩍슬쩍 고쳐 자기가 새로 한 것인양 시치미 뚝 떼고 내놓는 일이 얼마나 많은가. 놀라운 일은 이런 일이 중진급 연구자만이 아니라 학문에 입문한 지 얼마 되지 않는 소장연구자들에 의해서도 버젓이 자행되고 있다는 사실이다. 이런 현상은 중국 및 한국 고전의 번역에서는 말할 것도 없고, 영어 등의 외국어 번역에 있어서도 매일반이다. 좋게 생각하면 인테리어 바꾸기 내지 리모델링이라고 할 수 있을지 모르지만, 정직하게 생각한다면 역시 일종의 표절이다.

주석·교감과 번역은 한 나라의 학술과 문화 수준을 높이는 데 아주 긴요한 역할을 한다. 그러므로 그 정상적인 발전을 기하기 위해서는 이런 작업이 학문적 창조행위에 맞먹는 것임을 인정하는 한편, 표절을 공공연히 일삼는 우리의 관행과 의식을 바꾸지 않으면 안 된다. 그렇지 않을 경우 누가 공들여 이런 작업에 매진하겠는가.

아무쪼록 나의 이 세 번째 교주(校註) 작업만큼은 표절을 당하지 않기를 희망한다. 정판교(鄭板橋) 같은 대가(大家)처럼 죽어서 귀신이 되어서도 가만 있지 않겠다고 말할 수는 없는 노릇이지만, 그래도 살아 있는 동안은 지켜볼 일이다. 한국학의 진정한 발전을 위해.